James A. Michener wurde 1907 geboren. Fast seine ganze Kindheit verbrachte er im Haus der Witwe Mabel Michener, die in Doylestown, Pennsylvania, ein Heim für Findelkinder unterhielt. Wenn die Wohltäterin finanzielle Engpässe durchzustehen hatte, lernten die Zöglinge vorübergehend auch das Leben im Armenhaus kennen.

Schon früh entwickelte Michener eine Leidenschaft für das Reisen, und bereits 1925, als er die High School abschloß, kannte er fast alle Staaten der USA. Der hervorragende Schüler erhielt ein Stipendium für das Swarthmore College, wo er 1929 mit Auszeichnung promovierte. In den folgenden Jahren war er Lehrer, Schulbuchlektor, und er ging immer wieder auf Reisen. Während des Zweiten Weltkrieges diente Michener als Freiwilliger bei der US-Marine, die er als Korvettenkapitän verließ. Mit vierzig Jahren entschloß er sich, Berufsschriftsteller zu werden.

Für sein Erstlingswerk »Tales of the South Pacific« erhielt er 1948 den Pulitzer-Preis. Durch Richard Rogers und Oscar Hammerstein wurde es zu einem der erfolgreichsten Musicals am Broadway. Micheners Romane, Erzählungen und Reiseberichte wurden inzwischen in 52 Sprachen übersetzt. Einige davon wurden auch verfilmt.

Von James A. Michener sind außerdem
als Knaur-Taschenbücher erschienen:

»Karawanen der Nacht« (Band 147)
»Die Quelle« (Band 567)
»Die Südsee« (Band 817)
»Die Bucht« (Band 1027)
»Verheißene Erde« (Band 1177)
»Verdammt im Paradies« (Band 1263)
»Die Brücken von Toko-Ri« (Band 1264)
»Die Brücke von Andau« (Band 1265)
»Rückkehr ins Paradies« (Band 1266)
»Mazurka« (Band 1513)
»Iberia« (Band 3590)

Vollständige Taschenbuchausgabe
© Droemersche Verlagsanstalt Th. Knaur Nachf., München 1983
Titel der Originalausgabe »Space«
Copyright © 1982 by James A. Michener
Umschlaggestaltung Adolf Bachmann, Reischach
Umschlagillustration Christine Wilhelm
Druck und Bindung Ebner Ulm
Printed in Germany 5 4 3
ISBN 3-426-01339-8

James A. Michener:
Sternenjäger

Roman

Aus dem Amerikanischen von Hans Erik Hausner

Inhalt

1. Vier Männer 9
2. Vier Frauen 130
3. Korea 203
4. Am Patuxent 298
5. Vernünftige Entscheidungen 361
6. Gemini 450
7. Der Mond 577
8. Echtzeit 600
9. Die dunkle Seite des Mondes 655
10. Mars 718
11. Die Ringe des Saturn 789

Dies ist ein Roman, und es wäre ein Fehler, etwas anderes darin zu erblicken. Die Motts, Grants, Popes und Kolffs existieren nur in meiner Vorstellung und sind keinen wirklichen Personen nachempfunden. Die Astronautengruppe der ›Soliden Sechs‹ hat es nie gegeben, ebensowenig die Flüge Gemini 13 oder Apollo 18.

Doch die großen NASA-Stützpunkte, das Leben am Patuxent River, die Kampftätigkeit in Korea und die Aktivitäten der Astronauten auf dem geselligen Sektor, das alles ist realistisch dargestellt.

Bestimmte historische Persönlichkeiten wie Lyndon B. Johnson, Präsident Eisenhower, Verteidigungsminister Wilson, die Astronauten Deke Slayton und Mike Collins und die Wissenschaftler Jack Eddy, John Houbolt und Carl Sagan treten kurz auf, aber sie spielen keine fiktiven Rollen, und ihr Dialog ist auf ein Minimum reduziert.

Über die Schlacht im Golf von Leyte und das Verhalten der Admiräle – der amerikanischen wie auch der japanischen – wird wahrheitsgetreu berichtet. Einen Geleitzerstörer mit dem Namen *Lucas Dean* gab es nicht, wohl aber Kriegsschiffe, die ihm ähnlich waren, und bei der Schilderung ihrer Heldentaten habe ich nicht übertrieben. Der große Bombenangriff auf Peenemünde fand tatsächlich im August 1943 statt und wurde ausschließlich von Briten geflogen. Aber im Jahr darauf gab es weitere Bombardements, von denen ich eines erweitert habe. Die Generäle Breutzl und Funkhauser sind Phantasiefiguren, aber Wernher von Braun hat natürlich existiert und war in Wirklichkeit noch kraftvoller und imposanter, als von mir geschildert.

Die vier Familien

Mott, Stanley, geboren in Newton, Massachusetts, 1918
Mott, Rachel Lindquist, geboren in Worcester, Massachusetts, 1920
Millard, geboren 1943
Christopher, geboren 1950

Pope, John, geboren in Clay, Fremont, 1927, U.S. Navy
Pope, Penny Hardesty, geboren in Clay, Fremont, 1927

Grant, Norman, geboren in Clay, Fremont, 1914
Grant, Elinor Stidham, geboren in Clay, Fremont, 1917
Marcia, geboren 1939

Kolff, Dieter, geboren in der Nähe von München, Deutschland, 1907
Kolff, Liesl, geboren in Peenemünde, Deutschland, 1916
Magnus, geboren 1947

Die Astronauten der ›Soliden Sechs‹

Claggett, Randolph, geboren in Creede, Texas, 1929, U.S. Marine Corps
Claggett, Debby Dee Cawthorn Rodgers, geboren in Laredo, Texas, 1926

Lee, Charles, ›Hickory‹, geboren in Teacup, Tennessee, 1933, U.S. Army

Lee, Sandra Perry, geboren in Nashville, Tennessee, 1937

Jensen, Harry, geboren in Orangeburg, South Carolina, 1933, U.S. Air Force
Jensen, Inger Olestad, geboren in Loon River, Minnesota, 1935

Bell, Timothy, geboren in Little Rock, Arkansas, 1934, ziviler Testpilot
Bell, Cluny, geboren in Little Rock, Arkansas, 1937

Cater, Edward, geboren in Kosciusko, Mississippi, 1931, U.S. Air Force
Cater, Gloria, geboren in Kosciusko, Mississippi, 1931

Pope, John (siehe *die vier Familien*)

Die anderen

von Braun, Wernher, geboren in Wirsitz, Deutschland, 1912
Funkhauser, Helmut, geboren in Hamburg, Deutschland, 1896
Butler, Gawain, geboren in Detroit, Michigan, 1921
Glancey, Michael, geboren in Magnolia, Red River, 1904
Strabismus, Leopold, geboren (als Scorcella, Martin) in Mount Vernon, New York, 1925
Thompson, Tucker, geboren in Columbus, Ohio, 1912
Rhee, Cynthia, geboren (als Rhee, Soon-Ka) in Osaka, Japan, 1936

1. Vier Männer

Am 24. Oktober 1944 folgte der Planet Erde seiner Umlaufbahn um die Sonne, wie er das beflissen seit nahezu fünf Milliarden Jahren tat. Er bewegte sich mit der unfaßbaren Geschwindigkeit von hundertsechstausend Kilometern in der Stunde; hierdurch entstanden die Unterschiede der Jahreszeiten. In der nördlichen Hemisphäre war es ein goldener Herbst, in der südlichen knospender Frühling.
Gleichzeitig drehte sich die Erde um ihre eigene Achse und erreichte dabei über dem Äquator eine Geschwindigkeit von über sechzehnhundert Kilometern in der Stunde; sie rotierte von Westen nach Osten und brachte so den Unterschied zwischen Tag und Nacht hervor.
Über den Philippinen brach ein neuer Tag an, und zwei Angehörige der Marine, ein Japaner und ein Amerikaner, sollten bald Taten von solchem Heldenmut vollbringen, daß man sich ihrer stets erinnern würde, wenn über historische Seeschlachten gesprochen und gestritten wurde.
Als es die rotierende Erde später in dem Fischerdorf Peenemünde an der deutschen Ostseeküste Mittag werden ließ, fand sich ein stiller, kleiner, genialer Mann in der Mitte eines gewöhnlichen Tages, der zu einem außergewöhnlichen Abschluß kommen sollte.
Wieder ein paar Stunden später, als es in London früher Nachmittag war, sollte ein junger amerikanischer Ingenieur, ein Zivilist, mit eigenen Augen der Macht von Hitlers Wunderwaffe, der A-4, gewahr werden und darangehen, sie zu vernichten – nicht aber ihre Schöpfer, denn schon damals konnte die amerikanische Regierung voraussehen, daß sie diese deutschen Wissenschaftler nach Kriegsende brauchen würde.
Und als dieser lange Tag zu Ende ging, erlebte ein siebzehnjähriger Junge in einer Kleinstadt im amerikanischen Bundesstaat Fremont

drei strahlende Augenblicke und begriff sofort, daß sie etwas so Besonderes waren, wie es vielleicht nie wiederkehren würde.

Am frühen Nachmittag dieses Oktobertages, einem Dienstag, empfand Stanley Mott, ein sechsundzwanzigjähriger amerikanischer Zivilist, ein geradezu irrationales Gefühl drängender Unruhe, während er den Radarschirm einer Verfolgungsstation dreizehn Meilen südlich von London beobachtete.
»Sie kommt!« rief ein englischer Sergeant und versuchte vergeblich, sich die Erregung nicht anmerken zu lassen. Auf dem Schirm erkannte Mott das unheilkündende Echosignal einer überschallschnellen, riesigen, unbemannten Bombe, die von einem nicht festzustellenden Ort in Holland im Anflug auf London war.
Selbst auf dem Radarschirm offenbarte sie ihre lautlose Geschwindigkeit von mehr als 3200 Kilometern in der Stunde. Man würde sie auf dieser Station erst Augenblicke später hören, nachdem sie vorüber war. Der Überschallknall würde durch die Luft donnern und jenen, die ihn hörten, das beruhigende Gefühl geben, daß zumindest diese Bombe über sie hinweggeflogen war. »Wenn man sie hört«, erklärte der Sergeant Mott, »ist sie schon weit fort.«
In den brüchigen Sekunden der folgenden Stille warteten alle im Zimmer auf das entsetzliche Geräusch, das den Einschlag der Rakete anzeigen würde. K-k-k-krach! Die Bombe war niedergegangen. Die Antennen wurden in andere Richtungen geschwenkt, und sehr bald verkündete ein aschfahler junger Mann von der Universität Oxford: »Mitten ins Zentrum Londons. Aber östlich vom Trafalgar Square, glaube ich.«
»Beeilung!« schnarrte Mott, und drei Minuten später jagten er, der Oxford-Mann und ein Fahrer in Richtung London. Eine rote Karte an der Windschutzscheibe gestattete es ihnen, Straßensperren zu passieren. »Luftschutzdienst!« rief der Oxford-Mann den Polizeibeamten zu, die einzelne Straßenzüge abgeriegelt hatten. Das stimmte nicht ganz. Er und Mott waren nicht befugt, Blindgänger zu entschärfen, wie das die Räumungskommandos taten; sie sammelten Daten über die Schäden, die von diesen neuen und furchtbaren Bomben angerichtet wurden, die Hitler auf London abschoß.
Nach der Art, wie die Verwirrung zunahm, als sich der Wagen dem

Gebiet um den Trafalgar Square näherte, war offensichtlich, daß die Verfolgungsstation korrekt bestimmt hatte: Die Rakete war in der näheren Umgebung, aber ein gutes Stück östlich gelandet. Dies wurde bestätigt, als die Luftschutzwarte ihnen zuriefen: »Sie ist in der City niedergegangen!«
Ihre Besorgnis nahm zu, denn das bedeutete, daß das Herz des Londoner Geschäftslebens, die City, wieder einmal in Gefahr war. Die Bank von England, die St.-Pauls-Kathedrale, das Rathaus – in dem Churchill gesprochen hatte –, wie würde Hitler triumphieren, wenn ihm seine Agenten heute nacht über Funk mitteilten, daß eines dieser verlockenden Ziele getroffen worden war, wie selbstgefällig würde Lord Haw-Haw klingen, wenn er in seiner mitternächtlichen Sendung die britischen Verluste aufzählen konnte.
Doch als der sich durch den Verkehr schlängelnde Wagen – unter ständigem Rufen des Fahrers: »Luftschutzdienst! Luftschutzdienst!« – Cheapside erreichte, stellten Mott und der Oxford-Mann erleichtert fest, daß jene symbolischen Ziele wieder einmal verschont geblieben waren, aber sie fanden nur wenig Trost in dieser Tatsache, denn jetzt hieß es, die entsetzlichen Folgen des Bombeneinschlags zu untersuchen, wo immer sie niedergegangen sein mochte.
»Viele Opfer diesmal«, murmelte ein älterer Luftschutzwart mit blassem Gesicht und herabhängendem Schnurrbart. Er wies ihnen den Weg zu einem gähnenden Loch, wo noch vor kurzer Zeit ein kleiner Zeitungskiosk gestanden hatte. Der Kiosk und die Läden in seiner Nähe waren zusammen mit all ihren Angestellten und Kunden vernichtet – ausradiert und zerstoben wie Zunder.
»Ich weiß nicht, was schlimmer ist«, sagte Mott zu dem Oxford-Mann, »der entsetzliche Krater im Boden oder die Holz- und Knochensplitter.«
»Dem Himmel sei Dank, daß dieses Monster in Berlin uns nicht jeden Tag fünfzig Stück von der Sorte herüberschicken kann«, murmelte der englische Experte.
»Wie viele sind bis jetzt auf London gefallen?« fragte Mott.
»Wenn meine Rechnung stimmt, war diese hier Nummer dreiundsiebzig. Seit September, als es losging. Der deutsche Nachschub scheint im argen zu liegen.«
»Unsere Bomben auf Peenemünde haben das geschafft«, meinte Mott.

»Dafür können wir nur dankbar sein«, seufzte der Engländer, während er unter den Trümmern nach Bombensplittern stocherte. Sein Team wußte immer noch nicht mit Sicherheit zu sagen, wie die schreckliche Waffe funktionierte. »Wissen Sie, Mott, bevor die Nazis damit anfingen, dachten wir, Hitler könnte jeden Tag hundert Stück davon auf das Herz Londons schießen. Das wären hunderttausend Tote im Monat gewesen. Wir haben Glück gehabt, großes Glück.«
»Wie viele Tote hat es hier gegeben?«
Die zwei Experten befragten einige Luftschutzwarte und kamen auf eine Zahl, die unter fünfzig lag, doch als Mott die Zahl fast mit Befriedigung wiederholte, ließ der Oxford-Mann ein erschüttertes Stöhnen hören. »Sehen Sie sich doch nur einen von den fünfzig an«, sagte er und deutete auf die Leiche eines jungen Mädchens, die im Laden eines Tabakwarenhändlers gearbeitet hatte. Sie war in Stücke gerissen, aber ihr Kopf war unverletzt, und ihr hübsches Gesicht lächelte noch; zumindest schien es so.
Mott wandte den Blick ab. Bei einem Angehörigen des richtigen Räumungskommandos erkundigte er sich professionell: »Haben Sie irgendwelche Metallteile gefunden?«
»Alles in kleinste Bestandteile zerlegt«, lautete die Antwort.
»Verflucht. Wir tappen also weiterhin im dunkeln.« Er stieß mit dem Fuß in den Schutt, warf einen letzten Blick auf die Trümmer und trat zur Seite, als Sanitäter begannen, die Leichen einzusammeln.
»Wollen wir nach Medmenham weiterfahren?« fragte der Oxford-Mann.
»Das tun wir«, antwortete Mott. »Heute nacht werden wir einen solchen Regen der Zerstörung auf die Nazis niederprasseln lassen, daß sie London vergessen werden.« Er blickte zum Himmel hinauf. »Bis zehn wird das Mondlicht ausreichen. Aufgepaßt, Hitler, du Bastard!«
Über eine Straße in Richtung Westen verließen sie London. Dreimal überquerten sie die Themse, die in herbstlichen Farben schimmerte. Die Route nach Schloß Windsor und Eton einhaltend, kamen sie gut voran, denn es war so gut wie kein Verkehr, und bald bogen sie in eine Landstraße ein, die sie an einen bemerkenswerten Ort brachte, an dem in Kürze eine bemerkenswerte Zusammenkunft beginnen sollte.

Medmenham, eine kleine Stadt mit ländlicher Umgebung, war der Sitz des erfinderischen Nachrichtendienstes der britischen Luftwaffe, wo die Informationen über die Bombenangriffe auf Deutschland ausgewertet wurden. Einige der brillantesten Männer und Frauen der Welt, vornehmlich Engländer, aber unter ihnen auch eine kleine Gruppe Amerikaner und Franzosen, griffen eilig nach den Luftaufnahmen, sobald die Flugzeugbesatzungen sie brachten, und stellten komplizierte Berechnungen über die angerichteten Schäden an. Wenn man diesen klugen und erfahrenen Leuten bei ihrer Arbeit zusah, bekam man das Gefühl, daß Deutschland langsam erdrosselt und in Schutt und Asche gelegt wurde.
In dieser Nacht hatten sich die besten Köpfe der Alliierten in einem Behelfsschuppen zusammengefunden, um einen einzigen Satz Lichtbilder zu studieren: das Raketenversuchsgelände von Peenemünde, in früheren Zeiten eine unbedeutende Sommerfrische am Nordzipfel der Insel Usedom. Wenn man den deutschen Hexenmeistern in Peenemünde erlaubte, mit ihren Versuchen und ihren genialen Herstellungsmethoden ungestört weiterzuarbeiten, dann würde bald ganz London zerstört werden – und in der Folge New York und Washington.
»Vielleicht ist es unser allerwichtigstes Angriffsziel«, bemerkte ein amerikanischer Air-Force-General, als Stanley Mott auf die kleine Gruppe zutrat. »Was hört man aus Washington?«
»Ich bringe eindeutige Instruktionen. Peenemünde ist auszuradieren. Vergessen Sie alle anderen Ziele.«
»Das können wir nicht machen«, unterbrach ein englischer General. »Euch Amerikanern mit euren schweren Bombern steht es frei, nach Peenemünde zu gehen. Wir freuen uns sogar, wenn ihr es tut. Aber solange London gefährdet ist, müssen wir Engländer ... müssen wir versuchen, die Abschußbasen auszuschalten. Was wissen Sie von den letzten Raketen?«
»Vor etwa einer Stunde ist eine auf Cheapside gefallen«, antwortete Mott. »Gleich weit entfernt von der Bank von England, der St.-Pauls-Kathedrale und dem Rathaus. Sie hat einen Tabakladen getroffen.«
»Gott muß auf unserer Seite sein«, meinte der General, und dann rasch: »Wie viele Tote?«
»Weniger als fünfzig.«

Stille trat ein. Diese Männer wußten, was das Wort *fünfzig* bedeutete: der tragische Nachhall in den Familien der Toten.

»Sie werden also verstehen«, sagte der englische General, »wenn ich darauf bestehe, daß wir auch weiterhin die Abschußbasen lokalisieren und zerstören müssen.«

Der amerikanische General, der als Vorsitzender dieses Meetings zu fungieren schien, nickte. »Sie tun Ihre Arbeit und wir die unsere. Und heute nacht heißt unser Ziel Peenemünde.«

»Bevor wir darüber sprechen«, meldete sich ein englischer Zivilist zu Wort, »möchte ich Ihnen die letzten Luftaufnahmen des Gebietes unmittelbar nördlich von Den Haag zeigen. Diese kleine Stadt hier ist Wassenaar, und wir sind ziemlich sicher, daß diese Schatten auf eine Raketenabschußbasis hinweisen. Wenn es uns gelingt, sie in den nächsten Tagen zu zerstören, werden die Deutschen London mit ihren Raketen vermutlich nicht mehr erreichen können.«

»Wie groß ist die Reichweite?«

»Das wissen wir natürlich nicht, aber wir schätzen dreihundertfünfzig Kilometer Maximum.«

Ein anderer amerikanischer General fragte verächtlich: »Sie meinen, Hitler hat alle seine Kräfte – Peenemünde ... die ganze Schlangengrube – für eine Rakete verschwendet, die nur dreihundertfünfzig Kilometer weit fliegt? Der Mann muß ein Idiot sein.«

»Wir wissen, daß er ein Idiot ist«, stimmte der Engländer zu, »aber ein verdammt todgefährlicher. Wir müssen unsere Maschinen auf Wassenaar konzentrieren.«

Ein englischer Zivilist hüstelte. »Es gibt da ein Problem. Wassenaar ist eine Wohngegend. Wenn wir ...«

»Ich weiß«, unterbrach ihn der General. »Ich kenne das Problem nur zu gut. Offen gesagt, es ist eine brutale Entscheidung. Weiß jemand einen Rat?«

Ein anderer Zivilist unterbrach einen Offizier, der gerade antworten wollte. »Wir haben die holländische Regierung konsultiert – im geheimen natürlich. Einer ihrer Leute wartet draußen.«

»Lassen Sie ihn eintreten«, befahl der amerikanische General.

Ein fünfzigjähriger Holländer in Zivilkleidung erschien. Als er die Generäle sah, grüßte er militärisch. »Mein Name ist Hegener. Ich betrete und verlasse holländischen Boden. Regelmäßig ...«

Das ist, wie wenn einer sagt, er geht nach New York und verläßt es wieder, dachte Mott. Regelmäßig. Aber welch ein Unterschied! Wie Hegener das wohl zuwege bringt? Hinein mit dem Fallschirm? Heraus mit einem abgedunkelten Motorboot?
»Meine Regierung hat über das Problem beraten«, erklärte Hegener, »und wir sind der Meinung, Wassenaar muß ausradiert werden.«
Keiner sprach ein Wort. Es gab nichts zu sagen. Die Erlaubnis, radikale Maßnahmen zu ergreifen, die die englische Stadt London vielleicht retten konnten, war erteilt worden. Aber allen Anwesenden war klar, wie hoch der Preis sein würde, den die holländische Stadt Wassenaar dafür würde zahlen müssen. Es war ein totaler Krieg, und diese Männer waren entschlossen, ihn zu gewinnen, denn ihn zu verlieren würde die Hölle auf Erden bedeuten. Und nun war Wassenaar in die vorderste Frontlinie gerückt.
»Vielen Dank, Mr. Hegener«, sagte jemand, und der Holländer erhob sich, um zu gehen.
»Wohnen Sie in der Nähe von Wassenaar?« fragte ein Amerikaner.
»Ach nein! Ich lebe weit im Norden in einem Fischerdorf auf Texel. Aber das käme auf eins heraus.«
»Abgemacht«, sagte der amerikanische General, als der Holländer gegangen war. »Ihre Maschinen zerstören Wassenaar. Wir nehmen Peenemünde aufs Korn. Und heute nacht geht's los.«
»Heute nacht?« wiederholte Mott. Er schien ungewöhnlich jung, um einem Vier-Sterne-General Fragen zu stellen, aber er arbeitete auf einem so neuen Gebiet, daß auch die meisten seiner Kollegen jüngere Leute waren. Mott zum Beispiel war weder ein Experte in Raketentechnik noch in der Atomforschung, wohl aber ein gut ausgebildeter Ingenieur mit der besonderen Fähigkeit, mit jeder radikalen wissenschaftlichen Entwicklung sofort etwas anfangen zu können.
»Ja, um einundzwanzig Uhr starten wir mit dreihundertvierundneunzig Bombern einen Angriff auf Peenemünde. Von sechzehn verschiedenen Flugplätzen aus. Unter der Führung von vier bestens ausgebildeten englischen Aufklärerpiloten, die schon einmal dort waren. Heute nacht schlagen wir Herrn Hitlers Raketenfabrik kurz und klein.«
Diese Neuigkeit bescherte Mott so viele Probleme, daß er sie im Augenblick gar nicht einordnen und nur stumm dasitzen und seine Fin-

gernägel betrachten konnte. Schon wollte er darum bitten, den Raum bis auf die höchsten Generäle und Experten räumen zu lassen, als der britische Kommandeur sich erhob. »Meine Herren, ich glaube, wir werden schon in der Messe erwartet. Für alle jene, die heute zum ersten Mal hier sind, gibt es eine Überraschung. Würden Sie das bitte den Herren erklären, Fletscher?«
Während die Männer ihre Papiere ordneten, fast jedes streng geheim, trat eine attraktive Frau in Uniform vor und wandte sich in überaus gewählten Worten an die Anwesenden. »Ein patriotischer Gentleman hat uns seinen Besitz überlassen, damit wir dort unsere Messe einrichten konnten. Der Besitz heißt Danesfield und befindet sich nur einen Katzensprung von hier. Es ist wirklich etwas Besonderes, das versichere ich Ihnen. Das Gebäude wurde in den neunziger Jahren des vergangenen Jahrhunderts von einem gewissen Mr. Hudson errichtet, der das Glück hatte, unsere bekannteste Seife zu erfinden und zu verkaufen – Sunlight.« Einige Männer kicherten, als sie diesen Namen hörten.
»Als Mr. Hudson dieses Besitzes müde wurde, überließ er ihn einem gewissen Mr. Gorton, und auch er hatte Glück. Er erfand die H.P.-Sauce und wurde noch reicher als Mr. Hudson. Er hatte einundzwanzig Gärtner und sechsundvierzig Bedienstete. Meine Herren, Sie werden heute in einem der prächtigsten Häuser Englands dinieren.«
Stanley Mott, Sohn eines Methodistenpredigers in einer kleinen Stadt Neu Englands und Absolvent der Technischen Hochschule von Georgia, war auf Danesfield nicht vorbereitet. Das aus Graustein erbaute Haus war immens, allein der Garagenbereich größer als die meisten Herrensitze; über den früheren Ställen waren zehn Wohnungen eingerichtet worden, in welchen jetzt Fahrer und Mechaniker der Luftwaffe untergebracht waren. Das Herrenhaus selbst enthielt sechsundvierzig Schlafräume, in welchen die hellen jungen Männer des Nachrichtendienstes schliefen, aber es waren die zwei Räume, in welchen die Offiziere speisen sollten, die die Amerikaner in Erstaunen setzten.
Der erste, eine Kombination aus Empfangssaal, Tanzsaal und Salon, war zehn Meter hoch und besaß einen riesigen Kamin und eine Empore, auf der eine sechsköpfige Militärkapelle englische Weisen spielte, ganz so, wie ein Herzog und seine Herzogin anno 1710 ihre Gäste

unterhalten hätten. Hier stationierte Offiziere führten die Besucher durch die enorme Halle in den Speisesaal, einen so prächtigen Raum, daß Mott nur stumm den Kopf schütteln konnte.
Der Saal war achtzehn Meter lang, und an einem Ende befand sich ein Kamin aus grünem Marmor, jeder einzelne Teil ein Kunstwerk. Eine Seitenwand enthielt vier riesige Aussichtsfenster, die einen Blick auf die Themse gewährten, doch mehr als alles sonst erregte der Eßtisch Motts Aufmerksamkeit und Bewunderung. Wenn man die Stühle zusammenrückte, fanden bis zu siebzig Personen hier Platz, und alles, was darauf stand, schimmerte und blitzte, das Tischleinen, das Geschirr, das Tafelsilber. Sechsundvierzig Herren und Damen setzten sich zum Dinner; sie wurden von Unteroffizieren bedient, die als Zivilisten Kellner gewesen waren.
Es war ein unterhaltsamer Abend, das Essen passabel, man plauderte angeregt, und von der Empore kam schwungvolle Musik. Es war kaum zu glauben, daß diese Tischgäste nur darauf bedacht waren, Adolf Hitler zu vernichten.
Doch während der Abend fortschritt, begann Stanley Mott seine Gedanken zu ordnen, und noch bevor die Nachspeise serviert wurde, wußte er, was er tun mußte. An die Seite des amerikanischen Generals tretend, flüsterte er ihm zu: »Ich glaube, Sie und noch sechs oder sieben der besten Köpfe sollten ...«
»Nicht bevor der Toast auf den König ausgebracht ist.«
»Sir, ich bin im Besitz wichtiger Mitteilungen, und ...«
»Das wird eine Viertelstunde warten können.«
»Sir, es geht um den Angriff von heute nacht.«
Der General wandte sich abrupt um und musterte Mott, den er vor diesem Abend noch nie gesehen hatte. »So ernst ist die Sache?« fragte er.
»Jawohl, Sir.«
Der General hüstelte. »Ob wir diese Affäre wohl beschleunigen könnten, Archie?«
»Aber gewiß.« Der englische General gab Anweisung, daß die Kellner die Nachspeise servieren sollten, ohne vorher alles abzuräumen, und als dies geschehen war, aßen die Gäste eilig den eingedickten Fruchtsaft und lehnten sich zurück. Der amerikanische General erhob sein Glas: »Meine Damen und Herren, auf den König!« Nach ihm erhob

der englische General sein Glas und brachte einen zweiten Toast aus: »Meine Damen und Herren, auf den Präsidenten der Vereinigten Staaten!«
»Nicht mehr als acht«, sagte Mott, sobald die Zeremonie beendet war.
»Gut«, stimmte der amerikanische General zu und nominierte sogleich ein Team, dem auch drei britische zivile Experten angehörten. Die sieben Männer und eine Frau – vier Militärs, vier Zivilisten – kehrten in den Befehlsschuppen zurück.
Mott ergriff als erster das Wort: »Meine Herren, gnädige Frau, es ist von größter Wichtigkeit, daß wir Peenemünde zerstören.«
Der englische General unterbrach: »Bei unserer großen Besprechung habe ich den Mund gehalten. Aber eigentlich glaube ich sagen zu können, daß wir Hitlers Kapazität zur Herstellung von Raketen bereits schwere Schläge zugefügt haben und daß Peenemünde praktisch keinen Schaden mehr anrichten kann.«
Jetzt stand Mott unter Zugzwang, und er wand sich wie ein Wurm. Er hatte eine schwere Aufgabe, denn er war in Dinge eingeweiht, von denen niemand in diesem Raum etwas wußte. Daß Peenemünde als Wiege der deutschen Raketentechnik durch den raschen Fortgang des Krieges mehr oder weniger auf ein Nebengleis geschoben worden war, mußte er zugeben. Durch die massiven englischen Angriffe vor Jahresfrist waren die Anlagen weitgehend zerstört worden, und der für heute nacht geplante hatte nur den Zweck, den Feind in Atem zu halten. Die Bedrohung durch die mörderischen Raketen, die seinerzeit von Peenemünde ausgegangen war, hatte sich auf andere Basen verlagert, und das wußten diese Männer.
Anders stand es mit Peenemünde als Zentrum der Forschungen auf dem Gebiet des schweren Wassers. Superoxyd, wie es die Engländer immer noch beharrlich nannten, konnte sich als ein Stoff erweisen, der die Deutschen in die Lage versetzen würde, eine Bombe völlig anderer Art zu bauen, eine Atombombe, wenn man so wollte, eine Bombe, die mit einem einzigen, vernichtenden Schlag ganz London zerstören konnte. Mott war nicht sicher, ob die Deutschen tatsächlich einen Prozeß zur Herstellung schweren Wassers entdeckt hatten – eines äußerst wichtigen Moderators, der entstand, wenn die beiden Wasserstoffatome durch Deuterium ersetzt wurden. Er konnte nur ver-

muten, daß der Prozeß, wenn es ihn schon gab, in Peenemünde durchexerziert wurde, und er war keineswegs sicher, daß die Naziwissenschaftler, wenn sie das schwere Wasser hatten, auch wissen würden, wie es in eine Bombe verwandelt werden konnte.
So eröffnete er also die Diskussion mit großer Vorsicht. »Meine Herren, wir haben Grund zu der Annahme, daß die Deutschen in Peenemünde einen Prozeß zur Herstellung von schwerem Wasser entwickelt haben.«
»Ach du liebe Zeit«, warf einer der britischen Zivilisten ein, »doch nicht schon wieder diesen Wasserunsinn?«
»Ich dachte, Sie hätten diese Wasserbombentheorie schon längst ad acta gelegt?« wunderte sich ein anderer.
»Ich gebe zu, wir haben nichts Konkretes. Aber unsere Leute meinen, daß, wenn auch nur die entfernteste Möglichkeit besteht...«
»Mr. Mott«, unterbrach ihn der amerikanische General etwas ungeduldig, »ich habe doch schon gesagt, daß wir dieses Dorf in Grund und Boden bomben werden. Was wollen Sie denn noch?«
Mott gehörte zu einem sehr geschickt ausgewählten Team. Präsident Roosevelt hatte geschmunzelt, als sie im Weißen Haus zusammengetroffen waren. »Sie sehen wunderbar durchschnittlich aus, meine Herren. Verschiedene Typen. Verschiedene Altersklassen.« Nur fünf von ihnen hatten einen spezifisch wissenschaftlichen Hintergrund: zwei Universitätsprofessoren der Atomphysik und drei aufgeweckte Burschen von einem Verein, der sich Manhattan Project nannte. Die restlichen sechs waren ein bunter Haufen: zwei Geschäftsleute, zwei aktive Militärs, ein FBI-Mann und, um feindliche Agenten zu verwirren, Stanley Mott von der Technischen Hochschule in Georgia, der jüngste und bei weitem charmanteste.
Roosevelt hatte ihnen zwei Mitteilungen gemacht: »Amerika ist dabei, eine Superbombe herzustellen. Und wir haben Grund zu der Annahme, daß Hitler in Peenemünde das gleiche tut.«
Was das grundlegende Geheimnis betraf, war es den elf Männern nicht gestattet, Informationen weiterzugeben, aber alle arbeiteten emsig an ihren Aufgaben. Einige waren bereits mit Fallschirmen über Europa abgesprungen. Andere waren mit U-Booten unterwegs. Und Mott war in London, wo er vermutlich nicht auffallen würde. »Präsident Roosevelt«, begann er nun, »hat mein Team mit einem einfachen

Auftrag nach Europa geschickt. Wir müssen Peenemünde zerstören, gleichgültig, ob dort Raketen hergestellt werden oder nicht. Aber unter keinen Umständen dürfen Bomben auf die Wohngebiete dort fallen!«
Der englische General warf die Arme in die Luft. »Verdammt noch mal, bei unseren früheren Angriffen waren die Wohngebiete unser Hauptziel!«
»Gott sei Dank, daß Sie es verfehlt haben«, entgegnete Mott in scharfem Ton.
»Ja, das stimmt«, gab der Engländer zu. »Wir hatten Pech mit unseren Leitpiloten. Sie warfen ihre Leuchtkugeln zu weit nördlich ab.«
Der amerikanische General sah auf die Uhr. »In zwei Stunden starten unsere Männer. Die Wohngebiete sind deutlich markiert.« Er senkte ein wenig den Kopf, so daß seine Augen unter dichten Brauen hervorstarrten. »Warum sollten wir sie dieses Mal verschonen, Mr. Mott?«
Fast fauchte er diese letzten Worte und zeigte damit die Geringschätzung, die ältere Militärs üblicherweise für einen aufdringlichen jungen Zivilisten empfanden. Einer der englischen Zivilisten bemerkte es. »Bitte, geben Sie uns eine Erklärung, Professor Mott.« Und ein anderer Zivilist, der das Problem erkannte, sagte: »Bitte im einzelnen, Professor Mott!«
Mott gebrauchte seinen an der Universität des Staates Louisiana mit Auszeichnung erworbenen Titel eigentlich nie. Er hatte in Louisiana die noch junge Wissenschaft der Aeronautik unterrichtet. Wenn ihn aber nun diese mißtrauischen Generäle, goldbetreßt und um so vieles älter, ins Kreuzverhör nahmen und wissen wollten, ob er wirklich ein Professor war, fühlte er sich verpflichtet, seine Leistungen ein wenig aufzuwerten. »Ja, das bin ich. Ich lese über Aerodynamik und Luftfahrtforschung.« In Wahrheit hielt er Vorlesungen für Studienanfänger.
»Konkretisieren Sie Ihren Standpunkt, Professor!«
Bedächtig musterte Mott jeden einzelnen der sieben. Er mußte genug sagen, um sie zu überzeugen, aber nichts, womit er sein Geheimnis preisgeben würde. Er hüstelte und faltete nervös die Hände, all dies Handlungen, die darauf abzielten, ihm respektvolles Gehör zu verschaffen. »In Peenemünde leben drei Männer, deren Sicherheit für die

freie Welt lebenswichtig ist. Sie können sich die Gründe dafür vielleicht vorstellen.«

»Lassen Sie es mich versuchen«, sagte ein alter englischer Zivilist. »Ihr Amerikaner und wir Engländer sind in der Raketentechnik erbärmlich in Rückstand geraten. Wir sehen, welche Leistungen schon die erste Generation der deutschen Raketen aufweist, und wir fürchten, daß uns die Russen weit voraus sind. So daß in der Nachkriegszeit ...«

»Es gibt drei deutsche Wissenschaftler, die wir, ohne ihr Leben zu gefährden, hinter unsere Linien bringen müssen«, erläuterte Mott. »Freiherr Wernher von Braun, ein relativ junger Mann, der die Seele des Raketenprogramms zu sein scheint. Von jetzt an ist es meine Aufgabe, ihn sicher auf unsere Seite zu bringen. Dann brauchen wir dringend auch General Eugen Breutzl. Er ist ein verwaltungstechnisches Genie. Wir haben Grund zu der Annahme, daß er kein Nazi ist, wohl aber ein technischer Könner, der unser Programm um Generationen voranbringen könnte. Der dritte Mann ist ein zwielichtiger Bursche. Er heißt Dieter Kolff, ist fünfunddreißig Jahre alt, und wir müssen ihn haben, weil er sich als der eigentliche Chef des Teams erweisen könnte. Er ist der Experte für die A-10.«

»Was ist denn das?« fragte ein Zivilist. »Unsere Informationen gehen nicht über die A-6 hinaus.«

»Nun ja«, erwiderte Mott, so als hätte er es mit einem Seminar besonders begabter Studenten zu tun, »Sie, meine Herren, sind Experten, was die A-4 angeht, für die Sie die Bezeichnung V-2 geprägt haben. Sie sind über die Anschlußmodelle informiert, die größeren Versionen bis hinauf zur A-6 und vielleicht sogar bis zur A-7. Aber wir haben ziemlich verläßliche Hinweise darauf, daß sich dieser Kolff, wenn es ihn wirklich geben sollte, auf die A-10 spezialisiert.«

»Und was ist das?« wollte derselbe Zivilist wissen.

»Das ist die Rakete, die New York erreichen kann. In Deutschland abgeschossen.« Einige seiner Zuhörer schnappten nach Luft, und er fügte hinzu: »Ja, bis zur A-10 oder etwas Ähnlichem ist es nur ein kleiner Schritt.«

»Ich würde meinen, es müßte Ihnen daran liegen, vor allem die Unterkünfte ausradiert zu haben«, sagte der englische General. »Dieses Ungeziefer auszurotten.«

»Nein! Nein!« protestierte Mott. »Denn weder Sie noch wir wissen, wie man eine Rakete baut, die eine Bombe auch nur zehn Kilometer weit trägt. Und wir haben Grund zu der Annahme, daß die Russen in Kürze in der Lage sein werden, eine Rakete zu produzieren, die tausend Kilometer schafft.«
»Sie meinen also, wir müssen diese drei Männer am Leben erhalten?« fragte der amerikanische General.
»Unbedingt!«
»Und warum, zum Teufel, bombardieren wir das Kaff dann überhaupt?«
Und das war die Frage, die nicht offen beantwortet werden durfte. Mott zog sich etwas lahm auf das schwere Wasser zurück. »Wir müssen ihre Kapazität zur Herstellung von schwerem Wasser dezimieren, um eine kurzfristige Gefahr abzuwenden. Um aber unsere Sicherheit auf lange Sicht zu gewährleisten, müssen wir diese drei deutschen Wissenschaftler retten.«
»Professor Mott«, schnaubte der General, »Sie reden wie ein Narr. Uns damit knapp vor dem Start zu einem Großangriff zu überraschen!«
»Ich komme mir ja auch wie ein Narr vor«, gab Mott zu. »Aber haben Sie eine Telefonleitung, die nicht abgehört werden kann? Bitte instruieren Sie Ihre Zielbeleuchter, ihre Leuchtmarkierungen in genügender Entfernung von den Unterkünften zu setzen.«
»Wir können noch mehr für Sie tun«, sagte der englische General. »Der junge Merton, der heute nacht als Koordinator mit dabei ist, wartet draußen.«
Oberleutnant Merton, der Bombenschütze, war dreiundzwanzig Jahre alt, ein blonder junger Mann, der weniger als siebzig Kilo wog. Als Junglehrer einer Klasse ausgelassener Knaben wäre er sicherlich fehl am Platz gewesen, aber heute nacht hatte er die Absicht, unbegleitet über die Nordsee nach Peenemünde zu fliegen, wo er fast zwei Stunden lang über dem Dorf kreisen, die vier Zielbeleuchter über Funk anweisen, wo sie ihre Leuchtkugeln setzen sollten, und danach die amerikanischen Bomber instruieren würde, wie sie ihre tödliche Last abwerfen sollten. Das Schicksal von dreihundertachtundneunzig Flugzeugen würde in seiner Hand liegen, und seine Anweisungen würden entscheidend sein für die Zukunft der deutschen Raketen-

technik, der deutschen Flüssigkeitsraketen, wenn es sie gab, und die Sicherheit der freien Welt. Er lachte jungenhaft und schien sich in der Gegenwart so vieler Experten nicht sehr wohl zu fühlen.
Die Bildauswerterin ging zur Wand und zog die weißen Leinenvorhänge zur Seite, die die Zielkarten für Peenemünde verdeckten. Die kleine Insel Usedom, die sich an die preußische Küste schmiegte, ähnelte einem Fötus, einem monströsen Ding, von Wissenschaftlern in die Welt gesetzt, und auf dem nördlichen Zipfel standen die Abschußbasen für die großen Raketen, die die Welt in Angst und Schrecken versetzt hatten. Die Prüfstände für die Motoren waren deutlich auszumachen, und so auch das Hauptquartier und die Mannschaftsunterkünfte. Ein Stück weiter die Insel hinunter war eine Gruppe von Gebäuden mit der Aufschrift QUARTIERE DER WISSENSCHAFTLER zu erkennen, und auf diese zeigte die Auswerterin.
»Luftaufnahmen und die Befragung von Gefangenen haben eindeutig ergeben, daß die Männer, die Sie suchen, tatsächlich hier wohnen. Wir sind der Überzeugung, daß sie nach unseren schweren Angriffen im Vorjahr hierher verlegt wurden.«
»Wenn sie mit Superoxyd-Experimenten beschäftigt wären«, fragte Mott, »wo würden sie die vornehmen?«
»Als wir vor gerade einem Jahr diesen verfrühten Superoxyd-Schreck hatten ...«
»Er war nicht verfrüht«, fiel Mott ihr ins Wort.
»Wir haben nichts gefunden«, fuhr die Frau fort, ohne sich aus der Ruhe bringen zu lassen, »aber wir nahmen an, daß das da oben vor sich gehen würde.«
»Darauf konzentrieren wir heute nacht unseren Angriff«, sagte Oberleutnant Merton. »Wir könnten die Bomben überall hindirigieren, wo Sie wünschen; Sie brauchen es uns nur zu sagen.«
Bevor Mott noch darauf eingehen konnte, starrte der amerikanische General die zwei jungen Männer unter seinen buschigen Augenbrauen hervor an. »Hat sich Washington auf diese Taktik festgelegt?«
»Jawohl«, erwiderte Mott ruhig. »Ich bin einer von elf Leuten, die den Auftrag haben, bis zum Kriegsende zu versuchen, diese drei Deutschen für uns zu retten. Von Braun, Breutzl, Kolff. Herr General, wir müssen sie kriegen.«

Es trat ein längeres Schweigen ein, und Mott wünschte, er könnte enthüllen, was er in der Sandwüste von Neu Mexiko erfahren hatte: Daß die Vereinigten Staaten weit über das Prinzip des schweren Wassers hinausgelangt und in der Lage waren, eine noch gewaltigere Atombombe herzustellen, als man ursprünglich vermutet hatte. Es war nun möglich, die Welt in Schrecken zu versetzen. Woher das Grauen auch kommen mochte – aus Rußland, Deutschland, Neu Mexiko –, es konnte jeden Augenblick eintreten. Es war alles im Fluß, und jeder Nation, die den anderen auch nur eine Woche voraus war, würde daraus ein unschätzbarer Vorteil erwachsen. Die von diesen Männern so gering geschätzte Bombe war eine Realität, oder fast eine Realität, und die Möglichkeit, daß die Deutschen sie als erste abschossen – und mit Raketen, die nicht abgefangen werden konnten –, diese Möglichkeit ins Auge zu fassen war so entsetzlich, daß alles getan werden mußte, um eine solche Entwicklung zu verhindern.
Bitte, bitte, dachte Mott, mach, daß sich diese Männer meinen Argumenten zugänglich zeigen. Sie werden die Wirklichkeit noch früh genug erleben.
»Ich finde die ganze Sache ausgesprochen albern«, brummte der amerikanische General. »Ich soll eine Insel in Grund und Boden bombardieren und dabei die untere Hälfte aussparen!«
»Es kommt vor«, bemerkte der englische General tröstend, »daß wir genötigt sind, uns mit halben Maßnahmen zufriedenzugeben. Um das Ganze im Gleichgewicht zu halten.«
»Was wollen Sie damit sagen?« fragte der Amerikaner.
»Es ist gewiß nicht mein Wunsch, meine Bomber für einen Angriff auf ein temporäres Ziel zu verschwenden, wie die Abschußbasen in Wassenaar eines sind. Sie wissen doch genausogut wie ich, daß wir uns darauf konzentrieren sollten, die Schwerindustrie in Trümmer zu legen. Aber Churchill muß den Bürgern Londons beweisen, daß wir alles tun, um sie vor Hitlers Raketen zu schützen.« Er richtete das Wort an Mott: »Wie viele Menschen haben wir heute verloren?«
»Etwa fünfzig.«
Ein Mann von der britischen Luftwaffe schüttelte den Kopf. »Wenn *wir* davon wissen, weiß ganz London davon. Heute waren es fünfzig. Und vor ein paar Tagen knallte eine in ein Kino. Es gab zweihundert Tote. Also müssen wir Wassenaar bombardieren.«

»Ist diese Leitung sicher?« erkundigte sich der Oberleutnant.
»Ja.«
Bombenschütze Merton sprach mit seinen Leuten auf dem Luftstützpunkt Benson, und Mott hörte, wie er den Angriff plante, so als ob es ein Spiel wäre: »Die vier Pfadfinderbesatzungen werden mich bereits über dem Ziel finden. Sie werden ihre Leuchtbomben in ausreichender Entfernung von den grün markierten Unterkünften abwerfen. Reichlich Mondlicht und genügend gute Sicht. Zehn Minuten nach ihrem Start geht der Mond unter, und es wird dunkel sein. Dann kommen die Yankees. Ich werde sie mittels Funk auf ihre Ziele einweisen, aber sie dürfen nicht über die Leuchtbomben hinausgehen. Alles klar? Ende.«
Wenn er sich die deutschen A-4-Raketen und die riesenhaften amerikanischen Bomber vergegenwärtigte, wunderte sich Mott über die seltsame und widersprüchliche Entscheidung Adolf Hitlers. Eine seiner berüchtigten Raketen beförderte etwa eine Tonne Sprengstoff, konnte aber nie gegen ein genau bestimmtes Ziel eingesetzt werden. Ein amerikanischer Bomber jedoch, der ungefähr ebensoviel kostete wie eine Rakete, konnte sechs Tonnen innerhalb eines exakt umrissenen Gebietes abwerfen.
Auf den ersten Blick schien Hitler einen fatalen Fehler gemacht zu haben, aber Mott wußte auch, daß die Deutschen in Kürze über größere, für acht bis zehn Tonnen Transportlast geeignete Raketen verfügen würden. Seine Informationen ließen ihn fürchten, daß binnen Jahresfrist irgendein Land eine neue Art von Bombe besitzen würde — eine Bombe mit einer Sprengkapazität im Millionen-Tonnen-Bereich — und Raketen, die sie über den Atlantik tragen konnten.
Dies waren Tage weitreichender Entscheidungen, und erleichtert beobachtete er, wie Oberleutnant Merton den Hörer auflegte und auf die Karte zeigte. »Was immer sie in Peenemünde zusammengebraut haben«, sagte er gut gelaunt, »heute nacht schlagen wir es kurz und klein.« Und er ging, um seine Bomber auf einen Ort anzusetzen, an dem möglicherweise schweres Wasser für eine Atombombe hergestellt wurde, die möglicherweise noch rechtzeitig genug fertiggestellt sein würde, um London in naher Zukunft zu zerstören.
Mott seufzte, als er den Raum verließ. Eine Nacht länger würde das Versteck von Brauns, Breutzls und Kolffs verschont bleiben.

»War das wirklich so wichtig, Professor Mott?« fragte einer der amerikanischen Generäle.
»Von dem, was wir heute nacht zuwege bringen, hängt vielleicht die Sicherheit der ganzen Welt ab.«

An diesem Nachmittag des 24. Oktober 1944 unternahmen die Reste der kaiserlichen japanischen Marine, arg mitgenommen vom nicht endenwollenden Druck der Amerikaner, eines der kühnsten Wagnisse in der Geschichte der Seekriegsführung. Es war eine Aktion auf Tod oder Leben, sie war unvermeidbar geworden durch die vor kurzem erfolgte, überraschende Landung General MacArthurs auf den Philippinen. Der japanische Nachrichtendienst erkannte sehr rasch, daß MacArthurs Stellungen nur schwach befestigt waren und daß ein beherzter Gegenangriff die Amerikaner wieder vertreiben, MacArthur eine blutige Abfuhr erteilen und Japan eine Verschnaufpause zur Verstärkung seiner Verteidigungsanlagen im Mutterland verschaffen könnte.
Dieser gewaltige Einsatz, der darin bestehen sollte, den Amerikanern jedes verfügbare Schlachtschiff und jedes Kampfflugzeug entgegenzuwerfen, trug die strategische Bezeichnung Sho-Go (Operation Sieg), und sein Erfolg hing von der entschlossenen Haltung dreier kriegserprobter Generäle ab, die man aufgefordert hatte, ein Wunder zu vollbringen. Die oberste Heeresleitung hatte allen Grund, damit zu rechnen, daß Sho-Go die Amerikaner zurückschlagen und MacArthur ein zweites Mal demütigen würde.
Sho-Go beruhte auf drei einfachen Prinzipien, die ineinandergreifend einen Überraschungssieg garantieren würden. Die ganze noch vorhandene Flotte würde in drei Teile geteilt, und jedem Teil eine andere, völlig unterschiedliche Aufgabe übertragen werden. Die Nordflotte unter dem Kommando von General Ozawa Jisaburo sollte von Japan nach Süden dampfen, sich wiederholt sehen lassen und dann nördlich der Philippinen kreuzen – in der Hoffnung, Admiral Halsey würde sich dazu verleiten lassen, mit dem Gros der amerikanischen Flotte nach Norden zu jagen. Weil sie hoffnungslos unterlegen waren, stellten diese Schiffe einen Köder dar, und selbst wenn Halsey in die Falle tappte, mußten die Japaner deshalb mit dem Verlust vieler der größeren Schiffseinheiten rechnen. Um die Lockspeise noch schmackhafter

zu machen, führte dieser Flottenverband auch vier große Flugzeugträger mit, denn »Admiral Halsey kann der Versuchung nicht widerstehen, unsere Träger anzugreifen«. Sie würden ganz besonders verwundbar sein.

Der Südflotte war ein selbstmörderischer Einsatz zugedacht. Sie sollte sich vor der Küste Borneos, ein gutes Stück südlich der Philippinen formieren, entlang der asiatischen Küste nach Norden dampfen, nach Osten schwenken und dann eine schmale Wasserstraße durchfahren, um, wenn ihr das gelang, den Männern MacArthurs, die unterwegs zur Küste waren, die großen Schlachtschiffe und Kreuzer entgegenzuwerfen. Doch um dieses Ziel erreichen zu können, würde die Südflotte durch eine relativ kleine amerikanische Verteidigungsflotte durchbrechen müssen, die, vermutlich in Alarmbereitschaft versetzt, am anderen Ende der Wasserstraße warten würde. Daß es zu einer mörderischen Seeschlacht kommen würde, daran war kaum zu zweifeln, und der japanische Admiral erwartete mit Fug, daß er und alle seine Schiffe am Abend des 25. Oktober auf dem Meeresgrund ruhen würden.

Er hieß Nishimura Teiji und war ein Mann, der keine Furcht kannte. Er hatte in vielen Schlachten tapfer gekämpft und gedachte, dies auch weiter zu tun, was immer Sho-Go ihm abverlangte. Mit vollendeter Fertigkeit steuerte er seinen Verband in die schmale Straße, die ihn zu MacArthurs Landekopf führen würde. Als es zu dämmern begann, betete er zu seinen schintoistischen Kriegsgöttern, es möge ihn kein amerikanischer Flottenverband am Ausgang erwarten, aber als vernünftiger Mann wußte er, daß dies eine fast aussichtslose Hoffnung war.

Die zwei Täuschungsmanöver, das eine im Norden, das andere im Süden, und beide äußerst gefährlich, waren angeordnet worden, um die gewaltige Mittelflotte freizusprengen, die aus Singapur auslaufen, nach Norden steuern, kühn nach Osten schwenken und die äußerst schwierige San-Bernardino-Straße passieren sollte – von der das amerikanische Oberkommando schon vor langer Zeit festgestellt hatte, daß sie zu gefährlich war, um von Kriegsschiffen durchfahren zu werden. Die Aufgabe, ein bedeutendes Geschwader – fünf große Schlachtschiffe, zwölf schwere Kreuzer, fünfzehn Zerstörer, und alle mit enormer Feuerkraft – durch Gewässer zu steuern, die als unpas-

sierbar galten, diese Aufgabe fiel dem kühnsten der drei Admiräle zu
– Kurita Takeo, ein Mann von mittlerer Größe und maßvollem Gewicht mit dem kurzhaarigen Kopf einer Bulldogge. Am Vorabend der Schlacht sagte er zu seinen Kommandeuren: »Ich erwarte, daß jedes unserer Schiffe ohne Zwischenfälle die San-Bernardino-Straße passiert, den Feind angreift und ihn von den Philippinen vertreibt.« Er führte sie an, und das mit einer Geschwindigkeit, die in dieser Meerenge selbst für ein kleines Fischerboot unverantwortlich gewesen wäre. Einunddreißig große Kriegsschiffe folgten ihm. Wenn sie durchkamen und wenn sich Halsey mit dem Gros seiner Flotte nach Norden locken ließ und Admiral Nishimura mit seiner Südflotte die anderen Kriegsschiffe in diesem Gebiet ablenken konnte, dann würde Admiral Kuritas mächtige Streitmacht nur eine kleine amerikanische Geisterflotte vorfinden: einige wenige Geleitflugzeugträger und einige wenige Zerstörer. Diese kleine Armada konnte leicht versenkt werden, und dann würde General MacArthur von seinem Landekopf verjagt und vielleicht sogar als Gefangener nach Tokio gebracht werden.

Die Abenddämmerung des 24. Oktober war eine Zeit stiller Besinnung, denn eine der großen Seeschlachten der Geschichte stand unmittelbar bevor: drei gesonderte japanische Flotten gegen drei gesonderte amerikanische Flotten. Ein launisches Geschick sollte es fügen, daß keine der japanischen Flotten auf einen amerikanischen Verband treffen würde, der ihr an Umfang und Feuerkraft ebenbürtig gewesen wäre. Die einzelnen Schlachten sollten von völlig ungleichen Gegnern ausgefochten werden, und sie verliefen nicht immer zu Gunsten der Amerikaner. Am Morgen des 25. Oktober mochte es wohl sein, daß General MacArthurs Halt auf den Philippinen ernstlich bedroht war.

Es war Admiral Nishimura, der die Südflotte befehligte, der den ersten Vorgeschmack der Schlacht zu spüren bekam. Kurioserweise entdeckten die Amerikaner trotz ihrer Luftüberlegenheit weder die Bewegung der Mittel- noch die der Südflotte, und so konnten diese imposanten Verbände wunschgemäß und ungehindert in ihre Wasserstraßen einfahren. Aber wie der Zufall es wollte, kreuzten zwei amerikanische U-Boote, stets auf der Suche nach Beute, Admiral Nishimuras Kurs und torpedierten geschickt und mutig eines seiner großen

Schiffe. Noch bevor die Schlacht ihren Anfang nahm, hatte er einen schweren Verlust erlitten, doch am Ausgang der Wasserstraße erwartete ihn ein noch viel schwereres Problem.

Seit den Anfängen der Seekriegsführung gehörte es zum Grundwissen der Admiräle, daß es eine Lage gab, die unter allen Umständen vermieden werden mußte. Jeder kleine Leutnant zur See, der das Kriegshandwerk erlernen wollte, hatte die Binsenwahrheit auswendig zu lernen: »Laß nie zu, daß der Feind dir dein T streicht!« Und sobald die jungen Männer diese Lektion gelernt hatten, träumten sie von dem Tag, da sie das T des Feindes streichen würden, denn dann konnten sie ihres Sieges sicher sein. Im Jahre 1571 hatte Don Juan d'Austria, Halbbruder Philipps II. von Spanien, bei Lepanto den Türken das T gestrichen und der Geschichte des Mittelmeerraums eine entscheidende Wendung gegeben. Lord Nelson hatte den Franzosen das T gestrichen und England gerettet. Und im Ersten Weltkrieg strichen die Briten das deutsche T, um Europa zu retten.

In diesem Jahr 1944, da die Schlachtschiffe über Luftaufklärung verfügten, noch davon zu träumen, das T des Feindes zu streichen, wäre absurd gewesen, aber einige Mariner konnten es nicht lassen, und einer von ihnen war Admiral Jesse Oldendorf, der Kommandeur der amerikanischen Schlachtschiffe, die am anderen Ende der von Admiral Nishimura befahrenen Wasserstraße lauerten; immerhin bestand die Möglichkeit, daß die Japaner versuchen würden durchzubrechen.

Wie die in dieser Nacht auf Peenemünde zufliegenden Bomber bereits entdeckt hatten, verbreitete ein Halbmond beträchtliches Licht, doch bereits bei Einbruch der Dunkelheit stand er am Zenit und würde noch vor Mitternacht untergehen. Admiral Nishimura, der direkt auf den wartenden Admiral Oldendorf zuhielt, rechnete damit, daß die Dunkelheit die japanischen Schiffe verbergen würde, und als das geschah, pflügte er die Wellen mit einer Geschwindigkeit, die einige seiner Untergebenen in Schrecken versetzte.

Beim Streichen des T geht es um folgendes: Die feindliche Flotte muß in Reihe marschieren, ein Schiff hinter dem anderen, so daß die Einheiten weder leicht noch rasch taktische Formationsänderungen vornehmen können. Sie bilden so den Stiel des T und sind, wie noch zu erläutern sein wird, überaus verwundbar. Die angreifende Flotte muß in Linie fahren und bildet so den Querbalken des T. Dabei sind alle Geschütze auf der betreffenden Seite der Schiffe auf das vorderste feindliche Schiff gerichtet, das am Kopf der Reihe läuft, während dieses seine Geschütze nur auf einen seiner Angreifer richten kann. Und sobald das erste feindliche Schiff versenkt ist – angesichts der überlegenen Feuerkraft ein unentrinnbares Schicksal – setzt sich das nächste Schiff an die Spitze, wo es bereits von fünfzehn oder zwanzig feindlichen Einheiten erwartet wird.

In den Stunden vor Sonnenaufgang, als noch Dunkelheit herrschte und die Japaner in einer Reihe fuhren, einer hinter dem anderen, strich Admiral Oldendorf ihr T.

Nicht oft in der Geschichte der Kriegsmarine hat es eine große Schlacht gegeben, in der die Kräfte so ungleich verteilt waren. Admiral Nishimura verließ die Wasserstraße mit nur sieben Einheiten: zwei große Schlachtschiffe, ein Kreuzer und vier Zerstörer. Er sah sich einer überwältigenden amerikanischen Streitmacht gegenüber: sechs große Schlachtschiffe mit so furchteinflößenden Namen wie *Maryland*, *West Virginia* und *Tennessee,* vier schwere Kreuzer, jeder einzelne schlagkräftiger als manches Schlachtschiff, vier leichte Kreuzer und nicht weniger als achtundzwanzig Zerstörer. Das bedeutete, daß sich die Japaner im Verhältnis zweiundvierzig zu sieben in der Minderheit befanden. Damit nicht genug, hatten die Amerikaner auch noch fünfundvierzig kleine und wendige Patrouillentorpedoboote, um dem Feind das Leben schwerzumachen.

Die Schlacht begann in stockdunkler Nacht um drei Uhr früh, ein Zeitpunkt, der Nishimura behagte, denn er wußte, daß die Japaner in früheren Nachtgefechten die Amerikaner für gewöhnlich ausgestochen hatten, die nicht zu wissen schienen, wie sie in der Finsternis manövrieren sollten.

Diesmal wußten sie es. Als Nishimura seinen kleinen Verband aufs offene Meer hinausführte, fielen amerikanische Zerstörer, verblüffend in ihrer Vielzahl, über ihn her und stürzten seine Schiffe in Verwirrung, hielten einige auf und schossen andere aktionsunfähig.

Und dann eröffneten die mächtigen Geschütze der amerikanischen Schlachtschiffe aus einer Entfernung von achtzehn Kilometern, ohne die japanische Flotte zu sehen und nur unter Einsetzung des Radars, das Feuer, und sooft sie eine Feuerpause einlegten, nahmen die acht

Kreuzer, einschließlich der australischen *Shropshire,* den Beschuß auf. Alles eingerechnet hatten die sechs Schlachtschiffe mehr als dreitausend schwere Granaten in ihren Munitionskammern, die sie mit tödlicher Genauigkeit abschossen, bis der Nachthimmel vom Geschützfeuer und den Explosionen an Bord der zum Untergang verurteilten japanischen Flotte hell erleuchtet war.

Nishimura Teiji ging mit seinen Schiffen unter. Von dem Augenblick an, da er von Sho-Go in Kenntnis gesetzt worden war, hatte er gewußt, daß ihn etwas erwarten würde, sobald er die Wasserstraße hinter sich hätte, aber selbst in seinen trübsten Stunden hatte er nicht damit gerechnet, daß sechs große Schlachtschiffe und acht riesenhafte Kreuzer sein T streichen würden. Er verlor sechs von seinen sieben Schiffen, die Amerikaner nicht ein einziges. Es war eine selbstmörderische Operation gewesen, aber auch ein Sieg, denn Nishimura hatte genau das vollbracht, was man von ihm verlangt hatte. Er hatte die großen amerikanischen Kriegsschiffe im Süden festgehalten und damit General MacArthurs Truppen auf Leyte der japanischen Mittelflotte ausgesetzt. Ein Überlebender von Nishimuras Flaggschiff berichtete später, der kleine Admiral habe ruhig auf der Brücke seines Schiffes gestanden, als es unterging – offensichtlich zufrieden, daß er seine Aufgabe erfüllt hatte.

Wenn man so will, hatte auch die Nordflotte einen Sieg errungen, denn Admiral Ozawa Jisaburo hatte Admiral Halsey dazu verführt, weit nach Norden zu laufen, um sich den Köder schnappen zu können, den die Japaner vor ihm baumeln ließen – und die Landeplätze auf Leyte dadurch ungeschützt zu lassen.

Es war ein verlockender Köder, den Ozawa ausgelegt hatte: ein bedeutender japanischer Flottenverband, bestehend aus achtzehn Kriegsschiffen, darunter vier von Japans größten Flugzeugträgern. Hätte Halsey diese Herausforderung nicht akzeptiert, obwohl er damit MacArthurs Landung gefährdete, er wäre als Mariner ein Dummkopf gewesen. Darum brauste Halsey, der »Stier«, nachdem er alle Pro und Kontras sorgfältig abgewogen hatte, mit einer Flotte von atemberaubenden Ausmaßen nach Norden: sechs große Schlachtschiffe, darunter die *Iowa,* die *New Jersey* und die *South Dakota;* zehn Flugzeugträger, darunter die *Essex,* die *Enterprise* und die *Lexington;* acht Kreuzer und einundvierzig Zerstörer. Auch diesmal waren die Japaner, hier im Verhältnis fünfundsechzig zu achtzehn, in der Minderheit, aber sie hatten diese Überlegenheit des Gegners einkalkuliert.

Nicht einkalkuliert war die beklagenswerte Tatsache, daß die vier großen japanischen Flugzeugträger, tödliche Schrecken in frühen Tagen des Krieges, keine Flugzeuge an Bord hatten. Diese Monsterflotte konnte insgesamt nur fünfzehn Maschinen aufbieten, und da sie mit ungeschulten Piloten bemannt waren, würden auch sie in Kürze abgeschossen werden. Die zehn amerikanischen Träger hingegen besaßen eine Überfülle von Flugzeugen mit bestens ausgebildeten Piloten, um sie zu fliegen. Es bestand auch in der zweiten Schlacht hier im Norden ein erschütterndes Ungleichgewicht zwischen den beiden Flotten, und als an diesem 25. Oktober der Tag anbrach, wußte Admiral Ozawa, daß auch er an einem Himmelfahrtskommando teilnahm. Seine Aufgabe war einfach: Er mußte Halsey binden und dabei so wenig Schiffe wie möglich verlieren.

Dann begann das Schlachtfest. Überzeugt, daß der Ausgang des Krieges im Pazifik davon abhing, daß er die japanische Flotte zerschmetterte, griff Halsey sie bedenkenlos an. Die Schlacht hatte kaum begonnen, als der schnelle Flugzeugträger *Chitose* von einem höllischen Bombenpaket getroffen wurde und um 9 Uhr 37 sank. Um 10 Uhr 18 lag die schlachterprobte *Chiyoda* unbeweglich im Wasser und mußte aufgegeben werden; sie sank um 16 Uhr 30. Um 14 Uhr 14 legte sich die riesenhafte *Zuikaku,* einer der gewaltigsten Flugzeugträger der Welt, auf die Seite und sank. Um 15 Uhr 26 wurde die mächtige *Zuhio* von siebenundzwanzig amerikanischen Maschinen angegriffen und sank unter der Last ihrer Bomben.

Die Nordflotte war damit ihres Kerns beraubt, und Halseys großen Schlachtschiffen stand es nun frei, näher heranzulaufen und auch die restlichen vierzehn japanischen Einheiten zu erledigen. Nur ein Wunder konnte die japanische Flotte noch retten – und dieses Wunder geschah.

Der sich an seinem Erfolg weidende Admiral Halsey erhielt immer besorgtere Botschaften aus dem Golf von Leyte, wo ein Debakel von so unvorstellbaren Ausmaßen die amerikanischen Streitkräfte betroffen hatte, daß die Position General MacArthurs auf das höchste gefährdet war. Halsey sah sich mit einer grausamen Entscheidung konfrontiert: im Norden zu bleiben, Ozawas Flotte zu vernichten und der Bedrohung durch die japanische Flotte ein Ende zu setzen; oder in aller Eile nach Süden zu dampfen, um eine Katastrophe abzuwenden. Seiner ganzen Veranlagung nach neigte er dazu, im Norden zu bleiben und Japans Marinepotential zu zerstören, und das wäre auch die richtige Entscheidung gewesen. Sich allein überlassen, hätte er zweifellos diese Alternative gewählt.

Doch nun widerfuhr ihm eines jener aller Kriegführung eigenen grotesken Mißgeschicke und veranlaßte ihn, die falsche Entscheidung zu treffen: Er empfing eine entstellte Anfrage aus Honolulu. Bei wichtigen verschlüsselten Botschaften war es bei der Marine der Vereinigten Staaten üblich, der eigentlichen Mitteilung einige unsinnige oder absurde Worte voranzustellen und die Botschaft auch ebenso zu beenden.

Daraus ergab sich gleich ein doppelter Vorteil: Erstens mußte der Feind viel Zeit aufwenden, um das ganze Mischmasch zu entwirren; war er damit endlich zu Ende gekommen, erschwerte es ihm diese Verfremdung, zu erraten, welches verschlüsselte Wort sich auf welchen springenden Punkt bezog. Eine gut durchdachte Meldung mochte etwa so lauten: CHICAGO WHITE SOX★ VIER CLEVELAND INDIANS★ ZWEI LANDUNG AUF BOUGAINVILLE UM 07 30 ZEBRA BEGIB DICH IN EIN KLOSTER.

Admiral Nimitz, der in Honolulu den Verlauf dieser großen Schlacht verfolgte, war sich bald darüber klar, daß Halseys Jagd nach Norden die ganze Operation gefährdet hatte, indem sie MacArthurs Position exponierte, und als er sich der Bedrohung durch die japanische Mittelflotte bewußt wurde, richtete er eine dringende Botschaft an Halsey: WO IST KAMPFVERBAND 34? – womit er sich auf jenen Teil von Halseys Flotte bezog, der das Zentrum schützen sollte. Der diensthabende Funker begann die Botschaft korrekt mit einem Gefasel: TRUTHAHN TROTTET ZUR TRÄNKE, beendete sie aber bedauerlicherweise mit einer Floskel, die er in einer Englischstunde aufgeschnappt hatte und die man als Teil der Botschaft auffassen konnte: DAS FRAGT SICH DIE GANZE WELT.

★ Jedem Amerikaner geläufige Namen bekannter Baseballmannschaften

Halsey konnte dies nur als Tadel und vielleicht als verschleierten Angriff auf seine Ehre auffassen; durch sein halsstarriges Verhalten hatte er einen Verband der amerikanischen Flotte in tödlicher Gefahr zurückgelassen.

Bestürzt und verbittert wandte er sich von der schon stark geschwächten japanischen Nordflotte ab, die sich nun in Sicherheit bringen konnte, und sandte seine Schlachtschiffe nach Süden auf eine vermutlich aussichtslose Mission. Wenn die Lage im Golf von Leyte so gefährlich war, wie die Meldungen es darstellten, würden die Schlachtschiffe viel zu spät eintreffen, um noch von Nutzen zu sein. Er begriff nun, daß er hereingelegt worden war: Admiral Ozawa, dieser schlaue Meister strategischer Kniffe, hatte ihn mit vier weitgehend untauglichen Flugzeugträgern angelockt, die weder über Flugzeuge noch über Piloten, noch über Treibstoff für ihre Maschinen verfügten; selbst wenn Halsey sie nicht versenkt hätte, sie wären an ihrer eigenen Strangulation zugrunde gegangen.

So gewannen die Japaner, wenn auch unter schweren Verlusten, die ersten zwei Gefechte in dieser fortlaufenden Schlacht. Nishimura hatte die amerikanischen Schlachtschiffe im Süden, Ozawa die im Norden gebunden. Jetzt hing alles von Admiral Kurita Takeo im Mittelabschnitt ab, und nur selten in der Geschichte hatte ein Admiral eine so günstige Gelegenheit, einen größeren Gegner entscheidend zu schlagen.

Admiral Kurita begann seinen beispiellosen Triumph in großem Stil. Nachdem er unzählige amerikanische Luftangriffe abgewehrt hatte, ohne auch nur ein einziges Schiff zu verlieren, führte er seine gewaltige Flotte in einem der bemerkenswertesten Manöver in der Geschichte der Seekriegsführung sicher durch die schmale Wasserstraße, die von den Amerikanern als viel zu eng und gefährlich für die Durchfahrt von Zerstörern, geschweige denn Schlachtschiffen, eingeschätzt worden war.

Aber Kurita hatte Glück, und er brachte eine höchst respektable Reihe von Kriegsschiffen mit: fünf der mächtigsten Schlachtschiffe, deren Geschütze größere Kaliber aufwiesen als die der Amerikaner, elf klobige Kreuzer und fünfzehn Zerstörer. Diese Flotte von einunddreißig gefährlichen, gut bemannten Schiffen konnte es mit jedem Gegner aufnehmen.

Womit sie sich nun konfrontiert sahen, setzte die Japaner allerdings in Erstaunen. Nachdem Halsey mit seinen sechs Schlachtschiffen nach Norden und Oldendorf mit seinen sechs nach Süden gelaufen waren, waren keine mehr für das Zentrum geblieben. Es gab auch keine Kreuzer. Und keine großen Flugzeugträger. Und keinen von den wirklich großen neueren Zerstörern.

Was also stand den Amerikanern zur Verfügung? Eine erbarmungswürdige Kollektion von kleinen, dünnwandigen, langsamen Geleitflugzeugträgern, auch »Jeeps« oder »Babyträger« genannt, geeignet für ungehinderte U-Boot-Abwehrpatrouillenfahrten oder zur Unterstützung von Bodentruppen. Davon gab es sechzehn Stück, ausgerüstet mit je einem wenig effektiven Fünf-Zoll-Geschütz und einem begrenzten Vorrat an Allzweckmunition, was soviel hieß, wie daß sie zu keinem speziellen Zweck taugte. Um die wehrlosen Geleitflugzeugträger zu schützen, gab es neun mäßig große Zerstörer und zwölf viel zu klein geratene Seefahrzeuge, sogenannte DEs, Geleitzerstörer. Für größere Aktionen waren sie nicht geeignet.

Der Kommandant des vor neun Monaten in aller Eile in Bremerton fertiggestellten DEs *Lucas Dean* war Norman Grant, ein dreißigjähriger Korvettenkapitän und angehender Rechtsanwalt aus dem westlichen Bundesstaat Fremont, der noch nie das Meer gesehen hatte, bevor er sich freiwillig zur Marine meldete, um nicht zum Heer eingezogen zu werden. Grant war der erste amerikanische Offizier, der die nahende japanische Flotte entdeckte. Seine Gefühle beherrschend, signalisierte er dem Admiral, der die Geleitflugzeugträger befehligte: »Größerer japanischer Flottenverband verläßt die Straße.«

Als Aufklärer diesen Bericht bestätigten, wußten am Morgen des 25. Oktober 1944 um 6 Uhr 47 Uhr alle Angehörigen dieser kleinen amerikanischen Flotte, was es geschlagen hatte. Ohne schwere Geschütze, ohne geeignete Torpedos und ohne Hoffnung auf Verstärkung, würden diese fragilen Schiffe versuchen müssen, eine massive Ansammlung von Kriegsschiffen und Kreuzern, von denen jeder einzelne mehr Feuerkraft besaß als alle amerikanischen Einheiten zusammen, zu stören, zu piesacken und an Schlauheit zu übertreffen. Im Norden und im Süden hatten die Japaner gegen eine starke Übermacht antreten müssen, aber hier befanden sich die Amerikaner in einer weit schlechteren Lage.

Der neunzehnjährige Verwaltungsunteroffizier Tim Finnerty stenografierte mit, was Kapitän Grant der Mannschaft der *Lucas Dean* sagte: »Männer, wir sind von Seattle hierhergedampft, um es mit den Japsen aufzunehmen. Jetzt sind sie da. Nun wollen wir uns bewähren.« Dann gab er seinen ersten Befehl: »Ruder hart nach rechts!« Da er und neun Zehntel seiner Crew von 329 Männern Landratten waren, sprach man auf der *Lucas Dean* für gewöhnlich von *links* und *rechts,* statt von *backbord* und *steuerbord;* an Bord des kleinen DEs hätte kaum jemand diese oder auch andere nautische Begriffe erklären können.

Die sechzehn kleinen Flugzeugträger waren in drei Gruppen weit auseinandergezogen, jeder mit seinen eigenen Zerstörern, die ihn schützen sollten. Kapitän Grants DE gehörte zur ersten Gruppe, die dem sich nähernden Feind am nächsten war.

Dann kam der Befehl: »Zerstörer an den Feind!« Das bedeutete, daß die drei schweren Zerstörer, die DDs, die noch die größten Chancen hatten, irgendwelche Treffer von den japanischen Geschützen zu überstehen, den ersten Torpedoangriff fahren und sich dann, nach Abfeuern der Torpedos, falls noch manövrierfähig, wieder zurückziehen sollten.

Die Männer der *Lucas Dean* versammelten sich auf dem Deck ihres Schiffes, um die Einleitungsmanöver zu beobachten. Es ärgerte sie, daß sie in Reserve gehalten wurden, während die größeren DDs auf den Feind zuhielten, wobei sie einen Rauchvorhang legten, um ihre genaue Position vor den japanischen Geschützoffizieren zu verbergen. Doch während die Männer der *Lucas Dean* noch hinüberstarrten, hörten sie vier riesige Granaten heulend auf sich zukommen und laut zischend ins Wasser klatschen. So stark war die Erschütterung, daß der kleine DE zunächst wie eine Nußschale auf einer wilden See hin und her geschleudert wurde.

»Seht doch!« schrie ein Matrose namens Parker. »Sie kommen uns mit Technicolor!«

Er hatte recht. Um die Wirkung des Feuers besser abschätzen zu können, verwendeten beide Seiten konzentrierte Farbflüssigkeiten in sechs oder sieben verschiedenen Tönungen. Diese ersten waren rot und grün, und die Fontänen schossen fünfzehn und zwanzig Meter hoch in die Luft.

»Fröhliche Weihnachten!« rief Finnerty, und die Männer sahen einander komisch an, als sich rotes und grünes Wasser über sie ergoß.
In einer Art glasiger Trance, die man ihm als Feigheit hätte auslegen können, beobachtete Kapitän Grant die DDs, die Zerstörer, die unmittelbar auf die japanischen Kreuzer zuhielten, die den feindlichen Angriff anführten. Der Gedanke machte ihm arg zu schaffen, daß sich die kleinen DDs dieser gewaltigen Macht entgegenwarfen, nur um den amerikanischen Flugzeugträgern ein paar Minuten mehr zu verschaffen, in denen sie nach Süden entwischen sollten. Da er mit niemandem sprach, konnten seine Männer nicht ahnen, was er dachte, oder vorhersagen, was er tun würde, wenn der Befehl kam, die Geschwindigkeit zu erhöhen und dem Feind die Stirn zu bieten.
Es blieb keine Zeit für solche Spekulationen, weil eine zweite Salve von vier Riesengranaten die *Lucas Dean* eingabelte und sie hin und her schleuderte. Kapitän Grant kam wieder zur Besinnung.
»Hart rechts«, sagte er mit ruhiger Stimme, und als die dritte Salve eines der japanischen Schlachtschiffe ein gutes Stück achtern von der *Lucas Dean* einschlug, gab er Befehl, in engstem Kreis zu wenden und genau auf diese Stelle zuzuhalten, an der die Salve gelegen hatte. Dabei folgte er der Überlegung, daß die japanischen Artilleriebeobachter, wenn sie die Fontänen roter und grüner Farbflüssigkeit sahen, ihren Aufsatz verändern und nicht mehr auf dieselbe Stelle feuern würden.
»Salven jagen«, nannte man das, und Grant besaß ein unheimliches Gespür, wann genau und in welcher Richtung er, noch während die letzten Granaten aufklatschten, abdrehen mußte.
Dann kam das aufregende Kommando: »Geleitzerstörer, an den Feind!«
Über die Bordsprechanlage sagte Kapitän Grant: »Es geht los, Männer. Dem Feind entgegen! Jeder tut seine ...« Er beendete seine Ermunterung nicht, denn er wußte, daß es nicht nötig war.
Die *Lucas Dean* und drei andere kleine DEs schossen vorwärts, ließen die Geleitflugzeugträger zurück und rasten auf die sich nähernden Schlachtschiffe zu. Es war absurd, ein Wahnsinn, so kleine Schiffe gegen Giganten wie die *Yamato,* die *Musashi* oder die *Kongo,* aber wenn die DEs die Schlachtschiffe auch nur kurz ablenken konnten, bestand für die amerikanischen Flugzeugträger eine vage Chance zu

entwischen. Das Vabanquespiel gründete auf der Hoffnung, daß Einheiten der unter Admiral Oldendorf im Süden operierenden Flotte oder ein Teil von Halseys großem Verband ihnen zu Hilfe kommen würden.

Weil nun ein Regen von Granaten auf die *Lucas Dean* niederging, mußte Kapitän Grant immer wieder ausweichen und nach allen Seiten Salven jagen, und das entfernte ihn von den anderen drei kleinen Schiffen, so daß er allein war, als er eine Position erreichte, aus der er seine Torpedos abschießen konnte, ein kleines Schiff, auf das drei Riesen, einer hinter dem anderen, zukamen.

»Meine Herren«, wandte er sich an seine Crew, »wir werden ihnen ihr T streichen.« Und genau das tat er. Er brachte die *Lucas Dean* auf einen Kurs, der ihn quer vor den Bug des Leitschlachtschiffs führte, und als er die drei in der Position hatte, in der er sie haben wollte, feuerte er seinen gesamten Vorrat an Torpedos ab.

Dann kamen die quälendsten zwölf Minuten, die die Crew des DEs je erleben sollte, denn so lange würden die Torpedos brauchen, um die Schlachtschiffe zu erreichen. Und die ganze Zeit über schossen rings um das kleine Schiff farbenprächtige Fontänen in die Höhe. Während Kapitän Grant den Salven auswich, hatte er stets ein Auge auf der Blasenspur seiner Torpedos.

»Es dauert lange, Sir«, meinte Finnerty, der mit seinem Notizblock neben ihm stand.

»Volle Kraft zurück!« befahl Grant, und das Schiff, mitten in seiner Fahrt zum Halten gebracht, erbebte, zögerte und zog sich zurück, während wenige Meter vor ihm eine gewaltige Salve niederging.

Jetzt war das Schicksal der *Lucas Dean* besiegelt, denn mittlerweile hatten sich zwei Kreuzer vorgeschoben, um die Schlachtschiffe zu unterstützen, und das Bombardement wurde so heftig, daß ein Davonkommen unmöglich schien. Doch dann zog, einem siegreichen Rennläufer gleich, aus Westen eine tiefhängende Regenwolke auf. »Ich bete zu Gott, daß sie uns erreicht!« rief Finnerty.

»Ich hoffe, sie bleibt so lange weg, bis wir die Torpedos einschlagen sehen«, flehte Grant, und ohne auf die Granaten zu achten, starrte er auf die sich auflösenden Blasenspuren. »Elf Minuten. Bald sind es zwölf. Die Japaner sehen unsere Torpedos«, verkündete er, und die Männer beobachteten, wie die großen Schiffe in scheinbar wilder

Verwirrung abdrehten. Sich an Finnerty wendend, diktierte er, »Alle Torpedos richtig gelaufen. Alle haben ihr Ziel verfehlt.«

»Sehen Sie doch!« schrie der Matrose Parker. »Wir haben einen Kreuzer getroffen.« Nur eine Sekunde lang war in der Ferne ein tosendes Krachen zu hören und eine hoch aufschießende Fontäne zu sehen, dann folgte das dunkle Grau der rettenden Wolke.

»Wir könnten einen Kreuzer getroffen haben«, diktierte Kapitän Grant, und der Erste Offizier Savage schrie seinen Männern zu: »Wir haben ihnen ihr T gestrichen!« Und das stimmte. Ein kleines Schiff mit kümmerlichen Geschützen hatte die Schlachtschiffe in Unordnung gebracht und den Geleitflugzeugträgern ein paar Minuten Atempause verschafft.

Die vier DEs wendeten in weiten Schleifen und kehrten an die Flanken der Flugzeugträger zurück, deren Sicherheit sie zu verteidigen hatten, doch weil sie dort nicht viel ausrichten konnten, erfolgte abermals das Kommando: »Geleitzerstörer, an den Feind!« Und Kapitän Grant und seine Männer mußten das Schutzdach ihrer Wolke verlassen, nach Norden eilen und es mit der großen Flotte aufnehmen, die auf die Flugzeugträger zuhielt.

Zwei der DEs versanken sofort unter einem wahren Hagel von Granaten; dies hatte zur Folge, daß die vorderen Flugzeugträger ohne jede Verteidigung waren und sich auch nicht selbst verteidigen konnten. »Den nassen Arsch in den Wind halten«, nannte man das, und genau das taten diese Träger. Sie hatten jeder ein Fünf-Zoll-Geschütz, dessen Granaten die Stahlplatten der japanischen Schiffe nicht einmal ankratzen konnten. Trotzdem schossen die Geleitflugzeugträger – in der Hoffnung, wenigstens an Deck Schaden anzurichten.

Was dann geschah, war in seiner Art auch ein Wunder der Kriegführung. Die japanischen Schlachtschiffe richteten ihre schweren Geschütze auf die Träger, und der am meisten exponierte, die *Chesapeake Bay,* erhielt in weniger als sechs Minuten vier Einschüsse von Achtzehn-Zoll-Granaten an verschiedenen Stellen ihrer Deckaufbauten. Doch weil die Japaner ein Aufeinandertreffen mit amerikanischen Schlachtschiffen erwartet hatten, waren ihre Geschütze mit Panzergranaten geladen, die, wenn sie auf die dicken Panzerplatten eines amerikanischen Schlachtschiffes aufgetroffen wären, schwere Zerstörungen verursacht hätten, denn die stahlharten Geschoßspitzen

hätten das Deck durchschlagen, die Kopfzünder aktiviert und im Inneren des Schiffes eine gigantische Detonation ausgelöst.
Als aber diese Granaten die papierdünne *Chesapeake* trafen, durchschlugen sie nur heulend die Schiffswände, denn sie stießen auf nichts, das hart genug gewesen wäre, die Kopfzünder zu aktivieren. Als die Matrosen der *Chesapeake* begriffen, was da vor sich ging, rief einer: »Die machen Emmentaler aus uns!« Vier der gewaltigsten Granaten, die es auf der Welt gab, hatten einen »Jeep« getroffen, ohne ein einziges Menschenleben zu fordern. Allerdings wies das Schiff acht gähnende Löcher auf – vier, wo die APs, die Panzergranaten, eingeschlagen, und vier, wo sie wieder ausgetreten waren.
Der *Lucas Dean* war solches Glück nicht beschieden. Nachdem sie ihre Torpedos verschossen hatte, war sie nur mehr ein halbes Kriegsschiff, aber Kapitän Grant war entschlossen, diese Hälfte maximal zu nutzen. Er legte einen dichten Rauchvorhang und kreuzte gleichzeitig im Zickzack, bis er eine Stelle erreicht hatte, von der aus er auf die kleinen japanischen Zerstörer feuern und auf Wirkung hoffen konnte, weil ihr Panzerschutz nicht stark genug sein würde, um seine Schüsse abzuwehren. Er feuerte sechzehnmal und erreichte nichts. Doch weil er dem Hauptverband der japanischen Angreifer zu nahe gekommen war, mußte die *Lucas Dean* ausgeschaltet werden, und wild drauflos schießend kamen auch schon zwei Kreuzer auf sie zu gedampft. Nun gab es keine bunten Fontänen mehr, denn die japanischen Artillerieoffiziere konnten ihr Ziel deutlich sehen, doch das Spiel des Salvenjagens ging weiter, und Kapitän Grant beherrschte es so perfekt, daß er noch lange genug am Leben blieb, um Zuflucht in einer neuen Regenwolke zu finden.
Doch während er sich dort verborgen hielt, konnten die japanischen Kreuzer etwas sehen, was er nicht sehen konnte: Die Wolke war äußerst klein, und das Schiff mußte irgendwo da drin stecken. Die *Lucas Dean* mit einer Feuerwalze eindeckend, erzielten die Kreuzer zwei Treffer, beide in den Bug, beide von verheerender Wirkung. Dennoch blieb die Wolke lange genug, um Grant ausreichend Zeit zu geben, den Schaden zu überschauen. Jetzt hatte er auch Gelegenheit, die außerordentlichen Qualitäten seines Ersten Offiziers kennenzulernen, denn dieser neu an Bord gekommene Texaner, der bis vor einem Jahr noch nie einen Ozean gesehen hatte, organisierte die nötigen Repara-

turarbeiten so meisterhaft, daß die *Lucas Dean* schon eine halbe Stunde später in der Lage war, aus eigener Kraft abzulaufen – nicht sehr schnell, aber recht sicher.

»Und was jetzt?« fragte Mr. Savage.

»Zurück in den Krieg«, antwortete Grant.

»Was sonst?« versetzte Savage.

Sie hatten nur mehr einen bescheidenen Vorrat an Munition, aber wenn sie die feindlichen Kriegsschiffe irgendwie ablenken oder irritieren konnten, leisteten sie vielleicht einen kleinen Beitrag zur Verbesserung der amerikanischen Position. Daher kehrten sie im Schutz der Regenwolken an die Front zurück und stellten mit Entzücken fest, daß amerikanische Flugzeuge von den kleinen Trägern begonnen hatten, massive Angriffe gegen die japanischen Schiffe zu fliegen. Wenn die *Lucas Dean* auch nur ein Minimum an Verwirrung stiften konnte, mochte das genügen, um zu bewirken, daß ein japanisches Schiff von seinem Kurs abkam, seine Fahrt verlangsamte und so zu einem besseren Ziel für die Flieger wurde. Darum warf Grant sein Schiff dem Kern der sich nähernden japanischen Flotte entgegen.

In den Sagen vieler Völker wird davon erzählt, daß die Götter außerordentlich tapferen Menschen besonders gewogen sind. Die amerikanischen Indianer, die alten Griechen, die Römer und die Goten, sie alle glaubten, daß die Götter einem ausnehmend mutigen Mann ihren Schutz angedeihen lassen würden ... bis zu einem gewissen Punkt.

Norman Grant, ein angehender Rechtsanwalt aus der im Westen gelegenen Stadt Clay, mit einer Frau, die er liebte, war so ein Mann. Und als Finnerty ihn fragte, während die *Lucas Dean* mühsam nach Norden dümpelte: »Wollen Sie es mit der ganzen beschissenen Japs-Flotte aufnehmen?«, antwortete er: »Ja, das will ich.«

Achtunddreißig Minuten lang kreuzte dieses DE im Zickzackkurs, ganz so als hätte es noch eine ganze Brut von Torpedos zu verschießen. Mit seinen wenigen Granaten belegte es die um vieles schwereren Kriegsschiffe, um sich dann, den Salven ausweichend, wieder so rasch wie möglich zurückzuziehen. Abermals fand es eine Regenwolke, und als zwei nicht weniger heldenmütige Zerstörer auf den Grund geschossen wurden, blieb es irgendwie immer noch am Leben. Es war scheinbar ein unverwundbares Schiff, denn die Götter hatten es unter ihre Fittiche genommen.

Jedem einzelnen Mann auf der *Lucas Dean* wurde bewußt, daß sich ihr Kapitän als überaus tapfer erwies, und einige hatten sogar das Gefühl, diesen Mut mit ihm zu teilen. Aber Heroismus auf einem fahrenden Schiff läßt sich nicht mit dem vergleichen, der von einem einfachen Infanteristen erwartet wird, denn der kann, wenn ihn sein Mut verläßt, davonlaufen. An Bord eines Schiffes jedoch legt der Kapitän einen bestimmten Kurs fest, und keiner kann etwas dagegen tun.
Was veranlaßte Kapitän Grant, sich an diesem Oktobermorgen so zu verhalten?
Was gab ausgerechnet einem gewöhnlichen Rechtsanwalt aus einer ländlichen Kleinstadt im Westen ein so sicheres Gespür für so geschickte nautische Manöver? Eine Reihe von trivialen Episoden und Erlebnissen hatte sich zu einer festen Kette geformt, die aus ihm den Mann gemacht hatte, als der er sich an diesem Tag der Schlacht erwies:

> 1921, er ist sieben Jahre alt: Sein Vater spricht: »Wegen der Schachtel Konfekt darfst du nicht lügen. Wenn du sie genommen hast, sag es. Keine Strafe, die ich dir auferlegen könnte, würde je so schlimm sein wie die, zu der du dich selbst verurteilen tätest, wenn du zu einem notorischen Lügner werden würdest.«

> 1932, er ist achtzehn Jahre alt: Mr. Stidham spricht: »Wir freuen uns sehr, Norman, daß du mit Elinor zum Tanz gehen willst. Vergiß nicht, daß wir sie dir anvertrauen. Um eins muß sie wieder zu Hause sein. Und du brauchst niemandem zu beweisen, daß du auf einer unbeleuchteten Straße mit hundert fahren kannst.«

> 1941, er ist siebenundzwanzig Jahre alt: der Chef spricht: »Ich sage es jedem Praktikanten, der in unsere Kanzlei eintritt, nur einmal. In den letzten zwanzig Jahren sind vier Anwälte in unserem Bezirk ins Gefängnis gewandert, weil sie ihnen anvertraute Gelder unterschlagen haben. Und bei drei von ihnen war ich Zeuge der Anklage.«

1943, er ist neunundzwanzig Jahre alt: ein hoher Beamter des Marineamtes spricht: »Gemessen an den alten Maßstäben besitzt keiner von Ihnen die Kenntnisse, die nötig sind, ein Fahrzeug der Marine zu befehligen. Aber ich bin sicher, daß Sie Charakter und Mut haben, und das wird genügen.«

Zu Kuritas Flotte gehörte ein Schlachtschiff, das die Amerikaner unbedingt versenken wollten: die *Haruna,* eine Veteranin vieler Schlachten und, weil sie schon rein gefühlsmäßig eine Herausforderung darstellte, ein bevorzugtes Ziel. In den furchtbaren Tagen des zu Ende gehenden Jahres 1941, als sich ganz Amerika nach Pearl Harbor und der Besetzung der Philippinen gedemütigt fühlte, brauchte das Volk dringend einen Helden, was einige phantasievolle PR-Männer dazu veranlaßte, den Leuten die Geschichte aufzutischen, ein gewisser Colin Kelly, ein überaus tapferer Mann, hätte die *Haruna* versenkt. Bilder von Kelly, seinem Flugzeug und dem zerstörten japanischen Schlachtschiff gingen um die Welt. Doch zur großen Bestürzung der Marine war die *Haruna* bei der nächsten Seeschlacht wieder dabei und spie Tod und Verderben. Doch in dieser Schlacht wurde sie, nach einem erbitterten Kampf, den die PR-Leute in allen Einzelheiten beschrieben, abermals versenkt. Natürlich nahm sie auch – mit donnernden Geschützen – an der nächsten Schlacht teil. Immer und immer wieder wurde sie von neuem versenkt, aber jetzt, im Oktober 1944, dampfte sie dennoch drohend auf die kleinen Flugzeugträger zu. Ein Dutzend Flieger, die von ihrer Anwesenheit erfuhren, gelobten sie zu versenken – und diesmal wirklich.

»Die *Haruna* gehört mir!« rief ein Pilot des Flugzeugträgers *Chesapeake Bay,* als er aus seinem Verband ausscherte, um sie mit einer schweren Bombe zu versenken. Und so entschlossen war er, seine Worte wahrzumachen, daß er seiner Bombe fast bis zum Deck hinunter folgte und mit Freuden feststellte, daß er dem Schlachtschiff einen tödlichen Schlag versetzt hatte.

»Ich habe die *Haruna* versenkt!« brüllte er. Aber die *Haruna* dampfte weiter, direkt auf die *Lucas Dean* zu.

»Großer Gott! Seht doch!« stöhnte Finnerty auf, als er das Monsterschiff, das nur noch vier Meilen entfernt war, auf sie zukommen sah.

Die Männer auf der *Dean* hatten keine Möglichkeit mehr, der ewigen Überlebenden Schaden zuzufügen. Aber sie konnten so tun, als ob sie noch Torpedos hätten, und wenn das sich nähernde Schlachtschiff ihnen glaubte, würde es sich vielleicht zum Wenden entschließen und eine Beute der amerikanischen Flugzeuge werden. So wendete also Kapitän Grant, während rings um die beschädigte *Dean* Granaten fielen, die Breitseite seines Schiffes der *Haruna* zu, so als ob die Rohre der *Dean* noch mit tödlichen Fischen gefüllt wären.

Seine List gelang, und sie gelang auch nicht. Die *Haruna* wendete tatsächlich, aber noch während des Manövers schoß sie eine Vierzehn-Zoll-Granate ab, die genau hinter dem Turm der *Dean* einschlug und schweren Schaden verursachte.

Die *Lucas Dean* ging nicht in die Luft, und sie lief auch nicht unmittelbar Gefahr zu sinken, war aber doch so schwer beschädigt, daß sie sich zurückziehen mußte, und als sie sich nun zur Flucht wandte, bedeckte Kapitän Grant sein Gesicht. Er konnte sich die entsetzliche Zerstörung ausmalen, die die japanischen Schlachtschiffe auf den Geleitflugzeugträgern angerichtet haben würden, er hätte weinen mögen um die Toten dieses Tages und um die großen Hoffnungen, die mit ihnen gestorben waren. Er und seine Männer hätten es fertigbringen müssen, den Feind zurückzuschlagen und ihren Abschnitt der breiten Front zu verteidigen, aber sie waren gescheitert. Er war kein Seemann, er wußte nichts von den Traditionen der Marine. Aber er wollte sein Schiff nicht verlieren. Er wollte die Schmach der Niederlage nicht erleben.

Ein Wort drang an sein Ohr. Es wurde mit texanischem Akzent ausgesprochen: »Jesus!« Er nahm an, Mr. Savage hätte noch ein letztes japanisches Kriegsschiff gesichtet, das es auf sie abgesehen hatte, und blickte schnell auf, um zu entscheiden, was unternommen werden sollte, denn er war fest entschlossen, sein kleines DE nicht kampflos untergehen zu lassen.

»Sehen Sie doch! Sehen Sie doch!« rief Finnerty, und Savage brüllte: »Schaut euch die Scheißer an!«

Als er seine Augen auf den nördlichen Horizont richtete, bot sich ihm ein Anblick, den er einfach nicht glauben konnte. Obwohl die ganze amerikanische Flotte wehrlos dalag und nur darauf wartete, abgeschlachtet zu werden, hatte Admiral Kurita einen allgemeinen Rückzug befohlen. Den Sieg in der Tasche, ergriff er die Flucht vor diesen kleinen Schiffen, die ihn immer wieder attackiert hatten, ganz gleich, wie oft sie selbst getroffen worden waren.

»Finnerty«, wies Kapitän Grant ihn an, »schreiben Sie. Um 0949 schwenkte die japanische Flotte nach Norden und gab den Kampf auf. Die *Lucas Dean* hat vier schwere Treffer abbekommen und kann nur noch drei Knoten machen, hält sich aber über Wasser.«

Und dann hatten die Götter genug. Aus einer der Wolken im Westen tauchte eine neue Spielart der Kriegführung auf. Sie bestand aus einem japanischen Sturzkampfbomber, der mit einem einzelnen Mann besetzt war, der ein weißes, mit einer roten aufgehenden Sonne verziertes Halstuch trug. Er war der erste einer neuen Rasse von Kriegern, und er kam näher und näher und hielt direkt auf die *Lucas Dean* zu.

Es handelte sich um einen Kamikaze, ein Flugzeug, dessen Pilot vor seinem Start von einem nahegelegenen Flugplatz auf dem Festland gesegnet worden war. Es war ein Flug ohne Wiederkehr, denn das japanische Oberkommando erkannte klar, daß es gezwungen sein würde, sich anderer Taktiken zu bedienen, wenn ihr Operationsplan Sho-Go scheiterte.

»Schießt ihn ab!« brüllte Mr. Savage, aber die Geschosse verfehlten ihr Ziel.

»Holt diesen Hurensohn herunter!« schrie Finnerty den Artillerieoffizieren zu, aber sie konnten ihre Geschütze nicht auf die entschlossene Geschwindigkeit des Flugzeugs einstellen.

Immer noch kam es näher, ein kleines Flugzeug mit einem kleinen Mann. Unmittelbar bevor der Bomber in den Turm der *Lucas Dean* knallte, konnten die Männer der Besatzung ihren Feind sehen: es war ein junger Japaner, sein Gesicht zu einer abstoßenden Maske verzerrt, seine Hände umklammerten den Steuerknüppel.

Es gab ein fürchterliches Krachen und eine von hochschießenden Flammen begleitete Explosion, die Mr. Savage möglicherweise unter Kontrolle hätte bringen können, wenn nicht von Norden her ein zweiter Kamikaze direkt auf die *Lucas Dean* zugeflogen wäre. Auch dieser Bomber wich dem Abwehrfeuer aus, und im letzten Augenblick sahen die Männer der *Dean* das Gesicht des Piloten – lächelnd, schreiend, frohlockend –, aber sie konnten nichts verstehen, denn fast sofort krachten Mann und Maschine in das Schiff, das nach einer gewaltigen Explosion in der Mitte auseinanderbrach und zu sinken begann.

Als Kapitän Grant in das Rettungsfloß Nummer drei kletterte, versuchte er rasch einen Überblick über seinen neuen Befehlsstand zu gewinnen: einige Lebensmittel, nicht sehr viel Wasser, die drei Gewehre, kein Funkgerät. Als er damit zu Ende war, begann er, unterstützt vom Hilfsapotheker Penzoss, der dabei einen großen Überblick über die Geschehnisse der letzten zwei Stunden bewies, sich über die Lage seiner Mannschaft zu informieren. »Vollzählige Besatzung ursprünglich 329. Noch vor dem Aufschlagen des letzten Bombers habe ich mindestens vierzig Tote gezählt. Sagen wir noch zehn dazu, als sie in die Luft flog. Das macht fünfzig Tote, 279 Überlebende irgendwo im Wasser.«
»Wie viele sind mit dem Schiff untergegangen?« fragte Grant, während er einem Schwimmer auf das Floß heraufhalf.
»Fünfzig, würde ich sagen. Also reduzieren wir die Zahl der Schwimmer auf 229. Und wie viele haben wir hier?«
Nach einem hastigen Überschlag der ineinander verschlungenen Leiber kam Grant auf etwa dreißig, einschließlich eines Dutzends, das dem Tode nahe war. Unter den weniger schwer Verwundeten befand sich auch der Erste Offizier Tom Savage, der mit leichenblassem Gesicht dalag.
»Wo hat es dich erwischt, Tom?«
»Hier auf der linken Seite. Muß ein kleiner Splitter gewesen sein.«
Grant ersuchte Doc Penzoss, einen High-school-Absolventen, der Aspirin und Atabrin ausgab, sich die Wunde anzusehen. »Hat er eine Rippe gebrochen?«
»Glaub' ich nicht.«
»Noch vor Mittag wird uns der Rettungsdienst gesichtet haben. In längstens einer Stunde wird dich ein Arzt untersuchen.«
Einige Matrosen, die ihre Kameraden sterben sahen, riefen nach Penzoss. Er hatte ein Köfferchen mit Desinfektionsmitteln und Einweg-Spritzen und war entschlossen, sie wirksam zu verwenden.
Seinen Platz nahm Verwaltungsunteroffizier Finnerty ein, der die Zahlen notierte, die Kapitän Grant nun rekapitulierte: »Wenn alle

sechs Rettungsflöße im Wasser sind, und jedes vierzig Mann aufgenommen hat, würden wir die vollzählige Besatzung gerettet haben.«
Aber Grant konnte nur drei Flöße im öligen Wasser sehen, und keines hatte mehr als dreißig Mann an Bord.
So begann nun eine eilige Suche, und Grant und seine Männer zogen viele aus dem Wasser, die sonst ertrunken wären. Einmal fanden sie einen Seemann, der mit dem Gesicht nach unten auf dem Wasser trieb und offensichtlich schon tot war. Grant fing an, ihn an Bord zu hieven, aber Penzoss faßte ihn still an den Arm und flüsterte: »Wir haben nicht genug Platz, um die Verwundeten auszustrecken«, und während er versuchte, es vor den anderen zu verbergen, ließ der Sanitäter die Leiche weitertreiben.
Aus Finnertys Aufzeichnungen ging hervor, daß die *Lucas Dean* in Sicht von mindestens zwei Dutzend amerikanischen Schiffen um 10 Uhr 07 auseinandergebrochen war und daß rasche Hilfe zu erwarten gewesen wäre, aber es wurde Mittag, und von Rettungseinheiten war nichts zu sehen. Kuritas Flotte hatte schmählich das Weite gesucht, und aus Süden trafen neue amerikanische Schiffe ein, aber keines näherte sich der Stelle, wo die Männer der *Lucas Dean* im Meer trieben.
Am späten Nachmittag holten die Männer von Floß drei einen Matrosen vom DD *Hoel* aus dem Wasser. Seinem Zerstörer, berichtete er, wäre schwer zugesetzt worden. »Wir verloren eine Maschine und die Hälfte unserer Geschütze. Dann verloren wir die andere Maschine und unsere restlichen Geschütze. Am Ende kamen sie ganz nahe an uns heran und machten uns fertig.«
»Viele Überlebende?« fragte Penzoss mit seiner hohen Stimme.
Der Mann von der *Hoel* drehte sich um und antwortete: »Du redest wie meine Schwester.«
Als die Dämmerung hereinbrach, mußten sich die Männer auf dem Floß eingestehen, daß sie an diesem Tag nicht mehr aufgefischt werden würden, und da sie nur zwei schwache Taschenlampen besaßen, war es auch unwahrscheinlich, daß in der Nacht Hilfe kommen würde. Als es dunkelte, starben einige der Schwerverletzten, und in regelmäßigen Abständen kümmerte sich Penzoss darum, daß die Leichen über Bord geworfen wurden. Bei den ersten wurden noch Sterbegebete gesprochen, aber gegen Mitternacht ließ man es dann sein.

Nun klärte sich der Himmel auf, und im Westen leuchteten die Sterne, wunderschön anzusehen, und ein Bauernjunge aus Minnesota konnte ihre Namen hersagen: »Drei der hellsten Sterne am Himmel: Vega, der Schwan, Altair.« Ein Junge aus New York, der die Sterne nur selten sah, korrigierte ihn: »Der Schwan ist kein Stern. Es ist ein Sternbild.«
»Du hast recht«, stimmte der Junge aus Minnesota ihm zu. »Aber dieser Stern hat einen so komplizierten Namen, ich vergesse ihn immer wieder.«
»Deneb«, sagte der New Yorker.
Der Navigationsoffizier des Schiffes hörte sie beide und hockte sich zu ihnen. Er kannte alle Gestirne, die für die Navigation von Bedeutung waren, und sagte ihnen, welche im Westen untergehen, welche aufgehen und sie im Osten ersetzen würden: »Alpheratz, Hamal und Aldebaran.« Kurz vor Mitternacht versprach er seinen Zuhörern: »Bald werden wir den prächtigsten Sternhaufen zu sehen bekommen. Orion.«
Als dann die vielen Sterne dieser Konstellation tatsächlich sichtbar wurden, begann Leutnant Savage zu stöhnen, und Kapitän Grant und Penzoss setzten sich zu ihm. »Was ist los, Tom?«
»Irgendwas rumort da drin. Es tut verteufelt weh.«
Grant wollte sich die Wunde ansehen, um festzustellen, ob vielleicht ein Splitter freilag, aber Penzoss hielt ihn zurück. Als sie sich ein Stück von Savage entfernt hatten, wisperte der Sanitäter: »Gase, fürchte ich. Gestern die Hitze. Und seither die ständige Bewegung.«
Das Floß war nicht aus Holz, sondern aus Gummi, dick und glitschig und schwer, und weil es weder einen Kiel noch Steifheitsballast besaß, hob und senkte es sich mit dem Seegang, so daß selbst Männer, die schon zwei oder drei Jahre Dienst in der Marine taten, seekrank wurden.
»Wenn ihr euch übergeben müßt«, ermahnte Penzoss immer wieder, »dann über Bord!«
Gegen Morgen, als die Sterne noch heller leuchteten, weil der Mond inzwischen untergegangen war, sagte einer, der den Himmel noch nie richtig beobachtet hatte, zum Navigationsoffizier: »Diese Nacht werde ich nie vergessen!«
»Schauen Sie mal nach Osten«, entgegnete der junge Astronom. »Es

dämmert schon. Bald werden unsere Flugzeuge uns sichten, und man wird uns holen kommen.«
Doch das geschah nicht. Und es zogen auch keine Regenwolken auf, um die Flöße vor der Sonne zu schützen. Gnadenlos lastete die Hitze auf den schwergeprüften Seeleuten, und in erschreckend hoher Zahl starben weitere Schwerverletzte. Selbst Leichtverletzte begannen über furchtbare Schmerzen zu klagen.
In welchem Zustand sich die Männer auch befinden mochten, die Last ihrer Leiden hatte Penzoss zu tragen, der von einem zum anderen kroch und seine kostbaren Arzneien nach bestem Wissen verteilte. Der Junge war einundzwanzig Jahre alt, kam aus einer Kleinstadt in Alabama, hatte so gut wie keine Ausbildung genossen, aber er versah seinen Dienst wie ein sechzigjähriger Praktiker aus dem Massachusetts-General-Krankenhaus.
Es wurde Mittag. »Sie müssen etwas für Leutnant Savage tun«, sagte Grant, aber Penzoss konnte nichts tun. Ein Granatsplitter, der in einem Hospital mit geeigneten Instrumenten leicht hätte entfernt werden können, war bis zur Lunge und dem Herzen vorgedrungen. Die Schmerzen waren unerträglich.
»Können Sie ihm nichts geben?« fragte Grant.
»Ich habe noch ein paar Morphiumspritzen.«
»Keine bessere Gelegenheit, sie zu verwenden, als jetzt. Man wird uns noch, bevor es dunkel wird, auffischen.«
Das Stirnrunzeln des Sanitäters ließ erkennen, daß er die Hoffnung auf Rettung noch an diesem Tag aufgegeben hatte, aber ein Schrei Savages lenkte seine Aufmerksamkeit in dessen Richtung, und auf Kapitän Grants Befehl verabreichte er die Injektion; geschickt brach er die Spitze ab und stieß die Nadel tief in ein Blutgefäß des linken Arms.
Wie er vermutet hatte, half es nicht, denn um 13 Uhr, als die Hitze am unerträglichsten war, starb der Texaner. Beinahe hätte Kapitän Grant die Selbstbeherrschung verloren. Savage in den Armen haltend, begann er Finnerty zu diktieren: »Schreiben Sie, er war der tüchtigste Offizier ...« Doch als er die Worte ausgesprochen hatte, begriff er, wie unzulänglich sie waren.
Er hob den Blick zum leeren Himmel. »Wo zum Teufel sind die Flugzeuge?« brüllte er.
»Sir«, flüsterte Penzoss, »die Männer.«

Grant kam zur Besinnung, ließ aber Savage nicht aus den Armen, bis Penzoss ihm mit seiner hohen Stimme zuflüsterte: »Wir sollten ihn begraben, Sir.«
»Über Bord werfen, meinen Sie?«
»Wir müssen. Es könnte sein, daß uns nichts anderes übrig bleibt, als noch eine Nacht hier zuzubringen.«
Widerstrebend gab Grant den Toten frei. Mit einiger Mühe hoben ihn Penzoss und Finnerty über die schlüpfrige Kante des Floßes und warfen ihn über Bord. Noch bevor er verschwunden war, bewegte sich das Floß auf eine Gruppe von Männern zu, die sich seit mehr als vierundzwanzig Stunden ohne die Hilfe eines Rettungsfloßes am Leben erhalten hatten. Sie waren voll Wasser gesogen und dem Tod nahe.
Kapitän Grant sprang als erster ins Wasser, um sie zu retten, aber bald schlossen sich ihm zwei andere gute Schwimmer an, und mit ihrer Hilfe hievte er die erschöpften Überlebenden auf das Floß, doch als sechzehn Mann auf diese Weise dazugekommen waren, rief Penzoss leise hinunter: »Wir dürfen das Floß nicht überladen, Sir.«
»Und wir dürfen diese Männer auch nicht im Stich lassen.«
»Dann gehen wir alle drauf.«
»Dann gehen wir eben alle drauf.« Und er hievte die letzten zwei Schwimmer an Bord.
Sie waren vom Geleitflugzeugträger *Chesapeake Bay* und hatten mit den Männern von der *Dean* haarsträubende Geschichten auszutauschen. »Jawohl, wir bekamen vier Achtzehn-Zoll-Granaten von der *Yamato* ab, zack, durch das Schiff durch, ohne zu explodieren.«
»Und die Löcher brachten euch nicht zum Sinken?«
»Nein! Nein! Wir dampften munter weiter!«
»Und wieso seid ihr dann gesunken?«
»Dieser japanische Sturzkampfbomber. Flog mitten ins Schiff hinein. Absichtlich. Hat uns in die Luft gejagt.«
So trieben im Golf von Leyte die Besatzungen der ersten zwei Schiffe, die von Kamikazes versenkt worden waren – eine Bezeichnung, die damals noch keiner der Männer kannte – ein zufälliges Zusammentreffen, das Finnerty in seinem Notizbuch anmerkte.
»Was schreiben Sie da?« wollte Kapitän Grant wissen, und als Finnerty ihm nicht antwortete, nahm er ihm das Notizbuch aus der Hand und las:

Von 07 00 bis 10 07, als die *Lucas Dean* auseinanderbrach, kämpfte Kapitän Grant mit einem Heldenmut, der seinesgleichen nicht kennt, um sein Schiff. Gegen eine Übermacht, die andere Kommandanten das Fürchten gelehrt haben würde, steuerte er seinen DE bis ins Herz der japanischen Schlachtschiffe und Kreuzer. Selbst als er keine Torpedos und keine Munition mehr hatte, behielt er seine Position bei, um den Feind zu verwirren, obwohl die Japaner siebenundzwanzig Knoten machen konnten und die *Lucas Dean* nur drei. Auf dem Rettungsfloß bewies er seinen Mut durch zwei heiße Tage und eine kalte Nacht ...

Grant riß das Blatt heraus. »In diesem Kampf gab es keine Helden«, sagte er. »Alle waren Helden. Und besonders Savage.« Fast versagte ihm die Stimme.
Dann kamen die Haie. Die Überlebenden der *Chesapeake Bay* sichteten einen ihrer Kameraden, der sich an einem schwimmenden Stuhl festhielt. Sie riefen ihm zu, um ihm Mut zu machen, aber während das Floß langsam auf den Mann zutrieb, sahen alle mit Entsetzen, daß sich zwei Haie anschickten, ihn anzugreifen.
»Knallt sie ab!« rief einer, aber noch bevor die mit Gewehren ausgerüsteten Seeleute das tun konnten, rissen die Raubfische dem Mann die Beine ab und kehrten zurück, um auch seinen Rumpf zu zerfleischen.
Als das Floß am späten Nachmittag in Gewässer kam, in denen andere amerikanische Schiffe gesunken waren, sahen die Männer Mengen von Leichen, denen Arme und Beine fehlten, und von denen, die das beobachteten, wurde einigen so übel, daß sie sich übergeben mußten, obwohl das Floß jetzt ziemlich ruhig auf dem Wasser lag.
»Sie hätten alle gerettet werden können«, sagte Grant, und das war der Beginn seiner großen Wut. Wie viele dieser unglaublich tapferen Männer, die in ihren Nußschalen der Macht der japanischen Flotte getrotzt hatten, wie viele von ihnen hatten sterben müssen, nur weil so ein Idiot im Hauptquartier vergessen hatte, Rettungskommandos loszuschicken?
»Wo sind sie?« wütete er gegen den gnadenlosen Himmel und die grausame See. Und dann zogen die Sterne auf und leuchteten unparteiisch über dem Rest der schmählich verjagten japanischen Flotte

und den siegreichen Amerikanern, die vergessen in tropischen Wassern trieben.
»Wenn du gute Augen hast«, sagte der Navigationsoffizier, »mußt du die unterschiedlichen Farbtönungen sehen können. Der Saturn ist weißlich. Der Jupiter ist rot.«
»Halt's Maul, verdammt noch mal!« brüllte ein Unteroffizier.
»Tut mir leid«, sagte der Offizier. Er saß mit dem Jungen aus Minnesota zusammen, und bald gesellte sich der Matrose aus New York zu ihnen. Die ganze Nacht lang trösteten sie sich mit den Sternen, um nicht an ihre Kameraden denken zu müssen, die noch vor Morgengrauen sterben würden.
Penzoss versuchte sich zu erinnern, was er über Haie gelernt hatte, und teilte sein Wissen den anderen mit. »Manchmal lassen sie einen Menschen vorbeitreiben, ohne ihn anzurühren. Aber wie wir gesehen haben, können sie auch brutal angreifen. Eines ist sicher: Wenn sie Blut von einem verwundeten Menschen oder Fisch riechen, werden sie ganz verrückt und reißen ihn in Stücke.«
»Sind sie immer noch da?« fragte ein Bauernsohn.
»Sie kommen und gehen. Sie könnten jetzt auch ein Dutzend Kilometer von uns weg sein.«
»Hoffentlich.«
»Hallo, ihr da!« Die Stimme kam aus dem Wasser.
Eine der Taschenlampen bohrte sich ins Dunkel. »Da draußen schwimmt ein Nigger.«
Sie steuerten das Floß auf die Stelle zu, wo ein großgewachsener Schwarzer schwamm, ohne sich auch nur an einem Stück Holz festhalten zu können. Sie hatten sich ihm schon bis auf weniger als fünfzehn Fuß genähert, als die Taschenlampen erkennen ließen, daß das Wasser um ihn herum von großen dunklen Körpern aufgewühlt wurde. »Haie! Haie!« schrien einige Männer.
Penzoss erinnerte sich einer Taktik, die sein Lehrer empfohlen hatte: »Schießt!« brüllte er. »Schießt, bis sie bluten!« Und die drei Schützen feuerten wild drauflos.
Das Stratagem erwies sich als wirksam, denn einer der Haie begann nach drei Treffern heftig zu bluten, und das ließ die anderen wie von Sinnen werden. Mit großen Bissen ihrer scharfen Zahnreihen schlitzten sie den Angeschossenen auf und zerrissen ihn.

Inmitten dieses Tumults schwamm der Schwarze an das Floß heran, doch als er es erreichte, waren die Kanten so glitschig, und er selbst so erschöpft, daß er sich nicht hochziehen konnte, und so sprang Kapitän Grant ins dunkle Wasser. »Tun Sie irgendwas, um sie zu vertreiben, wenn sie näherkommen!« rief Penzoss ihm zu.
Während Grant mit seinem rechten Arm den Schwimmer umfaßte, um ihn nach oben zu hieven, kam ein anderer Hai, gereizt durch das wilde Gewoge seiner Artgenossen, auf das Floß zugeschossen, roch den rechten Fuß des schwarzen Mannes und schnappte blitzartig zu. Blut spritzte über Grants Gesicht, als er den Verwundeten auf das Floß hinaufschob, aber er achtete nicht darauf, während seine Männer nach unten langten, um ihn in dem Augenblick in Sicherheit zu bringen, da zwei andere Haie heranschossen und dann, ihre gewaltigen Mäuler leer, wieder abdrehten.
»Was ist mit dir passiert?« fragte Penzoss den Schwarzen, während er ihm ein Tourniquet anlegte.
»*Chesapeake Bay* ... gesunken ... ich Küchengehilfe ... ich bin geschwommen ...«
»Du lieber Himmel! Du warst die ganze Zeit im Wasser? Und die Haie haben bis jetzt gewartet?«
»Werde ich meinen Fuß verlieren?«
»Du hast ihn schon verloren«, sagte Penzoss.
»O weh! Ein Farbiger, dem ein Bein fehlt. Ein Krüppel. Ein Bettler.«
»Du hast nicht dein Bein verloren. Und die Marine sorgt für Helden, wie du einer bist.«
Der Mann antwortete nicht, denn im Mondlicht sah er Kapitän Grants Dienstgradabzeichen. »Sind Sie ein Korvettenkapitän?«
»Er ist unser Kommandant«, erklärte Penzoss.
»Und Sie sind reingesprungen, um mich zu retten?« Er schlug die Hände vor sein Gesicht und begann zu weinen.
»Wie heißt du?« fragte Penzoss, um ihn abzulenken. »Ich muß das eintragen.«
»Gawain Butler.«
»Das ist ja ein toller Name!«
»Meine Mutter hat Tennyson gelesen.«
Penzoss hob den Kopf. »Ich wußte gar nicht, daß auch Nigger Gedichte lesen.«

»Wir haben Gedichte gelesen«, sagte Gawain.
Um Mitternacht, während die Dunkelheit die Schiffbrüchigen einhüllte, hörten die Männer von der *Lucas Dean* Stimmen, und sie trafen auf weitere schwimmende Matrosen von der *Chesapeake Bay*, und nun mußte eine grausame Entscheidung getroffen werden. »Dieses Floß kann keinen mehr aufnehmen«, erklärte ein Bootsmann energisch, und Kapitän Grant mußte ihm recht geben.
Doch die Schwimmer, die seit vierzig Stunden im Wasser trieben, mußten gerettet werden. Kapitän Grant sprang abermals ins Wasser, schwamm auf die Männer zu und brachte sie zum Floß. Bevor er sie hinaufschob, sagte er: »Ich brauche vier Freiwillige, die zusammen mit mir hier bis zum Morgen schwimmen.« Finnerty und drei andere Seeleute erklärten sich dazu bereit. Sie würden sich die ganze Nacht lang an Seilen festhalten müssen, die vom Floß herabhingen.
Finnerty packte Kapitän Grant am Arm. »Wenn wir gerettet werden«, sagte er, »werde ich alles aufschreiben, was ich schon vorher geschrieben habe, und noch eine ganze Menge dazu.«
Grant schwieg. Er war voll Zorn darüber, daß man von seinen Männern gefordert hatte, solche Tapferkeit auf ihrem DE zu zeigen, und daß man sie jetzt, nach der Schlacht, hier treiben ließ. Er kochte vor Wut, und nur die Tatsache, daß er dieses armselige Floß befehligte, hielt ihn davon ab, die Götter zu verfluchen, die seine Männer so schäbig behandelt hatten. Die Haie beschäftigten sich offenbar mit anderen Gruppen von Überlebenden und kamen glücklicherweise nicht zurück.
Nie war die Sonne heißer gewesen, als am Morgen des 27. Oktober 1944, und als sie hoch am Himmel stand, erlagen sieben nur mäßig verletzte Männer ihren Verwundungen, und erst als sie über Bord geworfen worden waren, hielt Kapitän Grant das Floß für genügend entlastet, um wieder an Bord klettern zu können. Erschöpft lag er in der brennenden Hitze, aber ihm schwirrte der Kopf, und es geschah in diesen entsetzlichen Stunden, daß er mit wunderbarer Klarheit erkannte, welchen Weg er einschlagen würde, wenn er gerettet werden sollte.
Er war in der Kleinstadt Clay im Bundesstaat Fremont aufgewachsen. Er hatte an der Universität seiner Heimatstadt und dann an der Universität von Chicago Rechtswissenschaft studiert. Im Jahre 1940 hat-

te er Elinor geheiratet, und im kalten Winter von 1943 am Dartmouth College einen Schnellkurs für angehende Marineoffiziere besucht. Nie war er durch besondere Brillanz aufgefallen, aber er hatte das stets durch besonderen Fleiß ausgleichen können.
Sein Vater war ein kleiner Kaufmann, sein Schwiegervater Landwirt, und so hatte er kein großes Erbe zu erwarten. Von 1939, als er seinen Doktor machte, bis 1942, als er sich freiwillig zur Marine meldete, hatte er als Rechtsanwalt für Routinefälle nur ein geringes Einkommen gehabt, doch im vergangenen Jahr war er von der republikanischen Partei aufgefordert worden, für einen Sitz im Abgeordnetenhaus seines Staates zu kandidieren, eine Aufforderung, die er ernstlich erwogen hatte.
Jetzt erinnerte er sich der Worte Finnertys, als sie, von Haien bedroht, zusammen geschwommen waren. »Sie sind der größte Held, von dem ich je gehört habe, Mr. Grant. Und das werde ich auch sagen.« Finnerty solle seinen Mund halten, hatte er gebrummt, aber nun hallten diese Worte in seinem Kopf wider, und er dachte: Nach diesem Krieg wird man Männer, von denen man weiß, daß sie Helden waren, sehr schätzen. Man braucht nur an Colin Kelly zu denken, der die *Haruna* versenkt hatte oder zumindest glaubte, es getan zu haben. Was sie doch für ein Getue um ihn gemacht hatten! Der Staat Fremont kann einen Platz für mich finden. In seiner Erregung knirschte er mit den Zähnen und murmelte: »Das will ich doch sehr hoffen.«
»Was meinten Sie, Sir?« fragte Finnerty; auch ihm machte die Hitze schwer zu schaffen.
»Was sie da im Wasser sagten ... das Blatt, das ich aus Ihrem Notizbuch gerissen habe ... Sie haben die Dinge besser erkannt als ich.«
»Was meinen Sie damit?«
Und Kapitän Norman Grant von der US Navy formulierte seine Weltanschauung so: »Wir leben in einer Scheißwelt, Finnerty. Man läßt uns hier verrecken ...«
»Wir werden zurückkommen.«
»Dann werden wir zwei gemeinsam die Welt bei den Eiern nehmen und quetschen, bis sie aufjault!«
»Eine Partnerschaft?«
»Bis zum Tod.«
»Ich glaube, ich höre ein Flugzeug, Sir.« Und er hatte richtig gehört.

Nach achtundvierzig Stunden auf dem Floß – der Neger Gawain Butler spülte seinen Stumpf im Salzwasser, um eine Infektion zu verhindern – wurden die Überlebenden der *Lucas Dean* und der *Chesapeake Bay* geborgen. Sie wurden nach Manus geflogen, wo tüchtige Ärzte und freundliche Krankenschwestern die rettenden Operationen durchführten, die man den vielen vorenthalten hatte, die gestorben waren.

Kapitän Grant verbrachte die ersten zwei Tage in Manus damit, daß er Bilanz zog. Mit Hilfe von Finnerty und Penzoss erarbeitete er die folgenden Zahlen: *Lucas Dean,* vollzählige Besatzung 329; Tote an Bord Schiff 49; auf Flößen gestorben 57; gestorben, während sie im Wasser trieben 92; Überlebende 131. Als er an die Toten dachte, von denen viele so unnötig zugrunde gegangen waren, überkam ihn wieder die Wut.

Doch dann beauftragte er an der Küste stationierte Offiziere, die Zahlen für alle drei Gefechte der Schlacht zusammenzustellen, und ihre Ausmaße erschütterten ihn. Japanische Kriegsschiffe, insgesamt 69, einschließlich der 13 unter einem gewissen Admiral Shima, der hinter dem Gros der Flotte hinterhergedümpelt war; amerikanische Kriegsschiffe insgesamt 144; japanische Schiffe zerstört, insgesamt 28; amerikanische Schiffe zerstört, insgesamt 51; japanische Seeleute, die an diesem Tag gefallen waren, vermutlich 10 000. Natürlich verloren die Amerikaner auch zahlreiche Flugzeuge, die Japaner so gut wie keine – ausgenommen die Kamikazes. Allerdings waren alle diese Zahlen nur als vorläufig anzusehen.

Während die Offiziere an diesem Bericht arbeiteten, hörten sie Gerüchte über den außerordentlichen Heldenmut dieses Norman Grant und seiner *Lucas Dean,* und als den Überlebenden Fragen gestellt wurden, machten drei Männer erstaunliche Aussagen: Finnerty, der Verwaltungsunteroffizier, Penzoss, der Sanitäter, und Gawain Butler, der schwarze Küchengehilfe von der *Chesapeake Bay*. So geschah es, daß im Kriegslazarett von Manus an einem Novembertag eine Gruppe von Korrespondenten und Fotografen um Butlers Bett herumstand, um zu sehen – so die offizielle Darstellung –, wie man ihm eine Auszeichnung dafür verlieh, daß er fast dreißig Stunden allein geschwommen war und im letzten Moment noch einen Fuß verloren hatte.

»Wirklich eine tolle Leistung«, raunte einer der Reporter seinem Fotografen zu, »aber hat man uns deswegen alle hergerufen?«
Der Admiral, der diese ganze Zeremonie organisiert hatte, bat um Stille. »Leichtmatrose Butler hat um Erlaubnis gebeten, ein paar Worte sprechen zu dürfen«, und in dem klaren Englisch, das seine Mutter ihn gelehrt hatte, sagte Gawain: »Als ich schon alle Hoffnung aufgegeben hatte, ist dieser Mann, Kapitän Grant, ins Meer gesprungen, um mich zu retten – obwohl er wußte, daß Haie in der Nähe waren. Und als er mich auf sein Floß hob, wurde ihm klar, daß die Beladung zu hoch war, und darum schwamm er die ganze Nacht daneben her.«
Das stimmte nicht ganz mit den Fakten überein, denn Grant war nochmals ins Wasser gesprungen, um für andere Seeleute von der *Chesapeake Bay* Platz zu machen, aber in dieser Form entstand die Legende.
Dann erzählte Finnerty von der allein mit dem Verstand nicht mehr faßbaren Art, wie Kapitän Grant mit seinem kleinen Geleitzerstörer gekämpft hatte. »Er hat also wirklich gesagt, er würde dem ganzen japanischen Verband das T streichen?« wurde Finnerty anschließend gefragt.
»Das hat er gesagt«, antwortete Finnerty, »und er hat es auch getan.« Aus seinem vom Wasser angegriffenen Notizbuch las er die Worte vor, die später, entsprechend aufbereitet, um die Welt gingen:

> Verwaltungsunteroffizier Finnerty: Haben Sie die Absicht, es mit der ganzen japanischen Flotte aufzunehmen?
> Kapitän Grant: Die habe ich.

Als alle Fragen beantwortet und alle Bilder geschossen waren – Kapitän Grant zusammen mit Verwaltungsunteroffizier Finnerty und Sanitäter Penzoss am Bett des Küchengehilfen Butler –, wandte sich Grant an seine Männer von der *Dean:* »Ich wollte das nicht. Finnerty kann es euch bestätigen. Ich wollte das nicht. Aber nun ist es einmal geschehen, und, bei Gott, wir wollen es zu einem guten Zweck nützen.« Und damit war jene Festigkeit, die er seit der Schlacht so sorgfältig genährt hatte, dahin, und er brach in Tränen aus.
»Die Toten! Die Toten im Wasser!« Er sah seine Männer an und sagte: »Es gibt niemanden hier, der Tom Savage hätte gleichkommen kön-

nen. Sein Tod ist für uns eine Verpflichtung, von der wir uns nie werden freimachen können.« Aber mit grimmiger Entschlossenheit würde er es versuchen.

Genau in dem Augenblick, da Korvettenkapitän Grant sich anschickte, sich mit seinem DE der heranrückenden japanischen Flotte entgegenzuwerfen, bereiteten sich die Footballspieler seiner Heimatstadt Clay im Norden des Bundesstaates Fremont auf die zweite Hälfte ihres Spiels gegen ihre Erzrivalen von der High-School in Benton vor, jener um vieles größeren Stadt, die auch Hauptstadt des Staates war.
Wegen des Krieges durfte abends nicht gespielt werden, und weil die Fahrtmöglichkeiten beschränkt waren, hatte niemand viel Publikum erwartet, noch dazu an einem Dienstag, dem einzigen Tag, an dem der Platz der Universität nicht für das Training der Reserveoffiziere gebraucht wurde. Doch da man öffentliche Vergnügungen und Sportveranstaltungen auf ein Minimum reduziert hatte, war die Bevölkerung der Stadt zusammengeströmt, um ihre Mannschaft spielen zu sehen.
Da Benton zweimal so groß war wie Clay, nahmen die Sportbegeisterten meistens von vornehereim an, daß die Hauptstadt den Sieger stellen würde, und für gewöhnlich tat sie das auch. In diesem Jahr aber kursierten im ganzen Staat Gerüchte, wonach Clay über ein Phänomen verfüge, »einen Halfback wie Norman Grant einer in seiner besten Zeit im Jahre 1932 gewesen war«. Der junge Halfback war wirklich gut, und im Club lamentierten die Männer: »Wie schade, daß wir keine richtige Saison haben und nicht gegen die guten Mannschaften aus Kansas antreten können; dann hätte John Pope eine Chance gehabt, sich mit den besten Teams messen zu können.« Keiner hatte ihn je Johnny genannt, denn schon seit seiner Kindheit legte er ein ernsthaftes Wesen an den Tag, so als wüßte er schon, daß er einmal bedeutende Pflichten zu erfüllen haben würde.
In diesem Herbst war er siebzehn, von mittlerem Wuchs und Gewicht, aber für amerikanische Spiele, wie sie damals gespielt wurden, recht gut gebaut. Beim Basketball war seine geringe Größe kein großes Handikap, denn sein Tempo, seine Körperbeherrschung und seine Geschicklichkeit machten ihn dennoch zu einem hochgeschätzten

Spieler. Natürlich würden Männer seiner Körpergröße in späteren Jahren, in einer Zeit, da die Spieler für gewöhnlich an Wolkenkratzer erinnerten, stark benachteiligt sein und kaum in eine Mannschaft aufgenommen werden.
Beim Football war es ähnlich. Er wog nur fünfundsiebzig Kilo und würde nie viel mehr auf die Waage bringen, aber auch hier machten ihn seine außergewöhnliche Körperbeherrschung und die Fähigkeit, schlagartig sein Tempo wechseln zu können, ohne das Gleichgewicht zu verlieren, zu einem High-School-Phänomen. Die Spieler aus Benton mochten riesenhaft erscheinen, aber die Clay-Fans flüsterten einander wissend zu: »Keine Sorge, John Pope wird ihnen zeigen, wo's lang geht.«
Und das tat er denn auch. Als Benton in der ersten Hälfte den Ball hatte, gab es viele Downs, und sie erzielten eine Menge Punkte, aber hin und wieder machten sie auch Fehler, und Clay kam zum Zug. Dennoch hatten die robusten Burschen aus der Hauptstadt gegen Ende des dritten Viertels fünfundzwanzig Punkte kassiert, und ihre Aussicht, noch ein paar dazuzugewinnen, war nicht schlecht.
Aber John Pope hatte einen besonders guten Tag, denn immer wenn seine Mannschaft – selten genug – in den Besitz des Balles kam, tat er, was von ihm erwartet wurde, und rannte mit dem Ball wieselflink durch das gegnerische Spielfeld, bis er den Torraum erreicht hatte. Am Ende des dritten Viertels hatte er alle Punkte für Clay – insgesamt zwanzig – erzielt – eine Leistung, die ihm schon mehrmals in der Vergangenheit gelungen war.
Nun wurde das Spiel durch eine Zeremonie unterbrochen, die eigentlich schon zur Halbzeitpause angesetzt gewesen war. Aber der Redner war auf Schwierigkeiten gestoßen, als er in Washington eine wichtige Sitzung vorzeitig verlassen wollte. Senator Ulysses Gantling stand dieses Jahr wieder auf der Wahlliste, und als prominenter Republikaner hatte er auch die Verantwortung für die landesweite Kampagne Tom Deweys für das Amt des Präsidenten übernommen. Gantlings eigene Wiederwahl stand kaum in Frage, aber er hatte gelernt, nichts als selbstverständlich anzusehen, und rührte daher im ganzen Staat eifrig die Werbetrommel für sich ebenso wie für Dewey.
Als Landwirt hatte er sich das wirksamste Gegenargument zu Roosevelts Mahnung, »Man soll die Pferde nicht in der Mitte des Flusses

wechseln«, ausgedacht. Er bereiste Fremont, Kansas und Nebraska mit der Parole: »Wenn ein Pferd erschöpft ist, den Mut verloren hat, und du befürchten mußt, daß es absäuft, sobald die Wellen hochgehen, dann mußt du es verdammt schnell wechseln, notabene wenn ein viel besseres schon bereit steht!« Für ein ländliches Publikum klang das vernünftig, und man sprach davon, daß Dewey, wenn er gewählt werden sollte, Gantling aus Fremont einen Posten in seinem Kabinett anbieten würde. Die Menschen in dieser Region konnten einfach nicht glauben, daß eine Mehrheit in so korrupten Städten wie New York und Boston einen Diktator wie Roosevelt für eine vierte Amtsperiode wählen würden.

So wurde also das Spiel unterbrochen, und Senator Gantling, groß gewachsen und grauhaarig, stand neben den Fahnen, während eine Ehrengarde des ROTC, des Reserve Officers Training Corps, breitbeinig in Rührt-euch-Stellung verharrte. Er sprach mit viel Gefühl von den jungen Männern der Region, die in diesem Augenblick auf fernen Schlachtfeldern gegen den Feind kämpften. Dann ersuchte er die Zuschauer und die Spieler der beiden Mannschaften, die Köpfe zu neigen, während Reverend Baxter von der Baptistenkirche ein Gebet lesen und die Ehrengarde anschließend einen Salut schießen würde.

An die zweitausend Bürger Clays neigten die Köpfe und beteten für ihre Freiwilligen, die in Asien, in Frankreich, in Afrika, auf Guadalcanal und an den Grenzen des Deutschen Reiches standen, aber keiner, nicht einmal Senator Gantling, der über solche Dinge nachgrübelte, weil er versuchte, ein guter Politiker zu sein, konnte sich vorstellen, was es hieß, auf einem eisigen Schiff mit dünnen Wänden nach Murmansk oder in einem ratternden Tank quer durch Belgien unterwegs zu sein.

Fünf Angehörige von Norman Grant senkten ihre Köpfe und beteten für ihn, und wenn man ihnen von den Heldentaten erzählt hätte, die er vollbrachte, oder von den Gefahren, die ihm in den finsteren Gewässern des Golfs von Leyte drohten, sie hätten es nicht fertiggebracht, ihre Köpfe wieder zu heben – sie wären vor Entsetzen wie gelähmt gewesen.

Ein Junge, der in der Mannschaft von Clay spielte, hatte den Kopf nicht gesenkt, denn als er es gerade tun wollte, richtete er seinen Blick auf den östlichen Himmel, wo er etwas sah, was ihn in Erstaunen ver-

setzte. »Schau mal«, flüsterte er Pope zu, der neben ihm stand, »der Mond scheint zur gleichen Zeit wie die Sonne.«
»Das kommt oft vor«, sagte John, ohne den Blick zu heben.
Als das Gebet zu Ende war und die Ehrengarde den Salut geschossen hatte, sagte Senator Gantling: »Als loyaler Sohn der Stadt Calhoun im Westen dieses Staates und als Footballspieler, der seinerzeit gegen diese Mannschaften anzutreten pflegte, wird man es mir, glaube ich, verzeihen, wenn ich sage, daß ich hoffe, daß Sie beide dieses Spiel verlieren. Aber natürlich könnte ich diese Worte nie aussprechen, denn wie alle guten Amerikaner hoffe ich immer, daß das bessere Team gewinnt, denn nur so können wir wirklich stark sein.« Er grüßte die Fahne und verließ zusammen mit der Ehrengarde das Spielfeld, ließ aber keinen Zweifel daran, welches Team in der kommenden Wahl er für das bessere hielt. Als er an den Spielern vorbeikam, die sich in einer Reihe aufgestellt hatten, blieb er kurz vor John Pope stehen: »Ich habe ein Auge auf dich, mein Junge«, sagte er, »und was ich von dir höre, klingt sehr ermutigend.« Er war für seine hinkenden Metaphern bekannt und auch für sein strahlendes Lächeln, das er jetzt dem jungen Footballstar schenkte, der nur »Jawohl, Sir« murmeln konnte.
Clay lag um fünf Punkte zurück, als das vierte Viertel begann, und Benton erhöhte den Vorsprung rasch auf elf. Dann aber übernahm John Pope das Kommando und trug den Ball in einer Folge brillanter Läufe zum gegnerischen Tor, wo der Fullback seiner Mannschaft ihn über die Querlatte trat.
Beim folgenden Anstoß sah es so aus, als ob Benton abermals erfolgreich sein würde, aber wie durch ein Wunder hielt die schwache Linie der Clay-Mannen stand, und Benton mußte den Ball abgeben. Jetzt kam es für John Pope zu einem Wettlauf mit der Zeit, und bei jeder Serie von Downs schien es, als würde er den Wettlauf verlieren und das Spiel zu Ende gehen, bevor Clay noch einmal Punkte machen könnte. Beim ersten Down wurde Pope von den Benton-Leuten blockiert, beim zweiten kam er nicht durch, und beim dritten trug ein anderer den Ball und scheiterte. Beim vierten aber gelang es John Pope, irgendwie durchzubrechen und den Ball bis zur Drei-Yard-Linie zu tragen. Und während sich die gegnerischen Angreifer auf ihn konzentrierten, trat Clays Fullback den Ball abermals über die Torlinie. Clay hatte gewonnen, 33 zu 31.

Nie würde John Pope dieses Spiel vergessen – nicht wegen seines großen Erfolges, sondern wegen einer Episode kurze Zeit später im Umkleideraum. Natürlich wurde er begeistert gefeiert, und von den Gästen aus Benton kamen einige herüber, um ihn zu beglückwünschen, aber dann trat ein breitschultriger Mann in einem dunklen Anzug auf John Pope zu. »Früher einmal habe ich für die Universität von Colorado gespielt«, begann er. »Dieses Team ist im ganzen Land bekannt, und wenn du dich entschließen könntest, nach Boulder zu kommen, könntest du der nächste Whizzer White* werden.«
»Ich habe die Absicht, an die Marineakademie zu gehen.«
»Navy? Wie kommt ein Halfback aus Fremont auf so eine Schnapsidee? Von hier bis zum nächsten Ozean sind es tausend Kilometer!«
»Aber Norman Grant ist auch von hier. Und der ist in der Navy.«
»Reden wir doch offen, Junge. Wenn Norman Grant nach Colorado gegangen wäre statt nach Fremont, dann könnte er jetzt ein berühmter Mann sein.«
»Bei uns hier ist er berühmt. Aber ich danke Ihnen für Ihr Interesse.«
»Die Zeiten ändern sich, mein Junge. Heute in einem Jahr ... heute in einem Jahr hast du die Navy vielleicht schon vergessen. Wenn das so sein sollte, vergiß Colorado nicht!«
John blieb nicht bei seinen Freunden, um seine Leistung feiern zu lassen. Er wußte, daß er gut gewesen war; er freute sich, daß er von einem Mann gelobt worden war, der an einer Universität wie Colorado gespielt hatte, aber er hatte weder seine gegenwärtige Lebensführung noch seine langfristigen Wertvorstellungen jemals von Football oder sonstigen Spielen bestimmen lassen. In diesem Augenblick lag sein Interesse weit entfernt vom Football, denn als er jetzt allein das Klubhaus verließ, blickte er zum Abendhimmel auf und stellte zufrieden fest, daß hoch oben der Halbmond zu sehen war und daß die Sterne aufzogen. Er dachte an zwei Dinge, die seit kurzem große Bedeutung für ihn gewonnen hatten.
Das erste war ein Buch, das er seit Juli besaß, das einzige, das er jemals von seinem eigenen Geld erstanden hatte. Es war in England im

---

* Richter am Obersten Gerichtshof der USA und (in seiner Jugend) ein bekannter Football-Spieler.

Verlag Gall and Inglis erschienen, und der Buchladen in der Universität hatte zehn Wochen gebraucht, um das Exemplar zu beschaffen. Als er es holen kam, wurde er nicht von einem der Studenten, die in dem Laden zur Aushilfe arbeiteten, erwartet, sondern von einem Professor, der sich formell vorstellte: »Ich heiße Karl Anderssen und komme aus Norwegen. Ich wollte den jungen Mann kennenlernen, der dieses Buch gekauft hat. Wer sind Sie?« Pope gab die gewünschte Auskunft, und der Professor hakte mit einer zweiten Frage nach: »Aber warum wollten Sie gerade dieses Buch haben?« Und er hielt Johns Buch in seinen Händen.
»Ich dachte, es wäre an der Zeit, etwas über die Sterne zu erfahren.«
»Das ist eines der reizvollsten Bücher der Welt«, hatte der Professor gesagt, den großen flachen Band immer noch festhaltend. »Nortons *Himmelsatlas*. Von den großen Astronomen unserer Zeit hat jeder zweite damit als Junge angefangen. Kennen Sie es?«
»Ich habe es noch nie gesehen«, hatte John erwidert, und der Professor öffnete das Buch, das die Himmelssphäre kartographisch wiedergab, aber er schlug nicht die faszinierenden Sternkarten auf, die zu sehen John so begierig war. Statt dessen blätterte er die vielen Seiten des kleingedruckten Textes auf, der das Wesentliche der Astronomie zusammenfaßte, wie sie damals verstanden wurde.
»Wenn Sie nur die Karten aufschlagen, junger Mann, werden Sie die Astronomie in sechs Wochen leid sein. Aber wenn Sie mit diesen Seiten anfangen und nur einen Teil davon verdauen, werden Sie für immer ein Gefangener sein.«
»Ein Gefangener?«
»Ja. Die Sterne greifen nach Ihnen und halten Sie fest. Eine neue Perspektive tut sich Ihnen auf.« Ehrfurchtsvoll reichte er ihm das Buch und fragte dann: »Haben Sie die Sterne schon jemals gesehen?«
»Nicht richtig. Aber mein Vater hat sich einen Feldstecher für mich ausgeliehen und ...«
»Was für ein wunderbares Erlebnis! Sie werden es nie vergessen.«
»Arbeiten Sie am Teleskop der Universität?«
»Mhm.«
»Könnte ich einmal durchschauen?«
Der Professor zögerte. Er war in den Sechzigern und hatte eine Pro-

fessur in Fremont angenommen, weil die Atmosphäre über der Stadt so sauber war, daß er Stunden am Teleskop verbringen konnte statt der wenigen Minuten, die ihm in einer rauchgeschwängerten Stadt wie Cambridge oder New Haven geblieben wären. »Nein«, hatte er an diesem Julinachmittag geantwortet, »Sie können nicht durchschauen.« Als er die Enttäuschung in Johns Zügen las, fügte er hinzu: »Betrachten Sie die Sterne jetzt mit bloßem Auge und machen Sie sich mit ihnen vertraut. Wenn Sie den Feldstecher haben, betrachten Sie die ungeheure Menge, die Ihnen plötzlich ins Auge springen wird. Machen Sie's richtig. Schritt für Schritt. Wenn Sie das getan und alles verdaut haben, kommen Sie zum Observatorium und fragen Sie nach mir. Denn dann werden Sie auf das Teleskop vorbereitet sein.«

Der zweite Gegenstand, der den jungen Pope an diesem Abend beschäftigte, war der Feldstecher, den sein Vater sich von einem befreundeten Jäger leihen wollte. Wenn alles erwartungsgemäß gelaufen war, sollte das Glas schon im Drugstore sein, und darum lenkte John seine Schritte nicht heimwärts, sondern zur Stadtmitte, wo sein Vater einen Drugstore betrieb, den vor ihm schon *sein* Vater und *sein* Großvater betrieben hatten.

»Wie ich höre, bist du heute schon ein gutes Stück gelaufen.« So sprach sein Vater immer zu ihm, ein wenig steif, ein wenig schrullig; nie lobte er seinen Sohn, denn er wußte, daß dem Jungen in der Schule mehr als genug geschmeichelt wurde.

»Ich hatte einen guten Tag. Die Stürmer von Benton waren nicht auf der Höhe.«

»Ich habe das Fernglas.«

»Ist es so gut, wie er gesagt hat?«

»Es ist ein deutsches Glas. Sehr teuer, also verliere es nicht. Sieben mal fünfzig steht da geschrieben, und das gibt, glaube ich, schon eine starke Vergrößerung.«

John nahm das Glas, bat um das Etui und untersuchte, wie das Instrument hineinpaßte. Er wog es in der Hand und lächelte seinen Vater an. »Danke.« Und fügte rasch hinzu: »Wie lange kann ich es behalten?«

»Bis Kriegsende bleibt Paul in Detroit. Am Fließband in den Panzerwerken wird er es nicht brauchen, sagt er.«

»Du meinst ...«

»Ja. Du kannst es ein Jahr behalten. Vielleicht zwei.« Er sah seinem Sohn ins Gesicht und fragte: »Willst du es nicht gleich ausprobieren?«
»Nein«, antwortete John bedächtig. »Nicht mitten in der Stadt, wo soviel Licht und Staub ist. Mein erster Versuch soll perfekt sein.«
Sein Vater nickte.
Nachdem er den Riemen um die Schulter geschlungen und das schwere Glas seinem Körper angepaßt hatte, wanderte John langsam nach Hause. Hin und wieder sah er zum Himmel auf.
Es ging auf sechs Uhr zu, so daß die edlen Sterne des Sommers in diesem Jahr ein letztes Mal im tiefen Westen aufgehen würden. Nach dem intensiven Studium seines *Norton* hatte er den Stern identifiziert, von dem er hoffte, es würde der erste sein, den er durch das Fernglas sehen könnte – Arcturus, der rotgoldene Riese, der bald das schwindende Tageslicht durchbrechen würde. Folge der gekrümmten Deichsel des Himmelswagens, und du findest den Arcturus.
Aber er mußte sich beeilen, wenn er Arcturus in diesem Jahr noch sehen wollte, denn er wußte, daß der Stern, weil er so tief am Himmel stand, von der Erdatmosphäre verdunkelt werden würde, und während er nach Hause eilte, war er mehrmals versucht, den Feldstecher auszuprobieren, um festzustellen, ob er den Stern im schwindenden Licht des Tages in Sicht bekommen würde, aber Professor Anderssens Worte hielten ihn davon ab. »Machen Sie's richtig! Schritt für Schritt.«
Nach dem Abendessen, dachte er, würde er mit seiner Forschungsarbeit beginnen, doch schon im nächsten Augenblick erkannte er: Ich habe schon in dem Augenblick damit begonnen, als ich zum ersten Mal mit dem Buch vor mir zum Himmel aufblickte. Der Feldstecher ist nur der nächste Schritt.
Es störte seine Mutter, als er bei Tisch den aufgeschlagenen *Norton* gegen sein Glas lehnte und ein letztes Mal die Karte studierte, auf der er sehen konnte, wo er den Arcturus finden würde, doch als Dr. Pope heimkam, sagte er in scharfem Ton: »Weg mit dem Buch! Wir sind jetzt beim Abendessen.« So wurde das Buch zur Seite gelegt, aber noch vor dem ersten Bissen fragte John: »Würdet ihr mich entschuldigen? Ich möchte dabei sein, wenn ein bestimmter Stern ...«
»Zuerst kommt das Abendessen«, sagte Dr. Pope, aber seine Frau lach-

te und meinte: »Er wird nie wieder Gelegenheit haben, seinen Feldstecher zum ersten Mal zu benützen.«
»Er hat ein Footballspiel hinter sich. Er muß hungrig sein.«
Mrs. Pope gab ihm zu verstehen, daß er aufstehen könnte, denn sie wußte, daß ihn ein Hunger plagte, wie er sich nicht oft im Leben eines Menschen bemerkbar machte, und nachdem er den Raum verlassen hatte, sagte sie zu ihrem Mann: »Später bringe ich ihm ein Sandwich hinaus.«
In einer dicken Jacke, um sich gegen die kühle Herbstluft zu schützen, kam John einige Minuten später durch die Küche geeilt. Als er an ihr vorbeieilte, sagte seine Mutter: »Mrs. Kramer hat angerufen, ich soll dir ausrichten, du hast wunderbar gespielt.«
»Ich hatte einen guten Tag«, sagte er und ging auf die Tür zum Hinterhof zu.
Vater und Mutter Pope besuchten nur selten die Spiele, in welchen ihr Sohn so brillierte; Dr. Pope, weil er im Laden sein mußte, Mrs. Pope, weil sie sich nicht zu der Überzeugung durchringen konnte, daß dieserart Spiele in der langen Liste menschlicher Werte eine bedeutende Stelle einnehmen würden. Körperübungen, ja. Aber Sportveranstaltungen mit Claquen, nein. Übungen waren wichtig für den Aufbau eines gesunden Körpers, davon war sie überzeugt, denn im Drugstore, wo sie vor ihrer Heirat angestellt gewesen war, hatte sie viele Krankheiten gesehen. Aber sie hatte nie darauf hingearbeitet, aus ihrem Sohn einen Athleten zu machen, und schon gar nicht einen professionellen Sportler, gleich welcher Art.
Vater und Mutter Pope, die drei Kinder aufgezogen hatten – die anderen zwei waren älter als John –, hofften, daß ihre Sprößlinge gute Bürger sein würden; mehr wollten sie nicht. Der ältere Sohn würde Arzt werden, und die Tochter schien ein Lehramt, vielleicht an einer High-School, anzustreben; John ließ keine besondere Neigung erkennen, er zeichnete sich in allen Fächern aus. Er war gut in Mathematik, besser in Physik und Chemie, wußte sich aber auch in Wort und Schrift sehr gut auszudrücken. Er war keinesfalls ein ideales Kind, denn er hatte eine sehr hitzige Wesensart, die zu beherrschen ihm manchmal schwer fiel, aber im großen und ganzen zeugte er von der intelligenten Erziehung, die seine Eltern ihm hatten angedeihen lassen. Er war Baptist, Republikaner, Pfadfinder, ein Football-Star, der

seine Erfolge nicht allzu ernst nahm, und jetzt auch ein Amateurastronom. Er hatte keine einzige Füllung in seinen Zähnen und gut sechs Pfund weniger, als seinem Alter und seiner Größe entsprochen hätten.
Er öffnete schon die Tür, als seine Mutter ihm nachrief: »Penny hat angerufen und gefragt, wann du heute abend rüberkommst, um Mathe mit ihr zu lernen.«
»Sie will doch nur, daß ich die Aufgaben für sie mache.«
»Also bitte, John, wenn du es vergessen hast, ruf sie an und sag deinen Besuch ab, wie es sich gehört.«
»Heute abend kann ich mich nicht mit Penny abgeben, Mutter. Bitte, ruf du sie an!« Und bevor Mrs. Pope protestieren konnte, war er durch die Tür verschwunden.
Als er in die Nacht hinaustrat, tat er, was Astronomen schon zwei Millionen Jahre vor Erfindung des Teleskops getan hatten: Er sah zum Himmel auf und orientierte sich über die Sterne in dieser Breite, in dieser Länge und in dieser Stunde. Er wurde eins mit den alten Assyrern, mit den Erbauern der Anlage von Stonehenge und mit den Inkas von Peru. Er blickte nur kurz nach Norden, denn schon seit langem wußte er über die Nordsterne Bescheid, die niemals untergingen: Polaris, der Freund der Seeleute, gehörte dazu, aber auch die zwei Bären und der Drache. Er kannte jeden einzelnen Stern im Bild des Himmelswagens mit seiner griechischen Bezeichnung und seine wesentlichen Charakteristika, aber an diesem Abend galt sein Interesse den Sternen des Westens, die bald untergehen würden, um ein halbes Jahr lang verschwunden zu bleiben; sie zogen in die Nähe der Sonne, deren Licht sie tagsüber verdunkeln würde.
Während er so dastand, das Gesicht dem Himmel zugewendet, genoß er jenen geheimnisvollen Augenblick, da sich die sanfte Glut der Abenddämmerung zu wahrer Dunkelheit wandelt und es dem Licht ferner Sterne erlaubt, sich zu offenbaren. Rot glühend wie ein gewaltiger Hochofen stand Arcturus tief am Horizont, und sehnlich wünschte John, ihn als ersten in seinem Glas zu sehen, aber er wußte, daß die flimmernde Atmosphäre den Stern abschwächen würde. Darum hob er seinen Blick höher, und nach einer Weile eröffnete sich ihm das ganze prächtige Panorama unzähliger Sterne in strahlenden Konfigurationen und Farben.

Den hell leuchtenden Halbmond beachtete er nicht weiter; diesen grellen, erdnahen Himmelskörper konnte er jederzeit mit Muße betrachten. Es waren die Sterne, die er zu sehen begehrte, jene funkelnden Boten aus unendlichen Entfernungen. So ließ er also seine Blicke über den Himmel schweifen, bis er sich schließlich auf den einen Stern konzentrierte, den er mit seinem Fernglas als ersten betrachten wollte.

Das war Altair, ein schimmernder weißer Stern im Sternbild des Adlers. »Er ist leicht zu finden. Ziehen Sie eine Linie von Vega und Deneb abwärts. Sie werden ihn an seinen zwei hellen Begleitern erkennen.« Da war er jetzt, dieser Altair, einer der hellsten Sterne und einer der ersten, die von den Alten einen Namen erhalten hatten; in allen Gesellschaften war er mit Vögeln und dem Fliegen in Verbindung gebracht worden, und nun flog er über den dunklen Himmel der Prärie.

Langsam hob John das Glas an die Augen, legte den Kopf zurück und richtete den Fernstecher auf Altair. Anfangs schien er enttäuschend verschwommen, aber sobald er die Mittelschraube drehte, die beide Rohre bewegte, sah er den Stern mit dem linken Auge in perfektem Fokus. Eine leichte Berührung der Schraube, die nur das rechte Rohr aktivierte, genügte, um auch sein rechtes Auge in den Brennpunkt zu rücken. Und dann verschlug es ihm den Atem: »Es gibt so viele Sterne!« flüsterte er.

Was auf der Karte wie ein nur mäßig bevölkertes Gebiet ausgesehen hatte, erwies sich als ein veritabler Dschungel von Sternen, und in diesem kostbaren Augenblick schloß er auf die Natur des Universums: Mit dem unbewaffneten Auge konnte ich nur einige wenige dem Altair zuzumessende Sterne sehen. Jetzt sehe ich Hunderte. Und wenn ich das Universitätsteleskop benützen dürfte, würde ich Tausende sehen. Und wenn wir dieses Teleskop irgendwie über die störende Atmosphäre hinausheben könnten, würden wir Millionen sehen.

So ist das, wenn ein mit Vorstellungskraft gesegneter Junge ernsthaft seinen ersten Stern betrachtet. Aber er verstand es auch, praktisch zu denken, und so kehrte sein Auge immer wieder zu Altair zurück, und er begriff, daß er, solange er leben würde, zu jeder Zeit zum Herbsthimmel aufblicken und Altair identifizieren könnte. Der Stern würde nun für immer ihm gehören.

John Pope war kein in der Literatur beschlagener Schüler, aber gleich seinen kultivierten Eltern konnte er sich in vollständigen Sätzen ausdrücken, wenn er sich mit Ideen auseinandersetzte; wenn er mit seinen Kameraden an sportlichen Wettkämpfen teilnahm, grunzte er meistens nur. Jetzt aber sagte er laut: »Der menschliche Geist wird nur durch die Macht beschränkt, über die er verfügt.«
Als seine Arme vom Gewicht des schweren Feldstechers müde wurden, setzte er sich auf den Boden, wie es wohl auch die alten Assyrer getan hatten, wenn sie ihre Gestirne bestimmten, und stützte die Ellbogen auf die Knie. In dieser Stellung wurde er etwas hinter sich gewahr. Als er sich rasch umdrehte, sah er seine Mutter, die mit einem Sandwich auf ihn zukam.
»Es ist wunderschön, Junge.« Als er, seinen Football-Hunger stillend, das Brot verzehrte, deutete sie auf einen leuchtenden Stern über ihren Köpfen und fragte: »Wie heißt der?«
»Vega«, antwortete er, ohne zu zögern, und empfand plötzlich den Wunsch, seiner Mutter diesen Stern zu zeigen, denn in den Büchern hieß es, er sei besonders schön. Nachdem er ihn gefunden hatte, reichte er seiner Mutter das Glas und zeigte ihr, wie sie es vom Horizont aus hochziehen mußte, und als sie den richtigen Punkt erreicht hatte, rief sie: »Er ist wunderschön, John!«
»Er heißt Vega, nach irgendeinem Mädchen, nehme ich an.« Es war ihm nie in den Sinn gekommen, daß ein so exquisiter Stern etwas anderes sein könnte als weiblich.
Er hatte nicht viel Erfahrung mit Mädchen; er sagte oft, seine Schwester wäre ein süßer Käfer, aber er hätte sich schwer getan zu erklären, was er damit meinte. Er hatte mehrere Mädchen zu Tanzveranstaltungen in der Schule ausgeführt und war sich vage der Tatsache bewußt, daß auch viele andere sich für ihn interessierten. Mit siebzehn durfte er nachts noch nicht länger ausbleiben, wie dies anderen Footballspielern erlaubt war, und seine Eltern hatten ihn nachdrücklich ersucht, sich nicht mit leichtlebigen Mädchen einzulassen, die über Autos verfügten. Drei junge Schüler von der Henry-Clay-High-School waren bei entsetzlichen Unfällen umgekommen, und die Popes hatten ihrem Sohn kategorisch erklärt, daß er erst mit achtzehn einen eigenen Wagen bekommen würde. Er verstand das. Es gab zahlreiche strikte Regeln im Hause Pope, und jedes der drei Kinder hatte

sein Scherflein zur Formulierung dieser Regeln beigetragen und war dabei nicht schlecht gefahren.

»Ihr sollt keine Tugendbolde sein«, hatte Mrs. Pope gesagt, »und ihr Jungs sicher keine Muttersöhnchen. Verantwortungsbewußte junge Menschen sollt ihr werden. Und wir möchten, daß ihr euch Gleichgesinnten anschließt. Junge Leute, die zur Kirche gehen, heiraten und anständige Kinder bekommen.«

Und Mr. Pope sagte: »Ich weiß, ihr werdet ein bißchen was trinken, aber ich hoffe, ihr werdet nicht rauchen. Was ich so in meinem Laden zu sehen bekomme ... Die Männer mit ihrem trockenen, nicht endenwollenden Husten ... fangt nicht an zu rauchen.«

Zweimal die Woche gebratenes Fleisch, meinte Mrs. Pope, war gerade das Richtige, und während man in diesem Teil des amerikanischen Westens keinen gesteigerten Wert auf Salate legte, hielt sie viel von Gemüse. »Damit bekommt der Magen ordentlich zu tun, und Nachspeisen gibt es in diesem Hause erst, wenn ihr das Gemüse aufgegessen habt.«

In diesem Herbst hatte er sich schon dreimal mit einem Mädchen aus seiner Klasse verabredet, die anfing, eine Rolle in seinem Leben zu spielen. Penny Hardesty wohnte in einem Holzhaus, vier Ecken weiter, aber in der verkehrten Richtung. Die Popes wohnten in der Ash Street, auch schon nicht eine der besten. Dann kamen in alphabetischer Ordnung Beech, Chestnut, Dogwood und Elm. Die Hardestys wohnten in der Elm, einer heruntergekommenen Durchzugsstraße, in der vornehmlich Taglöhner und Arbeiter lebten. Sam Hardesty war in einer Transportfirma beschäftigt, seine Frau in einem Frisiersalon. Sie hatten vier Kinder, die sich eines guten Rufes erfreuten, aber von den ersten drei war keines über die High-School hinausgekommen, und wie es hieß, würde auch Penny keine Ausnahme machen. Die Familie war geachtet, aber Leute in besseren Positionen fragten sich oft: »Woher kommt es bloß, daß Sam Hardesty nicht mehr aus sich gemacht hat?«

Penny war keine besonders gute Schülerin. Ihre Lehrer sagten wiederholt, daß sie eine der besten sein könnte, wenn sie sich mehr Mühe gäbe, und sie tadelten ihre ein wenig kecke Art, wie man sie gemeinhin bei Mädchen beobachtete, die ständig den Jungen hinterherliefen. Das tat Penny nicht. Wenn sie in ihrer Lebensweise nicht jenem Idealbild des tugendhaften Mädchens entsprach, wie Lehrer es lieben, so lag dies nicht an irgendeinem Jungen; sie verspürte ein tieferes Unbehagen, aber was das war, hätte sie selbst nicht erklären können. Sie wollte vorwärtskommen, denn sie sah deutlich, daß ihre Geschwister sich selbst benachteiligt hatten, als sie ihre Ausbildung nicht fortsetzten. »Sie sind in ihrer eigenen Falle gefangen«, sagte sie zu John bei ihrem zweiten Rendezvous, »und ich finde, es ist schrecklich, wenn man an seiner eigenen Bestrafung schuld ist.«

John war gern mit Penny zusammen, weil sie über ernste Dinge sprach. Sie war ganz anders als die anderen Mädchen, und mit der Zeit merkte er, daß seine bestaunten Leistungen im Football kaum Eindruck auf sie machten. »Schrankkoffer« nannte sie seine Mannschaftskameraden und neckte ihn, wenn ihr Betreuer strenge Regeln für »seine kleinen Lieblinge« festlegte.

In Geschichte und Bürgerkunde war Penny besonders gut, und sie hätte Einser im Zeugnis gehabt, wenn ihre schriftlichen Arbeiten beständiger gewesen wären, aber manchmal waren ihre Aufsätze brillant durchformuliert, andere wieder schlampig und unüberlegt hingeschludert. In Mathematik hatte sie große Schwierigkeiten, und als er ihr in diesem Fach Nachhilfe zu erteilen begann, merkte John Pope zum ersten Mal, daß sich ihre Denkart grundsätzlich von der seinen unterschied, denn entweder erfaßte sie einen abstrakten Begriff auf Anhieb, oder sie lehnte ihn einfach ab und wollte nichts mehr damit zu tun haben. So konnte sie zum Beispiel das Prinzip der negativen Zahlen nicht verstehen, und als John ihr das grundlegende Diagramm aufzeichnete und versuchte, ihr die vier Quadranten zu erklären, verstand sie zwar die rechte obere Teilebene, wo alles normal war, doch als sie zur unteren linken kamen, wo Negativa Positiva ergaben, bedeckte sie den Quadranten mit der Hand, erklärte: »Für mich existiert der nicht«, und ließ ihn nicht weiterreden.

Wenn man in der Elm Street wohne, bemerkte sie einige Zeit später, erführe man so viel Negativa, daß einem nur noch die Klapsmühle bliebe – außer man verdränge sie aus seinem Leben und konzentriere sich auf die Positiva.

Bei ihren letzten zwei Rendezvous hatten sie, mehr oder weniger auf ihr Betreiben, lange Küsse getauscht, was John mächtig genoß; schon mehrmals hatten sie abends zusammen gelernt, Mathe geübt oder über historische Fragen diskutiert. Mrs. Pope konnte Penny gut leiden und freute sich, daß John ein so nettes Mädchen gefunden hatte. Sie stellte befriedigt fest, daß Penny gern im Haushalt mithalf, ein Charakterzug, den sie auch daheim an den Tag legte, wo sie es übernommen hatte, das ganze untere Geschoß sauberzuhalten. »Ich lebe nicht gern in einem Schweinestall.«

»Da ist nichts Ernstes zwischen John und Penny«, sagte Mrs. Pope zu ihrem Mann, und dieser erwiderte: »Mit mir und Penny wäre das etwas anderes; wo sie doch so hübsch ist!«

Sie war eine äußerst attraktive junge Dame, fast so groß wie John, schlank, mit schimmerndem dunklen Haar, das sie oft in zwei Zöpfen mit langen Fransen trug, und ungewöhnlich lebhaft. Sie hatte eine feine Haut und ein Gesicht, das nicht strahlend schön, aber äußerst apart war. Sie verstand es, Kleider zu tragen, die zu ihr paßten, oft auch ganz einfache mit gestärktem weißen Kragen, die ihr ein munteres und ein wenig respektloses Aussehen gaben.

So war es also ganz natürlich, daß John Pope, als er zum ersten Mal die Vega, jenen prächtigen Sommerstern der nördlichen Sphäre, betrachtete, der blauweiß wie ein Diamant funkelt, an Penny Hardesty dachte ... und an ihre Küsse ... und auch an das, was andere Footballspieler vor kurzem über ihre Erlebnisse mit ihren Freundinnen erzählt hatten.

In *diesem* Zusammenhang konnte John nicht an Penny denken, denn er wußte genau, daß sie aus wesentlich edlerem Stoff gemacht war als diese Mädchen, die sich mit dem Team herumtrieben, ihren eigenen Wagen hatten und in Häusern und Wohnungen lebten, wo die Eltern oft nicht daheim waren. Er und Penny hatten mehrmals darüber gesprochen, und es war beiden klar, daß es im Leben mehr gab als die High-School und warme Herbstabende. Penny zum Beispiel war fest entschlossen, ein College zu besuchen – irgendwo, irgendwie –, und John hatte ihr ein Geheimnis anvertraut, von dem noch nicht einmal seine Mutter wußte: »Paps kennt Senator Gantling aus Calhoun, und er hat Paps versprochen, wenn ich in der Schule gut vorankomme, daß er mich nach Annapolis bringt. Zweimal im Jahr erkundigt er sich nach meinen Fortschritten, und das letzte Mal hat er zu Paps gesagt: ›Sieht so aus, als ob Ihr Sohn bald seine Koffer packen könnte.‹«

»Nach Annapolis? So weit?«
»Ich würde dich natürlich einladen, zu allen großen Tanzveranstaltungen.«
»Annapolis!« Sie schien von dieser Aussicht viel mehr beeindruckt oder sogar eingeschüchtert zu sein als er. Aber sie hatte etwas Sonderbares gesagt: »Meine Wünsche gehen nicht über diese Stadt hinaus. Ich kann mir nicht einmal vorstellen, an die Schwesternschule nach Webster zu gehen. Und ganz sicher nicht nach Nebraska wie Charlene. Und du denkst an Annapolis!«
Die Nacht rückte vor. In Europa hatte die gewaltige Flotte amerikanischer Bomber die Nordsee überquert und befand sich im Anflug auf Peenemünde, wo die Zielbeleuchter bereits ihre Leuchtmarkierungen gesetzt hatten. Im Golf von Leyte schwamm Korvettenkapitän Grant im Wasser, versuchte sich einzureden, daß amerikanische Aufklärer ihn und seine Männer bald sichten, und wußte noch nicht, daß die Haie sie früher finden würden. Am friedlichen Himmel über Fremont hatte Vega zu sinken begonnen, und ein verzauberter junger Mensch forschte in einer benachbarten Konstellation nach dem Wunder, von dem er seit einigen Wochen gelesen hatte.
Es sollte sich im Sternbild des Herkules vollziehen, und mit seinen scharfen Augen konnte er gerade noch eine schwache, nebelige Verfärbung ausmachen.
M-13 hatte man ihn genannt, diesen großen Sternhaufen im Herkules, eines der atemberaubendsten Phänomene am Himmel. Sie lag in einer Entfernung von 34 000 Lichtjahren, diese Zusammenballung einzelner Sterne, die enorme Mengen von Licht über die dreihundertzwanzig Millionen Milliarden Kilometer warfen, die sie von der Erde trennten. Sieh dir das an! dachte John, von Ehrfurcht erfüllt. Eine halbe Million Sterne in einem Haufen!
Er konnte sie nicht gut sehen und ganz gewiß keinen der einzelnen Sterne unterscheiden, wohl aber den massiven Haufen wahrnehmen und sich seiner Bedeutung als Teil des Sternsystems bewußt werden, eines Teiles von so überwältigender Brillanz, daß sein Glanz über diese immense Entfernung strahlte.
»Wie herrlich das ist!« rief er in die Nacht hinaus.
»Was ist denn da so herrlich?« Eine Hand fiel auf seine Schulter und ein Kopf näherte sich seinem.

Es war Penny. John hatte ihr versprochen gehabt, ihr heute abend bei den Matheaufgaben zu helfen. Seine Mutter hatte Penny angerufen: »John hat ein neues Spielzeug, Penny, ein Fernglas. Ich fürchte, es wird jetzt eine Weile nichts mit ihm anzufangen sein.«
Als Penny diese beunruhigende Neuigkeit hörte – daß ein Fernglas wichtiger als eine Verabredung sein konnte –, tat sie einen Blick in die Zukunft. In diesem letzten Schuljahr würden sie und John gelegentlich zusammensein, dann würde er nach Annapolis gehen, wo ihn neue Horizonte und Verpflichtungen erwarteten; sie würden sich nicht wiedersehen. Ihre Chance, sich mit einem wirklich besonderen Menschen zu verbinden, wäre dahin, und sie würde unter den drittklassigen Männern und Jungen aus ihrer Umgebung wählen müssen. Zu Recht oder Unrecht sah sie in John Pope den einzigen logischen Fluchtweg aus einem Leben, von dem sie wußte, daß es über die Maßen farblos und eingeschränkt sein würde, ein Leben, wie es ihren Geschwistern bestimmt war. Von dieser Aussicht entsetzt, war sie auf Umwegen und unbemerkt zum Hause der Popes gekommen und hatte sich hinter einem Baum verborgen gehalten. Sie hörte Mr. Pope in den Hof hinausrufen: »Mach das Glas nicht schon am ersten Abend kaputt!«
»Tu ich bestimmt nicht, Paps.«
Als alles still war, schlüpfte sie am Haus vorbei und in den Hof hinaus, wo sie im Licht des verblassenden Mondes John auf dem Boden sitzen und, die Ellbogen auf den Knien, nach Norden blicken sah. Als sie näherkam, hörte sie, wie er mit sich selbst redete, und das verlockte sie, sich am Gespräch zu beteiligen, so als ob sie schon die ganze Zeit dagewesen wäre.
Von dem Gefühl überwältigt, einen vollkommenen Stern gesehen zu haben, ließ er den Fernstecher in seinen Trageriemen fallen, drehte sich schnell um und nahm Penny in die Arme. Sie küßten sich lange, begaben sich dann auf Erkundungsreisen, die sie bisher nie gewagt hatten, und schlugen sich schließlich entschlossen in die Büsche, wo sie vom Haus aus nicht gesehen werden konnten. Dort entkleideten sie sich mehr oder weniger und benützten ihre Kleider, um sich vor dem kalten Boden zu schützen. Schwer atmend und mit heftigen Stößen und Umklammerungen führten sie ihr Abenteuer zu Ende; dann lagen sie kalt und fröstelnd da, bis sie von neuem begannen. Die Ster-

ne droben, eben noch von so übergeordneter Bedeutung, zogen unbeachtet ihre Bahn.
Es war nach eins, als sie sich wieder ankleideten. Sie schüttelten sich vor Kälte, und Penny meinte: »Sex! Ich werde immer als etwas Eiskaltes daran denken.«
»Ich nicht«, sagte John.
Aus einem Fenster im Obergeschoß rief Mrs. Pope hinunter: »Laß die Sterne, John, du wirst dir noch den Tod holen!«
»Ich komme bald hinauf, Mutter.« Durch Seitengäßchen begleitete er Penny nach Hause, und während sie durch die schlafende Stadt gingen, tat sie etwas sehr Unkluges – aber vielleicht war es auch das Klügste, das sie je getan hatte: sie enthüllte ihm ihre Strategie. »Du mußt diese Nacht verstehen, John.«
»Ich könnte sie niemals vergessen.«
»Ich habe nicht gesagt, du sollst sie nicht vergessen. Ich habe gesagt verstehen.« Einen Augenblick lang überlegte sie, ob sie ihre Gedanken aussprechen sollte, aber sie konnte ihre Natur nicht verleugnen. »Ich sehe in die Zukunft, John. Du wirst fortgehen. Annapolis. Es wird immer noch Krieg sein. Normalerweise würde ich dich nicht wiedersehen. Aber für mich bist du wichtiger als Kriege oder ein College oder sonst was. Ich wollte, daß du das weißt. Ich wollte dich an mich binden, denn ich weiß, daß du ein Junge bist, der keine Angst hat, Bindungen einzugehen.«
»Ich war bereit«, sagte er.
»Du bist das Schönste, was es in meinem Leben je geben wird. Ich bin das beste Mädchen, dem du je begegnen wirst. Ich wollte, daß du das weißt.«
Vor ihrer Tür blieben sie noch eine kleine Weile stehen. Sie begriffen beide, daß ihnen heute nacht unter den Sternen etwas Besonderes widerfahren war. Sie hatten weit in die Zukunft geblickt, über die Kriege, Ängste und Befürchtungen, wie bei Shakespeare nachzulesen, hinaus, und sie wußten, daß in dem wirbelnden Raum, von dem sie Teil waren, jetzt eine besondere Beziehung zwischen ihnen bestand und immer bestehen würde. Sie verabschiedeten sich mit einem Gutenachtkuß.
Sein Heimweg führte John durch offenere Straßen, und plötzlich bemerkte er, daß im Universitätsobservatorium jemand bei schwachem

Nachtlicht noch an der Arbeit war. Auf die Möglichkeit hin, daß es Professor Anderssen sein könnte, bog er von der Straße ab, die ihn nach Hause geführt hätte, und eilte zum Observatorium. Die Tür war offen, und er trat ein. Er hörte Geräusche aus dem zweiten Stock, stieg die Treppe hinauf und stellte zu seiner Freude fest, daß der Mann am Teleskop tatsächlich der Professor war.
»Ich bin der, der den Sternatlas gekauft hat.«
»Ja! Ja, Sie sind es. Ich sehe, Sie haben mit Ihrem Fernglas gearbeitet, wie ich Ihnen geraten habe.«
»Es gehört nicht mir. Es gehört einem Freund von Paps. Er baut jetzt Panzer in Detroit.«
»Haben Sie die Bahnen der Gestirne beobachtet?«
»Jawohl, Herr Professor«, antwortete John, in der Hoffnung, den Eindruck zu vermitteln, er benütze das Instrument Nacht für Nacht.
»Und was haben Sie gesehen?«
»Also, mit dem Mond habe ich mich nicht sehr beschäftigt...«
»Der Mond kann immer warten. Er hat eigentlich keine große Bedeutung. Und was war mit den Sternen?«
»Ich war ganz aus dem Häuschen über diesen Altair. So viele kleine Sterne, von denen ich gar nicht wußte, daß es sie gibt.«
»Wie stark ist Ihr Glas?«
»7 mal 50.«
»Damit kann man eine Menge sehen.«
Es entstand eine peinliche Pause, die den Wunsch des Professors verriet, seine Arbeit fortsetzen zu können, und John wußte, daß er eigentlich gehen sollte, aber es war eine so außergewöhnliche und unglaubliche Nacht gewesen, daß er sie noch weiter ausdehnen wollte.
»Wäre es irgendwie möglich, durch das...«
»Teleskop zu schauen?«
»Ja.«
»Hatten Sie noch nie Gelegenheit dazu?«
»Weiter habe ich es noch nicht gebracht«, erwiderte er und deutete auf das Etui mit dem Fernglas.
»Es könnte Ihnen einen Schreck einjagen.« Er ließ seinen Blick von dem großen Instrument zu John wandern. »Sind Sie darauf vorbereitet?«

»Ich denke schon«, sagte John. Noch gestern abend hätte er nicht den Mut zu dieser Antwort gehabt.
»Ich möchte Ihnen ein paar Fragen stellen. In welcher Zeitzone befinden wir uns?«
»Greenwich minus sechs.«
»Wieviel Uhr ist es jetzt in London?«
»Sieben Uhr früh.«
»Auf welcher Länge stehen wir hier?«
»Siebenundneunzig Grad West.«
»Unsere Breite?«
»Vierzig Grad Nord.«
»Welche dieser zwei Abmessungen ist die wichtigere, um ein Teleskop wie dieses einzurichten?«
»Die Breite.«
»Und warum?«
»Weil für die parallaktische Aufstellung ...«
»Sie wissen, was eine parallaktische Aufstellung ist?«
»Ja. Sie macht es möglich, das Teleskop auf einen bestimmten Stern zu richten und es dann der Drehung des Himmels nachfolgen zu lassen, so daß der Stern immer im Zentrum des Gesichtsfeldes verbleibt.«
»Sie sind darauf vorbereitet«, nickte der Professor. »Von meinen Studenten an der Universität hätten nicht viele so präzise antworten können. Womit wollen wir denn anfangen, junger Mann? Wie war doch gleich Ihr Name?«
»John Pope. Mein Vater ist der Drogist.«
»Ja natürlich. Sie sind der berühmte Footballspieler, von dem mein Sohn immer spricht.«
»Na ja, ich spiele ein bißchen.«
»Und Sie wissen so viel über die Sterne?«
»Ich kann das alles gar nicht glauben, was ich gesehen habe.«
»Was haben Sie denn gesehen?«
»M-13.«
Mit einem Ruck hob Professor Anderssen den Kopf. »Sie kennen die M-Nummern?«
»Einige.«
»Würden Sie etwas ganz Außerordentliches im Perseus sehen wollen?«

»Sie meinen 869-884?«
Professor Anderssen faltete die Hände. »Wie würde es Ihnen gefallen, sich richtig in Astronomie zu versuchen? Melden Sie sich doch als außerordentlicher Student zu meinem Kurs im Januar.«
»Könnte ich das? Ich bin erst im vorletzten Jahr in der HighSchool.«
»Wenn Männer wie ich alt werden, suchen wir junge, wie Sie einer sind. Schreiben Sie sich ein.« Er hüstelte und fuhr munter fort. »Und jetzt sollen Sie Ihren ersten richtigen Schatz am Himmelsgewölbe heben. Den Doppelsternhaufen.« Langsam schwenkte er das Teleskop von dem Bereich weg, den er betrachtet hatte, und John nahm an, daß er nun vortreten und durch das Okular sehen sollte, doch als er es tun wollte, rief Professor Anderssen fast grob. »Bleiben Sie zurück. Dieses Instrument besitzt Würde und verdient Ihre Achtung.«
Er blieb neben John stehen und wies im Halbdunkel auf die außergewöhnliche Schönheit des Fernrohrs hin, auf die polierten Holzteile und auf die glänzenden Messingbeschläge. »Dieses Teleskop wurde von Alvan Clark aus Massachusetts hergestellt. Im Jahre 1886. Er war der beste Mann, den Amerika je hervorgebracht hat, ein tiefschürfender Astronom und ein noch besserer Mechaniker.«
»Wenn es so ein besonderes Stück ist, wie kommt es dann hierher?« wollte John wissen.
»In diesem Teil der Welt ist dieses hier das bedeutendste Observatorium, mein Junge. Wäre es das nicht, ich würde nicht hier sein.« Liebevoll strich er über das Instrument. »Es sind viele Jahre her, daß ein besonders ungebildeter Mann an dieser Universität Astronomie studieren wollte. Ich habe sein Bewerbungsschreiben gelesen. Voller orthographischer Fehler. *Astronnomi*. Seine Bewerbung wurde abgewiesen, worauf er anfing, mit Eisenbahnaktien zu handeln, und kurze Zeit später hatte er sieben Millionen Dollar damit verdient. Von diesem Geld kaufte er zunächst dieses Alvan-Clark-Teleskop und dieses Gebäude, um es darin aufzustellen. Nacht für Nacht kam er dann hierher, um die Sterne zu betrachten.«
Professor Anderssen drückte seine Hand gegen das schimmernde Holzwerk. »Bevor Sie durch ein Teleskop schauen, müssen Sie Ihre eigenen Augen gebrauchen. Was sehen Sie da oben in einer Linie zwischen Perseus und Andromeda?«

Durch eine Öffnung der Decke starrte John zum Himmel empor; allmählich wurde er einen leichten, aber feststehenden Nebel gewahr.
»Ist es das?« fragte er.
»Jetzt schauen Sie durch Ihr Fernglas«, sagte der Professor, und als John seiner Aufforderung folgte, sah er deutlich eine Ansammlung von etwas – aber was dieses Etwas war, konnte er nicht erkennen.
»Und jetzt sind Sie soweit, daß Sie den berühmten Doppelsternhaufen durch das Teleskop betrachten können«, sagte der Professor, suchte nach den beiden und brummte zufrieden, als er sie endlich im Fokus hatte.
Zurücktretend bedeutete er John, durchzuschauen, und nachdem der Junge die Bedienungsschrauben gedreht hatte, um das Okular seinem Auge anzupassen, sah er, daß das, was eben noch ein wirrer Nebel zu sein schien, in Wahrheit ein ausgeglichenes Paar prächtiger Sternhaufen war, strotzend vor Sternen und Lebendigkeit und nächtlicher Schönheit. Es war, als wetteiferten sie miteinander, der Westen mit dem Osten, eine überwältigende Ansammlung großer Sterne, die eine Art Kampf miteinander ausfochten. Es waren die Komplexität und die in ihr eingeschlossene Bewegung, was diesen Sternhaufen eine so bestechende Wirkung gab.
»Wieviel Sterne gehören zu einem Haufen?« fragte Anderssen.
»Gehören *alle* Sterne, die wir dort sehen, zu den Sternhaufen?« konterte John.
»Eine ausgezeichnete Frage. Nein. Einige stehen zwischen uns und den Haufen. Einige bilden einen fernen Hintergrund. Links gibt es dreihundert einzelne Sterne, rechts vierhundert.«
»Das scheint einfach nicht möglich zu sein.«
»Und jetzt das Glanzstück. M-31. Können Sie sie ohne Ihr Glas finden?«
»O ja. Ich suche das große Viereck des Pegasus, projiziere die Diagonale in Richtung Kassiopeia, und auf halbem Weg, ein bißchen nach Westen ... jetzt sehe ich Sie.«
»Was sehen Sie in Ihrem Fernglas?«
»Eine matte, nebelige Masse. Sehr stabil. Sehr groß.«
»Es ist der entfernteste Himmelskörper, den die Alten mit unbewaffnetem Auge sehen konnten. Wissen Sie, wie weit er von uns entfernt ist?«

»Nein.«

»Ungefähr zweieinviertel Millionen Lichtjahre. Das heißt, wenn Sie und ich heute nacht Andromeda mit Lichtgeschwindigkeit eine Botschaft schickten, und wenn man sie dort versteht und beantworten würde, daß wir diese Antwort nicht vor viereinhalb Millionen Jahren erhalten könnten. Wie weit ist das nach Ihrer Berechnung?«

»Könnte ich einen Bleistift haben?«

»Hier ist einer.« John setzte sich an den Schreibtisch, der den Astronomen der Universität zur Verfügung stand, und schrieb seine Zahlen nieder. »Zweieinviertel Millionen Lichtjahre multipliziert mit etwa zehn Billionen Kilometern pro Jahr.« Er multiplizierte und zählte die Nullen zusammen und berichtete dann dem Professor. »Ich bekomme so etwas wie einen Zweier mit neunzehn Nullen dahinter.«

Professor Anderssen hatte seine eigene Berechnung mit genauen Werten angestellt und sagte: »Sie sind der richtigen Lösung ziemlich nahegekommen. Die Entfernung dürfte sich auf einundzwanzig Milliarden Milliarden Kilometer belaufen.«

Schweigend dachten die beiden über diese ungeheure Entfernung nach. »Und jetzt betrachten Sie das im Teleskop«, sagte Anderssen, und John ging an das Okular und starrte auf die Stelle hin, wo M-31 majestätisch in die Nacht hinausstrahlte.

»Beachten Sie die Größe«, flüsterte Anderssen, »und die Form, die genau der unserer Galaxis entspricht. Beachten Sie den glühenden Kern in der Mitte und den immensen Radius feuriger Gase. Sehen Sie die wirbelnden Arme, die brutale Gewalt? Haben Sie eine Ahnung, welche geheimnisvolle Kraft das alles zusammenhält?«

Elf Minuten lang, während das Teleskop gehorsam der Bewegung der fernen Galaxis durch das All folgte, starrte John Pope auf das unbeschreibliche Schauspiel. Und dann hörte er wieder die ruhige Stimme des norwegischen Professors: »Heute nacht haben sich zwei Wunder vor Ihnen aufgetan. Ein Wunder der Schönheit und ein Wunder des Monumentalen. Es gibt da draußen, so können wir annehmen, einhundert Milliarden Galaxien. Und wenn es uns je gelingen sollte, ein Teleskop über unsere Atmosphäre hinauszuheben, wird es uns sicher weitere hundert Milliarden Galaxien offenbaren – denn der Weltraum ist grenzlos. Und denken Sie immer daran, John, daß Sie und ich auf einem unbedeutenden Planeten leben, der um einen unbedeutenden Stern kreist, der sich am äußersten Rand einer unbedeutenden Galaxis befindet. Unser Leben ist kurz, und wenn wir gestorben sind, werden wir bald vergessen sein. Und eines Tages wird auch unsere Galaxis verschwinden. Die einzig vernünftige moralische Folgerung daraus ist die, daß wir mit der kurzen Zeit, die uns zugemessen ist, etwas Nützliches tun. Es wäre eine große Freude für mich, wenn Sie sich im Januar zu meinem Kurs melden würden.«

Langsam ging John durch die sternklare Nacht nach Hause; das Fernglas hing an seiner Seite. Es gab jetzt viel mehr zu sehen als unmittelbar nach dem Abendessen, denn der Himmel war dunkel und erlaubte es auch den schwächeren Sternen, sich zu zeigen. Im Golf von Leyte war es vier Uhr am Nachmittag des ersten Tages der Schlacht, und Norman Grant briet in der prallen Sonne auf seinem Floß, während in Peenemünde die deutschen Raketenexperten in den ersten Morgenstunden versuchten, die Schäden abzuschätzen, die die amerikanischen Bomber angerichtet hatten.

John Pope wußte, daß er etwas Seltenes und Kostbares erlebt hatte – seinen ersten Ausflug ins All, ein flüchtiger Blick auf die vollendete Schönheit des Sternes Altair, das Erwachen seiner Liebe zu Penny, und die Vision jener unendlich fernen Galaxis: Eine Nacht wie diese kann es nie wieder geben. Meine Aufgabe besteht darin, jede einzelne Nacht innerhalb ihrer Grenzen zu einer guten Nacht zu machen.

»Verdammt noch mal!« brüllte sein Vater, als er zur Tür hereinkam. »Halb drei Uhr früh! Wo zum Teufel hast du gesteckt?«

John war überrascht. Noch nie hatte er seinen konservativen Vater fluchen gehört. »Ich war im Observatorium«, entschuldigte er sich. »Ich durfte das Tel...«

»John!« rief seine Mutter vom Fuß der Treppe. Sie war im Nachthemd und hatte offensichtlich geweint. »Du hättest anrufen sollen.«

»Ich war nur auf einen Sprung im Observatorium.«

»Du hast nicht auf den Straßen herumzustreunen wie ein Landstreicher, John Pope«, tadelte ihn sein Vater, stets auf den guten Ruf seines Namens bedacht. »Und wenn du irgendwo hingehst wie etwa ins Observatorium, habe so viel Anstand, uns anzurufen. Wir sind sehr besorgt um dich gewesen, mein Sohn.«

»Der Professor hat mich eingeladen, seinen Kurs am College zu besuchen. Er beginnt im Januar.«

»Das ist erfreulich«, sagte seine Mutter.
Er konnte nicht einschlafen. Um ihn herum schien das majestätische Universum mit zerstörerischer Gewalt zu explodieren und in Stücke zu brechen.
Eine Stunde vor Morgengrauen hörten Johns Eltern die Weckuhr ihres Sohnes, und als sie in den Gang hinaustraten, sahen sie ihn die Treppe hinunterlaufen. »Wo zum Teufel willst du jetzt wieder hin?« fluchte Dr. Pope zum zweiten Mal in dieser Nacht.
»Ich wollte nur sehen, wie die Nacht zu Ende geht.«
»John«, sagte seine Mutter, »du mußt dir noch etwas anziehen.« Als ihr Sohn zögerte, fügte sie hinzu: »Wir sorgen uns um deine Gesundheit. Nimm eine Jacke.«
Als er in den Hof hinaustrat, betrachtete er das unvergleichliche weite Rund der Winterkonstellationen: Stier, Orion, die Zwillinge, die Gruppe mit dem großen Sirius, und im Osten den Löwen und die Trabanten der Jungfrau. Verzaubert stand er da und richtete sein Fernglas auf einen nach dem anderen dieser herrlichen Sterne, aber erst unmittelbar vor der anbrechenden Dämmerung sah er, was zu sehen, er sein Bett verlassen hatte. Es war der rote Arcturus, der aus der Prärie aufstieg und, während er nach oben kletterte, darum kämpfte, sich in der zunehmenden Helligkeit zu behaupten. Nun akzeptierte John die Tatsache, daß sich die Erde um die Sonne drehte. In der Abenddämmerung hatte er beobachtet, wie sich Arcturus von ihm entfernte; jetzt, da die Nacht zu Ende ging, sah er ihn an den Himmel zurückkehren.
»Wir rotieren wahrhaftig im All«, flüsterte er. Wieder sehnte er sich danach, den großen roten Stern in seinem Fernglas einzufangen, doch abermals stand er zu tief, um auch nur einigermaßen auszumachen zu sein. John wartete, aber als Arcturus hoch genug stand, um sich von der Atmosphäre zu befreien, war es Tag geworden und die Sterne verschwunden.

Um drei Uhr am Nachmittag des vierundzwanzigsten Oktober 1944, als Professor Stanley Mott die Schäden untersuchte, die die deutsche Rakete im Herzen Londons angerichtet hatte, und als General Nishimura die Instruktionen der Operation Sho-Go, die ihn verpflichteten, mit seinem kleinen Flottenverband eine selbstmörderische Mission zu

unternehmen, in seinen privaten Stahlschrank sperrte, schob Dieter Kolff, ein Raketentechniker in nicht genau festgelegter Position, sein Fahrrad auf eine kleine Fähre, die ihn von der strengstens abgeschirmten Insel Usedom auf das ein kurzes Stück westlich gelegene deutsche Festland bringen sollte.
Er war siebenunddreißig Jahre alt, ein kleiner, magerer, schüchterner Mann mit einem nicht sehr ansehnlichen Schnurrbart. Er trug dicke Augengläser, die er abnahm, wenn er Menschen zu beeindrucken wünschte, schnell aber wieder aufsetzte, wenn ihm ein Dokument oder ein Maschinenteil gereicht wurde. Er sprach leise, offenbarte dabei jedoch eine wilde Bereitschaft, seinen Standpunkt zu verteidigen; seine inneren Überzeugungen teilte er mit absolut niemandem, nicht einmal mit Liesl, die zu besuchen, er jetzt die Insel verließ.
Die Entwicklung in Nazi-Deutschland hatte ihn dieses Mißtrauen gelehrt. Als Sohn einer notleidenden Gebirgsgegend südlich von München, hatte er den Spott auf sich gezogen, denn er entstammte keiner preußischen Junkerfamilie, er war nicht geschäftstüchtig wie ein Ruhrbaron, und er besaß auch nicht die intellektuellen Gaben eines Berliners. Er hatte nur eine Gabe: Er brauchte eine Maschine oder den Teil einer Maschine nur anzusehen und wußte sofort, wo der Schaden lag. Er hatte das am Hof seiner Familie und später in München, wo er in einer Fabrik arbeitete, unter Beweis gestellt. Weil er aber keinen akademischen Grad erworben hatte und es nicht verstand, sich klar und verständlich auszudrücken, zog er lange nur wenig Nutzen aus seiner Gabe.
In die Wehrmacht eingezogen, blieb er ein stummer Landser, diente zuerst an der französischen, dann an der russischen Front, und Offiziere mit ungleich weniger Befähigung, ihr Kriegsgerät funktionstüchtig zu erhalten, gingen dutzendemal an ihm vorbei, ohne ihn jemals um Rat zu fragen. Aber er war intelligent genug, schon im Frühjahr 1942 zu erkennen, daß jeder deutschen Division, die tiefer nach Rußland eindrang, ein tragisches Schicksal beschieden sein würde, und so setzte er nun alles dran, aus diesen grauen, bedrohlichen Steppen zu entkommen.
Seine große Chance kam im Frühjahr 1943, als er unter dem glücklosen General Paul von Kleist im Kaukasus diente. Im Verlauf eines Rückzugs auf breiter Front begannen von Kleists Panzer in die Brü-

che zu gehen, und als der General seine Männer anfeuerte, zu reparieren, was nicht mehr zu reparieren war, fiel sein Auge auf einen schweigsamen Mechaniker, der verbissen alles wieder instand setzte, was man ihm brachte, und auf dem schlammigen, für Reparaturarbeiten bestimmten Gelände wurde Dieter Kolff zum Leutnant befördert und mit der Aufgabe betraut, die großen Panzer zu überholen.
Zwei Wochen später richtete Hitler ein dringendes Ersuchen an die Wehrmacht, ihm tüchtige junge Männer mit untadeliger Beurteilung zu schicken, die eine verantwortungsvolle Aufgabe zu übernehmen haben würden. Das war alles, was der Befehl beinhaltete, aber diskrete Rückfragen brachten zutage, daß Leute mit technischem Geschick gebraucht wurden, vornehmlich solche, die nicht aus großen Städten kamen. Von Kleist dachte lange über dieses seltsame Ersuchen nach und kam zu dem Schluß, daß Hitler kräftige Bauernjungen haben wollte, die nicht vom Radikalismus der Stadt angesteckt waren.
Seine Quote betrug elf Mann, und nachdem er neun vielversprechende junge Burschen nominiert hatte, fiel sein Auge auf Leutnant Kolff, einen seiner verläßlichsten Offiziere, und nun entwickelte er einen schlauen Plan: Ich werde dem Führer meinen besten Mann schicken, und vielleicht ... vielleicht wird Hitler die Debakel an der Kaukasusfront übersehen.
»Wo sind Sie geboren?« fragte von Kleist, und als Kolff den Namen seines Heimatdorfes nannte, sagte der General: »In Ihren Papieren ist München als Geburtsort angegeben. Wir wollen keinen aus diesem Unruheherd haben.«
»Ich komme von einem Bauernhof«, erwiderte der Leutnant, und noch am selben Abend war er unterwegs nach Westen.
Er hatte noch keine zwei Wochen in Peenemünde gearbeitet, als seine außergewöhnlichen Fähigkeiten erkannt wurden, und eines Tages wurde er am späten Nachmittag vor einen großgewachsenen schweigsamen Mann mit zerfurchtem Gesicht und Grabesstimme gebracht. »Das ist General Eugen Breutzl«, sagte eine Ordonnanz. »Pflegen Sie Generäle nicht zu grüßen?«
Kolff grüßte linkisch. »Ich höre, daß Sie gut mit Maschinen umgehen können«, begann der General. Er war dreiundfünfzig Jahre alt und stand offensichtlich unter dem Druck der dringenden Anforderungen, die ständig an ihn gestellt wurden.

»Ich bringe die Dinger wieder in Schwung«, sagte Kolff.
»Ausbildung?«
»Ich habe in einer Fabrik gearbeitet. Maschinen repariert.«
»Familie?«
»Bauern.«
Breutzl runzelte die Stirn und fragte dann aufgeräumt: »Großgrundbesitzer?«
»Nein. Ein kleiner Hühnerhof.«
»Wie sind Sie denn dann ... na ja, Offizier geworden?«
»Das war in Rußland. Ich wußte, wie man mit Panzern umgeht, General von Kleist ... Beförderung an der Front.«
»Glauben Sie, daß Sie die Dinge in Schwung bringen können, die wir hier machen?«
»Ich glaube schon.«
»Wissen Sie, was das für Dinge sind?«
»Die Männer sagen, es sind Raketen. Sie sollen gegen London eingesetzt werden.«
»Verstehen Sie etwas von Raketen?«
»Was ich so gesehen habe, kann ich gewisse Dinge reparieren.«
Das war nun schon fast zwei Jahre her, und jetzt war Leutnant Kolff einer von General Breutzls wertvollsten Mitarbeitern. Der General, ein Ingenieur, aber kein Wissenschaftler, leitete den Bau der großen A-4-Raketen, die der geniale junge Wernher von Braun erdacht hatte, und das war keine leichte Arbeit, denn immer, wenn General Breutzl ein Fertigungsprogramm entwickelt hatte, änderte von Braun die Spezifikationen, was zu einer kompletten Umstellung von Männern und Maschinen führte.
»Warum kann er sich denn nicht entscheiden?« fragte Kolff eines Tages verzweifelt.
»Weil das eine ganz neue Welt ist, Dieter. Es gibt keine festen Regeln, an die man sich halten könnte.«
Kolff war jetzt kein Wehrmachtsoffizier mehr. Er gehörte zu dem bunten Haufen, der Peenemünde unsicher machte, Männer ohne Tressen und Litzen, aber von außerordentlichen Fähigkeiten, wenn es galt, sich mit den Problemen einer neuen Welt auseinanderzusetzen. Aus Respekt beließ man Breutzl seinen alten Rang, aber er war kein General im militärischen Sinn mehr; er war ein Genie bei der Vervoll-

kommnung konstruktiver Lösungen, die die Raketen zum Fliegen brachten. Wenn das anfangs nicht funktioniert hatte und dreiundzwanzig von neunundzwanzig Raketen auf den Startplattformen oder kurz nach dem Start explodiert waren, so gewöhnlich deshalb, weil die Wissenschaftler Kolffs praktische Ratschläge ignoriert hatten. Lachend sagte Breutzl einmal: »Und wenn's bei mir nicht klappt, dann nur, weil ich nicht auf Dieter Kolff gehört habe.«
Der kleine Bauernsohn hatte ein fast mystisches Gespür für das, was eine Maschine leisten konnte und was nicht, und als die Raketen immer komplexer wurden, war er oft der einzige, der ihre Mysterien noch entwirren konnte. Er war eine Art deutscher Thomas Edison, und sowohl von Braun als auch Breutzl wußten, daß sie Gott danken mußten, ihn gefunden zu haben. »Er ist ein naturwüchsiges Genie«, meinte von Braun. »Wie sind wir eigentlich an ihn gekommen?«
»Er war Nummer zehn in einer Gruppe von elf«, antwortete Breutzl. »Ich frage mich, wie viele von der Sorte da draußen noch herumlaufen.«
»Wir werden sie alle brauchen«, sagte von Braun.
Das Raketenprogramm war nicht gut gelaufen in diesen ersten Jahren. Wieder und wieder waren die führenden Männer des Großdeutschen Reiches nach Peenemünde gekommen, um zu erfahren, wann die A-4 gegen London eingesetzt werden könnten, und immer wieder hatte es Mißerfolge gegeben, aber die drei Männer weigerten sich, aufzugeben. Sie waren davon überzeugt, daß das, was sie schon in ihrer Vorstellung gesehen hatten, fliegen konnte, eine geballte Ladung Sprengstoff nach London tragen und am Ziel aufschlagen konnte.
Während er jetzt sein Fahrrad an der anderen Fährstation bereitmachte, ging es Kolff wieder einmal durch den Kopf, was für ein Glückspilz er doch gewesen war: Wäre ich immer noch ein einfacher Landser, von Braun würde mich nicht einmal angeschaut haben. Er hat nicht viel übrig für Landser. Er glaubt, ich komme aus einer angesehenen Familie. Aber er weiß, daß ich seine Raketen in Schwung bringen kann. Und tatsächlich erreichten die Raketen, die jetzt auf London niedergingen, ihr Ziel vornehmlich aufgrund der von Kolff vorgeschlagenen Neuerungen und Verbesserungen. Daß man ihm als einfachem Leutnant gestattete, Peenemünde um drei Uhr nachmittag

zu verlassen, um sein Mädchen zu besuchen, bewies die Wertschätzung, die er genoß.

Als man entdeckte, daß er wertvolle Fachkenntnisse besaß, hatte man ihn von der A-4 abgezogen und einem Programm der höchsten Geheimhaltungsstufe zugeteilt, und er wäre überrascht gewesen zu erfahren, daß sowohl Moskau wie Washington Dossiers über ihn angelegt hatten, denn die einen wie die anderen waren fest entschlossen, sich seiner Person zu versichern, sobald der Krieg zu Ende war. Bis jetzt hatte er sich geweigert, zuzugeben, daß Deutschland den Krieg verlieren konnte, und der Grund für seinen Optimismus war, daß er wußte, was für gewaltige Waffen er und General Breutzl in Kürze entwickelt haben würden.

Als man ihn von der A-4 abgezogen hatte, rückte er nicht zu den darauf folgenden Raketengenerationen vor, von A-5 bis A-9, von denen jede einzelne für einen wichtigen Zweck geplant war. Er wurde der A-10 zugeteilt, die letzte in der Reihe und die gewaltigste. Das Konzept, das ihr zugrunde lag, war so brillant, daß er nur mit von Braun und Breutzl darüber sprechen durfte.

Die A-10 – und man war der Lösung ihrer Problematik schon so nahe, daß man ihre Produktion in nicht mehr als zwölf Monaten würde aufnehmen können – war eine Rakete, die von Peenemünde aus mit einer immensen Sprengladung im Kopf abgeschossen werden und auf Boston, New York oder Washington niedergehen würde. Dieter Kolff hatte nichts gegen die Bürger dieser Städte, ebensowenig wie gegen die Bürger Londons, die jeden Tag von seinen Bomben getroffen wurden. Er war ein Techniker und darauf trainiert, seine Fertigkeit in den Dienst des Projektes zu stellen, das ihm zugewiesen wurde, anfallende Probleme zu lösen und es produktionsreif zu machen. Wurde ein Raketenangriff auf New York für wünschenswert gehalten, würde er ungeachtet des Motivs nach Mitteln und Wegen suchen, um den Angriff möglich zu machen. Und es war diese Aufgabe, auf die er sich jetzt konzentrierte.

So war es also ein sehr wichtiger Mann, der jetzt seinen Drahtesel bestieg und nach Westen radelte, während die amerikanischen Bomber sich anschickten, Peenemünde einen tödlichen Schlag zu versetzen. Sein Ziel war ein Bauernhof nördlich von Wolgast; er gehörte der Familie von Liesl König und war nur deshalb bemerkenswert, weil er

neben einem teuren Kurhotel lag, das seinen Gästen einen herrlichen Ausblick auf drei Gewässer bot: im Westen auf den Kanal, der Usedom vom Festland trennte, im Norden auf die Ostsee und im Osten auf eine Bucht, in der sich eine große Insel befand.
Liesl König arbeitete in diesem Hotel; in der Hauptsaison betreute sie reiche Berliner, in der Vor- und Nachsaison weniger wohlhabende Pommern. Sie war kein hübsches Mädchen und nicht mehr jung. Und sie wäre vielleicht sogar unbemerkt geblieben, wäre ihr nicht Dieter Kolff bei einem Spaziergang auf dem Festland begegnet. Sie war achtundzwanzig und hätte sich vermutlich, wäre der Krieg nicht gekommen, eine Stellung als Hausgehilfin in Berlin gesucht. Sie war eine arbeitsame Frau mit einem angenehmen, wenn auch ein wenig unterwürfigen Naturell, und Kolff meinte, Glück gehabt zu haben, daß er sie gefunden hatte.
Auf der Schnellstraße westlich der Fähre wurde er dreimal von Gendarmen angehalten und sein Fahrrad eingehend überprüft, obwohl die älteren Beamten von seinen Besuchen auf dem Hof der Königs informiert waren. Sie nickten ihm freundlich zu, während ihre jüngeren Kameraden ihn durchsuchten, denn nichts und niemand durfte Usedom ohne genaue Kontrollen verlassen.
Dieter Kolff verbrachte einen geruhsamen Nachmittag mit Liesl, aß mit ihrer Familie zu Abend und spazierte dann zum Hotel hinüber, von wo aus er die Flak-Artillerie sehen konnte, die die Festlandküste säumte. »Seit dem großen Luftangriff voriges Jahr haben wir Angst bekommen«, vertraute Liesl ihm an. »Heute nachmittag hat Vater Aufklärer gesehen.«
»Die haben wir auch gesehen. Sie waren von der Luftwaffe.«
»Nicht die, die Vater gesehen hat.«
Es gab so viele Dinge, die Dieter Kolff mit diesem einfühlsamen Mädchen hätte teilen wollen. Sie war seiner Mutter sehr ähnlich, ein braves, verläßliches Bauernmädchen mit vielen guten Eigenschaften, die alles für ihren Mann tun würde. Sie verstand die Probleme, die mit ihr zu teilen ihm erlaubt war, insbesondere seine Angst vor den Russen. »Du solltest ihre Dörfer sehen. Die Bauern leben dort wie Tiere. Wenn sie jemals hierher kämen ...« Er fröstelte.
»Hältst du es für möglich, daß sie kommen?«
Er zögerte. In Deutschland tat man gut daran, nie zu sagen, was man

dachte, außer es ging um Alltägliches, aber schließlich hatte jedes menschliche Wesen das Bedürfnis, den Weg zu jemandes Herzen zu finden und sich ihm anzuvertrauen. Liesl konnte sehr wohl eine Agentin sein, die man gerade hier eingesetzt hatte, um in Peenemünde Beschäftigte, wie etwa Kolff, in eine Falle zu locken, und darum durfte er nichts über die A-10 oder die anderen Raketensysteme sagen. Über Rußland aber konnte er sprechen, mußte er sprechen.
»Vor zwei Jahren, als ich dort an der Front stand, waren unsere Offiziere überzeugt, die Russen hätten keine Chance gegen uns. Es ist ein armes Land ... ein Bauernland. Aber jetzt ...«
»Sie kommen näher, Dieter.«
»Hast du Angst?«
»Ja, ich habe Angst.«
An diesem Abend sprachen sie nicht weiter darüber, aber sie wußten beide Bescheid: Irgendwie mußten sie einer Gefangennahme durch die Russen entgehen. Alles, was sie in Zukunft tun würden, sollte diesem Gebot untergeordnet sein.
Als es dunkel wurde, zogen sie sich in eine nahe Scheune zurück und liebten sich; es war ihnen zur Gewohnheit geworden, seit sie sich bewußt waren, daß russische Heere sich auf Deutschland zubewegten. In diesen gefährlichen Zeiten hing einer vom anderen ab, und beide wußten, daß sie Rettung nur in ihrer Liebe finden konnten. Liesls argwöhnischer Vater hatte ihr vier Fragen gestellt: »Hat er seinen eigenen Hof? War er früher wirklich Offizier in der Wehrmacht? Was treibt er denn überhaupt auf dieser Insel? Und wie steht's mit dem jungen Detterling? Er hat einen schönen Hof.« Unter den gegebenen Umständen erschien es ihr unklug, wichtige Dinge mit ihrem Vater zu besprechen, der bisher nur eine Bemerkung über den fremden Besucher gemacht hatte: »Er frißt wie ein Scheunendrescher. Läßt man ihn da drüben hungern?« Kolffs hervorstechendste Eigenschaft war ihm nicht verborgen geblieben: Trotz seiner zarten Statur konnte er Unmengen vertilgen, ohne daß sich sein Leibesumfang vergrößert hätte, aber Liesl wies ihren Vater zurecht: »Du hast kein Recht, dich zu beschweren, Vater. Für gewöhnlich bringt er uns mehr Lebensmittel mit, als er verzehrt.«
Normalerweise blieb Kolff bis etwa neun Uhr abends zu Besuch bei Liesl; dann radelte er zurück, um die letzte Fähre nicht zu verpassen,

die um zehn Uhr übersetzte. Aber diesmal war er beunruhigt von so viel einander widersprechenden Gerüchten, die auf der Insel umliefen, daß es ihn drängte, noch zu bleiben – nicht, um offen über die Lage zu diskutieren, sondern einfach nur, um mit jemandem zu reden.
So wanderten sie also durch den Garten des Kurhotels und plauderten über unwichtige Dinge, bis Liesl plötzlich stehenblieb und seine Hand ergriff. »Was ist los, Dieter?« Und als er sie überrascht ansah, fügte sie hinzu: »Was macht dir so große Sorgen?«
Schweigend ließ er die sieben wichtigsten Probleme vor seinem geistigen Auge vorbeiziehen, aber er konnte keines davon offen darlegen oder auch nur andeuten: Es gab ein Gerücht, wonach Himmlers Gestapo abermals gegen von Braun vorgehen wollte. Ein anderes, wonach General Breutzl degradiert und strafweise an die russische Front versetzt werden sollte. Ständig wurden Befürchtungen geäußert, wonach Peenemünde überhaupt stillgelegt werden würde, weil die Russen schon zu nahe seien. Und so weiter und so weiter, und dazu noch eine andere Sorge, die ihn quälte; über diese konnte er mit Liesl sprechen.
»Der General ist gealtert. Stark gealtert. Man gibt ihm die Schuld an allem, was schiefgeht. Aber ich kann dir sagen, daß ohne ihn überhaupt nichts laufen würde.«
»Du hast ihn gern, nicht wahr?«
»Ich wollte, alle Deutschen wären wie er. Ich wollte, alle Väter wären wie er.«
»Meiner jammert schon wieder.« Sie zögerte und setzte dann leise hinzu: »Wir sollten von hier fortgehen, du und ich.«
»Ja.« Und nach einer langen Weile sagte er: »Das wird meine Sache sein, Liesl. Ich werde es dich wissen lassen, wenn es soweit ist.« Und nachdem er noch einmal lange nachgedacht hatte, wechselte er das Thema. »Ich habe dem Freiherrn versprochen, mich um den General zu kümmern. Ich muß zurück.«
»Aber du hast die Fähre schon versäumt.«
»In unserer Messe klaue ich Hühner für sie. Die setzen mich schon über.«
Es war halb elf, als er sich vor dem Tor ihres Hofes von Liesl verabschiedete. »Was ist das?« fragte sie und deutete nach oben.
Der Mond war hell; er stand tief im Westen und beschien ein einzel-

nes Flugzeug, das phantastisch hoch flog. Sie beobachteten es einige Minuten und rieten hin und her, was es wohl bedeuten mochte. Und dann kamen zwei Pfadfinderflugzeuge im Tiefflug herangeschossen und warfen nicht Bomben, sondern Leuchtsätze in verschiedenen Farben ab.
»O Gott!« rief Dieter Kolff. »Es ist ein Luftangriff und, nach den Leuchtmarkierungen zu urteilen, ein großer.« Wie besessen in die Pedale tretend, sauste er die Straße hinunter, die zur Fähre führte, ein Auge auf dem geheimnisvollen Flugzeug und mit der Frage beschäftigt, was es wohl sein könnte. Er ahnte nicht, daß es vom Bombenschützen Oberleutnant Merton gesteuert wurde, der die näherkommenden Amerikaner zu den von den Leuchtsätzen erhellten Zielen dirigieren würde.
Kolff war noch nicht bei der Fähre, als die ersten Bomber, tiefer als er erwartet hatte, mit dumpfem Dröhnen einfielen. Es waren große, dunkle Maschinen, und der Mond verschwand just, als sie Peenemünde erreichten. »Das hat jemand ganz genau geplant«, erklärte er den Männern bei der Fähre, und dann begannen die großen Explosionen.
»Ich muß rüber«, drängte er.
»Nicht mit mir«, sagte der Fährmann und ging in Deckung. Fast zwei Stunden lang blieben die Männer dort hocken und lauschten mit wachsendem Entsetzen dem Krachen der gewaltigen Sprengstoffmengen, die auf Peenemünde abgeworfen wurden.
»Wo sind die ersten Christbäume niedergegangen?« fragte Kolff den Fährmann.
»Unten bei euren Quartieren«, lautete die Antwort.
»O Gott! Sie haben es auf General Breutzl abgesehen!«
»Und auf Wernher von Braun.«
»Der ist in Berlin. Hör mal, ich muß rüber.«
»Nicht jetzt.«
Andere Maschinen tauchten auf, deutsche Jagdflugzeuge diesmal, und einige der feindlichen Bomber gerieten in Brand und stürzten in die Ostsee. Einer kam direkt auf die verlassene Fähre zu und stürzte krachend in der Nähe des Hotels ab, in dem Liesl arbeitete.
Jetzt mußte er sich um zwei Menschen sorgen, um den General und um sein Mädchen; doch als der Angriff zu Ende war und die deut-

schen Jäger abdrehten, eilte Dieter Kolff nicht zum Hof der Königs, sondern auf die Insel, um zu erfahren, was mit General Breutzl geschehen war. Immer wieder wurde er von Wachen angehalten, denn die Zerstörung war groß und viele Gebäude brannten. Er requirierte ein Motorrad samt Fahrer, stellte sein eigenes Rad ab und ließ sich zu den Unterkünften der Wissenschaftler fahren – den Quartieren, die auf Professor Motts Weisung hätten verschont bleiben sollen.

Die ersten »Christbäume« waren über das Ziel hinausgeschossen und nicht, wie vorgesehen, über den Werkhallen und dem Forschungszentrum niedergegangen, sondern genau über den Unterkünften der Wissenschaftler. Der Einweiser über der Insel hatte jedes einzelne ankommende Geschwader auf den Fehler hingewiesen, aber das Ziel war so verlockend und die Christbäume so gut sichtbar, daß ganze Bombenladungen in Reihenwurf auf das Wohngebiet niedergegangen waren.

»Da hinüber!« brüllte Kolff, aber der Fahrer sagte: »Ohne mich.« Dieter Kolff stieg ab und lief auf die zerstörten Gebäude zu. Er brauchte nicht hineinzugehen, denn auf dem Rasen vor den Schlafsälen lagen die einunddreißig Leichen, und in der Mitte der Reihe, gelassen und gütig noch im Tod, lag General Breutzl, von dem die Nazis so abhängig gewesen waren und dem sie doch nie getraut hatten.

Als niemand hinsah, und aus Gründen der Geheimhaltung, die er niemandem, nicht einmal sich selbst hätte erklären können, wartete Kolff, bis alle anderen sich mit den Folgen der Zerstörung beschäftigten, und begab sich dann in das Betongewölbe, in dem die Pläne des Generals für die A-10 aufbewahrt waren. Diese Arbeitspapiere, für gewöhnlich das Ergebnis langer Besprechungen zwischen von Braun, dem General und Kolff, waren in Sicherheit. Darauf bedacht, sich nicht sehen zu lassen, nahm er sie an sich und brachte sie in seine eigene, halb zerstörte Unterkunft. Dort steckte er einige unwichtige Papiere in Brand, erstickte die Flammen und mischte die angesengten Seiten mit einigen seiner eigenen Diagramme. In diesem Augenblick hatte er keine klare Vorstellung, warum er diese Vorsichtsmaßnahme ergriff; es geschah instinktiv und hatte etwas mit den Gerüchten zu tun, wonach von Braun in Kürze abermals von Himmlers Männern verhaftet werden sollte.

Zwei Tage später, um drei Uhr am Morgen des 27. Oktober, während

Norman Grant im Golf von Leyte trieb und langsam zu der Überzeugung gelangte, daß seine schrumpfende Crew von Helden nie von der vergeßlichen Navy geborgen werden würde, setzte sich Dieter Kolff mit einem Ruck im Bett auf; mit der Explosionskraft eines Blitzschlags schoß ihm eine Idee durch den Kopf: Hühner! Die Hühner werden mich retten!
Wenn er sich um seine Sicherheit sorgte, so mit gutem Grund, denn sobald keine Bomben mehr fielen, kehrte ein Gegner, ebenso gefährlich wie beharrlich, mit der Absicht auf die Insel zurück, seit langem Verdächtigen auf den Zahn zu fühlen. Es war dies Oberst Helmut Funkhauser, achtundvierzig Jahre alt, ein etwas dickbäuchiger Möchtegernpreuße ohne Hals und mit eng zusammenstehenden Augen. Sohn eines kleinen Hamburger Metzgers, war er schon früh zu Hitlers Braunhemden gestoßen – nicht aus philosophischer Überzeugung, sondern weil er diese Mitgliedschaft für eine aufregende Sache hielt, die ihm erlauben würde, einen Blick in die Zukunft zu tun. Mit außergewöhnlichem Gehorsam und Liebe zum Detail hatte er sich zu einem von Heinrich Himmlers Gehilfen hochgedient, und das war der Moment, wo er anfing, auf seine preußische Herkunft zu pochen. Himmler selbst hatte ihm nun diesen Auftrag erteilt. »Bringen Sie diese verdammten Wissenschaftler auf Vordermann. Hauen Sie diesen von Braun raus. Und sehen Sie zu, daß unsere SS-Männer die Sache in die Hand nehmen.«
Als Kolff Funkhauser aus der schwarzen Limousine steigen sah, wußte er, daß es wieder Ärger geben würde. Er hatte mit diesem Oberst in der Vergangenheit schon mehrmals zu tun gehabt und in ihm einen unsicheren, engstirnigen kleinen Diktator erkannt. Unterwürfig, wenn Vorgesetzte zugegen, arrogant, wenn sie es nicht waren. Er war kein Nazi, der aus Prinzip mordete; er war nur einer jener Funktionäre, die bedenkenlos Befehle ausführten.
Kolff war Funkhauser zum ersten Mal um die Jahresmitte 1943 begegnet, als der Oberst aus seinem Hauptquartier in Berlin nach Peenemünde gefegt kam, um von Braun, General Breutzl und Kolff zu verhaften und ohne Hitlers Wissen hastig in ein geheimes Gefangenenlager der SS nach Stettin zu verfrachten. Dort hatte er sie sechs Tage lang in die Zange genommen und sie verräterischer Handlungen bezichtigt, die zu ihrer Hinrichtung führen könnten.

Er erhob drei Anklagen: »Sie haben sich verräterischer Gedanken schuldig gemacht. Sie haben Peenemünde nicht als militärische Basis für Vergeltungsschläge gegen die Engländer betrachtet, sondern als Startpunkt für die Raumfahrt der Zukunft. Und sie haben im geheimen Pläne geschmiedet, nach England zu fliehen, wo Sie glauben, unbehelligt an ihren Raketen arbeiten zu können.«

Oberst Funkhausers Beweisführung war geschickt angelegt und illustrierte den Wahnsinn, mit dem Himmler das Leben der Deutschen vergiftete. »Vier meiner Agenten, von mir in die Belegschaft von Peenemünde eingeschleust, haben gehört, wie Sie, von Braun, in Kneipen und bei anderen Gelegenheiten laut Ihre Zweifel zum Ausdruck gebracht haben, ob die A-4 England auf die Knie zwingen würde – ungeachtet der Tatsache, daß der Führer öffentlich erklärt hat, daß es so kommen wird. Sie, Kolff, haben vorausgesagt, daß die monatliche Quote von neunhundert Raketen nicht erfüllt werden kann.«

»Solange wir die Frage nicht geklärt haben, warum sie bereits unmittelbar vor dem Aufschlag explodieren ...«

»Schweigen Sie! Es besteht der schwerwiegende Verdacht, daß sie nur darum vorzeitig explodiert sind, weil Sie persönlich unseren militärischen Einsatz sabotiert haben. Und man weiß genau, daß Sie drei schon für die Jahre nach dem Krieg planen, wie Sie Ihre Raketen auf den Mond und auf die Planeten schießen können.« Blaß vor Erbitterung, beugte er seinen fetten Körper vor und starrte die drei Männer mit runden, glänzenden Augen an: »Sie alle sind Verräter! Sie haben treulos gegen den Führer gehandelt! Ihre Aufgabe ist es, London jetzt zu zerstören, und nicht, sich den Kopf über Raumfahrt zu zerbrechen.«

Dieser Vorwurf war nicht ganz unbegründet, mußte Kolff sich damals eingestehen – jedoch nicht, was Breutzl betraf, denn der General war ein militärischer Perfektionist, nur darauf bedacht, A-4s mit wirksamer Schußweite vom Fließband laufen zu lassen. Von Braun und Kolff aber hatten des öfteren darüber spekuliert, wie ihre mächtigen Maschinen in Friedenszeiten genützt werden könnten, und sie erkannten in aller Klarheit, daß es einmal möglich sein würde, den Menschen weit in das All hinauszuschleudern und wieder sicher auf die Erde zurückkehren zu lassen. »Ja, es ließe sich machen«, hatte von Braun einmal gesagt. »Vier Jahre, nachdem wir ernstlich mit der Arbeit begonnen haben. Und wenn wir nicht die ersten sind, werden es die Russen sein.«

»Und Amerika?« hatte Kolff eingeworfen.

»Die Amerikaner hatten von uns allen den besten Start – mit ihrem genialen Goddard. Aber keiner hat auf ihn gehört, und jetzt stehen sie mit leeren Händen da.« Den Rest seines Lebens sollte Dieter Kolff diesen Tag in Erinnerung behalten, da von Braun zum ersten Mal solche Gedanken über die Zukunft ausgesprochen hatte. Dann war der Freiherr in Schweigen verfallen, so als hätte er schon zuviel gesagt, und es war offensichtlich, daß er noch mehr zu prophezeien gewünscht hätte. Doch er wagte nicht zu reden, denn wie jeder andere in Deutschland mußte auch er fürchten, von Spitzeln belauscht zu werden. Und Kolff erinnerte sich, daß Freiherr von Braun, kaum waren diese Gedanken ausgesprochen, ihn angestarrt hatte, so als überlege er, ob er, Kolff, der Spitzel sein könnte, den Himmler auf ihn angesetzt hatte, um ihn in eine Falle zu locken.

So war also Oberst Funkhausers Vermutung, daß die leitenden Männer in Peenemünde nicht vom Krieg, sondern vom kommenden Frieden träumten, nicht ganz abwegig, purer Unsinn jedoch sein Verdacht, seine Gefangenen hätten die Absicht gehabt, aus Deutschland zu fliehen. »Man hat Sie zweimal gesehen, von Braun; als Sie mit ihrer kleinen Maschine starteten, flogen Sie nicht in Richtung Berlin, sondern aufs Meer hinaus. Wußten Sie, daß ich der Luftwaffe befohlen habe, Sie abzuschießen, wenn das noch einmal vorkommt?«

»Ich steige nur in mein Flugzeug, um an den Konferenzen teilzunehmen, die Ihre Leute ständig einberufen«, erwiderte von Braun sanft. Er war ein Mann von hohem Wuchs mit einem großen Kopf und einem sehr großen Gesicht, das ihn jünger aussehen ließ, als es seinen einunddreißig Jahren entsprach. Er sah aus wie ein unbekümmerter Universitätsstudent im vierten Semester, und die Feindseligkeit, die ihm entgegenschlug, rührte zum größten Teil von der Tatsache her, daß seine so unverschämt jugendliche Erscheinung in scharfem Gegensatz zu den ihm übertragenen Kompetenzen stand. Er war arrogant und aus gutem Grund: Wäre ihm daran gelegen gewesen, er hätte sich Freiherr von Braun nennen können, denn schon sein Vater hatte diesen Titel geführt; dem preußischen Adel entstammend, trug er eine unbeherrschte Überheblichkeit zur Schau, insbesondere gegenüber dem Lumpenproletariat, das Himmlers Reihen füllte, und zweifellos war er ein Genie, dessen Verstand so rasch funktionierte, daß er seine Mitarbeiter immer wieder hilflos zurückließ.

General Breutzl zum Beispiel versuchte gar nicht erst, mit ihm Schritt zu halten. Wenn der junge von Braun in empyreische Regionen entschwebte, nickte er, wartete, bis der Höhenflug beendet war, und wandte sich dann unmittelbareren Problemen zu. Eines Tages sprach von Braun davon, wie Albert Einstein bewiesen hatte, daß ein Mann, wenn man ihn mit Lichtgeschwindigkeit auf einen fernen Stern schickte, und er mit der gleichen Geschwindigkeit zurückkehrte, nur um fünfzehn Jahre gealtert sein würde; Berlin aber würde bei seiner Rückkehr achtzehntausend Jahre älter geworden sein. Kolff hatte es die Rede verschlagen: Das war doch gegen alle Vernunft! Wie können zwei verschiedene Zeitabläufe nebeneinander bestehen? Aber Breutzl hatte nur genickt und gesagt: »Der Mann ist nun also wieder auf der Erde und steht immer noch vor der Frage, warum diese verdammten A-4 just explodieren, bevor sie aufschlagen.«

Im Verlauf dieser Vernehmung im Jahre 1943 erhob Oberst Funkhauser eine begründete Beschuldigung gegen die drei Experten, und er ließ es dabei an Sarkasmus nicht fehlen: »Dem Verlauten nach sind Sie die Köpfe dieser Operation. Man erwartet von Ihnen, daß Sie die Pläne für eine Rakete anfertigen, die London zerstören kann, daß Sie diese Pläne an die Ingenieure weitergeben und dann zusehen, wie diese Männer Tausende von Raketen herstellen, die wir über den Kanal schießen können. Professor von Braun: Können Sie mir auf Anhieb sagen, wie viele Änderungen von Ihnen in letzter Minute in den Plänen vorgenommen wurden, seit Sie vor zwei Jahren Ihre Arbeit begonnen haben?«

Von Braun wurde nervös, denn er wußte, daß das ein schwacher Punkt in seiner Verteidigung war. Hundertmal hatte General Breutzl gebeten: »Wernher, Sie müssen sich auf einen Plan festlegen; es darf keine Änderungen mehr geben. Dann kann ich in die Werkhallen gehen und den Leuten zeigen, wie diese Pläne in Taten umzuwandeln sind.«

Aber die Raketentechnik mit ihren unersättlichen Forderungen nach neuen Metallen, neuen Kraftstoffsystemen, neuen Lenkungskontrollen, neuen Irgendwas ließ sich nicht so leicht festnageln. Änderungen

waren unvermeidbar – weil unvorhergesehene Fehlleistungen sie nötig machten. Wenn von Braun einige wenige Änderungen vorgeschlagen hatte, sollte Hitler froh sein, daß er zur Hand gewesen war, um sie zu veranlassen, denn letztendlich – etwa im Frühjahr 1944 – würde Deutschland über eine Superrakete verfügen, die London zerstören und den Krieg beenden konnte.
Oberst Funkhauser holte ein Papier aus der Tasche, das er von Braun unter die Nase hielt. »Raten Sie mal, Professor. Wie viele Änderungen haben Sie in den Werkstätten angeordnet?« Und die lächerliche Zahl lautete: 65 121. Um aus dem Nichts eine Superrakete zu fertigen und sicherzustellen, daß sie imstande sein würde, eine Reihe von komplizierten Manövern auszuführen, das war ein einziges und nie endendes Herumprobieren. Von Braun hatte wiederholt den Rückzug angetreten, einen Satz vorwärts gemacht, war geschwankt und getaumelt, um schließlich eine Rakete zu produzieren, die prima aussah, aber in dreiundzwanzig von neunundzwanzig Tests versagte.
So hatte er also 65 121 Änderungen angeordnet, und es konnten noch weitere fünftausend hinzukommen, bis die Rakete einwandfrei funktionieren würde. Und im Zusammenhang mit diesem Faktum machte er gegenüber Kolff im Jahre 1943 eine zweite Bemerkung, die sich auf Amerika bezog: »Man muß sich fünfundsechzigtausendmal irren, bevor man qualifiziert ist, eine Rakete zu produzieren. Die Russen haben bis jetzt vielleicht schon dreißigtausend Fehler gemacht, die Amerikaner keine. Darum wären Leute wie Sie und ich und der General für die Amerikaner hundertmal wichtiger als für die Russen.« Als er keine Anstalten traf, sich über das Thema weiter auszulassen, stellte Kolff keine Fragen, aber der Vergleich blieb in seinem Gedächtnis haften, wenn auch nicht genau in dem Sinn, wie von Braun ihn gemeint hatte. Wenn die Russen schon soweit sind, dachte Kolff, werden sie den Wert von Männern wie dem General und mir zu schätzen wissen. Du lieber Himmel! Das heißt, daß die Kommunisten hinter uns her sein werden. Und er begann, den Vormarsch der russischen Armeen entlang der Ostfront mit großer Sorge zu verfolgen.
»Somit haben Sie sich alle der Sabotage an unserer Kriegführung schuldig gemacht«, hatte Funkhauser grimmig festgestellt, »und ich bin sicher, daß man Sie erschießen wird, sobald ich meinen Bericht vorgelegt habe.«

Nun, sie waren nicht exekutiert worden, obwohl Funkhauser diese Maßnahme empfohlen hatte. Mächtige Freunde von Brauns, und er hatte deren viele, intervenierten beim Führer, und Hitler schonte ihn. Breutzl und Kolff wurden zum Tod verurteilt, aber von Braun ließ das nicht zu. Sechs Tage arbeitete er von früh bis spät an einer Rehabilitation, obwohl es möglicherweise zu seinem Vorteil gewesen wäre, sie als angebliche Saboteure sterben zu lassen, um dann um so »sauberer« dazustehen. Aber das war nicht seine Art, und am Ende ging er selbst zu Hitler und überzeugte ihn, daß die A-4 ohne die Hilfe dieser Experten nie zustande kommen würde.

Sein Leben schuldete Dieter Kolff dem Freiherrn, wie er ihn gern betitelte, denn es war ein beruhigendes Gefühl, mit einem Freiherrn zu arbeiten, und er vergaß es ihm nie.

Als er nun in der Nacht zum 27. Oktober 1944 an Hühner dachte, war er ein Mann, der allen Grund hatte, Oberst Funkhauser zu fürchten, wenn er einmal von Brauns schützender Hand würde entraten müssen.

Und dies war die Strategie, die er anzuwenden gedachte: In seinem Innersten war er sich der Tatsache bewußt, daß er, solange sich die Papiere General Breutzls in seinem Besitz befanden, ein überaus wertvolles Verhandlungsinstrument besaß, das er gegenüber den Gewinnern des Krieges einsetzen konnte, ganz gleich, ob das die Deutschen, die Russen oder die Amerikaner sein würden. Es war für von Braun leichter, phantastische Konzepte zu entwickeln, als für Männer wie Breutzl, diese Konzepte in ein Fertigungsprogramm umzusetzen. Und für Länder wie Rußland und Amerika, die über ein Übermaß an phantasiereichen Theoretikern, nicht aber über allzu viele Praktiker verfügten, konnte eine Kombination aus Breutzls Plänen und Kolffs Findigkeit interessanter sein als das, was von Braun zu bieten hatte.

Dieter Kolff wußte, daß er ein wertvoller Mensch, in diesen Tagen vielleicht einer der wertvollsten der Erde war, er wußte aber auch, daß er mit seiner alles andere als imponierenden Erscheinung und seinem Mangel an Allgemeinbildung ohne die charismatische Führung seines Helden von Braun wenig erreichen konnte. Er war für jetzt und immer an diesen brillanten Freiherrn gekettet, aber solange er nicht herausgefunden hatte, was von Braun nach dem Krieg zu tun gedachte, mußte er sich selbst schützen.

Ich muß noch heute handeln, sagte er sich, noch bevor es Morgen wird. Funkhauser und seine SS-Männer werden sich zweifellos für den Tod Breutzls interessieren. Wie ist er zu Tode gekommen? Wo sind seine Papiere? Man würde Kolff einvernehmen, also tat er gut daran, diese Papiere weit weg von Peenemünde an einen sicheren Ort zu bringen. Er hatte keine Zeit zu verlieren.

Um keinen Argwohn aufkommen zu lassen, wartete er bis Tagesanbruch. Dann nahm er einen großen Rucksack, begab sich zu dem Ort, wo er die Papiere Breutzls versteckt hatte, und stopfte sie hinein. Wohl wissend, daß man ihn sofort an die Wand stellen würde, wenn man diese Papiere bei ihm fand, schlenderte er zu der von einer Bombe beschädigten Küche hinüber, nickte dem Küchenjungen zu, mit dem er ein Arrangement getroffen hatte, gegen die Vorschriften zu verstoßen – Bier für den Koch, Hühner für ihn –, nahm drei bratfertige Hühner und warf sie lässig auf die Papiere.

Er radelte zur Fähre, wo er der SS-Wache eines der Hühner überließ. Er tat sein Bestes, um sich phlegmatisch zu geben und keine besondere Eile zu zeigen. »Ich fahre zu meinem Mädchen hinüber. Der Luftangriff hat ihr bestimmt einen Mordsschrecken eingejagt.«

»Sind Leute in Ihrem Quartier zu Schaden gekommen?«

»Viele Tote. Dutzende.«

»Diese Saukerle! Wann radieren wir endlich London aus?«

»Kann nicht mehr lange dauern.«

Am gegenüberliegenden Fährplatz wurde er von einem zweiten Trupp SS-Männer warm begrüßt. Sie bekamen das zweite Huhn.

»Was haben Sie im Rucksack?« wollte einer wissen.

»Ein Huhn für mein Mädchen«, antwortete er und ließ in keiner Weise erkennen, daß er es eilig hatte.

»Sie wollen wohl mit ihr ...« Der SS-Mann machte eine obszöne Geste.

»Was denken Sie denn, warum ich ihr das Huhn bringe?« fragte Dieter mit einem leisen Lächeln.

»Ich schau mir mal den Rucksack an«, sagte der SS-Mann und öffnete die Verschnürung. »Vorschriften, Sie wissen ja.« Dieter unterdrückte ein Schlucken und ließ keine Nervosität erkennen, während der SS-Mann rund um das Huhn herumstocherte.

»Viel Spaß!« sagte der andere. »Und danke für das Huhn.«

Verzweifelt bemüht, nichts zu tun, was die Aufmerksamkeit auf ihn ziehen könnte, radelte er die Straße hinunter, die zum Hotel führte, wo Liesl mit drei anderen Frauen damit beschäftigt war, alles für den Winter herzurichten. Den linken Arm auf den Rucksack gestützt, scherzte er mit den Frauen, gab ihnen aber dann zu verstehen, daß er mit Liesl allein zu sein wünschte. Als die Frauen ihn wegen seiner Absichten neckten, errötete er.

Als sie allein und an einem Ort waren, wo sie von den anderen nicht gesehen oder gehört werden konnten, stand Dieter zum erstenmal vor einer Entscheidung, bei der es um Leben und Tod ging. Gewiß hatte es schon bedeutsame Augenblicke für ihn gegeben – seine Versetzung nach Peenemünde zum Beispiel und sein Einsitzen im Gefängnis von Stettin in der Erwartung, erschossen zu werden, aber in beiden Fällen war ihm keine große Wahl geblieben. Dies aber war nun die erste in einer Reihe von Entscheidungen, die den Rest seines Lebens bestimmen würden, und er tat jeden Schritt im vollen Bewußtsein der damit verbundenen Gefahren.

»Wir müssen jetzt auf deinen Hof gehen, Liesl, und etwas sehr Wichtiges erledigen.«

»Ja.« Peenemünde war nun schon zweimal Ziel von Luftangriffen gewesen, und jedesmal war ein Teil der Bomben nahe dem Königschen Hof niedergegangen. Aus dem Osten kamen die Russen immer näher, aus dem Westen die Amerikaner. In Kürze würden alle Deutschen schwerwiegende Entscheidungen treffen müssen, und Liesl war keine Ausnahme. Sie kannte keinen ledigen Mann außer Dieter und war bereit, sich seiner Führung anzuvertrauen.

»Wir sollten jetzt gehen«, sagte er, und sie entschuldigte sich bei den anderen Mädchen, die sie mit schlüpfrigen Bemerkungen neckten. Als sie den Hof erreichten, bat er sie, eine Schaufel zu holen. »Wir müssen einen sicheren Platz finden«, sagte er dann. »Ich habe wichtige Papiere bei mir. Wenn man sie findet, wird man uns beide erschießen. Wenn man sie nicht findet, werden sie unser Reisepaß sein.«

»Reisepaß, wohin?«

Er hatte gehofft, daß sie ihm diese Frage nicht stellen würde, denn er wußte selbst noch keine Antwort darauf. Was würde von Braun tun? Sich den Russen anschließen, die sich aktiv an dem Wettlauf um die Raketen beteiligt hatten? Oder den Amerikanern, die so weit zurück-

lagen? Nur zu gern hätte er gewußt, was von Braun vor hatte, aber er glaubte auch so, die richtige Antwort zu kennen.
»Nach Amerika. Sie werden Leute wie mich brauchen. Irgendwie müssen wir den Amerikanern diese Papiere zutragen. Vorderhand müssen wir sie verstecken.«
Als die Grube ausgehoben war, wurde ihm klar, daß er sein Leben in ihre Hände gelegt hatte. Wenn Oberst Funkhauser sie als Spitzel gegen ihn eingesetzt hatte, war er schon so gut wie tot, aber es blieb ihm keine andere Wahl. Sie gruben den Rucksack ein.
Nachdem der Boden wieder festgetreten war, brachte sie die Schaufel in den Schuppen ihres Vaters zurück. Dann pflanzte sie sich vor ihm auf. »Heißt das, daß du mich heiraten wirst?«
»Ich habe darüber nachgedacht. Du bist die Frau, die ich liebe. Das weißt du. Aber es wäre schrecklich riskant, jetzt aufs Standesamt zu gehen. Zu viele Fragen, und die SS könnte sich einschalten.
Sie sackte zusammen. Er stellte für sie die einzige Chance dar, diesem Hof – und den Russen – zu entkommen, und jetzt weigerte er sich, sie zu heiraten. Sie ließ ihn ihren Unmut nicht spüren und dachte auch nicht im entferntesten daran, etwas gegen ihn zu unternehmen, denn sie begriff, daß sie sich in einer gefährlichen Lage befand, aus der nur er sie befreien konnte. »Wenn du Angst hast...« begann sie.
»Die habe ich«, versetzte er. »Es geht da drüben chaotisch zu. Ich hatte Glück, daß mich die Posten an der Fähre durchließen.«
»Ich weiß«, gab sie mit einer Bitterkeit zurück, die sie nicht ganz verbergen konnte, aber Dieter war zu sehr mit sich selbst beschäftigt, um ihren Spott wahrzunehmen.
»Und ich weiß, daß du mein Leben bist, Liesl, und ich meine, wir sollten gleich jetzt heiraten.«
»Wie denn? Wenn du Angst vor der SS hast.«
»Nach unserem eigenen Willen. Hier, unter freiem Himmel.« Stumm stand sie da, und so fragte er sie schließlich: »Wärst du bereit, mich jetzt gleich zu heiraten?«
»Wäre es eine richtige Heirat?« fragte sie mit bäuerischem Argwohn.
»In dem Augenblick, da du den Rucksack berührt hast, waren wir verheiratet«, antwortete Dieter. »Weiß Gott, wann ein Priester unsere Ehe segnen wird.«

»Wie wollen wir es machen?« fragte Liesl wie ein kleines Kind, das der Unterweisung bedarf.
Dieter nahm ihre linke Hand in die seine, aber das änderte sie rasch; sie fühlte, daß ihre Rechte das Gelöbnis vollziehen sollte, und als nun alles stimmte, sah sie ihn an, ein achtundzwanzigjähriges Bauernmädchen, das ihm ihr Leben anvertraute.
»Ich nehme dich zur Frau«, sagte Dieter. Sie standen neben dem vergrabenen Rucksack, der ihr Ehering und ihr Trauschein sein würde.
»Ich nehme dich zum Mann«, sagte Liesl und brach in Tränen aus, als sie im Geist die Zeremonie sah, wie sie sich sie vorgestellt hatte – mit weißgekleideten Mädchen aus dem Dorf. »Willst du mich nicht küssen?« fragte sie nach einer verlegenen Pause, und Dieter küßte sie. Dann steuerte sie ihn geschickt in die Scheune, wo sie ihre ungewöhnliche Eheschließung vollzogen.
»Du mußt jederzeit bereit sein, den Hof zu verlassen«, ermahnte er sie. »Wenn ich dir eine Nachricht schicke, mich irgendwo zu treffen, mußt du die Papiere mitnehmen.« Sie nickte gehorsam. »Du weißt, sie sind unser Paß in ein neues Leben«, und sie sagte, das wisse sie.
Auf dem Rückweg zur Fähre stieg neuerlich der Verdacht in ihm auf, daß sie einer von Funkhausers Spitzeln sein könnte, und er glaubte die Worte des Obersten im Gefängnis von Stettin noch einmal zu hören: »Ich habe vier Agenten in die Belegschaft eingeschleust ...« Aber selbst wenn sie ein Spitzel war, jetzt konnte er nichts mehr ändern. Er mußte die nächsten kritischen Monate in dreifacher Sorge durchstehen, denn die Welt fiel in Trümmer, und er würde alle Hände voll zu tun haben, um nicht von ihnen zermalmt zu werden.
Er vergaß diese Überlegungen sehr rasch, als er zur Fähre kam und erfuhr, daß die SS schon einen Suchtrupp nach ihm ausschicken wollte. »Sie sollen sich unverzüglich bei Oberst Funkhauser melden.«
Er stellte sich überrascht und entrüstet. »Wann ist er gekommen? Man hätte mich benachrichtigen sollen!«
»Er kam ganz unerwartet, um sich über die Schäden zu informieren.« Zwei Wachen vom Festland begleiteten ihn auf die Fähre, und auf der anderen Seite warteten schon zwei weitere. Dann bestiegen alle vier ihre Motorräder und formten einen Ring um sein Fahrrad und brachten ihn zu den von den Bomben beschädigten Schlafräumen, wo

Funkhausers Männer schon in seiner persönlichen Habe herumwühlten.
»Wie war das mit General Breutzl?« fragte der Oberst.
»Er muß schon von der ersten Bombe getroffen worden sein.«
»Und was haben Sie daraufhin unternommen?« fragte Funkhauser mit seiner öligen Stimme.
»Ich ging nach Plan vor. Ich versuchte ihm zu helfen, aber da war nichts mehr zu machen. Also übernahm ich die Verantwortung für seine Geheimpapiere.«
»Und was haben Sie damit gemacht?«
»Zum Großteil fielen sie den Flammen zum Opfer. Ich konnte gerade noch ein paar Blätter bergen, und ...« Er sah auf die Stelle hinüber, wo er den Umschlag versteckt hatte, und stellte mit Befriedigung fest, daß Funkhausers Männer ihn entdeckt hatten und ihn jetzt dem Oberst übergaben. »Ich sehe, daß Sie etwas gefunden haben«, sagte Funkhauser und starrte ihn an. »Diese angesengten Reste. Aber ich frage mich, was Sie wirklich gefunden haben.« Abrupt schlug er einen schroffen Ton an. »Was haben Sie auf dem Festland gemacht?«
Dieter hatte das Gefühl, in der Falle zu sitzen. Bezog sich Funkhauser auf die Nacht des Luftangriffs oder auf diesen Morgen? Wußte er überhaupt, daß er, Kolff, in der Nacht, als Breutzl ums Leben kam, seinen Posten verlassen hatte? Nach kurzem Zögern antwortete er: »Ich war bei meinem Mädchen. Ich wollte sehen, ob ihr Hof bei dem Bombardement etwas abbekommen hatte.«
»Und ist etwas passiert?«
»Gott sei Dank, nein.«
Sicher hätte der Oberst seine Befragung in intensiverer Form fortgesetzt, wenn er nicht von einem aufgeregten Boten mit einer erstaunlichen Nachricht unterbrochen worden wäre. »Der Adjutant des Führers hat angerufen. Sie sollen sofort zur Wolfsschanze fliegen ... und Herrn Kolff mitnehmen.«
Überrascht sah Funkhauser den Mann an, den er eben noch in die Zange genommen hatte. »Sie? Was sollte der Führer von Ihnen wollen?«
Eilig packte Kolff seine Sachen zusammen und fand sogar einige passende Kleidungsstücke für einen Besuch in Hitlers verstecktem Schlupfwinkel knapp fünfhundert Kilometer weiter östlich. »Habe

ich noch Zeit, mich zu rasieren«, fragte er, und Funkhauser brummte: »Im Flugzeug.« Und derselbe Motorradkonvoi brachte die zwei Männer zum Nordzipfel der Insel, wo Funkhausers Maschine bereitstand.

Schon einmal, im Frühjahr dieses Jahres, war Dieter Kolff vor seinen Führer getreten, als Hitler ihm das Kriegsverdienstkreuz in Silber an die Brust geheftet hatte: »In Anerkennung Ihrer großen Verdienste um das Dritte Reich.«

Tatsächlich hatte sich Dieter um die Kriegführung der Nazis sehr verdient gemacht, denn als die kostbaren A-4s auch weiterhin in der Luft explodierten, wurde er fast direkt aus seiner Gefängniszelle in Stettin auf eine im Nordosten der Stadt gelegene Beobachtungsstation an der Küste gebracht. Dort, im Herzen des Gebietes, wo die schadhaften Raketen niedergingen, postierte er sich mit Fernrohr und Kamera und wartete auf die nächsten Probeabschüsse.

Zum ersten Mal beobachtete er die gewaltige Maschine aus dem Blickwinkel des Adressaten: ein riesenhafter silberner Torpedo, wunderschön proportioniert, der wie begierig, sein Ziel zu erreichen, über den Himmel jagte – anfangs lautlos, bis er dann mit ohrenbetäubendem Knall die Schallmauer durchstieß. So schnell und geheimnisvoll, wie sie aufgetaucht war, verschwand die Rakete auch wieder, denn sie flog mit einer Geschwindigkeit von 1,6 Kilometern in der Sekunde. Daher war sie auch nicht mit einem Flugzeug zu vergleichen, und Augen, die an Flugzeuge gewöhnt waren, hatten kaum die Möglichkeit, eine A-4 zu sehen.

Aber es war Dieters Aufgabe, sie zu sehen, und da die Rakete merklich langsamer wurde, bevor sie zu ihrem unberechenbaren Sturzflug ansetzte – in ihrer Spitze barg sie eine Tonne Trialen, um vieles brisanter als TNT –, war es gerade noch möglich, sie zu beobachten. Und so entdeckte er den Fehler. »Es scheint so zu sein«, berichtete er von Braun. »Wenn der Motor aussetzt, baut sich in der Kammer ein enormer Druck auf, der die Wände hinaussprengt.«

»Und was kann man dagegen tun?« fragte der Chef.

»Ganz einfach! Im kritischen Bereich wickeln wir ein Stahlband um die Rakete.«

»Wird es nicht ihre Geschwindigkeit herabsetzen? Aerodynamisch?«

»Geringfügig. Sehr geringfügig. Aber das ist der Preis, den wir für ein sicheres Niedergehen zahlen müssen.«
Als Kolffs sinnreiche Vorrichtung installiert wurde, verliefen achtzehn von neunzehn Probeläufen erfolgreich, und die A-4 konnte gegen London eingesetzt werden. Hitler war überglücklich gewesen, denn in einem Traum hatte er vorausgesehen, daß dieses Werkzeug der Zerstörung den Krieg für ihn gewinnen würde. Zuerst London, und wenn erst einmal die Engländer auf die Knie gezwungen waren, würden pünktlich noch mächtigere Raketen Tag für Tag im Herzen Moskaus einschlagen.
»Das ist also der kleine Kerl, der den Krieg für uns gewonnen hat?« hatte Hitler sich gewundert, als Kolff ihm in Berlin gegenübergestanden war. Es war eine an Überraschungen reiche Zeit gewesen: In einem Stettiner Gefängnis hatte er dem Tod ins Auge gesehen, und bald darauf von Hitler persönlich das Kriegsverdienstkreuz erhalten. Jetzt, da er verräterische Pläne schmiedete, um für den Tag der deutschen Niederlage gerüstet zu sein, konnte er nicht ahnen, was ihn in der Wolfsschanze erwartete.
Die kleine Maschine flog ostwärts, entlang der Küste, an der Dieter die Explosionen der A-4 beobachtet hatte, und weiter in eine der romantischsten und geheimnisvollsten Landschaften Europas, zu den Masurischen Seen, jeder einzelne mit einer Küste von strahlender Schönheit.
Im Herzen dieses Gebietes, nicht weit von der ostpreußischen Stadt Rastenburg, hatte Adolf Hitler das gigantische Zentrum errichten lassen, von dem aus er die Welt erobern wollte. Es hieß Wolfsschanze, und es war fürwahr ein Bau, aus dem wilde, grausame Tiere hervorbrechen konnten, um die Herden der Gesellschaft anzugreifen und zu vernichten.
Nichts war dem Zufall überlassen worden. Kein Flugplatz war in der Nähe und keine Eisenbahn, die die Aufmerksamkeit des Feindes hätte erregen können. Keine große Straße führte daran vorbei, und die Folge war, daß alliierte Aufklärer Hunderte Male nach dem Versteck gesucht, es aber nie gefunden hatten. Und doch befand sich in diesen Wäldern eine ganze Stadt von gigantischen Betonwürfeln mit stahlarmierten, sechzehn und siebzehn Fuß dicken Decken. Hätten feindliche Aufklärer den Ort ausfindig gemacht, die nachfolgenden Bomber

würden kaum Schaden angerichtet haben, denn selbst die berühmten »Koffer« der RAF hätten gegen diese schweren Bunker nichts ausrichten können.
Oberst Funkhausers Flugzeug landete auf einem gut getarnten, viele Kilometer von der Wolfsschanze entfernten Behelfsflugplatz, und mit einem kleinen Wagen wurden er und Kolff an ihr Ziel gebracht, eine verborgene Stadt mit etwa zwanzigtausend Bewohnern. Kolff erkannte den berüchtigten Bunker, in dem patriotische Offiziere vor wenigen Monaten versucht hatten, Hitler zu ermorden. Er war mit dem Monsterbau vertraut, denn nach dem Attentat hatte Oberst Funkhauser alle Arbeiter in Peenemünde zusammenrufen lassen und sie gewarnt: »Jetzt werden Sie sehen, was mit Verrätern geschieht, die die Hand gegen das Dritte Reich erheben.«
Funkhauser hatte ihnen die Wochenschauen vorgeführt, die auf Befehl Goebbels' beim Prozeß gegen die Verschwörer aufgenommen worden waren: drei Richter, allesamt stramme Nazis ohne jede juristische Vorbildung, hatten die Angeklagten tagelang angeschrien, beschimpft und gedemütigt. Am Ende wurden sie alle für schuldig erklärt und einige wie Schweinehälften auf Stahlhaken aufgehängt, die ihre Hälse und Schädel durchbohrten. Anderen wurde eine Schlinge aus Klaviersaiten um den Hals gelegt, und wenn sie sich krümmten und wanden, schnitt ihnen der Draht die Köpfe ab. Kolff war einer von denen gewesen, die sich übergeben mußten. Jetzt stand er im Zentrum des Wahnsinns.
Doch als Hitler erschien, klein gewachsen, hager, eine dramatische Gestalt, verspürte Kolff so wie alle anderen Anwesenden den Wunsch, ihm zur Seite zu stehen. Sie sahen in ihm einen Führer, der in Schwierigkeiten geraten war, einen Mann, der für Deutschland das Beste wollte und der die Liebe seines Volkes verdiente. Die Verbrechen seiner Handlanger waren vergessen und verziehen, als der Mann vortrat, ruhig, zögernd, ein müdes Lächeln auf den Lippen.
»Sagen Sie, Kolff. Wie geht es mit der A-4 weiter?«
»Sie wissen ja, mein Führer, mit den Raketen, die wir von Wassenaar in Holland auf London abschießen ...«
»Darüber bin ich informiert. Die Engländer auch.«
»Neunundzwanzig von dreißig erreichen ihr Ziel. Ich glaube wirklich, daß die Probleme, die uns so lange aufgehalten haben ...«

Der ewigen Entschuldigungen müde, ließ Hitler, ohne ihm weiter zuzuhören, das Essen servieren: für die Gäste eine kräftige Hühnerbrühe mit Klößen, für ihn selbst verschiedene Gemüse, leicht gegart, und eine Flasche Mineralwasser. Während sie aßen, stellte er unerwartet die Frage: »Waren Sie schon mal in Nordhausen, Kolff?«
»Noch nicht, mein Führer.«
»Ich möchte, daß Sie sich das anschauen. Jetzt, wo Breutzl tot ist, verstehen Sie mehr von der Produktion als alle anderen. Überzeugen Sie sich, ob man dort auf der richtigen Fährte ist.« Als er sich erhob und begann, nervös auf und ab zu gehen, standen auch die anderen auf, aber er bat sie, wieder Platz zu nehmen.
»Und nun, General Funkhauser ...«
»General?«
»Ja. Sie haben jetzt die Aufsicht über die gesamte Raketentechnik. Peenemünde, Nordhausen, Wassenaar. Von den Wissenschaftlern haben wir genug. Jetzt brauchen wir Krieger.«
»Ich bin bereit«, erklärte General Funkhauser in einem Ton, der Wissenschaftlern wie von Braun und seinen Freunden nichts Gutes verhieß.
»Und jetzt sagen Sie mir ehrlich, wie läuft es mit den A-4s«, sagte Hitler und ließ sich abermals auf seinem eichenen Lehnsessel nieder. General Funkhauser holte ein Blatt Papier aus der Tasche. »Ich habe ausgezeichnete Nachrichten. Vor fünf Tagen ist eine A-4 in ein Londoner Kino eingeschlagen, 287 Tote. Vorige Woche fiel eine A-4 zur Marktzeit auf Stepney. 197 Tote ...« Und einen nach dem anderen zählte er die Zufallstreffer der vom Zufall gelenkten Raketen auf. Alle zusammen ergaben sie kaum tausend Tote, und sie hatten auch nicht eine einzige industrielle Fertigungsstätte lahmgelegt, doch die Menschen in diesem unterirdischen Raum trösteten sich damit, daß die entsetzlichen englischen Luftangriffe nun doch endlich vergolten wurden. Bei dem furchtbaren Brandbombenangriff auf Hamburg vom 24. Juli 1943, der fünfzigtausend Opfer gefordert hatte, war auch General Funkhausers Familie umgekommen, und nun trug er mit grimmiger Befriedigung die Liste der Vergeltungsschläge vor: »Vor zwei Wochen ging eine A-4 in einem Dorf unweit von London nieder – ich habe den Namen vergessen –, und es gab über neunzig Tote.«

Hitler erhob sich, ging sichtbar entzückt auf und ab und rief: »Wir werden Rache nehmen, Funkhauser! Für jeden Deutschen, der in Ihrer Heimatstadt Hamburg getötet wurde, werden tausend Engländer sterben. Sobald die Raketen vom Fließband rollen.«
Er richtete den Blick auf Dieter Kolff und fragte: »Und das werden sie doch, nicht wahr?«
»Das ist meine Aufgabe«, erwiderte Kolff.
»Sehen Sie zu, daß in Nordhausen gearbeitet wird«, sagte Hitler, und damit war das Gespräch zu Ende.
General Funkhauser hätte nur zu gern einen Stopp in Peenemünde eingelegt, um diese unverschämten Wissenschaftler zu informieren, daß bis Kriegsende nun er die Aufsicht über sie führen würde, aber Hitler hatte so darauf gedrungen, Kolff Gelegenheit zu geben, Nordhausen zu inspizieren, daß er es für angebracht hielt, ohne Verzug hinzufliegen, und so landeten sie zweieinhalb Stunden später auf einem geheimen Behelfsflugplatz im südlichen Vorland des Harzer Mittelgebirges. Ein kleiner Wagen wartete bereits, um sie zum Eingang des Tunnels zu bringen, der in die unterirdischen Werkhallen führte.
Es ist, als führe man zur Hölle, dachte Kolff, und als er die entsetzlichen Verhältnisse sah, unter denen die Tausende von Sklavenarbeitern schufteten – finstere Zellen ohne Sonnenlicht oder Lüftung oder Toilettenanlagen oder ausreichende Ernährung – blieb von der Größe von Hitlers Wolfsschanze nicht viel übrig. Dies hier war eine Scheußlichkeit ohnegleichen, das Abbild einer von Feinden umzingelten Nation, die unter die Erde geflüchtet war und nun wie ein verfolgtes Raubtier knurrte und fauchte. Die französischen Gefangenen, die hier arbeiteten, die Polen, die Niederländer, die Tausende von Russen, sie alle würden nie wieder in die Freiheit zurückkehren.
Es schien Kolff bemerkenswert, daß in einer solchen Anlage in einer Tiefe von mehr als tausend Metern, mit Abzweigungen in alle Richtungen, in den Stein gehauen von anderen, bereits toten Sklaven, die komplizierten Teile produziert werden konnten, die zur Produktion einer A-4 nötig waren. Aber dank den diktatorischen Kontrollen von Himmlers SS-Männern wurden sie hergestellt. Sklaven, die nie wieder das Tageslicht sehen sollten, fertigten Maschinenteile, die Botschaften zu den Sternen tragen würden.

»Kann diese Produktion aufrechterhalten werden?« erkundigte sich Dieter Kolff, der es für angezeigt hielt, Interesse zu bekunden.
Funkhauser versuchte gar nicht, die Frage zu beantworten. Er ließ den Betriebsleiter dieser Abteilung kommen, einen brutalen, düster dreinschauenden Mann, einen früheren Polizeibeamten aus einer Kleinstadt. »Hin und wieder wird sabotiert. Läßt sich nicht verhindern.«
»Was tun Sie dagegen?« fragte Kolff.
»Wir stellen alle Männer der betreffenden Arbeitsgruppe an die Wand.«
»Gehen dabei nicht wertvolle Arbeitskräfte verloren?«
»Das sind einfache Handgriffe. Und wir bekommen Nachschub in rauhen Mengen.« Er lachte. »Sie lernen's, oder wir erschießen sie.«
In diesem Augenblick warf Kolff zufällig einen Blick auf Funkhausers Gesicht, und er erkannte zum ersten Mal, daß der neue Diktator des A-4-Programmes diese Zustände hier in Nordhausen nicht billigte, aber noch bevor einer von ihnen den Mund auftun konnte, sagte der Abteilungsleiter: »Sehen Sie sich nur einmal die Qualität unserer Werkstücke an.« Und Dieter mußte zugeben, daß es nichts daran auszusetzen gab. »Man fragt sich, wie die Leute unter solchen Verhältnissen eine so ausgezeichnete Arbeit leisten können.«
»Disziplin«, antwortete der Mann. »Wir würden es nicht wagen, deutsche Arbeiter in einem solchen Loch zu beschäftigen. Und die Sklaven hier müssen von der SS beaufsichtigt werden.«
Er bestand darauf, seinem neuen Vorgesetzten das Lager Dora zu zeigen, wo die Ersatzsklaven gehalten wurden, und als Dieter Kolff diese Kloake sah, diesen gräßlichen Ort mit seinen elenden Hütten, der Mauer, wo die Saboteure erschossen wurden, und die unglaublich dreckige Küche, da fragte er sich, warum der Krieg nicht morgen zum Stillstand kam. Doch während er innerlich noch dagegen protestierte, fiel ihm ein, daß die Verhältnisse, unter welchen deutsche Gefangene in Zukunft unter den Russen zu leben gezwungen wären, ebenso schlecht sein würden, und er beschloß, wenn er flüchtete, lieber in den Westen statt in den Osten zu gehen.
Nach beendeter Führung, und als er wieder mit Funkhauser allein war, wagte er nicht auszusprechen, was er von diesen schändlichen Zuständen dachte, aber der General hatte keine Bedenken. »Sobald

wir England geschlagen haben, müssen solche Betriebe verschwinden. Hier wird zu viel Menschenmaterial vergeudet ...« Und immer noch schwieg Kolff, denn seiner Meinung nach mußte jeder vernünftige Beobachter dieses Krieges erkennen, daß man mit dem gelegentlichen und aufs Geratewohl erfolgenden Abschuß einzelner Raketen auf London weder diese Stadt noch gar die Alliierten in die Knie zwingen könnte. Du lieber Gott, dachte er, es ist schon fast November, und erst dreiundsiebzig Raketen haben London getroffen, und davon sind sechsundzwanzig in entlegenen Vororten niedergegangen. In Wirklichkeit hatte man nichts erreicht und würde auch nichts erreichen. Wernher von Braun hatte recht, wenn er dachte, daß die wahre Rechtfertigung der A-4 in ihrer friedlichen Nutzung liegen würde, indem sie der Menschheit die Möglichkeit bot, in den Weltraum vorzustoßen.
Nun aber würde er alles Mögliche tun, um unter General Funkhausers wachsamem Auge am Leben zu bleiben. In seiner Freizeit würde er seine Experimente mit der A-10 fortsetzen, mit der man in späteren Jahren vielleicht einmal in der Lage sein würde, New York und Washington zu bombardieren, denn er teilte die Gefühle der Männer in Hitlers Hauptquartier. Alliierte Bomber hatten deutsche Städte in Schutt und Asche gelegt, und daher mußten auch die Städte der Alliierten zerstört werden. Im Hinblick auf die Tatsache, daß er vornehmlich an Flucht dachte, mochte dies eine unlogische Denkweise sein, aber sie war verständlich. Auch er sann auf Rache.
Kurz nach der Jahreswende verloren diese Widersprüchlichkeiten ihre Grundlage, denn die Russen kamen immer näher an Peenemünde heran, während Amerikaner und Engländer starken Druck an der Westfront ausübten. Eines Tages erschien von Braun unangekündigt in Kolffs Forschungsbaracke und lud ihn zu einer Versammlung der führenden Wissenschaftler ein, die zu einem Zeitpunkt stattfinden sollte, da General Funkhauser sich nicht auf der Insel aufhalten würde. Die Besprechung verlief in trüber Stimmung, die sich durch die unheilkündenden Worte des Chefs noch weiter verdüsterte: »Die Russen werden bald hier sein. Es ist unvermeidlich. Was wir tun müssen, ist schnell gesagt. Unseren Kader zusammenhalten, unsere Arbeitspapiere mitnehmen. Uns nach Westen durchschlagen und uns von den Amerikanern gefangennehmen lassen.«

»Riskieren wir da nicht, von Funkhauser an die Wand gestellt zu werden?« fragte ein junger Wissenschaftler, der furchtbare Angst hatte.
Ohne mit der Wimper zu zucken, drehte von Braun sich um und lächelte den jungen Mann an. »Wir riskieren viermal, daß man uns erschießt. Wenn es zu Ende geht, könnte uns die SS abknallen, um zu verhindern, daß andere Länder von unserem Wissen profitieren. Die Russen könnten uns aus reinem Haß umlegen, wenn sie hierherkommen. Die Amerikaner könnten uns erschießen, wenn wir ihnen die Dinge nicht schnell genug erklären können. Und wohin wir uns auch wenden, irgendein dümmlicher Posten könnte uns rein zufällig ins Jenseits befördern.«
»Aber warum haben Sie sich für die Amerikaner entschieden?« wollte ein anderer wissen.
»Ich habe nie verstanden, wie die Engländer ihre Geschäfte machen. Sie scheinen jeden zu verachten, der für sie arbeitet, sogar ihre eigenen Leute. Für die Franzosen empfinde ich überhaupt nichts. Sie wären zu knausrig, um eine echte Weltraumforschung zu betreiben. Die Russen? Sie sind abscheulich, und diejenigen unter uns, die sich auf ihre Seite schlagen wollen, werden es schwer haben. Die Amerikaner haben das Geld, und wenn sie erst einmal gesehen haben, was wir mit der A-4 alles anstellen könnten, werden sie bereit sein, es für ein echtes Forschungsprogramm anzulegen.«
Erstaunlicherweise beschlossen die über hundert Wissenschaftler, des Risikos, das sie eingingen, wohl bewußt, sobald die ersten Kanonen in Peenemünde zu hören sein würden, einen Konvoi zusammenzustellen, der das vom Krieg zerrissene Deutschland durchqueren und versuchen sollte, die Amerikaner zu finden, um sich ihnen zu ergeben. Sie konnten natürlich nicht wissen, daß Professor Stanley Mott, ein Techniker wie sie alle, in Frankreich ein Team von Experten zusammengestellt hatte, deren Aufgabe es sein sollte, Wernher von Braun, General Eugen Breutzl und Dieter Kolff aufzustöbern, wobei sie darauf vertrauten, daß die Deutschen so viel Verstand haben würden, ihre Unterlagen mitzubringen. Mott hatte Gerüchte gehört, wonach General Breutzl beim großen Luftangriff vom 24. Oktober umgekommen war, aber er hoffte, daß das nicht stimmte, denn es waren vornehmlich die konstruktionstechnischen Kenntnisse dieses genialen

Mannes, die beim Aufbau eines amerikanischen Raketenprogramms gebraucht werden würden.

Als im Süden der Insel die russischen Kanonen schon zu hören waren, die den Fall von Stettin ankündigten, schritten die Wissenschaftler in Peenemünde zur Tat. In einem großen Konvoi aus Lkws, Kleinwagen und allem, was Räder hatte, machten sie sich auf den Weg nach Nordhausen und dem unterirdischen Grauen, in welchem immer noch beharrlich ihre A-4s produziert wurden – in der letzten törichten Hoffnung, daß ein Wunder geschehen und die Möglichkeit eröffnen würde, London oder zumindest Antwerpen zu zerstören.

Am Tag der Abreise sah sich Dieter Kolff vor eine Reihe schwerwiegender Entscheidungen gestellt. Er begriff, daß er, saß er erst einmal auf einem der Lkws, die die Insel verließen, keine Gelegenheit mehr haben würde, auf der Festlandseite von dem Wagen zu verschwinden und Liesl zu holen. Es mochte zweckmäßig sein, das Gelände mit den anderen zu verlassen, dann kehrt zu machen und sich nach ihr umzusehen, aber das hielt er für keine gute Lösung. Oder er konnte einfach mit seinen Kollegen mitfahren und sie vergessen, aber das ging nicht, denn er liebte Liesl und rechnete ihr ihren Mut hoch an; mit dem Vergraben des Rucksacks hatte sie sich einer großen Gefahr ausgesetzt. Zu diesen persönlichen Überlegungen kam aber noch etwas anderes: während die Lastwagen Tonnen von Dokumenten in Sicherheit brachten, um sie nicht den Russen in die Hände fallen zu lassen, wußte er besser als jemand anderer, besser sogar als von Braun, daß es sich dabei ausschließlich um die einfachen Gleichungen, um die simplen Lösungen handelte, die jeder russische oder amerikanische Wissenschaftler in wenigen Wochen nachvollziehen konnte, sofern er Gelegenheit hatte, eine richtige A-4 auseinanderzunehmen. Der Rucksack aber enthielt die Geheimnisse der A-10, der Rakete, die mehr als sechstausend Kilometer über Ozeane fliegen konnte, um andere Kontinente anzugreifen. Diese Papiere waren unersetzlich, und sie hier zurückzulassen wäre heller Wahnsinn gewesen, und darum blieb er, als die großen Lkws sich in Bewegung setzten, allein zurück.

Nachdem von Brauns Konvoi im Westen verschwunden war, steckte er ein paar für ihn wichtige Dinge zu sich – einen Rechenschieber, einen Reißzirkel, Zeichenpapier – und ging zu seinem Fahrrad. Doch

bevor er die Insel verlassen konnte, zwang ihn ein Angehöriger einer Restmannschaft der SS zu einer schmerzlichen Pflicht: »Himmler hat befohlen, alle noch vorhandenen A-4s in die Luft zu jagen.« So mußte Dieter Kolff die majestätischen Maschinen, die zu schaffen er selbst mitgeholfen hatte, mit großen Mengen Trialen zerstören. Die noch unfertigen Raketenteile auf dem Boden waren leicht zu vernichten, doch als die SS-Männer zur letzten Rakete kamen, die aufrecht auf ihrer Startplattform stand, wußten sie nicht, wie sie damit fertig werden sollten, und überließen Dieter Kolff das traurige Geschäft.
Da stand sie nun, die letzte A-4 in Peenemünde. Silbern glänzend ragte sie vierzehn Meter hoch in die Luft, einer riesenhaften Artilleriegranate gleich, die darauf wartete, geladen zu werden. Von aerodynamischer Perfektion, sah sie aus, als sehnte sie sich danach, zu einem fernen Ziel unterwegs zu sein; ihre Flügel waren bereit, sie im Gleichgewicht zu halten, während sie die Atmosphäre zerschneiden würde. Sie war prächtig, und sie war zum Untergang verurteilt.
»Wir werden sie abschießen«, sagte Dieter. »Auf die Ostsee hinaus. Eine Rakete wie diese darf den Russen nicht in die Hände fallen.«
Er war der einzige, der wußte, wie sie abgeschossen werden mußte, und als die Kontrollen eingestellt waren, riet er den SS-Männern, hinter der Splitterschutzwand in Deckung zu gehen. »Es wird einen furchtbaren Krach geben«, warnte er sie.
Er war der letzte an der Startrampe, ein eins sechzig großer Mann, der an der Rakete hinaufblickte, die neunmal größer war als er. Während er noch dastand, sah er die Spuren der Hunderte von ihm durchgeführten Verbesserungen, und der Tausende, die Wernher von Braun angeordnet hatte. Es war dies eines der edelsten von Menschen geschaffenen technischen Werke, ein Botschafter eines neuen Zeitalters, und bald würde es ziellos ins All fliegen.
Er betätigte die Schalter und sprang hinter eine Mauer. Zum Herbsthimmel empor schoß die letzte Rakete, hinaus auf die Ostsee, wo sie fern von Deutschland harmlos in dunkle Gewässer stürzte.
Dieter fürchtete, daß die nördliche Fähre von neuen SS-Männern besetzt sein könnte, die ihn nicht durchlassen würden. Darum radelte er, kaum daß die Rakete verschwunden war, zu der weiter südlich gelegenen Brücke, wo die Posten ihn kannten. Als er gefragt wurde, wo er hinwolle, antwortete er wie immer: »Mein Mädchen besuchen«, und

sobald er den Hof erreicht hatte, sagte er: »Es ist Zeit, die Papiere auszugraben.«
»Ist es soweit?« fragte Liesl.
»Hast du die russischen Kanonen nicht gehört?«
»Ich hatte schreckliche Angst.«
Sie sah nicht aus wie eine Frau, der man leicht Angst machen konnte, aber es stand außer Zweifel, daß der ständige Vormarsch des Feindes seit einigen Wochen wie ein Alptraum auf ihr lastete, und daß sie froh war, endlich einen entscheidenden Schritt tun zu können. Sie war es, die die Schaufel holte und anfing zu graben; sie war es, die niederkniete, um den Rucksack zu bergen.
Ihre Eltern, mit dem Land verbunden, das ihre Familien seit Generationen bebaut hatten, zogen es vor, ihr Vertrauen in die Russen zu setzen; sie hatten die Nazis immer verachtet und waren zu dem Schluß gekommen, daß es unter dem Kommunismus nicht viel schlechter werden konnte. Es war kein tränenreicher Abschied; in ganz Deutschland wurden Familien auseinandergerissen, und die meisten fanden Trost darin, daß ihre Lieben wenigstens noch am Leben waren. Herr König küßte seine Tochter nicht, er schüttelte ihr die Hand wie einer Fremden aus dem Dorf. Frau König weinte. Auch sie schüttelte zuerst Liesl, dann Dieter die Hand. Im letzten Moment ging Liesl noch zu der Kuh, die sie großgezogen hatte, küßte und umarmte sie.
So begannen sie ihre Wanderung, er zu Fuß, sie auf dem Fahrrad, auf dem sie hinten den Rucksack festgeschnallt hatten. Sie steuerten nach Süden, in Richtung Berlin, aber sooft sie zu einer Straßenkreuzung kamen, wurden sie von bewaffneten Posten nach Norden, weg von der Hauptstadt, abgedrängt.
»Wir haben Marschbefehl nach Nordhausen«, erklärte Dieter immer wieder. »Wir werden in Berlin erwartet.«
»Die Straße ist gesperrt«, sagte der Posten. »Sie müssen nach Norden ausweichen.«
Wenn sie das taten, darauf hätte Dieter schwören können, mußten sie früher oder später auf SS-Einheiten stoßen, die an der Küste stationiert waren, und darum drängte er mit aller Kraft nach Süden. Diese Starrköpfigkeit war es, die zu der gefährlichen Schießerei führte.
Sie befanden sich in den Außenbezirken von Neustrelitz, einer kleinen Stadt auf halbem Weg zwischen Peenemünde und Berlin, als sie von

einem SS-Mann aufgefordert wurden, statt nach Süden nach Westen weiterzuziehen. Dieter wies ihn darauf hin, daß in dieser Richtung die Mecklenburger Seenplatte lag, die nur schwer zu bewältigen sein würde.

»Nach Westen!« schnauzte der Feldpolizist, und als er die Kolffs nach einer kleinen Weile dabei erwischte, wie sie sich auf einem kleinen Nebenweg davonschleichen wollten, schoß er auf Dieter und traf ihn in die linke Schulter. Als der Polizist den Zivilisten zusammensinken sah, nahm er an, daß er ihn getötet hatte, worauf er sorgfältig auf Liesl zielte, aber sie sah ihn rechtzeitig und ließ sich blitzartig zu Boden fallen, was ihn zu der Annahme verleitete, daß er beide erledigt hätte. Einen Augenblick dachte er daran, hinüberzulaufen und das Fahrrad zu kassieren, aber er wußte, daß es ihn selbst den Kopf kosten konnte, wenn er seinen Posten verließ, und so ließ er es lieber sein.

Auf dem Boden liegend, sah Liesl, daß ihr Mann stark blutete. Sich geduckt haltend, versorgte sie seine Wunde, so gut sie konnte, und stellte befriedigt fest, daß er nicht gleich sterben würde. Als sie das Blut gestillt hatte, wendete sie ihre Aufmerksamkeit dem Fahrrad zu, und zog und schob es so lange, bis sie aus dem Gesichtsfeld des schießwütigen SS-Mannes waren. Nachdem es ihr gelungen war, ihren Mann und das Fahrrad in Sicherheit zu bringen, schlug sie Dieter mehrmals ins Gesicht und forderte ihn energisch auf, aufzustehen und Neustrelitz den Rücken zuzukehren.

Aber das konnte er nicht. Seine Verwundung war schwerer, als sie angenommen hatte, und nach wenigen Schritten brach er ohnmächtig zusammen. Jetzt mußte sie eine folgenschwere Entscheidung treffen.

Abwechselnd erst ihn, dann das Fahrrad schleppend, arbeitete sie sich zur Stadtgrenze vor. Dann war sie erschöpft. Sie setzte sich keuchend unter einen Baum und lauschte besorgt dem rasselnden Atem ihres Mannes. Als ein Bauer vorbeikam, rief sie ihn an: »He, guter Mann! Mein Mann ist verwundet. Könnten Sie einen Arzt holen?«

Der Mann hatte seine eigenen Sorgen: »Die Russen sind im Anmarsch. Wer denkt jetzt noch an einen Arzt?«

»Mein Mann stirbt!« jammerte sie.

»Ich werde auf ihn aufpassen. Holen Sie den Arzt.«

»Sie werden mir mein Fahrrad stehlen.«
»Wenn *ich* es nicht klaue, schnappen es die Russen.«
»Wollen Sie nun den Arzt holen?«
»Was ist er eigentlich, ein Spion oder so was?«
»Er ist mein Mann.« Der energische Ton, in dem sie ihm antwortete, überzeugte den Bauern. Er legte seine eigenen Bündel neben das Rad.
»Sehen Sie«, sagte er, »ich vertraue Ihnen, auch wenn Sie mir nicht vertrauen.«
Als der Arzt kam, ein blasser, magerer Mann, fragte er: »Ist die Polizei hinter Ihnen her?«
»Ein SS-Mann hat ihn ohne jeden Grund angeschossen.«
»Gott strafe sie«, brummte der Arzt. Er besah sich Dieters Wunde; dann sagte er zu dem Bauern: »Wenn er nicht versorgt wird, stirbt dieser Mann wahrscheinlich.«
»Wir können zu mir gehen«, sagte der Bauer, und er und Liesl sahen zu, wie der Arzt geschickt die Kugel herausholte und die klaffende Wunde behandelte. Er gab Liesl ein Fläschchen Medizin und sagte: »Drei Tage absolute Ruhe, und er bleibt Ihnen erhalten.«
Drei Tage lang hielten sich die Kolffs mit ihrem Fahrrad auf diesem Hof im Westen von Neustrelitz versteckt und plauderten unentwegt mit dem Bauern, einem verbitterten Mann, der in seinem Leben schon viel gesehen hatte. »Wir Deutsche sind im Eimer; wir saßen noch nie so tief in der Scheiße. Der Krieg ist verloren. Bald wird sich jemand finden, der Hitler erschießt. Dann bekommen wir die Russen und die verdammten Alliierten auf den Hals.«
»Warum hassen Sie die Alliierten?« fragte Dieter, ohne zu verraten, daß er auf der Suche nach ihnen war und sie als Retter ansah.
»Die Bomben. Haben Sie Berlin gesehen? Hamburg? Ich habe gehört, daß Dresden völlig zerstört wurde. Hundertfünfzigtausend Tote in einer Nacht. Auch die Alliierten sind Monster.«
Dann wurde er nachdenklich. »Ich weiß, was mit euch los ist. Ihr lauft vor den Russen davon, in der Hoffnung, daß euch die Alliierten gefangennehmen. Und ich frage mich, was ihr da in dem Rucksack habt, auf den ihr so höllisch gut aufpaßt. Ich werde euch sagen, was es ist: Dokumente, die ihr den Alliierten verkaufen wollt. Ich wette, ihr kommt aus Peenemünde. Habe ich recht?«
Als Dieter ihm die Antwort schuldig blieb, sagte er: »Was habt ihr

denn für schreckliche Dinge vor? So eine Geheimnistuerei zu treiben! Aber macht euch keine Gewissensbisse, weil ihr weglauft, um euch den Alliierten anzuschließen, denn ich werde genau das gleiche tun. Scheißkerle sind sie alle, aber wenigstens sind sie keine Russen.«

Seine Frau wollte den Hof nicht verlassen, aber er zögerte nicht, sie zurückzulassen, und am letzten Abend sagte er ihnen auch, warum: »Ich kenne Deutschland, das anständige Deutschland. Würdet ihr glauben, daß Deutschland in zehn Jahren eine der mächtigsten Nationen der Erde sein wird? Und warum? Weil es hier Menschen gibt wie euch beide. Der Mann sehr intelligent, die Frau sehr mutig. Mir hat es gefallen, wie du dich um deinen Mann gekümmert hast, kleine Frau. Du könntest dieses Land regieren. Und bestimmt besser, als Hitler es regiert hat.«

Sie brachen auf: ein Verwundeter, seine Frau, ein alter Bauer und zwei Fahrräder. Der Bauer bestand darauf, daß die Kolffs mit den Rädern fuhren, zumindest so lange, bis Dieter sich von seiner Verwundung erholt haben würde. So versuchten sie, sich nach Süden, Richtung Berlin, durchzuschlagen, wurden aber immer wieder aufgehalten. Wenn er gefragt wurde, sagte der Bauer: »Das ist mein Sohn, der an der russischen Front verwundet wurde, und meine Tochter. Wir sind unterwegs zu meinem Bruder in Frankfurt.«

»Hier können Sie nicht durch«, sagte der Posten, und immer wieder wurden die drei nach Westen umdirigiert, bis sie schließlich Wittenberge, eine kleine Stadt am rechten Elbeufer, erreichten.

»Das ist ein berühmter Ort«, erklärte Dieter seiner Frau. »Hier hat Martin Luther seine Thesen an die Türen der Schloßkirche ...«

Der Bauer, ein guter Lutheraner, brach in schallendes Gelächter aus. »Bist du auch einer von diesen Neunmalklugen, die mit diesem Märchen herumhausieren? Es stimmt ja gar nicht. Das hier ist Wittenberge mit einem e am Ende. Wittenberg ohne e liegt viele, viele Kilometer flußaufwärts. Martin Luther hat dieses Kaff nie gesehen.«

Als sie in der Stadt herumspazierten, um zu sehen, wie sie die wenigen Mark, die sie sich pro Woche zugestanden, am besten anlegen konnten, blieb Dieter plötzlich entsetzt stehen und sprang hinter eine Säule; von drei SS-Männern begleitet, kam General Funkhauser geradewegs auf ihn zu. Nachdem der großspurige, schwammige Kommandant Peenemünde verloren und es den Wissenschaftlern möglich ge-

macht hatte, nach Westen abzurücken, war ihm die Befehlsgewalt über den Bezirk Wittenberge übertragen worden, den die Russen in Kürze angreifen würden. Seine Aufgabe war es, alle wehrfähigen Männer auszuheben und zur Verteidigung der Stadt heranzuziehen, denn wenn Wittenberge fiel, lag der Weg nach Berlin offen. Dieter ahnte, daß dergleichen im Gange war, und kam erst wieder hinter der Säule hervor, als der mächtige und rachsüchtige Mann vorbei war.
Als er zu Liesl und dem Bauern zurückkehrte, zitterte er am ganzen Körper, und sie dachten, er hätte einen Fieberanfall erlitten, aber nachdem er ein Glas Wein getrunken und sich ein wenig beruhigt hatte, warnte er sie vor der Gefahr, die ihnen drohte: »Ich bin sicher, General Funkhauser hat das Kommando in dieser Stadt, und wenn er erfährt, daß wir hier sind, läßt er uns an die Wand stellen.«
Mit großer Vorsicht ging der Bauer, um Erkundigungen einzuziehen, und kam mit traurigen Nachrichten zurück. »Alle wehrfähigen Männer werden eingezogen und stehen unter dem Kommando von General Funkhauser. Wer sich nicht sofort meldet, wird erschossen.«
Schweigend musterte er Dieter und fragte ihn dann ohne Umschweife: »Sind diese Papiere wertvoll?«
»Sie können uns das Leben retten«, antwortete Dieter.
»Dann müssen wir machen, daß wir aus der Stadt kommen.«
Mit viel Geschick stellte der Bauer eine Route zusammen, über die sie in südlicher Richtung aus Wittenberge entkommen wollten, aber in der Dunkelheit wurden sie von einem SS-Posten entdeckt, der sofort schoß. Der Bauer wurde tödlich getroffen. Die Kolffs wurden festgenommen.
Am Morgen wurden sie vor General Funkhauser gebracht, und Dieter war überrascht, wie der Mann sich verändert hatte. Durch Angst und Sorge, aber auch durch spärliche Ernährung hatte er über zwanzig Pfund verloren und besaß jetzt einen Hals wie andere Sterbliche auch; in seinen Augen lag etwas wie Mitgefühl, und Dieter entsann sich, wie angewidert Funkhauser von den Zuständen in Nordhausen gewesen war. Er wird wieder menschlich, dachte Dieter. Er weiß, daß der Krieg verloren ist, und wird Himmler und seiner Bande bald den Rücken kehren. »Der Mann ist ganz durcheinander«, flüsterte er Liesl zu. »Tu alles, was du kannst, damit er so bleibt. Er könnte uns das Leben retten.«

Das Verhör ließ sich recht ungünstig an. »Da ist ja unser Held aus Peenemünde! Der kleine Mann, dem der Führer höchstpersönlich das Kriegsverdienstkreuz verliehen hat! Was für faule Tricks haben Sie denn diesmal ausgeheckt?«
Dieter blieb stumm und dachte daran, daß dieser unberechenbare Mann schon einmal versucht hatte, ihn exekutieren zu lassen, und somit die Wahrscheinlichkeit bestand, daß das Urteil jetzt vollstreckt werden würde. Funkhauser war seiner Sache offensichtlich nicht sicher, aber Dieters geduckte Haltung ermutigte ihn. Auf den Rucksack deutend, der auf seinem Schreibtisch lag, fragte er spöttisch: »Und was hat unser kleiner Mann dem Dritten Reich gestohlen? Geheimdokumente? Könnten es dieselben sein, die ich nach dem Tod von General Breutzl gesucht habe?«
Den Blick starr auf Dieter gerichtet, schob er ihm den Rucksack hin. »Machen Sie ihn auf. Zeigen Sie mir, welche Geheimnisse Sie dem Feind verkaufen wollten.«
Mit zitternden Händen griff Dieter in den Rucksack und holte die Papiere heraus. »Was sind das für Papiere?« fragte Funkhauser mit seiner öligen Stimme. Als Dieter nicht antwortete, brüllte er los: »Sind es die Geheimdokumente von General Breutzl? Natürlich sind sie das! Und womit haben sie zu tun? Mit Deutschlands Geheimwaffen!« Er ließ das Wort *geheim* auf der Zunge zerfließen, so als ob er nicht anders als Hitler und Goebbels und die deutsche Öffentlichkeit immer noch glaubte, eine phantastische Wunderwaffe könnte das Land retten.
Dieter, der sich der Tatsache bewußt war, daß Funkhauser alle Beweise in Händen hatte, konnte nur schweigen und auf sein Urteil warten. Es war ein hartes Urteil: »Er und seine Frau. Feindliche Agenten und Verräter. Erschießen!« Er stapfte aus dem Zimmer, und zwei stämmige SS-Männer führten Dieter auf den Gang hinaus, wo sie auch Liesl ergriffen. So begann der Todesmarsch in den Hof des Rathauses.
Es war ein warmer Tag Anfang März und der Himmel von strahlendem Blau. Dieter dachte an die Tage zurück, da er zum Hof der Königs geradelt war, um Liesl zu besuchen. Er wollte sie an der Hand nehmen, um sie zu trösten, aber die Wachen, die mittlerweile um drei Soldaten verstärkt worden waren, hielten sie voneinander getrennt. Er mußte sich damit begnügen, ihr Blicke zuzuwerfen, und sah mit

Erleichterung, daß sie ohne Furcht dem Tod entgegenging. Sie lächelte ihm sogar zu, als ob sie sagen wollte, daß sie ja selbst ihre Wahl getroffen hätten und sich daher nicht beklagen dürften.
Als man sie zur Wand führte, fragte Dieter mit zitternder Stimme: »Darf ich meine Frau zum Abschied küssen?«
»Machen Sie schon.«
»Es war kurz, Liesl ... aber sehr schön.«
»Ich liebe dich, Dieter.«
Sie küßten sich, und so als ob ihre Strafe die unvermeidliche Folge ihrer Handlungen wäre, nahmen sie ihre Plätze an der Wand ein. Einen entsetzlichen Augenblick lang blickten Dieter und seine Frau in die blitzenden Gewehrläufe, und Kolff, der Mechaniker, fragte sich: Wie können drei Männer zwei Menschen erschießen? Da konnte etwas ganz schrecklich schiefgehen. Dann sah er einen vierten Mann, der mit einem Maschinengewehr auf dem Pflaster kniete, und er war auf seltsame Weise beruhigt. Die SS würde es schon richtig machen.
Doch in dem Sekundenbruchteil vor dem Kommando »Feuer!« kam General Funkhauser schwitzend in den Hof gelaufen und schrie: »Führt sie in ihre Zellen zurück!«
»Wir haben hier keine Zellen!« brüllte ein SS-Mann.
»Dann steckt sie in einen Wandschrank! Und bewacht sie gut!«
Der Wandschrank im Rathaus von Wittenberge war zwei Meter zehn breit und neunzig Zentimeter tief; es gab kein Licht und nur wenig Luft. Sie mußten sich zwischen Staubbesen und Scheuerlappen Platz suchen, aber sie fanden mehrere Arbeitskittel, auf denen sie schlafen konnten. An diesem trostlosen Ort wurden sie, jedenfalls schien es ihnen so, acht Tage gefangengehalten. Sie wurden nur kümmerlich ernährt, hatten nie genug Wasser zu trinken und durften den Schrank nur verlassen, um, jeder für sich, unter schwerer Bewachung die Toilette aufzusuchen.
»Er weiß nicht, was er mit den Papieren tun soll«, mutmaßte Dieter.
»Als wir den Gang hinuntergingen, sagte mir der Wachtposten: ›Deutschland ist geschlagen. Von allen Seiten dringen sie vor.‹ Fast hätte er geweint, so als ob es ein schreckliches Unrecht wäre.«
»Wir dürfen nichts tun, was sie ärgern könnte, Liesl. Auch sie sitzen in der Klemme, und sie wissen das.«

Am achten Tag ließ General Funkhauser sie in sein Büro kommen, einen reichverzierten Raum, nicht ohne einen gewissen Charme mit seiner ein wenig protzigen Schaustellung von Symbolischem, das typisch war für eine Provinzstadt. Da gab es einen Stahlstich Bismarcks, das farbige Porträt einer lokalen Größe und die riesige Fotografie Hitlers, drohend und väterlich zugleich, und auf dem Tisch lag der Rucksack.
»Sind diese Dokumente das, wofür ich sie halte?« fragte Funkhauser, und die mit praktischem Verstand begabte Liesl erkannte sofort zwei Dinge: wie ganz Deutschland befand sich der General in einer verzweifelten Lage; und er war zu der Überzeugung gelangt, daß diese Papiere ihn irgendwie retten konnten.
»Sie könnten Ihnen das Leben retten, wenn die Alliierten kommen«, antwortete sie völlig ruhig. »Aber nur dann, wenn Herr Kolff noch am Leben ist, um sie auszudeuten.« Sie mußte sein Leben an das ihre binden, denn sie wußte, daß er sie sonst hinterrücks erschießen würde, sobald die Alliierten näherkamen.
»Es scheint sich um Pläne für eine Rakete zu handeln«, sagte Funkhauser und blätterte in den Papieren.
»Pssst!« machte sie. »Sie beziehen sich auf eine Waffe, die so geheim ist, daß nur Hitler und General Breutzl alle Einzelheiten kannten. Und Dieter.«
Wenn Funkhauser sich diesen harmlos wirkenden kleinen Mann ansah, konnte er einfach nicht glauben, daß Kolff in ein so großes Geheimnis eingeweiht gewesen sein sollte, doch dann erinnerte er sich, wie derselbe kleine Mann bei ihrem Besuch in Hitlers Wolfsschanze ... »Er hat Sie, als die Besprechung zu Ende war, beiseite genommen, nicht wahr?«
»Das war etwas ganz anderes«, sagte Dieter.
»Sie meinen, die Alliierten würden sich für diese Dokumente interessieren?«
»Das ist der Grund, warum von Braun sie insgeheim hinausgeschmuggelt hat«, antwortete Liesl. »Zusammen mit dem Mann, der sie auswerten kann.«
»Moment mal!« schnauzte Funkhauser und kniff die Augen zusammen. »Von Braun und die anderen Wissenschaftler sind alle in Nordhausen. Wenn Sie so ein wichtiger Mann sind, wie kommt es, daß man auf Ihre Anwesenheit verzichtet hat?«

»Ich bin nicht wichtig«, erwiderte Dieter, »nur die Papiere sind es. Und von Braun wußte, daß ich der einzige bin, der damit etwas anfangen kann.«

Etwas gereizt befahl der General den Wachen: »Sperrt sie wieder ein!« Doch als sie allein im Wandschrank waren, versicherte Liesl ihrem Mann: »Er hat Angst. Die Russen machen ihm Angst. Und wir machen ihm Angst. Der läßt uns jetzt nicht erschießen.«

Am nächsten Tag, früh am Morgen, ließ Funkhauser sie wieder in sein Büro bringen und schickte dann die Wachen hinaus. Er kam ohne irgendwelche Formalitäten hinter seinem Schreibtisch hervor, stellte sich zu den Kolffs, als ob sie seinesgleichen wären, und deutete auf den Rucksack: »Können wir diese Dokumente den Amerikanern bringen?«

»Das ist mein Auftrag«, sagte Dieter.

»Wer hat Ihnen diesen Auftrag erteilt?«

»Freiherr Wernher von Braun«, antwortete Dieter, und während er den Namen aussprach, griff er automatisch nach dem Rucksack und drückte ihn an seine Brust, als wäre es ein Schatz, den er hüten müßte. Funkhauser riß ihm den Rucksack aus der Hand und hielt ihn fest.

»Wir werden ihn zu den Alliierten bringen«, sagte er. Die Kolffs mit einiger Geringschätzung musternd, fügte er hinzu: »Ich spreche auch ein wenig Englisch, müssen Sie wissen.«

Es war ein merkwürdiges Trio, das sich mühsam auf das Dreieck Hamburg, Bremen, Hannover zubewegte. Mit einem kleinen Fahrrad, das er requiriert und auf das er den kostbaren Rucksack geschnallt hatte, fuhr General Funkhauser stets voran. Er hatte es nicht gewagt, einen Wagen der SS zu benützen; es hätte zuviel Aufsehen erregt und möglicherweise seine Verhaftung zur Folge gehabt. Einen der Kolffs sein Rad benützen zu lassen, kam ihm nicht ein einziges Mal in den Sinn. Schließlich war er ein General, befördert von Hitler persönlich, den er jetzt im Stich ließ.

Für gewöhnlich fuhr Liesl auf Dieters Rad, aber sie paßte gut auf ihn auf, und immer wenn sie das Gefühl hatte, daß die Wunde in seiner Schulter ihm zu schaffen machte, stieg sie ab und ließ ihn aufsitzen. Sie ernährten sich dürftig, schliefen, wo sie gerade haltmachten, und stanken entsetzlich, aber General Funkhauser achtete auf sein Aussehen und bemühte sich, seine Uniform so sauber zu halten, wie die Umstände es erlaubten.

Er erwies sich als ein bemerkenswerter Mann, der es verstand, sich allem anzupassen. Das Wenige, was sie zu essen bekamen, verdankten sie seiner Geschicklichkeit im Aufstöbern von Nahrung in einem Land, das kahlgefressen zu sein schien. Er aß alles – eine streunende Ente, Fisch, den ein Bauernjunge ihm im Teich gefangen hatte, zusammen mit sechzehn anderen ein Schaf, ein Stück ausgetrocknetes Brot aus dem Laden des Dorfbäckers –, und stets war er mit einer Geschichte zur Hand, wenn die Umstände es erforderten. Dieter war sein jüngerer Bruder, und sie mußten nach Bremen, wo ihre Familie sie erwartete. Liesl war seine Tochter, auf der Suche nach ihrem Mann, der den Luftangriff auf Hamburg überlebt haben sollte. Als er Gerüchte hörte, wonach im Norden die Engländer auf dem Vormarsch waren, schwenkte er mit seinen Schützlingen nach Süden ab. »Kein Deutscher ist gerissen genug, um mit einem Engländer fertig zu werden.« Als man ihm in einem Dorf erzählte, daß eine französische Einheit in Kürze Bremen einnehmen würde, schlug er die entgegengesetzte Richtung ein: »Die Franzosen essen gut und führen ein elendes Leben.«

Aber wo immer sie sich hinwandten, jedesmal sahen sie die Katastrophe, die Deutschland betroffen hatte. Es war herzzerreißend. Ganze Städte in einer Nacht vernichtet, ein Dorf, auf das zufällig drei Bomben gefallen waren, eingeäscherte und verlassene Höfe. Als sie einmal vor einem solchen Bild der Verwüstung stehenblieben, erhob Funkhauser seinen Blick zum Himmel und brüllte: »Göring, du fette Sau, du hast mir versprochen, daß wir nie bombardiert werden würden!« Tränen kamen ihm in die Augen, als er an Hamburg dachte. Zwar hatte er selbst seine Heimatstadt nie zerstört gesehen, sich aber von Leuten erzählen lassen, die beobachtet hatten, wie das Haus seiner Familie von Bomben getroffen worden und in Flammen aufgegangen war.

Beschwörend sah er die Kolffs an und fragte: »Welches Land kann eine solche Strafe verdient haben? Was haben wir falsch gemacht?« Mit jedem Tag wuchs sein Haß gegen Hitler und Himmler; er verfluchte sie, sooft sie zu einem Schauplatz besonders schlimmer Zerstörung kamen.

Er war immer ein Mann gewesen, der seine Gesinnung rasch wechselte. Als Junge hatte er zustimmend genickt, wenn sein liberal denkender Vater die Deutsche Republik lobte, aber schon 1931 schloß er sich der neuen Nazipartei an, von der er sich die Rettung des Vaterlandes erhoffte. Er diente eine Weile in der Heeresgruppe Nord, die von Ritter von Leeb geführt wurde, den er damals für den glänzendsten Deutschen hielt, dem er je begegnet war. Doch als es zu Zwistigkeiten zwischen Hitler und seinen Generälen kam, schlug er sich bedenkenlos auf die Seite des Führers und versicherte seinen Kameraden, daß die Generäle, insbesondere von Leeb, denen es nicht gelungen war, Leningrad zu nehmen, allesamt Esel wären, die keine Ahnung von Strategie hätten.

Als die Kriegslage sich verschlechterte, erkannte er deutlich, daß Heinrich Himmler der einzige war, der ein klares Verständnis für die Vergangenheit und die Zukunft hatte, und stellte sich daher rückhaltlos in den Dienst dieses Meisterbanditen. Mit besonderem Eifer suchte er das Vertrauen in die regulären Streitkräfte und die Polizei zu untergraben, und erst jetzt, da man von isolierten Einheiten der SS erwartete, daß sie Vorposten in so aussichtsloser Lage wie Wittenberge zu verteidigen imstande sein könnten, begriff er, daß Himmler in Wirklichkeit ein psychopathischer Größenwahnsinniger war, den er jetzt im Stich ließ, wie das jeder anständige Deutsche tun sollte.

Zweimal schon hatte er Befehl gegeben, Leutnant Kolff zu erschießen, und das aus gutem Grunde, und da war er nun mit Kolff und seiner bäuerischen Ehefrau und schlich sich mit ihnen über die Dorfstraßen und Waldwege eines besiegten Deutschlands. Eine verrückte Sache, aber er zweifelte keinen Augenblick, daß sich alles – wie immer – zum besten wenden würde.

Was die Kolffs anging, war er keineswegs sorglos. Wenn es Nacht wurde, war das Fahrrad immer in seiner Nähe und der Rucksack dort, wo er ihn berühren konnte. Auch sein Revolver war immer schußbereit, und er hatte schon angefangen, sich allerlei Schliche und Kniffe auszudenken, wie er, bevor er sich den Amerikanern ergab, die beiden loswerden konnte. Je länger er mit ihr beisammen war, desto mehr mißtraute er Liesl, dieser schweigsamen, unergründlichen Person, die weiß Gott was im Schilde führte. Was Kolff anging, war er offensichtlich ein süddeutsches Rindvieh mit spärlichen mathemati-

schen Kenntnissen und nichts weiter. Kaum vorstellbar, daß sich die Amerikaner für diesen Typ interessieren würden.
Aber bis er mit den Amerikanern Kontakt aufnehmen konnte, brauchte er die Kolffs, und darum zeigte er sich ihnen gegenüber großzügig. Zwar teilte er mit ihnen nicht sein Fahrrad, wohl aber alle Lebensmittel. Er war lustig, wenn sich das Wetter verschlechterte und sie mühsam durch den Schlamm stapfen mußten, und unglaublich einfallsreich, wenn es darum ging, Geschichten zu erfinden, die sie näher an die amerikanischen Linien heranbrachten.
Bei einer Erkundungsfahrt in ein Dorf erfuhr er, daß die Amerikaner Nordhausen genommen hatten. »Hat Dieter Ihnen jemals von Nordhausen erzählt?« wandte er sich an Liesl.
»Er sagte, es wäre entsetzlich gewesen.«
»Das stimmt. Ein Vorgeschmack auf die Hölle. Wissen Sie, wann mir klar wurde, daß Deutschland geschlagen war? Als wir in diesen Höhlen in Nordhausen standen.«
»Warum haben Sie sie zugelassen?«
»Es war Himmlers Idee. Die Industriestadt der Zukunft. Polen und Russen sollten unter der Erde arbeiten.«
»Ich bin auf dem Land aufgewachsen«, sagte Dieter. »Und meine Frau auch. Wir brauchen den Himmel.«
»Wo liegt Ihr Hof?«
»In einem Dorf nicht weit von Oberammergau.«
»Tatsächlich?« Funkhauser sprang auf. »Im Ort habe ich gehört, daß von Braun und sein Stab von Wissenschaftlern nach Oberammergau verlegt wurden. Vielleicht sollten wir zu ihm stoßen. Sicher stehen sie unter amerikanischem Schutz.«
Ohne lange nachzudenken, schwenkte er nach Süden, den Bergen entgegen. Aber schon am zweiten Tag überlegte er es sich wieder. »Wenn die Wissenschaftler nach Oberammergau gebracht wurden, muß Himmler den Befehl erteilt haben. Sobald er sie alle auf einem Fleck zusammenhat, wird er sie niedermachen lassen, um zu verhindern, daß sie ihr Wissen an die Alliierten weitergeben können.« So überzeugt war er von dieser Annahme, daß er sofort die Route wechselte und seinen Weg in westlicher Richtung fortsetzte. »Ob Berge oder Seen, ob Himmler oder Hitler, der Teufel soll sie alle miteinander holen«, brüllte er. »Wir müssen zu den Amerikanern. Schnellstens!«

Eisern an seiner Theorie festhaltend, drängte er dem Lärm einer fernen Schlacht entgegen, und als sich die drei völlig erschöpft eines Abends schlafen legten, flüsterte Liesl Dieter zu: »Der General denkt über viele Dinge nach.« Dann schlich sie sich heimlich von seiner Seite.
»Wo ist mein Revolver«, brüllte Funkhauser am nächsten Morgen. »Wo sind die Papiere?« Und Liesl sagte: »Ich habe sie genommen«, und er schrie: »Warum mißbrauchen Sie mein Vertrauen?« Und sie erwiderte kühl: »Weil Sie die Absicht hatten, uns zu erschießen. Heute oder morgen.«
Die bramarbasierende Fassade fiel ab. »In Wittenberge, als wir loszogen«, gestand Funkhauser zerknirscht, »dachte ich tatsächlich daran, Sie nahe an die Amerikaner heranzubringen und dann zu töten. So würde an meiner Stelle jeder gehandelt haben. Doch wo wir jetzt gemeinsam so viele gefahrvolle Kilometer zurückgelegt haben ...« Er breitete die Arme aus. »Ich habe den Leuten so oft erzählt, daß wir alle eine Familie sind ...« Die Arme immer noch ausgebreitet, flehte er: »Erschießen Sie mich nicht, ich beschwöre Sie!«
»Wir hatten nie die Absicht, Sie zu erschießen, Herr General«, sagte Liesl. »Und jetzt führen Sie uns zu den Amerikanern, denn Sie sind ein ausgezeichneter Führer.«
Doch als er, von den Kolffs gefolgt, wie ein schlauer Dachs durch das Unterholz kroch, stieß er auf eine Abteilung der Wehrmacht, und in der darauf folgenden Verwirrung löste sich ein Schuß, der Liesl ins linke Bein traf.
»Runter!« brüllte Funkhauser, und die drei Flüchtlinge ließen sich auf den weichen Waldboden fallen.
Als sie aufsahen, bot sich ihnen ein erstaunlicher Anblick. Die Angreifer waren ein unordentlicher Haufen von vierzehn- und fünfzehnjährigen Jungen, aber alle in Uniform. »O Gott!« schluchzte einer von ihnen, »ich habe eine Dame angeschossen!«
General Funkhauser begriff, daß es sich bei den Burschen um eine vom Oberkommando in letzter Minute in Dienst gestellte Einheit des Volkssturms handelte und brüllte die Kinder an: »Was treibt ihr in diesem Wald? Warum schießt ihr auf Frauen, die unterwegs sind, das Vaterland zu retten?«
Als er sich ihnen als General der Waffen-SS vorstellte, der diesen Ab-

schnitt befehligte, salutierten die Jungen. Er versuchte, den weinenden Unglücksschützen zu trösten: »Du konntest ja nicht wissen, daß es eine Frau war. Hilf ihr jetzt, die Wunde zu verbinden.« Dann hielt er den anderen einen Vortrag, wie sie ihre Aufgabe besser erfüllen könnten.
»Wie lauten eure Befehle?« fragte er.
»Wir sollen die Amerikaner aufhalten.«
»Wo sind sie denn?«
»In der Stadt hinter uns. Sie müssen bald da sein, und wir sollen diesen Wald verteidigen.« Funkhauser ließ seinen Blick über ihre nicht sehr tauglichen Gewehre schweifen, die sie mit ihren dünnen Armen kaum wirksam einsetzen konnten, und salutierte: »Es lebe das Vaterland!« Und den Kolffs rief er zu: »Schnell, schnell! Heute entscheidet sich alles!«
Als sie aus dem Wald kamen, um nach der Stadt zu gehen, von der die Jungen gesprochen hatten, stellte sich heraus, daß Liesl weder laufen noch die Pedale treten konnte, und so vollbrachte Funkhauser eine edle Tat, derer man sich noch in späteren Jahren dankbar erinnerte. »Liesl, meine Tochter«, sagte er, »Sie müssen sich auf mein Rad setzen, damit ich Sie in die Stadt schieben kann.« Und mit väterlichem Auge wachte er auch über Dieter, der auf seinem Rad hinterher zuckelte. Auf diese Weise näherten sie sich der schicksalsschweren Begegnung mit den Amerikanern. »Schnell, schnell!« feuerte der General seine Schützlinge an. »Unsere Alliierten werden uns sehr bald auf dieser Straße entgegenkommen.«
Auf halbem Weg zwischen Wald und Stadt begegneten sie ihren ersten Amerikanern, einer Patrouille mit dem Auftrag, feindliche Stellungen auszumachen. »Verehrte Herren!« rief Funkhauser den auf sie zurasenden Kradschützen zu. »Ich bin General Helmut ...«
»Runter von der Straße!« wurde er grob angebrüllt.
»Verehrte Herren! Ich bin General ...«
Ein großer Mann mit einer schmutzigen Uniform hielt sein Motorrad an, setzte seinen Fuß auf Funkhausers Bauch und stieß ihn zur Seite; die Kolffs waren bereits in den Straßengraben gesprungen.
Als die Patrouille vorüber war, setzte Funkhauser seinen Weg in die Stadt fort und sah mit Freuden, daß jetzt ein reguläres Infanteriebataillon auf ihn zukam. Mit erhobenen Händen lief er auf den ameri-

kanischen Captain zu und rief in fehlerlosem Englisch: »Sir, Sir! Ich besitze Dokumente, die Ihre Generäle interessieren werden!«
»Aus dem Weg, du Scheißnazi«, grunzte ein Soldat und stieß ihn in den Graben zurück; die schweren Geschütze rollten vorüber.
»Hören Sie doch!« rief er. »Ich habe wichtige Papiere, die Ihre Generäle ...«
Die Halbkettenfahrzeuge rollten weiter, und als sie den Wald erreicht hatten, konnte Liesl heftiges Artilleriefeuer hören. Tränen schossen ihr in die Augen, als sie an die armen Jungen dachte, und dann fiel ihr Blick auf General Funkhauser, der wie gelähmt dastand und zum Wald hinüberstarrte. »Kinder mit Spielzeuggewehren, die sich gegen Kanonen verteidigen sollen! Und Hitlers Männer haben uns versprochen, daß kein Feind je seinen Fuß auf deutsche Erde setzen würde! Verfluchte Schweine!« Er blickte noch eine Weile hinüber; schweigend und in tiefer Verzweiflung half er Dieter dann auf das Rad, ging zum Graben zurück, um die blutende Liesl aufzuheben, auf das andere Rad zu setzen und sie mit hängenden Schultern in die Stadt zu schieben.
Als sie in eine Straße einbogen, die zum größten Platz der Stadt führte, standen sie plötzlich einem weiteren Amerikaner gegenüber; dieser trug staubige zivile Kleidung. Anfangs war er ebenso überrascht wie die drei Deutschen und wollte schon einige Soldaten zu seinem Schutz herbeirufen, doch dann blickte er forschend in Dieters Gesicht und holte tief Atem.
»Herr Dieter Kolff, wenn ich nicht irre«, sagte er auf deutsch.
»Aus Peenemünde.«
»Haben Sie die Unterlagen über das schwere Wasser mitgebracht?«
»Ich habe die geheimen Dokumente«, mischte sich Funkhauser ein, wies auf Liesls Rucksack und stellte sich vor: »General Helmut Funkhauser, Kommandant von Peenemünde, zu Ihren Diensten, Sir!«
Der Amerikaner beachtete ihn nicht weiter und wiederholte seine Frage an Kolff: »Haben Sie die Arbeitspapiere bezüglich der Anlagen zur Herstellung von schwerem Wasser mitgebracht?«
»Schweres Wasser? Was ist das?«
»Haben Sie denn keine ...« Mott zögerte, das entscheidende Wort auszusprechen, konnte sich aber nicht zurückhalten. »Haben Sie denn keine Atomforschung betrieben?«

»Atomforschung?«
»Keine Unterlagen?«
»Hier sind die geheimen Aufzeichnungen von General Eugen Breutzl, mein Herr.«
»Wo ist er?«
»Tot. Er ist bei dem großen Luftangriff ums Leben gekommen.«
Mott schüttelte den Kopf. »Er war ein guter Mann. Vor der Vernehmung...«
»Ich habe Breutzl gut gekannt«, unterbrach Funkhauser und drängte sich vor.
»Sie werden alle ordnungsgemäß einvernommen werden«, versicherte Mott den dreien. »Aber woran hat Breutzl denn hier gearbeitet?« fragte er und gab durch seine Gesten und sein Interesse zu verstehen, daß die Papiere im Rucksack jetzt ihm gehörten.
»An einer Rakete, die von Peenemünde nach New York fliegen sollte.«
Die Suche war beendet. Zwei Jahre hatte Mott diesen kleinen Mann gesucht und aufmerksam das einzige Foto, das von ihm vorlag, studiert. Jetzt hatte er ihn gefunden. Deutschland hatte keine Atombombe entwickelt, aber es war nahe daran gewesen, eine andere, nahezu ebenso bedeutende Entdeckung zu machen, eine Rakete, die Ozeane überqueren konnte. Und das Geheimnis sollte Amerika, nicht Rußland zugute kommen.
Einer Eingebung folgend, tat Mott etwas, an das er sich später mit Befremden erinnerte. In der halbzerstörten Straße sah er die offene Tür der Stadtkirche; amerikanische Bomben hatten die Fassade aus dem siebzehnten Jahrhundert weggerissen. »Ich denke«, sagte er, »wir sollten jetzt beten... Dank sagen... für unsere Errettung.«
Er führte die drei Deutschen in die Kirche und setzte sich auf eine der Betbänke. Seine geistigen Kräfte erschöpft von der langen Suche, schloß er die Augen. Er hörte, wie General Funkhauser, zuerst auf englisch, dann auf deutsch, ein Gebet begann: »Wir danken Dir, Gott, daß Du uns geholfen hast, die richtige Entscheidung zu treffen.«

2. Vier Frauen

Von diesem Frühlingstag des Jahres 1946 an, als einige führende Männer der Republikanischen Partei Fremonts den Kriegshelden Norman Grant anriefen und wissen wollten, ob sie vorbeikommen könnten, um etwas mit ihm zu besprechen, konnte sich seine Frau Elinor eines Unbehagens nicht erwehren und zeigte es auch offen.
Als loyale Republikanerin war ihr durchaus bewußt, daß Fremont für die Sache der Republikaner entscheidende Bedeutung hatte; bei den Zwischenwahlen würde dieser Staat eine ausschlaggebende Rolle in der Kampagne spielen, die darauf abzielte, den Kongreß von den Demokraten zu säubern, die den unfähigen Harry Truman unterstützten. In einer Art Verwirrung, zweifellos eine Folge der damals herrschenden Kriegshysterie, hatte Fremont bei der letzten Wahl einen Demokraten ins Abgeordnetenhaus entsandt, und nun mußte die Wiederwahl dieses Mannes unbedingt vereitelt werden.
Elinor stimmte diesem Vorhaben lebhaft bei, und hätte ihr Gatte seinen Wohnsitz im Wahlkreis dieses Abgeordneten gehabt, sie würde ihn ermutigt haben, für diesen Sitz zu kandidieren. Aber bedauerlicherweise vertrat der Demokrat die große Industriestadt Webster am Missouristrom, und dieser Umstand machte Grant unwählbar.
Was die Politiker suchten, war ein junger Mann von Ruf, der an der Spitze der Wahlliste im Wettlauf um den Fremont zustehenden Sitz im Senat der Vereinigten Staaten stehen konnte. Und genau da lag die Schwierigkeit, wie Elinor sofort erkannte: Senator Gantling betrachtete diesen Sitz als sein Eigentum ... auf Lebenszeit.
Einigen der Besucher bereitete es offensichtlich Mißvergnügen, über solche Dinge mit einer Frau reden zu müssen, aber Grant hatte auf die Anwesenheit seiner Gattin bestanden: »Sie hat mich immer gut beraten.«

»Gantling ist ein Greis. Er schadet unserer Position.«
»Er ist erst zweiundsechzig«, protestierte Elinor.
»Vierundsechzig«, sagte einer der Besucher, »und er sieht aus wie achtzig.«
»Er ist zweiundsechzig«, beharrte Elinor, »ich habe es überprüft.«
»Wußten Sie denn, worüber wir reden wollten?« fragte der Politiker.
»Ja, und ich möchte Sie darauf hinweisen, daß mein Vater immer ein guter persönlicher Freund von Senator Gantling gewesen ist. Er organisierte seine Kampagne, als er das erste Mal als Abgeordneter nach Washington ging.«
»Damals haben wir ihn alle unterstützt, Mrs. Grant. Aber seine besten Jahre sind vorüber.«
»Und ich möchte Sie daran erinnern, daß mein Schwiegervater auch für Gantling gearbeitet hat. Unsere Familie kann einfach nicht der Stoßkeil sein, mit dem dieser feine Mensch aus dem Sattel gehoben wird.«
»Mrs. Grant, wir sollten uns den Bundesstaat Fremont einmal gut anschauen«, sagte ein anderer Politiker und breitete eine Landkarte auf dem Tisch aus. »Fassen Sie doch mal unsere Überlegungen zusammen, Lewis.«
Ein stämmiger Mann, der regelmäßig eine starke republikanische Mehrheit aus dem spärlich besiedelten Nordwesten des Staates lieferte, zeigte mit seinen dicken Fingern auf die vier Ecken der Karte und erklärte in energischem Ton: »Vier Wahlkreise sind von Belang; meiner gehört nicht dazu, und deshalb kann ich offen reden.«
Fremont war der typischste von den großen Staaten des Westens. Nach dem schillernden Forschungsreisenden John Charles Frémont benannt, hatte er mit seinen vier größeren Städten jene prominenten Politiker des frühen neunzehnten Jahrhunderts geehrt, deren Interesse für den Westen dazu beigetragen hatte, daß dieses riesige Gebiet zu einem festen Bestandteil des Landes geworden war. Im Osten die Handelsmetropole Webster; im Westen die Landeshauptstadt Calhoun; im Norden Grants Heimatstadt Clay; und in der Mitte die Hauptstadt, benannt nach dem Mann, der möglicherweise der tüchtigste von allen gewesen war, Thomas Hart Benton.
»In seinem Wahlkreis Calhoun ist Senator Gantling ein wichtiger

Mann. Aber in der ganzen Stadt leben nur neunzehntausend Menschen. Und hier in Webster, das die größte Einwohnerzahl hat, hält man Gantling für einen Dummkopf.«
»Sie gehen zu weit«, protestierte Grant.
»Sag's ihm, wie's wirklich ist, Henry.«
Und Henry nahm kein Blatt vor den Mund. »Senator Gantling ist am Ende seines Weges angelangt, Norman. Ja, Mrs. Grant. Sie müssen der Wirklichkeit ins Auge sehen. Er hat unsere Leute beleidigt, er hat sie ignoriert; wo etwas zu holen war, hat er sie übergangen. Es ist der ewige Gegensatz zwischen dem Ostteil eines Staates und dem Westteil. Wir erleben es immer wieder. Philadelphia versus Pittsburgh. St. Louis versus Kansas City. Und hier bei uns ist es eben Webster gegen Calhoun, und ich warne Sie schon jetzt. Wenn die Republikaner Gantling wieder an die erste Stelle unserer Kandidatenliste setzen, werden Webster und die östliche Hälfte des Staates demokratisch wählen. Darauf muß ich Sie aufmerksam machen.«
Und selbst Elinor Grant mußte zugeben, das Ulysses Gantling, ihr Favorit von alters her, seine Amtszeit vermutlich zu lange ausgedehnt hatte. In der kleinen Stadt Calhoun war er immer noch Hahn im Korb, doch die Großstadt Webster hatte von seinen theatralischen Posen die Nase voll.
Dann ließ der große Mann aus dem Nordwesten die Katze aus dem Sack und eröffnete den Grants den eigentlichen Zweck dieses Zusammentreffens. »Sie müssen Ihr Auge auf das große Ziel richten, Norman. 1948. Ziemlich sicher wird dann Tom Dewey unser Mann sein; er hat Erfahrung und ist der geborene Führer. Er wird gegen diesen verdammten Hemdenmacher aus Kansas City antreten, und ich weiß und Sie wissen, daß Truman, wenn heute Wahlen wären, keine zehn Wahlmänner zusammenbekommen würde. Selbst sein Parteifreund Senator Fulbright hat ihm geraten, das Handtuch zu werfen, weil die Stimmung so gegen ihn ist. Der Mann ist ein Unglück für unser Land, das wissen wir doch alle. Er taugt einfach nicht für das Weiße Haus, und unsere Aufgabe ist es, ihn von dort wegzubekommen. Am besten bereiten wir uns auf 1948 vor, wenn wir diesen Staat 1946 zurückgewinnen. Wir brauchen einen guten starken Senator, der diesem verdammten Demokraten in Webster eins versetzt, daß ihm Hören und Sehen vergeht! Darum bin ich hier, ich brauche Ihre Hilfe, Grant.

Dringend. Wenn Sie die Liste anführen, kann ich diesen Demokraten schlagen. Wenn Gantling bleibt, verliere ich nicht nur den Sitz im Kongreß, sondern auch den im Senat.«
»Ist er denn wirklich so schwach?« fragte Grant, und als er diese Worte aussprach, wurde Elinor klar, daß er anfing, sich als Retter der Partei zu fühlen, als ein Mann, der seinen Wählern mit neuen Ideen gegenübertreten konnte – und sie bekam Angst.
Elinor Stidham war 1917 geboren worden, als ihr Vater, ein wohlhabender Farmer aus der Gegend nördlich von Clay, in Frankreich an der Front stand. Daher hatte sie ihn nie als den robusten, einfachen Landwirt gekannt, der er einstmals gewesen war, sondern nur als schwächlichen, unsicheren Menschen, dem der Krieg arg zugesetzt hatte. Sie war zwei Jahre alt, als er endlich aus dem Krankenhaus entlassen wurde, und sie konnte sich nicht daran erinnern, daß er je mit ihr gespielt oder sie auf seinen Knien geschaukelt hätte. Nie sprach er vom Krieg.
Sie entwickelte sich zu einem stillen, zurückhaltenden Mädchen, das immer viel älter als ihre Klassenkameradinnen wirkte. In der Schule, aber auch an der Universität, erbrachte sie ausgezeichnete Leistungen und hätte sich großer Beliebtheit erfreuen können, wenn ihr an dieser Art Anerkennung gelegen gewesen wäre. Sie erhielt die besten Zensuren und trat sogar einer studentischen Verbindung bei, ohne jedoch ein Amt zu bekleiden, und die meisten Kolleginnen nahmen ihre Anwesenheit auf dem Campus kaum zur Kenntnis.
Die Jungen taten dies sehr wohl, aber nach einigen schroffen Abfuhren ließen sie sie in Frieden. Sie war von hohem Wuchs, schlank, attraktiv, trug ihr sehr dunkles Haar eng anliegend und freute sich, daß einige der ernsteren Studenten, vornehmlich solche, die belesen waren, beträchtliches Interesse an ihr bekundeten, auch wenn die Rauhbeine ihr keine Beachtung schenkten.
Die Studentenschaft war daher einigermaßen überrascht, als ihr prominenter Footballspieler Norman Grant plötzlich anfing, mit ihr zu »gehen«. Ein halbes Dutzend Campus-Schönheiten hatten ihn schon zu ihren Bällen eingeladen, und mehrere Dutzend andere hätten es gern noch getan, aber es lag klar zu Tage, daß er sich für Elinor Stidham entschieden hatte.
Ein wohlhabender ehemaliger Student, stolz auf Normans Erfolge im

Football, hatte ihm einen Chevrolet geschenkt und seine Geste damit begründet, daß »ein Footballspieler, der so gut ist wie Norman Grant, ein Recht auf ein Kabriolett hat«. Damit fuhr Norman Elinor zum Stidham-Hof hinaus, wo er lange Stunden damit verbrachte, mit Stidham zu plaudern, der sich immer noch weigerte, über seine Kriegserlebnisse zu sprechen, sich aber gern über die Merkmale einer gesunden Gesellschaft unterhielt.

Stidham war natürlich Republikaner wie praktisch alle soliden Bürger Fremonts, besaß jedoch einen außerordentlich weiten sozialen Horizont, der Burke, Jefferson, Lincoln, Woodrow Wilson und vor allem den Franzosen Alexis de Tocqueville umfaßte, dessen Fähigkeit, die Grundbegriffe des amerikanischen Regierungssystems zu erkennen, ihn staunen machte. »Wenn ein junger Mensch die wahre Natur dieses Landes verstehen lernen wollte, brauchte er nur de Tocqueville zu lesen.«

»Professor Bates behauptet das gleiche von Viscount Bryce.«

»Na ja ...« Stidham rückte in seinem Lehnsessel herum, als ob ihn sein Rücken schmerzte, und lächelte. »Da ist schon was dran. Zweifelsohne. Aber als ich in England war, hatte ich das Gefühl, daß Leute wie Bryce – und ich habe viele von ihnen kennengelernt – mit beträchtlichem Aufwand das Augenfällige herausarbeiten, und ich fürchte, das tut auch Bryce. In Frankreich aber geht eine brillante Dialektik an den Kern des Problems und eliminiert das Wortgeröll – und genau das tut de Tocqueville. Haben Sie ihn gelesen, Norman?«

»Nein. Ich hatte zu viel zu lernen. Das Jurastudium ist kein Honiglekken.«

»Warum tun Sie bei so vielen Sportarten mit, Norman? Reicht Ihnen Football nicht? Müssen Sie wirklich auch noch Basketball spielen? Und Baseball?«

»Ich brauche das, Sir.«

Als zwei Freunde, Footballspieler wie er selbst, Grant einmal fragten, wozu er sich denn mit dieser Stidham abgäbe, die doch keinen ranließ, lächelte er und antwortete: »Elinor und ich, wir kennen uns schon von der High-School her.«

»Hat sie dich damals rangelassen?«

»Es geht euch zwar nichts an, aber wenn ihr es unbedingt wissen wollt – nein. Aber eines ist mir im Gedächtnis haften geblieben.«

»Und zwar?«
»Als ich in einem geliehenen Wagen das erste Mal zu ihrem Hof hinausfuhr, sprach ihr Vater mit mir wie mit einem Kumpel. Vielleicht habt ihr ihn schon einmal gesehen. Ziemlich klein, und er scheint oft Schmerzen zu haben. Er sagte mir, seine Tochter wäre ihm sehr teuer ...«
»Das sagen alle Väter. Ich hatte da mal eine ...«
»Und er sagte, es wäre nicht nötig, Elinor damit zu imponieren, daß ich in der Nacht mit hundert eine Kurve nehmen könnte.«
»Was hat denn das damit zu tun?«
»Je mehr ich darüber nachdachte – in späteren Jahren, meine ich –, desto klarer wurde mir, was er mir damit zu verstehen geben wollte: nämlich daß die Stidhams das Leben ernst nehmen. Und das tue ich auch.«
Als er Clay verließ, um sein Studium an der juristischen Fakultät der Universität von Chicago fortzusetzen, hatte Elinor noch zwei Jahre bis zu ihrem Doktorat, aber sie zweifelte nicht daran, daß er wiederkommen würde – wenn schon nicht zu ihr, so um ihren Vater zu besuchen. »Ich denke mir oft«, sagte sie einmal zynisch, »Norman kommt nur zu uns, um deine Torten zu essen, Mutter, und um sich von Vater auf sein Rigorosum vorbereiten zu lassen.«
Mr. Stidham war kein Jurist, wohl aber ein scharfsinniger Kenner der amerikanischen Geschichte, insbesondere der amerikanischen Außenpolitik in ihrer Beziehung zu kriegerischen Verwicklungen, und Elinor konnte sich noch gut an einen Abend im Jahre 1938 erinnern, als ihr Vater zu Norman gesagt hatte: »Ich mache mir große Sorgen. Mr. Roosevelts Einstellung zu Japan ...«
»Mit Japan werden wir immer fertig«, wollte Grant ihn beruhigen.
»Das meine ich nicht. Für mich ist ein Krieg in Europa unvermeidlich. Die Lage dort ist so labil, daß die kleinste Veränderung ...«
»Was hat Europa mit Japan zu tun?«
»Verstehen Sie denn nicht? Wenn dort ein Krieg ausbricht, würde er die Aufmerksamkeit von Japan ablenken und Japans Kriegsherren zu allen möglichen Abenteuern ermutigen. Früher oder später würden sie etwas tun, was uns Amerikaner in Rage bringt, und dann ist der Teufel los.«
»Warum geben Sie Präsident Roosevelt die Schuld?« An der Universi-

tät hatte Grant zu seiner Überraschung entdeckt, daß die meisten Professoren Roosevelt verteidigten, was sonst keiner in Fremont tat.
»Ich meine nur, daß er nichts tun sollte, um einen Keil zwischen uns und Japan zu treiben.«
»Tut er denn das?«
»Ich fürchte, seine Einstellung ist eindeutig antijapanisch.«
»Vielleicht sollten wir alle so denken. Was diese gelben Teufel in China aufgeführt haben!«
»Darum geht es nicht, Norman. Aber wenn Roosevelt so weitermacht, müssen wir damit rechnen, daß wir auf einer sehr breiten Front gegen Japan werden Krieg führen müssen.«
»Japan ist doch nur eine kleine Insel. Ich bin ganz sicher, daß wir damit fertig werden.«
»Sehen Sie sich doch mal eine Landkarte an. Es ist eine Inselgruppe, und diese Inseln werden nicht das Schlachtfeld sein.« Stidham nahm einen Atlas aus dem Bücherschrank. »Der ganze Pazifische Ozean wird das Schlachtfeld sein. Hier unten Java. Da oben die Philippinen. Malaya. Zweifellos Hawaii.«
Diese Argumentation war doch absurd, und Norman sprach das auch offen aus. »Japan ist doch nur ein winziger Fleck auf der Landkarte, Mr. Stidham. Zu einem solch gewaltigen Einsatz sind sie doch gar nicht fähig. Die Navy würde Hackfleisch aus ihnen machen.«
Als er 1940 mit einem Doktordiplom und den Fuß bereits in der Tür einer angesehenen Anwaltskanzlei nach Clay zurückkehrte, bat Norman Elinor Stidham um ihre Hand. Sie war immer sicher gewesen, daß er das einmal tun würde. Die Hochzeit fand in der Baptistenkirche statt, und anschließend fuhren sie mit dem Zug nach Niagara Falls, um dort ihre Flitterwochen zu verbringen. Aufgrund seiner Leistungen als Sportler registrierten sogar die New Yorker Zeitungen seine Heirat, und im Hotel in Niagara Falls zeigte ein älteres Ehepaar den Jungvermählten eine Notiz in einem in Buffalo erscheinenden Blatt und bestellte eine Flasche Wein, um mit ihnen zu feiern.
Im Jahre 1942, als sich Mr. Stidhams bemerkenswerte Prophezeiungen alle erfüllt hatten, wurde Norman Grant ans Dartmouth College geschickt, um an einem sechswöchigen Kurs teilzunehmen, der ihn zu einem Offizier der United States Navy machen sollte. Und es stellte

sich die Frage, womit sich die junge Frau bis Kriegsende beschäftigen sollte. Sitdham und Grant besprachen sich eingehend und beschlossen, Elinor sollte auf dem Stidham-Hof bleiben und sich nach Maßgabe der Dinge patriotisch betätigen, doch als sie sie von ihrer Entscheidung in Kenntnis setzten, überraschte Elinor die beiden mit der Mitteilung, daß sie bereits an das Krankenhaus in Hanover, New Hampshire, geschrieben hatte, wo sich das Dartmouth College befand, und daß ihr eine Stellung als Hilfskraft zugesichert worden war.

Die Männer waren entrüstet, und Norman erhob einen höchst vernünftigen Einwand. »Ich werde zwanzig Stunden am Tag büffeln müssen. Ich könnte unmöglich ...«

Sie hörte gar nicht zu. Besser als jede andere Frau im Staate Fremont verstand sie die Natur dieses Krieges. Jahrelang hatte sie geduldig zugehört, wenn ihr Vater die Strömungen analysierte, die zu einem Konflikt führen mußten. Es war ihm nicht gelungen, die Mitglieder des Rotary Clubs oder seinen neuen Schwiegersohn zu überzeugen, wohl aber seine Tochter.

Sie war Norman nach Dartmouth gefolgt und hatte im dortigen Krankenhaus als Schwesternschülerin gearbeitet, dann war sie an den Patuxent-Fluß in Maryland gezogen, als es so aussah, als würde Norman zur Flugwaffe der Marine gehen. Als ihn die Personalabteilung plötzlich einer stark unterbesetzten Zerstörereinheit an der Westküste zuteilte, fand sie eine Stellung in einem Restaurant in Seattle, und von der Westküste machte sich Norman Grant auf den Weg zur großen Schlacht im Golf von Leyte.

Jetzt, im Jahre 1946, sah sie nicht viel anders aus als in der HighSchool und im College: immer noch ein wenig untergewichtig, immer noch schick gekleidet und mit ihrer hellen Haut und dem dunklen Haar immer noch attraktiv. Mit jedem Jahr wurde sie schöner, und obwohl sie während des Krieges ihren Mut unter Beweis gestellt hatte, schien sie ständig ein wenig zerbrechlicher zu werden.

Sie wollte nicht, daß ihr Mann Senator Gantling seinen Sitz streitig machte. Sie wollte nicht mit ihm nach Washington übersiedeln, wenn er die Wahl gewann. »Norman hat seinen Krieg hinter sich, meine Herren. Es wäre unfair, ihn zu einer weiteren Dienstzeit zu verpflichten.«

»Wäre es nicht eine gute Idee, Paul Stidham herzubitten?« schlug der Mann aus dem Nordwesten vor. »Er kennt Gantling. Er kennt Grant. Er wird uns einen vernünftigen Rat geben.«
Man rief Stidham an, und kurz darauf stieß er zu den Männern, mit denen er so manchen harten Wahlkampf geführt hatte. Die Zeigefinger an seine zusammengekniffenen Lippen gepreßt, hörte er aufmerksam zu, als die Politiker ihm ihr Problem unterbreiteten, und nachdem sich seine Tochter nachdrücklich gegen Normans Kandidatur ausgesprochen hatte, sagte er ganz ruhig: »Ich bin völlig eurer Meinung, daß Gantling am Ende seines Weges angelangt ist. Wenn ihr ihn wieder den Wählern anbietet, werden wir seinen Sitz verlieren, und die Demokraten werden den ihren behalten. Gantlings Zeit ist um, und er muß dieser grausamen Tatsache ins Auge sehen. Er muß einem jüngeren, einem besseren Mann Platz machen, und ich kenne keinen, der besser qualifiziert wäre, sich der Herausforderung zu stellen und im Senat zu sitzen als Norman Grant. Ich habe seinen Weg in den vergangenen vierzehn Jahren verfolgt, und er besitzt die nötige Reife. Sie, meine Herren, werden dem Staat und unserer Nation dienen, wenn Sie ihn nominieren und ihm helfen, die Vorwahl zu gewinnen.«
»Würden Sie das Amt des Vorsitzenden des Wahlkomitees übernehmen?«
»Ganz gewiß nicht. Ich werde wie immer für Senator Gantling in den Kampf gehen.«
»Aber das würde ja schrecklich aussehen ... Normans eigener Schwiegervater ...«
»Und seine Tochter«, setzte Elinor kühl hinzu.
»Grundgütiger!« stöhnte der Mann aus Webster. »Sind wir alle verrückt?«
Die Politiker beknieten die Stidhams und wiesen auf den Skandal hin, der im ganzen Staat Anstoß erregen würde, wenn ein junger Mann einem bekannten Senator seinen Sitz streitig machte und erfahren mußte, daß sich seine Frau und sein sehr ehrenwerter Schwiegervater für den Gegner aussprachen.«
»Ihr habt völlig recht«, gab Stidham zu, »es wäre ein Skandal. Aber ich bin nun einmal Ulysses Gantling verpflichtet und könnte ihn unmöglich im Stich lassen – schon allein darum nicht, weil ich sicher bin,

daß Norman auch trotz meines Eintretens für Gantling gewinnen kann.« Er ließ sich nicht überreden. Es war für ihn eine Ehrensache, auch weiterhin auf der Seite des Mannes zu stehen, dem er schon vor Jahren geholfen hatte, in den Senat einzuziehen. Er weigerte sich, ihm am Ende seiner Karriere den Rücken zu kehren, einer Karriere, die zwar nicht hervorragend, aber immer vertretbar gewesen war. Ulysses Gantling war nie ein erstklassiger Senator gewesen, während Norman Grant zumindest die Chancen eines Außenseiters hatte, und darum sprach die Logik dafür, daß Paul Stidham seine Treue auf seinen Schwiegersohn übertragen hätte. Doch die Ehre erforderte, daß er seinem alten Freund beistand, und das wollte er auch tun.
»Und Ihre Tochter? Sollte sie nicht zu Gunsten ihres Mannes in den Wahlkampf eingreifen?«
»Ich werde für keinen eingreifen«, sagte Elinor.
»Wären Sie wenigstens bereit, sich in der Öffentlichkeit aller Kommentare zu enthalten?«
Als Elinor stumm blieb, wandte sich der Mann aus Calhoun, dem die schwere Aufgabe zufallen würde, gegen Gantling, den Bürger seiner eigenen Heimatstadt, anzutreten, in flehendem Ton an sie: »Wollen Sie nicht zugeben, daß Ihr Gatte der bessere von den beiden ist?«
»Er ist ein ausgezeichneter Mann«, antwortete Elinor und rückte ein wenig an Norman heran.
»Würde er nicht einen guten Senator abgeben?«
»Den besten, den man sich vorstellen kann.«
»Und wollen Sie nicht 1948 Tom Dewey im Weißen Haus sehen?«
»Um Truman loszuwerden, wäre mir jeder recht.«
»Dann wollen Sie sich bitte aller Kommentare enthalten?«
Elinor sah ihren Vater an, der vor sich hinstarrte. Schließlich antwortete sie: »Unsere Familie ist stets für Ulysses Gantling eingetreten; er war immer ehrlich und zuverlässig und ...«
»Und verdammt langweilig«, warf einer ein.
»Also muß ich für ihn stimmen. Aber ich werde den Mund halten.«
Mit diesen Worten gab sie ihrem Mann einen leichten Klaps auf die Schulter und verließ den Raum.

Im Verlauf des Wahlkampfes faßte Elinor eine heftige Abneigung gegen Tim Finnerty, den forschen jungen Zeitungsmann aus Boston,

den Norman sich als Hilfe in sein Büro in Benton geholt hatte. Sie warnte ihren Mann: »Eigentlich ist es mir gleich, ob du gewinnst oder verlierst, aber wenn dir etwas daran liegt, solltest du dieses junge Ungeheuer schnellstens wieder zum Teufel schicken. In unserem Staat wird dir ein römisch-katholischer Ire aus Boston mehr schaden als nützen.«
Als Norman darauf bestand, Finnerty zu behalten, erschien sie nie wieder im Büro in Benton und zeigte ihre Verstimmung deutlich, sooft der junge Ire ihr Haus in Clay besuchte. Allerdings kam ihr zu Ohren, daß er in der Flußhafenstadt Webster gerade bei den ungebildeten Schichten besonders geschätzt wurde, und sie mußte aufmerken, als er den Schleier über der Wahlkampfstrategie lüftete, die mehr als alles sonst für die sich jäh steigernde Anziehungskraft ihres Mannes bei den Wählern verantwortlich war.
In den ersten vier Wochen der Vorwahl hatte sich Senator Gantling sehr geschickt die Emotionen der Bewohner seines Staates zunutze gemacht, hatte auf seine vielen Jahre treuer Pflichterfüllung hingewiesen und auf den Schaden, der der republikanischen Partei zugefügt wurde. Zur Überraschung vieler erwies sich der alte Haudegen als ernstzunehmenderer Gegner als erwartet, und drei Wochen vor der Abstimmung schien seine Wiederwahl eine sichere Sache zu sein.
Viele Wähler standen unter dem Eindruck, daß Norman Grant seine Wahlwerbung vornehmlich darauf stützte, daß er ein Footballstar gewesen war; es wurde viel von Sport gesprochen und den flotten Claqueusen und nostalgische Erinnerungen heraufbeschworen. Und nach einer solchen Wahlversammlung hielt Finnerty seinen Mitarbeitern eine Standpauke: »Mit diesem Scheiß muß jetzt Schluß sein.«
»Hüten Sie Ihre Zunge!« entrüstete sich ein Lokalpolitiker.
»Wollen Sie diese Wahl gewinnen, ja oder nein?«
»Junger Mann, ich habe mich in Boston nach Ihnen erkundigt. Sie sind ein eingeschriebenes Mitglied der Demokratischen Partei.«
»Ich bin hier angestellt und habe den Auftrag, alles zu tun, damit mein alter Kumpel in das zweithöchste Amt dieses Landes gewählt wird. Das, was wir von nun an tun werden, rechne ich nicht mir zum Verdienst an. Ein Freund hat sich eine prima Strategie ausgedacht. Und darum ist ab sofort Schluß mit dem alten Scheiß.«

Er verbrachte die Nacht am Telefon, und zwei Tage später, im kritischen Wechselwählerbezirk in Webster, hatte die neue Strategie Premiere. Sie bestand darin, daß sich Norman Grant vor dem Modell eines Geleitzerstörers postierte, während drei gut aussehende junge Amerikaner – Finnerty selbst, Sanitäter Larry Penzoss aus Alabama und Küchengehilfe Gawain Butler aus Detroit – mit Ordensbändern und Medaillen geschmückt, in ihrer Marineuniform strammstanden.

Finnerty ergriff als erster das Wort: »Ich bin ein bezahlter Angestellter Norman Grants. Es ist mein Geschäft, das Nötige zu tun, damit er in den Senat der Vereinigten Staaten gewählt wird. Darum ist alles, was ich Ihnen sage, mit Vorsicht aufzunehmen. Aber Larry Penzoss aus Alabama hier neben mir hat seine Reise selbst bezahlt. Er bekommt keinen Penny von Mr. Grant, und er hat Ihnen etwas Wichtiges zu sagen.«

In dem herrlichen Singsang eines Mannes aus dem Süden schilderte Penzoss ihre Erlebnisse auf dem Floß und rührte viele Zuhörer zu Tränen, als er von Kapitän Grants Heldentaten und Mitgefühl erzählte. Er setzte Grant selbst in Erstaunen, als er in ergreifenden Worten vom Tod des Ersten Offiziers Savage und Kapitän Grants Verhalten bei der Bestattung auf hoher See berichtete.

In der nun eintretenden Stille kündigte Finnerty an, daß nun Gawain Butler, Angestellter in einem Restaurant in Detroit, sprechen würde, und der große Schwarze, der eine Prothese am rechten Bein trug, trat vor, um in untadeligem Englisch die Geschichte zu erzählen, wie Norman Grant ihn aus der von Haien wimmelnden See gefischt und sich dann freiwillig bereit erklärt hatte, die Nacht im Wasser zu verbringen – unter akuter Lebensgefahr und nur um – wie Butler es formulierte – einen Nigger zu retten. »Sie hier müssen darüber befinden, ob Kapitän Grant einen guten Senator abgeben wird. Ich kann Ihnen versichern, daß er einen ausgezeichneten Kapitän abgegeben hat.« Er salutierte und humpelte auf seinen Platz zurück.

Dann kam Finnerty: »Ich habe Sie bereits darauf hingewiesen, daß alles, was ich sage, mit Vorsicht aufzunehmen ist. Darum werde ich lieber gar nichts sagen. Aber mit Ihrer Erlaubnis werde ich Ihnen aus den Notizen vorlesen, die ich mir an jenem Tag der Schlacht gemacht habe. Wie es damals, 1944, meine Pflicht war, zeichnete ich das Ver-

halten des tapfersten Mannes auf, den ich je kennengelernt habe, des tapfersten Mannes, den der Staat Fremont je kennenlernen wird.«
Aus einer Innentasche seiner Jacke zog er ein Notizbuch voller Wasserflecken hervor – natürlich nicht das echte, das im Archiv der Marine ruhte, aber eine gute Imitation, die vor zwei Tagen im Waschbecken eines Hotels durchnäßt und über einem Heizkörper getrocknet worden war. Sorgfältig blätternd kam er zum Morgen des 25. Oktober 1944 und las mit tiefer irischer Stimme:

> Verwaltungsunteroffizier Finnerty (das bin ich): »Haben Sie die Absicht, es mit der ganzen japanischen Flotte aufzunehmen?«
> Kapitän Grant (das ist *er*): »Die habe ich.«

Geschickt legte der junge Ire eine bedeutungsvolle Pause ein. Dann griff er wieder zu seinem Notizbuch und vertraute seinen Zuhörern eine Reihe von Einzelheiten an, die ihre Wirkung nicht verfehlten:

> Unmittelbar nach der Schlacht schrieb ich in mein Logbuch, wie es Vorschrift war, einen Bericht über das, was ich an diesem Morgen gesehen hatte. Als Kapitän Grant später Gelegenheit hatte, ihn zu sehen und zu lesen, wie ich ihn gelobt hatte, riß er das Blatt heraus und warf es fort. Ich möchte Ihnen jetzt meinen Bericht vorlesen, so wie ich ihn später rekonstruiert habe, als die Regierung der Vereinigten Staaten ihm die höchste Auszeichnung verleihen wollte, die unser Land zu verleihen hat: »Gegen eine Übermacht, die jeden anderen Kommandanten das Fürchten gelehrt haben würde, steuerte er seinen DE bis ins Zentrum der japanischen Schlachtschiffe und Kreuzer. Selbst als er keine Torpedos und keine Munition mehr hatte, behielt er seine Position bei, um den Feind zu verwirren. Auf unserem Rettungsfloß bewies er auch weiterhin seinen Mut, indem er, um Kameraden zu retten, ins Meer sprang, das noch wenige Minuten zuvor voller Haie gewesen war.«

Während er mit der linken Hand auf Gawain Butler wies, schloß er mit der rechten sein Notizbuch und steckte es wieder ein.
Ein Reporter der *Chicago Tribune,* der mit Interesse beobachtete, wie

Fremont sich auf einen republikanischen Sieg im Jahre 1948 vorbereitete, kabelte seiner Zeitung einen begeisterten Bericht:

> Noch vor vier Tagen war ich überzeugt, daß der alternde Kämpe Ulysses Gantling seine nächste Amtsperiode als Senator für Fremont in der Tasche hat. Selbst der Schwiegervater seines Herausforderers unterstützt den bewährten alten Krieger.
> Doch in Webster und gestern abend wieder in Benton wandte Norman Grant eine Strategie an, die ihm stürmischen Beifall und begeisterte Zustimmung einbrachte, und da anzunehmen ist, daß er seine Nummer im ganzen Staat abziehen wird, prophezeie ich, daß er einen überwältigenden Wahlsieg erringen wird.
> Was ist sein Trick? Sehr einfach. Er rief drei junge Helden an, die bei der Schlacht im Golf von Leyte zusammen mit ihm auf dem Geleitzerstörer *Lucas Dean* gedient hatten, und ohne von Grant auf irgendwelche Weise instruiert worden zu sein, berichteten diese einfachen Männer über seinen Heldenmut. Besonders wirkungsvoll erwies sich ein großgewachsener Neger aus Detroit, ein Koch mit nur einem Bein, der den Wählern erzählte, wie er von Kapitän Grant aus dem Wasser gefischt worden war, nachdem ihm ein Hai den Fuß abgebissen hatte. Schon viele Helden haben solche Taten vollbracht, aber was Grant anschließend tat, hätte ihm, so der Koch, den Begriff Heldenmut in einem neuen Licht erscheinen lassen: »Um auf dem Floß für mich Platz zu schaffen, sprang er selbst ins Wasser, obwohl er wußte, daß sich eben noch Haifische hier gezeigt hatten.«
> Als Gawain Butler aus Detroit seine Geschichte fertig erzählt hatte, war ganz Webster bereit, Norman Grant zum Präsidenten der Vereinigten Staaten zu wählen. Daß sie ihn zum Senator wählen werden, scheint sicher.

Erst als diese Schaustellung zum fünften Mal wiederholt wurde, war auch Elinor Grant anwesend. Die drei Seeleute waren mit dem Wagen nach Clay gekommen, und in einer Monsterversammlung im Auditorium der Universität war einer nach dem anderen vorgetreten, um von seinen Erlebnissen in der Schlacht im Golf von Leyte zu erzählen.

Als sie geendet hatten und die brausenden Hochrufe verstummt waren, sagte Elinor zu ihrem Mann: »Widerlich! Wie kannst du diesem elenden Finnerty nur gestatten, eine solche Travestie aufzuführen?«
»Ich habe es ihm nicht gestattet«, antwortete Norman. »Ich habe ihn dabei unterstützt.«
»Hast *du* diese drei Männer kommen lassen?«
»Ich war nicht clever genug, um daran zu denken. Es war Finnertys Idee.«
»Und du schämst dich nicht? Fühlst dich nicht erniedrigt?«
»Ein Wahlkampf ist nicht viel anders als ein Kampf zwischen Nationen. Und man muß den einen wie den anderen gewinnen.«
»Du würdest alles tun, um zu gewinnen?«
»Nur wenn es ehrenhaft ist, nur wenn es nötig ist.«
»Und du meinst, so etwas Widerliches wie dieser vorgetäuschte Patriotismus wäre nötig?«
»Vorige Woche war ich auf der Verliererstraße. Dank Finnertys brillantem Einfall bin ich jetzt auf dem besten Weg zu gewinnen. Und ich werde Gawain Butler animieren, seine Geschichte im ganzen Staat zu erzählen. Weil es nämlich gut für Fremont ist, einen Schwarzen sprechen zu hören. Und einen Bürger Alabamas. Oder einen römisch-katholischen Zeitungsmann aus Boston.«
»Du schämst dich gar nicht?«
»Es gibt da etwas, was du nie verstehen wirst, Elinor. Als wir damals von diesem Floß herunterkrochen ... Hunderte Menschen waren unnötig gestorben, weil im Oberkommando niemand daran gedacht hatte, Rettungsmannschaften auszuschicken ... Da sagte ich diesen drei Männern, daß die Welt ein Scheißladen ist ...«
»Ich mag es nicht, wenn du schmutzige Reden führst.« Sie ging zu ihrem Vater und fragte ihn, was er von Normans schamlosem Hurrapatriotismus halte. Er mußte eine kleine Weile nachdenken, bevor er ihr antwortete: »Amerika hat schon immer dazu geneigt, Männer, die sich auf dem Schlachtfeld ausgezeichnet haben, in Ämter zu berufen, die auszuüben sie unfähig sind. William Henry Harrison, Ulysses Grant, William McKinley. Ich zweifle nicht daran, daß Dwight Eisenhower sich, wann immer er möchte, mit dem Lorbeer des Präsidentenamtes kränzen lassen könnte – ganz gleich, auf welcher Wahlliste er erscheint.

Wir dürfen allerdings nicht vergessen, daß wir auf diese Art ein paar recht gute Leute bekommen haben. Andrew Jackson und Teddy Roosevelt zum Beispiel. Und vor allem George Washington, den wir so dringend brauchten. Aber jeder einzelne von ihnen wurde nicht aufgrund seiner Fähigkeiten gewählt, sondern weil das Volk einen Kriegshelden in ihm erblickte. Unser Volk wird immer und gern daran glauben, daß ein Militär intelligenter ist als andere Sterbliche. Und so ist das auch bei deinem Mann.«

»Ist er ein intelligenter, tüchtiger Mann? Ich weiß nicht mehr, wie ich urteilen soll.«

»Er ist ein Footballspieler«, erwiderte Stidham. »Ein glänzender, gut trainierter, entschlossener Footballspieler. Und wenn er das nicht gewesen wäre, hätten wir möglicherweise die Schlacht im Golf von Leyte verloren und noch weitere fünfhunderttausend junge Männer geopfert.«

»Wird er ein ehrenwerter Senator sein? Nach einem so schändlichen Anfang?«

»Norman hat gute Aussichten, ein guter Senator zu werden, aber ich fürchte, er wird nicht über dem Durchschnitt stehen. Nie eine überragende Leistung, nie ein Skandal. Das war auch das Maximum, das ich aus Ulysses Gantling herausholen konnte. Ich werde zufrieden sein, wenn wir mit Norman nicht schlimmer fahren.« Er zögerte. »Du bist es, die mir Sorgen macht, Elinor. Als Frau eines Senators wirst du, fürchte ich, keine gute Figur machen.«

»Das fürchte ich auch!« rief sie und kniete sich neben den Lehnsessel ihres Vaters. »Ich hatte nie Angst wegen Norman«, wisperte sie, »immer nur wegen mir. Ich bin für diesen Platz nicht geschaffen.«

»Glaubst du vielleicht, ich war dazu geschaffen, in Frankreich Offizier zu sein? Oder mich als Gantlings Wahlkampfleiter zu profilieren? Um ein Haar hätte ich ihm seine erste Wahl vermasselt. Wir tun, was wir tun müssen. Und ich meine, die Zeit ist gekommen, daß du zusammen mit deinem Mann am Podium erscheinst. Er kämpft um eines der höchsten Ämter, das die Vereinigten Staaten zu vergeben haben, und er verdient deine Unterstützung.«

Bei der entscheidenden Wahlversammlung in Benton, fünf Tage vor der Wahl, saß sie neben ihrem Mann auf dem Podium; Finnertys Drängen nachgebend, sprach sie sogar einige Worte. Doch als die drei

Seeleute in ihren frischgestärkten Uniformen erschienen, hätte sie sich erbrechen mögen.

Rachel Lindquist war der Meinung, man könne die Qualitäten einer Frau vor allem daran erkennen, wie sie es verstand, Räume zu nutzen. »Die Frage ist, ob der Raum dich beherrscht oder du ihn.«
Als ihre Stubenkameradin in Wellesley wissen wollte, was sie damit meinte, hatte sie ihr freimütig geantwortet: »Deine Küche daheim. Duldest du die Unordnung von Tellern und Gabeln, oder verweist du diese häßlichen Dinge auf ihre Plätze und siehst darauf, daß sie auch dort bleiben?«
»Und warum ist das so wichtig?« maulte die Zimmergenossin, eine kleine Schlampe aus Virginia.
»Weil sich darin zeigt, wer der Herr ist. Darum. Denn nur, wenn in einem Raum Ordnung herrscht, kannst du kreativ leben.«
»Hältst du mir eine Gardinenpredigt?« plusterte sich das Mädchen auf.
»Dieses Zimmer beweist mir, daß du dich vom Raum beherrschen läßt. Ein einziges Durcheinander. Überall liegen deine Kleider herum.«
Weinend äußerte die Stubenkameradin die Absicht, die Wohngemeinschaft mit Rachel aufzulösen und mit einem anderen Mädchen zusammenzuziehen, und Rachel riet ihr, keine Zeit zu verlieren. Das Ende vom Lied war ein Besuch bei der Vorsteherin, die sich alles anhörte, lächelte und dann tröstend zu der Zimmergenossin sagte: »Betty-Anne, ich bin ganz Ihrer Meinung. Bei einem Mädchen, das mehr Ihrer Lebensweise entspricht, werden Sie sich viel wohler fühlen.«
Der Wechsel wurde gutgeheißen, und beide Mädchen waren zufrieden. Natürlich hatte Rachel ihr Zimmer einige Monate für sich allein, aber in dieser Zeit verordnete sie sich ein System bewundernswürdiger Ordentlichkeit, so daß sich später, als ein jüdisches Mädchen aus Scarsdale mit sauberer, gepflegter Garderobe bei ihr einzog, ein harmonisches Zusammenleben entwickelte.
Rachel Lindquists Vater gehörte einer jener hart arbeitenden, begabten schwedischen Familien an, die sich in den letzten Dezennien des vorigen Jahrhunderts in Worcester, westlich von Boston, niedergelas-

sen hatten. Rachels Großvater hatte ein Verfahren entwickelt, um ausgezeichnete Schleifmaterialien durch die Beschichtung von Geweben mit Karborundpartikeln herzustellen, doch da er in finanziellen Dingen übervorsichtig war, verpaßte er die Gelegenheit, seinen kleinen Betrieb zu einem größeren Unternehmen auszubauen, wie das andere in Worcester ansässige Schweden taten, aber seine vier Patente waren so originell und so sorgfältig geschützt, daß er und seine Nachkommen mit ansehnlichen Zahlungen seitens der Lizenznehmer rechnen konnten.
Rachel genoß eine sorgfältige Erziehung in einer Privatschule in der Nähe von Worcester und dann in Wellesley, wo sie, abgesehen von der bedauerlichen Auseinandersetzung mit ihrer Zimmerkameradin, eine ununterbrochene Reihe von Erfolgen verzeichnen konnte. Die Freunde der Familie, die sie schon als Kind gekannt hatten, waren ganz sicher, daß ihr schönes blondes Haar und ihre elegante Figur Gewähr für eine gute Partie boten.
Sie wurde wiederholt zu Tanzveranstaltungen an den Universitäten Harvard und Amherst eingeladen, und 1941, im vorletzten Jahr vor ihren Abschlußprüfungen, lernte sie einen jungen Mann kennen, der sein letztes Studienjahr an der Universität Yale absolvierte. Er hieß Stuart und entstammte einer guten Familie aus der Industrie New Hampshires. Bekannte und Verwandte, vornehmlich aber ihre Eltern, nahmen an, daß Rachel nun »versorgt« sei.
Das war vor Pearl Harbor. Mitte Dezember aber, als ringsum die Welt in Stücke zu fallen schien, besuchte sie ein politisches Seminar am MIT, dem Massachusetts Institute of Technology, und lernte dort Stanley Mott, einen jungen Professor von der Georgia Tech, der technischen Hochschule des Staates Georgia, kennen. Er war so lebhaft interessiert an allem, was das Flugwesen der Welt bieten konnte, daß sie sich sofort zu ihm hingezogen fühlte. Am Ende einer dreitägigen Unterrichtssitzung, bei der immer wieder über Hitler und Tojo und Mussolini gesprochen worden war, wurde ihr bewußt, daß sie für aufregendere Dinge bestimmt war, als sie der junge Mr. Stuart aus einer Industriellenfamilie New Hampshires ihr bieten konnte.
Ihre Eltern waren bestürzt: »Wer ist dieser Professor Niemand?«
»Er liest an der Georgia Tech.« Genausogut hätte sie sagen können, daß er aus Alaska komme.

»Vermutlich ein ungebildeter Plantagenbesitzer«, äußerte Mrs. Lindquist. Sie gehörte zwar nur einer Seitenlinie der Bostoner Saltonstalls an, empfand aber eine brennende Verpflichtung, die Überlegenheit dieses gefeierten Namens zu schützen.
»Er ist der Sohn eines methodistischen Geistlichen in Newton.«
»Ich wußte gar nicht, daß es methodistische Geistliche in New England gibt ... in den besseren Randgemeinden, meine ich.«
»Stanley ist einer der besten in seinem Fach.«
»Wenn er so gut ist, warum hat er sich dann Georgia ausgesucht? Ich meine, wenn er wirklich zur ersten Garnitur zählt?«
»Das habe ich mich auch schon gefragt«, mußte Rachel zugeben. »Wenn er so intelligent ist, wie es den Anschein hat ... Ich meine, die Leute um ihn herum sagen alle, er wäre ein richtiges Genie in allem, was Flugtechnik angeht. Warum ist er nicht an eine richtige Universität gegangen? Nach Harvard oder ans MIT?«
Diese Frage löste solche Unruhe aus, daß Mr. Lindquist eine ganze Serie von Telefonaten an Banken, Anwälte, Lehrer und die Polizei in Newton vom Stapel ließ. Er erfuhr, daß Stanley Mott aus einer gutbeleumundeten Familie der unteren Mittelklasse kam, daß er in Newton in Naturwissenschaften brillant und bei allen nationalen Wettbewerben stets die höchste Punktzahl erreicht hatte. Er war an die Georgia Tech gegangen, weil er sich für das Ingenieurwesen als praktische Wissenschaft interessierte, und hatte in seinen Studienfächern ebenso gute Zensuren nach Hause gebracht wie Rachel in den ihren, aber Mr. Lindquist meinte: »Kein Mensch, der bei vollem Verstand ist, kann Georgia Tech und Wellesley auf eine Stufe stellen.«
»Wie ist er denn überhaupt Professor geworden?« wunderte sich Mrs. Lindquist, und ihr Gatte erklärte ihr, daß er gar kein richtiger Professor war, sondern nur Assistent. »Er besitzt nicht mehr als einen akademischen Grad, weißt du. Hat was mit Flugwesen zu tun.«
»Hat er sein Diplom vom MIT?« fragte seine Frau.
»Ich fürchte, nein. Louisiana State.«
»Er scheint wirklich erstklassige Institute gemieden zu haben.«
Die Lindquists nahmen es ungnädig auf, als ihre Tochter Professor Mott nach Worcester einladen wollte, und waren erleichtert, als er mitteilte: »Ich muß Prüfungen abnehmen und Prüfungsarbeiten durchsehen. Und das Army Air Corps will mit mir reden.«

Sie bekamen ihn erst im Mai 1942 zu Gesicht; er war voll damit beschäftigt, Kurzlehrgänge für die Army abzuhalten, und als er schließlich kam, war er zehn Pfund untergewichtig und sah ziemlich abgezehrt aus. Er machte keinen guten Eindruck. Er war jämmerlich nervös. »Das Air Corps ist hinter mir her.«
»Wollen die, daß Sie Pilot werden?« fragte Mr. Lindquist.
»Nein. Ich weiß wirklich nicht, was sie von mir wollen.«
»Wäre Ihnen das Air Corps lieber als die Navy?« Aus Höflichkeit gegenüber seiner Tochter fühlte sich Mr. Lindquist verpflichtet, das Gespräch in Fluß zu halten, obwohl er nur wenige Antworten verstand. Dieser Mott war ein ziemlich langweiliger Patron und ganz anders als der junge Stuart aus Yale, aber wenigstens konnte er in zusammenhängenden Sätzen reden, und das war mehr als einige von Rachels früheren Verehrern zustande gebracht hatten.
»Sie sind doch gewiß stolz, daß das Air Corps Sie haben möchte«, sagte Mr. Lindquist.
»Das bedeutet nicht viel, Sir. Es gibt so wenige, die im Flugzeugmaschinenbau ausgebildet sind.«
Rachel fühlte sich offensichtlich zu ihm hingezogen, und als sie darauf bestand, die lange Zugfahrt nach Atlanta in Kauf zu nehmen, um seine Promotionen an der Georgia Tech zu sehen, wurden sich ihre tief getroffenen Eltern der Tatsache bewußt, daß sie die Absicht hatte, ihn zu heiraten.
»Bring ihn wenigstens nach Worcester zurück, wenn es soweit ist. Hier werden wir für eine standesgemäße Hochzeit sorgen«, meinte Mrs. Lindquist.
»Wir verlangen doch nichts Unvernünftiges«, fügte Mr. Lindquist hinzu. »Seine Leute würden es auch so haben wollen.«
»Er hat keine Leute«, sagte Rachel. »Nur seine Mutter.«
»Hat sein Vater sie verlassen?«
»Sie ist Witwe.«
Dem Druck nachgebend, erklärte sich das junge Paar schließlich mit einer formalen Hochzeit in Worcester einverstanden, aber es war eine jener trübseligen Angelegenheiten, wie sie in Kriegszeiten an der Tagesordnung waren. Aus Boston kam Mrs. Mott, der offensichtlich in ihrer Haut nicht wohl war. Zwei echte Saltonstalls und ein großer Teil des schwedischen Establishments kamen zum Empfang, aber die

heiteren, geistreichen jungen Männer und Frauen, die üblicherweise einer solchen Hochzeit Glanz verliehen haben würden, fehlten: Die jungen Männer befanden sich in Ausbildungslagern, die Frauen waren überall unterwegs, um sie im Auge zu behalten. Und kaum waren die Motts verheiratet, mußte sich Stanley auf dem Wright Field in Ohio zum Dienst melden – zum Dienst in der Air Force, wenn auch mit dem Status eines Zivilisten.

Den Gepflogenheiten des Militärs entsprechend, wurde ihm keine Aufgabe übertragen, die das Flugwesen betroffen hätte; er wurde einer Studiengruppe von Spezialisten zugeteilt, die versuchen sollten zu ergründen, woran die deutschen Wissenschaftler in Peenemünde arbeiteten. Seine Tätigkeit wurde als streng geheim eingestuft, und das hieß, daß er seiner Frau nichts erzählen durfte.

Rachel zeigte Verständnis. Es war Stanleys Brillanz gewesen, die sie für ihn eingenommen hatte, und je länger sie an seiner Seite lebte, desto mehr schätzte sie seine geistigen Qualitäten. Was er ihr erzählen durfte, verstand sie, und nicht selten war sein Stillschweigen für sie instruktiver als lange Erklärungen.

Sie hatte noch ein Jahr bis zu ihrem Diplom in Wellesley und fühlte sich gestärkt, als er ihr riet, ihr Studium bis zum Abschluß fortzusetzen, wie hart es sie auch ankommen würde. Nach ihrer Graduierung ging sie nach Dayton, wo sie eine Stelle in einem Kindergarten annahm; die Mütter der Kinder arbeiteten auf dem Flugzeugstützpunkt. Als die ältere Frau, die den überbelegten Kindergarten leitete, eines Tages völlig überarbeitet zusammenbrach, übernahm Rachel ihre Stelle, und selbst als sie Stanley in Kenntnis setzte, daß sie schwanger war, kamen beide zu dem Schluß, daß sie den Kindergarten auch weiterhin betreuen sollte.

Jetzt zeigte sie ihre Treue zu dem Prinzip, das sie schon am College hochgehalten hatte. Man kann die Qualitäten einer Frau daran ermessen, wie sie es versteht, mit dem Raum umzugehen. In ihren Motelzimmern hatte alles seinen festen Platz, und sie rangierte unerbittlich jeden Gegenstand aus, der nicht unbedingt nötig war; infolgedessen herrschte konstruktive Ordnung im Leben der Motts, während die meisten anderen jungen Paare, von denen viele Absolventen von Universitäten wie Vassar und Harvard waren, in chaotischen Zuständen lebten.

Ihre persönliche Erscheinung war den gleichen Regeln unterworfen. Sie hatte dichtes blondes Haar, das sie zurückgekämmt in strengem griechischen Stil trug. Sie freute sich über die Wirkung, die sie damit erzielte, denn die Frisur war ein hübscher Rahmen für ihre sanfte schwedische Schönheit und paßte gut zu den einfachen Kleidern, die sie bevorzugte. Sie besaß vier konservative, in hellen Farben gehaltene Kleider und vier Blusen ohne Krausen oder Rüschen.

Sie hielt es für anstößig, ohne Kunst zu leben; am College hatte sie einen teuren Plattenspieler gehabt, aber keine Stöße einzelner Pop-Singles wie die anderen Mädchen. Sie hatte es Stanley erklärt: »Ich war immer der Meinung, daß acht oder zehn wirklich gute Alben genügen.« Sie verabscheute alles, was nach Beethoven kam und akzeptierte auch von ihm gerade noch seine Siebente und die Rasumowsky-Quartette. »Beethoven hat etwas stark Vulgäres.« Sie besaß ein herrliches Klavierkonzert von Mozart und eines seiner heiteren Violinkonzerte. Sie liebte Bach und Vivaldi und vertrat die Ansicht, Komponisten wie Schubert, Schumann oder Strawinsky seien leidenschaftliche Exhibitionisten gewesen. Wenn sie ein Musikstück fand, das ihr gefiel, spielte sie es ununterbrochen, aber es klang immer wie ein Brandenburger Konzert.

Als sie noch jung verheiratet waren und Stanley keinen Unterschied in ihren Platten erkennen konnte, erzählte er ihr einmal: »Einer meiner Kollegen hat eine wunderbare Aufnahme von Ravels *Bolero*.«

»O mein Gott!« stöhnte sie.

Auch in der bildenden Kunst galt für sie das Motto: Weniger ist mehr. Stanley, der mehrere gute kulturhistorische Kurse an der Georgia Tech besucht hatte, wollte einen Teil seines ersten Gehaltsschecks für ein gelungenes Farbfoto von Michelangelos Cumäischer Sibylle anlegen. »Der Professor hat uns erklärt, wie gut sie sich in die Architektur der Sixtinischen Kapelle einfügt.«

Rachel warf einen Blick auf das häßliche Bild, ein scheußliches Ding in falschen Farben, perspektivisch verkürzt wiedergegeben, und verweigerte ihm ihre Zustimmung, es in ihrer räumlich beschränkten Unterkunft an die Wand zu hängen. »Die Kunst muß den Raum beherrschen. Sie muß dir jeden Tag etwas Neues zu sagen haben.« Zwei Wochen lang durchstöberte sie Galerien in und um Dayton, fand aber nichts, was sie zufriedengestellt hätte.

»Woran liegt das?« erkundigte sich Stanley.
»Es ist alles *Mönche beim Fischen*.«
Das verstand er nicht, wollte es aber verstehen, und, so sehr ihn auch seine verantwortungsvolle Arbeit in Anspruch nahm, bat er sie doch, sie bei ihrem nächsten Rundgang durch die Galerien begleiten zu dürfen, und bei dieser Gelegenheit erklärte sie ihm auch, was es mit *Mönche beim Fischen* auf sich hatte.
»Ist dir schon einmal aufgefallen, daß in wirklich schlechten Romanen, wenn der Autor einen Künstler auftreten läßt, dieser Künstler immer ein Architekt ist? Was denkst du, warum das so ist? Weil ein Dichter für den Durchschnittsleser unerträglich wäre. Ein Schriftsteller ist für die Leute ein Mann, der zu Hause herumsitzt und nichts tut. Ein Maler macht überall Schmutz. Aber ein Architekt trägt einen eleganten Anzug. Er zeichnet Pläne in einem sauberen Büro, und wenn er auf die Baustelle geht, trägt er Tweed und raucht eine Pfeife. Und das schönste ist, man sieht auch gleich das fertige Produkt. Es ist ein hübsches Produkt. Man kann sich Büros drin vorstellen und Elektrizitätsgesellschaften. Architekten sind die Rettung des Mittelstandes.«
»Und was, in aller Welt, hat das alles mit *Mönche beim Fischen* zu tun?«
»Weil es bei der Malerei genau das gleiche ist. Du möchtest eine billige Kopie von Michelangelo, weil du weißt, das Original befindet sich in der Sixtinischen Kapelle, und dadurch wird die Sache vertretbar. Na ja, und die reichen Amerikaner und Europäer, die in der ganzen Welt herumreisen und ein Kunstwerk kaufen wollen, kaufen eben immer *Mönche beim Fischen*.«
Sie führte ihn in einen Laden, der auf solche Kunstwerke spezialisiert war, und zeigte ihm dort etwa fünfzehn große, teure, farbenreiche Kopien von Gemälden unbekannter französischer und italienischer kommerzieller Künstler. Auf einem saßen einige Mönche in prächtigen Gewändern um einen langen Tisch und dösten despektierlich, während ein Kardinal in scharlachroter Robe eine nicht endenwollende Geschichte vorlas. Das Bild trug den Titel: Eine langweilige Geschichte. Auf dem nächsten sahen die Mönche bewundernd zu, wie dieser Kardinal einen kräftigen Zug aus einem wunderschönen Pokal tat. Es hieß: Der Toast. Das dritte, vierte und hinauf bis zum dreizehn-

ten zeigte die gleichen Mönche am gleichen Tisch, die auf verschiedene amüsante Arten auf den Kardinal beziehungsweise auf zwei Kardinäle reagierten.
Es war Meisterstück Nummer vierzehn, auf das Stanley Mott gewartet hatte. Es zeigte Mönche an einem Fluß; zwei tranken aus einer Flasche, die sie von Hand zu Hand gehen ließen, einer machte ein Nikkerchen unter einem Baum, während der Schwimmer an seiner Angelschnur erkennen ließ, daß er, ohne es zu wissen, einen Fisch gefangen hatte; der vierte fischte erfolglos. Das Bild hieß *Mönche beim Fischen*. Nummer fünfzehn trug denselben Titel, nur daß einer der Mönche bei dem Versuch, einen besonders großen Fisch an Land zu ziehen, ins Wasser gefallen war.
»Kaufe nie *Mönche beim Fischen*, Stanley!« In einem anderen Laden zeigte sie ihm das einzige Bild, das Gnade vor ihren Augen gefunden hatte. Es war ein Piet Mondrian, klar und kühl und wunderschön proportioniert, mit geometrisch komponierten wirkungsvollen Farbfeldern.
Als er es sah, wurde ihm klar, daß er ein Porträt seiner Frau vor sich hatte. Die Einfachheit paßte zu ihrer ganzen Erscheinung. Die wenigen schwarzen Linien entsprachen ihrer spartanischen Einstellung gegenüber jeder Art von Dekoration. Die Tönungen der Farbfelder bezogen sich auf ihr blondes Haar, ihren makellosen Teint, die gedämpften Farben ihrer Kostüme. Der Mondrian war Vivaldi in visuelle Bildersprache übertragen.
Ihm war es zu schmucklos. »Ich hatte an etwas wie van Goghs ›Sonnenblumen‹ gedacht ... oder vielleicht ...«
»Sag es nicht«, unterbrach sie ihn. »Du wolltest einen Orozco.«
»Ist das der Mexikaner? Ja, einer der Professoren an der Georgia Tech hatte eine wunderbare Kopie von weiblichen Banditen während der mexikanischen Revolution.«
»Ich kann mir vorstellen, daß Orozco in Georgia groß ankommt«, sagte sie, aber kaum waren die Worte ihren Lippen entflohen, entschuldigte sie sich. »Das habe ich nicht so gemeint, Stanley.«
Sie stöberte in den Bildern herum, bis sie eine Kopie des van Gogh und eine besonders grelle der Räuberbräute Orozcos fand. »Siehst du das nicht, Stanley? Sie sind unsagbar banal. Wenn wir sie nur eine Woche an der Wand hängen hätten, würden wir ihrer müde sein.«

»Ich habe diese Frauen ein ganzes Semester lang angesehen. Sie hingen über dem Kopf des Professors, und sie gefallen mir immer noch.«
»Später einmal werden sie dir nicht mehr gefallen«, sagte sie, und da sie das Bild von ihrem eigenen Geld bezahlen wollte, ermunterte er sie, den Mondrian zu kaufen. Er paßte ausgezeichnet in ihre beengte Unterkunft, und wenn die Brandenburger Konzerte durch den Raum marschierten, schien das Bild für diese Umgebung, für diese zwei Menschen und für diese Musik bestimmt zu sein.
Rachel ließ nur einen Aspekt ihres Lebens von dieser Norm abweichen: In ihrem Schlafzimmer, wo außer ihrem Mann niemand sie sehen konnte, bewahrte sie eine Sammlung von sieben wunderhübschen, etwa neun Zoll großen geschnitzten Holzfiguren auf. Eine Gruppe bestand aus zwei verwandten Figuren: eine Mutter, die ihre Tochter kämmte; und eine aus drei: ein älteres Paar, das tanzte, während ein griesgrämig blickender dürrer Mann die Ziehharmonika spielte; dazu zwei Einzelfiguren: ein mähender Bauer mit einer Sense und eine Frau, die zum Himmel aufblickte.
Die Figuren waren offensichtlich echte Volkskunst, aber wo sie herkamen, das konnte Stanley nicht enträtseln. Für ihn besaßen sie die sentimentale Eigenart von Orozcos *bandoleras;* dem Geist nach waren sie sogar mit ihnen identisch. Und doch liebt Rachel sie, und schließlich verriet sie ihm auch, was sie darstellten. Auf dem Bett sitzend, den Kopf verführerisch zur Seite gelegt, so daß ihr Haar frei schwang, begann sie: »Als ich dreizehn Jahre alt war, fuhren meine Eltern mit mir nach Schweden. Mutter gefiel es dort nicht, es war alles so anders als in Boston, aber Vater war tief ergriffen, als er das öde, reizlose Dorf sah, dem er entstammte.« Es war Döderhult in der südöstlichen Provinz Småland, und nach einem kurzen Aufenthalt wollte Mrs. Lindquist schnellstens in die Zivilisation Stockholms oder noch besser Londons zurückkehren, aber ihr Mann hatte darauf bestanden zu bleiben, und schon am zweiten Tag entdeckte Rachel das Wunder dieser kleinen Ortschaft:

> Ich schlenderte ziellos eine Straße hinunter, die zur Ostsee führte, als ich in einem Schaufenster diese kleinen Figürchen sah, und mir war sofort klar, daß es Gegenstücke der griechischen Tanagra-Statuetten waren. Eine begeisterte Lehrerin hatte uns

in der fünften Klasse davon erzählt. Ich ging gleich in den Laden und suchte mir diese sieben aus. Ich hatte nicht genug Geld bei mir, und der Ladenbesitzer sagte, er würde sie mir aufheben, bis ich meine Eltern dazu überredet hätte, mir einen Vorschuß auf mein Taschengeld zu geben. Mutter war wütend, nannte die Figürchen wertlosen Kram, aber Vater fing an zu weinen, als er sie sah. Später gestand er mir, daß die Frau, die zum Himmel aufblickte, seine Mutter war. »Sie hat genauso ausgesehen«, sagte er. Und da sind sie jetzt.

Der Künstler, erfuhr Stanley, war ein ungebildeter schwedischer Bauer namens Axel Petersson, ein autodidaktes Genie, der das Holz singen machen konnte, und mit der Zeit empfand Mott noch mehr Zuneigung und Verständnis für die hölzernen Figürchen als seine Frau.
»Sie machen dich menschlich, Rachel. Sie sagen mir, daß du selbst ein schwedisches Bauernmädchen bist ... das nur versucht, die geistig Differenzierte zu spielen.«
In ihren intellektuellen Bestrebungen war sie alles andere als bäurisch. Wenn sie sonntags ein wenig Freizeit hatte, kam sie mit dem Vorschlag, laut eines der Theaterstücke zu lesen, die in diesen Jahren aufgeführt wurden. Unter einem Baum sitzend, las sie ihm einmal den ganzen *Mord in der Kathedrale* vor; im Verlauf ihres zweiten Studienjahres war sie in Canterbury gewesen und dadurch in der Lage, ihm ein Bild des Schauplatzes zu entwerfen. Er konnte sehen, wie die Mörder auf Becket zukamen, und noch viele Tage danach kehrten seine Gedanken immer wieder ins mittelalterliche England zurück.
Die packendste Lesung war eine, die Rachel vorgeschlagen hatte. »Es ist ein sehr langes Stück, Stanley, aber ich glaube, es wird uns guttun.«
Seltsames Zwischenspiel hieß es, und es beschäftigte sie fast einen ganzen Nachmittag. Als Stanley seine Monologe las, machte es ihm richtig Spaß, für das Beiseitegesprochene seine Stimme zu verändern und mitten in einer ungewöhnlich ausdrucksvollen Passage küßte Rachel ihn leidenschaftlich. »Du bist wirklich sehr gut, Stanley. Du hättest auch an einer Hochschule wie Yale großen Erfolg gehabt.«
»Mir ging es an der Georgia Tech recht gut«, verteidigte er sich. »Wir wußten schon, wer Eugene O'Neill war.«

»Ich habe es nicht so gemeint, wirklich nicht.«
»Was hast du gestern gemeint, als du sagtest, das Stück würde uns guttun?«
Sie strich ihr Kleid glatt und räusperte sich. »Weil wir in den letzten Monaten in Monologen gesprochen haben, so wie die Personen in diesem Stück. Unsere Welten trieben auf gefährliche Weise auseinander, Stanley.«
»Du weißt doch, daß ich über meine Arbeit nicht sprechen darf.«
»Ja, das weiß ich. Ich glaube sogar, daß du vom FBI beschattet wirst. Zumindest habe ich gute Gründe zu dieser Annahme. Und das ist auch in Ordnung. Aber wir dürfen nicht werden wie die Personen in diesem Stück, die niemals sagen, was sie wirklich denken.«
»Was soll ich denn sagen – was mir zu sagen erlaubt ist?«
»Wir könnten über Europa sprechen. Wie, glaubst du, geht es dort weiter?«
»Ich kann mir nicht vorstellen, daß Hitler auf die Dauer ganz Europa in der Hand behält. Das verstieße gegen alle Logik.«
»Und wenn Hitler am Ende ist, wird Stalin die Kontrolle übernehmen?«
»Man kann sich nicht mit zwei Problemen gleichzeitig beschäftigen.«
»Aber wenn dein Gegner weit in die Zukunft sieht, könnte er unter Umständen zwei oder vielleicht drei Probleme gleichzeitig lösen.«
»Mir macht manchmal schon das eine gehöriges Kopfzerbrechen.«
»Ist deine Arbeit so schwer?« Aber noch bevor er antworten konnte, sagte sie leichthin: »Streiche diese Frage aus deinem Gedächtnis, Stanley. Was ich wirklich wissen wollte, ist dies: Wie wird unser Leben nach dem Krieg aussehen! Aber auch das meine ich gar nicht. Ich möchte nur wissen: Wie lange, glaubst du, wird der Krieg dauern?«
»Noch vier Jahre.«
Sie stieß einen kleinen Schrei aus. »Bis 1947? O Gott, können wir es so lange aushalten?«
»Wir werden es wohl müssen«, antwortete er und las seinen Monolog weiter.
Einige Tage später teilte er ihr mit, daß er Wright Field verlassen und nach London übersiedeln würde. »Nein, du kannst nicht mitkommen. Völlig unmöglich.«

»Was denkst du, soll ich tun, Stanley? Bis das Baby kommt ... Nein, ich meine, wenn das Baby da ist?«
Er dachte lange nach; dann küßte er sie zärtlich. »Weißt du, das beste, was wir seit Jahren getan haben, war, *Seltsames Zwischenspiel* zu lesen. O'Neill hat das Stück für uns geschrieben. Und um deine Frage zu beantworten: Ich habe keine Ahnung. Ich weiß nicht, wie lange ich fortbleiben werde. Es ist ein äußerst wichtiger Auftrag, und es kann Jahre in Anspruch nehmen. Ich weiß es einfach nicht, Liebling.«
Als sie am nächsten Morgen einen seiner Anzüge in die Reinigung tragen wollte, fand sie in einer Jackentasche die Fotografie eines kleinen Mannes, der, nach dem Schnitt seiner Kleidung zu urteilen, ein Deutscher war. Das einzig Bemerkenswerte an ihm war ein Schnurrbart, der kraftlos über seiner Oberlippe stand, und er hatte eine Mütze auf, wie englische Fabrikarbeiter sie oft trugen. Rachel nahm an, daß ihr Mann nach Europa reiste, um diesen Mann zu suchen.
Sie überlegte lange, was sie mit dem Foto anfangen sollte, und sie hatte das Gefühl, daß sie es nicht hätte sehen sollen. Möglicherweise hatte sie sich sogar strafbar gemacht, und so war es wohl das beste, das Bild wieder in die Tasche zu stecken und den Anzug zurück in den Schrank zu hängen. Doch ihr Ordnungssinn ließ das nicht zu, der Anzug mußte gebügelt werden, und so behielt sie das Foto während ihrer letzten zwei Tage im Motel in Dayton bei sich. Als es Zeit für ihn war, zu seiner Reise nach London aufzubrechen, küßte sie ihn leidenschaftlich; dann reichte sie ihm das Bild. »Ich hoffe, du findest ihn«, sagte sie.

Als der Oberst der Air Force im Sommer 1945 in Worcester eintraf, wo Rachel Mott für sich und ihren Sohn Millard Quartier genommen hatte, während sie in einer nahegelegenen Munitionsfabrik arbeitete, teilte er ihr mit, daß ihr Mann für seine Rolle bei der Auffindung und Rettung mehrerer bedeutender deutscher Wissenschaftler belobigt worden war. Als sie wissen wollte, um welche Art Wissenschaftler es sich handelte, antwortete ihr der Oberst wahrheitsgemäß, daß er es eigentlich nicht wußte. »Ich nehme an, daß sie etwas mit Waffen zu tun hatten, aber mit welchen, das kann ich nicht einmal raten.«
Dann fragte sie ihn, ob einer der Wissenschaftler ein kleiner Mann

mit strähnigem Schnurrbart sei, und der Oberst antwortete: »Tatsache ist, Ma'am, ich weiß gar nichts. Nur daß Ihr Mann lebt und daß die Air Force sehr zufrieden mit ihm ist.«
»Wird er bald kommen?«
»Das denke ich doch.«
Stanley kam im November 1945 in die Vereinigten Staaten zurück, erhielt aber nicht einmal einen kurzen Urlaub, um seine Frau in Massachusetts besuchen zu können. Er rief sie an, sobald das Transportschiff angelegt hatte, und sagte nur geheimnisvoll: »Es ist von größter Wichtigkeit, daß du mit Millard sofort nach Fort Bliss in El Paso, Texas, kommst. Frage dort nach einem Freund von mir namens McCawley« – er buchstabierte den Namen zweimal. »Und ich überlasse es dir, daß du uns das beste Quartier im Fort besorgst. Ich liebe dich und möchte direkt mit dir sprechen, nicht wie in *Seltsames Zwischenspiel*.«
Mehr sagte er nicht. Fort Bliss, El Paso, Texas, McCawley. Sie dachte zuerst, er hätte den Namen falsch buchstabiert, aber als sie Fort Bliss erreichte, stellte sie fest, daß der Mann wirklich so hieß. Er war ein Sergeant mit ungewöhnlichen Fähigkeiten, wenn es um die Zuteilung von Quartieren ging, und als sie sich, todmüde von der anstrengenden Fahrt, als Stanley Motts Frau vorstellte, strahlte er über das ganze Gesicht. »Ein feiner Kerl. Ich habe mit ihm in Frankreich gedient. Ein unermüdlicher Arbeiter.«
»Womit hat er sich eigentlich beschäftigt, Captain McCawley?«
»Ich wollte, ich wäre Captain. Ich bin Sergeant. Und ich war es auch drüben, wo ich ihm den Papierkram erledigt habe.«
»Um was ging es denn?«
»Damals streng geheim, heute streng geheim.«
»Wozu bin ich dann hier?«
»Weil Ihr guter Mann, Gott segne ihn, Donnerstag hier eintrifft.«
»Um wie lange zu bleiben?«
»Einige Jahre, würde ich meinen.«
Und das war alles, was sie erfahren konnte. Ihr Mann war immer noch Zivilist und immer noch mit streng geheimen Aufgaben betraut. Aber er war auf dem Weg nach Fort Bliss und würde hier noch eine lange Zeit stationiert sein. Sie seufzte und verwendete die folgenden drei Tage darauf, den Militärs, die den Komplex verwalteten, alles

das abzuluchsen, was sie brauchte, um aus ihrem Kasernenquartier ein anständiges Zuhause zu machen.

Sergeant McCawley war ihr eine große Hilfe. Er besaß den Instinkt eines Diebes und eine zynische Einstellung zum Militärdienst. »Holen Sie in der ersten Woche heraus, so viel Sie können, solange die da oben noch froh sind, Sie hier zu haben. Weil später sind Sie dann garantiert noch nur der letzte Dreck.« Da die Masse all jener, die erwartet wurden, noch nicht eingetroffen war, hatten sie und McCawley erste Wahl in bezug auf Zimmer, Möbel, Küchengeräte und Bettwäsche. Er wollte ihr ein ganzes Zimmer voll Plunder aufdrängen, von dem sie wußte, daß sie ihn nicht brauchen würde, und als er sah, wie spartanisch sie ihre Räume eingerichtet hatte, sagte er: »Mrs. Mott, ich würde Ihnen dringend raten, diesen Kram zu nehmen, auch wenn Sie ihn nicht brauchen. Denken Sie daran, daß Sie das Zeug später einmal mit Ihren Nachbarn, wer immer die sein mögen, günstig tauschen können.«

»Ich finde, das reicht«, gab sie zurück, aber er schien so verletzt zu sein, weil sie seinen Rat in den Wind schlug, daß sie ihn bat, sich als Babysitter für Millard zu betätigen, während sie nach El Paso fuhr, um ein besonderes Geschenk für ihren Mann zu kaufen.

»Schon lange her, daß er weg ist?«

Sie zählte die vielen Jahre bedrückender Einsamkeit zusammen. »Es war eine lange Zeit, Sergeant, und ich hoffe, sie kommt nie wieder.«

In McCawleys Wagen fuhr sie von einer Kunsthandlung zur anderen, bis sie einen guten Siebdruck von Orozcos Räuberbräuten gefunden hatte. Zum Glück war das Bild nüchtern gerahmt, nicht im kalifornischen Stil. Sie kaufte es für achtundzwanzig Dollar. Der Händler gab ihr noch ein Stück Draht und einen Haken, und als sie in ihre Unterkunft zurückgekehrt war, half McCawley ihr, den genau richtigen Platz über dem Diwan zu finden, wo das Bild Stanley ins Auge fallen mußte, sobald er durch die Tür kam.

»Eigentlich sieht das Zimmer recht nett aus«, gab McCawley zu, »aber ich habe eine Überraschung für Sie.« Er hatte im Keller einen Lagerspind organisiert, ein großes, mit einem Drahtgeflecht umgebenes Kabuff mit einem frischgemalten Schildchen STANLEY MOTT. Darin befand sich genügend Hausrat, um zwei Familien zu versorgen.

»Glauben Sie mir, Mrs. Mott, Sie können damit günstige Tauschgeschäfte machen.«

Wie versprochen, fuhr der lange Zug Donnerstag in den Bahnhof von El Paso ein, wo scharf bewachte Armeefahrzeuge in langen Reihen warteten, um die für Fort Bliss bestimmten Kriegsgefangenen aufzunehmen. Rachel durfte den Stationsbereich nicht betreten und sah daher die deutschen Wissenschaftler nicht aussteigen: einen Befehle brüllenden General Funkhauser, Wernher von Brauns führende Assistenten, die vorsichtig texanischen Boden betraten, einen unauffälligen Dieter Kolff unter einem riesigen amerikanischen Hut, der sein Gesicht halb verdeckte. Man hatte den Frauen nicht gestattet, ihre Männer nach Amerika zu begleiten, und da waren nun mehr als hundert Männer, verwirrt und unsicher, die in ein Fort eingeliefert werden sollten, von dem sie nichts begriffen, um Pflichten zu übernehmen, die man ihnen nicht erklärt hatte.

In Fort Bliss sprangen die Deutschen von den Armeelastwagen wieder herunter, und nun konnte Rachel zum ersten Mal Stanleys Beute sehen. Die Fotografie hatte sich ihr so eingeprägt, daß sie Dieter Kolff sofort erkannte, als er vom Wagen heruntersteig. Gott sei Dank, dachte sie. Stanley hat ihn gefunden. Sie hatte keine Ahnung, warum Kolff so fieberhaft gesucht worden war. Als Tochter eines verantwortungsbewußten Schweden und einer Saltonstall aus Boston begriff sie rein intuitiv, daß sich ein Mensch wohl fühlte, wenn er eine ihm übertragene Aufgabe erfüllt hatte.

»Stanley!« rief sie, und von einem der letzten Lkws kletterte ihr Mann herunter, der sich überhaupt nicht verändert hatte. Er war nicht dicker und nicht dünner geworden und hatte weder einen Schnurrbart noch Narben. Als er sie sah, schritt er auf sie zu, setzte sich dann plötzlich in Lauf und umarmte sie stürmisch. Sie hielt die Tränen zurück, aber nach ihrem vierten oder fünften Kuß deutete sie dann auf Dieter Kolff, der auf sein neues Quartier zuging. »Wie ich sehe, hast du ihn gefunden.«

»Dazu habe ich zwei Jahre gebraucht.«

»War es der Mühe wert?«

»Wir waren alle so auf Peenemünde fixiert, aber ...«

»Was ist Peenemünde?«

»Das erkläre ich dir, wenn wir daheim sind. Wo ist unser Heim?«

Als sie ihn zu der Woh... und die Tür aufschloß, war das erste, was er sah, Sergeant McCawley mit Millard. Er rief, und der zweijährige Junge lief auf ihn zu. McCawley hatte den Kleinen gelehrt »Daddy« zu sagen, aber noch während Stanley ihn in seine Arme nahm, sah er über der Schulter seines Sohnes den Orozco, das Bild, das er an der Georgia Tech so bewundert hatte. Er setzte Millard auf einen Stuhl, ging zur Wand, nahm das Bild ab und reichte es seiner Frau. »Ich war verwirrt«, gestand er. »Ich habe die ganze Zeit immer nur an unsere kleine Wohnung mit dem Mondrian gedacht ... Die Ordnung ... die Klarheit. Ich bin über den Orozco hinausgewachsen. Wir wollen ihn gegen etwas Einfaches und Klares eintauschen.«

Doch als er seinen Kleidersack ins Schlafzimmer trug, sah er Axel Peterssons kleine Holzfiguren. Sein Blick fiel auf den älteren Mann, der mit seiner Frau tanzte, und das Paar war so wahrhaftig, so durchdrungen von jener Menschlichkeit, die Leben aneinanderkettet, daß er es in die Hand nahm und lachend damit im Zimmer herumtanzte. »Darauf haben wir alle gewartet!« rief er, packte seine Frau und ließ sich mit ihr aufs Bett fallen.

Stunden später, nachdem sie geschlafen hatten und unter die Brause gegangen waren, fuhr McCawley sie zu der Kunsthandlung, wo Stanley selbst den grellfarbenen Orozco gegen einen schönen Mondrian eintauschte, ein vertikales Rechteck mit schwarzen Linien, die wohlproportionierte blaue, rote und gelbe Farbfelder einfaßte, und als er das Bild in seinem neuen Wohnzimmer aufgehängt hatte, küßte er seine Frau und sagte: »Sehr vernünftig, Rachel. Hier, wo wir uns der Welt zeigen, kühle Klarheit. Im Schlafzimmer, wo wir unser wahres Leben führen, die tanzenden Statuetten.« Und so sollte es auch bleiben.

Eine Woche später sagte Rachel Mott zu ihrem Mann: »Ich habe mich in diese verrückten Deutschen verliebt. Ich kann gar nicht glauben, daß sie etwas mit Hitler zu tun hatten.«

Die Art, wie die Wissenschaftler sich ihr neues Leben einrichteten, forderte ihr Bewunderung ab. Jeder einzelne sorgte für Ordnung und Sauberkeit in dem ihm zugeteilten Bereich. Auch fiel ihr auf, daß jeder sich einen eigenen Arbeitsplatz schaffte, wo er seine Papiere ausbreiten oder mit seinen Werkzeugen hantieren konnte.

General Funkhauser belustigte und beeindruckte sie gleichermaßen, denn er war offensichtlich ein Schaumschläger, wenn auch einer, der fest entschlossen war, seine neuen amerikanischen Herren zufriedenzustellen. Er vervollkommnete sein Englisch und erzählte ihr mehr von Peenemünde, als ihr Mann ihr zu erzählen für angebracht gehalten hatte. General Funkhauser schien mehr über die A-4 zu wissen als selbst von Braun, und er schilderte ihr mehr als einmal, wie er unter nicht geringer persönlicher Gefahr die Papiere in Sicherheit gebracht hatte, in welchen die Ergebnisse der streng geheimen, in Peenemünde betriebenen Forschungen zusammengefaßt waren. Sie belächelte die großen Reden, die er führte, und lauschte auch weiterhin seinen wortreichen Schmeicheleien.

Von General Funkhauser, der jetzt dreißig Pfund weniger wog als in Peenemünde, erfuhr sie, daß Deutschland gesiegt haben könnte – wenn der Krieg ein paar Monate länger gedauert oder aber wenn man Funkhauser die Leitung des Raketenprogramms ein paar Monate früher übertragen hätte. Einmal fragte sie ihn, ob Raketen tatsächlich einen Menschen zum Mond würden tragen können, und der Mann, der einst von Braun und Kolff zum Tod verurteilt hatte, weil sie solche Gedanken geäußert hatten, erwies sich nun als glühender Befürworter der Raumfahrt: »Ich habe immer schon gesagt, daß wir mit Raketen überall werden hinfliegen können – zum Mond, zum Mars, zur Venus, ja sogar zur Sonne.«

Als die vierte Woche zu Ende ging, begann Rachel zu ahnen, daß General Funkhauser ihr nicht ganz uneigennützig den Hof machte, denn nach einem besonders ausführlichen Gespräch kam er beiläufig auf jenen Lagerraum zu sprechen, wo sich mehrere Einrichtungsgegenstände befanden, die er gut brauchen könnte, und allmählich gelangten die überschüssigen Möbel in Funkhausers Quartier, bis er mitten im Herzen von Fort Bliss eine Art preußisches Schloß im Stil des achtzehnten Jahrhunderts bewohnte. Am Ende einer Zusammenkunft meinte General Funkhauser: »Die Männer bewundern Ihr schönes Haar, Mrs. Mott. Es ist so blond und so deutsch.«

»Schwedisch«, korrigierte sie ihn.

»Die Schweden sind vornehmlich Germanen«, erwiderte er. »Durch und durch nordisch.« Als sie keinen Kommentar abgab, fügte er hinzu: »Aber Sie würden noch hübscher aussehen, wenn Sie sich ent-

schließen könnten Ihr Haar in Zöpfen zu tragen. So wie meine Schwester.«
»Wo ist Ihre Schwester jetzt?«
»Sie ist bei einem amerikanischen Luftangriff ums Leben gekommen.«
Als er sah, wie sie zusammenzuckte, meinte er: »Die Männer sprechen über Ihr Haar, Mrs. Mott. Sie finden alle, es würde besser aussehen, wenn Sie es flechten würden.«
Der Gedanke, ihre griechische Frisur gegen Zöpfe einzutauschen, belustigte Rachel, und sie brach in Gelächter aus, aber General Funkhauser blieb ernst. »Sie werden sehen.«
Dann änderte er seine Haltung abrupt und verwandelte sich in einen herzensguten Bauern aus dem Rheinland. »Die Männer sagen, daß Sie sehr schön sind, Mrs. Mott. Sie erinnern sie an ihre Frauen.« Und bevor sie sich noch dazu äußern konnte, fügte er hinzu: »Dieser kleine Ausziehtisch, ich könnte ihn gut für meine Papiere brauchen, Mrs. Mott. Glauben Sie, es wäre möglich ...«
Sie lachte. »Ein Mann, der mir sagt, daß ich schön bin, kann jeden Tisch von mir haben.« Aber der General nahm die Zumutung, er hätte sie nur gelobt, um noch ein Möbelstück mehr zu bekommen, mit Stirnrunzeln auf.
Bei einer anderen Gelegenheit fragte sie ihn nach dem kleinen Mann, den Stanley gesucht hatte, und Funkhauser antwortete ihr mit einer Handbewegung: »Dem habe ich das Leben gerettet. Er war ein kleiner Mechaniker auf dem Raketenstützpunkt.«
»Ich möcht ihn gern kennenlernen.«
»Ihr Wunsch ist mir Befehl«, sagte Funkhauser, und als er mit Dieter Kolff zurückkam, der respektvoll hinter ihm hertrabte, sah sie einen stillen Mann Ende dreißig vor sich, der betrübt von seiner Frau erzählte, die irgendwo in Deutschland herumirrte. Er war der erste Gefangene, der von seiner Frau sprach, und er tat dies mit so viel Gefühl, daß Rachel ihren Mann fragte: »Wann wird man den Deutschen erlauben, ihre Frauen nachkommen zu lassen?« Und erst jetzt erfuhr sie, daß diese Wissenschaftler in einem gesetzlichen Niemandsland lebten.
»Sie haben keine Papiere«, erklärte Stanley.
»Wie sind sie dann ins Land gekommen?«
»Wir haben sie hereingeschmuggelt.«

»Hundertzehn Mann! Allerhand.«
»Offiziell weiß niemand, daß sie hier sind. Bei ihrer Registrierung wurde einfach vermerkt: ›Mit Wissen des Präsidenten.‹«
»Und wozu will er sie hier haben?«
»Darüber darf ich nicht sprechen.«
Also ging sie wieder zu General Funkhauser, der ihr bereitwillig einen Hinweis gab: »Haben Sie ein Auge auf den Verschiebebahnhof. Bald werden lange, schwerbeladene Züge eintreffen. Ich nehme an, Sie wissen, was sie bringen.«
»Nein, das weiß ich nicht. Mein Mann denkt militärischer als die meisten Militärs. Er will mir einfach nichts sagen.«
»Richtig. Völlig richtig. Ich habe das gleiche auch von meinen Truppen gefordert.«
»Was bringen die Züge?«
»Alles mögliche Zeug.« Mehr wollte er nicht verraten, denn er fürchtete, schon zu viel gesagt zu haben.
Rachel entwickelte einen gesunden Respekt für die Sorgfalt, die die Deutschen auf die Pflege ihrer intellektuellen Interessen verwendeten. Wie tüchtige Männer in allen Kulturkreisen zu allen Zeiten, wenn sie unter Zwang standen und es ihnen untersagt war, ihrer normalen Beschäftigung nachzugehen, organisierten auch sie sich zu einer Art Universität, in der jeder ohne die Hilfe von Büchern über das Thema referierte, von dem er am meisten verstand. In dieser Hinsicht nahm die Fort-Bliss-Universität eine besondere Stellung ein, denn die meisten Deutschen waren gründlich ausgebildete Spezialisten: die Mathematik- und Physikkurse waren brillant, und die Lehrgänge in Maschinenbau gehörten zu den besten, die weltweit geboten wurden. Um die Geisteswissenschaften war es weniger gut bestellt, obwohl zwei Professoren einen gewinnbringenden Kurs zur deutschen Geschichte einrichteten, indem sie versuchten, die Hintergründe der historischen Entwicklung von Bismarck über die Weimarer Republik bis zum Zusammenbruch des Dritten Reiches zu interpretieren.
Wer sich unter den Hörern besonders hervortat, das war Dieter Kolff, der Bauernjunge mit nur bruchstückhafter Ausbildung und den geschickten Händen, die Maschinen reparieren konnten. Er nützte die unausgefüllten Monate, um mit den ausgebildeten Männern in seiner Umgebung gleichzuziehen, und stürzte sich mit solchem Eifer auf

Mathematik und Physik, daß er zu amüsiertem Lächeln Anlaß gab.
»Da ist wieder unser Dieter mit seiner Bibel, den Trigonometrieskripten.«
Eigenartigerweise lernte er die Termini seines neugefundenen Wissens in Englisch statt in Deutsch und begann Wendungen wie *reciprocal ratio* oder *level of minimal return* in seine langen deutschen Sätze einzuflechten. Er betrachtete Geschichte, Philosophie und Literatur als nicht lebensnotwendige Wissensgebiete und vernachlässigte deren Vokabular; Kalkül, Astronomie und Physik begeisterten ihn.
Einen intellektuellen Zeitvertreib gestattete er sich. In Peenemünde hatte er gelernt, klassische Musik zu genießen, hatte sich Platten ausgeliehen, und als er erfuhr, daß Mrs. Mott eine stattliche Anzahl besaß, fragte er, ob sie ihm welche borgen könnte. »Nein«, sagte sie, »meine Platten sind mir teuer, und ich möchte nicht, daß sie auf schlechten Apparaten kaputtgehen. Aber Sie können gern zuhören kommen.« Sie richtete formlose Konzerte ein, die bei den Deutschen großen Anklang fanden. Auf diese Weise wurde Dieter mit der klassischen Musik seiner Heimat vertraut.
Die Universitätskurse hatten zur Folge, daß sich für Rachel neue Interessenkreise auftaten. Als Dieter Kolff ihr erzählte, daß ein zerbrechlicher, gut aussehender Mann namens Ernst Stuhlinger alle, die sich dafür interessierten, über die grundlegenden neuen Prinzipien aufklärte, nach denen ein Ionentriebwerk funktionierte, sagte sie: »Hier müssen ja einige der klügsten Männer der Welt versammelt sein!« Und Kolff nickte: »Das stimmt. Aber wenn ...« Er konnte seine Gedanken nicht auf englisch ausdrücken und mußte auf ihre mangelhaften Deutschkenntnisse zurückgreifen. »Was wir mehr als alles sonst bräuchten, das ist jemand, der uns Englisch beibringt.«
Sie wurde Lehrerin an dieser deutschen Universität. Den Wissenschaftlern gefiel ihre Unterrichtsmethode, und General Funkhauser machte sich erbötig, ihr zu assistieren; hin und wieder korrigierte er sie, wenn sie für ein wissenschaftliches Prinzip ein falsches Wort gebrauchte.
Bei ihrer Arbeit fing sie an, sich Sorgen über das freudlose Leben zu machen, das die meisten ihrer Schüler führten. Man schien sie nicht ihren Fähigkeiten gemäß einzusetzen; nur die zur Spitze gehörenden wurden hin und wieder auf das Versuchsgelände in White Sands ge-

bracht. Die anderen saßen in ihren Unterkünften herum, vervollkommneten ihre wissenschaftliche Ausbildung und hatten weiter nichts zu tun. Als sie einmal einen Deutschen ersuchte, einen kleinen Vortrag auf englisch zu halten, war sie sehr überrascht. »In der Nacht studieren wir die Sterne. In der Umzäunung, die uns einschließt, ist ein Loch. Durch dieses Loch schlüpfen wir, wandern in die Prärie hinaus und lassen uns den Wind um die Nase wehen. Ich bin sicher, daß die Wachen von diesem Loch wissen, aber sie wissen auch, daß wir Raum brauchen, in dem wir uns bewegen können. Ich schlüpfe jede Nacht durch das Loch, sogar wenn es regnet.«
Als sie einen zweiten ersuchte, einen Vortrag zu halten, sagte er: »Ich spreche lieber Deutsch«, und bevor sie noch einen Einwand erheben konnte, meinte er, General Funkhauser könne für ihn übersetzen. »Tag für Tag studieren wir, um unsere Raketen weiter zu verbessern, damit wir, wenn die Vereinigten Staaten ernstlich daran gehen, mit den Russen gleichzuziehen, mithelfen können. Kolff hat sich neue Maschinen für die Herstellung von Motoren ausgedacht. Berstrasser hat ein neues Treibstoffsystem entwickelt, und meine Wenigkeit ein neues System der Inertiallenkung.«
»Was ist Inertial?« fragte Rachel.
General Funkhauser begann zu erklären, aber selbst Rachel begriff, daß er nicht wußte, wovon er redete. Worauf ein sehr junger Mann aufstand und in gebrochenem Englisch sagte: »Ein neues System... wie ein Kompaß... keine Nadel... drei Gyroskope.« Für Rachel ergab auch das keinen Sinn, aber nach dem Unterricht blieb Dieter Kolff zurück und sagte: »Ich auch nicht verstehen... Inertial... besserer Kompaß... viel besser.«
»Aber was ist ein Gyroskop... drei Gyroskope?«
Er ließ seinen rechten Zeigefinger kreisen. »Gibt Stabilität.«
»Ach ja! Das haben wir im Physikunterricht gelernt.«
»Wann werden kommen unsere Frauen?«
Sie hatte etwas übrig für Männer, die sich nach ihren Frauen sehnten; auch sie hatte sich schrecklich nach ihrem Mann gesehnt. In den folgenden Tagen sah sie Dieter Kolff häufig, und einmal fragte sie ihn, warum ihr Mann ihn so eifrig gesucht hatte.
»Professor Mott... ich auch ihn suchen... sehr guter Mann. Sehr vernünftig.«

»Aber warum hat er Sie gesucht?«
Kolffs Schnurrbart zuckte. Er wußte nicht, ob er antworten sollte. Ob diese Frau vielleicht eine von der SS in das Fort eingeschleuste Agentin war, die ihn in eine Falle locken wollte? Doch dann kam er zu dem Schluß, daß sie Liesl König bemerkenswert ähnlich war, und er antwortete ihr, nicht ohne Gefahr für sich selbst: »Nicht reden mit Gemahl. Es sehr geheim. Ich arbeite an wichtiger Waffe. Nicht wichtiger Mann wie General Breutzl, aber ...«
»Ist er auch hier in Fort Bliss?«
»Tot. Ich sein Assistent. Ich alles wissen.« Er unterbrach sich. »Bitte nicht reden.«
Diese Worte genügten, um ihr zu verdeutlichen, was ihr Mann in diesen zwei Jahren zustande gebracht hatte, und als sie an diesem Abend, ihr Sohn zwischen ihnen, mit Stanley beisammensaß, empfand sie tiefe Bewunderung für alles, was er geleistet und wie er es gemacht hatte. »Ich bin sehr stolz auf dich, Stanley.«
Er langte über seinen Sohn hinweg und umarmte sie liebevoll. »Ich konnte mir gut vorstellen, was du mitgemacht hast. Ganz allein, in dieser langen Zeit.«
»Wann wird man nun die deutschen Frauen herüberkommen lassen?«
»Wir wissen noch nicht einmal, ob die Männer im Land bleiben werden.«
»Ihr solltet euch wirklich bald entscheiden. Das ist unmenschlich.«
Er lehnte sich zurück und sah sie an. »Hat Dieter Kolff mit dir gesprochen?«
»Nein, aber im Unterricht spreche ich mit ihm.«
Gelegentlich gestattete man den deutschen Wissenschaftlern, in El Paso einzukaufen, und an besonderen Tagen durften sie sogar, von amerikanischen Soldaten begleitet, über die internationale Brücke nach Ciudad Juárez hinüber. Von den jüngeren benützten einige die Gelegenheit, mexikanische Bordelle aufzusuchen, wo sie wegen ihres guten Aussehens und ihrer Großzügigkeit gern gesehen waren.
Die gesetzteren Wissenschaftler zogen es vor, Juárez mit ihrer Englischlehrerin zu besuchen, und oft führte Rachel eine Gruppe zu den Basaren und dorthin, wo es gutes Essen gab. Sie aß jetzt selbst gern Chili und Tamales und hatte eine besondere Vorliebe für die in viel

Fett gebratenen knusprigen Tacos. »Eigentlich ein mörderisches Essen, aber von Zeit zu Zeit hält es der Magen aus.«

In Fort Bliss wurde die Lage ernster. Aus Paris kam ein Geheimbericht, wonach die von den Russen in Peenemünde gefangengenommenen Wissenschaftler es den Sowjets ermöglichten, in ihrem Raketenprogramm bedeutende Fortschritte zu machen, und mit einiger Verspätung begriffen die amerikanischen Militärs, welchen Schatz sie mit von Brauns Leuten besaßen. Allmählich verbrachten die Gefangenen immer mehr von ihrer Zeit in White Sands, wo Dieter Kolff die Montage und Erprobung der A-4s überwachte, die Professor Mott in verschiedenen Lagern in Deutschland aufgestöbert hatte.

Viel Zeit wurde darauf verwendet, die Motoren und das Lenkungssystem weiterzuentwickeln, und Freiherr von Braun verließ häufig das Fort, um mit amerikanischen Militärs in Los Angeles oder Washington die verschiedenen Möglichkeiten durchzusprechen. Der formlose Universitätsbetrieb ließ spürbar nach, ausgenommen Mrs. Motts Englischunterricht, und selbst der war nicht mehr so gefragt, weil mittlerweile viele Wissenschaftler schon ein recht passables Amerikanisch sprachen.

Die Deutschen staunten, als ihnen mitgeteilt wurde, daß sie jetzt Autos kaufen und uneingeschränkt benützen durften. Zweiundzwanzig von den Jüngeren taten sich zusammen und erstanden einen gebrauchten Plymouth. Mit Geld, das er sich von fünf älteren Technikern lieh, erwarb General Funkhauser einen großen Buick, den er mit gutem Gewinn als Taxi einsetzte; eine Hälfte des Gewinns behielt er als Fahrer, die andere ging an die fünf Eigentümer. Er war es auch, der die Erlaubnis erhielt, sechs Deutsche und einen Amerikaner mit einem Maschinengewehr nach Kalifornien zu fahren. Als er zurückkam, erzählte er allen: »*Das* ist das Land der unbeschränkten Möglichkeiten. Sobald man uns freiläßt, und das kann jeden Tag passieren, müssen wir alle nach Kalifornien!«

Immer noch wußte man nicht, wann den deutschen Frauen die Einreise gestattet werden würde, aber als weitere Maßnahme, die Wissenschaftler bei guter Laune zu halten, erhielt Stanley Mott den Auftrag, nach Deutschland zu fliegen, um zu erkunden, wie es den Frauen ging und ob sie auch regelmäßig die geringen Beträge erhielten, die ihre Männer ihnen von den Löhnungen schickten, die ihnen die Army der Vereinigten Staaten zahlte. Er fand die meisten Frauen in einer Kaserne in der Stadt Landshut, nordöstlich von München, aber als er nach Liesl König fragte, wurde ihm gesagt, daß sie nicht da wohne; überdies, ließ ihn der Kommandant wissen, gehe aus seinen Akten nicht hervor, daß Dieter Kolff je verheiratet gewesen sei.

Und dann trat für die deutschen Wissenschaftler eine dramatische Wende zum Besseren ein. Die amerikanischen Militärs sahen mit beträchtlicher Verspätung ein, daß sie diese brillanten Männer dringend brauchten, wenn die Vereinigten Staaten in der Raketentechnik mit den Russen je gleichziehen wollten, und nun wurde allen klar, daß die Deutschen noch viele Jahre in Amerika würden bleiben müssen. Wie aber sollte man sie mit den nötigen Einwanderungspapieren versehen, ohne vor der Welt und insbesondere vor den Bürgern der Vereinigten Staaten aufdecken zu müssen, daß Amerika Hitlers Wissenschaftler für sich arbeiten ließ, die sich illegal im Land aufhielten?

Für den einen Teil des Problems fand sich eine relativ einfache Lösung: Die in der Kaserne in Landshut lebenden Frauen wurden nach Boston gebracht, wo sie als gewöhnliche Emigrantinnen, mit provisorischen Papieren ausgestattet, amerikanischen Boden betraten. Nach kurzem Aufenthalt würden sie nach Fort Bliss weiterreisen.

Im Fort redete man sich mittlerweile die Köpfe heiß, um die Frage der Einwanderungspapiere zu lösen, und es war vornehmlich dem Einfallsreichtum Rachel Motts zu danken, daß man einen Weg aus der Sackgasse fand. Bei ihren wiederholten Ausflügen nach Ciudad Juárez hatte sie sich mit den Zollbeamten angefreundet und sie dazu überredet, Nachsicht walten zu lassen gegenüber den Deutschen, wenn sie mit billigem mexikanischen Plunder unter dem Arm zurückkamen. Im Zuge dieser Verhandlungen hatte sie auch den Leiter der Einwanderungsbehörde kennengelernt.

Eines Tages ging sie zu ihm und legte ihm offen das Problem dar: »Wir möchten den Status unserer Deutschen regeln. Sie sind für die Sicherheit unseres Landes von größter Bedeutung.«

»Ich habe mir auch schon den Kopf zerbrochen, wie wir die Sache anpacken sollen. Keine Frage, daß sie illegal da sind.«

»Illegal, ja. Aber mit Wissen und Billigung des Präsidenten.«

»Das hat man mir schon gesagt, und der Teufel soll mich holen, wenn ich weiß, was das heißt.«

»Es heißt, daß wir sie dringend brauchen.«
»Wozu?«
»Streng geheim.«
»Warum mischen *Sie* sich dann ein?«
»Weil kein Beamter weiß, wie er die Angelegenheit auf dem üblichen Dienstweg betreiben kann.«
»Was soll ich also tun?«
»Wir möchten, daß Sie morgen um Viertel vor zehn hier sind, aber flußaufwärts schauen. Und punkt zehn sollen Sie ebenfalls hier sein und alle Busse, die aus Mexiko kommen, genau inspizieren.«
»Und dann?«
»Dann lassen sie alle Deutschen aussteigen, einen nach dem anderen, und stellen ihnen gewöhnliche Besuchserlaubnisse aus. In drei Monaten können sie diese dann gegen Dauervisa eintauschen und nach soundsoviel Jahren dann um die Staatsbürgerschaft ansuchen.«
»Morgen?«
»Morgen.«
Und so kletterten am nächsten Morgen einhundertzehn deutsche Wissenschaftler, die offiziell noch nie in den Vereinigten Staaten gewesen waren, in Fort Bliss in drei Autobusse, überquerten um neun Uhr fünfundvierzig die internationale Brücke und fuhren nach Mexiko. In Cuidad Juárez eingetroffen, wendeten sie und trafen um punkt zehn wieder auf der Brücke ein, wo sie vom Chef der Einwanderungsbehörde angehalten wurden. Die Wissenschaftler stiegen aus und begaben sich ins Büro der Einwanderungsbehörde, wo sie feierlich erklärten, seit Monaten in Mexiko City gelebt zu haben. Sie ersuchten um eine Besuchserlaubnis für die Vereinigten Staaten, die ihnen gewährt wurde, bestiegen abermals ihre Autobusse und wurden in ihr Gefängnis gefahren, in dem sie sich jetzt völlig legal aufhielten.
Ein Wissenschaftler besah sich das gestempelte Dokument mit dem silbernen Adler und erklärte: »Eine typisch deutsche Prozedur.«
Ein paar Tage später trafen die Frauen ein, und als Rachel sie aussteigen sah, brach sie in Tränen aus, so sehr erinnerten sie ihre geduldigen, alternden Gesichter an ihr eigenes, an die Jahre der Einsamkeit und die endlosen Reisen von einem Ort zum anderen. Sie weinte noch immer, als Dieter Kolff an sie herantrat: »Meine Frau ist nicht mitgekommen. Was soll ich jetzt tun?«

Als Stanley Mott in jenem chaotischen Frühjahr 1945 auf der Suche nach den Wissenschaftlern wieder einmal in eine deutsche Stadt gekommen war und dort einen der Männer aufstöberte, nach denen er so eifrig fahndete, besaß er genaue Anweisungen, wie er mit Dieter Kolff und anderen, namentlich nicht bekannten Männern wie General Funkhauser zu verfahren hatte.

> Da mit einiger Sicherheit anzunehmen ist, daß Himmlers SS den Auftrag hat, das gesamte Peenemünde-Kader niederzumachen, um zu verhindern, daß wir in den Besitz ihrer Geheimnisse kommen, müssen alle Anstrengungen unternommen werden, um die Festgenommenen in ein sicheres Auffanglager zu bringen, das in der Nähe von München eingerichtet werden wird.

Doch dieser sorgfältig ausgearbeitete Plan enthielt keinerlei Bestimmungen in bezug auf Frauen, und schon gar nicht für solche, die keinen Nachweis für ihre Verehelichung erbringen konnten.
So blieb Liesl König-Kolff allein in Mitteldeutschland zurück, ohne Papiere, ohne Trauschein und ohne zu wissen, wo man ihren Mann hinbringen würde. Ihr einziger Trost bestand darin, daß sie den Russen entkommen war. Als Informationen über die Zustände in Ostdeutschland durchsickerten, war sie Dieter dankbar, daß seine Entschlossenheit sie wenigstens vor diesem Schicksal bewahrt hatte. Es gab Gerüchte, wonach Männer aus Peenemünde in Westdeutschland auf offener Straße gekidnappt wurden, so hoch schätzten die Russen ihr Wissen ein, und manchmal zitterte Liesl vor Angst, man könnte auch hinter ihr her sein, weil sie von der Existenz der Geheimdokumente wußte, die sich auf zukünftige Raketen bezogen.
Sie war jetzt eine von Millionen Frauen, die weder ihre Vergangenheit dokumentieren noch ihre Identität nachweisen konnten und so gut wie keine Zukunftshoffnungen hegen durften. Während ihrer Flucht erging es ihr nicht viel anders als Elinor Grant oder Rachel Mott, die auch jahrelang um ihre Männer gebangt hatten und durch das Land geirrt waren. Die Männer verfielen dem Nervenkitzel des Krieges; den Frauen blieb es überlassen, sich um Lebensmittelkarten und ihre Babies zu sorgen.
Als Liesl erfuhr, daß sich die Frauen der Wissenschaftler in der Kaser-

ne von Landshut sammelten, reiste sie quer durch Deutschland, um sich ihnen anzuschließen. Doch da keine sie als Dieters Frau kannte und sie keine Dokumente besaß, verwehrten die amerikanischen Wachen ihr den Zutritt, und so kämpfte sie sich nach Hamburg hinauf, wo der Wiederaufbau der ganzen Stadt so gut wie jedem Arbeitswilligen eine Chance bot.

Trotzdem fiel es ihr schwer, eine anständige Stellung zu finden, und sie mußte sich mit einer Arbeit in einem schmutzigen, lärmenden Nachtlokal zufriedengeben, allerdings nicht als Künstlerin oder Bardame, denn dafür war sie weder hübsch noch jung genug. Es reichte nicht einmal zur Kellnerin oder Küchenhilfe; sie mußte als Putzfrau arbeiten. Sieben Tage in der Woche kam sie morgens um neun in das Lokal und schuftete bis zehn oder elf Uhr abends. Später schob die neue deutsche Regierung solcher Ausbeutung einen Riegel vor, aber in diesen kritischen Zeiten war sie froh, überhaupt eine Arbeit zu haben, und beklagte sich nicht.

Sie wohnte zusammen mit zwei anderen Frauen, deren Männer tot waren oder sich davongemacht hatten, und weil Liesl wußte, wie man Pfennige zurücklegen und wo man billig einkaufen konnte, kamen sie durch. Auf ihre Briefe an ihre Eltern erhielt sie keine Antwort, und das machte ihr Sorgen. Aber als eine der Frauen ihr riet, nach Ostdeutschland zu fahren und nachzusehen, was auf dem Hof geschehen war, schauderte ihr.

Mehr Glück hatte sie mit ihrem Mann. Durch einen Angehörigen der amerikanischen Besatzungsmacht erfuhr sie, wo man die deutschen Wissenschaftler gefangen hielt. »Das ist das falsche Wort«, erklärte ihr ein Major aus Kalifornien. »Man hat sie alle dort untergebracht, weil sie als Team gut zusammenarbeiten.« Er gab ihr die Adresse von Fort Bliss, und sie richtete eine Flut von Briefen an ihren Mann, in welchen sie ihm ihre schreckliche Lage als *displaced person* ohne Papiere schilderte.

Sie schickte ihm fünf Briefe, bevor sie eine Antwort erhielt, und als sie endlich kam, von zwei Regierungen gestempelt und zensiert, setzte sie sich auf einen Stuhl und hielt den Umschlag ungeöffnet in ihrem Schoß, starrte ihn an und versuchte zu erraten, welchen Rettungsplan der Brief wohl enthalten möge. Sie zweifelte nicht daran, daß Dieter sich irgend etwas einfallen lassen und sich irgendwie um sie kümmern würde, und damit behielt sie recht, denn als sie das Kuvert öffnete, fand sie darin ein Schreiben voll Zuversicht und Optimismus. Es war der erste Brief, den er ihr je geschrieben hatte, und darum erkannte sie zwar seine Handschrift nicht, wohl aber die Logik seiner Gedankengänge.

> Wir haben hier ein schönes Leben. Professor Motts Frau ist eine feine liebe Dame, die mich in Englisch unterrichtet. Wie Du Dir vorstellen kannst, arbeiten wir, und obwohl wir in einem Fort leben, sind wir keine Gefangenen. Ich war schon dreimal in Mexiko drüben.
> Ich habe mit Professor Mott und seiner Frau über die Möglichkeiten gesprochen, wie Du nach Amerika reisen kannst. Tu Dein möglichstes, um herzukommen. Es ist zwar nicht das Paradies, aber bestimmt nicht Rußland.
> Es gibt drei Möglichkeiten, wie wir es schaffen können. Die erste: Fahr nach Landshut und schließe Dich dort den anderen Frauen an. Ich wundere mich, daß Du das nicht schon getan hast. Zweitens: Vielleicht gibt es eine Möglichkeit, daß Du von der Kirche in Wolgast, wo ein evangelischer Geistlicher uns getraut hat, eine Abschrift unserer Heiratsurkunde bekommst, die es Dir, wenn es soweit ist, ermöglichen wird, zu mir zu kommen. Und drittens, wenn das alles nicht klappt, komme ich so bald wie möglich selbst hinüber und hole Dich. Von Braun und Stuhlinger sagen, daß sie nach Deutschland fahren werden, um ihre Jugendlieben zu heiraten.

Sobald sie den Brief gelesen hatte, begriff sie Dieters Taktik. Sie würde die Behörden überzeugen müssen, daß sie in Wolgast geheiratet hatten und daß die Dokumente beim Einmarsch der Russen irgendwie verlorengegangen waren. In ihrem sechsten Brief spann sie diesen Gedanken geschickt weiter:

> Ich war schon zweimal in Wolgast, um zu versuchen, eine Abschrift unseres Trauscheins zu bekommen, aber als die Russen hingekommen sind, haben sie die kleine Kirche niedergerissen, und alle Kirchenbücher gingen verloren.

So korrespondierten die Kolffs viele schmerzliche Monate lang und bauten sorgfältig eine Geschichte ihrer gemeinsamen Vergangenheit auf. Dieter fühlte sich ein wenig erleichtert, als Liesl ihm schrieb, daß sie ihre Stellung in Hamburg aufgegeben hatte und in die Nähe der anderen Frauen nach Landshut gezogen war, um »mich ihnen gleich anschließen zu können, wenn es soweit ist«.

Und endlich war es soweit, aber sie durfte nicht mitkommen, denn die amerikanischen Behörden, die einige Erfahrung in solchen Fällen hatten, kamen zu dem Schluß, daß auch sie nur eine Prostituierte war, die sich mit der leicht zu durchschauenden Beteuerung, sie wäre mit jemandem verheiratet, in die Staaten hineinzumogeln versuchte. Verzweifelt mußte sie zusehen, wie die anderen Frauen sich auf die Reise machten. Sie kämpfte sich nach Westberlin durch, wo sie von Glück sagen konnte, wieder Arbeit als Putzfrau in einem Kabarett zu finden.

Dort war sie auch eines Abends, schmutzig, verschwitzt, todmüde und ohne Hoffnung, eine farblose, ein wenig rundliche dreißigjährige Deutsche, als der Inhaber des Lokals ihr mitteilte, daß ein Amerikaner sie zu sprechen wünsche. »Er wartet im Hof.« Sie wusch sich die Hände und ging hinaus. Es war Professor Mott, mit dem sie zur Zeit ihrer Errettung drei wunderbare Tage verbracht hatte.

»Man hat mich geschickt, um nachzuprüfen...« begann er in gutem Deutsch.

»Und Dieter Sie ersuchen, mich zu finden«, unterbrach sie ihn auf englisch.

»Wo haben Sie Englisch gelernt?« fragte er.

»Ich weiß, eines Tages ich gehen nach Amerika. Heute Leute sprechen Englisch überall.«

Er wollte sie gleich in sein Hotel mitnehmen, wo sie baden und etwas essen konnte, aber sie sagte, sie müsse ihre Arbeit fertigmachen. Er wartete, und als sie allein waren, sprach er rasch und offen: »Ich bin ganz sicher, daß Sie und Dieter nie verheiratet waren, und daraus ergeben sich alle möglichen Schwierigkeiten.«

»Wir haben in einer kleinen Kirche in Wolgast geheiratet, aber die Russen...«

»Lassen wir das mit den Russen. Sie sind eine Frau ohne Papiere, und der Geheimdienst riecht so was schon aus zehn Meter Entfernung.«

»Ich habe in Wolgast geheiratet«, wiederholte sie stur. »Und als die Russen...«

»Ich will Ihnen sagen, was wir tun können. Vor dem Notar der amerikanischen Militärverwaltung in Frankfurt werde ich beeiden, daß Sie sich, als ich 1945 Dieter Kolff und General Funkhauser in Empfang nahm, als Dieters Frau vorstellten und daß Sie es waren, die die Dokumente, die wir so dringend benötigten, in ihrem Besitz hatten und mir übergaben.«

»Das habe ich auch«, sagte sie. »Hat Dieter Ihnen erzählt, wie es dazu kam?«

»Er hat mir zwei Dinge erzählt, Liesl. Wie Sie die Papiere auf dem Hof versteckten und wie Sie sie Funkhauser abgeluchst haben.«

»Ist doch komisch«, sagte sie. »Funkhauser ist drüben in Sicherheit, und ich bin immer noch ein Flüchtling.«

»Und wie Funkhauser sich anstellt, wird er eines schönen Tages Generaldirektor von irgendwas sein.«

Nach Frankfurt zurückgekehrt, gab er seine Erklärung ab, und der Nachrichtendienst schickte Leute nach Berlin, um den Fall Liesl König zu klären, die behauptete, Dieter Kolffs Ehefrau zu sein. Sie brauchten knapp sechs Minuten, um festzustellen, daß sie log. Aber sie fuhren auch nach Hamburg und Landshut und stellten dort fest, daß sie eine Reihe sehr positiver Spuren hinterlassen hatte: »Gewissenhafte Arbeiterin. Lernt Englisch. Spart ihr Geld.« Ihre Zimmergenossinnen waren von der gleichen Art, von Prostitution keine Rede, einfach nur Frauen, ihrem Schicksal hilflos preisgegeben. Nicht viele Untersuchungen erbrachten so ein klares Ergebnis, und die Ermittlungsbeamten schlossen ihren Bericht mit den Worten ab: »Was ihre Verehelichung betrifft, viele Fragen. Was ihren Charakter angeht, keine.«

Der Vertreter der Militärverwaltung, der sich mit diesen Routinefällen befaßte, war ein Schwarzer, der nicht zuletzt darum dieses Amt bekleidete, weil er den Deutschen beweisen sollte, daß Amerika nichts mit Hitlers Rassenkult gemein hatte. Er war allerdings der einzige Schwarze in der Dienststelle und für seinen Job viel zu gut ausgebildet, aber er verstand sein Geschäft; jeder Deutsche, der Amerika besuchen oder nach Amerika auswandern wollte, mußte ihm Unterlagen präsentieren, die ihn restlos zufrieden stellten. Nach Durchsicht des

von den Ermittlungsbeamten vorgelegten Berichts neigte er dazu, Liesl Kolff das Visum zu verweigern. Doch als er Professor Motts Bericht über das Verhalten der Frau zur Zeit der deutschen Niederlage studierte, wurde ihm klar, daß es sich hier um einen außergewöhnlichen Fall handelte.
Er bat Mott zu sich: »Bringen Sie mir die Frau, sie verdient, daß ich sie mir näher anschaue.« Und als sie auch ihm gegenüber beteuerte, in einer kleinen Kirche ... »Ich habe Nachforschungen in Wolgast anstellen lassen«, unterbrach er sie. »Es hat diese Kirche nie gegeben. Und die Russen sind nie nach Wolgast gekommen.«
»Ich habe in einer kleinen Kirche ...«
»Fräulein König«, fiel ihr der schwarze Amerikaner ein zweites Mal ins Wort. »Sie haben den Vereinigten Staaten einen großen Dienst erwiesen, und darum stelle ich Ihnen ein Visum aus. Es wird auf Mrs. Kolff lauten. Wenn Sie nach Fort Bliss kommen, werden Sie vielleicht heiraten wollen, wie es den gesetzliche Vorschriften entspricht. Aber jedenfalls sind Sie nun berechtigt, zu Mr. Kolff nach El Paso zu reisen.«

Wie schnell sich die deutschen Frauen an die amerikanische Lebensweise gewöhnt hatten, machte Liesl staunen. Es gab eine Schule vom Kindergartenalter bis zur fünften Klasse, eine Art Krankenhaus, Garagen für das eigene Auto. Die Frauen kannten bereits alle Läden in El Paso. Sie lernten Englisch und schrieben lange Briefe an junge Mädchen in Deutschland, denn die unverheirateten Wissenschaftler trugen sich mit der Absicht, sie als Ehefrauen ins Land kommen zu lassen.
Noch mehr beeindruckt war Liesl von den Motts. Sie kümmerten sich um das ganze deutsche Kontingent, und Liesl stellte fest, daß sie nicht die einzige Flüchtlingsfrau war, der Mr. Mott den Weg in die Vereinigten Staaten geebnet hatte. Als Wernher von Braun zu Gesprächen nach Washington gerufen wurde, fuhr Mott mit, um ihn zu beraten, und auch in White Sands machte Mott den Vermittler zwischen den amerikanischen Militärs und den Deutschen. Und er war auch ein zuverlässiger Freund. Als General Funkhauser festgenommen wurde, weil er, ohne eine Konzession zu besitzen, ein Taxi betrieben hatte, war es Mott, der den Texas Rangers auseinandersetzte, daß sich der

zungenfertige General völlig legal in Amerika aufhielt und emsig seine Einbürgerung betrieb.
»Schön und gut«, sagte der Ranger, »aber er hat keine Taxikonzession.«
»Er hilft den Männern, die keine Wagen haben, aus der Verlegenheit. Und er folgt damit einer Anregung der Army.«
»Wer genau hat das angeregt?«
»Ich.«
»Gehören Sie zur Army?«
»Ich bin Verbindungsoffizier. In dieser Sache spreche ich für die Army.«
»Na gut, Professor, dann sagen Sie Ihrem breitärschigen Deutschen: Wenn die Verkehrspolizei in El Paso ihn noch einmal dabei erwischt, daß er in seinem Taxi Mexikanerinnen nach Juárez fährt, buchten sie ihn ein.«
Die Art, wie Mott solche Dinge erledigte, gewann ihm die Sympathien der deutschen Frauen, wie er mit wissenschaftlichen Problemen fertig wurde, den Respekt der Männer. Ursprünglich verstand er recht wenig von Raketen, aber dank seiner soliden Kenntnisse der Flugzeugtechnik hatte er rasch lernen können, und es dauerte nicht lange, und er war fast ebenso tüchtig wie Kolff, wenn es darum ging, Probleme zu erkennen und zu lösen.
»Ein sehr tüchtiger Mann, dieser Mott«, sagte Dieter zu seiner Frau. »Tagsüber schützt er General Funkhauser davor, von der Verkehrspolizei verhaftet zu werden, und abends verhilft er Leuten wie Stuhlinger zu Genehmigungen, Dinge zu tun, die einfach getan werden müssen.«
Eines Abends kamen Mott und seine Frau zu Besuch zu den Kolffs.
»Ich habe mit einem Geistlichen in El Paso gesprochen«, sagte Rachel, »und er hat mir versichert, daß er sich sehr freuen würde, Sie zu trauen. Ein evangelischer Geistlicher.«
Die Kolffs sahen sich an. Dann wandte Liesl sich ab, ging zu einem Schreibtisch hinüber, zog eine Lade auf und stöberte herum, bis sie gefunden hatte, was sie suchte: ihren Paß mit dem Visum. Sie reichte ihn Mrs. Mott und zeigte auf die Stelle, wo sie als Mrs. Dieter Kolff identifiziert war. »Ich habe geschworen, viele Male, daß ich verheiratet bin. Sie, Professor, das gleiche getan. Und Dieter auch geschworen.

Wenn ich jetzt anders sage, komme ich ins Gefängnis. Sie und Dieter ins Gefängnis.«
Es folgte eine lange haarspalterische Diskussion, bis Liesl zornig wurde. »Sie zuhören! Ganz gleich, was ihr alle reden. Weil ich wirklich geheiratet habe. Auf einem Feld bei Wolgast. So wie ich gesagt habe.«
Als die Motts sie erstaunt anstarrten und schon fürchteten, die Bedrängnisse der letzten Zeit hätten ihren Geist verwirrt, erwiderte sie nur zornig ihre Blicke: »Wenn die Welt fällt in Stücke, und dieser Mann« – sie zeigte auf ihren Gatten – »nicht wissen, was tun mit seinen Dokumenten, er kommen zu mir und bittet um Hilfe. Wir riskieren unser Leben. Wir gegen uns haben die ganze SS, und ich bringe Schaufel, und wir vergraben Papiere. Und ich ihn fragen: ›Willst du mich heiraten, Dieter?‹ Und er sagen: ›Nein, zu gefährlich.‹ Und ich fast sterben vor Scham, und er sagen: ›Zu gefährlich heiraten in der Kirche. Die SS steckt Nase hinein. Aber ich dich heiraten hier unter Gottes Auge.‹ Und auf freiem Feld bei Wolgast wir uns heiraten, und ich bin immer seine Frau. Ich brauchen keine Kirche in El Paso.«
Mrs. Mott, die sich nicht so leicht von einem Weg abbringen ließ, den sie für den richtigen hielt, hakte nach: »Die deutschen Frauen hier im Lager ... sie sagen, die amerikanischen Behörden in Landshut hätten Sie abgewiesen, weil sie wußten, daß Sie nie richtig verheiratet waren. Wenn Sie mir erlauben wollen, jetzt eine Hochzeit in die Wege zu leiten ...«
Liesl richtete ihre Antwort in deutscher Sprache nur an Mrs. Mott: »Jede einzelne Frau in diesem Fort, Sie und die deutschen und die amerikanischen Frauen, wir alle haben irgendwie den Krieg durchgestanden und auch die Zeit der Zerstörung, die auf den Krieg folgte. Und ich frage nicht, wie Sie in den langen Jahren gelebt haben, da Ihr Mann fort war. Ich frage die deutschen Frauen nicht, wie sie gelebt haben, bevor sie nach El Paso kamen. Was mich betrifft, ich habe in Nachtlokalen gearbeitet. Ich habe nicht gesungen und auch nicht mit den Gästen getanzt, ich habe nicht einmal in der Küche Teller gewaschen. Ich habe in den Toiletten den Boden aufgewischt. Und darum ist es mir hinten lang wie vorne gleich, was die anderen sagen. Ich habe überlebt, und das genügt mir.«
Ihre eigenen Probleme verloren an Bedeutung, als Stanley Mott den Kolffs mitteilte, daß eine Überprüfung General Funkhausers unmit-

telbar bevorstand. »Die Army und das FBI, die sind ja nicht von gestern«, sagte er. »Die wissen genau, daß von den deutschen Wissenschaftlern, die wir hierher gebracht haben, ein Teil überzeugte Nazis waren, und die werden sie ausforschen und keine Ruhe geben, bevor die nicht wieder in Deutschland sind. Übrigens wird man auch Sie beide vernehmen«, fuhr Mott fort. »Aber keine Bange. Wir stehen zu hundert Prozent hinter Ihnen.«

Seit dem ersten Tag, als die Männer aus Peenemünde amerikanischen Boden betreten hatten, war Agitation gegen sie betrieben worden. Politiker, die bei Salerno oder in der Normandie gegen die Nazis gekämpft hatten, waren kaum geneigt, ihren früheren Feinden ein herzliches Willkommen zu entbieten. Jüdische Veteranen, die Buchenwald und Auschwitz gesehen hatten, wurden von Übelkeit befallen bei dem Gedanken, daß sich die Militärmacht ihres Landes jetzt auf höhere Nazis stützte, und es hatte schon mehrfach unerfreuliche Zwischenfälle in El Paso gegeben, wenn die Deutschen in die Stadt kamen, um Einkäufe zu machen. Manche Veteranen empfanden es als besonders empörend, wenn die Frauen in den Läden deutsch sprachen, und dem FBI gingen zahlreiche anonyme Hinweise zu, wonach die Nazis in Fort Bliss Verbindung mit Kommunisten in Mexiko aufgenommen hätten.

Stanley Mott fiel die Aufgabe zu, seine Schützlinge zu verteidigen, eine Aufgabe, die er mit Bravour erfüllte. Im Abgeordnetenhaus, vor Vertretern von Lokalzeitungen und Nachrichtenmagazinen und auf zahlreichen Versammlungen der Rotarier erklärte er immer wieder, daß die Deutschen streng überprüft worden waren und daß jeder, der sich eines Verbrechens schuldig oder sich eines solchen auch nur verdächtig gemacht hatte, ausgeschlossen und nach Deutschland zurückgeschickt worden war. Was den Rest betraf, insbesondere von Brauns engeren Kreis, so versicherte er seinen Zuhörern, daß sie durch die Nationalsozialisten nicht weniger gefährdet gewesen waren als andere Deutsche.

> An dem Tag, als ich General Funkhauser, Dieter Kolff und seine Frau, zusammen mit den kostbaren Arbeitspapieren, die in unsere Hand zu legen sie sich aufgemacht hatten, in die Obhut der

Vereinigten Staaten nahm, erfuhr ich, daß in einem anderen Teil Deutschlands Heinrich Himmlers SS elf der Sabotage verdächtigte deutsche Wissenschaftler massakriert hatte. Und wir waren im Besitz überzeugender Beweise, daß Himmlers Leute den brillanten Männern, die jetzt in Fort Bliss untergebracht sind, das gleiche Schicksal zugedacht hatten. Und wenn Himmlers Männer sie auch nicht in ihre Gewalt bekommen hätten, dann wäre das ganz sicher den Russen gelungen.
Ich habe drei Jahre meines Lebens darauf verwandt, alles Nötige zu veranlassen, damit diese Männer nach Amerika kommen. Ich kenne jeden einzelnen von ihnen. Ich kenne ihre Dienstbeurteilungen. Ich weiß von jedem, was für ihn und was gegen ihn spricht. Und ich erkläre feierlich, daß wir diese Männer gebraucht haben. Daß wir sie jetzt brauchen, und daß wir sie auch in Zukunft brauchen werden. Ohne sie hätte es leicht sein können, daß wir in der Raumforschung ohne Beistand geblieben wären. Ich verbürge mich für die Männer. Ich kenne sie besser als meinen eigenen Sohn.

Erklärungen wie diese, oftmals wiederholt, waren der Anlaß, daß man Stanley Mott in Heer und Regierung den Spitznamen Professor Krautkopf gab. Er lachte, als seine Frau ihm davon erzählte, und gab zu, daß er ihn verdiente. »Im College – nein, schon auf der HighSchool – wurde ich oft ausgelacht, weil ich immer unbeirrbar auf ein bestimmtes Ziel lossteuerte. Einen Zielstreber nannten sie mich. Für manche hatte das Wort eine kritisierende Bedeutung. Aber nicht für mich.«
»Und wo liegt jetzt dein Ziel?« fragte sie.
»Da oben«, antwortete er und deutete zum Himmel hinauf.
»Du hältst das für so wichtig?«
»Es ist wichtiger, als du ahnst.«
»Hängt es nicht damit zusammen, daß man dir den Auftrag gab, diese Männer aufzuspüren?«
»Es geht viel weiter zurück.«
»Du hast doch nicht als Junge Science fiction gelesen?« fragte sie leicht amüsiert.
»Das Zeug habe ich nie gelesen, wohl aber, wie du weißt, Flugtechnik

studiert. Und wenn ich etwas studiere, neige ich dazu, daran zu glauben.«
»Du glaubst wirklich, daß das Flugwesen, die Raketen und der Weltraum von entscheidender Bedeutung für unsere Zukunft sind?«
»Noch zu unseren Lebzeiten werden wir El Paso um neun Uhr früh verlassen und ein spätes Mittagessen in Paris einnehmen können. Ich oder jemand wie ich wird auf dem Mond spazierengehen können.«
»So ein Unsinn!«
»Da ist von Braun aber anderer Meinung. So wie Stuhlinger. So wie Kolff.«
»Hör zu, Stanley, ich möchte dich etwas sehr Wichtiges fragen.« Sie setzten sich ans Fenster und blickten auf die Reihe niedriger Bauten hinaus, in welchen die Deutschen untergebracht waren, von denen sich die meisten jetzt in White Sands aufhielten, wo sie eine verbesserte Version der A-4 testeten. Von den vielen hundert Peenemünde-Raketen, die man in New Mexico montiert hatte, waren nur noch fünf geblieben; alle anderen waren nordwärts, in Richtung Carrizozo, abgeschossen worden. Wie schon über der Ostsee, waren viele vorzeitig explodiert; andere hatten glänzend funktioniert.
Rachel stellte ihre Frage: »Hältst du es für klug, die Deutschen so energisch zu verteidigen, wie du es tust? In der Öffentlichkeit, meine ich.«
»Hast du mir nicht selbst gesagt, sie wären dir ans Herz gewachsen?«
»Das stimmt. Und ich habe auch versucht, ihnen zu helfen. Aber woher willst du wissen, daß sie nicht alle gute Nazis waren? Wie kannst du ihnen so bedenkenlos Persilscheine ausstellen?«
»Einigen habe ich sie verweigert, und die sind jetzt wieder in Deutschland.«
»Und von Braun und Kolff, waren das nicht auch Nazis? Wissen wir nicht, daß Hitler Kolff persönlich eine Medaille überreicht hat?«
»Das haben wir doch alles schon zur Genüge beredet. Dieter Kolff hat halb Deutschland durchquert, nur um mir die Geheimdokumente zu bringen. Indem er uns half, einfache technische Fehler zu vermeiden, hat Kolff unserem Land meiner Schätzung nach etwa drei Milliarden Dollar erspart.«
»Ich spreche nicht von Geld. Ich spreche von dir und wie dumm du

dastehen würdest, wenn es plötzlich eine unangenehme Überraschung gäbe. Wenn sich zum Beispiel herausstellte, daß sie allesamt Naziverbrecher waren.«
Als er nun ansetzte, seinen Standpunkt zu verteidigen, schnitt sie ihm das Wort mit der einen Frage ab, die zu beantworten ihm nicht leicht fiel: »Na schön, ich konzediere dir von Braun und Kolff. Aber wie steht es mit General Funkhauser?«
»Ich dachte, du wärst gut Freund mit ihm?«
»Bin ich auch. Ich kann ihn gut leiden. Aber ich vermute auch, daß er ein Nazi und vielleicht sogar bei der SS war.«
Mott preßte seine Hände an die Schläfen, eine Geste, die er sich in Georgia angewöhnt hatte, wenn Prüfungsfragen ungewöhnlich kompliziert waren. »Ich habe das Problem Funkhauser von allen Seiten betrachtet und bin zu folgendem Schluß gekommen: Er hat gehorcht, aber nie irgendwelche Initiativen ergriffen. Und er hat sich bei der ersten Gelegenheit abgesetzt.«
Als ihm Abgeordnete wegen Funkhauser zusetzten, wiederholte er diese Erklärung, bis sie für ihn zu einer grundlegenden Beurteilung aller seiner Deutschen wurde. Auch gegenüber jüdischen Gruppen, die mit energischen Beschwerden nach Fort Bliss kamen, argumentierte er in dieser Form. Doch das FBI, das in solchen Fällen besonders vorsichtig vorging, hatte ein ziemlich belastendes Dossier zusammengetragen. »Dieses Material beweist, daß Ihr Funkhauser ein Naziverbrecher war.«
»Das tut es keineswegs«, widersprach Mott. »Sehen Sie doch nur. Er war ein einigermaßen kompetenter Verwaltungsmann, der seine Überzeugung wechselte, wann immer es ihm nötig erschien. Nach gründlicher Durchsicht Ihres Dossiers kann man nur zu den Schluß kommen, daß er sich in keiner Weise profiliert hat.«
»Wie stufen Sie ihn ein, Professor Mott?«
»Als einen Mann, dessen Mut und Entschlossenheit es uns ermöglicht hat, schriftliche Unterlagen in die Hand zu bekommen, die für die Sicherheit unseres Landes von großer Bedeutung waren. Wenn ich für ihn eintrete, so deshalb, weil ich den wertvollen Dienst, den er uns geleistet hat, zu schätzen weiß.«
»Hätten Sie etwas dagegen, wenn wir ihn nach Deutschland abschieben würden?«

»Gegen eine solche Vorgehensweise würde ich energisch Stellung beziehen. Helmut Funkhauser hat sich auf unsere Seite geschlagen – zu einer Zeit, wo das nicht ungefährlich war. Hätte man ihn erwischt, wäre er an die Wand gestellt worden.«
»Eine Ratte, die das sinkende Schiff verließ.«
»Genau richtig, meine Herren, aber vergessen Sie bitte nicht: Er hat ein tolles Stück Käse mitgebracht!«
Eines Tages erschienen zwei Generäle und eine Kommission des FBI in Fort Bliss. Wie erwartet, wurden die Kolffs um Stellungnahmen gebeten, und als die Herren zusammentraten, richtete ein junger FBI-Mann das Wort an die Kolffs: »Wir sind über den Lebenslauf Helmut Funkhausers bestens unterrichtet. Wir wissen auf den Tag genau, wann er Sie, Herr Kolff, zum Tod verurteilte und wann er mit Ihnen zu Hitler geflogen ist. Wir wissen, daß ihm die Oberaufsicht über das Raketenprogramm in Peenemünde übertragen wurde, und wir wissen von seiner Tätigkeit in Nordhausen. Es gibt nichts, was Sie uns noch dazu sagen könnten, ausgenommen ein kurzer Zeitabschnitt, über den wir nichts in Erfahrung bringen konnten.« Noch bevor der Mann seine Erklärung abschließen konnte, nahm einer der Generäle das Wort.
»Es handelt sich um die Wochen oder Monate vom Zeitpunkt Ihres Verschwindens aus Peenemünde bis zu Ihrem Zusammentreffen mit Professor Mott.« Er wartete. »Erzählen Sie uns, was in dieser Zeit geschah.«
Dieter und Liesl Kolff sahen einander an, und schließlich antwortete sie in gebrochenem Englisch. Sie war so nervös, daß einer der FBI-Männer in gutem Deutsch zu ihr sagte: »Sie können deutsch sprechen.«
Sie sah ihn an, ohne es ihm mit einem Lächeln zu danken, wie er es vielleicht erwartet hatte. Sie runzelte die Stirn, denn in diesem jungen Mann mit dem kurzgeschnittenen Haar, dem dunkelblauen Anzug und den blankgeputzten schwarzen Schuhen erblickte sie die amerikanische Version des ewigen Polizisten: der SS, die im Morgengrauen an die Tür klopfte; der Männer von der französischen Sûreté, die ihr begegnet waren, als sie in Le Havre auf ihr Schiff gewartet hatte; der Russen, vor denen sie geflohen war. Es waren in allen Ländern immer die gleichen – wichtige Leute, mit denen man besser nichts zu tun

hatte. Wenn General Funkhauser Schwierigkeiten mit diesen jungen Männern hatte, mußte sie, ungeachtet seines Vorlebens, zu ihm stehen.

Langsam und sehr bedächtig erzählte sie, wie sie die Papiere vergraben und wie sie Dieter in der kleinen Kirche in Wolgast geheiratet hatte; sie erzählte von ihrer Flucht nach dem Luftangriff und ihrem Zusammentreffen mit Funkhauser. Sie erwähnte weder das in Wittenberge über sie verhängte Todesurteil noch sprach sie von den Empfindungen, die sie bewegt hatten, als sie vor das Exekutionskommando treten mußte, aber sie pries Funkhausers Mut bei der Flucht quer durch halb Deutschland und seine Findigkeit beim Aufstöbern von Proviant und Plätzen, wo sie übernachten konnten.

»Er war sehr tapfer«, sagte sie. »Ohne ihn wären wir längst tot.«
»Wußten Sie, daß er ein Nazi war?«
»Mein Vater war ein Nazi. Er mußte es sein, sonst hätte er keine Gerste bekommen.«
»Aber war General Funkhauser nicht ein überzeugter Nazi?«
»Ich habe ihn in Peenemünde nicht gekannt. Als ich ihm das erste Mal begegnet bin, war er Stadtkommandant von Wittenberge. Dort hat er versucht, sein Bestes zu tun. Aber er gab diesen wichtigen Posten auf, um mit uns zu fliehen – um den Amerikanern die Geheimdokumente zu bringen.«
»Herr Kolff«, sagte der FBI-Mann, »Sie haben meine Fragen nicht beantwortet. Haben Sie mit Ihrer Frau abgesprochen, daß sie reden soll?«
»Sie redet immer als erste«, gab Dieter zurück. »Sie ist eine Bauerntochter.«
»Stimmt das, was sie sagt?« Der FBI-Mann blätterte in seinen Papieren. »Haben Sie wirklich in der Kirche in Wolgast geheiratet?«
»Eine Frau wird doch wohl wissen, wo sie geheiratet hat.«
»Und Funkhauser. War er ein begeisterter Nazi?«
»Ja, das war er. Ich war dabei, als Hitler ihn zum General beförderte.«
»Und Ihnen eine Auszeichnung überreichte?«
»Hitler schätzte mich aus demselben Grund, wie auch Sie es tun. Ich verstehe mich auf Raketen, das ist alles.«
»Was dachten Sie, als General Funkhauser Sie in Stettin zum Tod verurteilte?«

»Er war damals noch Oberst. Ich dachte, meine letzte Stunde hätte geschlagen.«
»Warum wurden Sie nicht exekutiert?«
»Weil Deutschland Raketen brauchte. So wie die ganze Welt heute Raketen braucht.«
»Wenn Sie ein amerikanischer Regierungsbeamter wären, würden Sie General Funkhauser gestatten, im Land zu bleiben?«
Noch bevor Dieter antworten konnte, tat seine Frau etwas Überraschendes. »Wollen entschuldigen, die Herren. Aber Sie müssen sehen, was General Funkhauser für uns getan hat.« Sie hob ihren Rock und ließ oberhalb ihres linken Knies eine tiefe, häßliche Narbe sehen. »Bei einem kleinen Gefecht wurde ich durch das linke Bein geschossen, und der General hätte sich die Papiere schnappen und ohne uns weiterfahren können. Aber er hob mich auf sein Rad und schob mich die letzten Kilometer. Professor Mott kann das bestätigen, denn er hob mich vom Rad herunter.« Einen nach dem anderen fixierte sie die FBI-Leute. »Ich würde ihm Asyl gewähren.«
In Wahrheit war es völlig gleichgültig, was die Kolffs hier zu Protokoll gaben, denn das Verfahren *The United States versus Funkhauser* wurde der kleinen Gruppe in Fort Bliss aus der Hand genommen. Bei einem seiner Ausflüge nach Kalifornien war General Funkhauser mit leitenden Beamten der in diesem Staat beheimateten Flugzeug- und Raketenindustrie zusammengetroffen. Und so stark beeindruckte er sie mit seinen Kenntnissen von Raketentechnik und -herstellung, daß sehr bald drei verschiedene Gesellschaften ihn anstellen wollten.
Kalifornische Senatoren sind mächtige Männer, und als sie ins Weiße Haus kamen und berichteten, daß einige ihrer Wähler diesen Superwissenschaftler Funkhauser einzustellen wünschten, fielen sogleich alle Schranken. Der General verließ Fort Bliss in einer privaten DC-3 und kehrte einige Jahre später in seiner eigenen Beechcraft zurück. Auf Raketen- und Raumfahrtprogramme spezialisiert, arbeitete er als *Sonderbeauftragter* für Allied Aviation.

Liesl Kolff versenkte sich in den beruhigenden Trott El Pasos, und eines Tages wurde ihr gesagt: »Sie dürfen Ihren Mann heute nach White Sands begleiten, Mrs. Kolff. Ein besonderer Anlaß.«
Aus ausreichender Entfernung konnte sie beobachten, wie die letzte

A-4 mit einer Unmenge von Registrierinstrumenten an Bord abgeschossen wurde. Sie sah, wie die Rakete in das Blau des Wüstenhimmels stieg und dann in nördlicher Richtung davonschoß. Wie anders ist diese baumlose Wüste als die grünen Wälder Peenemündes, dachte sie. Ein gutes Stück Weg haben wir zurückgelegt, Dieter und ich.

Sie gebar einen Sohn, den sie nach von Brauns jüngerem Bruder Magnus taufte, und überraschte alle in Fort Bliss durch ihr energisches und freimütiges Eintreten für Wernher von Braun, als dieser von Zeitungsleuten in Washington beschuldigt wurde, Hitlers rechte Hand gewesen zu sein. »Wir sind jetzt alle Amerikaner, sogar General Funkhauser, und ich will nichts mehr von der Vergangenheit wissen. Es gibt jetzt Wichtigeres zu tun.«

Sie und Dieter standen auch weiterhin in enger Beziehung zu den Motts; wann immer nötig, betätigte sich Liesl als Babysitter für sie und weigerte sich jedesmal, eine Vergütung anzunehmen. Sie schätzte die blonde Rachel als überaus großherzige und vernünftige Frau, und natürlich erblickten beide Kolffs in Mott ihren Retter.

Veteranen des Forts und an das Leben im texanisch-mexikanischen Südwesten völlig angepaßt, saßen die vier zusammen, als sie die Nachricht erhielten, daß die Army beschlossen hatte, großangelegte Versuchsreihen mit Raketen zu starten. Dieter und Mott waren hoch erfreut, denn sie erblickten darin einen Durchbruch auf dem Gebiet, das sie zu ihrem Lebenswerk erwählt hatten, aber die zwei Frauen konnten sich eines Unbehagens nicht erwehren, als sie erfuhren, wo sie da hinsollten.

»Alabama«, sagte der Soldat am Telefon. »Der Ort heißt Huntsville.«

»Warum gerade dorthin?« fragte Mott erstaunt.

»Weil Senator John Sparkman dort zu Hause ist«, klärte der Soldat ihn auf. »Und für die Army ist das Grund genug.«

Weitere Erkundigungen ergaben, daß im Zweiten Weltkrieg dort eine große Waffen- und Munitionsfabrik gestanden hatte. Sie hatte Redstone geheißen und der Nation gute Dienste geleistet, war aber nach Kriegsende nicht mehr gebraucht worden. Die Menschen in Huntsville, die dort beschäftigt gewesen waren, mußten sich in das große Heer der Arbeitslosen einreihen, und Senator Sparkman fiel die Aufgabe zu, etwas für sie zu tun. Und nun hatte er eine reizvolle Aufgabe für sie gefunden: Diese Bauern, Baumwollpflücker die meisten von ihnen, sollten die Maschinen bauen, die den Menschen zu den Sternen emporschleudern würden. Doch um dies zu vollbringen, bedurften sie der Hilfe und Führung von Leuten wie Dieter Kolff, die in Peenemünde ihre Erfahrungen gesammelt hatten.

»Davon habe ich geträumt«, sagte Kolff. Und wie General Funkhauser im verrottenden Deutschland, war auch er bereit, überall dort hinzugehen, wo er gebraucht wurde – und nun wurde er eben in Alabama gebraucht.

In den düsteren Tagen seiner Wahlkampagne im Jahre 1946, als Fremonts Seekriegsheld Norman Grant entdecken mußte, daß es kein Amateur leicht haben würde, dem erfahrenen alten Haudegen Ulysses Gantling eine Niederlage beizubringen, fiel ihm eine attraktive Universitätsstudentin auf, die als freiwillige Wahlhelferin in seinem Hauptquartier arbeitete und es allem Anschein nach gar nicht erwarten konnte, den alten Senator geschlagen zu sehen.

»Warum der finstere Blick?« fragte er sie, als sie gerade wieder einmal Werbebriefe in Umschläge schob, und sie erwiderte: »Ich hasse diesen Bastard!«

»Wen meinen Sie?« fragte er, und sie fauchte: »Gantling!«

»Ich habe mir nie erlaubt, in dieser Weise von ihm zu sprechen«, sagte Grant mit einem entwaffnenden Lächeln, und sie konterte: »Er hat Ihnen ja auch nicht angetan, was er mir angetan hat.«

Grant setzte sich neben das zornige Mädchen, um zu erfahren, was Senator Gantling, ein doch eher gütiger Mann, wenn auch politischer Gegner, einer hübschen Studentin im ersten Semester angetan haben könnte, und das Mädchen gab ihm die Erklärung: »Er hat es nicht mir angetan, er hat es John Pope angetan, der schleimige Kerl.«

Dem Mädchen war das Blut ins Gesicht gestiegen, und mit seiner nächsten Frage traf Grant ins Schwarze: »Und Sie hoffen diesen John Pope eines Tages zu heiraten, nicht wahr?«

»Wenn er mich haben will.«

Grant lächelte. »Er wird wollen. Wer ist der Glückliche? Und wer sind Sie?«

Das Mädchen richtete sich auf und ihre hellen Augen funkelten. »Sie wissen nicht, wer John Pope ist? Und Sie wollen Senator werden?«

Grant mußte lachen. Er war dabei, die Vorwahl zu verlieren, nicht aber seinen Humor. »Ich gebe Ihnen mein Wort, ich habe noch nie von dem jungen Mann gehört.«
»Wo waren Sie, als er alle möglichen Rekorde im Football aufgestellt hat?«
»Ach, *der* John Pope! Zu der Zeit war ich im Krieg.«
Es war ein großes Glück für den zukünftigen Senator, daß er diese Worte aussprach, denn nachdem Penny Hardesty sich vorgestellt und dem Helden alles Gute gewünscht hatte, unterbreitete sie ihm auch eine Anregung: »Wenn Sie so ein Held waren, wie die Leute erzählen, sollten Sie in Uniform in die Wahlversammlungen kommen. Das würde die Leute für Sie einnehmen.«
»Das werde ich nie machen. Der Krieg ist vorbei.«
»Und mit Ihnen wird es auch bald vorbei sein, wenn Sie sich nicht bald was einfallen lassen.« Sie hielt eine dramatische Wende in seiner erlahmenden Kampagne für so unabdingbar, daß sie sich dem cleveren jungen Iren anvertraute, der den Wahlkampf zu leiten schien. »Finnerty«, sagte sie, »diese Kampagne pfeift aus dem letzten Loch, und damit erzähle ich Ihnen keine Neuigkeiten. Unser Boss war ein Held, und aus dieser Tatsache müssen wir Kapital schlagen, sonst können wir einpacken.« Sie fuchtelte ihm mit dem Finger vor der Nase herum. »Und ich möchte diesen Komödianten Gantling nicht wieder in Washington sehen!«
»Ich bin ganz sicher, daß Norman Grant sich nie dazu hergeben würde, in seiner Marineuniform durch die Lande zu ziehen. Das können Sie vergessen.«
Sie stand neben Finnertys Schreibtisch und biß sich auf die Lippen, sichtlich bekümmert über den täglichen Verfall einer längst nicht mehr gewinnträchtigen Position, als es sie plötzlich wie eine Erleuchtung überfiel: »Finnerty! Er braucht keine Uniform anzuziehen! Sie müssen es tun!« In zunehmender Erregung und mit flatternden Händen skizzierte sie ein imaginäres Podium: »Grant steht da drüben in einem gewöhnlichen Anzug. Nein, in einem dunkelblauen, den man für eine Uniform halten könnte. Sie stehen da. Kaufen Sie sich eine neue Uniform, wenn es nötig ist. Und dann lesen Sie die zwei ehrenvollen Erwähnungen laut vor, die in dieser Broschüre abgedruckt sind.«
So begeistert war sie von den Möglichkeiten, daß sie weiterplapperte

und eine demütigende Niederlage Gantlings prophezeite, aber Finnerty unterbrach sie: »Was würden Sie davon halten, wenn ich einen großgewachsenen Farbigen herschaffen könnte, der einen Fuß an einen Hai verloren hat? Der Mann sieht sehr gut aus und spricht gewählt. In einem Staat wie Fremont – würde er uns nützen oder schaden?«

Penny brauchte keine Sekunde, um diese Frage zu beantworten. Sie fegte um den Schreibtisch herum und küßte Finnerty auf die Wange. »Sie sollten gegen Gantling antreten!« Als er später über diese Bemerkung nachdachte, kam ihm zu Bewußtsein, daß Miss Hardesty in der Kampagne nie einen Kreuzzug zur Wahl Grants, sondern immer nur eine Vendetta zur Vernichtung Gantlings sah. Eines Tages fragte er sie, warum. Sie saßen mit ihrem Kandidaten in einer Imbißstube und aßen schnell eine Kleinigkeit vor der nächsten Versammlung in einer Fabrik, und Penny, die gerade einen Cheeseburger verschlang, antwortete: »Ich verachte Gantling, weil er ein rückgratloser, hinterhältiger Schleicher ist. Vier Jahre hat er John Pope versprochen, ihn für Annapolis zu empfehlen. Zweimal war ich selbst dabei. Aber voriges Jahr sah Gantling diese Kampagne schon vor der Tür stehen, und obwohl John mit allen möglichen Auszeichnungen abging, gab er seine Empfehlung dem Sohn dieses Quatschkopfs, der seine Wahl in Webster organisiert. John Pope hat seine Studien mit einer Gesamtnote von 9,9 von 10 abgeschlossen, und dieser Hurenbock in Webster hat nicht einmal 2,3 geschafft ...«

»Penny«, unterbrach Norman Grant, »ich wünschte, Sie würden keine schmutzigen Ausdrücke gebrauchen. Ein Zeitungsmann könnte Sie hören.«

»Er ist auch ein Zeitungsmann«, konterte Penny und deutete auf Finnerty.

»Und ich bin ganz Captain Grants Meinung. Hören Sie auf damit.«

»Ich habe es früher nie getan, bis ich Gantling kennenlernte. Er ist ein ...«

»Fangen Sie gleich an, es sich abzugewöhnen«, fiel Grant ihr ins Wort. »Mein Gegner ist genau das, was Sie sagen. Er hat den Charakter einer Trauerweide, und wenn alles gut geht, werden wir ihn in Pension schicken. Mit Finnertys ... und Ihrer Hilfe.« Diese letzten Worte kamen so lahm heraus, daß Finnerty es aussprechen mußte. »Captain

Grant. Ich will es lieber jetzt gleich sagen. Es war Penny, die auf den Gedanken mit uns drei Veteranen gekommen ist.«
Grant nickte ernst und fragte dann, so als ob er ihr Vater wäre: »Wo ist denn der junge Pope jetzt?«
»Ich weiß es nicht. Er war so verbittert, als Senator Gantling sein Versprechen brach, ... ich glaube, er hat sich einfach in eine Ecke gesetzt und geweint. Dann hat ihm wohl jemand erzählt, daß die Navy jedes Jahr eine Handvoll ausgesuchter Freiwilliger nach Annapolis schickt. Er ist also jetzt irgendwo in der Navy, und wie ich ihn kenne, wird man ihn bald für Annapolis auswählen.«
»Wenn ich die Wahl gewinne ... ich kenne mich da nicht so aus, aber wenn ich das Recht dazu habe, werde ich ihn nach Annapolis schikken.«
»Darauf würde John sich nicht verlassen. Er ist schon einmal getäuscht worden ... von einem Senator.« Ihre Lippen zitterten, und sie war den Tränen nahe, aber dann stopfte sie den Rest ihres Cheeseburgers in den Mund und sah auf die Uhr. »Wir müssen los.«
Als Grant im Frühsommer 1946 die Vorwahl gewann, übersiedelte Penny Hardesty ins Hauptwahlbüro nach Benton, wo sie zusammen mit Finnerty die Leitung des Büros übernahm. Aus allem, was sie las, gewann sie die Überzeugung, daß 1946 das Jahr für einen Sieg der Republikaner war, und sie prägte den Satz, der Grant half, den eher farblosen Lokalpolitiker, den die Demokraten gegen ihn aufgestellt hatten, mit Spott und Hohn zu übergießen: NUR EIN MANN TAUGT FÜR DEN SENAT. Sie erfand auch den Slogan, der wesentlich zum Sieg der ganzen Partei über die Demokraten beitrug: »HABT IHR NOCH IMMER NICHT GENUG? Sie verfaßte überzeugende und beeindruckende Werbeschriften, in welchen sie darlegte, wie Trumans Unvernunft und die Stümperei des von den Demokraten beherrschten Abgeordnetenhauses die Fleischpreise in die Höhe getrieben, dem Viehzüchter jedoch nur geringen Gewinn gebracht hatten. Sie deckte drei Skandale auf, in die führende Demokraten verwickelt waren, aber ihre Glanzleistung vollbrachte sie, als sie persönlich Ulysses Gantling aufsuchte und ihn dazu überredete, sich zum Wohl der Partei und der Nation für »unseren großen Seekriegshelden Norman Grant« einzusetzen.
Als Grant sich in der Wahlnacht der Größe seines Sieges und der Tatsache bewußt wurde, daß er nun sechs sichere Jahre in einer der eh-

renvollsten Positionen verbringen würde, die die Nation zu bieten hatte, sagte er zu Finnerty und Penny: »Ich möchte, daß Sie mit mir nach Washington kommen.«
Von zwei Seiten wurden Einwände erhoben: Seine Frau Elinor hielt es für höchst unklug, ein so junges Mädchen in die Hauptstadt mitzunehmen, und Penny selbst wies ihn darauf hin, daß sie ihren Doktor noch nicht gemacht hatte. Seiner Frau hielt Grant entgegen: »Dieses intelligente junge Mädchen hat mehr Grips als so manche Vierzigjährige. Washington muß sich vor Penny Hardesty vorsehen, nicht umgekehrt!« Und zu Penny sagte er: »Ich habe mit Leuten von unserer Universität gesprochen, und man hat bereits alles in die Wege geleitet, daß Ihnen Ihre Punkte von der Universität in Georgetown angerechnet werden.« Und dann kam der Knüller: »Und wenn Mr. Pope es tatsächlich schafft, nach Annapolis zu kommen, sind Sie nicht weit weg von ihm.«
Und so ging Penny Hardesty, neunzehn Jahre alt, viertes Kind einer Arbeiterfamilie, von der noch kein Mitglied je über die High-School hinausgekommen war, nach Washington, um einem frischgebackenen Senator bei der Einrichtung seines Büros zu helfen und ihre Studien an der Universität in Georgetown fortzusetzen. Sie unterschied sich nicht von den Tausenden junger Mädchen, die ihre Heimatstädte verlassen hatten und nach Washington gekommen waren, um Karriere zu machen: Sie alle waren intelligent und ehrgeizig und ließen sich in einer Stadt nieder, in der die Zahl heiratswilliger junger Frauen die der heiratsfähigen jungen Männer im Verhältnis zehn zu eins übertraf.
Diesbezüglich hatte Penny keine Sorgen. Zwölf Stunden am Tag ihren Senator zu umsorgen und bis spät in die Nacht über ihren Büchern zu sitzen, nahm sie so in Anspruch, daß es ihr unmöglich gewesen wäre, mit jemandem auszugehen, selbst wenn sie Gelegenheit dazu gehabt hätte. Tim Finnerty wußte genau, was für ein brillanter Mensch sie war, und machte sich immer wieder erbötig, sie überallhin zu begleiten. So begierig war er, das zu tun, daß sie gewisse Dinge klarstellen mußte: »Hören Sie, Finnerty. Es gibt zwei Gründe, warum es nichts Ernstes zwischen uns geben darf. Eine Baptistin aus dem Mittelwesten ist nicht das Mädchen, das ein Katholik aus Boston seiner Mutter vorstellen könnte – oder seiner Schwester im Kloster oder gar sei-

nem Onkel Francis Xavier, einem Priester. Und irgendwo draußen auf dem blauen Meer habe ich einen Seemann.«
Senator Grant zeigte Penny sein Schreiben an die Navy, in dem er anfragte, ob er gesetzlich befugt sei, der Marineakademie einen jungen Mann zuzuweisen, der sich bereits als Leichtmatrose freiwillig gemeldet hatte. Die Navy, über die Maßen stolz, einen ihrer Helden im Kongreß sitzen zu haben, rief sofort zurück, um Grant zu versichern, daß man die Sachlage sofort prüfen und seine Anfrage in Kürze beantworten würde. Mittlerweile bekam Penny einen Brief von ihrem Seemann, aus dem hervorging, daß der Leichtmatrose eine Lösung seiner Probleme nicht von anderen erwartete.

> Ich habe herrliche Neuigkeiten. Ich wurde dem Offiziersausbildungscorps zugeteilt. Es ist zwar nicht Annapolis, aber ich bekomme dadurch die Chance, später einmal zur Marine-Luftwaffe zu gehen. Meine Eltern wissen es schon, und jetzt sage ich es auch Dir, aber sonst niemandem. Ich war bei allen Prüfungen der Beste oder fast. Unsere Träume werden sich erfüllen, Penny.

Gerade als sie einen Kuß auf seine Unterschrift drückte, kam Senator Grant mit der guten Nachricht herein: »Die Navy hat mich wissen lassen, daß ich ihn zuweisen kann.« Auf diese Zusage gestützt, telegrafierte sie: SENATOR GRANT HAT DICH DER MARINEAKADEMIE ZUGEWIESEN. ICH BIN STOLZ AUF DICH. PENNY.
Die folgenden Jahre sollten die inhaltsreichsten ihres Lebens sein – nicht die aufregendsten, denn die kamen erst später, aber die lohnendsten. Sie arbeitete im Büro eines vorbildlichen Mannes, dem sie immer größere Wertschätzung entgegenbrachte, und sie arbeitete neben einem brillanten Mann, Tim Finnerty, den sie um seine natürliche Vertrautheit mit den Winkelzügen der Politik beneidete. Sie studierte an einer ausgezeichneten Universität, deren Professoren, wie Finnerty bissig bemerkte, »zu der Art von katholischen Subversiven gehören, mit welchen ihr Stoppelhopser aus dem Westen euch auseinandersetzen solltet.«
Sie entdeckte allmählich, daß die Demokraten nicht die ungebildeten Banausen waren, als die sie sie im Wahlkampf hingestellt hatte, und daß Harry Truman doch mehr Format besaß, als sie gedacht hatte:

»Hören Sie, Finnerty. Dieser Mann wird 1948 kein leicht zu besiegender Gegner sein.« Dennoch zweifelten weder Grant noch Finnerty, daß Dewey leicht das Rennen machen würde.
Da sie in Georgetown vorbereitende Lehrgänge an der juristischen Fakultät belegt hatte, wurde sie Senator Grants Verbindungsbeauftragte zum Justizministerium, und schon bald war sie glühende Bewunderin der Art, wie der Oberste Gerichtshof der Vereinigten Staaten als Puffer zwischen den verschiedenen Dienststellen der Administration und insbesondere zwischen den achtundvierzig autonomen Bundesstaaten fungierte.
Wenn sie ihre Arbeit beendet hatte, besuchte sie die hübsche Stadt Annapolis, und immer wieder war sie entzückt vom ersten Blick auf ihre Türme, von der natürlichen Würde der Marineakademie, dem eleganten Charme ihres englischen Stils und ihrer herrschaftlichen Villen. Wenn sie am späten Freitagnachmittag mit ihrem Plymouth aus Washington kam, blieb sie oft an einer Ecke stehen, um die Anmut dieser einmaligen Stadt zu genießen. Sie betrachtete die alten Ziegelbauten und fuhr dann langsam zum pittoresken Hafen hinunter, der sich bis ins Herz der Stadt vorschob. Es mußte wohl, dachte sie, die schönste Hauptstadt aller Bundesstaaten sein.
Zu ihrer Linken erhoben sich die grauen ehrwürdigen Bauten der Marineakademie, wo John Pope die Regeln und Grundsätze seiner Profession erlernte. Im ersten Jahr wurden ihm nur wenige Privilegien zugestanden: Es kam vor, daß Penny die Fahrt nach Annapolis unternahm, ohne ihn dann sprechen zu können. Aber sie lernte die Witwe eines Kapitäns kennen, die in der malerischen Pinckney Street eine kleine Pension betrieb, und wenn John nicht abkömmlich war, machte Penny es sich dort bequem und studierte ihre juristischen Bücher. Bekam er Ausgang, setzten sie sich dort zum Abendessen, das ihnen die Kapitänswitwe mit viel Liebe auftrug. Anschließend übernahm John das Steuer des Plymouth, um mit Penny einen Ausflug in die liebliche Landschaft Marylands zu unternehmen.
Als er einmal einen ganzen Tag frei hatte, bestiegen sie die Fähre und fuhren über die Bucht zur Ostküste hinüber, wo sie eine fremde und wunderschöne Welt betraten, die, wie es schien, im achtzehnten Jahrhundert stehengeblieben war. Sie aßen Krabben und Austern und Blätterteiggebäck und wiesen einander immer wieder darauf hin, wie

anders es hier doch war als in Fremont oder Nebraska. Auf ihrer Rückfahrt blieben sie bei einem Eisverkäufer stehen und kauften ihm einen halben Liter Rosineneis ab. Und als Penny nach dem letzten Bissen das Holzlöffelchen abschleckte, meinte sie: »Ich wollte eben sagen, ich wünschte, das Leben könnte immer so weitergehen. Aber wir brauchen es nicht zu wünschen, es liegt an uns, daß es so weitergeht.«
Nach ihrer ersten sexuellen Begegnung im Herbst 1944 waren sich die beiden einig, daß sie das Spiel wiederholen konnten, wann immer sich eine Gelegenheit ergab, und im Verlauf von Johns letztem Jahr an der High-School hatten sie viel Gelegenheit für ausgedehnte und gelöste Liebesstunden. Sie waren ineinander verliebt und wußten, daß sie einmal heiraten würden; sie wollten es beide so haben, und kein attraktives Mädchen, das John als Footballheld kennenlernte, konnte ihn von Penny ablenken, und umgekehrt war selbst ein Mann mit so vielversprechenden Talenten wie Tim Finnerty nicht in der Lage, Penny aus dem Gleichgewicht zu bringen.
In der Woche, bevor John sich zur Navy meldete, hatten sie jede Nacht gemeinsam verbracht, so als gelte es, Erinnerungen für die langen Jahre zu horten, die vor ihnen lagen. Als er einmal zwei Tage lang Urlaub hatte, fuhr sie sogar nach Chicago, um sich dort mit ihm zu treffen, doch da er in der Marineakademie mittlerweile im Rang eines Oberfähnrichs stand, hatte er Hemmungen. »Die Navy würde mich zum Teufel jagen, wenn irgendwie herauskäme, daß ich mit dir in einem billigen Hotel abgestiegen bin.« Das wollten sie nicht, und so blieben ihnen nur der auf einem verschwiegenen Waldweg an der Ostküste abgestellte Plymouth oder die Wohnung einer Freundin in Washington als Orte zärtlicher Begegnungen. Doch mit jedem Zusammentreffen vertieften sich die Gefühle, die sie füreinander hegten, ganz gleich, ob sie Gelegenheit hatten, miteinander zu schlafen oder nicht.
Sie wurden nicht müde, einander von ihren Erlebnissen zu erzählen. »In Georgetown haben sie die besten Professoren, wirklich brillante Persönlichkeiten. Ihre Lehrmethoden unterscheiden sich grundlegend von den an der Fremont University angewendeten. Frage. Frage. Frage. Sie versuchen, dich in eine Ecke zu drängen, und wenn es dir nicht gelingt, dich wieder herauszuboxen ... aus der Traum.«

John berichtete, daß der Lehrstoff an der Akademie schwerer zu bewältigen war, als er erwartet hatte, vor allem in Mathematik. »Man möchte meinen, die ganze Navy funktioniert wie ein Rechenschieber. Manchmal komme ich kaum mit, und dann muß ich daran denken, daß es die anderen mit den Formeln noch schwerer haben als ich. Wenn ich es so bedenke, haben wir daheim in der Henry-Clay-High-School doch eine verdammt gute Ausbildung genossen.«

Bei einem Besuch, als die Kapitänswitwe zufällig, oder auch nicht, zu Verwandten nach Baltimore gefahren war und sich die Liebenden eiligst ins Bett begaben, vertraute John ihr die aufregende Neuigkeit an: »Du weißt ja, daß ich mich zur Fliegerausbildung gemeldet habe, und vor drei Tagen hat man mir mitgeteilt, daß meine Bewerbung angenommen worden ist. Ich komme nach New Mexico oder Pensacola. Keine trockene Theorie mehr, sondern echtes Flugtraining.«

Aber noch bevor er dazu kam, mußte er Theorie und Technik des Segelns mit kleinen Booten beherrschen. Im Severn, einem ausreichend breiten Fluß, unterhielt die Navy neunzehn Zwei-Mann-Boote, und dort lernte er die Segelmanöver, das Ablegen und das Aufschießen zum Anlegen seiner kleinen Jacht, wie Penny und er die Jolle nannten. Zweimal konnte er mit ihr segeln gehen, und an einem herrlichen Wochenende durften er und sechs andere Flugnovizen unter dem wachsamen Auge eines pensionierten Kapitäns der Navy ihre Mädchen auf eine Zwei-Tage-Fahrt die Bucht herunter zu der bezaubernden, um 1600 gegründeten Stadt Oxford mitnehmen. Die Männer schliefen an Bord, die Mädchen quartierten sich in einem alten Gasthof in der Hafengegend ein; als es dunkel wurde, trafen sie sich zu Krabbenfrikadellen und Bier. Auf der Fahrt nach Annapolis zurück flüsterte John Penny zu: »An dem Tag, an dem ich von der Marineakademie abgehe, heiraten wir.«

»Das habe ich schon vor drei Jahren beschlossen«, erwiderte Penny. Sie war auf dem besten Weg, Anwältin zu werden, und meinte: »Wenn du gerade von einem Flugzeugträger abhebst, werde ich in einer Stadt wie Boston in Prozessen die Regierung vertreten. Du wirst es erleben.«

Obwohl sie die stille, aber energische Art, wie Harry Truman die Regierungsgeschäfte führte, zu schätzen gelernt hatte, war sie doch überrascht, als die Wahlen von 1948 herankamen und er keine Zei-

chen von Amtsmüdigkeit erkennen ließ. Wie die meisten Leute in Washington, die aus dem Westen kamen, hatte auch sie angenommen, daß Gouverneur Dewey leichtes Spiel haben würde, und sie hatte sogar das Sandkastenspiel mitgemacht, bei dem es darum ging, wem Dewey Kabinettsposten anbieten würde. »Die Chancen stehen nicht schlecht, daß Gouverneur Grant Innenminister wird.«
»Und ich werde ihm raten, die Finger davon zu lassen«, sagte Finnerty.
»Warum in aller Welt?« wunderte sich Penny. »Wenn Dewey in diesem Jahr Präsident wird, bleibt er seine acht Jahre. Minister ist besser als Senator.«
»Nichts ist besser als Senator«, erklärte Finnerty.
Zusammen mit Grant kehrten sie nach Fremont zurück, um sich für die republikanische Kandidatenliste einzusetzen, und als sie wieder die soliden republikanischen Kader vor sich sah, war sie beruhigt: »Dewey hat den Sieg in der Tasche. Und Sie, Senator Grant, werden eine schwierige Entscheidung treffen müssen. Was sind Ihre nächsten Pläne?«
In Momenten wie diesen wurde ihr vage bewußt, daß es ihrem Chef und seiner Frau nicht leicht fiel, ihren neuen Aufgaben gerecht zu werden. Elinor Grant war so attraktiv wie eh und je, immer noch umrahmte das dunkle Haar streng ihr blasses Gesicht, und immer noch rief das beherrschte Lächeln einen ebenso gefälligen wie reservierten Eindruck hervor. Was ihr zu fehlen schien, das war die Überzeugung, die Tätigkeit ihres Mannes billigen zu können. Als Oberfähnrich John Pope mit seiner Penny zum Spiel Army gegen Navy nach Philadelphia fuhr, war es für beide ein Ereignis: Wie dumm es anderen auch vorkommen mochte, sie wünschten beide der Navy den Sieg, beide jubelten ihrer Mannschaft zu und tranken nach dem Spiel Bier. Und wann immer Penny auf dem Weg zum Doktor juris ein Stück weiterkam, freute sich John mit ihr. Als Mrs. Grant sich weigerte, an einer Feier teilzunehmen, bei der den Leistungen ihres Mannes Tribut gezollt werden sollte, meinte Penny: »Vielleicht begreift sie einfach nicht, wieviel Anstrengung es kostet, ein Gesetz durchzubringen. Noch dazu eines, das dem ganzen Westen zum Vorteil gereichen wird.«
Penny war von Elinors Gleichgültigkeit betroffen, aber sie wäre entsetzt gewesen, wenn sie gewußt hätte, daß Mrs. Grant immer noch

dagegen aufbegehrte, daß der Senator Penny nach Washington mitgenommen hatte. »Merk dir, was ich dir sage, Norman! Diese Frau will dich angeln. Früher oder später wird es einen Skandal geben.«
Im Augenblick des Sieges über seinen glücklosen demokratischen Gegner bei den Senatswahlen hatte Norman Grant seine tüchtigste Mitarbeiterin Penny Hardesty heftig auf die Wange geküßt; Elinor hatte es mitangesehen, und es nagte an ihr.
So beharrlich hackte sie auf ihrem Mann herum, daß er eines Morgens im Jahre 1949 – als Harry Truman bereits für weitere erstaunliche vier Jahre ins Weiße Haus gewählt worden war und der immer freundliche Tom Clark im Obersten Gerichtshof saß – Penny in sein Büro kommen ließ. »Ich gebe Ihnen lieber gleich die schlechte Nachricht, Penny, denn ich will nachher nicht mehr darüber reden. Sie sind entlassen.« Ihr fiel vor Erstaunen der Mund auf, und er fügte rasch hinzu: »Und fünf andere Senatoren würden Sie gerne anstellen. Ich würde mich für Glancey aus Red River entscheiden. Er ist ein Tatmensch.«
»Warum?« fragte sie, immer noch wie betäubt von diesen zwei Mitteilungen, von denen die eine so niederschmetternd war, die andere so große Anerkennung bedeutete.
»Dazu kann ich mich nicht äußern.«
»Es ist Mrs. Grant, nicht wahr?« Als er stumm blieb, gab sie sich selbst die Antwort: »Es kann ja gar nichts anderes sein.« Als sie es Finnerty berichtete, verschlug es auch ihm die Sprache, obwohl der Senator ihm bereits eine Andeutung gemacht hatte. »Es muß Mrs. Grant sein«, sagte sie, »meinen Sie nicht auch?« Und Finnerty ließ es bei einem knappen Kommentar bewenden: »Er hat's nicht leicht mit der Frau.«
»Er rät mir, Glanceys Angebot anzunehmen.«
»Das rate ich Ihnen auch.«
»Dann wußten Sie also schon ...?«
»Ja, und mehr will ich dazu nicht sagen.«
»Aber ich werde noch etwas sagen. Elinor Grant wird ihren Mann fertigmachen. Sie werden sehen.«
»Niemand kann unseren Freund fertigmachen, das wissen Sie doch.«
Sie setzte sich auf seinen Schreibtisch. »Warum hassen Frauen andere

Frauen? Jeder einzelne Senator, den ich kenne, hat eine Frau, die alle anderen Frauen verachtet, die für ihn arbeiten. Warum können Frauen nicht ...«

»Ehrlich gesagt, Sie haben sich den falschen Moment ausgesucht, um mit mir über dieses Thema zu sprechen. Ich heirate nächsten Monat.«

»Das ist ja wunderbar! Wer ist sie?«

»Eine Irin. Aus Boston. Eine gute Katholikin, wie Sie mir empfohlen haben.«

»Jetzt kann ich Ihnen einen Kuß geben!« sagte Penny und brach plötzlich in Tränen aus. Sie wurde von zwei Männern getrennt, die ihr so viel bedeuteten, Grant und Finnerty. Sie hatte zu ihrer beider Aufstieg beigetragen, und nun halftterte man sie kurzerhand ab. »Ihr seid Schufte, alle miteinander. Und ich liebe euch alle miteinander, sogar den alten Pharisäer Gantling.«

Noch bevor sie ihren Posten wechselte, wurde sie ersucht, an einer Reihe von Besprechungen teilzunehmen, die auch auf ihre Zukunft beträchtliche Auswirkungen haben sollten. Paul Stidham, Elinors Vater, nun schon alt und gebrechlich, kam nach Washington, um sich mit den Problemen auseinanderzusetzen, die seine Tochter zu lähmen schienen, und schon bald nach seiner Ankunft besserte sich ihr Zustand.

Stidham bat, mit Penny Hardesty allein sprechen zu dürfen, und als sie zusammen im Büro des Senators saßen, fragte er sie ohne Umschweife: »Hatte meine Tochter irgendeine Veranlassung, Ihre Entlassung zu betreiben?«

»In sexueller Hinsicht keine, obwohl ich glaube, daß sie gerade das fürchtet. Tim Finnerty wollte mich heiraten. Doch ich bin seit Jahren mit John Pope verlobt, den Sie vielleicht noch als Footballstar in Erinnerung haben. Er ist jetzt Oberfähnrich in Annapolis, nur wenige Meilen von hier.« Ein wenig ruppig fügte sie hinzu: »Ich bin keine von diesen sexhungrigen Sekretärinnen.«

»Also was war das Problem?«

»Das wissen Sie besser als ich«, versetzte Penny kühl.

»Ihre Unfähigkeit, mit Washington fertigzuwerden?«

»Weder mit Washington noch mit sonst etwas«, antwortete Penny schroff. Sie war durch die Tochter dieses Mannes schwer beleidigt

worden und sah keinen Anlaß, ihn zu schonen; hätte er Elinor besser erzogen, wäre es nicht so gekommen.
»Was hat sie für Schwierigkeiten, Miss Hardesty?«
»Das wissen Sie doch selbst, Mr. Stidham. Sie ist nicht imstande, sich mit der Wirklichkeit auseinanderzusetzen. Sie ergeht sich in Phantastereien über Leute wie mich – und ihren Mann. Sie hat keinen Begriff, welche Last sein Amt ihm aufbürdet und welche Macht es ihm verleiht.«
»Was werden Sie jetzt tun?«
»Ich werde für einen richtigen Senator arbeiten, für einen harten, aggressiven Mann, der weiß, was er will, und sich durchsetzen kann. Und Demokrat ist er auch noch, Gott sei's geklagt.« Sie lachte herzlich, entschuldigte sich aber gleich: »Verzeihen Sie, daß ich so offen mit Ihnen gesprochen habe, Mr. Stidham, aber wenn es Ihrem Schwiegersohn nicht bald gelingt, den toten Punkt zu überwinden, den seine Frau ihm aufgezwungen hat, wird eine sehr traurige Gestalt von Senator aus ihm werden.«
»Ganz meine Meinung.«
»Na ja, Finnerty wird schon dafür sorgen, daß er wieder gewählt wird, aber das ist es nicht, was er im Sinn hatte, als er damals auf dem Floß sein Gelübde ablegte.«
»Was für ein Gelübde?«
»Finnerty und dieser wunderbare Schwarze haben mir davon erzählt. Als die zweite Nacht zu Ende ging und es so aussah, als würden sie alle dran glauben müssen, wurde Norman plötzlich ganz wild und schwor, daß er, wenn er mit dem Leben davonkäme ... na ja, daß er etwas daraus machen würde. Und das tut er nicht.«
Eine Sitzung wurde einberufen, zu der jedoch Mrs. Grant nicht geladen war. Sie fand im Hinterzimmer eines Restaurants statt – nach außen hin zu dem Zweck, Senator Grant Gelegenheit zu geben, Penny Hardesty Lebewohl zu sagen. Es kamen Finnerty und Paul Stidham, der Leiter von Grants Büro in Fremont und, zu Pennys Überraschung, ihr neuer Chef, Senator Michael Glancey aus Red River, ein rauher, lauter, rotbackiger Demokrat aus den Ölfeldern.
»Ich habe Sie alle gebeten, sich hier mit mir zusammenzusetzen«, begann Paul Stidham mit seiner weichen hohen Stimme, »weil mein Schwiegersohn, Senator Grant, Ihres Rates bedarf. Offen gestanden,

ich hatte gehofft, daß er im Senat von sich reden machen würde, aber das tut er nicht. Woran liegt das?«

Senator Glancey zögerte nicht mit der Antwort: »Wenn ein neuer Mann in den Senat kommt, tut er gut daran, Schweigen zu bewahren. Daran hat Ihr Schwiegersohn sich gehalten. Aber er tut auch gut daran, sich ein eigenes Reservat zu schaffen. Und das haben Sie nicht getan, Grant.«

»Ich habe mich mit der landwirtschaftlichen Nutzung von Grund und Boden beschäftigt.«

»Und in rühmenswerter Weise. Aber in diesem Haus scheint ein Mann nicht damit Format zu erlangen, daß er Probleme anschneidet, die für die Menschen in seinem Heimatstaat von Interesse sind. Dazu sind wir alle verpflichtet. Was zählt, das ist die Art, wie ein Senator die großen Probleme behandelt, die uns alle angehen.«

»Was wollen Sie damit sagen?«

»Das beherrschende Thema in der Welt von heute ist die Atomenergie. Was wir damit anfangen. Wie weit sie sich in nationale und internationale Verteidigungssysteme eingliedern läßt.«

»Damit kommen Sie doch sehr gut zurecht. Sie und Lyndon Johnson.«

»Danken wir Gott, daß wir Lyndon haben! Er ist nicht auf den Kopf gefallen.«

»Was hat Atomkraft mit mir zu tun?« fragte Grant.

»Überhaupt nichts«, schnauzte Glancey. »Aber die neue Flugtechnik und Raketen und alles, was mit dem Weltraum zusammenhängt, das wird ebenfalls übergeordnete Bedeutung haben. Ich bin dessen ganz sicher, und in meinem Luftfahrtausschuß brauchen wir einen guten Mann von der republikanischen Fraktion. Einen klugen Kopf, bei dem die Wahrscheinlichkeit besteht, daß er von Amtsperiode zu Amtsperiode wiedergewählt wird.«

»Ich denke, daß wir die Wahlen garantieren können, Senator Glancey«, sagte Finnerty.

»Das denke ich auch.« Als erfolgreicher Senator hatte Glancey gelernt, alles, was die Wahlleiter anderer Senatoren sagten, ernst zu nehmen, denn er wußte, was ein gewählter Politiker den Männern schuldig war, die für ein gutes Funktionieren der Wahlkampfmaschine gesorgt hatten. Darum wandte er sich jetzt an den Mann aus Grants Büro in

Fremont: »Sind Sie auch der Meinung? Können wir mit seiner Wiederwahl rechnen?«
»Es stehen keine Wolken am Horizont.«
»Es stehen immer Wolken am Horizont«, korrigierte ihn Glancey, »aber manchmal sehen wir sie nicht.«
Das ermutigte den Mann aus Fremont, offener zu sprechen. »*Einer* Wiederwahl kann unser Senator sicher sein. Aber wenn er sich bis dahin nicht profiliert hat...«
»Genau«, nickte Glancey. »Weiß Gott, ich bin nicht gekommen, um für einen Republikaner zu stimmen. Aber es ist nun mal so, daß Fremont nie demokratisch wählen wird. Darum brauchen wir einen tüchtigen Republikaner und keinen Possenreißer. Eines schönen Tages wird ein munterer junger Republikaner Ihnen den Stuhl vor die Tür setzen, Grant. Kein Demokrat. Natürlich nur dann, wenn Sie sich wie der alte Gantling zu einem Hanswurst machen lassen. Wir wußten alle, daß er keine Chance mehr hatte.«
»Und Sie meinen, daß auch Norman ausgespielt hat, wenn er nicht den toten Punkt überwindet?« fragte Stidham.
»Ja, das meine ich. Was ich Ihnen als Gegenleistung für die ebenso hübsche wie tüchtige junge Dame anbiete, Grant, ist volle Partnerschaft in unserem Luftfahrtausschuß. Wir brauchen Sie als früheren Militär, als Helden, wenn Sie so wollen. Wir brauchen einen starken Mann aus Ihrer Partei, von dem zu erwarten ist, daß er im Amt bleibt.«
»Ich habe in meinem ganzen Leben noch kein Flugzeug gesteuert.«
»Ich auch nicht. Um die Wahrheit zu sagen, ich ängstige mich zu Tode vor diesen verrückten Dingern. Aber ich benutze sie, weil mein Amt es erfordert.«
Senator Glancey bestellte sich noch einen Drink und fuhr fort. »Dem Land geht es genauso. Aber wir müssen lernen, mit Flugzeugen fertig zu werden und mit allem, was danach kommt. Und Sie sind der Mann, der uns dabei helfen könnte.«

Und so verpflichteten sich John Pope und Penny Hardesty, die noch nicht verheiratet waren, im Frühjahr 1950 der Luftfahrt: Er auf dem Marinestützpunkt von Pensacola, wo er zum Jagdflieger ausgebildet wurde, sie in Senator Glanceys Büro, von dem aus sie als Anwältin unermüdlich Einfluß auf die Gesetzgebung nehmen würde, die mit der Luftfahrt und dem sich ständig erweiternden Gebiet der Raketentechnik zu tun hatte.

Am Promotionstag in Annapolis erschienen zwei Senatoren der Vereinigten Staaten, um Penny und John Pope Glück zu wünschen – Grant, Republikaner aus Fremont, Glancey, Demokrat aus Red River. Als die Jungvermählten später unter dem Baldachin aus gekreuzten Schwertern hervorkamen, küßten beide die Braut vor den entzückten Fotoreportern. Mrs. Grant, die ihren Mann nicht nach Annapolis begleitet hatte, fühlte sich abermals beunruhigt, als die Bilder in der Lokalzeitung erschienen.

3. Korea

Als ein Matrose an Bord des Flugzeugträgers *Brandywine* an einem bitterkalten Januartag an der koreanischen Küste »He! Windmühle im Anflug!« rief, kam Leutnant John Pope zum gefährlichsten Einsatz seiner Karriere.
Pope und die anderen Piloten der Bereitschaft traten an die Reling und sahen zu, wie ein Hubschrauber der Luftwaffe über die eisige See herankam und sauber auf dem vorgesehenen Platz landete. Der Überbringer schlechter Nachrichten war ein Oberst Mitte vierzig, ein humorloser Bursche, der über das Deck stapfte, um den Kapitän des Schiffes zu begrüßen, der ihn zum Kommandanten des Fliegergeschwaders führte. Nur Minuten später wurden alle Navy-Piloten unter Deck in den Raum für die Einsatzbesprechungen gerufen.
»Die Sache ist ganz einfach«, sagte der Oberst und stellte sich mit einem Zeigestock vor die Karte des zweigeteilten Korea. »Die nordkoreanische Luftwaffe besteht aus einigen wenigen einheimischen Piloten, einer Menge Chinesen und einer Handvoll ausgezeichneter Russen. An sich haben wir keinen Grund zur Klage. Im Nahkampf haben unsere F-86 keine Schwierigkeiten, sie in die Pfanne zu hauen. Wir wünschen uns nur, sie würden mehr MIGs herunterschicken, dann könnten wir richtig mit ihnen aufräumen.«
Standard-Air-Force-Geplapper, dachte Pope. Wann kommt er endlich zur Sache? So als ob er die Frage gehört hätte, fuhr der Oberst fort: »Wozu also bin ich hier? Ich will Ihnen sagen, warum ich gekommen bin. Diese verdammten Koreaner haben sich da etwas ausgedacht, was uns ehrlich zu schaffen macht. Wir haben die besten F-86-Piloten der Welt und werden damit nicht fertig und offen gestanden, meine Herren, ich bin hergekommen, um Ihre Dienste in Anspruch zu nehmen.«

Mit seinem Zauberstab deutete er auf einen imaginären Kanal, der sich entlang der koreanischen Westküste nach Inchon herunterzog, einem Hafen, der von den amerikanischen Streitkräften benützt wurde, die dort große Munitions- und Treibstofflager eingerichtet hatten.
»Diese Scheißer haben sich eine Maschine zusammengebastelt, wir nennen sie die Lahme Ente oder auch Waschmaschinen-Charly, ein kleines, schwerfälliges Flugzeug, das zum Großteil aus Holz besteht. Es fliegt nur nachts, ist mit Radar kaum zu erfassen, hat ein gesundes Quantum kleiner Bomben an Bord und operiert nach dem Prinzip ›Nach mir die Sintflut‹. Das heißt, es fliegt sehr niedrig, und wenn es durchschlüpft und eines unserer Lager mit Bomben belegt, ist alles bestens. Wird es abgeschossen, kräht kein Hahn mehr danach.«
Der Oberst lachte über die Plumpheit dieser Strategie, wurde aber gleich wieder ernst. »Bedauerlicherweise funktioniert es. Sie kommen immer wieder durch. Und die F-86 sind einfach nicht imstande, diese Sperrholzkisten auszumachen. Die Bordschützen finden sie nicht. Unsere Munitionslager fliegen immer wieder in die Luft. Was wir brauchen, das sind vier oder fünf von euch Navy-Piloten, die geübte Nachtjäger sind. Weil ihr schwere und langsame Maschinen habt. Ihr sollt diesen Korridor überwachen und die Lahmen Enten abschießen.«
Nach ihm ergriff der Geschwaderkommandant das Wort: »Washington und Hawaii sind einverstanden. Wir stellen sofort eine Gruppe von vier F4U-5NL Nachtjägern nach K-22 ab. Leutnant Pope übernimmt das Kommando«, und er rasselte die Namen der anderen drei herunter. »Sie starten um Punkt 13 Uhr. Wir fangen gleich mit der Einweisung an. Das wär's, meine Herren.«

K-22 lag nur vierzig Meilen von der Stelle entfernt, wo die *Brandywine* durch die rauhe See schlingerte. Es saß am östlichsten, durch Schneemassen abgeschnittenen Rand Koreas auf einer kleinen Halbinsel, die ins Japanische Meer hinausragte, und jeder amerikanische Flieger, der dort seinen Dienst versah, nahm eine absonderliche Gewohnheit an, die er zeit seines Fliegerlebens nicht mehr ablegte. Sie betraf den Start seines Flugzeugs.
Es war nicht der ewige Nebel, der Schwierigkeiten machte, und auch nicht die Nähe des Meers. Es war das Wasser im Treibstoff. Es verur-

sachte keine Schwierigkeiten, sobald das Flugzeug in der Luft war, denn der rasche Kraftstoffverbrauch gestattete es dem Motor, die kleinen Mengen Wasser ohne Gefahr aufzunehmen. Aber beim Start wirkte sich das Gemisch manchmal katastrophal aus.

Weil die Maschinen am Start jedes Gramm Vorwärtsschub benötigten, konnte selbst der geringste Leistungsabfall fatale Folgen haben, denn just in dem Augenblick, da das Flugzeug abheben sollte, konnte der Motor versagen. Er stotterte dann und röchelte; bis ein entsetzlicher Überschlag folgte, der mit einer makabren Explosion endete. Der Pilot verbrannte bei lebendigem Leib.

In diesem Winter waren auf K-22 schon fünf Flugzeuge beim Start explodiert, und die Züge der dienstfreien Piloten, die in der spartanisch eingerichteten Messe saßen, spannten sich, wenn ein Kamerad zur Startbahn rollte. Das Gespräch stockte. Die Männer beugten sich vor. Alle horchten angestrengt, wie der Motor auf Touren kam und ob er blockieren würde. Wenn dann die Maschine die Rollbahn hinunterjagte, vermieden es die Piloten, einander anzusehen. Sie saßen nur da und horchten.

Im Geist sahen sie, wie die Maschine mit zunehmender Geschwindigkeit auf das Meer zuraste. Der Motor heulte auf. Dieses Mal funktionierte die Kraftstoffzufuhr störungsfrei. Das Flugzeug schoß nach Norden, auf den Feind zu, der am Yalu wartete.

Keiner erwähnte den Start oder seine erfolgreiche Durchführung. Hin und wieder seufzte ein zurückgebliebener Pilot, so als ob er ein Gebet zu Ende gesprochen hätte, aber er unterließ es, vom Wasser im Treibstoff zu reden, und auch, den glücklichen Kameraden bei seiner Rückkehr zu beglückwünschen. Die Männer nahmen ihr konventionelles Geplauder wieder auf, das Backgammon ging weiter – bis zum nächsten Start. Und das war die absonderliche Gewohnheit, die John Pope auf K-22 annahm. Er fiel in Schweigen, wenn ein Kamerad an den Start ging.

Da K-22 ein Stützpunkt der Air Force war, auf dem die wendigen F-86 Sabre Düsenjäger untergebracht waren, wurde die Anlage von Air-Force-Personal gewartet, und das hieß, daß Popes drei Navyflieger Außenseiter und somit im Nachteil waren, aber Pope selbst war inzwischen Chefpilot, vorsichtig, tapfer, ungewöhnlich tüchtig, ein Mann, der keine Demütigungen einsteckte. In seinem Flugtagebuch waren mehr als neunhundert Flugstunden auf sieben verschiedenen Flugzeugtypen verzeichnet, darunter zahlreiche Eintragungen in Rot, die Nachtflüge anzeigten.

Er verstaute seine Ausrüstung, nahm das Feldbett in Besitz, das ihm zugewiesen wurde, parkte seine F4U auf der für sie bestimmten Abstellfläche und ermahnte seine drei Kameraden, sich nicht hervorzutun: »Wir haben den Auftrag, die Lahmen Enten zu finden, sonst nichts.«

Aber es war ihm nicht möglich, sich abseits zu halten, denn die Air-Force-Piloten waren von dem verständlichen Wunsch beseelt, etwas über seine Maschine zu erfahren. »Sie ist ein Relikt«, sagte er. »Aus dem Zweiten Weltkrieg. Ihr kennt das Ding vermutlich unter dem Namen Corsair; die Marine verwendete sie, um die japanische Luftwaffe auf den Inseln zu zerstören. Ein wunderbares Flugzeug. Groß, schwer, nicht umzubringen.«

»Was bedeutet diese spaßige Typenbezeichnung? Die vielen Buchstaben und Zahlen?«

»Ihr kennt doch den alten Spruch: ›Es gibt eine richtige Methode, eine falsche Methode und die Navy-Methode.‹ Das F bedeutet Fighter, also Jäger. Das U weist auf den Hersteller hin, in diesem Fall Chance-Vought, einer der besten. Die 4 bedeutet, daß es der vierte Prototyp dieser Serie ist. Soviel ich weiß, war mit 2 und 3 nicht viel Staat zu machen, aber mit den 4 hatten sie das Große Los gezogen. Die 5 bezieht sich auf die Tatsache, daß wir es hier mit der fünften wesentlichen Verbesserung dieser Version zu tun haben. Das N steht für Nachtjäger, und das L zeigt an, daß wir Gummischlauchenteiser und noch ein paar sinnreiche Geräte an Bord haben, um für Schlechtwetter gerüstet zu sein.«

»Du lieber Himmel!« rief ein Captain. »Da muß man ja ein ausgebildeter Ingenieur sein, um sich allein die Typenbezeichnung merken zu können. Und warum ist die Maschine so schwer und so langsam?«

Pope überlegte kurz, dann antwortete er. »Sie fliegen die F-86? Dann fliegen Sie eine Gazelle. Mein F4U ist ein Rhinozeros. Im Dschungel ist für beide Platz.«

»Aber das Gewicht?«

»Sie landen Ihre F-86 auf ebenem Terrain. Sie können sie tausend Meter rollen lassen, bevor Sie die Bremsen anziehen. Wir landen auf einem Flugzeugträger. Wir stoppen nach hundert Metern. Praktisch haben wir keine Bremsen.«

»Wie stoppen Sie dann?«

»Das ist eine aufregende Sache. Man ist da oben mit etwa einhundertachtzig Knoten unterwegs. Es ist Mitternacht. Weit vorne sichtet man seinen Flugzeugträger. Eine Menge blauer Lichter. Rot glimmen die Paddel eines Landesignaloffiziers. Man geht auf etwa hundert Knoten zurück, läßt das Fahrgestell und die Landeklappen und vor allem den Fanghaken herunter. Und man setzt sein Flugzeug auf dem Deck des schlingernden Schiffes auf.«

»Wie können Sie die Landezone sehen? Nachts? Ohne Anflugbefeuerung?«

»Ich kann Sie nicht sehen. Ich vertraue den glimmenden Zauberstäben, und – presto! Mein Haken fängt sich mit einem gewaltigen Ruck im Bremsseil. Darum müssen unsere F4Us so stabil gebaut sein; um den Schock des Landerucks auszuhalten.«

»Und wenn Ihr Haken das Seil verfehlt?«

»Das ist schlimm. Man knallt unmittelbar in die Barriere, das Notauffangnetz. Dabei geht die Maschine zu Bruch, aber der Pilot kommt für gewöhnlich mit dem Schrecken davon.«

»Und wenn die Barriere nicht hält?«

»Dann bekommt man Schwimmzulage. Sofern man noch unter den Lebenden weilt.«

Es war eine sonderbare Aufgabe, vor die er gestellt war. Er schlief den ganzen Tag, stand abends auf, aß Frühstück, kletterte in seine F4U und rollte ans Ende der verdunkelten Startbahn, wo er in Bereitschaft stehen mußte. Das heißt, er saß Stunde um Stunde in seiner Maschine – alle Lichter gelöscht, alles stockdunkel –, gewöhnte seine Augen an die Nacht und wartete auf das »Lahme Ente im Anflug«. Dann stürzte er sich auf sein Opfer. Aber die meiste Zeit wartete er.

Für einen zivilen Beobachter war das alles furchtbar aufregend, und ein Reporter der *New York Times* sah es so: »Ein Flug ins Dunkel, ein schwaches, mattes Signal auf dem Radarschirm, eine schnelle Verfolgung, das Rattern der Bordkanone und eine Explosion, so weit der Himmel reicht, wenn der feindliche Eindringling getroffen ist. Dann treiben die flammenden Trümmer vorüber, verwundeten Schmetterlingen gleich über einem dunstigen Seegebiet.« Der Reporter hatte in

Cambridge studiert; er besaß ein geschultes Ohr und ein treffliches Vorstellungsvermögen, aber was ihn bei den Piloten von K-22 so beliebt machte, war seine sympathische Angewohnheit, sie, wenn sie ihm ihre Geschichten erzählten, in der Messe freizuhalten.

Für Pope war die Nachtpatrouille etwas ganz anderes, wie er das auch in einem Brief an Penny aussprach: »Du stehst achtzehn Nächte in Bereitschaft, und nichts passiert. In vier Nächten steigst du auf und findest nicht einmal einen Schatten im Mondlicht. Schließlich kommt dir etwas aus Norden entgegen, aber es ist nur ein Vogelschwarm. Und wenn du dann wirklich einmal eine feindliche Maschine sichtest, schießt sie der Kerl neben dir ab.«

Hin und wieder erhielt Pope Befehle, die ihm Freude machten: »Heute nacht vergessen Sie die Lahmen Enten. Suchen Sie sich Gelegenheitsziele und zerstören Sie diese.« Dann streifte er, einem jagenden Adler gleich, ganz allein über Nordkorea und versuchte, feindliche Bewegungen auf dem Boden auszumachen. Er liebte das Gefühl der Freiheit, das diese Tätigkeit in ihm auslöste, und er genoß das reine Vergnügen, ohne irgendwelche Behinderungen durch den Raum zu fliegen, eingehüllt in ein Dunkel, das er allein beherrschte.

Er war auf der Suche nach Eisenbahnzügen. Die von der Air Force und der Navy bei Tage geflogenen Angriffe hatten das nordkoreanische Transportwesen in einem Maße gelähmt, daß kein Zug sich auf die freie Strecke wagte, wenn er gesehen werden konnte; nur nachts rollten sie eilig von einem Versteck zum anderen und beförderten ungeheure Mengen von Kriegsmaterial an die verschiedenen Fronten.

»Es ist unglaublich, was ein kommunistischer Bautrupp zu leisten imstande ist, nachdem wir eine ihrer Eisenbahnlinien zerstört haben«, hatte der Oberst der Air Force bei einem seiner Briefings bemerkt. »Um zehn Uhr vormittag reißen wir zweihundert Meter Gleise auf, greifen die Strecke den ganzen Tag über mit Bordwaffen an, und am nächsten Morgen ist alles repariert. In der Nacht darauf sind die Züge wieder unterwegs.«

In einem Gespräch mit den Navy-Piloten wurde er deutlicher: »Es ist nicht leicht. Korea ist ein gebirgiges Land. Viele Tunnels. Wenn ihr nun dahergeschossen kommt und einen ihrer Güterwagen zu Kleinholz macht, was tun die Burschen? Sie koppeln ihn ab, lassen ihn stehen und sausen mit der Lok in einen Tunnel, wo ihr nicht an sie ran-

kommt. Ihr müßt die Lokomotiven zerstören, meine Herren, und das wird nicht leicht sein.«
Eines Nachts entdeckte Pope tatsächlich einen Zug. Die Sterne funkelten an einem mondlosen Himmel, und nach seiner Rückkehr nach K-22 schwor er, er hätte den Zug deutlich gesehen: »Ich flog in geringer Höhe ein und bombte zwei Güterwagen von den Schienen. Und was dann geschah, könnt ihr euch ja denken.«
»Die Lok tauchte in einen Tunnel?« fragte ein Navy-Pilot.
»Mit fünfzig oder sechzig unbeschädigten Güterwagen.«
Nachdem das einige Male passiert war, steckten die F4U-Leute die Köpfe zusammen und entwickelten gemeinsam eine wagemutige Strategie, mit der, wenn sie funktionierte, jeder koreanische Zug, der zwischen Tunnels unterwegs war, in Trümmer gelegt werden könnte. »Wir hauen ihn so zusammen, daß ihn sogar die blindesten Fotoaufklärer finden müssen.«
Das Oberkommando maß den Fotografien große Wichtigkeit zu, denn man hatte entdeckt, daß die Piloten so begeisterte, aber auch so geschickte Lügner waren, daß man ihren übertriebenen Behauptungen nur bedingt Glauben schenken konnte.
»Ich flog in geringer Höhe ein«, berichtete einmal ein Pilot strahlend, »und direkt vor mir stand dieser Zug. Bumbum! Ich schmetterte ihn zwanzig Fuß von den Gleisen!« Doch wenn nüchternere Flieger Nachschau hielten, fanden sie für gewöhnlich nichts. So bürgerte sich die Gewohnheit ein, daß Aufklärer den Schauplatz der gemeldeten Zerstörung fotografierten, und wenn sie Bilder von einer umgestürzten Lok oder von Garnituren brennender Güterwagen heimbrachten, feierte die ganze Staffel.
Warum waren die Fotos so wichtig? Die Air Force gefährdete gewiß keinen Aufklärer, nur um beweisen zu können, daß irgend so ein flotter Kerl von Marinepilot ein Lügner war. Der eigentliche Grund erklärte sich aus der Psychologie der Flieger: Auf bloßes Gerede hin gab es keine Medaillen; dazu bedurfte es handfester Beweise. Ein Pilot konnte Abend für Abend in der Offiziersmesse sitzen und von seinen Taten erzählen, aber kein Mensch nahm ihn ernst, solange nicht ein anderer Flieger seinen Bericht bestätigte. Und darum wurden die Bilder so wichtig, ganz besonders für die Nachtjäger.
Bei Tageinsätzen konnte der Rottenflieger den Erfolg bestätigen oder

ein Bodenbeobachter, der ein feindliches Flugzeug in flammender Parabel abstürzen sah, aber nachts war es einem anderen Piloten fast unmöglich, etwas wahrzunehmen. Da gab es zum Beispiel auf K-22 einen Air-Force-Piloten, der Tag für Tag zum Stützpunkt zurückkehrte und behauptete, er hätte einen Waschmaschinen-Charly eingeholt und weggepustet. Niemand konnte diese Erfolge bezeugen. Niemand konnte die betreffende Stelle hinter den feindlichen Linien inspizieren, um die abgeschossene Maschine zu identifizieren, aber dem Oberkommando lag so viel daran, in Washington die Illusion hervorzurufen, daß die Amerikaner den Luftraum beherrschten, daß es diesem Dampfplauderer eine Auszeichnung mit zwei Spangen verlieh.
Das war der Kern der Sache. Kampfflieger dürsteten nach Auszeichnungen. Sie hatten eine kindische Freude an den Ordensbändern, die ihren Mut bezeugten. Nur selten machte ein Flieger in der Messe eine Bemerkung, die darauf schließen ließ, daß er sich für einen Helden hielt, aber selbst der zurückhaltendste unter ihnen strebte nach einer Auszeichnung, die eben diese Tatsache stumm verkündete. Für eine Medaille mehr war ein Pilot bereit, zu übertreiben, zu fälschen, zu lügen, aber auch dazu, die unerhörtesten Risiken einzugehen.
Es war albern. Es war kindisch. Aber es war auch das Urgefühl heldischen Erlebens, denn die Armeen aller Länder hatten entdeckt, daß die Menschen zwar aus vielen edlen Motiven kämpften – Heim, Vaterland, Familie, Haß gegen den Unterdrücker –, daß aber die besten Menschen am besten kämpften, um die Achtung ihrer Mitmenschen zu erlangen, und eine Medaille war der sichtbare Beweis ihrer Achtung. In den Jahren, als John Pope und seine Kameraden ihre nächtlichen Einsätze gegen feindliche Flak, launisches Wetter und scharfe Berggrate flogen, erhielt jeder von ihnen einen monatlichen Sold von 263 Dollar 63, lausige Verpflegung und billigen Whisky. Was sie für die enormen Risiken wirklich entschädigte, war der Respekt ihrer Kameraden und ihre leidenschaftliche Liebe zur Fliegerei.
Das war nun auch der Grund, warum sich John Pope, als er in einer Winternacht auszog, um die neue Strategie zur Zerstörung von Eisenbahnzügen zu erproben, genau erkundigte, ob am nächsten Morgen ein Aufklärer zur Verfügung stehen würde.
»Von K-3 ist heute nachmittag ein Captain der Marines mit einer aufgefrisierten Foto-Banshee eingetrudelt. Brennt darauf, loszufliegen.«

»Sagen Sie ihm, er soll sich bereithalten.« Es war nicht Popes Art, prahlerisch zu verkünden, daß er die Absicht hatte, einen Zug zur Strecke zu bringen. Er wußte, daß nur wenige ein Flugzeug besser fliegen und nachts besser damit umgehen konnten als er, aber er sprach nie von seinen Fertigkeiten. In einem Kreis junger Männer in Zivil hätte ihn kaum jemand für einen Flieger gehalten, und selbst in Uniform glich er eher einem einsatzbereiten Stabsoffizier oder einem Bildvogel, wie man die Luftbildauswerter nannte.

An diesem Abend kletterte er nach Einbruch der Dunkelheit in seine F4U mit ihrer massiven Ladung Munition für die Bordwaffen und Bomben für schwere Angriffe und rollte ans Ende der Startbahn, wo er sich alarmbereit hielt. Er wartete. Auf das Japanische Meer hinausblickend, beobachtete er die große Prozession der Sterne, die nun aus der See aufstiegen: Der Stier hob seine Hörner über den Horizont, und die sich zusammendrängenden Zwillinge folgten ihm. Um neun kam der Löwe heraufgekrochen, und um Mitternacht hatte Pope eine gute Sicht auf den Stern, den er in jener ersten Nacht mit dem geliehenen Glas in den Stunden vor Tagesanbruch so sehnsüchtig studiert hatte: den rotgoldenen Arcturus, der wie ein Signalfeuer leuchtete.

Er schob das Seitenfenster auf, um sich hinauszubeugen und die Sterne über sich sehen zu können, und da war auch Orion, der große Jäger. Ich bin selbst kein schlechter Jäger, und heute nacht fange ich mir einen Zug.

Es war lange nach Mitternacht, als das Startsignal kam. Ein letztes Mal sah er prüfend auf den Himmel. Er sah, daß sich Orion auf die westlichen Berge zubewegte und die himmlischen Tiere hinter sich herzog. Er schafft sie mir aus dem Weg. Danke. Er hob seinen Fuß und lockerte den Druck auf die Bremsen, die F4U schoß vorwärts, und während er über die Startbahn raste, mußte er daran denken, daß jeder Pilot in Hörweite, selbst wenn er zu schlafen schien, dem Dröhnen seines Motors lauschte und alle Hoffnungen darauf setzte, daß der Treibstoff einwandfrei sein und die Maschine sich in die Luft erheben würde. Aber er selbst war nicht im mindesten unsicher, er hatte keine Angst. Er sollte um 1 Uhr 34 von K-22 abheben, und das tat er auch. Daß der Motor versagen könnte, hielt er für undenkbar. Wenn er Wasser in seinem Treibstoff hatte, konnte das warten, bis er in der Luft war.

In mehr als hundert gefahrenreichen Landungen auf dem schwankenden Deck eines Flugzeugträgers hatte er auch nicht ein einziges Mal befürchtet, das Bremsseil zu verfehlen oder in die auf Deck abgestellten Flugzeuge zu rasen oder vom Deckende abzustürzen und in seiner eigenen Maschine gefangen zu sterben. Es war seine Aufgabe, das Flugzeug sicher aufzusetzen, und das tat er auch – bei Tag und bei Nacht, bei gutem oder schlechtem Wetter. Heute nacht war es seine Aufgabe, die Tauglichkeit der neuen Taktik zu erproben und mit diesem Ziel vor Augen erhob er sich in die Luft.

Da K-22 ein gutes Stück unterhalb der Hauptkampflinie lag, um die Treibstofflager vor eindringenden kommunistischen Flugzeugen zu schützen, flog er die ersten Minuten genau nach Norden, wodurch er weit aufs Meer hinausgelangte, doch als seine Instrumente anzeigten, daß er schon mindestens sechzig Kilometer in feindliches Gebiet eingedrungen war, schwenkte er nach Westen, ging auf eine Flughöhe von dreihundert Meter hinunter und begann die Täler zu durchsuchen.

In der Dunkelheit sah er nur wenig, obwohl seine Augen an mondlose Nächte gewöhnt waren. Scheint, als ob die Slopes diesmal nicht viel riskieren wollen.

Wie viele Piloten gebrauchte auch er, wenn er vom Feind sprach, stets unpersönliche Bezeichnungen. Slopes. Asiaten. Kimchi Kings. Auf K-22 arbeiteten viele tüchtige Südkoreaner, und große Frontabschnitte wurden von den Streitkräften der Republik Korea verteidigt. Ihre Tapferkeit war sprichwörtlich, und mit diesen Verbündeten unterhielten die Piloten freundschaftliche Beziehungen. Aber die nordkoreanischen Feinde hießen Slopes.

Er zog sechs lange Schleifen und meldete dann verschlüsselt: Nichts zu sehen.

In der Hoffnung, einen hölzernen Waschmaschinen-Charly zu finden, der nach Süden unterwegs war, inspizierte er die enge Straße, die von der chinesischen Grenze nach Inchon führte, aber er entdeckte nichts. Er hielt sich in sicherer Entfernung von Pjöngjang, der Hauptstadt Nordkoreas, wo starkes Abwehrfeuer konzentriert war, und hielt sorglich Ausschau nach russischen MIGs, die seit kurzem amerikanische Nachtjäger angriffen, denn als erfahrener Pilot wußte er, daß die russischen Maschinen um vieles schneller und überdies besser bewaffnet waren als seine eigene. Er war tapfer, aber nicht tollkühn, und er erinnerte sich des Leitsatzes seiner Staffel: »Wenn du einer MIG begegnest, mach dich schleunigst auf die Socken, denn du bist in der Minderheit.« Es war Aufgabe der F-86 der Air Force, sich mit den MIGs herumzuschlagen, und das war Pope auch sehr recht so.

Er vergaß auch nicht, daß seine F4U nur eine begrenzte Zeit in der Luft bleiben konnte, und es schien, als ob er heute nacht nichts finden würde. Doch als er einen Blick auf den Vorratsmesser warf und schon an den Rückflug dachte, entdeckte er im Licht der Sterne tief in einem Tal ein Objekt, das sich bewegte. Er stieß im Sturzflug hinunter, um es näher in Augenschein zu nehmen, und fand zu seiner großen Freude, daß es eine Lok der Kommunisten war, die mindestens sechzig Güterwagen hinter sich herzog. Und der Zug raste mit Höchstgeschwindigkeit auf einen Tunnel zu.

Mit großer Selbstbeherrschung ignorierte er das prächtige Ziel, das sich ihm darbot, und ging daran, die Strategie anzuwenden, auf die er sich mit seinen Leuten geeinigt hatte. Er schwenkte vom Zug ab und jagte auf den Eingang des nächsten Tunnels zu, wo er mit höchster Präzision eine seiner Bomben abwarf, die die Gleise aufriß und den Tunnel blockierte.

Immer noch ignorierte er den Zug und flog zu dem anderen Tunnel zurück, aus dem die Garnitur eben gekommen war. Dort warf er eine zweite schwere Bombe auf die Gleise und blockierte auch diesen Fluchtweg.

Als die MG-Schützen des Zuges merkten, was er getan hatte, feuerten sie wild in die Nacht, erreichten damit aber nur, daß ihre Garnitur deutlich sichtbar wurde, die nun gefangen auf offener Strecke stand.

Pope schwenkte nach Westen ab, zog eine große Schleife, sichtete den Zug und brauste in geringer Höhe auf ihn zu, während er das Feuer seiner Kanonen direkt auf die Lok richtete, sie aber, wie es schien, verfehlte.

Unverzagt flüsterte er sich zu: »Dann eben noch einmal!«

Er schwenkte nach Westen, beschrieb einen weiten Kreis und nahm, die Flak ganz bewußt ignorierend, die Lok abermals unter Feuer. Diesmal traf er gut, denn es gab eine Explosion und enorme Dampfentwicklung. Aber er zog die Möglichkeit in Betracht, daß das nur ein

Trick war, um ihn zu täuschen, und er erinnerte sich, daß die alten Hasen auf K-22 ihn gewarnt hatten: »Diese Slopes sind die besten Eisenbahner der Welt. Mit Zügen kennen sie sich aus. Die können dich auf hundert verschiedene Arten hereinlegen.«

Wieder flog er nach Westen, doch als er dieses Mal zurückkam, sah er, daß der Dampf kein Trick gewesen war; der Zug war arg zugerichtet, aber noch keineswegs zerstört. Der Flak nicht achtend, brauste er hart und tief heran und klinkte im richtigen Augenblick eine Bombe aus. Mit einem gigantischen Feuerstoß traf Metall auf Metall, die Lok schwankte, und mit ihr zusammen kippten auch die ersten drei Güterwagen um. Dieser Zug war erledigt.

Pope wäre noch gern geblieben, um die fünfzig oder sechzig gestrandeten Güterwagen zusammenzuschießen, aber er wußte, daß er nicht mehr genug Treibstoff hatte, und so rief er K-22 und gab anderen Piloten die Koordinaten des wartenden Zieles durch: »Schießt alles kurz und klein!«

Und während er jetzt zufrieden nach Süden steuerte, verspürte er zwei heiße Verlangen: mit dem Marines-Captain zu reden, der mit seiner Luftbild-Banshee nach K-22 gekommen war, und Altair, seinen Stern, aus dem Meer aufsteigen zu sehen.

Und als er sich von Westen her, die Nase dem Meer zugewandt, K-22 näherte, sah er die leuchtende Leier genau vor sich, und dann, tief am Horizont, noch feucht die gewaltigen Adlerschwingen, zog Altair herauf. Pope salutierte.

Der Marines-Captain, der den Bildaufklärer nach K-22 gebracht hatte, um hier vorübergehend Dienst zu machen, war zwei Jahre jünger als John Pope, aber etwa zwanzig Jahre an Erfahrung reicher. Ein richtiger Footballheld aus einer kleinen Stadt in Texas und nicht ein Ersatzfliegengewicht wie Pope, war Randy Claggett ans Texas A & M, Texas Agricultural and Mechanical College, gegangen, wo er sich mit dem ganzen Establishment angelegt hatte, um zu den Marines zu kommen und nicht in die Army, wie man das von einem A & M-Jungen erwartete. Im College war er zu leicht gewesen, um im Team zu spielen, erfreute sich aber als Student im ersten Semester wegen seiner Bereitschaft, auch die robustesten Spieler anzugreifen, außerordentlicher Wertschätzung.

Er war ein harter Kerl, liebte es, sich ungehobelt auszudrücken, und erweckte den Anschein eines ungebildeten Menschen. Von einem Fullback war ihm das Eckchen eines seiner großen Vorderzähne ausgeschlagen worden, und der Zahnarzt hatte der Symmetrie wegen auch das Gegenstück abgeschliffen und seinem Patienten damit das zahnlückige Grinsen eines Satyrs beschert, das Claggett in der Hitze einer Auseinandersetzung mit Begeisterung aufsetzte. Sein Logbuch zeigte an, daß er am Steuer von neunundfünfzig verschiedenen Flugzeugtypen gesessen hatte; sechzehn davon kannte er in- und auswendig, darunter die besten der Navy: F4U-4, AD-2, F9F-4 und die schwere F3D2. Er war von Flugzeugen besessen, und wenn sich nüchtern denkende Menschen wie Pope zu Recht für Experten hielten, war er ihnen um drei oder vier Nummern überlegen, denn auf seltsame Weise war er mit seinen Maschinen zu einem Körper verwachsen. Wenn er in seinem Cockpit saß, stimmte er sich mit seinem Motor ab, wurde ein Teil des Navigationssystems, eine Verlängerung der Landeklappen; er flog nicht das Flugzeug, er flog sich selbst.
Er empfand es daher als Erniedrigung, daß er ins Fotogeschäft versetzt worden war. »Babysitten nenne ich das, nichts weiter. Ihr wißt doch alle, daß ich da oben nichts bei mir habe, keine Kanone, keine Bomben, überhaupt nichts. Bildchen muß ich knipsen wie so ein Clown auf dem Rummelplatz!«
Die Lamettafritzen des Marines-Corps hatten schon gewußt, warum sie Claggetts die Banshee aufhalsten, einen der Trümpfe im amerikanischen Arsenal. Auf das Allernötigste an Ausrüstung beschränkt und ohne jegliche Bewaffnung konnte sie bis auf fünfzehntausend Meter steigen und mit wahren Wunderwerken an Kameras feindliche Stellungen mit geradezu unglaublicher Schärfe fotografieren. »Ich komme mit dieser Kiste so hoch hinauf, daß ich Gott bei der Arbeit zusehen kann.« Er hatte Bilder geschossen, die nordkoreanische Soldaten in einem Transportdepot zeigten, und er schwor, daß ein guter Luftbildinterpret mit einem Stereobildauswerter die Automarke feststellen und ganz sicher sagen konnte, ob es sich um Personenwagen oder Lkws handelte. »Daß ihr mir da unten nichts anstellt, ihr Schurken! Von da oben sehe ich alles!«
Er lag noch im Bett, als Pope wenige Minuten vor Sonnenaufgang ins Zimmer stürzte: »Sind sie Claggett? Der Bilderonkel?«

»Und wer zum Teufel sind Sie?«
Wie viele gesetztere Piloten gebrauchte auch Pope keine Fluchworte, und es überraschte ihn zuweilen, wenn ein anderer Offizier ihn mit Kraftausdrücken überschüttete, aber jetzt brauchte er Claggett. »Ich bin John Pope«, sagte er, »zum Sondereinsatz von der *Brandywine* abkommandiert.«
»Ich bin Claggett. Auf Dauer im Sondereinsatz.«
»Ich habe soeben einen Zug zerstört. Wir brauchen gute Bilder.«
»Ich weiß, ich weiß. Sie haben einen Zug zerstört. Ich reiße mir den Arsch auf, um ein Bild zu schießen, da stellt sich heraus, es ist ein zweirädriger Jauchekarren und alles ist voller Scheiße.«
»Es war ein Zug ... mit mindestens sechzig Güterwagen.«
»Das wäre der erste.«
»Es ist der erste. Wir haben eine neue Taktik angewendet. Wir blockieren die Tunnels. Und ...«
Claggett setzte sich auf und fuhr sich mit schlanken Fingern durch sein dichtes, verfilztes Haar. »Sie haben die Tunnels blockiert?«
»Habe ich.«
»Das muß ich sehen. Diese gottverdammten Slopes haben uns vor wenigen Tagen ein Munitionslager in die Luft gejagt.«
»Eine von den Lahmen Enten?«
»Jawohl.« Er wand seinen knochigen Körper aus dem Bett, bewegte seine Schultern, als ob er sie vor kurzem gebrochen hätte, und besah sich angewidert im Spiegel. »Ich muß mich rasieren.«
Und während sich die zwei Piloten rasierten, verblaßte Altair in der Morgendämmerung. Sehr präzise gab Pope an, wo sich der Zug noch befinden mußte, es wäre denn, die erstaunlichen Nordkoreaner hätten einen der Tunnels freigeschaufelt und die noch unbeschädigten Güterwagen in Sicherheit gebracht.
»Den find' ich schon«, versicherte ihm Claggett, und als die zwei Männer in den Lagerraum kamen, herrschte dort große Aufregung, denn die im Morgengrauen ausgeflogene Patrouille hatte Popes Zug ausgemacht und die gestrandeten Waggons zerstört.
»Die ganze Garnitur steht in Flammen«, erklärte ein Offizier des Nachrichtendienstes. »Claggett, wir brauchen Bilder.«
»Die kriegen Sie«, sagte Randy, und schon wenige Minuten später hatte er seine Banshee in der Luft und steuerte nach Nordwesten auf

das Tal zu, wo die Güterwagen brannten. Doch die russischen Piloten, die einige der nordkoreanischen MIGs flogen, hatten vorausgesehen, daß andere amerikanische Flugzeuge aufkreuzen würden, um den Erfolg zu bestätigen, und sie warteten.
Schwer bewaffnet und mit großer Schnelligkeit kamen vier MIGs aus Norden auf Claggett zu, der nach Westen steuerte.
Es sah aus, als ob es um ihn geschehen wäre. »Heilige Mutter Gottes!« rief er zum Stützpunkt zurück. »Vier MIGs sind hinter mir her. Ich schwirre nach oben!« Er richtete die Nase seiner Banshee nahezu vertikal aufwärts, gab kräftig Gas und schoß wie ein zielbewußter Falke in die Höhe. Siebentausend Meter, und die MIGs kamen rasch näher. Achttausend, und kein Fluchtweg. Zehntausend, und die erste MIG dekorierte den Himmel mit Leuchtspurgeschossen. Zehntausendfünfhundert, und drei MIGs hämmerten auf ihn ein. Elftausend, und er hatte den flüchtigen Eindruck, daß eine der MIGs zurückgefallen war. Zwölftausend, und er holte tief Atem, denn nun blieben alle MIGs zurück. Höher und höher stieg er auf, bis gut über dreizehntausend Meter über den eisigen Hügeln Nordkoreas. Und als er dort einen Augenblick ausruht – völlig in Sicherheit, denn es gibt auf der ganzen Welt kein Kampfflugzeug, das so hoch fliegen kann – bietet sich ihm ein herrliches Bild.
Aus dem Morgenhimmel im Osten kommen drei F-86 der Air Force. Im Augenblick sind sie tief unter den flinken MIGs, doch als den russischen Piloten klar wird, daß ihnen ein Angriff droht, haben die F-86 bereits an Höhe gewonnen, und ein ausgewogener Kampf steht bevor. Claggett sieht, daß die amerikanischen Maschinen gute Chancen haben, ein paar MIGs herunterzuholen.
Aber noch bevor es zu einem Luftkampf kommt, drehen die Russen ab. Sie haben strikte Anweisungen, ihre kostbaren Maschinen sicher zurückzubringen. Rasch und in guter Formation steuern sie ihre Zufluchtstätte nördlich des Yalu an. Claggett kann herunterkommen und seine Arbeit beenden.
Die F-86, die den Russen nicht trauen und fürchten, sie könnten unverhofft wiederkommen und die Luftbildmaschine angreifen, weisen Claggett an, bei ihnen zu bleiben, und dazu ist er gern bereit: »Ich hab' die MIGs nicht gern auf der Pelle.«
Und so fliegen die vier amerikanischen Düsenmaschinen auf das Gel-

be Meer hinaus. Sind die sechzig Bilder erst einmal entwickelt, werden sie eine dickgepanzerte chinesische Lok des Typs T 69 zeigen, vor einem Tunneleingang von den Schienen gesprengt; von siebenundsechzig vollbeladenen Güterwagen liegen drei neben den Gleisen, einundzwanzig stehen in Flammen, alle sind schwer beschädigt.
Für diese Unternehmung wird der Leutnant John Pope seinen monatlichen Sold von 263 Dollar 63, eine Medaille mit Ordensband und eine Empfehlung für die Beförderung zum Oberleutnant erhalten; die Staffel wird mit Genugtuung feststellen, daß endlich ein Weg gefunden ist, die kommunistischen Züge aus dem Norden auszuschalten.

Randy Claggett, Captain der Marines, war eine neue Erfahrung im Leben Popes, der schon viele Dampfplauderer kleinlaut werden gesehen hatte, wenn es hart auf hart ging. Aber noch nie zuvor hatte Pope einen Offizier wie Claggett erlebt, der ständig große Sprüche klopfte und dabei in jeder Hinsicht ein besserer Flieger war als er selbst. An der Bar, am Tag nach der Zerstörung des Zuges, zeigte er sich besonders gesprächig: »Jungs, ich habe schon viele in Klump gegangene Züge gesehen, aber so einen wie den noch nie. Ich komme ganz arglos dahin, um meine Bilder zu knipsen, da sehe ich vier MIGs, die auf mich zuschießen. Was tun? Ich schalte um und sage mir: ›Randy, mein Sohn, sieh zu, daß du früher in Dallas bist als sie.‹ Bei zwölftausend geben sie's auf. Merkt euch das, Jungs, ihr geht auf zwölftausend rauf, und sie lassen euch in Frieden.«
Er lachte ein wenig laut über diesen Ratschlag, denn außer seiner eigenen Maschine gab es nur wenige amerikanische Flugzeuge, die diese Höhe erreichen konnten. »Na, ich sause da in fünfzehntausend Metern Höhe herum, verschlinge Treibstoff, als ob es Popcorn wäre, und die vier MIGs warten unten auf mich. ›Randy, du armer Wicht‹, sage ich mir, ›diese Füchse haben dich da raufgejagt und werden dich fressen, wenn du wieder runterkommst.‹ Und dann bietet sich mir der köstlichste Anblick, den man sich vorstellen kann: Drei F-86 kommen aus der aufgehenden Sonne! Barmixer! Jeder Air-Force-Mann hier in der Bar bekommt ein Bier auf meine Rechnung!«
Nicht immer war Claggett so nett zur Air Force. »Euer K-22, das ist ein richtiger Scheißladen. Ihr solltet mal K-3 in Pusan sehen. Das ist ein Leben da unten. Wir haben Jo-sans.«

»Was ist ein Jo-san?« wollte Pope wissen.
»Koreanische Mädchen. Sie warten in der Messe. Die heißesten Blusen westlich von Fort Worth.« Er suchte in seiner Brieftasche nach dem Bild einer koreanischen Jo-san, holte aber statt dessen ein schönes Farbfoto seiner Frau, einer stattlichen Blondine, heraus.
»Das ist Debby Dee«, verkündete er. »Wurde mir an dem Tag angetraut, wo ich mein Pilotenabzeichen bekam.«
Die Flieger, die Randys Bier tranken, ließen das Bild herumgehen, und jeder einzelne studierte Mrs. Claggett mit Kennerblick. Sie war eine schöne Frau, keine Frage, aber allem Anschein nach älter als Claggett, vielleicht weil ihre Schönheit von jener blumigen Art war, die rasch verwelkt. Pope wollte schon fragen, wie alt sie sei, denn sie schien unendlich älter als Penny zu sein, aber er sagte nichts.
In den folgenden Tagen fand er sich häufig in Claggetts Gesellschaft, und das war erstaunlich, denn Pope flog nachts und Claggett bei Tageslicht, aber Randy brauchte so wenig Schlaf, daß er Pope oft auf seinen Dienstgängen begleitete. Dabei redete er unablässig. »Wie ich zum Bildflug gekommen bin? Mensch, du weißt, ich wäre ein besserer Jagdflieger als die ganzen Armleuchter von der Air Force!«
»Unlängst hast du aber recht freundlich von ihnen gesprochen. Nachdem sie dir das Leben gerettet hatten.«
»In einer Notsituation können sie nützlich sein. Aber um deine Frage zu beantworten: Ich mußte den Marines tüchtig einheizen, bis ich mich zur Fliegerschule melden durfte. Als Junge hat es mir Spaß gemacht, Autos auseinanderzunehmen. Als mein Vater eines Tages heimkam, lag sein ganzer Packard über den Rasen verstreut. Er lief rot an vor Wut. Für Motoren habe ich ein besonderes Gefühl, Pope.«
»Wieso bist du dann nicht bei den Jagdfliegern?«
Claggett ließ die Frage unbeantwortet. »Als ich Pensacola verließ, meldete ich mich auf VC-4 in Atlantic City. Bist du schon mal von dort gestartet? Telefondrähte quer über das Ende der Rollbahn. Viermal haben wir die Regierung ersucht, sie abzumontieren, weil wir sonst in die Häuser hineinkrachen würden. Wäre zu teuer, haben sie gesagt. Also haben wir sie eines Tages runtergeholt.«
»Wir?«
»Na ja, ich. Auf dem Stützpunkt wußten alle, daß ich es gewesen war,

und darum mußte ich mir einiges anhören, aber der Kommandant war froh, daß die Drähte weg waren. Aber schon am nächsten Tag wurden sie neu gespannt, und das Geschwader mußte Strafe zahlen. Na wenn schon.«

Pope bekam nie heraus, wie sein verrückter Kamerad es geschafft hatte, in eine Banshee gesetzt zu werden, aber ein alter Marines-Captain, der von einem der Flugzeugträger auf Besuch kam, gab ihm einen Hinweis: »In unserem Geschäft stellt die Banshee die höchsten Anforderungen an die Urteilskraft eines Piloten, beziehungsweise stellte, als wir sie damals testeten. Und sie entschieden sich für Claggett, weil ...«

»Haben Sie in der Prüfstelle für Luftfahrtgeräte gearbeitet?«

»Zwei Jahre am Patuxent River.«

»Angenehmer Dienst?«

»Es gibt keinen besseren. Ich flog siebenundvierzig verschiedene Maschinen. Unbezahlbar.«

»Wie kommt der Mensch dazu?« fragte Pope.

»Eines Tages klopft der Erzengel Gabriel an Ihre Tür. Es ist reine Glückssache.«

»Aber muß man nicht auch etwas von Flugzeugen verstehen?«

»Alle verstehen was von Flugzeugen. Man muß ein bißchen auf die Pauke hauen und sein eigenes Lob singen.«

Als die Flugzeuge einige Tage später wegen Schlechtwetter nicht starten konnten, begleitete Pope Claggett am Abend zu einer Filmvorführung. Die Hauptdarsteller waren Vivian Leigh, die John in *Vom Winde verweht* gut gefallen hatte, und ein Schauspieler, den er zwar nicht kannte, von dem er aber viel Gutes gehört hatte. »Diesen Brando mußt du sehen«, sagte Claggett. »Er ist phantastisch.«

Der Film hieß *Endstation Sehnsucht*. Pope fand den Titel lächerlich. Seine Meinung verschlechterte sich noch, als er sah, daß Brando einen schlabbernden, gotteslästerlichen Dummkopf spielte, der in einem schmutzigen Unterleibchen herumspazierte. »Dieser Kowalski ist ein Brechmittel«, sagte er in der ersten Pause, während die Filmrollen ausgetauscht wurden, zu Claggett. »So einen Menschen würde ich hinauswerfen.«

Doch als Blanche DuBois sich als verantwortungslose, hohlköpfige Schwägerin entpuppte, wurde es Pope unbehaglich zumute, und er

fragte sich, warum die Kowalskis nicht *sie* aus dem Hause wiesen. Der Film offenbarte immer mehr unerfreuliche Einzelheiten, und Pope wurde richtig nervös, denn das Familienleben, das hier gezeigt wurde, war in keiner Weise das, was er zu sehen wünschte. »Diese Frau ist unmöglich«, murmelte er.
»Würdest du sie auch rausschmeißen?«
»Du etwa nicht?«
»Richtig durchgezogen gehört die, das ist alles.«
Pope ging nie auf solche Reden ein — nicht weil er prüde war, sondern weil er glaubte, alle Sexprobleme ein für allemal gelöst zu haben, als er Penny Hardesty in Annapolis geheiratet hatte. Er war sehr glücklich mit Penny, und die in dem Film gezeigten rauhen Beziehungen widerten ihn an. Als das Verhältnis zwischen Brando und der Leigh ein ganz und gar abstoßendes Stadium erreichte, konnte er nicht länger zusehen. »Ich warte im Foyer auf dich«, sagte er und stand auf.
Claggett verstand seinen Freund nicht, doch als sich ein halbes Dutzend andere Piloten von ihren Sitzen erhoben, um die Baracke zu verlassen, packte er einen am Arm und wisperte: »Was ist los?«
»Ich fliege nicht den ganzen Tag, um abends diesen Dreck zu sehen«, schnauzte ein Major der Air Force.
»Wieso Dreck?«
»Ein Weibsstück wie die.« Der Air-Force-Mann riß sich los und stapfte hinaus.
Später wurde Claggett klar, daß dieser Film dem Leben der Flieger zu nahe kam, denn als er sie darüber reden hörte, erfuhr er, daß ein paar von ihnen Frauen hatten, die genauso verdreht waren wie Blanche DuBois; andere wieder führten Ehen, die von Umständen bedroht waren, wie sie Kowalski und seine Frau voneinander trennten. Diese Piloten, die gegen MIGs und nächtliches Dunkel und aufragende Berggipfel und wäßrigen Treibstoff so große Risiken eingingen, wollten Filme sehen, die ein friedliches Familienleben zeigten: zufriedene Ehefrauen, die in mit Jägerzäunen eingefriedeten Gärtchen saßen und über brave Knaben wachten, die sich mit kindlichen Spielen vergnügten.
»Ist dir der Film wirklich so an die Nieren gegangen?« fragte er Pope.

»Hast du nicht gemerkt, daß ich aufgestanden bin?«
»Aber warum denn bloß? Es war doch nur ein Film, noch dazu ein recht guter.«
»Ist er etwa besser geworden? Nachdem ich weg bin?«
»Sie hat immer wieder angegeben. Ein dummes beduseltes Luder.«
Claggett packte Pope am Arm. Es war eine Gewohnheit von ihm, denn er mochte es nicht, wenn sich ein Freund im Zorn von ihm trennte. »Setz dich, Pope. Du nimmst die Dinge zu ernst.«
»Ich verstehe dich nicht, Claggett. Du zeigst mir dieses Bild von deiner wunderschönen Frau, während du nach dem Foto von der Jo-san suchst, mit der du zusammengezogen bist.«
»Ich habe es gefunden«, sagte Claggett eifrig und holte den Schnappschuß eines reizenden koreanischen Mädchens aus seiner Brieftasche. Sie war sechzehn oder siebzehn Jahre alt und trug eines jener hübschen Kleider, bei denen die Taille unmittelbar unter dem Busen angesetzt ist.
»Na, ist das was?«
»Wozu gibst du dich mit ihr ab, wo du doch ...«
Claggett nahm das Farbfoto seiner Frau Debby Dee heraus und stellte es neben seiner Jo-san auf die Theke. »Zwei Superbienen.«
»Wo ist deine Frau?«
»Soviel ich weiß in Iwakuni. Sie ist mir nach Japan gefolgt. Dort führt sie vermutlich ein aufregendes Leben. Sie hat fast immer etwas laufen.«
So abscheulich klang das in Popes Ohren, daß er sich abrupt erhob und zu Bett ging. Aber er war daran gewöhnt, nachts zu fliegen und tagsüber zu schlafen, so daß er sich unruhig im Bett herumwälzte. Nachdem er eine Stunde lang keinen Schlaf gefunden hatte, stand er auf und kehrte in die Offiziersmesse zurück. Claggett saß immer noch da und plauderte mit dem Major der Air Force, den er während der Filmvorführung angesprochen hatte. Sie unterhielten sich über Frauen.
»Ich habe keine Lust, einen Abend damit nutzlos zu vertun, daß ich zusehe, wie eine Gemütskranke sich zum Narren macht«, sagte der Major und wies auf den Stuhl, den Pope sich nehmen sollte, wenn er Lust hatte, an dem Gespräch teilzunehmen.
»Aber so sind doch die meisten Frauen«, gab Claggett zu bedenken.

»Unsinn! Ich wette, Dreiviertel der Flieger dieser Einheit sind mit völlig normalen Frauen verheiratet.«

»Zugegeben«, erwiderte Claggett, »aber für gewöhnlich ist die normale Frau genauso verdreht wie diese Schwägerin in New Orleans.«

»Wie kommen Sie denn darauf?« wunderte sich der Major.

»Das sagt die Statistik.«

»Aber da sind die Leute, die *ich* kenne, *nicht* dabei.« Der Major wandte sich zu Pope. »Sie ... ich vergesse immer wieder Ihren Namen.«

Es ärgerte Pope, daß diese Typen von der Air Force, insbesondere die Majore, so taten, als hätten sie die Namen von Fliegern der Navy, die ihren Einheiten zugeteilt wurden, nie gehört. »Mein Name ist Pope.«

»Stimmt«, sagte der Major. »Pope. Pope. Sie fliegen die F6F.«

»F4U Nachtjäger.«

»Pope, F4U. Wir streiten uns über Frauen, Pope. Claggett sagt, die meisten Frauen wären nicht viel anders als dieses flappige Mädchen aus dem Film.«

»Ich weiß. Den Unsinn hat er mir schon verzapft, bevor ich zu Bett ging, aber ...«

»Moment mal«, protestierte Claggett. »Sie können Pope nicht als Zeugen gebrauchen. Er ist ein notorischer *Zielstreber*«, fügte er mit einem gleichermaßen liebevollen und gönnerhaften Lächeln hinzu. Piloten charakterisieren einander mit prägnanten Redewendungen, die eine ganze Verhaltensskala zusammenfaßten, so daß sich jede weitere Identifikation erübrigte. Randy Claggett nannte man respektvoll *Vordränger* oder *Superknüppel;* der erste Titel bezog sich auf seine Bereitschaft, sich zu jedem gefährlichen fliegerischen Einsatz freiwillig zu melden, der letztere auf die Art, wie er seine Einsätze flog. Flugnovizen träumten davon, sich eines dieser Ehrennamen würdig zu erweisen; Claggett wurden beide zugestanden.

John Pope also war ein notorischer *Zielstreber:* Er trank nicht, und er rauchte nicht, er turnte, um sein Gewicht zu halten, er gebrauchte keine Schimpfworte und wollte nichts mit Jo-sans zu tun haben. Eines Tages, so witzelten die Kameraden, würde *Superknüppel* Claggett tot und *Zielstreber* Pope Admiral sein.

»Ja«, sagte der Major und lächelte breit, »ich habe gehört, Sie sind ein echter *Zielstreber,* Pope. Nun, dann werden Sie ja wohl ...«

»Augenblick mal«, fiel Claggett ihm ins Wort. »Seine Frau hat soeben die Anwaltsprüfung gemacht. Da kann er noch gar nicht mitreden.«

Der Major lehnte sich zurück und starrte Pope verdutzt an. »Eine Anwältin? Sie meinen, sie arbeitet als Anwältin?«

»Ja. Als Rechtsberaterin für Senator Glancey aus Red River.«

Keiner sprach ein Wort. Weder Claggett noch der Major konnten begreifen, wie ein Pilot im Militärdienst eine Ehe mit einer Frau aufrechterhalten konnte, die weitab vom Stützpunkt ihren eigenen Beruf ausübte. Viele Frauen arbeiteten, denn das Militär zahlte schlecht, aber nur als Schullehrerinnen oder Sekretärinnen hoher Offiziere, und immer auf dem Stützpunkt oder in seiner Nähe.

»Wie schaffen Sie das?« fragte der Major, aber noch bevor Pope antworten konnte, erkundigte sich Claggett: »Hast du ein Bild von ihr?« Und Pope holte drei Aufnahmen von Penny hervor, jede zeigte sie sehr weiblich und liebreizend. Nachdem die zwei Flieger die Bilder aufmerksam studiert hatten, kamen sie zu dem Schluß, daß Penny etwa zweiundfünfzig Kilo wog, eine zierliche Brünette war, intelligent, humorvoll und pflichtbewußt, und funkelnde Augen und viel Schwung besaß.

»Nein«, korrigierte Pope, »was man so zierlich nennt, das ist sie nicht. Aber ihr habt recht, Schwung hat sie. Manchmal wählt sie sogar die Demokraten.«

Auch das verwunderte die zwei Flieger, denn die Ehefrauen junger Offiziere, die Admiräle zu werden hofften, taten gut daran, republikanisch zu wählen; ihre Männer waren praktisch dazu verpflichtet.

»Mit einer so soliden tüchtigen Frau«, mutmaßte der Major, »hat Ihnen der Film wohl auch nicht gefallen. Hab' ich recht?«

»Wozu machen sie solche Filme?« entgegnete Pope. »Die nur die Schattenseiten des Lebens zeigen?«

»Auch der Krieg ist so eine Schattenseite«, bemerkte Claggett, »und sie machen ständig Filme darüber.«

»Kriege lassen sich nicht vermeiden«, hielt Pope ihm entgegen. »Wir sitzen hier auf K-22, drei Männer, die drei verschiedenen Waffengattungen angehören, weil die Kommunisten uns gezwungen haben, hierher zu kommen. Aber über eine verlorene Frau wie diese braucht man keine Filme zu machen.«

»Shakespeare hat alle seine Dramen über Menschen geschrieben, deren Schicksal besiegelt war«, gab Claggett zurück. »Hast du schon mal *Othello* gesehen?«
»Wo haben Sie *Othello* gesehen?« Der Major war offensichtlich überrascht.
»Am Texas A und M gab es nur wenig Theater.« Claggett lachte. »Die großen Tiere vom Reserveoffizierscorps hatten was gegen die Stücke, die am College gespielt wurden. Defätistisches Zeug, meinten sie. Miesmacher. Dann stellten sie ein eigenes Programm zusammen. *Probleme der Befehlsausübung*. Ibsens *Volksfeind,* um die Konfliktsituation öffentlicher Stellen zu beleuchten, Shakespeares *Coriolan,* um die Problematik loyaler Verhaltensweisen aufzuzeigen. Und *Othello*.«
»Um was ging es dabei?« fragte Pope.
»Um die angekränkelten Beziehungen zwischen einem Kommandeur und einem Armleuchter in seinem Stab. Es war das beste Stück von allen.«
»Hat Debby Dee die Stücke gesehen?« wollte Pope wissen.
»Damals kannte ich sie noch nicht.«

So viele Flieger protestierten gegen die Vorführung eines so deprimierenden Films wie *Endstation Sehnsucht,* daß der Kommandeur des Stützpunktes den für Ausbildung und Unterhaltung zuständigen Offizier kommen ließ und ihn herunterputzte: »Auf diesem Stützpunkt werden Filme dieser Art nicht mehr gezeigt. Wir wollen nur patriotisches, optimistisches Zeug sehen. Filme mit Stars wie Ginger Rogers oder Fred Astaire.«
In der Offiziersmesse wurde eine Mitteilung angeschlagen, wonach in Zukunft alle Filme vor der Vorführung gesiebt und unerwünschte Streifen ins Lager in Tokio zurückgeschickt werden würden. Wer die Rolle des Zensors spielen würde, war nicht angegeben, doch der Unterhaltungsoffizier ließ seine Freunde wissen, daß er selbst, der Kaplan und ein Oberst sich dieser Pflicht unterziehen würden.
Als Pope diese Mitteilung las, fiel sein Blick auf eine andere, die offenbar von der Personalabteilung des Marineamtes stammte, und er nahm an, daß irgendein Flugzeugträger, der im Japanischen Meer operierte, sie nach K-22 gebracht hatte:

Flieger der Navy und des Marineskorps

Für erfahrene Piloten, die den Wunsch haben, Testpiloten für die neueren Flugzeugtypen zu werden, hält die Prüfstelle für Luftfahrtgerät am Patuxent River noch einige Stellen für den am 15. Juli beginnenden Schulungslehrgang offen. Schriftliche Bewerbungen mit den nötigen Unterlagen und Empfehlungen an ...

Die Worte »neuere Flugzeugtypen«, waren mit der Absicht eingefügt worden, um Piloten wie John Pope anzulocken, und der Köder war gut ausgelegt, denn noch am gleichen Morgen setzte er einen Brief an seinen Kommandeur an Bord des Flugzeugträgers auf, in dem er ihn um Erlaubnis bat, seine Bewerbung einreichen zu dürfen.
Es wäre ihm nie eingefallen, jemandem seine geheime Ambition, Testpilot zu werden, einzugestehen; Zielstreber wie er verstießen nie gegen dienstliche Vorschriften und behielten ihre Sehnsüchte für sich. Es war ein eindrucksvolles Dossier, das er nach Washington schicken konnte: untadelige Flugleistung auf neun verschiedenen Flugzeugtypen; keine disziplinären Verfahren; drei Züge zerstört, dazu Claggetts Bilder als Beweis; zwei Medaillen und überdurchschnittliche Beurteilungen durch jeden Kommandeur, unter dem er gedient hatte.
Aber etwas fehlte in der Bewerbung, und einem Prüfungsausschuß der Admiralität würde diese Unvollständigkeit sofort ins Auge springen: Er hatte noch nie einen Kampf mit einem feindlichen Flugzeug bestritten, weder mit einer russischen MIG noch mit einer nordkoreanischen Lahmen Ente, und da er nur nachts flog, war die Wahrscheinlichkeit, daß er je einer MIG begegnen würde, gering, denn die Russen neigten nicht dazu, diese kostbaren Maschinen bei spekulativen Operationen einzusetzen. Es gab für ihn nur eine Chance, einen Luftkampf zu führen: Er mußte einen Waschmaschinen-Charly ausfindig machen – und das zu tun, war er nun fest entschlossen.
Um zwei Uhr am Morgen des 12. Mai 1952, als der adlergleiche Altair dem Zenit des Himmelsgewölbes entgegenzog, entdeckte ein Radarbeobachter knapp südlich der Abfanglinie ein Echozeichen auf dem Schirm, und das mußte ein Flugzeug sein, das in südlicher Richtung auf die großen Treibstofflager bei Inchon zuhielt. Es wurde Alarm gegeben, und Popes F4U schoß in die Luft.

Die schwere Maschine stieg auf zweitausend Meter und steuerte nach Nordwesten, um den Eindringling abzufangen. In der sternklaren Nacht sichtete Pope tief unter sich den Feind, der mit seiner Last von TNT schwerfällig dahintuckerte. Atemlos vor Erregung ging Pope ein gutes Stück hinter der Lahmen Ente in Position und visierte sein Ziel an.

Er war so vertieft in sein Vorhaben, daß er die zweite Hälfte des nordkoreanischen Einsatzverbandes glatt übersah: Eine von einem russischen Piloten geflogene MIG, deren Aufgabe es war, jeden sorglosen Amerikaner abzuschießen, der sich einfallen lassen sollte, die Lahme Ente anzugreifen. Als Pope merkte, daß er in eine Falle gestolpert war, feuerte die MIG bereits aus allen Rohren. Außer sich vor Wut, daß er sich hatte austricksen lassen, hörte Pope Kugeln in seine F4U einschlagen.

Die Maschine wurde von Einschlägen geschüttelt, flog jedoch tapfer weiter. Geschoßgarben rissen einen Flügel fast von seiner Aufhängung, und dann explodierte ein Tank. In Flammen gehüllt, schwenkte die F4U ein, verlor rasch die Höhe und knallte etwa fünfundzwanzig Kilometer nördlich der Hauptkampflinie zu Boden; Amerikaner und Nordkoreaner beobachteten den Absturz, und gegen 4 Uhr 30, als die Sonne das nächtliche Dunkel zu lichten begann, strebten Teams beider Seiten der Absturzstelle zu, und es blieb offen, welches sie als erstes erreichen würde. Einige Minuten lang erleichterte beiden Seiten ein gewaltiges Flammenmeer die Aufgabe: die Lahme Ente hatte ihre Bombenlast über einem Treibstofflager abgeworfen.

Die Nordkoreaner kamen zu Fuß von einem nahegelegenen Stützpunkt, die Amerikaner mit Hubschraubern von einem Flugplatz im Süden, aber ihnen allen voran war eine tieffliegende Maschine, die mit enormer Geschwindigkeit daherraste – Randy Claggetts Banshee. Während er das zerstörte Flugzeug fotografierte, fingen seine Kameras auch einen abgeschossenen Flieger ein, der, den Fallschirm neben sich, in einiger Entfernung stand und mit erhobenen Armen winkte.

In der Offiziersmesse von K-22 machten Claggett und Pope eine düstere Bestandsaufnahme:

»Mensch, Pope, im Januar sind wir hergekommen, um Lahme Enten abzuschießen. Jetzt ist es Juni, und wir haben noch nichts erreicht.«

»Ich habe eine gesehen. Was ich nicht gesehen habe, das war die MIG im Geleitschutz.«
»Wir haben zwei F4U zu Schanden geflogen, und meine Bilder sind auch nicht viel wert. Die Navy muß mächtig stolz auf uns sein.«
»Du hast dich damals mit vier MIGs gleichzeitig angelegt.«
»Und du hast drei Züge erledigt.«
»Einen Zug auf dem Boden zu zerstören, ist nicht dasselbe, wie ein Flugzeug in der Luft abzuschießen.«
Sie fielen in betretenes Schweigen, als draußen ein Pilot sein Flugzeug auf Touren brachte. Sie lauschten, während es die Startbahn hinunterjagte, sekundenlang stotterte, wieder zu Atem kam und abhob.
»Ich sollte Jagdflieger werden, Pope. Ich könnte vor Neid erblassen, wenn ich diesen F-86-Würstchen zusehe.«
»Na ja, ich weiß nicht. Als ich da in dem Reisfeld stand und mich fragte, wer denn nun durch die Bäume kommen würde, unsere Leute oder die anderen, empfand ich kein Bedauern. Ich liebe es zu fliegen, und weißt du, was mir durch den Kopf ging? Der Krieg ist der schmerzliche Preis, den man für den Spaß zahlen muß, den einem das Fliegen macht.«
Trübsinnig trank Claggett sein Bier und konnte seine Empörung nicht verhehlen, als Pope sein zweites Ingwerbier bestellte. »Verdammt noch mal, wie kann ein Pilot diese Pferdepisse saufen?« Als Pope keine Anstalten machte, sein Lieblingsgetränk zu verteidigen, holte der drahtige Texaner aus, fegte das Ingwerbier vom Tisch und fügte heißblütig hinzu: »Ich kenne dich nun schon eine Weile, Pope, und du verstehst etwas von Flugzeugen. Ich habe großen Respekt vor Leuten, die das Fliegen ernst nehmen, und das tun nicht viele. Ich möchte dir einen Vorschlag machen, und es täte meinem Herzen gut, wenn du ihn ernst nehmen würdest.« Und aus seiner Hemdtasche holte er die Bekanntmachung, die am schwarzen Brett angeschlagen gewesen war. Er hatte das Papier schnell und heimlich an sich genommen, denn sein Prinzip lautete: Ich brauche keine Konkurrenz.
»Die Navy hat Bedarf an ein paar tüchtigen Leuten. Wärest du an einem solchen Lehrgang interessiert?«
Und er schob ihm auch seine Bewerbung hin.
Als Pope das ausgefüllte Formular durchsah, fiel ihm etwas auf, was ihn sehr überraschte. »Du bist Akademiker?«

»Wie es so schön heißt: ›Ich war der beste meines Jahrgangs.‹«
»Warum redest du dann dieses primitive Tex-Mex?«
»Ich habe fleißig studiert, damit ich so leben kann, wie es mir gefällt. Es macht mir Spaß, wie ein Texaner zu reden. Ich will das Leben eines harten Burschen führen.«
»Mit deiner Dienstbeurteilung nehmen sie dich sicher.«
»Das will ich auch hoffen, und ich wünschte, du würdest dich auch bewerben. Wir könnten ein Team sein.«
Mit dem rechten Zeigefinger schob Pope die Papiere langsam über den Tisch zurück. »Ich habe die Mitteilung an dem Morgen gesehen, als sie angeschlagen wurde. Noch bevor du sie geklaut hast, um vor Konkurrenz sicher zu sein. Ich habe meine Bewerbung schon vor Wochen abgeschickt.«
»Du hinterlistiger Hundesohn! Sicher nehmen sie uns beide. Und dann fliegen wir höher und höher und immer schneller ...« Die Arme schwingend vollführte er einen Luftsprung. »Wir werden diesen Prachtexemplaren die Flügel stumpf fliegen!«

Im Jahre 1952 mußte sich Senator Norman Grant, Republikaner aus Fremont, zur Wiederwahl stellen, und sein politischer Mentor Tim Finnerty warnte ihn: »In zwanzig Jahren, Senator, können Sie erleben, wie zwei Dutzend neue Senatoren nach Washington kommen – und viele von ihnen bleiben nur für eine Amtsperiode. Wissen Sie, warum? Weil sie für die Wiederwahl nicht mehr so hart arbeiten wie für ihre erste Wahl. Aber wenn wir diese zweite unter Dach haben, können Sie auch mit weiteren vier rechnen. Also gehen wir an die Arbeit!«
Finnerty wollte die Wiederwahl nicht ohne die Hilfe Penny Popes betreiben, die sich bei der ersten als so tüchtig erwiesen hatte, aber Grant zögerte: »Das könnte sich als problematisch erweisen. Penny, nehme ich an, wählt republikanisch, aber sie arbeitet für Senator Glancey, einen Demokraten. Er könnte Anstoß nehmen.«
»Das ist doch kein Problem. Sie bitten Glancey, Ihnen seine Assistentin zu leihen.«
»Nein, das werde ich nicht tun, Tim. Ich will mich Glancey nicht verpflichten. Wer weiß, welche Gegenleistung er später einmal dafür fordern wird?«
»Haben Sie etwas dagegen, wenn ich ihn frage?«

»Halten Sie Mrs. Popes Hilfe für so wichtig?«
»Senator, das ist Ihre entscheidende Wiederwahl. Alles ist wichtig, sogar die Farbe Ihres Briefpapiers. Ich würde vorschlagen, daß Sie Ihren blauen Briefkopf durch einen schwarzen ersetzen. Männer, die das Vertrauen ihrer Wähler verdienen, haben schwarze Briefköpfe.«
Als Finnerty bei Glancey vorsprach, benötigte der Senator aus Red River eine Minute, um das Problem richtig zu werten. »Grant braucht meine Sekretärin, will sich mir aber nicht verpflichten, indem er mich persönlich darum ersucht. Andererseits benötige ich die Unterstützung der Republikaner bei gewissen Dingen in den Ressorts Luftfahrt und Verteidigung. Ich möchte, daß er mir verpflichtet ist. Darum werde ich Mrs. Pope auf keinen Fall freigeben, solange Grant mich nicht persönlich darum ersucht.«
»Das wird er nicht tun«, erklärte Finnerty energisch.
»Dann werde ich ihn dazu verleiten, es zu tun«, gab Glancey zurück. »Und wenn ich ihm meine Probleme darlege, wird er mir verpflichtet sein wollen.«
»Norman Grant fühlt sich nicht gern verpflichtet«, warnte Finnerty.
Glancey wechselte abrupt das Thema, eine Gewohnheit, für die er bekannt war. Eben noch hatte er von der Stockentenjagd in den Ozarks gesprochen, und plötzlich warb er um eine Stimme für den neuen Bomber, den die Air Force dringend benötigte. »Wir haben etwas dabei übersehen, Mr. Finnerty. Wie stellt sich die junge Frau dazu? Sollten wir sie nicht fragen?«
Er läutete nach Penny, und als sie eintrat, erhob er sich höflich und bat sie, Platz zu nehmen. »Sie können sich ja vorstellen, was Mr. Finnerty hergeführt hat, nicht wahr?«
»Senator Grants Stimme für den Bomber?«
»Keineswegs, Mrs. Pope. Er ersucht um Ihre Mithilfe bei der kommenden Wahl.«
»Aber er ist doch Republikaner«, sagte sie mit jener Unverblümtheit, die nicht nur ihr Gatte und ihr Arbeitgeber an Penny Pope schätzten, »und ich arbeite für Sie.«
»Das ist es ja«, bemerkte Glancey.
»Allerdings bin ich liberaler als mein Mann.«
»Liberal genug, um für Adlai Stevenson zu stimmen?«

»Vielleicht nicht ganz so liberal.«
»Wäre es Ihnen recht, wenn ich Ihnen meinen Segen geben würde? In bezug auf Ihre Arbeit für Senator Grant?«
»Ich weiß es zu schätzen. Tim und ich sind ein gutes Team.«
Glancey wandte sich Finnerty zu. »Es ist also ganz einfach. Es gibt drei gute Gründe, warum ich nichts dagegen habe, daß meine Samariterin für die Opposition tätig wird. Daß Stevenson die Präsidentenwahl gewinnen kann, bezweifle ich. Ich bezweifle nicht, daß Grant in Fremont gewinnen kann. Und ich brauche seine Hilfe für mein großes Projekt.«
»Dann sind wir uns also einig?«
»Keineswegs. Ich möchte, daß Grant zu mir kommt. Um mich persönlich darum zu ersuchen.«
Mrs. Pope begleitete Finnerty in Norman Grants Büro, und als Penny ihren ehemaligen Chef sah – achtunddreißig Jahre alt, adrett gekleidet, in seinem Gebaren ein Mann des neunzehnten Jahrhunderts –, fühlte sie intuitiv, daß er ein Recht darauf hatte, wiedergewählt zu werden, denn er sah aus, wie ein Senator aussehen sollte.
»Senator Glancey sagt, wir können Penny haben, wenn ...«
»Wenn ich ihn persönlich darum bitte?« fiel Grant ihm ins Wort. Als sein Wahlkampfleiter nickte, schüttelte Grant wie verwundert den Kopf. »Dieser alte Fuchs. Er will ein Geschäft mit mir machen.« Und an Mrs. Pope gewandt, fragte er: »Können Sie mir eine wirkliche Hilfe sein?«
»Wir haben Sie auch das letzte Mal durchgeboxt.«
»Bewerten Sie Ihren Anteil an meinem Erfolg nicht etwas zu hoch?« fragte Grant scherzend.
Penny beugte sich vor. »Es gibt nur zwei Arten von Senatoren. Die, die wiedergewählt werden, und die anderen. Erstere sind von großem Wert für unser Land; die anderen können wir vergessen.«
»Es ist durchaus meine Absicht, mich wiederwählen zu lassen.«
»Auch von Ihrem Typ gibt es zwei Arten. Solche wie Senator Glancey, die beißen und kratzen und dem Gegner ein Auge ausquetschen und denen der Sieg einfach nicht zu nehmen ist – und gute Leute wie Sie, die tatkräftiger Unterstützung bedürfen. Sie brauchen Finnerty und mich. Wir besorgen das Augenausquetschen.«
So begab sich Norman Grant also zu Michael Glancey, und der sagte

offen seine Meinung. »Ich glaube nicht, daß Stevenson gewinnen kann, denn unser Land sehnt sich nach einem militärischen Führer. In den kommenden Jahren werden schwerwiegende Entscheidungen zu treffen sein, und ich würde lieber Sie als Vertreter Fremonts hier sehen als irgendeinen Hohlkopf, dem ich nicht trauen kann. Da wir Demokraten keine Chance haben, Ihren Sitz zu erobern, würde es mich freuen, wenn Mrs. Pope Ihnen helfen könnte, über die Runden zu kommen.«

»Warum haben Sie dann darauf bestanden, daß ich persönlich zu Ihnen herunterkomme?«

»Weil ich Ihr Versprechen haben möchte, daß Sie in meinen Ausschüssen – Luftfahrt und Verteidigung – bleiben. Es wäre mir eine große Freude, Sie eines Tages als Sprecher Ihrer Fraktion in diesen Ausschüssen begrüßen zu können, und das werden Sie sein, Grant, wenn Sie die Wiederwahl gewinnen.«

»Welche großen Ereignisse sehen Sie auf uns zukommen?«

»Im einzelnen bin ich mir selbst noch nicht im klaren, aber ich bin ganz sicher, daß uns die Russen auf gewissen Gebieten weit voraus sind. Und das heißt, daß wir eines Tages in große Schwierigkeiten geraten könnten.«

»Und Sie meinen, ich könnte Ihnen helfen?«

»Gewiß doch. Sie kenen den Krieg. Sie wissen, was nationaler Notstand ist. Sie, ich, Lyndon, Symington, eine Handvoll anderer. Als Sprecher der Republikaner würde Ihre Einstellung von entscheidender Bedeutung sein.«

Grant hatte lange genug im Senat gesessen, um zu wissen, worauf es ankam. »Was hätte Fremont davon, wenn ich in den Ausschüssen bliebe? Ich hatte die Absicht, auf Landwirtschaft umzusatteln.«

»Kümmern Sie sich um die Landwirtschaft, Grant. Ihre Wähler werden begeistert sein. Aber bleiben Sie auch bei mir. Und wenn die Dinge sich so entwickeln, wie ich sie kommen sehe, wird es zu einer enormen industriellen Expansion kommen.«

»Ich danke Ihnen, daß Sie mir Mrs. Pope überlassen. Sie ist eine wunderbare Frau.«

»Das weiß ich besser als Sie, Senator.«

Aus diesen etwas verschlungenen Gründen verbrachte Penny Pope den Sommer 1952 damit, daß sie den Bundesstaat Fremont in einer

Weise politisch organisierte, wie er noch kaum jemals organisiert worden war. Sie setzte alles ein, was sie bei Glanceys Widerwahl 1950 gelernt hatte – er errang einen überwältigenden Sieg – und noch dazu einige eigene Ideen. Anfang Oktober flog sie nach Alabama, um mit Larry Penzoss zu sprechen, und dann nach Detroit, wo Gawain Butler Vorstand einer kleinen Schule für Schwarze war.
Sie hatte keine Schwierigkeiten mit Penzoss, dessen langweilige Tätigkeit darin bestand, schwere Fernlastzüge auf Reisen zu schicken; wenn nötig, konnte er sich sechs Wochen freimachen. Mit Butler aber war es nicht so einfach. Da der Schulbeginn unmittelbar bevorstand, wurde er gebraucht, und überdies plagten ihn ernste Zweifel im Hinblick auf das Verhalten der Senatoren Grant und Glancey bei diversen Abstimmungen, wo es um die Rechte der schwarzen Bevölkerung gegangen war. »Warum sollte ich mich zerreißen, um Leuten zu helfen, die mir nicht helfen?«
»Mr. Butler, Sie haben mir dutzendemal erzählt, wie Senator Grant Ihnen auf das Floß geholfen hat. Jetzt braucht er ...«
»Sie scheinen etwas zu übersehen, Miss Penny ...«
»Sagen Sie doch einfach Penny.«
»Wenn ein Mann das Floß verläßt, muß er sich weiterentwickeln. Senator Grant steht genau da, wo er an jenem Morgen stand, als wir gerettet wurden. Nicht besser und nicht schlechter. Ich habe ein College besucht. Ich habe eine neue Welt kennengelernt. Was menschliches Verhalten angeht, habe ich gelernt, hohe Maßstäbe anzulegen.«
»Mr. Butler ...«
»Nennen Sie mich Gawain.«
Sie zögerte kurz; dann lachte sie. »Ein verrückter Name für einen schwarzen Schullehrer. Hören Sie, Gawain. Wenn es uns gelingt, Sie und Penzoss und Finnerty wieder auf das Podium zu bringen, hat Norman Grant die zweite Amtsperiode in der Tasche.«
»Und was springt dabei für uns Schwarze heraus?«
»Sie werden eine hochgestellte Persönlichkeit zu Ihren Freunden zählen können. Und ich werde Ihnen in Senator Glanceys Büro helfen können.«
»Er wird seine Stimme nie für eine gerechte Sache abgeben.«
»Was denken Sie wohl, warum er mich angeheuert hat? Wenn der Kongreß tagt, vergeht keine Woche, daß ich ihm nicht mit irgend et-

was in den Ohren liege.« Butler wollte etwas einwenden, aber Penny ließ ihn nicht zu Wort kommen. »Ich habe einen guten Riecher für Politik, Gawain, und ich könnte mir Entwicklungen vorstellen, bei denen die Stimmen Grants und Glanceys sehr wichtig sein könnten – für Ihre Rasse, für Ihre Schule, für Sie persönlich. Mag sein, ich kann Ihnen nicht beide Stimmen verschaffen, aber ich bin überzeugt, daß Sie mit einer rechnen können, wenn es um eine gerechte Sache geht. Das ist dann eine Pattstellung, was meine zwei Senatoren betrifft. Ihre Aufgabe ist es, sich um die restlichen vierundneunzig zu kümmern.«

Penzoss verbrachte vier Wochen in Fremont, wo er zusammen mit Tim Finnerty auftrat – in Uniform und mit ihren Auszeichnungen –, aber von Montag bis Donnerstag ließ Penny sie in den kleineren Ortschaften sprechen. Über die Wochenenden, zu denen Gawain Butler mit Hinkebein und Krückstock aus Detroit geflogen kam, ließ Penny die drei Helden in den größeren Städten sowie in Rundfunk und Fernsehen auftreten.

Es waren gut aussehende junge Männer – Finnerty siebenundzwanzig, Penzoss neunundzwanzig, Butler einunddreißig Jahre alt –, und obwohl Penzoss seine Uniform an einigen Stellen hatte auslassen müssen, riefen sie immer noch heldenhafte Illusionen hervor. Die Charakterschilderungen, die sie von Norman Grant gaben, übten starke Wirkung aus, und Ende Oktober sah es so aus, als ob der Senator wiedergewählt werden würde.

In Calhoun führten Grant und Butler ein ernstes Gespräch. »Sieht so aus, als ob wir es geschafft hätten«, meinte der Schwarze.

»Wie geht es Ihnen mit Ihrer Schule?« Grant wollte auch nicht mit einer Silbe erkennen lassen, daß er dachte, die Wahl schon gewonnen zu haben. Er wollte es nicht berufen und nahm auch keine Meinungsumfragen ernst.

»Wir haben viele Probleme, Senator.«

»Sogar im Norden?«

»Ich habe nicht von uns Schwarzen gesprochen. Ich habe von Detroit gesprochen.«

»Tut mir leid. Das war gedankenlos von mir, Gawain. Wie kommen Sie mit den Schulbehörden in Detroit zurecht? Haben Sie Aussicht auf eine größere Schule?«

»Ich fürchte, Detroit steht vor sehr ernsten Problemen.«
»Was meinen Sie? Die Rassenfrage?«
»Nein. Ich meine, daß sich alles so schnell ändert. Die Betriebe wandern in das Umland ab. Die Steuereinnahmen sinken. Arbeitslosigkeit.«
»Wie ich höre, geht das allen großen Städten so.«
»Das ist richtig, und Sie müssen etwas dagegen tun.«
»Inwiefern sind Sie daran interessiert?«
»Ich bin ein Bürger Detroits. Aber ich bin auch ein Schwarzer. Und alles, was einer Großstadt Übles widerfährt, wirkt sich doppelt schwer auf unsere Rasse aus.«
»Was soll ich für Sie tun, Gawain?«
»Geben Sie gelegentlich Ihre Stimme ab, um uns zu helfen.«
»Zum Beispiel?!
»Faire Beschäftigungspolitik in dem Sinn, daß auch Schwarze Gewerkschaften beitreten können. Bessere Schulen in den Großstädten. Stadtsanierung.«
»Das ist aber ein recht breites Spektrum.«
»Darum helfe ich mit, daß Sie gewählt werden, Senator Grant. Bei Ihrem Hintergrund und Ihrem Charakter sollten Sie imstande sein, sich mit einem breiten Spektrum von Fragen auseinanderzusetzen.«
Die zwei Männer schweigen. Butler hatte alles gesagt, was ihm Sorge machte, und darum hielt er es nicht für nötig, weiterzusprechen. Grant dachte, daß das etwa das fünfzigste dringende Ansuchen war, das man ihm vorgetragen hatte, eines wichtiger als das andere. Allmählich wurde es ihm unmöglich, sie kritisch zu beurteilen, aber er gestand sich ein, daß es zwei persönliche Verpflichtungen gab, die einer gewissenhaften Prüfung zu unterziehen waren. Senator Glancey hatte sich ihm gegenüber ein großes Verdienst erworben, als er ihn so gut im Senat eingeführt hatte, und wenn Glancey Unterstützung in seinen Ausschüssen brauchte, würde er sie ihm geben. Gawain Butler war einer der feinsten Burschen, die er je gekannt hatte, und wenn er das Gefühl hatte, daß die Schwarzen in den Großstädten Hilfe brauchten, würde er diese Ansprüche sorgfältig prüfen.
»Ich glaube, diese Wahl haben wir gewonnen, Senator Grant.«
»Wenn wir sie gewonnen haben, hoffe ich von Ihnen zu hören.«
»Das werden Sie.«

Als Professor Mott den Befehl erhielt, mit den Deutschen von El Paso in Texas nach Huntsville in Alabama zu übersiedeln, schickte er die meisten mit dem Zug voraus, aber Dieter Kolff und sieben andere Familien wollten mit ihren aus zweiter Hand erstandenen Autos über Land fahren. Sie stellten einen Zug zusammen, und als Mott sah, wie zügig Kolff diese Expedition organisierte, fühlte er sich in seiner Überzeugung bestärkt: Mit diesen Männern hatte die Army der Vereinigten Staaten ein gutes Geschäft gemacht.
Kolff hatte sich einen Oldsmobile-Tourenwagen Baujahr 1938 gekauft, einen schönen Wagen mit Schnellgang und schweren Chromstahlstäben über dem Kühlergrill. Es war kein tolles Vehikel mehr gewesen, als Dieter es erstanden hatte – zwölf Jahre alt, hundertachtzigtausend Kilometer –, doch nachdem er und ein Kollege namens Unger, ein wahrer Künstler im Umgang mit Motoren, den Wagen mit selbstgefertigten Ersatzteilen überholt und in Schuß gebracht hatten, war er für weitere zweihunderttausend Kilometer gut.
Der Konvoi sollte aus neun Wagen bestehen, einschließlich des Chevrolets, in dem Mott, seine Frau, ihr Sohn Millard und Baby Christopher die Prozession anführen würden. Aber unmittelbar vor ihrem Aufbruch kam noch ein zehnter Wagen dazu: Drei Soldaten fuhren in ihm unter der Führung von Oberleutnat McEntee, der den Auftrag hatte, darauf zu achten, daß die Deutschen die Strecke nach Alabama zügig zurücklegten, ohne unterwegs der Presse irgendwelche Erklärungen abzugeben oder die Zeit mit der gemächlichen Besichtigung von Sehenswürdigkeiten zu vergeuden.
Die Soldaten wurden nicht benötigt. Dieter Kolff hatte einen Reiseplan zusammengestellt, bei dem kein Kilometer und keine Minute außer Betracht gelassen waren. »Wir fahren über Carlsbad, Dallas, Little Rock und Memphis. Die Wagen sind von eins bis neun numeriert und werden ihren Platz in der Kolonne beibehalten. Auch alle Gepäckstücke sind numeriert und werden morgens und abends abgezählt. Die Wagen werden saubergehalten und führen große Papiersäcke für alle Abfälle mit. Tagsüber legen wir bei jedem Aufenthalt fest, wo das nächste Mal getankt wird. Und wir tanken immer gemeinsam.« Und so weiter, und so weiter.
Oberleutnant McEntee hatte seine Befehle, die jedoch weitgehend ignoriert wurden, denn Kolff hatte an alle Möglichkeiten gedacht.

Zur ersten Auseinandersetzung zwischen der amerikanischen Armee und den Peenemünde-Deutschen kam es bei Carlsbad, wo die Safari hielt, um zu tanken. »Da wir nun einmal hier sind«, sagte Kolff, so als ob reiner Zufall sie hergeführt hätte, »sollten wir den Nationalpark mit den berühmten Topfsteinhöhlen besichtigen.« Einer der Soldaten sagte: »Sie meinen Tropfsteinhöhlen. Aber es ist Ihnen nicht gestattet, sie zu besichtigen.«
»Da wir nun einmal hier sind«, wiederholte Kolff, und sein Körper spannte sich angriffslustig, »warum fahren wir nicht mal vorbei?« Und als die Deutschen den Eingang zu diesem Wunder der Natur erreichten, stellte Mott fest, daß sie von einem Empfangskomitee mit Erfrischungen und Freikarten für den Besuch der Höhlen erwartet wurden. Kolff hatte schon vor zwei Wochen geschrieben und ihre Ankunft auf die Minute genau angekündigt.
Abermals protestierte Oberleutnant McEntee, aber schon hatte der Regierungsbeamte Kolff aus dem Oldsmobile geholt und an die anderen Autos Prospekte verteilt, so daß ein Besuch der Höhle nicht mehr zu umgehen war. Bei Durchsicht von Kolffs Reiseplan hatte sich Mott gefragt, warum die für diesen Tag vorgesehene Strecke so kurz war. Jetzt begriff er, denn die deutschen Ingenieure verbrachten zwei Stunden unter der Erde und bombardierten die Carlsbader Wissenschaftler mit Fragen – vornehmlich in bezug auf die vielen Tausende von Fledermäusen, die sich tagsüber in den Höhlen aufhielten.
»Bei Ihnen geht's tief runter«, sagte Kolff zu einem der Aufseher. »Bei uns geht es hoch hinauf.«
»Fliegen Sie?«
»Nein, wir ...« Aber noch bevor Kolff auf Raketen eingehen konnte, mischte sich Oberleutnant McEntee ein und ersuchte den Deutschen, das Thema zu wechseln. Kolff kam wieder auf die Fledermäuse zurück. »Sie fliegen nachts. Und wir auch.« Damit konnte der Aufseher nichts anfangen, doch als die Teilnehmer an der Führung die unterste Ebene erreichten, wo die Deutschen die Spitzen aus Kalkstein bewunderten, deren unmerkliches Tropfen über Jahrtausende hin eine unterirdische Kathedrale geschaffen hatten, flüsterte Kolff dem Aufseher zu: »Raketen« Und der Mann erwiderte: »Nein, Stalaktiten!«
Durch Kolffs Trick verärgert, wandte sich Oberleutnant McEntee am Abend an die Familien aus Peenemünde: »Kein überflüssiger Aufent-

halt mehr. Keine Besuche von Sehenswürdigkeiten. Ich habe den Auftrag, Sie ordnungsgemäß auf dem Stützpunkt Huntsville abzuliefern.«
Während die Kolonne auf Alabama zuhielt, sann Stanley Mott über die Jahre nach, die er die Deutschen nun schon kannte. »Ich frage mich«, sagte er zu Rachel, »ob es in der Geschichte unseres Landes jemals eine Wanderung gegeben hat, an der so viele Menschen von überragender geistiger Befähigung teilgenommen haben.«
Rachel konnte zwei mögliche Mitbewerber nennen: »Vielleicht die Pilgrim-Väter auf der *Mayflower,* vielleicht die Mormonen auf dem Marsch nach Utah. Auch sie waren geistig überragende Menschen.«
»Aber die Männer vor uns und die anderen im Zug, sie halten die Zukunft in ihren Händen.«
»Meinst du wirklich?«
»O ja. Seit sechs Jahren lebe ich jetzt mit Ihnen zusammen, und immer wieder setzt mich ihre visionäre Kraft in Erstaunen.«
Während sie das Land durchquerten, teilte er mit ihr die Träume dieser bemerkenswerten Männer. »Dieser stille Ernst Stuhlinger, zum Beispiel. Was glaubst du, woran er arbeitet. Er hat kein Laboratorium, keine Geräte, nur einen Bleistift und ein Stück Papier – und sein unglaubliches Hirn. Er arbeitet an einem Ionentriebwerk.«
»Und was ist das?«
»Wir stellen uns den Weltraum leer vor. Keine Schwerkraft. Keine Atmosphäre. Aber es gibt den Sonnenwind. Es ist kein Wind, wie wir ihn auf der Erde kennen. Es sind von der Sonne ständig radial nach außen gehende geladene Teilchen – Protonen, Elektronen und Ionen. Nun meint Stuhlinger, er könnte ein riesiges Gerät bauen, eigentlich ein riesengroßes Maul, das durch die oberen Schichten der Atmosphäre saust und diese Ionen aufliest – etwa in der Art, wie sich ein Wal im Ozean von Plankton ernährt.«
»Kann man die Ionen sehen?«
»Sie sind unsichtbar. Und es gibt sie fast nicht. Sie existieren im Verhältnis eins zu einer Milliarde oder so. Aber mit einem Ionentriebwerk könnte man sie in einem bestimmten Teil des Weltraums einsammeln, in Energie verwandeln und dieses Gerät damit speisen, so daß es viele Jahre lang in der Atmosphäre herumfliegen kann.«

Hans Unger, der Kolff geholfen hatte, das Oldsmobile zu reparieren, arbeitete an einem neuen Lenkungssystem für die Raketen, die die Amerikaner, seiner Überzeugung nach, einfach bauen mußten. »Wenn wir es nicht tun«, sagte er, sich mit seiner neuen Heimat identifizierend, »werden die Russen das Rennen gewinnen.«
»Ist denn das Rennen an sich so wichtig?« hatte Mott gefragt, und er erinnerte sich an das Kolloquium, das von Unger in El Paso einberufen worden war. »Meine Herren, Professor Mott hat eine sehr provokante Frage gestellt, nämlich: Spielt es eine Rolle, daß die Russen uns voraus sind?«
Nie würde Stanley Mott die Heftigkeit ihrer Erwiderungen vergessen: von Braun, Stuhlinger, Kolff und Unger hämmerten auf ihn ein und gaben ihrer Überzeugung Ausdruck, daß innerhalb der kommenden Dezennien eine Nation im Weltraum gebieten, aus dieser Dominanz militärische Vorteile ziehen und imstande sein würde, das Wetter vorauszusagen sowie ein Gerät am Himmel zu stationieren, mit dem man Radiosignale überallhin reflektieren konnte. »Die bedeutendste Frucht dieser Entwicklung aber«, hatte von Braun hervorgehoben, »das wird die Belebung der Forschungstätigkeit sein ... in allen Bereichen ... auf allen Gebieten.«
»Sind Sie überzeugt«, hatte Mott ohne Umschweife gefragt, »daß wir mit den Raketen, die wir jetzt imstande sind zu bauen, in den Weltraum vorstoßen könnten?«
»Schon morgen«, erwiderte von Braun mit fester Stimme, »wenn man uns frei arbeiten läßt.«
»Und der Mond? Und Mars?«
»Geben Sie uns sechs Jahre. Professor Mott, wir stehen vor Entwicklungen von ungeheurer Tragweite. Aber das gilt auch für die Russen.«
Es fröstelte Mott, wenn er daran zurückdachte, was von Braun im Anschluß gesagt hatte: »Von unseren Leuten in Peenemünde leben jetzt etwa hundert in den Vereinigten Staaten. Die Sowjetunion muß an die vierhundert, die sich der Fluchtkolonne nicht angeschlossen hatten, in ihre Gewalt gebracht haben. Glauben Sie wirklich, daß Sie rein zufällig gerade die Besten erwischt haben? Meinen Sie nicht, daß auch die Russen ein paar tüchtige Kollegen auf ihrer Seite haben?«
»Aber gibt es unter ihnen auch wirklich geniale Persönlichkeiten?« fragte Mott.

»In unserem Geschäft ist ein Genie einfach ein guter Ingenieur, nichts weiter. Ich bin ein guter Ingenieur. Kolff ist ein guter Ingenieur. Lassen Sie Kolff frei, und heute in einem Jahr könnte er etwas auf eine Umlaufbahn im Weltraum gebracht haben.«
Es war, als bewege sich dieser Konvoi aus Gebrauchtwagen zielbewußt einer höheren Bestimmung entgegen. Das Schicksal eines großen Teils der Menschheit lag in den Händen dieser vom Geist der Forschung beseelten Wanderer. So träumte ein junger Mann davon, aus einem noch zu schaffenden Raumflugkörper ein immens großes Mariengarngewebe aus zartesten Fädchen – unendlich feiner als eine Angelschnur aus Nylon – in den Weltraum zu schießen. Wie er es Mott erklärte: »Sie verstehen: Im Weltraum, wo es keinen Wind, keine Schwerkraft, keinerlei atmosphärische Störungen gibt, würde so ein Faden ebenso stark sein wie ein Stahlträger von acht Zoll Durchmesser.«
»Das verstehe ich zwar nicht, aber welchen Zweck sollte das haben?«
»Sonnenstrahlung aufzunehmen und in Elektrizität umzuwandeln. Endlich ein Perpetuum mobile.«
»Halten Sie das für praktisch durchführbar?«
»Würde ich sonst daran arbeiten?« gab der junge Mann zurück und beugte sich wieder über seine Zeichnungen.
Mit der kühnsten Idee beschäftigte sich der Fahrer des Oldsmobile, denn Dieter Kolff hatte seine Vision der A-10 nie aufgegeben: die Vision einer gewaltigen Rakete, die Anfang 1945 vom Fließband hätte rollen sollen und Trialenbomben über New York oder Washington abwerfen. Jetzt, da er, bildlich gesprochen, in diesen Städten lebte, hatte er seine imaginäre Rakete auf andere Ziele gerichtet: Mond und Mars und Jupiter.
»Es läßt sich machen«, bekräftigte er immer wieder. »Und es muß jetzt getan werden.« Oft genug hatte er Mott die einzelnen Schritte erläutert, die dazu nötig wären, und gehofft, Mott würde seine Überzeugung an die Militärs weitergeben, aber es war nichts geschehen, und nun brachte er für seinen neuen Arbeitsplatz in Alabama weder die geeignete Ausrüstung mit noch die Pläne, sondern nur die Überzeugung, daß die Nation, die als erste den Weltraum beherrschen, sehr wahrscheinlich auch in der Welt das Sagen haben würde.

»Über hundert deutsche Wissenschaftler«, erinnerte man sich später in der Stadt, »kamen an einem Apriltag in Huntsville an, und noch vor Einbruch der Nacht hatten sechzig um Bibliothekskarten nachgesucht.«

Vorübergehend bezogen sie im früheren Redstone Arsenal Quartier, wo im Krieg eine blühende Waffen- und Munitionsfabrik untergebracht gewesen war, für die es aber in Friedenszeiten keinen Bedarf mehr gab. Zwar standen die Bürger von Huntsville der Idee, Nazideutsche – und das waren die Wissenschaftler aus Peenemünde für sie – bei sich aufzunehmen, ablehnend gegenüber, aber es freute sie auch, daß Leute im Redstone Arsenal eingezogen waren, die ihr Geld in die Wirtschaft der Stadt pumpen würden. Diese widersprüchlichen Reaktionen hatten einen etwas gemischten Empfang zur Folge: Die gesellschaftliche Oberschicht der alten Südstaatenstadt war über die Invasion entsetzt, Banker und Geschäftsleute eher angenehm berührt. Peinliche Vorkommnisse blieben aus. Wie andere Kinder wurde auch Magnus Kolff im Kindergarten eingeschrieben, und als er zum Mittagessen mit der aufregenden Mitteilung nach Hause kam, man könne Musikinstrumente kostenlos entleihen, sagte seine Mutter, ohne zu zögern: »Hol dir noch heute nachmittag eine Trompete.« Und so waren die ersten Tage in Huntsville von lauten und begeisterten Trompetenübungen gekennzeichnet.

Liesl Kolff wandte drei Tage dafür auf, sich in ihrer neuen Baracke einen passablen Lebensraum zu schaffen, und verschwand anschließend aus dem Lager. Sie verbrachte ihre Zeit in der Stadt, wo sie von einer Adresse zur anderen wanderte – auf der Suche nach einem anständigen Zuhause, wo sie ihre Familie unterbringen konnte. »Keine Lager mehr! Schluß mit den Zelten! Wir sind schließlich menschliche Wesen!«

Die Bewohner von Huntsville zeigten Verständnis für ihre Wünsche und empfahlen ihr diverse leerstehende Häuser, aber die einen waren nicht groß genug, die anderen zu teuer. Nach zwei Wochen Arbeit hatte Liesl Kolff sechs anderen deutschen Familien zu geeigneten Mietwohnungen verholfen, aber die Kolffs wohnten immer noch im Lager.

Als sie dann eines Tages den Blick nach Norden richtete, fielen ihr die wunderschön bewaldeten Gipfel eines Hochlandes ins Auge. Es hieß

Monte Sano, »Berg der Gesundheit«, wie ihr eine Frau aus der Gegend erklärte. Dort ging Liesl hin und kletterte einen schmalen Pfad hinauf, bis sie ein herrliches Plateau erreichte, von dem aus sie hinunter auf die Stadt und den Stützpunkt sehen konnte. Von diesem Augenblick an wußte sie, was sie und Dieter zu tun hatten. Am nächsten Tag bat sie ihn, ihr aus einem Schößling einen derben Stock zu schneiden, den sie dazu benützte, um sich den Weg durch das Buschwerk zu bahnen. Sie erforschte das ganze Plateau, bis sie einen fast idealen Platz fand: einen sanft absteigenden Hang, der sich in Waldland mit Kiefernnadelboden verwandeln ließ, mit Felsen, die das Areal von unten stützten, mit einer herrlichen Aussicht und, was das Wichtigste war, hohen, stolzen Bäumen, die Schatten spendeten.
Am nächsten Tag nahm sie Magnus mit auf den Berg, und während er Trompete übte, häufte sie Steine an den Ecken einer Bauparzelle auf, wie sie ihr vorschwebte. Am Wochenende führte sie Dieter und Magnus auf den Berg, um ihnen zu zeigen, was sie schon »unser Haus« nannte, und als Dieter sah, was sie entdeckt hatte, stimmte er ihr zu: »Hier müssen wir bauen. Nach fast fünf Jahren Wüste in New Mexico habe ich Hunger auf Bäume.«
Wo aber das Geld hernehmen, um das Land zu kaufen, wenn es verkäuflich war, und ein Haus zu bauen, das bestimmt sehr teuer war? Kolff ging zu seinem Ratgeber, Professor Mott, der selbst in einem gemieteten Haus wohnte. »Wie können wir Deutsche zu genügend Geld kommen, um Häuser zu kaufen? Oder welche zu bauen?«
Mott erklärte ihm, daß man in Amerika in einem solchen Fall zu einer Bank ging und versuchte, sich eine Hypothek zu beschaffen, die man allerdings nur bekam, wenn man Ersparnisse in der Höhe von einigen tausend Dollar nachweisen konnte. »Könnten wir trotzdem einmal mit dem Bankdirektor sprechen?« bat Dieter, und Mott vereinbarte einen Termin mit Mr. Erskine, dem Nachkommen einer angesehenen, in den Südstaaten beheimateten Familie, der aufmerksam zuhörte, als Dieter ihm sein Anliegen vortrug. »Mr. Kolff«, sagte er dann nicht ohne Wärme, »Huntsville ist ehrlich entzückt, Sie und Ihre deutschen Freunde als Gäste begrüßen zu dürfen. Sie könnten die Retter unserer Stadt sein, und wir sind bereit, Ihnen in jeder Hinsicht entgegenzukommen. Aber wir brauchen Sicherheiten. Ohne Anzahlung können Sie keine Hypothek aufnehmen.«

Das war endgültig, und Kolff verstand es auch so, aber Mott bat, mit Erskine allein sprechen zu dürfen. »Ich versichere Ihnen, daß ich Kolff kein Wort davon gesagt habe, aber würden Sie eventuell ins Lager hinauskommen, um selbst zu sehen, was für eine Art Menschen diese Deutschen sind?«
»Das will ich gern tun. Sie können mit glauben, Mott, es geht mir gegen den Strich, so viele Ihrer Schützlinge abweisen zu müssen. Allem Anschein nach sind es durchwegs honorige Leute.«
»Überzeugen Sie sich selbst.«
Und mit Kolff auf dem Rücksitz fuhren Erskine und Mott zu den Baracken hinaus, und dort sah der Bankdirektor die Sauberkeit, die bei den Kolffs herrschte, die Trompete auf dem Regal und die peinliche Ordnung in den Räumen, aber mehr noch als alles andere beeindruckte ihn das Oldsmobile aus dem Jahr 1938. Es befand sich in ausgezeichnetem Zustand, war gut gewachst und geputzt, und die schwarzen Reifen glänzten. Jede Familie, die ein solches Relikt mit so viel Liebe pflegte, würde ihren Verpflichtungen nachkommen.
»Was wir tun können«, sagte Erskine, in sein Büro zurückgekehrt, »wir können Ihnen – und allen deutschen Familien – Hypotheken mit den niedrigsten Anzahlungen anbieten, die wir je akzeptiert haben. Wieviel Geld würden Sie brauchen, Mr. Kolff, für Grundstück und Haus?«
»Wenn wir das Grundstück bekommen...«
»Wo liegt es?«
»Das möchte ich lieber nicht sagen, bevor wir das Geld haben.«
»Sehr weise. Aber wieviel?«
»Das Grundstück, vielleicht fünfzehnhundert, das Haus, vielleicht fünftausend.«
»Sechstausendfünfhundert – und keine Sicherheiten? Das ist ein bißchen viel, Professor.« Er unterbrach das Gespräch und fragte: »Und Sie selbst, Mr. Mott, wollen Sie auch kaufen?«
»Meine Zukunft ist sehr unsicher. Ich gehöre nicht zur Army. Darum habe ich gemietet.«
Der Bankdirektor bat Kolff, im Vorzimmer zu warten, und als er gegangen war, sagte Erskine: »Das ist die Art Menschen, die wir hier brauchen würden. Werden sie lange hier bleiben?«
»Ich würde meinen, daß es sich um langfristige Verpflichtungen han-

delt. Die Regierung weiß es noch nicht, aber wo nun einmal alles in Bewegung geraten ist ...«
»Stimmt die Army zu?«
»Die Army fummelt noch herum. Aber sie weiß, daß es kein Zurück mehr gibt.«
»Ich kann nur wiederholen, was ich Kolff gesagt habe – und das gilt für alle Ihre Schützlinge. Sie können Hypotheken zu den bestmöglichen Bedingungen und mit den geringsten Anzahlungen aufnehmen. Wenn Kolff zum Beispiel ... na, sagen wir, zweitausend Dollar aufbringen könnte ...«
»Das kann er nicht. Völlig ausgeschlossen.«
»Er hat doch ein Auto.«
»Das hat er für vierzig Dollar gekauft. Was Sie gesehen haben, war sein Werk.«
Erskine lehnte sich zurück. »Hier in Alabama vergessen wir oft, daß immer noch Einwanderer in unser Land kommen. Mit leeren Händen. Frau, zwei Kinder und nichts in der Tasche. Wirklich erstaunlich. Warum rufen Sie nicht einmal alle Deutschen zusammen, die sich Häuser oder Wohnungen kaufen wollen, stellen fest, wieviel Geld sie alle zusammen aufbringen können, und sprechen dann noch einmal mit mir?« Doch als Mott die Männer aus Peenemünde zusammenrief, erfuhr er, daß sie so gut wie keine Ersparnisse hatten und daß ihre Gehälter für Möbel und den Lebensunterhalt draufgingen.
Das Problem erfuhr eine unerwartete Lösung. General Funkhauser, vierundfünfzig Jahre alt, mit seinem leicht ergrauten Haar eine stattliche Erscheinung, kam nach Huntsville geflogen, um mit der Army über die mit der Allied Aviation abgeschlossenen Raketenverträge zu verhandeln. Als er von den Schwierigkeiten der deutschen Wissenschaftler hörte, sagte er sofort: »Ich leihe ihnen fünfzehntausend Dollar, und Allied Aviation wird für weitere fünfzehntausend gegen die Gehälter garantieren, die Ihnen für Ihre Arbeit an unseren Projekten zufließen.«
Als Mott das hörte, bestand er darauf, daß Funkhauser die Konferenz im Redstone Arsenal abbrach und sofort mit ihm zur Bank fuhr, um Mr. Erskine zu versichern, daß die Mittel zur Verfügung gestellt werden würden, und so entzückt war der Bankdirektor von General Funkhauser – der die Kunst, seinen Charme spielen zu lassen, in Kali-

fornien perfektioniert hatte –, daß ein Handel zustande kam, wonach die dreißigtausend, eine Hälfte in bar, die andere in Form einer Garantie, von den Deutschen als Revolvingkredit für den Hausbau in Anspruch genommen werden konnten.
Das erste Darlehen erhielt Dieter Kolff, und zehn Minuten, nachdem der Vertrag unterschrieben war, stand Liesl mit einem Immobilienmakler auf dem Plateau von Monte Sano und zeigte ihm die vier Ekken des gewünschten Grundstücks. Schon zwei Wochen später hatten mehrere deutsche Familien angrenzende Parzellen gekauft, um hier im nördlichen Alabama eine der schönsten Siedlungen entstehen zu lassen – eine Siedlung, die sich durch solide gebaute Häuser, bewaldete Gärten und von blühenden Büschen gesäumte Wege auszeichnete.
Charakteristisch für den Monte Sano war die viele Musik, die man hören konnte, als immer mehr Kinder Musikinstrumente nach Hause brachten, und es dauerte nicht lange, bis das städtische Orchester, gewohnt John Philip Sousa und amerikanische Marschmusik zu spielen, seine Zuhörer mit Mozart und Beethoven erfreute.

An ihrem neuen Arbeitsplatz lief es nicht so glatt für die deutschen Wissenschaftler; sie waren jetzt Gefangene der Army, und in ihrer Arbeit auf jene Raketen beschränkt, die allein die Army für den eventuellen militärischen Einsatz entwickelte – Corporal, Sergeant und Redstone. Es war ihnen verwehrt, sich an den aufregenden Arbeiten zu beteiligen, wie sie von der Navy mit der wissenschaftlicher ausgerichteten Höhenforschungsrakete Viking betrieben wurden oder seit neuestem auch von der Air Force, die gemäß eigenen Anforderungen Fernlenkgeschosse wie Bomarc oder Matador entwickelte. Amerika, so schien es Kolff, ging verschwenderisch mit seinen Talenten um, zeigte sich starrköpfig bei der Lösung von Konflikten zwischen den einzelnen Regierungsämtern und blieb im Wettbewerb hinter den Russen zurück.
»Ich weiß wirklich nicht, wie in diesem Land etwas weitergeht«, sagte er zu seiner Frau, während sie zusammen daran arbeiteten, ihr Haus auf dem Monte Sano ein wenig zu verbessern und zu verschönern. »Sie sollten von Braun das Kommando übergeben, und in sechs Monaten hätte er die Raketen fertig.«

»Trotzdem hat Amerika den Krieg gewonnen, oder etwa nicht?« entgegnete Liesl.
»Das ist mir selbst auch rätselhaft«, sagte Dieter, war aber darum nicht weniger dankbar für das Asyl, das Amerika ihm gewährt hatte; anders als einige seiner Kollegen, dachte er nicht daran, nach Deutschland zurückzukehren. Besonders dankbar war er dafür, daß Magnus sich so mühelos an die amerikanische Lebensweise anpaßte, und die guten Zensuren seines Sohnes in der Schule machten ihm viel Freude. Als Wernher von Braun einmal zum Abendessen auf den Monte Sano kam, nahm der große Wissenschaftler Magnus auf die Knie und stellte ihm Fragen über Mathematik und Geographie; und als sie die klugen Antworten hörten, waren die Kolffs richtig stolz auf ihren Sohn.
Als der Junge schon im Bett war, sprach sich von Braun offen über seine Befürchtungen aus. Sein breites, für gewöhnlich sanftes Gesicht verriet echte Zweifel an dem Programm der Army, in das er so unentrinnbar verstrickt war. »Amerikanische Generäle sind wie deutsche Generäle. Wenn unsere Gruppe sich mal mit etwas beschäftigt, was nur wissenschaftlichen Zwecken dient, gleich schreien sie und bezweifeln unsere Loyalität.« Er lachte. »Erinnern Sie sich, wie General Funkhauser uns erschießen lassen wollte, weil wir an den Weltraum dachten? In Huntsville erschießen sie keinen, sie tun etwas noch viel Schlimmeres: Sie kürzen unseren Etat.«
Widmeten sich die Deutschen aber militärischen Aufgaben, genossen sie alle möglichen Freiheiten und wurden ständig ermuntert und ermutigt. Es lag zum Teil daran, daß die Generäle, die nach Washington pilgerten, um Geldmittel locker zu machen, genau wußten: Sie waren beschränkt in den Aussagen, die sie vor den für die Bewilligung von Geldern zuständigen Ausschüssen machen durften; sie traten dort nur als eine weitere Gruppe von amerikanischen Militärs auf, die alle das gleiche Lamento anstimmten. Wenn Sie aber die Last der Beweisführung von Braun und General Funkhauser und Experten wie Dieter Kolff aufbürden konnten, deren mit deutschem Akzent vorgetragene Ausführungen zusätzliches Gewicht an wissenschaftlicher Substanz in die Waagschale warfen, war die Wahrscheinlichkeit, größere Zuwendungen zu erhalten, bedeutend höher.
Von Braun schien die meiste Zeit unterwegs zu sein: in Washington,

um vor dem Kongreß auszusagen; in Chicago, um vor großen wissenschaftlichen Gesellschaften zu sprechen; oder in einer kleinen Stadt in Tennessee, um den dort ansässigen Geschäftsleuten die Bedeutung der neuen Wissenschaft auseinanderzusetzen. Er war ein Meister, wenn es galt, amerikanische Wähler in amüsanter Manier auf seine Seite zu ziehen, wobei er es gut verstand, seinen deutschen Akzent wirksam einzusetzen. Kolff hörte ihn einmal zu einer Gruppe von Abgeordneten sagen: »Als ich heute von Alabama losflog, um vor Ihnen zu sprechen, fragte mich meine Frau: ›Hast du deine Rede vorbereitet, Wernher?‹ Und ich antwortete ihr: ›Ich kann sie vorwärts und rückwärts herunterleiern.‹ Und ich fürchte, so wird sie auch klingen.«
Nach seinen leidvollen Erfahrungen mit Hitler und den Generälen der Wehrmacht wußte von Braun, wie überzeugend Modelle und Maquetten im Gespräch mit Nicht-Wissenschaftlern wirken konnten, und darum nahm er oft Kolff mit, wenn er eine besonders effektvolle Demonstration vor Präsident Eisenhower oder Senator Glanceys Ausschuß zu machen wünschte.
»Mein sehr geschätzter Mitarbeiter, Mr. Dieter Kolff, wird Ihnen die vier Teile vorführen, die, zusammengefügt, eine Saturnrakete ergeben.«
Und Kolff nahm das sorgfältig gefertigte Modell auseinander und setzte es wieder zusammen. Von Braun forderte ihn nicht auf, über die einzelnen Teile zu sprechen, denn auf Dieters Englisch war kein Verlaß. Das Reden besorgte von Braun, und es war größtenteils ihm zu verdanken, daß Huntsville die Mittel für grundlegende Forschungsarbeiten erhielt.
Nie aber begriffen er und Kolff, wie dieses absonderliche amerikanische System funktionierte, in dem die Army der Navy mißtraute und die Air Force beide bekämpfte, wobei das Prinzip galt, daß der Luftraum dem gehörte, der darin flog. »Sie bräuchten nur einmal darüber nachzudenken, woran die deutsche Kriegführung scheiterte«, sagte von Braun eines Abends, als Kolff und Stuhlinger und Funkhauser bei ihm zu Besuch waren und sie über die nächsten Schritte berieten, »und sie könnten sich ausmalen, was geschieht, wenn man Generälen erlaubt, private Fehden auszutragen und wissenschaftliche Entscheidungen zu treffen, die von ihren eigenen kleinlichen Interessen diktiert sind.«

Er erinnerte seine Gäste an die nervenzermürbenden Debatten auf Usedom, wo die deutsche Luftwaffe auf dem Nordzipfel ein unbemanntes Flugzeug gebaut hatte, das sich bei der Bombardierung großer Flächen als sehr wirksam erwies, während von Brauns Gruppe auf dem Rest der Insel ihr Raketenprogramm absolvierte.

»Ich bin für das amerikanische System«, sagte Funkhauser. »Einer konkurriert mit dem anderen.«

»Das ist kostspielig und unrentabel«, gab von Braun zu bedenken.

»Mehr als Sie ahnen«, mußte Funkhauser eingestehen. »Weil nämlich meiner Meinung nach die Privatindustrie die beste Arbeit leistet. Ich habe manchmal den Eindruck, daß Allied Aviations den Militärs aller Waffengattungen voraus ist.«

Als Funkhauser berichtete, was er in kalifornischen und texanischen Flugzeugfabriken gesehen hatte, waren seine Zuhörer erstaunt. »Ich denke«, fuhr der General fort, »wir werden alle so weiterwursteln, jeder auf seine Manier, bis etwas... etwas Großes passiert. Dann müssen wir aufpassen. In sechs Wochen werden die Army... die Navy... die Air Force... die Privatindustrie... wir alle werden zu einem einzigen gewaltigen Instrument zusammenwachsen.«

»Und wenn nichts Großes passiert?« fragte Kolff.

»Es passiert immer wieder etwas Großes«, meinte von Braun.

Die Deutschen erlebten eine böse Überraschung, nachdem sie zusammen mit Army-Experten eine Serie von Raketen mit gewaltiger Schubkraft entwickelt hatten, die eine Anzahl kompakter wissenschaftlicher Instrumente mit sich führten, um Daten aus den oberen Schichten der Atmosphäre zur Erde zu übermitteln. Diese wunderbare und komplizierte Ausrüstung kam dem, wovon Kolff geträumt hatte, recht nahe, und eines Tages zeigte er von Braun eine Berechnung: »Das und noch ein wenig Schub mehr, könnte uns reichen, das ganze Instrumentenpaket aus der Atmosphäre hinaus und auf eine Umlaufbahn um die Erde zu schießen.«

»Nicht so laut!« fuhr von Braun ihn an. »Man kann uns hören.«

Aber irgend jemand in Huntsville hörte es doch, zwar nicht gerade dieses Gespräch, aber andere, die sich mit den Möglichkeiten der neuen Raketen beschäftigt hatten, und am Tag vor dem Versuchstest kam, vom Minister persönlich unterzeichnet, eine strenge Warnung aus dem Verteidigungsministerium in Washington:

> Beim Start der Versuchsraketen sind alle Maßnahmen zu treffen, daß kein Teil der Rakete oder ihrer Nutzlast in den Weltraum entweicht. Sollte dies geschehen, könnte es zu ernsten internationalen Zwischenfällen kommen. Jedes einzelne Mitglied der Gruppe ist dafür verantwortlich, daß es nicht geschieht.

So wurde also die Möglichkeit, ein Objekt in den Raum zu schießen, wo es in einer Höhe von etwa zweihundert Kilometer, unberührt von Rost oder Stürmen oder Zerfall seiner Stromversorgung jahrelang hätte kreisen können, zunichte gemacht, bevor sich noch ihre volle Bedeutung erweisen konnte.
Die Deutschen gaben nicht auf. Gelassen und mit beachtlichem Geschick wandten sie ihre Aufmerksamkeit jener Kette nahezu unüberwindbarer Probleme zu, deren Lösung sie in die Lage versetzen würde, nicht ein kleines Gerät von drei Pfund Gewicht, sondern ein gigantisches Raumfahrzeug von fünfundzwanzig Tonnen Gewicht in den Raum zu schießen. Direktiven aus Washington konnten den Wissensdurst von Männern wie Dieter Kolff nicht löschen.
Gelegentlich, aber nur gelegentlich, mußten sie der Tatsache ins Auge sehen, daß das Peenemünde-Team in Huntsville wohl wahre Wunder vollbrachte, amerikanische Wissenschaftler jedoch, ohne deutsche Hilfe, nicht minder sensationelle Erfolge erzielten. »Ich glaube nicht, daß ihre Raketen je fliegen werden«, hatten einige Deutsche prophezeit; aber Kolff, der General Funkhausers Ausführungen über die amerikanische Industrie aufmerksam zugehört hatte, vermutete, daß Amerika, mit oder ohne den Deutschen, das Raketenproblem lösen würde.
Doch als die amerikanischen Raketenprojekte, eines nach dem anderen, scheiterten, fiel ihm auf, daß immer wieder hohe Regierungsbeamte nach Alabama kamen, um sich mit von Braun zu besprechen, und ihm wurde klar, daß sein Chef, den er so enorm bewunderte, endlich als ein Mann anerkannt wurde, der für die Amerikaner unersetzlich war. Und weil man ihn als von Brauns technischen Genius ansah, war auch er unersetzlich.
Darum kehrte er, wenn er seine Arbeit im Redstone Arsenal beendet hatte, jeden Abend mit einem Gefühl tiefer Befriedigung auf den Monte Sano zurück. Seine Frau besaß jetzt ein sicheres Zuhause, viel

schöner als der Bauernhof in Pommern, den sie sich mit Kühen hatte teilen müssen, und sein Sohn nahm eine bedeutende Stellung im Schulorchester ein: Er war das jüngste Mitglied und der beste Trompeter.
Und dann erstieg er eines Abends den Berg mit einer deprimierenden Nachricht. Er versammelte die Leute aus Peenemünde um sich und sagte es ihnen: »Man hat Professor Mott gekündigt.«
Ja, der nette junge Ingenieur, der halb Europa nach ihnen abgesucht und sie nach Amerika gebracht hatte, wurde von der Army nicht mehr gebraucht. Eine aus Monte-Sano-Deutschen bestehende Delegation fuhr sofort zu den Motts nach Huntsville hinunter, und dort fanden sie Stanley und Rachel, die traurig in ihrem nüchternen Wohnzimmer saßen, vor ihnen der Mondrian, den sie aus El Paso mitgebracht hatten.
»Wir werden streiken!« rief Kolff, und fünf seiner Kollegen stimmten ihm zu. Sie hatten Englisch gelernt, weil Rachel so großzügig mit ihrer Zeit gewesen war.
»Reden Sie doch keinen Unsinn«, wollte Mott sie beruhigen. »Ich war nie bei der Army. Immer nur ein Angestellter. Und jetzt ist mein Vertrag abgelaufen.«
»Aber Sie haben uns alle gerettet«, protestierte Liesl Kolff.
»Und jetzt werden wir für Sie kämpfen«, gelobte ihr Mann.
Aufrichtige Gefühle sprachen aus diesen Beteuerungen. Die Deutschen wußten, daß sie für Amerika wichtig waren und ihren Beitrag nur leisten konnten, weil Stanley Mott immer energisch für sie eingetreten war. Er hatte sie aufgespürt, ihnen das Leben gerettet und sie in die Werkstätten der Neuen Welt gebracht. Jetzt waren sie entschlossen, für *ihn* einzutreten.
Selbst Wernher von Braun wurde beim Oberkommando vorstellig; Professor Mott, antwortete man ihm, hätte nur zivilen Status gehabt, und sein Vertrag sei abgelaufen. Verzweifelte Anrufe bei Universitäten und anderen gelehrten Instituten ließen erkennen, daß der wissenschaftliche Aufbruch Amerikas noch nicht eingesetzt hatte. »Wir finden nicht einmal Anstellungen für unsere eigenen Doktoranden«, hieß es oder »Wir raten Ihnen, es als Lehrer an einer High-School zu versuchen.« Nur mit dem Titel eines Magisters der Naturwissenschaften hatte Mott keine sehr starke Verhandlungsposition.

Zu seiner Überraschung nahm Rachel seine Entlassung mit Gleichmut hin. »Weißt du noch, was der alte General zu uns sagte, als er in Pension geschickt wurde? ›Im Krieg wird man befördert, im Frieden degradiert.‹« Sie versicherte Stanley, daß sie und die Jungen schon zurechtkommen würden, wenn er als Lehrer an eine High-School gehen müßte. Und ohne noch zu wissen, wohin es gehen würde, begann sie die Koffer zu packen. Dieter Kolff war es, der zu ihrem Retter wurde, besser gesagt seine Frau, die ihm ständig in den Ohren lag: »Das kannst du nicht zulassen ... diese feinen Menschen, die uns das Leben gerettet haben ... mehr als einmal ...« Sie stand da, die schweren Arme angriffslustig in die Hüften gestützt – die jedes Jahr breiter wurden –, und wollte wissen, was er zu tun gedachte.

Was er anderntags auf dem Armygelände tat, war, zum Telefon zu gehen und General Funkhauser bei Allied Aviation anzurufen. »Dieser feine Mensch, der uns beide gerettet hat, den haben sie gefeuert!« Als Funkhauser endlich mitbekam, daß es sich um Professor Mott handelte, ging er in die Luft. Drei Tage später kam er in einem viermotorigen Flugzeug der Allied Aviation angebraust. Wenige Minuten später saß er mit den Motts und Kolff in dessen Büro.

»Im Augenblick kann ich Ihnen keinen Job bei Allied Aviation anbieten«, begann er, »aber wenn wir eine freie Stelle hätten ... Ich dachte, Sie würden vielleicht gern wissen, wie hoch wir einen guten Ingenieur wie Sie einschätzen. Raten Sie mal, wie hoch Ihr Gehalt sein würde?«

Mott war nicht zum Scherzen aufgelegt, und darum nannte er eine absurde Zahl. »Fünfzehntausend.«

»Achtzehntausend«, erwiderte Funkhauser, »und eines will ich Ihnen noch sagen, junger Mann. In diesem Land wird es ein wissenschaftliches Erwachen geben – Luftfahrt ... Atomkraft ... Weltraum. Dinge, von denen Sie und ich noch nicht einmal geträumt haben. Und wenn das einmal soweit ist, werden Leute wie Sie hoch im Kurs stehen.«

Die Arme seines Lehnsessels festhaltend, starrte er Mott an, als wäre der Professor ein Pferd, das verkauft werden sollte. »Sie sind eine Ware. Was können wir jetzt mit Ihnen anfangen?«

Plötzlich sprang er auf, richtete einen anklagenden Finger auf Kolff und fuhr ihn auf deutsch an. »Dummkopf! Warum haben Sie nicht daran gedacht?«

»An was?«
»Diese Burschen in Hampton, Virginia! Sie suchen solche Leute wie Mott!« Er packte Mott am Arm und sagte: »Sie sind eine sehr wertvolle Ware, junger Mann! Wir werden es beweisen.« Er langte nach einem Telefon, vereinbarte einen Termin für diesen Nachmittag und verkündete Dieter Kolff: »Sie fliegen mit uns!«
Während des kurzen Fluges nach Vermont klärten die zwei Deutschen Mott über die außergewöhnlichen Leute auf, die er in Kürze kennenlernen sollte: »Die NACA, die nationale Gutachterkommission für Luftfahrt, steht in Amerika einzigartig da. Ein Ausschuß von zwölf führenden Experten, die ihr Amt ohne Bezahlung ausüben. Sie heuern achttausend besonders brillante Ingenieure und Theoretiker an, um das Flugwesen zu untersuchen: Flugzeugmotore, Flugzeugkonstruktionen, Flughafenanlagen, neue Metalle, neue Treibstoffe. Wenn Amerika in der Luftfahrt eine führende Rolle spielt, verdankt es das der NACA.«
»Würde ich denn da überhaupt hineinpassen,« fragte Mott. »Ich habe mich nie intensiv mit der Luftfahrt befaßt.«
»Sie wären ideal, Stanley«, antwortete Dieter und klopfte ihm versichernd auf das Knie. »Soviel ich weiß, sucht die NACA keine Luftfahrtexperten. Sie stellt die brillantesten Ingenieure an und gibt ihnen freie Hand. Auf Ihre reiche Erfahrung kommt es den Leuten an.«
Funkhauser flocht eine weitere Überlegung ein: »Wir erleben den Beginn eines neuen Zeitalters – des Zeitalters der Raumfahrt. Wir brauchen Leute, die imstande sind, über ihren Horizont hinauszusehen. Amerikaner, die dem Deutschen Oberth oder dem Russen Tschiolkowsky gleichen. Haben Sie von denen gehört?«
»Ja.«
»Gut. Sie sind den anderen weit voraus.« Er zwinkerte Kolff zu. »Die NACA weiß nicht, daß sie diesen jungen Mann dringend braucht. Aber wir wissen es.«
Stanley Mott erlebte einen entwaffnenden Empfang bei der NACA: ein Wirrwarr von unauffälligen Gebäuden unweit des James River, ein Forum von vier Experten, eine Reihe tiefschürfender Fragen. »Sie wurden uns wärmstens empfohlen«, sagte der Sprecher. »Waren das wirklich Sie, der die Peenemünde-Papiere in Sicherheit gebracht hat?«

»Ja«, sagte Funkhauser, »das war er. Ich habe in ganz Deutschland nach ihm gesucht, und er nach mir.«
»Und welche waren ihre bevorzugten Studienfächer?«
»Maschinenbau, Materialwirtschaft, Molekülstruktur.«
»Ausgezeichnet«, sagte der Sprecher und erklärte die Philosophie der NACA, eine Philosophie, die es ihr ermöglichte, bahnbrechende Arbeit bei mehr als der Hälfte aller Erfindungen zu leisten, die die Luftfahrt möglich, gewinnbringend und sicher gemacht hatten. »Wir nehmen gern Ingenieure auf, die große Erfahrungen auf allgemeiner Grundlage gesammelt haben. Die wissen, was ein Vektor ist oder ein Rechenschieber. Und wir setzen sie auf jedes nur vorstellbare Problem an, bis sie sich der Komplexität der Luftfahrt bewußt sind; dabei hoffen wir, daß sie mit ihrem Wissen das unsere ergänzen.«
»Das würde mir gefallen.«
»Wann können Sie anfangen?«
»Morgen«, antwortete General Funkhauser.
»Wir könnten Sie schon morgen brauchen«, sagte der NACA-Mann.
»Das ist wunderbar, Sir, aber ich muß meine Arbeit in Huntsville zu Ende führen.«
»Wieso? Man hat sie doch gefeuert, oder?«
»Ich kann nicht einfach alles stehen- und liegenlassen.«
Der NACA-Mann nickte fast beifällig; wenn dieser Mann sich Leuten gegenüber loyal verhielt, die ihn entlassen hatten, würde er gewiß auch loyal gegenüber denen sein, die ihm eine neue Arbeit gaben. »Einverstanden«, sagte der Sprecher. »Sie fangen an, sobald Sie können. Übrigens: Wo, sagten Sie, haben Sie studiert?«
»Bachelor's, Georgia Tech. Master's, Louisiana State.«
Von spontaner Begeisterung erfaßt, erhob sich der Sprecher, langte über den Tisch und schüttelte Motts Hand. »Das ist eine einzigartige Kombination. Wir haben hier sieben Geistesriesen. Drei kommen von Louisiana State, je zwei von Purdue und Georgia Tech.« Während er Mott zur Tür begleitete, fügte er hinzu: »Wir möchten nicht, daß Sie nur herkommen, um zu arbeiten. Wir möchten, daß Sie einer unserer nächsten Geistesriesen werden.«
Mott blieb stehen, und etwas schnürte ihm die Kehle zu, aber dann bat er, seine Frau anrufen zu dürfen. Die Leute von NACA hörten ihn sagen: »Besser, als du dir hättest träumen lassen, Liebling.« Sie mußte

ihn wohl gefragt haben, welche Möglichkeiten sich ihm bei seinem neuen Job boten, denn er antwortete: »Unbegrenzt«, und legte den Hörer auf.

Als Mott sich bei der NACA zum Dienst meldete, wurde er einem Objekt zugeteilt, das den Kern von Langleys Geschenk an die Nation ausmachte, den riesigen Windkanal, in dem Modelle der besten Flugzeuge der Welt getestet wurden. Es war ein riesiges, weißes, zwei Block langes, seltsam gegliedertes Gebäude. »Sieht wie ein riesiger, mit Zucker bestreuter Pfannkuchen aus.«
Das sagte ein weißhaariger Ingenieur namens Harry Crampton, der einunddreißig Jahre lang mit kleineren Langley-Kanälen gearbeitet hatte und jetzt die Aufsicht über das Meisterstück führte. »Wir nennen ihn den Sechzehn-Fuß-Kanal«, sagte er und deutete auf ein Diagramm der Anlage, die viele Millionen Dollar gekostet hatte, »denn hier, wo der Wind seine Höchstgeschwindigkeit erreicht, über Mach 1 hinaus, beträgt das Querprofil sechzehn Fuß, etwa fünf Meter. Das ist enorm. Man kann das Modell in die Mitte stellen, und damit Turbulenzen entlang der Wände vermeiden.«
Er führte Mott in den eigentlichen Kanal, ein höhlenartiges Gehäuse mit enorm festen, glatten Wänden. Er bestand aus zwei ziemlich langen, geradlinigen Abschnitten, vier rechtwinkeligen Umlenkecken und zwei kurzen Verbindungsstücken. »Ein sehr schlankes großes O wäre eine treffende Beschreibung«, meinte Crampton, und Mott, bestrebt kooperatives Verhalten zu zeigen, machte seinen ersten Fehler: »Da hat ein Wissenschaftler ganze Arbeit geleistet.«
Crampton verhielt den Schritt, erstarrte und sagte in die Düsternis des großen Kanals hinein: »Wissenschaftler sind Menschen, die von Dingen träumen. Ingenieure setzen Träume in die Tat um. Das hier wurde von Ingenieuren geplant, von Ingenieuren gebaut und wird von Ingenieuren betrieben. Sie sind Ingenieur, junger Mann, und darauf sollten Sie stolz sein.«
»Es tut mir leid«, sagte Mott.
»Sie dachten vielleicht, daß ein wirklich guter Ingenieur zum Wissenschaftler wird. Genau das Gegenteil ist der Fall. Wenn Sie Ingenieur werden wollen und feststellen, daß Sie zwei linke Hände haben, dann werden Sie Wissenschaftler.«

Im entgegengesetzten Uhrzeigersinn führte er Mott von der Stelle, wo der Schlauch sich verengte, auf einen Rundgang durch den Kanal. Bei der ersten Umlenkecke befand sich eine Achse, aus der fünfundzwanzig riesige hölzerne Luftschraubenflügel hervorragten; sie waren so genau bemessen, daß der Abstand zu den Wänden des Kanals weniger als drei Millimeter betrug. Wenn sie sich mit enormer Geschwindigkeit drehten, erzeugten sie eine massive Luftbewegung, und nur wenige Meter weiter fing ein zweiter Satz Propellerflügel diese Luft auf, beschleunigte sie und fegte sie mit einer Geschwindigkeit von mehr als neunhundert Kilometern in der Stunde den rückwärtigen Diffusor hinunter.

»Fünfundzwanzig Flügel im ersten Teil des Gebläses, sechsundzwanzig im zweiten«, sagte Crampton. »Warum?«

»Um Resonanz zu vermeiden«, antwortete Mott rasch, und der alte Ingenieur nickte zufrieden, denn wären die beiden Teile identisch gewesen und hätten sie mit ihrer enormen Geschwindigkeit rotiert, dann würde der Augenblick kommen, da sie in harmonische Bewegung gerieten und eine Vibration erzeugen würden, die das Gebäude auseinandergerissen hätte. Mit einem Verhältnis fünfundzwanzig zu sechsundzwanzig ließ sich diese harmonische Resonanz vermeiden.

Die Propellerblätter waren aus schönem weißen Fichtenholz, und Crampton fragte, warum, aber Mott wußte keine Antwort. »Ich lasse Ihnen Zeit, um darüber nachzudenken«, sagte der alte Ingenieur und führte Stanley zwischen den stillstehenden Propellern in den langen Diffusor. »Das ist das Geheimnis jedes Windkanals. Die Luft kommt aus dem Gebläse gebraust, und allmählich vergrößern wir den Durchmesser des Kanals, bis sich eine große Masse speichert, die relativ langsam fließt, aber unter hohem Druck steht. Hier verringern wir jäh den Durchmesser, so daß die gleiche Masse Luft durch eine stark verkleinerte Öffnung schießt. Sie muß schneller werden. Sie erreicht Schallgeschwindigkeit, und wenn sich dann der Durchmesser wieder erweitert, sogar Hyperschallgeschwindigkeit.« Und als Mott das Innere dieses großen gewundenen Wurmes studierte, stellte er fest, daß der Durchmesser nie lange der gleiche blieb; ständig nahm er entweder zu oder ab.

»Was wir hier machen? Wir spielen Spielchen mit unserer Luftmasse. Wir verlangsamen, wir beschleunigen sie. Das Resultat: Wenn sie am

kritischen Punkt vorbeikommt, ist sie zu einem gigantischen Sturmwind geworden.« Wie ein stolzer Vater inspizierte Crampton die Meßdrähte; dann fügte er lachend hinzu: »Aber gleichzeitig spielt auch die Luft Spielchen mit uns.«
»Wieso das?«
»Sind Sie mit dem Begriff ›Schallmauer‹ vertraut?«
»Mach 1. Etwa zwölfhundert Kilometer in der Stunde in Seehöhe.«
»Sie variiert je nach Temperatur.«
»Ich dachte, nach Temperatur und Seehöhe«, wandte Mott ein.
»Das denken viele. Nur die Temperatur ist maßgebend. Überlegen Sie doch mal. Je größer die Höhe, desto kälter ist es. Der entscheidende Faktor ist die Temperatur.«
Crampton lehnte sich an die Kanalwand und deutete auf einen selbsttragenden Stahlmast, an dem die zu testenden Flugzeuge befestigt wurden. »Es ist kaum zu glauben, aber vor drei Jahren konnten wir die Luft hier mit 0,9 Mach vorbeiströmen lassen, knapp unter der Schallgeschwindigkeit, oder mit Mach 1,1, knapp darüber. Doch der Kanal gab uns keine Möglichkeit, zu untersuchen, was dicht bei Mach 1 geschah, jener Geschwindigkeit, bei der die Luftfahrt mysteriösen Vorgängen gegenüberstand. Man sprach vom Durchbrechen der Schallmauer. Viele hielten es für unmöglich. Zu viele Flugzeuge gingen kaputt, wenn sie es versuchten.«
»Vor drei Jahren schafften Sie es nicht. Und jetzt?«
Crampton ging auf die Frage nicht ein. Er klopfte an die sich verjüngende Wand und sagte: »Es darf keine schnellströmende Luft entweichen, denn so bauen wir die Beschleunigung auf. Aber sobald sich die Luft bei dieser letzten Verengung der Geschwindigkeit Mach 1 nähert, akkumuliert sich so viel auf so kleinem Raum, daß sie anfängt zu vibrieren, zu flattern, zu wallen, und man kann nichts fotografieren.«
»Aber unmittelbar nach Mach 1 beruhigt sie sich wieder?«
»Ja. Wir wußten, daß das Fliegen mit Überschallgeschwindigkeit voraussagbarer werden würde, wenn es uns gelänge, das Flugzeug durch diese Mauer zu schleusen. Dieser Windkanal bewies das. So wurde also die Schallmauer zu einem schrecklichen psychologischen und physischen Problem. In meinem Büro habe ich ein paar alte Schlierenaufnahmen, auf denen Sie ersehen können, wie schrecklich. Der gan-

ze Kanal schien zu vibrieren, und wir glaubten tatsächlich, daß kein Flugzeug die Mauer durchbrechen und heil davonkommen könnte.«

»Wie wurden Sie damit fertig?«

»Sehr einfach. Ein entschlossener Pilot namens Chuck Yeager ließ seine X-1 in große Höhe hinaufsteigen, wo die Atmosphäre nicht so dicht war, und flog glatt durch die Schallmauer. Aber in unseren Windkanälen konnten wir die wissenschaftlichen Grundlagen immer noch nicht ergründen, und als auch andere Piloten den Versuch zu wiederholen versuchten, stürzten sie ab.«

»Ich dachte immer, die Engländer hätten die Schallmauer als erste durchbrochen. Da gab es doch diesen Film mit Ralph Richardsons Sohn...«

Crampton stöhnte und senkte sein Haupt, als hätte er eine schwere Last zu tragen. »Der Film wird noch die menschliche Intelligenz zerstören. Dieser verdammte Streifen handelte von ein paar Verrückten, die mit ihren Maschinen aufstiegen und dann unkontrolliert im Sturzflug hinabstießen, bis sie Geschwindigkeiten erreichten, die ihre Maschinen zerrissen. Chuck Yeager stieg mit seiner X-1 auf, flog sie und hatte sie die ganze Zeit über unter Kontrolle. Das machte den Unterschied aus.«

»Konnten Sie bei diesem Windkanal die Schwierigkeiten ausräumen?«

»Ich nicht. Das war ein Genie namens John Stack.« Er unterbrach sich, um zu überlegen, wie er es Mott am besten erklären könnte. Dann gewann sein Stolz die Oberhand. »Hier bei der NACA lösen wir früher oder später alle unsere Probleme selbst. Das ist unser Job, und jetzt ist es der Ihre.«

»Und wie war das mit Stack?«

»Stack ging von folgender Überlegung aus: Wenn der Kanal bei Mach 1 erstickte, mußte der Grund sein, daß er zuviel Luft bekam. Und seine Königsidee war nun, hier, unmittelbar vor dem engen Durchlaß, gerade genug vorverdichtete Luft abzusaugen, um den Rest durchfließen zu lassen, ohne daß es zu Turbulenzen kam. Schauen Sie sich das an.« Und er zeigte Mott die Schlierenaufnahme von einem Hochgeschwindigkeitstest mit einem unzulänglichen Flugzeugmodell, das an dem schlanken Stahlmast befestigt war; mehr als hundert feine Drähte führten zu ebenso vielen Sensoren, die an verschiedenen Stellen des Flugzeugs angebracht waren. Die Maschine stand in einem Wind, der mit einer Geschwindigkeit von Mach 1 an ihr vorbeibrauste; es war deutlich zu erkennen, wie die Luftwirbel um die vorstehenden Teile Strudel bildeten. Selbst der in Windkanalanalysen ungeschulte Mott konnte sehen, daß der Flügel dieses Modells viel zu große Wirbelströmungen hervorrief. Und das bemerkenswerteste daran war, daß der Durchgang der Luftmasse selbst noch bei Mach 1 völlig planmäßig und in keiner Weise turbulent verlief. Mr. Stack, wer immer das sein mochte, hatte das Problem gelöst und den Weg zu der Entwicklung von Flugzeugen gewiesen, die die Schallmauer fast so ruhig und ungestört durchbrechen konnten, wie eine Pferdekutsche im Jahre 1903 zu einem Picknick im Grünen fuhr.

»Bei der NACA«, sagte der alte Ingenieur, »gibt es keine unlösbaren Probleme. Nur zeitaufwendige.«

Und nun standen die zwei Männer im Engpaß des Kanals, wo dieser sich wie der Verdauungstrakt einer Pythonschlange verschmälerte. »Sie müssen das Langley-Forschungszentrum hoch in Ehren halten. Wir befinden uns hier an einem heiligen Ort, denn ohne das Langley Research Center hätten wir nicht nachweisen können, daß Motorgondeln in den Flügeln des Flugzeugs untergebracht werden sollten, und nicht außerhalb, nur damit die Mechaniker sie leichter warten können. Damit allein haben wir dem Flugzeug zusätzliche fünfundsechzig Stundenkilometer gegeben. Hier haben wir auch nachgewiesen, daß das Einziehen des Fahrwerks nach dem Abheben weitere hundert Stundenkilometer mehr Geschwindigkeit bringen kann. Und hier haben wir auch die Bomber perfektioniert, die Hitler besiegten.

Der Kanal muß geschützt werden, und wenn Sie jemals ein Modell hereinbringen, das nicht sorgfältig verschraubt ist oder an dem ein Metallteilchen abzusplittern droht, können Sie diesen Kanal zerstören.«

Er nahm eine Münze aus der Tasche und hielt sie an den Stahlmast. »Nehmen wir nur einmal an, Ingenieur Mott, Sie hätten ein schadhaftes Modell hergebracht, und dieses kleine Stück Metall würde sich losreißen. Und jetzt folgen Sie mir.« Rasch ging er den im Dunkel liegenden Kanal entlang, bis er den ersten aus fünfundzwanzig Blättern bestehenden Propeller erreichte. »Wir kommen mit einer Geschwindigkeit von tausend Stundenkilometern hier an und krachen in diese hölzernen Flügel. Wir zerstören drei, und ihre Splitter fliegen hier durch und treffen die sechsundzwanzig Blätter – womit der ganze Kanal unbrauchbar geworden ist.«

Zwei Blätter im ersten Propeller waren geschickt repariert worden – als ob ein Juwelier mit kleinen Holzplättchen die Löcher gefüllt hätte, die ein abgesplittertes Metallteilchen verursacht hatte. »Jetzt verstehen Sie wohl auch, warum wir hölzerne Flügel verwenden. Käme es dazu, daß eine abgerissene Schraube auf rotierende Stahlblätter auftrifft, würden sich die Splitter in tödliche Kugeln verwandeln.«

Crampton berührte die riesigen Flügel so zärtlich wie ein Vater seinen Sohn, der sich in der Schule ausgezeichnet hatte. »Wenn Sie hier arbeiten, Mott, arbeiten Sie in einer Kathedrale.«

Ein Jahr verging, bevor Mott in den Windkanal kam, denn er war so geschickt im Entwerfen von Modellen, daß Crampton ihn in diesem Sektor des Betriebes behielt. »Sie sind ein richtiger Ingenieur, einer der besten. Sie kennen sich aus mit Werkstoffen, und Sie wissen, wie man mit ihnen umgeht. Wenn ich Sie vor fünfzehn Jahren als Modellbauer hier gehabt hätte ...«

»Ich würde jetzt gern anfangen, im Windkanal zu arbeiten.«

»Und das sollen Sie auch. Es war selbstsüchtig von mir, daß ich Sie solange in der Werkstatt behalten habe. Aber um so besser werden Sie jetzt im Windkanal vorankommen.«

Unterstützt von dreiundzwanzig versierten Modellbauern und Mathematikern begann er seine Arbeit im Windkanal, einer von siebzehn schöpferischen Ingenieuren. Er führte eine Versuchsreihe durch mit dem Ziel, die manchmal sehr geringen Modifikationen zu identifizieren, die auf mögliche Verbesserungen hinwiesen, die an Prototypen von Luftfahrzeugen vorgenommen werden sollten, bevor sie zur Erprobung ins Naval Air Test Center, die Prüfstelle für Luftfahrgeräte am Patuxent River, geschickt wurden. Er liebte seine Arbeit, denn er konnte alles verwerten, was er in Georgia, Louisiana und New Mexico gelernt hatte.

Das Leben mit seiner Familie in einem gemütlichen kleinen Bungalow am Ufer des James River – auch ein Boot gehörte dazu – war das glücklichste, das er je gekannt hatte. Von einer exklusiven Schule in Neuengland relegiert, trödelte sich der ältere Sohn Millard nicht eben erfolgreich durch eine öffentliche Schule, aber er gab keinen Anlaß zur Klage. Christopher genoß das Leben am Wasser und ruderte mit anderen Jungen um die Wette. Rachel, in steter Auseinandersetzung mit den Problemen ihrer Umgebung, hatte keine Deutschen mehr, denen sie Englischunterricht erteilen konnte, also wandte sie ihre Aufmerksamkeit einigen von schwarzen Kindern besuchten Spielplätzen rund um Hampton zu, wo sie als freiwillige Helferin arbeitete und oft ganze Bezirke überwachte, wenn sich reguläre Lehrkräfte krank meldeten.

Die Familie Mott hatte ihr Plätzchen gefunden, und als Rachels Mutter die NACA besuchte, mußte selbst sie zugeben, daß ihr Schwiegersohn endlich eine Aufgabe gefunden hatte, die seinen Fähigkeiten entsprach; zwei kritische Anmerkungen konnte sie sich allerdings nicht verkneifen: »Sie zahlen dir hier nicht annähernd genug, Stanley. Und wenn du die Dinge hier einmal im Griff hast, hoffe ich sehr, daß du dich bei MIT um einen Lehrstuhl bewirbst.« Sie konnte einfach nicht glauben, daß ein Intellektueller die produktivsten Jahre seines Lebens irgendwo anders als in Harvard oder am MIT verbringen könnte. Zweitklassige Leute kamen ganz gut an Universitäten wie Princeton oder Yale voran, und für die anderen gab es die Colleges im Westen oder die, die mit Basketball von sich reden machten.

Die Ambitionen von Rachels Mutter amüsierten die Motts, und sie versuchten ihr zu erklären, daß die NACA enge Verbindungen zu jenen Harvard- und MIT-Professoren unterhielt, die die alte Dame so bewunderte. »Fachkräfte dieser Institute verbringen oft Wochen hier bei uns, um an Problemen zu arbeiten, die für die Leute an ihren Universitäten zu schwierig sind. Erst vorige Woche habe ich mit zwei Professoren der MIT an dem Problem gearbeitet, wie man einen Körper, der mit einer Geschwindigkeit von vierzigtausend Kilometern in der Stunde durch den Weltraum fliegt, wieder heil auf die Erde zurückbringen kann.«

»Wenn wir«, so hatte Mott den Professoren auseinandergesetzt, »wenn wir jemals Menschen in den Weltraum schießen – und das werden wir, davon ist von Braun überzeugt –, wird es kein Problem sein, sie hinaufzubefördern; die Deutschen in Huntsville sind ganz si-

cher, daß schon die Raketen, die sie jetzt haben, dazu ausreichen. Die Schwierigkeit besteht darin, sie wieder herunterzubekommen. Durch die Atmosphäre. Bei Temperaturen, bei welchen gewöhnliche Metalle wie Zunder brennen.«
Drei Wochen lang erörterten die drei Männer das Problem, zunächst ohne Bezug auf praktische Durchführbarkeit; dann unternahmen sie, was an Versuchen im Windkanal möglich war, doch da sie natürlich nicht imstande waren, Geschwindigkeiten von 40 000 Kilometern in der Stunde zu erzeugen, mußten sie sich notgedrungen wieder mit Spekulationen zufriedengeben. Sie verbrachten weitere sechs Wochen damit, einen Bericht über die Frage zu verfassen, wie man einen metallischen Körper durch die Atmosphäre zurückbringen könnte, und faßten ihre Empfehlung schließlich in zwei Sätzen zusammen:

> Beim gegenwärtigen Stand der Technik wissen wir nicht genug, um auch nur Denkanstöße liefern zu können, wie dieses so komplizierte Problem zu lösen ist, aber wir wissen eines: Daß unser Unwissen in bezug auf die Atmosphäre in Höhen über 20 000 Meter, falls wir dieser Ignoranz nicht unverzüglich ein Ende setzen, zu permanentem Unvermögen führen muß, in dieser Sache weiterzukommen. Wir empfehlen daher ein intensives Studium der Atmosphäre bis zu Höhen von 60 000 Meter und mehr, soweit das die uns gegenwärtig zur Verfügung stehenden Instrumente erlauben.

Dieser Rat war so vernünftig, daß sich leitende Techniker der NACA nach der Abreise der MIT-Professoren nach einem ihrer eigenen Leute umsahen, der eine Untersuchung der oberen Schichten der Atmosphäre leiten könnte, und weil Mott ausgezeichnete Arbeit in den Windkanälen geleistet hatte, erhielt er den Auftrag. Die nächsten zwei Jahre verbrachte er die Hälfte seiner Zeit auf der nahegelegenen Insel Wallops.
Es war dies eine der niederen, sumpfigen Barriereninseln vor der Delaware-Maryland-Virginia-Halbinsel unweit von Chincoteague, wo es noch wilde Ponies gab. Es war ein abweisender Ort, von Moskitos bevölkert und von Morasten bedeckt, aber seine herrlichen Strände, gleich majestätischen Scimitaren geschwungen, boten Abschußbasen,

von welchen kleine, aber schubstarke Feststoffraketen wissenschaftliche Instrumente hoch in die Luft schießen konnten.
In diesen frühen Tagen gab es keine komfortablen Quartiere für Besucher, und wenn einer die verhältnismäßig kurze Strecke von den Anlagen der NACA im Forschungszentrum Langley in den Grenzlandbereich von Wallops flog, war das eine Reise aus gesicherter Ordnung in die Unordnung, von gepflegter Behaglichkeit in die Unbehaglichkeit. Andererseits war das Leben auf der Wallops Station auf erregende Weise primitiv: Es war ein Paradies für Fischer, man konnte Eber jagen, in Zelten leben und sich den Bauch mit Kohlehydraten vollschlagen – und den meisten Männern gefiel das. »Das ist das große Abenteuer meines Lebens. Das ist nichts für meine Frau und meine Kinder.«
Auf der Wallops Station wurden grundlegende Untersuchungen über die oberen Schichten der Atmosphäre durchgeführt, und sie erbrachten auf zwei Gebieten ausgezeichnete Resultate: Raketentechnik und Telemetrie. Raketen beförderten hochentwickelte wissenschaftliche Instrumente in fünfzig und sechzig Kilometer Höhe, und die Telemetrie, auch Fernmeßtechnik genannt, berichtete, was sich unterwegs – aufwärts und abwärts – ereignete.
Ein Experte der Telemetrie erklärte seine geheimnisvolle Kunst: »Um Daten zu sammeln, wäre es natürlich am einfachsten gewesen, Rumpfspitze oder Nutzlast der Rakete mit den Instrumenten mittels eines Fallschirms auf die Erde zurückschweben zu lassen. Aber da ergaben sich zwei Probleme: Unsere Raketen müssen aufs Meer hinaus geschossen werden, um Unglücksfälle auf dem Festland von vornherein auszuschließen; und außerdem würden das Gewicht und die Kompliziertheit der Fallschirmmechanik den Wert des Abschusses erheblich mindern. Darum fahren wir zweigleisig.«
Er führte Mott zur Radarbeobachtungsstation, wo Präzisionsinstrumente die Raketenflüge genau überwachten und so die Ermittlung von Geschwindigkeit, Beschleunigung und atmosphärischem Luftwiderstand möglich machten. »Sehen Sie sich die Graphik an, die auf dem Radarschirm aufscheint. Sie sagt uns alles.« Der Experte lachte. »Bis auf das, was wir wirklich wissen wollen. Darum kommen wir auf dieses System zurück.« Und er zeigte Mott, wie die in große Höhen geschossenen Instrumente elektrische Impulse an eine Art Funkgerät

abgaben, das diese zur Erde zurücksandte. »Wenn wir das Ding da hinaufschicken, kann es im Code mit uns reden und uns über jede kleine Veränderung informieren. Das nennen wir Telemetrie.«
Es kam vor, daß die Instrumente ausfielen. So wurde zum Beispiel ein sehr komplizierter Mechanismus zusammen mit einer Reihe telemetrischer Geräte in eine Raketensonde montiert; sie stieg die ersten fünf Meilen durch die sichtbare Wolkendecke, durch Stratosphäre und Mesosphäre auf und berichtete getreulich über die auftretenden Erscheinungen, doch sobald sie die Ionosphäre erreichte, wo die Daten entscheidende Bedeutung erlangten, versagte ein kleines Teilchen des Instrumentensystems, möglicherweise durch die physikalische Belastung beim Start beschädigt, und das ganze Experiment mußte als gescheitert angesehen werden.
Diese Mißerfolge ärgerten Mott, denn er wußte, daß er nahe daran war, die Atmosphäre zu begreifen, dieses geheimnisvolle Meer von Luft, so duftig an einem linden Sommertag, aber fast so hart wie ein Brett, wenn man es mit einer bestimmten Geschwindigkeit zu durchdringen wünschte. Er studierte die besten verfügbaren Berichte, insbesondere die der Russen, die auf diesem Gebiet gute Arbeit geleistet hatten, und er zeichnete die schönsten Diagramme der Atmosphäre – in elf verschiedenen Farben, um die einzelnen Schichten dieses großen unbekannten Ozeans und ihre unterschiedlichen Charakteristika zu kennzeichnen.
Er war von zwei physikalischen Erscheinungen fasziniert, die auf den ersten Blick nichts mit dem Wunsch der NACA zu tun hatten, einen metallischen Körper durch die Atmosphäre auf die Erde zurückzubringen: die Temperaturen in den verschiedenen Höhen und die geradezu spektakuläre Weise, in der der Druck sich bei zunehmender Höhe verringerte. Er war nicht verpflichtet, diese Phänomene zu studieren, tat es aber doch auf die entfernte Möglichkeit hin, daß sie Licht auf sein eigentliches Problem werfen könnten.
Aus eigener Erfahrung als Bergsteiger wußte er, daß es kälter wurde, je höher man stieg, und seine Versuche auf der Wallops Station bestätigten es. In einem Kilometer Höhe war es kalt. In drei Kilometern Höhe war es spürbar kälter. In fünf Kilometern Höhe in den Rockies war es eisig, und rund um ein Flugzeug in elf Kilometern Höhe fiel die Temperatur auf minus 45 Grad.

Bis zu einer Höhe von etwa neunzehn Kilometern ging das so weiter, doch dann kam es plötzlich ganz anders, denn bei einer Höhe von sechsundzwanzig Kilometern stieg die Temperatur steil an, bis sie bei etwa achtundvierzig Kilometern angenehme zehn Grad plus erreichte. Aber auch das änderte sich, denn bei achtzig Kilometern fiel sie auf einige achtzig Grad minus, und eine Zeitlang blieb es dabei. Doch bei ungefähr achtundachtzig Kilometern begann ein dramatischer Sprung, so als ob man unter den Instrumenten ein Feuer angezündet hätte; die Temperatur stieg auf über neunzig Grad. In einer Höhe, über die die von Wallops abgeschossenen Sonden nicht hinauskamen, sah sich der Wissenschaftler schließlich mit einem fast unglaublichen Phänomen konfrontiert. Die Temperatur der Atmosphäre war auf allen Seiten der Sonde die gleiche, doch auf der der Sonne zugewandten akkumulierte so viel Strahlung, daß die Erwärmung auf 45 Grad plus anstieg, während auf der anderen, kaum einen Meter entfernt, eine eisige Temperatur von 125 Grad minus herrschte.

Es war eine verrückte Konstellation, diese vertikale Luftsäule der Atmosphäre, aber es war ein Teil des Universums, den der Mensch durchschreiten mußte, wenn er je in den Weltraum vordringen wollte, und ihre absonderlichen Verhältnisse wurden von physikalischen Gesetzen bestimmt, für die eine logische Erklärung gefunden werden konnte, wenn Männer wie Mott genügend graue Zellen besaßen und über eine ausreichende Zahl von Raketen auf der Wallops Station verfügten, um die erforderlichen Werte zu gewinnen. Natürlich gab es auch in verschiedenen Teilen der Vereinigten Staaten andere Gruppen, die an anderen Problemen der Raumfahrt arbeiteten. Wie könnte man die Brennkammern verbessern? Effizientere Treibstoffgemische herstellen? Wie sollte man ohne Hilfe von Landmarken navigieren? Wie Anzüge schneidern, in welchen Menschen in einer Welt ohne Luftdruck existieren konnten?

Diese Sorge war es, die Mott dazu brachte, sich auf das Problem des abnehmenden Luftdrucks beim Aufstieg in die Atmosphäre zu konzentrieren. Man hatte sich darauf geeinigt, den Luftdruck auf Seehöhe als normal zu bezeichnen, aber je höher man kam, desto mehr verringerte er sich. Auf dem Gipfel der Rockies betrug er nur mehr fünfzig Prozent, und bei einer Höhe von fünf Meilen war er so schwach, daß der Mensch zusätzlichen Sauerstoff benötigte, um atmen zu können. Wenn man den Druck auf Seehöhe mit eins ansetzte, ging er in hundert Kilometer Höhe auf 0,000002 zurück.

Mott verbrachte viele Monate damit, diesem Phänomen auf den Grund zu gehen, und wie es sich auf einen Menschen oder auf eine Maschine auswirken würde; auf diese Weise half er mit, jene Prinzipien herzuleiten, die jeden Flug in die oberen Schichten der Atmosphäre bestimmen würden. So sehr nahm ihn dieses geheimnisvolle Luftmeer gefangen, daß er oft am Strand von Wallops stand, nicht weit von der uranfänglichen Brühe, aus der vor drei oder vier Millionen Jahren Leben entstanden war, und mit ehrfürchtiger Scheu zusah, wie eine seiner Wetterraketen mit ihrer kostbaren Instrumentenladung zum Himmel hinaufschoß. Wenn sie dann allmählich aus seinem Gesichtskreis verschwand, stellte er sich vor, ein Passagier an Bord dieser Rakete zu sein, Kälte und Wärme und brennende Hitze und eisige Kälte zu fühlen, in den ersten Sekunden normal zu atmen und dann nach Luft zu ringen, die immer weniger wurde, bis er schließlich ein imaginäres Gerät in Betrieb setzte, das ihn mit Sauerstoff und dem nötigen Luftdruck versorgen würde.

Wie alle Experimentatoren in diesen Jahren, ob in den abgelegenen Wäldern Amerikas oder in den entferntesten Winkeln Sowjetrußlands, lebte auch Mott in einer Welt jugendlicher Begeisterung. Wie ein Junge mit einem Experimentierkasten zog er von einer Schwelle zur anderen. Ständig stiegen Fragen in ihm auf, stellte er Spekulationen an und bemühte sich, die Grenzen des Wissens ein wenig weiter hinauszuschieben. Als er eines Tages beobachtete, wie die schon untergegangene Sonne ihre Strahlen über den westlichen Horizont warf und eine seiner Radiosonden, die hundert Meilen weit in die höchsten Schichten der Atmosphäre aufstieg, zum Glänzen brachte, während die Erde sich verdunkelte, wurde ihm klar, daß er kaum wahrnehmbar den Übergang vom Ingenieur zum Wissenschaftler durchmachte, denn mit den Fertigkeiten des ersteren suchte er die Geheimnisse zu erforschen, die letzteren so in Anspruch nahmen. Es machte ihn stolz, in beiden Lagern zu stehen, ein Mann, der mit materiellen Dingen wie Metallen oder Windkanälen umgehen und gleichzeitig mit den letzten Geheimnissen des Lebens in unglaublichen Höhen ringen konnte. Seine vier wissenschaftlichen Publikationen zeigen die Richtungen an, in die sein Denken sich entwickelte:

Stanley Mott und Harry Crampton: *Aerodynamische Auswirkungen auf Rumpfvorderteil, Rumpf und Heck eines zweimotorigen Flugzeugs, mit besonders niederem Höhenleitwerk bei einer Geschwindigkeit von Mach 0,7*. 1955.
Stanley Mott und Elmer Winslow: *Aerodynamische Charakteristika eines Deltaflügels mit 75° Flügelvorderkante bei Mach 2,36 bis Mach 3,08*. 1955.
Stanley Mott: *Tabellarische Übersicht über die Eigenschaften der oberen Schichten der Atmosphäre nach telemetrischen Meßdaten von Raketen- und Freiballonversuchen*. 1956.
Stanley Mott: *Vermutliche Struktur der Atmosphäre in Höhen von über 100 000 Metern*. 1956.

Als seine Arbeit auf Wallops zu Ende ging, stimmten seine Kollegen darin überein, daß er von der oberen Atmosphäre mehr verstand als sonst jemand, und sie vermuteten, daß ihm diese Überlegenheit als Plattform dazu dienen würde, zu noch bedeutenderen Erkenntnissen aufzusteigen – nicht aufgrund seiner über jeden Zweifel erhabenen Fähigkeiten, sondern weil die Entwicklung mit solcher Schnelligkeit voranging, daß jeder, der gerade in diesen Jahren eine herausragende Stellung einnahm, auch ohne sein Zutun nach oben katapultiert werden würde.

Wie dies bei Menschen, die von abstrakten Ideen verfolgt werden, oft der Fall ist, ging Stanleys wissenschaftliche Überlegenheit bald auf Kosten seines Familienlebens. Seine immer längeren Abwesenheiten führten dazu, daß Rachel die Verantwortung für die Jungen übernehmen mußte, und es kam ihr jeden Tag neu zu Bewußtsein, wie sehr Millard und Christopher ihren Vater brauchten. Der Ältere war launisch und schwermütig geworden, der Jüngere eigenwillig und schwierig. In der Annahme, daß schon ein wenig sorgende Aufsicht des Vaters genügen würde, Christopher, den Jüngeren, auf Vordermann zu bringen, wandte sie ihre Aufmerksamkeit vornehmlich dem jetzt dreizehnjährigen Millard zu, und je genauer sie ihn beobachtete, desto mehr beunruhigte sie sein Verhalten: Er entwickelte ganz eindeutig Züge, die in wenigen Jahren einen recht unmännlichen Mann aus ihm machen würden.

Die Kinder der Ingenieure und Wissenschaftler der ersten Garnitur,

die die Labors der NACA bevölkerten, ließen zuweilen recht individualistische Neigungen erkennen, und das störte Rachel auch nicht weiter, aber Jungen, meinte sie, sollten sich als Jungen entwickeln und Mädchen als Mädchen, und es betrübte sie, sehen zu müssen, wie sich ein junger Mensch über sein beziehungsweise ihr Geschlecht nicht im klaren war. Dies war zweifellos bei Millard der Fall, und Rachel wollte, daß ihr Mann etwas dagegen unternahm.
Nach seiner Rückkehr vom Versuchsgelände auf Wallops im Flüsterton über das Problem unterrichtet, gab er zu, daß er schnell handeln mußte. Er schlug eine Camping-Fahrt über das noch weitgehend unerforschte Flachmoor östlich von Chincoteague vor, und die Familie stimmte begeistert zu. Sie liehen sich einen kleinen Laster, packten ihre Ausrüstung zusammen und brachen auf. Mit der Fähre setzten sie von Norfolk nach Cape Charles über, und dann ging es die Halbinsel hinauf, in ein wildes und einsames, aber wegen seiner Verbundenheit mit dem Meer auch höchst eindrucksvolles Gebiet.
Dort lagerten sie, schützten sich nachts mit Netzen vor den blutgierigen Moskitos und suchten tagsüber auf der Insel Assateague nach Spuren von Wildschweinen und seltenen Vögeln. Schon am ersten Tag legte Christopher seine Bockigkeit ab und durchstreifte mit seinem Vater auf abenteuerlichen Erkundungsausflügen das Gelände. »Schau nur, die Reiher! Vier Arten, und im Buch sind nur drei angegeben.« Mit einem dicken Bleistift hakte er alle Vögel ab, die er sah, und das waren mehr als fünfzig.
Stanley verbrachte viele Stunden mit dem Jungen und brachte das Gespräch, wo immer möglich, auf die Themen allgemeines Betragen und angenehmes Familienleben. »Hattest du Spaß mit den Jungen, die von der Polizei verhaftet wurden?«
»Großen Spaß.«
»Was würdest du getan haben, wenn man dich verhaftet hätte?«
»Das war doch nichts Ernstes. Sie haben doch gar nichts gestohlen.«
»Sie haben eine Scheibe eingeschlagen. Sie sind in den Laden eingestiegen.«
»Aber sie haben nichts mitgenommen.«
»Man hat sie ins Gefängnis gesteckt. Warst du schon mal in einem Gefängnis?«

Mott rief bei der örtlichen Polizeiwache an und ließ sich die Adresse des nächsten Gefängnisses geben. Eines Morgens fuhr er mit seinen Söhnen hin, um ihnen zu zeigen, wie es in einer von Steinmauern umgebenen Strafanstalt zuging, und als sie die schweren Tore und die kahlen Gänge sahen, verstanden sie ein bißchen besser, wovon ihre Eltern redeten. Der kleine Christopher war ganz besonders beeindruckt: »Sie haben von Blechtellern gegessen, Mutter. Sie haben auf langen Bänken gesessen, und immer, wenn einer eine Tür aufmachte, schloß sie ein anderer wieder zu.«
»Jungen, die in Läden einbrechen, kommen ins Gefängnis«, bemerkte Rachel.
Dieses Erlebnis mußte Christopher Angst eingejagt haben, denn in den restlichen Tagen ihres Campingausfluges schloß er sich immer mehr seinem Vater an, und als sie sich auf den Rückweg machten, durfte Mott annehmen, daß er wieder ein gutes Verhältnis zu seinem jüngeren Sohn hergestellt hatte.
Millard war ein ernsteres Problem, denn er machte sich keines Vergehens gegen die Gesellschaft schuldig, das ihn eines Tages hinter Gitter hätte bringen können. Er lebte mit sich selbst in Feindschaft, und alle Versuche seines Vaters, die Nebelwand zu durchstoßen, hinter der er sich verschanzt hatte, schlugen fehl. »Großmutter ist immer noch bereit, für die Kosten einer guten Schule aufzukommen.«
»Ich gehe nie wieder in die Schule zurück.«
»Es muß ja nicht dieselbe sein.«
»Sie sind alle gleich.«
»Millard, es gibt Hunderte Schulen ...«
»Es sind überall die gleichen Schinder.«
»Gib mir ein Beispiel.«
»Ich will nichts mehr davon hören, Vater. Sie soll ihr Geld behalten.«
»Es geht nicht um das Geld. Möchtest du nicht Ingenieur werden wie ich?«
»Ich hasse Mathematik.«
»Gibt es etwas, das du nicht haßt?«
Millard ging nicht aus sich heraus. Stanley und Rachel versuchten gemeinsam, ihn von der Notwendigkeit eines Hochschulstudiums zu überzeugen. »Ich kenne ein Dutzend junger Frauen, die mit mir aufge-

wachsen sind«, sagte Rachel, »lauter nette Mädchen. Sie waren wie du, sie wollten sich nicht fortbilden. Jetzt können sie nichts.«
»Sie könnten alles tun, was du auch tust.«
»Sie könnten. Aber sie tun es nicht.«
»Was hindert sie daran?«
»An der Hochschule wird man dazu erzogen, etwas zu tun«, antwortete Rachel, und in diesem Fall stimmte das auch, denn wo immer sie hingekommen war, sie hatte sich verpflichtet gefühlt, eindeutig Stellung zu beziehen und sich an die Arbeit zu machen.
»Um zu tun, was ich tue, brauchst du mindestens zwei akademische Grade«, erklärte Stanley seinem Sohn. »Die Männer, die die Abschußrampen bauen, brauchen keine.«
»Ich würde gern Rampen aufstellen«, gab Millard trotzig zurück.
»Das könntest du natürlich«, sagte Mott rasch. »Es ist ein guter Job, und es sind gute Leute. Aber wenn ein Junge die Fähigkeiten hat...«
»Ich kann das alles nicht, wovon du immer redest«, erklärte Millard in weinerlichem Ton.
»Warum versuchen wir es nicht so«, schlug Rachel vor. »Du denkst den Rest des Jahres darüber nach, was du gern tun möchtest. Dann sagst du es uns, und wir werden dir sagen, welche Schritte du unternehmen mußt.«
»Wenn du zum Beispiel Polizist werden möchtest...« begann Stanley.
»Ich hasse Gefängnisse.«
Und hier endete das Gespräch, das alle Schwierigkeiten hätte aus dem Weg räumen sollen. Mott versuchte noch dreimal, das Vertrauen seines Sohnes zu gewinnen, aber Millard hatte in der Schule oder auf der Straße einen Gleichaltrigen gefunden, mit dem er lieber über wichtige Dinge sprach, und das hieß, daß seine Eltern für immer aus seinem Leben ausgeschlossen waren.

Motts Aufmerksamkeit wurde von dieser bedrohlichen Situation abgelenkt, als die NACA ihm die Aufgabe stellte, die Antwort auf die faszinierendste Frage zu finden, auf die er in seinem Erwachsenenleben bisher gestoßen war: »Keiner von uns weiß so viel über die Atmosphäre wie Sie, Mott. Das Verteidigungsministerium sieht sich einem verwirrenden Problem gegenüber: Wie bekommt man eine Bombe oder ein Luftfahrzeug durch die Atmosphäre und wieder auf die Erde zurück ... bevor es verbrennt? An unserem Ames Research Center stellt das Ministerium eine aus erstklassigen Leuten bestehende Studiengruppe zusammen. Wir haben Sie vorgeschlagen, weil wir in den kommenden Jahren jemanden hier in der Zentrale haben müssen, der mit der Sache vertraut ist.«

Das Ames Research Center, ein Forschungszentrum der NACA, befand sich in Kalifornien unweit eines Luftstützpunktes der Navy südlich von San Francisco, und da Stanley dort nicht auf Dauer stationiert war, konnte er Rachel und die Jungen nicht mitnehmen. Sie blieben in ihrem Bungalow am James River wohnen. Im Ames Research Center bezog er ein nüchternes Quartier, und da er in seiner faszinierenden Arbeit aufging, genügte es ihm.

»Wenn Sie den Sprung von der Luft- zur Raumfahrt tun«, sagte ein Wissenschaftler namens Schumpeter, »müssen Sie alles vergessen, was man Sie gelehrt hat.« Er hielt das glatte windschlüpfige Modell einer Lockheed F-104 hoch und ließ das Sonnenlicht über seiner nadelscharfen Stahlnase spielen.

»Sehen wir uns dieses hübsche Ding einmal im Windkanal an«, fügte er hinzu und führte Mott zum Windkanal des Forschungszentrums, wo sie beobachten konnten, wie wirkungsvoll dieses Flugzeug durch die Luft glitt. Die spitze Nase stieß vor, und die messerscharfen Flügel durchschnitten die Luft ohne jede Behinderung.

»Für Ihren Zweck ist sie perfekt«, meinte Schumpeter. »Ich habe an dem provisorischen Modell mitgearbeitet und auch mitgeholfen, die Höcker und die vorstehenden Teile zu eliminieren.«

In sein Labor zurückgekehrt, legte er das Modell fast geringschätzig zur Seite. »Nicht ein einziges Charakteristikum dieses Flugzeugs hilft uns bei unserem Problem. Die F-104 fliegt *in* der Luft; wir müssen durch sie *hindurch*. Ihre Geschwindigkeit beträgt zweitausend Kilometer in der Stunde, unsere liegt bei vierzigtausend. Die F-104 schiebt die Luft beiseite, um durchschlüpfen zu können; wir bauen die Atmosphäre wie eine Mauer auf und müssen dagegenhämmern, um durchzukommen. Und sie fliegt durch kalte Luft, wir aber fliegen durch Reibungstemperaturen, die so hoch sind, daß wir sie eigentlich gar nicht begreifen können.«

Und mit Hilfe militärischer Raketen, die große Höhen erklommen, demonstrierte er das eigentliche Problem: »Wir werden dieses Modell auf eine Höhe von mehr als hundertdreißig Kilometern hinaufbringen. In drei Stufen. Und wenn wir oben sind, drehen wir das Ding um und feuern nochmals zwei Stufen, um es durch die Atmosphäre zurückzuschießen. Nicht so schnell wie ein zurückkehrendes Raumschiff, aber doch schnell genug. Und Sie werden sich wundern, was mit dieser scharfen Nase passiert.«
Schumpeter flog mit dem ganzen Team nach Wallops, und in einer sternklaren Nacht schossen sie die dreistufige Honest John + Nike + Nike fast senkrecht in die Finsternis hinauf, und sahen ihre ersten Flammen in sechstausend Meter Höhe ausbrennen, als die zweite Stufe zündete. Sie schoß nach oben, bis sie außer Sicht war, erreichte ihren Zenit, drehte sich um und begann ihren wilden Sturzflug zur Erde zurück. Als sie Mach 17 erreichte, wurden die zwei restlichen Stufen gezündet, die das Modell mit der atemberaubenden Geschwindigkeit von Mach 20 donnernd in die noch dünne, sich aber schnell verdichtende Atmosphäre zurücktrieben.
Während die Wissenschaftler und Ingenieure auf die Rückkehr der Rakete warteten, gab sich Mott einer Spekulation hin: »Wenn wir diese letzten zwei Raketen dazu verwendet hätten, die nach oben gerichtete Geschwindigkeit aufrechtzuerhalten ...« Er zögerte, denn er war sich seines Wissens auf dem Gebiet der Raketentechnik nicht sicher und wollte keinen Unsinn reden in Gegenwart dieses Teams, mit dem er lange zusammenarbeiten würde, aber sein Gedankenflug war so kühn, daß er sich verpflichtet fühlte, eine eingehende Untersuchung anzustellen.
Ein junger Ingenieur namens Levi Letterkill kam ihm zuvor. »Ja, hätten wir den Aufwärtsschub aufrechterhalten und wären dem Ding mit zwei weiteren Raketen in den Hintern getreten, ... wir hätten die Geschwindigkeit auf etwa achtundzwanzigtausend Kilometer in der Stunde erhöhen können, und das hätte gereicht, um in eine Umlaufbahn um die Erde zu gelangen.« Als Mott mit einer Antwort zögerte, fügte der junge Mann hinzu: »Man hat mir gesagt, es wäre möglich, aus dem niedrigen Erdorbit auszubrechen und in eine Umlaufbahn um die Sonne zu gelangen, wenn man eine Geschwindigkeit von vierzigtausend Kilometern erzielen könnte.«

»Hätten unsere Raketen heute nacht eine solche Geschwindigkeit erreichen können?« fragte Mott.
Letterkill blieb stumm und rechnete. »Ja, wir hätten heute nacht in eine Orbitalbahn gehen können.« Er zögerte, denn, wie Mott noch erfahren sollte, war Letterkill ein vorsichtiger Mann, wenn er mit unbekannten Größen arbeitete, bei denen sich ein Rechenfehler katastrophal auswirken konnte. »Ich glaube, wir hätten bei den letzten zwei Stufen ein wenig schubstärkere Raketen gebraucht.«
»Sind solche Raketen verfügbar?« wollte Mott wissen, und ein anderes Mitglied des Teams antwortete: »Wenn die Raketen schubstark genug sind, ist alles möglich.« Mott, der sich an ein Dutzend Mißerfolge der A-4s in New Mexico erinnern konnte, kam zu dem Schluß, daß alles doch ein wenig schwieriger sein könnte, als diese Männer annahmen.
Als sein Team alle Daten über die verschwundene Rakete und ihre Nutzlast – telemetrische Berichte, optische Beobachtungen, Mehrbandradarinformationen – gesammelt hatte, war Mott von der Schlußfolgerung eines Experten des Verteidigungsministeriums überrascht: »Zweiundzwanzig Zentimeter des härtesten Metalls, das wir herstellen können, brannten weg wie Zunder.«
Mehrere Versuchsingenieure baten um nähere Einzelheiten, und der Experte sagte: »Der Stirnpunkt des Metalls trifft auf atmosphärische Moleküle, kämpft gegen sie an, baut Überhitzungswärme auf, findet Sauerstoff in der Atmosphäre und brennt wie Spreu. Ist der Stirnpunkt weg, haben die nächsten 1,5 Millimeter die ungeheure Hitze vor sich, verglühen und legen den nächsten Punkt bloß. Und dann ist das ganze erledigt, ein kleiner Punkt nach dem anderen.«
»Und vergessen Sie nicht«, sagte Schumpeter«, dieses Modell brauchte nur einen Teil der Atmosphäre zu durchdringen mit nur einem Teil der Geschwindigkeit, mit der unser Vehikel zurückkehren wird.«
Ein Wärmetechniker meldete sich zu Wort: »Hätte unser Modell die tatsächlichen Gegebenheiten vorgefunden, seine ganze Substanz wäre aufgezehrt worden.« Hoch über ihnen überquerte ein Flugzeug die Bucht, und die Männer sahen ihm nach. »Ein Flugzeug wie dieses«, bemerkte der Wärmetechniker, »könnte unmöglich durch die Atmosphäre zurückkehren. Es würde bis auf den letzten Rest verglühen.«

Nach Kalifornien zurückgekehrt, ging das Team wieder an die Arbeit. Stets hatten sie das Modell der verglühten F-104 vor sich. »Wir brauchen etwas, das sich davon so weit wie möglich unterscheidet«, betonte Schumpeter, und ihre Suche konzentrierte sich auf diesen Punkt.
Der Wärmetechniker legte die drei grundlegenden Alternativen fest und beschäftigte sich mit zweien davon: »Wir können mit einer spitzen Nase ankommen und verglühen. Oder wir können uns an das Hitzeschild-Prinzip halten, bis auf ein kleines Handikap eine durchaus praktische Sache.«
Die Mitglieder des Teams wollten wissen, was ein Hitzeschild sei, und er erklärte es ihnen bereitwillig: »Wir stellen eine Legierung aus spezifischen Stoffen wie zum Beispiel Titan her, und tragen sie auf die Vorderkanten des Luftfahrzeugs auf. Wenn es dann durch die Mauer der Atmosphäre zurückkehrt, nimmt die Legierung die Hitze auf und verglüht überhaupt nicht. Sie absorbiert sie ... zerstreut sie.«
»Auch bei spitzer Nase?« fragte Mott.
»Nein, nein!« Der Ingenieur lachte. »Wenn Sie die Nase spitz genug machen, wird die Hitze alles abbrennen, absolut alles. Darum müssen wir uns an eine stumpfe Oberfläche gewöhnen. Bei einer stumpfen Oberfläche wird der Hitzeschild funktionieren.«
»Und das Handikap?« fragte einer.
»Das Gewicht«, antwortete er und malte einige Zahlen auf die Tafel. »Wenn wir genügend Legierung auf die Vorderseite eines stumpfnasigen Flugzeugs auftragen, um eine aerodynamische Aufheizung zu vermeiden, würde ein Flugkörper um die dreihundert Tonnen wiegen. Sie bräuchte fünfzehn- bis zwanzigmal so starke Motoren und würde dementsprechend fünfzehn- bis zwanzigmal soviel Treibstoff benötigen. Ein Hitzeschild ist eine feine Sache ... für einen Tank, nicht für ein Flugzeug.«
»Und die praktische Alternative?« fragte Schumpeter.
»Ablationskühlung«, lautete die Antwort des Wärmetechnikers, und zum erstenmal hörte Stanley Mott das Wunderwort, das sein Leben fast zwei Jahre lang beherrschen sollte. Von seinem Lateinstudium in der High-School in Newton, Massachusetts, kannte er das Wort *Ablativ;* es bezeichnete eine grammatikalische Form, die Julius Caesar, auch er kein geringer Ingenieur, sehr geschätzt hatte. »Der Ablativus absolutus«, hatte sein Lateinlehrer ihm erklärt, »wird von Männern

der Tat verwendet, die es hassen, Wörter zu verschwenden: *ponte facto Caesar transit*. Die Brücke geschlagen, überquert Caesar sie. Beachten Sie die Prägnanz. Es wird nicht darauf eingegangen, wer die Brücke gebaut und was sie gekostet hat. Die Brücke wurde gebaut, wie eine Brücke gebaut werden soll, und Caesar überquerte sie.«
Einige Wochen lang hatte sich Mott auf diese liebenswerte Konstruktion konzentriert und sie korrekt und nutzbringend verwendet. Er jammerte nicht über die Schwierigkeiten einer chemischen Gleichung; er löste sie und machte weiter. Man könnte sagen, der Ablativus absolutus wurde zum Leitsatz in seiner Erziehung, und er freute sich, als er einer Fußnote in seiner Lateingrammatik entnahm, daß der Ablativ einer der ersten Kasus in der menschlichen Sprache gewesen war. Er hatte keine eigene Bezeichnung, bis Caesar persönlich ihn taufte. »Mein und Caesars spezieller Kasus«, pflegte Mott zu sagen, wenn er auf ein besonders treffendes Beispiel stieß.
Jetzt allerdings konnte er keine Beziehung zwischen dem grammatikalischen und dem technischen Ablativ herstellen. »Ein Ablationswerkstoff wird einfach aufgezehrt. Er verglüht nicht, obwohl er Spuren der Hitzeeinwirkung zeigt. Er schmilzt oder verdampft in der Überhitzungswärme, ein winziges Teilchen nach dem anderen, und das geschieht erstaunlich langsam. Wasser, Wind, Feuer ... nichts kann es schnell zerstören, aber fast alles kann den Ablationswerkstoff ... sehr langsam ... aufzehren.«
Mott gab genau acht, als der Wärmetechniker vorführte, was man mit einem guten Ablationswerkstoff erreichen konnte: »Ich habe hier eine zwei Zoll dicke Platte eines leidlichen Ablationswerkstoffes. Mit dieser Lötlampe werde ich jetzt extreme Hitze auf die Oberfläche applizieren.« Und genau das tat er. Die Lötlampe richtete ihre blaue Flamme auf die Ablationswerkstoffplatte, die sich so verhielt, wie der Ingenieur vorausgesagt hatte: Sie ging nicht in Flammen auf, und als der farblose Staub weggeblasen wurde, war die Platte nicht einmal verfärbt. Auch war die enorme Hitze nicht durch die Platte durchgedrungen; der Werkstoff hatte sie absorbiert.
Nachdem er das Experiment beendet hatte, forderte der Ingenieur Mott auf, selbst einmal die Platte zu halten, und auch im Moment der intensivsten Hitzeeinwirkung spürte Stanley nichts – so wirksam war die Ablation. »Was ist das für ein Material?« fragte Mott.

»Auf diesem Gebiet können wir hoffen«, sagte der Ingenieur. »Das hier ist kein besonders guter Werkstoff. Da oben würde er nach etwa einer Sekunde verglüht sein. Aber ich bin überzeugt, daß wir ein Material nach unseren Anforderungen herstellen können, und das wird nicht nur gut, das wird perfekt sein. Und das ist unsere Aufgabe.«
Sechs Monate lang arbeitete Mott mit dem Flugkörper-Wiedereintritts-Team des Verteidigungsministeriums und Experten aus der Privatindustrie an dem bizarren Problem, einen neuen Werkstoff zu finden, der eine klar umrissene Lücke im Raumfahrtprogramm schließen würde, und nach einer nur kurzen Untersuchung des Problems und nach einer Analyse dessen, was die verschiedenen Gesellschaften anzubieten hatten, stellte sich heraus, daß der Auftrag zur Lieferung des neuen Werkstoffs an die Allied Aviation zu vergeben war, denn diese Firma hatte bereits wesentliche Vorleistungen erbracht. Ihre Leute hatten das Problem keineswegs gelöst, aber sie wußten, wo die Schwierigkeiten lagen, und so kam es, daß Mott noch einmal mit General Funkhauser zusammenarbeiten sollte.
Ein bemerkenswerter Mann. Obwohl er von Ablation noch weniger wußte als Mott, wurde er von seiner Gesellschaft als Projektmanager eingesetzt, denn die amerikanischen Direktoren hatten die Erfahrung gemacht, daß dieser erstaunliche Deutsche es verstand, Teams zu organisieren, die imstande waren, jedes Problem auf dem Gebiet der Luft- oder Raumfahrt erfolgreich zu meistern. Er besaß ein großes Allgemeinwissen und ein besonderes Geschick, Fachleute zur Zusammenarbeit zu bewegen, und er war ein Künstler, wenn es galt, zwischen Privatindustrie und Regierung den Mittler zu spielen. »Wenn ich mit einem Verrückten wie Hitler arbeiten konnte, ohne meinen Kopf zu verlieren«, erklärte er vor einem Senatsausschuß, »werde ich wohl mit vernünftigen Leuten wie General John Medaris auch zurechtkommen.«
Der neue Werkstoff würde sich aus drei Komponenten zusammensetzen: eine Grundsubstanz, die auch unter normalen Bedingungen nur langsam verbrannte, Fasermaterial, um Elastizität zu gewährleisten, und ein Bindemittel. Früher waren das Asbest, Litzenschnur und Leim gewesen, die zusammen ein gutes, robustes Material ergeben hatten, das in einer gewöhnlichen Gasflamme nicht verbrannte – aber jetzt wurden bessere Materialien benötigt.

Jede der drei Komponenten mußte separat entwickelt werden, und die Experten der Allied Aviation schlugen achtzig verschiedene Substanzen vor, von denen jede einzelne für sich wirksam war, sich jedoch nicht besonders geeignet für eine Verbindung erwies. »Zwei davon stimmen immer«, bemerkte General Funkhauser. »Aber die dritte stört und ist lästig wie ein unerwünschter Gast bei einem Pärchen in den Flitterwochen.«

Die Suche nahm kein Ende, und man verschwendete so viel Arbeit darauf, Materialien wegzubrennen, die nicht brennen sollten, daß Mott sich fragte, ob die richtige Verbindung je gefunden werden würde.

Während diese Arbeiten im Gange waren, beschäftigte sich Schumpeter damit, die richtige Form für das Raumfahrzeug zu entwerfen, nicht den gigantischen Aufbau, der auf von Brauns Rakete sitzen würde, sondern die kleine Kapsel, in der der Raumfahrer den Flug steuern würde. Und je mehr er daran arbeitete, desto größer und kühner wurde die ablative Oberfläche, bis er eines Tages ein monströses Gebilde auf seine Tafel zeichnete, das gar nicht mehr wie ein Flugzeug, sondern wie ein riesiger Blätterpilz aussah.

»Es hat aber immer noch einen vorstehenden Stiel«, bemerkte ein Kollege, »und der wird wegbrennen.«

»Wir bringen es mit dem Hintern voran zurück«, sagte Schumpeter, und minutenlang studierte das Team diesen erstaunlichen Vorschlag, der allem, was sie über die Luftfahrt wußten, zu widersprechen schien, aber allmählich sahen sie ein, daß es tatsächlich der einzige Weg war, dieses schwierige Problem zu lösen: Wenn eine spitze Nase verglühte, mußte man das verdammte Ding wie eine Scheunenwand zurückholen, mußte 30 cm dick Ablationswerkstoff auftragen, und mußte es, während das Material die Hitze aufnahm, funkensprühend durch die Atmosphäre fallen lassen.

Das Team flog nach Wallops Station zurück, wo Rachel und die Jungen vor dem Stützpunkt in ihrem Wagen saßen und zusahen, wie ihr Vater seltsam stumpfkantige Gegenstände in die obere Atmosphäre schleudern ließ.

»Etwas Großes kommt auf uns zu«, erklärte er ihnen nach monatelangen Versuchen. »Die anderen haben ihren Teil des Problems gelöst. Ich meinen nicht.«

Als sich zeigte, daß Schumpeters revolutionäre Konstruktion die oberen Schichten der Atmosphäre bezwingen konnte, verstärkte sich der Druck auf Mott und General Funkhauser, den richtigen Werkstoff zu liefern, und im achten Monat ihrer Versuchstätigkeit produzierten sie schließlich ein neues Material, das ihre Meisterschaft unter Beweis stellte. Es bestand aus Silikongranulat statt Asbest, einem neuartigen Gewebe statt der bekannten Schnüre und Epoxydharz statt Leim.

Schumpeter faßte zusammen: »Das ist ein wunderbares Material und in jeder Beziehung perfekt, bis auf eine winzige Kleinigkeit: Auf den Kubikzentimeter bezogen, wiegt es fünfmal zu viel.« Und als er seine Berechnungen auf die Tafel schrieb, mußten ihm die anderen zustimmen. »Sie haben mir ein Material geliefert, das bestens geeignet ist, LKWs auf ihrer Fahrt durch Arizona zu schützen. Und jetzt brauchen wir etwas für ein Raumschiff.« Und Motts Team ging wieder an die Arbeit.

In vieler Hinsicht verkörperte Mott sein Land und seine Kultur. In Unkenntnis der Pionierarbeit Robert Goddards war er erst durch die deutschen Erfolge im Zweiten Weltkrieg gezwungen worden, sich ernsthaft mit der Raketentechnik zu beschäftigen. Dies hatte ihn dazu geführt, die oberen Schichten der Atmosphäre genauer zu studieren, und als er die Natur dieses geheimnisvollen Ozeans begriff, sah er sich genötigt, ihr mit Raketenflugkörpern zu Leibe zu rücken und mit phantasievollen Instrumenten, um den Erhitzungswert zu messen, der neutralisiert werden mußte, bevor der Mensch es wagen konnte, die Atmosphäre nach oben zu durchmessen, sich von ihr loszureißen und durch ihre verzehrende Hitze auf die Erde zurückzukehren. Seine zwei neuesten Veröffentlichungen veranschaulichten die Intensität seiner Studien:

> Karl Schumpeter und Stanley Mott: *Kontrollierte Raketenexperimente, drei Stufen aufwärts, zwei Stufen abwärts, unter Berücksichtigung der ablativen Charakteristika von acht alternativen Konfigurationen.* 1957
> Stanley Mott: *Neunzehn ablative Koeffizienten von siebzehn vorgefertigten Materialien.* 1958 (Geheim)

Seine Spekulationen über die Zukunft hatten mit der unschuldigen Frage am Strand von Wallops begonnen: »Wenn wir die letzten zwei Raketen dazu verwendet hätten, die nach oben gerichtete Geschwindigkeit aufrechtzuerhalten ...« Er hatte die Antwort schon gewußt, bevor er sie noch formulierte: Wenn seine Studien dem Menschen halfen, die Atmosphäre durchdringen und sicher durch sie wieder zur Erde zurückkehren zu können, dann mußte der nächste Schritt sein, ihn auf eine kurze Orbitalbahn zu schießen, danach in eine permanente Umlaufbahn und von dieser Plattform aus zum Mond, zum Mars, zum Jupiter, in die Galaxis und bis an die Grenzen des Universums.
Wie einfach waren seine ersten Schritte auf diesem Weg gewesen: Algebra in der Grundschule, Trigonometrie in der High-School, Kalkül im College und jetzt die alles überschattende Frage: Sollten wir jemals eine Rakete zum Mond schießen wollen, für welche Flugbahn sollten wir uns entscheiden? Es gab Möglichkeiten ohne Zahl, und obwohl er noch keinen spezifischen Plan entwerfen konnte, erkannte er klar, daß es nur eine einzige richtige Methode gab, an die Sache heranzugehen: Er mußte mit vollem Einsatz auf das Ziel lossteuern, das der Zufall ihm gesetzt hatte, und darauf vertrauen, daß andere Männer mit der gleichen Hingabe wie er ihren Beitrag leisten würden.
Er arbeitete neun Wochen, ohne zu rasten, und von seinem Schweiß und den Nebeldünsten seiner Versuche liefen seine Brillengläser an, aber am Ende half er mit, einen überragenden Ablationswerkstoff zu produzieren: leicht wie Weichholz, fest wie gehärteter Stahl; ein Material, das rasch verdampfte und eine hohe Wärmekapazität aufwies. »Wir haben es geschafft!« rief Schumpeter, als er *diese* Zahlen an die Tafel schrieb, und wieder war auf dem nicht endenwollenden Weg zur Beherrschung des Weltalls ein Schritt getan worden.

Die Mittel für die Art von Versuchen, wie Stanley Mott sie durchführte, wurden nur widerwillig vom Kongreß zur Verfügung gestellt, der den Zweck dieser Arbeiten oft verschleierte, indem er das Geld nicht der NACA, sondern den Generälen zuteilte, denn Schumpeters Studien zum Wiedereintritt eines Raumkörpers kamen gleichermaßen einer ballistischen Rakete der Army, einer der Navy und einem mutmaßlichen Raumschiff der NACA zugute.
Die NACA hatte jetzt einen Personalstand von etwa siebentausend

Mitarbeitern. Mit Zweigzentralen wie Ames und Wallops verfügte sie über Forschungseinrichtungen im Wert von mehr als vierhundert Millionen Dollar, womit die Beschaffung von Mitteln zu einem schwierigen Problem wurde. Glücklicherweise unterstützte Lyndon Johnson, der einflußreichste Mann im Senat, das Luftfahrtprogramm und dessen Ableger in der Weltraumforschung, aber er mußte die schwierige Aufgabe, die nötigen Gesetzesvorlagen durch den Kongreß zu schleusen, den zwei Senatoren aus dem Westen, Glancey und Grant, überlassen. Das war auch der Grund, warum Senator Grant immer weniger von seiner zerbrechlichen Frau Elinor zu sehen bekam, die oft in Clay blieb, wenn er an den Sitzungen in Washington teilnahm. Die Stützpunkte der NACA zu besuchen, wozu ihr Gatte mit einiger Häufigkeit verpflichtet war, lehnte sie rundweg ab, aber sie machte auch weiterhin ihrem Unmut Luft, wenn sie einer Zeitungsnotiz entnahm, daß Mrs. Pope den Ausschuß begleitet hatte.
Ihre Hauptsorge aber war nicht die vermeintliche Untreue ihres Gatten mit der Sekretärin des Ausschusses, sondern die unheilvolle Tatsache, daß kleine Männchen aus dem Weltall schon seit einiger Zeit die Erde besuchten und sich anschickten, die Herrschaft über die Welt an sich zu reißen.
Zu ihrem Wissen über die drohende Invasion war sie auf kuriose Weise gekommen. Während sie bei ihrem Friseur in ihrer Heimatstadt Clay wartete, hatte sie eine der knalligen Zeitschriften zur Hand genommen, die den Kundinnen zur Verfügung standen. Vom Inhalt – Crime and Sex – abgestoßen, wollte sie das Blatt schon weglegen, als ihr eine gut aufgemachte Anzeige ins Auge fiel.
Sie zeigte das Bild eines weltberühmten Wissenschaftlers, Dr. Leopold Strabismus aus Uppsala, ein distinguiert aussehender Herr mit einem großen Kopf, sauber gestutztem schwarzen Bart und stechenden schwarzen Augen. Sofort faßte Mrs. Grant Zuneigung zu diesem gelehrten Mann, denn er strahlte Zuversicht und Wissen aus, und fast glaubte sie zu hören, wie er seine Botschaft verkündete:

Wirst du bereit sein, wenn sie kommen?
Präsident Eisenhower weiß von ihnen. Der Generalstab weiß von ihnen. Die Vereinigung der Flugzeugführer weiß von ihnen. Und J. Edgar Hoover weiß von ihnen, und seine Aufgabe ist es,

dieses dramatische Geschehen vor der Öffentlichkeit geheimzuhalten.

Wer sind sie? Die Besucher aus dem Weltall. Die kleinen Männchen in den fliegenden Untertassen, von denen du schon gehört hast. Du weißt natürlich, daß sie bereits an zahlreichen Orten in Amerika gelandet sind, aber du weißt nicht, daß sie ein Programm erstellt haben, die Regierungsgewalt zu übernehmen und einer von würgender Angst befallenen Welt Frieden und Sicherheit wiederzugeben.

Die Anzeige verhieß jedem, der der Universal Space Associates in Kalifornien – wo sonst – beitrat und einen bescheidenen Mitgliedsbeitrag zahlte, daß er monatliche Berichte über die Aktivitäten der Besucher und ihre Pläne für die Zukunft erhalten würde: »Du wirst gerettet werden, die anderen nicht.«
Als Mrs. Grant nach Hause kam, verfolgten sie die markanten Gesichtszüge Dr. Strabismus', und so groß war der Eindruck, den seine Warnung auf sie machte, daß sie schon am nächsten Morgen mit Block und Bleistift bewaffnet zu ihrem Friseur zurückeilte, um die Adresse zu notieren. In ihrem Brief an die Organisation in Kalifornien ersuchte sie nicht nur um Informationen über die kleinen Männer in ihren Raumschiffen; sie vertraute Dr. Strabismus auch ihre Ängste an, in der Hoffnung, er würde ihr Trost spenden können.

> Ich bin eine Akademikerin, die stets bemüht ist, über alles, was in meiner Welt vorgeht, informiert zu sein. Mein Mann geht für die Regierung einer geheimnisvollen Tätigkeit nach, und ich bin ganz sicher, daß es etwas mit den Besuchern aus dem Weltall zu tun hat, von denen Sie sprechen.
> Er weigert sich, mir zu sagen, worin seine Tätigkeit besteht, und ich fürchte, daß schreckliche Dinge geschehen werden; ich würde mich freuen, von Ihnen zu hören.

Als der Brief an der angegebenen Anschrift in einem Vorort von Los Angeles eintraf, war eine junge Frau gerade dabei, einen Umschlag zu adressieren und mit auf Glanzpapier gedrucktem Werbematerial zurückzuschicken, als der Name der Absenderin sie zögern ließ. »Sie

sollten sich das einmal ansehen, Dr. Strabismus! Der Mann dieser Frau könnte ein Senator im Weltraumausschuß sein.«
Aus dem zweiten der zwei Räume, aus welchen das Büro der USA bestand, kam ein großgewachsener, beleibter, noch ziemlich junger Mann mit Bart, um sich den verdächtigen Brief anzusehen. Dann bat er um den Umschlag, den seine Sekretärin aus dem Papierkorb fischte. Anschließend rief er die Auskunft der städtischen Bibliothek an. Tatsächlich, Mrs. Elinor Grant aus Clay, Fremont, war die Frau des Senators Grant, eines führenden Mitglieds des Raumfahrtausschusses, und der Brief offenbar ein plumper Versuch, die USA in eine Falle zu locken. Aber Dr. Strabismus war zu schlau, um auf so etwas hereinzufallen.
»Sie haben ihr doch nichts geschickt?«
»Ich wollte gerade.«
»Tun Sie nichts. Den Brief behalte ich.« Und er nahm das verdächtige Schreiben in sein Büro und legte es auf seinen Schreibtisch – um es mit der gebotenen Vorsicht zu untersuchen, so als wäre es eine Bombe, die jederzeit in die Luft gehen könnte.
Als Martin Scorcella, Sohn einer jüdischen Mutter und eines katholischen Italieners, in Mount Vernon, New York, geboren, war er schon als Junge der Polizei immer nur einige wenige Schritte voraus gewesen. In einer Universität des Staates New York, die zu dem Zweck erweitert worden war, die Flut von Veteranen des Zweiten Weltkriegs aufzunehmen, war er von Sicherheitskräften des Instituts verhaftet worden, weil er die überzähligen vervielfältigten Formulare mit den Prüfungsfragen, die für die große Zahl der Studenten angefertigt wurden, an sich gebracht hatte. Er war der Bestrafung entgangen, weil er sich nicht gescheut hatte, dem Rektor unverschämt entgegenzutreten: »Können Sie sich einen Skandal leisten? Sollen die Zeitungen erfahren, wie viele Studenten die Prüfungsfragen von mir gekauft haben?«
»Wie viele...?«
»Ja, denn ich mache das schon seit drei Semestern.«
Die Universität rechnete sich aus, daß der junge Scorcella an die neuntausend Dollar mit seinen gestohlenen Formblättern verdient hatte, und warf ihn hinaus. Er landete in einem Zimmerchen in New Haven, Connecticut, wo er Skripten für Abiturienten und Studenten

schrieb, was ihm nicht allzu schwer fiel, da er in den betreffenden Fächern gut bewandert war und das Material mit gewandter Feder zu »bearbeiten« verstand. »Schöpferisches plagiieren« nannte er es.

Die Behörden von New Haven ließen ihn in Frieden, denn sie konnten einfach keine Magistratsverordnung finden, deren Übertretung sie ihm hätten zur Last legen können, aber nachdem er etwa neunzig verschiedene Skripten verfaßt hatte, wurde er sich der Tatsache bewußt, daß er ungezählte Stunden daran arbeitete, hirnlosen jungen Menschen zu akademischen Graden zu verhelfen, die es ihnen möglich machten, viel Geld zu verdienen, ohne auch nur halb so fleißig zu arbeiten wie er selbst. Die Ungerechtigkeit eines solchen Systems ärgerte ihn.

Seine zahlreichen Schriften in den Fächern Physik und Geologie, einschließlich dreier Doktorarbeiten, hatten in ihm ein ehrliches Interesse an der Wissenschaft und Verständnis für ihre Begrenzungen geweckt. Als die Meldungen über fliegende Untertassen ein nationales Fieber verursachten, sah er voraus, daß das durch diese Unruhe geschaffene geistige Klima einem hellen Kopf, der es zu manipulieren wußte, ein Vermögen einbringen würde. Er ließ sich einen Bart wachsen und legte sich den Namen Leopold Strabismus zu: Den Vornamen lieh er sich von Leopold Stokowski, dessen Bach-Transkriptionen er liebte, und als Zunamen wählte er den medizinischen Ausdruck für das Schielen, den er bei einer Dissertation verwendet hatte.

Fünf Monate lang saß er in Mount Vernon herum und versuchte sich eine Konstellation vorzustellen, die ihn in den Mittelpunkt der wissenschaftlichen Revolution stellen würde, die sich, wie er meinte, bereits abzeichnete, und immer wieder kehrten seine Gedanken zu dem Wort *Weltraum* zurück, wie es die populären Zeitschriften in ihren Geschichten über »die kleinen Männer aus dem Weltraum« gebrauchten. Er erkannte, daß dieses das charismatische Wort sein würde, das ungeahnte Möglichkeiten in sich barg, aber seine ersten Versuche in New York, Kapital daraus zu schlagen, scheiterten, und er sah ein, daß die wirklich geschickten Anstifter solcher Projekte in Kalifornien beheimatet waren. »Dort haben sie ein Überangebot an Spinnern.« Er verabschiedete sich von seiner Mutter, übersiedelte nach Los Angeles, stellte eine Sekretärin an, die den Unsinn des Lebens zu schätzen wußte, und einen pfiffigen Mexiko-Amerikaner namens Elizondo Rami-

rez, der sich prächtig sowohl auf kleine Fälschungen wie auf größere »Geschäfte« verstand.
Er verbrachte drei Monate damit, die Anzeigen vorzubereiten, die in den billigeren Magazinen erscheinen sollten, er überprüfte jedes Wort auf seine Wirkung, doch am Ende war es Ramirez, der ihm die besten Ideen gab: »Chef, Sie sollten vor einer Wand stehen, an der sechs oder sieben eingerahmte Diplome von Universitäten hängen, am besten von europäischen.«
Ramirez besuchte alle möglichen Büros und fotografierte heimlich nicht immer echte Diplome, die er einem geschickten Drucker zum Kopieren brachte. Als die gutaussehenden Dokumente fertig waren, wurde es Zeit, sich für jenes zu entscheiden, das in den Anzeigen an prominenter Stelle aufscheinen sollte; die zwei Männer schwankten zwischen Utrecht, Paris, Wien und Uppsala. Strabismus gefielen die zwei mittleren am besten, aber Ramirez warnte: »Chef, jeder zweite Scharlatan hier verwendet die Sorbonne oder Wien. Halten Sie sich da raus.« Schließlich einigten sie sich auf Uppsala, weil das doppelte pp so schön gelehrt klang.
Als es galt, einen Namen für das große Forschungszentrum zu finden, lehnte Strabismus alle Vorschläge ab und begann seine Suche immer wieder von neuem. Ramirez billigte das: »Alles hängt vom richtigen Namen ab. Hören Sie sich die Geschichte an, die ich unlängst gelesen habe!« Und er zog einen Zeitungsausschnitt aus der Tasche. Es ging um eine alte Dame, die der Universität von Los Angeles drei Millionen Dollar gespendet hatte. Als man sie fragte, wie sie zu so viel Geld gekommen war, antwortete sie: »Ich wußte, daß ich nichts von Aktien verstehe, also gab ich Merrill Lynch, einer Maklerfirma, den Auftrag, das ganze Geld von der Lebensversicherung meines Mannes in Amerikanern und Generälen anzulegen.« Als der Reporter mit dieser Antwort nichts anzufangen wußte, erklärte sie es ihm: »Ich wußte, daß eine Gesellschaft, der man gestattet hatte, das Wort ›Amerikaner‹ oder ›amerikanisch‹ oder ›General‹ in ihrem Namen zu führen, gut sein mußte.«
Die Sekretärin war es, die das Problem löste: »Welche Initialen sind die besten in unserem Land? USA.« Und Strabismus meinte, das S könnte für *Space,* Weltraum, stehen. Und die anderen Buchstaben? Die drei Verschwörer versuchten viele Lösungen, aber wieder war es

das Mädchen, das die beste Idee hatte: »Universal Space Associates. Mir gefällt das *Universal;* es erinnert an Universum. Und *Associates* erweckt die Vorstellung, daß Sie der Kopf des Ganzen sind.«

Viele der erfolgreichsten finanziellen Betrügereien wurden in solchen Brainstorming-Sitzungen ausgedacht. »Die beste Tour, die mir je untergekommen ist, das war ein Arzt in Long Beach mit seiner Krebsbehandlung. Chef, der hatte eine Kur, Algen und Walnüsse, womit er eine Menge Kohlen machte, aber dann gründeten wir einen Verein mit Mitgliedern im ganzen Land. Für siebzig Dollar im Jahr schickte er jedem vier persönliche Telegramme, in welchen wir ihnen über die letzten Errungenschaften im Kampf gegen den Krebs berichteten. Sie würden staunen, was diese Telegramme uns einbrachten.«

Die USA erwies sich als um vieles einträglicher, als Strabismus vorausgesehen hatte, und es wäre ihm durchaus möglich gewesen, in ein geräumigeres Büro zu übersiedeln und weitere vier oder fünf Sekretärinnen einzustellen, aber es machte ihm Spaß, das Forschungsinstitut aus den zwei kleinen Räumen heraus und nur mit seinen zwei ursprünglichen Helfern zu betreiben: »Ich liebe die Macht der Worte. Es ist für mich ein echter Genuß, hier zu sitzen und die Texte zu entwerfen, die uns früher oder später Millionen einbringen werden.«

Die Methode, der Ramirez den letzten Schliff gegeben hatte, war denkbar einfach: »Für nur vierundvierzig Dollar teilen wir unsere geheimen Entdeckungen mit Ihnen.« Für zusätzliche zweiundfünfzig Dollar bekam jeder, der sich ernstlich für die Zukunft der Welt interessierte, Monat für Monat einen von Dr. Strabismus persönlich unterzeichneten Bericht über die Aktivitäten der kleinen Besucher. Und für weitere sechsundsiebzig Dollar im Jahr erhielt man telegrafisch eine Mitteilung, wenn Ereignisse von weltpolitischer Tragweite bevorstanden.

Nicht zuletzt dank der Vielzahl fliegender Untertassen, die im ganzen Land niedergingen, kassierten die drei wissenschaftlichen Ermittler in diesem Jahr über achtzigtausend Dollar, und als die sensationshungrigen Medien die Bezeichnung UFO – Unidentified Flying Objects – prägten, hielt Dr. Strabismus das Akronym fest und verwendete es in seiner ganzen Werbung, was ihn, was die UFOs anging, weltweit zu einer Autorität machte. Seine Rednergabe und wiederholte Fernsehauftritte ließen seinen Bekanntheitsgrad immer steiler ansteigen.

Er machte die Erfahrung, daß es in den Vereinigten Staaten mehrere Städte gab, in welchen man bei einem Symposion zum Thema UFOs mit einem bedeutenden Zustrom zahlender Besucher rechnen konnte; auf Boulder und das Gebiet um Denver konnte man sich immer verlassen; Dallas und Houston führten die Liste an; Miami und Seattle waren nicht schlecht, New York war soso, und Städte wie Philadelphia und Washington wahrhaft katastrophal. Die beste Stadt von allen war Boston, denn man konnte sicher sein, daß Versammlungen, die dort abgehalten wurden, skeptische Professoren der Harvard Universität und des MIT anlockten, aber auch Eierköpfe von der Staatsstraße 128, an der viele der größten Hersteller intelligenter Produkte angesiedelt waren, denn diese Leute schienen zu glauben, sie müßten allen neuen Ideen, wie abstrus oder geradezu verrückt sie auch sein mochten, aufgeschlossen gegenüberstehen.

Nach vier Jahren verzeichnete die Firma, die immer noch aus nur drei Personen bestand, einen jährlichen Gewinn von 190 000 Dollar, und somit war es keine unbedeutende Investition, die Strabismus gegen die Gefahr zu schützen versuchte, die Mrs. Grants Brief vielleicht bedeuten mochte. Er warnte seine Partner: »Wahrscheinlich steckt ihr Mann dahinter. Arglistige Täuschung mit Hilfe postalischer Einrichtungen ist bei uns ein schweres Verbrechen. Damit will er uns reinlegen. Da werden wir uns mal lieber zurückhalten.«

Aber drei Wochen später erhielt die USA einen noch dringenderen Brief von der Frau des Senators; darin bat sie um Hilfe, denn ihr Mann weigerte sich immer noch, ihr mitzuteilen, was er im Schilde führte.

»Wann habe ich meinen Vortrag in Boulder?« fragte Strabismus seine Sekretärin, und als sie ihm sagte, daß er in vier Wochen an der dortigen Universität sprechen würde, wies er sie an, Mrs. Grant einen sorgfältig abgefaßten Brief zu schicken und ihr mitzuteilen, daß Dr. Strabismus bedauerlicherweise zu Besprechungen mit führenden Wissenschaftlern nach Europa gefahren sei, daß er sich jedoch am 16. April in Boulder aufhalten und sich sehr freuen würde, mit ihr zu sprechen, wenn es ihr nichts ausmachte, die kurze Fahrt von ihrer Heimatstadt Clay nach Boulder zu unternehmen.

Sie kam zu seinem Vortrag, hörte interessiert zu, wie er Kritiker aus den Reihen der Wissenschaftler elegant abfertigte, und erkannte, daß

sie endlich mit einem Mann in Kontakt gekommen war, der begriff, was in der Welt vorging. Sie überraschte ihn mit dem Vorschlag, mit ihr in ihrem Wagen nach Clay zurückzufahren, und als sie die geheimen Einzelheiten erfuhr, wie die kleinen Männer bereits gelandet waren, menschliche Gestalt angenommen und die höchsten Regierungsstellen infiltriert hatten, schauderte ihr vor der Gefahr, die nicht nur den Vereinigten Staaten, sondern der ganzen Menschheit drohten.
»Aber nein!« versuchte Strabismus sie zu beruhigen, »wir haben allen Grund zu der Annahme, daß die Besucher uns freundlich gesinnt sind. Mit ihrer Technologie und überlegenen Intelligenz dürfen wir mit ihrem wohlmeinenden Beistand rechnen ... wenn wir auf sie hören.«
»Und tun wir das? Ich meine, Leute wie mein Mann, in hohen Positionen?«
»Nein, das tun wir nicht.« Während er auf die sich weit erstreckende Ebene hinausblickte, überwältigend für einen Menschen, der wie er in der übervölkerten Stadt New York aufgewachsen war, vertraute er ihr an: »Diese Ebene erinnert mich an das, was mir die kleinen Männer über Teile ihres Planeten erzählt haben.«
»Haben Sie sie denn gesehen?«
»Aber natürlich! Meine erste Begegnung mit ihnen hat mich veranlaßt, mich der Erforschung anderer Welten zu widmen.«
»Waren sie freundlich zu Ihnen?«
Er erzählte ihr, wie sie von seinen Arbeiten über extraterrestrische Gesellschaften Kenntnis erlangt und ein Gespräch mit ihm gesucht hatten. »Das war in einem Tal nördlich von San Francisco. Sie landeten etwa dreihundert Meter von der Schnellstraße entfernt und gaben mir durch Zeichen zu verstehen, daß sie mit mir sprechen wollten.«
»Wie sehen sie denn aus?« Ihre Neugier war unersättlich, und Strabismus schien stets die richtigen Worte zu finden, um sie wieder von neuem anzufachen. Was er sagte, klang plausibel, und die Tatsache, daß die kleinen Besucher ihn zu ihrem Emissär auf Erden erwählt hatten, machte ihn weder hochmütig noch eigennützig.
»Es ist mein Wunsch, alles, was ich weiß, mit Menschen wie Ihnen, Mrs. Grant, zu teilen, so daß die Besucher die nötige Unterstützung finden, wenn sie sich entschließen, beherrschenden Einfluß auf unsere Regierung zu nehmen.«
Er blieb drei Tage im Haus der Grants, ein stattlicher distinguierter

Wissenschaftler mit Bart, und als er nach Kalifornien zurückkehrte, hatte er Mrs. Grants Einschreibgebühr von vierundvierzig Dollar, ihre zweiundfünfzig Dollar für die Monatsberichte und ihre sechsundsiebzig Dollar für den Telegrammdienst bei sich, den zu abonnieren er ihr besonders nahegelegt hatte: »Es wird alles so plötzlich kommen wie eine Bombe am Weihnachtsabend. Peng! Sie werden sich zu erkennen geben. Sie müssen darauf vorbereitet sein, Mrs. Grant.«
Und weil die USA im Begriff war, möglicherweise entscheidende Verhandlungen mit den kleinen Männern aufzunehmen, verließ Strabismus Clay mit einem Extrascheck über zweitausend Dollar, der die Spesen für diese Begegnungen an verschiedenen Orten in aller Welt zumindest teilweise decken sollte. Eine Witwe in Dallas hatte 125 000 Dollar beigesteuert, und ein Armeegeneral in Ruhestand in Seattle, der reich geheiratet hatte, war mit 23 000 Dollar dabei.

Als Senator Grant nach Hause zurückkehrte, um in den Parlamentsferien seine politischen Interessen zu wahren, stellte er zu seinem Schrecken fest, daß seine Frau vier Schecks in einer Gesamthöhe von 5 360 Dollar an eine Firma in Kalifornien geschickt hatte.
»Was in aller Welt hast du damit bezahlt?« fragte er.
Elinor antwortete ausweichend. »Während du deine Zeit mit deinem großartigen Ausschuß und dessen hübscher Sekretärin vergeudest, war auch ich tätig.« Als er Näheres über diese Tätigkeit wissen wollte, zeigte sie ihm einen Teil des Werbematerials der USA, und nachdem er es aufmerksam gelesen hatte, wußte er, daß das Ganze ein Schwindel war. Der Gedanke, daß seine Frau auf einen solchen Unsinn hereingefallen war, versetzte ihm einen Schock, doch als er versuchte, ernsthaft mit ihr über die Sache zu reden, wies sie ihn mit einer Reihe von Argumenten zurück, die Strabismus bei seiner Rede in Boulder geltend gemacht hatte, um seine Kritiker zum Schweigen zu bringen.
»Du glaubst mir nicht, Norman, weil du darauf programmiert bist, psychische Beweise zu ignorieren.« Als er wissen wollte, was psychische Beweise mit fliegenden Untertassen zu tun hätten, antwortete sie verächtlich: »Weil du sie nicht selbst gesehen hast, verwirfst du die Berichte großer Wissenschaftler, die mit den Besuchern tatsächlich zusammengetroffen sind und sich mit ihnen beraten haben.«

»Welche großen Wissenschaftler?«
»Dr. Strabismus zum Beispiel. Er ist mit ihnen zusammengetroffen und wurde von ihnen ins Vertrauen gezogen.«
Daß Elinor solche Phrasen wie *ins Vertrauen gezogen* gebrauchte, wenn sie solchen Unsinn redete, beunruhigte den Senator noch zusätzlich, und er rief Freunde im FBI an, um Näheres über diesen Strabismus zu erfahren:

> Ein harmloser Scharlatan, der aus New Paltz herausgeworfen wurde, weil er Formblätter mit Prüfungsfragen gestohlen hatte, und aus New Haven, weil er für Studenten an der Yale-Universität Dissertationen schrieb. Zusammen mit zwei anderen Personen betreibt er ein sogenanntes Forschungszentrum in einem aus zwei Räumen bestehenden Geschäftslokal in Los Angeles und verkauft Nachrichtendienste bezüglich der Ankunft kleiner grüner Männer. Er geht auch persönlich auf Kundenfang, aber weder die Postdirektion noch wir können ihn wegen arglistiger Täuschung belangen. Verängstigte Frauen sind seine bevorzugten Opfer.

Da seine Beziehungen zum FBI vertraulich bleiben mußten, konnte der Senator seiner Frau diese Feststellungen nicht entgegenhalten, aber er ersuchte Mrs. Pope, einen Detektiv zu beauftragen, Strabismus unter die Lupe zu nehmen, und als der Beschatter die Angaben des FBI im wesentlichen bestätigte, hatte er keine Bedenken mehr, Elinor damit zu konfrontieren.
»Der Mann heißt in Wirklichkeit Martin Scorcella. Er war ein kleiner Dieb im College und ein Abschreiber in Yale. Er hat Schweden nicht einmal aus der Ferne gesehen, und ganz sicher keine kleinen Männer in Kalifornien.«
Mit einer Überzeugungskraft, die Grant seiner Frau nie zugetraut hätte, widerlegte Elinor alles, was der Detektiv und das FBI berichtet hatten. »Er hat mir alles über seine Vergangenheit erzählt. Die Professoren hatten etwas gegen ihn, und er war schlauer als sie. Die Universität Yale bat ihn, ein Ordinariat zu übernehmen, weil er mehr wußte als alle die distinguierten Professoren an seiner Fakultät. Und er hat auch die kleinen Besucher tatsächlich gesehen, und sie *haben* ihm ihre

Pläne zur Machtergreifung in unserem Land enthüllt. Es wird dich vielleicht überraschen, aber einer von Präsident Eisenhowers engsten Beratern kommt in Wirklichkeit von einem anderen Stern. Sie bekleiden auch führende Positionen in deiner geliebten Navy und in den meisten Großbanken. Es wird ein böses Erwachen für dich geben, Norman Grant.«

Als weitere dreitausend Dollar aus ihren Ersparnissen auf ein kalifornisches Konto gewandert waren, begriff Grant, daß er sich der Hilfe eines Menschen außerhalb seiner Familie versichern mußte, um Elinor von ihrem Wahnsinn zu heilen. Er fragte Mrs. Pope, ob sie einen verläßlichen Wissenschaftler unter den NACA-Leuten kenne, mit dem er über eine Angelegenheit von größter Wichtigkeit sprechen könne. »Es muß ein Mann mit tadellosem Leumund und umfassender Kenntnis auf dem Gebiet der Weltraumforschung sein.«

Sie nannte ihm mehrere Namen, konnte aber keinen vorbehaltlos empfehlen, denn die einen waren schon zu alt, um noch über die letzten Entwicklungen informiert zu sein, und andere zu spezialisiert, aber an diesem Tag war ein Besucher aus Virginia nach Washington gekommen, um zu berichten, was die Experten in Kalifornien in der Frage der Ablationskühlung erreicht hatten, und einer momentanen Eingebung folgend, entschied Mrs. Pope, daß er genau der Mann war, den Grant suchte: »Ich kenne ihn nicht persönlich, Senator, aber ich kenne seine Beurteilung, und zu der kann man nur Sie sagen.«

Als sie in den Konferenzsaal schlüpfte, in dem General Funkhauser und Stanley Mott vor dem Kongreßausschuß über die Eigenschaften ihres Werkstoffes referierten, sah sie hinter dem Lesepult einen schlanken, bebrillten jüngeren Mann, und als sie einen neben ihr stehenden Assistenten fragte, versicherte er ihr, daß es tatsächlich Mott war. Sie lauschte seinen Ausführungen, angenehm berührt von seiner präzisen, gepflegten Redeweise, von der Art, wie er jeden Satz zu Ende führte, und es fiel ihr nicht schwer zu glauben, daß er so tüchtig war, wie man ihn ihr beschrieben hatte. Was sie hörte, gefiel ihr. »Ich glaube, daß wir mit diesem Werkstoff das Problem des Wiedereintritts gelöst haben. Auf den Kubikzentimeter bezogen ist die Lösung teuer, aber nicht allzusehr.«

»Irgendwelche praktische Verwendungsmöglichkeiten im Alltagsleben?« erkundigte sich Senator Glancey.

»Er ist sehr leicht. Man könnte vermutlich Flugzeugmotoren damit isolieren.«
»Wer wird der Patentinhaber sein?«
»Allied Aviation«, antwortete General Funkhauser.
»Ich würde meinen, daß, wenn die Regierung über die NACA ...«
»Herr Senator«, unterbrach ihn der General, »wir haben den größten Teil der Entwicklungskosten getragen.«
»Aber von wem stammen die grundlegenden Konzepte?«
Während die Diskussion weiterging, gab Mrs. Pope Professor Mott durch ein Zeichen zu verstehen, daß sie ihn zu sprechen wünschte, und er verließ das Podium, um die attraktive Brünette nach ihrem Anliegen zu fragen. »Senator Grant würde sich gern in seinem Büro mit Ihnen unterhalten«, sagte sie.
»Mit mir?« Während er ihr folgte, fragte er sich, welchen Fehler er gemacht haben könnte, aber was dann kam, als er mit dem Senator, den er noch nie gesehen hatte, allein war, traf ihn völlig unvorbereitet. Grant war jetzt ein breitschultriger, stämmiger Mann, seine Haltung straff und sein Gehabe militärisch. »Bitte, nehmen Sie Platz. Mrs. Pope hat mir berichtet, daß Sie bei der NACA eine ausgezeichnete Beurteilung genießen.«
»Ich bin meinem Schicksal dankbar, für eine so prominente Organisation arbeiten zu dürfen.«
»Mrs. Pope hat auch gesagt, Sie verstünden eine ganze Menge vom Weltraum, von der Forschung, meine ich.«
»Es gibt viele, die mehr davon verstehen.«
»Aber Sie wissen Bescheid? Ich meine, Sie wissen, um was es geht?«
»Ich habe studiert.«
»Gut.« Der Senator erhob sich, stapfte einige Minuten lang in seinem Büro auf und ab, blieb dann vor Mott stehen und fragte abrupt: »Schwören Sie, was ich Ihnen jetzt sagen werde, vertraulich zu behandeln?«
Da das meiste, was Mott in diesen Tagen zu hören bekam, vertraulich war, fiel es ihm nicht schwer, zustimmend zu nicken.
»Professor Mott, sagen Sie mir die Wahrheit: Gibt es diese kleinen grünen Männer?«
Mott machte ein verdattertes Gesicht. Er hatte des öfteren und mit mitleidigem Lächeln Geschichten in der Zeitung gelesen, von Leuten,

die gewöhnliche Dinge wie den Planeten Venus oder einen entwichenen Wetterballon sahen und dann die Polizei anriefen, um die Ankunft eines Raumschiffes zu melden. Immer wenn er auf Wallops Station mit Raketen hantierte, konnte er damit rechnen, daß jemand ein UFO gesehen hatte, das nur ein Stück die Straße runter gelandet war, um kleine Männer abzusetzen, die sich sogleich über die ganze Gegend verbreitet hätten. Er fand keine Erklärung dafür, daß die Eindringlinge immer klein und immer nur Männer waren. »Sehen Sie sich doch mal unsere Galaxis an. Da die Sonne relativ klein ist, besteht eine etwa sechzigprozentige Chance, daß ein bevölkerter Planet Teil eines sehr großen Sonnensystems und auch selbst ziemlich groß sein würde. Daraus läßt sich ableiten, daß allfällige Besucher aus dem All vermutlich größer und nicht kleiner als wir sein würden. Und doch«, fuhr er fort, »war immer nur die Rede von *kleinen* Leuten, weil die ersten Berichte nach dem Krieg sie so vorgestellt hatten, und was das *grün* angeht, kommt das nicht von Menschen, die die Besucher gesehen haben; es entstammt der fruchtbaren Phantasie der ersten Reporter, die eine gute Geschichte zu schätzen wußten.
Soweit uns bekannt ist, Senator Grant, hat kein menschliches Wesen je einen Besucher von einem anderen Stern zu Gesicht bekommen, und wir haben auch keine verläßlichen Aufzeichnungen, wonach in vergangenen Zeiten jemand solche Besucher gesehen hätte.«
Der Senator atmete schwer. »Meine Frau sagt, sie hätte gesehen, wie sie im Hochland von Arizona landeten, und sie habe mit einem Mann in Kalifornien gesprochen, der mit ihnen zusammengetroffen sei und gesprochen hätte.«
Stanley Mott saß in der Klemme. Wenn er lachte, lief er Gefahr, einen Senator zu verärgern, der für die NACA besonders wichtig war; wenn er für diese Verrückte Partei ergriff, würden Kollegen davon hören und ihn für schwachsinnig erklären. Als Ingenieur zog er ein offenes Wort vor, und als Wissenschaftler lehnte er jede Irreführung ab; er konnte diesen bekümmerten Mann, der seinen Rat erbeten hatte, nicht enttäuschen. »Senator, man streut Ihrer Frau Sand in die Augen. Hat sie diesem Mann Geld ...«
»Fast die Hälfte unsrer Ersparnisse.«
»Eindeutig eine Gaunerei.«
»Nein. Die Postdirektion sagt, der Mann stellt keine Behauptungen

auf, die strafrechtlich zu verfolgen wären, und es ist auch nicht Erpressung, denn sie hat ihm das Geld freiwillig gegeben.« Er nahm ein kleines Päckchen Werbematerial der USA aus einer Schublade. Ein Blick genügte Mott, um zu erkennen, daß es sich um typisch pseudowissenschaftliches Gefasel handelte.
»Es wäre zum Lachen, Senator, wenn es nicht so überzeugend klänge ... und so viel Schaden anrichten könnte. Vielleicht sollte ich mit Ihrer Frau sprechen?«
»Sie ist daheim. Sie mag Washington nicht sehr.«
»Sie ist einem Schwindler in die Hände gefallen, Senator. Wenn ich wieder in Kalifornien bin, werde ich der Sache nachgehen.«
»Keinen Skandal, Professor.«
»Es ist aber schon jetzt ein Skandal, wenn der Bursche Ihre Frau Gemahlin dazu bringt, ihm Ihre Ersparnisse zu überlassen.«
»Ich meine, keine Öffentlichkeit.«
»Ich würde mich mit einem solchen Menschen nie in der Öffentlichkeit auseinandersetzen. Aber ich möchte sehen, was er vor hat. Solche Leute bringen die Wissenschaft in Mißkredit.«
Als Mott im Ames Research Center eintraf, ersuchte er um einige Tage Urlaub und fuhr nach Los Angeles hinunter, wo er in einer verwohnten Vorstadt die »Zentrale« der Universal Space Associates ausfindig machte und wo ihm mitgeteilt wurde, daß Dr. Strabismus abwesend sei, da er in Boulder einen Vortrag halte. Motts Fragen nach den Forschungsprojekten der Associates wurden von der Sekretärin, einer cleveren jungen Frau, geschickt abgewimmelt; die nach der Finanzierung von Mr. Ramirez, der, wie es schien, gut mit Zahlen umzugehen verstand. »Das macht alles Dr. Strabismus, und der befindet sich auf einer Vortragsreise.«
»Wann erwarten Sie ihn zurück?«
»Nicht vor Donnerstag«, antwortete die Sekretärin.
»Gut. Ich habe einige Tage in Pasadena zu tun. Donnerstag komme ich wieder.«
»Sind Sie von der Regierung?« erkundigte sich die Sekretärin.
»Ja.«
»Mir ist gerade eingefallen. Er fährt direkt nach Seattle weiter.«
»Dann werde ich in Seattle mit ihm sprechen. Und wenn Sie und Dr. Strabismus mich austricksen wollen, lasse ich Sie verhaften.«

»Können Sie sich legitimieren?« fragte die junge Frau frech.
»Das kann ich«, antwortete er und zog seinen NACA-Ausweis heraus.
»Er ist zu Hause«, sagte die junge Frau, ohne die Miene zu verziehen. »Wenn Sie warten wollen ...«
»Ich warte.«
Und nach wenigen Minuten erschien der distinguierte Chef der USA, großgewachsen, elegant gekleidet — und sehr gerissen.
»Kommen Sie in mein Büro«, sagte er, und während er vorausging, verschwand Ramirez. Es war ein unordentlicher Raum mit einem großen Tisch, an dem Strabismus die Texte entwarf, die ihm ein Vermögen einbrachten. »Wer hat Sie geschickt?« fragte er.
»Ein hoher Regierungsbeamter«, sagte Mott in der Erwartung, daß seine Worte den »Wissenschaftler« dämpfen würden. Aber Strabismus lachte.
»Ist Ihnen denn nicht klar, daß Senator Grant weit größerer Schaden erwachsen würde als mir — wenn Sie sich dazu hinreißen ließen, irgendwelche unüberlegten Schritte zu unternehmen?«
Mott schluckte. Dem Mann war nicht so leicht beizukommen, wie er gedacht hatte. »Es gibt Mittel und Wege, um Leute wie Sie zu überprüfen ...«
»Die Post und das FBI überprüfen mich regelmäßig. Ich bin sauber.«
»Sie bestehlen einfältige Frauen.«
»Die Hälfte unserer Abonnenten sind Männer, Mr. Mott. Und viele haben die Nase voll von den Ansprüchen und Behauptungen der etablierten Wissenschaftler. Ich rate Ihnen, an Ihre Arbeitsstätte in Virginia zurückzukehren. Und lassen Sie sich nicht beschwatzen, die schmutzige Wäsche eines törichten Senators zu waschen, dessen brillante Frau dem neuen Licht aufgeschlossen gegenübersteht.«
Mott wies auf die bunten Werbeschriften auf dem Tisch. »Wie viele Beitragszahler haben Sie?«
»Sie meinen Mitstreiter? Darüber könnte Ihnen Mr. Ramirez Auskunft geben ... aber er ist leider ausgegangen.«
Es gelang Mott nicht, Strabismus aus der Ruhe zu bringen, denn der Chef der USA hatte am New Paltz College und an der Yale-Universität gelernt, daß das Gesetz dem Mißbraucher mehr Schutz angedei-

hen läßt als dem Mißbrauchten. Und da er stets sorgfältig darauf geachtet hatte, nicht gegen das Gesetz über Kundenwerbung auf dem Postweg zu verstoßen, konnte die Regierung kaum etwas gegen ihn unternehmen. Er verkaufte Träume an Menschen, die sich in der Welt nicht mehr zurechtfanden, und das war kein Verbrechen.
»Verstehen Sie das nicht?« fragte er, während er Mott zum Ausgang lenkte. »Ich lebe von Ihnen. Es sind die Forschungen, die Sie und Ihre Kollegen von der NACA betreiben, die Erklärungen, die Sie abgeben, die meine Abonnenten beunruhigen und bewirken, daß sie mir in Scharen zulaufen. Je erfolgreicher Sie sind, desto mehr verwirren Sie die Menschen, und desto mehr brauchen sie mich. Und jetzt gehen Sie zu Ihren Reagenzgläsern und Ihren Raketen zurück und setzen Sie Ihre Arbeit für mich fort.«
So verärgert war Mott durch die Unverschämtheit des Mannes, daß er Kalifornien mit der Absicht verließ, etwas gegen den Gauner zu unternehmen, und als Mrs. Grant das nächstemal in Washington war, kam er eiligst herauf, um ihr zu zeigen, wie schamlos sie dieser Betrüger ausnützte. Aus Gründen, die er selbst nicht hätte erklären können, bestand er darauf, daß Senator Grant dem Gespräch beiwohnte, doch als er vor diesen zwei ehrenwerten Bürgern stand, fühlte er sich unbehaglich.
»Mrs. Grant«, begann er zögernd, »ich habe mir die USA angeschaut und muß Ihnen sagen, daß es sich dabei um einen verkommenen Laden handelt, der von drei verantwortungslosen Personen in zwei schmutzigen Räumen betrieben wird. Ich habe Bilder dieses Büros mitgebracht.«
Mrs. Grant weigerte sich, die Bilder anzuschauen. Die Lippen geziert zusammengepreßt, lächelte sie, als ob sie die Hüterin eines Geheimnisses wäre, das diese zwei Männer nie verstehen würden. Mott fuhr fort, Strabismus als gewissenlosen Schwindler zu demaskieren, reihte Beweis an Beweis, aber sie behielt ihr Lächeln bei, und was immer er sagte, sie hatte es schon erwartet und ihre Verteidigung vorbereitet. Am Ende erreichte er gar nichts.
Er war sprachlos, denn vor sich sah er eine intelligente Frau, eine Akademikerin, die sich einfach weigerte, Tatsachen anzuerkennen. Aber das war nicht der Kern der Sache, denn als er, durch ihre starre Selbstsicherheit gedemütigt, schließlich aufgab, verdeutlichte sie ihre

Reaktion, indem sie ihm zwei von Dr. Strabismus' letzten Sendungen überreichte. Die erste trug den Titel *Wenn man versuchen sollte, mich anzugreifen* und war das raffinierteste Geschreibsel, das Mott je in Händen gehalten hatte; in fein gedrechselten Sätzen hatte der Scharlatan aus Kalifornien im voraus jeden Einwand widerlegt, den ein ihm übel gesinnter Kritiker vorbringen könnte, und Mott schoß eine brennende Röte ins Gesicht, als er erkannte, wie Dr. Strabismus ihm in jeder Beziehung zuvorgekommen war.

> Man wird Ihnen sagen, daß ich an der Universität Yale verhaftet wurde.
> Man wird Ihnen sagen, daß die Air Force nie eine fliegende Untertasse gesehen hat.
> Man wird versuchen, Sie zu überzeugen, daß kein Besucher je von einem verläßlichen Zeugen gesehen worden ist.
> Man wird Ihnen sagen, daß wir keine förderungswürdige Forschung betreiben.
> Man wird leugnen, daß die Besucher schon heute unter uns sind.
> Man wird Sie auslachen, wenn Sie den Leuten sagen, daß Besucher an Präsident Eisenhowers Kabinettssitzungen teilnehmen.

Nachdem Mott dieses meisterliche Pamphlet gelesen hatte, mußte er lachen. »Ich wünschte, wir hätten bei der NACA auch so gute Texter.« Doch Mrs. Grant lachte nicht. Offensichtlich befriedigt, daß sie ihren zwei Feinden eine Niederlage beigebracht hatte, zeigte sie immer noch ihr selbstgefälliges Lächeln.
Es war das zweite Pamphlet, das den beiden Männern einen Schock versetzte, denn bisher hatte Elinor ihrem Mann noch keinen jener aufpeitschenden Briefe gezeigt, wie Dr. Strabismus sie jeden Monat an seine Zweiundvierzig-Dollar-Kunden versandte:

> Achtung! Wie uns offiziell mitgeteilt wurde, hat eine Zusammenkunft von Besuchern an Bord eines Raumschiffes im Südatlantik stattgefunden, bei der auch zwei Vertreter der USA anwesend waren. Die Besucher haben ihr Vertrauen in die Regie-

rung Eisenhower verloren und werden sich daher nächsten Dienstag zu erkennen geben und in den Vereinigten Staaten die Macht übernehmen.
Dieses historische Ereignis wird um elf Uhr Eastern Standard Time eintreten, und Sie werden in jeder Gemeinde, besonders auch an Ihrer eigenen, Bürger finden, die Sie seit längerem kennen und die sich als Besucher zu erkennen geben werden, die unter ihnen gelebt haben, um Sie zu testen. Seien Sie ihnen gegenüber so hilfsbereit wie nur irgend möglich, denn von der guten Meinung, die sie in diesen ersten Stunden von uns gewinnen, wird letztlich unser aller Sicherheit und Wohlergehen abhängen.

Leopold Strabismus
Universal Spaces Associates

Nachdem die zwei Männer diese Mitteilung gesehen hatten, blickten sie auf; Elinor lächelte triumphierend. »Dienstag ist Schluß«, sagte sie, »Schluß mit euren Gesellschaftsspielen.«
»Bist du eine der Besucherinnen?« fragte ihr Mann mit todernstem Gesicht.
»Du wirst dich wundern«, sagte sie. »In jeder Gemeinde werden Leute vortreten und sich zu erkennen geben. Ihr alle werdet staunen.«
»Elinor ...«
»Du und dein dummer Senat. Sie, Professor Mott, und Ihre sogenannte Forschungsarbeit bei der NACA. Ein Fingerschnalzer, und die Besucher werden mehr Wunder offenbaren, als ihr euch in tausend Jahren erträumen könntet.«
In den folgenden Tagen beobachteten die Männer Mrs. Grant mit besonderer Aufmerksamkeit, und Sonntag war sie in einen Zustand der Euphorie verfallen, denn die alte Welt hatte nur noch einen Tag zu leben, und sie begann für die neue zu planen. Sie spekulierte laut, wer sich im Senat oder in der Regierung als Agent der Besucher erweisen könnte, und sie konnte nur einige wenige Republikaner nennen, die dieser Rolle würdig sein würden, und keinen Demokraten. Nicht eine Sekunde lang zog sie ihren Mann in den Kreis der Auserwählten ein; durch seine Liaison mit Mrs. Pope hatte er sich selbst disqualifiziert.

Doch zu Mittag an jenem schicksalsschweren Montag vor der großen Wende kam ein Telegramm von Dr. Strabismus:

> Aufschub! Bei einer Zusammenkunft an Bord des Raumschiffes ist es mir und meinen Kollegen gelungen, die Besucher zu überreden, Präsident Eisenhower noch eine Frist zu gewähren, innerhalb welcher er die Angelegenheiten unseres Landes nach den Geboten der höheren Planeten in Ordnung bringen muß.
> Die Besucher werden morgen um elf die Macht *nicht* übernehmen. Die unter uns weilenden Besucher werden sich *nicht* zu erkennen geben. Sie haben sich bereit erklärt, Geduld zu zeigen und zu beobachten, wie wir diese letzte Chance nützen. Jetzt hängt alles von Washington ab.
>
> Leopold Strabismus
Universal Space Associates

Als sie den zwei Männern das Telegramm zeigte, konnten die beiden einfach nicht glauben, daß sie Monat für Monat einen so leicht zu durchschauenden Unsinn akzeptierte, doch nachdem sie ihnen Zeit gelassen hatte, diese bedeutsame Botschaft zu verdauen, nahm sie das Papier wieder an sich, preßte es an ihren Busen und lächelte ihren Kritikern sanft zu.

4. Am Patuxent

Weder John Pope noch Randy Claggett hatten 1952 mit ihrem Gesuch, an den Patuxent versetzt zu werden, Erfolg, und nach dem Koreakrieg verloren sie sich aus den Augen. Claggett kam zu einem Geschwader der Marines nach El Toro in Kalifornien, Pope auf den Navy-Stützpunkt in Jacksonville, am entgegengesetzten Ende des Kontinents.
Doch schon bald erkannte das Navy-Kommando in Pope einen seiner vielversprechendsten Zielstreber, und nachdem er erst sieben Monate in Jacksonville gedient hatte, erhielt er Befehl, an die University of Colorado in Boulder zu gehen, um das Ingenieurdiplom zu erwerben und sich daneben auch in Astronomie fortzubilden. Marineoffiziere, die weiterkommen wollten, mußten drei Eintragungen in ihrer Dienstbeschreibung haben: Kampferfahrung, wenn gerade irgendwo ein Krieg geführt wurde, wissenschaftliche Ausbildung und Führung einer Kampfeinheit. Pope hatte seinen Einsatzdienst mit Auszeichnung abgeleistet, und nun nahmen seine Vorgesetzten an, daß er seiner nächsten Verpflichtung in gleicher Weise gerecht werden würde.
Doch als er sich in Colorado beim Dekan der technischen Fakultät meldete, meinte der Professor: »Die haben da einen Arbeitsplan für Sie vorgeschlagen, den zu bewältigen fast unmöglich ist.«
»Arbeit schreckt mich nicht.«
»Allein das Ingenieurwesen erfordert ein volles Studienprogramm. Und die Astronomie auch.«
»Ich weiß von beiden bereits ein bißchen. Ich möchte es gern versuchen.«
Der Dekan unterzog ihn einer improvisierten Prüfung und bat dann einen Professor aus dem astronomischen Institut zu sich, der das glei-

che für sein Fachgebiet tat. Pope rasselte seine Antworten so sicher herunter und hatte auch keine Angst zu sagen: »Das weiß ich nicht«, wenn die Fragen zu schwer wurden, daß die Herren sich einig waren: »Sie können es versuchen, wenn Sie es wünschen.«
Wie viele erfolgreiche Menschen, glaubte auch Pope, daß das, was gerade von ihm verlangt wurde, die glücklichste Erfahrung seines Lebens sei. Als er mit siebzehn in Clay Football gespielt hatte und zum erstenmal die Kraft in seinem Körper spürte, hatte er gedacht: »Das ist das Schönste, was ich je erlebt habe.« Die vier Jahre in Annapolis, als er Penny den Hof machte, »waren vielleicht die glücklichsten Jahre, die mir je vergönnt sein werden«. Die Zeit als Flieger in Pensacola, als fünfundvierzig Prozent seiner Kameraden wegen verschiedener Mängel ausschieden und neun Männer auf Grund von Fehlleistungen den Tod fanden, »waren vielleicht die aufregendsten Tage meines Lebens, denn damals wurde mir bewußt, daß ich wirklich gut bin«. Korea blieb ihm unvergessen, denn dieser Krieg stellte seinen Mut auf die Probe, und darüber kann kein Stammtischstratege befinden. Von den dreiundvierzig Fliegern seiner Gruppe waren elf ums Leben gekommen und drei so schwer verletzt worden, daß sie aus dem Dienst ausscheiden mußten. »Diese Tage haben mir viel bedeutet«, vertraute er Penny an. »So eine Zeit erlebt man nicht wieder.« Er sprach nur selten von seinen Kriegserlebnissen, aber als sie eines Abends im Herbst in einer Bar in Webster mit Finnerty und seiner Frau zusammensaßen, sagte er: »Ich habe heute einen Brief von diesem Texaner, diesem Randy Claggett, bekommen. Als ich in Nordkorea abgeschossen wurde und diese Scheißer mir auf den Pelz rückten ...«
»Ich mag dieses Wort nicht«, protestierte Penny.
»Na ja, die Roten also. Es war wie ein Wettlauf. Die Bösen gegen die Guten. Und Claggett kam in seiner Banshee dahergebraust und sah mich und wies den Hubschrauber über Funk auf meine Position ein. Ich kann verstehen, warum Sie so an Senator Grant hängen, Finnerty. Mit Claggett geht es mir auch so.«
Und wenn in Colorado der Schnee die Rockies hinter dem Campus bestäubte oder Elche in die Täler herabkamen, um zu grasen, oder die Prinzipien der Ingenieurkunst und der Astronomie ihm langsam klarer wurden, rief Pope mehr als einmal aus: »Das müssen die schönsten Tage sein, die ein Mensch haben kann!«

Aber alle diese Äußerungen bedeuteten nicht, daß es dem Sprecher an der Fähigkeit mangelte, Unterschiede zu machen. Sie bedeuteten, daß das Dasein eine Reihe von ineinander übergehenden Erlebnissen bot und daß der Empfänger sie zu genießen wußte. Oder wie Claggett einmal gesagt hatte: »Ich wachse als Glückskind auf.«
Für Pope wurde dieses Leben noch schöner, wenn Penny aus Washington geflogen kam, um ein Wochenende mit ihm zu verbringen, oft in einer Jagdhütte oben in den Bergen, wo ringsum Schnee lag und wo sie mit ihm vor dem Feuer saß und ihm von den Auseinandersetzungen innerhalb der Regierungspartei erzählte.
Sie waren ein glückliches Paar, und das wußten sie, und ihre politischen Differenzen verfestigten nur das Bewußtsein ihrer eigenen Individualität. Johns Überzeugung wuchs, daß man nur den Republikanern zutrauen konnte, die Gesellschaft zu führen; noch jeder Offizier, unter dem er gedient hatte, war Republikaner gewesen; auch die Männer im Senat, bei denen man sicher sein konnte, daß sie die Pläne des Militärs unterstützten, waren Republikaner; und die wenigen erklärten Demokraten unter den Fliegern, die er kannte, waren zumeist Unruhestifter mit beschränkten Aussichten auf eine große Karriere.
Penny hingegen beobachtete im Kongreß, wie illusionslose Demokraten, unter ihnen auch ihr Chef Glancey, die harte Arbeit machten und die wichtigen Gesetze einbrachten. Die Republikaner, die sie kannte, selbst Senator Grant, für den sie in den Wahlkampf gezogen war, kamen ihr vor wie Pappkameraden statt richtiger Männer; sicher erfüllten sie einen nützlichen Zweck, aber wenn man ihnen erlaubte, allein zu regieren, würde das Land stagnieren.
Sie sprachen häufig über solche Dinge, und hin und wieder nahm John Anstoß, wenn Penny Senator Grant herabsetzte. »Wenn du so wenig von ihm hältst, wozu hast du mich nach Fremont kommen lassen, um für ihn zu stimmen?«
»Weil er ein anständiger Mensch ist und um vieles besser als die Dummköpfe, Republikaner *und* Demokraten, die gegen ihn angetreten sind. Außerdem brauchen wir ihn in den Ausschüssen. Dort leistet er gute Arbeit, das gebe ich zu.«
»Erst bügelst du ihn nieder, dann lobst du ihn über den grünen Klee. Entscheide dich!«

»Norman Grant sitzt seine Amtsperiode ab. Wir haben vierzig Senatoren wie ihn, auf beiden Seiten. Aber er tut es mit Würde.«
»Dein Glancey ist wohl der wahre Held?«
»Er ist ein Tatmensch.«
Es war amüsant zu beobachten, wie die Militärs, aber auch die Politiker nach glattzüngigen Bezeichnungen und Redewendungen suchten, um menschliche Attribute zusammenzufassen – *Vordringer* bei der Air Force, *Tatmensch* in der Politik – und wenn der Terminus paßte, diente er als oft benütztes Kürzel. Das Modewort bei der Navy war damals *optimal;* Wörter wie *exzellent, sehr gut* oder *erstklassig* wurden nicht mehr gebraucht. In Pennys politischer Welt sprach man von dem, *was unterm Strich rauskommt*. »Die Idee ist gut und wird den Wählern gefallen, aber wir wollen doch erst mal sehen, was unterm Strich rauskommt«, nämlich als Ergebnis nach Berücksichtigung aller negativen und positiven Punkte.
»Ich halte Norman Grant für einen optimalen Mann«, sagte John Pope.
»Aber wenn du mal schaust, was bei ihm unterm Strich rauskommt ... es ist nicht sehr viel«, konterte seine Frau.
Ihre Liebe erreichte ihren Höhepunkt auf recht merkwürdige Weise. Wie alle Flieger war auch John in Autos vernarrt, und als 1949 auf der Schnellstraße Boulder-Denver ein Mercury Kabriolett mit einem anderen Wagen zusammenkrachte, kaufte er das Wrack für fünfundsiebzig Dollar und baute es mit Hilfe von zwei befreundeten Offizieren, die mit ihm an der Universität von Colorado studierten, zu einem robusten und praktisch neuen Fahrzeug wieder zusammen. Das selbstgeschneiderte Verdeck wurde mit einer teuren Flüssigkeit wetterfest gemacht, die für die Air Force zusammengebraut worden war.
Er benützte den Mercury vornehmlich dazu, um zu dem neuen Flugplatz der Air Force in Colorado Springs hinunterzufahren, denn er war darauf bedacht, seinen Pilotenstatus zu wahren. Wenn er dreizehn Stunden im Monat flog, bedeutete das zusätzliche einhundertfünfundachtzig Dollar, und mit diesem Geld rechnete er. Außerdem mußte er im Nachtflug in Übung bleiben, eine anspruchsvolle Fertigkeit, für die er ein besonderes Talent zu haben glaubte.
Nie hatte er eine reizvollere Gegend überflogen: Im Osten die ausge-

dehnten Ebenen, die zu seinem Heimatstaat Fremont führten; im Westen die gewaltigen Rockies mit fünfzig Gipfeln, die höher als 4 000 Meter waren und mit majestätischen Plateaus, die an Fläche einige Staaten übertrafen. An Tagen, wenn die pralle Sonne über der Ebene lag und unter ihm die schneegekrönten Berge glitzerten, genoß er den phantastischen Kontrast, aber nachts bei Vollmond, wenn die Erde an eine Zeichnung aus einem Märchenbuch erinnerte, empfand er ein Gefühl grenzenloser nationaler Größe, das überströmende Seligkeit in ihm auslöste.

Mit dem Studium ging es gut voran. Als Erwachsener, verheiratet mit einer Frau, die er liebte, konnte er den schmerzhaften Verwirrungen ausweichen, die vielen jüngeren Studenten zu schaffen machten, so daß sein ungewöhnlich großes Pensum an Lehrstoff nur eine weitere Hürde darstellte, die genommen werden mußte. Er arbeitete bis zu fünfzehn Stunden am Tag. Schon sehr früh war ihm klar geworden, daß er sich vor allem auf das Technikstudium konzentrieren mußte, und das tat er auch und widmete ihm den größten Teil seiner Zeit. Aber er fand auch heraus, daß seine ersten Erfahrungen in Astronomie ihm eine so solide Grundlage in diesem Wissenszweig gegeben hatten, daß ihm jede Minute, die er den Sternen gewidmet hatte, jetzt Pluspunkte einbrachte.

Ihre Bestimmung beherrschte er seit langem; jetzt lernte er die Himmelsmechanik, und jede Vorlesung, jede Demonstration offenbarte ihm neue Wunder, die ihn entzückten. Er kannte die Farbe, die Größe und die Entfernung der meisten größeren Sterne und wußte um die Bedeutung dieser Abmessungen. Er kannte auch die Eigenschaften gewisser wichtiger Sterne, die mit bloßem Auge nicht zu erkennen waren, aber für die Struktur des Himmelsgewölbes entscheidende Bedeutung hatten: Barnards Pfeilstern, vielleicht der einzige unter den Milliarden Gestirnen, von dem sich eines Tages beweisen lassen würde, daß er Planeten hatte wie die Sonne; Proxima Centauri, der erdnächste Fixstern; Eridanus, der erdnahe Stern, der in seinen kennzeichnenden Merkmalen der Sonne am nächsten war.

Die meiste Befriedigung aber verschaffte ihm seine immer genauere Kenntnis der mechanischen Struktur des Planetensystems der Sonne, denn er besaß nun genügend mathematisches Wissen, um den Analysen der großen Astronomen folgen zu können. Er war begeistert von den Deduktionen des französischen Mathematikers Joseph Louis Lagrange, der schon 1780 die These aufgestellt hatte, daß sich, wenn ein Körper eine Umlaufbahn um einen anderen beschrieb, in großer Entfernung im Weltraum fünf Punkte herausbildeten, in deren Nähe sehr kleine Himmelskörper Zuflucht finden und trotz der Anziehungskraft der größeren Körper stabil bleiben konnten. Er verbrachte einige Zeit damit, die fünf Lagrangeschen Punkte für die Sonne und für Jupiter zu berechnen, und versuchte dann, sich zu vergegenwärtigen, welche kleinen Himmelskörper sich dort wohl verborgen hielten.

Daß Johns Mercury Kabriolett zu einem entscheidenden Faktor seiner Liebe zu Penny werden sollte, wurde deutlich, als er während der Frühjahrsferien neun Tage Urlaub bekam. Nachdem er Penny angerufen hatte, um sicherzugehen, daß auch sie sich einen Kurzurlaub nehmen konnte, stieg er in seinen Wagen, steckte ein paar Dollar ein und brauste nach Osten – achtzehn Stunden am Tag mit nur ein wenig Schlaf auf dem Rücksitz, wenn das Kabriolett mit aufgeklapptem Verdeck am Straßenrand parkte.

Bemerkenswert frisch und ausgeruht kam er in Washington an, holte Penny aus Senator Glanceys Büro ab, wünschte Senator Grant alles Gute und steuerte nach Colorado zurück. Es machte den Popes Spaß, so zu reisen. Um vier Uhr früh, wenn es noch dunkel war, standen sie auf, spritzten sich ein wenig Wasser ins Gesicht und stiegen in ihre Kleider, die sie, bevor sie zur Ruhe gegangen waren, am Boden liegen gelassen hatten. Schon um vier Uhr fünfzehn waren sie unterwegs nach Westen und beobachteten die Sterne, die sich vor ihnen zurückzogen.

Gegen halb zehn hatten sie bereits an die fünfhundert Kilometer zurückgelegt, denn sie fuhren gleichmäßig und sehr schnell. Jetzt hatten sie Hunger. Sie hielten bei einer Tankstelle an und fragten nach dem besten Gasthof in der Gegend; für gewöhnlich wurden sie gut beraten. Und weil sie nach der fünfstündigen Hetzfahrt müde waren, bestellten sie ein kräftiges Frühstück und lehnten sich erschöpft zurück. John begab sich auf die Herrentoilette, um sich zu rasieren, während Penny die Lokalzeitung durchblätterte, um zu erfahren, wie man hierorts über Washington dachte. Nach einem gemächlichen Mahl, bestehend aus Pfannkuchen, Rührei, Würstchen, Toast, Marmelade und zwei Gläsern Milch, kehrten sie zu ihrem abgekühlten Mercury zurück und setzten ihre Fahrt fort.

Über romantische Straßen fuhren sie quer durch Westvirginia, Ohio und Indiana, wo sie in die Autobahn 36 einschwenkten, die sie nach St. Joseph am Ufer des Missouri und von dort nach Fremont führte, wo sie die Nacht in Clay verbrachten – John bei den Popes, Penny bei den Hardestys. Von dort war es nicht mehr weit nach Boulder und dem Ferienparadies der Rockies.

Nie machten sie halt, um Mittag zu essen; ein paar Äpfel und Kekse genügten ihnen für unterwegs. Sie rechneten damit, elfhundert Kilometer am Tag zurückzulegen, doch als sie die offenen Gebiete des Westens erreichten, drehten sie den Motor auf hundertvierzig Kilometer in der Stunde hoch und schafften so bis zu zwölfhundert Kilometer am Tag. Gegen halb acht Uhr abends stoppten sie für einen kleinen Imbiß und beendeten des Tages Mühen mit einer Fahrt unter den Abendsternen. Um zehn machten sie beim erstbesten Motel halt, entledigten sich ihrer Kleider und schliefen sofort ein. Am nächsten Morgen um vier waren sie hellwach und begierig, sich wieder auf den Weg zu machen.

Was diese Reise so lohnend machte, war der Umstand, daß sie so wenig kostete – Benzin 31 Cents, Motel 4,50 Dollar, Frühstück 1,45 Dollar –, und die Tatsache, daß sie Amerika von einer ganz neuen Seite kennenlernten. Die Fahrt war auch geistig erfrischend, weil die beiden ungestört miteinander reden konnten. Es waren die besten Gespräche, die die Popes miteinander führten, denn der Wagen wurde zu einer rollenden Kathedrale, in der zwei Kirchgeher Gelegenheit hatten, Familienangelegenheiten von größter Bedeutung zu ordnen.

»Wohin wird dich die Navy schicken, wenn du Boulder hinter dir hast?« wollte Penny wissen.

»Nicht nach Übersee, da bin ich sicher. Das Kapitel ist für mich erledigt.« Sie fühlte sich erleichtert. »Aber es könnte Deutschland werden.«

»Übersee« war für John eines von zwei Dingen: ein Kriegsgebiet wie Korea oder Dienst an Bord eines Schiffes, insbesondere im Pazifischen Ozean. Deutschland war Festland und relativ nahe der Heimat.

»Deutschland wäre nicht das Übelste«, meinte Penny.
»Hast du schon einmal daran gedacht, Washington aufzugeben?«
»Eigentlich nicht. Weißt du, John, wenn sich mir eine gute Stellung anbietet...« Sie unterbrach sich und fuhr fort: »Ich habe jetzt mit genügend Senatoren gearbeitet, um mit Sicherheit sagen zu können, daß man mich für jeden Job empfehlen würde, den ich mir zutrauen könnte.«
»So wie du manchmal daherredest, wirst du überhaupt keinen Arbeitsvertrag mehr bekommen, solange ein Republikaner im Weißen Haus sitzt – und nach Eisenhowers zweiter Amtsperiode wird auch Nixon zwei haben.«
»Sei dir dessen nicht so sicher.«
»Eisenhower wird ganz bestimmt wiedergewählt. Er ist der beste Präsident, den wir seit hundert Jahren hatten, und das wissen die Wähler.«
»Wahrscheinlich hast du recht«, versetzte Penny, »aber was Nixon angeht, ich bezweifle sehr, daß er die Nachfolge antreten kann.«
»Die Männer, mit denen ich arbeite... Colorado... die Air Force...«
»Sie sind alle Republikaner, ich weiß. Aber darum geht es nicht. Ich meine etwas anderes. Es wäre durchaus möglich, daß ich zur Rechtsberaterin eines einflußreichen Ausschusses bestellt werde.«
»Das wäre prima!« rief John begeistert. »So einen Posten könntest du gut ausfüllen, besser als die meisten.«
»Momentan ist keiner in Sicht. Solche Dinge kommen oft ganz plötzlich.«
»Hast du schon mal an Kinder gedacht?«
»Ich denke immerzu daran. Ich wollte, wir könnten welche haben.«
»Hast du schon mal daran gedacht, welche zu adoptieren?«
Als Penny ihm eine Antwort schuldig blieb, setzte ihr Mann hinzu: »Schon komisch, wie die Dinge so laufen. Von allen Kameraden, die ich kenne, liebt, glaube ich, keiner seine Frau so wie ich, aber wir haben keine Kinder. Und dieser haarige Affe aus Texas...«
»Du meinst Claggett?«
»Ja. Hat da so 'nen Wonnebolzen zur Frau. War Anführerin der Cheerleader im College oder so was. Er ist mit jeder koreanischen Josan herumgezogen, die ihn haben wollte, und nach dem, was er mir einmal erzählt hat, kann man annehmen, daß seine Frau es in Iwakuni

auch mit jedem getrieben hat. Und die haben drei Kinder. Allerhand, findest du nicht?«
»John, greif zu, wenn man dir in Deutschland einen guten Job anbietet. Die Sommerferien verbringe ich mit dir.«
»Ich bin ziemlich sicher, daß ich in der Heimat Dienst tun werde. Und was dich angeht: Wenn sich dir wirklich gute Aussichten eröffnen, sieh zu, daß Grant und Glancey dich unterstützen. Aber richtig unterstützen.«
»Das werde ich tun. Symington schuldet mir einiges und Mendel Rivers auch.«
»Was könnte es denn für ein Job sein, Penny?«
Einige Sekunden lang legte sie den Zeigefinger an die Lippen. Dann sagte sie: »Glancey ist einer der gescheitesten Männer Amerikas. Ich meine, dieser Stoppelhopser aus Red River hat ein eingebautes Radar. Er weiß immer, wo das große Geld zu finden ist und wer Dreck am Stecken hat. Aber er hat auch ein phantastisches Gespür für das Weltgeschehen, und er ist überzeugt, daß in Kürze von der Wissenschaft einige Wunder zu erwarten sind. Nur eines jagt ihm einen höllischen Schrecken ein: Er glaubt, daß die Russen diese Wunder vollbringen werden.«
»Wunder welcher Art?«
»Das weiß er selbst nicht. Aber mit seiner Begeisterung – wenn es das ist – oder seiner Angst hat er mich angesteckt. Etwas steht unmittelbar bevor. Zivilflugzeuge, die Schallgeschwindigkeit erreichen. Eine neue Art Fernsehen. Ich weiß es nicht. Aber ich weiß, daß in der Geschichte der Menschheit...«
»Du liest wohl eine Menge, stimmt's?«
»Wenn du für einen Mann wie Glancey arbeitest, hast du den Wunsch, viel zu lesen. Und was ich gelesen habe, überzeugt mich, daß immer, wenn es in der Welt gärt, große Dinge geschehen.«
»Du meinst, daß wir jetzt in einer solchen Zeit leben?«
»Ich bin überzeugt. Du nicht?«
»Ich hatte da mal so eine Andeutung. Eines Nachts in Korea. Nachdem Claggett mit seiner Banshee auf siebzehntausend Meter gestiegen war, viel höher, als er laut technischer Zulässigkeit hätte fliegen dürfen. Weißt du, wie er es geschafft hat? Er ließ sich von seinem Mechaniker die Turbinenkonusrohre zu einer kleinen Öffnung zusam-

menhämmern. Damit bekam er stärkeren Schub, aber auch größere Hitze. Als ich ihn warnte, sagte er: ›Entweder diese Schrottlaube schafft achtzehntausend, oder sie platzt auseinander.‹«
»Aber du sagtest doch, er wäre nur auf siebzehntausend aufgestiegen?«
»Ja, die Hitze wurde so stark, daß er wußte, der Motor würde explodieren.«
»Und was hat das mit der Zukunft zu tun?«
»An diesem Abend sagte Claggett, er spüre es in seinen Knochen, daß der Mensch überallhin fliegen könne, in jede Höhe, mit jeder Geschwindigkeit.« Schweigend steuerte er den Wagen über die große Prärie des Westens, das Land, von dem die frühen Forschungsreisenden behauptet hatten, es könnte nicht besiedelt werden – Grand Island, North Platte, Julesburg. »Jeder Muskel in seinem Körper, sagte er, strebe danach, immer höher und höher zu fliegen. Nur die Maschine mache nicht mit.« Es entstand eine lange Pause. »Unser Ziel müsse es jetzt sein, Rüstzeug zu ersinnen, das dabei mitmacht!« Er lachte. »Du hast Claggett ja nie kennengelernt. Er redete wie ein Analphabet. Aber wenn er sich für ein Thema erwärmte, machte er Sprüche wie ein Professor. ›Rüstzeug ersinnen‹ – so hat er sich ausgedrückt.«
Als sie fünf Tage später sonnenverbrannt und mit aufgesprungenen Lippen aus den Bergen kamen, fanden sie einen Brief von Claggett vor:

> Der Teufel soll diese Armleuchter in Korea holen. Hier habe ich es geschafft, mir eine Versetzung an den Patuxent zu verschaffen, wo es dreimal so prima ist, wie man uns damals gesagt hat. Man kann überallhin fliegen. Neuland an der Siedlungsgrenze, wildromantische Landschaft. Leg dich ins Geschirr, Junge, und sieh zu, daß du herkommst. Du bist zweimal so gut wie all die anderen hier – außer mir natürlich.

Als Penny den Brief las, hatte sie Tränen in den Augen. »Hol dir den Job, Pope«, flüsterte sie. »Es ist so nahe bei Washington, wir könnten jedes Wochenende zusammen verbringen.«
Also schrieben sie Briefe, er aus Boulder, sie aus Washington, und just als John mit seiner Dissertation fertig war, wurde ihm seine neue Be-

stimmung mitgeteilt: Testpilotenschule, Marineprüfstelle für Luftfahrtgerät, Patuxent River, Maryland.

In Huntsville, Alabama, fühlte sich Dieter Kolffs Familie wohler als je zuvor. Es gab genug zu essen, man hatte den Deutschen aus Peenemünde zugesichert, daß sie, wenn sie es wollten, für immer in Amerika bleiben konnten, und es fehlte nicht an Arbeit. Liesl pflegte ihr Haus, ihren Garten und etwa zehn Morgen Waldland anderer Leute mit einer bäuerlichen Begeisterung, die das Leben aller bereicherte, die mit ihr zu tun hatten.

Sie zeigte sich nicht oft in der Öffentlichkeit, denn sie erkannte, daß sie sich durch ihre rundliche Gestalt und die ziemlich plumpe Art, wie sie sich anzog, von den ziemlich gutgekleideten Amerikanerinnen, aber auch von den jungen deutschen Frauen unterschied, die sich dem Leben in dem neuen Land rasch angepaßt hatten. Sie kam in die Vierzig, hatte stark an Gewicht zugenommen und fühlte, daß ihr Platz zu Hause war und im Waldland des Monte Sano.

Ihr Mann hatte ihr einen festen Stock geschnitzt, und damit regierte sie ihren kleinen Wald, den sie nach deutscher Art peinlich sauber hielt. Jedes gefallene Zweiglein wurde aufgehoben und an einer Stelle aufgeschichtet, wo ihre Nachbarinnen so viel Feuerholz holen konnten, wie sie nur wollten. Die Wege mußten geharkt werden, im Frühjahr das abgestorbene Holz gestutzt, so daß sie nach zwei Jahren aus einem Wald einen Park geschaffen hatte, in dem Blumen blühten, wo früher nur Kiefernnadeln gelegen hatten.

Ihr Garten und ihr Haus waren gleichermaßen sauber und fruchtbar, und manchmal dachte sie wochenlang nicht mehr an den elterlichen Hof gegenüber der Insel Usedom. Ihr Englisch war so holprig, daß sie in dieser Sprache weder denken noch träumen konnte, wohl aber rechnen, und das deutsche Währungssystem war längst vergessen.

Sie kümmerte sich um die Finanzen der Familie, insbesondere die Ersparnisse, und sooft ihr Mann und ihr Sohn unerwartetes Geld nach Hause brachten, eilte sie zur Bank und übergab es Mr. Erskine, um die Hypothek abzuzahlen. Als sie wieder einmal die Kassenhalle betrat, bat Mr. Erskine sie in sein Büro. »Ich habe einundneunzig deutschen Familien so gut wie ohne Sicherheit Geld geliehen. Keine hat je eine Frist versäumt, und Sie zahlen sogar im voraus.«

Diese Worte ermutigten sie zu einer Frage: »Wenn ich alles zurückzahle, dann können Mr. Kolff und ich wieder ausleihen, ja?«
»Selbstverständlich! Dazu bin ich ja da, um Geld zu verleihen, und Sie genießen bei uns jeden Kredit.« Dann fragte er sie, wozu sie das Geld brauche, aber sie war zu verlegen, um es ihm zu erklären. »Tatsache ist«, sagte er, »Sie könnten den Kredit prolongieren.«
»Prolongieren, was ist das?«
»Nun ja, statt zu warten, bis Sie den kleinen Rest abgezahlt haben, können Sie sich leihen, was Sie jetzt brauchen, und die Summe Ihrer bestehenden Schuld zuschlagen.«
»Sie meinen, ich könnte das Geld sofort haben.«
»Sofort. Aber der Vorstand würde wissen wollen, wozu Sie es brauchen.«
»Ich will den Wald kaufen.«
»Wie viele Morgen sind das?«
»Zehn.«
»Brauchen Sie das Land?«
Mrs. Kolff überlegte so lange, daß Mr. Erskine schon fürchtete, sie hätte ihn nicht verstanden, aber sie dachte daran, wie die Menschen nach Land hungerten, wie sie nie genug hatten und wie es Völker und Staaten immer nach Land gelüstete und wie die Menschen am Ende ihres Weges zum Land zurückkehrten, auf daß ihr Staub Teil werde des großen Erbes, und sie erinnerte sich, was ihr Vater oft gesagt hatte: »Wenn sich ein Mensch mit zehn Morgen sicher fühlt, fühlt er sich mit zehn mal zehn Morgen noch viel sicherer.«
»Ich pflege den Wald«, antwortete sie. »Ich lege die Wege an. Ich möchte sicher sein.«
»Schließt das Land an Ihr Haus an?«
»Es ist ein Teil davon, und ich möchte sicher sein.«
»Ich würde mir das gern mal ansehen«, sagte er und fuhr sie mit seinem Wagen den Berg hinauf. Als er den wunderschönen Park sah, erkannte er, in welche Falle die Frau gestolpert war: Indem sie das Land kultiviert und einen herrlichen Park daraus gemacht hatte, war der Wert des Areals so gestiegen, daß sie es sich nicht mehr leisten konnte. Mit ihrer harten Arbeit hatte sie ihre eigenen Träume zerstört.
»Ich fürchte, Sie werden nie in der Lage sein, diese zehn Morgen zu kaufen«, sagte er.

»Wieviel?«
»Ich kann fragen, aber sie sind wahrscheinlich sehr teuer.« Und als er ihr später mitteilte, was der Besitzer dafür haben wollte, war sie entsetzt.
Sie gab ihren Traum auf, jemals Besitzerin des Parks zu werden, aber das hielt sie nicht davon ab, ihn auch weiterhin zu pflegen. Doch in den Mittelpunkt ihres Interesses rückte nun ihr Sohn Magnus, erst acht Jahre alt, aber ein so tüchtiger Trompeter, daß er nicht nur in der Schule, sondern auch im städtischen Orchester mitspielte. Er war keineswegs ein Genie, aber doch sehr gut, und er konnte auch vom Blatt spielen. Seine Mutter war begeistert. Es gefiel ihr sogar, wenn er übte, und oft bat sie ihn, sie in den Park zu begleiten, wenn sie dort zu tun hatte. Sie bildete sich ein, daß die Vögel seinem Spiel gern zuhörten.
Musik war wichtig für Magnus, aber sie nahm nicht seine ganze Zeit in Anspruch, denn er balgte sich auch gern mit den Jungen in der Schule oder spielte mit seinen deutschen Freunden auf dem Monte Sano Fußball. Er hatte Sommersprossen, war etwas zu pummelig für sein Alter und trug sein dichtes blondes Haar kurzgeschnitten. Obwohl er in der Schule ganz gut vorankam, fand er die meisten Lehrfächer langweilig. Was er liebte, das war Musik und Sport, und in beiden Disziplinen erzielte er hervorragende Leistungen.
Er sprach nicht gern deutsch, obwohl er verstand, wenn er in dieser Sprache angeredet wurde, und wenn seine Eltern ihm zusetzten, seine Muttersprache doch nicht zu vergessen, weigerte er sich hartnäckig: »Keiner in der Schule spricht deutsch. Wenn ich es einmal brauche, werde ich es lernen.«
Er war ein guter Junge, und wenn andere in der Schule groben Unfug trieben, gab er sich mit der Rolle des Zuschauers zufrieden. Er war zu klug, um sich zu Dingen verführen zu lassen, die nur mit einer Bestrafung enden konnten. »Wenn sie euch amerikanische Kinder erwischen, passiert gar nichts. Euer Vater spricht mit euch, und Ende. Wenn sie mich erwischen, bekomme ich von meinem Vater Hiebe.«
Und auch seine Mutter erhob wiederholt ihre warnende Stimme: »Vergiß nicht, Magnus, du bist noch kein Amerikaner. Sie können dich jederzeit nach Deutschland zurückschicken ... wenn du schlimm bist.«

Liesl kannte sich da nicht so recht aus. Einige deutsche Frauen hatten ihr erklärt, daß Magnus, so wie auch ihre Kinder, weil sie hier geboren waren, automatisch als amerikanische Bürger galten, aber Dieter und sie waren es gewiß nicht, und so nahm sie an, daß man mit den Eltern auch die Kinder ausweisen würde, und sie benützte diese Drohung, um ihren lebhaften Sohn im Zaum zu halten.
Dann, im Herbst 1955, kam der Tag, wo ein Vertreter der Einwanderungsbehörde und der Richter der Stadt feststellten, daß es im Interesse der Vereinigten Staaten lag, diesen Deutschen das amerikanische Bürgerrecht zu verleihen. Es gab eine festliche Zeremonie, an der Armeeoffiziere in Uniform und Würdenträger des Staates teilnahmen und Reden hielten. Zu Beginn der Feierlichkeiten stellte der Mann der Einwanderungsbehörde jedem Bewerber Routinefragen über die Verfassung und den Präsidenten und bestätigte ihnen dann, daß sie das ihnen aufgetragene Pensum gut gelernt hatten. Dann forderte der Richter alle Anwesenden auf, sich zu erheben, und verlieh diesen ungewöhnlich wertvollen Neuankömmlingen in kurzen, gefühlsbetonten Worten die Staatsbürgerschaft. Die Frau, die die Zeremonie leitete, gab der Kapelle das Zeichen zum Einsatz, und der kleine Magnus Kolff, das jüngste Orchestermitglied, blies seine Trompete zu der Melodie *Meine Augen haben die Pracht gesehen,* und viele Augen waren feucht.

Es waren glückliche Tage für seine Frau und seinen Sohn, nicht aber für Dieter Kolff selbst; es lag nicht an ihm persönlich, sondern daran, daß seine Vorgesetzten, insbesondere Dr. von Braun, nicht mehr wußten, welche Prioritäten sie verfolgen sollten. Es wußte keiner mehr so recht, was seine Aufgabe war oder was die Armee als nächstes vorhatte oder ob am nächsten Ersten Geld für die Gehälter da sein würde. Es war ein wahres Chaos, und hin und wieder flüsterte mancher Deutsche seinem Kollegen zu: »Wie haben es diese Leute nur fertiggebracht, uns zu besiegen?« Und obwohl sie ihre nächste rhetorische Frage nicht in aller Öffentlichkeit stellten, so fragten sie sich doch untereinander: »Welche Chancen hat dieses Land, wenn es einmal gezwungen sein sollte, sich mit der Sowjetunion messen zu müssen?«
Und so lagen die Dinge: Unter der Ägide eines Pentagons, das nichts von Raketen oder Raumfahrt verstand und diesem Bereich intuitiv

mißtraute, weil er schwierige neue Probleme aufwarf, und während Generäle und Admiräle begeisterte Berichte darüber verfaßten, wie sie den letzten Krieg mit Waffen gewonnen hatten, die sie sehr wohl verstanden, entbrannte ein erbitterter Kampf zwischen den drei großen Waffengattungen. Sah es einmal so aus, als ob die Spezialisten einer Waffengattung einen Vorstoß unternehmen könnten, verschworen sich die Chefs der beiden anderen, ihnen Knüppel zwischen die Beine zu werfen – was durchaus lohnend gewesen wäre, wenn das Pentagon einen Schiedsrichter mit der Befugnis bestellt hätte, Entscheidungen zu fällen und den besten Vorschlägen zur Verwirklichung zu verhelfen. Doch der Mann an der Spitze war Charles Wilson, darauf geschult, Automobile und Panzerfahrzeuge zu bauen, dem schon der Gedanke zuwider war, sich mit kostenintensiven Flugkörpern beschäftigen zu müssen, die er nie verstehen würde. Statt also konkrete Direktiven vom Pentagon zu empfangen, sahen sich die Ingenieure in Huntsville und im Langley Research Center der NACA einem heillosen Durcheinander und zuweilen totaler Unfähigkeit gegenüber.

Die Air Force, der man eigentlich die ganze Sache hätte überlassen sollen, setzte ihre Hoffnungen auf ihre Interkontinentalraketen (Intercontinental Ballistic Missile – ICBM) Thor und Atlas, die man, wenn sie, wie erwartet, funktionierten, für so gut wie jede Art Einsatz modifizieren konnte; einige Träumer machten sich Vorstellungen von sieben oder acht verschiedenen Typen der Atlas-Rakete, dieser phantastischen, von Amerikanern konstruierten Maschine, die imstande sein würde, irgendwelche Gegenstände auf den Mond zu befördern, doch aufgrund einer Reihe von unglückseligen Zufällen geriet die Air Force ständig in Schwierigkeiten, und ihre ersten zehn Versuche endeten alle mit einem Debakel.

Die Marine setzte auf ihre Vanguard, eine von der Geheimhaltungsliste gestrichene Rakete, zu dem Zweck konstruiert, wissenschaftliche Satelliten in eine Umlaufbahn zu bringen; es war dies der amerikanische Beitrag zum Internationalen Geophysikalischen Jahr, in dem alle Staaten der Erde zusammenarbeiteten, um großangelegte neue Forschungen in der oberen Atmosphäre und im Weltraum durchzuführen. Die Vanguard war keine gute Lösung, aber die hohen Offiziere der Navy gehörten zu den besten Politikern der Welt, und darum

wurden ihre zweifelhaften Experimente gegen jede kritische Beurteilung abgeschirmt.
Die Army, die sich auf von Braun und die Deutschen in Huntsville stützte, präsentierte die Jupiter, einen prächtigen Nachkömmling der A-4: siebzehneinhalb Meter hoch, nahezu drei Meter im Durchmesser, mit genügend Schubkraft, um wahlweise einen Atomsprengkopf zu tragen oder eine wissenschaftliche Nutzlast auf den Mond zu bringen. Aber sie ließ nicht auf den ersten Blick erkennen, daß sie den Lösungen der Air Force und der Navy überlegen war, und mußte sich daher ihren Weg zur Spitze erst mühsam erkämpfen.
Im Sommer 1955 verbrachte Kolffs Team sechzehn und siebzehn Stunden am Tag damit, jede einzelne Stufe dieser komplizierten Monstrosität zu vervollkommnen, und dazu bedurfte es ganzer Kilometer von dünnem Draht, Hunderten von elektrischen Schaltverbindungen, neun verschiedener Metalle und Tonnen von Ausrüstung. Als sie das gigantische Gebilde im Winter 1956 ausprobierten – mit Stahlbändern an die Erde gekettet, um zu verhindern, daß sie ohne Steuermechanismus in die Höhe schoß –, brach das verdammte Ding auseinander, und das Team mußte in die Werkstätten zurückkehren und versuchen herauszufinden, was schiefgelaufen war.
Von Braun war bestürzt, denn er wußte, daß es in Huntsville Spione gab, die Air Force und Navy von solchen Katastrophen in Kenntnis setzten, und eine Zeitlang stießen aus Washington entsandte Inspektoren düstere Warnungen aus: Wegen ihrer Erfolglosigkeit könnten die Einrichtungen geschlossen und das Team entlassen werden. »Sie können doch für Ihre Leute leicht Stellungen in der Privatindustrie finden. Verläßliche Mechaniker werden immer gebraucht.«
»Man hat Sie einen verläßlichen Mechaniker genannt«, sagte von Braun ärgerlich, als er Kolff über sein Gespräch berichtete. »Sie, der an den größten Raketen der Welt gearbeitet hat. Wie alt sind Sie eigentlich, Dieter?«
»Neunundvierzig, schon bald fünfzig.«
»Halten Sie sich für einen ›verläßlichen Mechaniker‹?«
»Ich bin ein Raketenmann. Der darauf wartet, daß uns der große Coup gelingt.«
»Ich wollte, Sie wären ein verläßlicher Mechaniker, damit wir das verdammte Ding endlich in die Luft kriegen.«

»Wir haben alles nachgeprüft und wissen immer noch nicht, was schiefgelaufen ist.«
»Besteht Hoffnung, daß es das nächste Mal klappt?«
»Wir werden alles daran setzen«, sagte Kolff, und er entsann sich der Tage der Verzweiflung in Peenemünde. »Erinnern Sie sich noch, wie Hitler damals acht hohe Generäle einlud, um ihnen die Erfindung zu zeigen, mit der sie den Krieg gewinnen würden? Mir war zum Sterben.«
»Und beinahe wären wir auch gestorben, Sie und ich.« Von Braun lachte. »Und wenn es das nächste Mal wieder nicht klappt, werden wir wieder sterben, Dieter. Auf andere Weise.«
Kolff schlief jetzt unruhig, denn ihm war klar, daß bei der nächsten Jupiter mehr auf dem Spiel stand als nur das Prestige der Armee: Amerikas Status gegenüber der Sowjetunion, mögliche Flüge zum Mond, wenn nicht das gesamte Raumfahrtprogramm Amerikas, vielleicht sogar der ganzen Welt. Hundert Menschen gab es, so schätzte Kolff, die diesem facettenreichen Programm Erfolg wünschten; hundert Millionen, die es allem Anschein nach scheitern sehen wollten.
Im September 1956 flog Kolff nach Cape Canaveral in Florida, eine ähnlich wie Wallops der Küste vorgelagerte Insel im Atlantischen Ozean, aber elfhundert Kilometer weiter südlich. Dort, auf einsamen Dünen, überwachte er die Errichtung der riesigen Rakete. Als er sie sicher auf ihrer Startrampe sah, leicht zur See hin geneigt, versuchte er, sich ihre komplizierten Eingeweide vorzustellen; es brauchte nur ein winziges Teilchen nicht zu funktionieren, und der Versuch würde scheitern. Ihn fröstelte.
Das Warten war eine Qual, und er sah die Schweißtropfen auf von Brauns Gesicht. Endlich ertönte das Signal. Die Motoren zündeten, die riesige Konstruktion erhob sich langsam in die Luft und begann von der Rampe weg aufwärts zu klettern ... aufwärts ... aufwärts ..., nicht in Form einer gigantischen Explosion, sondern immer noch langsam, so als kröche sie, Flammen barsten aus ihren Motoren, die Geschwindigkeit nahm zu, immer weiter aufwärts ging es, bis sie schließlich eine unerhörte Kraft entwickelte, die sie hoch hinauf und auf das Meer hinaustrug.
Das Radar und die telemetrischen Signale zeigten, daß sie die unglaubliche Höhe von 1090 Kilometern erreicht hatte, die ihr eine

Reichweite von 5336 Kilometern gab, bevor sie im dunklen Atlantik versank.

»Wir haben Amerika ein königliches Werkzeug geschenkt«, jubelte von Braun, und als er Kolff sah, der kraftlos und erschöpft auf einer Bank saß, ging er zu ihm und setzte sich neben ihn. »Wir haben den ersten Schritt zum Mond getan.«

Der ganze Flug wies einen besonderen Aspekt auf, den nur die Experten einzuschätzen wußten: Ein in die Luft geschossener Gegenstand konnte schon in relativ geringer Höhe, etwa einhundertsechzig Kilometer, in eine Umlaufbahn einschwenken; diese Rakete aber war fast siebenmal so hoch gestiegen, ohne das zu tun. Woran lag das? Als Mrs. Pope im Auftrag des Ausschusses diese Frage an ihn richtete, lautete von Brauns Antwort: »Die Höhe hat eigentlich nichts damit zu tun. Das Ding kann auch tausendsechshundert Kilometer hoch aufsteigen und trotzdem wieder auf die Erde zurückfallen. Aber wenn es die Atmosphäre verläßt und seine Geschwindigkeit genügend groß ist, wird es immer in eine Umlaufbahn einschwenken.«

»Welche Geschwindigkeit muß die Rakete erreichen?« fragte sie, denn sie wußte, daß ihre Senatoren sich für solche Einzelheiten interessieren würden.

»Rein rechnerisch kommen wir auf 25 646 Kilometer in der Stunde. Aber weil wir unterschiedliche Umstände und die Leistungsfähigkeit unserer Flugkörper berücksichtigen müssen, arbeiten wir mit einer Zahl von 28 000 Kilometern pro Stunde. Eines ist sicher: Wenn die Geschwindigkeit weniger als 25 646 Kilometer beträgt, spielt die Höhe keine Rolle. Die Schwerkraft der Erde wird das Ding immer auf die Erde zurückziehen. Aber selbst wenn es nur hundertsechzig Kilometer aufsteigt und eine Geschwindigkeit von 28 000 erreicht, muß es in eine Umlaufbahn einschwenken und in ihr verbleiben.« Er lächelte. »Professor Oberth hat immer gesagt: ›Wenn man mit einem Auto 28 000 Stundenkilometer fahren könnte, müßte es in eine Umlaufbahn einschwenken.‹«

Und jetzt stellte Penny ihm die entscheidende Frage: »Aber als Sie Ihre Rakete in hundertsechzig Kilometern Höhe hatten, warum haben Sie sie nicht beschleunigt und in eine Umlaufbahn gebracht?«

»Ach, meine liebe Mrs. Pope! Das ist zusätzliche Geschwindigkeit, und dafür wird zusätzliche Energie benötigt.«

»Kann ich den Herren Senatoren berichten, daß Sie in der Lage sein werden, diese zusätzliche Energie aufzubringen?«
»Früher oder später, ja.«
Als Dieter Kolff in bester Stimmung nach Huntsville zurückkehrte, erwartete ihn Liesl mit einer weiteren guten Nachricht: »Endlich zeigen sich die Besitzer dafür erkenntlich, daß ich den Wert ihres Waldes vergrößert habe. Sie haben sich bereit erklärt, uns zwei Morgen zu verkaufen – zu einem vernünftigen Preis. Ich bin sehr glücklich.«
Aber noch bevor Dieter sie beglückwünschen konnte, holte sie einen Brief hervor, dessen Inhalt den Landkauf problematisch erscheinen ließ:

> Mr. und Mrs. Dieter Kolff,
> Ihr Sohn Magnus ist ein so außergewöhnlich guter Trompeter, daß die Verwaltung des Nationalen Musiklagers in Interlochen, Michigan, ihn gern einladen würde, in diesem Sommer sieben Wochen in unserem Jugendorchester zu spielen.

Zwar war die Einladung, so hieß es in dem Brief weiter, mit einem Stipendium verbunden, das in Anerkennung von Magnus' ungewöhnlicher musikalischer Begabung gewährt wurde, doch müßte die Familie für Reisespesen und Nebenausgaben aufkommen. Das würde ziemlich genau der Summe entsprechen, die Liesl als Anzahlung für ihren geliebten Wald vorgesehen hatte.
Es war dies eines jener Probleme, wie sie das Leben einer Familie bereichern: zwei Alternativen, von welchen jede die Ausgabe der Familienersparnisse eines Jahres rechtfertigen würde. Beim Abendessen wurde die Angelegenheit ausführlich besprochen. Zwar hätte sie gern den Wald gekauft, meinte Liesl, aber Magnus' Ausbildung sollte Vorrang haben; er wäre wohl gern ins Musiklager gefahren, um dort richtige symphonische Musik zu spielen, sagte der Junge, aber auch er liebte den Wald, und die Familie sollte den ihr gebührenden Teil haben. Die Entscheidung lag so bei Dieter.
Doch noch bevor er sich zu einem Entschluß durchringen konnte, klingelte das Telefon: »Kommen Sie sofort runter, Kolff! Es sind vier Herren da, die das Oberste zuunterst kehren.«
Als er den Stützpunkt erreichte, herrschte dort große Aufregung, die

jedoch in nichts begründet war. »Alle Deutschen werden abgeschoben. Nazis.« Das war natürlich Unsinn, aber als er sein Büro betrat, fand er seine Sekretärin in Tränen aufgelöst und zwei Männer, die seine Papiere durchstöberten.

»Alles in deutscher Sprache?« wunderte sich einer der Beamten.

»An den Raketen haben hauptsächlich Deutsche gearbeitet«, gab Dieter zurück. Und dann erfuhr er, daß das Pentagon in bezug auf Huntsville eine tiefgreifende Entscheidung getroffen hatte, aber noch bevor sie bekanntgegeben wurde, überprüften diese Agenten des Geheimdienstes der Army, was die Deutschen da eigentlich im Schilde führten. Kolff war wegen seines notorischen Interesses für Fernlenkwaffen besonders verdächtig.

Am nächsten Tag, um neun Uhr vormittags, versammelten sich alle, um die von Verteidigungsminister Charley Wilson verfügten Weisungen entgegenzunehmen, eines erklärten Feindes der Raketen- und Weltraumforschung – nicht anders als die deutschen Generäle, die von Braun in Peenemünde so viel Kummer gemacht hatten. Die Weisungen trugen den Titel *Direktiven betreffend Funktionen und Einsätze,* und den Ingenieuren verschlug es den Atem, als ein Brigadegeneral mit finsterer Miene zusammenfaßte:

> Von heute acht Uhr früh an ist es der Army der Vereinigten Staaten und insbesondere dem Personal auf diesem Stützpunkt untersagt, an Raketen oder anderem Feldzeuggerät zu arbeiten, dessen Schußweite mehr als dreihundertzwanzig Kilometer beträgt. Arbeiten dieser Art werden in Zukunft in die Kompetenz von Air Force und Navy fallen.
>
> Das heißt, daß praktisch alle Projekte, die gegenwärtig unter der Leitung von Dr. von Braun und seinen Kollegen durchgeführt werden, als beendet anzusehen sind. Der Minister wird sich bemühen, für alle Angehörigen des Stabs Arbeitsplätze zu finden – hier in Huntsville oder anderswo in der Privatindustrie, wo Interesse für Raumfahrttechnik besteht.

Nachdem die Versammlung aufgelöst war und die bestürzten und entrüsteten Männer in Gruppen zusammenstanden und sich fragten, was nun geschehen sollte, brachte einer das Gerücht auf, daß man die

Deutschen in einem Konzentrationslager in El Paso unterbringen würde, aber der General beruhigte sie: »Sie sind amerikanische Bürger und haben das gleiche Recht wie ich, hier in Alabama zu bleiben.« Doch als die Männer fragten, wie es um ihre Arbeitsplätze bestellt sei, gab er ihnen nur ausweichende Antworten.
Die Spannung löste sich, als Kolffs Sekretärin atemlos gelaufen kam. »Sie sollten aufs Gelände hinausgehen. Die Pentagon-Männer sind verrückt geworden.« Und als Kolff die Lagerzone erreichte, konnte er sehen, wie die Motoren, an denen er zwanzig Jahre lang unermüdlich gearbeitet hatte, demontiert wurden. »Wir können nicht das Risiko eingehen, daß man sich hier auf krumme Touren einläßt. Die Schußweite ist jetzt auf zweihundert Meilen beschränkt, und diese Jupiter werden eingemottet.«
Liesl und Magnus wußten es schon, als Dieter heimkam, aber noch bevor sie ihrer Bestürzung Ausdruck geben konnten, sagte er: »Wir werden keinen Wald kaufen, und wir werden niemanden ins Musiklager schicken. Tatsache ist, ich weiß nicht, was wir tun werden.«
»Können wir hierbleiben?«
»Ich fürchte, daß wir das Haus verkaufen und wegziehen müssen.«
»Wohin?«
»Ich weiß es nicht.«

Als sich der Oberleutnant John Pope von der Navy der Vereinigten Staaten auf dem Stützpunkt Patuxent River meldete, um sich zum Testpiloten ausbilden zu lassen, traf er dort seinen alten Kumpel aus Korea wieder, Captain Randy Claggett vom Marine Corps der Vereinigten Staaten, der ein Paradies eigener Art bewohnte.
Pax River war eine der bestgerüstetsten militärischen Anlagen Amerikas, ein Komplex von Flugplätzen am Ende einer Halbinsel, die in die Chesapeake-Bucht hinausragte und von Richmond, Annapolis, Washington und der Insel Wallops etwa gleich weit entfernt war. Die letzten zwei Verbindungen waren wichtig, denn wenn die Kommandeure des Stützpunktes schwerwiegende Entscheidungen zu treffen hatten, konnten sie leicht das Oberkommando in der Hauptstadt erreichen, und wenn Flugzeuge auf Testflügen wirklich schwierige Manöver auszuführen hatten, konnten sie auf das Meer hinausfliegen, Wallops Station als Bezugspunkt oder auch als Zufluchtsort benüt-

zen, wenn sie notlanden oder nachtanken mußten. Pax River war ein wunderschöner, gut organisierter und mit einigen der erfahrensten Flieger der Welt besetzter Stützpunkt.
Aufgrund seiner unvergleichlichen Lage konnten neu ankommende Flieger unter vier Wohnmöglichkeiten wählen: das Barackenlager auf dem Stützpunkt, in dem sich nur altmodische Spießer wohl fühlten; miserable Privatquartiere außerhalb der Umzäunung, die man nach Möglichkeit mied; eine ansprechende Gruppe von neuerrichteten Bungalows in einer Siedlung mit Namen Town Creek, wo Ehepaare ihre Kinder in Sicherheit aufziehen konnten; und ein Gebiet wie einst an der Siedlungsgrenze, jenseits des Flusses, auf einem Kleinboot-Stützpunkt der Marine, Solomons-Insel genannt, so primitiv und lärmend und vulgär, daß sich nur die abgebrühtesten, mit den zähesten Frauen verheirateten Flieger dafür entschieden, dort Quartier zu beziehen.
Randy Claggett wohnte auf Solomons, und um am Morgen seinen Dienst anzutreten, mußte er entweder fünfzig Kilometer flußaufwärts fahren, eine Brücke überqueren und fünfzig Kilometer zurückfahren, oder mit einer alten Barkasse übersetzen, die die Navy zwischen den zwei Stützpunkten betrieb. Auf der Barkasse war kein Platz für Automobile, und so mußte ein Pilot, der auf Solomons wohnte, drei Wagen haben: einen richtigen für Frau und Kinder, eine Bruchkiste, die ihn von seinem Quartier zur Barkasse brachte, und noch einen Karren, der am anderen Ufer abgestellt war, um ihn ins Testzentrum zu befördern. Nur der erste hatte ein polizeiliches Kennzeichen.
Kaum hatte Pope sich zum Dienst gemeldet, war Claggett zur Stelle. »Hör mal, Amigo, kein Flieger, der auf sich hält, wohnt auf dem Stützpunkt, und die Mieten in der Stadt kannst du nicht bezahlen. Nur Arschlöcher wohnen in der kleinkarierten Pracht von Town Creek, und somit ist Solomons die einzige Möglichkeit. Komm mit.«
Sie gingen zu einem Parkplatz, wo Claggett einen vierzehn Jahre alten Chevrolet bestieg. »Einhundertsechs Dollar habe ich für dieses gute Stück bezahlt, und mit einiger Mühe habe ich es auch zum Laufen gebracht.« Es hielt kaum noch zusammen, aber da Claggett es nur brauchte, um vom Anlegeplatz zum Stützpunkt zu fahren und wieder zurück, genügte es. Die Barkasse sah aus, als ob sie im nächsten Au-

genblick sinken würde, aber sie tuckerte zum anderen Ufer hinüber, wo ein unglaublicher Chevrolet, Baujahr 1939, wartete.
»Der da hat mich vierzig Dollar und drei Wochen Arbeit gekostet. Aber was soll's? Es sind ja nur drei Kilometer.« Das erstaunliche Vehikel brachte die zwei Piloten zu einem Reihenhaus einer Marinesiedlung, wo Spielsachen und verschiedene Kinderfahrzeuge auf sandigem, von wuncherndem Unkraut bedeckten Rasen herumlagen.
»Debby Dee, der Hurensohn ist da!« brüllte Claggett, während er ins Haus polterte. Und aus der Küche kam eine hübsche, pausbäckige Blondine, die ein paar Jahre älter zu sein schien als ihr Mann. Wie Randy kam auch sie aus Texas, und wie er lächelte auch sie die Welt aus großen Augen an. Sie sprach mit texanischem Akzent und trug ihr Haar eigenwillig frisiert. Sie war nachlässig gekleidet, und noch gleichgültiger schien ihr, soweit Pope das feststellen konnte, die Erziehung ihrer Kinder zu sein, die sie abwechselnd anbrüllte oder mit teilnehmenden Worten tröstete, wenn ihnen ein Leid geschehen war. Sie hatte zwei Söhne und eine Tochter, aber sie erklärte gleich zu Beginn: »Die Jungs sind nicht von Randy. Er war ein guter Kerl und hat mich geheiratet, nachdem Frank beim Flugtraining ums Leben kam.«
»Die kleinen Hurensöhne gehören jetzt mir«, sagte Claggett, während er einem der Jungen eine klebte, weil er einen Tretroller ins Zimmer gebracht hatte. Sowohl er wie auch Debby Dee versicherten Pope, daß es nur einen Ort gäbe, vo man leben könne. »Solomons hat alles, was man braucht. Wunderbare Nachbarn. Tolle Parties Samstagabends und für die Sonntage eine recht anständige Methodistenkirche.«
Randy ließ nicht locker, bis er Pope zu einer Garage gefahren hatte, deren Besitzer einen armseligen Ford für dreißig Dollar zum Kauf anbot. »Mensch, John, in fünf Tagen könnten wir beide diesen Flitzer so weit zusammenbauen, daß er dich zum Anlegeplatz bringt.« Der Mann hatte auch einen etwas besseren Ford für neunzig Dollar. »Den würde ich dir empfehlen, John. Du wirst einen anständigen Wagen brauchen, um dich auf dem Stützpunkt bewegen zu können.« Doch es war eine andere Entdeckung Claggetts, die Pope richtig zu schätzen wußte – damals und noch Jahre später. »He, John, ist das nicht ein 1949er Mercury da drüben?«
Die Karosserie des Kabrioletts war nicht mehr zu retten, aber das Verdeck schien keinen ernsten Schaden genommen zu haben, und als

die zwei Piloten es untersuchten, stellten sie fest, daß sie es mit einiger Sorgfalt von dem Wrack abmontieren und es an Stelle des selbstgeschneiderten, das Pope bisher verwendet hatte, an seinem Wagen anbringen konnten. Der Garagenbesitzer überließ es ihm für fünfzehn Dollar.
»Du brauchst die Schrammen nur mit Epoxydharz zu überholen, und du hast ein neues Verdeck«, sagte Claggett. Und dann präsentierte Pope die unwillkommene Neuigkeit. »Ich werde in der Kaserne wohnen – auf dem Stützpunkt.«
»Menschenskind!« explodierte Claggett. »Nur arme Würstchen wohnen auf dem Stützpunkt! Kauf dir wenigstens ein anständiges Haus in Town Creek.« Die Sache lag den Claggetts so am Herzen, daß sie einige ihrer Freunde zusammentrommelten und zwei recht hübsche Häuser ausfindig machten, aber selbst als Pope sah, wie nett sie waren und wie sympathisch die Nachbarn zu sein schienen, blieb er bei seinem Entschluß: »Meine Frau arbeitet in Washington, also brauchen wir hier kein Haus.«
Es war Debby Dee, die, eine Zigarette zwischen den Lippen, ihn beiseite nahm: »Pope-Schätzchen, wenn Sie knapp bei Kasse sind, Randy und ich, wir könnten ...«
»Es hat nichts mit Geld zu tun, Debby Dee. Ich brauche nur einfach kein Haus.«
»Aber der Besitzer verlangt für dieses tolle ... Hören Sie, Pope, das Haus hat drei Schlafzimmer. Er verlangt nur dreizehntausend Dollar, und Sie können die Summe über zwanzig Jahre zu 5,3 Prozent abstottern.«
»Ich will kein Haus, ich will Flugzeuge testen, nichts weiter.«
Sie trat einen Schritt zurück und salutierte. »Willkommen in der Bruderschaft, Sie Hurensohn. Und Sie kennen ja wohl auch das Schlüsselwort? Professionalismus.«
Sicher war es Randy Claggetts Leitstern. Er konnte daheim auf Solomons herumalbern, auf Parties gehen, an seinen drei Autos bosseln, mexikanisch quatschen, aber wenn er ein neues Flugzeug in die Hände bekam, dessen Leistungscharakteristika unbekannt waren und erst nachgewiesen werden mußten, verwandelte er sich in eine Art selbstgenügsamen Gott, ein Wesen, das in seiner Arbeit aufging, und er glaubte zu Recht, daß kein Mensch auf Erden die Sache besser ma-

chen konnte als er, denn er war ein Profi und der beste in der Branche.
Auf Pax River strebten alle nach diesem Ruf. Als sich Popes neue, aus fünfzehn Mann bestehende Gruppe im Klassenzimmer der Testpiloten versammelte, wurden sie von Captain Penscott, der fünf Monate lang ihre Grundausbildung überwachen würde, nüchtern empfangen: »Man hat Sie ausgesucht, meine Herren, weil sie die besten Militärflieger der Nation sind. Sie wissen weit mehr von Fleugzeugen als jene, mit denen sie zusammen gedient haben, und heute in zwei Jahren werden zwei von Ihnen tot sein, weil sie nicht genug gewußt haben.«
In der fünften Woche gellten die Sirenen, weil ein Navyleutnant mit vierzehnhundert Flugstunden in seinem Flugbuch seine F7U-3, die Nase voran, mit einer Geschwindigkeit von fünfhundert Kilometern in der Stunde auf die Rollbahn geknallt hatte. Er hatte eines der neuen Häuser in Town Creek besessen, und Debby Dee war die erste der anderen Ehefrauen, die von Solomons mit der Barkasse herüberkam, um sich um die Witwe zu kümmern und die zwei Kinder zu versorgen.
Als Pope seine ersten *Durchführungsverfahren zur Ermittlung von Flugstabilität und Kontrollenauswertung* in Händen hielt, herausgegeben von Douglas Aircraft zur Anleitung der Militärflieger, wie sie die A4D-3 zu testen hatten, einen leichten Angriffsbomber, der eventuell in Produktion gehen sollte, war er von der Vielfalt der auszuführenden Tests überrascht, über die er auch noch schriftlich Bericht zu geben hatte.
Das Büchlein beschrieb dreizehn verschiedene Bereiche des Flugzeugs, die praktisch in keiner Beziehung zueinander standen, aber im Flug unter verschiedenen Bedingungen getestet werden mußten, wobei Fragen wie diese zu beantworten waren:

> Wie verhält sich das Flugzeug bei Durchsackgeschwindigkeit?
> Besitzt es dynamische Längsstabilität?
> Abfangverhalten des Flugzeugs aus einem Höchstgeschwindigkeitssturzflug?
> Wie spricht die Quersteuerung in kritischen Situationen an?
> Wie hoch ist die dynamische Stabilität des Flugzeugs?

Mit einfachen Worten: Der Testpilot hatte seine Maschine in alle nur denkbaren kritischen Situationen zu bringen, diese sicher durchzustehen, dann genau zu berichten, was vor, während und nach der Krise geschehen war. Diese schriftlichen Berichte waren es, bei denen viele Piloten versagten, und Pope war von der peniblen Sorgfalt, mit der Randy Claggett die seinen verfaßte, sehr beeindruckt. Bei einem Bierabend auf Solomons mochte er wie ein Analphabet daherreden, aber wenn er ein Testflugzeug zur Erde zurückgebracht hatte, schrieb er mit der Präzision eines Mitarbeiters des *Scientific American*. »Die Techniker in den Flugzeugfabriken müssen genau wissen, was los war, und nur du kannst es ihnen sagen.« Als er Popes erste Berichte sah, rümpfte er die Nase. »Zu langatmig. Zu ungenau. Wieso? Wieviel? Wie lange vor der Reaktion?« Und immer wieder wollte er wissen, was Pope gespürt hatte. »Das ist eine bessere Richtschnur als die ganze Telemetrie. Es geht nicht um das, was du dachtest. Nicht um das, was die Instrumente gezeigt haben. So wie es in deinen Kaldaunen aussah, als das Flugzeug plötzlich gierte. Hat dir das Wasser im Arsch gekocht, als es anfing, abzutrudeln? Hattest du das Gefühl, daß dir die Augen aus dem Kopf quellen? Mein Gott, Pope, du bist das teuerste Instrument, das man je in diese Flugzeuge installiert hat, und das komplizierteste! Du kannst deinen Reflexen ruhig trauen!«

Bei einer Party kam Claggett auf das Thema zurück. Er führte ein Gespräch mit sechs anderen Piloten; natürlich spielte sich das Ganze in der Küche ab, während sich die Frauen im Wohnzimmer unterhielten. »Wir sind das Ende einer langen Reihe, meine Herren. Das Ende eines langen Prozesses darwinistischer Selektion.« Und er forderte die Piloten auf, zu seinen Schätzungen Stellung zu nehmen.

»Ihr wart bei den fünfhundert, die nach Annapolis oder West Point kamen und sich bereits für qualifiziert hielten. Nach dem Abschluß dort wurden aber nur noch dreißig Prozent zur Flugausbildung zugelassen. Von dieser Zahl schafften nur sechzig Prozent den Abschluß. Erschwertes Training siebte gut zwanzig Prozent aus. Und eine ganze Menge haben die Dienstzeit nicht durchgestanden. MIG-Kanonen oder ihre eigene Sorglosigkeit haben sie vom Himmel geholt. Soviel ich weiß, melden sich jedes Jahr etwa hundert der besten Piloten des Landes zur Ausbildung zum Testpiloten, und daraus ergibt sich für mich, daß jeder von uns einer von zweihunderttausend ist.«

»Wie zum Teufel kommst du auf diese Zahl?« protestierte ein anderer Pilot, der seine eigene Rechnung aufgestellt hatte.
»Weil sie so schön rund ist. Und jetzt sehen wir uns doch mal die Kosten an. High-School, viertausend Dollar. Annapolis, vier Jahre, achtundvierzigtausend Dollar. Flugausbildung, einschließlich der zertrümmerten Schulflugzeuge, hundertfünfzigtausend Dollar. Weiterführung der Ausbildung nach dem Krieg, dreihunderttausend Dollar. Korea, drei Jahre, in die Brüche gegangene Maschinen, eine Million achthunderttausend Dollar. Pax River, alles zusammen drei Jahre, weitere fünfhunderttausend Dollar. Macht, wenn man alles zusammenrechnet? Eine Menge Zaster.«
Mit Interesse verfolgte Pope, wie verbissen Claggett an seiner Karriere bastelte, und hörte aufmerksam zu, wenn er ihm Ratschläge erteilte. »Ich habe gehört, wie Captain Penscott gesagt hat, du seist einer der besten. Also überlege gut, bevor du irgendwelche Schritte unternimmst. Du mußt ins Flugerprobungsprogramm. Dort wird richtig gearbeitet: Dort testen wir die heißesten Dinger mit Flügeln ... abstrakt ... philosophisch ... Wenn du da nicht reinkommst, Truppenerprobung. Geht auch noch, aber es liegt schon eine Stufe tiefer. Du kriegst die Maschine, wenn ich damit fertig bin, und überprüfst, wie weit sie den Anforderungen der Navy genügt. Wenn du offensichtlich kein erstklassiger Steuerknüppler bist, stecken sie dich ins Elektronikprogramm, das gar nicht so schlecht ist für einfache Gemüter. Waffenerprobung ist das gleiche – halt dich da raus. Und ein Typ wie du, der als Zielstreber gehandelt wird, ist einer unheilvollen Versuchung ausgesetzt: Sie werden dich als Lehrer behalten wollen, und wenn du darauf eingehst ... Leb wohl, armer Yorick, ich kannte ihn, als er noch Pilot war ...«
»Kann ich das Flugerprobungsprogramm schaffen?«
»Du mußt es schaffen.«
Claggett hatte noch zwei andere Ratschläge parat, die er für lebenswichtig hielt: »Geh nie zu vertraulich mit den Außendienstbevollmächtigten der Flugzeugfabriken um. Das sind Geschäftsleute. Wir sind Soldaten. Und wenn du dabei gesehen wirst, wie du dich ihnen anbiederst, wird man annehmen, du versuchst, einen zivilen Job zu ergattern für die Zeit, wenn du hier fertig bist. Und Leute, die das tun, sind nicht einmal der Verachtung wert.

Und schließe keine enge Freundschaft mit den VR-Burschen, den Piloten, die Transport-Prototypen testen. Es würde jeder glauben, du hofftest auf einen Job bei Pan American oder United. Zum Teufel mit ihnen! Sie fliegen Güterwagen. Wir fliegen Flugzeuge.«
Und als Popes fünf Monate Grundausbildung zu Ende gingen, warnte ihn Claggett noch einmal: »Ich glaube, du wirst einer von den Großen sein, John. Für gewöhnlich verachte ich Männer, die auf dem Stützpunkt pennen, nur um ein paar Kröten zu sparen, und ich mag auch keine Zielstreber, aber verdammt noch mal, du kennst Flugzeuge so gut wie ich. Das ist nicht gelogen. In den nächsten zwei Jahren gibt es für dich nur eine unverzeihliche Sünde: Wenn du mit einem Prototyp Bruch machst. Bring dich selbst um, das ist völlig okay. Bums die Frau des Kommandanten, das ist auch okay. Aber du bist hier, um jedes einzelne Luftfahrzeug zu erhalten, und wenn du eine Bruchlandung machst, hast du deinen Test nicht bestanden.
Und gewöhne dich nicht an einen bestimmten Typ. Halt dir fest vor Augen: Das Flugzeug empfindet nichts für dich. Für das Flugzeug ist jeder Pilot so gut wie der andere. Teste das verdammte Ding und vergiß es.« Stolz zeigte er Pope sein Flugbuch, in dem er seine Erfahrungen mit einundsiebzig verschiedenen Flugzeugtypen niedergelegt hatte, und in den letzten Tagen seiner Grundausbildung beobachtete Pope mit Bewunderung, auf welch freche Weise Claggett sich Zugang zu den neuen Maschinen verschaffte, die auf Patuxent River eintrafen.
Er wartete, bis jemand mit einem Prototyp gelandet war, spazierte um die Maschine herum, trat gegen die Reifen und fragte lässig: »Wie startet man denn diese Blechkiste?« Ein Pilot mochte dreitausend Flugstunden mit verschiedenen Maschinen auf dem Buckel haben und konnte doch nicht wissen, wo der Hersteller dieser neuen Maschine das Zündsystem versteckt hatte. Sobald Claggett es erfahren hatte, fragte er den Piloten, der sie gebracht hatte: »Hat sie was Besonderes?« Und natürlich half ein Pilot dem anderen und machte ihn auf spezielle Probleme aufmerksam.
Und kaum hatte er die zögernde Zustimmung des Kontrollturms eingeholt, zog er los, führte alle möglichen Manöver aus und machte umfangreiche Aufzeichnungen über das Verhalten der neuen Maschine. Dann sprach er bis zu zwei Stunden mit ein oder zwei Piloten, die

sie schon geflogen hatten, und tauschte so lange Beobachtungen und Gedanken mit ihnen aus, bis er über die kleinsten Einzelheiten des neuen Prototyps Bescheid wußte. Erst dann traf er mit der Crew des Flugzeugs und mit den Vertretern des Herstellers zusammen, um ihnen überraschend genau über die Stärken und Schwächen ihres Produktes zu berichten.

»Ich habe eine Schwäche, der du nicht nachgeben solltest«, vertraute Claggett Pope am Abend vor dessen Abschluß des schulischen Teils des Ausbildungsprogramms an. »Überlandflüge sind meine Leidenschaft. Ich nütze jede Gelegenheit, und Flieger, die das tun, setzen sich einer großen Gefahr aus. Sie fliegen zu den großen Fabriken in Los Angeles. Zum Stützpunkt Edwards der Air Force, um ihre neuen Maschinen zu testen. Vielleicht sogar nach England hinüber, um sich mit den Briten in Boscombe Downs zusammenzusetzen.«

»Worin besteht die Gefahr?«

»Man ist bald als Hans Dampf in allen Gassen verschrien, als einer, der sich die Rosinen aus dem Kuchen holt, und wenn du wieder heimkommst, stellst du fest, daß inzwischen einem, der sich bisher nie hervorgetan hatte, alle interessanten Aufgaben zugefallen sind, und daß du nicht mehr ›in‹ bist. Du bekommst keines von den neuen Flugzeugen mehr.«

»Wie schützt du dich dagegen?«

Claggett sah sich um, als fürchte er Spione. »Indem ich der beste Pilot von allen bin und bleibe. Indem ich die besten Berichte schreibe.« Er lachte. »Ich werde mich nie bessern. Ich liebe diese Pax-Jax-Lax-Methode.« Das waren die Flughafenkürzel für Patuxent River, Jacksonville und Los Angeles. »Mir lacht das Herz im Leib, wenn der Motor aufheult und ich losfliege. In zehntausend Meter Höhe gehört die Welt mir.«

Am nächsten Tag graduierte John Pope als vollausgebildeter Testpilot, und Captain Penscott, der seine Fähigkeiten zu schätzen wußte, machte ihm das Angebot, Leiter des Lehrkurses in der Trainingsschule zu werden: »Es ist eine Dauerstellung, Pope, eine Stellung von höchster Distinktion. Sie könnten sich ein Haus kaufen und gut leben.«

»Ich fühle mich geehrt«, sagte John, »aber Sie wissen, daß meine Frau in Washington arbeitet, und ich hatte gehofft, zum Flugerprobungsprogramm zu kommen.«

»Hat Claggett Ihre Seele vergiftet?« erkundigte sich Penscott in freundlichem Ton.
»Nun, er hat zwei Dinge gesagt«, log Pope. »Daß der Mensch sich nichts Besseres erhoffen könne als eine Dauerstellung als Lehrer. Und daß harte Burschen versuchen, in das Flugerprobungsprogramm zu kommen.«
»Ich habe gefürchtet, daß Sie das sagen würden«, gab Penscott zurück. »Also schön: das Flugerprobungsprogramm.«

An diesem Abend gaben Randy und Debby Dee Claggett eine Abschlußparty auf Solomons; die alte Barkasse machte Überstunden, um die Leute aus Town Creek über den Fluß zu befördern, und der junge Tim Claggett fuhr die Gäste mit dem alten Chevy vom Anlegeplatz zu den drei Reihenhäusern, die seine Mutter für die Festlichkeit geliehen hatte. Pope kannte die Menschen aus Pax River jetzt schon gut genug, um zu wissen, was er zu erwarten hatte: keine alkoholischen Exzesse, keine Gespräche über Kunst, die lautestmögliche Hi-fi-Musik, keine Rede von Politik, die Männer in der Küche, die Frauen in den vorderen Räumen, Flugzeugmodelle an den Wänden und die warmherzige Kameradschaft von Männern, die die letzten zwölf Jahre damit verbracht hatten, ihr Leben aufs Spiel zu setzen, und die hofften, auch die nächsten zwölf Jahre das gleiche tun zu können.
Doch als Pope sein nüchternes Junggesellenquartier auf dem Stützpunkt verließ und mit seinem Mercury Kabriolett zur Fähre fuhr, sich übersetzen ließ und in Tim Claggetts Chevy stieg, hatte er nicht erwartet, Penny zu sehen, die ihn in Debby Dees Wohnzimmer erwartete. Randy war wie ein Verrückter nach Washington gejagt, um sie zu dem Galaabend zu holen.
Das Herz stockte Pope, als er sie sah – kerzengerade, das Haar eng an ihren wohlgeformten Kopf anliegend, die Augen weit offen, stand sie da. Ihr Gesicht strahlte vor Freude, ihren Mann wiederzusehen. »Penny!« rief er. »Wie hast du nur hierher gefunden?«
»Der fliegende Gorilla«, antwortete sie und deutete auf Claggett, der wieder einmal den mexikanischen Rübenpflücker in Texas mimte: »Ich Ihnen bringen Señorita, Sir. Meine Schwester, sehr hübsch, sehr sauber, drei Dollar.«

Die Navy-Frauen machten ein großes Getue um Penny, die mit ihren in Washington gewonnenen Erfahrungen sofort Kontakt zu den Frauen fand, die ihr sympathisch waren. »Verdammt noch mal, ich habe keine Kinder, und ich finde, schuld daran ist nur dieser Witzbold.«

»Nein, nein, Memsahib!« rief Claggett. »In Korea hatte unser Freund Pope drei Kinder. Es kann also nicht an ihm liegen.«

Die Frauen der Flieger versuchten herauszubekommen, was Penny in Washington machte. Ihr Jurastudium, erklärte sie ihnen, habe es ihr ermöglicht, den Job als Sekretärin jenes Senatsausschusses zu bekommen, der sich mit der Luft- und Raumfahrt beschäftigte. »Man könnte sagen, daß ich Leuten wie Lyndon Johnson und meinem Chef Michael Glancey dabei behilflich bin, das Geld aufzutreiben, um Anlagen wie Patuxent River zu finanzieren.«

»Mrs. Pope soll leben!« rief Debby Dee und fragte Penny, ob sie etwas zu trinken haben wolle.

»Ein Bier«, sagte Penny, und Debby Dee kreischte begeistert: »Unser Biertrinkerverband hat ein neues Mitglied!«

Die Party dauerte bis zum Morgen, und als die Sonne über der Chesapeake-Bucht aufging, führte Debby Dee die Popes zu einem der geborgten Häuser, forderte alle späten Trinker auf zu verschwinden und brachte den frischgebackenen Testpiloten und seine schöne Frau zu Bett. »Schafft euch Kinder an«, sagte sie. »Ein Testpilot ohne Kinder ist wider das Gesetz.« Ihr Sohn Tim fuhr immer noch zum Anlegeplatz und wieder zurück, um die Testpiloten zur Barkasse zu bringen.

Penny war so begeistert von Pax River und den Claggetts, daß sie es fortan so einrichtete, Washington an den meisten Wochenenden verlassen zu können, wobei sie teils in Town Creek, teils auf Solomons übernachtete. Je mehr sie von dem geordneten und doch aufregenden Leben der Testpiloten sah, desto besser gefiel es ihr und desto mehr achtete sie die Männer und Frauen, die daran teilhatten. Sie war sehr stolz auf ihren Mann und entdeckte, daß auch die meisten anderen Frauen stolz auf die ihren waren. Sie übernachtete bei einer Familie in Town Creek, als einer der neuen Testpiloten, der zusammen mit John ausgebildet worden war, ein großes Flugzeug in einen Klumpen aus Metall, Knochen und Blut verwandelte. Er war der erste der fünfzehn Absolventen, der sterben mußte.

Mehr als je zuvor wußte sie nun den Sinn der Aufgabe ihres Mannes zu würdigen, denn der Stützpunkt in seiner Gesamtheit – der kommandierende General, Captain Penscott, die Vertreter der Hersteller, junge Männer, die jetzt ihre Lehrzeit begannen – scharte sich nun um die betroffene Familie, um den Tod, wenn schon nicht verständlich, so doch erträglich zu machen.

An diesen Wochenenden lernte Penny auch die älteren Testpiloten kennen, die entweder noch auf dem Stützpunkt arbeiteten oder auf Besuch kamen, um Informationen auszutauschen oder mit ihren früheren Kameraden ein Bier zu trinken. Sie sah, daß John Glenn, nüchtern und ausgeglichen, ihrem Mann sehr ähnlich war, und der Eindruck, den Glenn auf sie machte, half ihr, John besser zu verstehen. Al Shepard war die verkörperte Würde und Kraft, Scott Carpenter locker und freundlich. Es fiel ihr schwer, zu glauben, daß Pete Conrad je an der Universität Princeton studiert hatte. Tief beeindruckt war sie von Bill Lawrence, vielleicht der fähigste Flieger, den Patuxent River je hervorgebracht hatte – Randy Claggett und John ausgenommen. Wohltuend empfand sie die Gesellschaft eines redseligen, wenn auch ein wenig rüpelhaften Mannes wie Gerry O'Rourke, der mit seinen komischen, oft respektlosen Einfällen Schwung in das Leben des Stützpunktes brachte. Es waren prächtige Menschen, und sie konnte den Gerüchten keinen Glauben schenken, wonach die Männer hier von ihren Kameraden auf Edwards in Kalifornien angeblich noch übertroffen wurden. »Kann sein, daß sie höher fliegen«, berichtete sie dem Senatsausschuß, »aber sicher nicht besser.«

Müde von einer Woche Arbeit und einer raschen Fahrt nach Süden, schlief sie eines Nachts bei den Claggetts, als sie von jenseits des Flusses eine starke Explosion hörte und beim Erwachen Flammen zum Himmel lodern sah. Ein kalter Schauer überlief sie, denn in dieser Woche absolvierte ihr Mann Nachtflüge, und eine entsetzliche halbe Stunde lang nahm sie an, daß es seine Maschine war, die »ins Gras gebissen hatte«.

Claggett absolvierte keine Nachtflüge, und daher waren er und Debby Dee zur Stelle, um sie zu beruhigen. Und weil Mrs. Claggett über reiche Erfahrung verfügte, sagte sie: »Man wird uns anrufen. Das machen sie immer so.«

»Sie meinen, man wird es mir telefonisch mitteilen?«

»Um Gottes willen, nein!« wehrte Debby Dee ab. »In solchen Fällen schicken sie den Kaplan oder einen Flieger in Uniform. Solange niemand hier vor dem Haus erscheint ... Sie würden ja auch die Barkasse hören.«

Sie warteten eine lange Zeit und zwangen sich, über Belanglosigkeiten zu reden, und Penny Pope zuckte jedesmal zusammen, wenn sie das Zirpen einer Grille schon für das Klingeln des Telefons hielt; noch länger warteten sie auf das Tuckern der Barkasse, doch am Ende war es John Pope, der anrief: »Hallo, Schätzchen, bist du gut angekommen? Wollte nur mal nachfragen.«

Als Penny den Hörer auflegte, blickte sie für einen Moment auf ihre Gastgeber, die im Halbdunkel saßen. Dann brach sie zusammen. »Oh, Debby Dee! Ich liebe ihn so sehr.« Die Worte überstürzten sich, als diese ansonsten so beherrschte Sekretärin eines Senatsausschusses von den schönen Stunden unter dem Sternenhimmel von Clay erzählte, als John sich schon für Astronomie interessierte; von den Abenden im Universitätsobservatorium mit Dr. Anderssen, von der Zeit, als John in Annapolis war, und von ihrer Liebe, die von Jahr zu Jahr stärker wurde.

»Sie beide haben Kinder«, sagte sie zu den Claggetts, »Sie und all die anderen. John und ich wollten auch welche, aber vielleicht hat uns unser Mißerfolg nur noch stärker aneinander gebunden.«

»Warum geben Sie Ihren Posten nicht auf und übersiedeln hierher?« bemühte sich Debby Dee, das Gespräch auf ein weniger heikles Thema zu bringen.

»Wie man's macht, macht man's falsch«, lautete Pennys Antwort, und so gaben sie ihr zwei starke Drinks und brachten sie zu Bett.

Endlich begriff sie auch, was ihren Mann vorwärtstrieb: »Du willst der Beste sein, nicht wahr? Du willst immer das Letzte geben!«

»Ich werde nie ein so guter Testpilot sein wie Randy.«

»Du weißt zweimal soviel von Flugzeugen«, widersprach sie energisch.

»Was die technische Seite angeht, ja. Aber warum das eine fliegt und das andere nicht, nein.«

»Machst du nicht ein Mysterium daraus, einen Kult?«

»Es *ist* ein Mysterium. Wenn du da oben bist in einer Maschine, die noch nie getestet wurde, ist es letzten Endes ein Mysterium.« Er zögerte, denn er durfte nicht über Dinge reden, die Testpiloten für gewöhnlich nur untereinander aussprachen, aber er liebte dieses willensstarke Mädchen, wie kein anderer Pilot seine Frau liebte; sie war ein Stück von ihm und das Maß seines Lebens – und so wollte er alles mit ihr teilen.

»Seitdem wir hier angefangen haben, sind drei Kameraden abgestürzt, die ebenso gut ausgebildet waren wie ich, und wenn wir der Statistik glauben wollen, werden noch weitere vier den Tod finden, bevor wir fertig sind. Jeder von ihnen kannte seine Maschine. Jeder von ihnen sprach langsam und deutlich in seine Sprechmuschel, als seine Welt aus den Fugen geriet. Und jeder einzelne ergriff die erste richtige Maßnahme und dann die zweite und die fünfte und sechste, und nichts half, und sie waren immer noch damit beschäftigt, eine Lösung zu finden, als sie aufschlugen. Randy Claggett würde jedes dieser Flugzeuge gerettet haben. Bei Stufe drei würde er etwas ausgeklügelt haben, etwas, was in keinem Lehrbuch steht, und das ist der große Unterschied.«

Sie holte tief Atem. »Und du? Hättest du die Flugzeuge sicher gelandet?«

»Könnte sein, daß mir bei Stufe fünf der Knopf aufgegangen wäre, aber das hätte auch zu spät sein können. Eines verspreche ich dir, Penny: Wenn sie mal hier den Weg raufkommen, der Kaplan und die anderen, dann kannst du sicher sein, daß ich dabei war, Stufe sechs auszuprobieren.«

Er ließ sie einmal einen Blick auf die Instruktionen werfen, die Grumman den Männern geschickt hatte, die die F11F-1 testeten, ein Flugzeug, auf das die Navy große Hoffnungen gesetzt hatte, als sie den ersten Auftrag gab, das aber leider zu einer großen Enttäuschung wurde:

Quersteuerung

Zweck: Bestimmung der Kräfte am Querruder
Vorgangsweise:
1. Trimmen Sie die Maschine nach Bedarf aus.
2. Fliegen Sie eine Links- oder Rechtskurve bis zu einem Querneigungswinkel von $45°$.

3. Sobald sich die Maschine stabilisiert hat, fixieren Sie die Steuerung und geben Sie so lange Querruder, bis das Flugzeug eine Schräglage von 45° in der entgegengesetzten Richtung erreicht hat.
4. Notieren Sie die Zeit, die nötig ist, um die 90° zu rollen, so wie den Wert der erforderlichen Kraft für das Querruder.

Wichtige Anmerkung:
Machen Sie diesen Test bei ¼, ½, ¾ und ganzem Querruderausschlag, erst links, dann rechts.
Weitere Vorschläge:
Machen Sie Checks in verschiedenen Höhen und bei verschiedenen Geschwindigkeiten, um die Rollrate bei verschiedenen Mach-Werten und den entsprechenden Geschwindigkeiten zu bestimmen. Warnung: Achten Sie besonders auf das Flattern: Wenn es eintritt, sofort Geschwindigkeit reduzieren.

Als sie das Büchlein durchsah, stellte sie fest, daß ihr Mann mehr als achtzig solcher Tests auszuführen hatte. »Wie viele Flugzeuge testet ihr eigentlich?«
John rasselte die Namen von sechsundzwanzig Maschinen herunter, darunter viele, die sich als untauglich erweisen würden, sobald man sie Tests, wie dem oben angeführten, unterzog, aber auch die verläßlichen Arbeitstiere der Navy, jene Flugzeuge, von deren Vorläufern einst die Sicherheit des Landes abgehangen hatte: die Douglas-Sturzbomber, die Grumman-Jäger, die große Serie der Chance-Vought F4U, die Pope in Korea gegen die Chinesen geflogen hatte.
Er hatte keine Bedenken, ihr, die praktisch dem Senatsausschuß angehörte, von den zwei großen Ärgernissen zu erzählen, die die Gemüter auf Pax River erregt hatten. »Die alte F4U war das schwierigste Flugzeug, das wir je hatten. Die Motorabdeckung war so lang, daß der Pilot nicht genügend Sicht hatte, um auf einem Träger landen zu können. Dazu kam noch eine scheußliche Tendenz, bei hoher Geschwindigkeit seitlich zu überschlagen. Aber es gab auch nie ein besseres Flugzeug. Es war wie aus Beton gebaut. Unmöglich, es abzuschießen, außer mit einer Drei-Zoll-Granate. Ein wunderbares Flugzeug, ein wahrer Schatz, diese Chance-Vought Corsair.

Und nun baut die gleiche Gesellschaft mit den gleichen Technikern die F7U, die Cutlass, für die Navy. Eine einzige Katastrophe. Es stimmt einfach nichts bei ihr, besonders nicht die Triebwerke. Leute wie Claggett haben ein Dutzend Berichte geschrieben, was alles daran zu ändern wäre, aber es gelingt der Firma anscheinend nicht, die Fehler auszumerzen. Soviel ich weiß, weigert sich Claggett, noch einmal damit zu fliegen. Er nennt sie den Witwenmacher.«

»Fliegst du sie?«

»Ich fliege alles.« Und ohne dazu einen Kommentar zu geben, erzählte er ihr von den F3H-Flugzeugen der ersten und zweiten Generation. »Die arme alte F3H-1 war vielleicht die ärgste Katastrophe unserer Zeit. Leutnantskiller nannte man sie. Hatte ein J-40-Triebwerk, wenn ich nicht irre, und funktionierte so schlecht, daß man die letzten vierzig Stück auf Schleppkähnen den Mississippi hinunterschickte. Es war einfach zu gefährlich, sie zu fliegen. Also baute das Werk ein verbessertes Modell – die F3H-2 mit einem Allison-J-71-Triebwerk. Wir nannten sie den Heulenden Derwisch, und es brach uns das Herz, als wir sehen mußten, bei wieviel kritischen Punkten sie versagte. Ihr Luft-Luft-Raketensystem war eine feine Sache. Das erste Flugzeug der Welt, das ein entgegenkommendes Ziel frontal zerstören konnte. Aber sowohl die Maschine wie auch das Triebwerk enttäuschten uns. Claggett und ich haben Dutzende Berichte eingereicht, aber die meisten Fehler lassen sich eben nicht beheben.«

»Aber du fliegst sie immer noch?«

»Das ist unser Job. Wir müssen sie weiter testen. Denn wenn wir das nicht tun, kaufen die Jungs von der Navy das Zeug, und junge Piloten, die von ihrem Flugzeug erwarten, daß es einwandfrei funktioniert, gehen vor die Hunde.«

»Sind denn diese Maschinen wirklich so unberechenbar?«

»Dreißig Tage, dreißig Flüge, vielleicht auch fünfzig, und nichts passiert. Die Maschine trudelt ab, du notierst die Zahl, du holst sie aus dem Trudeln raus, du notierst die Zahl.«

»Ist das Trudeln gefährlich?«

»Wenn du die Maschine beizeiten wieder abfängst, nein.«

»Und wenn nicht?«

»Dann versuchst du etwas anderes, und dann wieder etwas anderes ... Du findest immer etwas.«

Wenn sie nach solchen Gesprächen nach Washington zurückkehrte, empfand sie wachsende Bewunderung für alle Menschen, die das Fliegen möglich machten: die großen Gesellschaften, die die Flugzeuge herstellten, die Senatsausschüsse, die dafür zahlten, die Generäle und Admiräle, die um die besten Maschinen kämpften, die tapferen jungen Männer, die sie flogen, und schließlich jene besondere Rasse von Supermännern, die sonnabends in der Küche ihr Bier tranken und montags in aller Frühe die neuen Typen ausprobierten.

In den letzten Monaten waren wieder zwei Männer getötet worden: der eine, als er ein Flugzeug testete, das nie die Fabrik hätte verlassen dürfen; der andere in einer Maschine, die zu den besten der Welt gehörte, aber gerade an diesem Tag über der Chesapeake-Bucht unberechenbar reagiert hatte; der junge Kerl geriet in Panik und verlor sein Leben und sein Flugzeug, das jeder seiner Kameraden leicht zur Erde zurückgebracht haben würde.

Mit einiger Belustigung beobachtete Penny, auf welche Weise die Piloten ihren Professionalismus unter Beweis stellten. Das bevorzugte Auto war ein penibel sauber gewaschener, schwarzer Thunderbird-Zweisitzer. Der Familienwagen mußte der größtmöglichste Buick-Kombi sein; ein Oldsmobile tat's auch noch. Das Haus mußte eine Hi-fi-Anlage haben, aber kein Bücherregal, denn die Männer hatten von Berufs wegen genügend zu lesen, und ihre Frauen hatten weder Zeit noch Interesse für Bücher. Getrunken wurde Bier, selten Wodka, und einige Familien, die in Übersee gedient hatten, neigten zu Tuborg, Heineken oder Asahi Black, obwohl diese importierten Biere etwas mehr kosteten.

Die Familien waren eigenartige Kombinationen, gefühlsmäßig eng verbunden, aber gesellschaftlich in entgegengesetzten Richtungen auseinanderstrebend; über viele Jahre hin ständig in Bewegung von einem Standort zum anderen, hatte jeder gelernt, für sich selbst zu sorgen. So kam es, daß die jungen Väter die Rolle unnachsichtiger Familienoberhäupter zu spielen versuchten, die Kinder aber oft ihre eigenen Wege gingen.

Der Stil der einzelnen Familien war sehr unterschiedlich – von der strengen Lebensführung des Obersten der Marines und seiner in Michigan geborenen Frau bis zu der überschwenglichen Freiheit der Claggetts.

Eines Abends, bei einem ihrer Wochenendbesuche, machte Penny sich darüber lustig, aber mit einemmal brach sie in Tränen aus. »John«, schluchzte sie, »ich möchte, daß wir ein Haus kaufen. In Town Creek steht eines zum Verkauf, und das möchte ich haben.«
»Wozu? Wir würden doch nie darin wohnen.«
»Aber es ist doch ganz normal, daß man in einem Haus wohnt.«
Er zog sie auf seinen Schoß, küßte sie und streichelte ihre hübschen Beine. »Wir werden doch nicht lange hierbleiben, Penny, und ...«
»Die anderen auch nicht, aber sie haben jeder ihr Zuhause.«
»Und wenn man mich versetzt, wird es schwer sein, es wieder zu verkaufen.«
»Es ist auch für die anderen schwer. Aber ich habe festgestellt, daß sie irgendwie immer einen Käufer finden.«
»Es wäre hinausgeworfenes Geld. Du in Washington ...«
»Ich habe das Geld gespart«, sagte sie entschlossen und stand auf. »Ich werde das Haus kaufen. Und wenn ich es wieder verkaufe, werde ich noch etwas daran verdienen.«
»Du in Washington ...«
»Du wiederholst dich. Du und ich, wir sind eine Familie, und eine Familie sollte ein Zuhause haben. Und selbst wenn wir herumziehen müssen, das Haus behalten wir. Es wird unser ständiger Ankerplatz sein.«
John lachte schallend. »Hast du schon mal im Sommer im südlichen Maryland gelebt? Oder auch im Winter? Komm jetzt schlafen.«
Von Montag früh bis Sonnabend mittag experimentierte John Pope mit Flugzeugen, die die Navy der Vereinigten Staaten in großen Mengen kaufen wollte. Für das Oberkommando war er »der Bursche, der alles fliegt«. Die Vertreter der Hersteller schätzten ihn sehr wegen der überaus gedankenvollen Berichte, die er nach jedem Flug verfaßte. Er war am Erfolg jedes Modells, das er testete, interessiert, und nach einer Zeit intensiver Bemühungen mußte selbst Claggett ihn ermahnen: »Vergiß nicht, John, das Flugzeug liebt dich nicht. Wenn es ein Mist ist, lehn das verdammte Ding ab.« Pope aber vertrat die Ansicht, daß jedes Flugzeug, das so weit gediehen war, daß man es tatsächlich gebaut hatte, es wert war, gerettet zu werden.
Diese seine Einstellung wurde eines Tages auf die Probe gestellt, als Captain Penscott ihn und Claggett ersuchte, Übungsflüge mit zwei

Problemmaschinen durchzuführen. »Sie, Pope, steigen mit der F3H zu Manövern unter extremen Flugbedingungen auf, und Sie, Claggett, nehmen die F7U als Zielflugzeug.«
»Die F7U fliege ich nicht«, sagte Claggett sehr respektvoll.
»Und warum nicht?«
»Weil ihr Schub eine Schande ist und weil sie schon zu viele gute Leute getötet hat.«
»Haben Sie Angst, sie zu fliegen?« fragte Penscott, und beklemmende Stille erfüllte den kleinen Raum, denn Randy Claggetts Mut anzuzweifeln, war einfach absurd. Er hatte mehr Typen geflogen als sonst jemand auf dem Stützpunkt und war mit den gefährlichsten Situationen und dem schlechtesten Flugwetter fertig geworden. Oft hatte ihn nur noch sein eiserner Wille gerettet.
Aber er hatte sich überzeugt, daß die F7U, dieses Bastardkind einer heroischen Mutter, inakzeptabel war, und darum wollte er nichts mehr mit ihr zu tun haben. Aus Gründen, die er rechtzeitig dargelegt hatte, waren Freunde von ihm in diesem Flugzeug ums Leben gekommen. Einer der besten Staffelkommandanten, den die Navy je hervorgebracht hatte, war degradiert worden, weil er sich geweigert hatte, seine jungen Männer diese Cutlass fliegen zu lassen, und das, so meinte Claggett, reichte. Jetzt wurde er gefragt, ob er Angst hätte, sie zu fliegen.
»Ja«, antwortete er, »ich habe Angst.« Und ohne um Erlaubnis zu bitten, verließ er ruhig den Bereitschaftsraum.
Captain Penscott sah sich einer außerordentlich schwierigen Entscheidung gegenüber: Er konnte einen Neuen wegtreten lassen, der Zeichen von Schwäche erkennen ließ, aber er konnte nicht seinen besten Piloten zur Rechenschaft ziehen, weil er sich weigerte, eine Maschine zu fliegen, die schon als tödlich verrufen war.
Er traf eine Entscheidung, die ihn als kommandierenden Offizier auswies: »Wollen Sie die F7U als Zielmaschine fliegen, Pope?«
»Ja, Sir.«
»Sagen Sie Claggett, er soll den ›Heulenden Derwisch‹ fliegen.«
»Ja, Sir.«
So führten zwei der besten Testpiloten Amerikas in zwei der enttäuschendsten Flugzeuge über der Chesapeake-Bucht alle vorgeschriebenen Manöver aus; die F7U als Zielmaschine wurde meisterlich ge-

steuert, und die verfolgende F3H griff bravourös an, aber bei der routinemäßigen Rückkehr zum Stützpunkt begann Popes F7U an Stabilität zu verlieren, und als erster bemerkte es Claggett in der verfolgenden Maschine.
»Ist mir auch schon mal passiert, John. Nimm den Knüppel an den Bauch, Kumpel!«
Als dies nicht die nötige Korrektur bewirkte, sagte Claggett: »Es könnte dein linkes Querruder sein. Trimm aus.«
Immer noch war keine Besserung zu erkennen, und nun war die F7U wahrhaft in Schwierigkeiten; ihr drohte ein katastrophales Abtrudeln aus dreihundert Meter Höhe über dem Meeresspiegel.
»John«, kam die ruhige Stimme, »versuch eine enge Linkskurve.«
Das dickköpfige Flugzeug ignorierte auch diese Korrektur und steigerte seine Geschwindigkeit in einer scharfen Drehung nach rechts, und nun konnte Pope nichts mehr hören: nicht Claggetts Stimme, nicht den Kontrollturm, nicht einmal das Flugzeug selbst. Geduldig und methodisch, ohne eine Spur von Panik, hakte er im Geist die letzten Punkte seiner Checkliste ab, schon Monate zuvor nach Diskussionen mit seinen Kameraden aufgestellt, die sich mit diesem widerspenstigen und unberechenbaren Flugzeug angelegt hatten, und als er im Begriff war, in die Chesapeake-Bucht zu stürzen, nahm er die letzte Korrektur vor, zog die Nase hoch und bereitete sich auf eine sichere Landung auf Pax River vor.
Nachdem er die F7U der Bodenmannschaft übergeben hatte, begab er sich gelassen in den Bereitschaftsraum, wo er und Claggett ein sieben Seiten langes Elaborat über die Mängel des Flugzeugs zusammenstellten. Und als sie damit fertig waren, verwandte Claggett volle zwei Stunden auf einen ebenso gründlichen und negativen Bericht über seine F3H. Für Pflichterfüllung dieser Art erhielten die zwei Piloten jeder 429 Dollar im Monat.

Während John Pope dem hohen Professionalismus Randy Claggetts nachzueifern versuchte, fand er auch zunehmend Geschmack an dem großen Laster des Texaners. Auch er war ein Leckermaul geworden, begierig, auf der Pax-Jax-Lax-Route überall hinzufliegen, und so sagte er natürlich begeistert zu, als Claggett ihn an einem Sonntagabend in seinem Junggesellenquartier anrief, um ihm mitzuteilen, daß Gene-

ral Funkhauser, eines der großen Tiere bei Allied Aviation in Los Angeles, eine Besprechung über die F6Q-1 wünschte, von der in Kürze Prototypen in Produktion gehen sollten.
»Ich hole dich um neunzehn Uhr vom Landeplatz ab«, sagte Pope, und als eine Sonderfahrt der schnaufenden Barkasse Claggett über den Fluß brachte, wartete John schon in seinem Mercury Kabriolett. Mit zurückgeschlagenem Verdeck brausten die zwei Piloten über die dunklen Straßen Marylands zum Washington-National-Flughafen.
Sie nahmen eine der letzten Maschinen der National nach St. Louis, wo sie in ein größeres, viermotoriges Flugzeug umstiegen, das sie nach Los Angeles bringen sollte. Westlich von Denver nickte Pope ein, und Claggett entschuldigte sich: »Ich muß mich mal ernsthaft um die Stewardess kümmern.« Und als Pope gegen Morgen einen Blick auf die freien Plätze im rückwärtigen Teil der Maschine warf, sah er Claggett und die Rothaarige miteinander schmusen.
Sie landeten um sechs Uhr in Los Angeles, setzten sich in einen Mietwagen und fuhren über die Autobahn nach Passadena, wo General Funkhauser und seine Assistenten bereits warteten. Unterwegs gönnten sie sich ein kräftiges Frühstück, Kaffee und Rühreier, und setzten danach ihre Fahrt zu Allied Aviation fort.
Den ganzen Vormittag besprachen sie sich mit höchster Konzentration, dann aßen sie Salat und geröstete Roggenschnitzel zu Mittag und arbeiteten den ganzen Nachmittag mit den Ingenieuren. Um siebzehn Uhr saßen sie wieder in ihrem Leihwagen und fuhren zurück zum Flughafen, wo sie ein Fischdinner zu sich nahmen, bevor sie die Nachtmaschine nach Washington bestiegen. Um achtzehn Uhr kletterten sie in das Kabriolett, jagten zum Pax River hinunter und meldeten sich auf dem Flugplatz.
Die zwei Männer nahmen jede Chance wahr, Reisen zu unternehmen, aber am meisten Spaß machten ihnen die Ausflüge zum Luftstützpunkt Edwards der Air Force in Kalifornien, denn sie wußten, daß sie dort mit ihresgleichen zusammentrafen, den besten Testpiloten der Air Force. Hier hatte Chuck Yeager die Schallmauer durchbrochen, hier hatte Joe Engle die X-15 fast aus der Atmosphäre hinauskatapultiert und in eine Höhe von 84 000 Meter gejagt.
Man mußte den Hut ziehen vor der Arbeit, die auf Edwards geleistet wurde, aber auch immer bereit sein, die ebenso hervorragenden Lei-

stungen, die auf Pax River erzielt wurden, zu verteidigen. Aber es gab einen gewaltigen Unterschied zwischen beiden Stützpunkten, den Pope eines Abends in der Offiziersmesse auf Edwards einem anderen Piloten erklärte: »Einem Flugzeug der Navy werden so viele Einschränkungen auferlegt, man glaubt es kaum. Zum Beispiel das Gewicht: Ich habe noch kein Flugzeug der Air Force gesehen, das man auf einem Flugzeugträger verwenden könnte. Wenn wir einen Fanghaken am Boden eines eurer Vögel anschweißten, würden die Träger fehlen, die nötig wären, um den Schock der plötzlichen Bremsung aufzufangen. Sobald die Maschine landete, würde ihr der Boden weggerissen werden.«

Claggett liebte solche Gespräche mit den Männern der Air Force. »Nehmen wir nur einmal die F4U, dieses wunderbare Flugzeug, das die Marines im Zweiten Weltkrieg verwendeten. Wußtet ihr, daß sich ihre Tragflächen hochklappen lassen? Um sie auf Deck besser parken zu können. Stattet nur mal eine F-105 mit Klappflügeln aus, und sie kommt nicht mehr von der Startbahn runter.«

Bei ihren Diskussionen mit den Piloten der Air Force, richteten die zwei Navy-Flieger nicht viel aus, und eines Abends erklärte Claggett einigermaßen gereizt: »Ich möchte nicht wissen, wie viele von euch Klugscheißern sich für eine Landung auf einem Flugzeugträger qualifizieren würden.«

»Wir fliegen alles, was Flügel hat«, konterte ein wortkarger Mann aus Tennessee namens Hickory Lee. »Und wenn es auch nur Stummelflügel wären.«

Dann wurde die Diskussion so hitzig, daß Claggett, was gar nicht seine Art war, den Kampf aufgab und hinausstapfte. Aber nachdem er sich in aller Eile zwei große Kanister mit weißer Farbe beschafft hatte, kam er zurück und holte Pope aus der Messe. Die zwei Männer gingen auf eine asphaltierte Rollbahn hinaus und markierten mit Strichen die Abmessungen des Flugdecks eines mittelgroßen Flugzeugträgers. Gegen Mitternacht kehrten sie in die Messe zurück, wo dieser Hickory Lee immer noch das große Wort führte. Mit weißer Farbe beschmiert, forderten die zwei Navy-Piloten die Lokalmatadore zu einer Talentprobe auf. »Ich möchte euch Armleuchter morgen um sechs Uhr da draußen sehen. Ich habe mir zwei farbige Paddel besorgt, und ich werde euer Landungsoffizier sein. Mal sehen, ob ihr

Klugscheißer das Flugdeck überhaupt findet, vom Treffen ganz zu schweigen.«

Im Morgengrauen versammelten sich die Piloten auf dem Flugplatz, und die Männer von der Air Force wunderten sich, wie klein ihr Landeplatz sein würde. »Na los, Lee, rauf mit dir!« rief Claggett, und der Captain aus Texas fegte die Rollbahn hinunter, stieß in die Wolken hinauf, zog eine weite Schleife, bog in eine Gerade ein und donnerte auf den vorgeblichen Flugzeugträger herunter, an dessen Ende Claggett als Landungsoffizier mit den zwei Paddeln wartete. Nun geschahen mehrere Dinge: Die F-104 war um so vieles leichter als die robusten Navy-Maschinen, daß Lee sie nicht so verlangsamen konnte, wie das die Navy-Piloten taten; er kam hoch und steil herein, suchte nach einer langen Landebahn, auf der er bremsen konnte, nachdem seine Räder den Boden berührt hatten. Claggett machte es ihm noch schwerer, indem er seine Paddel mehr als nötig schwenkte, aber dann das Lande-o.k. ein wenig zu langsam gab.

Lee knallte auf dem imaginären Flugzeugträger auf, zog hart die Bremsen an und schoß etwa zweieinhalb Kilometer über den imaginären Bug hinaus. »Du bist durchgefallen, du dämlicher Knochen!« brüllte Claggett. »Du schwimmst jetzt schon tief im Wasser.«

Er forderte die anderen auf, ihr Glück zu versuchen, und als einer nach dem anderen mit kreischenden Bremsen über das vorgebliche Flugdeck hinausschoß, begriffen die Piloten der Air Force, welch ungeheuren Schock sie hätten abfangen müssen, um ihre Flugzeuge in der angegebenen Distanz zum Stehen zu bringen. Widerwillig gaben sie zu, daß sie den Dienst auf einem Flugzeugträger nicht richtig eingeschätzt hatten, aber sie setzten ihre Versuche fort, erwachsene Kinder mit Spielsachen, die pro Stück drei Millionen Dollar kosteten.

»Ihr seid alle durchgefallen«, erklärte Claggett beim Frühstück, »und dabei war der Test gar nicht fair, denn eines konnte ich natürlich nicht fingieren. Wenn ihr einen richtigen Flugzeugträger anfliegt, kann die See das Achterschiff plötzlich dreißig Fuß in die Luft heben; ihr knallt geradewegs gegen die schlingernde Kante des Landedecks, und man sieht weder euch noch euer Flugzeug je wieder.«

Die Männer der Air Force fanden Gefallen an Claggett; sie achteten den enormen Professionalismus, der ihn antrieb, und darum war Pope nicht überrascht, als sich einige der älteren Offiziere der Air

Force nach einem formalen Abendessen erhoben und Randy davon in Kenntnis setzten, daß er in den exklusivsten Fliegerklub der Welt, in die Society of Airplane Test Pilots, aufgenommen worden war. Offensichtlich stolz auf die ihm erwiesene Ehre dankte er zum Entzücken der Piloten in breitem Texanisch. »Um einen verdienten Südstaatengeneral sinngemäß zu zitieren: ›Wenn ich nominiert werde, kandidiere ich nicht; wenn ich gewählt werde, trete ich mein Amt nicht an, und wenn ihr versucht, mir eine von diesen neumodischen F-100ern aufzuschwatzen, setze ich mich schleunigst in die Wüste ab.‹«

Doch zu der Pax-Jax-Lax-Tour, an die sich Pope am liebsten zurückerinnerte, kam es, als es ihm gelang, zu einem vierwöchigen Besuch von Englands Testzentrum Boscombe Downs abkommandiert zu werden, das südwestlich von London, unweit der durch ihre Kathedralen berühmten Städte Salisbury und Winchester, lag. In den grauen Wolken über dem Kanal testete er dort die hochgezüchteten Flugzeuge, die von englischen Technikern entwickelt wurden, und wann immer er etwas entdeckte, was ihm nicht gefiel oder zweitklassig zu sein schien, vermerkte er es, äußerte aber seine negativen Eindrücke nicht allzu nachdrücklich, denn er hatte nicht vergessen, daß hier auch die Spitfire getestet worden war; es war alles falsch an ihr gewesen – außer ihrer phantastischen Wendigkeit und ihrer fast unglaublichen Fähigkeit, auch dem stärksten Feindbeschuß standzuhalten und dabei noch deutsche Maschinen in erstaunlicher Menge abzuschießen.

Er verstand sich gut mit den englischen Piloten, und er bewunderte den Ernst, mit dem sie ihre Arbeit verrichteten, aber der Höhepunkt seines Aufenthalts kam erst, als Penny ihm telegrafierte, daß ihr Ausschuß sie nach England schickte, um an Verhandlungen teilzunehmen, die von Briten und Amerikanern gemeinsam betriebene Einrichtungen und Anlagen betrafen, und daß, sobald ihre Arbeit in London beendet war, sie nach Boscombe Downs kommen würde. John erkundigte sich bei seinen englischen Kameraden, wo sie absteigen könnte, und sie empfahlen das *Eber und Drossel,* einen kleinen Gasthof, von dem aus der Turm der Kathedrale von Salisbury zu sehen war, und dort verlebten die Popes eine der glücklichsten Wochen ihres Lebens. Von dem Spesenkonto, das ihr der Ausschuß bewilligt hatte, mietete Penny einen Sportwagen, mit dem sie die herrliche Gegend erforsch-

ten: Salisbury, Winchester, Plymouth, das majestätische Bath und den Ort, der John am tiefsten bewegte, jenen Kreis riesiger Steinpfeiler von Stonehenge, denn als er dieses viertausend Jahre alte, geheimnisvolle Relikt sah, stellte er sich vor, einer der alten Astronomen zu sein, die die Anlage nach den Himmelsrichtungen ausgerichtet hatten, und er bestand darauf, dort zu warten, bis die Abendsterne aufgingen, um die Genauigkeit überprüfen zu können, mit der die mächtigen Steine aufgestellt worden waren.
»Ich war noch nie in meinem Leben so glücklich«, sagte er. »Ich habe den schönsten Job der Welt, ich arbeite mit den besten Leuten zusammen, und manchmal glaube ich, daß es ewig so weitergehen wird.« Penny antwortete, daß ihrer Meinung nach *sie* den besten Job der Welt hatte. »Ich lebe im Zentrum des Geschehens. Ich spüre die Veränderungen, die auf uns zukommen. Ich rechne damit, daß man Glancey und Grant immer wieder wählen wird, und ich ihre rechte Hand bleiben werde.«
In den englischen Zeitungen las Penny, daß drei Chöre zusammen in der Kathedrale von Winchester singen würden, und mit Hilfe einiger Damen vom Stützpunkt ergatterte sie Karten für John und sich und noch ein anderes Ehepaar. Irgendwie fanden alle in dem Sportwagen Platz und fuhren nach Winchester hinüber. Der gemischte Chor war ein Erlebnis. Vierzehnjährige Jungen und siebzigjährige Frauen, Greise und pausbackige Mädchen sangen die alten Lieder Englands und die schönsten Kirchenlieder.
John hatte wenig Verständnis für den Gesang, aber er genoß die himmelwärts aufragende Architektur der Kathedrale, und in der Pause betrachtete er interessiert die zahlreichen in die Wand eingelassenen Plaketten zur Erinnerung an dieses oder jenes englische Regiment, das in Indien oder Khartum gedient hatte, doch am Ende des Programms sang der Chor zwei Zugaben, die auch John ergriffen. Er hatte die Stücke noch nie gehört, aber nach einer kurzen Erklärung des Chorleiters konnte er ohne weiteres ihre Bedeutung ermessen. Das erste begann mit einem großen Solo der Baritone, in das dann alle Sänger einstimmten; die Worte waren aus einem Gedicht, das er nicht kannte, und von einem Dichter, dessen Namen er nicht verstanden hatte:

Die Beine nun in alten Zeiten ...

Als die Stimmen im Gebet für eine bessere Zukunft erstarben, führte er den Applaus in der Hoffnung an, der Chor würde das Lied wiederholen. Statt dessen beschlossen die Sänger den Abend mit, wie der Sprecher es nannte, einem der schönsten Opernchöre, der ebenso wie die erste Zugabe eine religiöse Grundlage hatte. Es war der Chor der Israeliten, die in ihrer babylonischen Gefangenschaft von ihrer Heimat träumen:

> Va, pensiero, sull' ali dorate ...

Es war der perfekte musikalische Rahmen zu diesen Worten tiefer Bewegung, und wieder führte Pope den Applaus an und sah erfreut zu, wie sich der Chor immer wieder verbeugte.
Ins *Eber und Drossel* zurückgekehrt, beauftragte er Penny, Platten dieser zwei Zugaben zu besorgen, und als Penny im ersten Musikaliengeschäft, das sie betrat, die Melodie summte, wußte die musikliebende Verkäuferin sofort Bescheid. »Oh, das ist ein wunderschönes Kirchenlied! Um 1800 hat William Blake die Worte niedergeschrieben, um 1900 hat Hubert Perry die Musik dazu komponiert, und Elgar hat es 1915 arrangiert.« Sie errötete und setzte flüsternd hinzu: »Es wurde zum Marschlied der Labour Party; mein Vater ist bei der Partei, und er hat mich veranlaßt, das Lied zu lernen.« Sie hatte drei gute Aufnahmen des Kirchenliedes, aber weder in diesem noch in drei anderen Läden konnte Penny das zweite Stück finden.
Ein älterer Musikalienhändler, der viel von seinem Fach zu verstehen schien, sagte ihr, daß es sich dabei um einen Chor aus Verdis *Nabucco,* einer nur selten gespielten Oper, handelte. Es könnte sein, meinte er, daß eine italienische Gesellschaft die Platte herausgebracht hätte, wußte aber nicht zu sagen, welche.
So mußten sich die Popes also mit dem Lied von William Blake begnügen und mit einem Plattenspieler, den ihnen der Wirt des *Eber und Drossel* zur Verfügung stellte, und an den letzten zwei Morgen in England konnte Penny ihren Gatten im widerhallenden Badezimmer singen hören:

> Bring meinen Bogen aus gleißendem Gold;
> Bring meine Pfeile süßen Verlangens ...

Nach Patuxent River zurückgekehrt, erfuhren sie, daß Claggett seinen Dienst als Testpilot beendet hatte und das Kommando eines F8U-1-Geschwaders auf dem Stützpunkt Beaufort unweit von Parris Island in South Carolina übernahm. Bei der Abschiedsparty auf Solomons, nachdem er seine Chevrolets um dreißig und fünfundsechzig Dollar verkauft hatte, nahm er Penny beiseite: »Sie haben eine große Aufgabe vor sich, Penny. Wenn ich weggehe, wird John hier automatisch die Nummer eins. Man wird jeden nur möglichen Druck auf ihn ausüben, daß er auf Pax River bleibt. Schöne Unterkunft, große Aufgaben.«
»Und was habe ich damit zu tun?«
»Sie müssen alles versuchen, daß er hier rauskommt. Lassen Sie auf keinen Fall zu, daß er einen zweiten Turnus akzeptiert. Das wäre das Ende für ihn. Das würde ihn als einen Mann ohne Schwung brandmarken. Eisen Sie ihn los!«
»Wofür?«
»Verdammt noch mal, kommen Sie mir doch nicht mit diesen unschuldigen Schulmädchenfragen. Sie wissen verdammt gut, wofür. Für Kommandopositionen, natürlich. Führungspositionen. Kommandant eines Flugzeugträgers. Die Ärmelstreifen eines Admirals.« Er packte Penny am Arm. »Sie sehen es doch im Senat. Einige drängen mit Macht an die Spitze. Die meisten bleiben in zweitrangigen Ausschüssen hängen. Ihr Mann ist zu großen Dingen berufen. Sie dürfen nicht zulassen, daß er auf ein Nebengleis geschoben wird.«
»Sind *Sie* zu großen Dingen berufen?« fragte sie sarkastisch.
»Darauf können Sie Ihren Hintern verwetten! Und Sie auch.«
Claggetts Worte erwiesen sich als scharfsichtig, denn als er Pax River verließ, wurde John Pope zum Spitzenmann, zum wahren Flugzeuglenker, der von allen neu ankommenden Fliegern bewundert wurde. Er bekam die interessantesten Aufgaben zugeteilt und arbeitete am engsten mit den besten Herstellern zusammen, aber seine große Freude war auch weiterhin, mit einer neuen Maschine über der friedlichen Chesapeake-Bucht und dem stürmischen Atlantik aufzusteigen, sie zu testen, sie rücksichtslos einzusetzen und manchmal auch schwerwiegende Fehler aufzudecken, die eine Aufnahme des Flugzeugs in das Arsenal der Navy für immer unmöglich machten.
Wieder fand ein Mann einen schrecklichen Tod, und Pope wurde be-

auftragt, die Witwe schonend zu benachrichtigen. Unmittelbar darauf starb ein anderer, ein junger Mann, bei dem es geschienen hatte, als wäre er dazu bestimmt gewesen, in die Glenn-Shepard-Claggett-Pope-Rangordnung gediegener Testpiloten einzutreten. Jetzt war er tot, ein von Fischen angenagter Leichnam, den man aus einem abgestürzten Flugzeug vom Grund der Chesapeake-Bucht heraufgeholt hatte.

Einige Tage hielt John sich von seinen Kameraden fern und dachte über den hohen Preis nach, den die Nation dafür zahlte und auch weiterhin zahlen würde, kleine, komplizierte Flugzeuge zu besitzen, die Jagdflieger sicher zu ihren Einsätzen bringen, aber auch große, vereinfachte Fluggeräte, die eine große Anzahl von Personen befördern konnten. Die Kosten an Menschenleben waren erschreckend hoch, und Captain Penscott hatte recht mit der Warnung, die er an jede neue Klasse richtete, daß »zwei von Ihnen in Jahresfrist tot sein werden«. In seiner düsteren Stimmung hätte John nur zu gern mit Penny gesprochen oder einen Abend mit den Claggetts verbracht. Aber er blieb allein, und das hatte vielleicht auch sein Gutes, denn so war er gezwungen, seine Gedanken zu ordnen. Er machte drei schlimme Tage durch, dann war er wieder der alte und suchte sich die neuesten und schwierigsten Fluggeräte aus.

Als die Querruder eines Prototyps nicht richtig funktionierten, hätte es ihn einmal beinahe erwischt. Er fürchtete schon, sich über der Chesapeake-Bucht aus der Maschine katapultieren zu müssen, aber das hätte den Verlust seines Flugzeugs bedeutet, und das wollte er nicht verantworten. Schweißperlen im Gesicht, zwang er das bockige Flugzeug zum Stützpunkt zurück und setzte hart auf der Rollbahn auf.

Mit zusammengebissenen Zähnen übernahm er an diesem Nachmittag das Kommando über ein Areal, wo die Abmessungen eines Flugzeugträgers auf das Rollfeld gemalt und Landesignale und eine Fanganlage in den Boden eingelassen waren, und beobachtete, wie die neuen Flugschüler ihre Landungen so echt wie möglich übten.

Sie flogen über eine weite Strecke nach Westen, wendeten über dem Patuxent und kamen mit dröhnenden Motoren ostwärts auf die Bucht zu. Im richtigen Augenblick begannen sie einen raschen Sinkflug, achteten auf die Landescheinwerfer am Ende der simulierten Flugzeugträgerlandefläche, gingen sehr tief hinunter, stellten ihre

Triebwerke ab und knallten auf das »Flugdeck«, wo straffgespannte Nylonseile vom Fanghaken des rollenden Flugzeugs gefaßt wurden und es mit einer so ungeheuren Gewalt bremsten, die unvorstellbar war für einen, der sie nie erlebt hatte.

Nachdem er die Neuen zwei Stunden lang gepiesackt hatte, stieg Pope selbst mit einer F6Q-1 auf, machte die weite Runde und kam donnernd auf das auf die Landebahn gemalte Flugdeck heruntergeschossen. Er fühlte seinen Fanghaken greifen, verspürte im selben Augenblick einen gewaltigen Ruck, als sich der Fanghaken vom Rumpf losriß, und merkte, daß auch die Reifen geplatzt waren, so daß das Flugzeug auf seinen beschädigten und zersplitternden Rädern mit großer Geschwindigkeit über die Rollbahn rutschte.

Mit automatischen Reflexen tat Pope alles mögliche, um zu verhindern, daß seine Maschine zerschellte oder sich überschlug und Feuer fing. Die üblichen Routinemaßnahmen erwiesen sich als nutzlos, und er dachte, diesmal bin ich dran. Als er die Bugradsteuerung mit Gewalt nach links drehte, funktionierte sekundenlang ein arg beschädigtes hydraulisches System, das Rad knickte nicht ein, und das Flugzeug kam mitten auf dem Rollfeld zum Stehen.

Völlig ruhig kletterte Pope auf eine Tragfläche und sprang auf den Asphalt hinunter. Nachdem er das beschädigte Flugzeug etwa eine halbe Stunde lang inspiziert und die Schwachstellen untersucht hatte, ließ er sich zum Bereitschaftsraum fahren, wo er zwei Stunden damit verbrachte, seinen Bericht zu verfassen, wobei er genau angab, was seiner Meinung nach geschehen war und an welchen Stellen sich die Verankerung des Fanghakens als untauglich erwiesen hatte. Er beendete seinen Bericht mit den folgenden zwei Sätzen:

> Die F6Q-1 ist ein hochwertiges Flugzeug, das unter allen Flugbedingungen schnell und leicht reagiert und entlang seiner Achsen beachtliche Wendigkeit besitzt. Wenn der Fanghaken verstärkt werden kann, insbesondere bei seiner Verbindung mit dem Rumpf, wird sich die Maschine, glaube ich, gut bewähren.

Er verbrachte weitere vier Stunden mit den bestürzten Vertretern der Allied Aviation und widmete ihnen auch in den folgenden Tagen so viel Zeit, daß einige alte Hasen, denen diese Erscheinung nichts Neues

war, zu munkeln begannen: »Pope hat's erwischt. Sieben, acht Beinahe-Katastrophen. Jetzt biedert er sich bei Allied an. So ein Schreibtischjob in der Industrie ist ja doch was Schönes.«
Einer der jungen Flieger, der große Hochachtung vor Pope hatte, erzählte ihm von dem Gerücht. »Meinen *Sie,* ich wäre ein Schreibtischmann?« fauchte Pope.
»Nein.«
»Ich auch nicht.« Und als General Funkhauser angeflogen kam, um sich persönlich nach dem Verhalten seines Flugzeugs zu erkundigen, weigerte sich Lieutenant Commander Pope, ihn zu empfangen, und ließ ausrichten, sein schriftlicher Bericht müsse genügen.
Captain Penscott brachte Entschuldigungen vor. »Ich habe das schon dutzendemal erlebt, Helmut. Wir sprechen von einem ›Weltende-Syndrom‹. Ein junger Flieger, der alles geflogen ist, was Flügel hat, seine Tage hier sind gezählt, und er steht Todesängste aus, daß er von nun an nicht mehr fliegen wird. Schreibtischstellung. Kommandeur auf einem Flugzeugträger.«
»Ein Mann wie Pope wird immer fliegen.«
»Es gibt Flieger und große Flieger. Sie wissen, daß die Tage voller Glanz und Gloria vorbei sind. Und dann reagieren sie gereizt.«

In den vergangenen vier Jahren hatte sich Norman Grant in Washington oft einsam gefühlt, denn seine Frau kam inzwischen auch nicht mehr zu kurzen Besuchen in die Stadt. Sie blieb lieber in Clay, wo sie die Erziehung ihrer Tochter Marcia überwachen konnte, eines eigensinnigen Mädchens im letzten High-School-Jahr. Zu Recht hatte Mrs. Grant vermutet, daß Marcia auf dem Boden Washingtons nicht gedeihen würde, und das war ein zweiter triftiger Grund für ihr Bemühen, die Hauptstadt zu meiden. Vor allem aber wollte sie daheim bleiben, um die dringenden Botschaften der Universal Space Associates empfangen zu können, und je intensiver sich ihr Mann mit der Raumfahrt beschäftigte, desto ablehnender verhielt sie sich gegenüber allem, was er tat, denn sie wußte, daß die Besucher aus dem All jetzt jederzeit die Macht übernehmen konnten; ihre hochentwickelte Technik, warnte Dr. Strabismus, würde jeden Versuch, sie daran zu hindern, von vorneherein zum Scheitern verurteilen.
Der Senator beschäftigte sich in zunehmendem Maße mit dem Raum-

programm, obwohl kein Angehöriger der Regierungsmannschaft offen zugab, daß Amerika ein Raumprogramm überhaupt benötigte. Zwar überlegten umsichtige Männer wie Lyndon Johnson, Michael Glancey und Wernher von Braun, welche praktischen Schritte nun unternommen werden sollten, aber ihre Bemühungen waren weitgehend wirklichkeitsfremd, denn die Versuchsanlagen wurden zum Großteil für militärische Geheimprojekte genutzt.

Bei ihren Gesprächen mußten die Politiker darauf achten, keine Identifikation des Raumprogramms mit der Demokratischen Partei zuzulassen, die in beiden Häusern des Parlaments die Mehrheit hatte — ungeachtet der Tatsache, daß der Republikaner Eisenhower von einer großen Mehrheit wiedergewählt worden war. Wenn daher ein Konsens gefunden werden sollte, zogen die Demokraten Norman Grant ins Vertrauen. Als sie bei einem formlosen Zusammentreffen von ihren Hoffnungen für die Zukunft sprachen, fragte Grant: »Welcher Betrag schwebt Ihnen für ein solches Programm eigentlich vor?« Und ohne viel herumzureden, antwortete der Sprecher der Mehrheitsfraktion Lyndon Johnson: »Etwa zwei Milliarden.«

»Milliarden!« explodierte Grant. »Sie können von Glück reden, wenn sie zweihundert Millionen über drei Jahre verteilt bekommen.«

»Norman«, erwiderte Johnson in seiner liebenswürdigen texanischen Art, »wir sprechen von einem angemessenen Budget für ein ausgereiftes Projekt für eine mündige Nation.« Und in groben Zügen stellte er seine turbulente Vision der Zukunft dar. »Neue Flugzeuge, neue Menschen, die sie fliegen, neue Werkstoffe, neue Probleme. Es wird große Veränderungen geben, Norman.«

Grant bezog feste Stellung. Mit dem Finger auf von Braun deutend, sagte er streng: »Ich habe nicht die Absicht, als Ihr Laufbursche den Fiskus zu beschwatzen, damit er Ihre grandiosen Spielsachen finanziert.«

Mit der Sanftmut, die immer schon von Brauns Beziehungen zu den Regierenden geprägt hatte, die die Macht besaßen, ihr Veto gegen seinen großen Plan einzulegen, Menschen ins All zu befördern, antwortete der Deutsche ruhig: »Senator Grant, es ist nicht mein Spielzeug. Es ist eine Verpflichtung, der sich die Welt nicht mehr entziehen kann.«

»Die Tatsache, daß etwas getan werden kann, ist noch kein Grund, es

auch wirklich zu tun«, gab Grant zurück. »Und schon gar nicht um den Preis, den Sie, meine Herren, mir genannt haben.«
Von Braun lächelte verständnisvoll. »Sie haben völlig recht, Senator. Wir müssen nichts tun, nur weil es getan werden kann. Aber weder Sie noch ich werden diese Entscheidung treffen.«
»Sondern?«
»Die Russen«, antwortete von Braun mit fester Stimme. »Alle Berichte aus den Ländern hinter dem Eisernen Vorhang bestätigen unsere Befürchtungen, daß die Sowjetunion die Welt bald mit einer bedeutenden Tat in Erstaunen versetzen wird.«
»Eine Tat welcher Art?« fragte Grant.
»Ich weiß es nicht. Aber ich denke, sie sind bereits in der Lage, einen Satz wissenschaftlicher Instrumente in eine Umlaufbahn um die Erde zu bringen.«
»Nicht gerade eine spektakuläre Tat, würde ich meinen«, sagte Grant.
»Und ich wäre nicht überrascht, wenn sie bald auch einen Menschen ins All schießen würden.«
»Zu welchem Zweck?«
»Um die Welt staunen zu machen. Um einen gewaltigen Propagandasieg zu erringen.«
Als Grant immer noch Einwände erhob, ergriff Lyndon Johnson das Wort: »Von Braun hat mich überzeugt, daß wir, wenn Rußland Erfolg hat...«
»Was soll ich also tun?«
»Auf alles vorbereitet sein, Norman. Ich möchte, daß Sie über diese Probleme nachdenken, denn wenn Dr. von Braun recht behält und die Russen tatsächlich vor den Augen der Welt eine spektakuläre Sache aufziehen ... wir könnten in Teufels Küche kommen.« Und in der langsamen Sprechweise eines Texaners fügte er hinzu: »Da gab es doch diesen Viehzüchter Pedernales, und der hatte keine sehr große Rinderherde, und so beauftragte er seine Söhne, Kühe aus Pappmaché zu fabrizieren und zu Hunderten auf beiden Seiten der Straße aufzustellen. Als mein Onkel Sam Houston Richards den Alten fragte, ›Wozu macht ihr das, Clem?‹ antwortete der Viehzüchter: ›Ob du jetzt eine große Herde hast oder nicht, die Nachbarn sollen meinen, du hast eine.‹ Wenn die Russen die Welt aufhorchen lassen, sollten

wir ihren Nachbarländern beweisen können, daß wir den Sowjets gewachsen sind.«
Als Grant erkennen ließ, daß er von den russischen Möglichkeiten nicht überzeugt war, beriefen sie eine weitere Konferenz ein, bei der zwei Experten von der russischen Sektion der CIA über den Stand ihrer Informationen berichteten, und was sie da zu hören bekamen, setzte Grant und Glancey in Erstaunen.
»Wir haben guten Grund zu glauben, daß die Russen schon jetzt die Möglichkeit besitzen, einen Menschen in den Weltraum zu schießen und ihn einige Tage oben zu behalten.«
»Woher wollen Sie das wissen?«
»Von Arbeitern, die uns von Abschußrampen und Landeplätzen in Sibirien berichten.«
»Und sind das verläßliche Leute?«
»Bisher waren sie es immer. Auch haben wir Verbindung zu schwedischen Wissenschaftlern, die das Himmelsgewölbe und die russischen Aktivitäten genau beobachten, und zu Jodrell Bank in England, wo eines der größten steuerbaren Radioteleskope steht. Bruchstückhafte Informationen da und dort, aber sie decken sich.«
»Und Sie meinen, die Russen wären in der Lage zu tun, was Dr. von Braun prophezeit hat?«
»Wir können zu keinem anderen Schluß kommen.«
Grant erhob sich und ging im Raum auf und ab. »Können Sie mir in kurzen Worten sagen, was es zu bedeuten hätte, wenn die Russen eine kleine Rakete in den Weltraum schießen würden? Oder eine große mit einem Menschen drinnen?«
Automatisch sahen alle von Braun an, der schon fast dreißig Jahre lang diese Situation ins Auge gefaßt und darüber nachgedacht hatte. Ein leises Lächeln malte sich auf seinen Zügen. »Es würde alles auf den Kopf stellen. Moskau würde in die Welt hinausposaunen, daß damit die Überlegenheit des Kommunismus bewiesen sei – und was den Weltraum betrifft, wird das auch stimmen, und die Völker der Erde werden es erfahren.«
Grant bat die CIA-Männer um ihre Meinung, und auch sie waren überzeugt, daß es ein ungeheurer Propagandasieg für die Sowjets sein würde. »Wir würden in die Defensive gedrängt werden. Man würde sich über uns lustig machen. ›Ihr habt gesagt, ihr wärt die führende

Industrienation, aber in Wirklichkeit lauft ihr den Russen hinterher.‹ Ich versichere Ihnen, Senator, es wäre eine Katastrophe.«
»Und schon am nächsten Tag«, prophezeite Johnson, »würden Sie und ich und Glancey in den Senat stürzen und einem Haushaltstitel von fünf Milliarden zustimmen ... nur um die Russen einzuholen. Darum setze ich Ihnen so zu, daß Sie uns helfen, bevor der Fall, von dem wir gerade gesprochen haben, eintritt.«
Grant war ein konservativer Mann mit einiger Erfahrung in militärischen Fragen, und er vermutete, daß alles nur Teil einer Taktik war mit dem Ziel, ihn zu erschrecken und an Gelder heranzukommen, und darum fragte er jetzt: »Wenn die Russen uns so weit voran sind und wir doch in den letzten Jahren so viel Geld ausgegeben haben, warum zum Teufel liegen wir dann so weit zurück?«
»Aber das tun wir ja gar nicht!« entgegnete von Braun. »Vor zwei Jahren hätten wir ein Objekt in den Weltraum schießen können ... unsere Mehrstufenrakete auf Wallops ...«
»Augenblick mal!« unterbrach Grant. »Ein Experte von der Insel Wallops ist im Moment gerade in Washington. Ich denke, Mrs. Pope wird ihn zu finden wissen.« Und als Stanley Mott in diesen Gesprächskreis eingeführt wurde, fragte Grant ihn: »Man hat uns gesagt, Wallops Station hätte schon vor einiger Zeit die Möglichkeit gehabt, ein Objekt in eine Umlaufbahn um die Erde zu schießen. Stimmt das, Professor Mott?«
»Ich denke schon, Sir.« Und Stanley Mott berichtete von dem im vergangenen Januar auf Wallops unternommenen Versuch, als Levi Letterkill die Meinung geäußert hatte, es wäre möglich gewesen, eine Kreisbahngeschwindigkeit von 25 646 Kilometern in der Stunde zu erreichen, wenn man alle fünf Brennstufen der Honest John + Nike + Nike direkt aufwärts gezündet hätte.
»Letterkill hat es also vermutet«, schnauzte Grant. »Vermutungen kann jeder anstellen.«
»Aber er ließ seine Zahlen später durch einen Computer laufen. Drei Tage intensiver Analysen. Und er erbrachte den Beweis, daß die Honest John es hätte schaffen können.«
»Und Amerika hätte dann jetzt einen Satelliten im Weltall?«
»Jawohl, Sir.«
»Wie sicher sind Sie sich Ihrer Versuchswerte?«

»Letterkill ist einer unserer besten Leute.«
»Haben seine Zahlen gestimmt?«
»Meine Herren«, antwortete Mott wie immer vorsichtig, »ich kann nur eine Meinung abgeben.«
»Darum haben wir Sie ja hergebeten«, knurrte Grant.
»Wir hätten in eine Umlaufbahn einschwenken können.«
Grant warf zornig seinen Bleistift auf den Schreibtisch. »Verdammt und zugenäht! Von Braun in Huntsville wußte, daß wir es schaffen können, dieser Letterkill auf Wallops wußte es, und Sie wußten es auch. Warum zum Teufel haben wir es dann nicht getan?«
Von Braun blieb stumm und so auch Mott, obwohl beide die Antwort wußten. Grant funkelte Lyndon Johnson an, der höflich Glancey das Wort überließ. Der Senator aus Red River runzelte die Stirn. »Ich soll also der Bösewicht sein? Na schön.« Er räusperte sich. »Wenn Dr. von Braun nicht ein so guter Soldat wäre, würde er Ihnen gesagt haben, Norman, daß Ihr Verteidigungsminister Charley Wilson einen Geheimbefehl erlassen hat, nach dem keine amerikanische Rakete in den Weltraum geschossen werden darf.«
»Du lieber Himmel, warum denn nicht?« Und als er keine Antwort bekam, setzte er wütend hinzu: »Wenn der Start eines sowjetischen Raumflugkörpers so entscheidende Bedeutung bekommen kann, warum waren wir nicht die ersten?«
»Direkte Anordnung von Präsident Eisenhower«, antwortete Mott.
»Das glaube ich nicht«, sagte Grant und stürmte aus dem Büro, während er Mrs. Pope zurief: »Rufen Sie im Weißen Haus an, daß ich hinüberkomme.«
Ein günstiger Zufall wollte es, daß Charley Wilson, dessen Rücktritt als Verteidigungsminister bereits angekündigt worden war, noch in Washington weilte, und Grant hatte Gelegenheit, beide Männer gemeinsam anzutreffen. »Mr. President, man hat mir mitgeteilt, daß die Russen drauf und dran sind, eine Instrumentenkapsel in den Weltraum zu schießen.«
»Diese Burschen von der NACA! Die denken sich immer etwas aus.«
»So wie die Herren Generäle«, stimmte Wilson ein. »Auch die benützen die Sowjetunion, um ihre Wünsche nach immer mehr Geld zu rechtfertigen.«

»Man hat mich darauf hingewiesen, daß die Russen, wenn sie die ersten wären, diese Leistung propagandistisch weidlich ausschlachten würden.«

»Ich bezweifle nicht, daß diese Leute so denken, Grant«, versetzte Eisenhower mit einem Blick sanfter Belustigung, »aber ich kann nicht glauben, daß sich die Welt sehr aufregen würde, wenn einmal eine Kugel, nicht viel größer als ein Fußball, um die Erde kreisen sollte.«

»In dieser Stadt habe ich zwei Dinge gelernt«, sagte Wilson. »Die Militärs wollen immer neues Kriegsgerät und die Wissenschaftler immer mehr Geld, um allerlei wichtige Dinge zu studieren: Zum Beispiel, warum Hunde bellen oder unser Gras grün ist. Nie sind sie zufrieden, und nie bringen sie etwas Gescheites zuwege.«

»Haben unsre Leute den Befehl bekommen, nichts in den Weltraum zu schießen?«

»Aber sicher«, antwortete Wilson. »Diese Büchse der Pandora wollen wir lieber verschlossen halten.«

»Ich hielt es für das Beste«, bemerkte Eisenhower zustimmend. »Wir wollten uns nicht auf ein Terrain vorwagen, von dem wir so wenig verstehen. Sie werden unsere Ansicht teilen, wenn Sie ein wenig darüber nachdenken.«

Die zwei Politiker, die beide in ihrem Leben so Hervorragendes geleistet hatten, begleiteten Grant zur Tür und versicherten ihm, daß Lyndon Johnson und Wernher von Braun feine Kerle seien, die man aber in puncto Weltraum nicht zu ernst nehmen dürfe. »Norman«, mahnte Eisenhower ihn beim Abschied, »halten Sie die Augen offen in Ihrem Ausschuß. Wir werden ihn einmal brauchen, aber dann müssen Nägel mit Köpfen gemacht werden!«

Senator Grant kehrte in sein Büro zurück, wo Mrs. Pope damit beschäftigt war, Papierkram zusammenzusuchen, der verbrannt werden sollte. »Mit dem Präsidenten zu sprechen«, sagte er, »gibt einem die innere Sicherheit wieder. Er läßt die Dinge in der richtigen Perspektive erscheinen.« In diesem Augenblick, es war inzwischen später Nachmittag, hob in Jodrell Bank in England ein britischer Wissenschaftler, dessen besondere Aufgabe es war, die russischen Aktivitäten zu verfolgen, den Hörer seines Telefons auf, um einen der CIA-Männer anzurufen, die vor einigen Stunden in Senator Grants Büro Bericht erstattet hatten. »In Sibirien, Position 11, ist heute morgen etwas vorgegangen. Nichts Großes. Wir wissen noch nicht, was es war, aber daß ein Versuch gestartet wurde, ist sicher.«

Wie Elinor Grant es sah, war der Sommer 1957 einer der erregendsten Abschnitte der Weltgeschichte, denn, so erklärte sie es ihrer achtzehnjährigen Tochter Marcia: »Die Besucher sind äußerst ungehalten darüber, daß Präsident Eisenhower die Machtübergabe so verzögert. Sie waren schon dreimal drauf und dran, Washington zu besetzen, und haben es nur unterlassen, weil Dr. Strabismus interveniert hat.« Die Telegramme bewiesen es. Das letzte lautete:

> Vorige Woche hielten die Besucher eine Plenarsitzung vor der Küste Marokkos ab, der beizuwohnen, ich die Ehre hatte. Zwei Ministern in Eisenhowers Kabinett, in Wahrheit vor langer Zeit dort eingeschleuste Besucher, und mir gelang es, die Besucher zu bewegen, eine letzte Frist zu gewähren. Ich kann mit aller Entschiedenheit erklären, daß die Machtübernahme jetzt definitiv in der ersten Oktoberwoche stattfinden wird. Das genaue Datum wird Ihnen noch bekanntgegeben werden.
>
> Leopold Strabismus
Universal Space Associates

Leicht amüsiert erinnerte sich Marcia, daß die eingeschleusten Besucher ursprünglich »ein Präsident Eisenhower nahestehender Beamter«, dann »einer der engsten Berater des Präsidenten«, schließlich »ein Regierungsmitglied« und jetzt »zwei Minister in Eisenhowers Kabinett« waren, und sie fragte sich, welchen Charme dieser Strabismus besitzen mußte, daß er ihre Mutter so narren konnte. Mitte Juli kam der weltberühmte Wissenschaftler, wie er in den Werbeschriften bezeichnet wurde, persönlich nach Clay, um zusätzliche Geldmittel für die bevorstehende Plenarsitzung der Besucher zu kassieren, bei der entschieden werden würde, wie die Vereinigten Staaten nach der Machtübernahme regiert werden sollten.
Strabismus war jetzt zweiunddreißig, etwas behäbiger und mit seinem Bart zunehmend attraktiv. Sein schwarzes Haar, das er streng zu-

rückgekämmt trug, kontrastierte perfekt mit den weißen Anzügen, die er im Sommer vorzog, aber seine hervorstechendste Eigenheit war das zunehmende Selbstvertrauen, das ihn wie eine Aura umgab. Erfahrung hatte ihn gelehrt, daß ihm alles gelang, daß er mit den übelsten Tricks durchkam und immer großzügigere Unterstützung just von den Leuten bekam, denen er das Geld bereits aus der Tasche zog. Er besaß Charisma, so sorgfältig genährt wie ein zartes Pflänzchen in einem Frühlingsgarten, und sein einziges Problem war jetzt, wie er es am besten nutzen konnte.

»Meine Anwesenheit wäre unbedingt erforderlich«, teilte er Marcia und ihrer Mutter mit, als er mit ihnen in ihrem sonnigen Salon saß, »denn das Schicksal prominenter Bürger, wie etwa des Senators, steht auf dem Spiel. Es leuchtet doch wohl ein, nicht wahr, daß die Besucher, so überlegen sie uns auch sein mögen, auf die Unterstützung einiger unserer Bürger angewiesen sein werden, und es könnte genausogut Senator Grant sein wie irgendein Hohlkopf aus New Jersey.« Und dann richtete er seine dunklen Augen auf Mrs. Grant. »Oder Sie, Mrs. Grant. Die Besucher werden tüchtige Frauen ganz bestimmt nicht diskriminieren.«

Solche Unverschämtheit faszinierte Marcia, und während sie sich fragte, wie weit er seine Dreistigkeit wohl treiben würde, fing sie an, ihn genau zu beobachten; er kam währenddessen zu dem Schluß, daß er seine Bemühungen bei diesem Besuch nicht nur auf die Mutter konzentrieren durfte – deren Begrenztheit er durchaus verstand –, sondern sich auch um die sehr hübsche Tochter kümmern sollte, über deren Brauchbarkeit er sich noch nicht im klaren war. Marcia war ein launenhaftes Mädchen, das in diesem Jahr ihr Universitätsstudium beginnen wollte, doch, von ihrer strahlenden Schönheit einmal abgesehen, zu keinerlei besonderen Hoffnungen Anlaß gab. Sie war größer und schlanker als ihre Mutter, und ihr makelloser Teint ließ Schlüsse auf die Pflege zu, die sie ihm zuteil werden ließ. Sie trug ihr schönes Haar lang in zwei geflochtenen Zöpfen und schmückte diese mit blauen Bändchen, die ausgezeichnet zu ihrem blauen Dirndlrock paßten – der sich bei plötzlichen Bewegungen bauschte und den Blick auf ihre schönen Beine freigab.

Die Beine entgingen Dr. Strabismus nicht, und ohne daß ein Wort zwischen ihnen gewechselt worden wäre, begannen der große Wis-

senschaftler und die Tochter des Senators einen heimlichen Flirt, der zusehends heftiger wurde, während die drei über die bevorstehende Invasion sprachen. Der Doktor erlebte eine finanzielle Enttäuschung, als Mrs. Grant ihm mitteilte: »Der Senator hat unser gemeinsames Konto gesperrt. Er war sehr zornig wegen des letzten Schecks, und darum kann ich nicht mehr über das Geld verfügen, das doch von Rechts wegen zur Hälfte mir gehört.«
»Das ist wahr«, stimmte Strabismus ihr zu, »aber haben Sie mir nicht bei meinem letzten Besuch von Ihrem privaten Vermögen erzählt ...? Das Geld Ihres Herrn Vaters? War er nicht ein berühmter ...«
»Farmer. Ja, er hat mir Geld hinterlassen, aber das spare ich für Marcia, wenn sie einmal heiratet.«
Dr. Strabismus lächelte Marcia an und meinte, das wäre eine ausgezeichnete Idee, sehr weise, aber meinten die Damen nicht auch, daß eine Spende zum jetzigen Zeitpunkt, angesichts der überragenden Bedeutung der bevorstehenden Konferenz und im Hinblick auf die Position, die ihr Vater in der neuen Regierung einnehmen könnte, der beste Weg wäre, Marcias Zukunft zu sichern?
Während Mrs. Grant noch verzweifelt nach einer Antwort suchte, starrte Marcia, ihre sinnlichen Reize ausspielend, Dr. Strabismus an, so als wollte sie sagen: »Ich weiß, daß du ein Gauner bist, ein ausgemachter Gauner, und wenn ich zwei Minuten allein mit dir wäre, würde ich dir die Hosen strammziehen.« Lächelnd erwiderte er ihren Blick, als wollte er sagen: »Nun, wir verstehen einander, und wenn ich zwei Minuten allein mit dir wäre, ich würde dir dein Höschen ausziehen.«
In ihren Überlegungen kam Mrs. Grant zu dem Schluß, daß sie höchstens fünfzehnhundert Dollar von Marcias Erbteil abzweigen könne, und Strabismus dankte ihnen überschwenglich für das Geld. Dann richtete er es geschickt ein, daß Marcia ihn in sein Motel zurückfuhr, und sechs Minuten, nachdem sie dort angekommen waren, lagen sie, einander wild und freudevoll umschlingend, im Bett.
»Du bist der gerissenste Gauner, der mir je untergekommen ist«, flüsterte sie ihm in den Bart.
»Und du bist viel zu sexy für diese Gegend. Du bist reif für Kalifornien, Schätzchen.«
»Meine Eltern würden mich nie gehen lassen ...«

»Du mußt es ihnen ja nicht erzählen.«
»Sind sie nicht jämmerliche Hohlköpfe, die beiden?«
Strabismus zog es vor, ihr die Antwort schuldig zu bleiben, denn er wußte, daß Mrs. Grant nicht schlechter war als andere, ein wenig verdrehte Frauen, denen er das Geld abnahm, und daß Senator Grant zwar nicht eben erfolgreich war, aber auch kein Schandfleck für seine Partei wie andere Senatoren, von denen er gehört hatte. Die meisten Mädchen, die nach Kalifornien gepilgert kamen, um sich mit Strabismus in die Abenteuer der Weltraumfahrt zu stürzen, hielten ihre Eltern für einfältig; dies war offenbar eine nationale Krankheit, aus der ein überlegt taktierender Mann Nutzen ziehen konnte.
Sie lachte. »Tatsache ist, ich zahle dir fünfzehnhundert Mäuse von meinem eigenen Geld für dieses Bettballett.«
»Und das ist es doch wohl auch wert, oder?«
Marcia gab zu, daß es das wert war, und als Dr. Strabismus am nächsten Tag mit Senator Grants zwei Damen zusammentraf, warnte er sie noch einmal: »Vergessen Sie nicht! Die Machtübernahme findet in der ersten Oktoberwoche statt. Es wird kein weiterer Aufschub gewährt werden.«
Als der Senator aus Washington zurückkam, zeigte seine Frau ihm die letzte Botschaft von Dr. Strabismus. Grant ließ sich in einen Sessel fallen und las das erstaunliche Dokument. Vergeblich versuchte er zu begreifen, wie seine Frau einen solchen Blödsinn glauben konnte. Als sie ihm mitteilte, daß ihr gutes Verhältnis zu Strabismus ihm zu einer Position in der neuen Regierung verhelfen würde, riß ihm die Geduld:
»Hast du den Verstand verloren, Elinor?«
»Nein. Und auch Marcia fand Dr. Strabismus sehr nett, als er uns hier besuchte.«
»Wo ist sie denn jetzt?«
»Sie ist nach Kalifornien gefahren. Um ein paar Schulfreundinnen zu besuchen.«
»Wohin in Kalifornien?«
»Nach Los Angeles, glaube ich.«
»Du lieber Himmel! Begreifst du denn gar nichts mehr? Er hat sie da hingelockt, und du weißt wohl, was das heißt.«
»Du bist gemein, Norman! Nur weil du nicht siehst, was um dich herum vorgeht ...«

Er rief das FBI in Washington an und hatte in knapp zwei Stunden die Bestätigung, daß eine gewisse Marcia Grant, von der es hieß, sie sei Senator Grants Tochter, mit Dr. Strabismus zusammenlebte und ihm in dem aus zwei Räumen bestehenden Büro der Universal Space Associates beim Versand seiner Werbebriefe half.
»Was hast du an deiner Tochter verbrochen?« fragte er seine Frau.
»Spione«, erklärte Mrs. Grant, die Nase rümpfend. »Sie versuchen, ein morsches Regime vor der Revolution zu bewahren, die schon bald die ganze Welt in Brand setzen wird. Diese Leute reden doch nur, um ihre Haut zu retten!«

Mitte September kehrte Marcia beschämt nach Clay zurück und begann mit zwei Wochen Verspätung ihr Universitätsstudium. Als ihre Mutter sie nach Strabismus fragte, brach sie in Tränen aus; dann begann sie eine leidenschaftliche Affäre mit einem Footballspieler.
Die drei Grants waren daheim in Clay, als am 1. Oktober ein Telegramm eintraf, in dem ihnen empfohlen wurde, die Ereignisse der kommenden Woche besonders aufmerksam zu verfolgen, denn noch stand nicht fest, was die Besucher aus dem Weltraum zu tun beabsichtigten.

> Aber ich kann Ihnen versichern, daß Ereignisse von epochaler Bedeutung auf uns zukommen. Ich wünschte, ich könnte Ihnen Genaueres sagen, aber die Besucher warten schon sehr ungeduldig auf eine Entscheidung Präsident Eisenhowers, und ich wage nicht zu prophezeien, was sie tun werden.

Der Senator war über diesen Unsinn so beunruhigt, daß er sich mit dem Geheimdienst in Verbindung setzte, um zu erfahren, ob dieses Telegramm eine verbrecherische Bedrohung des Präsidenten darstellte. Der Geheimdienst schickte einen Mann aus seinem Büro nach Chicago, um mit Grant zu sprechen.
»Amerika ist voll von schrulligen Typen, vermutlich sind drei Prozent der Bevölkerung so. Politische und religiöse Wirrköpfe, Weltuntergangspropheten. Sie sollten mal sehen, was uns so alles auf den Schreibtisch flattert. Sie würden es nicht glauben. Wenn wir die alle unter die Lupe nehmen wollten, bräuchten wir zehnmal soviel Leute,

und das würde auch noch nicht reichen. Wir Amerikaner sind eine Nation von Wahnsinnigen, die von der geistig gesunden Mehrheit nur mit Mühe im Zaum gehalten werden.«
Der Mann vom Geheimdienst lachte, als Grant ihm das Telegramm zeigte. »Das ist doch gar nichts. Verglichen mit anderem, ist er noch Gold. Seine bevorzugten Opfer sind Witwen. Sein liebster Zeitvertreib sind kleine Mädchen, sofern sie über sechzehn sind.«
»Könnte man ihn wegen Diebstahls belangen? Es handelt sich um einen großen Betrag.«
»Ihre Frau ist die Geschädigte?«
»Ja.«
»Sie hat es doch aus freien Stücken gegeben, wie es so schön heißt.«
»Woher wissen Sie das?«
»Ich ahnte, um was es ging, als sie anriefen, und habe mir die Bankauszüge angesehen. Über einundzwanzigtausend Dollar, und bis auf den letzten Cent völlig legale Überweisungen.« Und dann sprach der Geheimdienstler wie von Vater zu Vater. »Ihre Tochter ist wieder daheim, Senator. Wenn sie sich nichts geholt hat und auch nicht schwanger ist, haben Sie viel mehr Glück gehabt als viele andere Familien. Tun Sie, was ich Ihnen sage: Verfolgen Sie die Sache nicht weiter.«
Als die ersten drei Tage des Oktobers vorübergegangen waren, ohne daß sich etwas Besonderes ereignet hätte, wurde Mrs. Grant unruhig. Sie hatte sich eingeredet, daß die Besucher diesmal wirklich kommen würden, und sie glaubte fest, daß man sie ihrer Loyalität wegen einladen würde, beim Regieren mitzuhelfen. Sie war jetzt vierzig, hatte noch ein langes Leben vor sich und sah der Ankunft der kleinen Männer und dem Kommen einer besseren Welt, wie sie es versprochen hatten, mit Begeisterung entgegen. Die Familie geriet in eine Krise, als die drei Grants Freitag zu Abend aßen und der Senator einfach nicht imstande war zu verhindern, daß seine Frau vollends in die Unwirklichkeit abglitt. »Ich verbiete dir, diesem Scharlatan noch einen Penny von Marcias Geld zu geben.«
»Ich tue es nur, um ihre Position in der neuen Welt zu stärken – wie auch die deine, wenn ich das hinzufügen darf.«
»Siehst du denn nicht, daß er ein Scharlatan ist?«
»Hör mit diesem dummen Wort auf«, schrie Mrs. Grant und wäre

vom Tisch aufgesprungen, wenn ihre Tochter sie nicht an der Hand festgehalten hätte.
»Mutter«, sagte Marcia, »wir wissen doch alle, daß er ein Gauner ist.« Und während sie Elinors Hand festhielt, gab sie ihr eine Darstellung des Sachverhalts: die zwei schäbigen Büroräume, Mr. Ramirez und seine Fälschungen, die jungen Mädchen, die aus allen Teilen des Landes anreisten. »Verschließ deine Augen doch nicht vor der Wahrheit. Er hat mich rausgeschmissen, als eine Sechzehnjährige mit dem Bus aus Oklahoma kam.«
Mrs. Grant starrte vor sich hin und weigerte sich, diesen Verleumdungen Glauben zu schenken, aber für Marcia gab es kein Halten mehr. »Forschung? Reine Phantasterei. Sein Stab besteht aus einer Person – aus ihm selbst. Und was die Reise nach Marokko angeht, die einzigen Reisen, die er unternimmt, sind Reisen nach Städten wie unserer, um Frauen wie dich zu beschwindeln.«
Mrs. Grant legte die Hände in den Schoß und sagte sehr sanft: »Ich kann nur hoffen, daß man dir verzeihen wird, wenn morgen oder Sonntag die Besucher kommen. Weiß Gott, ich habe alles getan, um dich zu schützen.«
In diesem Augenblick klingelte das Telefon. Es war Senator Glancey aus Washington mit einer Nachricht, die bald die ganze Welt in Erstaunen setzen würde: »Schalten Sie das Fernsehen ein, Norman. Hören Sie es selbst.«

Wie von Beobachtern der radioastronomischen Station von Jodrell Bank in England bestätigt wird, hat die Sowjetunion heute einen Satelliten, der die Bezeichnung Sputnik trägt, in eine Umlaufbahn um die Erde geschossen. Der Satellit führt alle neunzig Minuten eine vollständige Umkreisung der Erde aus und sendet deutlich hörbare Radiosignale in Code aus. Es ist der Welt erstes Abenteuer im Weltraum.

»Die Welt hat nichts damit zu tun«, erklärte Elinor verträumt. »Es sind die kleinen Besucher ... genau wie er prophezeit hat.« Marcia mußte lächeln. »Strabismus! Dieser Glückspilz von einem Halunken!«

5. Vernünftige Entscheidungen

War Amerika entgegen den Empfehlungen führender Köpfe bei der Erforschung des Weltraums saumselig gewesen, zeigte es jetzt eine erstaunliche Entschlossenheit, die Russen einzuholen. Aber bevor wirkungsvolle Schritte unternommen werden konnten, mußten vernünftige und außerordentlich schwierige Entscheidungen in den Bereichen Verwaltung, Finanzierung, Personal und, vor allem, Ingenieurwesen und Wissenschaft getroffen werden. Von Oktober 1957 bis Juni 1962 rangen einige der hervorragendsten Köpfe des Landes um brauchbare Lösungen und bemühten sich verzweifelt, die richtigen Alternativen zu finden.
Präsident Eisenhower und der Kongreß standen vor drei gewaltigen Problemen: Sollte der Weltraum von den Streitkräften kontrolliert werden, da diese ihn auch als wirksames Einsatzfeld gegen einen Feind nutzen konnten? Oder sollte die Finanzierung des Projekts über eine neu zu schaffende Behörde erfolgen? Und wenn einmal Menschen in den Weltraum fliegen würden, aus welcher Reserve von Freiwilligen sollten sie ausgewählt werden?
Die Wissenschaftler und Ingenieure hatten ihre eigenen Nüsse zu knacken. Welche Art von Maschine sollte in den Weltraum geschossen werden? Und da mit gewöhnlichen Kompassen nichts auszurichten war, wie sollte sich diese Maschine dann selbst zum Mond oder einem anderen Planeten steuern? War der Mond aus festem Gestein, auf dem Menschen gehen konnten? Oder bestand die Oberfläche aus Staub, in dem sie versinken würden? Und angenommen, ein Hin- und Rückflug wäre möglich, wie sollte der zurückkehrende Raumflugkörper die grausame Hitze des Wiedereintritts in die Atmosphäre bestehen, ohne dabei zu verglühen?
Kaum hatte Penny Pope die Nachrichtensendung über den Sputnik

gehört, ging sie an die Arbeit. Sie eilte in Senator Glanceys Büro, rief von dort Senator Grant in Clay an, und über eine Konferenzschaltung sprachen die zwei Senatoren mit Lyndon Johnson, der von der CIA informiert worden war. Eilige Besprechungen wurden angesetzt, an welchen auch Grant teilnahm, nachdem ihn ein Jet der Air Force nach Washington geflogen hatte.

Der Ausschuß nahm mit Dieter Kolff in Huntsville, Stanley Mott in Langley und General Funkhauser in Los Angeles telefonischen Kontakt auf, und gemeinsam wurden die dringendsten Maßnahmen festgelegt. Als besonders hilfsbereit erwies sich Wernher von Braun, der den Senatoren versicherte: »In sechzig Tagen kann Amerika seinen eigenen Erdsatelliten im Weltraum haben.« Und als der Ausschuß bei Dieter Kolff anfragte, rief der Mann der großen Raketen: »In dreißig Tagen!«

Also organisierte Penny eine Serie von Konferenzen, deren Zweck es war, Entscheidungen zur Vorbereitung von Amerikas erstem Raumflug zu treffen, und jede Konferenz wurde vom Piepsen des russischen Sputniks begleitet, der sich erstaunlich genau an den Flugplan hielt, den die Moskauer Propagandisten im voraus bekanntgegeben hatten.

> 19.32 Uhr: über San Francisco, Kalifornien
> 19.33 Uhr: über Reno, Nevada
> 19.39 Uhr: über Clay, Fremont

Die Sowjets hatten den letzten Ort in ihre Liste aufgenommen, weil sie wußten, daß Norman Grant, der im Raumfahrtausschuß saß, dort lebte.

Bei diesen Sitzungen hatte Penny Gelegenheit, die unterschiedlichen Eigenheiten zu studieren, die Johnson aus Texas, Glancey aus Red River und Grant aus Fremont kennzeichneten. Johnson war ein volkstümelnder Opportunist, der jedes, aber auch jedes Problem für lösbar hielt, wenn sich nur vernünftige Männer zusammensetzten und eine gemeinsame Grundlage fänden, von der man ausgehen konnte; er lehnte es ab, eine Niederlage einzustecken, und verstand es, ein Dutzend schmutziger Tricks hervorzuzaubern, um ihr auszuweichen; er hatte eine sehr persönliche Vorstellung von dem, was die nächsten

Monate bringen würden, und einen durch nichts zu erschütternden Glauben, daß sich die Dinge so entwickeln würden, wie er sie haben wollte. Penny fand seinen Humor unerträglich kitschig, und ihr mißfiel die anzügliche Art, wie er seinen Arm um sie legte: »Also, Schätzchen, rufen Sie ihn doch mal an und reden Sie vernünftig mit ihm. Sie werden sehen, er wird nachgeben.« Dennoch wuchs ihr Respekt für den Mann, denn sie erkannte, daß Amerikas Raumprogramm von ihm – manchmal von ihm allein – abhing.
Der Politiker ihrer Wahl war Senator Glancey, ein kräftig gebauter, geschickter Drahtzieher in zerknitterten Nadelstreifenanzügen; sein ungekämmtes Haar und sein vorspringendes irisches Kinn ließen ihn zäh wie eine Bulldogge erscheinen. Er besaß die Fähigkeit, den Reichen, die er über die Maßen bewunderte, alles zu geben, um sich ihre finanzielle Unterstützung zu sichern, während er, um ihre Stimmen zu gewinnen, überall dort, wo es um gefühlige Fragen ging, auf seiten der kleinen Leute stand. So wie viele Demokraten des Westens wählte er meistens republikanisch, hielt aber zündende Reden, in welchen er die Tugenden Thomas Jeffersons und Franklin D. Roosevelts pries. Wie viele Autodidakten hatte er ein gutes Gefühl für amerikanische Geschichte und einen festen Glauben an die Zukunft seines Landes.
In den dunklen Jahren, da Amerika in der Raumfahrt nichts geleistet hatte, war er stets überzeugt gewesen, daß dies nicht immer so bleiben würde, und Penny wußte, daß es vornehmlich sein Verdienst gewesen war, wenn die Wissenschaftler in Huntsville und die Ingenieure der NACA doch jene Mittel bekamen, die sie brauchten, um ihre Arbeit im Verborgenen fortsetzen zu können. Penny hatte auch längst erkannt, was an ihrem Senator tadelnswert war – sein übermäßiges Trinken, sein anbiederisches Wesen im Umgang mit reichen Leuten, sein jämmerliches Bestreben, selbst die unwichtigsten Regierungsstellen in Red River anzusiedeln, und seine Bereitschaft, eine einmal eingenommene Position wieder aufzugeben, wenn er sich damit Stimmen für etwas sichern konnte, an das er von ganzem Herzen glaubte – und sie war zu dem Schluß gekommen, daß er, wenn sie das Pro und Kontra gegeneinander abwog, der beste Mann im Senat und der Typ des Politikers war, der sie vermutlich selbst geworden wäre, wenn sie je die Chance dazu gehabt hätte.
Für Senator Grant empfand sie gleichermaßen Wertschätzung und

Verachtung. Aus den Erzählungen Finnertys, Penzoss' und Butlers wußte sie, daß er ein Held ohnegleichen gewesen war, und sie hatte seine unbestechliche Haltung im Senat genau beobachtet: Nachdenklich, würdevoll, extrem konservativ, widerstrebte es ihm, eine feste Stellung zu beziehen. Er stimmte jeder Gesetzesvorlage zu, die den Streitkräften zum Vorteil gereichen mußte, legte aber ein völlig unentschiedenes Verhalten an den Tag, wenn es um soziale Fragen ging. Grant war ein guter Senator, hatte aber einen recht engen Horizont, und die Verachtung, die sie für ihn empfand, entsprang einzig und allein dem Umstand, daß er es ablehnte, alle Möglichkeiten zu nutzen, die ein sicherer Sitz im Senat ihm bot. Da sie ihn persönlich so gut kannte, zögerte sie nicht, ihm eine Standpauke zu halten, wenn sie das Gefühl hatte, er hätte eine Streitfrage falsch aufgefaßt oder seinen Standpunkt nicht mit genügend Nachdruck vertreten – und es war ihm durchaus nicht peinlich, ihre Angriffe mit einem nachsichtigen Lächeln abzuwehren. Bei der Arbeit im Ausschuß waren sie ein starkes Team, sie, die fleißige und tüchtige junge Anwältin auf Bleistiftabsätzen, und er, der konservative Republikaner mit wachsendem Einfluß in seiner Partei.

Es war bezeichnend, daß sowohl Glancey wie auch Grant von Penny als »meinem Mädel« sprachen, und beide ihr Urteil schätzten, aber wenn einer das Wort *Mädel* in ihrer Gegenwart verwendete, wurde er sogleich zurückgewiesen: »Sie sind schließlich auch nicht mein Junge. Sie sind ein erwachsener Mann und ein Senator der Vereinigten Staaten. Und ich bin eine erwachsene Frau und die juristische Konsulentin eines sehr wichtigen Ausschusses.«

Penny war es, die sechs Raketenexperten zusammenrief, die mit aller Vorsicht feststellten: »Wir sollten in der Lage sein, in der zweiten Januarwoche eine amerikanische Rakete mit guten Erfolgsaussichten zu zünden«, und *sie* ließ ein Memo zirkulieren, in dem der 14. Januar für den Abschuß festgelegt war. Doch am 3. November brachten die Russen Sputnik II in den Orbit; er war viel größer als der erste und führte als Passagier den Hund Laika mit.

In wahrer Panikstimmung drängten nun alle, die Amerikas Antwort auf die sowjetische Herausforderung vorbereiteten, auf eine Vorverlegung des Starts auf Dezember oder gar Ende November; unterstützt wurden sie dabei von den Herstellern der Vanguard, die versicherten,

daß ihre Trägerrakete »bereit« sei. Doch als der 6. Dezember als Kompromißlösung bekanntgegeben wurde, warnte Penny ihre Senatoren: »Seien Sie nicht überrascht, wenn die Sache danebengeht. Ich weiß, daß wir noch nicht soweit sind.«
Nichtsdestoweniger flogen die Ausschußmitglieder, von ihrer Sekretärin begleitet, nach Cape Canaveral in Florida, um dem erfolgverheißenden Eintritt der Vereinigten Staaten in das Raumfahrtzeitalter beizuwohnen. Aus acht Kilometer Entfernung beobachteten sie die schlanke, zerbrechliche Vanguard, die sprungbereit am Ufer des Atlantischen Ozeans stand, mit großem Getöse zündete, sich sekundenlang aufwärtsbewegte und dann mit einem heftigen Knall zerbarst. Und während die ganze Welt betroffen lauschte, gab das Funkgerät, das in den Weltraum hätte aufsteigen sollen, nur ein schwaches Piepsen von sich.
»Eine schmachvolle Niederlage«, jammerte ein Ausschußmitglied, und selbst Glancey war verärgert, aber mit der gleichen Beharrlichkeit, die sein Verhalten im Golf von Leyte geprägt hatte, spannte Norman Grant seine Nackenmuskeln. »Setzen Sie so bald wie möglich den nächsten Termin fest.«
Einige Wochen später sah er mit grimmigem Gesicht zu, wie die zweite Rakete mit einem kläglichen Seufzer den Geist aufgab, und es war eine bittere Erfahrung für ihn, als ein makabrer Scherz die Runde machte: »Wie lehrt ein amerikanischer Raketentechniker seinen Sohn zählen? 7, 6, 5, 4, 3, 2, 1, ach ... Scheiße.«
In Huntsville hörte Dieter Kolff die Schmähungen und schwieg dazu, aber wenn er sich abends in sein Refugium auf dem Monte Sano zurückzog, schlug er mit der Faust auf den Tisch und klagte: »Es bricht mir das Herz! Sie bestehen darauf, der Welt das Versagen ihrer Vanguard vorzuführen. Dabei habe ich die ganze Zeit schon die Juno parat. Es ist zum Verrücktwerden, Liesl! Ich laufe einer Illusion nach!«
Sie hielt in ihren Vorbereitungen für das Abendessen inne und kochte statt dessen ein Gericht aus gepökeltem Schweinefleisch, Zwiebeln, Kümmel und Sauerkraut, aber er war so verbittert, daß er nichts anrührte, und sie erkannte, daß er in tiefe Niedergeschlagenheit gefallen war.
Diese demütigenden Niederlagen hinterließen keine sichtbaren Spu-

ren bei Grant, und noch weniger bei Wernher von Braun, der vor dem Ausschuß erklärte: »Bei einer Testserie in Peenemünde versuchten wir einmal, siebzehn Raketen zu starten, und fünfzehn versagten. Man kann aus einem Fehlschlag oft mehr lernen als aus einem Zufallstreffer.«

»Ich hätte gegen einen Zufallstreffer nichts einzuwenden«, brummte Grant, aber er wußte, daß von Braun recht hatte.

Penny Pope war beeindruckt von der methodischen Art, wie Senator Grant mit seinem Kummer über das vom Fernsehen übertragene Debakel fertig wurde, und sie stimmte aus vollem Herzen zu, als er bekanntgab, daß Präsident Eisenhower entschlossen war, auch die folgenden Tests vor den Augen der Steuerzahler durchzuführen, die sie finanzierten. »Wir werden bei unserem nächsten Versuch genauso vorgehen wie beim letzten. Keine Beschränkungen für das Fernsehen. Alle Vertreter der Auslandspresse ...«

»Ich habe da einen japanischen Reporter, der Sonderprivilegien beansprucht«, unterbrach Penny. »Von der *Asahi Shimbun*. Soll ich ihm entgegenkommen?«

»Er ist uns willkommen«, erklärte Grant. »Unser Krieg mit Japan ist vorbei.« Dann kam er auf das Thema zurück. »Wenn wir mit der Vanguard der Navy einen solchen Mißerfolg hatten, wollen wir diesen Fehler nicht noch einmal machen. Wir werden es mit der Juno versuchen, die Huntsville in so glühenden Farben malt. Die Chefs der NACA sollen das Team in Alabama unverzüglich in Kenntnis setzen.«

Als Dieter Kolff von dieser Entscheidung erfuhr, warf er die Arme in die Luft und jubelte: »Endlich gibt man uns eine Chance!«

Am 29. Januar 1958 waren die Senatoren und Mrs. Pope wieder in Florida und beäugten aus einiger Entfernung Kolffs massive Juno-Rakete, auf der ein Forschungssatellit des Typs Explorer saß. Als sie die Ferngläser an die Augen hielten, bemerkten sie, daß ein starker Wind die Palmen in ihrer Nähe zu peitschen begann, und sie erfuhren, daß dieser Wind in zwölfhundert Meter Höhe eine solche Geschwindigkeit hatte, daß er die Rakete von ihrer Bahn abbringen und ihren Aufstieg unmöglich machen würde. »Da oben sind es zweihundertneunzig Kilometer in der Stunde«, meldeten die Meteorologen, und so mußte der Start abgesagt werden, und die Ausschußmitglieder kehrten entmutigt in ihr Motel zurück.

Am 30. Januar erreichte der Sturm eine Geschwindigkeit von dreihundertachtzig Kilometer in der Stunde, das Unternehmen mußte abermals verschoben werden, und als die Senatoren am Abend niedergeschlagen ins Motel kamen, sahen sie, daß Penny Pope Tränen in den Augen hatte.

»Es ist so verdammt unfair!« jammerte sie und zeigte auf eine Schlagzeile in der Frühausgabe einer Zeitung: *Amerikanischer Raumschuß — neuer Reinfall.*

Senator Grant lud sie an die Bar ein, wo er ein Tonicwater für sich und für sie ein Bier bestellte. »Haben Sie schon einmal darüber nachgedacht, wie viele Mißerfolge die Russen erleiden mußten, bevor sie Erfolg hatten?«

»Macht es *Ihnen* Spaß, Ihre Schmutzwäsche in der Öffentlichkeit zu waschen?« fragte Penny zurück.

»Ein Mißerfolg bei einem technischen Prozeß ist keine Schmutzwäsche.«

»Halten Sie unsere Methode für besser? Daß wir uns in der Öffentlichkeit lächerlich machen?«

»Ich habe nie Angst, mich in der Öffentlichkeit lächerlich zu machen, wenn ich am Ende gewinne.«

»Und werden wir gewinnen?«

»Ohne jeden Zweifel.« Er nahm einen Schluck von seinem Tonicwater. »Ist es so abwegig, anzunehmen, daß unsere Deutschen ebenso tüchtig sind wie die Deutschen von der anderen Seite?«

»Sie glauben, daß es Leute aus von Brauns Team waren, die das für die Russen erreicht haben?«

»Wer sonst?«

Am Abend des 31. Januar legte sich der Sturm, und um 20.30 Uhr hieß es auf Kap Canaveral: »Heute nacht geht's los!« Doch als der Countdown 21.45 Uhr erreichte, bemerkte Dieter Kolff einen nassen Fleck auf der Abschußplattform, der ein Leck im Treibstoffsystem möglich erscheinen ließ, und das Gerücht kam auf: »Der Start wird wieder abgesagt.« Penny hörte Stöhnen von seiten der Journalisten.

Lieber Gott, betete sie, laß die Rakete planmäßig starten! Sie hatte das Gefühl, Amerika könnte sich nicht noch ein Fiasko leisten; die Senatoren, die für das Projekt eingetreten waren, konnten die endlosen Debakel nicht überleben. Bitte, lieber Gott, betete sie.

Der Countdown wurde gestoppt, und es sah ganz so aus, als ob der Start tatsächlich verschoben werden mußte, aber plötzlich kam Kolff aus dem Blockhaus gelaufen, ließ sich auf die Knie sinken und kroch zu der Stelle, wo die mächtige Rakete Flüssigkeit verlor.
»Kommen Sie zurück!« brüllten die Sicherheitsleute.
»Kolff! Sie kann jeden Moment hochgehen!«
Doch beharrlich kroch er weiter, bis er unmittelbar unter den mächtigen Triebwerken lag. Erst nachdem er die Flüssigkeit auf der Plattform geschmeckt hatte, kehrte er zum Blockhaus zurück und lächelte breit: »Kondenswasser. Alles okay. Countdown wieder aufnehmen!«
Um 22.45 Uhr erreichte das Team aus Peenemünde die kritische Phase: 10, 9, 8, 7, 6, 5, 4, 3, 2, 1 ... Strahlendes Licht flammte auf, als die Triebwerke der Juno-Rakete dröhnend ansprangen und der mehrstufige Flugkörper allmählich in die Luft stieg. Dann erhellte ein zweiter Feuerstrahl das Dunkel, als die Assistenten Kolff das Signal gaben, die oberen Stufen zu zünden.
»Sie fliegt!« schrie Glancey, und die Ausschußmitglieder fingen an zu tanzen. Senator Grant faßte Penny um die Hüften und hob sie in die Luft, während sie immerzu »Gott sei Dank! Gott sei Dank!« rief. Aber noch in derselben Nacht, zu später Stunde, als es schon sicher war, daß der amerikanische Satellit in eine Umlaufbahn eingeschwenkt war und besser funktionierte, als man erwartet hatte, bat Senator Grant Penny, ein warnendes Schreiben an Präsident Eisenhower aufzunehmen:

> Die von Ihnen vertretene Politik, das Licht der Öffentlichkeit nicht zu scheuen, hat sich auf das glänzendste bewährt, aber es ist meine Pflicht, darauf hinzuweisen, daß wir lediglich einen Satelliten von 14 Kilo Gewicht in einen erdnahen Orbit gebracht haben, die Russen jedoch zwei, nämlich Sputnik I mit rund 83 Kilo und Sputnik II mit der enormen Umlaufmasse von 508 Kilogramm. Vor allem aber hat Sputnik II bewiesen, daß ein lebendes Wesen im Weltraum existieren kann, und so müssen wir wohl annehmen, daß bald ein Russe folgen wird.
> Mr. President, wir sind in der technischen Entwicklung weit zurückgeblieben. Militärisch gesehen, sind wir in Gefahr, und wir

sollten uns schleunigst daran machen, die Russen einzuholen und mit ihnen Schritt zu halten. Ich würde mich über diese Dinge gern mit Ihnen unterhalten.

Zufrieden, daß ein amerikanischer Satellit in eine Erdumlaufbahn gebracht worden war, wandte die Nation ihre Aufmerksamkeit der Frage zu, wie das Satellitenprogramm organisiert werden sollte, und Senator Grant stürzte sich begierig in die Diskussion. »Das ganze Unternehmen muß den Streitkräften übertragen werden. Auf Stützpunkten wie Redstone Arsenal in Alabama verfügt das Militär über die nötigen Kapazitäten. Überdies ist es schon rein administrativ in der Lage, mit Riesensprüngen voranzueilen.« Viele Abgeordnete, die im Militärdienst gestanden hatten, schlossen sich seinen Ausführungen an, und einer meinte: »Es wird leichter sein, dem Programm über das Verteidigungsbudget Mittel zuzuführen, denn der Kongreß ist immer bereit, Mittel für die Landesverteidigung zu bewilligen, gibt aber verdammt ungern Geld für die Wissenschaft aus.«
Eine Gruppe einflußreicher Senatoren aus den westlichen Bundesstaaten, die sich persönlich davon überzeugt hatten, wie effizient die Atomenergiekommission große Projekte organisierte und noch größere Budgets verwaltete, empfahl, die Leitung von Amerikas Raumprogramm einer solchen Behörde anzuvertrauen. »Wenn wir diesen Weg wählen, ersparen wir uns Skandale.« Und jeder dieser Senatoren hatte zwei oder drei persönliche Freunde, die er gern als Mitglieder eines zu bildenden Ausschusses nominieren wollte.
Senator Glancey war der Wortführer einer dritten Gruppe, der General Funkhauser, die Spitzen der Flugzeugindustrie und viele führende Köpfe der Privatwirtschaft angehörten. Diese Herren vertraten die Ansicht, das ganze Projekt sollte in die Hände bereits existierender Firmen gelegt werden; schließlich besaßen die großen Industrien Kaliforniens fachliche Erfahrung und das für eine kostensparende Betriebsführung notwendige technische Wissen. Als sich Glancey immer lauter für diese Denkweise verwendete, war es Grant, der ihm energisch widersprach.
GRANT: Warum stellen Sie sich gegen die Streitkräfte?
GLANCEY: Weil ich für den amerikanischen *way of life* bin, für das private Unternehmertum.

GRANT: Wenn die Sicherheit des Landes auf dem Spiel steht, sind es die Streitkräfte, die unser Vertrauen verdienen.

GLANCEY: Man kann die Kosten besser kontrollieren, wenn man sich auf das private Unternehmertum verläßt. Diese Leute sind gezwungen, Gewinne zu erzielen.

GRANT: Wenn es um unsere Sicherheit geht, dürfen Kosten keine Rolle spielen.

GLANCEY: Wie immer wir uns festlegen, es werden dieselben Männer sein, die die Entscheidungen treffen. Wenn die Army von Braun und seinen Haufen heute feuert, wird sie die Privatindustrie morgen mit offenen Armen aufnehmen.

GRANT: Meine Sorge gilt vor allem der Sicherheit, Geheimhaltung, wenn Sie so wollen, in diesem Bereich. Die Streitkräfte wissen, wie sie das anstellen müssen, der private Sektor weiß es nicht.

GLANCEY: Sie machen zuviel Wind um die Sicherheit. Das meiste werden wir völlig offen erarbeiten können.

GRANT: Auf diesem Gebiet wird Sicherheit noch einmal von großer Bedeutung sein. Glauben Sie mir.

GLANCEY: Für ein paar Monate, wenn nicht gar nur Wochen. Dann wird die ganze Welt Bescheid wissen.

GRANT: Aber es könnten genau diese Wochen sein, die über die Zukunft der Welt entscheiden.

Während Debatten dieser Art die Gemüter erhitzten, trat eine Gruppe von Wissenschaftlern dafür ein, die Dinge in den Händen jener zu belassen, die die vielen Aufgaben würden lösen müssen, und schlug die Gründung einer wissenschaftlichen Anstalt vor, die die Kontrolle übernehmen sollte. Aber der Gedanke, eine Schar von Wissenschaftlern könne etwas Derartiges organisieren oder gar ein Budget verwalten, wurde von den Medien, vom Kongreß und von der Industrie so ins Lächerliche gezogen, daß dieser Vorschlag rasch wieder in der Versenkung verschwand.

Damit verblieb noch eine fünfte Möglichkeit. Zu Beginn der Debatte hatten alle Interessentengruppen noch oft zugegeben, daß auch die NACA für eine solche Aufgabe in Frage kam – sie besaß drei ausgezeichnete Forschungszentren, nämlich Langley in Virginia, Lewis in Cleveland und Ames in Kalifornien –, aber man sprach immer mit Geringschätzung von ihr. »Na klar haben wir die gute alte NACA, aber viel zu managen hat sie nie gehabt.« Die Tatsache, daß die NACA stets von einem ehrenamtlich tätigen Vorstand regiert worden war, der aus Wissenschaftlern und Ingenieuren bestand, aber eines redegewandten Sprechers ermangelte, hatte sich gegen sie ausgewirkt. Argwohn erregte zusätzlich der Umstand, daß die NACA kaum je das ganze ihr zugeteilte Geld auch tatsächlich ausgab; ihre Chefs glaubten, auf die Kostenrentabilität eines Projektes achten zu müssen. In Washington hingegen huldigte man der Ansicht, eine Behörde, die keine ordentlichen Verluste erwirtschaftete, erbringe auch keine bedeutenden Leistungen. Und weil die NACA eng mit drei Segmenten der Gesellschaft zusammenarbeitete – mit den Streitkräften, der privaten Flugzeugindustrie und der akademischen Gemeinde –, nahm man an, sie wäre allen dreien untergeordnet und bräuchte daher als Kandidat nicht ernst genommen zu werden.

Als die streitenden Parteien mit ihrem Gezänk das Land zu spalten drohten, trat ein Mann still vor und traf auf seine bescheidene Art eine Reihe von spektakulären und richtigen Entscheidungen, die das Organisationsmodell für das Raumzeitalter festlegten. Bei seinen ersten Reaktionen hatte Präsident Dwight D. Eisenhower nicht eben viel Scharfblick erkennen lassen: Er hatte sich über die »Aufregung«, in die »manche Leute«, einschließlich Grant und Glancey geraten waren, lustig gemacht. »Sollten wir uns vor etwas ängstigen, was nicht größer als ein Fußball ist?« Doch mit dem Unbehagen im Land wuchs auch sein Verständnis, und er ließ Vertreter aller Interessengruppen ins Weiße Haus kommen, wo er ihnen mitteilte, daß er beabsichtigte, eine Botschaft an den Kongreß zu schicken, die der Diskussion ein für allemal ein Ende setzen würde:

> Meine Herren, es ist entschieden. Wir werden eine zivile Weltraumbehörde haben. Aber keine Privatindustrie. Kein Konsortium von Wissenschaftlern. Und es wird auch nicht die NACA sein, sondern eine neue Behörde, die auf dem Vorhandenen aufbauen und die besten Köpfe heranziehen wird.
> Wir werden der Welt kundtun, daß wir den Weltraum zu friedlichen Zwecken zu nutzen beabsichtigen. Wir werden offen arbeiten, alles offen finanzieren und mit den Männern und der Ausrüstung, die wir schon haben, wahre Wunder vollbringen.

Senator Grant war wie vor den Kopf geschlagen: »Der Präsident denkt nicht logisch! Ich muß das verhindern, bevor ein entsetzlicher Fehler gemacht wird.« Er ersuchte Penny, ein Gespräch unter vier Augen mit dem Präsidenten zu arrangieren; energisch verteidigte er das Recht der Streitkräfte, den Weltraum zu kontrollieren, und Eisenhower, der wohl wußte, wie wichtig dieser Kriegsheld in den nachkommenden Monaten noch werden konnte, tat sein Bestes, ihn zu beruhigen. »Nach meinem Plan werden die Streitkräfte ihre geheime Arbeit auch weiterhin fortsetzen, Senator. Und wenn Nicht-Militärs im Staatsdienst etwas von Bedeutung entdecken, werden Ihre Leute die ersten sein, die es erfahren. Aber ich bin davon überzeugt, daß die Nutzung des Weltraums in zivilen Händen liegen muß, und wenn Sie noch einmal darüber nachdenken, werden Sie mir beipflichten.«

Mit dieser Zusicherung brachte Senator Grant als Vertreter der Republikanischen Partei den Vorschlag des Präsidenten im Kongreß ein, und im Frühling und Frühsommer desselben Jahres mühten er und Mrs. Pope sich viele Stunden lang mit jener lästigen Arbeit ab, die einer guten Gesetzgebung zugrunde liegt. Als sie während eines Wochenendes, zusammen mit Senator Glancey, über den, wie sie annahmen, letzten Änderungen saßen, stürmte Lyndon Johnson mit neunzehn Zusätzen ins Zimmer, die er für unerläßlich hielt. Grant wollte sie schon ignorieren, aber Glancey warnte ihn: »Eines habe ich im Senat gelernt: Übergehe nie Lyndon Johnson, wenn du nicht willst, daß er dein Fell eines Tages ans Scheunentor nagelt.« Sieben der von Johnson gewünschten Änderungen lagen im Interesse von Texas, und alle sieben wurden in die Vorlage aufgenommen.

Da die Demokraten im Senat nur einen Vorsprung von zwei Sitzen hatten, waren die Stimmen der Republikaner wichtig, und jetzt wurde Senator Grant zu einem entscheidenden Faktor. Als einige Säbelrassler die geplante Behörde den Streitkräften unterstellen wollten, erhob der Held aus dem Zweiten Weltkrieg seine Stimme: »Ike ist unser bester Oberbefehlshaber seit Teddy Roosevelt, wenn er die neue Behörde in zivilen Händen sehen will, will ich das auch.«

»Vor sechs Monaten waren Sie noch für die Streitkräfte«, konterten seine Kritiker.

»Vor sechs Monaten wußte ich nicht, was ich heute weiß«, gab er zurück.

Wenn der Tag zu Ende ging, war er oft so erschöpft, daß er sich nur mit kaltem Wasser das Gesicht waschen, irgendwo rasch ein Sandwich essen und anschließend gleich ins Bett fallen wollte; aber wenn Penny, die sogar noch länger arbeitete, ihn dabei ertappte, wie er eine dieser Schnellimbißstuben aufsuchen wollte, redete sie ihm ins Gewissen: »Sie werden Ihrer Gesundheit schaden, wenn Sie immer dieses Zeug essen. Sie müssen eine anständige Mahlzeit zu sich nehmen – mit Gemüsen und Salat.«

Bei solchen Gelegenheiten schlug er ihr vor, mit ihm zu essen, und häufig wurden sie in den einfachen Restaurants in der Nähe des Kapitols gesehen, wo Senatoren, Abgeordnete und Beamte der Kongreßbibliothek ihre eiligen Mahlzeiten einnahmen. Als es eines Abends etwas gemächlicher zuging, bemerkte Penny, daß Grants Gesicht mit einemmal zerfurchter zu sein schien, so als ob die Bürde seines Amtes zu schwer auf ihm laste. »Wenn Sie weiter so die Stirn in Falten ziehen, werden Sie schon nächstes Jahr ein alter Mann sein, Senator.«

»Die Russen machen mir Sorgen.«

»Auch Senator Glancey macht sich wegen der Sowjets Sorgen. Aber schauen Sie sich sein Gesicht an. Offen, verbindlich, von Runzeln keine Spur.«

»In Wahrheit sorgt er sich nur um Red River.«

»Er versteht es, sich zu entspannen. Das sollten Sie auch lernen.« Als er stumm blieb, fragte sie: »Schlechte Nachrichten von zu Hause?«

»Dieser verdammte Strabismus! Meine Frau schickt ihm immer wieder Geld.«

»Warum machen Sie dem kein Ende?«

»Das habe ich ja schon getan. Was mein Geld angeht. Aber jetzt schickt sie ihm ihr Erbteil.«

»Es gibt doch Gesetze gegen Betrüger?«

»Er verstößt gegen kein Gesetz. Ich bin machtlos.«

»Was soll geschehen?«

Er schob seinen Teller zurück, setzte mehrmals zu einer Antwort an und fragte schließlich: »Wie schaffen Sie das, Sie und John? Ich meine, seitdem er nicht mehr auf Patuxent River stationiert ist?«

»Navy-Frauen müssen sich was einfallen lassen. Unsere Männer gehen fort, aber sie kommen wieder zurück.«

»In letzter Zeit denke ich oft über Ehe und Heim nach. Ist denn das

eine Lösung, so wie Sie leben? Ich meine die zwei Karrieren, die langen Trennungen?«
Penny war jetzt einunddreißig und nach ihrer äußeren Erscheinung immer noch so attraktiv wie an dem Tag, als sie angefangen hatte, für Grant zu arbeiten. Ihre Worte mit Bedacht wählend, antwortete sie: »Johns Karriere wird immer Vorrang haben, das ist keine Frage. Sie verläuft nur eben nicht glatt. Heute da, morgen dort. Asien. Das Mittelmeer. Ich passe mich an. Aber meine Arbeit mit Ihnen und Senator Glancey ist auch wichtig, und ich bin sicher, daß John sich ebenfalls anpassen wird.«
»Ich fürchte, Sie haben sich auf ein schwieriges Spiel eingelassen.«
»Na sicher. Und Sie etwa nicht?« Und als Grant einer Antwort auswich, fügte sie hinzu: »Sie in Washington. Mrs. Grant in Clay. Sind John und ich mehr voneinander getrennt als Sie und Ihre Frau?«
Er stocherte in seinem Essen herum. »Es ist nicht das gleiche. In keiner Weise. Sie beide arbeiten an großen Projekten ... leisten beide ihren Beitrag. Elinor und ich arbeiten nur an einer Aufgabe, und sie versucht alles, was für dieses Land vernünftig ist, in den Schmutz zu zerren.« Es verletzte seinen Stolz nicht, über dieses heikle Thema mit einer attraktiven jungen Frau zu sprechen, die die geschäftsführende Sekretärin seines Ausschusses war, und er wußte, daß er keinen sehr günstigen Eindruck machte, aber in den letzten Wochen war er immer mehr in Verzweiflung geraten – während er sich in Washington überarbeitete, vertrödelte Elinor in Clay ihr Leben –, und er brauchte Hilfe.
»Würden Sie unter Umständen nach Clay hinauffliegen, um einmal mit meiner Frau vernünftig zu reden?«
Mrs. Pope lachte. »Das ist doch Unsinn, Senator. Es ist Ihnen bestimmt nicht unbekannt, daß Mrs. Grant mich nicht ausstehen kann. Mich beschuldigt, ein Verhältnis mit Ihnen zu haben. Oder eines anzustreben.«
Grant faltete die Hände über seinem Bauch und starrte auf den Tisch. »Das ist noch eine ihrer intelligenteren Vorstellungen. Und überhaupt nicht ernst zu nehmen.«
»Ich muß sie sehr ernst nehmen.«
»Penny«, fragte Grant impulsiv, »wie haben Sie es nur geschafft, so vernünftig zu sein, so stark?«

»Ich hatte einen guten, aufrechten Vater, und ich habe einen guten aufrechten Mann geheiratet.« Sie hatte die Worte kaum ausgesprochen, als ihr klar wurde, daß sie einer Verurteilung des Senators gleichkamen, und sofort wollte sie sich deshalb entschuldigen. Aber er kam ihr zuvor: »Elinor hatte einen guten Vater, er war ein prächtiger Mann, und was mich angeht, der Teufel soll mich holen, wenn ich wüßte, was ich falsch gemacht haben könnte. Vielleicht hätte ich besser daheimbleiben und ein kleines Büro auf der Hauptstraße aufmachen sollen.«

»Darüber habe ich oft nachgedacht, Senator. Wie auch alle anderen Damen in Ihrem Büro.«

»Und was ist bei dem Klatsch herausgekommen?«

»Daß es immer wieder Situationen gibt, wo einfach nichts zu machen ist.«

Sie zuckte die Achseln. »Außer diesen Dr. Strabismus ins Gefängnis zu bringen.«

»Wußten Sie, daß Marcia wieder bei ihm in Kalifornien ist? Sie bauen ein neues großes Zentrum, und sie ist seine Beraterin. Neunzehn Jahre alt und Architekturberaterin.«

»Jetzt haben Sie aber wenigstens einen Grund, den Kerl einfach abzuknallen.«

»Als ich Sie vorhin fragte, ob Sie nach Clay fliegen würden, um mit meiner Frau zu reden, war das natürlich nicht ernst gemeint. Aber würden Sie nach Los Angeles fliegen und versuchen ... Na ja, mit meiner Tochter zu reden?«

»Ich fliege morgen«, erwiderte Mrs. Pope, und obwohl der Kampf um das Raumfahrtgesetz seinem Höhepunkt zustrebte, richtete sie es ein, daß andere die notwendige Arbeit tun konnten, fuhr zum Flughafen hinaus und flog nach Los Angeles.

Die Adresse in ihrem Notizbuch führte sie zu zwei schäbig eingerichteten Büroräumen, wo die Universal Space Associates ihren Sitz hatten, aber Dr. Strabismus war nicht anwesend. In der Annahme, daß es sich nur wieder um ein dummes Weibsstück handelte, das sich in seinen Arbeitgeber verliebt hatte, gab Mr. Ramirez ihr einen Zettel, der ihr den Weg zu einem Hügel in einem Vorort wies, wo sie ein imposantes weißes Gebäude fand, das knapp vor seiner Fertigstellung stehen schien.

Raum- und Luftfahrtuniversität
Dr. Leopold Strabismus
Dr. phil., Dr. juris, Rektor

Von der staubigen Straße aus beobachtete Penny die Lkws, die zur Baustelle kamen, und konstatierte belustigt, daß auch ein Gauner wie Strabismus danach strebte, ein legitimes Dasein zu führen. In seinem schäbigen Büro verdiente er ein Vermögen, aber er sehnte sich nach der Respektabilität, die dieses vor der Welt als ehrbare Universität bezeichnetes Institut ihm verleihen sollte. Sie lächelte. Dann legte sie ihre Hände an den Mund und rief: »Marcia Grant? Sind Sie da?«
Statt der Tochter des Senators kam ein großgewachsener, bärtiger, breitschultriger Mann aus einer der noch unverschlossenen Türöffnungen. Als er Penny in ihrem gutsitzenden Kostüm mit dem weißen Kragen erblickte, nahm er an, sie wäre eine Dame, die ihm Geld geschickt hatte und aus Oklahoma oder South Dakota kam. Lächelnd und mit ausgestreckter Hand ging er auf sie zu.
»Nur weiter, Ma'am. Hier entsteht die Universität.«
»Dr. Strabismus?«
»Jawohl. Und hier richten wir auch die Zntrale für unsere Weltraumforschung ein.«
»Wirklich sehr beeindruckend.«
»Woher kommen Sie?« erkundigte er sich geflissentlich.
»Ich bin gekommen, um mit Marcia Grant zu sprechen. Wenn Sie so freundlich sein wollen, Sie zu rufen ...«
»Miss Grant ist bedauerlicherweise nicht zugegen.«
»Das glaube ich nicht«, versetzte Penny kühl. »Ich werde sie schon finden ...«
Argwöhnisch geworden, musterte er Penny. »Hier müssen Sie einen Schutzhelm tragen.«
»Sie tragen ja auch keinen.« Sie drängte sich an ihm vorbei und rief: »Marcia! Marcia Grant!«
Aus einer zweiten Tür trat in nachlässiger Haltung ein schlankes, langbeiniges junges Mädchen. »Was ist denn hier los?«
»Geh ins Haus zurück, Marcia!« schrie Strabismus, aber noch bevor das Mädchen gehorchen konnte, erkannte sie die Besucherin und rief: »Sie arbeitet für meinen Vater!«

Mit hartem Griff packte Strabismus Penny von hinten am Arm und riß sie zurück. »Wer sind Sie? Eine Spionin?«
»Ich bin eine Beamtin des Senats der Vereinigten Staaten«, antwortete Penny ruhig, »und wenn Sie nicht sofort ihre Hände wegnehmen, rufe ich einen Sheriff.« Er gab sie frei, und sie marschierte durch den Staub zu der Stelle, wo Marcia auf sie wartete, und begrüßte sie herzlich. »Ich denke, wir sollten miteinander reden.«
»Geh nicht mit ihr!« rief Strabismus und versuchte sich Marcia in den Weg zu stellen. Als die zwei Frauen nicht auf ihn achteten, sagte er drohend: »Rühr meinen Wagen nicht an!«
»Gehen wir da hinüber«, schlug Penny vor und deutete auf eine Imbißstube, die von Bauarbeitern besucht wurde, und als sie an dem von einem Wachstuch bedeckten Tisch saßen, sagte sie geradeheraus: »Hören Sie doch mit dem Unsinn auf, Marcia. Kommen Sie heim mit mir.«
»Hat Vater Sie geschickt?«
»Hat er.«
»Weiß Mutter davon?«
»Das glaube ich nicht. Es gibt kaum noch Kontakte, wissen Sie.«
»Sie schlafen mit Vater, nicht wahr?«
Was sie als nächstes tat, schockte Penny. Sie holte aus und schlug Marcia ins Gesicht. »Du sprichst jetzt mit mir, nicht mit irgendeinem Gauner!«
Die Plötzlichkeit des Angriffs überraschte Marcia so sehr, daß sie nicht entscheiden konnte, wie sie reagieren sollte. Aber Pennys leidenschaftliche Integrität verlangte eine Antwort: »Es tut mir leid.«
Penny tat es noch mehr leid. Sie nahm die zwei Hände des Mädchens in die ihren und sagte: »Eigentlich muß *ich* mich entschuldigen, aber ich arbeite in einer Welt, wo jeder Angriff auf die Ehre zurückgewiesen werden muß ... unverzüglich.«
»Es war nicht meine Absicht, Ihre Ehre anzugreifen.«
»Es war die Ehre Ihres Vaters, der Sie nahegetreten sind.«
»Darf ich Ihnen eine vernünftige Frage stellen, ohne daß Sie mir gleich die Knochen kaputtschlagen?«
»Nur los!«
»Sind Sie in Vater verliebt?«
Penny kicherte und blickte dann das verwirrte Mädchen mit großer

Herzlichkeit an. »Ich glaube, alle Frauen, die für einen guten Mann arbeiten, wie Ihr Vater einer ist, werden ihn liebgewinnen. Rein platonisch natürlich. Aber haben Sie schon einmal meinen Mann gesehen?« Aus ihrer kleinen Handtasche nahm sie ein Plastikmäppchen heraus, in dem drei Fotos von Korvettenkapitän Pope steckten: Eines zeigte ihn im Tennisdress, das zweite in Paradeuniform und das dritte als Testpilot in einer Düsenmaschine. »Ich habe es wirklich nicht nötig, Verhältnisse mit älteren Männern anzufangen.«

»Nett«, sagte Marcia. »Was macht er jetzt?«

»Er macht keine zweifelhaften Geschäfte. Und er lebt nicht von den Spenden einfältiger Frauen.«

»Seien Sie vorsichtig. Es könnte sein, daß Strabismus zu einer maßgebenderen Kraft wird, als es mein Vater und auch Ihr Mann ist.«

»Was hat es mit dieser Universität auf sich?«

»Kalifornien läßt einem alles durchgehen. Auf dem Papier hat der Staat gute Gesetze, aber er verfügt nicht über die nötigen Beamten, um sie auch durchzusetzen. Wir sind eine amtlich zugelassene Universität. Wir könnten jederzeit mit den Vorlesungen beginnen. Na ja, um die Wahrheit zu sagen, es wird keine Vorlesungen geben. Wir werden nur akademische Grade verkaufen.«

»Schämen Sie sich nicht, Strabismus so etwas durchgehen zu lassen?«

»Was heißt Strabismus? Ich bin mit von der Partie. Ich bin Vorstand einer Fakultät.«

»Mein Gott! Sie haben doch nicht einmal ein Semester studiert.«

»In Kalifornien geht alles.«

»Hören Sie, Marcia. Voriges Jahr hat Strabismus Sie wegen eines Teenagers aus Oklahoma hinausgeworfen. Nächstes Jahr wird er Sie wieder hinauswerfen. Sie haben doch gesehen, was Sie Ihrer Mutter angetan haben.«

»Mutter ist eine dumme Pute, das wissen Sie doch auch.«

Wieder holte Penny instinktiv mit dem Arm aus, aber diesmal wehrte Marcia den Schlag ab. »Das reicht mir jetzt, Mrs. Pope«, sagte sie, marschierte über die Straße und informierte Dr. Strabismus mit lauter Stimme: »Sie hat mich geschlagen – zweimal.«

»Wir werden sie wegen tätlicher Beleidigung verklagen, diese Schlampe!«

Penny, nur wenige Schritte hinter Marcia, hörte ihn, geriet in Wut und schrie: »Sagen Sie das noch einmal, Strabismus, und ich finde jemanden, der Sie durch die Mangel dreht!«
»Wir können Sie verklagen!« wiederholte er und rief einige Bauarbeiter als Zeugen an. »Ihr habt sie gehört. Sie hat mich bedroht.«
Als Strabismus und die Arbeiter sie vom Gehsteig hinunterstießen, ging Penny zu ihrem Wagen, setzte sich ans Steuer und schämte sich. Als Anwältin wußte sie, daß sie sich mit ihrer Drohung gegen Strabismus einer Beleidigung und mit den Handgreiflichkeiten gegen Marcia einer Körperverletzung schuldig gemacht hatte – und für beides konnte sie ins Gefängnis kommen.
An ihrem letzten Tag in Kalifornien richtete sie noch einen letzten verzweifelten Appell an Senator Grants Tochter, aber das schöne Mädchen, das einmal Biologie hätte studieren sollen, hörte nicht auf Penny. »Mit dieser Universitätssache könnten Leopold und ich auf eine Goldader gestoßen sein. Wir wissen noch nicht, wie es weitergehen wird, aber ich bleibe jedenfalls bei ihm. Die jungen Mädchen, mein Gott, die kommen und gehen. Mit Mutter werde ich wohl nichts mehr zu tun haben. Sie ist geistig nicht mehr für voll zu nehmen, das wissen Sie doch auch. Aber Sie können Vater bestellen, daß ich ihm verspreche, ihn in der Öffentlichkeit nicht zu blamieren. Er ist ein Versager, aber wenn es ihm jemals gelingen sollte, einen neuen Krieg anzuzetteln, kommt er schon wieder in Ordnung.«
Die letzten zwei Juliwochen arbeitete Penny wie verrückt. Sie half ihren zwei Senatoren, in letzter Minute geäußerte Änderungswünsche an dem Raumfahrtgesetz abzublocken, und wenn sie wieder einmal aufgebrachte Gemüter beruhigen mußte, dachte sie oft, daß es in den Vereinigten Staaten nur einen einzigen Mann gab, der die ungeheuren Möglichkeiten der Raumfahrt klar erkannte, und daß dieser Mann Lyndon Johnson war. Sie hatte das Gefühl, so vertraute sie Senator Glancey einmal an, Johnson wäre bereit, sich selbst der schändlichsten Mittel zu bedienen, um sein Ziel zu erreichen, und der Mann aus Red River lachte. »Ihr Gefühl täuscht Sie, Mrs. Pope. Er ist nicht nur bereit, sich schändlicher Mittel zu bedienen, er bedient sich ihrer bereits.«
Am 29. Juli 1958 standen Grant und Glancey hinter Präsident Eisenhower, als das Bundesgesetz 85-568 unterzeichnet wurde, das dem

Land eine mächtige neue Behörde gab, deren Aufgabe es sein würde, in der Raumfahrttechnik mit den Russen gleichzuziehen. Hinter den zwei Senatoren stand Penny Pope in einem blauen Kostüm; sie lächelte, als Johnson, der Fraktionschef der Mehrheit im Senat, ihr zuflüsterte: »Sie haben mehr von diesem verdammten Gesetz geschrieben, Schätzchen, als wir alle zusammen.« Aus der NACA mit einem Budget von hundertsiebzehn Millionen Dollar und achttausend Mitarbeitern war die NASA, die National Aeronautics and Space Administration, mit 34 000 Mitarbeitern und einem Budget von bald sechs Milliarden Dollar geworden.

Als die Einzelheiten des neuen Gesetzes in Huntsville bekannt wurden, verwandelte sich die Niedergeschlagenheit, die sich auf dem Stützpunkt ausgebreitet hatte, in regelrechte Panik. Die Deutschen, die schon bisher am Rand eines Abgrunds gelebt hatten und nicht wußten, was mit ihnen geschehen würde, sahen jetzt ein, daß Alabama ihnen keine Zukunft mehr verhieß. »Diese neue Behörde«, erklärte Kolff seinen Leuten, »übernimmt jetzt die Kontrolle über alle wichtigen Abteilungen der NACA. Das sind Langley, Ames in Kalifornien und Lewis in Cleveland.«
»Und was wird mit uns?«
»Uns wollen sie nicht haben. Wir haben uns auch weiterhin an die von Minister Wilson erlassenen Direktiven zu halten: ›Keine Fahrzeuge entwickeln, die im Weltraum verwendet werden könnten.‹ «
»Und was ist uns gestattet?«
»Wir können unsere Raketen in eine Reichweite von dreihundertzwanzig Kilometern abschießen.«
»Und wenn es dreihundertdreißig Kilometer sind?«
»Wird man uns verhaften.«
»Wie sollen wir mit solchen Einschränkungen leben?«
»Ich weiß es nicht«, antwortete Dieter. »Vielleicht wird man uns in alle Winde zerstreuen.«
Seine Niedergeschlagenheit teilte sich der ganzen Familie mit. Liesl, die immer noch das Ende ihres Traumes von einem herrlichen Park beklagte, mußte nun erleben, wie das Land in Bauparzellen aufgeteilt und seine natürliche Schönheit zerstört wurde. Planierraupen verwüsteten die mit so viel Liebe angelegten Fußpfade. Immer noch war

Monte Sano das hübscheste Viertel in Huntsville, und oft zeterten die Anrainer: »Wie konnten wir nur diese verdammten Deutschen hierherkommen und es uns vor der Nase wegschnappen lassen?«
Magnus Kolff, dem schon zweimal die Erlaubnis versagt worden war, am Musiklager in Interlochen teilzunehmen, versuchte seine Enttäuschung zu verbergen. Er kompensierte sie damit, daß er der beste Trompeter im nördlichen Alabama wurde, und seine Eltern waren entzückt, als er von mehreren Orchestern zum Mitspielen aufgefordert wurde, darunter auch von der Sommerkapelle der Universität von Alabama. Doch als Dieter entdeckte, daß diese vornehmlich Militärmusik spielte, eine Football-Kapelle, bei der die Betonung auf wilden Verdrehungen und Übungen lag, die wenig mit Musik, aber um so mehr mit dem skandierten Herunterleiern des Wortes A-L-A-B-A-M-A zu tun hatten, griff er energisch durch. »Musik hat nichts mit Football zu tun. Ich lasse dich nicht gehen.«
Dieter Kolff war jetzt einundfünfzig und grauhaarig, und sein schmales Gesicht verriet seine Sorge um die Zukunft der Raketentechnik unter der Ägide der NASA. Immer noch brannte in seinen tiefliegenden Augen der Ehrgeiz, der die Jahre seines ideenreichen und konstruktiven Lebens beherrscht hatte; immer noch drängte es ihn, die großen Raketen zu bauen, die Nutzlasten zu den Sternen tragen würden. Aus welchen Instrumenten diese bestehen sollten, würde er anderen überlassen: der NASA, der Army, sonst einer neuen Behörde, wem immer. Seine Aufgabe, die Aufgabe, die – wie er meinte – nur von Braun und er bewältigen konnten, bestand einfach darin, das Weltraumfahrzeug zu bauen. Und nun wurde ihm genau das unmöglich gemacht.
»Teufel«, beklagte er sich bei seiner Frau, »sie nehmen uns die Luft zum Atmen.« Eines Abends, beim Essen, war er den Tränen nahe. »Auf dreihundertzwanzig Kilometer hat uns der neunmalkluge Mr. Charley Wilson beschränkt. Schon 1943 haben wir die A-4 dreihundertzwanzig Kilometer weit geschossen. Seitdem sind so viele Jahre vergangen, und wir sind wieder da, wo wir angefangen haben.« Zornig erinnerte er Liesl daran, daß es seine Juno-Rakete mit dem Forschungssatelliten Explorer gewesen war, womit die Amerikaner ihren einzigen bedeutenden Weltraumerfolg zustande gebracht hatten. »Und das ist nun der Dank.«

Als ein hoher Beamter aus Washington kam, um die neuerlichen Einschränkungen zu erläutern, wurden die Deutschen zusammengerufen, um die niederschmetternden Neuigkeiten entgegenzunehmen, die sich als noch schlimmer erwiesen, als man erwartet hatte. Alle auch nur halbwegs interessanten Projekte sollten aus Alabama abgezogen und in eines der neuen NASA-Zentren verlegt werden, aber die wirklich bedeutsamen Pläne, wie etwa Dieter Kolffs potentielle Raketen, die die Phantasie der Welt hätten beflügeln können, sollten zur Gänze gestrichen werden. Die Army auf Redstone sollte nicht auf dreihundertzwanzig Kilometer beschränkt, sie sollte ausgeweidet und auf die Erde zurückgeholt werden, wo sie hingehörte.
Angesichts dieser offensichtlichen Fehlentscheidung waren die Wissenschaftler und Ingenieure so betroffen, daß sie während der Versammlung nicht den Mund auftaten. Doch als ihre Sprecher sich am Abend bei den Kolffs zusammenfanden, wurden zornige Worte laut, und einer der Sechzigjährigen fragte: »Wo sollen wir hin? Wie sollen wir Arbeit finden?«
Andere sorgten sich mehr über die falsche Strategie, die dieser Entscheidung zugrunde lag, und einer brummte böse: »Kein Wunder, daß uns die Russen voraus sind. Wäre gar nicht übel, wenn sie ihre vorherrschende Stellung auf diesem Gebiet noch weiter ausbauen würden. Und die Amerikaner endlich zu Verstand bringen.«
Aber Dieter konnte solche Gedanken nicht unwidersprochen lassen. »Sag so etwas nicht! Du warst nicht bis zum Schluß in Peenemünde. Jeden Morgen gab es neue Gerüchte, wie die Russen der Bevölkerung zusetzten. Wir fürchteten den Tag ihrer Ankunft. Ich kann dir sagen, es waren schreckliche Zeiten.«
»Aber in Rußland fördert man Leute wie uns. Dafür gibt es Beweise.« Er deutete zum Himmel.
»Sag das nicht«, wiederholte Dieter. »Keiner von uns würde lieber in Rußland leben, und das weißt du.«
»Ich würde lieber an etwas Vernünftigem arbeiten«, konterte der Mann, und alle stimmten ihm bei, aber was nach den neuen Beschränkungen dieses Etwas sein sollte, das wußte keiner zu sagen.
Auch General Funkhauser nicht, der aus Kalifornien kam, um vier Deutsche anzuheuern, deren Dienste Allied Aviation für spezielle Aufgaben benötigte. »Wie man uns mitgeteilt hat, kann es sich die

Army nicht leisten, diesen Stützpunkt, nachdem man ihm seinen Daseinszweck genommen hat, aufrechtzuerhalten. Keiner will ihn haben, aber man will ein Büro einrichten, das für euch Deutsche Stellungen in anderen Teilen des Landes finden soll.« Eines schien sicher: Wie schon Adam und Eva vor ihnen würden auch die Kolffs aus dem Paradies, das sie sich auf dem Monte Sano geschaffen haben, in die Verbannung gehen müssen.
Sie hatten schon zu packen begonnen, als eine außergewöhnliche Entwicklung im Weißen Haus ihnen Rettung verhieß. Es hatte nichts mit Huntsville in Alabama oder dem Raumfahrtprogramm, es hatte ausschließlich mit Scham und Reue zu tun.
In der ganzen jüngeren Geschichte der Vereinigten Staaten hatte es keine schändlichere Handlungsweise als die Präsident Eisenhowers gegeben, der es nicht wagte, Senator Joe McCarthy, der an die niedrigsten Instinkte der Massen appellierte, entgegenzutreten. Auf dem Höhepunkt seiner Verleumdungskampagne war es dem Senator zweckdienlich erschienen, General George Marshall nicht nur Dummheit und Unfähigkeit, sondern sogar Verrat vorzuwerfen. Es war eine Zeit entfesselter Leidenschaften, und McCarthys Verleumdungen fanden so weite Verbreitung, daß der Ruf eines der edelsten Amerikaner in den Schmutz gezogen wurde.
Wer die drei Männer – Eisenhower, Marshall und McCarthy – kannte, erwartete, daß der Präsident nicht zögern würde, sich voll und ganz für Marshall einzusetzen, und das aus gutem Grund: Marshall war Eisenhowers Vorgesetzter gewesen, hatte ihn in das Oberkommando der alliierten Streitkräfte katapultiert und ihn, wann immer nötig, rückhaltlos unterstützt. Wenn je ein Mensch einem anderen etwas schuldete, war es Eisenhower.
Doch als der Angriff gegen seinen alten Lehrer einsetzte, ein Angriff ohne auch nur die Spur eines Beweises, ging Eisenhower eilends in Deckung; nicht nur tat er nichts, um Marshall zu verteidigen, er merzte aus bereits abgetippten Reden jeden positiven Hinweis auf einen Mann aus, der der Baumeister seines, Eisenhowers, Ruhm gewesen war. Es war eine schändliche Periode in der Geschichte seiner Präsidentschaft, und wenn Kritiker in späteren Jahren sein kleinmütiges Verhalten aufzeigten, muß Eisenhower sich wohl gewunden haben.
Eine Rechtfertigung hatte er: Damals bestand das große Problem des

Landes in der Frage, wie man den Senator aus Wisconsin zum Schweigen bringen konnte, bevor er die Union zerstört haben würde. Eisenhowers Problem hieß McCarthy, nicht Marshall. Dieser durfte geopfert werden, und darum hatte der Präsident seinem Mentor und Freund den Rücken zugekehrt.

Jetzt, im Jahre 1959, da Marshall und McCarthy beide tot waren, wollte Präsident Eisenhower sein Unrecht wiedergutmachen, und als er erfuhr, daß der Army-Stützpunkt bei Huntsville geschlossen werden sollte, fiel ihm ein, daß Redstone, wenn die NASA Verwendung dafür hatte, zu Ehren des alten Freundes, den er so schäbig behandelt hatte, umbenannt werden könnte. Auch Dieter Kolff befand sich unter den Fachleuten, die ins Weiße Haus gerufen wurden, wo er leidenschaftlich und mit unverkennbar deutschem Akzent die Arbeit verteidigte, die er und die Deutschen dort geleistet hatten:

> Mr. President, Euer Ehren, glauben Sie mir: Die Deutschen, die 1945 von den Russen gefangengenommen wurden, waren genauso brillant wie Dr. von Braun oder andere wie er. Wenn wir hier in Amerika knapp davor stehen, Raketen zu bauen, die den Menschen zum Mond oder zum Mars tragen können ... ganz sicher sind dann unsere Vettern in der Sowjetunion auch dazu imstande. Bitte, Mr. President, führen Sie diese große Anlage einer sinnvollen Verwendung zu.

Bitten dieser Art, oftmals wiederholt, ließen in Eisenhower die Überzeugung aufkommen, daß die Raketenabschußbasis in den Dienst des neuen Weltraumzeitalters gestellt werden könnte. Er ließ sie unverzüglich in The George C. Marshall Space Flight Center umtaufen, und an dem Tag, da die Übernahme abgeschlossen wurde – mit einer Rede, die den Einheimischen in Erinnerung rufen sollte, daß General Marshall ein tüchtiger Soldat, ein ausgezeichneter Außenminister, Nobelpreisträger und der Schöpfer des Marshall-Plans gewesen war, der dazu beigetragen hatte, Europa zu retten –, schlossen Dieter und seine Ingenieure ihre Planung für die gigantische Rakete ab, die sie Saturn I genannt hatten – in der Voraussicht, daß es noch viele verbesserte Versionen geben würde: Saturn II, III und, weiß Gott, wie viele mehr.

Wenige Monate später montierten sie ihre erste Saturn auf einem Prüfstand zusammen, banden sie fest, um zu verhindern, daß sie in die Luft stieg, und zündeten mit einiger Nervosität das erste der monumentalen Triebwerke. Das gewaltige Dröhnen von Amerikas Eintritt in das Raumzeitalter war weithin zu hören; die Erde wurde versengt; die eingekerkerte Kraft ließ ganz Huntsville erbeben; und während die flüssigen Treibstoffe, die Kraft der Sonne herausfordernd, abbrannten, hatte Dieter Kolff die Hände über der Brust gefaltet, wie im Gebet, und seine Augen waren feucht.
Die lange, an Fährnissen reiche Reise aus einem Dorf bei München über Peenemünde, El Paso, Huntsville und Cape Canaveral zu den Sternen ging weiter.
An diesem Abend brachte Sohn Magnus, das Hochgefühl seines Vaters nützend, zum wiederholten Male seinen Wunsch zur Sprache, in der Kapelle der Universität Trompete zu spielen, aber zu seiner Enttäuschung ließ der freudig erregte Dieter keine Bereitschaft erkennen, seine Meinung zu ändern. »Du darfst dein Talent nicht mißbrauchen, mein Sohn.« Dennoch freute sich Dieter, als das beste Orchester im Umland – nach deutschen Begriffen nichts Bedeutendes – Magnus aufforderte mitzuspielen und ihm eines der besten Instrumente der Firma Conn zur Verfügung stellte. »Ihr Sohn«, lobte der Dirigent, als er mit Dieter sprach, »ist der beste Trompeter in ganz Alabama.«

Als die kleine NACA explosionsartig zur gigantischen NASA anschwoll, hatte das auf die konservativen, knausrigen Ingenieure, die Langley geleitet hatten, eine so drastisch verändernde Wirkung, daß es fast zum Lachen war. Über Nacht mußten die Herren ihr Gesichtsfeld tausendfach erweitern, und Wissenschaftler, die ein paar hundert Kilometer in den Weltraum hinaus gedacht hatten, sahen sich ermutigt, Operationen in zwei Milliarden Kilometern Entfernung ins Auge zu fassen.
Eine neue Rasse von Managern tauchte auf, Männer, die um die Notwendigkeit guter Beziehungen zur Öffentlichkeit Bescheid wußten. Wo früher Geheimhaltung und zögerndes Taktieren die Devise gewesen war, wo Ingenieure der NACA nicht gewagt hatten, Theorien auch nur zu erwähnen, bevor sie nicht bewiesen werden konnten, machte es den NASA-Leuten jetzt geradezu Vergnügen, die verrück-

testen Erklärungen abzugeben, um der Öffentlichkeit das prickelnde Gefühl des Abenteuers zu vermitteln. Einer der neuen Experten, der früher eine Zeitung herausgegeben hatte, überprüfte die Dienstlisten aller Anlagen, die von der NASA übernommen worden waren, und stellte fest, daß nur wenige der erfahrenen Ingenieure, die die Wunder dieses Zeitalters vollbracht hatten, den Doktortitel besaßen. Er nahm kein Blatt vor den Mund, als er dem Vorstand über das Ergebnis seiner Nachforschungen berichtete:

> Es gibt in unserem Land keine Behörde mit so wenig Trägern von Doktortiteln wie die NASA. Das ist sehr bedauerlich und von großem Nachteil, wenn vor dem Kongreß oder vor der Öffentlichkeit Erklärungen abzugeben sind. Wenn ich in einer Pressemitteilung erwähne, daß Dr. Stanhope von der NASA dies oder jenes voraussagt, horcht man auf, wenn ich mich auf Mr. Claude C. Stanhope beziehen muß, der diese oder jene Behauptung aufgestellt hat und, du liebe Güte, nicht einmal ein Professor ist, nimmt überhaupt niemand davon Notiz.
> Achten Sie sorgfältig auf die Öffentlichkeitsarbeit der Army und der Air Force. Da heißt es immer nur, General Dingsda oder Dr. Sowieso. Noch besser versteht sich die Navy auf dieses Spiel. Die könnten mit Doktoren die Straße pflastern. Folgen Sie meinem Rat. Suchen Sie sich ein paar Leute mit Doktortiteln heraus, die sich im Kongreß für die Bewilligung von Geldern einsetzen können.

Eine Kommission überprüfte das Personal der neuen Behörde und teilte die möglichen Kandidaten in zwei Gruppen ein. Zur ersten gehörten jene jüngeren Leute, die ihren Magistergrad an diversen guten technischen Hochschulen erworben und so ihre überragenden intellektuellen Fähigkeiten bereits unter Beweis gestellt hatten und von denen man erwarten durfte, daß sie die höheren Anforderungen, die der für ein Doktorat nötige Lehrstoff an sie stellen würde, bestehen könnten. Ganz oben auf dieser Liste war Stanley Mott angeführt: Bakkalaureus der Naturwissenschaften, Technische Hochschule von Georgia; Magister der Naturwissenschaften, Staatsuniversität von Louisiana; Intelligenzquotient 159; Durchschnittsbenotung 3,89.

»Wir haben mit den Herren von der Cal Tech, der Technischen Hochschule in Kalifornien, gesprochen«, informierte Dr. Rush, der Leiter der Personalabteilung, Stanley Mott, als dieser nach Washington kam, »und man hat uns gesagt, daß die Studiendauer normalerweise drei Jahre beträgt.«
»Zusätzlich zum Magister?« stöhnte Mott.
»Das ist das Spitzeninstitut des Landes, vielleicht der ganzen Welt. Dort wirft man nicht mit Doktortiteln um sich.«
»Ich möchte nicht auf drei Jahre aussteigen. In dieser Zeit könnten wir den Saturn erreicht haben.«
»Das haben wir auch gesagt. Wir haben der Universitätsverwaltung Ihre Personalakte gezeigt. Die neuen Forschungsarbeiten, die Sie vorgelegt haben – die oberen Schichten der Atmosphäre, die Ablation, den Wiedereintritt eines stumpfnasigen Körpers durch die Atmosphäre betreffend –, haben die Herren überzeugt, daß Sie schon jetzt über die durchschnittliche Doktoratsebene hinaus sind.«
Mott wollte unbedingt ein Jahr an der Cal Tech verbringen, denn während seiner in die Zukunft zielenden Arbeiten auf Wallops Station und im Langley Research Center und ganz besonders im Verlauf seines Studiums der Ablation in Kalifornien hatte er festgestellt, daß ein Großteil der tiefschürfenden Denkleistungen auf diesen hochinteressanten Gebieten an diesem kleinen, straff organisierten, berühmten Zentrum der Gelehrsamkeit in Pasadena erbracht worden war.
»Die Schwierigkeit«, fuhr der Personalchef fort, »liegt darin: Wir möchten, daß Sie sich auf das schwierigste Fach spezialisieren, das dort gelehrt wird, auf die Himmelsmechanik – die Bewegungen, die die Himmelskörper unter dem Einfluß des Newtonschen Gravitationsgesetzes ausführen.« Er unterbrach sich, um die Aufgabe auf seinen Gesprächspartner wirken zu lassen, doch als Mott das Wort *Himmelsmechanik* hörte, setzte sekundenlang sein Herz aus, denn das war genau das Feld, auf dem er sich fortgebildet hatte. Es schien ihm das höchste Wissensgebiet zu sein, das der Mensch erstreben konnte; im Inneren gab es die Struktur von Erbträgern, ein Gebiet gleichen Gewichts und im Begriff, nicht weniger wertvolle Geheimnisse zu offenbaren als die des Universums, aber sein Geist war immer nach oben gerichtet gewesen, und darum mußte er sich ganz einfach mit der Mechanik des Alls beschäftigen.

Daß man ihm erlauben wollte, um die Entschleierung dieser Geheimnisse zu ringen! Einer der geringen Zahl von Menschen zu sein, die die Struktur der Galaxie verstanden oder das Verhalten der Atome an den äußeren Rändern des Weltraums!
»Ich wäre bereit, drei Jahre dafür aufzuwenden«, sagte er.
»Vielleicht brauchen Sie das gar nicht.«
»Aber ich würde es gern versuchen!«
»Wir haben lange mit den Herren diskutiert ... nationaler Notstand und so ... und man hat sich bereit erklärt, Ihnen entgegenzukommen. Wenn Sie hart arbeiten ...«
»Das werde ich.« Er war ein gelehrter Mann, einer der besten auf seinem Gebiet, einundvierzig Jahre alt, aber er bettelte wie ein kleiner Junge, der den Sommer unbedingt im Pfadfinderlager verbringen möchte. »Ich *kann* arbeiten!«
»Die Herren meinen, daß Sie es vielleicht in zwei Jahren schaffen könnten.«
»Oh!« Mehr wußte Mott nicht zu sagen. Er lachte. Das herzhafte Lachen eines Mannes, der sich von seiner Spannung befreit hatte.
Rachel war entzückt von der Nachricht, daß ihr Mann seinen Doktortitel erwerben würde; oft hatte sie das Gefühl gehabt, daß Stanley mehr wußte als die meisten, die diesen Titel tragen, und die kurze Zeit bei der NACA hatte ihr gezeigt, daß selbst ein guter Mann Nachteile zu gewärtigen hatte, wenn ihm das Doktorat fehlte. Die Aussicht, in Kalifornien leben zu können, begeisterte die zwei Jungen; sie sahen auf der Karte nach und stellten enttäuscht fest, daß sich der Strand in einiger Entfernung von der Cal Tech befand.
Ehrlich enttäuscht zeigte sich dagegen Rachels Mutter, Mrs. Saltonstall Lindquist in Worcester, Massachusetts. Als sie von dem absehbaren Aufstieg ihres Schwiegersohns erfuhr, unterrichtete sie die Prominenz ihrer Stadt davon wie folgt:

> Wie Rachel mir berichtet, wurde der NASA klar, daß einige ihrer Leute in Himmelsmechanik ausgebildet werden müssen ... Wie es kommt, daß die Sonne ihren Platz beibehält, und wie die Welt aussehen würde, wenn sie ihren Platz verlöre und uns mit ihrem feurigen Schweif im Universum herumschleppte ...
> Ich bin richtig erleichtert, das kann ich Ihnen sagen. Wegen

Stanley, nicht wegen der Sonne. Es ist ja nicht gerade ein Vergnügen, wenn man zugeben muß, daß der eigene Schwiegersohn in Georgia und Louisiana studiert hat, aber ich hätte mir doch gewünscht, daß er den Doktortitel an einem Institut von mehr Distinktion wie Harvard oder dem MIT erwirbt. Haben Sie schon mal was von Cal Tech gehört?

Die zweite, vom Ausschuß ausgesuchte Gruppe von Kandidaten umfaßte jene schon etwas älteren Wissenschaftler von unbestrittener Brillanz, die den akademischen Titel gut gebrauchen konnten, wenn sie vor dem Kongreß aussagten, die aber weder die Zeit noch die Energie hatten, in die Lehrsäle einer Universität zurückzukehren. Die NASA löste dieses Problem recht geschickt, indem sie den Universitäten, an denen die betreffenden Herren graduiert hatten, unter der Hand nahelegte, es könnte der akademischen Gemeinde gut anstehen, wenn Herr Soundso, ein hervorragender Wissenschaftler, eingeladen würde, eine Universitätsrede zu halten, und als Ausgleich ein Ehrendoktorat empfinge. Einige sehr gute Leute wurden auf diese Weise ausgezeichnet.
Übrig blieben acht oder zehn tüchtige Europäer wie Dieter Kolff, die keine amerikanische Universität hatten, die sich auf sanfte Weise erpressen ließ, aber auch hier fand ein in Kalifornien stationierter hoher Beamter der NASA eine saubere Lösung: »Wir haben da dieses neue Institut in Los Angeles, die Raum- und Luftfahrt-Universität, vom Staat Kalifornien zu dem Zweck zugelassen, eine höhere Ausbildung zu vermitteln, die aber jetzt in jedem gewünschten Fach und um einen Betrag von fünfhundert Dollar Pseudo-Doktorate vergibt, ganz gleich, ob der Empfänger je kalifornischen Boden betreten hat oder nicht.« Eine peinliche Situation wäre entstanden, wenn die NASA versucht hätte, ihre Ingenieure wie etwa Kolff auf diesen Campus zu schicken, denn solange der Neubau nicht fertiggestellt war, gab es weder Campus noch Fakultäten, noch Bibliothek, noch Hörsäle. Dafür gab es immer noch jene ausgezeichnete Druckerpresse in einer kleinen Seitenstraße, die einen Katalog produzierte, der jenen der Sorbonne weit übertraf, und ein künstlerisch ausgeführtes Diplom, um vieles beeindruckender als die von Oxford, Yale oder Louisiana State ausgegebenen.

Das Diplom war vom Provost der neuen Universität, Dr. Leopold Strabismus, unterzeichnet, der für dreihundert Dollar auch den Master of Arts, den Magister der Philosophie, und für zweihundert Dollar den gewöhnlichen Baccalaureus of Arts, den Bakkalaureus der Philosophie, anbot.

Als Dieter stolz sein Diplom herzeigte und seine bewundernde Familie sah, daß ihr Ernährer jetzt ein richtiger Doktor war, genau wie Wernher von Braun, wurde das ganz groß gefeiert. Zwar war allen Gästen klar, daß da etwas höchst Aufklärungsbedürftiges dahinterstecken mußte, aber keiner wußte, was. Wenn, so dachte man, die Amerikaner mehr Aufsehen um ein Doktorat machten als die Deutschen um das Jahr 1933 und wenn Kolff nachweisbar klüger war als die meisten Amerikaner, die diesen Titel trugen, dann war es nur recht und billig, ihn auf diese Weise zu ehren.

Es sprach sich herum, daß Dieter Kolff für seine besonderen Verdienste um das amerikanische Raumfahrtprogramm ein Ehrendoktorat erhalten hatte. Er war so stolz auf die Ehrung, daß er seinen Kollegen nahelegte, ihn mit seinem neuen Titel anzureden. Seine Aussage vor dem Kongreß machte er jetzt als Dr. Kolff, und man lauschte seinen Ausführungen mit noch mehr Aufmerksamkeit als bisher.

In dreifacher Hinsicht waren Stanley Mott und John Pope einander sehr ähnlich: Beide waren sie Zielstreber, beide waren fasziniert vom Weltraum und den Gestirnen, und beide glaubten sie, daß die Tätigkeit, der sie gerade nachgingen, einen entscheidenden Höhepunkt in ihrem Leben darstellte. Vermutlich hatten Leonardo, Immanuel Kant und Albert Einstein ebenso empfunden, und keiner von ihnen hätte es je für nötig gehalten, sich für seine Begeisterung zu entschuldigen.

Mit den besten, in analytischen Untersuchungen geübten Professoren der Welt Gedanken auszutauschen und nachts über den Berichten von Theoretikern aus Cambridge in England oder Pulkowo in Rußland zu brüten, das war für Mott das anspruchsvollste intellektuelle Training, das er je betrieben hatte. Nach sechs Monaten wußte er genau, wo er stand, und er berichtete seinen Vorgesetzten im Forschungszentrum Langley:

Ich stecke bis zum Hals in Dingen, die ich nicht begreife. Ich wurde eingeladen, mich an der Lösung eines hochinteressanten Problems zu beteiligen. Alle 175 Jahre befinden sich die Planeten in einer Konstellation, die uns erlauben würde, einen Raumflugkörper zu starten, der unter den Planeten wandern und der Reihe nach von jedem Triebkraft gewinnen könnte. Wir könnten Venus, Jupiter, Saturn, Uranus und Neptun erreichen; jeder Planet würde uns zum nächsten weiterleiten.
Eine solche Konstellation wird für die Jahre 1980 bis 1982 erwartet. Wir haben ausgerechnet, daß wir 1977 starten müßten, um 1981 den Saturn und 1989 den Neptun zu erreichen. Ich bin noch nicht soweit, bei der Planung dieses Fluges einen Beitrag leisten zu können, aber ich tue gewiß mein Möglichstes, um die anderen einzuholen.

Mit der Hilfe von Professoren, die unter den Planeten lebten, als ob sie und nicht eine Urkraft deren Bewegungen bestimmten, begann er in den folgenden sechs Monaten die Gesetze zu begreifen, denen selbst das winzigste Staubkörnchen in den fernsten Weiten des Universums gehorchte. Mars und Jupiter wurden zu bloßen Vorreitern der gigantischen Galaxien, die größte Distanzen und menschliche Vorstellungen gleichermaßen beherrschten.
Immer stärker regte sich in ihm der Wunsch, für die ganzen drei Jahre an die Cal Tech abkommandiert worden zu sein, denn es gab viele Seitenwege, die zu erforschen ihn gelockt hätte, aber die NASA drängte ihn sanft, sich auf das zu konzentrieren, was, wie die Leiter meinten, Vorrang für die nächsten Dezennien haben würde: »Denken Sie daran, daß Ihre Hauptaufgabe nicht darin besteht, unter Planeten zu wandern, sondern den Kurs eines bemannten Satelliten auf seinem Flug zum Mond und zurück bis zu seiner Wasserung im westlichen Pazifik zu bestimmen.« Demzufolge kehrte er OQ-172, dem mit 187 000 000 000 000 000 000 000 Kilometern am weitesten entfernten Objekt den Rücken zu und begann, sich intensiv mit dem Mond zu beschäftigen, dessen mittlere Entfernung von 384 400 Kilometern zwischen den Grenzwerten von 363 300 und 405 500 Kilometern schwankte. So gering erschien ihm diese Distanz im Vergleich zu jenen unendlichen Größen, mit denen er sich beschäftigt hatte, daß der

Mond ihm so vertraut wurde, als läge er im nächsten Tal. Eine große Hilfe bei diesen Denkprozessen war ihm die wissenschaftliche Kurzschrift, die er am Technikum in Georgia erlernt hatte: So konnte man zum Beispiel die große Zahl, die die Entfernung von OQ-172 in Kilometern ausdrückte, in Potenzen von 10 darstellen, in diesem Fall also $1{,}87 \times 10^{23}$, wobei der Exponent 23 die Anzahl der Stellen angab, die auf die Dezimalzahl folgten. Die Entfernung zum Mond betrug schlicht $3{,}844 \times 10^5$, und die so häufig verwendete Million 1×10^6. Der große Vorteil dieser Methode war, daß, wenn man zwei große Zahlen miteinander multiplizieren wollte, zum Beispiel drei Billionen (3×10^{12}) mit zwei Milliarden (2×10^9), man einfach zwei mit drei multiplizierte und die Exponenten 12 und 9 addierte; das ergab 6×10^{21}, also eine von einundzwanzig Nullen gefolgte Sechs. Das Universum war in Potenzen von 10 systematisiert.

Eine Besonderheit dieses Systems faszinierte ihn. Es fiel selbst einem Astronomen schwer, sich immer wieder zu erinnern, wie viele Kilometer Licht in einem Jahr zurücklegte, obwohl dies eine für den Weltraum grundlegende Maßeinheit war. Die Zahl ließ sich leicht errechnen: Sekunden pro Minute mal Minuten pro Stunde, mal Stunden pro Tag, mal Tage im Jahr ($60 \times 60 \times 24 \times 365 = 31\,536\,000$ Sekunden im Jahr), die man dann mit der Lichtgeschwindigkeit, 299 792 Kilometer pro Sekunde, multiplizierte. Ein Studiosus hatte einst entdeckt, daß die Anzahl der Sekunden, $3{,}1536 \times 10^7$, praktisch gleich Pi war ($3{,}14159265 \times 10^7$), so daß Astronomen oft sagten, die Zahl der in einem Lichtjahr zurückgelegten Kilometer betrüge $Pi \times 10^7 \times c$; c war das Symbol der Lichtgeschwindigkeit. Das ergab eine grobe Annäherung, und die Astronomen bemerkten scherzend: »Das ist genau genug für die NASA«, wo Fehlergrenzen üblicherweise bis zu sieben Dezimalstellen toleriert wurden.

Daß Raketen die relativ geringe Entfernung zum Mond, $3{,}844 \times 10^5$, überwinden konnten, hatte Mott nie bezweifelt, und nun begann er, jene phantastischen Diagramme anzulegen, die zeigten, wie das Ziel erreicht werden konnte. Eine Rakete würde von Cape Canaveral starten, in eine erdnahe Umlaufbahn einschwenken, einige Male kreisen, um die Orbitaldaten zu bestätigen, dann einen weiteren Satz Triebwerke zünden und auf den Mond zuschießen. Natürlich folgten Erde und Mond ihren eigenen Bahnen, so daß sich die relative Relation zwischen den beiden von Sekunde zu Sekunde verändern mußte; man durfte die Rakete also nicht auf die Stelle hindirigieren, wo sich der Mond im Moment ihres Starts befand, sondern dorthin, wo er sich nach soundsoviel Tagen, Stunden, Minuten und Sekunden befinden würde, die die Rakete braucht, um die 384 400 Kilometer zurückzulegen. Es war dies ein hübsches Problem, bei dem es um die Bewegung eines Körpers mit sechs Grad Toleranz ging, aber eines, das gelöst werden konnte, und Mott richtete seine ganze Aufmerksamkeit auf diese Frage.

Doch wenn sich das Hirn eines Menschen intensiv auf ein bestimmtes Problem konzentriert, wird es manchmal rein zufällig in eine unerwartete Richtung gedrängt, die sich als bedeutsamer erweisen kann als die ursprünglich eingeschlagene, und genau das passierte jetzt Stanley Mott. Er nahm an einem Abendseminar vor dem großen Teleskop von Mount Wilson östlich der Cal Tech teil, als er zufällig ein erstaunliches Negativ erblickte, das eine der entferntesten Galaxien zeigte, unsichtbar für das unbewaffnete Auge und für die meisten Teleskope, aber deutlich zu erkennen, wenn sie von einem großen Spiegelteleskop aufgefangen und durch eine achtstündige Belichtung auf der photographischen Emulsion festgehalten wurde.

Die Galaxis präsentierte sich von der Kante her als eine dünne, glänzende Scheibe aus unzähligen Sternen und Wolken urzeitlichen Staubs, aber wie in unserer eigenen Galaxis befand sich in ihrer Mitte ein gigantischer Feuerball, dem die Energie entsprang, die die Galaxis erfüllte, und Mott begriff, daß ihm hier ein flüchtiger Blick auf seine eigene Welt gewährt wurde. Das also machte das Universum aus, diese unvergleichliche Schönheit, diese unfaßbare Vielfalt.

Von der Erde aus fotografiert, stand diese epische Galaxis, dieses Poem des Himmels, in einem Winkel von 45° zur Horizontalen, die bestmögliche Präsentation, so als ob ein Künstler sie auf ihren Platz gestellt hätte, um ein Maximum an Wirkung zu erzielen. Aber es waren die Implikationen, die sich von der Fotografie ableiten ließen, die Mott faszinierten. Dieses Band von Schatten entlang der nahen Kante, was konnte das sein? Kosmischer Staub? Die Flammennadeln, die vom Rand wegsprangen, wie hoch flogen sie in die ewige Finsternis hinauf? Eine Milliarde Kilometer, fünf Milliarden? Und schließlich die Galaxis als Ganzes, diese Sammlung von hundert Milliarden einzelner Sterne, vielleicht zweihundert Milliarden, diese Einheit, diese Vielgestaltigkeit, diese entsetzliche, zersplitternde Gewalt, dieser erhabene Liebreiz, dieses Bild der Sterblichkeit, das mit Sicherheit zu flammender Zerstörung bestimmt war, welche Bedeutung hatte dieses Ding an sich?

Wie jeder vernunftbegabte Mensch, der sich plötzlich einer Vision gegenübersieht, die zehnmal größer ist als erwartet, aufgehört hätte, sich nur mit dem Mond zu beschäftigen, tat dies auch Stanley und verbrachte drei Wochen mit dem Versuch, dieses Foto zu verstehen, eine der erfolgreichsten Aufnahmen, die je gemacht worden waren und einer Abschweifung wohl wert.

Er erfuhr, daß die Galaxis, weil unsichtbar und erst spät entdeckt, keinen Namen hatte. Sie trug die Bezeichnung NGC-4565 (*New General Catalogue of Nebulae and Star Clusters,* von einem dänischen Astrologen zusammengestellt und 1888 veröffentlicht). Sie lag am Rand des Sternbildes Haar der Berenike, in einer Entfernung von etwa zwanzig Millionen Lichtjahren, und das bedeutete, daß Mott in diesem Jahr 1961 betrachtete, wie die Galaxis vor zweimal 10^7 Jahren ausgesehen hatte. Er empfand andächtige Scheu, als ihm bewußt wurde, daß sich die Galaxis in der Vielzahl von Jahren, die seither vergangen waren, völlig verändert, mit einer anderen Galaxis zusammengeprallt haben oder zur Gänze verschwunden sein konnte. Er sah den Widerschein einer Unendlichkeit, die einst existiert hatte, und wohin er auch seinen Blick im Universum richtete, er sah überall das gleiche: Beweise einstiger Größe, aber keine Bestätigungen, daß sie noch existierte.

Drei lange Wochen hielt NGC-4565 ihn gefangen, so als ob ihre Gravitationskraft über die 187 Milliarden Milliarden Kilometer wirksam geworden wäre, die sie von der Erde trennten, und er war von dem Gedanken geblendet, daß sie sich mit einer Geschwindigkeit von nahezu fünf Millionen Kilometern in der Stunde durch den Weltraum bewegte. Als er sich wieder dem Mond zuwandte, wußte er genau, daß er seinen Geist für immer in so unermeßlich weite Sphären entsandt hatte, daß er gezwungen sein würde, den Rest seines Lebens nicht auf der Erde, nicht auf ihrem Mond, nicht auf Mars oder Saturn, nicht einmal in der eigenen Galaxis zu verbringen, so unerschöpflich sie auch war, sondern draußen in der grenzenlosen Kälte, in den unendlichen Fernen der fernsten Galaxien. Er sah ein, daß er als treuer Diener der NASA, die seine Rechnungen bezahlte, seinen routinemäßigen Pflichten nachkommen und die irdischen Berechnungen für den Mondflug anstellen mußte, aber seine Sinne und seine Phantasie waren anderswo.

Rachel Mott gefiel es nicht in Kalifornien. Ihre strenge Erziehung in Neu-England hatte sie nicht auf das zwanglose Leben an der pazifischen Küste vorbereitet; selbst ihre disziplinierte Frisur, jedes Härchen an seinem Platz, schien gegen den ständigen Wind protestieren zu wollen. Und sie war ganz und gar nicht glücklich darüber, wie sehr sich ihre beiden Söhne von der unbeschwerten Lebensweise angezogen fühlten.
Millard, jetzt achtzehn Jahre alt, blond, eine schlanke, athletische Gestalt, verbrachte den Großteil seiner Zeit am Strand, wo er Surfen lernte; seine Schienbeine wiesen zahlreiche Spuren heftiger Kämpfe mit dem Surfbrett auf, sein Gesicht war sonnengebräunt und sein Haar vom Wind zerzaust. Er hatte sich einer Gruppe gutaussehender, ihm nicht unähnlicher junger Männer angeschlossen, die sich durch gutes Benehmen auszuzeichnen schienen, doch die zwei oder drei Mädchen in der Gruppe waren derbere Typen, und Rachel stellte sich oft die Frage, wie diese jungen Menschen in der Schule weiterkamen, denn, wie es schien, interessierten sie sich ausschließlich für das Surfen.
Bei solchen Gedanken kräuselten sich ihre Lippen – nicht im Zorn, sondern im Bedauern darüber, daß diese netten jungen Menschen etwas versäumten, was für sie und Stanley so wichtig gewesen war: die Herausforderung neuer Ideen. Dann nahm ihr Gesicht einen Ausdruck der Härte an, die sie nicht wirklich empfand, und wenn die Surfer das sahen, zogen sie sich zurück, denn sie hatten kein Interesse daran, ihre goldenen Stunden an jemand über dreißig zu verschwenden, der ihnen möglicherweise eine Moralpredigt halten wollte.
Das Unbehagen, das das Leben in Kalifornien in ihr hervorrief, erstreckte sich aber nicht auf die Universität, in der Stanley sich vergraben hatte.
Ihrer Mutter schrieb sie:

Dein letzter Brief war viel zu hart. Cal Tech ist eine erstklassige Lehranstalt und kommt auf gewissen Gebieten nahe an Harvard oder MIT heran, wenn es auch kaum deren hohen geisteswissenschaftlichen Stand erreicht. Stanley scheint sich trotz seiner schweren Arbeitsbelastung wohl zu fühlen, und Christopher wird mit jedem Tag brauner. Ich mache mir manchmal Sorgen über Millard, der sich offensichtlich ganz der kalifornischen Lebensart ergeben hat, die ich in keiner Weise billige.
Ich wäre sehr froh, wenn ich wieder von hier fortziehen und in das relativ gesunde geistige Klima Virginias zurückkehren könnte. Besucher aus der Zentrale haben mir versichert, daß Stanley, sobald er seinen Dr. phil. hat, für einen hohen Posten in der aufstrebenden NASA vorgesehen ist. Wissen macht sich also doch bezahlt, wenn auch scheinbar nicht für Frauen.

An einem Maivormittag lernte sie Kalifornien von seiner häßlichsten Seite kennen, und es erschreckte sie. Sie war mit ihrem Sohn Christopher in einen Laden auf einer der kitschigen Laubenpromenaden gegangen, wo sie ein paar leichte Hosen und Hemden, wie Jungen seines Alters sie gerne trugen, preiswert zu erstehen hoffte. Zuerst freute sie sich über die große Auswahl, die der Laden bot, doch nachdem sie einiges eingekauft und mit Christopher einen Schnellimbiß aufgesucht hatte, um ein leichtes Mittagessen einzunehmen, untersuchte sie die Hemden und war über die elende Qualität entsetzt.
Während sie die Hemden wieder in ihr Paket zurückstopfte und auf ihre Bestellung wartete – einen Salat für sich und ein pikantes Sandwich für Christopher –, ließ sie ihre Blicke zum Nebentisch schweifen, wo sich ihr ein kleines Panorama kalifornischen Lebensstils offenbarte. Eine Mutter mit Lockenwicklern im Haar und einer engliegenden dünnen Bluse über ihrem mächtigen Busen flüsterte ihrer etwa zehnjährigen Tochter etwas zu. Es war ein recht hübsches Kind mit hoher Frisur, die manikürten Fingernägel knallrot lackiert. Das Gesicht des Kindes war mit Wimperntusche, Rouge und einem feinen Puder zurechtgemacht, was ihr das Aussehen einer zwanzigjährigen Hochschülerin gab. Das Kleid mußte sehr teuer gewesen sein, denn seine schlichte Eleganz verriet den Schnitt eines Couturiers; von einem Kind getragen, wirkte das Modell äußerst unpassend.

»Mein Gott!« murmelte Rachel vor sich hin. »Das Kind trägt einen Büstenhalter!« Tatsächlich: Damit es das teure Kleid genügend ausfüllen konnte, hatte man dem kleinen Mädchen einen Büstenhalter mit wattierten Körbchen umgeschnallt.
Was Rachel aber besonders abstieß, das war die Art, wie die nachlässige Mutter ihre Tochter vollstopfte: Ein großes Glas Malzmilch, einen gehäuften Teller Pommes frites und eine Flasche Ketchup, das kräftig auf die in Fett getränkten Kartoffeln gegossen wurde; eine Menge Salz würzte das Ganze.
Während Rachel ihren Salat langsam zu Ende aß und darüber nachdachte, ob man auch in den Nobelvierteln Bostons mit der Gesundheit der Kinder so Schindluder trieb, hatte Chris den Tisch verlassen, um zwischen den Büschen umherzuwandern, die den Garten rings um das Lokal verschönerten. Ihr Blick wanderte von ihrem adretten Sohn in seinem sauberen Anzug zu den Pflanzen, die die Straße säumten, und sie dachte: Mag sein, daß man sich in Kalifornien nicht so recht um seine Kinder kümmert, aber sicher versteht man sich hier auf die Pflege von Büschen und Rasen. Und die Leute hier machen gute Salate, das muß man ihnen lassen. Es gleicht sich eben alles aus.
Während sie so vor sich hinträumte, kam plötzlich das kleine Mädchen, das, von Rachel unbemerkt, ebenfalls den Tisch verlassen hatte, schreiend ins Lokal zurück. »Mutti, Mutti! Er hat mir seinen Piephahn gezeigt!«
Zuerst verstand Rachel das Wort gar nicht, doch als Gäste an den anderen Tischen aufstanden, um das Mädchen zu sehen, dem solche Unbill geschehen war, und auch den Jungen, der sich dieses Sittlichkeitsvergehens schuldig gemacht hatte, begriff sie entsetzt, daß die Leute ihren Sohn Christopher anstarrten, der mit hochrotem Gesicht auf seinen Tisch zusteuerte.
»Verdammter Sittenstrolch!« zischte eine Frau, an der er vorbeischlich.
»Mutti! Er hat mir seinen Piephahn gezeigt«, wiederholte schreiend die Kleine, nicht unglücklich über das Aufsehen, das sie erregte.
Bei der vierten Wiederholung dieser unglückseligen Mitteilung hätte Rachel in den Boden versinken, einfach verschwinden, wenn nicht gar sterben mögen. Gleichzeitig schoß es ihr durch den Kopf, daß sie das Kind, wenn es diesen dummen Satz noch einmal wiederholen sollte,

mit eigenen Händen erdrosseln würde. Doch in der nun folgenden peinlichen Pause, während die verwirrte Kellnerin bemüht war, ihr die Rechnung zu machen, mußte Rachel an ein anderes Familienmitglied männlichen Geschlechts denken, an Onkel Donald, der sich, wenn es um Frauen ging, nie hatte beherrschen können. Er liebte sie, respektierte sie, hatte aber nie eine vernünftige Art gefunden, mit ihnen zu leben. Sie erinnerte sich an den schrecklichen Skandal, als der glücklich verheiratete Vater von drei Kindern mit einer hübschen Verkäuferin aus einer Apotheke durchgebrannt war, und an den noch schlimmeren, als er sich vor vier kleinen Mädchen entblößt hatte.
Das Gesicht knallrot, dachte Rachel an Onkel Donald und legte sich die Frage vor, ob es Chris bestimmt war, in die Fußstapfen des schillernden Onkels zu treten. Im Geist sah sie ihre Mutter vor sich, die allen Nachbarn mit Emphase versichert hatte: »Gott sei Dank, Donald ist kein Saltonstall!«
Zum fünften Mal berichtete das kleine Mädchen indessen, was Christopher getan hatte, während Rachel die Rechnung beglich. Schon wollte sie das Restaurant verlassen, als sie instinktiv stehenblieb und ihren Sohn bei der Hand nahm. »Sie sollten zu einem guten Psychiater mit ihm gehen«, riet ihr ein Gast, und das war es, was Rachel am meisten in Wut brachte. Als sie, schon auf der Straße, an den Büschen vorbeikam, wo das Verbrechen begangen worden war, dachte sie: In Kalifornien glauben die Leute, sie könnten alle Probleme mit einem guten Psychiater lösen. Ihr schwebte eine andere Kur vor, und sie war drauf und dran, ihrem Sohn noch hier auf offener Straße eins hinter die Ohren zu geben, als er ihr ohne jedes Selbstmitleid eröffnete: »Sie hat es von mir verlangt.«
»Das weiß ich doch«, sagte Rachel und umarmte ihren Sohn vor allen Leuten.
An diesem Nachmittag saß sie daheim in einem verdunkelten Zimmer und versuchte ohne jede Hysterie nicht nur jene unerfreuliche Episode, sondern ganz allgemein ihre Beziehungen zu ihrer Familie zu überdenken. Sie war die neureichen Allüren ihrer Mutter leid und konnte kaum noch Verständnis für sie aufbringen. Die Jahre waren zu schnell vergangen, und Mrs. Saltonstall Lindquist hatte mit der Welt nicht Schritt halten können. Rachel war froh, daß Onkel Donald sich nach seinem letzten Streich abgesetzt hatte und jetzt in Min-

neapolis lebte, wo das kühlere Klima sein Temperament gezügelt zu haben schien. Sie liebte Stanley von ganzem Herzen und wußte Wissen und Urteilskraft dieses bebrillten Geistesriesen in zunehmendem Maß zu würdigen; es machte ihr sogar Vergnügen, ihm auf seinen abstrusen Entdeckungsreisen zu den Gestirnen zu folgen, und sie hatte Verständnis dafür, als er sie ersuchte, die Fotografie der NGC-4565 einrahmen zu lassen und auf seinen Schreibtisch zu stellen. Hin und wieder hielt sie es sogar für möglich, daß Stanley ein Genie war; kein zweiter Einstein natürlich, aber doch vom Format eines Professors des von ihr besonders hochgeschätzten MIT.

Jetzt aber dachte sie nur an ihre Söhne und konnte sich des Gefühls nicht erwehren, daß sie ihr einmal große Sorgen machen würden. Sie erkannte, daß daran auch sie und Stanley nicht schuldlos waren: In den vergangenen Jahren hatte Stanley sich immer mehr in seine Arbeit versenkt, sich mehr und mehr von seinen Kindern entfernt – ohne daß sie, Rachel, gegen sein Verhalten Einwände erhoben hätte. Millards Freunde waren, nun ja, zweifelhafte Existenzen. Sie waren braungebrannt und gepflegt und doch nicht wirklich gesund, ein Eindruck, zu dem auch diese sonderbaren Geschöpfe beitrugen, deren Gesellschaft sie zu genießen schienen. Wenn sie an diese merkwürdigen Mädchen dachte, verwendete sie eines dieser typischen kalifornischen Wörter, die sie aus tiefster Seele verabscheute. Nein, keine dieser jungen Damen ist *kuschelig*. Sie mußte lachen. Das mußte man den Kaliforniern lassen: Für gewisse Dinge haben sie manchmal genau das richtige Wort. Und keines dieser Mädchen ist kuschelig.

Und dann schoß ihr ein wahrhaft häßlicher Gedanke durch den Kopf: Mir wäre es lieber, Millard würde sich mit einem dieser jämmerlichen kleinen Mädchen einlassen, statt mit den geschlechtslosen Dingern, die er mir jetzt ins Haus bringt. Und schließlich sah sie der beklemmenden Tatsache, mit der ihre Familie konfrontiert war, ins Auge: Millard ist ein Homosexueller, und ich fürchte, das wird sich auch nicht mehr ändern.

Und nun vermochte sie ihre Fassung nicht mehr zu bewahren, und sie brach in Tränen aus. Vor langer Zeit hatte sie einmal gesagt, das Maß einer Frau ließe sich daran ersehen, wie sie ihren Raum kontrolliert, und sie hatte wahre Wunder vollbracht: die gepflegten Zimmer, die Mondrians an den Wänden; die loyale Unterstützung für ihren Gat-

ten, ganz gleich, unter welchen Umständen; ihre Bereitschaft, Menschen zur Seite zu stehen, die weniger vom Glück begünstigt waren; ihr ständiges Interesse an politischen Fragen. All dies waren Beweise für ihre guten Absichten. Wie konnte es dann geschehen, daß ihre Söhne in eine so elende Zukunft unterwegs waren?
Christophers Abenteuer mit dem Mädchen in der Imbißstube durfte nicht auf die leichte Schulter genommen werden; es paßte zu einem Jungen, der deutlich erkennen ließ, daß er seinem Großonkel Donald nachgeriet: ein labiler, konfuser Mann, der keinem Weiberrock würde widerstehen können. Und es war nicht bloß der sexuelle Aspekt, der Rachel Sorgen machte; wie sein älterer Bruder schien sich der Junge eindeutig zu seinen schwächeren Schulkameraden hingezogen zu fühlen, hatte sich schon zweimal in zweifelhaften Situationen erwischen lassen; nicht lümmelhaftes Betragen, wie bei Knaben häufig, war ihm vorgeworfen worden, sondern das böswillige Zerstören fremden Eigentums und grobe Mißachtung der Autorität seiner Lehrer.
Diesmal würde sie ein ernstes Wort mit ihrem Mann sprechen und von ihm verlangen, daß er sich, wie wichtig seine Arbeit an der Cal Tech auch sein mochte, mehr um seine Söhne kümmerte und die nötigen Schritte unternahm, um sicherzugehen, daß sie zu verantwortungsbewußten Menschen heranwachsen würden. Noch ist es Zeit, dachte sie. Noch sind Millard und Christopher zu retten.
Darum hätte Stanley Mott seine Aufmerksamkeit, als er am Nachmittag dieses 25. Mai 1961 in seine Mietwohnung zurückkehrte, auf das konzentrieren sollen, was Christopher am Mittag angestellt hatte, aber statt dessen platzte er aufgeregt in die Wohnung:
»Habt ihr schon gehört? Wo ist Millard? Wir müssen gleich das Fernsehen aufdrehen!«
Millard verbrachte den Abend bei einem seiner Surferfreunde, aber der Rest der Familie versammelte sich vor dem Fernseher, um Präsident Kennedys Botschaft an den Kongreß zu hören:

> Die Zeit ist gekommen, größere Schritte zu machen – die Zeit für ein gewaltiges neues amerikanisches Unternehmen –, die Zeit für unser Land, die führende Rolle bei der Eroberung des Weltraums zu übernehmen, denn hier wird der Schlüssel zu unserer Zukunft auf Erden liegen. Ich glaube, unser Land sollte

sich die Aufgabe stellen, noch bevor dieses Jahrzehnt zu Ende geht, einen Menschen auf dem Mond landen zu lassen und ihn sicher wieder auf die Erde zurückzubringen. Kein Raumfahrtprojekt in diesem Zeitabschnitt wird einen so starken Eindruck auf die Menschheit machen, keines wird für die langfristige Erforschung des Weltraums wichtiger sein, und keines so schwierig und aufwendig.

Als der Präsident seine Rede geschlossen hatte, sprang Stanley auf. »Man hat es uns schon im Labor gesagt, aber ich konnte es nicht glauben. ›Noch bevor dieses Jahrzehnt zu Ende geht.‹ Das sind nur noch neun Jahre, Rachel! Kannst du dir vorstellen, wieviel Arbeit noch auf uns wartet?«
Sie versuchte mehrmals, das Gespräch auf ihre Söhne zu lenken, aber sie sah, in welche Erregung ihn Kennedys Worte versetzt hatten, und ließ sich für kurze Zeit sogar selbst von seiner Begeisterung anstecken: »Und wenn es euch gelingt, welche Rolle würdest du dabei spielen?«
Das gab ihm die Möglichkeit, während des ganzen Abendessens über die Richtung zu spekulieren, die seine Karriere nehmen konnte. »Dank der Cal Tech weiß ich vom Mond nicht viel weniger als sonst jemand. Aber wenn uns gelingt, was uns der Präsident vorgezeichnet hat... Begreifst du denn nicht? Sobald wir den Mond erreicht haben, wird es kein Halten mehr geben. Mars... Jupiter... Und dabei werde ich dann einen echten Beitrag leisten können.«
Als seine Begeisterung sich gelegt hatte, schickte sie Christopher ins Bett und bat ihren Mann, den Fernseher abzuschalten und ihr aufmerksam zuzuhören, denn sie hatte ihm etwas Wichtiges zu sagen. Wenn sie so sprach – und das geschah vielleicht ein- oder zweimal im Jahr –, ließ Stanley alles stehen und liegen, denn er wußte, daß Rachel keine leichtfertige Frau war.
Sie war einundvierzig, eine gut aussehende, disziplinierte Frau, die sich immer gepflegt hatte und sich jetzt mit ernstem Gesicht an ihn wandte: »Dein älterer Sohn verbringt die Nacht bei diesem scheußlichen Kerl, dem jungen Clarendon, von dem ich weiß, daß er homosexuell ist. Dein jüngerer Sohn hat sich heute in einem Restaurant dadurch ausgezeichnet, daß er sich vor einem zehnjährigen Mädchen

entblößte. Stanley, du hast ein Problem mit deinen Söhnen. Wir haben ein Problem.«
Es ist unfair, einen Menschen von den Sternen herunterzuholen und zu nötigen, sich mit dem Leben seiner Söhne auseinanderzusetzen, und Stanley war dieser Herausforderung nicht gewachsen. »Zehnjährige Kinder! Hast du nicht auch einmal Doktor gespielt, als du klein warst, Rachel?«

Seine letzten sechs Monate an der Cal Tech sollten Mott als die arbeitsreichste Zeit seines Lebens in Erinnerung bleiben, denn er war intensiv mit der Fertigstellung seiner Dissertation beschäftigt – *Theoretische Behandlung eines Mehrkörperproblems bei Verfahren zum Starten eines bemannten Mondfluges und zur sicheren Wiederkehr der Passagiere zur Erde*. Doch als die NASA erkannte, wie unmittelbar sein Doktorat an die von Präsident Kennedy proklamierte Herausforderung rührte, ließ sich nicht vermeiden, daß er aufgefordert wurde, sich an einer der kritischen Diskussionen zu beteiligen, die die Gemüter der amerikanischen Wissenschaftsgemeinde bewegten. Große Gelehrte, unter ihnen zwei Nobelpreisträger, stritten miteinander – nicht über irgendeine stilistische Feinheit eines Konzepts, sondern über eine praktische Frage, von deren Beantwortung die Reputation Amerikas abhing: Wie sollte vorgegangen werden, um einen Menschen auf den Mond und sicher wieder zur Erde zurückzubringen ... und zwar so schnell wie möglich?
Der Vorsitzende des Wissenschaftsrates kam persönlich, um Mott die Tragweite der Debatte nahezubringen: »Es hängt alles davon ab, daß wir die richtige Entscheidung treffen. Ihr Wissen qualifiziert Sie dazu, an den Beratungen des Rates teilzunehmen.«
»Ich fühle mich geehrt, Sir, aber ich muß meine Dissertation schreiben.«
»Wenn Sie mithelfen, unsere Leute auf den Mond zu bringen, können Sie Ihr Doktorat mit einem lebenswichtigen Problem erwerben, um das Sie jeder beneiden würde.«
»Könnte ich diese Hilfe leisten und gleichzeitig meine Arbeit hier an der Cal Tech beenden?«
»Ein Supermann könnte es. Als ich noch jünger war, würde ich es wahrscheinlich versucht – aber nicht geschafft haben.«

»Kann ich es versuchen? Ich meine, darf ich es versuchen?«
»Sie dürfen.«
Nie würde er diese Monate vergessen. Es kam vor, daß er in der Hitze einer Auseinandersetzung mit angesehenen Gelehrten energisch widersprach und mit seinem neugefundenen Wissen ihre Empfehlungen in der Luft zerriß und anschließend auf den Campus zurückkehrte, wo er mit hängenden Schultern zuhörte, wie die Professoren der Cal Tech die in seiner Dissertation angeführten analytischen Methoden zerpflückten. Es war ein Spiel von solch lebhafter Verstandes- und Denktätigkeit, von solch zyklopischen Begriffswandlungen, daß es ihm nur mit Mühe gelang, alle Aspekte zu übersehen. Manchmal fürchtete er, sein Hirn könnte streiken, aber dann kam plötzlich einer mit einer verrückten Hypothese daher, die ihn nötigte, das Ganze noch einmal zu überdenken, und so wie er drei Wochen lang abgeschaltet hatte, um dieses unvergleichliche Bild der NGC-4565 zu verdauen, ließ er alles stehen und liegen und beschäftigte sich mit diesem neuen Problem.
Eine solche Situation ergab sich jetzt. Eine Gruppe hochgeachteter Astronomen setzte die NASA – und mittels einer Pressekonferenz das ganze Land – in Kenntnis, daß sie ernste Zweifel hegten, ob es überhaupt möglich wäre, Menschen auf dem Mond landen zu lassen; sie bezogen sich dabei nicht auf die technischen Schwierigkeiten, ihn hinzubringen, oder die Frage, wie er sich dort oben ohne Kompaß zurechtfinden sollte; ihre Zweifel betrafen die tödlichen Gefahren, die ihm drohen könnten, sobald er versuchte, den Mond zu betreten.
»Die Wahrscheinlichkeit ist groß, daß die Mondoberfläche aus einer fünf Meter starken Schicht Staub besteht, in der der Mann versinken würde«, meinten drei dieser Experten.
»Qualitativen Analysen zufolge könnten sich die Stoffe, aus welchen die Oberfläche besteht, in so prekärem Gleichgewicht befinden, daß sie zünden oder explodieren, sobald sie dem Druck eines menschlichen Fußes ausgesetzt werden«, ließ eine andere Gruppe verlauten.
»Die eigentliche Gefahr ist die Hitze unter der Mondoberfläche«, orakelte ein Professor.
»Nein«, widersprach ein anderer, »die Bilder, die wir haben, lassen das Vorhandensein tiefer Spalten erkennen, und Menschen und Maschinen würden in sie hineinfallen.«

Ein Wissenschaftler, der sich selbst die Aufgabe gestellt hatte, den Erfahrungsaustausch mit europäischen Kollegen zu pflegen, teilte dem Ausschuß mit, daß ein italienischer Astrophysiker von untadeligem Ruf Experimente durchgeführt hatte, die zwingend bewiesen, daß ein Mensch nicht gehen, seine Gelenke nicht bewegen könne in einer Umwelt, in der die Schwerkraft weniger als ein Fünftel der auf der Erde vorhandenen betrage. »Und Sie wollen uns einreden, der Astronaut könne sich auf dem Mond bewegen, wo die Schwerkraft kaum ein Sechstel ausmacht. Das ist nicht zu machen.«
Damit brachte er sogar Mott in Verwirrung.
Und auch die Mediziner, die man konsultierte, ließen ernste Befürchtungen laut werden: »Es besteht die nicht zu unterschätzende Möglichkeit, daß es auf dem Mond Krankheiten gibt, die auf der Erde unbekannt sind. Entweder werden sie die Menschen, die dort landen, befallen oder mit diesen Menschen als Wirten auf die Erde gelangen, wo sie unvorstellbares Unheil anrichten können, da keine Antibiotika gegen sie bekannt sind.«
Diese Befürchtungen nahmen so überhand, daß die NASA einen Unterausschuß einsetzen mußte, der sich mit dem Problem beschäftigen sollte, und als führender Selenologe wurde Mott aufgefordert, auch an diesen Beratungen teilzunehmen. Einige Monate lang konzentrierte er sich auf diese fesselnde Problematik, und schließlich war er es, der die Schlüsse zog, die das weitere Vorgehen bis zu dem Augenblick bestimmen sollten, da der erste Mensch den Mond betrat:

> Wir fühlen uns berechtigt, von dem Denkansatz auszugehen, daß der Mond eine feste Oberfläche hat, die das Gewicht eines Menschen tragen wird. Es mag wohl Spalten geben, doch scheint sein wesentlicher Teil, insbesondere der Gürtel, der uns vornehmlich angeht, davon frei zu sein. Das Risiko, in eine unentdeckte Spalte zu stürzen, ist so gering, daß wir es eingehen können. Wir haben auch keine Hinweise darauf gefunden, daß die Oberfläche entzündlich ist oder werden wird. Wir haben noch keine Erfahrung mit einem Sechstel Schwerkraft, aber wir führen Experimente durch, um diesen Zustand zu simulieren. Nach dem heutigen Stand unseres Wissens erblicken wir darin keine Behinderung der freien Bewegung.

Wir kennen die italienischen Studien, wonach der Mensch bei weniger als einem Fünftel Schwere nicht gehen kann, sind aber nicht bereit, diese Feststellung zu akzeptieren, und werden unverzüglich unsere eigenen Untersuchungen starten.
Spekulationen, wonach der Mond virulente Stämme beherbergen könnte, sind ernst zu nehmen, und unsere Mediziner werden eine dreiwöchige Quarantäne für jeden Menschen und Gegenstand empfehlen, der vom Mond zurückkehrt.

Alle anderen Probleme beiseitesetzend, konzentrierte sich Mott auf die praktische Frage, ob der Mensch bei einem Sechstel der Erdschwerkraft seine Gelenke und Körperbewegungen kontrollieren konnte; und die Stelle, von der er sich Hilfe erhoffte, war das Forschungszentrum Langley, wo er tatsächlich zwei Herren fand, die seine Wißbegierde vorweggenommen hatten und das Problem in einer Weise angegangen waren, die die Erfindungsgabe des menschlichen Geistes illustrierte. Wie einer der Forscher es ausdrückte: »Die Fragestellung war simpel. Wie versetzt man einen Menschen in einen Zustand von einem Sechstel der irdischen Schwerkraft? Die Lösung war einfach.«
Sie hatten sich eines sehr hohen Krangerüstes bedient, von dem sie ein fünfundvierzig Meter langes Seil herunterhängen ließen. Auf dem Boden wurden klug erdachte Körperstützen an Kopf, Schultern, Hüften und Beinen des Mannes angebracht, der die Rolle des Astronauten spielte. Eine Wand wurde um 9,5 Grad von der Vertikalen zurückgelehnt, und als der Mann, der in einer Weise an dem Seil hing, daß fünf Sechstel seines Gewichtes von den Drähten getragen wurden, die schräge Wand hinaufging, verspürte er nur ein Sechstel Schwerkraft. Die Methode war phantasievoll und perfekt.
Mott bestand darauf, selbst in dem Geschirr zu gehen, und als er am Seil hing und an der schrägen Wand stand, verstand er das mathematische Prinzip. Befand sich die Wand in einem Winkel von 90 Grad zum Boden, würde sein ganzes Gewicht vom Seil getragen werden. Legte man die Wand flach auf den Boden, würde sein Gewicht nicht mehr vom Seil getragen, und er war der normalen Schwerkraft der Erde unterworfen. Bei einer Neigung von 9,5 Grad entdeckte er, was ein Sechstel Gravitation bedeutet.

In diesem Zustand lief und hüpfte er, bückte er sich, kletterte er eine Leiter hinauf und fiel aus einer Höhe von zehn Metern gemächlich auf die Wand zurück. Dann nahm er seine ganze Kraft zusammen und sprang über einen sechs Meter hohen Zaun – eine erstaunliche Leistung. Es war ein so anregendes Erlebnis, daß er es gar nicht beenden wollte, und die Zuschauer fotografierten diesen dreiundvierzigjährigen Mann mit einer Stahlrandbrille, der wie ein Vogel Strauß hin und her lief und wie Aladdin oder Buck Rogers über hohe Zäune setzte.

Als er seinen Schlußbericht vorlegte, in dem er nur zugab, daß es maligne Viren geben könnte, die jedoch seiner Meinung nach zu kontrollieren waren, wurde er von allen Seiten angegriffen. Er ließ sich jedoch zu keiner Konzession nötigen: Man konnte zum Mond fliegen, er barg keine tödlichen Gefahren, und es war möglich, auf dem Erdtrabanten zu gehen. In den Wochen, die auf die Bekanntgabe seines Berichtes folgten, sah er sich genötigt, seine Schlußfolgerungen vor Wissenschaftlern, Reportern und Fernsehkameras zu verteidigen. Er wurde zum »Mann der NASA«, und nachdem er den Weg für das große Experiment gedanklich geebnet hatte, arbeitete er nun emsig daran, die Ausführung zum Erfolg werden zu lassen. Tagsüber und oft auch noch abends beschäftigte er sich mit den Problemen des Mondflugs, und nicht selten fand er erst gegen elf Uhr nachts Zeit, an seiner Dissertation weiterzuarbeiten. Da saß er dann an seinem Schreibtisch bis zwei oder drei Uhr früh, bis Rachel ihn mit sanfter Gewalt nötigte, zu Bett zu gehen.

Als Mitglied des Mondausschusses wurde Mott davon in Kenntnis gesetzt, daß für das Problem der Mondlandung fünf Lösungen zur Diskussion standen; überdies wurde ihm in Erinnerung gebracht, daß eine Entscheidung rasch getroffen werden und daß es die richtige sein mußte, wenn die Landung, wie Kennedy versprochen hatte, noch vor 1969 erfolgen sollte. »Ich weiß einfach nicht, was Vorrang hat«, klagte ein Wissenschaftler, »das Tempo oder die Zuverlässigkeit.«

Die fünf Vorschläge zu begreifen, war Mott ein leichtes, da er vier davon bereits in seiner Dissertation analysiert hatte. Aber sich auf den richtigen festzulegen fiel ihm schwer, denn das hieß nichts anderes, als das Ansehen der Nation und das Leben der Astronauten auf ein

Projekt zu setzen, das einen katastrophalen Ausgang nehmen konnte. Schon bei der ersten Besprechung befürwortete jedes der Ausschußmitglieder seinen eigenen Vorschlag.

»Wir haben unserem Vorschlag die Bezeichnung Jules-Verne-Methode gegeben, weil er ihn bereits in seinem 1865 erschienenen Buch *De la terre à la lune* überraschend detailgetreu beschrieben hat. Er sagte sogar voraus, daß die Reise auf Cape Canaveral beginnen würde, so wie wir es auch planen. Was die Methode war? Ganz einfach. Man baut eine Monsterkanone, schießt eine Kapsel zum Mond, nimmt Energie mit und schießt sich wieder auf die Erde zurück, sobald die Forschungsarbeiten beendet sind.«

Der Sprecher, ein Veteran aus den Tagen der alten NACA, versicherte dem Ausschuß, daß die Jules-Verne-Methode praktikabel und relativ sicher sei. Die gigantische Rakete könnte sanft auf dem Mond landen, weil die Schwerkraft dort nur ein Sechstel der terrestrischen betrüge, und das bedeutete, daß die Kraft, die nötig war, die Rakete in den Weltraum zurückzuschießen, auch nur ein Sechstel jener betragen würde, die für den Abschuß von der Erde nötig war.

Es gab allerdings eine Schwierigkeit: Wenn die Rakete auf der Erde gestartet werden, wenn sie Menschen und Material auf den Mond befördern und dann noch genügend Kraft haben sollte, um, mit Hitzeschilden versehen, zur Erde zurückzukehren, würde sie so groß und schwer sein müssen, wie es sie im Moment noch gar nicht gab. Eine in Aussicht genommene Superrakete mit dem Namen Nova wäre geeignet gewesen, aber die Experten wiesen darauf hin, daß sie nicht vor 1975 in Dienst gestellt werden könnte.

»Die zweite Möglichkeit«, erklärte einer von Dr. von Brauns Leuten, »wird bereits seit 1930 eingehend geprüft. Wir sprechen vom Erdumlauf-Rendezvous, und es ist eigentlich eine recht einfache Sache. Wir bringen eine Rakete mit dem Flugkörper, der auf dem Mond landen wird, in eine erdnahe Umlaufbahn und lassen sie dort kreisen. Dann schicken wir eine zweite Rakete nach, verbinden sie mit der ersten und versehen sie mit Treibstoff und Ausrüstung; von dieser stabilen Raumstation aus starten wir dann die Mondrakete.

Diese Montage im Orbit hat den Vorteil, daß nur kleine Raketen erforderlich sind. Das Gesamtgewicht ist geringer, und der Flug zum Mond wird in einer kleinen, leicht zu steuernden Maschine ausge-

führt.« Dagegen sprach, daß das Rendezvous gefährlich, das Ankoppeln riskant und ein erfolgreicher Start vom Mond mit einem bereits einmal benützten Raumfahrzeug problematisch war. Doch der von-Braun-Jünger behauptete steif und fest, es ließe sich machen.
Jetzt meldete sich zum ersten Mal Mott zu Wort: »Wie steht von Brauns rechte Hand dazu? Dieter Kolff?«
Ein Delegierter aus Alabama stammelte etwas und gab dann offen zu: »Dr. Kolff tritt für die erste Alternative ein. Er will eine seiner Superraketen verwenden und sie direkt auf den Mond schießen.«
»Hält er es für möglich, eine solche Rakete innerhalb von vier Jahren zu produzieren?«
»Er sagt, er könnte es in einem Jahr schaffen.«
»Meinen Sie, er könnte das?«
»Nein. Und auch nicht in zehn Jahren. Dieter Kolff hat einen Fimmel, was Raketen angeht ... Große Raketen ... Man muß es ihm nachsehen.«
Kalifornische Gelehrte zeichneten für den dritten Vorschlag verantwortlich: »Wir müssen die leichtestmögliche Rakete bauen, aber jeweils zwei zusammen einsetzen. Die erste Rakete bringt Menschen und Verpflegung direkt zum Mond; die zweite folgt mit der wissenschaftlichen Ausrüstung und dem Treibstoff für den Rückflug. Sie landet etwa einen halben Kilometer von der ersten entfernt ...«
»Und was geschieht, wenn Rakete Nummer zwei auf der anderen Seite des Mondes landet?« fragte ein Wissenschaftler.
»Bei Trägheitsnavigation kann das nicht passieren.«
»Und was ist Trägheitsnavigation?«
»Ein modernes Wunder, an das Sie einfach glauben müssen ... vorderhand.«
»Und die Astronauten der ersten Rakete, müssen die auch daran glauben?«
»Ohne Glauben würden sie gar nicht erst auf den Mond kommen.«
Dieser Vorschlag fand große Beachtung, und als die Verantwortlichen herrliche Zeichnungen und kunstvoll hergestellte Miniaturmodelle der drei Raketen und des Transportkarrens für den Treibstoff herumgehen ließen, verwandelte sich der hochlöbliche Ausschuß in eine Schar Schuljungen, die ihre Spielsachen über die glattpolierte Tischfläche von einer Seite zur anderen schoben.

»Kann so ein Vehikel überhaupt auf dem Mond fahren?« fragte ein Professor.
»Wir denken schon.«
Die vierte Alternative war der sehr reizvolle Vorschlag einer Gruppe von Ingenieuren aus der Privatindustrie. Sie traten dafür ein, eine leicht steuerbare, möglichst große und schubstarke Rakete in Richtung Mond abzuschießen; sobald sie ihren Treibstoff verbraucht hatte, würde eine zweite Rakete mit einer gigantischen Menge frischen Treibstoffes sie überholen und ihr diesen zuführen. Die Menge würde ausreichen, um die erste Rakete auf den Mond und wieder zur Erde zurückzubringen.
»Und was geschieht mit der leeren Rakete?« fragte ein Mitglied des Ausschusses. Die Ingenieure sahen den großen Wissenschaftler ungläubig an.
»Sie bleibt in ihrer Umlaufbahn. Weder Wind noch Rost können ihr etwas anhaben. Sie kreist einfach weiter ... bis in alle Ewigkeit.«
»Um die Erde?«
»Sie hat nichts mehr mit der Erde zu tun. Sie wandert durch das Planetensystem und umkreist als kleiner, von Menschenhand geschaffener Asteroid die Sonne.«
Mott hatte bereits die Gewichte, den Treibstoffbedarf und die Nutzlast dieser vier Systeme studiert, und als die Diskussion begann, erwiesen sich seine Erkenntnisse als sehr wertvoll. Die jeweiligen Fürsprecher erhoben durch die Bank Einwendungen gegen seine Zahlen – ihre eigenen hingegen waren stets ein wenig zu optimistisch –, aber schließlich einigten alle Anwesenden sich auf Parameter – ein in diesem Jahr geprägtes Modewort –, wodurch fruchtbare Gespräche möglich wurden.
Der fünfte Vorschlag unterschied sich grundlegend von den anderen, und die Ausschußmitglieder beugten sich interessiert vor, als er ihnen unterbreitet wurde. Der Sprecher war ein Oberst der Air Force, ein rechter Himmelsstürmer, mit stechenden Augen, die von einem zum anderen glitten, so als glaubte er, jeden dieser brillanten Sternenjäger einzeln überzeugen zu müssen.
»Mein Plan ist ebenso einfach wie kühn. Wir verwenden eine relativ kleine Rakete, wie wir sie schon haben, und schießen einen Mann mit ausreichender Verpflegung und Sauerstoff für drei Jahre hinauf ins

Randgebiet des Kraters Kopernikus. Wir sind völlig sicher, daß er mit der Ausrüstung und den kondensierten Nahrungsmitteln, die wir schon haben, dort landen und überleben kann.«
»Und wie kommt er zurück?« wollte Mott wissen.
»Er kommt nicht zurück«, erwiderte der Oberst und fügte hinzu, als sich das betroffene Staunen gelegt hatte, »nicht gleich. Nicht in diesem Jahr. Aber wir dürfen doch wohl voraussetzen, daß wir in drei Jahren stetiger Forschung Raketen besitzen werden, die imstande sind, ihn wieder vom Mond herunterzuholen.«
»Du lieber Himmel!« entrüstete sich ein Wissenschaftler. »Für so ein gewagtes Abenteuer wollen Sie also das Leben eines Menschen riskieren?«
»Ich bin schon ganz andere Risiken eingegangen.« Seine Arroganz empörte die Wissenschaftler, aber er fuhr fort: »Ich bin schon in fünfundzwanzigtausend Meter Höhe geflogen, als wir noch sehr unvollkommene Sauerstoffgeräte hatten. Auf Edwards habe ich Männer schon zu einer Zeit auf fünfundvierzigtausend Meter Höhe geschickt, als die Maschinen noch keineswegs ausgereift waren. Ob einer nun zurückkommt oder nicht – die Ehre zu haben, als erster Mensch den Mond zu betreten ...«
Er ließ die Blicke von einem zum anderen schweifen. »Die Ansprüche der Vereinigten Staaten auf ein Territorium anzumelden, das größer ist als Asien! In die Geschichte einzugehen! Ich könnte Ihnen zwanzig Testpiloten der Air Force nennen, die schon morgen starten würden.«
»Obwohl sie drei Jahre allein oben sitzen müßten?«
»Sie würden ein Funkgerät haben. Stellen Sie sich bloß einmal vor, was sie der Welt alles mitzuteilen hätten.«
»Und wenn ihr Mann am Ende der drei Jahre hören müßte, daß die Bergungsrakete nicht funktioniert? Daß man ihn nie holen kommen wird? Würden Sie einen Ihrer Männer auf eine solche Reise schicken, Herr Oberst?«
»Ich sagte es Ihnen schon: Ich kenne zwanzig, die sich die Chance nicht entgehen lassen würden.«
»Und Sie selbst?«
»Ich bin hierher gekommen, um mich zur Verfügung zu stellen.« Sehr aufrecht stand der Oberst da, und während er wartete, wurde den

Ausschußmitgliedern bewußt, daß sie nicht nur über faszinierende Vorschläge zu beraten hatten; es ging auch um Fragen, die Leben und Tod und die Weltgeschichte betrafen.

Der Mondausschuß entschied sich mit großer Mehrheit für die Jules-Verne-Version. »Eine Monsterrakete, rauf, landen und wieder runter.« Dieter Kolff in Alabama war überglücklich, als er davon erfuhr, denn genau das hatte er zwanzig Jahre lang gepredigt. Zwar hatte ihn sein entschiedenes Eintreten für diesen Vorschlag ein wenig in Opposition zu Wernher von Braun gebracht, der sich für das Rendezvous-Manöver aussprach, aber er war guter Dinge und beauftragte seine Leute mit einer Reihe von Studien, die die riesige Nova-Rakete am Ende aus den Bündeln von Zeichenpapier, auf denen sie geplant worden war, in eine Realität aus Stahl und Titanium verwandeln sollten.

Mott arbeitete jetzt in einer Welt anspruchsvollster Denkarbeit, und sobald eine Entscheidung, gleich welcher Art, bekanntgegeben wurde, unterzog man sie einer intensiven Analyse; die hartnäckigsten Köpfe des Landes bemühten sich fieberhaft, ihre Schwächen aufzuzeigen; ein unabdingbarer Prozeß, denn letztendlich würde Motts Ausschuß an die fünfundzwanzig Milliarden Dollar dafür ausgeben, die Entscheidung in die Tat umzusetzen.

Als die Debatte über die Rauf-Runter-Methode gerade ihren Höhepunkt erreichte, besuchte Mott zufällig die Chance-Vought-Werke, jenes angesehene Unternehmen, das für die Navy die bemerkenswerten Maschinen der Typen F4U und F8U gebaut hatte. Dort lernte er einen freundlichen Mann kennen, der sich ein Leben lang mit den komplexen Problemen beschäftigt hatte, die zu lösen waren, um enorme Lasten in die Luft zu heben und sie vorwärtszubewegen. Am Rande eines Flugfeldes machte dieser Mann Mott eines Abends mit den Gedanken vertraut, die das Raumprogramm am Ende retten sollten:

> Konzentrieren Sie sich auf die einfachen Probleme. Lösen Sie sie, und alles andere ergibt sich von selbst. Und das größte Problem ist dies: Der Astronaut muß ein idiotisch großes Gewicht in die Luft mitnehmen, das genügend Treibstoff mit sich führt,

um ihn von der Erde weg, durch den Weltraum, vom Mond weg und auf die Erde zurückzubringen.
Wenn es dieses Gewicht ist, das uns zurückhält, warum befreien wir uns nicht davon? Ja, Sie haben sich nicht verhört. Wir müssen das verdammte Zeug einfach loswerden!

Als Mott ihn ironisch fragte, von welchem Teil der Last der Astronaut sich wohl gern trennen würde – von dem, der ihn zum Mond, oder dem, der ihn zur Erde zurückbringen sollte – und sich sehr witzig dabei vorkam, erhielt er eine überraschende Antwort:

Ich meine das Ganze. Nicht nur die Raketenstufen, wie wir das jetzt machen. Ich meine das ganze verdammte Zeug, ausgenommen die kleine Kapsel, in der die Astronauten die letzten sechzig Kilometer ihrer Reise zurücklegen. Ich meine, sie müßten in großem Umfang das tun, was Sie, Professor, Auf Wallops Station im kleinen Maß gemacht haben. Den ersten Teil Treibstoff aufbrauchen, dann die Triebwerke, die ihn aufgebraucht haben, abwerfen. Die ganze Stufe ins Meer fallen lassen. So wie wir das mit der Atlas machen.
Dann den nächsten Teil aufbrauchen, und wieder die Triebwerke, die ihn aufgebraucht haben, abwerfen. Ins Meer damit! Dann alle Instrumente und die elektrische Ausrüstung abwerfen, die bisher gebraucht wurden. Und wenn die Astronauten auf dem Mond landen, den größten Teil des Raumfahrzeugs, das sie dahin gebracht hat, wegwerfen. Sie lassen es einfach auf dem Mond zurück. Und wenn sie vom Mond weg und wieder im Mutterfahrzeug sind, werfen sie auch die Kapsel ab, die sie zum Mond gebracht hat.
Sie werfen alles ab, Professor, und auf dem Rückflug zur Erde werfen sie sogar die Maschine ab, die sie heimbringt, und schließlich sind es nur mehr kleine Männchen in einer ganz kleinen Kapsel, die an einem Fallschirm hängt, und wenn sie auf das Wasser auftrifft, werfen sie auch noch die Kapsel und den Fallschirm weg.
Die Astronauten lassen sich in einem komplexen Fahrzeug in den Weltraum schießen; es besteht aus acht oder neun Bautei-

len, die Tausende von Tonnen wiegen. Am Ende ihres Fluges wassern sie nackt im Ozean, wo ihre Reise begonnen hat. Unterwegs haben sie alles weggeworfen; sie sind selbst ein Raumschiff geworden.

Diese Sätze wurden Motts Richtschnur. Welche Vorschläge auch immer an ihn herangetragen wurden, er untersuchte sie auf die Menge hin, die weggeworfen werden und wie rasch das geschehen konnte. Und diese Erkenntnis war es auch, die das Ende der Jules-Verne-Methode brachte. »Aber, meine Herren«, versuchte er die Vertreter dieses Vorschlags zu überzeugen, »Ihren Plänen zufolge befördern Sie eine riesige Maschine zum Mond und verwenden dann alle ihre Energie darauf, sie wieder zur Erde zurückzubringen.«
»Wissen Sie eine andere Möglichkeit?«
»Von Braun und seine Deutschen in Huntsville haben einen sehr vernünftigen Plan entwickelt. Die Mondrakete wird aus Bauteilen zusammengestellt, die in eine erdnahe Umlaufbahn gebracht werden. Keine Schwerkraft, keine Belastung.«
Eine nach der anderen rangierte Mott die anderen Alternativen aus; sie waren zu schwer, zu teuer, zu riskant oder, wie im Fall »Schickt ihn auf den Mond und laßt ihn dort modern«, zu unmenschlich. Der einzig praktische Weg, den Mond zu erreichen, daran zweifelte er nicht, war der von Wernher von Braun ersonnene, des Mannes, der mehr von Raketen verstand als sonst jemand.
Und so war es natürlich Mott, der, als die NASA einen neuen Ausschuß einsetzte, der die letzte Entscheidung bezüglich des Mondflugs treffen sollte – »Genug Zeit vertrödelt!« –, in vorderster Front dafür kämpfte, die Jules-Verne-Methode ein für allemal als unbrauchbar zur Seite zu legen. »Wir stehen am Beginn eines neuen Zeitalters. Lassen Sie uns also auch neue Techniken anwenden.« Und er wurde zu einem so glühenden Verfechter von Dr. von Brauns Rendezvous-Manöver, daß die Ausschußmitglieder ihn nur mehr »unseren kleinen Deutschen« nannten.
»Man begegnet in seinem Leben nur wenigen Genies«, sagte er zu einem der Ingenieure. »Wenn Sie gescheit sind, schließen Sie sich ihm an.« Der Ingenieur schnaubte verächtlich. »Von Braun ist kein Genie, er ist ein Ingenieur.« Mott verzichtete auf eine scharfe Replik und er-

widerte nur lahm: »Ich nehme an, daß es von Braun sein wird, der uns auf den Mond führt.«

Dank vieler mitternächtlicher Arbeit erwarb er in diesem Sommer auch den Doktortitel, und er lud seine Schwiegermutter ein, zusammen mit seiner Familie der feierlichen Zeremonie an der Cal Tech beizuwohnen. Mit Wohlgefallen registrierte Mrs. Saltonstall Lindquist die gemessene Würde der Hochschule, den Liebreiz der Spazierwege und die Großartigkeit des Fakultätsklubhauses, des vielleicht schönsten Amerikas. »Gediegener als in Cambridge«, gab sie widerstrebend zu.

Präsident Kennedys Herausforderung und ganz besonders auch das aufgeblähte Budget der NASA, das munter auf die vierte und fünfte Milliarde Dollar zugaloppierte, führten zu einer sensationellen Zunahme von spekulativen Unternehmen auf dem Gebiet der Raumfahrt, und einige Dutzend Industriebetriebe boten Mott eine ausgezeichnete Stellung mit einem astronomischen Gehalt an, aber er sah sich als Beamten einer Regierung, die sich auf das erregendste Vorhaben der Welt eingelassen hatte, und schlug alle Angebote aus. Doch am Tag vor seiner Promotion kam General Funkhauser angefahren und machte ihm seinen Standpunkt klar.

> Sie haben nicht richtig zugehört, Stanley. Aus eigenem Tun wird die NASA überhaupt nichts schaffen. Sie wird alles an die Privatindustrie vergeben – an uns, an Chance-Vought, Grumman, North American, Douglas, Boeing. Wir sind es, die das Raumzeitalter schaffen werden, nicht die NASA. Kommen Sie zu uns, und Sie werden die Fahrzeuge bauen, die zum Mond fliegen. Ich bin das Weltraumzeitalter, nicht Dieter Kolff in Huntsville oder Ihre Freunde im Langley Research Center. Kommen Sie zu uns, und Sie kommen zum besten Team.

Und als Mott mit etwas Distanz beobachtete, was wirklich geschah, was nicht so war, wie die hübschen Schaubilder es immer zeigten, sah er, daß General Funkhauser durchaus recht hatte. Es waren die Flugzeugbauer – Grumman, Douglas, Boeing –, die das Raumprogramm dirigierten, während die hohen Herren der NASA im Land herumgondelten, Reden schwangen und vor dem Kongreß aussagten.

Als Funkhauser ihm 37 000 Dollar im Jahr bot, hatte Mott das Gefühl, er müsse dieses verlockende Angebot mit seiner Frau, und da Mrs. Lindquist, gerade zu Besuch war, auch mit seiner Schwiegermutter besprechen.
Die zwei Damen waren unterschiedlicher Meinung. »Stanley«, sagte Mrs. Lindquist, »du hast wie ein Hund geschuftet, und was hat es dir eingebracht? Ein mieses Reihenhaus, in dem du zur Miete wohnst. Mit nur einem Badezimmer! Wenn dir das MIT keine volle Professur anbietet, zuzüglich eines eigenen Hauses, dann geh zu Allied und laß dir ein anständiges Gehalt zahlen!«
Rachel sah es anders. »Du bist heute einer der führenden Köpfe des Landes, die Welt ist dabei, sich deiner Meinung anzuschließen. Bleib dabei, Stanley. Du könntest der amerikanische von Braun werden.«
Schon war sein Ausschuß im Begriff, offiziell bekanntzugeben, daß Amerika sich für von Brauns Erd-Orbit-Redezvous-Manöver entscheiden würde, als er einen geheimnisvollen Anruf von Mrs. Pope in Washington erhielt: »Senator Glancey möchte, daß Sie sofort nach Huntsville fliegen. Dr. Kolff macht dort mächtig Wind. Irgend etwas paßt ihm ganz und gar nicht.«
Als Mott im Motel in Huntsville eintraf und Kolff anrief, spürte er die Spannung und nahm an, der Deutsche würde, sobald er vom Monte Sano gekommen war, um ihn abzuholen, seinem Herzen Luft machen. Aber Kolff hatte seinen Sohn Magnus im Wagen. Mott freute sich, den Jungen zu sehen, denn trotz seiner vielen Arbeit machte er sich ständig Sorgen um seine eigenen Söhne, und es konnte nur von Nutzen sein, einen anderen Jungen, der etwa das gleiche Alter hatte, mit ihnen zu vergleichen.
»Wie geht es dir denn in der Schule?« fragte er den Blondschopf, und die Antwort war so verschieden von dem, was seine Söhne erwidert hätten, daß er staunte: »In Englisch bin ich immer noch nicht besonders, doch in Mathematik und Naturwissenschaften lerne ich wirklich eine ganze Menge; aber am liebsten ist mir die Musik.«
»Welche Art von Musik?«
»Es gibt hier ein städtisches Orchester. Ich spiele die Trompete.«
»Er ist erst fünfzehn«, sagte Dieter, während er den VW die steile Straße zum Monte Sano hinaufsteuerte, »aber er hat ein Universitätsstipendium für Musik zugesagt bekommen.«

»Fährst du schon mit dem Wagen deines Vaters?« fragte Mott.
»O nein! Das geht erst los, wenn ich sechzehn bin. Sondererlaubnis.«
»Kannst du denn schon fahren?«
»O nein! Auch das geht erst los, wenn ich sechzehn bin.«
»Ich möchte nicht, daß er den Wagen anfaßt, solange es ungesetzlich ist«, erklärte Kolff.
Mott war von den gut durchdachten Anbauten beeindruckt, die die Kolffs an ihrem Haus vorgenommen hatten – hier ein Zimmer, da ein Abstellraum, dort eine von einem Fliegengitter umgebene Veranda, auf der sie sitzen und auf die Lichter der Stadt hinabblicken konnten.
Das Abendessen war eines von Liesls besten, ein wohlfeiles Stück Rindfleisch, sauer eingelegt und extra lang in einem Dampfkochtopf gekocht; das brach die Fasern und ließ die Marinade so richtig ins Fleisch eindringen. Zu dem Sauerbraten servierte sie Kartoffelklöße und hausgemachtes Schwarzbrot, und es schmeckte alles so gut, daß Mott um eine zweite Portion bat.
Während Mrs. Kolff abräumte und Magnus in sein Zimmer ging, um seine Aufgaben zu machen, setzten sich die beiden Ingenieure auf die Veranda und begannen ein Gespräch, das alles in Frage stellte, womit Motts Ausschuß sich bisher beschäftigt hatte.
MOTT: Na, was nagt Ihnen an der Leber, Dieter?
KOLFF: Die Entscheidungen, die zu treffen Sie im Begriff sind. Ich mache mir Sorgen.
MOTT: Man hat mir gesagt, Sie stünden jetzt hinter von Brauns Vorschlägen.
KOLFF: Das tue ich. Ich war immer ein treuer Diener. Das wissen Sie.
MOTT: Es tut mir leid, daß Ihr einfacherer Plan nicht akzeptabel war, aber die Jules-Verne-Methode ...
KOLFF: Ich habe mich dafür eingesetzt. Ich habe verloren. Das ist erledigt.
MOTT: Was ist dann das Problem?
KOLFF: Die ganze Idee. Sie ist grundfaul.
MOTT: Sprechen Sie vom Mondflug? Seit Jahren liegen Sie mir damit in den Ohren. In El Paso ...

Kolff: Mondflug, ja. Aber der Mond darf nicht das große Ziel sein.

Mott: Und was spricht dagegen?

Kolff: Weil ihr euch noch beglückwünscht, wenn ihr das falsche Ziel trefft. Als ob ihr etwas ganz Kolossales geleistet hättet.

Mott: Zweifeln Sie etwa daran, daß wir auf dem Mond landen werden?

Kolff: Natürlich werden wir dort landen. Leider werden wir nicht mehr runterkommen.

Mott: Augenblick mal! Ich habe Monate damit zugebracht, alles zu überprüfen, und ich bin sicher, daß wir unsere Leute wieder herunterbekommen.

Kolff: Die Leute ja, aber unser Land nicht. Wenn wir einmal auf dem Mond gelandet sind, bleiben wir für immer seine Gefangenen.

Mott: Was meinen Sie damit?

Kolff: Ich meine den entsetzlichen Fehler, den wir begehen, indem wir Astronauten hinaufschicken. Den entsetzlichen Fehler, aus dem Mann im Mond eine Zirkusnummer zu machen.

Mott: Diese Männer sind der Mittelpunkt dieses Abenteuers.

Kolff: Und eben das ist falsch. Wir brauchen sie nicht für eine Mondlandung. Sie werden nur im Weg sein. Sie nahmen dem Abenteuer die Bedeutung, die es haben sollte. Sie machen eine billige Farce daraus. Und am Ende werden sie der Grund sein, warum wir auf dem Mond gefangen bleiben.

Mott: Erklären Sie mir das.

Kolff: Sehen Sie sich den Mond an, der wie eine uralte Göttin aus dem Osten kommt. Dann sehen Sie sich die Sterne da drüben an, wo das Mondlicht sie nicht verblassen läßt. Der Mond ist ein wandernder Geselle, er kommt und geht. Die Sterne sind ewig. Nicht dem vorüberziehenden Mond sind wir verpflichtet, das ist leicht zu verstehen. Die Sterne legen uns Verpflichtungen auf ... Und die sind nicht leicht zu begreifen.

Mott: Würden Sie die Mondlandung absagen?

Kolff: Keineswegs. Das ist ein logischer erster Schritt. Aber ich würde die Sache schnell über die Bühne gehen lassen. Ich würde keine Astronauten hinaufschicken und keine Zirkusnummer abziehen. Und ich würde mit aller Kraft die Forschung weiterbetreiben. In diese Rich-

tung, wo uns das Schlachtfeld des Geistes erwartet *(er deutete in die dem Mond entgegengesetzte Richtung).*
MOTT: Was haben Sie gegen Astronauten?
KOLFF: Jetzt kommen wir zum Kern der Sache. Die Männer sind, von der Technik her gesehen, unnötig. Sie wissen das, und ich weiß es. Aber um sie unterzubringen, müssen wir eine enorm große Kapsel bauen, obwohl sie ganz klein sein sollte. Und um diese Kapsel, die wir nicht brauchen, hochzuschießen, müssen wir Raketen haben, die zweimal so groß sind wie die normalen. Dann müssen wir Treibstoff für diese Superraketen haben. Und für alle diese Dinge, die wir nicht brauchen, müssen Versorgungssysteme her. Und das gefährlichste von allem: Wenn wir auf dem Mond landen, gilt die Aufmerksamkeit der Welt nicht der Bedeutung des Abenteuers, sondern den drei Astronauten.
MOTT *(sehr bedächtig)*: Dieter, ich weiß, was Ihnen an der Leber nagt. Sie sind ein Mann, der imstande ist, sehr große Raketen zu bauen. In Peenemünde träumten Sie von einer, die den Atlantik überqueren würde. Und auf White Sands von noch größeren. Sie wollen nichts weiter als riesengroße Raketen abfeuern – der Zweck ist Nebensache. Sie sind ein Ingenieur, der den Verstand verloren hat.
KOLFF: Und Sie ein Ingenieur, der das große Ziel aus den Augen verloren hat. Die Wissenschaft hat Sie korrumpiert.
MOTT: Glauben Sie wirklich, wir könnten den Mond und den Mars erforschen, ohne Menschen in den Maschinen zu haben, die sie steuern? Die in Notfällen sofort reagieren?
KOLFF: Wir könnten noch viel mehr. Geben Sie *mir* das Geld, das wir mit dem bemannten Teil vergeuden, und in drei Jahren hätten wir die grundlegende Erforschung des Sonnensystems beendet. Schon morgen könnten wir unsere Maschinen auf dem Mond landen und Proben von Mondgestein zurückbringen lassen. Wir haben die Geräte, die notwendig sind, um das Universum zu fotografieren, auf der Venus zu landen und zum Saturn zu fliegen und seine Ringe zu untersuchen. Wir könnten es schneller und besser tun und zweimal soviel Informationen sammeln.
MOTT: Und warum tun wir es nicht?
KOLFF: Daran ist die Politik schuld. Aus politischen Gründen hat Präsident Kennedy gesagt: Wir werden einen Menschen zum Mond flie-

gen lassen und ihn wieder heil herunterbringen. *(Er unterbrach sich und lachte in sich hinein.)* Ich war schon immer ein Spielball der Politik. Adolf Hitler hatte einen Traum, und man holte mich von der Ostfront. Herr Funkhauser wollte den Ruch des Nazismus loswerden und ließ mich Ihnen in die Arme fallen. Jetzt ist es die Geschäftspolitik von *Life*.
MOTT: Was zum Teufel meinen Sie damit?
KOLFF: Die Zeitschrift *Life* hat einen Vertrag mit den Astronauten. Einen Exklusivvertrag. Also müssen die Astronauten aufgebaut, müssen sie, wie man sagt, *berichtenswert* gemacht werden. Fünfzehn Zeitungsschreiber verbringen ihre Zeit damit, sieben gewöhnliche junge Männer in Götter zu verwandeln. Und schauen Sie sich die Zeitungen an! Sie lassen jedes kritische Urteilsvermögen vermissen. Sie schreiben über Al Shepard, als ob er Columbus wäre. Und was hat er Großes geleistet? Er ist eine Maschine geflogen, die sich nicht sehr von der unterscheidet, die wir vor einem Vierteljahrhundert in Peenemünde gebaut haben. Und weder *Life* noch die *New York Times* erkennen den tieferen Sinn dieser Flüge.
MOTT: Es sind Nachrichten. Sensationelle Neuigkeiten.
KOLFF: Aber die falschen.
MOTT: Sie können es nicht aufhalten, von Braun kann es nicht aufhalten, ich kann es nicht aufhalten, also was wollen Sie tun?
KOLFF: Ich werde still zusehen, wie der Zirkus Triumphe feiert und wie die bedeutungslose Parade schließlich zum Stehen kommt. Und wenn dann alle Betriebsamkeit erloschen ist, werde ich hier auf dieser Veranda sitzen, zu den Sternen aufblicken und weinen.

Mott blieb in Huntsville, um auch noch mit den anderen Ingenieuren zu sprechen, und obwohl die Deutschen keine große Lust zeigten, Meinungen zu äußern, die der offiziellen Politik der Regierung zuwiderliefen, zeigte sich doch, daß sie Kolffs Ansichten teilten. Von Braun war verreist, und Mott ersuchte um Erlaubnis, seine Rückkehr abwarten zu dürfen, denn er vermutete, daß auch der große deutsche Wissenschaftler die fundamentale Nutzlosigkeit erkannt hatte, die darin bestand, Menschen auf den Mond zu schicken. In den zwei Tagen, die er auf den Deutschen warten mußte, sprach er vorsichtig mit vielen Leuten.

Von Braun blieb undurchschaubar. Er schien hocherfreut, daß Motts Ausschuß die Jules-Verne-Methode verworfen und auch die anderen drei Alternativen so gut wie fallengelassen hatte, denn das hieß, daß man sich zu dem von ihm empfohlenen Erd-Orbit-Rendezvous entschließen und ihm die Leitung des Unternehmens übertragen würde. Er befand sich in einer starken Position und war sich dessen auch bewußt.

Über die Möglichkeit, eine Mondlandung ohne die Einbeziehung von Menschen durchzuführen, wollte er nicht sprechen, auch nicht in Ansätzen. »Das wurde schon alles auf höchster Ebene entschieden. Überdies sind die Männer, die wir ausgewählt haben, so hervorragend ausgebildet, daß sie sich während des Fluges als sehr nützlich erweisen werden.«

»Aber wäre es nicht einfacher...?«

»Die Sache ist gelaufen«, fiel von Braun ihm ins Wort und ließ keinen Zweifel daran, daß er nicht die Absicht hatte, sie noch einmal auf die Tagesordnung zu setzen. Wie schon einmal in Peenemünde hatte die Autorität des Staates gesprochen und jeder Spekulation ein Ende gesetzt. Doch als von Braun Mott jetzt zur Tür begleitete, sagte er noch zwei Dinge: »Wie ich höre, waren Sie einer der eifrigsten Verfechter des von mir vorgeschlagenen Rendezvous-Manövers. Ich danke Ihnen. Sie waren nicht nur mutig, Sie haben auch das Richtige getan. Und lassen Sie sich nicht von Dieter Kolff und seinen Phantastereien irre machen. Er wird nicht glücklich sein, solange er nicht eine seiner Raketen aus dem Sonnensystem hinausschießt. Und wenn es einmal soweit ist, wird er recht haben. Aber noch ist es nicht soweit.«

Als Mott sich zwei Stunden später auf seinen Rückflug nach Kalifornien vorbereitete, rief Mrs. Pope aus Washington an: »Senator Glancey ersucht Sie, heute um vier in seinem Büro zu sein. Sie sollen Kolff mitbringen.«

Das Gespräch wurde in brüskem Ton geführt. Auf einer Seite des Tisches saßen, begleitet von Mrs. Pope, gleich zwei von der Schuld des Angeklagten überzeugte Richter, die Senatoren Grant und Glancey. Die Sitzung war von Glancey einberufen worden, aber Grant eröffnete die Debatte:

»Was zum Teufel bilden Sie beide sich eigentlich ein?«

»Wie bitte, Sir?« erwiderte Mott.

»Sie brechen wegen der geplanten Mondlandung einen Streit vom Zaun. Verdammt noch mal, wir haben schon genug Schwierigkeiten, ohne daß unsere eigenen Leute noch dazu beitragen.«
»Was meinen Sie damit, Sir?« fragte Mott ohne auch nur eine Spur von Unterwürfigkeit. Die vielen Angebote aus der Großindustrie hatten ihm ein Selbstvertrauen gegeben, wie er es bisher nicht gekannt hatte.
Auch Norman Grant, der nun schon sechzehn Jahre im Senat saß, war nicht mehr von jener unschlüssigen Haltung, die ihn bei seiner ersten Wahl gekennzeichnet hatte. Er war es jetzt gewohnt, Gegner herunterzumachen, wenn er es mit bloßer Überzeugungskraft nicht schaffte; und in dieser kritischen Situation, so meinte er, war eine energischere Gangart angebracht. »Man hat uns berichtet, daß Sie beide im Marshall Space Flight Center gegen unser Vorhaben agitiert haben, Astronauten in der Kapsel zu haben, wenn wir auf dem Mond landen.«
»Ich habe mit Dr. Kolff darüber gesprochen, Sir«, antwortete Mott. »Dr. Kolff ist ein in der ganzen Welt anerkannter Fachmann auf diesem Gebiet, und ich wollte seine Meinung hören.«
»Nun, ich kann Ihnen versichern, daß Dr. Kolffs Meinung in diesem Fall völlig uninteressant ist und er gut daran täte, sie für sich zu behalten.«
»Jede Meinung verdient Aufmerksamkeit, Senator Grant. Haben Sie einige dieser Verrückten gehört, denen wir die Ehre erwiesen, sie zu einem Gespräch einzuladen?« Und er erzählte den Senatoren von dem Oberst der Air Force, der mit einem auf drei Jahren berechneten Vorrat an Lebensmitteln und Sauerstoff auf dem Mond abgesetzt werden und auf den Tag warten wollte, bis größere Raketen erfunden waren, die ihn auf die Erde zurückholen konnten. Senator Glancey schüttelte nur den Kopf, aber Senator Grant bemerkte forsch: »Sicher könnten wir Freiwillige finden, die dazu bereit wären. Wenn ich jünger wäre, ich würde sofort losfliegen.«
»Es geht um folgendes, Mott«, begann Glancey. »Grant und ich müssen vor dem Kongreß diese kolossalen Budgetmittel rechtfertigen, die Ihre NASA von uns verlangt. Fünf Milliarden Dollar im Jahr. Aber wir können diese Beträge nicht rechtfertigen, wenn ich vor den Senat gehe und sage: ›Das Geld ist für wissenschaftliche Forschungen.‹

Wenn ich aber sage: ›Wir brauchen es, um einen tapferen amerikanischen Jungen auf den Mond zu schicken und ihn heil wieder auf die Erde zurückzubringen‹, dann reiben sich die Senatoren die Tränen aus den Augen und bewilligen zweimal soviel, wie Grant und ich verlangt haben.«

»Aber Sie wissen«, hielt Mott ihm entgegen, »daß es billiger und besser ohne die Astronauten zu machen wäre.«

Grant hämmerte zornig auf den Tisch. »Verdammt noch mal, Mott, als Mrs. Pope Sie vor ein paar Jahren hierher brachte, hielt ich Sie für einen der besten Männer, die wir in der NACA haben. Jetzt reden Sie einfach dummes Zeug.« Kaum hatte er diese Worte ausgesprochen, entschuldigte er sich. »Streichen Sie das. Sie sind alles, nur nicht dumm. Man hat mir berichtet, Sie hätten in der Cal Tech wahre Wunder vollbracht. Meine Glückwünsche. Aber stur sind Sie. Bei Gott, Sie sind stur.«

»Ja, das sind Sie«, bestätigte Glancey, und nun kamen die Herren zur Sache.

»Es sieht so aus«, erklärte Grant. »Das NASA-Programm ist sehr teuer. Es hängt von Leuten wie Glancey und mir und dem Vizepräsidenten ab, es ausreichend mit Mitteln zu versorgen, und wer uns dabei hilft, das ist nicht Wernher von Braun oder brillante Männer wie Sie und Kolff. Es sind die Astronauten, Gott segne sie, weil nämlich unser Volk einen Narren an ihnen gefressen hat. Sie bräuchten nur ein böses Wort gegen John Glenn zu sagen, und bereits am nächsten Tag würde Ihnen die NASA den Stuhl vor die Tür setzen. Er ist unantastbar, und das gleiche gilt auch für die anderen. Auf ihren Schultern ruht die ganze Verteidigung der NASA. Wir schicken keinen Schimpansen auf den Mond. Das wäre ein schwerer Fehler. Wir gingen dabei das Risiko ein, ausgelacht zu werden. Und wir schicken auch keinen Roboter, weil man Roboter nicht lieben kann. Und wir schicken auch keine wissenschaftlichen Instrumente, denn dafür interessieren sich die Leute nur in Boris-Karloff-Filmen. Wir schicken amerikanische Helden hinauf, und das dürfen Sie nie vergessen.«

»Wir müssen also«, fuhr Glancey freundlich fort, »Ihnen beiden Maulkörbe anlegen. Untereinander können Sie über nächste und bessere Schritte reden, aber in der Öffentlichkeit sollten Sie den Mund halten.«

»Wenn Sie das nicht tun«, sagte Grant, »bringen Sie das Programm in Gefahr, um dessen Verwirklichung Sie bisher so emsig bemüht waren.« Er wandte sich an Mrs. Pope. »Bitten Sie den Herrn herein.« Und als sie das Zimmer verlassen hatte, sagte Grant: »Wir haben einen Herrn zu uns gebeten, der Ihnen einige Tatsachen erläutern wird.«
Der Neuankömmling war ein gut aussehender, außerordentlich gepflegter Mann von etwa fünfzig in einem teuren, schräg gerippten Kammgarnanzug und italienischen Schuhen. »Es ist mir eine Ehre«, lächelte Grant, »Sie mit dem Herausgeber der Zeitschrift *Folks*, Mr. Tucker Thompson, bekanntzumachen. Seiner Gesellschaft ist der Exklusivauftrag erteilt worden, über die Gruppe von Astronauten zu berichten, die auszusuchen wir im Begriff sind, und ich habe ihn ersucht, Ihnen den Ernst der Lage in groben Zügen darzustellen.«
Thompson sprach mit Vermonter Akzent. Näselnd, gedämpft, intim. Er erweckte den Eindruck, als ob er nur diese Gruppe von Zuhörern und sonst niemanden in die Geheimnisse des Weltraumzeitalters einweihen wollte.

> Ich befinde mich in zweifacher Hinsicht in beträchtlichem Nachteil. Unsere Gesellschaft hat den Auftrag in hartem Kampf gegen *Life* an Land gezogen. Ich möchte kein Wort gegen *Life* sagen, denn sie haben die Astronauten dem Publikum vorgestellt und dabei hervorragende Arbeit geleistet. Aber wir sind überzeugt, daß wir es besser können. Dazu kommt, daß mein Job eine Art Public-Relations-Mann aus mir macht, und es ist Ihr gutes Recht, alles in Zweifel zu ziehen, was ich Ihnen sage.
> *Folks* zeigt das große Weltraumabenteuer nicht als Zirkusnummer. Es ist nicht unser Geschäft, fix-fertige Helden zu produzieren, und ich glaube wirklich, daß wir uns nie dazu hinreißen lassen werden, die Astronauten als überirdische Wesen hinzustellen ... einfach nur als die Blüte unserer Nation, und ihre Frauen als Prototypen amerikanischen Frauentums. Wir verkaufen keine Träume, wir verkaufen die Wirklichkeit.
> Und das ist nun die Wirklichkeit: Amerika identifiziert sein Raumprogramm mit den Astronauten. Und, nicht zu vergessen, mit deren Familien. Diese Familien sind ein wichtiger Teil des

ganzen Programms. Es wäre unmöglich, sich einen Junggesellen als Astronauten vorzustellen – er würde die Hälfte seiner Bedeutung einbüßen. Ich glaube behaupten zu können, daß Amerika ohne seine Astronauten kein Raumprogramm hätte.
Worauf läuft das alles hinaus? Niemand darf etwas drucken oder sagen oder verbreiten, was auch nur den leisesten Verdacht aufkommen ließe, das Raumprogramm könnte ohne die Astronauten bestehen. Diese prächtigen jungen Männer stellen eine enorme Investition dar, eine Investition, die einfach nicht gefährdet werden darf.

Mott empfand es als beleidigend, von einem Menschen belehrt zu werden, der offensichtlich so wenig von den wissenschaftlichen Schwierigkeiten des Raumprogramms wußte – von den Angstneurosen, die selbst die besten Astronomen monatelang plagten –, und nun schien ihm der Moment gekommen, da er als Wissenschaftler zu sprechen hatte.
»Sie, meine Herren Senatoren, halten uns die politischen Realitäten vor Augen. Der ehrenwerte Herausgeber einer Zeitschrift weist uns auf die Notwendigkeit der Beziehungen zur Öffentlichkeit hin. Dr. Kolff und ich sind als Ingenieure und Wissenschaftler für die richtunggebenden Entscheidungen zuständig, und ich darf Sie alle daran erinnern, daß der Mond nur ein Teil unseres Programms ist. Vor oder nach der Mondlandung werden wir eine Sonde zum Mars hinaufschicken. Eine unbemannte Sonde.«
»Und unser Volk wird nichts davon erfahren«, prophezeite Tucker Thompson, »weil Journalisten wie ich keine menschlichen Wesen zur Hand haben werden, um sie als Aufhänger für unsere Geschichten verwenden zu können.«
»Sind diese Geschichten so wichtig?«
»Ich denke schon.« Und weil er sich nicht zum Gegner dieser zwei angesehenen Wissenschaftler stempeln lassen wollte, erzählte er eine Anekdote. »Auf PR-Männer – und ich bin keiner – muß man ein Auge haben. Als Moses die Kinder Israels aus der Gefangenschaft in Ägypten herausführte, sammelte er sie an den Ufern des Roten Meeres und erklärte ihnen ganz offen: ›Kinder, wir sitzen ganz schön in der Klemme. Vor uns das Meer. Um uns herum die Wüste. Das ägypti-

sche Heer setzt uns nach. Ich will euch sagen, was ich tun werde. Ich werde das Rote Meer teilen und einen trockenen Pfad entstehen lassen. Wir marschieren durch, und wenn das ägyptische Heer versucht, uns zu folgen, lasse ich den Pfad wieder verschwinden und ersäufe sie alle.‹ Der PR-Mann der Israeliten war hell begeistert: ›Wenn du das zuwege bringst, Moses‹, rief er, ›verschaffe ich dir drei Seiten im Alten Testament!‹«

»Mit unseren Astronauten«, sagte Grant, »bekommen wir jede Woche drei Seiten in *Life*, drei Spalten in der *Los Angeles Times*, drei Seiten in der ganzen Welt. Vergessen wir nicht, was unser Land einstecken mußte, als Yuri Gagarin überall herumparadierte, um zu beweisen, daß der Kommunismus der Demokratie überlegen ist. Ich möchte John Glenn und Virgil Grissom paradieren sehen, und an dem denkwürdigen Tag, an dem einer unserer Männer auf dem Mond landet, können die Russen einpacken. So einfach ist das.«

Für Stanley Mott waren Ideen die edelsten Manifestationen des menschlichen Geistes, und nun hatte er das Gefühl, daß man seinen Ideen in diesem Raum die Achtung versagte, die sie verdienten. Er hatte viele Jahre seines Lebens damit verbracht, sich mit diesen Problemen zu beschäftigen, und weigerte sich, zwei Senatoren, die erst vor kurzem auf diese Wissensgebiete vorgestoßen waren, oder gar einem Journalisten, der über »Astronauten und Weltraum« schreiben sollte, zu gestatten, ihn, keinen Zweifel zulassend, aus seiner auf Vernunft und Wissen gegründeten Position zu werfen. Er war im Begriff, einen energischen Protest vorzubringen, als Mrs. Pope sein hochgerecktes Kinn bemerkte und munter meinte: »Nun, das wäre es also.«

Doch den zwei Senatoren war Motts Verärgerung nicht entgangen, und nachdem Mrs. Pope Kolff und Thompson in den Vorraum begleitet hatte, legte Mike Glancey seinen Arm um Motts Schulter und sagte: »Der Unterschied zwischen einem Politiker wie mir und einem Wissenschaftler wie Ihnen besteht darin, daß ich, um meinen Job zu behalten, gewählt werden muß ... alle sechs Jahre. Sie brauchen nur berufen zu werden ... einmal. Und bei jeder Wahl lerne ich von neuem: Der Mensch ist das Maß aller Dinge. Ist kein Mensch im Bild, ist es kein Bild.«

»Das ist richtig, Stanley«, nickte Senator Grant. »Ich hatte in der Navy genug mit ingenieurtechnischen Fragen zu tun, um zu wissen, daß Sie im Prinzip recht haben. Natürlich könnten wir auch ohne die Astronauten auskommen. Aber es wäre ein schwerer Fehler, es zu versuchen. Der Steuerzahler, der die Rechnungen begleicht, würde nichts mehr von unserem Programm wissen wollen. Ihre schöpferischsten Träume wären tot.«

Und dann erzählte Glancey eine Geschichte vom ersten Tag seiner ersten Wahlkampagne. »Ich war der hellste Junge in ganz Red River. Und um noch heller zu werden, studierte ich alles, was an neuen Gesetzen geplant war. Doch als ich loszog, um meine erste Wahlrede in einem italienischen Viertel zu halten, lautete die erste Frage, die mir gestellt wurde: ›Wie stehen Sie zur Regierungsvorlage 21-957?‹ Ich hatte noch nie etwas davon gehört. Die Vorlage hatte etwas mit italienischen Einwanderern zu tun. Die wirklich aktuellen Fragen – Krieg, Steuern, medizinische Versorgung, der neue Damm – waren ihnen schnurzegal. Sie wollten über 21-957 Bescheid wissen, und als sie sahen, daß ich keinen Dunst hatte ... ich bekam keine fünfzehn Stimmen in diesem Viertel.

Die Pointe von dieser Geschichte ist, daß man mit den Menschen auf der Ebene sprechen muß, auf der sie angesprochen werden wollen. Beim Weltraum sind das die Astronauten ... Tucker Thompson, der die sorgenvolle Ehefrau hinter dem weißen Gartenzaun fotografiert.«

Mott hatte aufmerksam zugehört, und je mehr er die Astronauten in seine Überlegungen einbezog, desto mehr kam er zu dem Schluß, daß die Senatoren recht hatten und er im Unrecht war. Dieter Kolffs Schwärmereien für die großen mechanischen Raketen hatten ihn für die gesellschaftliche Überzeugungskraft der Astronauten und ihrer Frauen blind gemacht. Der Mensch war das Maß aller Dinge. Sicher konnten Maschinen Wunder vollbringen, aber sie waren nicht imstande, Menschen für eine Sache zu begeistern. Die Astronauten konnten das, und so verließ er das Zimmer mit der Überzeugung, daß das Programm ohne sie keine Zukunft hatte.

»Was gibt es in Los Angeles Neues?« fragte Grant, als sie schon an der Tür standen, und sekundenlang wußte Mott nicht, wovon der Senator redete. Er nahm zunächst an, daß Grant sich auf ein Mitglied des Studienausschusses bezog, der sich gegen das Erd-Orbit-Rendezvous

ausgesprochen hatte, und suchte nach einer Antwort, doch dann fiel ihm ein, daß Grant ihn einmal ersucht hatte, Erkundigungen über diesen Gauner Strabismus einzuziehen. Er dachte an Dieter Kolffs hübsches Diplom, fing an zu lachen und sagte: »Hat man es Ihnen nicht erzählt? Die USA ist kein Forschungsinstitut mehr. Sie nennt sich jetzt Raum- und Luftfahrtuniversität.«
»Gütiger Himmel!«
»Und sogar die NASA hat sechs oder sieben Doktortitel für einige von den älteren NACA-Leuten gekauft. Um unserem Verein ein besonderes Flair zu geben.«
»Sie machen Spaß.«
»Keineswegs. Vor drei Tagen sah ich ein solches Diplom bei Dr. Kolff an der Wand hängen. Es war unterschrieben vom Rektor der Universität, Dr. Leopold Strabismus, und seinem Dekan, Marcia Grant, Dr. phil.«
Senator Grant ließ sich schwer auf einen Stuhl fallen. »Doktor phil.? Sie hat noch nicht einmal das erste Semester geschafft. Und jetzt ist sie Dekan einer Fakultät?«
»Es klingt schlimmer, als es ist. Die Universität hat nämlich gar keine Fakultät.«

Als die letzten Einwände gegen das Rendezvous-Manöver gefallen waren und der Sonderausschuß sich anschickte, in Kürze eine Empfehlung abzugeben, wonach der Mondflug nach von Brauns Plänen vor sich gehen sollte, verspürte Mott plötzlich ein bohrendes Gefühl in der Magengrube, und nachdem er drei Tage lang versucht hatte, es zu ignorieren, wußte er, daß er sich noch einmal mit diesen tüchtigen Ingenieuren im Langley Research Center beraten mußte, die auch in den freudlosen Jahren, als sie keinen überflüssigen Penny besaßen, an zukunftsorientierten Problemen gearbeitet hatten, und als er dort eintraf, schlug einer seiner früheren Bekannten vor: »Warum fliegen wir nicht nach Wallops hinauf, wo wir telefonisch nicht erreichbar sind und in Ruhe alles durchsprechen können?«
Sie flogen nach Wallops Station hinüber, wo sie den Morgen damit zubrachten, die auffallenden Veränderungen zu konstatieren, die möglich geworden waren, weil das Gelände jetzt einem nahegelegenen Marinestützpunkt gehörte. Die Startplätze hatten jetzt Beton-

plattformen, und Straßen führten durch das ausgedehnte, schlafende Moor. Statt kalten Bohnen aus der Dose gab es jetzt Kantinenessen, ganz allgemein strahlte die Anlage Wohlhabenheit aus. Aber einige Herren ließen Zweifel laut werden, die Mott in Verwirrung stürzten; allerdings schien es ihm nicht angebracht, in aller Öffentlichkeit darüber zu sprechen. »Ich frage mich, ob die Burschen auch so viel arbeiten, wie wir es taten, als wir hier am Strand schliefen und auf die Resultate unserer kleinen Raketenstarts warteten?«

Am Nachmittag trugen sie Stühle auf den Strand, setzten sich und blickten auf den Atlantik hinaus, dieses herrliche, stürmische Gewässer, in das in früheren Jahren so viele ihrer Versuchsraketen gefallen waren, und nach einer Weile sagte jemand: »Die machen so viel von den Mercury-Dingern her, aber keine von ihnen war bisher so hoch wie die Raketen, die wir von diesem Strand abgeschossen haben.«

»Ja, aber eines Tages werden sie schnurstracks aufsteigen, vierhunderttausend Kilometer. Und dann wird es da oben keine Atmosphäre mehr geben, die sie messen können!«

»Wie soll es nun gehen, Mott? Schnurstracks hinauf bis zu einer Art Rendezvous?«

»Das mit dem schnurstracks haben wir verworfen. Das ist vorbei.« Aber als er sie davon in Kenntnis setzte, daß es so aussah, als ob die NASA von Brauns Plan für ein Rendezvous-Manöver zustimmen würde, sagte einer seiner Freunde: »Wir haben da in Langley diese Superleuchte, einen gewissen John Houbolt, und der versucht den Leuten einzureden, das Rendezvous-Manöver wäre ein Wahnsinn. Er sagt, es müßte ein Mond-Rendezvous-Manöver daraus werden.«

»Sie meinen, den ganzen Apparat zum Mond hinaufschießen, ihn aber nicht landen lassen? In Bauteile aufsplittern und nur einem die Arbeit überlassen? Dann wieder vereinigen und zurück zur Erde?«

»Sie sagen es.«

»Ich halte nicht viel vom Mond-Rendezvous«, sagte Mott und vertraute ihnen an, daß er diese Möglichkeit in seiner Doktorarbeit gar nicht berücksichtigt hatte. »Auch in unserem Ausschuß kam dieser unausgegorene Plan natürlich aufs Tapet, aber ich glaube nicht, daß wir länger als fünfzehn Minuten darüber gesprochen haben.«

Doch dann kam einer aus der Runde mit einer Entgegnung, die Mott an etwas erinnerte: »Sie haben das Wesentliche von Houbolts Vorschlag nicht erfaßt, Mott. Er behauptet, der Vorteil läge im geringeren Gewicht. Beim Aufstieg der Rakete würde man die Teile abwerfen, die man nicht mehr braucht. Die Rakete würde immer leichter werden, bis zum Schluß nur diese kleine Apparatur übrigbleibt. Man würde sogar den Landeteil auf dem Mond zurücklassen, sagt er. Zumindest zum größten Teil.«

»Wieso?« fragte Mott abrupt, denn er glaubte, den Ingenieur der Chance-Vought zu hören, der an jenem Abend am Rande des Flugplatzes zu ihm gesagt hatte: »Werfen Sie alles ab, Professor ... sogar die Maschine, die Sie heimbringt ... Sie sind selbst ein Raumschiff geworden.«

»Der Plan ist von ihm, nicht von mir, aber er hat Berechnungen, daß das Gewicht ständig abnehmen würde und ...«

Ein anderer Ingenieur nahm das Wort: »Habt ihr Leute schon eine Vorstellung, wie die Mondautos aussehen werden, Mott? Ich meine, seid ihr euch der Tatsache bewußt, daß so ein Vehikel aussehen kann, wie es euch am besten gefällt? Keine Atmosphäre heißt, daß es auch keine Reibung gibt, also kann es beliebig viele Höcker, Ecken, vorspringende Teile und Winkelwerk haben ... Es braucht keine Stromlinienschönheit zu sein. Wo es keine Atmosphäre gibt, sind Stromlinien überflüssig.«

Er schlug vor, ins Haus zu gehen. »Macht mal Platz, ich will was zeichnen.« Doch nachdem der Ingenieur ins Bild gebracht hatte, wie *sein* Mondauto aussehen würde – ein großes, klobiges Ding mit fünfzehn oder zwanzig vorstehenden Teilen –, kam Mott wieder auf das Gespräch am Strand zurück. »Erzählen Sie mir mehr über dieses Abwerfen von Bauteilen«, und die alten Freunde begannen ein funkelndes Spiel von Ideen. »Man beginnt mit dieser Monsterrakete, der größten, die von Braun bauen kann, die aus, sagen wir, fünfzehn verschiedenen Stufen besteht, die man dann eine nach der anderen abwirft, nachdem jede ihre Nützlichkeit verloren hat. Man kommt mit, sagen wir, sechs Bauteilen zum Mond-Rendezvous-Manöver, und zwar den leichtesten. Dieser da spaltet sich ab und bringt den Astronauten zum Mond. Er sieht ihn nie wieder. Dann kommt dieser und dieser und dieser. Am Ende kehrt man in einem Korb auf die Erde zurück. Das ist der Vorteil des Mond-Rendezvous-Manövers.«

»Wissen Sie«, sagte Mott nachdenklich, »ein Ingenieur von Chance-

Vought hat mir genau das gleiche gepredigt. Alles abwerfen. Aber wie sehen die Fakten aus?«

Ohne genaue Daten, aber mit fundierten Mutmaßungen, begannen die von Motts Begeisterung angesteckten Männer eine wissenschaftliche Untersuchung. Draußen zogen die Sterne auf, der Mond stand am nächtlichen Himmel. Ein Ingenieur fuhr mit seinem Wagen zur Kantine, um Sandwiches und Bier zu holen, ein anderer besorgte noch mehr Zeichenpapier, und allmählich wurde das Problem in groben Umrissen sichtbar. Gegen drei Uhr morgens, nachdem alle Aspekte beleuchtet worden waren, ergaben sich für Mott die folgenden Zahlen:

> Beim Start würde ein Raumfahrzeug, das drei Menschen auf den Mond bringen sollte, etwa 3 300 000 Kilo wiegen. Im Verlauf eines Fluges von etwa zweihundert Stunden würde alles Entbehrliche abgeworfen werden, vielleicht neun Bauteile. Bei der Wasserung auf der Erde wäre kein Treibstoff mehr vorhanden, keine Nahrungsmittel, kein Sauerstoff, überhaupt nichts, nur drei Männer in einer Kapsel, der Hitzeschild so gut wie weggebrannt. Das gesamte Restgewicht würde nicht mehr als 5 500 Kilo betragen.

»Herrgott!« brach es aus einem der Ingenieure hervor. »Es ließe sich machen.« Eine ganze Stunde lang überprüften sie noch einmal die Daten, und um vier Uhr früh, als Altair am östlichen Horizont aufzog, stimmte Mott ihm zu: »Es ließe sich machen.«

Er eilte zurück ins Forschungszentrum, um diesen Houbolt kennenzulernen, allem Anschein nach der typische Spezialist, dessen Ideen von seinen Vorgesetzten abgelehnt wurden. »Danke tausendmal, daß Sie gekommen sind, Mott. Man hört meistens nicht zu, wenn ich den Leuten nachweisen will, daß das Mond-Rendezvous-Manöver jedem anderen überlegen ist. Wenn sich die Wissenschaftler unseres Landes nicht belehren lassen wollen ... sie schauen sich nicht einmal die Vergleichszahlen an.«

Mott sprach zwei Tage mit ihm, ging seine ausgezeichneten Unterlagen und Schaubilder durch und kam zu der Überzeugung, daß Werner von Brauns Rendezvous-Manöver wohl durchführbar, das Mond-

Orbit-Rendezvous jedoch weit besser war, und er begann sich in aller Stille dafür einzusetzen. Seine Befürwortung mußte mit größter Vorsicht erfolgen, denn schließlich war ihm schon einmal der Kopf gewaschen worden, weil er sich in den Streit »Astronauten oder Maschinen« eingemischt hatte, und er fragte sich, ob er sich einen zweiten Frontalzusammenstoß mit dem Senatsausschuß leisten konnte. Überdies bestand Grund zu der Annahme, daß es von Braun gewesen sein konnte, der Senator Grant von seinen aufrührerischen Gesprächen mit Kolff berichtet hatte.

Also mußte Mott Vorsicht walten lassen, aber er fand jetzt einen unerwarteten und sehr mächtigen Verbündeten: In einer Reihe von Manövern, so komplex, daß niemand sie durchschauen konnte, gelang es Lyndon Johnson, mit gezieltem Charme einige Texasmillionäre dazu zu bewegen, ein großes, nahe Houston gelegenes Stück Land einer Universität zu überlassen; diese bot es der NASA als möglichen Sitz des großen Weltraumzentrums des Landes an, und mit einer Fülle von Plänen und Studien, die alle für Houston als Standort sprachen, überredete Johnson schließlich die NASA, das Zentrum für bemannte Weltraumfahrt dort zu errichten und mit den führenden Köpfen aus dem Langley Research Center zu besetzen. So wurde Lyndon Johnsons Texas-Zentrum zum Erzrivalen von Dr. von Brauns Alabama-Zentrum, und der Krieg begann.

Wenn Alabama für das EOR, das Erd-Orbit-Rendezvous, eintrat, mußte Texas LOR, das Luna-Orbit-Rendezvous, befürworten, und in der Auseinandersetzung mit seinen früheren deutschen Mitstreitern in Huntsville wurde Mott automatisch zum Verbündeten des schillernden Texaners. Es war ein Kampf, in dem sich Politik, Geld, Lokalpatriotismus, Grundbegriffe und die großen Strömungen des Weltraumzeitalters vermischten, ein Kampf, der fast ein Jahr andauerte und mit einem Patt endete.

Diese scheinbar ausweglose Lage beunruhigte die Senatoren Grant und Glancey in einem Maß, daß sie Mott vor ihren Ausschuß luden; Stanley aber war so stark in die Auseinandersetzung verwickelt, daß er sich entschuldigen ließ, und sie pflichteten schließlich der Auffassung bei, man sollte ihn für eine eventuell nötige Rettungsaktion aufsparen. Mrs. Pope setzte eine Anhörung an, bei der Alabama für EOR und Texas für LOR plädierten, und als die mit scharfen Worten ge-

führte Diskussion ergebnislos zu Ende gegangen war, rief sie Mott an und zitierte ihn für den nächsten Morgen vor ihre zwei Senatoren.
Er fuhr die ganze Nacht durch und erschien mit müden Augen vor dem Ausschuß. Wieder wurden harte Worte laut. »Noch vor Monatsende muß eine Entscheidung fallen. Wir stehen unter Zugzwang.« Mott wollte wissen, wofür sie plädierten, und Grant fuhr ihn an: »Wir verfügen nicht über das nötige Wissen. Wir sind nur da, um die Rechnungen zu bezahlen.«
Mott flog zuerst nach Texas, wo ein riesiges Weltraumzentrum aus dem Moorland emporwuchs, und mußte zugeben: »So wird's gemacht! Simsalabim! Weltraumzentrum erscheine!« Er stellte fest, daß die Texaner nach wie vor steif und fest daran glaubten, daß ihre Alternative die einzig richtige war. »Hoch hinaufschießen, alles abwerfen, den Mond umkreisen, ein Minimum an Ausrüstung zur Landung mitnehmen, und noch weniger beim Verlassen des Mondes.« Dafür reichten die bereits vorhandenen Raketen aus, und es war eine elegante Lösung.
Als Ingenieur liebte Mott das Wort *elegant*, weil es eine ganze Wertskala ausdrückte: Eine elegante Lösung mußte einfacher sein als alle anderen, sie mußte sich leichter zusammenbauen lassen, sie mußte kostengünstiger sein, und sie mußte der instinktiven Denkweise eines Ingenieurs entsprechen. Ein Mond-Orbit-Rendezvous war elegant.
Aber man mußte es den Kollegen in Alabama verkaufen, denn von dort würden die Raketen kommen, und als Mott in Huntsville eintraf, spürte er sofort die Furcht der Deutschen, er sei drauf und dran, sie zu verraten. Es gab elegische Zusammenkünfte mit von Braun und Kolff und lange Sitzungen mit anderen Ingenieuren, die vergebens versuchten, ihn in die Enge zu treiben. Bei Kolff fand er kein Entgegenkommen; vor einem Jahr hatte der kleine Mann mit dem kantigen Gesicht seine ganze Karriere und seinen Ruf für die Jules-Verne-Methode in die Waagschale geworfen, und als seine geliebten Raketen abgeschossen wurden, hatte er sich loyal hinter von Braun gestellt und dessen EOR verteidigt. Nun legte man ihm nahe, abermals die Fronten zu wechseln, und dazu war er nicht bereit.
Er lud Mott ein, mit ihm auf dem Monte Sano zu Abend zu essen, und wieder traf Stanley Liesl und Magnus, der sich darauf vorbereitete, mit einem gemischten Alabama-Tennessee-Orchester Telemanns

Trompetenkonzert zu spielen. »In fünf Städten«, erläuterte Mrs. Kolff. »Er wird mit einem Bus fahren und Orte besuchen, die Dieter und ich noch nie gesehen haben.«

»Er ist sehr jung für eine solche Aufgabe«, meinte Mott.

»Er hat schon mit vier Jahren zu spielen begonnen«, sagte Dieter. »Es ist ein großer Tribut an Amerika. Amerika hat ihm das Instrument gegeben und die Ausbildung.« Nach dem Essen baten die Eltern ihren Sohn, die Kadenz aus dem ersten Satz dieses Konzerts zu spielen, und der stämmige Junge stand da, die Beine ein wenig ausgestellt, und spielte die klare, sanft dahinfließende Musik, wobei er seine Fertigkeit im Transponieren und im langen Halten süßer, voller Töne unter Beweis stellte. Als er geendet hatte, ging er in sein Zimmer hinauf, um zu lernen.

Aber die Kolffs hatten Mott nicht zu sich gebeten, damit er ihren Sohn spielen hörte; sie wollten mit ihm über die tiefgreifenden Entscheidungen reden, die bald getroffen werden mußten, und zu seiner Überraschung leistete ihnen Liesl Gesellschaft, als Dieter und er sich die Stühle auf der Veranda so zurechtrückten, daß sie die Sterne sehen konnten. Liesl sagte nichts, hörte aber aufmerksam zu.

KOLFF: Ich muß offen mit Ihnen reden, Stanley.

MOTT: Bitte nicht über unbemannte Flüge. Das ist endgültig entschieden.

KOLFF: Verstanden. Ich weiß, daß unser Team verloren hat.

MOTT: Und auch nicht über den Mond als Ziel. Wir fliegen hin, und nichts kann uns aufhalten.

KOLFF: Einverstanden. Ich habe versucht, vernünftig mit Ihnen zu reden. Es ist mir nicht gelungen, Sie zu überzeugen.

MOTT *(ein wenig ungeduldig):* Um was geht es dann?

KOLFF: Ein Problem, dessen Auswirkungen noch gar nicht abzusehen sind.

MOTT: Unsere Beschlüsse sind so gut wie endgültig. Es kann da nicht mehr viel geben, das ...

KOLFF: Es gibt etwas, und diesmal müssen Sie auf mich hören, Stanley. Ich bitte Sie, ich flehe Sie an, die NASA nicht auf das Mond-Orbit-Rendezvous festzulegen.

MOTT: Sie erstaunen mich. Das Mond-Orbit-Rendezvous ist eine wunderbare Lösung.

KOLFF: Die Lösung eines Problems, das einer Lösung nicht bedarf.
MOTT: Es wird uns auf den Mond bringen. Und wieder zurück.
KOLFF: Es ist ein einmaliges Spektakel. Eine bewundernswerte Leistung ohne konstruktive Folgeentwicklung.
MOTT: Mit dieser Technik kommen wir überallhin.
KOLFF: Nein, nein, Stanley! Nur bis zum Mond. Dann ist ihre Nützlichkeit vorbei ... tot ... ein wunderbarer Traum für immer ausgeträumt.
MOTT *(ernst):* Wo sehen Sie den Fehler, Dieter?
KOLFF: Von Brauns Lösung, das Erd-Orbit-Rendezvous, ist unendlich besser, weil es uns fast ebensogut auf den Mond bringt, aber außerdem noch die Errichtung einer Raumstation möglich macht, von der aus zu einem späteren Zeitpunkt das ganze Universum erforscht werden könnte. Wollen wir eine Raumstation in dauerndem Umlauf? Mit einem erdnahen Rendezvous können wir sie hundert Meilen hoch, vielleicht dreihundert hoch bauen. Wollen wir Mars und Venus erforschen? Wir werden von unserer Raumstation auf der Erdumlaufbahn starten. Auf den Asteroiden graben? Große Teleskope im Weltraum aufstellen? Siedlungen auf dem Mond errichten? Wir können alles schaffen, wenn wir mit einer soliden Weltraumstation in einer erdnahen Umlaufbahn anfangen. So wie Sie es vorhaben, können wir das alles nicht ausführen.
MOTT: Möglicherweise lehnen wir es auch ab, alle diese Dinge zu machen.
KOLFF: Der Sturm der Geschichte wird uns nicht gestatten, sie abzulehnen. Sie müssen getan werden.
MOTT: Und wenn wir doch ablehnen?
KOLFF: Wenn wir uns der Verantwortung entziehen, werden andere Nationen weitermachen – Japan ... Indien ... Frankreich ... und immer auch die Sowjetunion.
MOTT: Hat von Braun Sie dazu angestiftet, mir Angst zu machen?
KOLFF: Kennen Sie den Ausdruck *sub specie aeternitatis*? Unter dem Gesichtspunkt der Ewigkeit? Ich bin weder für noch gegen Wernher. Ich möchte nur, daß dieses Land die richtige Entscheidung trifft. Ich handle, als ob mir die Ewigkeit über die Schulter blickte.
MOTT: Ich fürchte, die Entscheidung ist gegen Sie gefallen, Dieter. Die Wahl wird auf das Mondumlaufrendezvous fallen.

KOLFF: Dann werde ich gegen Sie Stellung beziehen müssen. Ich werde von Braun unterstützen – so aktiv wie nur möglich, weil ich verhindern möchte, daß Sie einen tragischen Fehler machen ... sich gegen besseres Wissen verkaufen. Das hätte ich nie von Ihnen gedacht.
Doch Dieter Kolff erhielt einen vernichtenden Schlag, er und die anderen Deutschen, die er überredet hatte, an seinem Kreuzzug teilzunehmen, sie alle entschlossen, diesen Kampf um ein moralisches Prinzip bis zum bitteren Ende auszufechten. Von Braun nämlich rief das ganze Team zusammen und verkündete ohne jede Emotion, daß er sich nun doch das Denkmodell der Herren in Texas zu eigen gemacht hätte. Sein in Alabama erarbeiteter Plan des Erdumlaufrendezvous wäre gestorben, sagte er, und nun sollten sich alle für das Mondumlaufrendezvous stark machen und mithelfen, es Wirklichkeit werden zu lassen.
Ein Teil der Deutschen saß mit offenem Mund da, und einige forderten ihn auf, ihnen zu sagen, was ihn zu dieser Meinungsänderung bewogen hatte. Das tat er, und nachdem sich die Aufregung gelegt hatte, ersuchte er Mott, ihnen auseinanderzusetzen, wie die Zusammenarbeit zwischen Alabama und Texas funktionieren müßte. »Unter Umständen könnte man darin einen politischen Kniefall vor der Macht Lyndon Johnsons und des Staates Texas erblicken, aber das wäre nur die halbe Wahrheit. Es ist auch wissenschaftlich gesehen die richtige Entscheidung. Und es gibt noch einen dritten Aspekt, der die ersten zwei in den Hintergrund treten lassen könnte. Wenn wir es nämlich so machen, sichern wir allen größeren Stützpunkten und Cape Canaveral gleich wichtige Aufgaben zu. Wir gliedern den ganzen Apparat in sieben oder acht Teile. Huntsville übernimmt die Verantwortung für zwei, Kalifornien für zwei oder drei, Mississippi für einen und Houston für seine beiden, zusätzlich zum Astronautenprogramm selbst.«
»Und wie bitte«, wollte ein praktisch denkender Ingenieur wissen, »sollen wir sieben Teile zusammenfügen, die in sieben oder acht Werkstätten hergestellt werden?«
»Durch Präzisionsarbeit«, antwortete Mott und begann zu erklären, daß jeder Einzelteil auf Hundertstel Millimeter genau spezifiziert sein würde. Doch dann sah er bestürzt, daß Dieter Kolff wütend über diese, wie er meinte, falsche Entscheidung aufgesprungen war. Rot vor

Zorn, schien er bereit, das Programm in Anwesenheit der Reporter in Grund und Boden zu verdammen. Das mußte verhindert werden.
»Und unser guter Freund Kolff wird endlich seine Monsterrakete bauen können, die uns in den Weltraum bringen soll«, sagte Mott lächelnd.
Kolffs Mitarbeiter klatschten Beifall, aber Dieter merkte den Trick, mit dem Mott ihn zum Schweigen bringen wollte; er funkelte den Amerikaner an und setzte sich wieder. Sieben Jahre lang sollten er und Mott kein Wort mehr miteinander wechseln.

Es wurde schon gesagt, daß Präsident Eisenhower, der nie dafür eingetreten war, Geld an die Weltraumforschung zu verschwenden, den man fast einen Feind des Programms nennen konnte, eine Reihe von schwierigen und richtigen Entscheidungen traf. Die erste: Er legte das Programm in die Hände von Zivilisten und sorgte dafür, daß es von Übergriffen der Militärs verschont blieb. Die zweite mag noch einschneidender gewesen sein, denn als er erfuhr, daß die junge NASA im Begriff war, Zivilisten auf dem Amtsweg einzuladen, sich bei einem Jahresgehalt von 8330 Dollar nach Dienstklasse GS-12 zum Astronauten ausbilden zu lassen, ging er an die Decke. Warnend wies er die Direktoren darauf hin, daß eine solch allgemeine Ausschreibung Verrückte aller Kategorien anlocken müßte. »Sie würden uns die Tür einrennen«, meinte ein Beobachter, der Kummer gewohnt war, »Amateurstierkämpfer, Tauchsportler, Formel-I-Fahrer, Fixer und andere Drogensüchtige, nicht zu vergessen das halbe Dutzend Frauen, die vom Obersten Gerichtshof verlangen werden, daß er ihnen ihr Recht durchsetzt, mitzufliegen.«
Eisenhower machte solchem Unfug rasch ein Ende. »Die Männer, die wir zu diesem Job brauchen«, sagte er den Spitzen der NASA, »dienen bereits in unseren Streitkräften. Es sind unsere Testpiloten. Seit Jahren sind sie mit Aufgaben dieser Art beschäftigt und werden mit beiden Händen zugreifen, wenn sich ihnen die Chance bietet.« Auf diese Weise stellte er sicher, daß die ersten sieben Astronauten kompetente und disziplinierte Männer sein würden. Als General wußte er überdies, daß er die besten Captains der Navy und die tüchtigsten Obersten der Air Force für fünfhundertsechzig Dollar im Monat anheuern konnte, »zusätzlich einiger Sondervergütungen da und dort«.

Commander John Pope befand sich mit seiner Staffel an Bord der *Tulagi* vor der asiatischen Küste, wo er Erkundungsflüge über Unruheherden wie Korea und Vietnam leitete, als die erste Bekanntmachung des Personalamtes angeschlagen wurde, in der alle Navy-Flieger mit Erfahrung als Testpilot eingeladen wurden, sich freiwillig für das Reservoir zu melden, aus dem eine kleine Gruppe von Männern zur Ausbildung als Astronauten ausgewählt werden sollte. Da er mit seiner Aufgabe zufrieden war und diese korrekterweise als wichtigen Schritt zu einem höheren Kommando einschätzte, konnte er an dieser neuen Karrieremöglichkeit naturgemäß kein Interesse haben, aber es freute ihn doch festzustellen, daß er in Frage gekommen wäre: »Zwei Jahre Erfahrung als Testpilot auf mindestens zwanzig Flugzeugtypen, nicht über vierzig Jahre alt, nicht größer als 1,78, nicht schwerer als 88 Kilo.« Dann vergaß er die ganze Geschichte.

Doch als er im April 1959 die Aufregung erlebte, die die Vorstellung der ersten sieben Astronauten in der Öffentlichkeit machte, informierte er sich, ob auch einer seiner Freunde dieser Gruppe angehörte, und zwei Tage lang erzählte er jedem auf der *Tulagi*, der es hören wollte: »He, ich kannte diese Jungs! Al Shepard und Scott Carpenter waren mit mir auf Pax River. Feine Kerle. Ich flog mit John Glenn in Korea, er tagsüber, ich nachts. Von Slayton hat man mir auf Edwards erzählt, er sei eine tolle Nummer.«

Aus der Distanz verfolgte er die Nachrichten über die »Heiligen Sieben«, wie ein respektloser Navy-Flieger sie genannt hatte, und las mit Interesse und ein wenig Neid die aufregenden Geschichten, die *Life* über sie und ihre Frauen veröffentlichte. Als die ersten Mercury-Raketen mit Affen als Passagieren starteten, prägte der gleiche Navy-Pilot dafür die Bezeichnung »Schinken in der Dose«, womit er auf die Tatsache anspielte, daß es sich nicht um Passagiere im landläufigen Sinn handelte, sondern um passive Frachtstücke in einer komplizierten, von Computern gesteuerten Maschine.

Pope teilte diese herablassende Einschätzung nicht. Bei jeder neuen Entwicklung, argumentierte er, hätte die Technik Vorrang. »Ihr braucht nur ein einziges Mal Menschen hineinzusetzen, und gleich übernehmen die die Steuerung. Ich kenne diese Burschen. Ich drücke selbst gern auf Knöpfe.« Und er nahm an, daß sie bald die Erde verlassen würden, um ihre geschichtliche Mission zu erfüllen, doch hatte er

die Schwierigkeiten, auf die das amerikanische Programm stoßen würde, weit unterschätzt.
Er war noch an Bord der *Tulagi* an jenem Tag im April 1961, als der Russe Yuri Gagarin als erster Mensch in den Weltraum flog; wochenlang war er deprimiert wegen dieses sowjetischen Erfolges, der ihm wie eine persönliche Niederlage vorkam. »Warum waren unsere Leute von der Navy nicht als erste oben?« Und seine Enttäuschung wurde nicht geringer, als Al Shepard endlich, wie Pope es bezeichnete, einen pathetischen Gegenzug ausführte. Als er alle Einzelheiten kannte, schrieb er seiner Frau einen Brief voller Mutlosigkeit.

> Haben deine Senatoren nichts anderes zu tun, als große Reden über den Triumph unseres Raumprogramms zu schwingen? Im Vergleich zu Yuri Gagarins glänzender Leistung war Shepards Flug nur eine Wunderkerze am Weihnachtsbaum. Shepard stieg 186 Kilometer auf, Gagarin 325. Shepard war fünfzehn Minuten in der Luft, Gagarin 108. Unser Mann legte 485 Kilometer zurück, der Russe 40 000. Shepard war fünf Minuten in der Schwerelosigkeit, Gagarin 89 Minuten. Sag deinen Herren, sie sollen sich ins Geschirr legen.

John Glenns Weltraumflug, ein wirklicher Triumph mit dreimaliger Erdumkreisung, begeisterte Pope, und er legte sich eine Sammlung von Zeitungsausschnitten an über den Astronauten und darüber, wie Glenn in verschiedenen Ländern empfangen wurde. Und er begann ernstlich daran zu denken, sich zum Astronautencorps zu melden, wenn die nächste Gruppe von Testpiloten ausgesucht würde.
Doch als die Bekanntmachung am schwarzen Brett in Jacksonville angeschlagen wurde, wo er gerade neue Maschinen auf ihre Eignung hin prüfte, ohne Schwierigkeiten auf Flugzeugträgern zu landen, die vor der Küste Floridas kreuzten, und er daran gehen wollte, seinen Namen auf die Liste der Bewerber zu setzen, hielt ihm Admiral Crane, der Kommandeur des Stützpunktes, einen väterlichen Vortrag.

> Geben Sie dieser Versuchung nicht nach, Pope. Es sieht verlokkend aus, Astronaut zu sein und sein Bild in den Wochenschauen zu haben. Und wir können stolz auf unsere Männer

von der Navy sein. Sie haben ihre Aufgabe besser erfüllt als jeder andere.

Aber ich versichere Ihnen, daß jeder einzelne dieser Männer, die aus dem Dienst ausscheiden, ob aus Navy oder Air Force oder Army, gleichzeitig auch seine Karriere aufgibt – auch wenn es ihm gar nicht bewußt ist. Eine Weile wird er im Rampenlicht stehen, aber wenn er dann zurückkommen und eine führende Rolle in der Navy spielen will, wird er feststellen, daß sich in aller Stille die Türen vor ihm geschlossen haben. Die große Aufgabe, an der Führung einer der Waffengattungen der Nation teilzuhaben, wird ihm versagt sein.

Es ist Ihnen sicherlich nicht unbekannt, daß Sie in der Navy hohes Ansehen genießen. Es gibt in der Navy keine Position, die Sie nicht anstreben könnten. Sie haben meinen letzten Quartalsbericht über Sie gesehen. Der nächste wird noch aussagekräftiger sein. Verpassen Sie nicht Ihre goldene Chance, indem sie nach einem vergänglichen Spielzeug greifen. Überlassen Sie den Mond den Träumern und Romantikern. Die richtige Arbeit ist hier unten auf den Weltmeeren zu leisten.

Pope meldete sich nicht zur zweiten Selektion von Astronauten und hatte die Angelegenheit praktisch schon wieder vergessen, aber als im September 1962 die Namen der Ausgewählten bekanntgegeben und die neuen jungen Männer im Fernsehen gezeigt wurden, sagte er zu Penny, die aus Washington gekommen war, um ihn zu besuchen: »Stell dir vor, sie haben Pete Conrad genommen! Auf Pax River hast du ihn kennengelernt. Du hast einmal in seinem Haus geschlafen. Damals, nach der großen Party.« Und als Penny ins Zimmer gelaufen kam, fand sie ihren Mann so aufgeregt wie schon lange nicht. »Das ist Frank Borman. Auf Edwards bin ich zusammen mit ihm geflogen. Und ich könnte wetten, der Kleine dort rechts ist John Young. Ein phantastischer Flieger, wenn es der Young ist, den ich kannte.«

Und jetzt begann Pope die Karrieren der ersten »Heiligen Sieben« und der neuen »Flotten Neun« mit mehr Interesse zu verfolgen, denn dies waren Männer seines Alters, Männer, mit denen er geflogen war, mit denen er in noch ungetesteten Flugzeugen simulierte Luftkämpfe über den silbernen Wassern der Chesapeake-Bucht oder dem öden

Flachland rund um Edwards ausgefochten hatte. Er erinnerte sich, wie er einmal auf Pax River Pete Conrad gefragt hatte: »Irgendwas Besonderes an dieser Blechkiste?« Und er hörte noch die Antwort des Mannes, der an der Universität Princeton studiert hatte: »Vorsicht, wenn Sie mit niedriger Geschwindigkeit landen.«
Doch sein plötzliches Interesse bedeutete keineswegs, daß er mit seiner Karriere nicht zufrieden war. Admiral Crane hatte das hohe Ansehen, das Pope in der Navy-Hierarchie genoß, richtig eingeschätzt, denn kurz nach seinem Gespräch mit dem Admiral wurde John zum *full commander* befördert und der *Tulagi*, die immer noch im Pazifik kreuzte, als Erster Offizier zugeteilt. Damit erlosch jedes persönliche Interesse am Weltraum, das er noch gehegt haben könnte, denn als er sich auf seine neuen Pflichten vorbereitete, kam Admiral Crane auf einen Sprung vorbei: »Na, sind Sie nicht froh, daß Sie bei der Flotte geblieben sind? Erfüllen Sie Ihre Pflicht mit Würde, und die Kommandeursstreifen sind Ihnen sicher. Und danach gibt es keinen Dienstgrad, der Ihnen verschlossen wäre.«
Penny jubelte, als sie von der Beförderung erfuhr, und richtete es ein, daß sie nach Pensacola hinunterfliegen konnte, um an der Party teilzunehmen, bei der er seine neue Uniform vorstellen würde. Und John freute sich zu sehen, wie sie vor Begeisterung strahlte. Als sie sich ankleideten, stieß sie einen kleinen Schrei des Entzückens aus: »Du siehst besser aus als ein Admiral.« Dann versuchte sie, ihm etwas von ihrer Arbeit zu erzählen, aber er hatte zuviel im Kopf, um alles mitzubekommen. Nach einer kleinen Weile versuchte sie es noch einmal: »Vor zehn Minuten habe ich dir etwas erzählt, aber du hast mir nicht zugehört. Senator Glancey hat mich beauftragt, die für eine weitere Auswahl von Astronauten nötige Autorisation zu besorgen. Das Programm geht zügiger voran, als wir dachten. Hättest du vielleicht die Absicht, dich zu melden?«
»Nein. Vor ein paar Monaten habe ich mit dem Gedanken gespielt, aber die Dinge haben sich besser entwickelt, als ich das von der Führung der Navy erwartet hätte. Ich bin zufrieden.«
Sie küßte ihn innig. »Ich bin so erleichtert, John!« rief sie. »Wenn ich so beobachte, wie das Programm läuft, scheint es mir ... na ja, so verdammt hysterisch. Politiker benützen es, um Sympathien in ihren Wahlkreisen zu gewinnen, Zeitungen vermarkten es, um ihre Aufla-

gen hochzutreiben. Und dieser Mann von *Folks* spielt sein schmieriges Spiel. Aber am Ende wird mehr als ein Astronaut enttäuscht dastehen.«
»Das hat mir Admiral Crane schon vor Monaten gesagt.«
»Und ich habe das Gefühl, wenn die Hysterie erst einmal ihren Höhepunkt überschritten hat, daß die Leute von einem Tag zum anderen die Nase voll haben werden. Glancey läßt schon erkennen, daß er die Absicht hat, einen vorsichtigen Rückzug anzutreten, und der Mann ist ein Stimmungsbarometer par excellence. Er und Lyndon Johnson – sie sehen Dinge schon zehn Jahre, bevor sie passieren.«
»Und Grant?«
»Er ist ein lieber Kerl, John. Ein bißchen engstirnig, aber Amerikaner bis auf die Knochen. Ich kann ihn gut leiden.« Sie lachte unsicher und fügte hinzu. »Er tut mir manchmal entsetzlich leid. Seine tumbe Frau. Die verrückte Tochter. Er hätte etwas Besseres verdient.«
»Was treibt denn seine Tochter jetzt?«
»Das weißt du nicht? Sie ist ein Doktor phil. und Dekan einer Universität in Los Angeles.«
»Da ist doch nichts Verrücktes dran?«
»Aber die Universität hat gar keine Fakultät. Sie verkauft wunderschöne Diplome um fünfhundert Dollar das Stück. Wenn du einen zweiten Doktortitel haben willst, brauchst du es nur zu sagen.«
Es war eine stimmungsvolle Feier, aber während der ein wenig rüpelhaften Reden im Offiziersklub von Pensacola kam es zu einem peinlichen Vorfall. John sagte, wie sehr er sich über seine Beförderung freue, obwohl er nicht mit Sicherheit behaupten könne, daß er sie auch verdiene – laute Proteste –, als Penny sich erhob und mit dem Messer an ihr Glas klopfte. »Beförderungen im Hause Pope!« rief sie und wandte sich ihrem Gatten zu. »Ich wollte deine Feier nicht stören, aber ich bin der neue ständige Rechtsvertreter des Raumfahrtausschusses im Senat.«
Applaus und beifällige Pfiffe, die Frauen stürzten auf sie zu, um sie abzuküssen. Und John schoß ein häßlicher Gedanke durch den Kopf: Die Glut auf ihren Wangen, als sie hier ankam, der Grund dafür war *ihre* Beförderung, nicht meine. Daß sie versucht hatte, ihm von ihrem Aufstieg zu erzählen, und er nicht zugehört hatte, war ihm entfallen. Doch dann wurde ihm bewußt, daß das ein verabscheuungswürdiger

Gedanke war; er sprang auf, bahnte sich einen Weg zu Penny, nahm sie an beiden Händen und zog sie an sich, um sie zu küssen.
»Heißt *ständiger Rechtsvertreter*, daß sie dich nicht mehr kündigen können?«
»Solange sie mich nicht mit den Fingern in der Ladenkasse erwischen.«
»Hurra! Wir können uns einen neuen Wagen leisten!«
John Popes Karriere wäre vermutlich so verlaufen, wie ihm von Admiral Crane prophezeit worden war, hätte der Flugzeugträger *Tulagi* auch weiterhin in pazifischen Gewässern gekreuzt, doch das tat er nicht. Als Pope sich als Erster Offizier zum Dienst meldete, erfuhr er, daß die Fahrt von Jacksonville aus in die Karibik gehen würde, wo die *Tulagi* als Hauptbergungsschiff für den auf drei Erdumläufe berechneten Flug des Astronauten Scott Carpenter in seiner Mercury-Kapsel Aurora 7 bestimmt war.
Das Instruktionsbuch für den Bergungsvorgang umfaßte einhunderteinundvierzig Seiten und enthielt eine Biographie Carpenters, aus der hervorging, daß er als Testpilot auf Pax River gedient hatte. Nach einer ersten Durchsicht der Instruktionen wußte Pope, daß etwa zwei Dutzend Schiffe der Navy in Position gehen würden, um den Flug zu beobachten und Carpenter aus dem Wasser zu holen, wo immer er landen sollte. Etwa einhundertfünfundzwanzig Flugzeuge würden ständig in der Luft sein, um ihm, wenn nötig, Hilfe zu leisten.

> Und die *Tulagi* (schrieb er Penny) wird im Mittelpunkt der ganzen Operation sein. Hier werden Hubschrauber, Motorboote und Froschmänner warten. Wir werden die Kapsel zuerst auf dem Radarschirm sichten und ihre Spur verfolgen; wenn wir sie dann in Sicht bekommen, können wir unsere Hubschrauber exakt an die Stelle dirigieren, wo sie wassern wird. Es ist eine wunderbare taktische Übung, und es macht mich stolz, daß mein Schiff dabei eine Rolle spielt.

Seite für Seite studierte er das Instruktionsmanual und erfuhr so, was jeder einzelne entlang der Flugbahn tun würde: die einsamen Beobachter auf der Insel Ascension, die Männer auf den Horchposten im fernen Australien und in der Antarktis, die über hundert Ingenieure

auf Cape Canaveral, die den Flug Kilometer für Kilometer verfolgen würden. Und immer wieder kam er auf die Pflichten seiner *Tulagi* zurück, deren Operationen den Kreis schließen und die Scott Carpenter heil wieder heimbringen würde.
Es war eine schwierige Rolle, die der Flugzeugträger zu spielen hatte: Er mußte die richtige Position einnehmen, um der Spur der Kapsel folgen zu können, sobald sie an ihrem Fallschirm herabschwebte, dann auf ein bestimmtes Signal hin die Hubschrauber losschicken, die Froschmänner in Bereitschaft setzen, um Carpenter zu bergen, wenn sich bei der Wasserung Schwierigkeiten ergeben sollten, wie das Gus Grissom bei seinem zweiten Mercury-Flug passiert war; die Hubschrauber hatten dann für einen ordnungsgemäßen Transfer des Astronauten auf den Flugzeugträger zu sorgen, und schließlich mußte die entsprechende Meldung hinausgeschickt werden, die der Welt bekanntgeben würde, daß der Flug sicher zu Ende gegangen war.
Ein Großteil dieser Aufgaben fiel Pope zu, und um einer korrekten Durchführung sicher zu sein, drillte er seine Mannschaft wiederholt sowohl in Übungen und Blindversuchen wie auch in Echtzeitsimulierungen. Soweit er das absehen konnte, würde die *Tulagi* ihre Pflichten sicher und eindrucksvoll erfüllen, und als der große Flugzeugträger Jacksonville mit sechzig Fernseh- und Zeitungsreportern an Bord verließ, erklärte er in überzeugendem Ton: »Das ist ein militärischer Einsatz. Ich erwarte optimale Leistungen.«
Am Nachmittag des 22. Mai 1962 bezog die *Tulagi* ihre Position im Karibischen Meer in der Erwartung, Carpenter würde am späten Vormittag des 24. Mai wassern. Hubschrauber wurden überprüft, Funkverbindungen mit dem Festland kontrolliert und die Froschmänner bereits am 22. und 23. zur Probe kurz ins Wasser geschickt, um sicherzugehen, daß sie mit der Temperatur und den Strömungen vertraut sein würden.
Am frühen Morgen des 24. fegten heftige Regenböen über die *Tulagi,* und die Reporter gaben enttäuschte Berichte durch, aber gegen neun Uhr war der Sturm vorüber, und der Ozean zeigte sich so friedlich, daß ein Reporter sagte: »Mensch, der kann ja jetzt mit Wasserskiern hier antanzen!«
Die *Tulagi* erhielt jetzt auch beruhigende Nachrichten vom Kontrollzentrum auf Cape Canaveral: »Aurora-7 auf Ziel. Alle Systeme funk-

tionieren einwandfrei. Alle Stationen berichten günstig. Wasserung wie vorgesehen.«

Doch etwa eine Stunde bevor der Flug zu Ende gehen sollte, verschlechterten einige bedrohliche Unsicherheiten die gute Stimmung, und einmal hörte Pope Cape Canaveral fragen: »Wieviel Treibstoff?« Die Antwort hörte er nicht, aber das Kontrollzentrum wiederholte: »Überprüfen Sie noch einmal. Wieviel Treibstoff?«

Dreißig Minuten später war offensichtlich etwas arg schiefgelaufen, denn das Kontrollzentrum signalisierte den Schiffen, die weit entfernt von der *Tulagi* kreuzten, sie sollten sich für mögliche Bergungsmanöver bereithalten. Als Pope den Standort dieser Schiffe überprüfte, stellte er fest, daß sie sich in dreihundert und vierhundert Kilometer Entfernung befanden.

»Was ist denn los?« fragte er einen Techniker der NASA, der neben ihm stand, aber der Mann wußte keine klare Antwort: »Vermutlich ein Treibstoffproblem.«

»Wird er also nicht hier landen?«

»Sie meinen wassern«, korrigierte ihn der NASA-Mann. Er sagte es so mechanisch, als ob es wichtig wäre, die richtige Terminologie zu verwenden, daß Pope ihm am liebsten eine Ohrfeige verpaßt hätte.

»Wird er also hier wassern?« fragte er, aber noch bevor der NASA-Mann antworten konnte, knisterte das Funkgerät: »USS *Intrepid*, vorbereiten auf Bergung!« Die *Intrepid* war vierhundert Kilometer weit entfernt! Shepard war fast genau im Zielgebiet gelandet, ebenso Gus Grissom, und auch Glenns Landung war bestens geglückt. Diese aber war ein Fiasko. Die Minuten verstrichen, und John Pope war dem Fluchen so nahe wie nie zuvor.

Warum müssen gerade wir es sein, die betrogen werden? fragte er sich immer wieder. Er hatte schon geübt, wie er Carpenter begrüßen würde. »Schönen guten Tag, Scott. Ein langer Weg vom Pax River hierher.«

Und jetzt war alles umsonst gewesen. Die Minuten vergingen, und nichts rührte sich. Keine Boote wurden zu Wasser gelassen. Keine Hubschrauber stiegen auf. Der große Flugzeugträger rollte kaum merklich, und John Pope war voller Verbitterung.

Als das Radio verkündete, daß die *Intrepid* eine gute routinemäßige Bergung durchgeführt hatte und daß Carpenter trotz seines Mißgeschicks in guter Verfassung war, erreichte Popes Verwirrung ihren Höhepunkt: Er war wütend, weil er sich einer Erfahrung beraubt sah, auf die er sich vorbereitet hatte, und gleichzeitig war er von dem Verlangen gequält: Mein Gott, ich möchte wieder fliegen! Ich möchte jedes Flugzeug testen, das es auf der Welt gibt. Der Mond ... Er biß sich auf die Lippen, bis der Schmerz ihn zur Besinnung brachte: der Mond. Ich kenne jeden Krater auf dem Mond. Tränen in den Augen, blieb er an der Reling stehen; dann stürmte er in seine Kajüte hinunter, wo er mit zitternden Fingern eine Botschaft an einen Freund im Personalamt in Washington heruntertippte.

> Wie ich erfahren habe, wird die Navy, bevor sie das erste Kontingent in Naturwissenschaften ausgebildeter Astronauten auswählt, eine Spezialeinheit von sechs Mann mit intensiver Testflugerfahrung aufstellen. Ich erfülle alle Voraussetzungen in bezug auf Alter, Gewicht, Körpergröße, Kampferfahrung und Testflüge. Ich bitte um Erlaubnis, mich bewerben zu dürfen, und werde meine Situation persönlich mit meinem Kommandeur, Admiral Crane, abklären.

Zu seiner Überraschung kam der Admiral selbst auf die *Tulagi* geflogen, wo er ihm im Dienstraum des Kapitäns eine Mitteilung machte, die Commander Pope in Erstaunen versetzte.

> Ich habe Sie in Jacksonville schlecht beraten, und das tut mir leid. Als ich Sie davor warnte, Astronaut zu werden, dachte ich in eigennütziger Weise nur an die Navy. Ich war mir einfach nicht darüber klar, wie immens groß diese Sache ist und daß sie für die Zukunft der Navy von ausschlaggebender Bedeutung sein wird.
> Man hat uns gesagt, daß die NASA sechs Männer für diese Sondereinheit aussuchen wird, und es ist von allergrößter Wichtigkeit, daß zumindest zwei davon Navy-Leute sind. Ich weiß, daß die Army einige ihrer aussichtsreichsten Kandidaten vorbereitet. Die Air Force ist kaum noch zu bremsen. Sie steht auf dem Standpunkt, der Weltraum gehöre ihr, und man hätte sie aufs Kreuz gelegt. Wir müssen unsere besten Leute an den

Start schicken, und es ist unser aller ehrliche Überzeugung, daß Sie unser erster Kandidat sind. Der Vorsitzende des Auswahlkomitees ist ein Astronaut der Air Force, Deke Slayton. Sie haben ihn vielleicht auf Edwards kennengelernt. Dabei ist die Air Force im Vorteil, aber wie ich höre, ist er ein fairer Mann. Wissen Sie was von ihm? Na, dann informieren Sie sich. Versuchen Sie herauszufinden, was er gern trinkt und mit welchen Maschinen er geflogen ist, einfach alles, denn gegen sein Veto gibt es keine Berufung. Sie wissen ja wohl, daß er für den Flug vorgesehen war, den Carpenter jetzt durchgeführt hat. Wegen eines Herzfehlers durfte er nicht starten. Ich könnte es gut verstehen, wenn er verbittert wäre. Aber er ist der Mann, den Sie überzeugen müssen.

Admiral Crane sorgte dafür, daß Pope von seinen Pflichten an Bord der *Tulagi* entbunden und nach New York geflogen wurde, wo eine ausgewählte Gruppe von Navy-Offizieren und Zivilisten ihn und sieben andere Kandidaten der Navy darin unterwiesen, wie zukunftsorientierte Menschen sich benahmen, wenn sie sich um eine bedeutende Position bewarben. Ein in Annapolis stationierter Psychologe klärte sie über die richtige Körpersprache auf, die erkennen ließ, ob jemand ein Tatmensch oder aber, was Gott verhüten mochte, ein geborener Verlierer war.

Beugen Sie sich vom Knie aus vor, nicht von der Hüfte. Vermitteln Sie stets den Eindruck, als wären Sie jederzeit bereit, einen wichtigen Auftrag zu übernehmen oder auch jemanden zu verprügeln. Legen Sie nie den Kopf zur Seite. Das weist auf Unentschlossenheit hin. Wenn Sie einen ungewöhnlich starken Bartwuchs haben, rasieren Sie sich zweimal am Tag.

Er führte etwa fünfzig Zeichen an, auf die Personalchefs achten, wenn sie Erfolgsmenschen suchen, und die jungen Navy-Piloten hörten aufmerksam zu, aber am tiefsten blieben ihnen die Vorschläge eines Mannes im Gedächtnis, der in Annapolis studiert, dann aber die Navy verlassen hatte und Präsident eines großen Konzerns geworden war:

Männer von Bedeutung tragen knielange Socken. Es gibt nichts Schlimmeres, als wenn ein leitender Beamter zwanzig Zentimeter nacktes Bein sehen läßt. Keiner meiner Herren besitzt auch nur ein Paar brauner Socken oder Schuhe. Die großen Entscheidungen werden von Männern getroffen, die sauber geputzte schwarze Schuhe tragen. Wenn Sie, meine Herren, zum Dinner gebeten werden, und das werden Sie, achten Sie auf drei Dinge: Klappern Sie nicht nervös mit Gabel oder Messer auf den Tisch. Nehmen Sie das Besteck nur auf, um zu essen; dann legen Sie es wieder zurück. Zweitens: Wenn Getränke bestellt werden, verlangen Sie nie Wein. Männer trinken Whisky, niemals Rum, der ist für Exoten, und Gin nur im Martini. Und drittens: Es sieht gut aus, wenn Sie nach europäischer Art essen, das Messer in der rechten Hand, die Gabel in der Linken.

Auch ein Footballtrainer war eingeladen worden. Er kam nicht aus Annapolis, wo die Mannschaften nicht viel taugten, sondern von einer der acht großen Universitäten, wo Erziehung ernst genommen wurde.

Versuchen Sie den Eindruck zu erwecken, daß Sie ein harter Bursche sind, der auf Druck konstruktiv reagieren kann.
Kommen Sie aber auch nicht wie ein Krachmacher daher. Das ist wichtig. Der Ausschuß sucht keine Gorillas, er sucht Fachkräfte, die eine Mission übernehmen können, bei der es um Milliarden Dollar geht. Die Leute wissen, daß Sie tapfer sind, denn sonst wären Sie ja nicht in die letzte Auswahl gekommen; Sie brauchen sie also nicht mit Ihrem Heldenmut zu beeindrukken. Die wollen keine Helden, sondern Könner.
Es klingt vielleicht komisch, wenn ich als Trainer das sage, aber achten Sie auf Ihre Sprache. Bilden Sie ganze Sätze. Weil Sie nämlich während Ihrer Ausbildung enorm viel lesen und schreiben müssen. Sie können das Kauderwelsch der Testpiloten gebrauchen, aber vermeiden Sie Verlegenheitshüsteln und -räuspern, denn Sie werden es mit Leuten zu tun haben, die ebenso gute Flieger sind wie Sie selbst und noch dazu Englisch sprechen können.

Von New York flogen Pope und die anderen nach Houston hinunter, wo sie unter Decknamen im Rice Hotel einquartiert wurden. Da ihnen vier Tage intensiver Befragungen und medizinischer Untersuchungen bevorstanden, wurde den Kandidaten empfohlen, sich gut auszuschlafen, und Pope folgte dem Rat.

Er erwachte schon früh, entschlossen, einen guten Eindruck auf den Ausschuß zu machen; nachdem er sich rasiert hatte, rief er seine Frau an, um ihr zu versichern, daß er bis zum bitteren Ende dabeibleiben würde. »Als ich an der Reling der *Tulagi* stand und darauf wartete, daß der Himmel uns seinen Botschafter schicken würde, wußte ich, daß ich Astronaut werden wollte. Noch nie habe ich mir etwas so sehnlich gewünscht. Bete für mich, denn dafür hat Gott mich auserwählt.«

Als er, leicht vorgebeugt in seinen auf Hochglanz polierten Schuhen und knielangen schwarzen Socken vor den Ausschuß trat, wirkte er in seiner männlichen Haltung ungeheuer anziehend: 1,68 groß, vierundsiebzig Kilo schwer, kurzgeschnittenes braunes Haar, zweiunddreißig kräftige Zähne, und Augen mit hervorragendem Sehvermögen. Er konnte gut schreiben, besaß astronomische Kenntnisse von fachlichem Niveau und eine der besten Dienstbeschreibungen, die je auf Patuxent River zusammengestellt worden waren. Doch als er Deke Slayton sah, der mit grimmigem Gesicht dasaß, wurde ihm bewußt, daß der Ausschuß in den kommenden Tagen noch mehr als hundert junge Piloten befragen würde, und er bekam Angst.

Neben den streng blickenden Militärs, die dem Ausschuß angehörten, saß an einem Ende des Tisches ein Mann, der wie ein Universitätsprofessor aussah. Er war Mitte Vierzig, trug eine Nickelbrille und erhob sich, als Slayton ihn vorstellte: »Dr. Stanley Mott, unsere Intelligenzbestie.« Pope hatte das Gefühl, daß sein Schicksal von der Stimme dieses sympathischen Mannes abhängen würde, doch dann fiel sein Blick auf den Kandidaten, der vor ihm befragt worden war, und die Überraschung war groß. Der Testpilot war zurückgeblieben, um ein Wort mit einem Ausschußmitglied, einem Offizier der Air Force, zu wechseln, und jetzt sah er Pope.

»Pope! Bei der Navy ist wohl schon Matthäi am letzten!« Es war Major Randy Claggett, der Starkandidat der Marines und offensichtlich nicht allzu tief vom Ausschuß beeindruckt. Als er seinem alten

Freund auf die Schulter klopfte, bevor er leichtfüßig den Raum verließ, entging es Pope nicht, daß Claggett keine knielangen schwarzen Socken trug.

Es war ein Gala-Abend für die Deutschen in Huntsville: Ein Kino spielte den Film *Ich ziele auf die Sterne,* und alle kauften Eintrittskarten, denn es handelte sich dabei um die verfilmte Biographie ihres Helden Wernher von Braun.
Es gab Gerüchte, wonach sich der Film unzulässige Freiheiten mit seiner Lebensgeschichte gestattete – so hätten die Produzenten, um ihn für das weibliche Publikum attraktiver zu machen, seine hausbackene deutsche Sekretärin aus Peenemünde in eine schöne englische Spionin verwandelt –, aber es hieß auch, daß der deutsche Schauspieler Curd Jürgens in der Rolle von Brauns eine ausgezeichnete Leistung bot. Jedenfalls erschienen die Peenemünder Veteranen, die ihren Kindern zeigen wollten, wie das deutsche Raketenzentrum ausgesehen hatte, in voller Kriegsstärke und hofften das Beste.
Der Film war eine Katastrophe. Der technische Hintergrund stimmte in den wenigsten Punkten. Die Szenerie hatte überhaupt keine Ähnlichkeit mit Peenemünde, und die Handlung war so an den Haaren herbeigezogen, daß man sich nur wundern konnte. Vergeblich suchten die Kolffs nach Begebenheiten, die ihnen vertraut waren, und viele Ingenieure waren über den ganzen Unsinn empört. Von Braun war glücklicherweise nicht gekommen und hatte sich dieses Machwerk erspart; die anderen aber hatten das Gefühl, daß ihre Rolle in der Geschichte verfälscht oder sogar ins Lächerliche gezogen worden war.
So war zum Beispiel Dieters und Liesls abenteuerliche Flucht mit den wertvollen Papieren nicht einmal erwähnt. Dafür, und das war noch schlimmer, druckte ein Lokalblatt eine in einer englischen Zeitung veröffentlichte Kritik ab, in der es hieß: »Ich ziele auf die Sterne; manchmal aber treffe ich London.« Die Peenemünder waren empört, und Mrs. Kolff sagte zu ihrem Sohn: »Wenn ein Mann so bedeutend ist wie von Braun, sollte es nicht erlaubt sein, sich über ihn lustig zu machen.«

6. Gemini

Als Stanley Mott bei der ersten Sitzung des Auswahlkomitees seinen Platz einnahm und die Liste der hundertzehn Bewerber um die sechs Plätze im Astronautenprogramm sah, ging er sofort zum Vorsitzenden. »Ich fürchte«, sagte er, »ich muß mich für befangen erklären. Ich kenne einen dieser Männer.«
»Und welchen?«
»Nummer siebenundvierzig, Charles Lee, Testpilot der Army. Wenn er den Spitznamen ›Hickory‹ führt, kenne ich ihn. In Huntsville hat er als Pförtner für mich gearbeitet.«
»Was halten Sie von ihm?«
»Ein richtiger Tennessee-Hillbilly. Der feinste Junge, der mir je untergekommen ist. Ich sagte ihm damals, er solle seinen Job aufgeben und was lernen.«
»Und das tat er?«
»Jawohl. Er ging an die Vanderbilt-Universität und promovierte mit Auszeichnung.«
»Genau solche Leute suchen wir. Bleiben Sie und halten Sie mit Ihrer Meinung nicht hinterm Berg.«
»Ich werde mich der Stimme enthalten, wenn er aufgerufen wird.«
»Wenn er so gut ist, wird er Ihre Stimme nicht brauchen.«
So war Mott also geblieben, hatte jeden einzelnen Bewerber unter die Lupe genommen und sich hart für Randy Claggett aus Texas und John Pope aus Fremont eingesetzt, die auch beide angenommen wurden. Mit der warmherzigen Empfehlung, die er für Hickory Lee abgab, schaffte auch dieser junge Mann die Hürden, doch seine anderen drei Vorschläge wurden abgelehnt.
Nachdem die sechs Gewählten in einer großen Pressekonferenz der Öffentlichkeit vorgestellt worden waren, betraute die NASA Mott

mit einer völlig neuen Aufgabe, die ihm aber in den folgenden zehn Jahren große Befriedigung verschaffen sollte. »Sie sind doch ein vernünftiger Mann. Verstehen eine Menge von Technik und Naturwissenschaften. Wir möchten, daß Sie sich um die Fortbildung dieser jungen Menschen kümmern. Wie es aussieht, werden sie in einigen Jahren das Rückgrat unseres Programms darstellen, und da sollen sie dann echte Spitzenleute sein.«

Mott setzte sich zunächst mit dem Psychiater in Verbindung, der die Analysen der ursprünglich hundertzehn Kandidaten angefertigt hatte, und lernte in Dr. Loomis Crandall, der an einer Klinik in Denver arbeitete, einen reizenden Menschen kennen. Ein vorzeitig ergrauter, kettenrauchender Mann Anfang Vierzig, hatte er an der Universität Chicago promoviert, zukunftsweisende Arbeiten in Wien und Rom veröffentlicht und als Psychologe im Dienst der Air Force in Colorado Springs reichlich Erfahrungen sammeln können. Seine jugendliche Energie in Verbindung mit seinem grauen Haar gab ihm genau die richtige Mischung von Gelehrsamkeit und Aufgeschlossenheit, wie er sie für eine Zusammenarbeit mit forschen jungen Testpiloten brauchte.

Er sprach ein gewähltes Englisch: »Sie haben es mit sechs der begeisterungsfähigsten jungen Männer Amerikas zu tun, Dr. Mott. Schauen Sie sich ihre Gesichter an. Schauen Sie sich ihre Beurteilungen an.« Und er breitete sechs große Fotografien der Gewinner auf dem Tisch aus, jede mit einer zweizeiligen Bildunterschrift versehen.

> Randolph Claggett, geboren 1929. Texas Agricultural Mechanical College. Major, US-Marines-Corps. Patuxent River.
> Charles »Hickory« Lee, geboren 1933. Vanderbilt Universität. Major, US-Army. Edwards.
> Timothy Bell, geboren 1934. Universität von Arkansas. Zivilist. Testpilot der Allied Aviation.
> Harry Jensen, geboren 1933. Universität Minnesota. Captain, US-Air Force. Edwards.
> Edward Cater, geboren 1933. Mississippi State University. Major, US-Air Force. Edwards.
> John Pope, geboren 1927. Annapolis. Commander, US-Navy. Patuxent River.

Mott sah diese Liste durch, während Dr. Crandall seine Ausführungen fortsetzte: »Pope ist der älteste, Bell der jüngste, der Rest verteilt sich. Auch sonst eine ziemlich homogene Gruppe. Sie sind alle Protestanten. Kommen alle aus Kleinstädten. Sind alle verheiratet und haben mindestens zwei Kinder, ausgenommen Pope. Kommen durchwegs aus dem mittleren Westen oder aus dem Süden.
Dieser letzte Punkt ist besonders aufschlußreich. Um unseren strengen Anforderungen zu genügen, mußten sie gewisse Anlagen und Neigungen gemeinsam haben: Gutes Benehmen, Tapferkeit, eine religiöse Hinwendung. Und welche Bezeichnung paßt wohl auf diese Mischung? Patriotismus. Altväterlicher Patriotismus. Und wo findet man den heutzutage noch? Vor allem im Süden, wo der Sezessionskrieg geführt wurde. Mott, wenn Sie sich die Leute ansehen, die in der Army, in der Navy, in der Air Force und bei den Marines am Ruder sind, werden Sie feststellen, daß siebzig Prozent aus dem Süden kommen, auf den aber nur ... wieviel? ...dreißig Prozent der Bevölkerung entfallen. Steht also in keinem Verhältnis, und warum? Weil die Männer im Süden – aber auch die Frauen – schon immer zu heldischer Betätigung neigten. Schauen Sie die Liste an. Tennessee, Arkansas, Mississippi. Und der Bursche, der in Minnesota studiert hat, kommt aus South Carolina. Er ging nur nach Norden, weil seine Familie schwedischer Abstammung ist und ihn in Minnesota haben wollte, wo es viele Landsleute gibt.«
Mott wollte wissen, warum es unter den Astronauten bisher keine Katholiken gab, und Crandall hatte sofort die Antwort parat: »Worauf haben wir bei diesen ersten Gruppen den größten Wert gelegt? Ausbildung in Mathematik, Ingenieurwesen, Naturwissenschaften und vor allem Erfahrung als Testpilot. Und was braucht man, um Testpilot zu werden? Ausbildung in Mathematik, Ingenieurwesen und Naturwissenschaften. Und was hat an den großen katholischen Schulen Vorrang? Alles, nur nicht Mathematik, Ingenieurwesen und Naturwissenschaften.
Ich bin selbst Katholik. Ich hätte wirklich gern einen Katholiken dabei gehabt, um so mehr, als auch in den bisherigen Gruppen keiner zu finden war. Aber woher nehmen?« Er schob seine Papiere zusammen. »Für die nächste Gruppe haben sich ein paar prima Kandidaten – Katholiken – beworben.«

Crandall wies auf die auffallende Tatsache hin, daß bisher so gut wie alle Astronauten aus Kleinstädten kamen. »Ich habe darüber nachgedacht. Es kann keine genetischen Zusammmenhänge geben, und es ist auch keine Frage der Eignung. Es muß ein soziologisch-wirtschaftliches Phänomen sein. Söhne aus Kleinstadtfamilien haben ein gutes Verhältnis zu ihren Eltern. Sie werden angehalten, das Leben ernst zu nehmen. Man legt ihnen nahe, zu studieren, zu den Pfadfindern zu gehen und an Spielen teilzunehmen. Schon im Alter von zehn Jahren zeigten alle dieser Männer Charakter.
So kann ein Kind natürlich auch in der Großstadt aufwachsen, aber da geht die Entwicklung doch recht häufig in andere Richtungen. Geschäftsleben. Manipulative Tätigkeiten, wie ich eine ausübe. Politische Winkelzüge.« Er unterbrach sich. »Ich will Ihnen eines sagen, Mott. Ich möchte nicht in einem Land leben, das von diesen Astronauten regiert wird. Sehr konservativ. Völlig phantasielos, außer auf ihrem eigenen Gebiet. Sie wissen ja, daß sie durch die Bank Republikaner sind.«
Aber er betonte einen Faktor, den Mott schon kannte: Daß diese Männer entschlossen waren, Erfolg zu haben und ihr Ziel zu erreichen. »Jeder einzelne besitzt ein ungeheures Durchsetzungsvermögen. Alles muß genau richtig gemacht werden. Feigheit, Unbotmäßigkeit, die Versuchung, eine Arbeit nachlässig zu leisten, das wird rigoros unterdrückt. Sie zeichnen sich durch eine unglaubliche Leistungsfähigkeit aus, und wenn Sie nun ihre Fortbildung übernehmen sollen, brauchen Sie nicht zu befürchten, Sie könnten sie zu sehr belasten. Diese Männer werden zehnmal soviel lernen wie der durchschnittliche Vorzugsschüler. Zehnmal soviel wie Sie oder ich geschafft haben könnten. Diese Männer sind Supermaschinen.«
Als Mott ihn auf eine Besonderheit ansprach, die allen sechs gemein war, wurde Crandall noch gesprächiger: »Das hat mir am Anfang Sorgen gemacht. Zweiundzwanzig Astronauten – zweiundzwanzig der besten jungen Männer, die Amerika hervorgebracht hat – und kein überragender Sportler unter ihnen. Warum? Nun, ich knobelte eine ganze Weile und fand auch eine ganze Menge ausgefallener Erklärungen. Wie etwa: Ein Junge mit soviel Schwung und Energie verliert seine Zeit nicht mit Feldspielen. Oder vielleicht: Für Fächer wie Naturwissenschaften sind so viele Laborversuche und Übungen vorzuneh-

men, da bleibt keine Zeit für tägliches Footballtraining. Oder vielleicht: Im Sport gibt es nur äußere Motivierungen. Was der Trainer sagt. Welche Spielregeln zu beachten sind. In den Gebieten, in welchen diese Männer tätig sind, kommt der Drill von innen: Selbstdisziplin. Ich hatte noch ein Dutzend anderer Einfälle, und als ich mit Kollegen darüber sprach, fanden es einige Professoren recht erfreulich, daß die Supersportler bei diesem anspruchsvollsten aller Tests gar nicht schlecht abgeschnitten hatten. In Wirklichkeit waren sie allesamt Nieten gewesen.«
Er hob die Arme, wie um seine Verwirrung zu demonstrieren, und brach in fröhliches Gelächter aus. »Ein richtiger Esel war ich. Ich hatte eine simple Tatsache übersehen, die alles erklärte. Wir hatten bei jeder folgenden Auswahl kleinere Männer genommen, denn sie mußten ja in die Flugkörper hineinpassen, die wir bauen. Hätten wir uns für einen hellen Kopf unter den Footballstürmern entschieden – und die gibt's, das können Sie mir glauben –, er wäre 1,90 groß gewesen und hätte einhundertfünfundzwanzig Kilo gewogen. Einer dieser Gorillas hätte mehr Platz gebraucht als Grissom und Young zusammen. Tatsache ist, die Techniker, die diese Flugkörper konstruieren, haben den Wunsch geäußert, wir sollten die Körpergröße zukünftiger Astronauten nicht über 1,70 und ihr Gewicht mit höchstens achtzig Kilo wählen.«
»Ich glaube mich zu erinnern«, warf Mott ein, »daß John Pope im Football gar nicht so schlecht war. Ebenso Claggett.«
»Gespielt haben sie alle«, gab Crandall zu, »und einige waren auch gar nicht schlecht. Aber keiner von den ersten zweiundzwanzig war, was man einen Crack nennt, und so eile ich wieselflink zu meinem ersten Erklärungsversuch zurück. Sie waren keine Spitzensportler, weil Männer wie sie ihre Zeit nicht mit sportlicher Betätigung verlieren. Die Ziele, die sie sich gesetzt haben, lassen diese Extravaganz nicht zu.«
Er gab Mott noch zwei andere aufschlußreiche Hinweise. »Die Astronauten sind zum überwiegenden Teil Erstgeborene. Man hat sie verwöhnt. Eine starke Persönlichkeitsentwicklung ist typisch. Sie erwarten, daß man sich um sie sorgt. Achten Sie darauf, sie nie abzuwimmeln, Mott. Andererseits hat noch kein Astronaut, wie hart wir ihn auch anfassen, jemals ein Magengeschwür bekommen. Diese Kerle

können etwas, was wir nicht gelernt haben. Den ganzen Tag wie ein Verrückter arbeiten, aber abends komplett abschalten. Gut zu Abend essen und sich gut ausschlafen. Sie brauchen diese Kerle also nicht wie rohe Eier zu behandeln. Sie sind verdammt zäh.«
Er besaß noch mehr statistische Unterlagen, über die er mit Mott hätte sprechen können, aber seiner Meinung nach hatten sie alle wichtigen Punkte behandelt, und es war an der Zeit, einen Mann hereinzurufen, mit dem Mott eng zusammenarbeiten würde. »Ich möchte sie mit Mr. Tucker Thompson bekanntmachen. Er ist Chefreporter von *Folks*. Mehr als sonst jemand war er es, der die Astronauten aus dem Würgegriff von *Life* befreite. Jetzt muß er bei diesen sechs zeigen, was er kann, sonst fliegt er.«
Bevor Mott noch sagen konnte, daß Thompson ihm kein Fremder war, stürmte der Zeitungsmann lächelnd ins Zimmer, und nun hatte Mott Gelegenheit, den Mann, mit dem er zusammenarbeiten sollte, näher zu betrachten. Er war groß, sonnengebräunt, etwa fünfzig Jahre alt, und als er ihm die Hand entgegenstreckte, wurde an seiner Manschette ein Manschettenknopf in Form eines massiven Goldklumpens sichtbar. Er trug eine reichgemusterte Krawatte von kräftiger Farbe, eine schwarze Hose mit scharfen Bügelfalten, eine teure weiße Jacke und Schuhe mit ledernen Schnürsenkeln. Er war ein wenig kahl, was sich vorteilhaft auswirkte, wenn er lächelte, denn dann wurde sein großes Gesicht wahrhaft riesig – eine weite Fläche aus brauner Haut, glänzenden Augen und sehr weißen Zähnen.
»Mein Name ist Thompson«, sagte er, »Tucker Thompson.« Er ging auf Mott zu, blieb stehen und deutete mit einem langen Zeigefinger auf ihn. »Ich kenne Sie doch! Ich habe Sie bei Senator Grant kennengelernt. Sie sind ...« er zögerte, »... Sie sind Dr. Mott.«
Er hatte eine Mappe mit Familienfotos mitgebracht, die er nun auf dem Tisch ausbreitete. »Ja«, sagte Dr. Crandall, »auf diesen Punkt ist noch hinzuweisen. Diese jungen Männer scheuten nie davor zurück, das hübscheste Mädchen ihrer Stadt zu heiraten. Da gab es keine verklemmten Reaktionen auf die widersprüchlichen Rollen von Mann und Frau. Eins, zwei, drei, und sie waren im Bett.
Vier Frauen sind normale Fälle, zwei problematisch. Der Schwede Jensen heiratete die Schwedin Inger. Beide gute Amerikaner. Der Junge aus Tennessee, dieser Hickory, heiratete die Tochter eines Hillbillys

aus seiner Gegend, und so ein Glück möchte ich auch mal haben. Sportlicher Typ, hatte ihr eigenes Pferd, ihren eigenen Wagen. Und wenn sie sich fein macht, kann sie sich der Verehrer nicht erwehren.«
Mott studierte das Bild und staunte über die Veränderung, die mit dem etwas scheuen Mädchen vorgegangen war, das er in Huntsville kennengelernt hatte. »Sie war mit meiner Frau befreundet. Aber sehen Sie doch diese stählernen Augen. Wenn sie sich etwas vornimmt, führt sie es auch durch.«
»Der Zivilist Bell, der uns von Senator Glancey so warm ans Herz gelegt wurde«, fuhr Dr. Crandall fort, »hat für sich eine richtige Puppe gefunden. Sie ist vermutlich von den sechs Frauen die beste Mutter.«
»Sie läßt sich wunderbar fotografieren«, bemerkte Tucker Thompson, »mit oder ohne die drei Kinder.«
»Ed Cater, der Air Force-Mann aus Mississippi, hat eine Frau geheiratet, bei der man sich leicht täuschen kann. Sieht aus wie Fräulein Unschuld persönlich, hat aber vor ihrer Heirat als Hypothekenmaklerin gearbeitet. Eine sehr intelligente Person.«
»Da sehe ich keine Probleme«, meinte Mott und schob seine Brille zurecht.
»Probleme könnte es mit diesen beiden geben«, sagte Thompson. »Und wenn ich im Auswahlkomitee gewesen wäre, ich glaube nicht, daß ich die zwei genommen hätte. Sie schaden unserer Sache.«
Er zeigte auf das Bild von Debby Dee Claggett: eine locker sitzende Bluse, Sandalen an den Füßen, das blonde Haar ein wenig zerzaust, eine Zigarette im Mund. »Offen gesagt, sie sieht schlampig aus. Wir haben im Redaktionsrat darüber beraten, wie wir sie verkaufen sollen. Sie ist kein sportlicher Typ. Sie ist kein Covergirl. Und sie hat zwei entscheidende Fehler. Zwei ihrer Kinder sind von einem anderen Mann. Er ist natürlich tot. Sie war mit ihm verheiratet. Und dann hat sie die Gewohnheit, jeden, den sie nicht mag, aber auch alle, die sie sehr gut leiden kann, mit ›Hurensohn‹ anzureden.«
Angewidert drehte er Debbie Dees Foto um und präsentierte statt dessen ein rechtes Gruselbild. »Unsere Maskenbildnerin wollte mal sehen, was sie mit Debby Dee anfangen könnte. Was halten Sie davon?«
Auf diesem Porträt trug Debby Dee eine Halskrause, baumelnde grü-

ne Ohrgehänge, eine Hochfrisur und ein Lächeln, das mehr als zwanzig Zähne sehen ließ, zwei davon mit Goldplomben.
Keiner sagte etwas, und nach einer Weile verriet ihnen Tucker Thompson: »Als wir ihr das Foto vorlegten, meinte sie: ›Da seh' ich ja aus wie eine chinesische Hure!‹ Ja, Debby Dee ist ein großes Problem.«
»Was hat Ihr Redaktionsrat beschlossen?«
»Es gibt zwei Möglichkeiten, sie zu verkaufen. Als urwüchsige Texanerin — wir können durchblicken lassen, daß ihr Vater eine große Ranch besaß.«
»Und hat er?«
»Kein Mensch weiß, wo er ist.« Er räusperte sich. »Oder was ich vorgeschlagen habe. Wir stellen den Tod ihres ersten Mannes in den Vordergrund.«
»Aber Sie sagten doch eben, es wäre ein wunder Punkt, daß zwei ihrer Kinder von ihm sind.«
»In unserem Geschäft machen wir oft aus einer Schwäche eine Tugend. Wir haben Nachforschungen angestellt, und wie es scheint, hat sie große Courage bewiesen, als ihr Mann abstürzte. Wir haben Bilder. Wir können behaupten, Claggett wäre ein enger Freund der Familie gewesen. Hat sich sofort bereit erklärt, für die armen Waisen zu sorgen, und so weiter und so fort.«
»Das beste wäre, Sie würden sie als Naturkind verkaufen«, meinte Crandall.
»Gefährlich«, warnte Thompson, »sehr gefährlich. Weil man nie weiß, wie die amerikanische Öffentlichkeit auf ein Original reagiert. Besonders wenn es eine Frau ist. Denken Sie mal an Gertrude Stein oder Amy Lowell. Mein Gott, verrücktere Weiber gab's ja gar nicht, aber wir haben unser Herz an sie gehängt. Jetzt verkaufen wir Automobile mit Picassos Porträt von Gertrude Stein. So könnte es uns auch mit Debby Dee ergehen — oder auch nicht.«
»Können wir ihr verbieten, das Wort *Hurensohn* in der Öffentlichkeit zu gebrauchen?« wollte Crandall wissen.
»Ich kann mir nicht vorstellen, daß Debby Dee sich etwas verbieten läßt«, antwortete Thompson und wandte sich der letzten Fotografie zu: Mrs. John Pope, Rechtsvertreterin des Raumfahrtausschusses des Senats. Das Bild zeigte sie in Bürouniform: ein schicker roter Rock,

der bis über die Knie reichte, ein konservativer weißer Kragen und eine wunderschöne Kette aus unechten Perlen. Sie hatte ihr Haar, von einer Spange zusammengehalten, straff zurückgekämmt, aber es waren ihre dunklen Augen, die die Aufmerksamkeit des Betrachters auf sich zogen.
»Wir haben sie im Büro von Senator Grant gesehen«, erinnterte Mott den Reporter.
»Ich weiß. Und in einem Büro ist sie sicher ganz große Klasse. Aber für unsere Zwecke könnte sie sich als Giftpilz erweisen.«
»Aber wieso denn?« fragte Mott. »Sie hat doch alles, was Sie sich nur wünschen können. Kommt aus einer Kleinstadt. Kirchenbesucherin. Hat ihre Jugendliebe geheiratet.«
»Sie ist eine Zeitbombe, meine Herren«, verkündete Thompson mit der Stimme der Erfahrung. »An dem Tag, an dem ein Astronaut startet, wünscht die Öffentlichkeit ein Bild seiner Frau zu sehen, wie sie zu Hause auf ihn wartet ... oder in der Kirche für ihn betet. Die lieben Kleinen. Der weiße Gartenzaun. Die hilfsbereiten Nachbarn. Wenn einer der Knaben einen Tretroller hat, um so besser, aber ein Fahrrad wäre natürlich besser. Das Töchterchen mit einer Puppe, nicht mit einem Teddybär. Das geht an die Nieren, das kommt der Wirklichkeit um vieles näher als der Raketenstart selbst.
Und was zum Teufel sollen wir fotografieren, wenn Astronaut John Pope zu einer gefahrvollen Mission startet? Seine Frau in ihrem Washingtoner Büro, die vor Sorge an ihrem Bleistift kaut? Sie sollte viele Kilometer weit von Washington entfernt in einer kleinen Stadt in einem weißen Haus mit einem weißen Zaun sitzen. Und, verdammt noch mal, Kinder hat sie auch keine. Eine tüchtige Frau, aber unterm Strich kommt ein schiefes Bild von ihr heraus. Und wissen Sie, was ich mehr als alles sonst fürchte? Daß sie während des Fluges einmal den Mund aufmacht und Fragen stellt wie etwa: ›Warum sind keine Farbigen im Programm?‹ Oder ›Wann fliegt mal eine Frau mit, wie uns das die Russen gerade vorexerziert haben?‹ Ich weiß nicht, was sie sagen wird, aber Sie können Gift darauf nehmen, meine Herren, daß es uns schaden wird.«
Er klopfte mit dem Bleistift auf die Fotografien und prophezeite: »Diese Frau ist eine Atombombe. Und sie tickt genau im Herzen meines Programms.«

»Da gibt es doch nur einen einzigen passenden Werbetext«, meinte Mott. »›Diese tapfere Frau arbeitet mit jenen Politikern zusammen, die ...‹ und so weiter und so fort.«
»In meinem Geschäft«, warnte Thompson«, darf man nicht zu schlau sein. Ich bleibe lieber beim weißen Haus mit dem weißen Zaun. Und wissen Sie auch warum? Zwei Drittel unserer Leser sind Frauen, und die verachten instinktiv intelligente junge Damen wie Penny Pope, die ihre Stellung behalten und nicht zunehmen.«
»Bis auf Debby Dee«, hielt Mott ihm entgegen, »sind die ersten vier doch ziemlich mager.«
»Aber sie sind auch hübsch. Wie Fotomodelle. Von Fotomodellen erwarten die Frauen, daß sie mager sind. Und keine ist mit dem Makel eines Jobs behaftet.« Mit weit ausholender Gebärde wies er noch einmal auf die Fotos. »Wenn eine Frau hübsch ist, setzen die Leserinnen mager mit schön gleich. Aber sobald sie eine Stellung in der Verwaltung hat, ist mager gleichbedeutend mit habgierig und niederträchtig. Vielleicht können Sie mir sagen, wie ich dieses Problem lösen soll?« Und er richtete einen anklagenden Finger auf das Bild von Penny Pope.

Für Rachel Mott nahmen alle solche Fragen entscheidende Bedeutung an, als die NASA sie als eine Art persönliche Beraterin für die Familien der sechs Astronauten anwarb. Man gab ihr diese interessante Aufgabe, weil man die hervorragenden Leistungen ihres Mannes zu schätzen wußte, aber jeder, der sie kannte, wußte, daß sie für ein Amt dieser Art alle nötigen Voraussetzungen mitbrachte. Sie war eine reife Frau von dreiundvierzig Jahren, sehr gepflegt, eine gute Hausfrau mit eigenen Kindern und eine Bürgerin Bostons mit stark ausgeprägtem Pflichtgefühl.
Als sie und Stanley ihren Wohnsitz in der Nähe des neuen Ausbildungszentrums der NASA in Houston aufschlugen, betrübte es sie, daß Millard es vorzog, in Kalifornien bei den jungen Männern seines Surferklüngels zu bleiben, aber mit Befriedigung stellte sie fest, wie leicht sich der jetzt dreizehnjährige Christopher in das Leben in Texas eingewöhnte. Ganz besonders freute es sie, mit welchem Respekt die Leute der NASA ihrem Mann begegneten, den man nicht nur als Mentor der neuen Astronauten, sondern auch als einen der brillante-

sten Köpfe des Mitarbeiterstabes lobend anerkannte. Er zog von einem wichtigen Ad-hoc-Ausschuß zum anderen, beschäftigte sich heute als Ingenieur mit einem technischen Problem und morgen als Wissenschaftler mit Dingen, die mit dem Weltraum zu tun hatten.
Seine ganze Kraft aber setzte er dafür ein, die sechs jungen Männer in die Geheimnisse der NASA einzuweihen, und schon eine Woche nach ihrer Ankunft in Houston, hatte er ein Studienprogramm für sie entworfen, das sich nur mit der Arbeit an einer erstklassigen technischen Hochschule vergleichen ließ – nur daß die Astronauten täglich zwei Stunden theoretischen Unterricht hatten und zehn Stunden in den Werkstätten zubrachten. Diese Ausbildung sollte etwa sechs Monate dauern; Spezialstudien würden folgen.
Solch konzentrierte Tätigkeit machte es den Frauen möglich, ihren eigenen Verpflichtungen und Interessen nachzugehen, und genau das war das Aufgabengebiet, mit dem sich Rachel Mott vertraut machen mußte.
Tucker Thompson kümmerte sich darum, daß die Frauen regelmäßig bei Beschäftigungen fotografiert wurden, die am besten die weibliche Komponente des NASA-Programms illustrierten. Da drei der Frauen fleißige Kirchgängerinnen waren, ergab sich reichlich Gelegenheit für besinnliche Aufgaben: Sonntagsschule, Picknicks, Fürsorge für die Alten, Zusammentreffen mit anderen Gemeindemitgliedern Sonntag morgens vor der Kirche. Thompson drang auch auf Familienausflüge, wenn sich die Astronauten in Houston aufhielten, sowie gemeinsame Besuche von Baseballspielen. Er hatte keine hohe Meinung von Basketball. »Heutzutage spielen das hauptsächlich die Schwarzen. Baseball ist es, woran unsere Leser glauben.«
Rachel sah die Frauen bei ihren alltäglichen Geschäften, und obwohl sie ihr anfangs mißtrauten und sie für eine Spionin der NASA hielten, lernten sie mit der Zeit ihre professionelle Art und ihre Charakterstärke schätzen. Sie war freundlich und zuvorkommend, verstand es aber auch, von der Richtigkeit einer Handlungsweise zu überzeugen; sie zögerte nicht, energisch ihre Meinung zu vertreten, wenn sie es für nötig hielt. Ihr gepflegtes Aussehen, ihre Sprachbeherrschung und ihr guter Geschmack in modischen Fragen beeindruckte diese jungen Frauen, die ebenso auf ihre eigene Erscheinung bedacht waren.
Mit Debby Dee gab es Schwierigkeiten. Sie war nur sechs Jahre jün-

ger und zeigte keine Lust, sich von einer anderen Frau etwas sagen zu lassen. Aber Rachel nahm sich diesen Mißerfolg nicht zu Herzen, denn die Texanerin war zu burschikos für ihren Geschmack, und die Kinder noch schlechter erzogen als ihre eigenen. Die Claggetts waren keine Familie, die sie zu Freunden hätte haben wollen, und es bereitete ihr eine gewisse Genugtuung, als Stanley ihr berichtete, daß er mit Major Claggett auch nicht besonders gut auskam. »Mit seiner Arbeit ist er schneller fertig als die anderen, und sämtliche Flugzeuge kennt er in- und auswendig, aber es ist schwer, mit ihm ins Gespräch zu kommen. Statt vernünftig zu antworten, reißt er Witze.«

Wie alle anderen, war auch Rachel entzückt von den Schweden, Harry und Inger Jensen; sie sahen gut aus, waren intelligent und stets bemüht, anderen gefällig zu sein. »Ewige Pfadfinder«, so beschrieb sie ein Freund, und Harry war tatsächlich einer gewesen. Sie waren leicht zu erkennen, denn beide hatten blondes Haar und schmale Gesichter. Ihre Augen waren blau, stets lächelten sie, und sie liebten sich.

Sorgen machte sich Rachel über die Zivilistenfamilie, denn ihnen schien die Härte zu fehlen, die die Familien von Militärs kennzeichnete, obwohl Stanley ihr versicherte, daß es sich bei Tim Bell um einen der besten Testpiloten handelte, der je aus der Privatindustrie hervorgegangen war. »General Funkhauser von Allied Aviation empfiehlt keinen, der nicht seinen Mann stehen kann. Du mußt die guten Seiten der Frauen sehen, nicht die schlechten.« Rachel störte an den Bells, daß der Mann ungewöhnlich gut aussah, während die Frau jenes niedliche Puppengesicht hatte, das oft gefährliche Situationen heraufbeschwört. Da sie außerordentlich fotogen war und ihr Mann mehr als alle anderen wie ein schneidiger Testpilot aussah, fanden ihre Bilder großen Anklang, und mit der Zeit mußte Mrs. Mott zugeben, daß die Bells trotz möglicher Schwächen einen wertvollen Aktivposten für das Programm darstellten.

Es fiel ihr nicht schwer, die drei hübschen Frauen aus dem Süden miteinander zu befreunden, die Damen Cater, Jensen und Lee; sie wußten sich zu benehmen, zeigten sich stets hilfsbereit und waren kaum von den Millionen anpassungsfähiger Frauen zu unterscheiden, die schon in der Vergangenheit ihre Männer begleitet hatten, als diese mit Julius Caesar an die Grenzen des Römischen Reiches marschiert waren oder mit Robert Clive zur Befriedung Indiens oder mit Douglas Mac-

Arthur zur Besetzung Japans. Sie gingen ihr neues Leben mit professioneller Ruhe an, und da auch Rachel in El Paso und Huntsville routiniert geworden war, hatte sie hohe Achtung vor ihnen.
Bei Gloria Cater, die ehemalige Geschäftsfrau aus Mississippi, eine Mischung aus Südstaatenschönheit und kraftvoller Selbstbehauptung, konnte man stets mit einer Überraschung rechnen; Inger Jensen war eine zerbrechliche Person von unterhaltsamer Redelust, in deren Gesellschaft man sich sofort wohl fühlte; den Vogel aber schoß nach Rachel Motts Meinung der Wildfang Sandra Lee aus den Bergen Tennessees ab.
Sie empfand große Zuneigung für diese selbstbewußte Schönheit und sah mit Wohlgefallen, daß Sandy die Notwendigkeit ihres persönlichen Einsatzes für die NASA genau verstand. Sie konnte sich in jede Stimmung versetzen, die Tucker Thompson und seine Fotografen bei ihr sehen wollten, und anschließend, unbeeindruckt von dem Unsinn, abschalten und ihrer Wege gehen. Es machte Rachel Spaß, ihr zuzuhören, wenn sie erzählte, wie Hickory Astronaut geworden war: »Was mein Mann an der Vanderbilt-Universität aufgeführt hat, also die haben nur so gestaunt. Lauter ›Vorzüglich‹! Dann wurde er Offizier in der Armee, schaffte das Pilotenabzeichen und dann den Magister der Luftfahrttechnik am MIT, wieder alle Prüfungen mit Vorzug abgelegt.« Aber es entging Rachel nicht, daß man nur bis an einen gewissen Punkt an die Lees herankam; dann zogen sich die Gebirgler zurück und erlaubten keinem, tiefer in ihre private Sphäre einzudringen.
Am weitgehendsten identifizierte sich Rachel mit Penny Pope, denn an der selbstbewußten Frau entdeckte sie jene Tüchtigkeit, die sie auch selbst zu erzielen bestrebt war, dazu ein hohes Maß an persönlichem Charme, wie sie ihn nie auszustrahlen vermocht hätte. Auch war Mrs. Pope intelligenter als die anderen fünf Frauen, doch im Gegensatz zu anderen NASA-Beamten hatte Rachel nie das Gefühl, »diese Pope läßt sich durch nichts aus der Ruhe bringen«. Sie spürte Pennys Willensstärke und ihr warmherziges Wesen; aber sie wußte, daß diese gepflegte junge Frau aus dem Westen Probleme aufwerfen konnte, die sich grundlegend von jenen unterscheiden würden, die sich den Schönheiten aus dem Süden stellen mochten. Rachel Mott konnte Penny gut, ja sogar sehr gut leiden, aber sie fürchtete sie auch.

»Na, wie sieht's aus?« fragte Tucker Thompson zu Beginn der vierten Woche, als seine Zeitschrift daran ging, die sechs Frauen zum ersten Mal einer breiten Öffentlichkeit vorzustellen . »Ich muß dem amerikanischen Publikum ein Leitmotiv bieten – vor allem der amerikanischen Hausfrau, denn die sechs sind ihre ›Mädels‹.«
»Es sind schöne Frauen, Ihre Fotografen sollten es leicht mit ihnen haben.«
»Schönheit allein genügt nicht. Wir haben es auf ihre kollektive Seele abgesehen, und bei diesem Spiel können sich erste Eindrücke fatal auswirken.«
»Sie sind intelligent. Kein einziges Dummchen unter den sechs. Selbst Debby Dee hat – auf ihre Weise – etwas los.«
»Wir versuchen eine Gruppe von Frauen zu verkaufen, und da ist Intelligenz ein negativer Faktor. *Eine* Frau wie etwa Oveta Culp Hobby, bitte ja. Auf eine Ausnahme kann die Öffentlichkeit stolz sein. Aber nicht auf sechs. Wir suchen eine Melodie, die Amerikas Herzen zum Singen bringt. Das ist keine leichte Aufgabe, Mrs. Mott, und ich rechne sehr mit Ihrer Hilfe.«
»Fangen Sie mit der Schönheit an, Thompson, aber sprechen Sie von den ›blitzsauberen amerikanischen Gesichtern‹ und machen Sie dann aus ihrer Unterschiedlichkeit eine Tugend. Arbeiten Sie mit dem Wildfang Sandra. Mit der kühlen, tüchtigen Mrs. Cater. Und ich glaube ferner, Sie haben eine richtige Attraktion an Mrs. Pope, die in aller Stille mithilft, Entscheidungen zu treffen, die es ihrem Mann einmal möglich machen werden, gefährliche Missionen zu erfüllen. Einheitlichkeit in Vielgestaltigkeit muß Ihr Leitsatz lauten, Thompson. Oder vielleicht Vielgestaltigkeit in Einheitlichkeit.«
Es folgten mehrere erschöpfende Beratungen über die Frage, wie die Frauen den Leserinnen nahegebracht werden sollten, doch am Ende setzte sich, was das Titelbild betraf, Rachel Motts Vorstellung durch:
»In der Mitte eine kleine amerikanische Fahne, die im Wind flattert, umgeben von den sechs Frauen in sorgfältig ausgesuchten Posen. Sandy Lee mit einem indianischen Stirnband; Gloria Cater nachdenklich mit einem Bleistift im Mund; Penny Pope vor dem amerikanischen Adler im Senat; Cluny Bell mit der linken Hand ihr zartes Gesicht beschattend; Inger Jensen in einem weißen Krägelchen, sinnend in die Ferne blickend, und Debby Dee Claggett . . .«

Sie unterbrach sich. Wie sollte man die füllige Texanerin am besten darstellen? »Mit einem Martini, einer Zigarette ...«
»Eines ist mal sicher«, sagte Thompson. »Werbetechnische Studien haben ergeben, daß die Leute bei einem kreisförmig angelegten Bild für gewöhnlich die Acht-Uhr-Position übersehen. Das ist die linke untere Ecke. Genau dahin kommt Debby Dee.«
Das Titelbild war eine Sensation, und als die Leser an den Verlag schrieben und Kopien ohne Text verlangten, um sie einrahmen zu können, ließ *Folks* zweihunderttausend drucken und verkaufte sie für fünfundzwanzig Cents das Stück. Tucker Thompson aber diktierte seiner Sekretärin eine Zusammenfassung über die eingegangene Post.

> Die meisten Zuschriften beziehen sich auf Inger Jensen, das Mädchen, das sich alle als Tochter wünschen. Die dürftigsten Kommentare für Penny Pope, die von den Lesern als indifferent bezeichnet wird; warum war sie nicht bei ihrem Mann? Die beliebteste: Debby Dee Claggett, die wie die beste Mutter von allen aussah. Mit einem Wort: Ein amerikanischer Blumenstrauß, auf den die Nation stolz sein kann.

Mit einiger Berechtigung glaubte Rachel Mott, bei der Einführung ihrer sechs Debütantinnen in die amerikanische Szene eine bescheidene Rolle gespielt zu haben, doch an dem Tag, als Virgil Grissom und John Young ihren historischen Flug im neuen Gemini-Raumschiff unternahmen, kam sie darauf, daß sie sich einer Illusion hingegeben hatte. Es war ein spannungsgeladener Tag in der Geschichte der Raumfahrt, als zugleich mit der Zukunft des Programms auch die Sicherheit der zwei Astronauten auf dem Spiel standen. Die ganze NASA war nervös, und Tucker Thompson hielt den Zeitpunkt für günstig, der Presse vorzuführen, wie seine Schützlinge auf das neue Raumfahrzeug reagierten, in dem in Kürze auch ihre Männer unterwegs sein würden. Er rief Rachel an. »Wo sind unsere Mädchen, Mrs. Mott?«
»Vier von ihnen sitzen bei Gloria Cater vor dem Fernsehschirm.«
»Wunderbar. Das gibt ein phantastisches Foto. Aber warum nur vier?«

»Mrs. Pope hält sich wie gewöhnlich in Washington auf. Und Inger Jensen besucht ihre Familie in Minnesota.«
»Verdammt! Sie ist die fotogenste von allen. Dieser Kleinmädchen-Charme. Na ja, seien wir mit dem zufrieden, was wir haben. Wir treffen uns bei den Caters.« Bevor er auflegte, fügte er noch rasch hinzu. »Die haben doch dort einen Gartenzaun?«
Als sie vor dem Haus der Caters eintrafen, gab Thompson seinen wartenden Kollegen Anweisungen für die Interviews und die Aufnahmen.
»Diese Frauen stehen unter starker nervlicher Belastung. Sie sind hier zusammengekommen, um sich gegenseitig beizustehen. Also bitte: keine peinlichen Fragen. Nichts über das, was passieren würde, wenn der Raumflug scheitern sollte.«
Rachel hätte als erste ins Haus gehen sollen, um die Frauen zu warnen, aber sie blieb draußen, um den Reporterinnen ein paar Einzelheiten über die Frauen zu verraten, und so betrat Thompson als erster das Wohnzimmer. Er wäre beinahe in Ohnmacht gefallen, denn die Frauen hatten sich die Schuhe ausgezogen, spielten Karten und tranken Martinis; auf das Fernsehen achtete keine. Mrs. Claggett und die Gastgeberin, Mrs. Cater aus Mississippi, rauchten Zigaretten.
»Du lieber Gott!« rief Thompson. »Menschenleben stehen auf dem Spiel, und Sie spielen Poker!«
»Rummy«, sagte Mrs. Cater.
»Die Presse steht vor der Tür, Reporter aus dem ganzen Land, aus der ganzen Welt! Ziehen Sie sich die Schuhe an!«
Sandy Lee übernahm das Kommando und ließ Spielkarten, Martinis und sonstige Spuren ausschweifenden Lebensstils verschwinden. Dann wappnete sie sich mit dem umwerfenden Charme, den sie jederzeit spielen lassen konnte, ging zur Tür und sagte ganz ruhig: »Die Vertreter der großen Agenturen und zwei Korrespondenten aus Übersee können auf fünfzehn Minuten hereinkommen. Dann kommen wir nach draußen und bleiben so lange, bis wir alle Ihre Fragen beantwortet haben. Weil heute ein historischer Tag ist und wir stolz sind, eine kleine Rolle dabei zu spielen.«
Mit unvergleichlicher Grazie bat sie die Journalisten ins Haus, lächelte ihren sechzig oder siebzig Kollegen zu, schloß die Tür hinter sich und setzte sich zu Gloria, Cluny und Debby Dee, die wie gebannt auf den Bildschirm starrten.

Das Programm, für das die neuen Astronauten ausgewählt worden waren, wurde Gemini genannt, weil zum erstenmal gleichzeitig zwei Männer in den Weltraum fliegen sollten – in so qualvoller Enge, daß sie einander, in der Kapsel liegend, fast berührten. Und in dieser Stellung mußten sie bis zu vierzehn Tagen verharren, ohne sich viel bewegen zu können. Als Dr. Mott sich die Kapsel aus der Nähe besah, verstand er Crandalls Hinweis auf die von der NASA festgelegten Beschränkungen in bezug auf Größe und Gewicht der Astronauten; zwei Männer von normalen Körpermaßen hätter hier unmöglich Platz gefunden.

Gemini war ein in der Geschichte noch nie dagewesenes, zu Forschungszwecken hergestelltes Fahrzeug und erforderte tapfere, körperlich und geistig agile Männer, die außerdem auch noch über ein enormes Fachwissen verfügen mußten.

Zu Beginn der sechsmonatigen Instruktion erschien Deke Slayton mit einem siebenundsechzig Zentimeter hohen Stapel von Handbüchern und Raumflugkonzepten vor den zukünftigen Astronauten. »An dem Tag, an dem Sie zu einem Flug eingeteilt werden, müssen Sie das Halbfett- und Fettgedruckte auswendig gelernt und den Rest zumindest begriffen haben.«

Die Handbücher waren wie knifflige Spiele für erwachsene Kinder; jedes einzelne veranschaulichte die Funktion eines bestimmten Systems der Gemini-Kapsel: Eines zeigte in farbigen Diagrammen den Weg, den der elektrische Strom nahm; ein anderes illustrierte mit schematischen Zeichnungen von der Art, wie sie im Zweiten Weltkrieg entwickelt worden waren, um Flugzeugreparaturen zu erleichtern, wie das hydraulische System funktionierte; in wieder einem anderen gestatteten vier bedruckte, geschickt aufeinandergeklebte Plastikfolien dem Astronauten, das Innere seiner Triebwerke zu studieren.

Die Wissensgebiete nahmen kein Ende, es waren sechzehn große Informationsblöcke, die bewältigt sein wollten, und welches Feld die Männer auch als nächstes in Angriff nahmen, die Regeln blieben immer die gleichen: zwei Stunden theoretischer Unterricht, zehn Stunden Aufschlüsselung und Analyse in den Werkstätten, zwei Sunden Meinungsaustausch und weitere zehn Stunden körperliches Training für das jeweilige Programm.

Von Anfang an hatte die NASA eine sehr vernünftige Politik verfolgt, die darin bestand, daß alle Astronauten alles zu studieren hatten; erst dann wurde jedem von ihnen ein Spezialgebiet zugeteilt, auf dem er ein erstrangiger Fachmann werden sollte. Die Zuweisung dieser Aufgaben war stets eine aufregende Sache, und eines Tages erschien auch Deke Slayton mit einer Liste: »Claggett, aufgrund Ihrer ungewöhnlichen Kenntnisse im Flugzeugbau, Konstruktionen. Lee, weil Sie schon eine Menge mit Elektronik zu tun hatten, das elektrische System. Bell, weil Sie sich bei Allied Aviation auf Aerodynamik spezialisiert haben, aerodynamische Formen. Jensen, weil sie klein und stramm gewachsen sind, Flugausrüstung und Rettungs- und Sicherheitssysteme. Cater, weil Sie auf Edwards gute Arbeit in Triebwerksstufen geleistet haben, Raketen. Und Sie, Pope, als Doktor der Astronomie, Navigation und Computer.«

Es fiel John auf, daß, wann immer Spezialaufgaben zugeteilt waren, stets nach derselben Hackordnung vorgegangen wurde, Claggett als erster und er als letzter. Als er sich eines Tages allein in Dr. Motts Büro befand, sah er auf seinem Schreibtisch eine Liste mit den Namen in der gewohnten Reihenfolge und mit der Überschrift: Reihenfolge der Auswahl. Da er verkehrt herum las, hatte er keine Zeit, den maschinegeschriebenen Text neben den Namen zu lesen, doch als Mott ins Zimmer trat, fragte er ihn ohne Umschweife: »Warum stehe ich an letzter Stelle in der Liste?«

»Das war nicht für Ihre Augen bestimmt.«

»Ich habe den Text nicht gelesen. Ich sah nur die Überschrift und die Reihenfolge.«

Mott legte die Liste in eine Lade. »Das ist die Reihenfolge, in der Sie ausgewählt wurden. Es gibt rundum keinen besseren Flieger als Claggett. Ich nehme an, Sie stimmen mir zu?«

»Ich kenne ihn seit Korea. Er ist der beste.«

»Die anderen haben phantastische Beurteilungen, Pope. Bell zum Beispiel. Er hat alles geflogen, was Flügel hat, und so gut wie alle Maschinen, die Allied Aviation je hergestellt hat, maßgeblich verbessert.«

»Aber warum bin ich der letzte?«

Mott beschloß, offen mit ihm zu reden. »Es hat nichts mit Ihrem fliegerischen Können zu tun. Sie gehören zu den Besten. Und auch nicht

mit Ihrer Tapferkeit, denn in Korea und auf Pax River ... Nun, Ihre Auszeichnungen beweisen es.«
»Was war es dann? Worin besteht meine verborgene Schwäche? Ich weiß es wirklich nicht, und ich denke, ich sollte es wissen.«
»Eine Frage des Verhaltensmusters«, antwortete Mott, und als der junge Flieger ihn verständnislos ansah, fügte er hinzu: »Sie entsprechen nicht den gängigen Verhaltensmustern. Sie leben nicht mit Ihrer Frau zusammen. Sie haben keine Kinder. Statistisch gesehen sind Sie ein Risikofaktor, ganz zu schweigen von Ihrer Gattin. Die NASA fühlt sich sicherer, wenn unbekannte Größen wie Claggett oder Lee den Verhaltensmustern entsprechen. Weil die NASA dann nach der Wahrscheinlichkeitsrechnung im Vorteil ist. Bei Ihnen tappen wir im dunkeln. Ich denke, Sie wissen das.« Pope blieb stumm, und Mott fügte hinzu: »Es hat sich in Korea gezeigt, und vor allem auf Patuxent.«
»Was hat sich gezeigt?«
»Daß Sie ein Einzelgänger sind.«
»Was hat denn das damit zu tun. Ich möchte meinen, daß es darauf ankommt, daß ich ... daß ich gut war«, sagte Pope mit jener gewinnenden Offenherzigkeit, die die besten Testpiloten kennzeichnete. John Pope war einer der besten Flieger; er wußte es und zögerte nicht, auf seine Rechte zu pochen.
»Darum haben wir Sie ausgesucht, John.« Diese plötzliche Anrede mit seinem Vornamen, so als ob das Gespräch in eine neue und vertraulichere Phase getreten wäre, besänftigte den Astronauten. »Und was hat Sie bewogen, über diese Anomalie hinwegzusehen?«
Und nun ließ dieses ungewöhnliche Wort, das so wissenschaftlich klang und so richtig hierher paßte, Mott erleichtert aufatmen, und er brach in Lachen aus. Er nahm seine Brille ab und sah Pope an, der neun Jahre jünger war als er und einer der tüchtigsten Männer, die je seinen Weg gekreuzt hatten. »Wir haben uns für Sie entschieden, weil wir wußten, daß Sie in der Luft einer unserer allerbesten sein würden. Und das werden Sie ja auch sein.«
»Aber auf festem Bodem sollte man mir mit Vorsicht begegnen. Richtig?«
»Richtig.« Und nach einer kurzen Pause: »Sehen Sie eine Möglichkeit, Ihre Frau dazu zu bewegen, ihre Stellung aufzugeben und hierher nach Houston zu übersiedeln?«

»Nein.« Pope schneuzte sich – mehr um Zeit zu gewinnen als aus sonst einem Grund. »Erst vorige Woche sagte sie mir, sie hätte das Gefühl, Ihre Frau sei ihr recht ähnlich. Wenn das so ist, hatten Sie wohl die gleichen Probleme.«
»Seltsam, meine Frau hat sich in gleicher Weise über Ihre geäußert. Sie wäre ihr ähnlicher als jede andere. Aber Ihre Probleme, John, hatte ich nicht, denn meine Frau hat sich mit meiner Arbeit abgefunden. Ich werde Ihnen einmal über El Paso erzählen und wie man mich aus Huntsville hinauskomplimentiert hat. Meine Frau war immer an meiner Seite.«
»Meine nicht«, entgegnete Pope schroff, er erhob sich und verließ das Zimmer.
Die ihm gestellte Aufgabe begeisterte ihn, und wenn er hätte frei wählen können, er hätte sich für Astronomie und die neuen Navigationssysteme entschieden, denn diese Wissensgebiete fesselten ihn. »Sie fordern meinem Verstand alles ab«, schrieb er seiner Frau, »es ist wie ein Rausch. Aber, verdammt und zugenäht, am Ende werde ich es schaffen.«
Doch die vielen Studienreisen hinderten ihn daran, sich ganz auf die Navigation zu spezialisieren, denn von den Astronauten wurde verlangt, mit solcher Behendigkeit im Land herumzuschwirren, daß einige Beobachter aus dem Staunen nicht herauskamen. In einer Zeitspanne von nur drei Monaten mußten Pope und Claggett die folgenden Exkursionen unternehmen:

> ... zur David Clark Company in Worcester, Massachusetts, um sich je zwei verschiedene Raumanzüge machen zu lassen, und noch einen weiteren für Pope, der sich damit im Weltraum bewegen würde;
> ... nach Los Angeles, Kalifornien, für eine Besprechung mit General Funkhausers Leuten; Allied Aviation hatte den Auftrag erhalten, die Kontrollinstrumente für die Kapsel zu liefern;
> ... zur McDonnell Astronautics Company in St. Louis, Missouri, um an dem Raumfahrzeug selbst zu arbeiten;
> ... nach Cleveland, Ohio, um im Lewis Center der NASA die Leistung von Düsenmotoren und Raketen zu untersuchen;
> ... zur Lockheed Space Company in Sunnyvale, Kalifornien, um

die Herstellung der Agena-Trägerrakete voranzutreiben, an die die Geminikapsel im Weltraum ankoppeln würde;

... zur IBM in Owego, New York, um sich mit den neuen kleinen Computern vertraut zu machen, die das Raumfahrzeug steuern würden;

... nach Fort Apache, Arizona, um sich einem dreitägigen Überlebenstest in der Wüste zu unterziehen;

... zu Rocketdyne in Canoga Park, Kalifornien, um die Prinzipien und Kontrollinstrumente zu studieren, die den Wiedereintritt in die Atmosphäre regelten;

... zur Ramo Corporation in Redondo Beach, Kalifornien, um an Flugbahnberechnungen zu arbeiten.

Um noch einige mehr von den 319 Industriebetrieben, wo Teile des Geminiprogramms zusammengesetzt wurden, einschließlich der bekanntesten Namen der amerikanischen Geschäftswelt: Bell, Burroughs, CBS, Douglas, Engelhard Minerals, General Electric, General Motors, B. F. Goodrich und so weiter und so fort.

Einige dieser Ausflüge hatten eine spezielle Bedeutung für die künftigen Astronauten, aber jeder von ihnen schien sich ganz besonders mit einem für ihn einzigartigen Erlebnis zu identifizieren. Hickory Lee kam begeistert von den wilden Flügen mit Parabolprofil in der C-135 vom Luftstützpunkt Edwards der Air Force zurück: »Verdammt, die sind mit mir auf zwölftausend Meter hinaufgegangen; dann haben sie angedrückt, und in diesem schnellen Übergang gab's auf einmal keine Schwerkraft mehr! Ich wurde in diesem gepolsterten Frachtraum herumgeschleudert wie eine Feder in einem Wirbelsturm. Überhaupt keine Schwerkraft. Zweiunddreißig Sekunden lang. Dann ging's auf und ab, wieder Steilflug, Parabolkurve, und runter. Achtunddreißigmal machten wir das, und als ich wieder rauskletterte, hatte ich blaue Flecken von den Ellbogen bis zum Hintern. Diese Matten schützen einen überhaupt nicht.« Aber er redete noch tagelang von diesen Augenblicken zufälliger Freiheit von der Anziehungskraft der Erde.

Einigen fiel es im physiologischen Sinne schwer, sich auf die C-135-Routine einzustellen; alles, was sie davon mitbekamen, war ein gnadenloses Herumgestoßenwerden, wenn die große Maschine im Steilflug niederging, und so empfand es auch John Pope. »Wahrscheinlich

war ich frei von Schwerkraft, aber ich merkte es kaum.« Was ihm ein Raumgefühl vermittelte, das waren zwei irdische Erlebnisse – weltlichere, aber irgendwie auch geistig differenziertere, weil sie von einfacher sinnlicher Wahrnehmung der Schwerkraft ausgingen.
»Wenn es euch so geht wie mir und ihr in dieser Schleudermaschine das Gefühl nicht spürt, versucht doch mal den Raumsimulator in Langley, von dem wir den Film gesehen haben«, riet er den anderen. »Tolle Sache!«
Der Wahrnehmung fehlender Schwerkraft kam er in einem Schwimmbassin, besser gesagt einem riesigen Wassertank am nächsten, der im neuen Zentrum in Huntsville aufgestellt worden war. Dort wurde er in voller Astronautenausrüstung ins Wasser geworfen, mit gerade genug Bleigewichten an seinem Gürtel, um einen neutralen Auftrieb zu bewirken. »Es war unheimlich und irgendwie wunderbar. Keine richtige Schwerelosigkeit, versteht ihr, denn wenn man sich im Wasser auf den Kopf stellt, steigt einem das Blut in den Kopf, weil die Schwerkraft ja noch vorhanden ist. Aber ich hatte ein herrliches Gefühl der Freiheit. Immer wenn mich der Kran ins Wasser fallen ließ, kam ich mir vor wie ein mittelalterlicher Ritter, der auf sein weißes Streitroß gehoben wird. Aber meine Lanze war ein Schraubenschlüssel, und ich sollte keine Welt erobern – nur den Weltraum.«
Sein dramatischstes Abenteuer erlebte Randy Claggett auf dem Flottenstützpunkt Johnsville, nördlich von Philadelphia, wo er sich Grenzwertversuchen in der Riesenzentrifuge unterziehen mußte. Es war dies genau die Art von Schleuder, wie sie für die Entrahmung der Milch verwendet wird, aber in wesentlich größerer Ausführung, die viele zusätzlich kontrollierte Bewegungsvarianten zuließ. Die Männer, die den Test durchführten, setzten die Versuchsperson auf einen Pilotensitz und wirbelten sie mit zunehmender Geschwindigkeit herum, bis der gewünschte G-Wert erreicht war:

> Ich warf einen Blick auf das Ungetüm und wollte nichts wie raus. Sie schnallten mich an und fragten: »Können Sie zehn G aushalten?« Und ich antwortete: »Woher soll ich das wissen?« Und sie sagten: »Na, Sie werden's bald erfahren.« Mir war ein wenig komisch, aber ich brüllte, »Mir tut nichts weh«, und sie brüllten, »Jetzt kommen fünfzehn«, und jetzt fiel's mir ein biß-

chen schwer, was zu sehen, aber als sie brüllten: »Glauben Sie, Sie können zwanzig aushalten?«, brüllte ich: »Laßt mich raus!« Und sie sagten: »Wie Sie wünschen.« Und als ich wieder draußen war, zeigte das Zählwerk sechzehn G.
Aber da stand so ein Kerl von der Navy herum und erklärte sich bereit, die Maschine zu versuchen, und nachdem sie ihn angeschnallt hatten, kamen sie ziemlich schnell auf fünfzehn G, und er grinste und rief: »Das geht prima.« Als sie auf achtzehn hinaufschalteten und fragten, ob er auf zwanzig gehen wolle, brüllte er: »Warum nicht.« Und das taten sie dann auch und sagten ihm, daß noch keiner auf einundzwanzig gekommen sei, und er antwortete, »Na, versuchen wir's mal.« Aber er wirbelte in einer Weise herum, daß die Worte sozusagen aus seinen Mundwinkeln spritzten, und dann gaben sie ihm etwa zehn Sekunden lang einundzwanzig G. Ein scheußlicher Druck.
Als sie die Zentrifuge abschalteten, sprang er raus, als ob nichts gewesen wäre, aber ich konnte sehen, daß er ein wenig benommen war. Er stieg in seinen Wagen, um nach Hause zu fahren, aber als ich das Versuchsgelände verließ, hatte er den Wagen quer über den Mittelstreifen der Straße geparkt und schlief tief und fest. Die einundzwanzig G müssen ihn ganz durcheinander gebracht haben. Aber als ich mit ihm auf den Stützpunkt zurückfuhr, kümmerten sich die Ärzte nicht weiter um ihn. Ich frage mich oft, was aus dem Jungen geworden ist.

Diese Reisen, die nie weniger wurden, gestalteten sich noch abwechslungsreicher, als die NASA mehrere Dutzend Northrop T-38 zweisitzige Überschallschulflugzeuge erwarb. Es waren wendige, aufregende Maschinen, die auf 1,2 Mach und mehr kamen; und eine Spätnachmittagssitzung auf Cape Canaveral zu verlassen, zum Flugplatz zu sausen und mit einer T-38 zum Abendessen nach Houston zu jagen, war eine reine Freude.
Weil die T-38 Platz für zwei bot, waren Claggett und Pope, die Freunde von Pax River, oft gemeinsam zu einer Besprechung mit Lieferanten unterwegs, oft auch zum nächsten Geländetest; und weil sie auf alles vorbereitete sein mußten, flogen sie eines Tages auch nach Key West, um das Landen mit Fallschirm im Wasser zu üben. Drei Tage

lang wurden die zwei Piloten in einer alten DC-3 auf dreitausend Meter Höhe gehievt und über Bord geworfen. Während sie herabschwebten und sich langsam in der karibischen Sonne drehten, gingen sie stille Wetten ein, welches Patrouillenboot sie auffischen würde. Am dritten Nachmittag, als die Übungen beendet waren, brausten sie zum Flugplatz, kletterten in ihre T-38 und flogen quer über den Golf von Mexiko zum Luftstützpunkt Edwards der Air Force, nördlich von Houston. Sie landeten, als die Sonne hinter der Stadt versank.

Jung zu sein und am Himmel daheim, eine T-38 zur Verfügung zu haben und im ganzen Land Flugplätze, um aufzutanken oder wichtige Gespräche zu führen – was konnte das Leben Schöneres bieten? Und doch: Erholung war es keine; die Piloten mußten fliegen, um ihre Fertigkeiten zu bewahren, und sie waren verpflichtet, jeden Monat eine bestimmte Stundenzahl in der Luft zu sein, einige auch nachts, um sich die Pilotenzulage zu verdienen, die ihnen so viel bedeutete. »Teufel«, brummte Claggett, »von meinem Grundsold könnten wir nicht leben, ich und Debby Dee. Ohne die Zulage würden unsere Kinder jeden Tag Hafergrütze vorgesetzt bekommen.«

Am liebsten flogen sie von Houston nach Cape Canaveral, an jenen mystischen Ort, von dem aus sie eines Tages in den Weltraum vorstoßen würden, und fast ehrerbietig näherten sie sich der sandigen Landzunge, auf der die Abschußbasen angelegt waren. Auch einige der ausgeklügeltsten Raumflug-Simulatoren befanden sich auf dem Cape, und die Astronauten wurden nicht müde, in diese außergewöhnlichen Apparate zu klettern und imaginäre Flugabläufe durchzuproben. Die NASA habe Simulatoren für alles entwickelt, meinte Claggett, ausgenommen für das Knoten von Schnürsenkeln, und wenn so einer mal gebraucht werden sollte, presto, gleich werden sie ihn haben.

Es gab einen Simulator für den Start und einen für den Wiedereintritt in die Atmosphäre. Es gab einen für das Lenkungssystem und einen für die Computer. Es gab einen erstaunlichen Simulator für den Abbruch eines Fluges und einen nur aus Ecken und Kanten bestehenden für eine Mondlandung. Es gab einen Simulator, der alle nur möglichen Notfälle vortäuschte, aber den besten steuerte ein großgewachsener, düsterblickender Ingenieur von der Universität Purdue; er trug eine Art Fu-Manchu-Bart, und alle nannten ihn Dracula.

Seine Aufgabe war es, jede mögliche Katastrophe vorzutäuschen, die verhängnisvollsten Folgen jedes Schrittes, den seine Astronauten unternehmen konnten, ins Kalkül zu ziehen, und dann die Debakel zu simulieren, mit welchen sie sich konfrontiert sehen würden. Noch während der Start – auf seinem Simulator – im Gange war, fiel der Strom in drei Raketenstufen aus, und eine Reihe komplizierter telemetrischer Geräte zeichnete jeden Fehler auf, den der aufgeregte Pilot machte. Oder: Genau im kritischen Augenblick versagten die zwei Hauptcomputer, und jedes Fehlverhalten des Piloten auf dem rechten Sitz wurde nüchtern registriert. Triebwerke fingen Feuer; der Hitzeschild brannte weg; der Bremsfallschirm ließ sich nicht aus dem Hauptfallschirm ziehen; wenn Dracula die Bühne betrat und auf seinen Simulatoren wie auf einer Violine spielte, war die Katastrophe allgegenwärtig.

Wenn dann der Testflug vorüber war, las er den zwei Piloten das Leistungsblatt vor: »Um 00:01:49 ging die Flugkompression verloren.« Nie sagte der Bastard: »Ich habe die Kompression abgeschaltet.« Es war immer eine unpersönliche Kompression, die schlecht funktionierte. »Der Kommandant reagierte zweimal falsch, bevor er die richtige Entscheidung traf, worauf er Bruch machte. Um 00:05:23 wurde ein starker Pogo-Effekt wirksam. Der Pilot versuchte eine Korrektur mittels einer Methode, die vor vier Monaten durch eine andere ersetzt wurde; die Mission scheiterte.« Es hatte zuweilen den Anschein, als wäre Dracula nicht zufrieden, wenn das imaginäre Gemini-Raumschiff nicht ins Meer stürzte und die Piloten dabei den Tod fanden. Doch als es mit dem Fliegen ernst wurde und sich absolut keine kritische Situation ergab, auf die Dracula seine Prüflinge nicht vorbereitet hätte, begannen die Astronauten eine ehrliche Zuneigung zu ihm zu fassen. Trotzdem war er, so Claggett, »ein richtiger Bastard«, und eines Tages erfuhren es die Zwillinge am eigenen Leib.

Dracula war ein Genie im Ersinnen von sensationellen Spektakeln für Auge und Ohr, die genau kopierten, was die Astronauten im Flug erleben würden. Filmprojektoren simulierten den Himmel, der die Männer in einem gegebenen Augenblick umgeben würde, eine kardanische Aufhängung gestattete es, die mit Schwindelgefühl einhergehende Übelkeit hervorzurufen, wie sie an Bord einer herabschwebenden Kapsel auftreten konnte, und auch die entsprechenden Geräusche waren leicht nachzuahmen. Nachdem Claggett und Pope mehr als einhundertfünfzig Stunden in verschiedenen Simulatoren zugebracht hatten, konnten sie mit einiger Berechtigung annehmen, daß das Universum keine Überraschungen mehr für sie barg.

In dieser Stimmung kletterten sie eines Morgens in den Hauptsimulator, der aus unbekannten Gründen drei Wochen geschlossen gewesen war, und während sie über die Kopfhörer dem Countdown lauschten – 7–6–5–4–3–2–1-Start, spannten sich ihre Züge wie immer, wenn sie auf Draculas nächste Katastrophe warteten.

An diesem Tag aber schien das simulierte Geschehen Wirklichkeit zu werden. Der Simulator flog in die Luft. Es erfolgte eine Explosion, es krachte und knallte, und Flammen und Rauch drangen in die Kapsel ein, während diese – simuliert – auf der Spitze einer Titan-Rakete abhob. Claggett auf dem linken Sitz wurde es als Verdienst angerechnet, daß er alle Maßnahmen ergriff, um die Folgen der Explosion auf ein Minimum zu beschränken, und Pope auf dem rechten Sitz tat, was er konnte, um das Feuer einzudämmen. Die Flammen wurden gelöscht, so daß der Simulator, wenn auch arg beschädigt, repariert und wieder verwendet werden konnte.

Und dann erfuhren die zwei Astronauten, daß alles nur ein Bluff gewesen war. Dracula hatte ganz ausgezeichnete Filme herstellen lassen, eine neue Tonapparatur installiert und eine Maschine, die den Simulator schüttelte und gleichzeitig Flammen und Rauch produzierte. Beim Debriefing brummte der düster blickende Mann: »00:01:09 explodierte eine der Hauptantriebsstufen. Kommandant und Pilot reagierten mit allen richtigen Maßnahmen außer bei der Sauerstoffzufuhrregelung, und daher ging die Mission in den Eimer.« Als Claggett und Pope im Hauptquartier gefragt wurden, wie sie auf die unerwartete Explosion reagiert hätten, zog sich Pope auf sein Training als Testpilot zurück und antwortete: »Ich versuchte Maßnahme 1, und sie versagte. Ich versuchte Schritt zwei, ohne Erfolg. Aber Schritt drei zeigte Wirkung.« Claggett drückte sich weniger gewählt aus: »Mir ging der Arsch auf Grundeis.«

Senator Grant war nicht gewillt, im Raumfahrtausschuß die auf die Republikaner entfallende Schmutzarbeit für die Demokraten Lyndon Johnson und Michael Clancey zu machen, ohne dabei für seinen Staat eine Gegenleistung herauszuschinden. Doch als über die Natur dieser Gegenleistung Einigkeit erzielt werden sollte, geriet er in Schwierigkeiten. Eastland aus Mississippi hatte bereits die meisten leckeren Pöstchen, auf deren Vergabe der Senat Einfluß ausübte, in der Hand, während sich Mendel Rivers aus South Carolina so viel Betriebe und Anlagen gesichert hatte, daß ein Admiral brummte: »Wenn wir dir noch einen Stützpunkt geben, Mendel, versinkt Charleston im Meer.«

Was die Zuweisungen der NASA angin, kümmerte sich Johnson um Texas, während Glancey Red River mit vielerlei Verträgen zu versorgen wußte. Es war schwer, gegen diese Pfründenkrokodile anzukämpfen, aber Grant war nicht machtlos, und als er aufbegehrte, mußten sich die Demokraten etwas einfallen lassen, um ihn wieder zu beruhigen.

»Norman«, sagte Glancey eines Morgens vor einer Ausschußsitzung, »Air Force und Navy könnten beide einen Flugplatz westlich des Missouri brauchen, und wir haben beschlossen, ihn genau nördlich von Ihrer Heimatstadt anzulegen. Sehr konvenierend für Sie, wenn Sie einmal Ihr eigenes Flugzeug haben.« Er brachte auch General Funkhauser dazu, ein Zweitwerk der Allied Aviation nahe der Industriestadt Webster zu errichten, und damit war Grant zufrieden, bis auf eine Sache, an der er ein persönliches Interesse hatte.

»Hören Sie, Glancey, unser Astronom an der Staatsuniversität von Fremont hat einige wohlhabende Leute dazu überredet, uns ein Planetarium einzurichten. Er ist ein anerkannter Wissenschaftler. Er heißt Anderssen. Ich fände es richtig, wenn diese neue Gruppe von Astronauten ihr Studium in Sternkunde dort betreiben würde.«

»Na ja ... wissen Sie, Norman ... bis jetzt haben wir unsere Leute eigentlich immer nach Chapel Hill in North Carolina geschickt. Die haben dort ausgezeichnete Arbeit geleistet.«

»Das bezweifle ich nicht«, versetzte Grant schroff. »Aber ich bin sicher, daß Anderssen das genausogut kann.«

Aus diesem Meinungsaustausch ergaben sich zunächst keine Konsequenzen, aber Grant war so darauf erpicht, sechs Astronauten auf den Straßen seiner Universitätsstadt zu sehen, daß er zweimal auf die Sache zurückkam, und am Ende kapitulierte Glancey: »Ich werde mit der NASA reden.« Als dann die maßgeblichen Beamten meinten,

North Carolina hätte zwar allen Erwartungen entsprochen, doch wäre nicht einzusehen, warum Anderssen von der Staatsuniversität Fremont seine Sache nicht ebenso gut machen sollte, wurde dieser Ausbildungsteil in den Westen verlegt. Bei ihrer ersten Begegnung im neuen Planetarium hielt der alte Herr eine kleine Rede vor den Astronauten.

> Wenn ein Mensch durch zehntausend Nächte den Himmel beobachtet hat, muß ihm das Recht zugestanden werden, sich in Gemeinplätzen zu bewegen. Der Weltraum ist grenzenlos und entzieht sich jeder Definition. Es gibt weder Osten noch Westen, weder Norden noch Süden, kein Auf und Ab, kein Hinein und Hinaus. Der Weltraum läßt sich weder messen noch begreifen. Wir können nur unser Verhalten nach seinen Gesetzen einrichten, soweit wir sie verschwommen wahrnehmen.
> Über diese Gesetze möchte ich zu Ihnen sprechen, und ich brauche Sie nicht zu drängen, sie zu beherrschen, ist doch der Tag nicht mehr fern, wo Sie alle, und jeder einzelne von Ihnen, zum Wohl dieses Landes, wenn nicht der ganzen Menschheit, in den Weltraum vorstoßen werden.
> Dies ist eine Galaxis. (Er projizierte ein phänomenales Bild des Spiralnebels M-51 auf die Innenfläche der Projektionskuppel.) Es gibt etwa eine Milliarde Sterne in dieser Galaxis und, soweit wir das heute wissen, etwa eine Milliarde Galaxien im Universum. Das heißt, daß es bis zu einer Milliarde Milliarden Sterne geben könnte. Ich lasse es jetzt im Saal etwas heller werden, damit Sie diese Zahl auf Ihren Notizblock schreiben können – eine Eins, gefolgt von achtzehn Nullen.
> (Dann verdunkelte er den Saal wieder und zeigte den Astronauten ein wunderschönes Bild der Galaxis im Sternbild Haar der Berenike mit der Bezeichnung NGC-4565, eine längliche Masse von Gestirnen und galaktischem Staub.) Wenn wir unsere Galaxis aus weiter Ferne sehen könnten, würde sie so aussehen – eine Ansammlung von etwa vier Milliarden Sternen rund um einen zentralen Kern. Ich möchte, daß jeder von Ihnen einmal rät, wo sich innerhalb dieser Galaxis unsere Sonne, einer dieser Sterne, befindet.

(Er ersetzte NGC-4565 durch eine künstlerische Darstellung unserer Galaxis, von oben gesehen, und zeigte mit einem Leuchtstab, wie weit entfernt vom Zentrum die Sonne stand.) Wir kreisen um einen Stern mittlerer Größe in einer Galaxis von nur mittlerer Größe, weit ab vom Mittelpunkt des Geschehens, wo neue Sterne geboren werden, weit ab von jenem Zentrum des Universums, wo neue Galaxien geboren werden. Niemals, meine Herren, sollten Sie sich zu der Annahme verleiten lassen, daß wir uns im Mittelpunkt des Geschehens befinden oder auch nur in der Nähe dieses Mittelpunktes.
Doch ist es eine herrliche Position, die wir in unserer wunderbaren Galaxis einnehmen, eine Position, deren Komplexität Sie für den Rest Ihres Lebens beschäftigen wird. Sechzig Jahre lang, als kleiner Junge in Norwegen und als Astronom in diesem Land, habe ich danach gestrebt, die Geheimnisse unseres Planetensystems zu erforschen, und ich darf annehmen, daß ich mit meinem Wissen hinter niemandem zurückstehe, aber ich kenne weder den Ursprung unseres Planetensystems noch – mit Ausnahme der Erde – den Aufbau seiner einzelnen Teile, noch die mechanischen Kräfte, die das System zusammenhalten, noch seine letzte Bestimmung.
Vor Ihnen steht ein unwissender alter Mann, der Ihnen ganz schrecklich die Chance neidet, unser System erforschen zu können, und begierig ist, Ihnen zu helfen, sich die Werkzeuge anzueignen, die Sie benötigen, um diese Forschung durchzuführen. Um Ihre Aufgabe zu erfüllen, müssen Sie die Sterne kennen.

Mit Hilfe von Spezialprojektoren zeigte er ihnen als nächstes die Ekliptik, diese scheinbare Bahn, die in einem größten Kreis an der Fixsternsphäre verläuft und die die Sonne im Laufe eines Jahres beschreibt, und als sich die Männer diese imaginäre Linie eingeprägt hatten, projizierte er darauf die schematische Darstellung der Tierkreiszeichen, seit unvordenklichen Zeiten die Wegweiser des Himmels.
Mit aller Härte verlangte Professor Anderssen von den Astronauten, sie müßten die an der Ekliptik gelegenen Navigationssterne beherrschen, und einige davon waren für gewöhnlich sichtbar, ohne aber ins

Auge zu fallen; sie trugen fremdklingende Namen und machten den jungen Männern das Leben schwer: »Die leichten müssen Sie einfach bis morgen gelernt haben. Spica, Antares, Aldebaran, Pollux, Regulus.«
Als sie diese behalten hatten, wandte er sich den schwierigen zu, von denen einige mit ungeübtem Auge kaum sichtbar sind: »Nunki im Sternbild des Schützen, leicht zu finden in der Gruppe, die wie eine Teekanne aussieht; Deneb Algedi im Steinbock, nicht leicht zu finden. Hamal im Widder, sehr schwer zu finden. Doch am schwersten von allen zu finden und auch auszusprechen, ist Zubeneschamali im Sternbild Waage.«
Als der nördliche Sternenhimmel durchexerziert war, rief Professor Anderssen seine Studenten im Planetarium zusammen und sprach von Dingen, auf die sie sich später oft bezogen, wenn sie miteinander plauderten. Er erwies sich als inspirierter Lehrer, dessen augenfälliger Enthusiasmus seine Zuhörer mitriß, und wenn er sagte, er hätte die Sterne in zehntausend Nächten studiert, war das wörtlich gemeint: Durch sechzig Jahre hatte er jede Woche drei lange Nächte die Gestirne beobachtet.

> Ich denke, wir wissen jetzt über die Sterne am nördlichen Himmel Bescheid, besonders über die hellen, die leicht zu finden sind, und Sie haben gesehen, welch glückbringende Konstellation es war, daß Gott oder die Natur den Polarstern dorthin gesetzt hat, wo er am nützlichsten ist, nämlich in die Nähe des Nordpols. Werfen Sie jetzt einen Blick auf den Südpol, und Sie sehen, wie leer er ist. Betrachten Sie die ganze südliche Hemisphäre und sehen Sie, wie wenig helle Sterne es dort gibt, an denen wir uns orientieren können.
> (Er ließ den Himmel langsam und majestätisch durch drei volle Tage ziehen und sagte nur hin und wieder ein paar Worte, um den zukünftigen Astronauten die Leere der südlichen Region vor Augen zu führen und ihre Verpflichtung, sich mit diesen wenigen hilfreichen Sternen ebenso vertraut zu machen wie mit den zahlreicheren und deutlicher sichtbaren am nördlichen Himmel.)
> Als ich noch ein Junge in Norwegen war und alles über die

nördlichen Sterne gelernt hatte, stand ich oft auf einem Berg in der Nähe meines Elternhauses und beschwor den Himmel, sich zu drehen und mir Gelegenheit zu geben, die Sterne des Südens zu sehen. Ich wußte, daß sie hinter dem Horizont verborgen lagen. »Kanopus!« brüllte ich, »komm heraus! Ich weiß, du steckst da unten! Kreuz des Südens, laß dich sehen!« Denken Sie daran, meine Herren. Wir sieben zählen zu den Gebildeten, und keiner von uns hat je die Sterne gesehen, die am südlichen Himmel stehen. Jetzt werden wir einiges über sie erfahren, aber ich kann Ihnen gar nicht sagen, wie sehr ich sie beneiden werde, wenn Sie in den Raum vorstoßen, über den Schatten der Erde hinausfliegen und die südlichen Sterne in all ihrer Schönheit bewundern, die ich nie gesehen habe.
(Schweigend ließ er die magellanschen Wolken auf seinem Himmel aufziehen, die den portugiesischen Seefahrer so beeindruckt hatten, das Kreuz des Südens, das Captain Cook geleitet und entzückt hatte, den Glanz des Zentauren und die kalte Pracht des Kanopus, des zweithellsten Sternes am Himmel.)
Ich erwarte von Ihnen, daß Sie alle leichten Sterne bis morgen kennen. Dann werden wir uns den schwierigeren zuwenden.

Und schwierig waren sie: Achernar, Al Na'ir und Sterne, so verrückt, daß nicht einmal Pope je von ihnen gehört hatte: Miaplacidus und Atria. Doch wie Anderssen immer wieder betonte: »Sie sind wichtig, denn es kann Ihnen passieren, daß Sie nur diesen Teil des Himmels sehen, und wenn Sie diese Sterne dann nicht kennen, sind Sie verloren.«
In seinem letzten Vortrag – überzeugt, daß seine sechs Studenten in den dafür festgesetzten hundertzwanzig Stunden mehr gelernt hatten als er nach fünfjährigem Studium, sagte er zu ihnen:

Sie sind nun in der Lage, die Sterne zu bestimmen, die Ihnen die Daten liefern werden, die Sie benötigen, um den Mond, den Mars oder den Jupiter zu erreichen. Jetzt müssen Sie lernen, mit den Computern umzugehen, die diese Daten aufnehmen und Ihnen genau angeben werden, wo Sie sich befinden. Im weitesten Sinn allerdings wird keiner von uns jemals wissen, wo wir uns befinden. Wir haben uns verirrt – in den Sternen, in unserer kleinen Galaxis, unter den Milliarden anderer Galaxien, die uns innerhalb eines Universums festhalten, das wir weder definieren noch begreifen können. Die Schritte, die Sie, meine tapferen jungen Freunde, mit Ihren wunderbaren Maschinen zu unternehmen bereit sind, werden den Schleier der Ignoranz ein wenig zurückschlagen. Dann werden wir mit den neuen und noch größeren Ignoranzen leben müssen, die uns beherrschen werden, bis andere wie Sie mit ihren eigenen Maschinen und neu erworbenem Wissen andere Schleier zurückschlagen, um wieder neue Imponderabilien zu offenbaren. Wie ich Sie beneide!

Tucker Thompson erzielte einen so durchschlagenden Erfolg mit den sechs Astronauten, daß seine Zeitschrift seine Arbeit als »besser als die *Life*-Serie« bezeichnete, womit die Astronauten sehr einverstanden waren, weil jeder von ihnen laut ihrem Vertrag mit *Folks* die Chance hatte, zusätzliche 23 000 Dollar einzustreichen, wenn die Rechte an den Artikeln ins Ausland verkauft wurden. Darum arbeiteten die Piloten eng mit Thompson zusammen und animierten ihre Frauen, das gleiche zu tun, doch die Damen verübelten ihm seine Eingriffe in ihr Privatleben, und es kostete ihn einige Mühe, sie so weit zu bringen, daß sie all jenes taten, was die amerikanische Öffentlichkeit von ihren Heldinnen erwarten durfte.

Viel Grund zur Sorge gab ihm Cocoa Beach, die explosive Stadt im Süden von Canaveral, in der früher 2 600 Menschen zu Hause gewesen waren und deren Bevölkerungszahl sich mittlerweile vervielfacht hatte. Es war nie eine hübsche Stadt gewesen und diente seit langem den Sonnenanbetern, die im Dezember aus Gegenden wie Maine, Minnesota und vor allem Ontario nach Süden strömten, als Winterquartier. Die Vermögenderen setzten ihre Reise nach Palm Beach, zweihundert Kilometer weiter südlich, fort; wer aber haushalten mußte, parkte seinen Wohnwagen in Cocoa Beach. Die meisten Häuser waren eingeschossige Holzbauten, ungeheizt und schmutzig, die Läden zweistöckig und über das ganze Stadtgebiet verstreut. Es gab Kneipen, von denen viele im Sommer schlossen, und Mietshäuser für eine kleine Zahl ständiger Bewohner; die Männer pendelten nordwärts nach Daytona Beach oder landeinwärts nach Orlando zur Arbeit.

So wie Canaveral lag auch diese kleine Stadt auf der äußeren Inselkette, breitete sich aber nicht wie eine liebliche Rose nach allen Richtungen aus, sondern mehr wie ein Rettich nur an den Enden des eingeengten Mittelteils. Dennoch besaß die Stadt eine wilde Schönheit, denn im Osten toste der Atlantische Ozean.

Den Astronauten, die in dienstlichen Geschäften nach Cape Canaveral kamen, stellte die NASA nüchterne Junggesellenquartiere zur Verfügung, aber sie zogen die dreißig Kilometer südlicher gelegene und lebhaftere Szene in Cocoa Beach vor, und wenn sie ihre Frauen mitbrachten, was sie häufig taten, stiegen sie für gewöhnlich im Bali Hai ab, einem neuen Motel, das wie viele Etablissements im Land seinen Namen von einem damals beliebten Schlager entlehnt hatte, der als tropisch und sexy galt. Dieses Bali Hai war von Kanadiern erbaut worden, die ein sicheres Gespür dafür hatten, welcher Strand als nächster die Massen anlocken würde. Geführt aber wurde der Betrieb von einem sauertöpfischen Ehepaar aus Maine, das einen Winter zuviel in den Schneeverwehungen dieses Iglus zugebracht hatte.

Das waren die Quints und als sture Yankees nicht gerade die idealen Gesprächspartner für die Verrückten, die ihr Motel bevölkerten; andererseits waren sie genau die richtigen, denn in den langen Wintern in Maine hatten sie Tiere in freier Natur beobachtet und dabei die Erkenntnis gewonnen, daß »Tiere, ob vier-, ob zweibeinig, praktisch zu allem fähig sind«.

Das Bali Hai hatte drei beachtliche Vorzüge: einen weißen Strand, von dem aus sich die Ehemänner in die blauen Fluten des Atlantik stürzen konnten; ein mit blauen Fliesen ausgelegtes, von schattenspendenden Palmen umgebenes Schwimmbecken, an dem sich die Frauen unterhalten, und eine große dunkle Bar, an der alle gemeinsam feiern konnten. Die Wände der Dagger Bar waren geschmackvoll mit Dolchen, Schwertern, Messern, Säbeln, Enterhaken, Stiletten, Macheten und Rapieren verziert, zum Großteil von weitgereisten Gästen gespendet, die sie aus fernen Ländern mitgebracht hatten. Der Effekt war außergewöhnlich: Ein nettes Lokal mit einladenden Tischen, umgeben von Waffen, die die Trinker an die Gewalttätigkeit der Welt erinnerten, die manchmal auch ihr Leben bedroht hatte.

Erinnerungsstücke von den Bahamas waren über den ganzen Raum verstreut: große Muschelschalen, Fischnetze, Angelkorken und grüne Glaskugeln und zwei riesige ausgestopfte Schwertfische. Spezialitäten des Hauses waren Rumgetränke mit exotischen Namen wie »Des Missionars Sündenfall« oder »Der Jungfrau letzter Widerstand« und eine ausgezeichnete Fischplatte für drei Dollar einschließlich ein Glas Bier.
Jede neue Gruppe von Astronauten bekam den Tip von ihren Vorgängern: »Die Dagger Bar gehört zur Szene. Ihr werdet begeistert sein von den Quints, die trübseligsten Leute seit Cotton Mather. Und diese frischen Austern! Für fünfzig Cents, soviel man runterkriegen kann!«
Tucker Thompson, der voraussah, daß seine Schützlinge den Wunsch äußern würden, im Bali Hai abzusteigen, überprüfte das Motel und stellte befriedigt fest, daß die Zimmer sauber und die Drinks unverfälscht waren. Doch dann entdeckte er etwas, das ihm das Blut in den Adern gefrieren ließ: Zuweilen wurde das Bali Hai von Horden von Groupies überlaufen, die immer dabeisein wollten, wo es hoch herging, und da viele von ihnen anziehend und noch sehr jung waren, fürchtete er das Schlimmste.
Die Raumfahrt-Groupies von Cocoa Beach waren vergleichbar den europäischen Mädchen, die Stierkämpfer vergötterten, den Südamerikanerinnen, die Rennfahrern nachliefen, oder den Kanadierinnen, die hinter Eisläufern her waren. Anscheinend gab es zu allen Zeiten junge Mädchen, die nach der erregenden Atmosphäre sensationellen Geschehens hungerten und bereitwillig die Sicherheit ihrer Elternhäuser aufgaben, um sie zu suchen. Ihr Verhalten war immer das gleiche: Sie verkehrten überall dort, wo etwas los war, saßen in bekannten Bars herum und hüpften mit geübter Behendigkeit in die richtigen Betten.
Rachel Mott, die zum ersten Mal Gelegenheit hatte, diese Art Mädchen zu beobachten, war über das undisziplinierte Betragen ihrer Geschlechtsgenossinnen entsetzt; es war tatsächlich schamlos, wie sie sich an die Männer heranmachten, doch als Tucker Thompson eines Abends in der Dagger Bar die Rede darauf brachte, während fünf oder sechs der süßen Schätzchen, nicht eines der Mädchen über zwanzig, dicht gedrängt um Randy Claggett herumsaßen, mußte sie widerstrebend zugeben: »Ich bin über diese Kinder schockiert. Wo

sind ihre Eltern? Aber nach einiger Überlegung muß ich gestehen, daß solche Mädchen vermutlich schon die Kampfschulen der Gladiatoren unsicher gemacht haben, und an dem Tag, da die kleinen Männer von einem anderen Planeten zu uns kommen, werden sich junge Dinger finden, die sie willkommen heißen.«

»Kann schon sein«, sagte Thompson, »aber meine Astronauten sollen sie gefälligst in Frieden lassen, sonst werden wir noch alle dumm aus der Wäsche gucken.« Dann zeigte er den Motts die nächste Ausgabe seiner Zeitschrift, in der das Langzeitprogramm der Sondergruppe veröffentlicht wurde. Auf dem Cover waren die neuen Astronauten abgebildet; die Haare nach Navy-Manier kurzgeschnitten, das Kinn hochgereckt, starrten sie mit strahlenden Augen in die Kamera. DIE SOLIDEN SECHS lautete die Schlagzeile, und offensichtlich zufrieden mit seiner Arbeit lehnte sich Thompson zurück.

»In unserem Metier ist die Schlacht schon halb gewonnen, wenn man seinem Produkt ein reißerisches Etikett aufkleben kann. Als ›Brauner Bomber‹ kam Joe Louis zweimal soweit, wie er sonst gekommen wäre. Der ›Einsame Adler‹ – keinem ist je etwas Besseres eingefallen. Damit erhielt Lindbergh, der nicht leicht zu verkaufen war, das Image eines zurückhaltenden und doch auch zugänglichen, fast menschlichen Mannes. Gut gefallen hat mir auch ›Samtener Nebel‹, der Spitzname, den sie Mel Tormé gaben, als man darauf kam, daß er die hohen Töne nicht mehr schaffte. Damit war seine Karriere gerettet.«

»Die ›Soliden Sechs‹«, wiederholte Mott. »Das klingt gut, und sie sehen ja tatsächlich solide aus.«

»Das war auch unser Gefühl ... Sie verstehen, die letzte Entscheidung lag nicht bei mir. Die ganze Redaktion hat sich darüber den Kopf zerbrochen. *Life,* dachten wir, hatte mit seinen Crews die Glamour-Szene schon ausreichend mit Beschlag belegt. Glenn, Borman, Shepard. Ein prima Haufen. Wußten Sie, daß manche Leute die ersten Astronauten die ›Heiligen Sieben‹ nennen? Wir konnten natürlich nicht die gleiche Platte auflegen, wohl aber unsere Männer mit etwas Patriotischem und Bleibendem in Verbindung bringen.« Er unterbrach sich, um auf einen ganz anderen Aspekt einzugehen. »›Bleibend‹ ist wichtig. Weil nämlich unsere Jungs eine lange, lange Zeit die Szene beherrschen werden. Die ›Heiligen Sieben‹, die schwimmen ab wie die Fliegen ... gehen ins Geschäftsleben ... und so. Es sind unsere Burschen, die die

großen Gemini-Flüge machen werden. Die die Apollos zum Mond fliegen werden.«
Er trommelte auf den Tisch und blickte an Rachel Mott vorbei auf die Groupies, die immer noch um Claggett herumsaßen. »Das ›Solide‹ können wir uns an den Hut stecken, wenn sich einer unserer Boys in einen Skandal verwickeln läßt. Die Zeitungen regen sich schon darüber auf, daß wir einen Exklusivvertrag haben, und wenn sie uns mit einem saftigen Skandal von unserem hohen Roß herunterholen könnten, würden sie wie hungrige Wölfe über uns herfallen.« Er unterbrach sich, sah Mott an und fragte: »Mein Stil ist wohl etwas zu metaphorisch, nicht wahr?«
»Ist er«, bestätigte Rachel.
»Verzeihung. Aber ich muß mit Ihnen über unsere Jungs reden, Mott.«
»Ist doch nicht mein Problem.«
»Da irren Sie sich aber gewaltig«, gab Thompson scharf zurück. »Verzeihen Sie, Ma'am, aber das ist wichtig. Mrs. Mott leistet prächtige Arbeit mit den Frauen; Ihre Aufgabe ist es, die Männer im Zaum zu halten.«
Er ärgerte sich so sehr über Mott, der die Gefahr nicht ernst nahm, daß er seine Chefs bei *Folks* informierte, die ihrerseits Senator Grant anriefen, der als Sprecher des Senats in Fragen der Raumfahrt zu fungieren schien und der sich sofort mit Cocoa Beach verbinden ließ: »Mott, Mr. Thompson hat völlig recht. Es wäre eine Katastrophe, wenn ein Skandal unser Programm in Mitleidenschaft ziehen würde. Bringen Sie die Herren auf Vordermann! Sprechen Sie ein ernstes Wort mit ihnen!«
»Senator, ich kann ihnen doch nicht...«
Sein Protest ging ins Leere. »Sie tragen die Verantwortung für diese Burschen, Mott. Sprechen Sie ein ernstes Wort mit ihnen!«
Mott wartete, bis alle Männer auf Cape Canaveral waren, denn er wollte sich dieser unerquicklichen Verpflichtung in einem Zug entledigen, und um ein Haar hätte sich die Verzögerung fatal ausgewirkt, denn ein hartnäckiger Teenager aus Columbus, Missouri, Tochter eines Professors, schlich sich, während er in einem Simulator auf Cape Canaveral arbeitete, in Randy Claggetts Zimmer und wartete nackt im Bett auf ihn, als er ins Bali Hai zurückkam.

Er hielt es nicht für nötig, das Mädchen aus dem Bett zu jagen oder auch nur ihr nahezulegen, sich wieder anzuziehen. Doch als er ihr um halb zehn sagte, daß er jetzt wirklich hinuntergehen müsse, um zu Abend zu essen und daß sie ihn nicht begleiten könne, verstand sie das und kletterte über die Feuerleiter. Tucker Thompson beobachtete, wie die beiden aus verschiedenen Richtungen hereinkamen, sich bemüht unauffällig, als ob es das erste Mal wäre, in der Mitte begegneten, zusammensetzten und einen Berg von Austern und zwei gewaltige Teller Chili verzehrten. Für Thompson gab es keinen Zweifel, daß seinem sorgfältig ausgefeilten Plan höchste Gefahr drohte. Hastig ließ er seine Blicke durch den matt erleuchteten Raum schweifen, um herauszufinden, ob irgendein Zeitungsmann das Spiel verfolgt hatte; erleichtert stellte er fest, daß sie alle an einer Einsatzbesprechung auf dem Cape teilnahmen, die den bevorstehenden Weltraumspaziergang des bekannten Edward White betraf. Aber noch bevor er erleichtert aufatmen konnte, sah er an einem Ecktisch eine wohlgeformte, entzückende junge Japanerin, noch keine dreißig, klein von Wuchs, die Haare an der Stirn kurz abgeschnitten, mit hohen Wangenknochen und einem Hauch von Asien in den Augen. Ihr Teint war von jener zarten Tönung, wie sie auf dem feinsten Seladon-Porzellan zu finden ist, glatt und ein wenig grünlich, und sie schien die Art von Frau zu sein, der jeder für Zuspruch empfängliche Mann sein Herz ausschütten würde. Auch trug sie jene besondere Kombination aus salopper Kleidung, die einen Mann aufforderte, sich ihrem Tisch zu nähern, an dem sie allein saß: eine plissierte Bluse in gelbbraunen Tönen, die zu ihrem Teint paßte, einen sportlichen Sweater, lässig um die Schultern, einen sehr breiten Gürtel, der ihre schlanke Taille betonte, einen glockkig geschnittenen Rock und italienisch geschnittene Mokassins mit stumpfer Vorderkappe.

Kaum hatte Thompson sie gesehen, begannen in seinem Kopf Warnglocken zu läuten. Die gehört nicht zu den Groupies. Die ist ernst zu nehmen. Aber was ihm wahrhaft Angst machte, war die Tatsache, daß sie aus ihrer Ecke heraus, unter den malayischen Dolchen, die ihr liebliches Gesicht und den sinnlichen Mund einrahmten, mit professionellem Zynismus beobachtete, wie sich Randy Claggett und seine jugendliche Tischgefährtin benahmen; hin und wieder machte sie sich Notizen.

»Wer ist das?« fragte Thompson.
»Die Frau in der Ecke? Sie ist eine akkreditierte Reporterin aus Japan«, antwortete Mrs. Mott. »Gilt als sehr tüchtig. Hat eine Zeitlang bei der *New York Times* gearbeitet. Hat ihren Magister Artium an der Universität Radcliffe mit Auszeichnung gemacht. Jetzt schreibt sie für die *Asahi Shimbun,* die größte Zeitung der Welt. Ihre Artikel werden auch in einigen europäischen Zeitungen veröffentlicht.«
»Was macht eine Japanerin auf Cape Canaveral? Spioniert sie vielleicht?«
»Sie schreibt sehr anschaulich und informierend über den Weltraum. Soviel ich weiß, hat sie einen Pilotenschein. Während ihres Studiums hat sie in New Hampshire Segelsport betrieben.«
»Wie heißt sie? Sie steht nicht auf meiner Liste.«
»O doch«, sagte Rachel ein wenig verlegen. »Sie ist die, von der wir glaubten, sie wäre ein Japaner. Rhee Soon-Ka. Rhee ist der Familienname. Als ich Mr. Rhee kennenlernen wollte – *voilà!*« Und sie deutete auf die reizende junge Frau, die sich unter den malaiischen Dolchen Notizen machte.
»Eine Japanerin!« knurrte Thompson. »Kaiser Hirohito würde alles tun, um es uns heimzuzahlen.«
»Mr. Thompson! Nehmen Sie's leicht!«
Aber das konnte er nicht. Er hatte zu viele Schlachten mit der Presse verloren, um einen Feind nicht sofort zu erkennen, wenn er ihm vor Augen kam. Intuitiv wußte er, daß ihm zehn Jahre harten Kampfes mit Madame Fu Manchu bevorstanden. »Sie sagen, sie hätte für die *New York Times* gearbeitet?«
»Im Zuge eines Austauschprogramms, glaube ich.«
»Was sie an faulen Tricks nicht in Japan gelernt hat, ist ihr ganz sicher in New York beigebracht worden.« Eine Glanzidee schoß ihm durch den Kopf. »Was meinen Sie, wenn ich hinüberginge und sie gleich erwürgte?«
»Mr. Thompson! Sie ist eine Frau, die ihre Arbeit macht. Sie wiegt nicht mehr als fünfzig Kilo.«
»Eine Kobra wiegt nicht einmal drei.« Minutenlang studierte er den Eindringling; dann erhob er sich und ging an ihren Tisch. »Ich bin Tucker Thompson von *Folks.*«
»Ich weiß«, sagte sie mit melodischer Stimme. »Nehmen Sie Platz. Sie

sind der Mann, der die sechs kleinen Pfadfinder hinter Schloß und Riegel hält.«
»Es ist unsere Aufgabe, über sie zu berichten.«
»Der da scheint Ihnen ausgebrochen zu sein«, lächelte sie und deutete auf Claggett.
»Seine Nichte. Aus Kansas.«
»Die Päpste hatten früher einmal Nichten. Astronauten haben Zufallsbekanntschaften.«
»Wenn Sie nur ein Wort schreiben ...«
»Ich habe die Absicht, etwa sechzigtausend Worte zu schreiben.«
»Seien Sie bloß vorsichtig, denn ...«
»Das brauche ich nicht zu sein. Ich versuche ja nicht, etwas zu verkaufen. Ich mache mir jetzt gerade Notizen über einen sehr attraktiven jungen Mann, einen rechten Lüstling.«
»Also Miss ...« er zögerte. »Wie heißen Sie?«
»Ich wurde als Rhee Soon-Ka geboren. In Amerika nenne ich mich Cynthia Rhee.«
»Als Japanerin könnten Sie eine Menge Unannehmlichkeiten bekommen, Miss Rhee.«
»Ich bin Koreanerin.«
»Genauso schlimm. Ich habe die Möglichkeit, Ihnen eine Menge Schwierigkeiten zu machen.«
»Haben Sie zufällig meine Artikelserie über den Kreml gelesen? Ich stecke immer in Schwierigkeiten. Wer sich in Gefahr begibt, bringt gute Stories nach Hause, wie das Ihr berühmter Admiral John Paul Jones so treffend formuliert hat.« Sie sprach ein wunderschönes Englisch, und Tucker Thompsons polternde Großtuerei brachte sie nicht im geringsten aus der Ruhe.
»Ich wünsche Ihnen viel Glück bei Ihrer Story, Miss Rhee«, sagte er, als er sich erhob, um zu gehen.
»Und Sie werden alles tun, um zu verhindern, daß ich dazu komme.«
»Das werde ich, soweit es meine sechs Astronauten betrifft.«
»Und das sind zufällig gerade die sechs, über die ich schreibe.« Und ohne die Notizen zu Hilfe zu nehmen, leierte sie die Namen herunter: »Randy Claggett aus Texas mit Ehefrau Debby Dee. Hickory Lee aus Tennessee mit Ehefrau Sandy. Timothy Bell aus Arkansas mit Ehefrau

Cluny. Harry Jensen aus South Carolina und seine hübsche Frau Inger. Ed Carter aus Mississippi mit Ehefrau Gloria. Und die vielleicht interessantesten von allen, John Pope aus Fremont und seine ehrgeizige Frau Penny. Sie werden einiges über sie zu lesen bekommen, Mr. Tucker.«

Als Thompson an seinen Tisch zurückkehrte, erwartete ihn dort der schlimmste Schock von allen, und Rachel Mott war es, die den Pfeil abschoß: »Sie soll öffentlich erklärt haben, sie hätte die Absicht, um ihre Untersuchungen abzuschließen, mit jedem der sechs zu schlafen.« Sie unterbrach sich und fügte dann hinzu: »Der ›Soliden Sechs‹, wie Sie sie nennen.«

Die eilig einberufene Sitzung fand in Thompsons Zimmer im Bali Hai statt, und obwohl es ursprünglich seine Absicht gewesen war, Stanley Mott reden zu lassen, konnte er der Versuchung nicht widerstehen, unverzüglich in medias res zu gehen. »Es ist ganz einfach, meine Herren. Wenn Sie den Begriff *Astronaut* mit sexuellen Abenteuern beschmutzen, gefährden Sie ein für die Nation und die Welt lebenswichtiges Programm.« Seine Zuhörer sahen, wie er schwitzte, und fragten sich, was als nächstes kommen würde. »Die Gerüchte verstummen nicht. Ich selbst habe Dinge gesehen, die einem versierten Reporter verdächtig vorkommen müssen.«

Er wußte wirklich nicht, wie er weiterreden sollte, und darum wechselte er abrupt das Thema. »Sie alle laufen Gefahr, eine Menge Geld zu verlieren, wenn diese Sache publik wird.« Und wußte, kaum hatte er diese Worte ausgesprochen, daß er alles vermasselt hatte. Welcher normale junge Mann würde sich von einigen der anziehendsten Mädchen abschirmen lassen, nur weil er dafür ein bißchen Geld verlieren konnte?

Mott meldete sich zu Wort. »Senator Grant hat eben mit mir gesprochen. Er muß die Gelder beschaffen, die Sie, meine Herren, mit ihren T-38 verpulvern. Er muß dem Senat die Milliarden Dollar für Ihr Gemini-Programm aus dem Kreuz leiern. Meine Herren! Der Senat, die NASA, wir alle wollen, daß dieses Programm planmäßig weitergeht. Sie wissen, daß Sie schon heute für künftige Flüge vorgesehen sind, Flüge von großer Bedeutung. Machen Sie nicht alles kaputt, indem Sie irgendso ein billiges ...«

Er wurde durch eine harte, kalte Stimme unterbrochen; es war John Popes Stimme. »Wenn Sie über Sex sprechen wollen, sagen Sie es gleich.«
»Ja, genau davon reden wir«, fuhr Thompson ihn an. »Wenn Sie sich mit diesen Groupies einlassen ...«
Pope blieb stur. »Ich finde es unpassend, daß Sie hierher kommen und uns über dieses Thema belehren wollen. Wir sind keine Pfadfinder.«
»Für die Öffentlichkeit sind Sie es.«
»Möglicherweise weil Ihre Zeitschrift in dieser Art über uns schreibt.«
»Wir schreiben, was Amerika zu lesen wünscht.«
»Wir sind Testpiloten. Wir mußten uns schon vor geraumer Zeit entscheiden, wie wir uns verhalten wollen. Bis jetzt hat es keine Klagen gegeben, und offen gesprochen, wir brauchen keine Moralpredigten.«
So überraschend kam der Protest und aus einer so ungewöhnlichen Richtung, daß Mott sich nicht bemühte, eine Antwort darauf zu finden. Aber Tucker Thompson ließ sich nicht einschüchtern; er war für Veröffentlichungsrechte verantwortlich, die unter allen Umständen geschützt werden mußten. »Nehmen Sie das nicht auf die leichte Schulter. Hier schwirrt eine Reporterin herum, die in aller Öffentlichkeit erklärt hat, sie würde mit jedem von Ihnen schlafen und dann ein Buch über Ihre Leistungen auf diesem Gebiet veröffentlichen.«
Einige der Männer saßen mit offenem Mund da, aber die Wirkung, die Thompson hatte erzielen wollen, verflog, als Randy Claggetts heiseres Gewisper ertönte: »Ob wir wohl den Namen und die Adresse der Dame haben könnten?«

Als das Oberkommando der NASA über einsichtbare Kanäle von der Bedrohung ihrer Aktivitäten durch Cynthia Rhee erfuhr, bekam Tucker Thompson klare Anweisungen: »Setzen Sie der Koreanerin den Kopf zurecht.« Aber Thompson, der seine erste Begegnung mit ihr nicht vergessen hatte, wußte, daß er nicht der richtige Mann dafür war. Er bat Mrs. Mott in sein Zimmer im Bali Hai. »Kümmern Sie sich um Miss Kimchi.«
»Wer ist das?«

Ungeduldig erklärte er es ihr. »Kimchi ist der stinkigste Kohlsalat der Welt und der schärfste. Ein koreanisches Gericht mit einer Menge Knoblauch. Und diese Rhee ist mir zweimal so zuwider. Sie sollen ihr sagen, wo's lang geht. Sie muß unsere Astronauten in Ruhe lassen. Und wenn sie sich nicht an unsere Anweisungen hält, könnte Sie das Ihren Job kosten, Mrs. Mott.«

So begab sich Rachel in die Dagger Bar, wo Miss Rhee wie gewohnt an ihrem Tisch saß. Rachel ging auf sie zu und fragte: »Darf ich mich zu Ihnen setzen?«

»Hat Mr. Thompson Sie beauftragt, mich zu überprüfen?« fragte die Koreanerin mit unverhohlener Überheblichkeit.

»Genau das«, schnauzte Rachel und rückte sich einen Stuhl zurecht. »Man hat mir erzählt, einige Herren an der Bar wären Zeugen gewesen, wie Sie damit prahlten, daß Sie mit jedem unserer Astronauten schlafen wollen. Wie kann man nur so häßlich reden!«

Zu ihrer Überraschung legte die Koreanerin alle Aggressivität ab. Einem herbstlichen Sonnenaufgang gleich, breitete sich ein warmes Lächeln über ihr schönes Gesicht, und sie bedeckte Rachels Hand mit der ihren. »Sie wissen doch sicher, daß Männer solche Gerüchte verbreiten, wenn sie sich von Frauen herausgefordert fühlen, die ihnen an Intelligenz überlegen sind.«

»Und fordern Sie sie heraus?«

»Aber gewiß. Männer wie Ihr Mr. Thompson ... Sie glauben, sie kommen mit allem durch ... Der Unsinn, den Sie über die Astronauten zusammenschmieren!«

»Müssen Sie solche Wörter gebrauchen?«

»Es ist das einzig passende für das, was diese Schreiberlinge tun.«

»Und das wollen Sie korrigieren?«

»Aber sicher.« Sie lehnte sich gegen die Wand, um Mrs. Mott zu studieren. »Sie wissen natürlich, daß ich mich sehr freue, Sie an meinem Tisch zu haben. Ich habe mir schon den Kopf zerbrochen, wie ich es anstellen könnte, Sie kennenzulernen.«

»Warum?«

»Sie sind ein Teil meiner Story – so wie Randy Claggett.«

»Das überrascht mich.«

»Sollte es nicht. Ihr Mann ist ein wesentlicher Teil der NASA, und um ihn zu verstehen, muß ich Sie verstehen.«

»Und um Sie daran zu hindern, Porzellan zu zerschlagen«, entgegnete Rachel, »muß ich verstehen, was Sie motiviert.«
»Ich bin ein relativ einfacher Mensch. Ich gehe stur meinen Weg. Ich bin selbstbeherrscht. Aber niemals schwierig.«
»Erzählen Sie mir mehr von sich«, bat Rachel, und die Aufrichtigkeit, die aus ihrer Stimme sprach, veranlaßte die Asiatin, aus sich herauszugehen.

> Weil ich zur rechten Zeit geboren wurde, nämlich 1936, konnte ich von dem Umstand profitieren, daß die großen Journalistinnen, die mir vorangegangen waren, den Boden bereitet hatten. Simone de Beauvoir, Dorothy Thompson und vor allem die drei jüngeren Amerikanerinnen der Nachkriegszeit. Ich mache mir nicht die Illusion zu glauben, daß ich auch so gut bin, aber ich bin ihre Erbin und sehe es als meine Pflicht an, in ihre Fußstapfen zu treten.

Als Rachel sie ersuchte, ihr von den drei Amerikanerinnen zu erzählen, sagte Cynthia: »Eine Frau wie Sie sollte von den drei Frauen wissen.« Und Rachel gab zu: »Ich weiß vieles nicht.«

> Ein bedeutsames Faktum ist, daß sie alle tot sind. Sie starben in Ausübung ihres Berufes, und ich denke, daß es mir auch so ergehen wird. Maggie Higgins arbeitete sich in Korea zu Tode. Dickie Chapelle war tapferer als die meisten Männer: Sie sprang mit dem Fallschirm hinter den feindlichen Linien ab, nahm an U-Boot-Angriffen teil, führte eine Patrouille von Marines mit Flammenwerfern an und wurde schließlich in Vietnam von einer Landmine in Stücke gerissen. Und Nell Nevler fand, wie Sie vielleicht doch wissen, einen furchtbaren Tod, als das russische Transportflugzeug, mit dem sie und ihr russischer Oberst fliehen wollten, über dem Flughafen von Kiew abstürzte.
> Es waren tapfere Frauen, brillante Frauen, die neue Freiheiten erkämpften und neue Definitionen für die Rolle der Frau in der Gesellschaft prägten. Dadurch, daß sie in den fünfziger Jahren so große Leistungen erbracht haben, gaben sie mir die Möglich-

keit, es in den siebziger Jahren selbst zu versuchen, und ich versichere Ihnen, daß ich bestrebt sein werde, es ihnen gleichzutun.

Als Rachel wissen wollte, welche Absichten sie mit den ›Soliden Sechs‹ verfolgte, lachte Cynthia: »Wer weiß? Wenn die NASA einen Satelliten startet, wer kann im voraus sagen, welche Richtung er einschlagen wird? Schon viele sind ihre eigenen Wege geflogen, wie Ihre Eierköpfe in Houston mit Bestürzung feststellen mußten. Und so ist es auch, wenn man einem Menschen mit Ideen ein Ziel mit emotionalem Gehalt setzt. Wer wagt es da, etwas zu prophezeien?«
Die beiden Frauen beleuchteten die Frage von allen Seiten, dann kam Cynthia auf etwas zu sprechen, das vielleicht das wichtigste von allem war, was sie Rachel Mott anvertraute:

> Im Vergleich zu den Frauen, die ich erwähnt habe, betrachte ich meine geistigen Gaben eher als gering, aber ich habe eines, was keiner von ihnen gegeben war. In mir steckt eine so gewaltige Kraft, wie Sie es gar nicht für möglich halten würden. Ich bin Koreanerin, aufgewachsen in Japan, wo man die Koreaner wie den letzten Dreck behandelt. Und das ist ein Schmelzofen, der eine besondere Art von Stahl schmiedet – flexibel ... zäh ... unzerstörbar. Ich bin wie das Schwert eines japanischen Samurai, den ich verabscheue, aber auch bewundere. Ihre Schwerter treffen bis ins Mark, und das tue ich auch.

Als Rachel aufblickte, sah sie Tucker Thompson auf ihren Tisch zukommen. »Und wie kommen die zwei Damen miteinander aus?« Rachel dachte: Was wird das doch für ein ungleicher Kampf sein! Die koreanische Karatekämpferin gegen den New Yorker Preisboxer! Aber nachdem sie eine Weile beobachtet hatte, wie geschickt sich Thompson im Nahkampf verteidigte, kamen ihr Zweifel: Vielleicht würde das Duell doch nicht so ungleich sein, wie sie gedacht hatte.

John Popes offenes Eintreten für das Recht seiner Kameraden, eine Überwachung ihres Lebenswandels durch die NASA oder *Folks* abzulehnen, hatte mehrere Auswirkungen. Die anderen fünf Astronauten,

die ihn als einen eher spießigen Zielstreber eingeschätzt hatten, waren von seiner Bereitwilligkeit, sie aus prinzipiellen Erwägungen heraus zu verteidigen, sehr beeindruckt und nahmen sie dankbar zur Kenntnis. Randy Claggett hatten sie bereits in den Rang eines »Masterpilots« erhoben, und nun verliehen sie Pope den inoffiziellen Titel eines politischen Führers. Der Titel brachte ihm keine zusätzlichen persönlichen Vorteile ein, nur zusätzliche Verantwortung, aber wenn sich Probleme einstellten oder wenn es zu Konfrontationen mit dem Oberkommando kam, erwarteten sie von ihm, daß er Erklärungen abgab und für sie eintrat. Es war dies keine Position, die er gesucht hatte, und keine, die ihm inneres Wohlgefühl vermittelte; er verdankte sie seinem Betragen gegenüber Gleichgestellten; eine Rinderherde auf der Weide oder eine Schar Wildgänse trafen eine ähnliche Wahl aus ähnlichen Gründen.
Es war eigenartig, daß die Männer ihm diese Ehre erwiesen, denn sie mochten ihn nicht besonders; er war zu steif, zu sehr Einzelgänger. Er trank nicht, und er rauchte nicht; er hielt sich von den Mädchen fern. Und während die anderen Astronauten in der Dagger Bar herumlungerten, war er lieber am Strand und lief zehn oder zwölf Kilometer, um sein Gewicht zu halten. Diese Distanz zwischen Pope und den anderen bedeutete nicht, daß sie sich Randy Claggett mit seiner wilden und manchmal verrückten texanischen Art zum Vorbild nahmen. Der durchschnittliche Astronaut war wie Hickory Lee ein stiller, erschreckend tüchtiger, solider Trinker, wenn auch nicht im Dienst; er geriet rasch in Zorn, wenn man ihm ins Gehege kam; in fast allen übrigen Fällen zeigte er normale Reaktionen. Pope und Claggett stellten die Extreme dar, Hickory nahm die Position der Mitte ein.
Aus zwei Gründen waren die hohen Tiere der NASA nicht gerade erbaut über Popes Unbotmäßigkeit gegenüber Stanley Mott und Tukker Thompson: Sie hatten mit großer Sorgfalt den Mythos der Astronauten als nahezu göttliche Wesen genährt – »eine Kreuzung aus Jesus Christus, Odysseus und einem berühmten Baseballspieler wie Joe DiMaggio«, hatte ein Journalist geschrieben – und enormen Gewinn daraus gezogen. Darum mußte dieser Mythos rein bleiben; und sie hatten einen Vertrag mit *Folks* abgeschlossen und dieser Zeitschrift und Thompson gewisse Privilegien eingeräumt. Diesen Mann auf so rüde Art zurechtgewiesen zu sehen, ging ihnen gegen den Strich. Dar-

um wurden Pope und Claggett einige Wochen lang mit Argwohn beobachtet, bis sich zeigte, daß die Zwillinge ihre Rebellion nicht fortsetzen und somit auch das große Projekt, einen Menschen auf den Mond zu befördern, nicht gefährden würden.

Die Astronauten bewahrten einen ausgewogenen Lebenswandel zwischen kniffligen Detailfragen und lärmender Zerstreuung, und so saßen fünf von ihnen eines Nachmittags nach einer zwanglosen Pressekonferenz an einem Ecktisch in der Dagger Bar und debattierten hitzig über die Frage, wann im Verlauf eines Mondflugs die Schwerkraft der Erde in die des Mondes übergehen würde. Die absurdesten Mutmaßungen wurden geäußert, und dann schlug Hickory mit seinem Bierglas auf den Tisch und brüllte: »Pope, du hast doch Astronomie studiert, wo liegt der neutrale Punkt?«

Auch John wußte es nicht, aber sein Auge fiel auf Stanley Mott, der am anderen Ende des Raumes saß. Er bat ihn herüber und ersuchte ihn, den Streit zu schlichten. Nachdem Stanley das getan hatte – 352 000 Kilometer von der Erde, 30 400 Kilometer vom Mond, lautete die Antwort –, blieb Mott noch ein Weilchen sitzen, aber noch während er mit den fünfen plauderte, bemerkte er, daß sie über seine Schulter hinweg jemanden beobachteten, der eben eingetreten war.

Es war Tim Bell, der Zivilist, eben vom Friseur gekommen, der ihm einen besonders kessen Haarschnitt verpaßt hatte. Damit sah Bell, stets auf eine ordentliche Erscheinung bedacht, noch besser aus als vorher schon, eine Tatsache, die der junge Mann mit Befriedigung im Spiegel feststellte. Mott wußte nicht, was er daraus machen sollte, als Claggett flüsterte: »Drehen wir doch mal das Friseurding mit ihm!«

Die fünf jungen Männer erhoben sich und schlenderten auf Bell zu, der immer noch damit beschäftigt war, sich zu bewundern, und als Mott ihnen nachsah, regte sich Stolz darüber in ihm, daß er mit ihnen zusammenarbeiten durfte. Die Hüften schlank, die Schultern breit, ein wenig untergewichtig, machten sie einen adretten und schneidigen Eindruck. Wegen der Pressekonferenz trugen sie immer noch dunkle Anzüge und blütenweiße Hemden. Nur ihre Schuhe unterschieden sich, denn jeder hatte sich für ein Modell entschieden, das seiner Lebensauffassung entsprach. Claggett prunkte mit halbhohen, geschmeidigen texanischen Stiefeletten. Harry Jensen hatte sich für ein französisches Modell mit besonders hohen Sohlen entschieden.

Pope trug die 1920 unter der Bezeichnung Wingtip in Mode gekommenen Schuhe mit kleinen Löchern im Leder, die eine künstlerische Zeichnung ergaben. Und auch die anderen hatten ihr ureigenes Schuhwerk.
Was ihnen Einheitlichkeit verlieh, was sie wie fünf Blaupausen des einen idealen Astronauten erscheinen ließ, das war die Uhr, die sie an ihrem linken Handgelenk trugen: ein enorm großer, schwerer und teurer Chronometer. Er gab die lokale und die Greenwicher mittlere Sonnenzeit an, den Wochentag, den Monat und die Mondphase, und er diente auch als Stopp- und Weckuhr. Hickory Lee hatte sich einmal so darüber geäußert: »Mit diesem Monster umzugehen kostete mich mehr Schweiß als höheres Kalkül am MIT.«
Einen Augenblick lang, als sie aus dem Halbdunkel der Bar in eine Aureole von Sonnenlicht traten, die durch ein Fenster fiel, sah es aus, als ob die Natur selbst ihrer Vortrefflichkeit Beifall zollte, und Mott legte sich die Frage vor, ob irgendwo sonst in Amerika eine attraktivere Gruppe von Männern zu finden war. Doch als er wieder hinblickte, waren sie weitergegangen und umringten Bell, so als ob sie ihn zusammenschlagen wollten.
»Bell!« sagte Claggett mit aufwallendem Gefühl, »wir haben beschlossen, zu dir zu stehen, komme, was da wolle.« Ed Cater faßte ihn am Arm und murmelte in vertraulichem Ton: »Am Anfang hielten wir dich für einen Dussel, aber du hast uns bewiesen, daß du ein erstklassiger Flieger bist. Ich werde dich rückhaltlos unterstützen.«
»Verlaß dich ganz auf mich, wenn du Hilfe brauchst«, sagte Jensen. »Und was jetzt geschehen ist ... ein Wort von dir genügt, und wir machen uns mit dir auf den Weg.«
»Wovon redet ihr?« fragte Bell nervös.
»Von dem Haarschnitt natürlich«, antwortete Claggett. »Wir sind bereit, sofort mit dir in die Stadt zu gehen und dem Mann, der ihn dir verpaßt hat, die Hucke vollzuhauen.«
Bell lächelte schwach; er nahm zu Recht an, daß der Spaß etwas damit zu tun hatte, daß er Zivilist war.
Mott, der die Episode beobachtete, empfand den dringenden Wunsch, seinen eigenen Sohn wiederzusehen, der einen Weg gewählt hatte, der sich so grundlegend von dem unterschied, dem diese jungen Männer folgten, und an diesem Abend gestand er seiner Frau: »Ich

habe lange nachgedacht, Rachel. Über Millard und uns. Und über das Faktum, daß wir tatenlos zugesehen haben, wie sein Lebensstil eine Kluft zwischen uns aufgerissen hat.« Seine Stimme schwankte, und er hielt die Tränen nur mit Mühe zurück.
»Wie kommst du darauf, Liebster?«
»Indem ich Tag für Tag mit diesen jungen Männern zusammenarbeite ... es hat in mir das Verlangen geweckt, unseren Jungen zu sehen. Es ist mir völlig schnuppe, wie er lebt oder was andere Menschen von ihm halten. Er ist unser Sohn, und ich bin zu der Einsicht gelangt, daß wir verpflichtet sind, zu ihm zu stehen – unter allen Umständen.«
Rachel senkte den Kopf, um ihre eigenen Tränen zu verbergen. »Du könntest recht haben«, flüsterte sie. »Was willst du tun?«
»Ich habe das Oberkommando bereits um Erlaubnis gebeten. Wenn ich das nächste Mal nach Kalifornien komme, drei Tage Urlaub, um Millard zu besuchen.«
»Zu welchem Zweck?«
»Zweck, Zweck. Ich will ihn besuchen und ihm sagen, daß wir ihn lieben.«
Ersticktes Schluchzen hinderte sie am Sprechen, aber nach einer langen Pause lachte sie nervös und sagte dann leise: »Es ist schon seltsam, wie dich deine Arbeit mit den Astronauten beeinflußt hat. Ich habe täglich Kontakt mit ihren Frauen, und ich glaube, ich kenne jetzt alle ihre Fehler. Und weißt du was? Jede einzelne wäre mir als Schwiegertochter willkommen. Ich wollte, Millard würde so ein Mädchen heiraten.«
»Wie es scheint, werden wir das nicht erleben, und offen gesagt, ich bin jetzt so weit, daß es mir ganz egal ist. Wie Pope unlängst sagte: ›Wir brauchen keine Moralpredigten von Ihnen.‹ Millard hat eine für sein Leben wichtige Entscheidung getroffen, und jetzt sind wir aufgerufen, uns damit abzufinden.«
»Auch wenn wir diese Entscheidung ablehnen?«
»Ja. Wir müssen den Kontakt mit unserem Sohn aufrechterhalten. Ganz gleich, was er tut.«
Als die Astronauten das nächste Mal nach Kalifornien flogen, um zu sehen, wie es bei Allied Aviation mit der Produktion voranging, verabschiedete sich Mott, mietete einen Wagen und fuhr nach Malibu Beach, wo er mit Hilfe eines Mädchens das Haus fand, wo Millard

zusammen mit Roger, einem jungen Mann aus Indiana, lebte. Millard, größer als sein Vater, keine Brille, sehr schlank, sehr braun, schien sich ausgezeichneter Gesundheit zu erfreuen. Er trug sein Haar um vieles länger als die Astronauten und besaß scheinbar keine Socken, denn während der ganzen Dauer seines Besuches bekam sein Vater keine zu sehen.

In der Annahme, daß sein Vater gekommen war, um ihm die Leviten zu lesen, gab sich der Sohn anfangs recht kühl, während Roger sich in der Defensive hielt, doch als der Nachmittag verging, ohne daß Stanley eine Moralpredigt vom Stapel gelassen hätte, ließ die Spannung nach. Und als Dr. Mott die jungen Männer auch noch zum Abendessen einlud, nahmen sie das Angebot fast freudig an, denn sie wollten erfahren, was ihn hierher gebracht hatte. Zu Beginn sprachen sie über die Astronauten.

»Sind sie wirklich so ...« Mott junior wußte nicht, wie er den Satz beenden sollte, ohne seinen Vater zu beleidigen, und es entstand eine peinliche Pause.

»... so spießig, wie sie aussehen?« führte Stanley die Frage zu Ende, und als seine Gäste lachten, hob er die mittleren drei Finger und sagte: »Es sind die reinsten Pfadfinder, das schwöre ich. Du würdest es nicht glauben, *wie* spießig diese Burschen sind, Millard. Und wie tüchtig. Und pflichtbewußt.«

»Pflichtbewußt?«

»Sie setzen bei jedem Flug ihr Leben ein. Ein falscher Griff, und sie sind tot. Sie brauchen Disziplin.«

»Es hat nie Unfälle gegeben. Übertreibst du nicht?«

»Die Unfälle werden kommen. Aber sie werden ihren Weg weitergehen. Und eines Tages werden sie auf dem Mond stehen.«

»Und was haben sie davon?«

Stanley Mott wählte seine Worte mit Bedacht: »Es ist die Aufgabe, die sie sich gestellt haben. Es ist ihre Szene, wie ihr sagt.« Als keiner der jungen Leute darauf reagierte, fügte er betont beiläufig hinzu: »So wie auch ihr eure Szene gestaltet habt.«

Schweigen. Lässig fuhr er fort. »Ich respektiere die Wahl, die die Astronauten getroffen haben. Ich respektiere eure.« Und noch bevor sich die jungen Männer dazu äußern konnten, begann er hastig aufzuzählen, womit sich die Astronauten alles befassen mußten, bevor sie an einem Raumflug teilnehmen konnten: »Mathematik, Vektorrechnung, Himmelsmechanik, Computer, Raketentriebwerke, die Charakteristika von drei hypergolischen Treibstoffen, Digitalsysteme, Funk, Fernsehen und weitere zehn oder elf wirklich schwierige Wissensgebiete.«

»Hört sich an, als ob sie allesamt Genies wären«, meinte Roger. Er war nicht einmal mit Algebra zu Rande gekommen.

»Ich will Ihnen etwas Spaßiges erzählen, Roger. Was ich eben aufgezählt habe, das sind nur die Grundkenntnisse. Erst wen Sie die intus haben, fängt die harte Arbeit an. Das Studium der einzelnen Systeme ihrer jeweiligen Raumfahrzeuge. Die Handbücher im Format 21 × 27,5 Zentimeter ergeben aufeinandergelegt einen so hohen Stapel.« Und mit den Händen deutete er einen etwa sechzig Zentimeter hohen Stoß an und wartete, bis seine Zuhörer dieses erstaunliche Faktum verdaut hatten.

»Unlängst sah ich zwei von ihnen in einen Hörsaal laufen; sie befanden sich auf einem schiefen Boden, so daß ihre Köpfe nach links geneigt waren, und ich bekam plötzlich ein verrücktes Gefühl: Sie sollten sofort stehenbleiben, denn sonst würde ihnen ihr Wissen aus den Ohren schwappen. Diese Burschen müssen jetzt so viele Daten im Kopf haben, wie das menschliche Hirn überhaupt aufnehmen kann. Sie gehören zu den genialsten Menschen unserer Zeit.« Er unterbrach sich und setzte dann hinzu: »Vielleicht sind nur spießige Köpfe so solide, daß sie soviel aufnehmen können, ohne dabei verrückt zu werden. Vielleicht müssen solche Menschen spießig sein.«

Die jungen Männer nickten, und Roger strich sich über den teuren Kaschmir-Sweater, den er trug. »Noch eine Runde?« fragte Mott, aber keiner wollte noch etwas trinken, und die Kellnerin brachte das Essen, einen köstlichen Fisch- und Krabbensalat mit italienischem Knoblauchbrot und Eistee.

Während sie aßen, begann Millard vorsichtig: »Du sagtest vorhin etwas über verschiedene Lebensweisen.«

»Ja. Ich sagte, daß ich sie respektiere.«

»Ich habe nämlich einen Job.«

»Das wußte ich nicht.« Mott nahm seine Brille ab, rieb sich seine müden Augen und sagte: »Ich freue mich sehr, Millard. Um was geht es denn dabei?«

499

»Ist schon komisch«, gab Millard zurück. »Du fragst, ›um was geht es denn dabei‹, so als ob der Job an sich wichtiger wäre als der Mann, der die Arbeit macht.«
»Macht der Gewohnheit, nichts weiter.«
Aber Millard wollte es seinem Vater nicht so leicht machen. »Wenn ich dir jetzt erzählte, ich hätte eine Stellung, die nach etwas klingt ... Computer. Plastik. Irgendwas mit Maschinen. Du wärst stolz und könntest im Country-Klub so ganz beiläufig fallen lassen: ›Mein Millard macht in Computern.‹ Also schön, dein Millard macht in Hilfspfleger in einem Kinderkrankenhaus. So wie Roger.«
»Eine verdammt gute Sozialarbeit«, bemerkte Mott.
»Das meinen wir auch«, sagte sein Sohn trotzig.
»Und hat dieser Beruf ...«
»... Aussichten? Keine, soviel ich weiß. Es ist eine nur auf die Gegenwart zugeschnittene Lebensweise, und ich habe keine Ahnung, ob und welche Zukunft sie haben könnte.«
»Du läßt dich treiben?«
»Ja.«
Ein Kommentar dazu erübrigte sich, und nach einer Weile sagte Mott heiter, so als schlüge er ein ganz neues Thema an: »Mutter und ich, wir möchten unbedingt Kontakt zu dir halten, Millard. Wenn es sich mit deiner Arbeit vereinbaren läßt, daß du mal nach Osten kommen könntest ... oder in den Ferien! Du mußt bei uns wohnen. Sie auch, Roger.«
»Sie werden mich nicht erschießen?« fragte Roger.
»Wie kommen Sie denn darauf?«
»Wenn ich auf die Idee käme, nach Indiana zurückzufahren, würde mich mein Vater umbringen. Notabene Ihren Sohn, wenn ich ihn mitbringe.«
»Vor vier Monaten hätte auch ich Sie noch umbringen mögen, aber jetzt ...«
»Wie ist es zu dieser Sinnesänderung gekommen?« wollte Roger wissen.
»Meine Arbeit mit den neuen Astronauten. Ich bin eine Art Herbergsvater für sie. Sie haben mir viel zu denken gegeben. Sie haben mir zu Bewußtsein gebracht, daß sechs Männer sechs grundverschiedene Menschenwesen sein können, obwohl sie einem anfangs — wie

Sie vorhin angedeutet haben – wie Ausschneidefiguren vorkommen. So verschieden sind sie.«
»Und?«
»Ich sah die Fähigkeiten des Menschen – seine Charaktereigenschaften, wenn Sie so wollen – in einem neuen Licht. Und ich empfand den Wunsch, dir das zu sagen, Millard.«
»Der Salat ist ausgezeichnet«, bemerkte sein Sohn.
»Möchten Sie hören, wie mein Vater sich unter ähnlichen Umständen verhalten hat?« fragte Roger.
»Es würde mich interessieren.«
»Er ist ein kleiner Angestellter bei einer Autorennbahn. Liebt seine Arbeit. Als er hörte, was mit mir los ist, platzte ihm der Kragen. Er sagte, er würde mich umbringen, wenn jemand auf der Rennbahn davon erfahren sollte. Ich lachte und fragte ihn: ›Was denkst du, wer die ersten zwei Männer waren, mit denen ich geschlafen habe?‹ Und als ich ihm die Namen nannte, wäre er in Ohnmacht gefallen. Es waren zwei seiner besten Fahrer. ›Ich bringe sie um!‹ brüllte er, aber es waren einflußreiche Personen auf der Rennbahn, und darum ließ er sie ungeschoren. Vater ist ganz schön scharf aufs Umbringen. Sein Vater war ein wichtiger Mann, als Indiana vom Klan regiert wurde.«
»Was denken zwei junge Menschen wie ihr ...« Mott schämte sich, ein so abgedroschenes Klischee gebraucht zu haben, aber ihm fiel keine Umschreibung ein. »Wie stellt ihr euch die Zukunft vor?«
»Wir stellen uns gar nichts vor«, antwortete Roger.
»Aber meine Frau und ich – wir sehen einer einträglichen Betätigung bis zu meinem fünfundsechzigsten Lebensjahr entgegen. Dann zwangsläufig Pensionierung ... ein niedrigerer Lebensstandard. Enkelkinder, mit denen wir uns beschäftigen können. Dann stirbt einer von uns ... dann der andere. Eine planmäßige Entwicklung, meinen Sie nicht?«
»Eine statistische«, sagte Roger.
»Die Statistik erfaßt auch Sie.«
Die jungen Leute interessierten sich nicht für die Wahrscheinlichkeiten, die ihr Leben diktierten, aber den Rest dieses ersten Abends sprachen sie offen über ihre Arbeit im Krankenhaus und die Art von Jobs, mit denen Strandvögel wie sie rechnen konnten. »Die Post nimmt viele. Sofern sie nichts dagegen haben, Beamte zu werden.«

Stanley Mott verbrachte zwei fesselnde Tage mit seinem Sohn und sprach mit ihm über Dinge, die er nie für möglich gehalten hätte. Als Zielstreber konnte er keine Abweichungen von der Norm gutheißen; schließlich war ein Zielstreber ein Mensch, der die Norm festlegte. Aber als Mensch konnte er die verworrenen, den seinen so entgegengesetzten Triebe begreifen, die diese zwei jungen Männer motivierten.
»Bereitet Ihnen Ihre Arbeit Befriedigung?« fragte ihn Roger am letzten Abend.
»Jeder Tag ist ein neuer Beginn. Eine überwältigende Herausforderung.«
»Wie zum Beispiel?«
»Sie wissen vielleicht, daß ich meinen Doktor erst mit vierundvierzig gemacht habe. Auf einem mir völlig neuen Gebiet. Himmelsmechanik. Das rüttelt einen auf.«
»Und was machen Sie jetzt damit?«
»Die NASA delegiert mich in einen Ausschuß nach dem anderen. Wo ich verwenden kann, was ich gelernt habe.«
»Wie zum Beispiel?« forschte Roger.
»Wollen Sie das wirklich wissen? Ich meine, mir etwa eine Stunde lang zuhören?«
»Stellen Sie mich auf die Probe.«
Mott nahm ein großes Blatt Papier und zeichnete eine schematische Darstellung des Sonnensystems, ganz links die Sonne und nicht allzuweit entfernt davon die Erde; er bezeichnete nur diese beiden mit Namen, nicht aber die, wie er sich ausdrückte, »anderen neun Wanderer«.
»Könnt ihr mir sagen, wie sie heißen?« fragte er, und keiner seiner Zuhörer war dazu imstande. Also schrieb er die Namen dazu: Merkur, Venus, Mars, Jupiter, Saturn, Uranus, Neptun, Pluto.
»Das sind nur acht Planeten«, hielt Roger ihm entgegen. »Sie sagten, es gebe außer der Erde noch neun.«
»Ich rechne die Sammlung von Asteroiden als einen Planeten«, erklärte Mott den Widerspruch. »Einer, der aus irgendwelchen Gründen zersplitterte. Sie verbergen sich zwischen Mars und Jupiter.«
Nachdem die jungen Männer das Diagramm eingehend studiert hatten, sagte Mott: »Ich nenne das, womit wir uns beschäftigen, das

›Grand-Tour-Projekt‹. Früher einmal galten junge Engländer aus guter Familie nicht für gesellschaftsfähig, wenn sie nicht eine große Bildungsreise unternommen hatten, die sie nach Paris, Genf und Rom führen mußte – manchmal auch mit einem Abstecher in das barbarische Deutschland. Die Mondlandung wird schon der Geschichte angehören, wenn wir einen Flugkörper starten, der seinen Flug in Florida beginnen und zielbewußt an allen anderen Planeten vorbeiziehen wird. Er wird ungefähr diesen Kurs steuern.«
Und mit den sorgfältigsten Strichen seiner Feder, ohne sich je zu irren oder etwas auszubessern, skizzierte er eine majestätische Route, die sich zwischen den Planeten durchschlängelte, da und dort ungewöhnliche Wendungen beschrieb und in unerwartete Richtungen ausbrach.
»Wenn wir diese Grand Tour im Jahr 1970 starten können«, führte er aus, als er mit dem Schaubild fertig war, »wird unser Flugkörper etwa 1997 an Pluto vorbeiziehen und auf die fernen Sterne unserer Galaxis zusteuern. Im Bereich dieser Sterne wird er etwa vier Millionen Jahre unterwegs sein und dann auf die fernen Galaxien zuhalten; nach etwa zweitausend Milliarden Jahren könnte er ein bedeutendes Ziel erreichen.«
»Du sprichst von diesem Flugkörper, als wenn er unzerstörbar wäre.«
»Das wird er sein. Es gibt keine Atmosphäre, die ihn behindern könnte. Keine Feuchtigkeit, die einen Rostbefall zur Folge haben könnte. Kein verbrennender Treibstoff, der die Leitungen verstopfen könnte. Ein ewiger Flug.«
»Wie wird man erfahren, ob das Ding noch unterwegs ist?«
Mott deutete auf die Glühbirne, die den Raum erhellte. »Der Flugkörper wird mit einem Gerät ausgestattet sein, das aus Radioaktivität Elektrizität gewinnt. Es wird ein Radio betreiben, das uns Signale übermittelt ... ein Zehntel der Stärke dieser kleinen Glühbirne. Aber es wird die Milliarden Kilometer überwinden, die uns vom Saturn trennen, so als ob dieser Planet nebenan kreisen würde. Es wird natürlich neunzig Minuten dauern, bis wir das Signal erhalten, und wenn die Grand Tour Pluto erreicht, der zirka acht Milliarden Kilometer von uns entfernt ist, wird es fast vier Stunden dauern ... die elektrischen Impulse kommen mit Lichtgeschwindigkeit auf uns zu. Wenn dann der Flugkörper den Rand unserer Galaxis erreicht, wer-

den wir seine Signale erst Tausende Jahre später erhalten – aber sie werden kommen.«

Die zwei Jungen ließen sich das eine Weile durch den Kopf gehen. Dann fragte Millard: »Aber woher nimmt das Raumfahrzeug die Kraft, um sich fortzubewegen?«

»Auf Cape Canaveral bekommt es eine gehörige Portion Startschub mit. Und wir steuern es mit großer Präzision, so daß es jedesmal, wenn es in die Nähe eines Planeten kommt, Energie aus dessen Gravitation aufnimmt – und diese Kraft treibt unseren Flugkörper mit großer Gewalt weiter auf seinem Weg zum nächsten Planeten.«

»Kann man das so genau programmieren?«

»Fast auf die Sekunde«, antwortete Mott. »Fast bis auf den Kilometer.«

»Und damit beschäftigen Sie sich also ... wenn sie nicht als Babysitter fungieren?«

»Ja.« Und auf einem zweiten Blatt zeichnete er ein wunderschönes Bild des Planeten Saturn mit den Ringen in eleganter Neigung und den mindestens siebzehn bekannten Monden, und was er den jungen Menschen jetzt sagte, ebnete ihnen den Weg zu freimütigen Erklärungen über ihre eigene Lage. »Es ist meine Aufgabe – und ich bin bei dieser Sache nur ein unwichtiges Rädchen –, unser Raumfahrzeug auf diesen Steuerkurs an einem bestimmten Tag, sagen wir im August 1981, an den Saturn heranzuführen, wenn die genaue Position dieses Planeten und seiner Monde ermittelt ist.«

»Das Wort *genau* verwenden Sie gern, nicht wahr?«

»Wenn Daten ermittelt werden können, sollte man sich ihrer bedienen.«

»Und Sie wissen, wo sich der Saturn befinden wird?«

»Kepler und Newton haben uns gelehrt, wie wir es feststellen können.«

»Und aus einer Entfernung von einer Milliarde Kilometern werden Sie ihren winzigen Flugkörper so steuern, daß er sich an den Monden und Ringen vorbeiwindet?«

»Genau das werden wir tun.«

»Wie?«

»Newton hat einmal gesagt, daß er – bildlich gesprochen – nur deshalb über so große Entfernungen sehen könne, weil er auf den Schul-

tern von Riesen stünde – er meinte die genialen Männer wie Kepler, die ihm vorausgingen. Wir können die mechanischen Rätsel des Sonnensystems lösen, weil einige verdammt gute Mathematiker für uns den Boden bereitet haben. Wir werden dieses Raumfahrzeug dahin und dahin und dahin steuern und keinen einzigen Fehler dabei machen.«
Er sprach mit solcher Besessenheit, mit so eiserner Entschlossenheit, daß seine Zuhörer es nicht wagten, hämische Bemerkungen über seine Überzeugung zu machen, und nachdem sie einige Zeit im Halbdunkel gesessen hatten, sagte Mott: »Die Grand Tour erfordert eine Unmenge von Berechnungen, wo sich jeder Planet und jeder Mond auf die Sekunde genau befinden wird. Dann müssen wir auf eine spezifische zweiwöchige Phase zurückrechnen und werden innerhalb von jeweils vierundzwanzig Stunden ein Start-›Fenster‹ von genau – da ist das Wort wieder – vier Minuten und neun Sekunden haben. Wir werden in die entferntesten Ecken des Sonnensystems eindringen – und dazu stehen uns vier Minuten und neun Sekunden zur Verfügung.«
Es gab keinen Kommentar, und er fuhr fort. »Zu beachten ist dabei folgendes. Um den Umlauf eines Planeten zu berechnen, brauchte ein Johannes Kepler zehn Jahre angestrengtester Arbeit. Wir schaffen das – mit einem guten Computer – in etwa sieben Sekunden. Was ich tue, hat nichts mit Mond oder Saturn zu tun. Ich arbeite praktisch für die Menschen, die sich im nächsten Jahrhundert mit diesen Dingen beschäftigen werden. Und ein Ende wird es nie geben.«
Er hatte nichts mehr zu sagen, und auch die jungen Männer schwiegen. Die drei saßen da, betrachteten die unglaublichen Diagramme, lauschten der lärmenden Brandung, und nach einer langen Pause brach Roger das Schweigen: »Gestern abend beim Essen sagten Sie, Sie und Ihre Gattin führten ein von der Statistik beherrschtes Leben. Den Sterblichkeitstabellen zufolge werden Sie neunundsiebzig Jahre alt werden und dann sterben. Ich wollte nicht zugeben, daß auch Millard und ich von der Statistik erfaßt werden. Aber es ist so.«
Es ging auf Mitternacht zu, aber Roger wollte noch reden. »Mit neunzehn ist man ein junger Gott. Man wird mit den höchsten Wellen fertig. Mädchen sehen einem nach und Männer auch. Das sind die goldenen Jahre. Man kann alles tun, kann selbst die Regeln festsetzen. Das sind die guten Jahre, von zwanzig bis fünfunddreißig. So vie-

le Gelegenheiten auf so vielen Gebieten. Es ist zum Wahnsinnigwerden. Überall gibt es Strandhäuser. Mädchen mit schicken Schlitten. Männer mit dicken Brieftaschen. Die kalifornische Sonne. Sie können sich gar nicht vorstellen, wie schön diese Jahre sein können. Und keinerlei Verantwortung – man kann nur beten, daß keine Atombombe herunterkommt und alles ins Meer fegt, bevor man seinen Spaß gehabt hat.
Wie ich beobachtet habe, beginnt die Zeit Ende der Dreißiger Spuren zu hinterlassen, und ab fünfzig ist man nur mehr ein Fall für die Statistik. Wahrscheinlich werde ich auch weiterhin Glück haben und jemanden finden, mit dem ich bei geteilten Kosten zusammenleben kann. Vielleicht werde ich mich Frauen, die keine Männer haben, als Begleiter zur Verfügung stellen, Frauen, die mir helfen können, meine Rechnungen zu bezahlen. Vermutlich werde ich einen festen Job haben, aber ich kann nicht sagen, daß ich mich darauf freue. Und wenn ich dann immer noch so sexhungrig bin wie jetzt, werde ich es schwer haben, Partner zu finden, denn ich weiß, reich werde ich nie sein. Ich bin nicht so gebaut. Aber ich werde durchkommen. Und mit sechzig wird es mir gehen wie Ihnen: Die Jahre werden mich überrollen, und weiß Gott, was ich tun werde. Aber ich werde überleben. Und wenn ich das Glück habe, einen so feinen Menschen zu finden wie Ihren Sohn, dann werden wir irgendwo leben, wo es warm ist, und unsere Pensionen kassieren. Dann werden wir die gleichen Probleme haben, Dr. Mott. Einen Platz finden, wo man leben kann, genug zu essen und ein anständiges Begräbnis, wenn wir sterben.«
Zu Stanley Motts Überraschung ergriff sein Sohn jetzt mit fester Stimme das Wort: »Vater«, sagte er, fast vorwurfsvoll, »paß nur auf, was mit deinen göttergleichen Astronauten passieren wird. Ich habe eine Menge pensionierter Militärs hier in Kalifornien gesehen, und ich kann es genau sagen, wie es weitergeht. Du hast sechs Stück davon unter deinen Fittichen. Zwei werden in jungen Jahren sterben. Zwei werden sich scheiden lassen und Mädchen heiraten, die zwanzig Jahre jünger sind. Der fünfte wird aus dem Programm aussteigen, ein Geschäft aufmachen und Alkoholiker werden. Und der letzte wird etwas tun, was kaum von Bedeutung ist; dann wird er herumsitzen und den Nachbarn seine Fotoalben zeigen. Warum ein so riesiges Getue, bei dem so wenig herauskommt?«

Mott wußte sofort eine Antwort: »Und von den sechs werden drei wahrscheinlich auf dem Mond stehen. Und das macht den Unterschied aus. Nichts, weder Zeit noch Runzeln, noch Narben, noch Alkoholismus können das auslöschen. Sie werden auf dem Mond gewesen sein, und wir nicht.«

Am nächsten Morgen, als er zu den Besprechungen mit General Funkhauser zurück mußte, sagte er zu Millard: »Die Tür wird immer für dich offen sein. Bring Roger mit. Sie sind ein heller Kopf, Roger. Auf die Dauer wird Ihnen das Leben hier am Strand nicht genügen.«

»Warten Sie's ab«, antwortete Roger.

Im Frühjahr 1964 war Norman Grant gut in Form und seine Partei in völliger Verwirrung: Es gab im Staat Fremont keinen Republikaner, der in der Vorwahl gegen ihn angetreten wäre, aber er sah eine gefährliche Schwächung der Partei auf Bundesebene voraus, wenn der Streit über die Kandidatur Barry Goldwaters aus Arizona nicht beigelegt wurde. Grant unterstützte Goldwater und hoffte, die dickköpfigen Liberalen um Rockefeller würden ein Einsehen haben und ihre Spaltertätigkeit einstellen.

»Sie können uns nur schaden«, klagte Grant seinem langjährigen Wahlhelfer Finnerty, »und langsam glaube ich, sie wollen mit dem Kopf durch die Wand.«

»Lyndon Johnson macht mir mehr Sorgen. Dieser texanische Hansdampf ist ein gerissener Politiker. Wenn wir Goldwater nominieren, könnte er die Wahl mit der linken Hand gewinnen.«

»Wir werden ihn nominieren. Bieten wir den Menschen eine ehrliche Alternative, nicht die alten Sprüche.«

»Halten Sie das für einen guten Wahlaufruf, Senator?«

»Damit werden wir gewinnen, wenn Rockefellers Leute uns nicht Knüppel zwischen die Beine werfen.«

»Sie müssen vor allem an ihre eigene Wahl in Fremont denken, Senator. Ich fürchte, wir bekommen Schwierigkeiten.«

»Schwierigkeiten? In der Vorwahl habe ich doch nicht einmal einen Gegner!«

»Aber im November könnte es anders aussehen. Es könnte ein gutes Jahr für die Demokraten werden.«

Für solche Worte brachte Grant Verständnis auf, denn er hatte gelernt, daß Politiker und Generäle jede Schlacht so planen sollten, als ob es die Entscheidungsschlacht wäre. »Wenn mir eines im Senat klar geworden ist«, sagte er, »dann, daß Lyndon Johnson ein sehr ernstzunehmender Gegner ist.«

So zog er also im Mai in den Wahlkampf und war bis Ende Juni damit beschäftigt, unzähligen Wählern die Hand zu schütteln. Auf dem republikanischen Konvent war er ein Hort der Stärke für Goldwater und eine Quelle des Ärgers für die Rockefeller-Clique. Er verbrachte den Sommer zum größten Teil damit, in anderen Bundesstaaten für Goldwater zu Felde zu ziehen, und eilte dann nach Hause, um sich gegen einen sehr starken Senator der Fremonter Legislative zu verteidigen.

Schon nach einigen wenigen Geplänkeln zeigte sich, daß sein anfänglicher Optimismus verfrüht gewesen war; sein Herausforderer wußte mehr über die Probleme des Staates als er, und als Grant wieder einmal mit Finnerty und seinen anderen Mitarbeitern beisammen saß, knallte der Ire die Karten auf den Tisch. »Wenn Sie so weitermachen, Senator, verlieren Sie die Wahl. Goldwater hängt Ihnen wie ein Mühlstein um den Hals. Stellen Sie endlich Ihre Unterstützung für ihn ein!«

»Barry Goldwater ist der Mann meines Vertrauens, ein feiner, anständiger Kerl, der unser Land retten könnte.«

»Nehmen Sie sich ein Beispiel an Hugh Scott in Pennsylvania. Er befindet sich in der gleichen Lage wie Sie. Aber er ist klug genug, den Namen Goldwater nicht in den Mund zu nehmen. Wenn Sie ihm zuhören, wissen Sie gar nicht, daß wir in diesem Jahr einen neuen Präsidenten wählen. Sehen Sie sich sein Werbematerial an. ›Ganz gleich, für wen Sie sonst stimmen, schenken Sie Hugh Scott, einem guten Amerikaner, Ihr Vertrauen!‹ Darf ich so was auch für Sie drucken lassen? In Webster könnten wir es gut brauchen.«

»Das dürfen Sie nicht. Barry Goldwater ist mein Mann. Ich halte auf Gedeih und Verderb zu ihm.«

»Ich fürchte, daß Sie das sagen würden. Darum möchte ich Ihnen eine Übersicht über die letzten acht Wochen vorlegen. Wo es um lokale Geschehnisse und Probleme geht, zieht Hanley Ihnen die Hosen stramm, und meine Umfragen zeigen, daß Sie gerade noch Ihre Stel-

lung behaupten. Wo er stark ist, können Sie ihm nicht an die Karre fahren, also müssen Sie ihn dort schlagen, wo Sie tatsächlich etwas zu sagen haben. Nationale Sicherheit. Patriotismus. Raumfahrt. Glauben Sie, Sie könnten John Pope animieren, zu Ihren Gunsten in den Wahlkampf einzugreifen?«
»Die NASA erlaubt das nicht. Ausgeschlossen.«
»Das habe ich auch befürchtet. Also bringen wir Penny Pope zurück. Völlig legal, und jeder weiß, daß sie John Popes Frau ist.«
»Wird Glancey sie gehen lassen? Mit der Präsidentenwahl und so?«
»Ich habe mir erlaubt, mit Glancey zu sprechen, und er und ich, wir beide wissen, daß Goldwater die Hosen verlieren wird, und ohne es auszusprechen, hat er mich wissen lassen, daß er sich freuen würde, Sie im Senat wiederzusehen. Was ihn angeht, steht Penny Ihnen zur Verfügung.«
Penny Pope war stolz darauf, für Norman Grants Wiederwahl arbeiten zu dürfen, denn in den mehr als zwölf Jahren, die sie ihn aus der Nähe beobachten konnte, hatte er sich nie einer unehrenhaften Handlung schuldig gemacht. »Er ist ein Heiliger, ein vorsintflutliches Wesen, der Barry Goldwater des kleinen Mannes, aber er hat ein eisernes Rückgrat. Ich habe was übrig für den Mann und möchte ihm zu weiteren sechs Jahren im Senat verhelfen.«
Finnerty ersuchte sie, sich so oft wie möglich in der Öffentlichkeit zusammen mit dem Senator zu zeigen und ihm Gelegenheit zu geben, sie gebührend vorzustellen: »Diese edle Tochter unseres schönen Staates, die in Washington mithilft, während ihr tapferer Gatte, ein edler Sohn unseres schönen Staates, sich den Mond zum Ziel gesetzt hat.« Die Tatsache, daß John Pope bisher nur im Simulator auf Cape Canaveral und in einer geliehenen T-38 geflogen war, blieb unerwähnt. Doch als Grant es auf Schleichwegen erreichte, daß Pope, mit Randy Claggett auf dem Rücksitz, in seiner T-38 auf dem neuen NASA-Stützpunkt bei Clay landen durfte, hatte Finnerty Pressefotografen bei der Hand, und nachdem die zwei Astronauten in ihrer Maschine fotografiert worden waren, schwenkten die Kameras auf Penny, die den Fliegern Blumen überreichte.
Ihr wurde auch die heikle Aufgabe übertragen, der Presse zu erklären, warum diesmal weder die Frau noch die Tochter des Senators für ihn warben: »Elinor Grant leidet unter schweren Migräneanfällen, die sie

bewegungsunfähig machen, und die Tochter des Senators ist bekanntlich Dekan an einer Universität im Westen und von ihrer Arbeit sehr in Anspruch genommen.« Als ein unternehmungslustiger Reporter nach Kalifornien flog, um die Universität und den nicht vorhandenen Universitätsbetrieb in Augenschein zu nehmen, wurde sein Bericht in mehreren Zeitungen des Ostens, in keiner maßgeblichen des Westens und in Fremont überhaupt nicht abgedruckt.
»Da haben wir noch mal Glück gehabt«, schmunzelte Penny. »Danke, daß Sie den Schakalen einen Maulkorb verpaßt haben.«
»Ich habe die Presse in keiner Weise bedroht«, erwiderte Finnerty, »nur vernünftig mit den Leuten geredet.«
Wesentlich schwieriger war es, die Elinor-Grant-Geschichte zuzudecken; Penny mußte eidesstattliche Erklärungen abgeben, daß die Frau des Senators nicht an akutem Alkoholismus litt, wie einige Washingtoner Blätter angedeutet hatten, als sie versuchten, Erklärungen für Elinor Grants Abwesenheit in der Hauptstadt zu finden. Aber darüber hinaus war Penny nicht bereit, meineidig zu werden.
Mrs. Grant trank hin und wieder ein Glas zuviel, aber sie war weit davon entfernt, Alkoholikerin zu sein; ihr Problem bestand darin, daß die kleinen Männer aus dem Weltraum immer ernsthafter damit drohten, die Macht an sich zu reißen, und als Penny die Frau aufsuchte, um vernünftig mit ihr zu reden, fand sie sie so aufgeputscht, als ob sie Rauschgift genommen hätte. Pennys erste Frage an Elinor Grant lautete: »Wann haben Sie begonnen, mit Dr. Strabismus zu korrespondieren?«
»Vor etwa zehn Jahren. Vielleicht ist es auch schon länger her.«
»Nehmen wir an, es wären zehn Jahre. Das heißt, daß Sie einhundertzwanzig monatliche Mitteilungen erhalten haben, die alle mehr oder minder den gleichen Inhalt haben. Sie sind nie argwöhnisch geworden?«
»Wir befinden uns in großer Gefahr, Mrs. Pope.«
»Und in diesen zehn Jahren haben Sie nicht weniger als vierzig Telegramme erhalten, in welchen Ihnen mitgeteilt wurde, daß sich die kleinen Männer im letzten Augenblick entschlossen haben, noch abzuwarten. Wird das nicht eintönig?«
»Aber wenn sie einmal landen, werden Abenteurerinnen wie sie, Mrs. Pope, ihren wohlverdienten Lohn empfangen.« Und als Penny nicht

darauf einging, fügte sie hinzu: »Warum sind Sie hergekommen? Nur um den ganzen Staat wissen zu lassen, daß Sie ein Verhältnis mit meinem Mann haben?«
»Bitte, Mrs. Grant, reden wir nur von Ihrem Mann. Er befindet sich in einem schwierigen Wahlkampf. Den er verlieren könnte. Und das Land braucht ihn.«
»Ja, das ist richtig. Norman ist ein echter Patriot, und das Land braucht ihn.«
»Darum möchte ich Sie bitten, diesem guten Menschen zu helfen. Vergessen Sie Ihre persönlichen Gefühle. Ihr Vater war ein bemerkenswerter Diener unserer Demokratie und ...«
»Das war er, Mrs. Pope. Mein Vater war ein Heiliger, in seiner Art ein ebenso großer Held wie Norman es ist.«
»Ihr Mann hat oft rühmend von ihm gesprochen.«
»Ich würde Normans politischer Karriere nicht schaden wollen. Das wäre gewiß nicht im Sinne meines Vaters.«
»Dann müssen Sie die Presse empfangen. Die Zeitungsleute bestehen darauf, mit Ihnen zu sprechen.«
»Ich kann unmöglich die Presse empfangen.«
Aber nachdem Penny Pope die verängstigte Frau eine Woche lang unter Druck gesetzt hatte, gelang es ihr, sie von der Notwendigkeit einer Pressekonferenz zu überzeugen. »Es braucht keine lange Geschichte zu werden, aber es darf auch, verzeihen Sie, kein leeres Geplapper sein. Sie müssen die Fragen, die Ihnen gestellt werden, beantworten, aber ich gebe Ihnen einen Rat: Sie sollten das Land nicht in Panik versetzen. In bezug auf die Ankunft der kleinen Männer zieht Dr. Strabismus Sie in sein Vertrauen, aber ich glaube, es wäre ihm nicht recht, wenn Sie diese Neuigkeit einer großen Öffentlichkeit bekanntgeben würden.«
»Da haben Sie völlig recht. Er sagt immer wieder, daß er die Welt warnen wird, wenn es soweit ist.«
»Ich bin sicher, er wäre sehr ungehalten, wenn Sie ohne seine Erlaubnis die Katze aus dem Sack ließen.«
»Das würde ich nie tun«, versprach sie, und an einem Nachmittag Anfang Oktober hielten sie und Penny Pope eine der best orchestrierten Pressekonferenzen des ganzen Wahlkampfes ab. Elinor Grant sprach vom Heldentum ihres Mannes, von seinem Eintreten für Sauberkeit

in der Regierung und von seinem großen Beitrag zum Raumfahrtprogramm; es wäre auch sein Verdienst, wenn in Bälde die amerikanische Fahne auf dem Mond wehen würde.

Nur einmal wäre sie um ein Haar in gefährliche Gewässer geraten, als sie auf die großen Gefahren hinwies, die Amerika bedrohten, doch als die Presse wissen wollte, welche Gefahren sie meinte, ließ Penny das Wort *Kommunismus* fallen – und Mrs. Grant hielt eine kleine Rede über dieses Thema. Auf ein Zeichen von Penny kam der Senator ins Zimmer, küßte seine Frau für Tim Finnertys Kameras und eilte zu einer Versammlung in Webster.

Etwas später, und als Finnerty wissen wollte, was Penny davon hielt, auch die anderen zwei Kriegskameraden wieder aufs Podium zu stellen und sie die blutige Fahne maritimen Heldentums schwenken zu lassen, riet sie ab: »Man kann einen Krieg nicht ewig ausschlachten. Diese Geschichte in Vietnam fängt an, den Leuten Sorgen zu machen, insbesondere den Studenten.«

»Unsere Partei hat den Sezessionskrieg von der Wahl im Jahre 1868 bis 1908 ausgeschlachtet. Das sind vierzig Jahre, und sie hat einen Sieg nach dem anderen damit erkämpft. Norman Grant war ein echter Held, und das Thema ist noch keineswegs vom Tisch.«

Widerstrebend stimmte sie ihm zu, doch als sie die Veteranen in ihren Uniformen sah, war ihr klar, daß die Männer, wenn man die Nähte nicht ausließ, nur komisch wirken würden. »Sie sind alt geworden, und das soll mir auch recht sein. Das gibt ihnen sogar einen historischen Hintergrund. Aber wenn etwas zu eng sitzt, ist das grotesk, und die Leute werden lachen.« Aber als sie mit den dreien fertig war, sahen sie hervorragend aus, und als sie dann auch noch ihre Reden schärfer zuspitzte, um ihnen mehr aktuelle Relevanz zu geben, war die Wirkung fast so stark wie bei der entscheidenden Wahlkampagne von 1946. In den letzten Tagen, als schon allgemein der Eindruck vorherrschte, daß Norman Grant seinen Sitz im Senat auf weitere sechs Jahre behalten würde, sagte sie zu den drei Kriegskameraden: »Ihr habt einem wirklich großen Mann geholfen, eine Karriere fortzusetzen, die unserem Volk neue Kraft gegeben hat.«

Sie sah, daß Finnerty aus Massachusetts und Penzoss aus Alabama von ihren Worten heftig bewegt waren, aber der schwarze High-School-Leiter Gawain Butler aus Detroit blieb ungerührt, und es

überraschte sie daher nicht, als er am Vorabend der Wahl zu ihr sagte: »Wenn Senator Grant gewinnt, möchte ich ihn so bald wie möglich sprechen.«
»Warum bleiben Sie nicht ein paar Tage länger? Es gibt in ganz Amerika kaum einen Menschen, dem er dankbarer wäre als Ihnen, Dr. Butler.«
Zwei Tage nach der Wahl, während die Republikaner in Fremont noch darüber rätselten, was ihrem Freund Goldwater passiert war, und gleichzeitig die Wiederwahl ihres Senators feierten, geleitete Penny Pope Gawain Butler in Norman Grants Arbeitszimmer. Der großgewachsene Mann setzte sich zurecht und begann: »Sicher denken Sie, ich will wegen eines Jobs mit Ihnen reden, aber das ist es nicht. Es geht mir recht gut, und angeblich soll ich sogar Schulinspektor in Michigan oder Kalifornien werden.«
»Ich gratuliere«, sagte Grant mit echter Freude.
»Ja, wenn Sie mich benützt haben, um in den Senat gewählt zu werden, habe ich Sie dazu benützt, um in Detroit meine Karriere zu fördern. Wenn man meiner Frau zuhört – und sie redet gern –, möchte man meinen, Sie würden keinen Schritt tun, ohne mich vorher um Rat zu fragen.«
»Aber Ihre Frau hat doch recht! Wie oft habe ich Sie angerufen.«
»Es geht nicht um einen Job, habe ich gesagt, aber das stimmt nicht ganz«, wich Butler einem direkten Wort aus. »Es ist wegen der Raumfahrt.«
»Wegen der Raumfahrt? Sie meinen den Mond? Die Mondlandung?«
»Jawohl, und ich möchte Ihnen ein paar Bilder zeigen.« Er nahm vier Fotoabzüge auf Hochglanzpapier aus seiner Aktentasche, wie er sie von der Public-Relations-Abteilung der NASA erhalten hatte. Das erste Foto zeigte sieben markante männliche Gesichter: Glenn, Slayton, Schirra und die anderen vier aus der ersten Gruppe; das zweite Armstrong, Borman, Conrad und die sechs anderen aus Gruppe zwei; das dritte Aldrin, Cernan, Scott und elf andere aus der Gruppe drei; das vierte Claggett, Pope, Jensen und die drei anderen, die zur Spezialgruppe gehörten.
»Das sind unsere Jungs«, sagte Grant.
»Sechsunddreißig prächtige Amerikaner«, nickte Butler.

»Was denken Sie, was es kostet, diese Jungs, wie Sie sie nennen, auszubilden?«
»Wir haben keine endgültigen Zahlen, aber einer Schätzung zufolge sind es etwa drei Millionen Dollar – pro Kopf.«
Butler deutete beiläufig auf das entschlossene Gesicht John Popes. »Er kommt aus Ihrer Vaterstadt, stimmt's, Senator?«
»Ich hatte nichts damit zu tun, daß er ausgesucht wurde.«
»Aber er kommt aus Ihrer Stadt, und die Regierung zahlt drei Millionen Dollar, um ihn auszubilden.«
»Um ihn auf eine ganz besondere Aufgabe vorzubereiten.«
»Eine großartige Aufgabe. Aber kommen Ihnen diese Bilder nicht sonderbar vor?« Als Grant verständnislos die Schultern hob, sagte Gawain Butler in ernstem Ton: »Nicht ein einziges schwarzes Gesicht darunter.«
Die Eindringlichkeit, mit der der Neger seine Klage vorbrachte, verwirrte den Senator und er schwieg. »Wir Schwarze«, fuhr Butler fort, »machen rund zwölf Prozent der Bevölkerung aus. Auf diesen Bildern sollten etwa vier von unseren jungen Männern zu sehen sein.«
»Es wird eine strenge Auslese getroffen. Sicher haben...«
Butler hörte nicht zu. Aus seiner Aktentasche holte er noch eine Fotografie heraus. Sie zeigte einen spannenden Augenblick in der Bodenkontrolle, wo gerade eine wichtige Entscheidung in bezug auf einen Gemini-Flug getroffen werden mußte; es war eines jener Bilder, wie die NASA sie gern zirkulieren ließ, denn man konnte darauf die intensive Konzentration von etwa hundert Männern in Hemdsärmeln erkennen, die verzweifelt nach einer Möglichkeit suchen, ein Raumfahrzeug aus einer lebensbedrohenden Krise herauszuführen, ein Raumfahrzeug, das sich in dreihundert Kilometer Höhe befand, wo fast absolute Dunkelheit herrschte und es praktisch keine Schwerkraft mehr gab. Die meisten dieser Herren hatten einen Bürstenhaarschnitt, von dem sie glaubten, daß er sie jünger und seriöser aussehen ließ, und keiner rauchte, obwohl einige an ihren Bleistiften kauten. Sie sahen aus wie außerordentliche Professoren einer ausgezeichneten technischen Hochschule, die gerade ihr Amt angetreten hatten, und sie waren allesamt weiß.
»Im Verhältnis sollten auf diesem interessanten Bild zwölf oder dreizehn schwarze Gesichter zu sehen sein.«

»Ich bin sicher, daß...«
»Das Land hat dem Weltraum große Bedeutung zugemessen. Fünf Milliarden Dollar im Jahr, wie man mir sagt, vielleicht sogar sechs. Propaganda, lange Reden, ganze Publikationsreihen, die sich auf dieses Programm spezialisiert haben, und kein einziger Schwarzer ist dabei. Warum schließen Sie uns immer von dem besten Teil unseres Lebens als Nation aus?«
Die Frage kam so aus dem Herzen, nicht nur dieses Erziehers aus Detroit, sondern aus dem der ganzen schwarzen Gemeinde Amerikas, daß Senator Grant ihre Rechtmäßigkeit nicht anzweifeln konnte. Warum waren die Farbigen nicht vertreten in diesem gewaltigen Unternehmen, das in Angriff zu nehmen und auf Kurs zu halten, er so schwer gekämpft hatte? Der häßliche Gedanke ging ihm durch den Kopf, daß Lyndon Johnson und Michael Glancey technisch Südstaatler waren und daß sich vielleicht ihr regionales Erbe manifestiert hatte. Aber so zu denken war seiner nicht würdig, denn kein Senator und kein Präsident hatte mehr ehrliche Arbeit für die Schwarzen geleistet als Johnson, und kein sogenannter Südstaatensenator hatte früher farbige Sekretärinnen in seinem Büro angestellt als Michael Glancey.
Er fragte sich, ob der Ausschuß, der die Astronauten auswählte, von rassistischem Gedankengut angekränkelt war, rief sich aber dann Deke Slayton, den Vorsitzenden, ins Gedächtnis, wohl einer der härtesten und fairsten Männer, die ihm je begegnet waren, und er sagte sich: Deke würde niemals für solchen Unsinn geradestehen. Wenn sich ein qualifizierter Farbiger melden sollte, würde er mit beiden Händen zugreifen. Überdies: Er kommt aus Wisconsin, und wir aus dem Westen haben keine Vorurteile.
Er läutete nach seinem Diener und erkundigte sich, ob Mrs. Pope im Hause wäre, aber der Mann sagte, er glaubte, sie wäre noch im Parteibüro, und wenige Minuten später lieferte Finnerty sie in der Grantschen Villa ab.
»Bleiben Sie auch«, sagte er zu Finnerty, und als die Neuankömmlinge Platz genommen hatten, nickte Grant Gawain Butler zu: »Jetzt tragen Sie bitte Ihre Beschwerde noch einmal vor.«
»Es ist keine persönliche Beschwerde«, betonte Butler, »es geht weit darüber hinaus.« Und noch einmal breitete er Fotos auf dem Schreib-

tisch aus, und Grant fragte seine Mitarbeiter: »Haben Sie eine Erklärung dafür?« Mrs. Pope mußte zugeben: »Das Problem hat sich nie gestellt.«
»Und genau das ist das Problem«, sagte Butler. »Niemandem ist je aufgefallen, daß eine der größten Unternehmungen unseres Landes lilienweiß geblieben ist. Und es interessiert auch keinen.«
Er nahm drei weitere Fotografien aus seiner Aktentasche. Diesmal waren es keine Hochglanzabzüge, denn sie kamen aus keiner Public-Relations-Abteilung einer Regierungsstelle. Die drei Weißen erkannten sofort die Gesichter; es war Jackie Robinson, das Baseball-As, Jim Brown, der große Football-Läufer, und Oscar Robertson, der vielleicht beste Basketballspieler, der je gelebt hatte. »Wenn Schwarze zu solchen Meisterleistungen fähig sind, warum sollten sie sich nicht auch im Weltraum bewähren?«
Das Problem war so wirklichkeitsnah und ließ so deutlich die für das Programm zuständigen Männer als Schuldige erkennen, daß Grant mit aller Offenheit erklärte: »Gawain, Sie haben mich auf etwas furchtbar Wichtiges hingewiesen. Ich war mir dessen nicht bewußt, aber jetzt werde ich etwas unternehmen. Rufen Sie drei Ihrer besten Leute zusammen. Mrs. Pope wird die notwendigen Formalitäten erledigen. Seien Sie Montag in meinem Büro in Washington.« Und Penny wies er an: »Ich möchte auch Mr. Mott dabeihaben.«
Doch wenn Grant auch nur die leiseste Vermutung gehabt hätte, Dr. Mott würde um den heißen Brei herumreden, kannte er diesen unsentimentalen Fachmann schlecht. Nachdem die vier Farbigen Platz genommen und ihren Protest in geziemender Weise vorgebracht hatten, ergriff er sogleich das Wort:
»Ich habe bis heute in drei mit der Auswahl befaßten Komitees gesessen, und wir haben uns verzweifelt bemüht, katholische oder jüdische, weibliche und, ganz besonders, schwarze Piloten auszusuchen. Wir wollten Menschen guten Willens, wie Sie es sind, beweisen, daß Religion, Hautfarbe oder Geschlecht keine Kriterien für uns sind. Doch als die Stunde der Wahrheit schlug und wir von etwa einhundert Bewerbern sechs auswählen mußten, wußten wir, daß die Personen, die in die engere Wahl kommen konnten, diese Qualifikationen besitzen mußten«, und er reichte jedem der Anwesenden eine xerographierte Liste der vom Ausschuß gestellten Anforderungen:

Bakkalaureat der Naturwissenschaften oder des Ingenieurwesens
Magisterwürde in Naturwissenschaften oder im Ingenieurwesen (zu empfehlen)
Militärisches Flugtraining
Testpilotenschule
Hochschulausbildung
Fundiertes Wissen auf den Gebieten Mathematik, Physik und Verbrennungsmotoren
Dienst in einer Flugstaffel
Erfahrung als Testpilot auf mindestens zwei Dutzend Flugzeugtypen

»Die Sache ist ganz einfach, meine Herren. Finden Sie mir die jungen Schwarzen, die sich einer so rigorosen Ausbildung unterzogen haben, und ich werde als erster den Kampf für ihre Auswahl aufnehmen.«
»Für ihre Auswahl als Astronauten, mag sein«, stimmte Dr. Butler zu, »aber wie steht es mit den Leuten von der Bodenkontrolle? Sollen wir von allem ausgeschlossen sein?«
Mott holte eine weitere Xerokopie heraus, die Angaben über das Bildungsniveau der Männer der Bodenkontrolle enthielt sowie eine Zusammenfassung der phantastischen Vielfalt der Spezialgebiete, die sie beherrschten. Auf der Vergrößerung eines Bildes, das die Bodenkontrolle bei der Arbeit darstellte, zeigte er auf einen Mitarbeiter nach dem anderen, nannte ihre Namen und gab einen Überblick über die ganze Breite ihres Wissens: »Tom Fallester, Bakkalaureus der Naturwissenschaften an der Universität Cornell, Magister der Naturwissenschaften an der Cal Tech, Doktorat der Philosophie am MIT. Qualifiziert in allen Fächern des Ingenieurwesens in bezug auf Verbrennungsmotoren; sechs Jahre Raketentechnik im Lewis Center in Cleveland. Er ist unser Experte für Kraftstoffverbrauch und Triebwerksreparatur während des Fluges.« Unermüdlich deckte er auf, was hinter den weißen Hemdbrüsten und den starr lächelnden Gesichtern lag, und wies auf die großen Anstrengungen hin, die diese bemerkenswerten Männer unternommen hatten, um die vielen Kenntnisse zu erwerben, die sie jetzt beherrschen. Es gab keinen unter ihnen, von dem man hätte sagen können: »Dieser Tarnoff da ging mit gutem Erfolg

von der High-School ab und besuchte ein Jahr lang eine Lehrerbildungsanstalt; er eignete sich keine besonderen Kenntnisse an, aber er ist ein netter Kerl.« Entweder beherrschte so ein Tarnoff vier oder fünf spezifische Wissensgebiete, oder er kam für dieses Team einfach nicht in Frage.

Stanley Mott war ebenso bekümmert wie die vier Farbigen, mit denen er sprach. »Ich kann mir auch im entferntesten keine Lösung vorstellen.«

»Müssen sich auch die übrigen Astronauten, die jetzt an die Reihe kommen ... müssen auch sie sich einer so gründlichen Ausbildung unterziehen?« Es war ein farbiger Professor der Universität Harvard, der diese Frage stellte.

»In der Kapsel muß jeder in jedem Augenblick in der Lage sein, das Kommando zu übernehmen«, antwortete Mott, der keinen Hoffnungsschimmer aufleuchten lassen wollte.

»Bis auf den letzten Mann?« Der Professor ließ nicht locker. »Werden in der ganzen Weltraumforschung keine Wissenschaftler gebraucht?«

»Selbstverständlich werden sie gebraucht«, und Mott schwenkte die Liste der Qualifikationen für die Leute der Bodenkontrolle, »aber sie werden mindestens so gut ausgebildet sein müssen wie diese Männer. Man hat dort keinen Platz für einen Farbigen, der vier Jahre Basketball gespielt und als Nebenfach Korbweben belegt hat, um zu den Anrechnungspunkten zu kommen, die er für ein weiteres Studium benötigt.«

Auf seinen Vorschlag hin besuchten die vier Herren, begleitet von ihm selbst und Penny Pope, fünf berühmte Universitäten, darunter drei mit technischen Fakultäten, und am Ende dieser höchst aufschlußreichen Rundreise redigierte Penny dieses schmerzliche Resümee für ihren Senatausschuß:

> Wir konnten in diesen fünf Studentengemeinden auch nicht *einen* schwarzen Hörer finden, der ein wissenschaftliches Studium mit der nötigen Ausdauer und Härte betreibt, wie dies für eine spätere Ausbildung zum Astronauten nötig wäre. Es ist kein Mangel an Intelligenz oder geistigen Fähigkeiten, der diesem Sachverhalt zugrunde liegt, denn oft erreichen die schwar-

zen Studenten bei den Zulassungsprüfungen höhere Bewertungen als ihre weißen Kommilitonen.
Die talentierten farbigen Studenten dieser Generation sehen ihren Weg aus dem Getto und zu einem Spitzengehalt in den kaufmännischen Berufen. Ihre Blicke sind nicht auf die Sterne gerichtet, sondern auf die Vorstandsetage. Am Ende unserer Reise konnte keiner der vier farbigen Herren unserer Gruppe einen Farbigen nennen, der hätte erwarten lassen, daß er in zehn Jahren vor den Augen einer Auswahlkommission Gnade finden würde, und auch keinen, der Interesse für eine Mitarbeit im Team der Bodenkontrolle gezeigt hätte.

Penny Popes Bericht mochte die Zustimmung der schwarzen Protestler gefunden haben, Senator Grant befriedigte er ganz und gar nicht, und noch am gleichen Nachmittag traf er mit Senator Glancey, Dr. Mott und dessen Mitarbeitern zusammen. Grant ergriff als erster das Wort und sparte nicht mit Kraftausdrücken.

> Verdammt noch mal, ich will einen schwarzen Astronauten haben, und wenn wir die Ansprüche, die an ihn gestellt werden, auf Grundschulniveau zurückschrauben müßten! Ich will einen schwarzen Astronauten auf unserer Dienstliste sehen, und es soll mir keiner erzählen, das ließe sich nicht machen!

Mott unterbrach ihn: »Zur Zeit läßt es sich nicht machen. Wollen Sie das ganze Programm gefährden?«

> Das ganze Programm wird sehr bald im Eimer sein, wenn Sie uns keinen schwarzen Astronauten herbeischaffen. Glauben Sie, wir können auch weiterhin zwanzig Millionen Menschen, Bürger dieses Landes, um ihr Erbe betrügen? Sie von einem Programm ausschließen, für das wir Milliarden ihrer Steuergelder ausgeben? Nehmen Sie zur Kenntnis, Mott: Wenn die Öffentlichkeit einmal gegen Ihr Programm Stellung bezieht, können Sie sich begraben lassen. Also: Wenn das nächste Foto von der Bodenkontrolle geschossen wird, möchte ich mindestens vier schwarze Gesichter drauf sehen!

»Die *was* tun sollen?« wollte ein dickköpfiger Mott wissen.

> Ist mir scheißegal, was sie tun. Von mir aus sollen sie Bettjäckchen stricken, aber ich will sie dort haben. Ist das nicht auch Ihre Meinung, Senator Glancey?

Man vereinbarte, daß noch vor Ende des nächsten Jahres schwarze Gesichter im Kontrollraum zu sehen sein würden, aber aus Gründen, die in schöner Einmütigkeit von Dekanaten und Studentenschaften vorgebracht wurden, war es fast unmöglich, welche zu finden. Erst als Mott und sein Team ernstlich zu suchen begannen, entdeckten sie an der Wayne-Staatsuniversität in Detroit einen außergewöhnlich gut geschulten jungen Mann, der die Gabe besaß, sich gut mit Menschen zu verstehen, und obwohl er weder Flugerfahrung hatte noch etwas von Kalkül verstand, bekam er die Stellung eines Pressereferenten, und er übte sein Amt auf das beste aus. Die weitere Suche brachte das Team auf die Spuren eines jungen Mannes in Alabama, eines anderen in Kalifornien und eines dritten in Massachusetts, die alle über eine erstklassige wissenschaftliche Ausbildung verfügten, und als die NASA neue Bilder der Bodenkontrolle freigab, war das Meer strahlender weißer Gesichter realistisch gefleckt. Senator Grant nahm eines der Bilder, zog mit roter Tinte Kreise um die drei Gesichter und schickte es seinem guten Freund Dr. Butler vom Schulrat der Stadt Detroit: »Lieber Gawain, Sie haben bezweifelt, daß wir sie finden würden, aber wir haben sie gefunden. Norman.«

Das Mißgeschick, das Scott Carpenter bei seinem Mercury-Flug widerfuhr und ihn vierhundert Kilometer über den Punkt hinaus wassern ließ, wo John Pope auf der *Tulagi* wartete, erinnerte die NASA daran, daß selbst der kleinste Fehler in Berechnung oder Ausführung zur Folge haben könnte, daß die zurückkehrenden Astronauten in einem unwegsamen mittel- oder südamerikanischen Dschungel niedergingen, und darum wurden nun alle Astronauten verpflichtet, sich einem Überlebenstraining in einem solchen Gelände zu unterziehen. Manche trainierten in Costarica, andere in El Salvador, aber die ›Soliden Sechs‹ wurden an den Amazonas geflogen und waren überrascht, wie nahe das war.

Sie verließen Cape Canaveral um 08.00, waren um 08.45 in Miami und nahmen dort einen Direktflug der Pan American nach Manaus in Brasilien, wo sie am späten Nachmittag in der Nähe einer schönen, sauberen, dreizehnhundert Kilometer den Amazonas aufwärts gelegenen Stadt landeten. Offiziere der brasilianischen Marine standen mit einer Barkasse bereit, und schon um 17 Uhr desselben Tages schaukelten Pope und seine Kameraden auf dem größten Fluß der Welt.
Die Amerikaner konnten es gar nicht glauben, denn aus ihren vielen Flügen quer über die Vereinigten Staaten hatten sie sich an den Ohio, den Mississippi, den Missouri und den Colorado gewöhnt, gewiß keine armseligen Wasserläufe, aber auf einen so mächtigen Strom wie den Amazonas waren sie einfach nicht vorbereitet.
»Schaut euch das an«, rief Claggett. Als die Barkasse vom Ufer ablegte, konnten sie die andere Flußseite kaum sehen. Der Amazonas war nicht nur groß, er war überwältigend, ein riesiger flutender See.
»Meine Herren«, sagte der brasilianische Offizier, »beachten Sie auf diesem Ufer die in sechs Meter Höhe sichtbare Verfärbung.« Er unterbrach sich, um den Amerikanern mitzuteilen, daß er seine Ausbildung in West Point erhalten hatte. »So hoch steht der Amazonas jedes Jahr im Frühsommer.«
»Hier ist das Ufer von Kliffen gesäumt«, bemerkte Claggett. »Auf der anderen Seite muß das Hochwasser weite Strecken überfluten.«
»Das tut es«, bestätigte der Offizier, und die Amerikaner blickten über die phantastische Wasserfläche und versuchten sich vorzustellen, wie eine solche Flut aussehen mochte.
»Genaugenommen«, sagte der Brasilianer, »befinden wir uns hier gar nicht auf dem Amazonas. Das hier ist der Negro, ein pechschwarzes Netz von Wasserläufen, die aus Kolumbien und Venezuela herunterkommen. Ein paar Kilometer weiter östlich vereinigt er sich mit dem Solimões, dessen Wasser so leuchtend gelb sind wie die Minen an seinem Lauf. Sie werden staunen, was da vor sich geht.«
Während er seine Gäste immer wieder auf die dunkle Farbe des Flusses hinwies, steuerte er die Barkasse in raschem Tempo stromabwärts, und nach einer Weile sahen sie, daß zu ihrer Rechten ein wahrlich gigantischer Strom in den Negro einmündete; wütend schäumten seine Wassermassen nach einer stürmischen Talfahrt aus den fernen Bergen Perus und Ecuadors. Schon für sich allein wäre dieser Strom der ge-

waltigste der Welt gewesen; sobald er sich aber mit dem Negro vereinigte, war er mit nichts mehr zu vergleichen. Und hier begann nun der eigentliche Amazonas.

»Sehen Sie nur«, sagte der Brasilianer. Er mochte schon vielen Fremden dieses einmalige Schauspiel vorgeführt haben, aber es war augenfällig, daß es ihn selbst noch genauso begeisterte wie beim ersten Mal, denn aus Süden kam der mächtige gelbe Solimões und aus dem Norden der gewaltige düstere, schwarze Negro. Sie vereinigten sich, aber sie vermischten sich nicht. Über eine Länge von dreißig Kilometern teilten die beiden majestätitschen Ströme ihr Bett, der eine vom anderen so scharf getrennt, als ob eine Mauer zwischen ihnen aufgerichtet worden wäre. Seite an Seite, gelb und schwarz, wogten sie dem Ozean entgegen, und selbst wenn die Barkasse sie durchschnitt, behielten die zwei Ströme ihre Individualität; jeder von ihnen beförderte eine ungeheure Menge Schutt, der seine Farbe bestimmte, und jeder verfolgte seinen eigenen Weg.

Die Dämmerung begann hereinzubrechen, als die Amerikaner zwei Dinge zu sehen bekamen, die sie nie vergessen würden. Mit Kurs auf Manaus kam ein Zwanzigtausend-Tonnen-Schiff aus Bremerhaven in Deutschland den Amazonas herauf, und seine dunkle Fahne flatterte in der Dschungelbrise. Es befand sich dreizehnhundert Kilometer vom Ozean entfernt, lief aber trotzdem mit Volldampf voraus, denn sein Kapitän wußte, daß der mächtige Strom so sicher war wie das offene Meer.

»Wir sind mitten in Kansas«, lachte Claggett, »und hier kommt ein Ozeandampfer!«

Dann begannen die Delphine zu springen, blaue, silbern glänzende Geschöpfe, die ihre Possen trieben, als ob sie sich im tiefsten Pazifik befänden und das Schiff in den abendlichen Hafen lotsen wollten. Vor dem Bug der Barkasse erhob sich ein Delphin in die Luft, vollführte eine Drehung, um einen Blick auf die Astronauten zu erhaschen, und tauchte wieder in die ungelotete Tiefe des Amazonas zurück. Sechs Delphine begleiteten die Barkasse nach Manaus, und während sie noch in der sinkenden Sonne in die Luft sprangen, rief Pope seinen Kameraden zu: »Sie sind ein gutes Vorzeichen! Altair war schon immer mein Glücksstern!«

»Ich verstehe kein Wort«, sagte Cater.

»Das Sternbild Delphin. Es beschützt den Altair. Ihr werdet sehen! Wir werden mit dem Amazonas schon fertig werden!«
Am nächsten Tag unternahmen die Amerikaner eine Stadtrundfahrt, und auch der Gouverneur kam, um seine Aufwartung zu machen. Tucker Thompsons Fotografen schossen viele Bilder von der Zeremonie, und anschließend richtete der Gouverneur mit Hilfe eines Dolmetschers das Wort an seine Gäste: »Ich glaube, wir haben hier eine Überraschung für Sie, meine Herren.« Eine Autokolonne brachte sie ins Zentrum der Stadt, wo die Gummibarone des Amazonas gegen Ende des neunzehnten Jahrhunderts ein Juwel von einem Opernhaus errichtet hatten. Es war ein architektonisches Schmuckstück, ein venezianischer Traum aus Silber und Kristall und enthielt viele Erinnerungen an die große Zeit, als diese kleine Stadt eine Metropole gewesen war.
»Caruso hat hier gesungen und Édouard de Reszke und Adelina Patti. Wir hatten prachtvolle Spielzeiten, Stars aus ganz Europa kamen auf deutschen Schiffen den Fluß herauf. Auf dieser Bühne hat Sarah Bernhardt *L'Aiglon* gespielt, und auch Helena Modjeska kam nach Manaus. Wir waren das Athen des Dschungels.«
Die ›Soliden Sechs‹, so wurde vereinbart, würden mit einer Barkasse hundert Kilometer den Solimões-Strom aufwärts und von dort einen kleinen Nebenfluß hinaufgefahren und schließlich von einem einheimischen Führer fünf Kilometer tief in den Dschungel gebracht und dann sich selbst überlassen werden. Sie hatten nichts bei sich außer Messern, Tüchern, die sich als Moskitonetze verwenden ließen, und drei Funkgeräte, mit denen sie ihre Position durchgeben, aber keine Mitteilungen empfangen konnten. Wenn einer sich ein Bein brach, würde er automatisch nach drei Tagen herausgeholt werden.
Ihr Führer war ein Mestize mit indianischem, schwarzem, portugiesischem und spanischem Blut in seinen Adern. Er blieb stumm, während er sie immer tiefer in den Dschungel brachte, aus dem ohne fremde Hilfe zu entkommen kaum möglich war. Ohne sich zu verabschieden, machte er plötzlich kehrt, um den Rückweg anzutreten, aber noch bevor er ging, warf er Pope einen Blick zu, zwinkerte, deutete mit dem Kopf auf eine dicht mit buschigen Wedeln bewachsene Palme einer John unbekannten Art: »*Muy bueno, señor*«, sagte er auf spanisch und verschwand.

Die sieben Männer waren jetzt auf bedrückende Weise allein – sieben, denn man hatte den sechs Astronauten einen erfahrenen frankokanadischen Waldläufer namens Georges mitgegeben, der viele Tricks beherrschte und dessen Aufgabe es war, sie in die Kunst des Überlebens einzuführen. Seine ersten Instruktionen lauteten: »Wenn sich etwas bewegt, halten Sie es fest. Wenn etwas so aussieht, als ob es gut schmecken würde, lassen Sie mich zuerst daran riechen.« Es war kein Spiel mehr: Sieben hungrige waffenlose Männer mußten sich drei Tage lang mit Nahrung versorgen, improvisieren und hoffen, lebend wieder aus dem Dschungel herauszukommen.

Als der erste Tag zu Ende ging, war klar, daß der Held dieser Expedition Harry Jensen sein würde, denn dieser zähe kleine Bursche erinnerte sich an vieles, was er als Knabe in den Zypressensümpfen am Little Pee Dee in seinem Heimatstaat gelernt hatte. Er konnte einen kleinen Bach ableiten und so einem Fisch den Rückweg abschneiden; er konnte Fallen stellen für Tiere, die zufällig vorbeikamen; er legte eine Schlinge für Vögel und eine andere für Affen; und wenn einer von ihnen eine Pythonschlange entdecken sollte, schärfte er seinen Kameraden ein, müßten sie ihn sofort rufen.

Er war amüsant, ausdauernd und ein Glückskind, und obwohl er am ersten Tag nichts fing, so daß sich alle hungrig niederlegen mußten, ging ihm am zweiten Tag doch ein Leguan in die Falle, aber da keiner der anderen es zuwege gebracht hatte, ein Feuer anzumachen, mußten die Astronauten ihn roh essen; sie verzehrten ihn heißhungrig, wenn auch nicht gerade mit Genuß.

Pope erinnerte sich an den Wink, den der Mestize ihm gegeben hatte, und fragte die anderen, was wohl so eine Palme zu bieten hätte. Timothy Bell, der von einem Spesenkonto der Allied Aviation gelebt hatte und daher ein paar gute Restaurants kannte, wußte eine Antwort: »Eine sehr teure Speise nennt sich Palmherzensalat.« Also bearbeiteten Pope und Jensen den Baum, ohne zu wissen, wo sich sein Herz befand und wie es wohl aussah.

Die Palme verteidigte hartnäckig ihr Geheimnis, und die beiden Männer waren in Schweiß getränkt, nachdem sie sie mit ihren kleinen Messern zerhackt hatten, aber als Jensen die saftigen Blattstiele austeilte, schlugen sich die Astronauten die Bäuche voll, und einer meinte: »Mit einem pfiffigen Dressing würden sie köstlich schmecken.«

»Mit rohem Leguan sind sie auch nicht zu verachten«, bemerkte Pope.
Insekten machten Abende und Nächte unerträglich, und der Schweiß, der ständig aus allen Poren drang, erhöhte noch die Wirkung ihrer Stiche. Hickory Lee, der das Leben in der freien Natur liebte, kostete immer wieder den Schweiß von der Kuppe seines linken Daumens und brummte unheilverkündend: »Wir verlieren Salz, und zwar gefährlich schnell«, und als auch die anderen diesen nützlichen Versuch machten, bestätigten sie Lees Feststellung, daß ihr Schweiß immer salziger schmecke.
Ed Cater, der Air Force Major aus Kosciusko, Mississippi, erzählte seinen Kameraden eine Geschichte, die er gelesen hatte und die von Fliegern im Zweiten Weltkrieg handelte, die sich im Dschungel von Guadalcanal verirrt hatten. »Zwei große Gefahren. Japanische Heckenschützen und eine Wunde am Bein. Wenn man sich in diesem Klima am Schienbein verletzt – neunundneunzig Prozent Luftfeuchtigkeit –, heilt es nie mehr, fault einfach ab.«
»Wie bald?« fragte Claggett.
»Vielleicht sechs Monate.«
»Na fein, dann leben wir ja noch bis Weihnachten.« Claggetts Gefährten nahmen ihm seine Witze nie übel.
Der Texaner hatte ein lautes Wesen, aber er war auch der brillanteste Flieger von allen und der Mann, der die besten Aussichten hatte, eine kritische Situation heil zu überstehen. »Nehmen wir doch mal an«, sagte er jetzt, »unsere Funkgeräte gehen kaputt. Alle drei. Wir sind hier im Dschungel und wissen auch nicht ein Jota mehr, als wir jetzt wissen. Wie zum Teufel kommen wir hier raus?«
Instinktiv sahen die Astronauten den Franko-Kanadier an, aber Georges zog sich aus der Affäre: »Das ist Ihr Bier.«
»Am wichtigsten ist«, meinte Jensen, »daß man sich mal auf eine Stunde hinsetzt und in aller Ruhe zusammenfaßt, was einem an Fakten bekannt ist.« Und er lud alle ein, sich an einer Analyse ihrer Lage zu beteiligen.
Sie wüßten, sie wären in Brasilien, meinten sie, aber das ließ er nicht gelten. »Wären wir in einer Gemini-Kapsel abgestürzt, wir hätten keine Ahnung, wo wir uns befinden.«
»Aber wir würden doch wissen, daß wir in Südamerika sind.«

»Zugegeben.« Jensen machte ein Spiel daraus, zwanzig Fragen, und er selbst war der Quizmaster. Sie wußten nicht, daß der Amazonas in der Nähe war, aber die Feuchtigkeit und der dichte Dschungel ließen es denkbar erscheinen, daß sich unweit ein größeres Gewässer befand. Sie wußten, daß, zumindest bisher, das Wasser, das sie fanden, trinkbar war; und sie wußten, daß sie einige Tage von Palmherzen leben konnten.

Allmählich kamen sie zu der Auffassung, daß es jetzt nicht das wichtigste war herauszufinden, wo sich dieses Gewässer befand oder wo sie sich in Sicherheit bringen könnten, sondern die Herstellung eines Signals, das von Suchflugzeugen gesehen werden konnte. Zu diesem Zweck den Dschungel zu roden war natürlich nicht möglich, aber sie konnten große weiße Fahnen aus ihren Tüchern machen und sie an Baumwipfeln befestigen.

»Und wie kommen wir da rauf?« fragte Bell, und Jensen antwortete: »Ganz einfach. Du hievst deinen Arsch in die Baumkrone hinauf oder du krepierst.«

»Können wir sicher sein, daß Suchflugzeuge uns auch suchen werden?« wollte Bell wissen.

»So sicher, wie morgen die Sonne aufgeht«, antwortete Jensen. »Das ist etwas, woran wir nie zweifeln dürfen. Ihr Radar wird ihnen verraten, wo die Kapsel niedergegangen ist. Amerika wird uns nie hier verrecken lassen. Sie würden tausend Flugzeuge schicken, wenn es nötig wäre.«

Cater sagte, er hätte eine Geschichte von einem Marinepiloten gelesen, der im Zweiten Weltkrieg vor der Küste Guadalcanals, direkt vor der Nase einer japanischen Batterie, abgeschossen worden war. »Flugzeuge des Army Air Corps, wie es damals hieß, kämpften einen ganzen Tag lang, um diesen einen Flieger zu retten. Und sie retteten ihn.«

»Aber war das auch eine wahre Geschichte?« fragte Bell.

»Ich denke schon«, antwortete Cater.

Als die drei Tage um waren und die Funkgeräte die Rettungsmannschaften zu der Stelle leiteten, wo die Astronauten mit zerstochenen Gesichtern warteten, sagte Cater: »Ich weiß nicht, Jensen, ob du ein Flugzeug steuern kannst, aber wenn ich in einem sitze, das in einen Dschungel abstürzen muß, möchte ich dich als Co-Piloten haben.«

Als die Astronauten hundemüde in ihr Hotel in Manaus zurückkehrten, rief Cater: »Du lieber Himmel! Das kann doch nicht wahr sein.« Aber er hatte sich nicht getäuscht. Auf einem Barhocker in der Halle saß mit lachenden Augen die zierliche Cynthia Rhee, die der Spur ihrer Beute über das Karibische Meer bis zum Zusammenfluß des Negro und des Solimões gefolgt war.
»Ich mußte doch wissen, wie ihr aussieht, wenn ihr aus dem Dschungel kommt«, sagte sie mit ihrem musikalischen Akzent. »Ihr seht schrecklich aus.« Sie berührte Caters Wange. »Tun die Stiche weh?« Dabei blickte sie ihm tief in die Augen.
»Wenn man erst eine gewisse Menge...«
»Wer hat das Kommando übernommen, wenn es schwirig wurde?« fragte sie.
»Raten Sie mal«, sagte Cater und ließ sich auf einen Stuhl fallen.
»Jensen aus South Carolina, könnte ich mir denken.«
»Wie kommen Sie denn *da* drauf?«
»Weil er Sumpfgelände kennen sollte. In South Carolina gibt es viele Sümpfe.«
»Immer noch ein kluges Kind«, sagte Cater, und Cynthia richtete ihre Aufmerksamkeit auf Claggett.
»In Cocoa Beach haben Sie mir versprochen, mir von Ihren Anfängen zu erzählen«, sagte sie.
»Erst die Arbeit, dann das Spiel«, erwiderte Cater und langte nach einem Bier.
»Vom Fliegen selbst abgesehen«, sagte sie zu den Männern, »ist es vielleicht das wichtigste für Sie, mit mir zu reden. Weil nämlich das, was Sie tun, von Bedeutung ist, und Sie wollen doch nicht, daß es in diesem Käse verewigt wird, den dieser Mann verhökert.« Sie deutete auf Tucker Thompson, der herbeigeeilt kam, um seine Mündel vor den Gefahren der »Schlitzäugigen«, wie er sie nannte, zu beschützen.
Aber ungeachtet seiner Bemühungen gelang es Cynthia, Claggett zu seinem Zimmer zu begleiten, wo sie sich so wilden und abwechslungsreichen Liebesspielen hingaben, daß Randy sie schließlich fragte: »Kümmert sich die japanische Regierung um die Ausbildung junger Mädchen?«
»Ich bin Koreanerin«, antwortete sie, während sie erschöpft dalagen.
»Du weißt doch nicht einmal, wo Korea liegt, habe ich recht?«

Claggett lächelte. »Es gehört irgendwie zu China und wird alle zwanzig Jahre von Japan überfallen.«
»Warum seid ihr Amerikaner solche Ignoranten? Der Rest der Welt interessiert euch nicht im geringsten!«
»Der Rest der Welt? Du meinst diesen verlausten Dschungel da draußen?«
Das machte sie zornig. »Weißt du, daß Korea zweigeteilt ist? Die Hälfte ist kommunistisch, die andere frei?« Sie zog die Bettdecke ans Kinn hinauf und funkelte ihren dummen Amerikaner böse an.
Eintönig wie ein Einsatzoffizier leierte Randy: »Sie starten auf Fukuoka auf der Insel Kyushu. Es ist nur ein Katzensprung über die Koreastraße bis Pusan. Dann Taegu, Seoul, westwärts nach Inchon, dann Kaesong und ein anstrengender Flug nach Nordwesten in Richtung Pyongyang, wo die schwere Flugabwehrartillerie schon wartet. Dann rauf zum Yalu und an der Ostküste runter nach Hungnam, wo die Hölle losbricht. Dann runter nach K-22 am Japanischen Meer ... wo ich einen verteufelt kalten Winter gegen Russen und Chinesen kämpfte und von einer wunderschönen koreanischen Jo-san träumte, in die ich mich in Pusan verliebt hatte.«
Cynthia Rhee schwieg. Das Bettuch unter dem Kinn, blickte sie ihn an, beugte sich vor und küßte ihn. »Ich entschuldige mich. Ich sollte eigentlich schon wissen, daß ich keine Fragen stellen darf, bevor ich meine Untersuchungen nicht abgeschlossen habe.«
»Gibst du mir ein Bier?«
Geschickt entfernte sie den Kronenverschluß, indem sie ihn zwischen Bettgestell und Wand festklemmte, wobei sie beides zerkratzte. »Das habe ich an den Wochenenden gelernt, die ich mit Yale-Studenten verbrachte. Aber wenn du in Korea warst, weißt du auch, daß die Japaner uns verachten. Ich könnte alle Japaner auf der Welt mit einem Maschinengewehr niedermähen.«
»Trotzdem bist du dort zur Schule gegangen.«
»Weil ich dort geboren bin. Und meine Eltern wurden wie Vieh behandelt. Wie ich mich danach sehne, meinen Rachedurst zu stillen!«
»Trage deine Kämpfe nicht in meinem Bett aus. Leg dich wieder nieder.«
Sie liebten sich die ganze Nacht und sprachen zwischendurch über Korea, die NASA und den Dschungel. Nie zuvor war Claggett einer

solchen Frau begegnet, so lieblich und doch so begierig nach sexuellen Genüssen. Im allgemeinen war sie ihm in der kritischen Analyse des Astronautenprogramms weit voraus, und ihre klugen Kommentare zu seinen Kameraden waren erstaunlich scharfsinnig. »Wenn ich Deke Slayton wäre...«, begann sie.
»Du kennst Deke Slayton?«
»Es gehört zu meinem Geschäft, alle zu kennen. Also wenn ich Deke Slayton wäre und einen Gemini-Flug zu organisieren hätte, ich würde dich als Kommandanten nehmen – und wen wohl als Piloten?«
Claggett tippte auf Jensen, aber sie schüttelte den Kopf. »Falsch. Auf festem Boden ist er phantastisch. Als Leiter eines Kaufhauses wie Macy's wäre er sensationell, aber in der Luft würde ich auf John Pope setzen. Kein angenehmer Mann, aber sehr tüchtig.«
»Für Zielstreber hast du wohl nichts übrig, stimmt's?«
Sie kannte den Ausdruck. Sie kannte alle Termini des Fliegerjargons und ihre Bedeutung; sie hatte sich selbst zu einem Astronauten gemacht. »Wenn du Mattscheibe hättest, Pope würde die Kapsel runterkriegen... und darauf kommt es an. Die verdammte Kapsel runterzukriegen. In den Pazifik. In den Atlantik. Wüste... Dschungel... das verdammte Ding muß runter!«
Als sie das Zimmer verließen, um zusammen mit den anderen nach Cape Canaveral zurückzufliegen – aus dem primitiven brasilianischen Dschungel zum Mondschiff auf Cape Canaveral –, fragte Claggett sie: »Ist es wahr, was Salbader Thompson uns erzählt hat? Daß du gesagt hast, du hättest die Absicht, mit jedem von uns zu schlafen, als Teil deiner Untersuchung?«
»Habe ich dich gefragt, Randy, ob es wahr ist, daß du bei deinem ersten Gemini-Flug so aufgeregt warst, daß du dir in die Hose gepinkelt hast? Meinst du nicht, daß Menschen, die sich gern haben, einander vertrauen sollten?«
»Also hast du's gesagt?«
»Nein. Hast du dir in die Hose gepinkelt?«
»Ja.« Und es folgte ein langer Kuß.

Niemand, nicht einmal das Oberkommando der NASA, verfolgte die Abenteuer der Vereinigten Staaten im Weltraum mit größerer Aufmerksamkeit als Dr. Leopold Strabismus, Präsident der Universal

Space Associates und Rektor der Raum- und Luftfahrtuniversität, denn er spürte es in den Gliedern, daß große Veränderungen im Leben Amerikas bevorstanden und daß die Raumfahrt nur ein Teil des Ganzen war. Er vermutete, daß sich das rege Interesse, das zur Zeit dafür bestand, ganz unerwartet auf etwas anderes konzentrieren würde, und er hielt es für nötig, auf alles, was da kommen mochte, vorbereitet zu sein.

Die alte USA blühte und gedieh: Über 60 000 besorgte Bürger zahlten gutes Geld auf sein Konto ein und erhielten dafür seine ständig verbesserten Mitteilungen über die Aktivitäten der kleinen Monster. Ramirez, der jetzt über ein höheres Budget verfügte, war nun in der Lage, bei einer Druckerei in Los Angeles ein auf gutem Papier hergestelltes monatliches Nachrichteninformationsblatt in Auftrag zu geben; hin und wieder erklärte ein farbiges Schaubild, wie sich die Raumschiffe ferner Planeten unter denen des Sonnensystems bewegten.

»Seitdem wir mit Farbe drucken, haben die Abonnement-Erneuerungen um einundvierzig Prozent zugenommen«, berichtete Ramirez seinem Chef, aber Dr. Strabismus war an seinem Erstlingsunternehmen nicht mehr sonderlich interessiert. Der Erfolg der Universität übertraf alle Erwartungen. Sie besaß immer noch keine Hörer und keine Fakultäten, aber die Ausgabe von Diplomen hatte sich verzehnfacht. »Es besteht ein unersättlicher Bildungshunger«, erklärte er Marcia, als sie eines Nachts im Bett lagen. »Und ist dir klar, daß einer, der bereit ist, dreihundertfünfzig Dollar für einen Magistergrad hinzublättern, sehr wahrscheinlich auch mit sechshundertfünfzig für ein Doktordiplom herausrücken wird?«

Oft spekulierten er und Marcia, was die Erwerber wohl mit ihren Diplomen anfingen, und so wie sein Instinkt ihn gedrängt hatte, den Brief zu verfassen, mit dem die Frau von Senator Grant Dr. Mott hatte ablitzen lassen, als dieser versuchte, ihr die USA auszureden, so ließ er jetzt von seinen Mitarbeitern eine vertrauenerweckende Publikation zusammenstellen, die auf Anfrage allen Institutionen zugeschickt wurde, deren Verwalter den Verdacht hegten, ein Mitglied seines Kollegiums, der als Beweis für seine Befähigung ein Diplom der USA aus Los Angeles vorwies, könnte ein Schwindler sein.

Die Broschüre war ein Meisterwerk. Sie präsentierte einen Lehrkör-

per, der aus hochgeachteten Persönlichkeiten aus aller Welt – einschließlich Witwatersrand in Johannesburg – bestand, sowie eine Liste von vor kurzem erschienenen Veröffentlichungen dieser Gelehrten. Dr. Strabismus persönlich verfaßte die Bibliographie; sie enthielt Arbeiten über selektive Genaktivierung, über die synthetische Herstellung einer neuen Droge, die bei der Behandlung der Zuckerkrankheit das Insulin ersetzen würde, wie auch eine Analyse des Kosten-Leistungs-Verhältnisses in einem Montagewerk der General Motors. Sein Wissen war so enzyklopädisch und seine Interessen so weit gespannt, daß er solche Titel phraseologisch einwandfrei, und ohne irgendwelche Bücher zu Hilfe zu nehmen, hinwerfen konnte, und während er sie diktierte, dachte er oft: Ich wünschte, ich hätte Zeit, diese Arbeiten auch zu schreiben. Jetzt. Man würde sie brauchen. *Theorie der Taumelbewegung bei Eintritt von Körpern in planetarische Atmosphären unter Verwendung von mit Sonden ausgestatteten Raumfahrzeugen und australischen Tektiten.*
Als einmal ein Ordinarius der Universität von Wisconsin erschien, um die Zeugnisse eines Bewerbers auf ihre Echtheit zu überprüfen, der, um eine Berrufung zu erlangen, gefälschte Diplome vorgelegt hatte, erklärte Strabismus ohne Umschweife: »Der Mann ist ein Gauner. Schmeißen Sie ihn raus. Sein Scheck ist geplatzt.«
»Wie kommen Sie damit durch, Strabismus?«
»In Kalifornien wollen so viele Kirchen und Hochschulen an die Futterkrippen, daß dem Staat die Kräfte fehlen, uns unter die Lupe zu nehmen. Solange wir uns nicht an Staatsgeldern vergreifen, können wir tun und lassen, was wir wollen. Wir zahlen pünktlich unsere Gebühren und wir achten darauf, eine weiße Weste zu behalten, und wir machen niemandem etwas vor.«
»Und die Liste der Professoren?«
»Tut sie jemandem weh? Täuscht sie Leute wie Sie?«
»Fühlen Sie sich nicht als Verbrecher?«
»Ich habe mich ein Leben lang gegen das System gewehrt, und ich meine, ich habe der Allgemeinheit einen nützlichen Dienst erwiesen.«
Er war so offenherzig, daß der Ordinarius aus Wisconsin Gefallen an ihm fand und sich lange mit ihm unterhielt.
»Sagen Sie, entdecken Sie auch in Wisconsin eine beginnende Abkehr von den Naturwissenschaften?« fragte Strabismus.

»Gewiß. Das viele Geld, das die Bundesregierung in die naturwissenschaftlichen Fakultäten pumpt, hat große Empörung bei den übrigen Fachrichtungen hervorgerufen.«
»Und das sind?«
»Die Geisteswissenschaften. Wir fühlen uns zurückgesetzt. Ich selbst lese Philosophie.«
Strabismus wollte wissen, worauf er sich spezialisiert habe.
»Die Natur der Wahrheit«, antwortete der Besucher, und der Präsident der USA überraschte ihn mit einer Reihe von Namen, die diesem Thema zugeordnet waren, und einer gut formulierten Zusammenfassung ihrer Positionen: Hobbes, Kant, Bradley und Brand Blanshard von der Universität Yale.
»Und glauben Sie, daß die gegen die Naturwissenschaften gerichtete Bewegung weiter anwachsen wird?« fragte Strabismus.
»Ja, das glaube ich. Ich sehe es an meinen Studenten.«
»Und was halten diese jungen Menschen von der astrologischen Interpretation der Tarot-Karten? I-Ching – oder wie dieses Wahrsagespiel heißt?«
Der Professor schnippte mit den Fingern. »Wie eigenartig, daß Sie mich das fragen. Es ist ganz eindeutig ein steigendes Interesse für das Okkulte festzustellen.«
»Astrologie?«
»Sehr stark.« Der Mann aus Wisconsin strich sich das Kinn und starrte zu Boden. »Es ist wirklich sehr verwirrend. Im Weltraum feiern unsere großen Wissenschaftler Triumphe, und auf der Erde wenden sich die jungen Menschen demonstrativ von den Naturwissenschaften ab.«
»Wie weit ist das alles nur jugendliche Rebellion?« fragte Strabismus. In diesem Augenblick hörte er seinen Dekan an der Tür. Als sie die Halle betrat, rief er sie und lud sie ein, an ihrem Gespräch teilzunehmen. »Das ist Dr. Grant.« Dann stellte er ihr die gleiche Frage.
»Kein Zweifel«, antwortete sie, »viele junge Menschen rebellieren gegen die Naturwissenschaften, gegen jede etablierte Ordnung, nur um ihre Eltern zu ärgern.«
»Wie bitte?« sagte der Professor.
»Ihre Eltern zu ärgern. Zu provozieren. Und was noch wichtiger ist: Sie wollen ihre Professoren ärgern.«

»Sie meinen also, wenn sich die Universität mit Leib und Seele für die Naturwissenschaften erklärt ...«

»Dann zum Teufel mit den Naturwissenschaften«, antwortete Marcia.

Ihre Erfolge auf dem Gebiet der Scharlatanerie hatten subtile und wohltuende Veränderungen in den leitenden Organen der USA hervorgebracht: Das gute Essen hatte Dr. Strabismus etwas gewichtiger werden lassen, sein Bart war sauberer gestutzt und sein Gesicht runder und gütiger geworden. Er sah aus wie der zufriedene Präsident einer Universität, deren Footballmannschaft eben eingeladen worden war, in der Meisterschaftsrunde mitzuspielen. Aus Marcias hübschem Gesicht war der schmollende Ausdruck verschwunden, denn sie war keinem mehr böse, und ihr Körper hatte einen großen Teil überschüssigen Babyspecks verloren. Während der Präsident an Körpergewicht zunahm, wurde sie schlanker, und mit ihrem warmen Lächeln und ihrem Haar in gepflegten langen Zöpfen war sie so attraktiv, daß der Professor ihre Einladung, mit ihnen zu Abend zu essen, gerne annahm.

»Wie kommen Sie beide eigentlich zu diesem Betrugsunternehmen?« fragte er und stellte sein Weinglas nieder.

»Hat Ihnen Dr. Strabismus nicht gesagt, wer ich bin?« wunderte sie sich. »Ich bin die Tochter von Senator Grant, und ich konnte seinen patriotischen Unsinn einfach nicht mehr hören.«

Der Professor krümmte sich. »Sie gehören also auch zu den Rebellen?«

»Aber sicher.« Und als er sie fragte, ob sie ihr Studium am College abgeschlossen hätte, antwortete sie: »Mit Ach und Krach die ersten zwei Semester. Drei minus. Ich hatte nämlich auch von Ihrem Unsinn die Nase voll, ich meine von den Professoren.«

»Was meinen Sie, was wird die nächste große Massenbewegung sein?« wollte Dr. Strabismus wissen.

»Eine Bewegung, die sich gegen die Naturwissenschaften richtet, das ist mal sicher.«

»Bis jetzt habe nur ich geredet. Jetzt erzählen Sie uns doch mal, warum *Sie* das glauben.«

»Wenn eine Demokratie«, sagte der Professor der Philosophie, »so total auf eine nur in ihrer Phantasie vorhandene Gefahr reagiert, wie

das Amerika auf den sowjetischen Sputnik tut, wird das von den Intellektuellen sehr bald durchschaut, und sie rebellieren dagegen. In diesem besonderen Fall aber kommt auch noch die Sorge der Studenten dazu, sie könnten eingezogen werden, und die Mittelschicht zeigt sich darüber beunruhigt, daß das Land so viel Geld für die Raumfahrt ausgibt, während naheliegendere Probleme dringend einer Lösung bedürfen. Die Schwarzen, das werden Sie wohl wissen, sind erklärte Gegner des Raumfahrtprogramms. Sie fühlen sich ausgeschlossen.«
»Die Schwarzen sind von allem ausgeschlossen«, bestätigte Strabismus. »Es wird Sie interessieren, daß ich in meiner Organisation, soviel ich weiß, kein einziges schwarzes Mitglied habe. Für Diplome dagegen haben nicht wenige ihre Dollars hingeblättert. Das eingerahmte Diplom, glauben sie, wird den Ausschlag geben.«
Während sie sprachen, schaltete Marcia den Fernseher ein, und eine Nachrichtensendung strafte sie alle Lügen, denn auf einer großen Pressekonferenz stellten hohe Beamte der NASA die nächsten zwei Helden vor, die im Gemini-Programm fliegen würden, und der junge Testpilot, der den Sitz auf der rechten Seite einnehmen würde, war Randy Claggett aus Texas. Er wirkte sehr sympathisch, wie er da zahnlückig in die Kamera blickte und offen zugab, daß er seinen bisherigen Erfolg zum großen Teil der Unterstützung seiner schönen Gattin Debby Dee und ihrer drei prächtigen Kinder verdankte.
»Wieder ein großes Stück vorwärts auf dem Weg zum Mond«, jubilierte der Sprecher, während die Kamera zu Randy und Debby Dee hinüberschwenkte.
»Vom Weltraum geht noch viel Anziehungskraft aus«, sagte Strabismus, »und sie wird sich noch verstärken, wenn wir tatsächlich auf dem Mond landen. Aber glauben Sie mir, Professor, der Katzenjammer wird sensationell sein...«
»Und beim nächsten Schwindelgeschäft wollen Sie von Anfang an dabeisein?«
»Allerdings. Das Diplomgeschäft bringt ganz schön was ein, aber ich fürchte, für das große Haus wird es nicht reichen. Dafür brauche ich eine schwungvolle, mitreißende Bewegung. Bis jetzt weiß ich nur, daß sie gegen die Naturwissenschaften, gegen die Raumfahrt gerichtet sein muß, aber welche Form sie haben wird... Ich wollte, Sie könnten mir das sagen.«

Die fünf erdgebundenen Mitglieder der ›Soliden Sechs‹ waren stolz, daß Claggett so früh für einen Raumflug ausgesucht worden war, und sie belagerten die Kontrollräume auf Cape Canaveral, um seine Fortschritte verfolgen zu können. Zu Ehren des vor zwei Jahren ermordeten Präsidenten war das Raketenversuchsgelände in Cape Kennedy umbenannt worden, aber keiner der Profis benützte diesen Namen: für sie würde es immer Cape Canaveral bleiben.

Sie wohnten wie üblich im Bali Hai auf Cocoa Beach, und als man damit rechnen konnte, daß Claggett und sein Partner ihren Flug erfolgreich absolvieren würden, schlug Ed Cater vor, in die Dagger Bar zurückzufahren und dort zu feiern. Er und Gloria wollten das Bier spendieren, Hickory Lee die Austern. Alle Astronauten, vornehmlich die, die aus binnenländischen Bundesstaaten kamen, aßen gern Meerestiere, insbesondere Austern, weil sie, selbst in großen Mengen genossen, nicht dick machten. Wie Claggett und sein Partner jetzt erfuhren, erwies sich jede zusätzliche Unze Fett in der Geminikapsel als Problem, so daß die jungen Piloten vor Kuchen und Torten zurückschreckten:

»Das kann warten, bis wir in Pension sind.«

Es gab drei Routen, die man mit dem Wagen einschlagen konnte, um die dreißig Kilometer vom Versuchsgelände bis zum Motel zurückzulegen: Man konnte auf der A1A bleiben, die über die vorgelagerten Inseln führte, oder auf der mittleren Straße 3, auf der man schneller vorankam, oder auf dem Festland nach Westen ausweichen und die gutgepflegte U.S.1-Autobahn hinunterjagen. Diese Strecke war länger, aber viel schneller.

General Motors hatte jedem Astronauten eine Corvette zum Geschenk gemacht, und die Männer liebten diesen wendigen, schnellen Wagen. Lee, Cater und Bell fuhren über die A1A, um die entspannende Szenerie entlang der Küste zu genießen. Pope und der junge Harry Jensen, die durch eine Besprechung mit Dr. Mott aufgehalten worden waren, verließen das Cape erst später und entschlossen sich, auf die U.S.1 hinüberzuwechseln, südwärts nach Cocoa zu fahren und dann über die 520 nach Osten abzuschwenken, um nach Cocoa Beach zu gelangen.

Es war ein herrlicher Nachmittag; alles lief bestens, und ihr Team war endlich in der Luft, und das hieß, daß sehr bald auch die anderen in den Weltraum fliegen würden. Jensen, der besser mit dem Wagen umgehen konnte als Pope, fuhr mit seiner grauen Corvette vor ihm, und Pope folgte in seinem alten Mercury-Kabriolett, das er immer noch bevorzugte. Er bewunderte die Art, wie Jensen seine Corvette in der Hand hatte; nie machte er eine falsche Bewegung, und er war immer darauf bedacht, nach links oder rechts auszuschwenken, um so jeden freien Platz zu nützen, den der langsamer fließende Verkehr offenließ. Pope kam sich vor wie ein Flieger, der als Heckschütze in Harry Jensens Maschine saß.

Pope entdeckte den schweren alten Buick auf der Gegenfahrbahn, als er noch ein gutes Stück entfernt war. »Der Kerl kann nicht fahren«, murmelte er in sich hinein, und als der große schwarze Wagen näherkam, dachte er: Der fährt ja im Zickzack! Instinktiv schaffte Pope sich Platz, um ausweichen zu können, falls es mit dem Buick wirklich Schwierigkeiten geben sollte, und er bemerkte mit einiger Sorge, daß Jensen nichts dergleichen tat.

Dann stieß er einen wilden Schrei aus, als der Buick über den Mittelstreifen sprang und frontal in Jensens Corvette hineinkrachte und sie auf eine Weise quer über die Straße schleuderte, daß Pope seinen Mercury nur mit Mühe an den zwei ineinanderverkeilten Wagen vorbeisteuern konnte. Nur seine Voraussicht hatte ihn gerettet.

Als er sich durch die Menge drängte, fand er den Fahrer des Buick unverletzt und stark betrunken. Harry Jensen war so zugerichtet, daß man ihn wegen des vielen Blutes kaum erkennen konnte. Sein Gehirn war aus dem Schädel getreten.

Pope mußte sich beherrschen, um den Mörder nicht zu töten. Er sprach zu niemandem, kehrte ruhig zu seinem Mercury zurück und jagte davon, bevor noch die Polizei zur Stelle war, denn er hatte Wichtiges zu tun. Er schoß die U.S. 1 hinunter und stoppte den Wagen erst wieder auf dem Parkplatz des Bali Hai.

Er lief nicht durch die Halle, doch als Cynthia Rhee sein aschfahles Gesicht sah, wußte sie sofort, daß etwas Schreckliches geschehen war, und sie nahm an, daß es etwas mit Claggetts Flug zu tun hatte. »Was ist los, John?« Weil sie für ihn schon zum Team gehörte, packte er sie am Arm und zerrte sie mit in die Bar, wo er Cater und Lee vermutete. Als er sie sah, winkte er sie in eine Ecke und sagte ohne Umschweife: »Harry Jensen ist eben ums Leben gekommen.«

»Wieso?«
»Ein betrunkener Fahrer kam auf der U.S.1 über den Mittelstreifen. Hat ihn einfach abgeschlachtet.«
»Bist du sicher?«
»Das Gehirn war über die ganze Straße verspritzt.«
»O mein Gott!« Die zwei Männer, die die Party hatten geben wollen, standen einen Augenblick stumm, dann sagte Cater: »Wo ist Tim Bell? Sieh mal, ob du ihn findest, Hickory.« Und als Bell, blaß und zitternd, dazukam, fragte Cater: »Weiß einer von euch, wo Inger ist?«
»Ich habe sie am Schwimmbecken gesehen«, sagte Bell.
»Dort können wir es ihr nicht sagen«, meinte Cater.
»Ich bringe sie auf ihr Zimmer«, schlug Cynthia vor, aber Cater hielt sie fest. »Lieber nicht.« Den Männern war bekannt, daß Jensen hin und wieder mit der Koreanerin geschlafen hatte, und sie vermuteten, daß auch Inger davon wußte.
Cater ging zum Schwimmbecken hinaus. »Inger«, sagte er in der sanften, langsamen Sprechweise des Südstaatlers, »wir haben heute abend eine kleine Feier. Die Damen machen sich schon zurecht...«
Als sie in ihr Zimmer kam, wurde sie von den vier Astronauten bereits erwartet. Kerzengerade standen sie da, und ihr Schmerz war ihnen vom Gesicht abzulesen.
»O Gott!« stöhnte sie.
»Auf der Schnellstraße«, sagte Cater. »Er hat nicht gelitten.«
»O Gott!«
In ihrer Gegenwart ging Cater ans Telefon und rief Deke Slayton an. »Hier spricht Ed Cater. Harry Jensen hatte soeben einen tödlichen Unfall auf der U.S.1 zwischen dem Cape und Cocoa Beach. Solange er oben ist, darf Claggett nichts davon erfahren. Die Polizei soll dafür sorgen.«
Miss Rhee hatte mittlerweile die anderen Frauen informiert, und nun kamen auch sie ins Zimmer. Schön, gefaßt, die Gesichter verschlossen. Sandy Lee, das unsentimentale Mädchen aus Tennessee, übernahm das Kommando und wies die Männer an, den Raum zu verlassen. Kühl und entschlossen schob sie die anderen Frauen zur Seite, die Inger veranlassen wollten, sich niederzulegen, und sagte schroff: »Immer in Bewegung bleiben, Mädel.« Als das Telefon anfing zu läuten, nahm sie die ersten zwei Gespräche entgegen und ließ dann den Hö-

rer neben dem Apparat liegen. Sie ließ nicht zu, daß der Fernseher eingeschaltet wurde, aber sie bestellte Getränke und verabreichte Inger einen Whisky pur.
Die ganze lange Nacht saßen die fünf Frauen zusammen und redeten. Hin und wieder lachten sie, wenn ihnen etwas Spaßiges einfiel, was sie erlebt hatten, aber häufiger weinten sie. Und im Lauf der Nacht rief jede von ihnen einmal in Texas an, um nach Ingers Kindern zu fragen. Um halb drei sagte Inger: »Wenn sie reinkommen will, soll sie.«
Debby Dee fand Cynthia Rhee in einer Ecke der Dagger Bar, wo sie Berichte schrieb. Die Männer blieben in der Bar und tranken. Nur Pope und Cater mußten einmal kurz weg, um die Polizei zur Leichenhalle zu begleiten, wo sie gebeten wurden, die Leiche zu identifizieren, aber das war nicht leicht, denn Jensen hatte kein Gesicht mehr.

Als Randy Claggett nach seinem Gemini-Flug wasserte, war das erste, was er an Bord des Bergungsschiffes erfuhr, daß sein guter Freund Harry Jensen von einem betrunkenen Fahrer getötet worden war. Kaum nach Canaveral zurückgekehrt, stürmte er auf das Polizeirevier und wollte wissen, wer der Mörder gewesen war. Man sagte ihm, daß der Mann bereits sechsmal wegen Trunkenheit am Steuer angezeigt worden war; durch ihn hatte eine Frau ein Bein verloren. Der Führerschein war ihm nicht abgenommen worden, denn sein Anwalt hatte geltend gemacht, »es wäre unfair, diesen netten jungen Mann der Mittel zu berauben, sich seinen Lebensunterhalt zu verdienen«. Er war nie zu einer Gefängnis- und auch zu keiner anderen Strafe verurteilt worden. Er fuhr weiter seinen schweren Buick, wenn er sternhagelvoll betrunken war, und keiner hatte sich darum geschert.
»Fünfzigtausend Menschen sterben jedes Jahr auf den amerikanischen Straßen«, sagte der Polizeibeamte, »und wir haben guten Grund zu der Annahme, daß mehr als die Hälfte Opfer von betrunkenen Fahrern sind.«
»Können Sie nichts dagegen tun?« fragte Claggett wütend.
»Die Autoindustrie läßt nicht zu, daß wir etwas unternehmen. Die Whisky-Industrie läßt es auch nicht zu. Und die Gerichte machen uns herunter, wenn wir so einen Kerl verhaften. Diesen Burschen haben wir bereits dreimal eingebuchtet.«

Randy sah sich die Akte an: Melvin Starling, 28, verheiratet. Erste Verhaftung: Trunkenheit am Steuer. Vierte Verhaftung: Trunkenheit am Steuer, eine Frau schwer verletzt. Sechste Verhaftung: Trunkenheit am Steuer. Er deutete auf diese letzte Eintragung: »Das war doch erst vor drei Wochen!«
»Amerika will es so haben«, sagte der Polizeibeamte, schloß die Akte und legte sie in seinen Schreibtisch.

Und nun geschah ein Wunder, wie es nicht unvereinbar war mit den Gepflogenheiten der Militärs. Ältere Offiziere – Army, Navy, Air Force, Marines, das machte keinen Unterschied –, die ihre Frauen verloren hatten, kamen nach Canaveral geflogen, um mit Inger Jensen zu sprechen und mit ihren zwei Kindern zum Picknick zu gehen. Jüngere, noch unverheiratete Offiziere, die einmal mit Harry auf irgendeinem entlegenen Stützpunkt gedient hatten, tauchten auf, um zu sehen, wie es ihr ging. Und drei Männer, die mit ihm zusammen auf Edwards Flugzeuge getestet hatten, machten Stippvisiten bei ihr.
Es war, als ob die Meldung im ganzen militärischen Establishment Signalwirkung gehabt hätte: »Eine unserer Frauen ist mit zwei Kindern verwitwet.« Eine solche Frau mit zwei ausgelassenen, flachshaarigen Kindern mochte, was eine Wiederverheiratung betraf, in anderen Gesellschaftskreisen erhebliche Nachteile zu befürchten haben, bei Angehörigen der Streitkräfte jedoch galt eine junge Frau mit Kindern als besonders begehrenswert. Gleich weißen Blutkörperchen, die einer Wunde zustreben, um sie zu reinigen, eilten ledige oder verwitwete Offiziere herbei, um Harry Jensens Witwe zu beschützen.
Zur Überraschung der fünf Astronauten und ihrer Frauen, die alle Bewerber auf Herz und Nieren prüften, wollte sie keine. Sie verfrachtete ihre Kinder in einen Kombi, den sie mit dem Geld von Harrys Versicherung gebraucht gekauft hatte, und machte sich auf den Weg zu einem kleinen College in Oregon, wo ihr die Stellung einer Bibliothekarin angeboten worden war. Als Debby Dee sie zum Abschied küßte, sagte die füllige Texanerin: »Du bist eine Närrin, Inger, aber bei Gott, ich liebe dich.«
Und das kleine Schwedenmädchen antwortete: »Mir ist, als ob er neben mir säße. Er wird immer bei mir sein.«

Als Stanley Motts jüngerer Sohn Christopher verhaftet wurde, weil er Schülern einer Mittelschule in der Vorstadt von Washington Marihuana verkauft hatte, verbrachte sein Vater — nach tagelangen Sitzungen seines Ausschusses — drei Abende damit, Polizei und Staatsanwaltschaft zu bestürmen, seinen Jungen nicht in eine Besserungsanstalt einzuweisen. Am Nachmittag des vierten Tages, im Verlauf einer hitzigen Debatte über die Frage, ob die Mondoberfläche aus einer tiefen Staubschicht bestand, in der ein Raumfahrzeug für immer versinken würde, beugte er sich über den Tisch, brach zusammen und rutschte seitwärts zu Boden.

Als Rachel Mott benachrichtigt wurde, tippte sie zunächst auf einen Herzanfall, aber nachdem Ärzte der NASA Stanley untersucht hatten, versicherten sie ihr, daß es nichts als Übermüdung war. »Selbst Genies müssen sich mal ausruhen. Sehen Sie zu, daß er im Bett bleibt. Lassen Sie nicht zu, daß er sich Sorgen macht.«

Als die ›Soliden Sechs‹, die nur mehr fünf waren, von seinem Zusammenbruch erfuhren, schrieb jeder von ihnen Mott einen Brief, in dem er seine Dankbarkeit für alles, was er für sie getan hatte, zum Ausdruck brachte. Die Frauen schrieben an Mrs. Mott, aber die erstaunlichste Folge seines Schwächeanfalls war der Besuch Cynthia Rhees an seinem Krankenbett. »Ich komme aus zwei Gründen, Dr. Mott. Um meine Hoffnung auf Ihre baldige Genesung auszusprechen, denn Sie sind ein guter Mann, und Sie werden gebraucht. Und zum anderen, weil ich mit eigenen Augen sehen wollte, welche Opfer einem Wissenschaftler für seine Hingabe an den Weltraum abverlangt werden.«

»Wie machen Sie das, daß Sie so viel Zeit für eine Story aufwenden können?«

»Ich liefere jede Woche etwas. Meine Zeitung, das können Sie mir glauben, erhält eine gute Gegenleistung für das bescheidene Honorar, das sie mir zahlt.«

»Bin ich das Thema Ihrer Story für diese Woche?«

»Das sind Sie. ›Auf Weg zum Mond bricht überarbeiteter Wissenschaftler zusammen.‹ Das wird sich jeder Japaner vorstellen können.«

»Ingenieur, nicht Wissenschaftler.«

»Da haben wir schon unsere erste Differenz. Es hat Sie immer schon verdrossen, als Ingenieur am unteren Ende der Tafel zu sitzen. Jetzt,

wo Sie ein echter Wissenschaftler geworden sind, lehnen Sie den Titel ab. Ist das nicht einer intellektuellen Verstimmung zuzuschreiben?«
Mott schob sich die Brille zurecht und lächelte. »Sie könnten recht haben, aber ich bin nun mal ein Ingenieur und werde es immer bleiben.« Er lachte aus vollem Hals. »Wissen Sie, was ein wirklich guter Ingenieur einmal zu mir sagte, als ich mich bei der alten NACA zum Dienst meldete? ›Wissenschaftler träumen von großen Dingen. Ingenieure vollbringen sie.‹«
Es war erstaunlich, wie Männer jedes Kalibers, aber auch viele Frauen, immer bereit waren, offen mit dieser bemerkenswerten Koreanerin zu reden. Sie war jetzt fast dreißig — »der Babyspeck ist runter«, wie sie es einmal gegenüber Rachel Mott formuliert hatte —, und alles an ihr ließ sie für die mühsame Arbeit, die sie auf sich genommen hatte, untauglich erscheinen: Sie war zu klein und zart, um Ringkämpfe mit den Menschenmassen auszutragen, die die Astronauten ständig belagerten, und sie war zu hübsch, um ernst genommen zu werden. Sie hatte nie gelernt, ihr aufbrausendes Temperament zu zügeln, aber sie hatte eine charmante Art, sich ihren Gesprächspartnern auf Gnade und Ungnade zu ergeben — eine Frau, die sich nie verstellte, jeden faulen Zauber ablehnte und nichts tun wollte, als sich in Probleme von gegenseitigem Interesse zu verbeißen. Nichts brachte sie aus der Fassung, weder Kränkung noch Verachtung, noch die offene Weigerung, ihre bohrenden Fragen zu beantworten. Wie sie Rachel eines Abends im Bali Hai anvertraute: »Wir sind Zeugen gigantischer Entwicklungen, deren Ablauf von Zwergen überwacht und gelenkt wird, und die Welt will alles darüber wissen.«
»Ich würde gern einen Überblick über die Ereignisse und Einflüsse gewinnen, die diesen Schwächeanfall ausgelöst haben«, sagte sie, während sie sich an Motts Bett setzte. »Jensens Tod. Ich glaube, es ging Ihnen so wie uns allen. Wir sahen diesen göttlich schönen Jungen mit seiner Märchenprinzessin als eine Verkörperung ewiger Jugend, höflich und ritterlich ... so verdammt ritterlich!« Sie biß sich auf die Lippen, um die Tränen zurückzuhalten. »Sie müssen Jensen als den Sohn gesehen haben, den Sie nie hatten...«
»Ich habe zwei Söhne.«
Ohne ihren Tonfall auch nur im mindesten zu verändern, ging sie sofort darauf ein: »Selbstverständlich. Aber der eine ist homosexuell

und lebt in Kalifornien, der andere ist Drogenhändler in Washington.«
Mott versuchte nicht, sich zu wehren. Mit diesem doppelten Pfahl im Fleisch hatte er sich abgefunden, aber er fragte: »Müssen Sie darüber schreiben?«
»Schreiben? Vielleicht nicht. Davon wissen? Unbedingt.«
Und sie schweifte ab, um ihm ihre Einstellung zu Fakten zu erklären. »Haben Sie sich jemals mit der koreanischen Keramik beschäftigt? Es ist wahrscheinlich die bedeutendste der Welt. Unsere Töpfer versuchen niemals, eine perfekte, in allen Abmessungen makellose Vase herzustellen. Sie überlassen es dem Ton, sich selbst zu offenbaren. Und wie gelingt ihnen dieses unvergleichliche Seladonfinish? Sie tragen es nicht als Seladonfarbe auf, sie arbeiten mit Unterglasurfarbe, eine zarte Tönung nach der anderen. Blasse Farben, die man kaum sehen kann. Und sie bleiben bei diesem Ritual, das viel Geduld erfordert, weil sie genau wissen: Wenn sie dann eines schönen Tages die Lust ankommt, auf die Schnelle ein Meisterstück zu fabrizieren, und sie ganz einfach Seladonfarbe auf ihre Vase streichen, wird sie immer so bleiben, solange die Vase existiert. Wenn sie aber am Anfang anfangen und zuerst ein zartes Grau auftragen, dann ein Grün, dann eine Spur Braun und schließlich Blaßgelb, bevor sie mit einem kräftigen Gelb decken, dann werden sie eine pulsierende Grundlage geschaffen haben, die in den nächsten fünfhundert Jahren jene exquisite Seladontönung hervorzaubert, die nur eine zufällige Laune schaffen kann. Auf diese Weise erhält man eine Keramik, die tanzt und atmet und ihr eigenes Leben lebt.
Ich arbeite wie ein koreanischer Töpfer. Ich untermale. Ich muß wissen, was Sie bei Jensens Tod empfunden haben, und noch tausend Dinge mehr. Wenn ich Sie dann in meinem Buch als meinen Wissenschaftler präsentiere — meinen Ingenieur, verzeihen Sie —, wird Ihr Porträt so großzügig untermalt sein, daß es noch fünfhundert Jahre vibriert.«
»Sie sehen weit in die Zukunft.«
»Nein, aber ich besitze ein großes Vorstellungsvermögen. Sie scheinen manchmal zu vergessen, daß Sie und Ihre bewundernswerten Schützlinge Akteure in einem Abenteuer sind, das noch mindestens fünf Jahrhunderte das Interesse der Öffentlichkeit auf sich ziehen wird.

Sie befinden sich nicht im Amerika des Jahres 1965. Von Ihnen wird in den Geschichtsbüchern des Jahres 2465 zu lesen sein. Und wenn aufopferungsfähige Menschen wie ich Ihre Geschichte nicht schon heute richtig erzählen, wissen Sie, wie es die Bücher im Jahre 2465 dann darstellen werden? ›Am 12. April 1961 bezwang der heldenhafte russische Astronaut Yuri Gagarin als erster den Weltraum. Erst viel später folgten ihm einige Amerikaner.‹ Und damit wird Ihr ganzes ehrgeiziges Programm abgetan sein, wenn Autoren wie ich nicht die ganze Geschichte wahrheitsgemäß aufzeichnen.«

»Müssen Sie meine Söhne erwähnen?«

»Millard und Roger hatten nichts dagegen einzuwenden, als ich sie in Malibu Beach interviewte.«

»Sie haben sich so viel Mühe gemacht?«

»Und ich habe die eidesstattlichen Erklärungen der drei Polizeibeamten, die mit Christophers Fall befaßt waren. Ich hatte nie viel für Sie übrig, Dr. Mott, bis ich mit eigenen Augen sah, wie sehr Sie Ihre Söhne lieben.«

»Warum war ich Ihnen zuwider?«

»Weil ich sie immer nur in Gesellschaft von Tucker Thompson sah, und der ist eine miese Begleitung für einen anständigen Menschen.«

»Ich habe Ihre Story über Jensens Tod in einer deutschen Zeitung gelesen. Sie unterschied sich nicht sehr von dem, was Thompson in seinem Schundblatt schrieb, nur daß seine Bilder besser waren.«

»Moment! Moment, Dr. Mott! Für die laufende Berichterstattung schreibe ich denselben Unsinn wie andere auch. Man muß ja schließlich seine Miete zahlen. Aber in meinem Buch werde ich den Q. A. sicher sehr niedrig halten.«

»Den Q. A.?«

»Den Anteil an Quatsch. So niedrig wie nur irgendwie möglich.«

»Dann ist es also wahr? Sie schreiben ein Buch?«

»Alle Zeitungsleute schreiben Bücher. Meines wird kurz sein und, wie ich hoffe, poetisch; und ich glaube, es wird die nächsten hundert Jahre überdauern, denn meine Untermalung wird sehr solide sein. Die alten koreanischen Töpfer werden stolz sein auf mich, weil ich mich so streng an ihre Regeln gehalten habe.« Und als Einleitung zu einigen indiskreten Fragen, die sie Mott nun zu stellen gedachte, nahm sie eine aufschlußreiche Untermalung ihrer selbst vor: »Wissen Sie, Dr. Mott, daß Sie nach Korea fahren müssen, wenn Sie wirklich großartige Keramiken sehen wollen, Keramiken, die singen können? Die japanischen Arbeiten sind schwerfällig, phantasielos und oft sehr gewöhnlich. Weil die Japaner, im Gegensatz zu uns Koreanern, nicht singen können.«

Die nächsten Besucher aus dem Bali Hai überraschten Mott nicht minder. Randy Claggett und John Pope betraten zögernd das Krankenzimmer. Sie hatten einen großen Packen in einem Papiersack bei sich und platzten förmlich vor Stolz.
»Wie geht's denn so, Doc?« fragte Randy.
»Keine Schmerzen, nichts auf dem Herzen.«
»Was war denn los? Sie haben wohl zuviel auf einmal auf den Deckel bekommen, was?«
»Besser kann man es gar nicht ausdrücken. Laßt euch das eine Warnung sein, ihr jungen Hähne. Jeder muß seine Grenzen kennen.«
»Wir sind gekommen, um Sie aufzumuntern, Doc. Deke Slayton hat es uns gestern offiziell mitgeteilt, und wir sind gleich in eine T-38 gestiegen, um Ihnen die gute Nachricht zu bringen.«
»Ich kann es in Ihren Gesichtern lesen. Sie fliegen die nächste Gemini?«
»Die übernächste, aber bei uns liegt das Schwergewicht der wissenschaftlichen Untersuchungen. Es gibt viel außerhalb des Raumschiffes zu tun.«
»Der Mann auf dem Sitz rechts ist derjenige, welcher die Kapsel verläßt und im Weltraum spazierengeht?«
»Jawohl«, bestätigte Claggett, »Pope geht raus, und wenn ich sein häßliches Gesicht noch ertragen kann, laß ich ihn wieder rein.«
»Und wenn nicht?«
»Wir bemalen ihm den Arsch mit Fluoreszenzfarbe, damit ihn die Amateurastronomen in den kommenden hundert Jahren von einem Orbit zum anderen verfolgen können.«
So wie die beiden Piloten war auch Mott ganz aus dem Häuschen über den geplanten Flug, den ersten, bei dem die Mannschaft aus Astronauten bestehen würde, für die er die Verantwortung trug.
»Wetten, Tucker Thompson geht die Wände hoch.«

»Das tut er«, nickte Claggett. »Er läßt Debby Dee und Penny ununterbrochen fotografieren. Offenbar hofft er, daß wir dran glauben müssen. Dann kann er wieder ein Mordsgetöse um ihr heldenhaftes Leiden machen, wie er das mit Inger Jensen angestellt hat. Mein Gott, haben Sie gesehen, was er da aufgeführt hat?«
Eine kleine Weile sprachen die drei Männer über Inger, und Mott erfuhr, daß sie nach Oregon gegangen war, wo sie die Erinnerungen an die NASA allmählich auslöschen konnte. »Sie wird nicht lange allein bleiben«, meinte Claggett. »Gestern abend habe ich zu Debby Dee gesagt: ›Wenn diese Schwedin im nächsten Herbst noch zu haben ist, mußt du dir eine andere Bleibe suchen, Baby.‹«
Pope unterbrach ihn: »Thompson leidet an Schizophrenie, und Sie sollten möglichst bald aus dem Bett kriechen, Dr. Mott, um ihn seelisch aufzurichten.«
»Was ist denn sein Problem? Eigentlich sollte er überglücklich sein – ein Raumflug mit zwei Männern aus seinem Team!«
»Das ist ja auch in Ordnung. Gestern abend im Bali Hai hat er groß angegeben. ›Jetzt werden wir *Life* mal zeigen, wie man über einen Raumflug berichtet!‹ Was ihm zu schaffen macht, das ist die Tatsache, daß er für seinen Exklusivbericht von den sechs, ich meine fünf Frauen, die zur Verfügung stehen, ausgerechnet die zwei bekommt, die er am wenigsten mag.« Pope zählte an den Fingern ab: »Gloria Cater mit ihrem Mississippi-Charme, die hätte er gern. Oder Cluny Bell mit ihrer schwülen Sexualität. Oder aller Welt Lieblings-Hillbilly Sandy Lee. Mit einer von denen könnte er wahre Wunder vollbringen. Und was kriegt er? Debby Dee, für die alle hohen Tiere der NASA ›blöde Hurensöhne‹ sind, und Penny Pope, die darauf besteht, in Washington wohnen zu bleiben, ohne Kinder und ohne weißen Gartenzaun.«
Claggett lachte: »Ich hörte, wie er gestern zu Cater sagte: ›Man muß sich eben bescheiden.‹ Aber wir sind wegen etwas anderem gekommen, Doc.« Und aus dem Papiersack holte er einen Stoß Bücher, deren Umschläge allesamt knallig – und beschädigt – waren. »Sie nehmen den Weltraum zu ernst, Doc. Darum liegen Sie auf der Plauze, und wir sind hoch in Form. Also die richtige Ausbildung für einen Astronauten oder jemanden wie Sie, der mit Astronauten zusammenarbeitet, ist nicht nur dieses Mistkalkül, mit dem Sie Ihr Hirn belasten,

sondern eine Portion Science fiction von der Art, wie sie mich und Pope überhaupt erst auf die richtige Idee gebracht hat.«
»Ich habe diesen Schund nie angeschaut!« protestierte Pope.
Mott erzählte ihnen, daß sich keiner von all den Ingenieuren, die er kannte, je für Science fiction interessiert hätte, wohl aber die Wissenschaftler. »Wie ist das zu erklären?« fragte er seine zwei Besucher.
»Ich denke, sie haben sich immer den Kopf darüber zerbrochen, wie etwas zu machen wäre«, antwortete Pope. »Die Wissenschaftler waren immer damit beschäftigt, sich neue Ziele zu setzen.«
»Wie kam es, daß Sie diesem Laster verfallen sind, Randy?« wollte Mott wissen.
»Die Umschläge waren so wunderbar sexy. Die Science fiction war mir völlig schnuppe, aber ich hoffte immer, die Gorillas aus dem Weltraum würden den Mädchen die restlichen Kleider vom Leib reißen und sich auf sie stürzen. Immer hoffte ich auf das Wunder, aber es kam nie dazu, und nach sechs Jahren begriff ich, daß man mich an der Nase herumgeführt hatte, und ich begann die Geschichten zu lesen. Und die waren sehr gut.«
Er hatte acht Bücher mitgebracht, drei Anthologien und fünf Romane mit Umschlägen, die ungewöhnliche Vorkommnisse im Weltraum verhießen. »Das hat mich schon immer gewundert«, sagte er, während er sie auf der Bettdecke ausbreitete, »wir sprechen von den Frauen als vom schwachen Geschlecht. Aber ist Ihnen schon einmal aufgefallen, daß auf diesen Umschlägen und auch auf den Anzeigen die Männer immer überkomplett angezogen sind, um sich vor Sonne, Staub und Schnee zu schützen, während die Frauen fast nackt dargestellt werden. Schauen Sie sich diese Kosmonauten an! Sie sind bis auf den letzten Zentimeter bekleidet, um die Gefahr von Strahlungen abzuwenden. Die Frauen haben kaum einen Faden am Leib.« Er deutete auf die Sammlung von Kurzgeschichten. »Als ich zu den Marines kam, dachte ich, das müssen die gebildetsten Offiziere der Welt sein. Alle lesen sie sonntags die *New York Times*. Also müßte ich Stoffel aus Texas auch die *Times* lesen, um mithalten zu können. Aber dann kam ich darauf, daß sie alle nur die bunte Sonntagsbeilage lasen, um sich die nackten Frauen in den Anzeigen zu Gemüte zu führen. In fünfzig Science-fiction-Magazinen findet man nicht halb soviel Nackte wie in einer Sonntagsausgabe der *New York Times*.«

»Und wie soll ich die alle lesen?« erkundigte sich Mott. »In einer bestimmten Reihenfolge?«
»Jawohl, ich habe sie numeriert. Aber die erste Geschichte lese ich Ihnen vor, damit Sie gleich richtig einsteigen.« Und mit seiner kräftigen Texas-Stimme begann er eine Geschichte zu lesen, die bei den Sciencefiction-Fans besonders gut angekommen war.
Die Geschichte hieß *So warten wir den Menschen auf* und handelte von schweineartigen Besuchern aus dem Weltraum, die auf geheimnisvolle Weise mit zwei unschätzbaren Gaben auf die Erde kommen: einer Methode, alle Waffensysteme unwirksam zu machen, damit ewiger Friede herrschen kann, und einer unbegrenzten Versorgung mit Nahrungsmitteln, um alle Not zu beenden. Sie führen auch bessere Regierungsformen sowie verschiedene Neuerungen zur Hebung des Lebensstandards ein.
Die Erdbewohner sind begeistert, ausgenommen ein mißtrauischer Computerexperte, der immer wieder versucht, ein Handbuch zu entziffern, das ein Kollege von ihm aus dem Raumschiff entwendet hat. Während der Rest der Menschheit den schweinsköpfigen Besuchern zujubelt, arbeitet er emsig daran, ihren Code zu knacken. Mit vieler Mühe gelingt es ihm endlich, den etwas eigenartigen Titel des Handbuches *So warten wir den Menschen auf* zu entschlüsseln. Nun sind die Erdenbürger vollends beruhigt: für sie ist das Millennium angebrochen.
Doch in dem Augenblick, da der Held der Geschichte und seine Freunde das Raumschiff betreten wollen, um eine Entdeckungsreise zu dem fernen Planeten anzutreten, von dem die Besucher gekommen sind, eilt der Computerfachmann herbei, um sie zu warnen: »Es ist ein Kochbuch!«
»Das gefällt mir!« rief Mott, und Claggett sagte: »Ich dachte mir, daß es Ihnen gefallen würde.«
»Wer hat das geschrieben?« fragte Mott, und Claggett antwortete: »Einer meiner Lieblingsautoren, Damon Knight. Sie werden noch andere Novellen von ihm in den Sammlungen finden.«
In den folgenden Tagen vertiefte sich Mott in die ausgezeichnet geschriebenen Geschichten von Autoren wie Asimov, Bradbury und Leiber. Zwei der kürzesten Beiträge ließen deutlich erkennen, warum ihre Verfasser als Meister ihres Genres angesehen wurden. Der erste

war von Robert Heinlein und erzählte von einem großmäuligen Säufer in einer schäbigen Kneipe unweit eines Flugplatzes, von dem in Kürze ein Raumschiff zu einem fernen Planeten starten soll. Dem Mann ist dieses Experiment verdächtig, er mißtraut ganz allgemein allem, was mit Forschung und Entdeckung zu tun hat. »Kolumbus war ein Dummkopf« hieß die Geschichte. Der Typ hört nicht auf zu lamentieren, warnt vor den Gefahren des Weltraums, betont die Sinnlosigkeit weiterer Abenteuer, und viel passiert eigentlich nicht mehr – bis zu den letzten zwei Absätzen. Der Wirt wirft ein Glas in die Luft und sieht beifällig zu, wie es langsam herabschwebt. Dann berichtet er seinen Gästen, daß die Arbeit bei nur einem Sechstel der Schwerkraft ein wahres Labsal für seine empfindlichen Fußballen darstellt, die ihn auf der Erde so gequält haben. Die Kneipe befindet sich auf dem Mond.
Mott war von der Fertigkeit begeistert, die diese Geschichten erkennen ließen, aber die zweite, die den nachhaltigsten Eindruck auf ihn machte, war von einem Engländer, der auf Ceylon lebte. Er hieß Arthur C. Clarke, und selbst Astronauten, die nichts für Science fiction übrig hatten, sprachen lobend über ihn. Die Geschichte war sehr geschickt erzählt: Ein Jesuitenpater unternimmt im Jahre 2534 eine interplanetarische Reise. Die Auswirkungen der Naturwissenschaften auf seinen Glauben erfüllen ihn mit Verwirrung, aber endlich erreicht er die Umgebung des Phönix-Nebels, dessen Zentralstern um 3500 vor Christus explodiert und zu einer gewaltigen Nova geworden ist.
Natürlich sind mehrere Planeten in der Nähe des Sternes verglüht, aber am äußersten Rand dessen, was einst ein Planetensystem gewesen war, ist ein kleiner Planet der Vernichtung entgangen. Zwar ist alles Leben erloschen, wie das eines Tages auch auf der Erde geschehen könnte, aber die festen Strukturen des Planeten sind erhalten geblieben. Als die Forscher die Oberfläche betreten, stellen sie fest, daß hier vor Tausenden Jahren Menschen gelebt, ihre Zerstörung vorausgesehen und aufgezeichnet haben, wie sie auf diesem ihrem über alles geliebten Planeten gelebt haben. Auf Tonbändern, Karten und Schaubildern – tief in der Erde vergraben, wo das Feuer ihnen nichts anhaben konnte – schildern sie jenen, die ganz sicher eines Tages ihren Planeten besuchen werden, was für ein herrliches, erfülltes Leben sie genos-

sen haben; die großen Städte, das angesammelte Wissen, die schönen Künste. Und so beneidenswert ist das Bild ihrer Gesellschaft, daß der Jesuit sich fragt, warum Gott, um seinem Planeten Erde im Jahr 4 vor Christus ein Signal zu geben, diese große Nova in Feuer und Flammen hat untergehen lassen, auf daß ihr Licht den Heiligen Drei Königen den Weg nach Bethlehem weise. Warum hat Gott alle Lebensformen auf diesem fernen Planeten zerstört, dessen Zivilisation um so viel höher gewesen ist als die der Erde?

Mit einer wahren Gier las Mott die von Claggett empfohlenen Romane und Geschichten, und fast nie enttäuschten sie ihn, denn die Spreu war vom Weizen geschieden worden, und was er las, konnte auch literarischen Ansprüchen genügen. Besonders beeindruckt war er von einem Mann, dessen Namen er nie zuvor gehört hatte. Er hieß Stanley G. Weinberg und war in den dreißiger Jahren der Verfasser einer kleinen Sammlung von Geschichten gewesen, die die Science fiction aus den Niederungen kleiner grüner Monster und nackter Damen herausgeholt hatten.

Er schrieb von der bevorstehenden Entdeckung des Planeten Mars, den er liebevoll mit Geschöpfen bevölkerte, die sich mit den echten Problemen ihres ungastlichen Klimas auseinandersetzen mußten. Es waren Geschichten in der großen Tradition Petronius' und Boccaccios, und Mott wollte mehr über den Autor wissen. Einer kurzen Anmerkung entnahm er, daß Weinberg erst zu schreiben begonnen hatte, als ihm die Ärzte ein baldiges Ende prophezeiten; nur achtzehn Monate waren ihm geblieben, seine Visionen zu Papier zu bringen.

Als Mott das las, füllten sich seine Augen mit Tränen, und da er allein im Zimmer war, versuchte er gar nicht, sie zurückzuhalten. Er dachte an Harry Jensen, dieses wertvolle Menschenkind, von seiner Umwelt mit so viel Sorgfalt auf eine große Aufgabe vorbereitet und von einem der schlimmsten Produkte eben dieser Gesellschaft so sinnlos getötet.

Der tote Jensen, Millard, der in Kalifornien herumirrte, der gefährdete Christopher, in Schwierigkeiten mit der Polizei – er liebte sie alle. Er hätte sie an sein Herz drücken mögen, und mit Tränen in den Augen betete er für andere: Lieber Gott, halte Deine Hand über Claggett und Pope, denn das sind gute Leute.

Motts Genesung von seinem Schwächeanfall fiel mit dem Ende seiner

Lektüre zusammen, und als Claggett und Pope wiederkamen, um die Bücher abzuholen, sagte er: »Der Studiengang, den Sie mir verordnet haben, hat mir Spaß gemacht. Interessiert Sie meine Meinung?«
»Schießen Sie los«, antwortete Claggett.
»Zuerst das Negative. Einige der besten Autoren klingen wie richtige Faschisten. Ich nehme an, Sie wissen das.«
»Einige Kritiker haben diese Meinung geäußert«, gab Claggett zu.
»Und einige verachten die Frauen aus tiefster Seele.«
»Das tun auch einige Astronauten«, konterte Claggett. »Und auch einige Stierkämpfer.«
»Und sie verachten die Welt, in der zu leben sie gezwungen sind, die unvollkommene Erde.«
»Tun wir das nicht alle?«
»Alle außer Weinberg. Ich danke Ihnen, Claggett, daß Sie mich auf ihn aufmerksam gemacht haben. An dem war was dran.«
»Ich dachte mir, daß er Ihnen gefallen würde. Mir ist er zu sentimental. Mein Typ ist der Kerl, der nur daran denkt, den nächsten Planeten in Atome zu zerlegen.«
»Ich wollte eben sagen, sie sind allesamt Militaristen. Richtige Revolverhelden.«
»Das sind viele anständige Menschen. Die Schützenvereine können nicht über Mitgliederschwund klagen.«
»Und sie haben kein Mitleid mit Menschen, die weniger vom Glück begünstigt sind.«
»Sie hatten auch keines, als Sie im Auswahlkomitee saßen.«
»Aber das schlimmste ist, sie sind stark antidemokratisch eingestellt. Am liebsten wäre ihnen ein Diktator wie Hitler oder Mussolini oder Stalin. Zweite Wahl wäre ein menschenfreundlicher König. Unsere Art von Demokratie steht bei ihnen an letzter Stelle.«
»Science fiction ist so populär, weil viele Leute jetzt anfangen, solchen Gedankengängen zu folgen.«
»Letztes Negatives: Vor allem die Romane, aber auch viele Kurzgeschichten sind nicht mehr als umgeschriebene, gute alte amerikanische Western. Früher haben Cowboys ihre Pferde geliebt, jetzt liebt ihr Burschen eure Raummaschinen.«
»Kein Kommentar.«
»Aber diese Bücher haben auch viele Tugenden«, sagte Mott und be-

rührte sie mit den Fingern, »und ich kann verstehen, warum Leute wie Sie so viel Spaß daran haben. Sie sind sehr gut geschrieben. Wunderbare Feinheiten. Großes Einfühlungsvermögen. Und die Autoren haben wirklich etwas zu sagen. Sie setzen sich mit Ideen auseinander ... mit Begriffen ... mit kommenden Ereignissen. In diesem Sinn sind sie verdammt erfrischend. Aber gehen wir jetzt doch einmal zu den Anfängen zurück. Damals waren diese Leute echte Pioniere. Sie sahen Dinge voraus, die nicht einmal die Ingenieure der NACA im Langley Research Center als nahe bevorstehende Realitäten akzeptieren mochten. Ich bin begeistert von der Klarheit, mit der diese Autoren sich und ihren Lesern ein Bild von dem machen konnten, was in Kürze auf uns zukommen würde. Sie haben so gut wie alles vorhergesehen, was wir in den letzten sechs Jahren tatsächlich erlebt haben.«
»Darum war ich ja von diesen Phantasiebildern so angetan«, sagte Claggett. »Ich war schon tief im Weltraum, als meine Lehrer noch in hundert Kilometer Höhe herummurksten. Ich war schon hundert Kilometer hoch oben, und das war noch nicht mal der Anfang. Zum Mond? Was ist das schon Besonderes. Ich will zum Mars, das ist in Wahrheit der erste Schritt. Diese Autoren besorgten das Denken für mich.«
»Aber bei allem Lob dürfen wir eines nicht vergessen«, sagte Mott, »sie gingen keinerlei Risiko ein. Sie brauchten nie ihr Leben oder auch nur ihren Ruf einzusetzen. Mit solcher Nachsicht konnten Leute wie ich nicht rechnen. Unsere Aufgabe war es, ein bestimmtes Instrument auf eine bestimmte Höhe zu bringen und mit seinen Aufzeichnungsgeräten in Funktion wieder herunterzuholen. Wie wir auch Sie beide wieder herunterbekommen müssen.«
»Aber es hat Vergnügen gemacht, die Bücher zu lesen, nicht wahr?« fragte Claggett.
»Ja, aber es war wohl eher ein kindlich naives Vergnügen«, erwiderte Mott.
»Entspricht das nicht dem Geist, den wir am Leben erhalten wollen?« gab Claggett zurück, und als er grinste, erinnerte die Lücke zwischen seinen zwei Schneidezähnen an das verzückte Gesicht eines Kindes, das gerade selbstvergessen in einem von Edgar Rice Burroughs' Büchern über die wunderschöne, ferne Prinzessin auf dem Planeten Mars liest.

Der den Zwillingen zugedachte Gemini-Flug war als provisorisches Programm auf halbem Weg zwischen den Ein-Mann-Erkundungsflügen der Mercury-Klasse und den krönenden Apollo-Flügen mit drei Mann Besatzung anzusehen. Die beiden mußten fünf Aufgaben absolvieren, bevor man mit den Mondflügen beginnen konnte: 1. beweisen, daß zwei Menschen lange Flüge durchstehen konnten; 2. Informationen über die Wirkung der Schwerelosigkeit sammeln; 3. beweisen, daß der Mensch sich im Weltraum bewegen und bestimmte operative Aufgaben erfüllen konnte; 4. demonstrieren, daß sich ein Raumfahrzeug gezielt einem anderen nähern und an dieses ankoppeln konnte; und 5. nach Erfüllung dieser Aufgaben die Kapsel in unmittelbarer Nähe des Bergungsschiffes wassern.

Jeder dieser Programmpunkte war mehr oder weniger erfolgreich von dem einen oder anderen Gemini-Team durchgeführt worden, aber der für Claggett und Pope geplante Flug sollte alle fünf in einer meisterlichen Demonstration vereinen. Das Raumschiff sollte dabei zwei verschiedene Trägerraketen, die man nach früheren Andockmanövern im Raum hatte kreisen lassen, aufspüren und ebenfalls an diese andocken. Es waren dies die Agena-A in einem niedrigen und Agena-B in einem weit höheren Orbit, und sobald das Ankopplungsmanöver mit letzterer beendet war, würden die Raketenmotoren der Agena gezündet werden, um eine größere Höhe zu erreichen, als es einem Menschen je gelungen war. John Pope würde sich siebzehn Stunden im Weltraum aufhalten und Reparaturen an den zwei Agenas vornehmen. Und Claggett gelobte, mit seiner Gemini nicht weiter als vierhundert Meter von der USS *Tulagi* entfernt zu wassern, die westlich von Hawaii warten würde.

Der wichtige Flug hatte aber noch andere Nebentöne, deren sich die zwei Astronauten durchaus bewußt waren. Die bisherigen sechs aufregenden Ein-Mann-Mercury-Flüge waren von Astronauten durchgeführt worden, die zu den ursprünglichen ›Heiligen Sieben‹ gehört hatten; die Zwei-Mann-Gemini-Flüge waren Sache der charismatischen zweiten Gruppe gewesen — Armstrong, Bormann, Lovell, Young —, denen drei der ›Heiligen Sieben‹, nämlich Cooper, Schirra und Grisson, einige Hilfe geleistet hatten. Oldtimer hatten die bahnbrechende Arbeit geleistet, und viele Leute waren der Meinung, daß sie auch die künftige tun sollten.

Doch vor seinen Kollegen war Dr. Mott energisch dafür eingetreten, auch den weniger bekannten Männern der ›Soliden Sechs‹ eine Chance zu geben, vielleicht zusammen mit einigen aus der dritten Gruppe wie Buzz Aldrin und Mike Collins. Randy Claggett hatte sich bei seinem Flug bestens bewährt, wenngleich wegen des Ausfalls einiger Geräte so gut wie keine Resultate erzielt werden konnten. Sein Bericht über diese gescheiterte Mission war bald zu einem klassischen Dokument geworden.

> Kommandant und Pilot hatten insgesamt siebenhundert Stunden in Simulatoren verbracht und waren so gut vorbereitet, wie man es erwarten durfte, doch bei der Allied Aviation in Los Angeles wurden die für den Einbau der Schutzverkleidung des Treibstoffbehälters verantwortlichen Leute von einer Pechsträhne betroffen. Ich stellte fest, daß sich Mr. Bassett, der für die nicht entflammbare Schutzverkleidung zuständig war, erkältet hatte, und daher die Inspektion der Auskleidung nicht durchführen konnte. Sein Assistent, Mr. Krepke, besitzt die nötigen Kenntnisse, um für ihn einzuspringen, aber bei seiner Frau hatten die Wehen drei Tage zu früh eingesetzt, und er mußte ins Krankenhaus. *Sein* Assistent, Mr. Colvin, hielt sich an diesem Tag in Seattle auf, wo er eine Besprechung mit Boeing hatte, so daß die Sache Mr. Swinheart überlassen blieb, der an sich für die Führung der elektrischen Leitungen zuständig ist. Weil er sich so bemühte, gute Arbeit mit der Schutzverkleidung zu leisten, die er dennoch verkehrt montierte, vergaß er die Schaltungen zu überprüfen. *Sein* Assistent, Mr. Untermacher, hatte sich diesen Tag freigenommen, weil sein Sohn an einem Meisterschaftsspiel der Jugendliga teilnahm, und *sein* Assistent, ein Mr. Sullivan, den ich nicht zu Gesicht bekam, wurde offenbar nicht informiert.
>
> Diese bedauerlichen Versäumnisse hatten zur Folge, daß die Schutzverkleidung des Treibstoffbehälters nicht gesichert und die elektrischen Leitungen keiner Nachprüfung unterzogen wurden, bei der selbst einem Physiklehrer einer High-School aufgefallen wäre, daß der Kontrollschalter nicht funktionieren konnte. Aus diesem guten Grund war der Dreihundert-Millio-

nen-Dollar-Flug zum Scheitern verurteilt, und es ist nur dem eiskalten Mut des Kommandanten zu verdanken, daß die Besatzung sicher im Pazifik wasserte.

Die Mannschaft für den so entscheidenden Flug war mit besonderer Sorgfalt ausgesucht worden. Randy Claggett war ein durch nichts zu erschütternder Testpilot, der selbst eine Möwe mit zwei gebrochenen Flügeln in Sicherheit bringen konnte, und John Pope besaß die beste Beurteilung im ganzen Corps. Er sprach wenig, machte immer das Doppelte von dem, was von ihm erwartet wurde, und wäre von seinen Kameraden zu dem Mann gewählt worden, den sie am liebsten als Co-Pilot im Cockpit gehabt hätten. Wenn die ›Soliden Sechs‹ ein Team auf die Beine bringen konnten, das alle Aussichten auf Erfolg hatte, dann war es dieses. Alle waren mit der Auswahl zufrieden, ausgenommen Tucker Thompson, der immer noch nicht entschieden hatte, wie er seinen Lesern die zwei schwierigen Frauen, Debby Dee und Penny, verkaufen sollte. Debby Dee hatte kategorisch erklärt, daß sie nicht nach Cocoa Beach kommen und diese gräßlichen Austern im Bali Hai essen würde, während Penny ihm in aller Ruhe mitteilte, daß sie selbstverständlich in Washington bleiben und den Start im Fernsehen verfolgen würde.

Noch bevor die zwei Astronauten zum Start antreten konnten, mußten sie sich mit einer letzten Fertigkeit vertraut machen, mit einer besonders schönen und komplizierten Übung, und die Ingenieure, deren Aufgabe es war, sie darin auszubilden, wußten es jetzt zu schätzen, daß die NASA von den Männern, die in den Weltraum vorstoßen sollten, einen besonders hohen Intelligenzgrad gefordert hatte. Claggett und Pope würden sich in ein Universum denken müssen, das nur intellektmäßig zu erfassen war.

Dr. Mott, den man mit dieser Unterweisung betraut hatte, ließ die zwei Männer auf der sich weithin erstreckenden Salztonebene rund um den Air-Force-Stützpunkt Edwards antreten, wo er mit einem einfachen zweidimensionalen Experiment begann. Er setzte jeden der beiden in einen Jeep; Pope mußte ein gutes Stück vorausfahren, Claggett ihm mit gehörigem Seitenabstand folgen. Er instruierte sie über Kopfhörer: »Pope, behalten Sie Ihren Steuerkurs bei, ohne ihre Richtung oder Geschwindigkeit zu verändern. Konstant achtzig Stundenkilometer. Claggett, Augen links und beobachten Sie Popes Jeep so lange, bis Sie ein sicheres Gefühl für die Art seiner Fortbewegung haben. Dann beschleunigen Sie auf hundert Kilometer und berechnen eine gerade Linie, die Sie an einen Punkt bringt, wo Sie ihm mit Sicherheit den Weg abschneiden können.«

Das wiederholten sie ein Dutzend Male, bis Claggett die nötige Übung hatte, im Kopf die Trajektorie zu berechnen, die es ihm ermöglichen würde, Popes Weg zu kreuzen; auch konnte er im voraus die Stelle festlegen, wo dies geschehen würde. Er wurde zu einem menschlichen Computer, der dem kinästhetischen Teil seines Gehirns die entscheidenden Daten eingab und nahezu intuitiv die Antwort erhielt. Dann wurde Pope in den verfolgenden Jeep gesetzt, und in etwas mehr Zeit, als Claggett gebraucht hatte, wurde auch er zum Computer trainiert.

»Ihre Leistungen sind wirklich beachtlich«, lobte Mott die Piloten. »Sie haben ganz ausgezeichnet gelernt, Auge, Hand und Fuß auf die Erfordernisse des Sehens, Lenkens und Beschleunigens abzustimmen. Aber von dem, was Sie auf der Salztonebene gelernt haben, läßt sich nichts auf den Weltraum übertragen.

Wenn Sie nämlich diese Problematik auf den Weltraum übertragen, kommt der Faktor Höhe hinzu, und dann wird alles noch schwieriger. Wenn Sie sich auf Ihre eigene sinnliche Wahrnehmung verlassen, um ein Rendezvousmanöver mit der Agena durchzuführen, wird Ihnen das jedes Mal mißlingen. Natürlich gibt es Zufälle. Es kann sein, daß Sie ganz nahe an die Rakete herankommen. Aber in diesem Augenblick werden Sie sich in einem ganz anderen Umlauf befinden, Sie fliegen in *eine* Richtung, die Agena in eine *andere,* und Sie schweben langsam, wunderschön anzusehen, aneinander vorbei.«

Er fuhr mit den Astronauten zum Stützpunkt zurück. Auf eine sehr große schwarze Tafel zeichnete er ein Diagramm, das wie durch Zauberkraft die ganze Konstellation offenbarte. Es war eine perfekte Demonstration: So konnte ein intelligenter Mensch einem anderen verborgene Fakten verständlich machen, die ohne Hilfe eines Reißbretts niemals zu begreifen gewesen wären. »Der große Kreis ist die Erde. Das ist ihr Mittelpunkt. Dieser erste blaue Kreis außerhalb der Erde ist Ihr anfänglicher Orbit in der Gemini-Kapsel. Dieser rote Kreis etwas weiter draußen ist die Umlaufbahn der Agena-A. Der grüne Kreis ganz weit draußen ist die Umlaufbahn der Agena-B. Und jetzt passen Sie auf.«

Aus dem Mittelpunkt der Erde ließ er, in nicht zu großen Abständen, Radien ausstrahlen, die die vier Kreise durchschnitten – die Erdoberfläche und die Umlaufbahnen der Gemini-Kapseln und der zwei Agena-Raketen; mit einem dicken Strich markierte er auf jedem Kreis die Entfernung zwischen den Radien. »Zu beachten ist vor allem dies: Je weiter Sie sich von der Erde entfernen, desto langsamer bewegt sich Ihr Raumfahrzeug. Wenn Sie sich hundertfünfzig Kilometer hoch in diesem blauen Kreis befinden, wird Ihre Geschwindigkeit etwa 28 000 Kilometer in der Stunde betragen. Im roten Kreis bei 300 Kilometer Höhe ungefähr 27 600. Und der Mond, der ja auch ein Raumfahrzeug ist – und auf diesem Diagramm nicht zu sehen –, besitzt eine Orbitalgeschwindigkeit von nur 3 680 Stundenkilometern. Vergessen Sie nicht: Wenn Sie in geringer Höhe bleiben, fliegen Sie schneller. Und wenn Sie hier unten im blauen Kreis verharren, der der Erde am nächsten ist, wird auch die Umlaufbahn erheblich kürzer. Wenn Sie also in geringer Höhe bleiben, verzeichnen Sie einen doppelten Gewinn: Geschwindigkeit und die zurückgelegte Distanz.«

Er überlegte kurz und fügte hinzu: »Ich möchte, daß Sie sich dieses Diagramm gut einprägen. Ein erfolgreiches Rendezvousmanöver hängt davon ab, daß Sie es verstehen.«

Nachdem sie alle Aspekte durchgesprochen hatten, nahm Mott den Faden wieder auf. Auf die Punkte, wo der linksseitige Radius die drei Kreise schnitt, setzte er kleine magnetische Modelle der drei Raumschiffe und begann mit seiner außergewöhnlichen Erklärung: »Nehmen wir an, ich wäre Agena-B, da ganz oben, Kollege Grissom wäre Agena-A in der mittleren Position, und Sie beide wären die Geminikapsel. Sie wollen mit mir ein Rendezvousmanöver durchführen, wir alle sind mit 28 800 Stundenkilometern unterwegs. Wie würden Sie normalerweise vorgehen, Claggett?«

»Ich würde die Situation studieren, mir ausrechnen, wo der Schnittpunkt liegt, und die Triebwerke heißlaufen lassen, um hinzukommen.«

»Mit anderen Worten, Sie würden Treibstoff in größeren Mengen verbrauchen, um zur Agena-B aufzusteigen?«

»Na klar.«
»Ganz verkehrt. Schauen Sie sich das Diagramm an. Wenn Sie aufsteigen und in eine höhere Umlaufbahn kommen, verlieren Sie an Geschwindigkeit. Daraus ergibt sich, daß Sie weit, weit hinter Ihrem Ziel ankommen und dann Treibstoff verschwenden müssen, um es einzuholen. Wenn Sie sich vermeintlich schneller fortbewegen, werden Sie in Wirklichkeit langsamer.«
»Das ist doch verrückt!«
»Ein anderes Beispiel. Sie befinden sich in derselben Umlaufbahn wie Agena-B, aber Sie hinken nach. Wie wollen Sie gleichziehen?«
»Ich wage es nicht, Ihnen eine vernünftige Antwort zu geben.«
»Um gleichzuziehen, müssen Sie langsamer werden. Fallen Sie in eine niedrigere Umlaufbahn, wo Sie Ihre Geschwindigkeit erhöhen, und Sie werden Ihrem Ziel im höheren Orbit sehr rasch näherkommen.«
»Das kann ich nicht glauben«, sagte Claggett, aber Pope, der seine Lektionen in Astronomie und Himmelsmechanik nicht verlernt hatte, rief: »He! In der niedrigeren Umlaufbahn würden wir dem Umfang eines wesentlich kleineren Kreises folgen!«
»Richtig«, sagte Mott. »Noch dazu wären Sie schneller.«
»Wenn Sie meinen«, gab Claggett zurück. »Aber wie in drei Teufels Namen soll ich jemals an dieses Scheißding ankoppeln? Sobald ich drauflosschieße, verpasse ich es!«
Mott klatschte in die Hände. »Sie haben es erfaßt, Randy!«
Und er zeichnete noch mehr Diagramme an die Tafel, um die geheimnisvollen Beziehungen zweier Raumschiffe zu demonstrieren, die auf nahen, aber verschiedenen Umlaufbahnen dahinrasen. »Wie soll ich jemals die richtige Umlaufbahn finden?« fragte Claggett, und Mott antwortete: »Sie würden Sie nie und nimmer finden. Das besorgt der Computer für Sie.«
Das nächste Manöver, das Mott seinen Schülern vorschlug, war enorm kompliziert. »Sie, Randy, sitzen hier unten in der Gemini-Kapsel und sollen Agena-B hier den Weg abschneiden. Steuern Sie nicht auf das Ziel zu. Fliegen Sie geradeaus. Fliegen Sie schneller, um langsamer zu sein.«
»So weit verstehe ich Sie, Doc. Aber was zum Teufel mache ich dann?«
»Während Sie in eine höhere Umlaufbahn aufsteigen, wird Ihre Ge-

schwindigkeit allmählich nachlassen, und, ob Sie mir's nun glauben oder nicht, wenn Sie sich an die Zahlen halten, die Ihr Computer Ihnen eingibt, werden Sie Ihre Gemini-Kapsel genau hinter das Ziel bringen. Der Computer wird es zeitlich so regeln, daß in dem Moment, wo sie etwa dreißig Meter auseinander sind, Ihre Geschwindigkeit und Ihre Umlaufbahn gleich sein werden. Dann wäre auch Ihr zwölfjähriger Sohn imstande, zwei Raumfahrzeuge aneinanderzukoppeln.«

Claggett und Pope sahen einander an, und der Texaner grinste: »Wie das Blumenmädchen in *My Fair Lady* sagt: ›Ich glaub', jetzt hab' ich's.‹«

»Ich glaube, das sagt der Professor«, meinte Mott. »Und um Sie zu schützen, richten wir es immer so ein, daß das Andocken tagsüber vor sich geht.«

»Sehr rücksichtsvoll«, sagte Claggett.

»Also denken Sie heute abend an die Umlaufbahnen. Behalten Sie das Diagramm im Gedächtnis. Und predigen Sie sich immer: ›Um schneller voranzukommen, muß ich langsamer werden.‹«

Am nächsten Tag setzte er sie abermals in ihre Jeeps und fuhr mit ihnen in einen entlegeneren Teil der Salztonebene, wo er drei konzentrische Fahrbahnen markiert hatte. »Claggett, Sie befinden sich im Gemini-Orbit auf der Innenbahn. Pope, Sie sind Agena-A auf der mittleren. Ich werde Agena-B auf der Außenbahn sein. Wenn wir alle vom selben Radius starten, wird Gemini bald weit voraus sein, und darum muß Claggett hinter Ihnen losziehen.

Vergessen Sie nicht, daß jedem Orbit eine spezielle Geschwindigkeit zugeordnet ist. Sie, Claggett, müssen auf der Innenbahn mit 96 Stundenkilometern fahren, Pope mit 88 und ich mit 80. Wenn ich Sie über Kopfhörer anweise: ›Triebwerke auf Höchstleistung‹, beschleunigen Sie auf 104, aber sobald Sie nach außen in Richtung auf Popes Bahn getrieben werden, müssen Sie Ihre Geschwindigkeit drosseln, bis sie unter der von Pope liegt, sagen wir auf 80. Und das sollte Sie in eine perfekte Position unmittelbar hinter ihn bringen – was wir ja alle wollen, nicht wahr?«

Die drei Jeeps, die in ständiger Funkverbindung miteinander standen, setzten sich in Bewegung, und als sie ihre Positionen eingenommen hatten, begann Mott mit seinen Unterweisungen: »Claggett, bringen

Sie die Triebwerke auf Höchstleistung, und wenn Sie Tempo haben, versuchen Sie, so wie von früher gewohnt, direkt an Pope anzuschließen.« Mit der Methode, die bei einer Geradeausfahrt funktioniert haben würde, scheiterte Claggett bei drei Versuchen kläglich, so daß Mott ihm beim vierten riet: »Versuchen Sie es jetzt so, wie wir es besprochen haben. Zischen Sie geradeaus, beschleunigen Sie und ziehen Sie dann in Ruhe zu Popes Umlaufbahn hinauf.«
Mit höchster Präzision beschleunigte Randy Claggett auf 104 Kilometer in der Stunde, zog vor, verlangsamte das Tempo, wie er angewiesen worden war, und paßte seine Geschwindigkeit in einer perfekten Abfangbewegung an die von Pope entwickelte an. »Es geht!« rief er über Funk, und drei Stunden lang rollten die Jeeps unter Beachtung der neuen Regeln hin und her, bis sowohl Claggett wie auch Pope Rendezvous-Andock-Manöver durchführen konnten, während sie entweder zu einem langsamen Orbit hinauf- oder zu einem schnelleren herunterschalteten.
Nachdem die zwei Testpiloten diese Manöver zwei Tage lang geübt hatten, überraschte Mott sie mit den Worten: »Jetzt vergessen Sie bitte alles, was ich Sie gelehrt habe. Im Weltraum bewegen Sie sich nämlich nicht auf einer ebenen Oberfläche, wo die gewohnten Regeln anwendbar sind. Sie befinden sich im Weltraum, wo Ihnen das Studieren eines Problems nicht weiterhilft. Die Russen haben fünfmal versucht, Raumfahrzeuge im Weltraum zusammenzuführen, und sind immer wieder gescheitert, obwohl sie uns Bilder gezeigt haben, auf welchen ihre Raumschiffe nur wenige Kilometer voneinander entfernt zu sehen sind. Sie befanden sich auf verschiedenen Umlaufbahnen und hätten genausogut zehntausend Kilometer voneinander entfernt sein können, weil sie ja nie zusammentreffen würden. Wenn wir heute zu den Kreisen hinausfahren, müssen Sie sich vorstellen, Claggett, daß Sie nicht über eine Salztonebene sausen, um Pope einzuholen, sondern über eine Diagonale direkt in den Himmel hinauf; und um zu wissen, wo Sie sich befinden, werden Sie sich nicht auf Ihre Augen verlassen können.«
»Auf was sonst?«
»Auf den Computer. Ich werde Ihr Computer sein und Sie über Ihre Kopfhörer instruieren.«
Und als Claggett dann in seinem Jeep saß, konnte er Motts metal-

lische Stimme hören, die ihn mit Informationen versorgte, und die Rendezvous wurden herrlich einfach ... ein erhebendes Abenteuer in neun oder zehn verschiedenen Dimensionen.
Nachdem er seine zwei Astronauten drei weitere Tage gedrillt hatte, sagte Computer-Mott mit einigem Stolz: »Sie beide werden ein tadelloses Rendezvousmanöver ausführen.«
Randy aber, der zum Automobil wurde, wenn er am Steuer saß, oder zum Flugzeug, wenn er den Knüppel betätigte, hatte das Gefühl, daß ihm noch ein grundlegendes Verständnis fehlte: »Doc«, sagte er, »nehmen wir mal an, der Bordrechner fällt aus.«
»Sie haben doch einen Reservecomputer.«
»Angenommen, der streikt auch, und ich sitze bis auf die Haut abgerissen im Weltraum. Reicht meine Intelligenz aus, um alles sorgfältig zu überlegen und dann ein Rendezvousmanöver durchzuführen?«
»Auch nicht in tausend Jahren.«
»Himmel! Hoffentlich lassen mich die Computer nicht im Stich.«
»Keine Angst. Die Ersatzcomputer in Houston können Sie ebenfalls mit den nötigen Daten versorgen.«
»Und wenn ich eine Pechsträhne habe und auch der Funkkontakt mit Houston abreißt?«
Mott betrachtete ihn eine Weile, bevor er ihm antwortete: »Wie ich Sie kenne, Randy, würden Sie einen vergeblichen Versuch unternehmen, dann einen zweiten, dann einen dritten ..., und wenn Ihnen dann klar wird, daß alle weiteren ebenfalls scheitern würden, dann würden Sie ›Scheiße‹ brüllen und in den Weltraum entschwinden ... für immer und ewig.«
Und erst jetzt wurden sich die zwei Astronauten der heiklen Symbiose zwischen Mensch, Maschine und Computer bewußt, die ihren Flug und das Rendezvousmanöver möglich machen sollte.

Dienstag um 04.15 früh wurden die zwei Astronauten in den isolierten Unterkünften geweckt, wo besondere Maßnahmen getroffen worden waren, um sie vor Verkühlungen oder Masern zu schützen; hätten sie sich eine solche Erkrankung zugezogen, wäre es nötig geworden, den Flug abzusagen. In Slacks und T-Shirts nahmen sie ein sorgfältig zusammengestelltes Frühstück zu sich, das die Körperausscheidungen auf ein Minimum beschränken sollte.

Als die Helfer erschienen, um sie anzukleiden, und die Astronauten in ihre klug erdachte Unterwäsche stiegen, die sich durch Vorrichtungen zur Aufnahme von Harn und Exkrementen auszeichnete, betrachtete Claggett das präservativähnliche Ding, das er über sein Glied stülpen mußte, und dachte an die Geschichte, wie Winston Churchill bei seinem Zusammentreffen mit Stalin in Teheran die Ehre der Alliierten gerettet hatte.

> Stalin wollte den Amerikanern einen psychologischen Schreckschuß verpassen, und darum sagte er privat zu Roosevelt: »Was wir am dringendsten brauchen, um den Kampfgeist unserer Soldaten hochzuhalten, das sind Pariser. Wir haben einfach keine.« Darauf Roosevelt großspurig: »Wir schicken euch fünfhunderttausend Stück. Welche Größe?« Ohne mit der Wimper zu zucken, antwortete Stalin: »Vierzig Zentimeter lang. Das ist unsere Standardgröße.«
> Am Abend vertraute Roosevelt Churchill an, daß Stalin ihn auf den Arm nehmen wollte. Aber der gute alte Churchill verlor nicht die Ruhe: »Schicken Sie ihm das Zeug. Aber lassen Sie auf jeden draufdrucken, in Englisch und Russisch: *Texas Mittelgröße.*«

Im Morgengrauen kletterten die zwei Astronauten in einen wartenden weißen Dienstwagen, der mit mäßiger Geschwindigkeit an Menschenreihen vorüberrollte, die gekommen waren, um den Start mitzuerleben. Er rollte über das Sumpfgelände, auf dem Alligatoren laichten, auf die Landzunge hinaus, wo die majestätische Titan-Rakete wartete, auf der die winzige Raumkapsel aufgesetzt war.
Die ganze Konstruktion hatte eine Höhe von 32.7 Metern und wirkte riesenhaft, als die ersten Sonnenstrahlen auf sie fielen. Doch als die wartenden Zuschauer – zweihunderttausend hatten sich eingefunden – ihre Blicke auf die Kapsel richteten, waren sie von ihrer scheinbaren Unansehnlichkeit erschüttert; sie maß nur 5,70 Meter in der Höhe, und ihr Durchmesser betrug drei Meter. Das hieß, daß während des Fluges zweiundachtzig Prozent des gesamten Raumfahrzeugs abgetrennt werden und ins Meer stürzen würden.

Eine Besonderheit dieses Fluges machte es nötig, daß die zwei Männer und ihre Helfer mit äußerster Präzision vorgingen: Da sie die Absicht hatten, mit zwei verschiedenen Agenas, die schon vor langer Zeit in zwei verschiedenen Umlaufbahnen geparkt worden waren, Rendezvousmanöver durchzuführen, mußten Flugbahnspezialisten wie Dr. Mott den richtigen Augenblick für den Start auf die Sekunde genau berechnen; nur dann würde die Gemini-Kapsel die vorgeschriebene Höhe (186 Kilometer in gerader Linie) mit der vorgeschriebenen Geschwindigkeit (28 800 Kilometer in der Stunde) im richtigen Augenblick (85 Minuten 16 Sekunden nach dem Start) erreichen. Auch mußte die relative Position der zweiten Agena bei der Datenverarbeitung berücksichtigt werden, und als das geschehen war, stellte sich heraus, daß Claggett und Pope für den Start nur ein Fenster von neun Sekunden hatten, und das hieß, daß innerhalb einer Zeitspanne von nur neun Sekunden alles für die Zündung Nötige zusammentreffen mußte, sollte dies nicht der Fall sein, würden die Astronauten weitere elf Tage warten müssen.

Bei der letzten Einsatzbesprechung hatte Dr. Mott, der vor seinem Computer und inmitten seiner Tabellen saß, gesagt: »Das Optimum erlaubt uns ein Fenster von genau zwei Sekunden innerhalb der verfügbaren neun. Wenn wir die zwei verpassen, können wir immer noch starten, aber für die nötige Kurskorrektur müßten wir eine Menge Treibstoff vergeuden.«

Wenn man sich der endlosen Verzögerungen der ersten Raketenflüge erinnerte, der bitteren Enttäuschung der Männer, die oft stundenlang allein in einer Kapsel auf ihrer Riesenrakete saßen, und der wiederholten Verschiebungen geplanter Flüge, schien die Wahrscheinlichkeit, diese Rakete innerhalb eines Zwei-Sekunden-Fensters zu starten, wahrhaft gering.

Entlang der glitzernden Rakete brachte ein in den Startturm eingebauter Aufzug die Männer zum Verbindungssteg hinauf, der zum Einstieg der Kapsel führte. Jetzt machten sich die endlosen Stunden seelischer Vorbereitung bezahlt, denn hätten die zwei Männer das Gefängnis, das sie nun sechzehn Tage lang teilen sollten, schon vorher gesehen und realisiert, daß sie so lange Zeit in diesem winzigen Raum Seite an Seite fliegen werden müssen, sie hätten in Panik geraten können, und ein Mann, der an Klaustrophobie auch nur dachte, wäre von

vornherein untauglich gewesen, seine Aufgabe zu erfüllen. Die beiden Astronauten in ihren voluminösen weißen Eskimo-Raumanzügen hatten so unvorstellbar wenig Platz, daß sie einander auf ihren engen Liegestätten buchstäblich berührten, ja sich sogar aneinander drückten.
Als Kommandant schlüpfte Claggett als erster durch die Luke und ließ sich auf dem geneigten Bett nieder, das aus einem weichen, robusten Material bestand, das der Form seines Körpers angepaßt war. Dann gab er Pope das Zeichen, den rechtsseitigen Konturensitz einzunehmen, und als alle Ellbogen, Knie und Hüften untergebracht waren, nahmen die zwei Männer einen Raum ein, enger als ein sehr schmales Einzelbett, und auch kürzer, denn Köpfe und Zehen berührten die Innenwand der Kapsel. Zwei Menschen waren in einem besonderen Behälter eingeschlossen, um die Antwort auf eine besondere Frage zu finden: Können zwei gesunde Männer in einer solchen Umgebung sechzehn Tage lang leben und arbeiten?
Die Luke wurde geschlossen und verriegelt, die Astronauten schoben ihre Glieder zurecht. Die ruhige Stimme eines Kameraden, des für den Funkverkehr zwischen Houston und dem Raumschiff eingeteilten Astronauten Mike Collins – im NASA-Jargon CapCom genannt –, begann mit dem Countdown, und das Zwei-Sekunden-Startfenster rückte näher.
»Zündung!« rief CapCom, und die Triebwerke begannen zu arbeiten. »Sie heben ab.«
Und es war gut, daß er sie informierte, denn die Männer in der Kapsel, die auf der mächtigen Rakete aufsaß, fühlten den Abschuß kaum, so ruhig funktionierten die Triebwerke mit ihren 215 000 Kilo Aufwärtsschub.
»Weich wie Seide«, berichtete Claggett, und mit unglaublicher Beharrlichkeit drückten die mächtigen Triebwerke nach oben, bis den Astronauten bewußt war, daß sie sich wahrhaftig auf dem Weg in den Weltraum befanden.
Jetzt stellte die erste Stufe der Rakete den Betrieb ein, und qualvolle Sekunden – den zwei Männern kamen sie wie Stunden vor – stieg die Rakete lautlos weiter auf. Doch dann zündete die gewaltige zweite Stufe mit 55 000 Kilogramm Schub, und die auf die relativ zerbrechliche Gemini einwirkende Kraft erzeugte einen mächtigen Stoß von

vollen sieben G, so daß Pope auf seine Liege zurückgedrückt wurde.
»Sayonara!« rief Claggett ins Mikrophon, und in der Einsatzkontrolle verstanden alle, daß dies ein elegantes Abschiedswort war – Cynthia Rhee hatte es ihn gelehrt.
»Houston!« meldete sich Pope. »Wir haben Pogo-Effekt!«
»Wir sehen es, Gemini«, sagte CapCom. Es gehörte zur Tradition, daß, um eine Konfusion im Kommando, ein Stimmenbabel, zu vermeiden, auf dem Boden nur eine Person mit den Astronauten in ihrer winzigen Behausung in Verbindung stehen durfte, während sie in Hunderten und Tausenden Kilometer Entfernung durch das Weltall jagten. Die Person mußte ebenfalls ein Astronaut sein, womöglich einer, der bereits geflogen war. Man war bestrebt, für jeden Flug vier CapComs bereitzustellen, die sich abwechselten; und nach einer zweiten Tradition mußte der CapCom ein unverändertes Sprachvolumen und eine unveränderte Emphase beibehalten, den einschläfernden Tonfall eines Straßenbahnschaffners; keine zufällige Aufregung sollte durch den unendlichen Raum des Universums übertragen werden.
»Wie stark ist der Pogo-Effekt?« erkundigte sich CapCom in ruhigem Ton.
»Die Vibration ist deutlich spürbar«, meldete Pope. Es gab kein Mittel gegen das knochenbrecherische Rütteln des riesigen Flugkörpers, es war, als ob ein gigantischer Akkordeonspieler die Titan-Rakete und die Gemini-Kapsel in den Fingern hätte.
Es war unbegreiflich. Die fähigsten Köpfe der Welt arbeiteten für die NASA, und trotzdem war es immer noch nicht gelungen, den Pogo-Effekt zu verhindern oder auch nur festzustellen, was dieses Phänomen verursachte. Die heftige, kontraktile Schüttelbewegung war beim ersten Gemini-Flug aufgetreten wie auch bei allen neun folgenden. Jetzt plagte sie diesen, und alle Brillanz der NASA konnte die Rüttelei nicht verschwinden machen. Die Männer konnten nur die Zähne zusammenbeißen und hoffen, daß es wieder aufhören würde – und nach einer Weile hörte es auf.
»Klar zum Brennschluß«, sagte CapCom. Er war das letzte Glied in einer gewaltigen Kette von Personen und Maschinen rund um die Welt. In der Bodenkontrolle in Houston verfolgten hundert hochqualifizierte Männer jede Einzelheit des Fluges mit ihren Computern und

Tabellen. In Radiostationen in Australien, Spanien, Madagaskar und ganz Amerika registrierten Techniker Signale, die ihnen versicherten, daß diese Gemini-Kapsel friedlich dahinsegelte.

Auch in den Zentralen jeder der dreihundertneunzehn industriellen Betriebe, die Bauteile für den Flug geliefert hatten, standen Männer bereit, mit sofortigen Hilfsmaßnahmen zur Hand zu sein, wenn eines dieser Bauteile nicht richtig funktionierte, und in gewisser Weise waren diese Männer die erfahrensten von allen, denn sie hatten diese Teile gefertigt und waren bestens mit ihnen vertraut.

Und schließlich warteten auch bei jedem der vielen Simulatoren in Houston oder Canaveral oder sonstwo Männer, die mit ihren Funktionen vertraut waren, für den Fall, daß es nötig werden sollte, sich ein Bild davon zu machen, was in der Kapsel schiefging. Auf ein gegebenes Signal würden sie in die Simulatoren springen und ihnen die Daten eingeben, die sie in die scheinbar gleiche Gefahrensituation bringen würden, der die Astronauten im Weltraum ausgesetzt waren.

Als Fernão de Magalhães die Weltmeere erforschte, segelten er und seine Männer allein in ihren zerbrechlichen Schiffen jahrelang ohne Verbindung zu ihren Gönnern in Spanien, doch als Claggett und Pope die Himmelsmeere durchforschten, standen ihnen an die vierhunderttausend Helfer zur Verfügung, und es war zuweilen nicht leicht zu entscheiden, wer die eigentlichen Forscher waren: Claggett und Pope oder auf dem Boden Männer wie Stanley Mott, die sie mit Informationen versorgten und ihnen Anweisungen gaben.

Als der Pogo-Effekt auf ebenso unerklärliche Weise verschwand, wie er gekommen war, wurde der Antrieb abgeschaltet, und für Claggett wurde es Zeit, die Titan-Rakete von der Kapsel abzusprengen. Nachdem er sich mit Houston abgesprochen hatte, drückte er genau in der Sekunde auf den Knopf, die ihm der Computer diktierte, der diesen komplizierten Flug überwachte. Es folgte eine gewaltige Explosion, ein Auseinanderreißen und eine heftige Veränderung der Beschleunigung, und dann trieb die kleine Kapsel ruhig in eine fast kreisförmige Umlaufbahn, 186,7 × 263,4 Kilometer über der Erdoberfläche. Irgendwo vor ihnen lag ihr erstes Ziel. die Agena-A.

Nun begann eines der seltsamsten Erlebnisse der Menschheit in den letzten Jahrzehnten. Die Agena-A war in ihre eigene sichere Umlaufbahn eingeschlossen, auf der sie seit mehr als einem Jahr ihre Kreise zog, und es war die Aufgabe dieser Geminikapsel, in jene Umlaufbahn einzuschwenken, sich hinter dem Zielobjekt auszurichten, es langsam einzuholen, ihre Nase in die Kupplung der Agena-A hineinzusteuern und an sie anzudocken – bei einer Geschwindigkeit von 28 800 Kilometern in der Stunde. Das hörte sich schwierig an, aber es wurde noch viel, viel schwieriger durch den Umstand, daß ein zusätzliches Maß an Komplikationen berücksichtigt werden mußte.

Um 00:01:21:36 (Tage-Stunden-Minuten-Sekunden) meldete Claggett an Houston: »Ich sehe den kleinen Scheißer«, und Mike als CapCom erwiderte mit ruhiger Stimme: »Wir finden Sie einunddreißig Kilometer darunter und fünfunddreißig Kilometer voraus.« Pope bestätigte: »Unser Computer sagt genau dasselbe.«

Völlig ruhig, so als ob er die Operation schon hundertmal durchgeführt hätte, nahm Randy eine Reihe von Feineinstellungen vor, die sein Raumschiff sanft anhoben, bis er die Umlaufbahn fand, der die Agena-A folgte. Geschickt schob er die massive Gemini-Kapsel vor, bis sie dem dahinjagenden Ziel nahe war.

»Houston«, sagte Pope triumphierend, »ist das zu glauben? Um 02:22:07 haben wir das Rendezvous einwandfrei hergestellt.«

»Gehen Sie zum Andocken über«, erwiderte CapCom, und dann geschah ein Weltraumwunder. Die Gemini-Kapsel, die mit unvorstellbarer Geschwindigkeit unterwegs war und 4,2 Tonnen wog, rückte Zentimeter für Zentimeter an die Agena heran, die 850 Kilo wog, und mit der feinen Hand eines Herzchirurgen brachte Claggett die zwei Raumfahrzeuge zusammen und koppelte sie aneinander an. Es war eine einfache Sache: Wenn beide Raumfahrzeuge mit der gleichen Geschwindigkeit flogen, war das Andocken nicht schwerer, als einen Wagen in die Garage zu fahren, denn die relative Geschwindigkeit ließ sich auf zwei oder drei Kilometer in der Stunde reduzieren.

Dreimal dockten sie an und trennten sich wieder um die Brauchbarkeit des Manövers nachzuweisen, und dann meldete Claggett Houston: »Ich möchte, daß der rechtsseitige Sitz das nächste Docking vornimmt«, und CapCom, ein neuer Mann, aber auch er ein Astronaut, war einverstanden. Auf dem Monitor in Houston wurde eine leichte Beschleunigung seines Herzschlags sichtbar, als Pope seine Kapsel vorsichtig in Position brachte, sie ein wenig vorschob und ein perfektes Rendezvousmanöver ausführte. Der Weg zum Mond stand offen: Der Mensch war in der Lage, zwei oder mehr Raumfahrzeuge in den Weltraum zu schießen und sie aneinander zu docken, wenn ihre Computer sie zur rechten Zeit in die richtige Umlaufbahn plazierten.

Für die Dauer dieses sehr langen Fluges hatten sich die Astronauten einverstanden erklärt, ihre Uhren nach Houstoner Zeit zu richten, Central Standard Time, und als nach dem fehlerlosen Start innerhalb des Zwei-Sekunden-Fensters und dem noch erfreulicheren Docken mit Agena-A der erste Tag zu Ende ging, versuchten die zwei Männer zu schlafen. Ihr Raumschiff befand sich drei Kilometer von der Agena-Rakete entfernt; rund um die Erde kreisten die zwei massiven Fahrzeuge und benötigten eine Stunde und zwanzig Minuten für einen vierundzwanzigstündigen Erdtag.

Und während sie da lagen, einem unruhigen Schlaf hingegeben, wurden sie tatsächlich zu Zwillingen. Wenn einer sich zur Seite drehte, tat es der andere ihm gleich, denn keiner wollte dem anderen seinen Atem ins Gesicht blasen. Sie mußten jede Bewegung so planen, daß sie den anderen nicht allzu sehr störte, und selbst wenn einer sich erleichtern mußte, war sein Gesicht nicht mehr als dreißig Zentimeter von dem seines Gefährten entfernt. Und so sollte das sechzehn Tage lang weitergehen.

Am dritten Tag hatten sich die Zwillinge schon recht gut an ihr beengtes Quartier gewöhnt. Alle beweglichen Gegenstände waren verstaut, und oft dankten die Männer dem Genie, das Velcro erfunden hatte, jenes Wundergewebe mit einer Million Fingern, das es ihnen erlaubte, Kugelschreiber, Kompasse und Notizbücher wahllos irgendwo an der Innenwand zu befestigen, die mit Velcro ausgeschlagen war. Die Kapsel sah aus wie das Zimmer eines Puppenhauses eines sehr nachlässigen kleinen Mädchens.

Es gab so gut wie keine Probleme mit Schwerkraft null, nur daß sie beim Essen besonders vorsichtig sein mußten, weil sonst ständig Krümel um sie herumschwirren würden. Verschüttete Flüssigkeiten formten wunderschöne Tröpfchen, bei größeren Mengen aber auch faustgroße Kugeln. Und schon in den ersten Tagen begannen sie die Worte Dr. Julius Feldmans, ihres Experten in Raummedizin, richtig einzuschätzen: »Der gefährlichste Teil der Schwerelosigkeit, insbesondere in einer Gemini-Kapsel, ist die Tatsache, daß Sie Ihre Beine nicht gebrauchen. Wenn Sie sie lange Zeit nicht bewegen, sterben Ihre Muskeln so rasch ab, daß sie zu schwach sein werden, um Sie nach der Wasserung zu tragen.« Um das zu verhindern, hatte er sie mit *Bungee cords* versorgt, eine sinnreiche Vorrichtung, in die sie ihre Füße stecken und hart dagegentreten konnten, um ihren Beinen die Bewegung zu ermöglichen, zu der sie auf andere Weise nicht kamen. Noch dazu reduzierte diese kräftige Übung auch die Wahrscheinlichkeit, daß in ihren Beinen Embolien auftraten.

Denn die Astronauten lagen flach auf dem Rücken und hatten nicht annähernd genug Platz, um herumgehen zu können. Andererseits waren sie imstande, mit vieler Mühe ihre schweren Raumanzüge abzulegen; sie brauchten vierzig Minuten dazu, konnten dann aber relativ behaglich in lockerer Unterkleidung liegen. Es machte beiden Spaß, dem anderen zuzusehen, wie er sich entblätterte und den Anzug mühsam unter seiner Liege verstaute. »Hallo, Schmetterlingspuppe!« begrüßte Claggett Pope nach einer solchen Übung, und dieser brach in Gelächter aus. »Ich mußte an diese armen weichschaligen Krabben in der Chesapeake-Bucht denken. Als ich in Annapolis war, schlugen Penny und ich uns die Bäuche damit voll. Die armen Dinger winden und krümmen sich, um aus ihren Schalen herauszukommen. Und wenn es ihnen dann endlich gelingt, wirft eine Köchin sie in eine heiße Pfanne und sautiert sie.«

»Wie kommst du eigentlich mit Penny zurecht, du in Houston, sie in Washington?«

»Wir sind eine Navy-Familie. Viele brave Leute leben wie wir.«

»Sie ist ein besonders braver Leut. Als sie das erste Mal auf Solomons bei uns zu Gast war, fanden wir sie ein wenig reserviert.«

»Manchmal finde ich sie auch so. Sie hat einen verantwortungsvollen Job.«

»Und sie ist auch Klasse. Ganz große Klasse. Aus ihr wird noch mal was.«

»Sie ist schon jetzt was. Hast du etwas von Inger Jensen gehört?«

»Zwei Kinder. Die Army zahlt ihr eine Pension. Was willst du sonst noch wissen?«

»Wie lange war Debby Dee Witwe, bevor du sie geheiratet hast?«

»Sechs, acht Monate.«

»Ich hoffe, es kommt mal einer wie du und holt sie sich.«

»Ich käme selbst gern, um sie zu holen. Aber ich glaube, ich war auch für Deb keine so tolle Partie. In vieler Hinsicht bin ich ein richtiges Arschloch.«

Pope fragte nicht, in welcher Hinsicht, denn oft hatte er das gleiche Gefühl in Hinsicht auf seine eigene Person.

Am sechsten Tag kam auch für Pope die Zeit, Tests durchzuführen. Er mußte einen Spezialanzug anlegen, beschwerliche Geräte auf den Rücken schnallen, die Kapsel verlassen und von der Flanke der Agena ein Dosimeter, ein Strahlungsmeßgerät, zurückholen, das vor einem Jahr dort angebracht worden war, um die Strahlung zu messen, die die Menschen, die sich im All bewegten, treffen würde. Auf dem Weg dahin würde er durch ein Versorgungskabel, das ihm Sauerstoff lieferte, mit dem Mutterschiff verbunden sein, und er würde ein kleines Kästchen mit Werkzeugen dabeihaben, die er benötigte, um an der Agena zu arbeiten.

Er brauchte mehr als eine Stunde, um mit Claggetts Hilfe den Anzug anzuziehen, und weitere fünfzehn Minuten, um mit viel Mühe die Luke zu öffnen, durch die er die Kapsel verlassen sollte. Aber noch bevor er damit fertig war, mußte auch Randy in seinen Anzug steigen, denn wenn die Luke einmal offenstand, mußte sie auch offen bleiben, und das hieß, daß die Kapsel luftleer sein würde. Beide Männer würden sich im Weltraum befinden – mit dem Unterschied, daß Randy innerhalb der Kapsel blieb.

Für diese Vorbereitungen benötigte Pope mehr Zeit und Kraftaufwand, als er gedacht hatte, denn in den Simulatoren auf der Erde war alles viel leichter gegangen, und dafür gab es einen guten Grund: im Simulator herrschte natürlich ein G, so daß man sich nur mit dem Ellbogen an etwas anlehnen mußte, um Stabilität zu erlangen; wenn man aber bei Schwerkraft null auch nur geringfügig gegen eine Wand stieß, wurde man durch den Raum geschleudert, und man konnte seinen eigenen Flug nur aufhalten, wenn man sich an etwas festhielt. Darum flehte jeder Astronaut, wenn er aus dem Weltraum zurückkehrte, in der nachfolgenden Einsatzbesprechung die Offiziere an: »Mehr Handgriffe! Mehr Fußklammern!«

Endlich waren die beiden Astronauten angekleidet, und die Luke stand offen. Einem Kind gleich, das sich anschickt, den Mutterleib zu verlassen, der so warm und freundlich gewesen war, und in eine Welt

hinauszutreten, die so unendlich aufregender sein würde, stand Pope zögernd am Ausgang.
Im Osten, soweit diese Bezeichnung zutraf, loderte die unglaubliche Sonne und verschwendete Energie in einem Ausmaß, das für die arme, dem Untergang geweihte Erde in weiteren fünfzehn oder zwanzig Milliarden Jahren das Ende bedeuten mußte. Sie stand an der Grenze zwischen Steinbock und Wassermann, wodurch sie Popes Schutzstern Altair und dessen hellen Gefährten Vega verdeckte. Im Westen, weit entfernt von der Sonne, leuchtete die dunkle Nacht und ließ die herrlichen Winterkonstellationen erkennen: Orion, der Löwe und jenes Sternbild, das diesem Flug seinen Namen gab: die Zwillinge. Kein Astronaut, der in den Weltraum vorstieß, konnte mehr von den Sternen wissen als Pope, und als er nun daran ging, unter ihnen zu wandeln, begrüßte er sie als alte Freunde und hatte seine Freude an der Tatsache, daß er nun jene Konstellationen des Südens sehen würde, die zu beobachten seinem ersten Lehrer, Professor Anderssen von der Fremont State Universität, nicht vergönnt gewesen war: »In seinem Namen werde ich Achernar und Miaplacidus grüßen!«
Den nachhaltigsten Eindruck auf ihn aber machte die Erde, die unter ihm kreiste. Wie groß schien sie manchmal, wie klein jetzt, da Pope aus so großer Entfernung auf sie hinabblickte. »He, Randy! Sie ist tatsächlich ein Planet!«
»Mach schon, du Hasenfuß!«
Und er sprang ins All. Alle vier Glieder leicht ausgestreckt, bewegte er sich wie ein fallender Fallschirmspringer, aber er fiel nicht, denn es gab keine Schwerkraft, die ihn dazu gebracht hätte. Natürlich übte die Erdmasse in knapp dreihundertfünfzig Kilometern Entfernung auch weiterhin eine enorme Anziehungskraft aus, aber sie fand ein so fein ausgewogenes Gegengewicht in der durch die Vorwärtsbewegung des Raumschiffes erzeugten Fliehkraft, daß Pope praktisch keine durch Gravitation hervorgerufenen Auswirkungen verspürte.
Es war ihm bewußt, daß er ziemlich müde gewesen war, als er seine EVA (Extra Vehicular Activity – Tätigkeit außerhalb des Raumfahrzeuges) begonnen hatte, und darum näherte er sich der wartenden Agena mit einiger Vorsicht und in der Hoffnung, sich ein wenig ausruhen zu können, sobald er das Monstrum erreicht hatte, aber kaum dort angekommen, fand er sich mit einem neuen Problem konfron-

tiert. Es gab nichts, woran er sich hätte festhalten können, und als er versuchte, sich an das riesige, schlüpfrig glatte Objekt anzuklammern, trieb er nur hilflos von einer Seite zur anderen und stieß sich Knie und Ellbogen wund.

Nach einer halben Stunde vergeblichen Bemühens, schwitzte er so stark, daß sein Atem auf der Gesichtsmaske zu kondensieren begann. Doch dann fiel ihm ein, daß er den Auftrag hatte, das Dosimeter von der Agena loszulösen und auf die Erde zurückzubringen. Er glitt am Rumpf entlang, bis er zu den drei Schrauben kam, die das Gerät festhielten. Hier begegnete ihm ein neues Problem, denn als er den Universalschlüssel aus der Tasche nahm und ihn an eine der Muttern ansetzte, stellte er fest, daß er nichts ausrichten konnte. Wenn er Druck auf den Griff des Schlüssels ausübte, um die Mutter zu drehen, entdeckte er, daß er keine Hebelwirkung erzielen konnte, und an Stelle der Mutter drehte er sich selbst im Kreis. Wie einfach die Aufgabe, die ihm gestellt war, auch sein mochte, wo immer er Kraft in eine Richtung ausübte, flog sein Körper in die entgegengesetzte.

Zwanzig Minuten lang versuchte er es immer wieder ohne Erfolg. Tränen der Verbitterung traten ihm in die Augen und trübten seine Lichtschutzblende. Seine Freude, frei im Weltraum zu spazieren, schwand, und er fühlte sich so gefährlich geschwächt, daß der gesunde Menschenverstand ihm gebot, in die Kapsel zurückzukehren, bevor er so völlig erschöpft war, daß Claggett sich vor die unmögliche Aufgabe gestellt sehen würde, eine bewegungsunfähige Masse in die Kapsel zurückzubefördern.

»Ich komm' rein«, meldete er seinem Partner.

»Nach dem Zeitplan hast du noch vierunddreißig Minuten.«

»Ich komm' rein, oder du mußt mich später von hier wegholen«, konterte er. Und als er die Luke erreichte, war er viel zu müde, um hineinzuklettern. Er mußte eine halbe Stunde ausruhen, bevor er wieder bei Kräften war.

»Das ist kein Spaß da draußen«, brummte er, nachdem er in der neuerlich druckfest gemachten Kapsel den Helm abgenommen hatte.

»Morgen ist auch noch ein Tag«, sagte Claggett. Als Kommandant des Raumschiffes weigerte er sich, Niederlagen hinzunehmen, aber er wußte auch, daß Pope einem Zusammenbruch nahe gewesen war. Für den nächsten Spaziergang im All ließ er sich einen amüsanten

Trick einfallen. Immer wenn die Astronauten eine bestimmte Menge Unrat angesammelt hatten – einschließlich der mit Urin gefüllten Beutel –, ließen sie ihn durch ein sinnreich angelegtes System von Schleusen ausfließen, und als dies eines Morgens geschah – eines Morgens Houstoner Zeit –, verschmierte ein Teil des Auswurfs Claggetts Fenster. So heftig beklagte er sich darüber, daß Pope ein Einsehen hatte: »Ich geh' mal raus und wasch' es runter«, sagte er, einer momentanen Eingebung folgend – und genau das hatte Claggett haben wollen.

Dieser Spaziergang im All war ein großer Erfolg, weil er sich nur auf die Gemini-Kapsel beschränkte, die als letzte Serie von McDonnell mit weiteren sechzehn Griffen und Fußklammern versehen worden war. Dagegen konnte Pope sich nun stemmen; konnte mit seinem flachgedrückten Körper den Rückstoß des Objekts kompensieren, an dem er arbeitete, und auf diese Weise Drehbewegungen ausführen, ohne selbst herumgedreht zu werden.

An diesem Abend sprachen die beiden Männer lange mit Houston, um zu erfahren, ob jemand eine Idee hatte, wie Pope das Dosimeter abmontieren könnte. »Dr. Feldman«, meinte CapCom, »wäre sehr daran interessiert, daß Sie es zurückbringen. Daten über die aufgenommene Menge radioaktiver Strahlen im Weltraum werden dringend gebraucht.« Und Pope konterte: »Sagen Sie mir, wie ich's machen soll.«

Drei Astronauten begaben sich zum tiefen Schwimmbecken in Huntsville, legten ihre Schutzkleidung an, befestigten Gewichte an ihren Gürteln, um das Gefühl der Schwerelosigkeit zu simulieren, und stiegen ins Wasser, um an einem Modell in natürlicher Größe des Agena-Rumpfes zu arbeiten. Pope, schlugen sie vor, sollte versuchen, Hebelwirkung zu erzielen, indem er den linken Fuß in eine Halterung klemmte, die er übersehen hatte, die Muttern aus einem anderen Winkel löste, und den Bauch, ein Bein und einen Ellbogen so verschieben, daß er sein Gewicht auf andere Weise verteilen konnte. »Wir glauben, daß es so gehen wird.« Bevor er an diesem Abend – oder was sie Abend nannten – einschlief, gelobte er Claggett: »Und wenn ich meine Zähne gebrauchen müßte, ich werde diese Schrauben lösen. Aber Claggett hatte eine bessere Idee: »Ich glaube, wir haben hier irgendwo ein Kännchen mit Öl, und ich möchte, daß du eine Stunde früher rü-

bergehst und sie ein bißchen schmierst.« Am nächsten Morgen zogen sich die zwei Männer besonders gemächlich an und achteten darauf, nicht ins Schwitzen zu kommen. Mit einem Minimum an Kraftaufwand öffneten sie die Luke, und dann verließ Pope, der außer dem Ölkännchen nichts bei sich führte, die Kapsel. Er bestrich die Schrauben mit Öl und kehrte zurück. Er versuchte nicht, wieder in die Kapsel zu klettern, hielt sich nur fest und ließ Afrika und Australien unter sich vorbeiziehen.
»Ich fühle mich großartig«, versicherte er Claggett, und als dieser ihm das Werkzeugkästchen reichte, machte er sich mit ehrlicher Begeisterung zur Agena auf. Wie ihm die Experten in Houston geraten hatten, setzte er sich mit gespreizten Beinen auf die große Rakete und stellte fest, daß er eine Art Hebelwirkung erzielen konnte, wenn er den Rumpf mit einem Fuß, einem Knie, einem Ellbogen und dem Bauch umklammerte; er fing an, die geölten Muttern zu drehen, und nun bewegten sie sich, und nicht er.
»*Semper fidelis!*« rief er Claggett zu, als er das Dosimeter abnahm und es sorgsam in einer Tasche an seinem Gürtel verstaute, aber dabei fiel ihm eine Schraube aus der Hand ... nun ja, sie *fiel* nicht, weil es doch keine Schwerkraft gab, die sie angezogen hätte, aber sie ließ sich nicht mehr einfangen und trieb wie ein Miniplanet davon, um die Erde 238,9 Kilometer über ihrer Oberfläche und 6 574,2 Kilometer über ihrem Kern zu umkreisen.
Sechs Tage waren bereits vergangen, und die nächsten drei benützten Claggett und Pope dazu, Aufträge zu erfüllen, die sie von den Experten in Houston erhalten hatten. Dazu bedurfte es größter Konzentration und genauester Zeiteinteilung.

... die Auswirkungen der Schwerelosigkeit auf Neurosporen beobachten, um festzustellen, ob ein längerer Aufenthalt im Weltraum zu genetischen Schädigungen führt.
... mit der Maurer-Kamera 149 Aufnahmen verschiedener Erdgebiete machen.
... 36 Aufnahmen des Gegenscheins, jenes schwachen Lichtschimmers, der unter bestimmten Voraussetzungen an dem der Sonne gegenüberliegenden Nachthimmel zu sehen ist.
... die Gleichgewichtspunkte L-4 und L-5 des Erd-Mond-Sy-

stems untersuchen, um festzustellen, ob sich, wie von Lagrange 1772 vorausgesagt, aus Partikeln bestehende Materie angesammelt hat.
... Hoch- und Höchstfrequenzpolarisierung in ihrer Auswirkung auf die Radioübertragung durch die Atmosphäre überprüfen.
... Daten über das Wachstum von Froscheiern im Weltraum sammeln.
... biologische Prüfungen von Körperflüssigkeiten vornehmen. (Das hieß, in einen Spezialbeutel urinieren, aber aus diesem Versuch wurde nichts, weil Claggett zweimal seinen Beutel zerriß. Die Ärzte waren sicher, daß er es absichtlich getan hatte.)

Am zehnten Tag standen sie schon früh auf, räumten alles, was nicht niet- und nagelfest war aus dem Weg, hefteten Kugelschreiber und Eßschalen an die mit Velcro bespannten Wände, um gegen einen heftigen Stoß gewappnet zu sein, den sie bald erhalten würden, Houston bestätigte, daß Agena-B, die Rakete mit reichlich Treibstoff und guten Triebwerken, dreißig Kilometer hinter ihnen kreiste, und darum beschleunigten sie scharf, um zurückzufallen, und sobald sie zu einer höheren Umlaufbahn aufgestiegen waren, begann die Agena unter ihnen vorzupreschen. Nachdem sie die Führung übernommen hatte, schalteten sie zurück, um ihre relative Geschwindigkeit zunehmen zu lassen, und tatsächlich trafen sie genau aufs Ziel und schafften ein so perfektes Docking, daß sie den Kontaktmoment nicht spürten.
»Houston, wir sind bereit, zu zünden.«
»Na dann los!« stimmte CapCom zu, und mit dieser vertrauten Stimme im Ohr zündete Claggett das gewaltige Haupttriebwerk Agena, die vor den Zwillingen lag, und volle 29 Sekunden lang, während 6 G die Männer durcheinanderschüttelten, schlug eine wilde Explosion aus Feuer und fliegendem Schutt über der Kapsel zusammen. Mit einer zusätzlichen Geschwindigkeit von 750 Kilometern in der Stunde schoß die ganze Maschine von der Erde fort, bis sie eine Umlaufbahn von 1197,3 Kilometern erreichte, höher als je ein Mensch gekommen war.
»Mann, o Mann!« rief Claggett ins Mikrophon, »das ist vielleicht eine Schlittenfahrt, Houston!« Und die ganze Welt hörte zu, als er einen

etwas geschmacklosen Witz anfügte: »Wenn der liebe Gott ein Golfspieler wäre und einen Annäherungsschlag wie diesen mit einem Neunereisen ausführte, er würde seine helle Freude daran haben.« Tausende von religiösen Zuhörern beschuldigten ihn, gelästert zu haben, und die NASA verbrachte Stunden und Tage damit, zu leugnen, daß dies seine Absicht gewesen wäre. »Gott ist kein Golfspieler«, wies ihn eine Zeitung mit harten Worten zurecht, und Thompson hinderte Claggett nur mit Mühe daran, darauf zu antworten: »Aber *wenn* er einer ist, dann hat er einen phantastischen Schlag mit dem Neunereisen vorgelegt.«

Pope war zurückhaltender, und seine begeisterten Worte wurden eilig einem weltweiten Medienverbund zugeleitet: »Wie schön ist doch die Erde von hier oben gesehen! Die Grenze zwischen Tag und Nacht ist so sauber wie eine Messerschneide! Oh, oh! Da ist Afrika – genau dort, wo es hingehört! Und die Weltmeere sind blau, und jetzt sehe ich Asien. Oh, der Himalaja! Wenn ihr doch sehen könntet, wie schön unsere Erde ist!«

Es waren seine kunstlosen, nach Touristenmanier geschossenen Aufnahmen – mehr als zweihundert Stück –, die den Erdbewohnern erstmalig zeigten, wie ihr Planet aussah, in welch majestätischen Farben er prangte und was für ein kostbares Ding er war. Und auf dem Höhepunkt ihres Fluges, als die Agena erbebend in eine permanente Umlaufbahn einschwenkte, rief Clagget der Erde zu: »Ich wollte, wir könnten für alle Zeiten hier weiterfliegen!«

Die Zwillinge wasserten im Pazifischen Ozean, 234 Meter von der *Tulagi* entfernt, wie ihnen sechzehn Tage zuvor aufgetragen worden war, und bei der anschließenden Einsatzbesprechung führten sie nur über zwei Dinge Klage. Pope: »Claggett hatte sich Bänder mit Country-music mitgenommen, und ich möchte nie wieder Weiber hören, die durch die Nase singen.« Claggett: »John hat sich Bach und Bartók mitgenommen, und ich möchte nie wieder solche Spaghettimusik hören.«

Bis auf das Auffangen des Urins war der Claggett-Pope-Flug so erfolgreich verlaufen, daß man das Gemini-Programm in aller Stille einschlafen ließ. Es hatte seinen Zweck großartig erfüllt und die Kosten in Höhe von 1 147 300 000 Dollar reichlich gelohnt, denn Gemini bewies, daß Menschen bei null G gefahrlos überleben konnten, wenn sie ausreichend ihre Beine bewegten, daß sie zwei riesige Raumfahrzeuge in den Weltraum befördern und sie so sanft aneinander koppeln konnten, als ob es Kinderwagen wären, daß sie sich im Weltraum bewegen und Arbeiten verrichten konnten, wenn es ihnen, wie einst Archimedes, gelang, einen Hebepunkt zu finden, und daß eine Reise zum Mond nur eine Verlängerung des Fluges war, an den Claggett gedacht hatte, als er rief: »Ich wollte, wir könnten für alle Zeiten hier weiterfliegen!«

Und dann kamen die Bonbons, die den Zwillingen in den Schoß fielen. Sie sprachen vor einer gemeinsamen Sitzung des Kongresses, wurden in New York feierlich vom Bürgermeister in die Stadt geführt und wurden auf Goodwill-Reisen in sieben fremde Länder geschickt; überdies bot man ihnen Gratisautos und attraktive Grundstücksgeschäfte an. Wirkliche Bedeutung aber hatte für sie, daß es jetzt viel leichter war, zu einer T-38 zu kommen, wenn sie eine brauchten, und in diesen wendigen schnellen Jets brausten sie von einem Teil des Landes zum anderen und machten praktische Vorschläge für das Apollo-Programm, das sie bald auf den Mond bringen sollte.

Das griechische Wort lautet *hybris,* und es ist das Leitmotiv der großen Tragödien. Es steht für die Selbstüberhebung, die die Götter erzürnt und sie veranlaßt, Menschen auf der Höhe ihres Erfolges zu vernichten. Ein solches Verhängnis brach über das NASA-Programm herein: Als drei Astronauten am Nachmittag des 21. Februar 1967 in ihrer Kapsel auf der Nase einer Saturnrakete auf Cape Canaveral eine Routineübung absolvierten, sprang aus einer defekten elektrischen Leitung ein Funke in den reinen Sauerstoff des Kommandoteils über; ein Feuer brach aus, in dem die drei Männer starben.

Die überlebenden ›Soliden Sechs‹ logierten im Bali Hai, als das passierte, und während sich die schreckliche Nachricht verbreitete, fanden sich die Familien automatisch zusammen. Die zehn jungen Menschen – die Claggetts, die Lees, die Caters, die Bells, die Popes – saßen in der Dagger Bar und dachten über die unerbittliche Bewegung nach, von der sie ein Teil waren. In einer Ecke hockte, von niemandem beachtet, Rhee Soon-Ka und machte sich Notizen, denn dies war ein Tag, wie sie ihn schon lange vorausgeahnt hatte; gleich einem modernen Aischylos wußte sie, was Hybris bedeutete.

7. Der Mond

Nur ein einziges Mal kamen die vier Familien, die so unzertrennlich mit dem Raumprogramm der Vereinigten Staaten verbunden waren, an einem Ort zusammen – und das geschah im Longhorn Motel in einer geschäftigen Vorstadt in Houston in Texas im schwülen Juli 1969, als die ersten Astronauten endlich auf dem Mond landeten.

Natürlich waren sich die Männer in den vergangenen Jahren bereits begegnet, aber nie waren sie gleichzeitig zusammen gewesen. Senator Grant, zum Beispiel, hatte John Pope schon als Jungen in seiner Heimatstadt Clay gekannt und geholfen, daß er nach Annapolis gehen konnte, er hatte sich oft mit Stanley Mott beraten, manchmal auch über persönliche Angelegenheiten, und er hatte Kolff zweimal nach Washington beordert, um sich berichten zu lassen, was in Alabama vorging, aber noch nie hatte er die drei zusammen gesehen.

Keine der Frauen hatte je mit den anderen drei gleichzeitig Umgang gehabt, nicht einmal Penny Pope, von der man es hätte erwarten können. Natürlich kannte sie die Gattin des Senators, denn die zwei Frauen waren in derselben Stadt aufgewachsen, und sie war häufig mit Rachel Mott zusammengetroffen, nie aber nach Alabama gekommen, um Liesl Kolff kennenzulernen, die ihrerseits nie an eine Reise nach Washington gedacht hatte. Liesl Kolff kannte überhaupt nur Rachel Mott, die sie wie eine jüngere Schwester liebte.

Die Familien hätten sich schon einige Tage früher auf Cape Canaveral treffen sollen, um dem Start von Apollo 11 beizuwohnen; die vier Männer waren natürlich dabeigewesen, um offizielle Pflichten wahrzunehmen, aber zwei der Frauen, Elinor Grant und Liesl Kolff, hatten es vorgezogen, daheim zu bleiben. Die Begegnung von Stanley Mott und Dieter Kolff nach sieben Jahren der Entfremdung, in denen jeder von ihnen seine eigenen Probleme gehabt hatte, verlief sehr gefühls-

betont, denn Dieter, sein altes Vorurteil gegen den bemannten Raumflug ablegend, kam auf den Mann zugelaufen, der ihm das Leben gerettet hatte. »Was für ein Triumph für Sie, Stanley!« Mott umarmte den Ingenieur und erwiderte: »Es ist *Ihr* Triumph, alter Freund. Als ich Sie in Deutschland fand, versprachen Sie: ›Ich werde eine Rakete auf den Mond schießen!‹ Und in ein paar Stunden werden wir unser Ziel erreicht haben: Ihre Rakete und unser Astronaut.«
Die Bitterkeit lebte wieder auf. »Es ist nicht meine Rakete«, gab Dieter zurück. »Die wird nie auf dem Mond landen. Sie haben sich für die andere Lösung entschieden. Für die falsche.«
Mott, der die alte Wunde nicht wieder aufreißen wollte, fragte munter: »Wo ist Liesl?« Und Dieter antwortete: »Sie hatte Angst, zu kommen.«
Seit Jahren wünschte sich Liesl Kolff, die Einrichtungen zu sehen, in denen ihr Mann so viel Zeit verbrachte, aber der bloße Gedanke, an den Festlichkeiten teilzunehmen, die auf den Start in Florida folgen würden, hatte ihr Unbehagen bereitet: »Ich gehöre da nicht hin. Die feinen Damen in ihren eleganten Toiletten!« Jetzt hatte sie die Chance, Houston, das Zentrum der Weltraumaktivitäten, zu sehen, aber immer noch äußerte sie Bedenken. Sie wäre lieber nach Boston gefahren, denn dort hatte man ihrem Sohn Magnus einen Ferienjob bei Arthur Fiedler und den Boston Pops angeboten; wenn er dann dem Orchesterleiter vorspielte und ihn mit seiner Leistung zufriedenstellte, war ihm die Stellung eines zweiten Trompeters für die Wintersaison 1970/71 und auch für die folgenden sicher. Magnus kannte das Dilemma, in dem seine Mutter sich befand, und hatte sie von Boston aus angerufen: »Fahr nach Texas, Mutter. Mich kannst du in den kommenden zehn Jahren jederzeit sehen. Ich werde alles tun, um den Job zu bekommen.« An dem Abend, wo die Astronauten auf dem Mond landen sollten, mußte er eine entscheidende Probe seines Könnens ablegen: den Solopart in Stradellas lyrischem Trompetenkonzert in D-Dur. »Bitte, Mutter, fahr mit Vater nach Houston.« Sie folgte seinem Rat und war entzückt vom Longhorn Motel und der Achtung, die man ihrem Mann entgegenbrachte.
Senator Grant war von Präsident Nixon angewiesen worden, zum Start nach Florida und jetzt zur Mondlandung nach Texas zu fliegen, und dafür gab es gute Gründe. Ein hoher Beamter des Weißen Hauses

hatte es ihm so erklärt: »Schon seit Jahren versuchen die verdammten Demokraten uns diese Schau zu stehlen. Kennedy, Johnson, Glancey. Sie, Senator, sind unser Spitzenmann bei diesem Programm, und der Präsident möchte, daß Sie weithin zu sehen sind. Es wird ein gesellschaftliches Ereignis ersten Ranges sein, mit viel Presse und Fernsehen. Vergessen Sie nicht, Ihre Frau mitzunehmen!«
Grant hatte Elinor nicht überreden können, nach Florida mitzukommen. Sie bestand darauf, daheimzubleiben, und das aus gutem Grund: Am Morgen vor dem Start hatte Dr. Strabismus ihr – und einer ausgesuchten Handvoll von Zweiundsiebzig-Dollar-Abonnenten – in einem dringenden Telegramm mitgeteilt:

> Ängstigen Sie sich nicht, wenn die amerikanische Regierung, die schon aus dem letzten Loch pfeift, versucht, einen Menschen auf den Mond zu schießen. Das wurde von jenen Besuchern in die Wege geleitet, die die NASA, wie ich Ihnen damals berichtete, schon vor sieben Jahren infiltriert haben. Amerikanische Wissenschaftler gewöhnlichen Schlages hätten unmöglich die großen Probleme einer Mondlandung lösen können. Die Besucher konnten es.
> Unsere Informanten in den Reihen der Besucher versichern uns, daß diese feste Plätze auf der dunklen Seite des Mondes errichtet haben, unerreichbar für unsere Teleskope, und daß, wenn unsere Männer zu landen versuchen, ihnen jede Hilfe gewährt werden wird. Sie werden das Ihre dazu beitragen, daß der Versuch erfolgreich verläuft, denn die Besucher wollen ja, daß wir unsere Aufmerksamkeit auf den Mond konzentrieren, während sie die Übernahme der Macht in Washington zu Ende führen. Wir durchleben kritische Tage, aber lassen Sie sich durch die Mondlandung nicht täuschen. Das wirklich entscheidende Geschehen ist die unmittelbar bevorstehende Machtübernahme in Washington, London, Rom und Tokio.

Elinor war überzeugt gewesen, ihrem Land am besten dienen zu können, wenn sie in Clay blieb, um mit den Besuchern zusammenzuarbeiten, und so versäumte sie das große Ereignis des Starts, der von mehr als einer Million Menschen gesehen wurde, die die Straßen Floridas

säumten. Doch als das Weiße Haus bei ihr anrief, um sie aufzufordern, den Feierlichkeiten in Houston beizuwohnen, die eine erfolgreiche Mondlandung krönen würden, konnte sie nicht einfach ablehnen. Aber sie rief die USA in Los Angeles an und fragte Dr. Strabismus, ob es statthaft wäre, ihr Haus am Vorabend der Machtübernahme durch die Besucher zu verlassen. Er antwortete, daß nichts dagegen sprach, denn man hätte ihm versichert, daß die Machtübernahme friedlich vor sich gehen würde. Also flog sie zu ihrem Mann nach Houston.
Immer noch betreute Rachel Mott die Frauen der Astronauten, doch da sich das Interesse der Öffentlichkeit jetzt auf die Familien der Männer konzentrierte, die sich anschickten, den Mond zu erobern, hatte sie genügend Zeit für ihren Mann – und sie brauchte diesen halben Urlaub. Sie hatte lange Stunden mit ihrem Sohn Christopher verbracht, dem die warme Sonne Floridas gutzutun schien. Wegen seiner miserablen Zensuren war er von der Universität Maryland suspendiert worden, aber sie war sicher, daß der festigende Einfluß der Familie ihn in die Lage versetzen würde, sein Studium wieder aufzunehmen. Er hätte sie nach Houston begleiten sollen, aber er hatte es vorgezogen, in Florida zu bleiben, wo er an Anti-Vietnam-Demonstrationen teilnehmen wollte.
Nachdem Penny Pope ihre Senatoren nach dem erfolgreichen Start von Apollo 11 nach Washington zurückbegleitet hatte, nahm der unsentimentale Mike Glancey sie beiseite: »Was ich Ihnen jetzt sage, ist streng vertraulich, aber Präsident Nixon besteht darauf, daß Elinor Grant an den Feierlichkeiten in Houston anläßlich der Mondlandung teilnimmt. Sie hat etliche Schrauben locker, und Sie haben dafür zu sorgen, daß sie nicht unliebsames Aufsehen erregt.« Sie wäre kein Babysitter, protestierte Penny, aber Grant knurrte: »In diesem Fall sind Sie einer. Nicht auszudenken, wenn europäische Zeitungen Wind davon bekämen, daß ein führendes Mitglied unseres Raumausschusses eine Irre zur Frau hat, die Staatsgeheimnisse an kleine grüne Männer ausplaudert!«
An diesem dramatischen Tag bei einer Temperatur von sechsunddreißig Grad im Schatten, setzten sich die vier Familien um halb zwölf Uhr in einer reservierten Ecke des Hotelrestaurants zum Mittagessen. Auf Senator Grants Wunsch waren zwei Fernsehapparate aufgestellt worden, damit er und seine Gäste sowohl Walter Cronkite als auch

John Chancellor hören konnten, und nach zwei Runden Cocktails, die John Pope und Liesl Kolff zurückwiesen, begann das euphorische Mahl mit großen Schüsseln voll Louisiana-Austern. Liesl Kolff wies auch diese zurück, denn schon in ihren ersten Tagen in El Paso war ihr eingeredet worden, daß man Austern nur in Monaten mit einem R essen sollte.

Liesl Kolff war in mancher Hinsicht die interessanteste von den vier Frauen, denn ihr von bäuerlicher Halsstarrigkeit geprägter Schicksalsglaube hatte nur geringe Veränderungen an ihr zugelassen. Schon als Mädchen war ihr bestimmt gewesen, dick zu werden, und das war sie nun auch: Eine rundliche Frau Anfang Fünfzig, die aus drei ziemlich ausladenden Kugeln bestand – ein großer Kopf mit feisten Bakken, ein großer, von einem billigen geblümten Kleid schlecht verhüllter Rumpf und ein besonders gewaltiges Hinterteil, das auffallend breit war. Sie trug eine dunkle Hornbrille, die die Fülle ihres Gesichtes noch betonte; oft hatte man ihr geraten, randlose Augengläser zu tragen, um besser auszusehen, aber sie war von Natur aus ungeschickt, und nachdem sie die randlose Brille zweimal zerbrochen hatte, warf sie sie weg. »Ein Trick von den Optikern, um an unser Geld ranzukommen.«

»Wie ich höre, wollten Sie gar nicht kommen«, sagte Senator Grant, während sie auf den Hühnersalat warteten.

»Das ist richtig«, antwortete sie.

»Aber es ist doch ein Triumph für Ihren Mann.«

»Er hat schon viele Triumphe gefeiert. Aber heute ist auch ein Triumph für meinen Sohn. Sein erster.«

»Und zwar?«

»Heute abend spielt er den Stradella. Ein Trompetenkonzert mit den Bostoner Symphonikern.«

»Ihr Sohn? Wie alt ist er?«

»Zweiundzwanzig.«

»Ist das nicht wunderbar, Elinor? Mrs. Kolffs Sohn ist erst zweiundzwanzig und spielt die Trompete in einem berühmten Orchester.«

Elinor lächelte nachsichtig, ohne einen Kommentar abzugeben. Mit dieser Tischgesellschaft hatte sie nichts zu schaffen, denn sie mußte sich mit Problemen auseinandersetzen, von denen diese Leute nichts ahnten. Außerdem wußte sie aus Erfahrung, daß der Senator, wenn er einen jungen Menschen wegen seiner Verdienste lobte, damit einen Verweis für sie verband, weil sie es zugelassen hatte, daß ihre Tochter Marcia sich, wie er sich ausdrückte, »so armselig« aufführte. Sie selbst allerdings betrachtete Marcia als erfolgreich. Sie nickte Mrs. Kolff zu, als ob sie ihr sagen wollte: »Ich bin froh, daß Sie in diesem Land wenigstens *eine* Befriedigung gefunden haben. Sie sehen so aus, als ob Sie sie brauchen könnten.«

Ungeachtet ihrer reservierten Haltung, warf Mrs. Grant doch hin und wieder einen Blick auf Mrs. Pope, um zu sehen, ob diese unverschämte Person auf irgendeine Weise die Tatsache verriet, daß sie mit dem Senator schlief, aber diese Abenteurerin war zu gerissen, um sich etwas anmerken zu lassen. Mrs. Grant fand es empörend, daß ihr Mann die Frechheit besessen hatte, dieses Weib nach Houston mitzubringen; Commander Pope tat ihr leid. Er schien ein anständiger junger Mann zu sein, wie nicht anders zu erwarten, denn schließlich war er der Sohn von Apotheker Pope. Penny Pope hingegen, das durfte sie nie vergessen, kam aus einer der ärmsten Familien der Stadt, einer Familie ohne jede Distinktion, und darum konnte ihr unmoralisches Betragen auch niemanden überraschen.

Etwa zu der Zeit, da der Salat aufgetragen wurde, begann die Aufregung in den Fernsehstudios deutlich zuzunehmen, denn offenbar bereiteten sich die Astronauten auf den gefährlichen Abstieg zum Mond vor, und so achteten die Fernsehzuschauer nicht auf ihr Essen, ausgenommen Mrs. Kolff, die die Austern verschmäht hatte und daher sehr hungrig war. Mittlerweile hatte sich das Gespräch dem Wunder zugewandt, daß man über eine Entfernung von 380 000 Kilometern Bildsignale senden konnte.

»Die Signale könnten genausogut aus 380 Millionen Kilometern kommen«, bemerkte Kolff. »Solange es keine Hindernisse gibt, keine Berge und keine Planeten dazwischen liegen, pflanzen sich elektrische Signale bis ins Unendliche fort.«

Als Senator Grant das bezweifelte, legte Kolff seine Gabel hin und stellte die rhetorische Frage: »Wieviel Strom brauchen wir, um einen Funkspruch vom Mond auf die Erde zu schicken?« Alle außer Pope und Mott schätzten auf gut Glück, aber Kolff ging zu einer Bridgelampe und drehte eine Sechzig-Watt-Birne an. »Ein Zwanzigstel von dieser Birne würde reichen«, sagte er.

Seine Worte gaben Anlaß zu einer hitzigen Diskussion, und Kolff mußte Dr. Mott um Unterstützung bitten. »Gewiß, eines Tages werden wir eine Funkstation auf dem Saturn haben, mehr als eineinhalb Milliarden Kilometer von uns entfernt. Mit weniger Energie, als diese Birne braucht, wird sie uns Nachrichten übermitteln. Dr. Kolff hat ganz recht: Wenn die gerade Linie weder durch Berge noch durch andere Hindernisse unterbrochen wird, pflanzt sich das Signal bis ins Unendliche fort.«
»Sehen wir das, was jetzt auf dem Mond vorgeht, im gleichen Augenblick, wo es geschieht?« fragte Grant.
»Aber nein«, erwiderte Mott. »Wenn unser Freund Pope mit dem Mann in der Kapsel spricht, befinden sich die zwei Herren dreihundertachtzigtausend Kilometer voneinander entfernt, und da ein elektrischer Impuls sich mit Lichtgeschwindigkeit fortpflanzt, braucht Popes Stimme 1,3 Sekunden, um den Mond zu erreichen. Wenn Mike Collins da oben antwortet, braucht seine Stimme weitere 1,3 Sekunden, um zu uns zurückzukommen.«
»Und wenn wir jemals auf dem Mars landen?«
»Ich weiß im Moment nicht die genaue Entfernung...«
»Etwa dreihundertzwanzig Millionen Kilometer in der extremsten Konstellation der Umlaufbahn«, half Kolff ihm aus, und Mott bedankte sich mit einer kleinen Verbeugung.
»Dafür werden wir jeweils achtzehn Minuten benötigen.«
»Können wir Menschen auf den Mars schicken?« fragte Grant Dr. Mott, aber noch bevor dieser antworten konnte, platzte Kolff los: »Selbstverständlich! Ich könnte eine Rakete bauen, die einen Menschen sicher auf den Mars bringt. Nächstes Jahr.«
Grant, der wohl wußte, daß an die 450 000 Amerikaner zu dem heutigen Mondflug beitrugen, gefiel es nicht, daß der Deutsche behauptete, *er* könne eine Rakete bauen, um auf den Mars zu fliegen; dazu würde man mehr als eine halbe Million Menschen benötigen, und es würde mehr als zwanzig Millionen Dollar kosten.
Doch diese Berechnungen verloren ihre Bedeutung, denn nun bereiteten sich die Astronauten Armstrong und Aldrin darauf vor, das Mutterschiff zu verlassen und zur Oberfläche des toten Trabanten abzusteigen.
»Ich kann es immer noch nicht glauben«, sagte Grant. Er war jetzt

fünfundfünfzig, ein gut aussehender älterer Herr mit einem ernsten, sorgenvollen Gesichtsausdruck und dem Aussehen eines langjährigen Berufspolitikers. Er war dem Raumprogramm sehr nahegestanden, war eine seiner Säulen gewesen, aber für gewöhnlich hatte man von ihm enorme Summen für Projekte verlangt, die er in Wirklichkeit gar nicht verstand, und jetzt erlebte er einen Augenblick des Triumphs, der ihm völlig unbegreiflich war, und Dr. Kolff kündigte ihm an, daß bald andere Menschen auf den Mars fliegen würden. Er war von alledem fast so verwirrt wie seine Frau, nur daß ihre Abenteuer Tausende, die seinen aber Milliarden Dollar kosteten.
Sieben der acht hier versammelten Menschen stocherten in ihrem Essen herum, während Liesl Kolff den Ober um eine zweite Portion Salat bat. »Sie können meine haben«, sagte Elinor Grant großzügig, »ich habe sie nicht angerührt.«
Es war zwei Uhr nachmittags Ortszeit an diesem 20. Juli 1969, als die Tische abgeräumt wurden und der Kellner einen Eiskübel mit Bierflaschen hereinbrachte. Dieter Kolff öffnete zwei davon und reichte eine seiner Frau, aber Liesl lehnte ab. »Das amerikanische Bier ist mir zu schwach, zu süß.« Grant rief den Kellner und fragte ihn, ob es deutsches Bier gäbe. »Mexikanisches ist gut«, sagte Liesl, »oder Filipino. Oder sogar dänisches.« Das Motel hatte ein paar Flaschen Tuborg im Keller, und Liesl war es recht.
Penny Pope führte ein Dauergespräch mit Senator Glanceys Büro in Washington, und in den einzelnen Pausen teilte sie ihre Informationen der Tischgesellschaft mit. »Es sieht alles unglaublich prima aus! Könnte sein, daß es in weniger als einer Stunde soweit ist!«
Die Spannung nahm weiter zu. Grant spielte mit einer leeren Gingerale-Flasche und starrte mal in den einen, mal in den anderen Fernseher. Das Bild war ausgezeichnet. »Verdammt«, sagte er, »es gibt Dinge, die machen wir wirklich tadellos. Schaut euch das an!«
Als die Mondfähre herabschwebte und die Eroberung des Erdtrabanten nach all den Jahren mühevoller Arbeit Tatsache zu werden schien, stellte sich Penny Pope an die Seite ihres Mannes, der besser als die anderen die Bedeutung dieses Augenblicks erfassen konnte, und nahm seine Hand in die ihre. Mrs. Kolff tat das gleiche mit ihrem Mann und dachte an die Zeit zurück, da nur sein Optimismus allein die Männer aus Peenemünde dazu bewogen hatte, an ihrem großen

Traum weiterzuarbeiten. Mrs. Mott wollte zu ihrem Mann gehen, konnte es aber nicht, weil Mrs. Grant sie an der Hand hielt und ihr mit leiser Stimme versicherte, daß alles, was sie auf den Bildschirmen zu sehen bekam, völlig unwichtig sei im Vergleich zu dem, was in Kürze die ganze Welt aus den Angeln heben würde. »Sie haben ja keine Ahnung, meine Liebe, aber ich bin ganz sicher, daß Menschen wie Ihr Mann, die so viel wissen, von besonderem Wert sein werden, wenn alles soweit ist.«
»Wenn was soweit ist?«
»Sie werden schon sehen.«
Mott stand neben Senator Grant und trank müßig sein Bier, das immer wärmer wurde. »Es ist mir fast unerträglich. Ich habe mitgeholfen, die Flugbahnen zu berechnen, und jetzt sind sie Wirklichkeit geworden. Wissen Sie, das ist wirklich außergewöhnlich. Diese Männer werden genau auf der Stelle landen, die wir vor drei Jahren dafür vorgesehen haben.«
»Es ist ein großer Tag für Amerika«, sagte Grant, und vor seinem geistigen Auge zogen andere Tage vorbei, die seinem Gedächtnis eingeprägt waren: Die japanische Flotte, die aus dem Morgengrauen kam, um MacArthur zu vernichten; Gawain Butler, der tapfere Mann, der sich gegen die Haie verteidigt hatte; der Morgen, an dem Senator Taft ihn im Senat vereidigt hatte, nachdem sein eigener dienstälterer Senator zu Tode gekommen war; die Ermordung John Kennedys, eines Mannes, den er nie sehr gemocht hatte, ein Dilettant, aber einer, der wenig Schaden angerichtet hatte; der glorreiche Sieg Nixons über Hubert Humphrey; ein dummer Mensch, dieser Humphrey, und in keiner Weise dazu berufen, Präsident der Vereinigten Staaten zu sein; und unter den vielen Gesichtern immer wieder das des guten alten Mike Glancey aus Red River, eines Demokraten zwar, aber auch eines Mannes, dem man vertrauen konnte, so ganz anders als Lyndon Johnson, dessen Präsidentschaft ein einziges Mischmasch gewesen war.
»Die Nation hat ihren großen Tag«, sagte Grant und drückte Motts Hand.
Stille füllte den Raum. Selbst die Fernsehsprecher schwiegen aus Respekt vor dem großen Augenblick, der unmittelbar bevorstand, und dann kam die Meldung, die es der ganzen Welt versicherte: »Achtung

Houston! Hier Stützpunkt Mare Tranquillitatis! Der Adler ist gelandet!« Eine Sekunde lang sprach keiner ein Wort. Zwei der Männer, Grant und Mott, hatten Tränen der Begeisterung in den Augen, und zur Überraschung aller sprang Dieter Kolff wie ein Verrückter auf und nieder und brüllte, zuerst auf deutsch, dann auf englisch: »Es ist geschafft!«

»O mein Gott«, murmelte Grant. »Die Risiken, die wir eingegangen sind!« Er deutete auf einen der Fernsehapparate und fragte: »Ist Ihnen klar, welche Risiken wir eingegangen sind? Vor den Augen der ganzen Welt?«

John Pope begann die eigentliche Feier, indem er Penny küßte; auch sie hatte Tränen in den Augen, und nun wandte sie sich um, um Senator Grant zu küssen, dessen moralische Kraft sie oft bewundert hatte. »Wir haben es erreicht!« rief sie. »Es war schwierig, aber wir haben es geschafft!«

Es würde noch sechseinhalb Stunden dauern, bis die Astronauten tatsächlich die Fähre verließen, aber alle wollten auf diesen gefährlichen Augenblick warten, und darum wurden die Teller abgeräumt und frisches Bier gebracht – auch drei Flaschen Tuborg für Mrs. Kolff. Penny Pope meldete viele Telefongespräche an, und der Senator meinte: »Die gehen alle auf Rechnung des Ausschusses. Heute ist ein großer Tag.«

Ein Anruf ging nach Skycrest in Colorado, wo Millard Mott und sein Freund Roger ein Geschäft für Reformkost betrieben, das wohl kaum überlebt haben würde, wenn die jungen Männer nicht sehr einträgliche Nebenberufe ausgeübt hätten: Käse-und-Wein-Parties und eine schöne Sammlung von klassischen Platten. Sie waren von dem Mondflug begeistert, und Roger meinte zu den Motts: »Sie können sich gar nicht vorstellen, wie stolz Millard auf Sie ist. Er ist wirklich ein feiner Kerl.«

Penny erreichte Magnus Kolff gerade, als er auf die Bühne sollte. Er erzählte seinen Eltern, daß er heute abend eine Berühmtheit war, denn die anderen Musiker wußten, daß sein Vater mitgeholfen hatte, die Rakete zu bauen. »Als der Portier mich ans Telefon rief, sagte er: ›Kontrolle für bemannte Weltraumfahrt, Houston, für Sie!‹ So laut, daß es alle hören konnten. Ich freue mich so für dich, Vater.« Er sprach englisch, seine Eltern deutsch.

Mrs. Grant rief nun Dr. Strabismus an. »Alles in Ordnung«, sagte er. »Unsere Kolonie auf der Rückseite des Mondes hält sich in Bereitschaft, um Hilfe zu leisten. Sie werden darauf sehen, daß unsere Männer ihre Mission erfolgreich abschließen.«
John Pope sprach wiederholt mit der Bodenkontrolle, wo die allgemeine Erregung über das Telefon knisterte; es war ein Triumph für so viele, und einer der Techniker sagte: »Richten Sie diesem Hundesohn Mott aus, daß er richtig lag, als er für das Mond-Orbit-Rendezvous eintrat.« Als Pope diese Botschaft weitergab, bat Mott Penny, ihn mit dem NASA-Stützpunkt Langley in Virginia zu verbinden. Er wollte mit den Ingenieuren sprechen, die ihn in die Welt der Raumfahrt eingeführt hatten, und ihnen danken.
Grant führte ein Dutzend Gespräche, darunter eines mit Präsident Nixon, aber keines mit seiner Tochter in Los Angeles, und nachdem sich die Aufregung etwas gelegt hatte, fragte er die Kolffs: »Wie kommt es, daß Ihr Sohn Trompete spielen gelernt hat ... so jung?«
»In Amerika«, antwortete Mrs. Kolff lebhaft, »werden die Menschen zum Lernen angehalten. Mrs. Mott hat uns in El Paso Englischunterricht gegeben. Ohne etwas dafür zu nehmen. Wie wir nach Huntsville übersiedelt sind, wurden schon am ersten Tag Instrumente ausgegeben. Wie alt Magnus damals war? Vier vielleicht, und er bekam eine Trompete.«
»Sie sind sicher sehr stolz«, meinte Rachel Mott.
»Das sind wir«, nickte Liesl.
Grant wandte sich den Motts zu. »Hatten Sie nicht ein kleines Problem mit Ihrem Sohn?«
»Mit beiden«, antwortete Rachel. »Und es waren – und sind – keine kleinen Probleme.«
»In welcher Beziehung?«
Stanley Mott zögerte, Familiengeschichten bloßzulegen, aber seine Frau, die nichts davon hielt, Dinge zu vertuschen, kannte keine Hemmungen. Fast gouvernantenhaft, die personifizierte Aufrichtigkeit, gab diese einundvierzigjährige Neuengländerin Auskunft. »Unterschiedliche Lebensstile, denke ich. Unser ältester Sohn ... der ältere, meine ich ... scheint nichts für Mädchen übrig zu haben. Er lebt mit einem jungen Mann gleichen Alters zusammen. In Skycrest, Colorado. Sie betreiben einen Laden für Reformkost.« Und bevor noch je-

mand etwas dazu bemerken konnte, fügte sie mit fester Stimme hinzu: »Wir haben unseren Frieden mit Millard gemacht. Es ist ein netter freundlicher Junge, und wir hegen keinen Zweifel, daß er auch als Mann diese Qualitäten haben wird.«
»Er ist sechsundzwanzig«, warf Mott ein.
»Für mich ist er immer noch ein Junge«, versetzte Rachel, und ihr Mann fügte erklärend hinzu: »Es ist natürlich ein Schock, wenn der eigene Sohn Charakterzüge erkennen läßt, die man ... nun ja ...« Er unterbrach sich verwirrt und platzte dann heraus: »Wir haben ihm das Geld für den Laden vorgeschossen, und ich für meine Person bin stolz auf das, was er zustande gebracht hat. Er genießt einen guten Ruf in Skycrest.«
»Mit Christopher haben wir ernstere Schwierigkeiten«, fuhr Rachel fort. »Er wurde festgenommen, weil er Marihuana verkauft hat.«
»Drogen?« fragte Liesl.
»Ich fürchte, ja. Sagen *Sie* mir doch«, lieferte sich Rachel ihren Zuhörern sozusagen auf Gnade und Ungnade aus, »wie behütet man seine Kinder in dieser permissiven Gesellschaft vor Verdruß?«
»Da besteht ein gewaltiger Unterschied«, erwiderte Senator Grant. »In meiner Jugend in Clay haben die Menschen zusammengehalten. Die Polizeibeamten waren freundlich. Die Lehrer in der Sonntagsschule achteten darauf, daß wir das Rechte taten. Unser Footballtrainer war ein feiner Kerl, und ich erinnere mich, als ich mich eines Tages in eine Spielhalle schlich, um zu sehen, was dort für schändliche Dinge vor sich gingen, nahm mich ein Hafenarbeiter beiseite und sagte: ›Norman, von dir erwartet man, daß du ein anständiger Mensch wirst. Der vielleicht mal sogar die Tochter des Richters heiratet. In einer Spielhalle hast du nichts verloren. Und jetzt ab mit dir!‹«
»Heute ist das anders«, seufzte Rachel Mott. »Unser Sohn ist jetzt in Miami und schreit dort Ho, ho, ho! Ho Chi Minh!«
Senator Grant sah sie an, »Was tut er?«
»Kindlicher Unfug. Sie finden es lustig, uns ältere Menschen zornig zu machen.«
»Aber was soll dieser Ho-Chi-Minh-Unsinn? Ihr Sohn ist doch nicht etwa ...?«
»Sie wollen, daß der Krieg in Vietnam aufhört. Sie wollen, daß wir abziehen.«

»Das ist Sache der Regierung«, schnauzte Grant. »Plärrenden Kindern steht darüber keine Entscheidung zu.«
»Christopher ist kein Kind. Er ist neunzehn. Er hat entsetzliche Angst, einberufen zu werden.«
Grant stand auf: »Als wir einem viel stärkeren Feind gegenüberstanden, eigentlich zwei Feinden, hat meine Generation sich freiwillig gemeldet. Sie doch auch, Mott, nicht wahr?«
»Die Army wollte auf meine Dienste nicht verzichten«, wich er aus, denn er wollte nicht zugeben, daß er keine Uniform getragen hatte.
»Und Sie, Pope? Sie haben sich freiwillig gemeldet, nicht wahr?«
»Ich spielte damals Football, Sir. Ich war noch in der High-School.«
»Aber in Korea?«
»Da war ich schon in Uniform, Sir, und bin Kampfeinsätze geflogen.«
»Und Sie auf der deutschen Seite, Sie haben sich doch auch freiwillig gemeldet, nicht wahr, Kolff?«
»Ich habe in Rußland gekämpft«, antwortete Dieter, der es nicht für nötig hielt, ausführlich darüber zu berichten, daß ihn erst vier Kriminalbeamte in süddeutschen Gauen aufspüren mußten, bevor die Wehrmacht ihn in eine Uniform stecken konnte.
»In Krisenzeiten«, sagte Grant, »scharen sich die Menschen zur Verteidigung ihrer Heimat zusammen.«
»Millard leugnet, daß es eine Krise gibt. Er ist sicher, schrieb er in seinem letzten Brief, die ganze Sache wäre künstlich hochgespielt worden.«
»Hochgespielt?« schnauzte Grant. »Wenn der Kongreß der Vereinigten Staaten ...«
»Das ist für ihn der Kernpunkt«, unterbrach ihn Rachel. »Der Kongreß hätte einfach nicht den Mut gehabt, Krieg zu erklären. Millard meint, es wäre alles nur ein politisches Spiel, ein Vorbeigehen an der Wirklichkeit.«
»Ihr Millard sollte sich besser in acht nehmen, Mrs. Mott«, erwiderte Grant.
»Er sagt, das Ganze wäre nur ein fauler Trick, um die Kinder der Armen dazu zu bringen, die Privilegien der Reichen zu verteidigen, ohne daß das Geschäft darunter leide.«

»Er redet wie ein Kommunist.«
»Er sagt, die meisten jungen Menschen in Colorado denken ebenso. Zwei seiner Freunde sind nach Kanada geflohen. Um der Einberufung zu entgehen.«
»Geflohen? Amerika ist doch kein Gefängnis. Wenn sie weglaufen sind, haben sie es getan, weil sie Feiglinge sind. Präsident Nixon und der Kongreß haben gewisse Gesetze erlassen, und es ist die Pflicht aller Bürger, sie einzuhalten.«
Stanley Mott wollte die Debatte nicht ausufern lassen und stellte deshalb seinerseits eine Frage: »Was können Eltern in einer Zeit ständig verrohender Sitten denn tun, um ihre Kinder vor Schaden zu bewahren?«
»Manchmal muß man einen Hammer nehmen und die Trompete zerdeppern«, antwortete Liesl Kolff.
Mehr als sechs Stunden waren vergangen, seitdem die Mondfähre Adler auf dem Mond gelandet war, und die zwei Astronauten, die sie beherbergte, hatten sich ausgeruht, um alle Kraft zu haben, wenn es Zeit war, ihren sicheren Brutbeutel zu verlassen und wie junge Kängeruhs im Freien herumzuspringen. Mittlerweile hatten viele Fachleute die NASA dazu beglückwünscht, daß sie sich für die einfachste und sicherste Methode einer Mondlandung entschieden hatte. Ein Mitglied der Wissenschaftsredaktion des ABC-Fernsehens gab eine Erklärung ab.

> Der gute Geist dieses Fluges war der Mann, der sich bei der NASA dafür einsetzte, die Verfahrensweisen neu zu bewerten, die Problematik anderer Methoden zu erkennen und die prinzipielle Richtigkeit der letztendlich angewandten herauszuarbeiten. Den Namen dieses Mannes kennen wir nicht. Sehr wahrscheinlich war es ein Ausschuß, doch selbst in Ausschüssen ist es für gewöhnlich *ein* Mann mit Scharfblick und Überzeugungskraft, der seine Kollegen auf den richtigen Weg bringt. Darum lassen Sie uns jetzt, während wir darauf warten, daß unsere Astronauten den Mond betreten, diesem organisatorischen Genie unsere Reverenz bezeigen, der für die Entscheidung verantwortlich war, die es der NASA ermöglichte, ihr Ziel so leicht und so korrekt zu erreichen.

»Man spricht von Ihnen, Mott!« rief Senator Grant.
»Von mir und einem Dutzend anderer.«
»War es schwer, sich durchzusetzen?«
Mott war im Begriff, eine hochfliegende Erklärung abzugeben und die langwierige Debatte zu schildern, als sein Blick rein zufällig auf Dieter Kolff fiel, einen der Männer, gegen die er energisch hatte Stellung beziehen müssen; er sah, wie deprimiert Kolff im Augenblick dieses Triumphes war, und er erkannte, daß es kleinlich von ihm gewesen wäre, dem Deutschen seine Niederlage unter die Nase zu reiben. Lassen wir's gut sein.
Es ging auf 22.00 Uhr zu, als ein geradezu unfaßbares Wunder geschah. In der Mondfähre stellte ein Astronaut eine Fernsehkamera so auf, daß die Bewegungen seiner Kameraden gefilmt und zur Erde übertragen werden konnte. So würde nun die ganze Welt ein Ereignis von historischer Bedeutung miterleben können. Es war, als ob Kameras auf der *Santa Maria* aufgestellt gewesen wären, um Kolumbus' Landung aufzuzeichnen, oder unter dem Apfelbaum, um den Augenblick festzuhalten, da Isaac Newton seine Gravitationshypothese aussprach; oder im brennenden Moskau im Jahre 1812, um die Sekunde zu registrieren, da Napoleon sich entschloß, nach Frankreich zurückzukehren. Die Welt würde am Anbruch eines neuen Zeitalters, des Zeitalters der Weltraumforschung, teilnehmen.
Die Ausstiegsluke öffnete sich. Eine Gestalt in beschwerlichem Weiß kletterte langsam die kurze Abstiegsleiter hinunter, erreichte die letzte Sprosse und tastete mit einem gestiefelten Fuß nach unten. Schließlich gab der Mann entschlossen die Sicherheit der Leiter auf und betrat die Mondoberfläche. Kein Mondstaub hüllte ihn ein, wie manche prophezeit, kein Stäubchen ging in Flammen auf, wie viele befürchtet hatten.
Und dann kam aus so unendlich weiter Entfernung eine menschliche Stimme aus den Lautsprechern, so deutlich, als wenn sich der Sprecher im Nebenraum befände: »Das ist ein kleiner Schritt für einen Menschen, aber ein gewaltiger Schritt für die Menschheit!«
Sieben der acht Leute im Longhorn klatschten begeistert in die Hände, die Männer küßten ihre Frauen. Dieter Kolff mochte niedergeschlagen wirken, aber es war ein großer Sieg, denn seine Rakete hatte sich genau so verhalten, wie von ihm vorausgesagt. Für Senator Grant

war es ein Triumph seiner sorgfältigen Planung und seines beharrlichen Vorwärtsschreitens. Für Stanley Mott bedeutete es Rechtfertigung für eine lange Kampagne, die schließlich dazu geführt hatte, daß sich die NASA für das Mondrendezvous entschied. Und für die Popes war es ein doppelter Sieg: Johns Demonstrationen in Gemini 13 hatten den Mondflug beschleunigt, und Pennys sorgende Aufsicht über den Ausschuß hatte viel dazu beigetragen, daß das gigantische Projekt auf Kurs blieb. Sie hatte mitgeholfen, Staatsausgaben in der Höhe von nahezu 23 Milliarden Dollar in Umlauf zu bringen.
»Wir haben es ihnen gezeigt«, jubelte Grant. »Wir haben es den Russen gezeigt!«
»Das hat phantastisch geklappt«, sagte Pope voll Bewunderung für seine Astronautenkameraden, und die Tischgesellschaft wollte wissen, was Armstrong und Aldrin für Menschen waren. »Ich frage mich«, sagte Liesl Kolff, »wie sich dieser Michael Collins fühlt, der jetzt ganz allein oben in seiner Raumkapsel sitzt.«
»Das ist sein Job«, versetzte Pope. »Hätte man mich für diesen Flug eingeteilt, wäre es vermutlich mein Job gewesen.«
»Fühlt er sich nicht einsam?«
»Ich habe sechzehn Tage in einer Kapsel verbracht – mit so viel Abstand zwischen mir und meinem Kommandanten.« Er hielt die Hände zwanzig Zentimeter voneinander entfernt. »Ich wäre für ein wenig Einsamkeit dankbar gewesen.«
»Schaut sie euch an!« rief Grant. »Seht euch diese amerikanischen Jungs auf dem Mond an!«
Trinksprüche wurden ausgebracht, und man beglückwünschte sich gegenseitig. Elinor Grant lächelte amüsiert über die Selbstgefälligkeit dieser ahnungslosen Menschen, entschuldigte sich und ging zu Bett. Liesl Kolff hatte sechs Tuborg getrunken und zog sich ebenfalls, wenngleich ein wenig schwankend, zurück. Rachel Mott ahnte, daß die Männer noch lange feiern würden, und begab sich lieber zur Ruhe, aber Penny Pope, die sich als Teil des großen Abenteuers fühlte, blieb zurück, warf die leeren Bierflaschen in einen Abfalleimer und bestellte noch einmal Sandwiches und Salzgebäck. Als sich die Aufregung gelegt hatte und die Männer bequem in ihren Lehnsesseln saßen, hörten sie den ungewöhnlichen Bericht eines spanischen Korrespondenten.

Nachdem ganz Spanien am frühen Sonntag abend durch Funk und Fernsehen von der Mondlandung erfahren hatte, sprach Vater Tomás Uruzipe, ein bekannter Wissenschaftler und Jesuit, im Radio. Er versicherte seinen Landsleuten, daß der Papst über alle Entwicklungen unterrichtet worden war, daß er der Mondlandung seinen Segen gegeben hatte und daß das Betreten der Mondoberfläche in keiner Weise gegen göttliche Gebote verstoßen habe. Und mit diesen Worten verabschiedete sich Vater Uruzipe von seinen Hörern: »Ich wiederhole, daß der Papst vom Plan der amerikanischen Regierung, Menschen auf den Mond zu schicken, voll informiert war und daß Seine Heiligkeit keinen Anlaß hatte, irgendwelche Einwände dagegen zu erheben. Ich versichere Ihnen noch einmal, daß alles seine Ordnung hat und mit den Bibelworten in Einklang steht.«

»Das muß wirklich sehr beruhigend sein«, bemerkte Senator Grant, doch dann fiel sein Blick auf einen der Astronauten, der sich schwerfällig über die Mondoberfläche bewegte, und er sagte dann etwas, was zwei seiner Zuhörer einiges Unbehagen verursachte: »Nun, den Russen haben wir's gezeigt. Jetzt können wir uns anderen Dingen zuwenden.«

Um ein Uhr früh mußte John Pope zur Bodenkontrolle zurück, wo er sein Pensum als CapCom ableisten mußte, und Penny begleitete ihn. Nachdem er den historischen Augenblick noch einmal gefeiert hatte, zog sich auch Senator Grant zurück. Mott und Kolff blieben allein bei den zwei Fernsehapparaten zurück.

KOLFF *(von ungeduldiger Spannung erfüllt)*: Haben Sie gehört, was er gesagt hat? »Jetzt, wo wir es den Russen gezeigt haben, können wir uns anderen Dingen zuwenden.«

MOTT: Kampfesmüdigkeit. Er hat hart daran gearbeitet, diesen Sieg zu erringen.

KOLFF: Heute nacht ist alles zu Ende. Und es ist Ihre Schuld.

MOTT: Machen Sie mir keine Schuldgefühle. Ich empfinde keine. Sie haben doch gesehen, wie die Menschen gefeiert haben.

KOLFF: Mit dem Zirkus wird es bald ein Ende haben. Die Tanzbären werden in ihre Käfige zurückkehren. Und wir können die Lichter löschen.

Mott: Sie meinen, Schluß machen? Wir haben noch weitere acht oder neun Mondflüge geplant.
Kolff: Aber auch der Dampfpfeifenorgel wird der Dampf abgelassen. Ich mache mir große Sorgen wegen heute abend. Jetzt, wo wir es den Russen gezeigt haben, kommen die Rechnungsprüfer.
Mott: Die Gesellschaft kann eben nur so viel verkraften und nicht mehr. Vielleicht muß sie mal Pause machen, um Atem zu holen.
Kolff: Einem Teil der Gesellschaft ist es erlaubt, eine Pause zu machen. Senator Grant hat seine Arbeit abgeschlossen. Verständlicherweise ist er erschöpft. Das überrascht mich nicht. »Jetzt können wir uns wichtigeren Dingen zuwenden.«
Mott: Augenblick. So hat er das nicht gesagt.
Kolff: Aber so gemeint. Holt die Männer auf die Erde zurück. Befassen wir uns mit den Problemen, die hier einer Lösung harren.
Mott: Wissen Sie, was mein Sohn in seinem letzten Brief geschrieben hat? »In unserer Gesellschaft läuft die Naturwissenschaft Amok. Sie produziert große Boondoggles.«
Kolff: Was sind *Boondoggles*?
Mott: Zwecklose Zielsetzungen. Bemannte Mondflüge. Was Sie Zirkus nennen.
Kolff: Ich bin zweiundsechzig. Noch zwei Jahre, und ich muß meinen Abschied nehmen. Und es bricht mir das Herz, wenn ich daran denke, daß ich abtrete, während alle Welt auf dem Rückzug ist.
Mott: Das ist doch törichtes Gerede. Ich denke nicht an Rückzug. Ich sehe dem Marsflug entgegen und der Erforschung von Jupiter und Saturn.
Kolff: Das sind kümmerliche Zielsetzungen. Die Geistesgeschichte der Menschheit verpflichtet uns zu mehr. Leute wie Sie und ich, wir sollten vor lauter Zukunftsplänen aus den Nähten platzen.
Mott: Das tue ich. Haben Sie die Arbeiten von Penzias und Wilson verfolgt? Die im Bell Laboratory tätig sind?
Kolff: Selbstverständlich. Das ist es ja, was mir heute nacht so großes Unbehagen bereitet. Wir sollten weiter auf dem aufbauen, was Leute wie diese entdeckt haben.
Mott: Das tue ich. Wenn sie recht haben und die Klänge, die sie hören, das Echo des Urknalls sind, können wir anfangen, eine logische Theorie des Universums aufzubauen.

Kolff: Aber nur, wenn wir an allen Fronten vorwärtsstreben. Wir müssen unsere Instrumente am Himmel haben, und hier auf Erden an den Daten arbeiten. Wir leben in einer Zeit ungeahnter Entdeckungen, und der verdammte Mond hat nichts damit zu tun.
Mott: Der Mond war ein erster Schritt, der unsre Phantasie beflügelt hat.
Kolff: Geben Sie wenigstens jetzt zu, daß Ihre Entscheidung unvernünftig war?
Mott: Tue ich nicht.
Kolff: Sie werden sehen, was passieren wird. Wenn diese Männer vom Mond herunterkommen, wird man Götter aus ihnen machen.
Mott: Das sollten wir auch. Sie sind die Kolumbusse unserer Tage.
Kolff: Und damit werden wir's bewenden lassen. Unsere Arbeit ist getan. Wenden wir uns anderen, wichtigeren Dingen zu.
Mott: Ein wenig Heldenverehrung hat noch keinem langfristigen Programm geschadet.
Kolff: Das war Ihr erster Fehler. Menschen statt Apparate hinaufzuschießen.
Mott: Nein, Glancey hatte recht. Die Amerikaner haben nur Verständnis für Menschen. Sie können sich nicht mit Ihren Apparaturen identifizieren. Und ohne gefühlsmäßige Identifikation haben wir nichts.
Kolff: Meine Raketen hätten die Welt in Erstaunen versetzen können.
Mott *(zeigt auf die Fernsehapparate):* Meine Methode hat funktioniert. Sehen Sie nur, wie gefeiert wird.
Kolff: Und was bleibt Ihnen? Ein Programm, auf dem Sie aufbauen können?
Mott: Sie haben es gehört. Sogar in Spanien wird gefeiert.
Kolff: Und was werden wir morgen davon haben? Wir werden wissen, daß wir imstande sind, nutzlose Menschen auf einen nutzlosen Mond zu schießen, während die Russen in weit wichtigeren Belangen die Führung übernehmen.
Mott: Nicht so hastig! Halten Sie es nicht für wahrscheinlicher, daß die Genossen im Kreml jetzt gelb und grün vor Neid sind? Wer wird denn in Paris noch einen Gedanken an Yuri Gagarin verschwenden, wenn Neil Armstrong die Champs-Élysées hinunterfährt?

KOLFF: Reiner Exhibitionismus.
MOTT: Sie können mir glauben, der Exhibitionismus zählt ... unter Nationen. Ich werde Ihnen ein Geheimnis verraten. Washington hat mich auf die Möglichkeit angesprochen, mit den Astronauten eine Reise durch sechzehn Länder zu unternehmen, sobald sie aus der Quarantäne entlassen werden.
KOLFF: Aber die vornehmste Aufgabe ... sie wird auf ein Nebengleis abgeschoben.
MOTT: Was soll diese vornehmste Aufgabe sein?
KOLFF: Wir existieren innerhalb eines Universums. Die Völker erleben ihren Aufstieg und ihren Fall in den Grenzen dieses Universums. Wir wissen so gut wie nichts darüber, aber wir sind verpflichtet, es zu wissen.
MOTT: Es könnte sein, daß dieses Wissen nicht erkennbar ist.

Es ging schon auf vier, und obwohl beide Männer von diesem langen und ereignisreichen Tag erschöpft waren, wollte keiner dieses Gespräch abbrechen, denn es ging um die ihnen noch verbleibenden Jahre ihres Lebens. Die Dinge, an denen sie sich noch versuchen, und die Hoffnungen, die sie an andere weitergeben wollten, und es war Dieter Kolff, der Nachkomme jener dickköpfigen Deutschen vom Raketenflugplatz in Berlin-Reinickendorf, die als erste davon geträumt hatten, große Flugmaschinen zu den Sternen hinaufzuschleudern, und jener noch dickköpfigeren Preußen in Peenemünde, die es tatsächlich versucht hatten; es war Dieter Kolff, der die klarste Vorstellung von der Zukunft besaß, aber noch ehe er sich über diese Zukunft verbreiten konnte, wurde er von zwei Gestalten unterbrochen, die den Saal durchquerten, ohne die beiden Männer an ihrem Ecktisch zu sehen. Es war Cynthia Rhee, die von den Feierlichkeiten in der Bodenkontrolle der NASA zurückkehrte, begleitet von Ed Cater, dessen Frau Gloria es vorgezogen hatte, im Ausbildungszentrum zu übernachten. Sie waren ein gut aussehendes Paar, sie in einem jener exquisiten graubraunen koreanischen Kleider, die von einem Punkt unterhalb des Halses in gerader Linie nach unten fallen, er in blauen Shorts und dazu passendem Sporthemd, und als sie zu der Stelle kamen, wo sie den Weg zu ihrem und er den Weg zu seinem Zimmer einschlagen sollte, nahm er sie plötzlich in die Arme, hob sie vom Boden hoch und küßte sie leidenschaftlich. Als er sie wieder niederstellte, ergriff sie seine Hand, und nun wanderten sie verträumt in die Richtung ihres Zimmers.

KOLFF: Ihre Astronauten interessieren sich für die einfacheren Probleme ... und überlassen uns das Universum.

MOTT: Immer wenn ich einen von diesen Jungen sehe, muß ich an Harry Jensen denken. Sie kannten ihn nicht, Dieter, aber er war ein skandinavischer Gott ... eine Gestalt aus der nordischen Sagenwelt.

KOLFF: Ich bin traurig an diesem Tag der Fröhlichkeit. So viel von den Dingen, die wir uns in Peenemünde erträumten, fallen der Insequenz anheim ... *(er versuchte noch einmal,* Inkonsequenz *richtig auszusprechen, stolperte wieder und gab auf).* Würde es Ihnen etwas ausmachen, deutsch zu sprechen? Ich meine, Sie bleiben bei Englisch, aber ich möchte mich präzise ausdrücken.

MOTT: In Ordnung.

KOLFF: In der Geistesgeschichte können jeden Augenblick Situationen eintreten, denen man sich stellen muß. Wer aber bestimmt dieses Muß? Weder Regierungen noch selbsternannte Individuen. Einzig und allein der weite Bereich menschlichen Wissens. Kopernikus fühlte das, oder auch Dr. Harvey mit dem großen Blutkreislauf. Die Russen fühlten es lange, bevor wir es taten, und darum waren sie auch als erste auf dem Mond. *(Mott zog die Augenbrauen hoch.)* Ja, bei den vielen Feiern versuchen wir zu vergessen, daß sie zuerst da waren, zuerst landeten, zuerst Mondgesteinsproben aufnahmen und als erste die Mondrückseite fotografierten.

MOTT: Übertreiben Sie nicht. Rußland, das ist wie Spanien und die Neue Welt. Wir sind mit England zu vergleichen. Spanien mag zuerst dagewesen sein, aber es war England, das entscheidende Taten setzte.

KOLFF: Sie halten Südamerika nicht für wichtig?

MOTT: Eigentlich nein.

KOLFF: Wir sind aber heute sehr hochnäsig, nicht wahr, mein Freund?

MOTT: Ich habe allen Grund, es zu sein. Mein Team stellte sich eine außerordentlich schwere Aufgabe. Wir entschieden uns für den einzig richtigen Weg, um sie zu lösen. Und wir hatten Erfolg. Wenn Sie etwas anderes tun wollen, suchen Sie sich doch den richtigen Weg. Aber

beklagen Sie sich nicht über meinen, denn für das, was er bringen sollte, war er perfekt. Bestellen wir noch Bier?
KOLFF: Ich freue mich zu sehen, daß Sie fähig sind, Gefühle zu empfinden. Ich kann es nicht. Nicht, wenn der Weg so offensichtlich falsch ist.
MOTT: Was sollten wir denn Ihrer Meinung nach tun?
KOLFF: Sehr einfach. Den Rest der Apolloflüge abblasen. Die Astronauten feuern. Die hundert besten Astrophysiker zusammenrufen und ihnen ein minimales Budget zur Verfügung stellen. Dann sollen sie sich an die Arbeit machen.
MOTT: An welche Arbeit?
KOLFF: Das Studium des Universums. Wenn wir die nächsten hundert Jahre fleißig daran arbeiten, können wir alle großen Rätsel lösen.
MOTT: Zum Beispiel?
KOLFF: Den Ursprung des Universums. Seine wahrscheinliche Geschichte. Die Rolle, die unsere Sonne und unsere Planeten dabei gespielt haben. Den Ursprung des menschlichen Lebens. Für wann die nächste Eiszeit zu erwarten ist. Sie wissen natürlich, daß das Eis, wenn es in 15 000 oder 20 000 Jahren kommt, New York zerstören wird. Und später dann, wenn es schmilzt, werden die Ozeane über ganz Florida hinwegrollen. Mit solchen Dingen müßten wir uns beschäftigen.
MOTT *(etwas irritiert):* Waren Sie schon einmal in meinem Büro, Dieter? Worauf, glauben Sie, fällt mein Auge jedes Mal, wenn ich von meinem Schreibtisch aufblicke? Auf ein herrliches Bild der Galaxis 4565. Sie befindet sich zwanzig Millionen Lichtjahre von uns entfernt. Dort will ich einmal hin ... in meiner Vorstellung.
KOLFF: Warum vertrödeln Sie dann Ihre Zeit mit dem Mond?
MOTT: Weil Senator Glancey mich gelehrt hat, daß ich nie dorthin kommen werde, wo ich hin möchte, wenn die Steuerzahler nicht mitnehme. Wir müssen einen Schritt nach dem anderen tun, und der Mond ist unser erster großer Schritt.
KOLFF: Und vielleicht der letzte. Vielleicht haben wir heute unsere große Tat vollbracht. Vielleicht müssen wir die Fackel weiterreichen ... an andere.
MOTT: An welche andere?
KOLFF: Japan? Deutschland? Rußland?

MOTT: Besitzen sie die nötigen Fähigkeiten?
KOLFF: Völker können Fähigkeiten entwickeln. *(Es folgte ein minutenlanges Schweigen.)* Ich gehe heute sehr bekümmert zu Bett. Ich sehe meine zweite Heimat auf einem falschen Weg und muß mich bald aus dem Kampfgeschehen zurückziehen. In der Stunde Ihres irrtümlich errungenen Sieges wünsche ich Ihnen eine gute Nacht, Stanley.
Eine Woche später, als in der Welt noch der Jubel widerhallte, war es an Mott, bekümmert zu sein, denn in der Post, die ihm aus Washington nachgeschickt wurde, war auch ein Brief aus Alberta in Kanada.

> Roger und ich haben uns entschlossen, unseren Laden in Skycrest dichtzumachen und in Kanada Zuflucht zu suchen. Wir können uns nicht zu einem Krieg einziehen lassen, der so entsetzlich unrecht ist und nach so entsetzlich verwerflichen Prinzipien geführt wird. Wir könnten uns beide an der Universität Colorado einschreiben und uns so der Einberufung entziehen, aber es widerstrebt uns, auf so üble Weise der Gefahr auszuweichen und zuzusehen, wie junge Männer mit weniger Geld dazu benützt werden, die Schmutzarbeit für uns zu tun. Ich hoffe, daß meine Handlungsweise dich nicht in Mißkredit bringt – zu einem Zeitpunkt, wo du das Recht hast, deinen Triumph zu genießen.
>
> Millard

8. Echtzeit

Der von Dieter Kolff vorausgesagte Rückzug aus dem Weltall erfolgte schneller, als selbst er erwartet hatte, und noch weit rigoroser. Das Budget der NASA wurde von fünf Milliarden Dollar im Jahr auf vier und dann auf drei reduziert; Experten verschiedener Gebiete wurden entlassen, und es war davon die Rede, einige Zentren zu schließen, wo Forschungsarbeiten geleistet worden waren.
Noch überraschender aber war, daß die Mondflüge zur Routine wurden. Manchmal wußte die Öffentlichkeit gar nicht, daß einer gerade im Gange war, und die Leute begannen zu murren, daß so viel Geld vergeudet wurde, »um noch mehr Mondgestein einzusammeln, als ob wir nicht schon genug davon hätten«.
Astronaut Randy Claggett, er selbst ein Absolvent des Texas Agricultural and Mechanical College, ging mit einer Anekdote auf Kosten seiner Alma mater hausieren, um die trübe Stimmung aufzuhellen.

> Die geologische Fakultät der Texaner war eingeschnappt, weil sie keine Mondsteine bekommen hatte, um sie zu analysieren. Also ging ein Wissenschaftler der NASA, um endlich Ruhe zu haben, auf einen Scheunenhof, hob ein paar Steine auf und gab sie den Leuten von der Texas A & M zur Analyse. Sieben Monate kein Wort, dann ein sauber geschriebener Bericht: »An diesen Steinen ist vieles, was wir nicht erkennen können, aber eines steht fest: Die Kuh ist tatsächlich über den Mond gesprungen.«

Als Randy selbst zum Mond flog, sorgte er für die dringend benötigte Leichtblütigkeit, indem er für seine Berichte über den Fortgang seiner Mission Ausdrücke wählte, die bei manchen Zeitungsleuten auf Unverständnis stießen. Wenn er zum Beispiel gelegentlich Schwierigkeiten hatte, meldete er Houston: »Einen Augenblick lang war's jetzt ein bißchen schissig.« Wenn Krümel ihrer Trockennahrung in der Kapsel herumschwirrten, berichtete er: »Hier sieht's ziemlich versandet aus.« Ein anderes Mal fand er es »grottenolmig«, doch als er mitteilte, daß die Treibstoffsituation sich etwas »griesig« anließ, mußte Houston ihn ersuchen, korrektes Englisch zu sprechen.

Sein Humor war erfrischend, und als der Flug zu Ende war, interessierten sich die Reporter mehr für ihn, der allein in der Kapsel gesessen hatte, als für die anderen zwei, die auf dem Mond gewesen waren. Als man ihn fragte, wie er sich denn gefühlt hatte, als er allein den Mond umkreiste, antwortete er freimütig: »Es war richtig grottenolmig.« Die NASA, die seine Popularität zu schätzen wußte, schickte ihn auf mehrere Public-Relations-Touren, und sein Gesicht wurde rasch vertraut: ein schmales, koboldartiges Cowboygesicht mit einer attraktiven Lücke zwischen den Vorderzähnen; nicht weniger bekannt wurde seine Neigung zu schockierenden Auslassungen. So erklärte er einmal einem Publikum in Denver: »In einer Raumkapsel zu reisen ist auch nicht gefährlicher, als an einem Samstag abend, wenn die Rübenbauern besoffen durch die Gegend karjuckeln, mit dem Wagen über die Bundesstraße 85 nach Colorado Springs zu fahren.« Von der Statistik her hatte er natürlich recht.

Aber er konnte auch, wenn es not tat, richtig bissig sein, und mit einem für anspruchsvollere Gemüter bestimmten Witz machte er bei den gelehrten Herren in Boulder Furore: »Da gab es diesen Klugscheißer von Geologen an der Universität Stanford. Seine Spezialität waren Erdbeben. Er prophezeite, daß ganz Kalifornien westlich der Verwerfungsspalte von San Andreas am 6. Juni 1966 – also 6-6-66 – im Pazifik versinken würde, und als er an diesem Morgen erwachte, stellte er fest, daß alles westlich der Verwerfungsspalte noch stand, aber alles östlich davon verschwunden war. Er überprüfte seine Berechnungen und sagte: ›Verdammt, ich hab's verkehrt herum gelesen!‹«

Wenn Claggett in den Büros der diversen Zulieferer mit den Technikern privat plauderte, war er die Quelle vieler nützlicher Informationen, und die Präsidenten von drei verschiedenen Gesellschaften fragten in aller Stille an, ob er Interesse hätte, in ihre Firmen einzutreten. »Beim Raumprogramm wird schon bald Matthäi am letzten sein,

Oberst Claggett. Das sehen Sie doch selbst. Wir sind dabei, ganz neue Gebiete zu erschließen, und es wäre uns eine Freude, Sie mit dabei zu haben.«

Seine Antwort war immer die gleiche: »Ich bin ein Marine. Ich könnte mich nicht einfügen.« Aber wenn er und Debby Dee mit John Pope und Penny allein waren, diskutierten sie eingehend die Zukunftsaussichten für ihren eigenartigen Beruf.

»Wie sehen Sie die Dinge, Penny?« fragte Claggett eines Abends, als sie in der Dagger Bar zusammensaßen.

»Kürzungen auf der ganzen Linie.«

»Wie viele Apolloflüge wird der Kongreß noch bewilligen?«

»Angefangen haben wir mit einem Budget, das bis Apollo 20 reichen sollte. Zwei davon werden sie sicher streichen. Könnte sein, daß sie es bis Apollo 17 zurückstutzen.«

»Sie meinen, das wird der letzte sein?«

»Ja, das meine ich.«

»Verdammt! Ich wäre an der Reihe gewesen, Kommandant von 18 zu sein. Hätte dich mitgenommen, John, wie schon in der Gemini.«

»Eines weiß ich«, sagte Penny. »Bei den nächsten Flügen müssen Geologen dabeisein. Die Öffentlichkeit besteht darauf. Ihr müßtet die Beschwerden lesen, die uns jeden Tag auf den Schreibtisch flattern.«

»Na ja, der Geologe und ich, wir untersuchen den Mond. John kümmert sich oben um den Laden.«

»Würdest du das akzeptieren?« fragte Penny ihren Mann.

»Ich würde zu Fuß gehen, wenn ich dem Mond in die Nähe kommen könnte.«

»Mir ist da ein Gerücht zu Ohren gekommen«, sagte Penny. »Apollo 18 könnte im Kongreß ein offenes Ohr finden, wenn ihr auf der dunklen Seite des Mondes landen würdet.«

»Ich mag diese Bezeichnung nicht«, unterbrach John seine Frau. »Alle reden von der *dunklen* Seite des Mondes. Sie ist überhaupt nicht dunkel. Sie empfängt genausoviel Sonnenlicht wie die Seite, die wir sehen. Der Mond kehrt uns nur eben nie diese Seite zu.«

»In Washington sprechen alle von der *dunklen* Seite.«

»Dann reden eben alle Unsinn. Tun sie ja oft. Und wir können sie auch nicht die ungesehene Seite nennen, denn sowohl wir wie auch die Russen haben sie schon fotografiert.«

»Wie sollten wir sie dann nennen?« erkundigte sich Penny. »Die Rückseite?«
»Nein. Einfach die andere Seite. Wir sollten aufhören, alles im planetarischen System aus der Kirchturmperspektive zu sehen.«
»Nennt sie, wie ihr wollt, aber wenn ihr für Apollo 18 die *dunkle* Seite ins Auge fassen könntet, wie es in Washington immer noch heißt, dann würde euch das eine starke Unterstützung durch den naturwissenschaftlichen Sektor ... und die Bevölkerung im allgemeinen eintragen.«
»Keine schlechte Idee«, rief Claggett und öffnete noch ein Bier, aber Pope langte nach zwei Schalen, einer großen und einer kleinen, um etwas zu demonstrieren.
»Es gibt da ein kniffliges Problem. Bei allen bisherigen Missionen hatten wir direkte Funkverbindungen. Canaveral ist hier auf der Erde. Deine Leute, Randy, waren hier auf dem Mond. Hätten wir so starke Teleskope gehabt, es wäre uns möglich gewesen, einander zu sehen. Aber«, und er betonte das Wort so nachdrücklich, daß Randy sein Bier niederstellte, »wenn wir mit Apollo 18 auf der anderen Seite des Mondes landen, schau mal, was dann passiert.«
Er bat um ein Stück Cellophan, aus dem er eine Landestelle auf der anderen Seite bastelte, und damit war eine geradlinige Kommunikation unmöglich: »Radiowellen von dieser Landestelle können den soliden Mond nicht durchdringen, das ist doch klar. Wenn ihr also, du und dein Wissenschaftler, dort landet und vier oder fünf Tage dort bleibt, was ja jetzt ohne weiteres möglich ist, habt ihr, wenn etwas schiefgeht, keinen Kontakt mit der Erde, keine Hilfe von der NASA ... nicht beim Abstieg, nicht bei der Arbeit, nicht beim Aufstieg.«
Claggett erinnerte die Frauen an Houstons beachtliche Leistung, als Apollo 13 durch einen geplatzten Sauerstofftank in Schwierigkeiten geraten war: »Nur die Bodencomputer und das brillante Können des NASA-Personals in Zusammenarbeit mit Technikern der Zulieferfirmen brachten diese Astronauten lebend wieder auf die Erde zurück. Es war ein exzellentes Zusammenwirken verschiedener Talente. Aber ohne Funkkontakt wäre ihr Schicksal besiegelt gewesen.«
»Was mich an einer Mission auf die andere Seite reizen würde«, begann Pope, aber Penny fiel ihm ins Wort: »O nein, mein Lieber! Du verbringst mir keine vier oder fünf Tage ohne Funkkontakt!«

»Aber wir können Kontakt herstellen. Das ist das schöne an der Sache. Geben Sie mir mal zwei Orangen her, Debby Dee«, und als er sie in zwei sorgfältig ausgewählte Umlaufbahnen um seinen Mond placiert hatte, erklärte er es den anderen: »Einer der Satelliten wird immer in Funkverbindung mit meiner Kapsel, mit Claggett auf der Oberfläche des Mondes und mit Houston hier auf der Erde stehen.«
»Geht das?« fragte Penny.
»Mit unseren Nachrichtensatelliten machen wir es ja schon auf der Erde. Mit diesen Mondorbitern in Position ... vielleicht werden wir drei brauchen, um laufende Nachrichtenübermittlung zu gewährleisten.«
»Wie willst du denn deine drei Orangen in die richtige Umlaufbahn bekommen?« fragte Penny.
»Wir nehmen sie als Gepäck mit, und wenn der Computer das Zeichen gibt, werfen wir sie raus, eine nach der anderen. Und dort bleiben sie dann, die drei kleinen braven Orangen.«
»Und Sie meinen, wir könnten den Kongreß dazu überreden?« fragte Claggett.
»Der Kongreß ist fest entschlossen, nicht über A-17 hinauszugehen. Aber Norman Grant könnte sich dafür erwärmen ... ein Schwanengesang von Format ... John Pope, ein Junge aus seinem Dorf.« Sie blickte ihn nachdenklich an. »Randy«, sagte sie dann, »ich glaube, Ihre Chancen stünden gar nicht schlecht.«
»Na, das ist doch was.« Er nahm einen kräftigen Schluck Bier. »Wissen Sie, warum ich gern noch einen letzten Trip mit Ihrem häßlichen Ehegespons unternehmen möchte? Weil die Apollo-Kapsel groß genug ist; wir könnten den Flug genießen. Man hat Platz, um sich zu bewegen. Und wenn man mal muß, tut man es nicht in zwanzig Zentimeter Abstand vom Gesicht seines Partners. Man geht in eine Ecke. Sie können sich nicht vorstellen, wie kultiviert man sich dabei vorkäme.«

Tucker Thompson machte sich Sorgen. Die Quints, die das Bali Hai Motel leiteten, hatten ihn davon in Kenntnis gesetzt, daß die Burschen von *Life,* die die Exklusivrechte für die anderen Astronauten besaßen, überall herumschnüffelten und Fragen in bezug auf Randy Claggett, Debby Dee und die koreanische Reporterin Miss Rhee stellten. Das verhieß nichts Gutes. »Was meinen Sie, was die suchen?«

»Na ja«, sagte Mr. Quint, »es ist hier in Cocoa Beach allgemein bekannt, daß Claggett mit der Dame seit einiger Zeit etwas laufen hat. *Life* muß wohl auch davon gehört haben. Ich könnte mir vorstellen, daß ihnen ein Skandal recht wäre, um euch von *Folks* eins auszuwischen.«
»Aber warum gerade Claggett? Hat sie nicht ... ich meine ... war sie nicht eher ... unstet?« Und als die Quints ihn fragend anstarrten, fügte er erklärend hinzu: »Hat sie nicht häufig die Polster gewechselt?«
»Sie hat sich ein wenig umgesehen«, antwortete Mrs. Quint. »Ich kann sie gut leiden. Sie ist ein nettes, verantwortungsbewußtes Mädchen.«
»Sie ist fünfunddreißig, und ich könnte ihr den Hals umdrehen.«
»Solange eine hübsche Frau pünktlich ihre Rechnungen bezahlt, in der Bar keinen Krach schlägt und mit ihrer Liebenswürdigkeit Kunden anzieht, kann ich ihr fast alles nachsehen«, versetzte Mrs. Quint.
»Aber nicht, daß sie es mit meinen Jungs treibt.«
»Hören Sie mal, Mr. Thompson«, konterte Mrs. Quint, »wie alt sind eigentlich ›Ihre Jungs‹, wie Sie sie nennen?«
Aus seiner Tasche nahm er das Kärtchen, auf dem seine Sekretärin in winziger Schrift die persönlichen Daten der ›Soliden Sechs‹ vermerkt hatte. »Bis Ende Dreißig.«
»Und Anfang Vierzig«, sagte Mrs. Quint. »Ich habe einen Artikel über John Pope gelesen. Sie nennen ihn den intellektuellen Führer der Gruppe. Er ist vierundvierzig.«
»Hat Miss Korea auch zu Pope Tuchfühlung genommen?«
»Mit dem strammen John? Aber nein. Während die anderen bei ihr oben sind, betreibt er sein Jogging. Bei unserer schmackhaften Verpflegung nimmt man leicht zu, aber der gute alte Pope läuft sich jedes Extragramm wieder runter. Claggett reißt Witze über ihn.«
»Claggett ist ein Großmaul«, bemerkte Thompson ärgerlich.
»Das gibt er selbst zu.«
»Was können wir tun, um einen Skandal zu vermeiden?« fragte Thompson, und als die Quints mit der Antwort zauderten, warnte er sie: »Wenn da was passiert, könnten auch Sie zum Handkuß kommen.«
»Ein saftiger Skandal hat noch keinem Lokal geschadet. Was glauben

Sie, was das für eine Sache wäre, wenn ein paar Gangster aus Miami reinkämen und vier Typen von der Konkurrenz eine geballte Ladung verpassen würden? Für die nächsten zehn Jahre hätte diese Bar ausgesorgt.«

»Die NASA könnte Ihren Laden für off limits erklären, Quint. Keine Astronauten mehr, die zahlende Gäste anziehen.«

»Das wäre uns gar nicht recht«, gab Quint zu.

»Dann überlegen Sie mal, wie man Madame Foo-Young bremsen könnte.« Er hatte sich angewöhnt, seine kleine Gegnerin auch Madame Fu Manchu oder Drachenlady zu nennen.

»Sie ist keine Frau, die sich etwas vorschreiben läßt«, meinte Mr. Quint.

»Vielleicht täten Sie gut daran, ihr den Stuhl vor die Tür zu setzen«, schlug Thompson vor.

Schließlich war er es selbst, der das Problem löste, indem er es einrichtete, daß Claggett und Debby Dee auf eine Goodwill-Tour ins Ausland geschickt wurden, begleitet von einem *Folks*-Reporter und einem Beamten des Außenministeriums.

Cynthia Rhee blieb im Bali Hai wohnen, und als Timothy Bell nach Canaveral kam, um ein paar Stunden im Simulator zu üben, zog sie ohne jedes Aufsehen in sein Zimmer, denn sie brauchte ein paar authentische Zitate in bezug auf seine Eindrücke als einzigem Zivilisten unter einer Horde forscher Militärpiloten.

»Augenblick mal!« explodierte er. »Ich bin kein Bürger zweiter Klasse. Stell mir keine solchen Fragen.«

»Gerade jetzt gibst du mir eine gute Antwort, Tim.«

»Na ja. Also merk dir, daß es ein Zivilist war, der als erster die Mondoberfläche betrat. Neil Armstrong ist kein Militär. Ein Testpilot und ein Zivilist wie ich. Claggett mag der erste unserer Gruppe gewesen sein, der auf dem Mond war, ich werde wahrscheinlich der nächste sein.«

»Das habe ich auch gehört.«

»Hast du auch von dem großen Krakeel zwischen Aldrin und Armstrong gehört? Über die Frage, wer von den beiden als erster die Kapsel verlassen sollte? Aldrin machte einen Riesenkrach, als die NASA entschied, daß ein Zivilist den historischen Schritt tun sollte. Buzz sagte, damit würde die ganze militärische Komponente verunglimpft.

Man würde eine Horde von kriegslüsternen Killern aus ihnen machen.«
»Darum habe ich dir die Frage gestellt, Tim. Ich wollte eine ehrliche Antwort von dir haben. Nichts von dem, was dir bei Pressekonferenzen so glatt von der Zunge geht.«
Das Gespräch regte ihn so auf, daß er aus dem Bett sprang und im Zimmer auf und ab marschierte. Dann stürmte er zurück, kletterte wieder hinein und packte sie an den Schultern. »Natürlich spüre ich manchmal den Unterschied. Sie bilden eine Art Clique, in die ich nicht hineinkomme. Und es ärgert sie auch, daß ich um so viel mehr als sie verdient habe, weil ich Zivilist war.«
»Gibt es deinem Gefühl nach einen Unterschied in ... na, sagen wir, der Befähigung?«
»Ich könnte jeden von ihnen in Grund und Boden fliegen.« Er zögerte. »Bis auf John Pope. Du weißt ja wohl, daß er der Beste ist.«
»Die NASA hält Claggett für den Besten.«
»Du wohl auch?«
»Ich maße mir keine Beurteilung an. Ich dachte, Jensen war vielleicht der Beste von eurer Gruppe gewesen.«
»Aber er war nicht so knochenhart wie Pope. Und auch nicht so inspiriert wie Claggett.«
»Wie siehst du dich selbst, Tim?«
»Ich werde zwei Flüge machen. Es werden sensationelle Flüge sein. Und eines Tages werde ich Präsident einer Gesellschaft sein, die Flugzeuge baut.«
»Allied Aviation vielleicht?«
»Das hast du gesagt.«
»Ist das deine Ambition, Tim?«
»Es ist mein geistiges Training, das mir diese Richtung weist. Wenn ich mit der NASA fertig bin ... oder sagen wir besser, wenn die NASA mit mir fertig ist, werde ich eine Ausbildung haben, wie sie keine vierzig Menschen auf dieser Erde besitzen. Frank Borman, John Pope, eine Handvoll Russen. Man hat mich alles gelehrt. Sechs Doktorate, nein, sieben. Ich müßte einen IQ von 31 haben, um kein Universalgenie zu werden. Ich werde mein Wissen konstruktiv nutzen.« »Und Cluny? Wie soll es mit ihr weitergehen?«
»Sie hat drei wunderbare Kinder. Sie fügt sich überall ein. Ob beim

Testfliegen, in der Firma, bei der NASA – sie paßt sich an. Als Generaldirektorsgattin würde sie eine ausgezeichnete Figur machen.«
»Liebst du sie?«
Darüber dachte Timothy Bell lange nach, nicht über die Tatsache an sich, sondern über die Art, wie er seine Antwort formulieren sollte. »Es war im vorletzten Jahr vor meiner Graduierung. Es war Frühling. Dichtes Programm von Laborarbeiten, weil ich alle schwierigen Vorlesungen belegt hatte. Es war kurz vor sechs, und ich kam schon etwas angeknackst aus dem Labor, als ich dieses Mädchen in diesem hellblau und weiß gemusterten Kleid sah, wie es die Damen in den Südstaaten vor dem Bürgerkrieg trugen, und es haute mich gleich um. Ich stand nur da, als sie vorüberging, und dann lief ich ihr nach, und sie sagte, sie hieße Cluny, und meine drei Laborseminare, die ließ ich sausen. Aber nach einer Zeit sagte sie: ›Tim‹, sagte sie, ›wir müssen es richtig machen. Dein Studium hat Vorrang.‹ Im Sommer heirateten wir. Und wenn ich jetzt an sie denke, sehe ich sie immer noch in ihrem hellblau und weiß gemusterten Kleid.«
»Und sie ist immer noch das kleine Mädchen?«
»Ja, sie wird es immer sein.«

In Washington kämpfte Penny Pope erbittert um das Geld für einen weiteren Apollo-Flug. Sie genoß dabei die volle Unterstützung der NASA, die Dr. Stanley Mott beauftragte, beim Lobbying zu helfen, aber bedächtige Senatoren wie Proxmire aus Wisconsin sahen keine Rechtfertigung für überflüssige Besuche bereits gut bekannter Territorien, und diesbezügliche Vorstöße verliefen im Sand. Noch ablehnender stand der Kongreß einem Apollo-18-Flug gegenüber, weil die Wissenschaftler nicht in der Lage waren, schlüssig zu demonstrieren, welche neuen Wahrheiten es zu entdecken geben könnte. Und so zog sich Dr. Mott zurück und überließ Penny die Sorge um das vermasselte Projekt.
Als sie dem Ausschuß über ihren Mißerfolg berichtete, erweckte sie kein Mitgefühl, und selbst Senator Glancey, nun schon ein müder alter Mann, meinte: »Ich denke, wir sind unsere Runden gelaufen. Belassen wir es dabei.« Aber sie ließ nicht locker und legte neue Motive vor, mit denen sie bei einigen Senatoren starke Unterstützung fand und respektvolle Aufmerksamkeit bei allen.

Es wäre kleinmütig von uns, wollten wir unsere Forschungsarbeiten abschließen, ohne die Rückseite des Mondes gesehen zu haben. Wenn wir uns nur auf die uns zugewendete Seite beschränken, haben wir unsere Aufgabe nur zur Hälfte erfüllt. Wir können auf die andere Seite gehen, Vergleiche anstellen und den Boden für alles bereiten, was später kommen wird. Ich meine, wir haben eine moralische Verpflichtung, unsere Arbeit zu Ende zu führen.

Als Senator Grant den Einwand erhob, daß eine Mission dieser Art ohne Funkkontakt mit der Erde arbeiten müßte, besorgte sich Penny zwei Wasserkrüge und wiederholte die Konstruktion, die ihr Mann erdacht hatte.

Sie haben völlig recht, Senator Grant, eine geradlinige Funkverbindung von der Rückseite des Mondes ist nicht möglich. Wir wissen das noch von Frank Bormans aufregendem Weihnachtsflug rund um den Mond, als wir diese quälende Funkstille erlebten. Aber jetzt können wir etwas dagegen tun: Wir nehmen diese drei Geräte in die Mondumlaufbahn mit ... diese drei Gläser ... und werfen sie hier ab ... und hier ... und hier. Sie werden Nachrichten übertragen, so wie Nachrichtensatelliten jetzt Nachrichten von einem Teil der Erde zum anderen übermitteln.

»Wenn Sie drei Funkstationen auf dem Mond brauchen«, fragte einer der Senatoren, »werden Sie dann zusätzlich Mittel von uns haben wollen, um sie von einer weiteren Apollo-Kapsel hinbringen zu lassen?«
Sie entschuldigte sich. »Tut mir leid, Senator. Manchmal drücke ich mich nicht klar genug aus. Die Satelliten, von denen ich spreche, werden nicht viel größer sein als ein Volleyball.«
»Aber wo wollen Sie die drei Dinger lagern, wenn jeder Zollbreit Raum besetzt ist?«
»Das ist einfach. In der Mondfähre.«
»Und wie wollen Sie sie starten?«

»Mit einem Sprengbolzen. Auf ein eigenes Signal hin sprengt er einen Lukendeckel auf. Die Satelliten stehen unter Federspannung; auf das Signal hin springen sie hinaus und sind unterwegs.«
»Wo nehmen die kleinen Dinger ihre Antriebskraft her?«
»Sie brauchen keine. Sie nehmen die gleiche Antriebsgeschwindigkeit auf wie die Apollo, von der sie gestartet werden.«
»Wieso wissen Sie so viel von diesen Dingen, Mrs. Pope?«
»Es gehört zu meinen Pflichten, das zu wissen«, gab sie lächelnd zurück. »Und vergessen Sie nicht, daß ich seit 1949 mit diesem Ausschuß arbeite.«
Worauf der Senator wissen wollte: »Sind Sie Republikanerin oder Demokratin? Ich meine, wie haben Sie es geschafft, die politischen Veränderungen zu überstehen?«
»Indem ich mir viel Mühe gegeben habe.«
»Und was Sie uns da eben erklärt haben, das würde funktionieren?«
»Man hat es mir versichert.«
»Wer hat?«
»Die größten Kapazitäten unseres Landes«, antwortete sie und präsentierte dem Ausschuß im Verlauf weiterer Sitzungen eine Reihe von Wissenschaftlern, die sich begeistert darüber verbreiteten, daß sie erst jetzt anfingen, den Mond und seinen Platz im planetarischen System zu begreifen.
»Wird das nicht immer so sein?« quengelte einer von Proxmires Anhängern. »Werden Sie nicht immer wieder zu uns kommen und um Geld für einen Flug betteln? Wird das jemals ein Ende haben?«
»Nein, Sir. Weil das Streben nach Wissen kein Ende haben kann.«
»Warum sollten wir dann ...«
»Weil wir Erdbewohner uns in der gleichen Lage befinden wie Europa im Jahre 1491. Sie kannten den halben Erdball – Europa und Asien –, aber sie wußten nichts von der anderen Hälfte, von Nord- und Südamerika. Es wäre gefährlich und unverantwortlich gewesen, dabei stehenzubleiben, und die Reichtümer Amerikas ...«
»Auf dem Mond gibt es keine Reichtümer. Das wissen wir.«
»An Erkenntnissen ist der Mond eine Goldgrube. Und wir haben erst begonnen, sie auszubeuten.«
Ein Wissenschaftler, ein Astrophysiker von der Universität Chicago,

ersuchte einen Assistenten, einen Globus hereinzubringen, vierzig Zentimeter im Durchmesser, wie ihn keiner der Anwesenden je zuvor gesehen hatte. Einen solchen Globus herzustellen war erst in den letzten Jahren möglich geworden.

> Ich habe diesen Globus zusammen mit Denoyer-Geppert in Chicago entwickelt. Es ist der komplette Mond, beide Hemisphären. Und ich möchte Ihnen eines versichern: Wenn Sie sich entschließen könnten, einen Flug auf diese noch unerforschte Seite zu ermöglichen, der Gewinn für die Wissenschaft könnte enorm sein. Betrachten wir dieses scharf abgegrenzte und so hoch interessante Gebiet näher. Hier haben wir das Mare Moscoviense, dreißig Grad nördlich des Mondäquators. Auf dem Äquator liegt der faszinierende Krater Mendeleev. Hier unten ist der schöne Krater Tsiolkovsky und da drüben, als dritte Spitze eines Dreiecks, der Gagarin ...

»Das sind ja lauter russische Namen«, sagte einer der Senatoren.
»Darum geht es ja«, sagte Penny. »Wir haben viel nachzuholen.«
Das stimmte nicht ganz, obwohl es ein für die Senatoren stichhaltiger Grund war. Seit 1962 hatten die Amerikaner in rascher Folge vier Ranger hinaufgeschossen, um den Mond zu fotografieren, und alle Versuche waren jämmerlich gescheitert: Bei einem hatte die Fernsteuerung verrückt gespielt; bei einem anderen war das Fernsehsystem zusammengebrochen, und in zwei Fällen hatte das Raumfahrzeug die Erdumlaufbahn nie verlassen und somit den Mond überhaupt verfehlt.
Den Russen war es mittlerweile geglückt, ihre Raumsonden Lunik und Luna hinter den Mond zu schicken und ihn detailliert zu fotografieren, das erstemal 1959, dann wieder 1965 und 1966. Sie waren es, die der Welt die andere Seite vorführten, und weil sie die ersten waren, hatten sie auch das Recht, die Landschaftselemente zu benennen.
Doch die russischen Fotografien waren von minderer Qualität, und man hatte die Bestimmung der Standorte offenbar dem Zufall überlassen; eigentlich waren es die späteren amerikanischen Orbiter, die die Luftbildmessung ernsthaft betrieben, und so kam es, daß auf dem

neuen Globus des Professors aus Chicago russische Namen auf amerikanischen Fotografien zu lesen waren. Der Säumigkeit der Amerikaner war es zuzuschreiben, daß die andere Seite des Mondes für alle Zeiten russisch bleiben würde.

Penny mobilisierte fünfzehn Wissenschaftler, die übereinstimmend erklärten, daß ein Apollo-18-Flug nicht nur praktikabel war, sondern geradezu eine Verpflichtung darstellte, und allmählich begannen die Senatoren ihrer Ansicht zuzuneigen, wonach es nicht gut wäre, eine nun einmal begonnene wissenschaftliche Großtat nicht zu Ende zu führen. Als Vertreter der NASA versicherte ihnen Dr. Mott, daß ein Apollo-18-Flug nicht mehr kosten würde als einer der bisherigen. »Eigentlich sogar weniger, weil die Probearbeiten an den Instrumenten, die wir brauchen, schon geleistet wurden.«
»Wieviel würden die drei Umlaufsatelliten für die Funkübertragung kosten?«
»Ungefähr zehn Millionen Dollar pro Stück. Sie müßten natürlich absolut verläßlich sein.«
In der Welt der Wissenschaftler setzte jetzt ein Sturm der Begeisterung ein, die Zahl der Befürworter schwoll sprunghaft an, und der Kongreß sah sich genötigt, ernsthaft in Erwägung zu ziehen, was Mrs. Pope »unseren großartigen Abschied vom Mond« nannte. Im April 1971 wurde der letzte Start schließlich bewilligt, und etwa achttausend Menschen im ganzen Land beeilten sich, frühere Pläne, die in Schubladen geschlummert hatten, wieder aufleben zu lassen. Deke Sleyton in Houston gab bekannt, daß die Besatzung der Apollo 18 eines der interessantesten Drei-Mann-Teams in der Geschichte der Raumfahrt sein würde: »Flugkommandant Randy Claggett von den Marines; Kommander der Kapsel Navypilot John Pope; Pilot der Mondfähre Dr. Paul Linley, Professor der Geologie, Universität von New Mexico, Pilot mit Zivilflugschein. Dr. Linley, Besitzer akademischer Grade der Universitäten DePaul und Indiana und eines Doktorats der Universität Purdue, ist unser erster schwarzer Astronaut.«

Die NASA stützte sich auf die 17 000 von Mondorbitern gemachten Nahaufnahmen, um von dem Dreieck Mendeleev-Tsiolkovsky-Gagarin eine Karte in großem Maßstab anfertigen zu lassen, von der Techniker kleine Modelle aus Pappmaché herstellten, die die Astronauten bei sich tragen konnten, bis sie mit diesem Teil des Mondes ebenso vertraut waren wie mit ihrem eigenen Hinterhof. Dracula, der Simulatorenchef, beauftragte seine geschickten Fotografen und Lichtexperten, Fernsehaufnahmen des Gebietes zu machen, wie es die Astronauten von ihrem Raumschiff aus sehen würden. Diese paßte er in die Kameras seiner Landesimulatoren ein und hielt die Männer an, eine Mission nach der anderen in dieses öde, felsige Gebiet zu fliegen.

Ein bemerkenswertes technisches Gerät erlaubte es Dracula, Simulationen von erstaunlicher Wirkung zu erzeugen: wenn eine verläßliche Kamera eine gut aufgelöste Aufnahme eines hügeligen Geländes gemacht hatte, konnte ein Computer dieses Bild ansehen und sich vorstellen, wie eine *andere* Kamera die gleiche Szenerie aufgenommen haben *könnte,* wenn sie in Verbindung mit der ersten stereoskopisch plaziert gewesen wäre. Wenn die zwei Bilder nebeneinander in einen stereoskopischen Projektionsapparat gesteckt wurden, ähnlich jenen, die in den neunziger Jahren des vergangenen Jahrhunderts ganze Teegesellschaften unterhalten hatten, sprangen die Landschaftsmerkmale aus der flachen Ebene, und vor dem Betrachter ragten Felsblöcke, Krater und Rillen auf.

»Paßt nur auf, was geschieht, wenn wir einen ganzen Film auf diese Weise abdrehen«, sagte Dracula mit einem tückischen Grinsen zu seinen Assistenten, und ohne die Astronauten zu warnen, legte er seine Stereofilme in den Mondlandungssimulator ein, unmittelbar bevor Claggett und Linley einstiegen, um ihre Landung noch einmal durchzuexerzieren. Als sie sich dem Krater Gagarin näherten, sahen sie vor sich plötzlich nicht eine Fotografie von Felsen; statt dessen kam die felsige Mondoberfläche mit großen Brocken und riesigen Vertiefungen direkt auf sie zu. Es war unheimlich.

Claggett und Pope fanden sofort Gefallen an Paul Linley. Er war jünger als sie und kleiner von Wuchs, aber schlank und wunderbar ausgeglichen. In der Zeit, da er als Geologe auf texanischen Ölfeldern gearbeitet hatte, hatte der Schwarze einige üble Erfahrungen gemacht, aber seine offensichtliche Bereitschaft, sich mit allen vertragen zu wollen, begründete sehr rasch seine Integrität, und im Verlauf der von der NASA vorgeschriebenen Geländeübungen auf den öden Flä-

chen Arizonas zeigte er mehr Durchhaltevermögen als jeder seiner Kameraden. Endlich hatte die NASA einen schwarzen Astronauten, und alle waren stolz auf ihn.
Aber er hatte viel Grundwissen über die Mondfähre nachzulernen, und er betrieb sein Studium mit solchem Ernst, daß er kaum je vor elf Uhr nachts ins Bett kam. Er war verheiratet und hatte drei Kinder, aber seine Frau begriff, daß seine Verpflichtungen zu umfassend waren, um ihm ein großes Maß an Familienleben zu gestatten, und darum blieb sie mit den Kindern in Houston, während er von einem Simulator zum anderen hetzte: in Houston übte er das Landen, in Canaveral das Starten und am MIT den Umgang mit Computern. Seiner Frau schrieb er: »Ich verbringe so viel Zeit in Simulatoren, daß ich schon nicht mehr weiß, was Leben heißt.«
Für Claggett und Pope – ihnen oblag es, diesen einzigartigen Flug durch alle Schwierigkeiten zu bringen – waren die letzten Monate des Jahres 1971 und das ganze Jahr 1972 eine Zeit höchster Konzentration. Tag für Tag analysierten sie das Terrain südlich des Mare Moscoviense, benannten Objekte, die nicht viel größer waren als Tennisplätze, und zeichneten Straßenkarten, die Pope von oben checken konnte, während Claggett und Linley ihnen auf der Mondoberfläche folgten. Schließlich einigte sich ein Team von neunzehn Experten, Angehörige der NASA und Mitglieder von neunzehn großen Universitäten, auf die Stelle, wo die Mondfähre landen sollte.
»Haben Sie eigentlich schon einen Namen für Ihr Schiff?« fragte Mott. Claggett deutete auf Pope: »Er fliegt es ja allein, wenn wir unten auf dem Mond sind. Es ist sein Baby.«
»*Altair*«, sagte Pope ohne zu zögern. Es war Altair gewesen seit jener Nacht im Oktober 1944, als er durch ein geliehenes Fernglas diesen perfekten Stern zum ersten Mal gesehen hatte. Altair war es gewesen, als er diesem Stern über den nächtlichen Himmel Koreas folgte. Und Altair war es gewesen zur Zeit seines Unterrichts an der Universität Fremont. Er und der Stern waren eins, und nun würde er mit *Altair* zu den Sternen aufbrechen.
Die Leute von der NASA waren überrascht, als sie Claggett fragten, wie er die Mondfähre benennen würde. »*Luna*«, antwortete er. »Mit ihrer Lunik 3 waren die Russen als erste da, und dafür wollen wir ihnen die Achtung nicht versagen.«

Diese extreme Namensgebung rief beträchtlichen Widerstand hervor, aber Mott und die Herren der NASA mußten erfahren, das Claggett an seinem Entschluß festhielt. »Ich riskiere meinen Arsch mit dem Ding. Ich gebe ihm seinen Namen.« Pope leistete ihm Schützenhilfe, wies aber der NASA einen Weg, ihr Gesicht zu wahren: »Luna war schon immer ein poetisches Synonym für ›Mond‹. Wir brauchen die Sowjets gar nicht zu erwähnen.«
»Soll mir recht sein«, sagte Claggett. »Ich weiß es, und du weißt es, und den anderen kann's egal sein.«
Rachel Mott fand ein passendes Zitat bei Vergil: »Durch die freundliche Stille des Mondes hindurch«, und Claggett meinte, genau das hätte er im Sinn gehabt. Bald wußten die Medien über alle Einzelheiten Bescheid: »Mit den Astronauten Claggett, Pope und Linley wird Apollo 18, bestehend aus dem Raumschiff *Altair* und der Mondfähre *Luna,* Anfang 1973 zu einer Landung unweit des Kraters Gagarin starten.«

Dr. Mott bemerkte als erster, daß Commander Pope mehr arbeitete, als nötig war oder seiner Gesundheit zuträglich sein mochte. Als er den Astronauten eines Nachts um halb zwölf noch über seinen Schreibtisch gebeugt fand und ihn fragte, was er da täte, stellte er fest, daß Pope auf kleinen dünnen, aber feuerbeständigen Zetteln die Maßnahmen notierte, die er in Notsituationen ergreifen würde.
»Aber das steht doch alles in den Handbüchern?« wunderte sich Mott.
»Ich brauche diese Informationen da oben«, erwiderte Mott und klopfte sich auf die Stirn.
»Sie können sich doch nicht mit so vielen Einzelheiten belasten.«
»Darum schreibe ich sie ja auch nieder.«
»Aber sie sind doch schon niedergeschrieben.«
»*Ich* muß sie niederschreiben.«
Mott fragte Dr. Feldman, ob ihm aufgefallen war, daß Pope sich in einen Zustand innerer Spannung hineinsteigerte. »In diesem Zustand befindet er sich ständig«, lautete die Antwort des Arztes. »Es ist ein für einen Zielstreber typischer Zustand.«
»Muß das so sein?«
»Seiner Meinung nach, ja, und darauf kommt es an.«

»Aber ich ...«
Dr. Feldman fiel ihm ins Wort: »Bei jedem Raumflug kann der Moment kommen, wo die richtige Reaktion eines Mannes über Sieg oder Niederlage entscheidet. Dazu gehört ein eiserner Wille – und eine ausreichende Zahl von Stunden in den Simulatoren. Diese Zettel sind Popes Simulatoren. Lassen Sie ihn.«
Aber Mott beobachtete eine zunehmende Gereiztheit bei dem Astronauten, und als er nach Houston kam, riet er den Verantwortlichen, Pope aus Canaveral zurückzuberufen und ihn auf Erholungsurlaub zu schicken. So weise erschien der NASA diese Empfehlung, daß sie Pope anwies, zusammen mit Timothy Bell die Produktion bei Allied Aviation zu inspizieren. »Und wir möchten Ihnen nahelegen, statt mit einer T-38 nach Westen zu fliegen, ein Verkehrsflugzeug zu nehmen und ein wenig auszuspannen.« Pope gab selbst zu, daß er so etwas wie Kampfesmüdigkeit verspürte, und machte einen Gegenvorschlag: Statt zu fliegen wollte er lieber mit Penny über Land fahren, wie sie es gerne taten. Die NASA war einverstanden.
Als Pope im Bali Hai bekanntgab, was er und Penny zu unternehmen gedachten, bat Tim Bell, mitfahren zu dürfen, aber John äußerte Bedenken: »Flitterwochen zu dritt, das hat noch nie geklappt.«
»Aber ich würde Cluny mitbringen.«
»Würde sie so lange unterwegs sein wollen?« Und mit jenem Einfühlungsvermögen, das für Pope charakteristisch war, fügte er hinzu: Du erinnerst dich doch: Der Mercury ist ein Kabrio.«
»Wenn's regnet, klappt man das Verdeck auf, oder?« Bell argumentierte so überzeugend, daß Pope schließlich nachgab und ihm riet, Cluny anzurufen, um zu erfahren, ob sie überhaupt Interesse hatte. Bell beschrieb ihr die Fahrt in so leuchtenden Farben, daß sie in ein Flugzeug stieg, um persönlich mit den beiden zu reden. Ihr hübsches Köpfchen hierhin und dahin drehend, versuchte sie sich vorzustellen, wie sie diese gehetzten fünf Tage verbringen würden, und sie war vernünftig genug, dankend abzulehnen. »Ich weiß, daß ich mich nicht wohl fühlen würde.« Doch als sie sah, wie enttäuscht ihr Mann war, fügte sie rasch hinzu: »Fahr du doch mit, Tim.«
»Für die Popes sind es eine Art Flitterwochen. Allein werden sie mich nicht mitnehmen.«

»Wie kommst du dann nach Los Angeles, wenn ich nicht mitfahre?«
»Ein paar Tage später mit einer T-38.«
»Allein?« Instinktiv fürchtete sie dieses empfindliche Flugzeug, in dem schon zwei Astronauten umgekommen waren, und sie konnte ihre Angst nicht verbergen.
»Ich fliege die Maschine gern«, sagte Bell offen, denn dieser schnelle Vogel war ein Vergnügen, wenn man ihn mit Respekt behandelte.
»Nein. Da fahre ich lieber mit«, sagte sie, und ihr Mann, stets bemüht fair zu sein, erinnerte sie: »Du weißt, die Popes haben ein Kabrio.«
»Das ist doch schön.« Und so wurde alles besprochen, aber als Penny von dem Arrangement hörte, sagte sie ihrem Mann am Telefon, bevor sie aus Washington abflog: »Bist du sicher, daß du sie auf eine so lange Fahrt mitnehmen willst?«
»Die Bells sind amüsante Leute. Er ist ein patenter Kerl.«
»Ich weiß, das ist er. Aber ich frage mich, ob *sie* zu uns paßt.«
Tatsächlich paßte Cluny weder in das Mercury-Kabriolett noch in irgendein anderes. War das Verdeck versenkt, bestand sie darauf, vorne zu sitzen, damit ihr der Wind nicht das Haar zerzauste; war es aufgeklappt, wie fast immer am späten Nachmittag, wenn es kühl wurde, wollte sie ein Fenster zur Hälfte unten haben, um atmen zu können, beklagte sich aber gleichzeitig, daß der Wind ihr immer noch das Haar zerzauste.
Schon am ersten Tag hatte es Unstimmigkeiten gegeben, denn die Popes wollten, wie gewohnt, Cape Canaveral um vier Uhr verlassen, doch da Cluny es haßte, früh aufzustehen, konnten sie erst gegen neun losfahren; um diese Zeit hatte John schon fünfhundert Kilometer hinter sich haben wollen.
Cluny bestand darauf, in Ruhe Mittag zu essen, und gegen sechs quengelte sie: »Wenn wir nicht bald ein Motel finden, finden wir am Ende gar keines mehr.«
»Hast du noch nie in einem Auto geschlafen?« fragte Penny.
»Natürlich nicht.«
»Versuch's mal, es wird dir gefallen.«
Cluny wertete das zu Recht als Bosheit. Zwar beschwerte sie sich nicht bei ihrem Mann, aber er merkte, daß sie gereizt war und in Kürze explodieren würde, und darum schloß er sich ihrem Drängen an, ein Motel zu finden, und zwar rasch.

Es war erst halb sechs, und John hielt ihnen entgegen: »Wir haben noch vier Stunden zu fahren, Cluny.«
»Und kein Motel, wenn wir eines brauchen.«
»Irgend etwas findet sich immer.«
Diese Bemerkung jagte ihr Angst ein, denn im Geist sah sie sich schon in einem staubigen Dorf herumirren und am Ende mit einem schmutzigen Gasthof oder einem völlig indiskutablen Hotel vorliebnehmen müssen. »Ich möchte etwas finden, solange es noch hell ist«, erklärte sie energisch, und so hielt John Pope verärgert vor einem sauberen modernen Motel, das allen Ansprüchen Clunys genügte. Es war halb sechs, und sie hatten 506,8 Kilometer zurückgelegt statt der doppelten Distanz, wie die Popes es gewohnt waren.
Sie aßen gemächlich zu Abend, wobei Penny Pope jeder zweite Bissen im Hals steckenblieb. Vor dem Schlafengehen erinnerte sie die Bells: »Morgen vier Uhr. Pünktlich.«
Darauf einigte man sich, aber es wurde trotzdem halb acht, bis Cluny sich erhoben, geduscht und angekleidet, bis sie Make-up aufgelegt und die Haare in Ordnung gebracht hatte, und dann weigerte sie sich einzusteigen, bevor sie nicht eine Tasse heißen Kaffee getrunken hatte. »Es ist ungesittet, mit leerem Magen eine Fahrt anzutreten.« Es war Viertel nach acht, als sie losfuhren, und John Pope war wütend.
Aber es war die Geschichte mit der Straßenkarte, die ihn veranlaßte, Pläne zu schmieden, um diesem Debakel ein Ende zu machen. Wenn er und Penny allein durch die Gegend brausten, machte es ihnen Spaß, auf Nebenstraßen auszuweichen und Ausflüge zu Orten zu machen, von denen sie oft gehört, sie aber nie gesehen hatten.
Obwohl sie Alabama längst hinter sich gelassen und Mississippi durchquert haben sollten, wollte Penny Mobile und seine Bucht sehen, die sowohl im Krieg von 1812 als auch im Sezessionskrieg eine große Rolle gespielt hatte. Immer, wenn John am Steuer gesessen hatte, war sie, die Karte auf den Knien, sein Lotse gewesen; überdies hatte sie eine gute Nase für vielversprechende Nebenstraßen. »Bieg mal links ab. Es könnte eine wunderschöne Strecke am Fluß entlang sein.« Mehr als einmal ging so ein Ausflug auch daneben, und dann riet sie: »Versuch die nächste Abzweigung nach rechts. So oder so müssen wir auf die Staatsstraße 10 zurück.«

Weil das Verdeck versenkt war, saß Cluny an diesem Tag neben John, während er seinen Mercury über Nebenstraßen steuerte; sie hatte die Karte, und es war eine Katastrophe, denn der Wind machte es fast unmöglich, sie richtig zu halten, und als John ihr zeigte, wie sie sie falten mußte, konnte sie absolut nichts mit Osten oder Westen, mit Süden oder Norden anfangen. Als er einmal ganz schnell wissen wollte, ob er bei der nächsten Kreuzung links oder rechts abbiegen mußte, jammerte sie: »Woher soll ich das wissen?«

»Du siehst es doch auf der Karte«, fertigte er sie unwirsch ab, und als sie nicht einmal raten konnte, wo sie gerade waren, riß er ihr die Karte aus der Hand, studierte sie knapp fünf Sekunden lang, stieß mit dem Finger drauf und schnauzte: »Da! Ist doch ganz klar!« Sie brach nicht in Tränen aus, aber es fehlte nicht viel dazu.

»Siehst du denn nicht, wo diese Straße in die Staatsstraße 65 einmündet?« fragte John.

»Die Karte geht nach Norden«, antwortete Cluny, »und wir fahren nach Süden.«

Und erst jetzt wurde John klar, daß sie sich nicht vorstellen konnte, wie man eine Karte las oder Entfernungen berechnete. Amerika in seiner Gesamtheit lag ausgebreitet auf Clunys Knien, und sie war nicht imstande, auch nur ein einziges Element zu erfassen.

»Gib die Karte lieber Penny«, sagte John mitfühlend.

»Ich wollte sie von Anfang an nicht haben.«

»Wenn wir nach dem Abendessen noch ein paar Stunden fahren würden, und das möchte ich«, sagte John, »könnten wir wahrscheinlich den Mississippi erreichen...«

»Ich finde, wir sollten uns schnellstens nach einem guten Motel umsehen«, entgegnete Cluny, und wieder entbrannte der Streit. Penny zeigte Verständnis für den Wunsch ihres Gatten, den Mississippi zu erreichen, aber Cluny machte eine so turbulente Szene, daß Tim für sie Partei ergreifen mußte. Um 17.23 hielten sie an, zu einer Stunde, wo sie noch gut vierhundert Kilometer hätten fahren können, und obwohl Pope beim Abendessen mit Nachdruck erklärte: »Morgen fahren wir um vier los, oder wir kommen nie nach Kalifornien«, wurde es fast acht.

Noch wütender machte die Popes, daß Cluny, als sie sich zum Mittagessen setzen wollten, einen Friseur entdeckte, und bevor noch jemand

sie aufhalten konnte, war sie auf und davon und in den Laden geschlüpft, um die Schäden beheben zu lassen, die der böse Wind angerichtet hatte. Fünfzig Minuten später kam sie wieder, aber schon um halb sechs begann sie abermals den anderen nach einem Motel die Ohren vollzujammern, und John mußte die Fahrt unterbrechen.
Wie er es auf solchen Cross-Country-Touren gewöhnt war, erwachte Pope um halb vier und machte seine Gymnastikübungen, um fit zu bleiben. Auch Penny erwachte und flüsterte: »Diese Fahrt ist eine Katastrophe, und es wird jeden Tag schlimmer.«
»Ich habe noch nie eine Frau geschlagen, aber ...« Er beendete den Satz nicht, aber er drehte das Licht an, und als er ihre Kleider auf dem Boden liegen sah, in die sie nur hineinzuspringen brauchten, und den Sekundenzeiger ihrer Uhr, der auf vier zuwanderte, wandte er sich um und starrte seine Frau an.
Sie war es, die den Gedanken aussprach: »Wir könnten es tun.«
»Es ist das einzig Vernünftige«, sagte er.
Wie der Blitz waren sie aus dem Bett und angezogen. »Wieviel Geld hast du bei dir?« fragte John.
»In Travellerschecks habe ich ...«
»Ich meine Bargeld.« Zusammen besaßen sie 143,55 Dollar. Davon brauchten sie zwanzig Dollar für Benzin, das sie kaufen mußten, bevor noch Tankstellen aufmachten, die ihre Schecks akzeptieren würden.
Sie nahmen die 123,55 Dollar, steckten sie in einen Umschlag und adressierten ihn »An die Bells, Zimmer 117«. Sie wollten ihn unter die Tür schieben, aber im letzten Moment fiel John ein, daß eine Erklärung angebracht wäre, und so schrieb er auf einen Bogen Papier:

> Lieber Tim, liebe Cluny,
> es wird euch einleuchten, daß es so nicht weitergeht. Das ist alles, was wir an Bargeld haben. Damit kommt ihr bis zum nächsten NASA-Stützpunkt. Auf Wiedersehen bei Allied Aviation.
>
>   Alles Gute
>   Penny und John

Sobald sie wieder auf der Staatsstraße 10 waren und in westlicher Richtung auf Louisiana zubrausten – John am Steuer und Penny mit der Karte auf den Knien –, stimmten sie gemeinsam ein fröhliches Lied an:

> Bringt mir meinen Bogen aus schimmerndem Gold!
> Bringt mir meine Pfeile aus alten Sagen!
> Bringt mir meinen Speer! O Wolken hold,
> Bringt mir meinen Feuerwagen!

Keiner der beiden Astronauten spielte je auf diesen Zwischenfall an. Tim Bell begriff, daß sein Partner Pope mit einem Problem konfrontiert gewesen war und das Nötige getan hatte, anständig und ohne Zögern; unter ähnlichen Umständen hätte er wahrscheinlich auf die gleiche Weise reagiert. Bei Allied Aviation arbeiteten die zwei Astronauten gut zusammen; hin und wieder sahen sie Penny Pope, die ihre Inspektionen für den Raumausschuß absolvierte. Die zwei Paare aßen getrennt, aber wenn sie sich im Hotel trafen, das Allied Aviation ihnen zur Verfügung gestellt hatte, begegneten sie einander reserviert, aber höflich.

Es blieb ihnen nicht erspart, an einem Abschiedsessen teilzunehmen. Der Gastgeber war General Funkhauser, dem die Abwicklung der Geschäfte zwischen Allied Aviation und NASA oblag – ein Zwei-Milliarden-Umsatz, der seinem Konzern sehr gelegen gekommen war. In bester Stimmung präsidierte er dem festlichen Mahl im Speisesaal der Gesellschaft.

»Das sind Seeohren«, sagte er. »In Deutschland habe ich nie davon gehört. Und das sind Oregon-Meisen, von denen ich auch nichts wußte.«

Er sprach informativ über die Pläne der Allied Aviation in bezug auf ein radikal neues Gerät, das sich auf dem Mond fortbewegen konnte. »Mit nur einem Sechstel Schwerkraft lassen sich wahre Wunder vollbringen. Es funktioniert besser als ein Automobil. Es ist leichter als ein Kinderwagen. Hermann Oberth hat einmal gesagt: ›In eurer Vorstellung müßt ihr mit einem Sechstel Schwerkraft leben, jawohl, leben.‹«.

Eine peinliche Situation drohte zu entstehen, als er die Astronauten

fragte, wie sie nach Cape Canaveral zurückkehren wollten, denn Pope antwortete ohne Umschweife: »Penny und ich fahren mit dem Wagen.«
»Können Sie so lange von Washington fortbleiben?« fragte Funkhauser. Er hatte sich besonders um Mrs. Pope bemüht, denn er sah den Tag voraus, da ihr Ausschuß auf die Idee kommen würde, die Abrechnungen zwischen NASA und Allied Aviation zu überprüfen. Die Verträge waren in Ordnung, da hatte er keine Zweifel, aber sie waren auch recht günstig für die Gesellschaft, und wenn der Senat sie je unter die Lupe nehmen sollte, würde es seine, Funkhausers, Sache sein, sie zu verteidigen – für gewöhnlich fanden Generäle ein offenes Ohr bei Senatoren.
»Und Sie beide?« wandte er sich an die Bells.
»Ich werde Ihre Sekretärin ersuchen, uns einen Dienstreiseauftrag vom NASA-Büro zu besorgen. Wir nehmen eine normale Verkehrsmaschine.«
»Sie können doch von Allied Aviation nicht mit einer Verkehrsmaschine abfliegen«, schnaubte Funkhauser. »Sie fliegen mit meinem Jet zurück.« Und so geschah es.
Auf der Rückfahrt im Kabriolett – nicht weniger als tausend Kilometer am Tag – debattierten die Popes über ihr ungalantes Benehmen gegenüber den Bells, und während John dazu neigte, sich seiner Handlungsweise zu schämen, lehnte seine Frau es ab, irgendwelche Schuldgefühle zu empfinden. »Wir haben nicht so oft Gelegenheit, durch unser großes Land zu fahren. Es wäre dumm von uns gewesen, uns zwei Fahrten kaputtmachen zu lassen.«
»Aber der Tag könnte kommen, daß ich mit Tim fliegen muß.«
»Nach der entschlossenen Art, wie du das Problem gelöst hast, wird er jetzt noch mehr von dir halten.«
»Jedenfalls werde ich in Zukunft netter zu ihm sein, nachdem ich ihn so schlecht behandelt habe.«
»Hör endlich auf, dir Vorwürfe zu machen! Du und ich, wir leisten gute Arbeit für unser Land, bessere Arbeit als so manches Ehepaar, das ich kenne. Wir haben jedes Recht, um vier Uhr früh aufzustehen und bis zehn Uhr unterwegs zu sein, wenn es uns Spaß macht.«
Sie fuhren immer lieber in östlicher Richtung, weil sie am frühen Abend beobachten konnten, wie die neuen Sternbilder am Horizont

aufstiegen und dem Zenit zustrebten. Es war aufregend, die Sommersterne zu sehen, die ihnen in imponierender Reihe entgegenkamen: Vega, Deneb und Altair.

»Es ist sonderbar«, sagte er zu Penny, während sie sich die Rockies emporarbeiteten, »jeder Sternkatalog rät dem Anfänger, diese drei Sterne in ihrer Stellung zueinander zu identifizieren. Aber ich kann Vega nie finden. Erst bis ich die vier kleinen Sterne im Norden habe. Den Drachenkopf. Sobald ich dieses Parallelogramm entdeckt habe, kenne ich mich aus.« Penny konnte sie nicht ausmachen.

Der Steinbock und das große Rechteck des Pegasus erschienen am Himmel, und John wollte die ganze Nacht durchfahren, um die Sterne aufgehen zu sehen, wie er sie auf der Ebene Fremonts, auf den Schlachtfeldern Koreas und auf den Bergen von Boulder kennengelernt hatte: »Wir bräuchten nicht lange zu fahren, bis die strahlenden Sternbilder auftauchen«, meinte er.

»Warum nicht?« gab Penny zurück. Es würde noch drei Stunden dauern bis zum Erscheinen des Stiers, des Siebengestirns und der Capella im Fuhrmann, und darum schlug John vor, die Hauptstraße zu verlassen und ein paar Stunden zu schlafen. Im Hochland fanden sie eine zwischen Bergspitzen eingebettete Wiese, und dort schliefen sie, eingehüllt in ihre Mäntel, John auf dem Vorder-, Penny auf dem Rücksitz.

Das Aufwachen fiel ihnen nicht schwer, und als sie um drei Uhr früh ihre Fahrt nach Osten wieder aufnahmen, schickten sich Orion, die Zwillinge und Sirius an, sie zu begrüßen, und als die Nacht verblaßte, die Rockies in weite leere Ebenen übergingen und die leuchtenden Sterne erloschen, machte John einen Vorschlag: »Warum fahren wir nicht bis Fremont durch?« Das taten sie und kamen erschöpft am späten Nachmittag dort an.

Dr. Pope eilte aus der Apotheke nach Hause, und die Hardestys kamen von jenseits der Geleise zu einem Festmahl, aber die jungen Popes waren zu müde, um es zu genießen. Sie gingen schon früh zu Bett, aber um vier saßen sie im Kabriolett unterwegs nach Osten zum Missouri, und als sie abermals den Pfad der Morgensterne kreuzten, kam Penny erstmalig zu Bewußtsein, was es bedeutete, Flieger oder Astronaut zu sein.

»Du fliegst den Sternen entgegen, nicht wahr?«

»Und manchmal auch in entgegengesetzter Richtung, aber immer in einer Beziehung zu ihrer Stellung am Himmel«, und zum erstenmal auch fühlte sie, was die alten Assyrer, die Männer von Stonehenge und Albert Einstein gewußt hatten: Daß der Mensch und all sein Tun, seine Erde und seine Sonne und seine Galaxis durch gegenseitige Verantwortlichkeiten miteinander verkettet sind, die weit über die äußersten Grenzen sinnlicher Wahrnehmung wirksam sind.

John Pope arbeitete auf Cape Canaveral an einem Computer, der beim nächsten Raumflug eingesetzt werden sollte, und Penny saß in Washington, wo sie eine Sitzung des Raumausschusses vorbereitete. An diesem Tag prallte Tim Bell mit seiner T-38 auf dem Rückflug von einer Besprechung mit Lieferanten in Wichita gegen einen Funkturm in Cincinnati, wo er auftanken wollte. Seine Maschine explodierte und brannte so völlig aus, daß nicht einmal seine Leiche zu finden war.
Die Nachricht wurde sofort an das Hauptquartier in Houston und von dort unverzüglich nach Cape Canaveral und den Raumausschuß in Washington weitergegeben, so daß John und Penny die entsetzliche Botschaft ungefähr zur gleichen Zeit erhielten. Sie konnten sich beide vorstellen, was der andere dabei empfand, aber Penny konnte nicht wissen, daß der Ortskommandant John angewiesen hatte, nach Cocoa Beach zu fliegen und Cluny Bell vom Tod ihres Gatten Mitteilung zu machen.
»Dazu bin ich nicht der richtige Mann«, protestierte Pope.
»Es kann kein anderer sein«, sagte der Kommandant, denn bei der NASA mußte es ein Kamerad sein, der die Witwe von der Tragödie in Kenntnis setzte. Es durfte kein Geistlicher sein, kein Reporter, keine schluchzende Fernsehmoderatorin und kein politischer Würdenträger. Ein Astronaut hatte im Dienst sein Leben gelassen, und ein anderer Astronaut würde die Trauerbotschaft überbringen.
Eine Polizeieskorte wurde beauftragt, Pope zum Haus der Bells zu geleiten, noch bevor eine Nachrichtensendung die Witwe überraschen konnte, doch als John die Sirenen heulen hörte, schoß er mit seinem Mercury vor, schwenkte einen Arm und brüllte zu den Männern hinüber: »Dreht die Dinger ab, wenn wir nach Cocoa Beach kommen.«
»In Ordnung!« sagte einer der Polizeibeamten, und sie fuhren in aller

Stille in das Städtchen ein, aber aufmerksame Beobachter ahnten, daß etwas Schreckliches geschehen war, und viele Ehefrauen griffen zum Telefon, um sich zu vergewissern, daß es nicht ihre Männer betraf.
Als sie das Gäßchen erreichten, in dem der Bungalow der Bells stand, ersuchte Pope die Eskorte, zurückzubleiben. Er parkte das Kabriolett in einiger Entfernung und ging langsam auf die Eingangstür zu.
»Nimm dich zusammen, Junge«, murmelte er vor sich hin.
Er klopfte an die Tür, und als er drinnen Geräusche hörte – Schritte, das Lachen spielender Kinder –, wäre er am liebsten davongelaufen, aber er murmelte noch einmal: »Nimm dich jetzt zusammen, Junge!«
Die Tür ging auf. Lockenwickler im blonden Haar, eine Schürze um die Mitte, stand Cluny vor ihm und musterte ihn mit einem verzweifelnden Blick. »Ist es Tim?« fragte sie.
»Ja, Cluny.«
Einen endlosen Augenblick lang starrte sie ihn mit ausdruckslosem Gesicht an. Dann fiel sie langsam zusammen, so als ob alle ihre Muskeln und Gelenke ihr den Dienst versagten. Pope fing sie auf, und für ein paar Sekunden lag sie in seinen Armen.
»Mutti, Mutti? Was ist los?« fragte ein Kind.
John fühlte, daß ihre Kräfte zurückkehrten, und er sah ihr nach, als sie sich umdrehte und auf ihre drei Kinder zuging. Sie schloß sie in die Arme und wollte etwas sagen, aber sie brachte kein Wort hervor. Mitleidheischend wandte sie sich an Pope, der ihr die Kinder abnahm. Als sie sie zur Tür gehen sah, so als ob sie sie für immer verließen, wurde ihr bewußt, was für ein entsetzlicher Schlag die Kleinen betroffen hatte, und sie stieß einen markerschütternden Schrei aus.
In diesem Augenblick trat Tucker Thompson ins Zimmer und übernahm das Kommando mit so viel Selbstbeherrschung und Feingefühl, daß Pope staunte. Mit ruhiger Stimme versicherte er Cluny, daß alles nach ihren Wünschen abgewickelt werden würde. Er führte sie zu einem Sofa und fragte sie, ob sie etwas von dem Brandy haben wolle, den er mitgebracht hatte. Dann ging er zu den Kindern und sagte ihnen ganz offen: »Euer Vater wird nicht wiederkommen. Ihr müßt euch sehr um eure Mutter bemühen.« Dann setzte er die Kinder neben sie.
Pope stand verwirrt daneben. Thompson nahm ihn zur Seite: »Pope«,

zischte er, »wir müssen sie von hier weghaben, bevor die Zeitungen etwas erfahren. Ist Ihre Frau da?«
»Nein. Aber Debby Dee wohnt nur drei Ecken die Straße runter.«
»Gehen Sie zu ihr. Gehen, nicht laufen. Sie soll alles vorbereiten. In fünf Minuten bin ich mit Mrs. Bell bei ihr.«
Noch während John das Haus verließ, packte Thompson schon die Kindersachen zusammen.
Natürlich kam Penny heruntergeflogen, und das taten auch die anderen Ehepaare. Es war ein trauriger Leichenzug mit den vier Astronauten in ihren Uniformen. General Funkhauser kam, um dem besten Testpiloten der Allied Aviation seine Achtung zu bezeigen, und hohe Beamte der NASA erwiesen ihrem Astronauten die letzte Ehre. Tucker Thompson verärgerte einige Zeitungsleute, indem er sie von Cluny Bell und ihren Kindern fernhielt, und selbst die Fotografen von *Folks* mußten gebührenden Abstand halten; da sie zuvor mit starken Teleobjektiven ausgerüstet worden waren, hatten sie keine großen Schwierigkeiten.
Und als die Beerdigung beendet war und der Mietvertrag ausgelaufen und die Trümmer der T-38 weggeschafft, stellte sich bei Cluny Bell das gleiche tröstliche Wunder ein, das auch für Inger Jensen nach dem Tod ihres Mannes geschehen war. Geschiedene Testpiloten und verwitwete Militärflieger kamen vorbei, um mal zu sehen, wie es Tim Bells drei Kindern ging.
Nach einem solchen Besuch führte Debby Dee Claggett ein langes Gespräch mit Cluny: »Heirate doch den Hurensohn. Mach's nicht wie Inger, die irgendwo in einer Bibliothek versauert. Es gibt im Leben auch noch andere Dinge außer Büchern.«
Cluny war verwundbar und allein, und sie war eine schöne Frau, und es spielte überhaupt keine Rolle, daß sie Launen hatte und weder Straßenkarten noch Bankauszüge lesen konnte. Sie und ihre drei Kinder brauchten Hilfe, und sie brauchten sie jetzt. Es vergingen keine sechs Monate, bevor sie Debby Dees Rat befolgte und einen Major der Air Force heiratete.
Die Familie übersiedelte auf den Luftstützpunkt Edwards, wo sie viele Leute aus der Zeit kannte, da Tim Bell Flugzeuge getestet hatte, und wo ihr neuer Mann in den kommenden vier Jahren ähnliche Pflichten wahrnehmen würde.

Das Reisen war ein elementarer Bestandteil jedes NASA-Jobs, und Stanley Mott arbeitete gerade bei Boeing in Seattle, als er die dringende Weisung erhielt, unverzüglich nach Miami zu fliegen, wo Mrs. Mott ihn am Flughafen erwarten würde. Als er auf sie zueilte, fand er sie in Begleitung eines großgewachsenen Mannes Mitte Fünfzig. »Guten Tag, Dr. Mott«, begrüßte ihn der Mann, »mein Name ist Harry Conable, und ich bin Anwalt.«
»Wessen Anwalt?«
»Ihres Sohnes Christopher. Eine sehr böse Geschichte. Fast eine Tonne Marihuana.«
»O mein Gott!« Schon seit einigen Jahren hatte Mott von den üblen Bahnen Kenntnis, in welchen das Leben seines jüngeren Sohnes verlief, eine abträgliche Episode nach der anderen. Es hatte in der Grundschule begonnen und sich in dem unbefriedigenden halben Jahr im College fortgesetzt. Christopher hatte nie etwas getan, was an sich eine kriminelle Veranlagung angezeigt hätte, aber alles zusammen wies auf einen erheblich desorientierten jungen Menschen hin, der auf bestem Weg war, sich großen Verdruß einzuhandeln. Im Verlauf einer kläglichen viermonatigen Phase hatte er sich einer Neo-Nazi-Gruppe in Maryland angeschlossen und war fotografiert worden, als er in weißer Tracht, aber ohne Kapuze, auf dem Rasen eines von Juden bewohnten Hauses unweit der Universität ein Kreuz verbrannt hatte. Anschließend verschwand er in der Wüste von Arizona, wo er sich einem paramilitärischen Training unterzog, um sich später als Söldner gegen die neuen schwarzen Regierungen in Afrika anwerben zu lassen.
Bei all diesem jämmerlichen Aufstand gegen seine Eltern und deren Gesellschaft war Chris bisher einer ernsthaften Konfrontation mit der Polizei ausgewichen, aber jetzt drohte eine Gefängnisstrafe, und Conable erklärte: »Eine Geschichte von diesen Ausmaßen kann man nicht unter den Tisch fallen lassen. Der Staatsanwalt vertritt die Ansicht, das Marihuana wäre mit einem kleinen Schnellboot aus Mexiko nach Florida gebracht worden. Sicher ist, daß es nach Miami gelangte, und vermutlich haben es Ihr Sohn und zwei andere hierhergebracht.«
»Gilt es denn als Droge? Ich meine, hier in Florida?«
»Aber gewiß.«

Mott holte sein Gepäck vom Transportband und schritt bedächtig auf Conables Wagen zu. Er hörte aufmerksam zu, als der Anwalt ihnen seine Pläne für die Verhandlung darlegte: »Ich kann Ihrem Sohn nicht raten, sich schuldig zu bekennen, obwohl ich an seiner Schuld nicht zweifle.«

»Warum eigentlich nicht?« widersprach Mott. »Wenn Christopher dieses Verbrechen begangen hat ...«

»Weil ich glaube, daß seine Jugend, er ist ja erst einundzwanzig, wie Mrs. Mott mir sagte —«

»Zweiundzwanzig«, korrigierte Mott.

»Ich glaube, wir können nachweisen, daß er sich dummerweise mit älteren Verbrechern eingelassen hat.«

»Und war es so?« wollte Mott wissen.

»Ihr Sohn ist ein sehr schwieriger Typ, Dr. Mott«, antwortete Mr. Conable. »Wenn er noch zwei Jahre so weitermacht, ist seine Laufbahn als Verbrecher nicht aufzuhalten.«

»O Gott.«

»Auf lange Sicht gesehen, wäre es vielleicht das beste, wenn er jetzt ins Gefängnis käme. Ich bin sicher, ich könnte es erreichen, daß ihm nur eine kurze Haftstrafe auferlegt wird. Könnte ein gesunder Schock für ihn sein.« Die Motts blieben stumm, und so setzte der Anwalt hinzu: »Allerdings habe ich keine sehr hohe Meinung von den Gefängnissen in Florida. Ich denke, wir müssen ihn rausholen, wenn es irgendwie möglich ist.«

Am nächsten Morgen durften sie Christopher im Anwaltszimmer des Gefängnisses besuchen, und als die Motts ihren Sohn erblickten und sich ihn als jungen Lehrer in einem guten College vorstellten, ließen sie die Köpfe hängen. Christopher war kein reuiger Sünder. »Marihuana ist keine Droge. Das ganze Land hat den Verstand verloren.« Er zeigte keinerlei Entgegenkommen und lehnte es ab, an seiner Verteidigung mitzuarbeiten. Stanley Mott hätte ihn am Kragen packen und durchschütteln wollen, Rachel Mott hätte ihn in die Arme schließen mögen, er aber sah den Zorn in den Augen seines Vaters und die Liebe in den Blicken seiner Mutter und stieß sie beide zurück.

Der Richter, mit dem gleichen störrischen Verhalten konfrontiert, lauschte geduldig den Ausführungen von Mr. Conable und verurteilte den jungen Mann anschließend zu sechs Monaten Haft.

Die Motts mieteten einen Wagen und fuhren ins Bali Hai in Cocoa Beach, wo sie Trost bei ihren Freunden von der NASA suchten. Die Quints berichteten, daß es in Florida viele Familien mit Problemkindern wie Christopher gäbe. »Und man kann leider nicht sehr viel für sie tun.« Sie erzählten von Freunden, die einen Sohn hatten, der schon mit neun Jahren wegen Autodiebstahls festgenommen worden war. »Der Junge konnte es einfach nicht lassen. Die Eltern, aber auch die Richter, versuchten es immer wieder, ihn zur Räson zu bringen. Eines Morgens um sechs kam er hier ins Motel, stahl einem Herrn aus Wisconsin seinen Wagen, fuhr mit hundertsiebzig Sachen die Straße runter, krachte gegen eine Mauer und war sofort tot.

»Und wissen Sie was?« fuhr Mrs. Quint fort, »kein Mensch in unserer Stadt bedauerte den Tod des Jungen, nicht einmal seine Eltern. Wir waren nur froh, daß er nicht noch einen unschuldigen Menschen mit in den Tod genommen hatte.«

Die Motts vergruben sich im Bali Hai und versuchten zu begreifen, was mit Christopher geschehen war, als sich die NASA aus Washington meldete und einen Einsatz in Aussicht stellte, der Dr. Motts noch verbleibende Jahre im Dienst dieser Behörde entscheidend prägen würde. »Wir möchten, daß Sie sich mit dem Marsprogramm vertraut machen und unser Kontaktmann zu den Medien werden.« Mott war begeistert, denn dies war ein logischer Schritt auf dem Weg zu den fernen Galaxien. Schon seit einiger Zeit waren Wissenschaftler der NASA bemüht, den Planeten zu fotografieren, und keine Aufgabenstellung erweckte stärkeren emotionalen Widerhall von professionellen Astrophysikern. Seit den Tagen der Assyrer hatte der düstere rote Planet die Astronomen auf die Folter gespannt, und Mott erinnerte sich noch lebhaft, wie er als Junge Percival Lowells bemerkenswertes, 1906 erschienenes Buch *Der Mars und seine Kanäle* verschlungen hatte.

»Weißt du auch, daß Professor Lowell der Bruder von Amy Lowell ist? Das ist die, die Gedichte schreibt und Zigarren raucht«, hatte seine Mutter gesagt, als sie ihn einmal über das Buch gebeugt fand. Mott war kein Wunderkind gewesen wie seine Astronauten; er war langsam und mit großer Beständigkeit gereift, aber sobald er Lowells komplizierte Karten dessen sah, was dieser »Marskanäle« nannte, argwöhnte er sogleich, daß dies alles Unsinn sei. Als er später erfuhr, daß

629

Lowell das Wort *canali* des italienischen Astronomen Schiaparelli falsch interpretiert hatte (es waren Flußbetten und Stromrinnen gemeint, und nicht Kanäle, die von intelligenten Wesen angelegt worden waren), wußte er definitiv, daß Lowell Unsinn geschrieben hatte.

Dennoch lieh er sich Lowells später erschienenes Buch *Der Mars, Heimstatt des Lebens* aus der Stadtbibliothek aus und las mit ungläubigem Staunen über eine Phantasiewelt, mit Landwirtschaft, Oasen, Städten und Tausende Kilometer langen Kanälen, die das Wasser von den weißen Polarkappen brachten, die im Sommer stark abschmolzen. Nach allem, was er sonst darüber gelesen hatte, kam er damals zu dem Schluß, daß der Mars wahrscheinlich unbewohnt war, und als sich ihm eine Gelegenheit bot, den roten Planeten durch ein Teleskop zu betrachten, fühlte er sich in seiner ersten Annahme bestätigt. Der Mars war ein toter Planet, und als ihm seine Schulfreunde Edgar Rice Burroughs Roman über die schönen Prinzessinnen auf dem Mars borgen wollten, sagte er nur: »Nein, danke.«

Damals im Krankenhaus hatte es ihn amüsiert, daß fast die Hälfte der Science-fiction-Geschichten, die Claggett ihm auf die Bettdecke legte, von Reisen zum Mars handelten; mehr als alle anderen waren die Stories von Jules Verne und Arthur C. Clarke wert, daß man sich eingehender mit ihnen beschäftigte. Die meisten, einschließlich die poetischen Meisterstücke von Stanley G. Weinberg, beschrieben die menschenähnlichen Wesen, die auf dem Mars lebten, aber die wunderbaren Fotos von Mariner 4 zeigten nur eine öde, kahle Oberfläche, und er kam zu der Überzeugung, daß die Autoren einem lieblichen und verzeihlichen Kindheitstraum verhaftet gewesen waren.

Sein Blut geriet in Wallung, als ihm die Chefs der NASA mitteilten: »Mariner 4 hat ausgezeichnete Arbeit geleistet, aber es war nur ein Vorüberflug. Die Raumsonde hat nur die Aufnahmen gemacht, die sich gerade so ergaben. Mariner 9 wird ein Orbiter sein. Sie wird den ganzen Planeten mit hohem Auflösungsvermögen fotografieren.« Und als er vor der Startrampe stand und die mächtige Rakete sah, auf der eine eher kleine Raumkapsel saß, bewunderte er das Können seiner Kollegen, die dieses Gerät gebaut hatten, das imstande war, Fotografien über enorme Entfernungen zu übertragen. Es hing davon ab, wo sich Mars und Erde in ihren Umlaufbahnen befanden, und diese

Distanz konnte ein Minimum von 54 Millionen und ein Maximum von 398 Millionen Kilometern betragen. In diesem speziellen Fall würden es 120 Millionen sein.
Es war ein heißer Morgen Ende Mai, als die Rakete startete und die Mariner hoch über dem Atlantik himmelan flog und in eine Bahn einschwenkte, die sie in einhundertachtundsechzig Tagen zum Mars bringen würde. Unsere Astronauten, dachte Mott, während die Rakete seinen Blicken entschwand, nehmen wohl den Mund ein wenig voll, wenn sie behaupten, sie wären bereit, mit der nächsten Apollo zum Mars zu fliegen. Ob sie ernstlich darüber nachgedacht haben? Für einen Flug zum Mars müßte das Raumschiff größer sein, aber das wäre kein Problem, denn im Weltraum bewegt sich ein Gegenstand, der fünfzig Tonnen wiegt, mit der gleichen Geschwindigkeit wie einer mit dem Gewicht von fünfzig Unzen. Aber das Hinauf und Herunter beim gegenwärtigen Stand der Technik, dazu die für die Erforschung der Oberfläche nötige Zeit, das könnte alles zusammen drei Jahre in Anspruch nehmen, und ich frage mich, ob drei Männer mit Trockennahrung und nur dem *Bungee-cord,* um die Beine bewegen zu können, so lange durchhalten würden.
Während die Mariner ihrem einsamen Weg zum Planeten folgte, blieben ihm fünf Monate, um sich mit dem ausgeklügelten System vertraut zu machen, das die Fotos zur Erde zurücksandte, und als er sich im Technologischen Institut in Pasadena an die Arbeit machte, stellte er fest, daß er von dem, was er zu wissen glaubte, eine ganze Menge wieder vergessen mußte. Marvin Template, ein dreiundzwanzigjähriger bärtiger Geistesriese in Jeans, wurde sein Lehrer.

> Verbannen Sie Begriffe wie *Kamera* oder *Fotografie* aus Ihrem Kopf. Ich verwende sie nur ungern, weil sie meine Denkmodelle in Unordnung bringen. Bei uns heißt das *Scanner* und *Bild.* Der Scanner hat nur sehr wenig mit einer Kamera gemein. Es ist ein Apparat, der ein Objekt abtastet und in kleine Quadrate zerlegt. Wir nennen sie *Pixels,* eine Abkürzung von *picture elements.* Mit seinem magischen Auge entdeckt der Scanner den relativen Wert von totalem Schwarz bis zu totalem Weiß jedes einzelnen Pixels.
> Es kann 256 Gradationen von Grauwerten unterscheiden: von

000, das ist totales Schwarz, bis 255, das ist totales Weiß. Und wie schickt uns der Scanner seine Ergebnisse auf die Erde zurück? In zweigliedriger Computersprache, wobei jedes ›Wort‹ aus Bits besteht, 0 oder 1. So könnte ein Pixel einen Grauwert von 227 haben, und wir würden hier etwa 11 10 00 11 empfangen.
Bei Höchstgeschwindigkeit kann der Scanner uns 44 800 Bits in der Sekunde herunterschicken. Ja, ja, ich sagte Sekunde. Während seines ganzen Aufenthalts da oben wird er uns 350 Milliarden Bits Information senden – bei einer durchschnittlichen Übertragungsleistung von 29 000 Bits in der Sekunde, Tag und Nacht.

Mott, der am Cal Tech schon eine ganze Menge über Computer gelernt hatte, war durchaus bereit, Templates bizarre Zahlen zu akzeptieren, aber er wollte doch einmal ein Lehrmodell eines Scanners sehen, der solche Wunder vollbrachte, und als er einen in der Hand hielt, konnte er kaum glauben, daß ein so kleines und unscheinbares Gerät so viel zu leisten imstande war. Es ähnelte einem miniaturisierten Geschützturm für ein Geschütz auf einem Schlachtschiff; ein hervorstehendes Auge, ein querliegendes Getriebe, eine Unmenge von Drähten, und es ließ sich über Funk über eine Distanz von 120 Millionen Kilometern aktivieren. Nachdem er das Lehrmodell auseinandergenommen und wieder zusammengesetzt hatte, glaubte er erste Kenntnisse des Systems erworben zu haben.
Begeistert aber war er von dem, was mit der Flut von Informationen geschah, sobald sie Kalifornien erreichte, und er brachte nahezu vier Monate damit zu, von Marvin Template gewissenhaft geführt, Daten von anderen Raumschiffen zu empfangen und die Bytes (Gruppen von acht Bits) in Bilder zu verwandeln. Mit einer Batterie hochentwickelter Apparate demonstrierte Template die Wunder, die er mit diesen Daten vollbringen konnte.

> Wir formen hier einen Raster, 832 Pixels mal 700, und das wird die Grundlage, auf der wir unser Bild aufbauen, insgesamt 582 400 Pixels. In dem Maß, wie die einzelnen Bytes für dieses Pixel vom Mars kommen, wird der Apparat die passende Men-

ge Grauwerte anlegen. Und jetzt passen Sie auf! So wie wir die leeren Felder füllen, beginnt das Bild zu wachsen – so wie sich eine Blume am Rand eines Moors zu voller Blüte entfaltet.«

Es war ein geheimnisvoller und wunderbarer Prozeß: Ein leeres Blatt Papier, das zum Leben erwachte, so als ob ein Künstler mit seinem Pinsel langsam ein Meisterwerk schüfe. Aber Mott staunte, als er erfuhr, was Template mit der fertigen Arbeit noch alles anstellen konnte.

Jetzt beginnen erst die Wunderdinge. Hier haben wir das fertige Bild. Aber wenn wir feststellen, daß unser Scanner die dunklen Grade 000 bis 048 nicht sehr häufig verwendet hat – oder die hellen von 241 bis 255 –, können wir ihn anweisen, diese äußeren Ränder zu ignorieren und die verbleibenden 193 guten Zahlen auf die ganzen Skalen von 000 bis 255 neu zu verteilen. Dadurch werden die zentralen Werte dann viel charakteristischer.
Aber das ist erst der Anfang. Sobald wir diese gereinigten Daten in unserem System gespeichert haben, sind wir in der Lage, das Spiel *Was, wenn?* zu spielen. Was würde sein, wenn man den Scanner seitwärts geschwenkt hätte, so daß alle Werte über 55 auf das dunkle Ende der Palette hin in Schräglage gebracht worden wären? Wir befehlen dem Computer, sie aus der Schräglage herauszuholen, und erhalten auf diese Weise ein verbessertes Resultat.
Was wäre, wenn der Scanner alles um drei Stufen zu hell sehen würde? Wir weisen den Computer an, eine Korrektur vorzunehmen. Was tun wir, wenn der rechtsseitige Rand des Scanners ständig dunklere Werte meldet als zweckmäßig? Wir erhellen nur diesen Rand. Und jetzt das Schönste: Was tun, wenn wir nur am zentralen Block von 40 Pixels mal 40 interessiert sind? Wir können dem Computer befehlen, diese Werte festzuhalten, alle anderen zu ignorieren und diese 1600 kleinen Quadrate über das gesamte Spektrum von 000 bis 255 zu verteilen. Damit haben wir dann eine Nahaufnahme, die sich sehen lassen kann.

Nachdem sich Mott mit allem vertraut gemacht hatte, was dieser erstaunliche Apparat, der zur Hälfte im Weltall, zur Hälfte in Kalifornien war, leisten konnte, verbrachte er viele Stunden am Empfangsgerät. Er spielte Gott mit den Daten, die ihm von verschiedenen Satelliten übermittelt wurden, und mauserte sich zu einem geübten *Was, wenn?*-Spieler, der unerwünschte Pixels wegschnitt, andere intensivierte und jeden Teil des Universums, den der Scanner beobachtet hatte, neu aufbaute.

Doch als er schon überzeugt war, daß er verstand, was auf dem Mars geschehen würde, erinnerten ihn die Kollegen vom Staatlichen Technologischen Institut an einen Satz, den er oft gehört, aber nie richtig begriffen hatte: »Man kann nicht *Was, wenn?* spielen, wenn man mit Echtzeit operiert.« Er wollte wissen, was die Herren unter Echtzeit verstanden, und sie erklärten es ihm.

> Wir bekommen die Daten vom Mars in zwei Formen: Wenn sie so direkt zu uns kommen, wie der Scanner sie aufnimmt, dann ist das Echtzeit. Oder der Scanner nimmt eine solche Flut von Informationen auf, daß er sie unmöglich augenblicklich übertragen kann; dann speichert er sie auf Band. Später, wenn wir nicht mehr so beschäftigt sind, rufen wir ab, was sich angesammelt hat. Das ist dann verzögerte Zeit. Die Realisierung eines Objektes wird zu einem hübschen Problem, bei dem es darum geht, die Verwendung von Echtzeit und verzögerter Zeit aneinander anzugleichen.

Mott glaubte sofort, einen Trugschluß erkennen zu können. »Aber wenn die Botschaft vom Mars sechs Minuten und vierundvierzig Sekunden braucht, um uns zu erreichen, sind wir ja nie in der Lage, in Echtzeit zu operieren!«

»Falsch. Echtzeit heißt, daß Sie sich mit den Daten beschäftigen, sobald Sie sie unter Kontrolle haben. Man erwartet von Ihnen nicht, daß Sie ein telepathisches Genie sind und schon vorher wissen, was auf Sie zukommt. Wenn wir je den Saturn erreichen, werden wir die Daten erst etwa neunzig Minuten später erhalten, aber wenn wir uns unverzüglich an die Arbeit machen, werden wir uns immer noch in Echtzeit befinden.«

Es ist nicht viel anders als das menschliche Leben, ging es Mott durch den Kopf, während sich die Marssonde Mariner immer mehr dem Mars näherte. Ein Mensch verbringt seine Jugend damit, Daten zu speichern, Milliarden von Bits. Mit einigen muß er sich in Echtzeit beschäftigen, andere speichert er in seinem Computer, um sie später zu untersuchen. Und das Gleichgewicht im Leben besteht darin, alle jene Probleme, die sich nicht verzögern lassen, in Echtzeit zu behandeln, und dann, wenn langfristigere Entscheidungen getroffen werden können, sich die wichtigeren Daten in Zeiten geistiger und seelischer Ruhe ins Gedächtnis zurückzurufen. Wenn wir älter werden, rufen wir uns große Abschnitte unserer Erfahrungen ins Gedächtnis zurück und lernen all das daraus, was unsere persönlichen Computer zu entziffern in der Lage sind.

Er konstruierte eine imposante, eigentlich sehr schöne Analogie, bis er beinahe in Tränen ausgebrochen wäre, denn: Was in aller Welt war mit Christopher geschehen? Hatte er es verabsäumt, die Daten zu speichern? Oder mangelte es ihm an der Fertigkeit, sie, wenn er sie brauchte, ans Licht zu holen und in sein Bewußtsein einzugliedern?

In seinem Schmerz verglich er Chris mit seinem anderen Sohn Millard, der als Flüchtling in Kanada lebte. Äußerst verwirrende Daten waren wie eine Flutwelle über Millard hereingebrochen, aber verdammt noch mal, er hatte sie in den Griff bekommen! Er hatte es klar erkannt: Ich bin so, und so ist es nun mal! Und er ist damit zurechtgekommen! Doch dann kehrten Motts Gedanken zu Christopher zurück, und er saß da, die Hände vor das Gesicht geschlagen, als Template, etwa gleich alt wie seine Söhne und schon ein Mann von beträchtlichem Wissen, ihn fragte: »Sind Sie krank, Dr. Mott?« Und »Ja, ich bin krank am Herzen!« hätte er herausschreien wollen, aber er schüttelte nur den Kopf, und Template sagte: »Ich möchte Ihnen zeigen, was wir sonst noch alles können ... Tolle Dinge!« Und er führte Mott zu einem anderen Apparat.

> Dieses Gerät arbeitet mit einem Spezialscanner, der uns drei verschiedene Wertanzeigen für jedes Pixel liefert. Für ein vollständiges Bild sind das 13 977 600 Bits in etwa 5,2 Minuten.
> Er liefert uns ein Farbbild, aber wir können nicht mit Bestimmtheit sagen, welche Farben es sind. Darum sagen wir, daß

eines der Sets den roten Teil des Spektrums darstellt, ein anderes den gelben und das dritte den grünen. Wir könnten auch mit drei anderen Farben arbeiten, aber bei diesen erzielen wir gute Resultate. Und wenn wir die drei Farbblätter drucken und miteinander kombinieren ... *Voilà!*

Er zeigte Mott ein phantastisches Farbbild der Erde – gesehen durch das Auge eines Scanners und korrigiert von Mr. Template in seinem Spiel *Was, wenn?* Es war ein so majestätischer Anblick, so sehr eine Himmelskugel, die durch den Weltraum wirbelt, daß man es nicht ohne tiefe Verehrung für seinen Planeten betrachten konnte.
»Die Farben, für die wir uns am Ende entscheiden, sind nicht willkürlich gewählt«, fuhr Template fort. »Wir betrachten das Objekt visuell durch unsere Teleskope, um festzustellen, welche Farben es zu sein scheinen. Wir nehmen das Spektroskop, um die Spektren zu bestimmen.« Er zögerte und fügte kichernd hinzu: »Und wir raten auch. Nicht zu knapp. Aber am Ende bringen wir die drei Wertgruppen ins Gleichgewicht, und wie ich schon sagte: *Voilà!*«
Als die Raumsonde Mariner 9 am 13. November 1972 den Mars erreichte, waren die Herren von der NASA erschüttert von dem, was die eingehenden Fotos zeigten: Sie zeigten überhaupt nichts. Ein Sandsturm fegte über den ganzen Planeten und verdunkelte den Himmel. Die zerbrechliche Sonde hatte 10 Millionen Kilometer zurückgelegt, um jetzt von heulenden Winden abgewiesen zu werden, die an Wut alles übertrafen, was es auf Erden gab. Fast zwei Monate lang hielt die Sonde Wache über dem verdunkelten Planeten, aber Mitte Januar begann sich der Sand zu setzen, und es sah so aus, als ob der Flug Resultate bringen würde.
»Morgen«, versicherte Mott den Medien, und als sie ihn erinnerten: »Das haben Sie uns schon gestern versprochen«, antwortete er ihnen: »Diesmal wird Mars kooperieren. Er ruft seine Sturmwolken schon zurück.« Und am nächsten Tag beobachteten die Herren, von ehrfurchtsvoller Scheu erfüllt, wie die Daten langsam hereinkamen und die oberste Reihe der Pixels ihre vorgesehenen Grautönungen erkennen ließen.
Vulkane wurden sichtbar, und sie waren dreimal höher als jeder Berg auf Erden; große tiefe Schluchten, die von Boston bis San Diego hät-

ten reichen und den Grand Canyon in einer seichten Mulde hätten aufnehmen können. Das narbig verschrammte Gesicht des Planeten ließ erkennen, wo Fragmente von Asteroiden in vergangenen Zeiten die Oberfläche bombardiert hatten, und die trostlose, grausame Schönheit der weiten Ebenen verstärkte Motts Zweifel, daß jemand dort in jüngster Zeit gelebt, Gemüse angebaut oder Vieh gezüchtet haben könnte.

Die Bilder, die auf geheimnisvolle Weise aus den Pixels erblühten, waren ebenso schön wie erschreckend, und als sie nun in glühenden Farben aus den Apparaten kamen, schien der Planet Mars vom Labor Besitz zu ergreifen, und die verheißungsvollen Spekulationen des Italieners Schiaparelli und des Amerikaners Lowell verschwanden wie Tau, der der Morgensonne weicht. Ganze Stapel von Büchern mit romantischen Geschichten über Mars-Könige und ihre blutigen Fehden zogen sich in den wohlverdienten Ruhestand zurück und überließen ihren Platz detailgetreuen Kartenwerken und geologischen Untersuchungen der Gesteinsschichten und Formationen. Der alte Mars war tot, und ein glanzvoller neuer wurde geboren.

Die Wirkung auf Mott hätte sich nicht vorhersagen lassen. Die Erforschung des Mondes durch den Menschen war ohne Vorbehalte von ihm akzeptiert worden, weil ihn seine lange spekulative Lehrzeit am Langley Research Center auf die Realität vorbereitet hatte. Nur wenige Wochen hatten gefehlt, und er wäre der erste gewesen, einen Satelliten in den Weltraum zu schießen, und alles, was nachher kam, war nur mehr logische Folge.

»Natürlich werden Menschen einmal auf dem Mond stehen«, hatte er Rachel schon vor Jahren versichert, und als es dann soweit kam, war nur etwas längst Erwartetes Wirklichkeit geworden. Außerdem war der Mond ja nur ein paar hunderttausend Kilometer von der Erde entfernt.

Aber den Mars zu erreichen, seine Geheimnisse mittels eines Scanners zu erforschen, und dann vielleicht weiter zum Saturn, mehr als eine Milliarde Kilometer weiter, und auch dessen Oberfläche zu erkunden, das war eine so überwältigende Leistung, daß sie ihm den Atem benahm. Der Mensch klopfte an die Tür der Unendlichkeit, und Mott fühlte sich geehrt, daß er ein Teil dieser Bewegung sein durfte.

Der Schmerz über seine Söhne, der Tod von zwei Astronauten, mit denen er zusammengearbeitet hatte – selbst diese Niederlagen konnten den Triumph nicht mindern, der darin bestand, diesen kleinen Botschafter zum Mars geschickt zu haben und als Gegenleistung eine Flut von Informationen zu erhalten, die die Grenzen seines Verstandes zu sprengen drohten. Auf seinem Rückweg ins Motel blickte er zu den Sternen empor und fühlte sich ihnen unendlich näher. Es waren nicht mehr bloß Lichtpunkte, die in unendlicher Entfernung funkelten; jetzt waren es reale, brennende Wesenheiten, über die Galaxis verstreute, weißglühende Fackeln. Manche, wie etwa die Sonne, hatten Planeten, und von diesen Milliarden winzig kleiner und riesengroßer Planeten beherbergte vielleicht der eine oder andere – oder die eine oder andere Million – intelligente Wesen.

»Ihr da oben!« rief Mott zu den Sternen hinauf. »Wir haben unsere ersten Schritte getan!«

In späteren Jahren erwähnte Dr. Strabismus oft den Augenblick, als er zum ersten Mal den Weg der Erleuchtung vor sich sah, und er sprach davon in jenem schwerblütigen Kauderwelsch, dessen er sich seit 1976 mit Vorliebe bediente:

> Ein nebeliger Tag im Dezember 1972 war es, jawohl, als ich von einem Krankenbesuch heimfuhr, und die Straße war lang und staubig, und ich drehte mein Radio auf und hörte die Stimme, die zu mir sprach, und es war die Stimme Gottes, die über die Person dieses geistlichen Herrn aus Georgia an mein Ohr drang, und die Stimme sprach von Offenbarung und Erlösung, und ich wußte sofort, daß sie ganz persönlich zu mir sprach.

Was Dr. Leopold Strabismus an diesem Morgen gehört hatte, war die Sendung eines Rundfunkpriesters gewesen, der mit atemberaubender Geschwindigkeit die ihm zugeteilte Sendezeit – in der er viermal um Spenden bat – ausnützte. Der Mann sprach so effektvoll und mit so viel Aufrichtigkeit und Überzeugungskraft, daß Strabismus von ihm gefesselt war. In den nächsten Wochen hörte er sich noch mehrere religiöse Sendungen an, studierte diese charismatischen Geistlichen im Fernsehen und fuhr über weite Entfernungen quer durch Los Angeles, um die lokalen Prediger persönlich in Augenschein zu nehmen.

Er saß in der hintersten Reihe ihrer schäbigen Kirchen, die früher einmal Ramschläden oder ähnliches gewesen waren, und murmelte vor sich hin: »Richtig organisiert könnte dieser Mann auf der Kanzel eines großen Gotteshauses stehen!« Er überlegte Strategien, wie dies wohl zu bewerkstelligen wäre. Vor allem aber beeindruckte ihn die unglaubliche Loyalität der Gläubigen. Diese Menschen, die nach moralischer und richtungweisender Führung hungerten, schenkten ihren Predigern nicht nur ihr Geld, sondern auch ihre Liebe, und Strabismus erkannte, daß diese zwei Kräfte – Hirt und Herde – in inniger Vereinigung eine erstarkende Macht in der amerikanischen Lebensgestaltung darstellten, von der er bisher nichts geahnt hatte.

Er hatte natürlich gewußt, daß die etablierten Kirchen wie Methodismus und Katholizismus im amerikanischen System Macht ausübten, so wie die orthodoxen Rabbis ihre führende Stellung unter den New Yorker Juden behaupteten, aber ihm war nie bewußt geworden, daß es neben den bekannten Religionen auch diesen Unterboden von Ramschladenbekenntnissen gab, und er vermutete, daß von den zwei Spielarten letztere die nachhaltigere Wirkung zeigte.

In späteren Jahren pflegte er seiner Gemeinde zu erzählen, daß er seine Bekehrung auf jener staubigen Straße nach San Bernardino durchgemacht hätte; in Wirklichkeit erfolgte sie in einem kirchlichen Palast an der Grenze von Watts, dem Negerviertel von Los Angeles, denn nachdem er einige Wochen lang die Hinterhöfe der religiösen Landschaft Kaliforniens erforscht hatte, wollte er auch die glitzernden Fassaden kennenlernen, und diese Suche brachte ihn zu den verschiedenen Kirchen, Basiliken und Domen, die von Gottesmännern errichtet worden waren, die es verstanden, ihren Gemeinden ansehnliche Zehnten abzuknöpfen. Die Pracht einiger Gotteshäuser überwältigte ihn, aber es war dieser Palast unweit von Watts, der mehr als andere seine Aufmerksamkeit erregte. Er wurde von einem großgewachsenen, schlanken, sehr attraktiven schwarzen Prediger geleitet, der sich »Mächtiger Geist« nannte und während des Gottesdienstes eine lange Hermelinrobe trug, die die Damen seiner Gemeinde bezahlt hatten. Er war ein überzeugender Redner, der mit Vorliebe aus dem Buch Daniel und dem Evangelium Johannes zitierte, aber er erntete Leopolds Aufmerksamkeit und sogar Sympathie aufgrund der Klage, die zwei schwarze Lehrerinnen gegen ihn angestrengt hatten. Sie behaupteten, von diesem »Mächtigen Geist« beschwindelt worden zu sein, und als die Aussage der Klägerinnen verlesen wurde, hielt Strabismus, der dem Prozeß beiwohnte, die Klage schon für gewonnen.

> Unsere Mutter ist neunundsiebzig Jahre alt und schwer arthritisch. Sie geht sehr schwer, und sie anzukleiden ist eine Qual. Der »Mächtige Geist« erzählte ihr, er könne sie heilen. Daraufhin gab sie ihm ihr ganzes Vermögen, und er schrieb ihr auf, was sie tun müsse, um gerettet zu werden: »Geh zum Greyhound-Busbahnhof in Los Angeles. Nimm einen Bus mit einer geraden Zahl als Kennzeichen nach Long Beach. Betritt den dortigen Busbahnhof und trinke Wasser aus drei verschiedenen Trinkbrunnen. Sprich nach jedem Glas ein Vaterunser. Fahr mit einem Bus heim, der eine ungerade Zahl in seinem Kennzeichen hat. Geh zu Bett. Bete, bevor du einschläfst, und am nächsten Morgen wirst du geheilt sein.«

»Daß er es ihr schriftlich gegeben hat, könnte ihn den Kopf kosten«, flüsterte Strabismus Marcia Grant zu, die ihn ins Gerichtsgebäude begleitet hatte, und sie meinte: »Wie auch immer, verdammt gut eingefädelt!«
Der Richter beschäftigte sich eingehend mit der Handlungsweise des Predigers in diesem Fall, fragte nach der Höhe der Summe, die er von der Mutter der Klägerinnen erhalten hatte, und stellte fest, wie weit die Greisin die Anweisungen befolgt hatte. Überzeugt, daß es sich hier um einen Fall von arglistiger Täuschung handelte, saß Strabismus stumm auf seinem Platz, als die Anwälte des Beklagten, ein weißer und ein schwarzer, Mrs. Carter in den Zeugenstand riefen.
»Sind Sie den Anleitungen gefolgt, die Ihnen der ›Mächtige Geist‹ gegeben hat?«
»Jawohl, Sir, das bin ich.«
»Sind Sie in den Bus nach Long Beach gestiegen?«
»Ja, Sir, in einen mit einer geraden Zahl.«
»Und haben Sie aus drei verschiedenen Trinkbrunnen getrunken?«
»Ja, Sir, das habe ich.«
»Und haben Sie dann einen anderen Bus genommen, und sind Sie mit diesem Bus nach Los Angeles zurückgefahren?«

»Ja, Sir, einen mit einem ungeraden Kennzeichen.«
»Und was geschah dann?«
»Als ich am nächsten Morgen erwachte, konnte ich gehen, so wie er es versprochen hatte.« Und als sie auf den »Mächtigen Geist« zeigte, der in seiner weißen Hermelinrobe dasaß, brachen seine Anhänger in Jubelrufe aus, die der Gerichtsdiener nur mit Mühe zum Verstummen bringen konnte. Der »Mächtige Geist« aber erhob sich von der Anklagebank, breitete seine Arme aus und rief: »Ich verzeihe ihnen, denn sie wissen nicht, was sie tun!«
»Das war vielleicht ein Ding«, sagte Strabismus, als er mit Marcia zu ihrer Universität zurückfuhr, und daß er in den folgenden Tagen immer wieder darauf zurückkam, bewies ihr, daß ihn die Sache innerlich stark beeindruckt hatte.
Er war siebenundvierzig, wog einhundertfünfundvierzig Kilo, trug einen schmucken Bart und sprach mit tiefer, melodischer Stimme. Es fiel ihm nicht schwer, sich in einer Robe und in der Rolle eines Mannes zu sehen, der dem Leben anderer Menschen Sinn und Richtung gab. Eine Hermelinrobe? Nein, das war etwas für Schwarze, die unbeherrschtere Reaktionen mit einem Aplomb in den Griff bekamen, wie ihn ein Weißer einfach nicht aufbrachte. Eine rote vielleicht? Nein, konservatives Schwarz war immer noch das beste. Moment mal! Bei der Leichenfeier einer Freundin Marcias in einer Episkopalkirche hatte er einen ältlichen Geistlichen in einer ausgezeichnet geschnittenen Robe gesehen – nicht schwarz, nicht braun, eher ein zartes Graugelb.
»Wie nennt man diese Farbe?« hatte er Marcia gefragt.
»Ich glaube, die Modeleute nennen es rehfarben.«
»Sehr wirkungsvoll.«
Ja, er in einer rehfarbenen Robe, das konnte er sich ohne weiteres vorstellen.
So sehr plagten ihn seine Zukunftsvisionen, daß er, in die Universität zurückgekehrt, Elizondo Ramirez ersuchte, ihm über die finanzielle Situation ihrer diversen USA-Operationen zu berichten, und sein mexikanischer Mitarbeiter legte ihm die Zahlen vor.

> Universal Space Associates plätschert so dahin. Die Zahl der laufenden Abonnements bleibt hoch. Sonderzahlungen haben

abgenommen, seitdem Sie nicht mehr so viel reisen, aber wir machen unverändert an die 185 000 Dollar im Jahr und könnten mehr schaffen, wenn wir uns ein wenig anstrengen würden.
Die Luft- und Raumfahrtuniversität? Da haben wir vielleicht einen Plafond erreicht. Mit unseren Doktortiteln zum neuen Preis von 750 Dollar erzielen wir gute Umsätze; mit den Magister artium zu vierhundert läßt das Geschäft zu wünschen übrig. Ich habe es mit verschiedenen Preiskategorien versucht, und vierhundert Dollar erschien mir gerade richtig. Ich glaube nicht, daß wir höher gehen können.
Nicht vorausgesehen habe ich den ausgezeichneten Erfolg, den wir mit dem Verkauf von Kopien von Diplomen verschiedener Universitäten haben – UCLA, Southern Cal, Stanford und nicht zuletzt die University of California in Berkeley. Wir drucken sie ja bloß, fügen die Namen ein und verkaufen sie. Eine tatsächliche Vergabe von akademischen Graden ist damit nicht verbunden.

Ramirez betrachtete sich nicht als Fälscher. Er bezeichnete sich als Drucker mit Phantasie, aber auch das entsprach nicht der Wahrheit, weil er selbst ja nicht druckte; er wußte nur, wo man drucken lassen konnte. Er hatte entdeckt, daß so manche Angehörige freier Berufe gern ein zusätzliches Diplom an der Wand hängen hatten, und er hatte einen Drucker ausfindig gemacht, der einfach alles kopieren konnte. Zusammen hatten sie Diplome der vier angesehensten Universitäten des Staates beschafft, und sobald die Namen der Empfänger abgedeckt worden waren, besaßen sie einen Stoß wunderhübscher Papiere, auf welchen ein Mädchen mit schöner Handschrift die Namen der Käufer einfügen konnte. Sie hatten einen Preis von 25 Dollar pro Stück festgesetzt und verkauften etwa zweihundert Diplome im Laufe eines Jahres – »Ein kleines Nadelgeld extra«, wie Ramirez sich ausdrückte.
Sein geniales Talent offenbarte er mit einer spektakulären Operation, von der Strabismus selbst erst erfuhr, als das Geld bereits hereinzuströmen begann; er habe einfach Glück gehabt, meinte Ramirez bescheiden.

Ich liebe Basketball, ganz besonders diese phantastischen Mannschaften, die John Wooden von der UCLA auf die Beine bringt, und da lese ich eines Tages in der Zeitung von diesem ausgezeichneten farbigen Mittelspieler, der wegen seiner schlechten Benotungen nicht aufgenommen werden kann. Warum macht er keine Ergänzungskurse bei der USA? denke ich mir, und bevor das Jahr noch um war, hatten wir über zweihundert prächtige, an verschiedenen Universitäten von Oregon bis New Mexico inskribierte Sportler in Sonderkursen eingetragen. Wir haben sie nie gesehen, sie haben uns nie gesehen. Die Trainer schicken uns einfach die Unterlagen, und wir unterschreiben sie.

Zusammen brachten die verschiedenen Sparten ihrer Geschäfte, beendete Ramirez seinen Vortrag, etwa 255000 Dollar im Jahr. »Jetzt, wo das große Haus bezahlt ist, haben wir genügend Platz, um uns auszubreiten und noch mehr zu verdienen.«
Interessanterweise war keiner der Hauptakteure in diesen Geschäften auf Geld für sich aus. Weder die Einkünfte aus den »Weltraumberichten« noch die der Universität dienten je der persönlichen Bereicherung von Strabismus, Marcia oder Ramirez. Sie führten ein einfaches Leben, fuhren Mittelklassewagen, kleideten sich bescheiden und aßen in gewöhnlichen bürgerlichen Restaurants. Sie legten jährlich sechzig Prozent ihrer Einnahmen zurück und deponierten das Geld in Banken, um auf den Tag vorbereitet zu sein, an dem sie Kapital für eine größere Operation benötigen würden. Selbst ihre schärfsten Kritiker hätten ihnen nicht vorwerfen können, daß sie auf persönliche Bereicherung aus waren. Wer Elizondo Ramirez auf der Straße sah, hätte den Verkäufer in einer Würstchenbude in ihm vermutet, und es wäre völlig unmöglich gewesen, Marcia Grant mit der Tochter eines wohlhabenden Senators der Vereinigten Staaten zu identifizieren. Sie alle traten auf der Stelle.
Doch nachdem Elizondo mit seinen Geschäftsbüchern abgezogen war, schnitt Strabismus das Problem an, das ihn tatsächlich beunruhigte: »Ich habe mich entschieden, Marcia. Du mußt es abtreiben lassen.«
Sie war dreiunddreißig, sie würde kaum je wieder schwanger werden,

wenn sie sich dieses Kind nehmen ließ, und sie liebte diesen Leopold Strabismus, der für alle Gaunereien zu haben war. Fünf qualvolle Wochen lang hatte sie gegen eine Abtreibung argumentiert, hatte einen guten Grund nach dem anderen angeführt, ohne sich durchsetzen zu können. »Ich werde dieses Gefühl nicht los, Marcia«, hatte er erwidert, »etwas Großes kommt auf uns zu. Wir dürfen uns nicht mit einem unehelichen Kind belasten.«
»Du könntest mich doch heiraten.«
»Auch das erscheint mir nicht zweckmäßig. Sieh mal, Marcia, wir sind nicht für das Heiraten gemacht. Ich denke in ganz anderen Kategorien.«
»Ein Heim und Kinder sind nicht unbedingt eine andere Kategorie. Millionen Menschen werden mit Heim und Kindern prächtig fertig.«
»Es ist nichts für uns, Marcia. Ich möchte, daß wir unser Leben vereinfachen. Daß wir auf alles vorbereitet sind, was kommen mag.«
So hartnäckig berief er sich auf Prinzipien, die er nicht erklären und sie nicht begreifen konnte, daß sie am Ende in eine Abtreibung einwilligte. Er versicherte ihr, daß es sich um eine einfache und risikolose Operation handelte, und fuhr mit ihr zum Haus eines Mannes, der sich Dr. Himmelright nannte, und in ihm lernte sie einen der verachtenswertesten Menschen kennen, der je ihren Weg gekreuzt hatte. Es war nicht sein scheußlicher Beruf, der sie abstieß, sondern seine Art.
Himmelright war in England geboren, und ob er jemals irgendwo den Doktortitel erworben hatte, ließ sich nicht feststellen. An der Wand hingen Diplome, von denen sie zwei als Elizondo Ramirez' Schöpfungen wiedererkannte. Er sprach mit Oxfordakzent und recht charmant, und er schien viel zu tun zu haben, denn Leopold mußte den Termin akzeptieren, den Himmelright gerade frei hatte.
Er versuchte Marcia ihre Befangenheit zu nehmen: »›Häschen von der Wand kratzen‹ nennen wir diesen kleinen Eingriff, wissen Sie, tut überhaupt nicht weh.« Er kicherte und zeigte Marcia, wie sie sich hinlegen mußte. »Was wir jetzt machen«, wisperte er vertraulich, »wir holen das Kinderbettchen raus, aber die Spielwiese bleibt drin.« Der Scherz belustigte ihn ungemein, und er lachte fast eine Minute lang.

»Wenn wir an die Bevölkerungsexplosion in Afrika denken, haben Sie vielleicht eine sehr weise Entscheidung getroffen, Mrs. Strabismus«, sagte er, während er unter seinen Instrumenten kramte. »In Asien ist es ja noch viel schlimmer. Jedes vierte Kind, das auf die Welt kommt, ist Chinese. Vor einigen Tagen kam eine Frau zu mir. Sie war in Tränen aufgelöst. Ich müsse sie sofort drannehmen, sagte sie. Es wäre ihr viertes Kind, und sie wollte kein Chinesenbaby haben!« Als er sich Marcia zuwandte, grinste er über das ganze Gesicht, und das sah so scheußlich aus, daß sie, noch bevor er sie berühren konnte, aufsprang und aus dem Haus lief.
Strabismus war einen Kaffee trinken gegangen, um seine Nerven zu beruhigen, und er fand sie erst einige Stunden später. Sie wanderte ziellos durch die Straßen hinter der Universität und wollte zuerst gar nicht in seinen Wagen steigen. Als sie es dann doch tat, weinte sie nicht und machte ihm auch keine Szene. Sie saß nur stocksteif da, die Hände über ihrem Bauch gefaltet. »Es ist Weihnachten, und ich fahre nach Hause.«
»Nach Clay? Das ist unmöglich.«
»Ich will nach Hause.«
»Von hier, von Los Angeles aus gesehen, scheint das möglich zu sein. Aber denk einmal nach, was man in Clay dazu sagen würde. Vor allem denk an deinen Vater.«
Und als sie nachdachte und im Geist ihre verwirrte Mutter und ihren wichtigtuenden Vater sah, erkannte sie, daß Strabismus recht hatte. Sie konnte nicht heimfahren, und darum ließ sie es zu, daß er sie langsam zu Dr. Himmelright zurückfuhr, der keine Witze mehr machte.

Bestrebt, ein Gefühl dessen in sich zu entdecken, was das Universum bedeutete, saß Stanley Mott reglos am Ufer des Tennessee im Süden von Huntsville in Alabama. Er hielt Arme und Beine still und bemühte sich, auch die Augen nicht zu bewegen, denn er wollte das Gefühl empfinden, in voller Ruhestellung zu verharren, und schließlich gelang es ihm. Er saß so regungslos, wie ein menschliches Wesen das zustande bringen kann. Bis auf die nicht auszuschaltenden Funktionen von Atem und Puls hätte er genausogut tot sein können.
Ich existiere und rühre mich nicht, sagte er sich, behielt diese Stellung

zehn Minuten lang bei und dachte an nichts. Dann setzte sein Denkprozeß wieder ein, und er rief sich Daten ins Gedächtnis zurück, die er in der Cal Tech auswendig gelernt hatte.

> In diesem Augenblick sitze ich auf einem Stück Erde auf 34° 30' nördlicher Breite, und das heißt, daß ich mit einer Geschwindigkeit von etwa 1 375 Kilometern in der Stunde von West nach Ost sause. 1 660 wären es, wegen des größeren Umfangs, am Äquator. Gleichzeitig bewegt sich meine Erde auf ihrer Umlaufbahn um die Sonne mit einer Geschwindigkeit von 106 658 Kilometern in der Stunde, und meine Sonne treibt mit ungefähr 49 600 Kilometern in der Stunde auf den Stern Vega zu.
> Sonne und Vega kreisen mit der atemberaubenden Geschwindigkeit von 1 120 000 Stundenkilometern um das Zentrum der Galaxis, während diese mit 894 960 Stundenkilometern rotiert.
> Und das ist noch nicht alles. Unsere Galaxis bewegt sich in Relation zu allen anderen Galaxien, die mit einer Geschwindigkeit von 1 600 000 Kilometern durch das Universum jagen. Wenn ich also ganz still hier sitze, bewege ich mich gleichzeitig in sechs völlig unterschiedliche Richtungen mit einer akkumulierten Geschwindigkeit von ... (er konnte die Zahl nicht im Kopf zusammenzählen) ... vielleicht vier Millionen Kilometern in der Stunde. Ich kann also nicht existieren, ohne mich zu bewegen. Ich bin immer mit unvorstellbarer Geschwindigkeit unterwegs. Und das alles in Echtzeit.

Er ließ sich diese Fakten durch den Kopf gehen und kam schließlich zu dem Schluß:

> Und vielleicht stürzt das ganze Universum mit einer Geschwindigkeit, die kaum feststellbar ist, einem unbekannten Ziel entgegen – möglicherweise, um den Weltraum für ein besseres Universum freizumachen, das uns ersetzen wird, während wir auf ein neues Abenteuer zujagen.

Als er sich erhob, dachte er: »Wie unbedeutend ist doch der Weg, den wir zurücklegen, ein paar Meter aus eigener Kraft, viele Millionen Kilometer mit dem Universum. Aber auf *unseren* Weg kommt es an. Auf das langsame Fortbewegen, um zu Verständnis und beherrschendem Einfluß zu gelangen. Als er zu seinem Wagen zurückkehrte, stellte er fest, daß er mit einer Geschwindigkeit von vielleicht dreieinhalb Kilometern in der Stunde ausschritt, so gut wie nichts im Vergleich zu den Geschwindigkeiten, mit denen er sich beschäftigt hatte, und doch: In den Millionen Jahren unserer Existenz sind wir nicht schneller geworden. Mit diesem Tempo sind wir dahin gekommen, wo wir heute stehen, und das ist nicht wenig.

Drei Wochen, bevor Claggett, Pope und Linley starten sollten, stellte sich dem Unternehmen eine Schwierigkeit, an der es beinahe zerbrochen wäre. John Pope war der erste, der davon erfuhr.
»Johnny, mein Freund«, sagte Claggett eines Abends im Bali Hai, wo sie logierten, während sie auf Cape Canaveral in den Simulatoren übten, »Debby Dee und ich, wir lassen uns scheiden. Ich heirate die Koreanerin.«
»Sag das noch mal. Was tust du?«
»Es ist schon alles fix. Debby weiß es. Cindy weiß es.«
»Und die NASA?«
»Die NASA geht das nichts an.«
»O doch. Sie haben Millionen in diesen Flug hineingesteckt. Milliarden.«
»Was haben Milliarden Dollar damit zu tun? Ich spreche von einer ganz privaten, rein persönlichen Angelegenheit.«
»Da gibt es nichts Privates, Randy. Wenn das bekannt wird, ziehen sie dich todsicher von diesem Flug ab.«
»Na wenn schon? Wir haben Ersatzleute. Sie können Lee auf meinen Platz setzen.«
»Können sie nicht.«
Pope unterließ es, die NASA von dieser drohenden Katastrophe zu informieren, obwohl Claggett eine Zeitlang dachte, er hätte es getan.
»Dieser verdammte Zielstreber Pope! Er denkt, wir sind hier in einer Sonntagsschule!«
Es war Tucker Thompsen, der dahinterkam; die Quints ließen ihn

wissen, daß Debby Dee überraschend aus Houston angereist war, Randy und Mrs. Rhee im Bett überrascht und Krach geschlagen hatte. »Und ohne aus dem Bett zu steigen, sagte Claggett zu seiner Frau: ›Baby, es ist aus und vorbei!‹«
Thompson, der sich noch besser als die unmittelbar Betroffenen ein Bild von der sich abzeichnenden Katastrophe machen konnte, ging sofort zu Claggett. »Das können Sie nicht machen, Randy!«
»Ich habe es schon gemacht.«
»Das amerikanische Volk wird es nicht zulassen. Mein Magazin wird es nicht zulassen.«
»Zum Teufel mit Ihrem Magazin. Ich sage nicht, zum Teufel mit dem amerikanischen Volk, denn man war immer sehr nett zu mir, und ich wette, es ist den Leuten piepegal.«
»Sie müssen an die Konsequenzen denken.«
»Debby wird es nicht schwer haben, einen neuen Mann zu finden.«
»Aber darum geht es doch nicht, Junge!« Thompson kam ins Schwitzen. Er hatte sich alles so schön vorgestellt: Apollo 18, der ruhmvolle Höhepunkt des von *Folks* so aufwendig betreuten Unternehmens, mit zwei seiner Astronauten an Bord und dazu dieser prächtige schwarze Geologe, der den Bildern zusätzliche Würze geben würde. *Folks* würde Claggett zeigen, wie er über die dunkle Seite des Mondes schritt, Pope mannhaft am Steuer, Debby Dee, wie sie in Texas ihre Kinder koste, und diesen hübschen schwarzen Käfer, Doris Linley, die hinter einem weißen Gartenzaun auf ihren Mann wartete. Das konnte jetzt alles im Eimer sein, und *Time* und *Newsweek* würden sich über die ganze Sache lustig machen.
Es gelang ihm nicht, Claggett die Tragweite seines Entschlusses nahezubringen, und er eilte in Popes Zimmer. »Das könnte eine entsetzliche Lage schaffen. Ich weiß wirklich nicht ...« Er ließ sich in einen Sessel fallen und wischte sich den Schweiß von der Stirn.
»Randy kann sehr halsstarrig sein.«
»Aber das paßt so gar nicht zu einem Astronauten. Die amerikanische Öffentlichkeit wird es nicht hinnehmen, daß er eine brave, häusliche Frau, eine Amerikanerin, hinauswirft und mit dieser Klatschtante, dieser Madame Schlitzauge, durchgeht!«
»Nach allem, was ich von Randy weiß, ist schon alles entschieden. Sogar Debby Dee hat sich einverstanden erklärt.«

»Nichts ist entschieden! Glauben Sie mir, wenn Glancey und Grant hier antanzen, werden sie Claggett das Fürchten lehren!«
»Das wird ihnen nicht leichtfallen.«
Doch als die zwei Senatoren, begleitet von Dr. Mott als Vertreter der NASA, im Bali Hai eintrafen, bedienten sie sich einer rauhen Gangart. Die drei Herren waren nicht angeflogen, um zu bitten und zu betteln, sie kamen schnell zur Sache.

GRANT: Sie gefährden vierzehn Jahre unserer Arbeit, junger Mann, und das können wir nicht zulassen.

GLANCEY: Nur weil Sie scharf auf dieses japanische Weibsstück sind.

GRANT: Sie scheinen zu vergessen, daß das amerikanische Volk viel Geld in Sie investiert und größtes Interesse an Ihnen bekundet hat. Sie sind nicht bloß ein Mr. Randy Claggett. Ihr Name steht für vieles.

MOTT *(sanft):* Die Zukunft der NASA hängt zu einem großen Teil von Ihnen ab, Randy.

GLANCEY: Eine unbedachte Äußerung von Ihnen, und das ganze Gebäude könnte zusammenbrechen. Sie jagen Ihre Frau davon wegen eines japanischen Flittchens ...

GRANT: Wir haben vierzehn Jahre darauf verwendet, das Image des Astronauten zu pflegen ... das Image seiner Frau ... und eine Scheidung paßt einfach nicht in das Bild, das wir gezeichnet haben.

GLANCEY: Die Scheidung würde das Image zerstören. Wir können das nicht zulassen.

GRANT: Ein Astronaut bedeutet dem amerikanischen Volk etwas ganz Besonderes. Mr. Thompson kann Ihnen näher erklären, daß Sie in dieser Beziehung Verantwortung tragen.

MOTT: Muß ich Sie daran erinnern, Randy, wie hart wir gearbeitet haben, um diese Mission durchzusetzen?

GLANCEY: Die nicht endenwollenden Schwierigkeiten, die wir mit Proxmire hatten?

MOTT *(eindringlich):* Wenn die Sache jetzt bekannt wird, Randy ... verdammt noch mal, ich habe euch Burschen fast zehn Jahre lang bemuttert, das ist jetzt Ihr Höhepunkt ... unser Höhepunkt. Sie und Pope. Zwei aus derselben Klasse.

CLAGGETT: Ich sehe nicht ein, daß meine Entscheidung etwas gefährden könnte, wenn ...

GRANT: Sie sind der einzige, der das nicht einsieht.
CLAGGETT: Lassen Sie mich ausreden. Hickory Lee war schon auf dem Mond. Er kann ohne Schwierigkeiten meinen Platz einnehmen. Wenn Sie also der Ansicht sind, daß mein Verhalten ...
MOTT: Wir können nicht drei Wochen vor dem Start die Crew auswechseln.
CLAGGETT: Drei Wochen? Bei Apollo 13 wurde noch drei Tage vor dem Start ausgewechselt.
GLANCEY: Und Sie werden sich noch erinnern, was dann passierte. Wir können uns kein Debakel erlauben. Nicht in diesem Stadium.
GRANT: Und darauf läuft es hinaus: Das Raumprogramm der Vereinigten Staaten kann eine Scheidung nicht verkraften.
CLAGGETT: Das wird es aber müssen.

Dieses erste Gespräch wurde rauher geführt, als ein auf Versöhnlichkeit eingestellter Mann wie Mott es gewünscht hätte, und es ging weit weniger überzeugend aus, als ein auf Holzhammermethoden eingeschworener Politiker wie Grant es sich erhofft hatte. Als den drei Parlamentären klar wurde, wie schwierig der Mann war, mit dem sie verhandeln mußten, wendeten sie eine andere Strategie an. In einem anderen Zimmer gingen sie die koreanische Reporterin an, und auch das war ein Fehler.

GRANT: Junge Frau ...
CYNTHIA: Ich bin siebenunddreißig.
GRANT: Ist Ihnen klar, daß man Sie ausweisen kann?
CYNTHIA: Soll das ein Scherz sein?
GRANT: Auf ihrem Visumsantrag haben Sie falsche Angaben gemacht, und das ist Grund genug, Sie auszuweisen.
CYNTHIA: Das Verfahren würde sich über Monate hinziehen. Inzwischen wäre ich längst verheiratet und die Ehefrau eines amerikanischen Helden.
GRANT: Sie wären im Gefängnis.
MOTT: Miss Rhee, die Herren meinen es ernst. Sie gefährden ein Projekt, an dem sie seit Jahren arbeiten.
CYNTHIA: Ein bewundernswertes Projekt. Ich habe auch daran gearbeitet.
GLANCEY: Was meinen Sie damit?
MOTT: Sie schreibt ein Buch.

Cynthia: Sehr wahrscheinlich wird es der einzige wahre Bericht über diese Periode sein.
Mott: Ich muß etwas erklären. Diese Dame ist eine geachtete Autorin – sehr bekannt in Japan ... und in Europa.
Grant: Warum muß eine Ausländerin über unsere Astronauten schreiben?
Cynthia: Weil Sie es Ihren eigenen Autoren nicht erlauben, über sie zu schreiben.
Grant: Und *Life* ist nichts? Tucker Thompson? Hunderte von Reportern?
Die Koreanerin brach in respektloses Gelächter aus, und das Gespräch drohte in heilloser Verwirrung zu enden. Sie ließ sich offensichtlich nicht einschüchtern, aber es gab eine Chance, vernünftig mit ihr zu reden.
Mott: Würden Sie zum Gelingen eines bedeutenden Unternehmens beitragen, indem Sie nach Japan zurückfliegen?
Cynthia: Klingt das nicht sogar in Ihren Ohren lächerlich? Zeitungsleute aus aller Welt kommen, um diesen Start zu sehen. Und ich soll verschwinden?
Mott: Ich habe ein Ticket für Sie. Wollen Sie nicht mit mir nach New York fliegen? Von dort können Sie mit der Pan Am nach Tokio weiterfliegen. Oder mit TWA, wenn Ihnen das lieber ist.
Cynthia: Von den zweien wäre mir Pan Am bedeutend sympathischer, doch ...
Grant: Gott sei Dank!
Cynthia: ... da ich nicht die Absicht habe, irgendwohin zu fliegen, interessiert mich keine der beiden Gesellschaften.
Mott: Wenn ich Sie bitte? Um einem großen Abenteuer keinen Schaden zuzufügen?
Cynthia: Nein.
Die drei Herren, die nur das Trainingsprogramm durcheinandergebracht, sonst aber nichts erreicht hatten, zogen sich in ihre Zimmer zurück und gingen zu Bett. Am nächsten Morgen in der Frühe fuhren sie zum Startgelände hinaus, wo sie einen Beamten der NASA ersuchten, die drei Astronauten zu holen.
Grant: Ein ernstes Problem droht Ihren Flug unmöglich zu machen.

CLAGGETT: Laßt mich reden. Mit diesen beiden habe ich die Sache schon geklärt.
POPE: Linley und ich sehen da kein Problem.
LINLEY: Das ist richtig.
GRANT: Aber das amerikanische Volk ...
CLAGGETT: Ich glaube, den Leuten ist das hinten lang wie vorne hoch.
GRANT: Haben Sie eigentlich eine Ahnung, was wir uns vom Senat anhören mußten, als diese Burschen von Apollo 10 ihr Raumschiff nach einer Comic-Strip-Figur benannten?
GLANCEY: Ich bekam Hunderte von Protestbriefen von Steuerzahlern. »Wir zahlen unsere schwerverdienten Steuern nicht dafür, daß so ein Typ wie auf einem Comic-Strip am Himmel herumschwirrt!«
GRANT: Können Sie sich vorstellen, wie man über uns herfallen wird, wenn *Time* oder *Newsweek*, ganz zu schweigen von der *New York Times*, in alle Welt hinausposaunen, daß der Kommandant des Fluges wegen einer Japanerin seine amerikanische Frau verlassen hat?
CLAGGETT *(schreit)*: Sie wissen ja nicht einmal, von wem Sie reden. Sie ist Koreanerin.
GLANCEY: Damit wird die Sache auch nicht besser.
MOTT: Es könnte schwerwiegende Folgen haben, Randy. Für diesen Flug. Und alle folgenden.
CLAGGETT: Es sind keine weiteren Flüge vorgesehen.
GLANCEY: Werden Sie uns helfen?
CLAGGETT: Was Sie von mir verlangen, nein.

Sonderbarerweise war es der aus der harten Schule der Navy hervorgegangene Norman Grant, der die Linie fand, die die drei Astronauten überzeugte, und er brachte seine Argumente in versöhnlicher, fast väterlicher Manier vor.

GRANT: Ihr wißt doch, Freunde: Dieser Flug war nicht unsere Idee. Glancey und ich, wir wollten ihn gar nicht. Ich habe mich anfangs sogar dagegengestellt. Ihr wolltet ihn. Es war Ihre Frau, Pope, die uns die entscheidenden Argumente lieferte. Glancey und ich und auch andere, wir begaben uns wegen euch aufs Glatteis. Die dunkle Seite des Mondes. Höhepunkt wissenschaftlicher Forschung und so. Ihr habt uns dazu überredet. Jetzt könnt ihr nicht einfach so tun, als ob euch das Ganze nichts angeht.

CLAGGETT *(nach einer langen Pause):* Also was wollen Sie?
GRANT: Etwas sehr Schweres. Und nur Sie können es zuwege bringen. Erklären Sie es ihm, Dr. Mott.
MOTT: Wir möchten, daß Sie Miss Rhee dazu überreden, mit mir nach New York zu fliegen und dort ohne jedes Aufsehen bei Pan Am für Tokio zu buchen – oder Korea, wenn ihr das lieber ist.
CLAGGETT: Das wird sie nicht machen.
MOTT: Sie wird, wenn Sie sie darum bitten.
CLAGGETT: Das kann ich nicht tun.
Keiner sagte ein Wort. Die sechs Männer saßen da und dachten über ein Problem von äußerst verwickelten Dimensionen nach. Am Ende war es Zielstreber Pope, der das Schweigen brach: »Wenn ich es mir recht überlege, Randy, so ganz unrecht haben die Herren nicht.«
Niemand erfuhr, was Claggett Cindy im Obergeschoß des Bali Hai sagte, aber noch um elf Uhr des gleichen Vormittags startete ein Jet der Air Force mit zwei Senatoren der Vereinigten Staaten, einem hohen Beamten der NASA und einer koreanischen Reporterin vom Luftstützpunkt Patrick wenige Meilen südlich von Cocoa Beach. Der Jet flog direkt nach New York, wo er noch vor allen kreisenden Flugzeugen landen durfte.
Dort wartete bereits eine Limousine des Außenministeriums, die die Passagiere nicht zur Pan Am und auch nicht zur TWA brachte, denn die flogen erst am Abend, sondern zu einem Jetliner der BOAC, der am anderen Ende der Piste stand.
Miss Rhee wurde eilig an Bord gebracht, während die drei Astronauten auf Cape Canaveral ihre letzten Trainingsstunden in den Simulatoren absolvierten.

Kaum war die BOAC auf dem Londoner Flughafen Heathrow gelandet, bestieg Cindy ein Flugzeug nach Montreal und schlüpfte über einen Karrenweg südlich von Sherbrooke heimlich in die Vereinigten Staaten zurück. Sie reiste auf schnellstem Weg nach Florida, zog einen grauleinenen Overall an, setzte sich eine griechische Matrosenmütze auf und mischte sich unter die Menge, die die Schnellstraße säumte, die Cape Canaveral überblickt. Dort sah sie, wie Apollo 18 drei Astronauten zu ihrem Rendezvous auf der dunklen Seite des Mondes brachte.

Als sich das großartige Raumschiff, das letzte seines ruhmvollen Stammes, majestätisch in die Lüfte erhob, ging sie zwischen den Menschen herum und notierte sorgfältig, von wo sie kamen und wie sie auf diesen historischen Augenblick reagierten. Sie hielt es für wichtig, ihr Verhalten in Echtzeit aufzuzeichnen.

9. Die dunkle Seite des Mondes

Als im Jahre 1961 beschlossen wurde, die vorgesehenen Apollo-Flüge von Cape Canaveral zu starten, sahen sich die Ingenieure und Wissenschaftler Amerikas einem gewaltigen Problem gegenüber. Die Trägerrakete würde so schwer – 3150 Tonnen – und massig sein, mit 111 Metern höher als ein Football-Platz lang, daß man sie, wollte man sie an nur einem Ort, zum Beispiel Denver, zusammenbauen, unmöglich quer durch die Vereinigten Staaten transportieren konnte. Sie würde an sechs verschiedenen Orten fabriziert und zur Endmontage nach Cape Canaveral gebracht werden müssen.
Ursprünglich sollte diese Montage unter freiem Himmel auf der Startrampe vorgenommen werden, aber schon eine flüchtige Überprüfung dieses Vorschlags ließ große Gefahren erkennen. Dr. Mott hatte in der Prüfungskommission gesessen und mitgeholfen, einen Bericht über das Untersuchungsergebnis abzufassen.

> Sie sollten nicht vergessen, daß die Apollo das Cape in sechs großen Teilen erreichen wird, und Tausende von luft- und wasserdichten Verbindungen und Anschlüssen herzustellen sein werden. Schon ein einziger Regenguß könnte sich katastrophal auswirken, und dem dortigen Wetteramt zufolge müssen wir in den fünf Monaten, die für die Montage vorgesehen sind, mit nicht weniger als sechzehn Regenfällen unterschiedlicher Stärke rechnen. Dazu kommt, daß man hier ständig gegen den Wind anzukämpfen hat; Stürme mit einer Geschwindigkeit von sechzig bis achtzig Kilometern in der Stunde sind an der Tagesordnung, Orkane mit bis zu zweihundert Stundenkilometern nicht ungewöhnlich. Kleinere Bauteile würden einfach davonfliegen. Die Montage muß daher unter Dach erfolgen.

Wir müssen gestehen, daß der Transport der fertigen Rakete mit einem Gewicht von 2800 bis 2900 Tonnen ein Problem darstellen wird, das sogleich einer Lösung zugeführt werden sollte.

Das erste Problem wurde auf großzügige Weise gelöst. Neben einer Stromrinne, in der Schleppkähne die einzelnen Teile heranbringen konnten, wurde ein stupender weißer Kubus errichtet, der, unsinnig groß, gleich der modernen Version einer Pyramide aus dem Moorland von Canaveral aufragte. Ein bleibendes Wahrzeichen des Zeitalters der Raumfahrt, wurde es zu dem scheunenartigen Monsterbau, in dem die Apollo-Trägerrakete montiert werden sollte. Der Bau war fast so hoch wie das Washington-Denkmal. Das Volumen des Würfels betrug 36 Millionen Kubikmeter, und seine Ostseite enthielt eine Schiebetür, die um die Hälfte höher war, als ein Football-Platz lang ist. Es war in vieler Hinsicht das größte Bauwerk der Welt und in halsbrecherischem Tempo fertiggestellt worden.
Hier würden zum ersten Mal sechs äußerst komplizierte Systeme zusammengetragen werden. Und erst als man sie auf das genaueste zusammengefügt hatte, konnte man vom Vorhandensein eines Raumschiffes sprechen. Ein Arbeiter hatte ausgerechnet, daß 22000 Verbindungen fertiggestellt, getestet und freigegeben werden mußten, bevor die Apollo 18 ein Ganzes war.
Die Erbauer dieses riesenhaften Flugkörpers, die an sechs weit voneinander entfernten Orten arbeiteten, benötigten 30000 Einzelpläne, um das problemlose Zusammenfügen von einem Herstellungsteil mit dem anderen zu gewährleisten. Die massive erste Raketenstufe kam von Boeing in Louisiana; North American in Kalifornien lieferte die gewaltige zweite Raketenstufe; die dritte Stufe, die das kritische J-2-Triebwerk enthielt, das das Raumschiff, sobald es unterwegs war, zum Mond schießen würde, kam von Douglas aus einem anderen Teil Kaliforniens. Und die von IBM in Alabama hergestellte Instrumenteneinheit war so enorm und kompliziert, daß ein Ingenieur meinte: »Das muß einer gebastelt haben, der schon als Baby mit einem Baukasten gespielt hat.«
Allein die Rakete bestand aus diesen vier Systemen, aber der Arbeitsgang war der gleiche für die zwei Kapseln, in welchen die Astronau-

ten fliegen würden. Ihre Kommandokapsel und die Betriebs- und Versorgungseinheit wurden in Downey, Kalifornien, in einem Zweitwerk von North American hergestellt; in der Kommandokapsel lebten die Astronauten, während die Betriebs- und Versorgungseinheit den größten Teil der Ausrüstung aufnahm. Für die Männer war das eine einzige Einheit, die sie CSM (Command Service Module) nannten, und sie verbrachten ganze Tage in dem entsprechenden Simulator, denn von dieser Einheit hing ihr Überleben ab. Die Mondlandeeinheit, in der zwei der Männer zum Mond herunterschweben und zur kreisenden CSM zurückkehren würden, kam von Grumman auf Long Island.

Es war eine groteske Methode, eine der kompliziertesten Maschinen zu bauen, die der Mensch je ersonnen hatte, denn solange die sechs Teile – eigentlich sieben – nicht im Kubus auf dem Moorland in Florida zusammengebaut waren, konnte niemand voraussagen, ob die Systeme auch mit Sicherheit funktionieren würden. Wie Randy Claggett respektlos bemerkte, als er sich mit seiner ersten Apollo auf der Umlaufbahn bewegte, während seine Kameraden auf dem Mond herumspazierten: »Da gondle ich jetzt in einem Apparat herum, der aus vier Millionen Teilen besteht – jedes einzelne vom Tiefstbietenden geliefert.«

Und wie schaffte es die NASA, alle diese Systeme auf das Cape zu bringen? Die Instrumenteneinheit wurde auf dem Tennessee auf einen Schleppkahn geladen, nach Norden zum Ohio dirigiert, dann den Mississippi hinunter und um die Südspitze Floridas nach Canaveral gesteuert. Für die erste Raketenstufe wurde die gleiche Route, von New Orleans ausgehend, genommen; Kalifornien beförderte seine Systeme auf zwei Wegen: Per Schiff durch den Panamakanal und mit einem riesenhaften Boeing-Stratocruiser, der zu etwas umgebaut worden war, was die NASA-Leute »unseren schwangeren Millionenfisch« nannten; er konnte die dritte Raketenstufe zur Gänze aufnehmen.

Es sah so aus, daß die NASA mit fünf Frachtschiffen, einem »schwangeren Millionenfisch« und unzähligen T-38 im Transportgeschäft tätig war.

Claggetts Apollo 18 sollte am 23. April 1973 starten, und als dieses Datum bekanntgegeben wurde, gewann Randy Claggett die Zuneigung der Presse mit der hingeworfenen Bemerkung: »Ein Glückstag für

uns. Shakespeares Geburtstag. Wenn er heute noch lebte, würde er ein Stück darüber schreiben. ›The still Vex'd Bermoothes.‹ «
»Das ist aus dem *Sturm,* nicht wahr?«
»Stimmt.«
»Woher wissen Sie so etwas?«
»Am Texas A and M bringen sie einem eben was bei«, und einer plötzlichen Eingebung folgend, erzählte er ihnen von dem alten Professor, der dort englische Literatur unterrichtete: »›Wenn ihr euch sonst nichts merken könnt, macht das gar nichts‹, sagte er, ›aber bitte erinnert euch jedes Jahr, daß der 23. April der Geburtstag eines der größten Geister ist, der je gelebt hat, und bezeigt ihm Ehrerbietung.‹ Und irgend so ein Klugscheißer sagte: ›Aber ich dachte, jetzt wüßte schon jeder, daß es Sir Francis Bacon war, der die Stücke schrieb.‹ Der alte Herr zuckte nicht mit der Wimper und erwiderte nur: ›Dann feiern Sie halt in Gottes Namen Bacons Geburtstag, aber respektieren Sie wenigstens einmal in ihrem provinziellen, engstirnigen Leben eine Persönlichkeit, die Sie überragt.‹ Dann ging er mit uns in eine Kneipe und lud uns auf ein Glas Ale ein; es wäre Shakespeares Lieblingsgetränk gewesen, sagte er.«
Die sechs Systeme mußten vier Monate vor dem Start in der Montagehalle eintreffen, und es war eine aufregende Weihnachtszeit, als die Schleppkähne den Kanal heraufkamen und die riesigen Flugzeuge mit ihrer kostbaren Fracht landeten. Teams von Ingenieuren aus den Zentralen der Zulieferer kamen nach Canaveral, denn sie waren für das gute Funktionieren ihrer Systeme verantwortlich, und drei Monate lang wurden die ungleichartigen Einheiten in penibler Präzisionsarbeit zusammengebaut.
Im Februar besuchten Senator Grant und sein Ausschußfaktotum Penny Pope die Montagehalle, um die Zahlen zu überprüfen, die der Haushaltsabteilung des Senats vorzulegen sein würden, und zum letzten Mal im Verlauf des Apollo-Programms verfolgten sie die verwirrende Geschäftigkeit im Inneren dieses Monsterbaus. Grant war nicht unglücklich über das Auslaufen des Programms. Seinerzeit war es nötig gewesen, um die Russen und den Rest der Welt daran zu erinnern, daß mit Amerika immer noch zu rechnen war, aber er wußte, daß die letzten Missionen über große Gesten und belanglose Schnörkel nicht mehr hinausgingen. Trotzdem: Dieser Abschiedsflug auf die andere

Seite des Mondes würde eine prima Sache werden: »Wir verlassen die Arena mit einem Paukenschlag.« Dann überreichte er der Presse ein Statement mit einigen Zahlen, die Mrs. Pope zusammengetragen hatte.

> Unser Land war nicht kleinlich, als es galt, gewaltige Anstrengungen zu unternehmen, um die Russen zu überholen, und wenn wir nun diese unüberschaubare Menge von Bauwerken betrachten, sehen wir, was ein freies, phantasiebegabtes Volk zu leisten imstande ist, wenn es sich bedroht fühlt. Grundstückspreis für 140 000 Morgen Land: 72 000 000 Dollar; Kosten dieses einzigartigen Bauwerks, in dem wir uns befinden: 89 000 000 Dollar. Kosten der Maschinen und Ausrüstung: 63 000 000 Dollar.
> Der Supertraktor, auf dem die Apollo zur Startrampe gebracht werden wird: 11 000 000 Dollar; und wir werden ein zweites Gerät in Reserve halten müssen. Gesamtkosten der Bodenaufschließung: 800 000 000 Dollar. Zahl der hier arbeitenden Personen: 26 500. Zahl der hochqualifizierten Experten, die für die Überwachung des kommenden Starts benötigt werden: 500 hier und weitere 1 500 in Houston.

Das Statement befaßte sich im folgenden mit den rückwärtigen Diensten andernorts in Amerika und in der ganzen Welt, wobei von Schätzungen örtlicher Stellen ausgegangen werden mußte.

> Zahl der über die Welt verstreuten, mit Funkanlagen ausgestatteten Schiffe: vier. Zahl der Nachrichtenflugzeuge im Flug während einer Apollo-Mission: fünf. Zahl der Bodenfunkstellen im Ausland: dreizehn. Zahl der in verschiedenen Ozeanen verfügbaren Bergungsschiffe: sieben. Gesamtzahl der Menschen, die auf diese oder jene Art an dieser Mission beteiligt sind: 450 000. Zahl der Personen, die letztendlich die Mondoberfläche betreten werden: zwei.
> Doch ist der Senator trotz der erschreckend hohen Kosten mit dem Resultat unserer Bemühungen mehr als zufrieden. Ganz besonders befriedigt ist er vom Format der Astronauten, die

diese letzte Mission fliegen werden. Er kennt Captain John Pope seit dessen Kindheit und hält ihn für einen der tüchtigsten jungen Männer, die unser Land je hervorgebracht hat. Sein Kommandant, Oberst Claggett von den Marines, hat bereits drei Raumflüge mit bestem Erfolg absolviert. Besonders geehrt fühlt sich der Senator durch die Tatsache, daß das dritte Mitglied der Crew der Neffe eines Mannes ist, mit dem er in der Schlacht vom Golf von Leyte dienen durfte, Dr. Gawain Butler, Schulinspektor im Bezirk Mesa in Kalifornien. Als unser erster schwarzer Astronaut nimmt er einen besonderen Platz in unserem Programm ein.

Der letzte Absatz war Ausdruck seiner Einstellung. Mrs. Pope drängte ihn, seine Gedanken weniger scharf zu formulieren, aber dazu war er nicht bereit: »Sie sind loyal gegen Ihren Gatten, und das ist recht so, aber ich muß gegen das Land als Ganzes loyal sein.«

Es ist nun für die Vereinigten Staaten an der Zeit, dieses äußerst kostspielige Abenteuer zu Ende zu bringen. Es war mehr als gerechtfertigt im Jahre 1957, als der Sputnik unseren Himmel verdunkelte, aber mittlerweile ist es zu bloßem Exhibitionismus degeneriert. Wir haben den Mond erreicht. Mit diesem kühnen Flug werden wir die dunkle Seite des Mondes erforschen. Nun müssen wir unsere Aufmerksamkeit dringlicheren Problemen hier auf Erden zuwenden.

Mitte Februar gaben die Experten in der Montagehalle ihr Okay, und das war das Signal für den Beginn einer Operation von gewichtiger Eleganz, einer Operation, die die Massen von Besuchern, die aus sicherer Entfernung zusehen durften, immer wieder zu Jubelrufen hinriß. Die gigantischen, 139 Meter hohen Tore des Mammutwürfels schoben sich zur Seite und gaben den Blick auf ein strahlend weißes Meisterstück frei. Die Rakete stand aufrecht im Dunkel; von der massiven Basis aus verjüngte sie sich zu einer eleganten Spitze in 111 Meter Höhe. Die Schlichtheit des windschlüpfigen Äußeren stand im krassen Gegensatz zur Komplexität des Inneren, und in diesem Augenblick der Offenbarung klatschten die Zuschauer oft Beifall.

Durch die breiten Tore konnten sie sehen, daß die Apollo fest verbunden mit einem massiven Krangerüst montiert worden war. Die beiden Strukturen ruhten auf einem schweren Metallrahmen, der von Säulen gestützt wurde, die das Objekt ein gutes Stück über dem Fußboden festhielten, und nun verließ der kolossale Supertraktor seinen Parkplatz außerhalb des riesigen Würfels, rollte eine sanft geneigte Fläche hinauf und direkt in das Herz der großen Halle. Dort schob er sich vorsichtig unter das wartende Raumschiff, seine Hubhydraulik wurde betätigt und übernahm ganz zart die Kontrolle über die mächtige Struktur von Apollo 18 und ihrem Krangerüst.
Sogar die Arbeiter jubelten in diesem Augenblick, doch nun stellte sich ein schwieriges Problem ein. Der Traktor, die Trägerrakete und das Krangerüst wogen zusammen neuntausendzweihundertvierzig Tonnen – wie sollte eine solche Last über eine Entfernung von 5,6 Kilometern über das für Florida typische Moorland befördert werden?

> Wir ließen uns die besten Straßenbauer der Welt kommen. »Ganz einfach«, sagten die. »Sie bauen eine Straße, die breiter ist als eine achtspurige Autobahn. Sie heben drei Meter tief aus und bedecken den Boden Ihres Grabens mit großen Felsblöcken. Darauf kommt eine zwei Meter starke Schicht Gehäufe und dann zwanzig Zentimeter hoch Kies. Die Kosten? Wir machen Ihnen das für 20 000 000 Dollar.«

Fünfzehn Mechaniker waren nötig, um das Ungetüm zu steuern, das sich mit einer Geschwindigkeit von eineinhalb Kilometern in der Stunde fortbewegte, doch als es, einem majestätischen Dinosaurier gleich, in das Sonnenlicht eines Februartages hinausrollte, applaudierten die Zuschauer: »Läuft schnell genug, um seine Arbeit zu machen!«
Knarrend und knirschend fraßen sich die massigen Raupenketten des Fahrzeugs in den extra harten, aus Alabama importierten Kies. Auf seinem Rücken trug es die strahlendweiße Apollo-Trägerrakete, angeschmiegt an das Krangerüst, das bis zum Start alles in Ordnung halten würde. »Da kommt sie! Und der Mond ist ihr Ziel!«
Sanft, so als trüge er das Moseskind über eine von Schilf gesäumte

Straße, bewegte sich der Supertraktor auf den Komplex 39 zu, wo der Start stattfinden sollte, und während er majestätisch dahinrollte, sahen drei Männer mit besonderem Interesse zu, denn sie würden in der Kapsel fliegen, die oben auf der Rakete saß; sie würden diese prachtvolle Kapsel – »die letzte und die beste«, wie Claggett meinte – auf die andere Seite des Mondes steuern.

John Pope war immer noch von der Größe dieses Giganten überwältigt. »Ein wahres Privileg, Teil dieses Abenteuers zu sein«, flüsterte er, und Claggett erinnerte ihn: »Du hast ihr einen Namen gegeben, Junge. Da hast du deine *Altair*.«

Dies würde ihr Heim sein, und sie würden die Verantwortung für den letzten stolzen Vogel seiner Rasse tragen. Liebevoll betrachteten sie die Rakete. »Fliegen möchte sie«, sagte Randy. »Mit 40 000 Kilometer Stundengeschwindigkeit fliegen, und nicht mit fünfzig Zentimetern in der Sekunde kriechen.«

Nachdem der Traktor mit seiner Last fünf sehr langsame Kilometer zurückgelegt hatte, zeigte sich, wie wichtig die zwanzig Zentimeter Kies waren, denn jetzt mußte der Schwerlaster eine Kurve nehmen, und wäre die Oberfläche Beton oder Asphalt gewesen, wie ursprünglich geplant gewesen war, die Raupenketten hätten die Straße zerrissen. So zermahlte die ungeheure Drehkraft die oberste Kiesschicht, aber der Riesenkäfer setzte seinen Weg fort.

Als das Gefährt die Zufahrt zur Startplattform A erreichte, von der die Rakete abgefeuert werden würde, stand der Traktor vor einer Steigung von fünf Grad, die er überwinden mußte, um die Rakete in Startposition zu bringen. Nun traten ein Dutzend Computer, Pumpe 1, hydraulische Systeme und Kontrollen in Aktion, um das vordere Ende des Raupenfahrzeugs zu senken und das hintere zu heben, und auf diese Weise zu gewährleisten, daß die Bodenplatte völlig eben blieb.

Nachdem der Supertraktor die Rampe bewältigt hatte, brachte er die große Apollo-Rakete mit dem Krangerüst auf ihren Platz und setzte sie vorsichtig ab; dann wich er langsam zurück, gleich dem Ochsenfrosch aus dem Märchen, der eine Prinzessin gerettet hatte. Seine Aufgabe erfüllt, rollte das Raupenfahrzeug ächzend über das Moorland zurück; nie wieder sollte es eine strahlende Apollo-Rakete von ihrem Geburtsort holen.

Zu den 450 000 Menschen, die mehr oder minder mittelbar am Erfolg der Apollo 18 beteiligt waren, zählte auch – neben Spaniern und Australiern und jenen Bewohnern der Inseln Madagaskar, Guam, Antigua und Ascension, die auf ihren verschiedenen Standorten Funkstationen besetzt hatten – ein Bauernjunge aus dem Dorf Buckingham in einem der Bewässerungsgebiete Colorados. Astronom seit seinem neunten Geburtstag, als ihm ein Onkel ein japanisches Fernglas und den Nortonschen Sternatlas schenkte, hatte er ein Stipendium von der landwirtschaftlichen Hochschule in Fort Collins erhalten und mit Auszeichnung graduiert.

Er hieß Sam Cottage, und seine Eltern, russische Einwanderer aus den deutschen Siedlungsgebieten an der Wolga, hatten sich schon Sorgen gemacht, welche Arbeit er mit nur einem akademischen Grad in Astronomie wohl schon bekommen würde, aber zu ihrer Überraschung fand er sehr rasch Arbeit im Sun Study Center in Boulder, wo er hoch oben in der klaren Luft der Rockies die Sonne beobachtete. Zu seinen Aufgaben gehörte es, viermal am Tag sein Sechzehn-Zoll-Sonnenteleskop mit Spezialfilter und mattierter Scheibe zu fokussieren, um festzustellen, ob irgendwo auf der sichtbaren Seite der Sonne oder an ihrem Rand Sonnenfackeln aufgetreten waren, deren gesteigerte Strahlung hunderttausend Kilometer in den Weltraum hinaus reichte; auch oblag es ihm, durch ein Spezialobjektiv und ein sorgfältig verdunkeltes Okular alle Flecken aufzuzeichnen, die sich auf der Oberfläche der Sonne gezeigt haben könnten. Besondere Aufmerksamkeit war jenen Gebieten zu schenken, aus welchen zu einem späteren Zeitpunkt größere Fackeln hervorbrechen und zu dem führen konnten, was die Astronomen solare Protonenstrahlung nannten.

Der Regierung der Vereinigten Staaten erschien es zweckmäßig, Sam Cottage für diese Arbeit zu bezahlen, denn damals begann man gerade die Bedeutung der Sonnenflecken richtig einzuschätzen. Sie bewirkten Nordlichter, und damit zuweilen ein starkes Fading im Radioempfang; sie schienen das Magnetfeld der Erde empfindlich zu stören; und was jetzt noch wichtiger war: Sie hatten die Energie, besonders aktive Fackeln zu produzieren, die so starke Strahlungsmengen ausschütteten, daß sie auf jedes menschliche Wesen, das sich im Weltraum befand und nicht dagegen geschützt war, tödlich wirken mußten. Das war der Grund, warum Dr. Feldman, der Strahlenthera-

peut der NASA, so sehr darauf gedrungen hatte, Claggett und Pope aufzutragen, im Verlauf ihres Gemini-Flugs das auf der Agena-A festgeschraubte Dosimeter zu bergen. »Wir mußten wissen, wieviel Strahlung sich während eines langen Flugs ansammelt.«
Noch bevor der Zeitplan eines Fluges fixiert wurde, mußten Astronomen konsultiert werden, weil nur sie sagen konnten, ob die Flugzeit günstig mit der Sonnenflecken-Periode harmonierte. Seit dem Jahre 1843 wurden die Sonnenflecken peinlich genau gezählt, denn damals stellten die Astronomen zum erstenmal fest, daß sie elfjährigen Perioden unterlagen. Diese Perioden waren numeriert worden, und so kam es, daß Apollo 18 in den letzten Jahren der Periode 20 starten würde. Sie hatte mit einem deutlichen Tief im Jahre 1964 begonnen, einen unterdurchschnittlichen Höhepunkt im Jahre 1970 erreicht und befand sich jetzt im raschen Niedergang, aber Cottages Dienststelle warnte die NASA.

> Auch in den letzten Phasen einer Periode besteht die Möglichkeit einer unerwarteten solaren Protonenstrahlung, die Sie veranlassen könnte, eine Mission abzusagen beziehungsweise abzubrechen, wenn sie bereits im Gang sein sollte. Aber die Periode 20 ist merklich weniger heftig gewesen als die Periode 19, die 1957 eine starke Konzentration von Fackeln hervorrief. Wir meinen, daß Sie Ihre Pläne für Apollo 18 weiterverfolgen können, ohne Gefährdungen fürchten zu müssen, aber wir werden das Verhalten der Sonne auch in Zukunft aufmerksam beobachten.

So stellte der junge Cottage täglich vier Berichte über das zusammen, was auf der Oberfläche der Sonne vorging, und wenn der Tag vorüber war, half er mit, eine Zusammenfassung vorzubereiten, die an interessierte Beobachter in der ganzen Welt verschickt wurde.
In seiner Freizeit betrieb Cottage zukunftsträchtige Studien bei einem Mann, der von der Sonne so viel wußte, wie nur wenige, einem Dr. phil. namens Jack Eddy, der sich durch eine gepflegte Sprechweise auszeichnete und der außerhalb von Boulder in einem von amerikanischen Universitäten finanzierten Forschungsinstitut arbeitete.
Einer von Cottages Vorgesetzten hatte ihm einen guten Rat gegeben:

»Für einen jungen Mann, der nur das Bakkalaureat der Naturwissenschaften erworben hat, gibt es in unserem Fach nicht viele Möglichkeiten, vorwärts zu kommen. Sie sind doch ein heller Kopf. Machen Sie Ihren Magister und dann den Doktor.« Jetzt werkte er bei Eddy für den Magister und staunte immer wieder über die phantasievollen Arbeiten des Professors über die Geschichte der Sonne in den letzten dreitausend Jahren. Gegenüber seiner Freundin, einer Studentin, gab er seiner Begeisterung Ausdruck.

> Ein toller Bursche, dieser Eddy. Er hat so gut wie alles gelesen, was je über die Sonne geschrieben wurde, und sogar über die wechselnden Kreisringe bei Bäumen. Zur Zeit unserer Großväter gab es diesen Maunder, der behauptete, gegen Ende des 17. Jahrhunderts wären die Sonnenflecken siebzig Jahre lang fast völlig verschwunden gewesen. Die Leute lachten ihn aus, aber Eddy bewies, daß Maunder recht hatte. Das war die Zeit der großen Kälte auf der Erde, als die Gletscher kalbten.
> Das Maunder-Minimum hat es wirklich gegeben. Ich nehme an, daß es in den kommenden Jahren andere Minima geben wird, und jetzt versuche ich festzustellen, was sich von Jahr zu Jahr verändern wird, aber ich komme nicht weiter.

Er besaß eine Neigung zur Mathematik und hatte unter Eddys Anleitung Berge von Daten gesammelt, die er durch den Computer laufen ließ. Das Resultat überzeugte *ihn,* aber sonst niemanden: Daß sich die Aktivität der Sonne über lange Zeiträume hin ausglich und daß ein Minimum an Energie jetzt, später durch eine Überfülle korrigiert wurde. Nicht minder überzeugt war er, daß die signifikante Periode in Wirklichkeit 22 und nicht 11 Jahre umfaßte, denn in der zweiten Hälfte zeigte sich deutlich eine Umkehr der magnetischen Feldrichtung. Beeindruckt war er auch von den aus Deutschland kommenden Informationen, wonach ein übergeordneter Zyklus von achtundachtzig Jahren wirksam war, aber was immer er tat, zu welcher Theorie er sich auch verstieg, seine Zahlen sagten ihm, daß die Periode 20 stark von der Regel abwich und nur dadurch wieder ins Gleichgewicht gebracht werden konnte, wenn es in den letzten Tagen ihrer Existenz zu einer größeren Protonenausstrahlung kam.

Täglich betrachtete er das unbewegte Antlitz der Sonne und versuchte sich zu erklären, was dort vorging, und weil er nichts entdecken konnte, kehrte er mit einem Anflug von Ärger zu seinen Daten zurück. Er wußte, daß sie ihm Informationen verbargen, die zu entwirren ihm einfach nicht gelingen wollte.
Einigermaßen beunruhigt rief er Dr. Eddy an, konnte ihn aber nicht erreichen; unterwegs für seine eigenen Studien, befand sich der Professor auf dem Kitt Peak in Arizona. So blieb Sam Cottage mit seinen Daten allein, und einmal, spät nachts, ließ er seine Arbeit sein und ging zum Wohnheim seiner Freundin hinüber, wo er Kieselsteine an ihr Fenster warf, um sie zu wecken. »Mit welchem Zyklus ich auch herumrechne, ich komme immer wieder zu dem Schluß, daß eine wirklich starke Strahlung unmittelbar bevorsteht.«
»Warum meldest du es nicht?«
»Weil mir keiner glauben würde. Ich habe kein einziges Faktum, auf das ich mich stützen könnte. Es ist alles nur Theorie.«
»Frag doch Eddy, was er davon hält.«
»Er ist in Arizona, der Teufel soll ihn holen! Ich habe schon zweimal angerufen, aber er ist auf einer Studienreise.«
»Dein Problem wird warten können, bis er zurück ist.«
»Warten? Weißt du denn überhaupt, wie eine richtige große Eruption aussehen kann? Stell dir mal vor, ein Gebiet auf der Sonne, das fünfzigmal größer ist als die gesamte Erdoberfläche! Es explodiert. In dreißig Minuten kann es Massen von Material zweihundertfünfzigtausend Kilometer in den Weltraum schleudern. In weniger als einer Stunde emittiert es genug Energie, um den Bedarf an Elektrizität der ganzen Welt auf hundert Millionen Jahre zu decken. Es ist gigantisch!«
»Und gefährlich?« fragte das Mädchen.
»Unsere Atmosphäre schützt uns. Aber wenn du sehr hoch oben in einem Flugzeug säßest, wäre es äußerst gefährlich.«
»Und für Astronauten, wie beim Apollo-18-Flug?«
»Tödlich.«
Darum beobachtete Sam Cottage in den letzten Märzwochen das Verhalten der Sonne mit besonderer Aufmerksamkeit, aber als nichts Besonderes passierte, schloß er den Monat mit einer beruhigenden Aktennotiz ab.

Während der letzten vierundzwanzig Stunden nur wenig Sonnentätigkeit. Nur kleine kurzlebige Eruptionen. Magnetfelder schwach gestört. Wahrscheinlichkeit größerer Strahlungen gering, könnte aber zunehmen, sollte die neue Region 396 mit benachbarten Beobachtungssektoren verschmelzen.

Zwei Ausschüsse waren einberufen worden. Einer bestand aus Wissenschaftlern, deren Aufgabe es war, eine Entscheidung darüber zu fällen, welche Instrumente Apollo 18 zum Mond mitnehmen sollte, um in den Besitz von Informationen zu gelangen, die wertvolle Hinweise auf die Entstehungsgeschichte dieses Planeten und vielleicht sogar des Universums liefern könnten. Am Beginn der Gespräche stand eine nüchterne Erklärung.

> Bei früheren Gelegenheiten konnten die Astronauten ihre Geräte aufstellen, ihre Antennen auf die Erde richten und mit Fug erwarten, daß Funksignale ihre Informationen an unsere Stationen in Australien, Spanien oder den Vereinigten Staaten weitergeben würden. Nach letztem Stand senden uns unsere Mondstationen das ganze Jahr über tagtäglich neun Millionen Einzeldaten. Mit der Zeit kennen wir den Mond genauso gut wie etwa Rhode Island.
> Doch zu der anderen Seite können wir keinen direkten Kontakt herstellen. Alles wird von den zwei oder drei Satelliten abhängen, die wir in eine Umlaufbahn um den Mond bringen. Wenn sie versagen, müssen auch wir versagen. Anders ausgedrückt: Wenn sie versagen, ist der Apollo-18-Flug gescheitert.

Die NASA karrte Kommunikationsexperten herbei, die garantierten, daß die drei vorgesehenen Satelliten mindestens ebenso verläßlich sein würden wie die anderen Geräte, die ja auch ein Risiko darstellten, und mit dieser Versicherung trafen die Herren eine äußerst vernünftige Entscheidung.

> Im Hinblick auf die Tatsache, daß die von früheren Apollo-Missionen in Gang gesetzten Experimente erfolgreicher verlaufen sind, als wir ursprünglich annehmen durften, wobei jedes

Instrument viermal so lange funktionierte, als uns vorausgesagt wurde, ist es von erheblicher Bedeutung, daß wir die gleiche Art von Informationen von der anderen Seite des Mondes erhalten. Demnach beantragen wir die folgenden Geräte:
Ein superthermischer Ionendetektor, um Masse und Energie aller Gase auf oder in der Nähe der Mondoberfläche zu messen.
Ein Sonnen-Wind-Spektrometer, um den Fluß und die Energie atomarer Partikel von der Sonne zu messen – ein Experiment von größter Bedeutung.
Ein Mondoberflächenmagnetometer, um Schwankungen im Magnetfeld des Mondes zu messen.
Ein passives, seismisches Experiment, um Mondvibrationen jedweden Ursprungs zu messen.

Anschließend wandten sie sich einer Reihe von Experimenten zu, die speziell für die neue Seite des Mondes erdacht worden waren. Dabei ging es um ein Gerät, das Radioimpulse in das Innere des Mondes sandte, um festzustellen, ob es unter der Oberfläche Eis oder Wasser gab. Ferner sollte damit ein faszinierendes Experiment durchgeführt werden, das dazu beitragen würde, einem seit langem schwelenden Disput ein Ende zu setzen: Sind Mascons nur eingekeilte Meteore, was auf einen kalten Ursprung des Mondes schließen ließe, oder sind sie überflutete Lavabetten, was auf einen heißen Ursprung hindeuten würde. Vor zehn Jahren hatte das Wort *mascon* noch gar nicht existiert; es bedeutete *mass concentration,* zu deutsch Dichtekonzentration, und bezog sich auf geheimnisvolle, aber unauffällige Stellen auf dem Mond, wo die Schwerkraft merklich zunahm. Offenbar lag etwas ungewöhnlich Schweres unter der Oberfläche, und dieses unbekannte Etwas erhielt den Namen *mascon*. Die Wissenschaftler wollten etwas über die *mascons* auf der anderen Seite erfahren.
Dr. Mott gehörte dem anderen Ausschuß an, der die vielleicht kniffligere Aufgabe hatte: Die Stelle festzulegen, wo Claggett und Linley landen sollten, denn es mußte unbedingt ein Ort ausgesucht werden, der eine reiche Ausbeute an verschiedenen Gesteinsarten versprach und gute Beobachtung des Terrains zuließ. Die zwei Astronauten wohnten allen Sitzungen bei, weil sie sich mit dem Areal vertraut ma-

chen mußten, das sie erforschen wollten. Als sie die neuen Karten studierten, fiel ihnen auf, daß so gut wie jede Stelle, die sie untersuchen sollten, einen russischen Namen trug – zu Recht, da die Russen sie als erste fotografiert hatten. »Soll das heißen, daß sich in Zukunft jeder, der die Rückseite des Mondes besucht, nach russischen Straßenschildern orientieren muß?« fragte Claggett, und als der Vorsitzende des Ausschusses nickte, fügte er hinzu: »Jetzt verstehe ich, warum Senator Grant es so eilig hatte, die Russen einzuholen.«
Das Landen eines Raumfahrzeugs auf dem Mond brachte ungewöhnliche Probleme mit sich, wie die Astrophysiker erläuterten.

> Sie werden sich den gleichen Schwierigkeiten gegenüber sehen, wie sie auch bei den früheren Apollo-Flügen aufgetaucht sind. Sie müssen mit Ihrer Kapsel in einer eng begrenzten Zeitspanne niedergehen. Wenn die Sonne unter sieben Grad steht, wird Ihr Landebereich so tief im Schatten liegen, daß Sie Gefahren wie etwa große Felsblöcke nicht ausmachen können. Steht die Sonne höher als fünfundzwanzig Grad, ist die Landung völlig unmöglich, weil die plastische Sicht auf den Landebereich verloren geht, ohne Schatten können Sie nicht sehen, was vor Ihnen liegt. Ideal ist ein Winkel von vier Grad – 12 Grad bis 16 Grad –, denn dann verhält sich die Sonne hinter Ihnen wie eine hilfreiche Stablampe, die Sie vor Gefahren warnt.
> Keine Sorge, wenn Sie den gewünschten Landebereich zu spät erreichen und die Sonne hoch am Himmel steht. Sie fliegen einfach weiter zu Ihrem Ausweich-Landebereich; sobald Sie sich der Lichtgrenze nähern, befinden Sie sich wieder dort, wo Sie sich befinden wollen, 12 Grad bis 16 Grad.

Als Paul Linley von diesen sehr genauen Begrenzungen erfuhr, vergleichbar mit jenen, die auch bei der Rückkehr der Kapsel zur Erde galten, sagte er: »Von unserer Abflugstelle an diesem Tag fliegen wir 382 158 Kilometer und müssen exakt siebzig Stunden, siebenunddreißig Minuten und fünfundvierzig Sekunden nach dem Start und in der richtigen Relation zum Krater Gagarin landen.«
»Und keine Minute später«, bekräftigte Claggett, »oder die verdammte Sonne wird zu hoch am Himmel stehen.«

Erst jetzt begriff Linley, wie diese Verteilung von Licht und Schatten auf ein fernes Tal auf der anderen Seite des Mondes darüber entschied, zu welcher Uhrzeit Apollo 18, vier Tage früher, auf Cape Canaveral starten mußte. »Wir besteigen diese Maschine, die 3 150 000 Kilo wiegt«, schrieb er seiner Frau, »zünden Triebwerke, die 3 750 000 Kilo Schub entwickeln und werden von Minuten und Sekunden begrenzt. Der Raumflug ist eine sehr exakte Wissenschaft.«
Als die zwei Ausschüsse ihre Berichte vorlegten, war die NASA hoch erfreut, denn jetzt gab es keine Zweifel mehr, daß Apollo 18 reichen wissenschaftlichen Gewinn bringen und einen in jeder Hinsicht glänzenden Abschluß darstellen würde. Und als es den Leuten dämmerte, daß dies vermutlich die letzte Apollo-Mission sein würde, kamen Ingenieure aus ganz Amerika auf das Cape, um die Rakete in ihrer majestätischen Würde an den Ufern des Ozeans auf Komplex 39 stehen zu sehen.
In zwei Autobussen kamen Ingenieure aus Langley Field ohne Zwischenaufenthalt – in neunzehn Stunden – heruntergefahren, um dieses prachtvolle Monster zu sehen, das schon vor Jahren in ihren Vorstellungen existiert hatte, ohne daß sie da schon ahnen konnten, wie es wirklich einmal aussehen würde. Dieter Kolff wurde von der Regierung aufgefordert, nach Canaveral zu fliegen, aber er fuhr lieber mit dem Wagen, und darum organisierte er eine Expedition aus alten Peenemünde-Hasen, die von Huntsville aus dreizehn Stunden lang durchfuhren, um die wunderbare Rakete zu sehen, die sie mit entworfen und gebaut hatten, und als sie vor ihr standen, sagte Kolff: »Mit dieser da haben wir vierzehn von unseren Saturn-Apollos gestartet, und keine einzige hat versagt. Wir sind zum Mond geflogen, und wir hätten auch noch den Saturn erreichen können. Seht sie euch an!«
Er blieb auf dem Cape, um die letzten Arbeiten an dem Meisterstück zu überwachen, dem letzten in einer stolzen Reihe, und zuweilen, wenn er ein Stäubchen von dem Giganten wischte, wie Ingenieure das gerne tun, bedauerte er, daß von all den Männern, die für diese großartige Maschine Pionierarbeit geleistet hatten, keiner je damit geflogen war. Junge Amerikaner, die noch nicht einmal geboren waren, als wir mit unserer Arbeit anfingen! Die jagen damit die Sterne, und wir sitzen zu Hause. Er hoffte sehr, daß dieser letzte ein guter Flug sein und daß er von Braun noch weitere Ehren einbringen würde.

Als er eines Tages allein im Bali Hai sein Abendessen verzehrte, sprach ihn eine hübsche Frau von orientalischem Aussehen an. Sie trug einen grauleinenen Overall und fragte, ob sie sich zu ihm setzen dürfe, und obwohl er seiner Entrüstung über ihre Dreistigkeit Ausdruck verlieh, schob sie einen Stuhl heran und stellte sich vor: »Rhee Soon-Ka von der *Asahi Shimbun* in Tokio. Könnte ich einem berühmten deutschen Wissenschaftler einige Fragen stellen?«
Dieter fühlte sich geschmeichelt, und sie sprachen viele Stunden lang, denn Cindy verstand sich darauf, ihn über Dinge auszuhorchen, über die ein Mann wie er in diesen Tagen prickelnder Spannung gerne reden wollte.
»Was für ein Mensch ist von Braun?« fragte sie.
»Er hat keinen je hintergangen, der für ihn gearbeitet hat.«
»Und keinen, für den er gearbeitet hat?«
»Wir alle, die wir lebend nach Huntsville gekommen sind, verdanken es von Braun.«
»Wenn die Rakete im April startet, woran werden Sie denken?« Auf diese Frage verwandte sie fast eine ganze Stunde: Was alles schiefgehen konnte, was mit der A-4 in Peenemünde so häufig schiefgegangen war; die Gefühle, die einen Menschen bewegten, wenn ein lange Zeit verfolgtes Ziel erreicht ist; Dieters Meinung über seine Kollegen, die 1945 zu den Russen übergelaufen waren; die vergleichsweisen Kosten einer A-4 und einer Saturn 5.
Sie machte sich nur wenige Notizen, denn sie vermutete, daß sie mit dem, was Kolff ihr erzählte, nicht viel würde anfangen können, aber sie brauchte seine Erkenntnisse als soliden Untergrund für das, was sie zu schreiben gedachte. Es dämmerte schon, als sie ihn fragte: »Was möchten Sie mir gern sagen, was ich Sie nicht gefragt habe?« Und er antwortete: »Wissen Sie auch, daß das alles falsch ist? Daß alles in die falsche Richtung geht?« Sie nickte. »Ich wußte das schon immer. Es ist nackter Exhibitionismus. Kleine Jungs, die sich produzieren.«
Sie sprachen eine Weile darüber, und schließlich wollte Kolff wissen: »Wie sehen Sie die Astronauten? Ihr Leben und Sterben?«
Und jetzt hatte sie den Wunsch zu reden, denn dies war eine Nacht gegenseitiger Bereicherung gewesen. »Sie sind so klein von Wuchs. Ist Ihnen nicht aufgefallen, wie klein diese wunderbaren Männer sind, Herr Kolff?«

671

»Das müssen sie sein, wenn sie in unsere Kapseln passen sollen.«
»Aber die anderen amerikanischen Helden sind so riesengroß.« Sekundenlang trommelte sie mit den Fingern auf den Tisch. »Ich habe da eine Theorie. Immer wenn eine Nation Riesen zu ihren Helden erwählt, geht sie ihrem Untergang entgegen. Die langen Kerle der Preußen. Diese bemitleidenswerte Schweizergarde im Vatikan. Die übergroßen Gladiatoren im alten Rom. Und die lächerlichen Sumo-Ringer Japans.«
»Ich habe nur wenig Achtung vor Giganten«, meinte Kolff.
»Diese monströsen Football-Stars und die an Hyperthyreose leidenden Basketballspieler sind für Amerika typisch.« Sie wurde ganz aufgeregt. »Ich war auf dem Flughafen von Atlanta, als eine Basketball-Mannschaft ankam – es waren die Boston Celtics –, und ich mußte so zu ihnen aufschauen. Diese Götter, diese muskelbepackten Götter!« Sie lachte nervös. »Es war richtig widerlich. Amerika und Japan, zwei Länder, die ihre Helden nach Gewicht auswählen. Beide zum Untergang verurteilt.«
Sie verbreitete sich über das Thema, betrachtete es von allen Seiten, und meinte schließlich: »Ich denke, Europa ist noch zu retten, weil sie dort aus gewöhnlichen kleinen Leuten wie Fußballspielern und Radrennfahrern Helden machen. Sie sind so gescheit, daß sie Goliath und seinen Philistern mit Mißtrauen begegnen. Für sie ist alles Normale von Wert, und darum bin ich so in die Astronauten vernarrt. Sie sind so klein und gewöhnlich und so unglaublich tapfer.«
Nachdem ihm die Entscheidung der Regierung, nur Männer von kleinem Wuchs für die Kapseln auszusuchen, bekannt war, hatte Kolff bisher nicht in diese Richtung gedacht, doch jetzt stellte er fest, daß ihm der Gedanke gefiel; er hatte noch nie ein Verdienst darin erblicken können, daß ein Mensch 2,10 Meter groß war.
Ermüdet vom Gespräch einer langen Nacht, saßen beide eine Weile still einander gegenüber. »Als junger Mann«, sagte Kolff schließlich und seufzte, »glaubt man, daß alle Gespräche so verlaufen werden wie das heute nacht, wenn man erst einmal alt geworden und in eine verantwortungsvolle Position aufgestiegen ist. Statt dessen verschwenden wir unsere Zeit mit Banalitäten. Ich bin Ihnen sehr verpflichtet.«
»Ich habe *Ihnen* zu danken.«

Am 3. April 1972 entdeckte Sam Cottage, der an seinem Teleskop in Boulder arbeitete, am schwindenden westlichen Rand der Sonne an einem Punkt 10 Grad oberhalb des Sonnenäquators eine neue Ansammlung von Sonnenflecken, und er zeichnete die Beobachtung auf, wie es seine Pflicht war: »Region 419, hufeisenförmig. Leuchtkraft unterdurchschnittlich.« Und diese Bewertung wurde an zahlreiche Stationen in der Welt weitergegeben.

Wie immer in diesen Tagen fragte er sich, ob das die große Eruption sein könnte, aber das unauffällige Verhalten von 419 veranlaßte ihn, mit Nein zu antworten.

Am 4. April hatte sich die Ansammlung von Sonnenflecken der äußeren Grenze genähert, von der aus sie auf die unsichtbare Seite der Sonne herüberwechseln würde, und Cottage mußte in Erfahrung bringen, wieviel Tage vergehen würden, bis sie wieder am östlichen Rand auftauchten. Seine Berechnungen würden so manchen erstaunt haben, der meinte, die Sonne gut zu kennen.

Denn wie alle anderen sichtbaren Sterne ist die Sonne ein gasförmiger und kein fester Körper. Sie rotiert mit äußerst unterschiedlichen Geschwindigkeiten um ihre eigene Achse, je nachdem, wie weit ein bestimmter Punkt vom Sonnenäquator entfernt ist. Es ist, als hätte ein Tag in Ecuador zweiundzwanzig, in den Vereinigten Staaten vierundzwanzig und in Grönland siebenundzwanzig Stunden.

Die Dauer der Rotation am Äquator beträgt 24,9 Tage, jedoch 32,1 Tage an jedem Punkt, der sich einem Pol nähert. Die Region 419, die sich unmittelbar nördlich des Äquators befand, würde 27,6 Tage für eine Rotation benötigen, und somit mindestens vierzehn Tage unsichtbar bleiben.

Am 5. April erhaschte Cottage einen letzten Blick auf die verschwindende Region 419, und obwohl er nur mehr einen winzigen Teil sehen konnte, glaubte er darin wesentliche Veränderungen zu entdecken, und darum ging er, nachdem er seine Routineberichte durchgegeben hatte, in die Direktion hinauf. »Ich habe eben noch einen Blick auf 419 tun können, ehe sie verschwand, und mir schien, als wäre sie aktiver geworden.«

»Verdammt«, knurrte der Chef. »Vierzehn Tage lang sehen wir jetzt nichts. Wenn sie am Ostrand zurückkehrt, könnte es eine böse Überraschung geben.«

»Wir können nur beten und hoffen.«
Nervös öffnete und schloß der Direktor seine Fäuste. »Heute in zwanzig Jahren sind wir nicht mehr so hilflos. Wir werden Monitoren da oben haben, mit denen wir jederzeit alle Seiten beobachten können.« Er schüttelte den Kopf. »Die Sonne, Cottage, ist der wichtigste Faktor in unserem Universum. Und wir wissen so wenig von ihr. Der einzige Stern unter Billionen, den wir aus der Nähe studieren können, und wir kümmern uns praktisch nicht um ihn.«
Er stapfte minutenlang im Zimmer herum, blieb plötzlich stehen und fuhr Cottage an. »Sie wollen, daß ich eine Empfehlung hinausschicke, nicht wahr?«
»Ich bin sehr besorgt, Sir.«
»Haben Sie irgendwelche Beweise?« Und er gab gleich selbst die Antwort: »Nein.« Und dann fragte er: »Wie ist das eigentlich mit diesem achtundachtzigjährigen Zyklus, von dem sie unlängst gesprochen haben?«
Cottage umriß seine etwas nebulosen Theorien, doch noch während er sie in Worte kleidete, wurde ihm bewußt, wie unausgegoren sie klangen.
Der Institutsleiter, der dem letzten Seufzer des 20. Zyklus selbst mit Bangen entgegensah, versuchte vergeblich Substanz in den Ideen des jungen Mannes zu entdecken.
»Ich fürchte, Sam, wir haben keine Berechtigung, eine Empfehlung abzugeben.«
»Ich pflichte Ihnen bei, Sir.«
Und so wurde keine Empfehlung hinausgeschickt.

Neun Tage vor dem Start kamen die drei Astronauten in Quarantäne, um sie vor Bakterien zu schützen, und sie verbrachten diese Zeit mit täglichen Übungen in den Simulatoren. Pope, der methodischste von ihnen, mischte seine sieben mal zwölf Zentimeter großen Merkblätter aus feuerfestem französischen Papier bester Qualität wie ein Spiel Karten; sie indexierten und faßten sechsundneunzig verschiedene Folgemaßnahmen zusammen, die bei Notsituationen zu ergreifen waren, für die er verantwortlich sein würde, und obwohl er sie alle auswendig wußte, leierte er immer wieder die Schritte herunter, die er in diesem oder jenem Fall zu tun haben würde. So gab zum Beispiel das erste Merkblatt genau an, wie hoch und wie weit entfernt die Rakete bei den verschiedenen Phasen während der ersten zwei Stunden sein mußte:

Apollo-18-Flugphasen

Zeit S. M. S.	Phasen	Höhe	Geschwin- digkeit km/h	Zurück- gelegter Weg
00 00 00	1. Bewegungs- phase Abheben	54,8 m	1 462	0,0
00 02 40	Abwurf der 1. Stufe	13,2 km	2 877	4,3
00 08 56	Abwurf der 2. Stufe	178,4	24 826	1 420,6
00 08 57	Triebwerk der 3. Stufe gezündet	177,8	24 787	1 421,4
00 11 24	Triebwerk der Stufe 3 Brennschluß	187,4	25 810	1 787,8
01 26 28	Entscheidung zum Mond zu fliegen	191,4	27 891	3 196,5
01 35 08	Triebwerk der 3. Stufe abermals gezündet	197,1	27 875	5 569,9
01 40 50	Triebwerk der Stufe 3 Brennschluß	320,8	38 795	4 168,0

Von diesem Moment an bleiben der *Altair* noch 377 992 Kilometer bis zur Zündung für die Mondkreisbahn. Dazu werden wir 60 Stun-

den, 36 Minuten und 7 Sekunden brauchen. Wir beginnen mit einer Geschwindigkeit von 38 795 Stundenkilometern und verringern laufend auf 2 237 km/h. Damit kommen wir – und er betätigte den kleinen runden Rechenschieber, den er während des Koreakriegs in Japan gekauft hatte – auf eine Durchschnittsgeschwindigkeit von 6 237 Kilometern.
Nachdem Claggett Pope eine Weile beobachtet hatte, fragte er ihn: »Hast du die Absicht, den Computer zu ersetzen?« Und Pope antwortete: »Wenn ich muß.« Und Randy sagte: »Verlier deine Papierchen nicht.«

Am 20. April, drei Tage vor dem Start, zeigte sich die Region 419 wieder am äußersten rechten Rand der Sonne, scheu, wie ein Collegegirl im ersten Semester. Cottage, der den Vorgang mit größtem Interesse verfolgte, konnte nichts entdecken, doch als er den Institutsleiter davon verständigte, daß die Region wieder sichtbar war, drängten sich drei Experten in den Teleskopraum, um Meinungen auszutauschen.
»Eine Menge Regionen sind aktiver als diese«, meinte ein alter Hase.
»Zugegeben«, sagte der Direktor, »und sind irgendwelche bedeutsame Veränderungen zu verzeichnen?«
»Keine«, antwortete Cottage, »und wenn Sie sich Fotos von vor vierzehn Tagen anschauen, werden Sie feststellen, daß die Region jetzt weniger aktiv ist.«
»Gott sei Dank. Es hätte ja alles mögliche auf der anderen Seite passieren können.«

Am Abend des 22. April gingen die Astronauten mit einer solchen Fülle von Informationen zu Bett, wie sie nur junge Menschen in bester körperlicher Verfassung zu behalten hoffen können. Um vier Uhr gab es Frühstück, und Deke Slayton und weitere fünf Beamte der NASA waren baß erstaunt, als Claggett sein Glas Orangensaft hob und einen Toast ausbrachte: »Auf William Shakespeare, dessen Geburtstag wir heute ganz groß feiern!« Slayton half ihnen beim Ankleiden und begleitete sie zum Komplex 39, wo starke Scheinwerfer die wartende Rakete anstrahlten, und nahezu eine Million Menschen schon im

Morgengrauen gekommen waren, um dem letzten Start dieses majestätischen Fahrzeugs beizuwohnen, das nun in doppelt geheimnisvolle Höhen aufsteigen würde.

Trotz der bei den Herren der NASA herrschenden Bekümmertheit über die nicht ganz richtige Benennung *Reise auf die dunkle Seite des Mondes,* hatte sich die Öffentlichkeit diese Bezeichnung zu eigen gemacht, und nun warteten über dreitausend Zeitungsleute auf der und rund um die Tribüne, die auf der anderen Seite der schützenden Lagunen in acht Kilometer Entfernung errichtet worden war. In Unterständen aufgestellte automatische Kameras ließen ausgezeichnete Bilder dieses historischen Augenblicks erwarten.

Mit einem Aufzug fuhren die Astronauten hundert Meter hinauf, gelangten über eine Brücke in den weißen Raum und von dort, ohne sich lange aufzuhalten, in die Kapsel. Claggett schob sich auf den linksseitigen Sitz, und während er seinen voluminösen Raumanzug unterbrachte, wartete Dr. Linley, bis die Reihe an ihn kam. Er versicherte Deke Slayton, der ihn für diesen Flug ausgesucht hatte, daß er ganz gewiß Gesteinsproben mitbringen würde, die einige Fragen in bezug auf die Struktur und vielleicht auch den Ursprung des Mondes klären würden. Dann rutschte er auf den rechtsseitigen Sitz, und schließlich nahm Pope den mittleren ein.

Als die Männer schließlich, flach auf dem Rücken liegend, auf ihren Konturensitzen angeschnallt waren, kam der kritische Augenblick des Countdowns. Dieter Kolff in seinem Bunker blickte stumm vor sich hin und wies jeden Zweifel von sich, daß seine letzte Saturn nicht so funktionieren könnte wie geplant. Um 00:00:00 sah er einen grellen Feuerblitz und fühlte den Boden unter sich erbeben, als 105 980 Liter Wasser pro Sekunde hervorströmten, um die Flammen zu löschen, und weitere 64 350 Liter in der Sekunde, um die Außenhaut der Maschine zu schützen. Aus dieser Sintflut begann nun die Rakete sich emporzuheben.

Die drei Astronauten in der Kapsel spürten es kaum, als die Saturn abhob, und Linley, der noch keinen Flug mitgemacht hatte, sagte: »Den Instrumenten zufolge sind wir schon unterwegs.« Und Pope, der mit der Checkliste beschäftigt war, klopfte dem Geologen auf den Arm und nickte.

In diesem Augenblick, als feststand, daß Apollo 18 aufsteigen würde,

ging das Kommando von Cape Canaveral, dessen Ingenieure ihre Arbeit getan hatten, an Houston über, wo die Bodenkontrolle Hunderte von Experten in Bereitschaft hielt, die nun die Astronauten mit Informationen und Instruktionen beliefern würden:
HOUSTON: Alle Systeme funktionieren.
APOLLO: Wir bereiten uns auf Abwurf vor.
In weniger als drei Minuten hatte die gewaltige Stufe 1 ihre Pflicht getan, und die gesamte Last von 3 150 000 Kilo 12,8 Kilometer in gerader Linie in die Höhe getragen. Jetzt war sie nutzlos, schlimmer als nutzlos, sie war totes Gewicht und mußte abgetrennt werden, bevor die 2. Stufe gezündet werden konnte. Claggett beobachtete, wie automatische Schalter – er hatte mehr als sechshundert über und rund um sich – die erste Stufe abtrennten, um sie einige Kilometer vor der Küste, ohne irgendwelchen Schaden anzurichten, ins Meer fallen zu lassen. Befriedigt stellte Pope fest, daß bisher alle Phasen planmäßig verlaufen waren.
Da sich bei Apollo 18 kein Pogo-Effekt bemerkbar machte, verliefen diese ersten Minuten äußerst sanft, mit nicht mehr als eineinhalb G, aber als Claggett die fünf gewaltigen Triebwerke der zweiten Stufe zündete, schien die Rakete einen Sprung zu machen – von bescheidenen 12,8 Kilometer auf 179 Kilometer Höhe und eine Stundengeschwindigkeit von 24 000 Kilometern.
Nun begann Houston die Astronauten mit Informationen zu versorgen. Drei CapComs lieferten Anregungen und Hinweise. Man hatte sich darauf geeinigt, daß vornehmlich Hickory Lee und Ed Cater die Kommunikation aufrechterhalten sollten. Jetzt war Lee am Mikrophon:
HOUSTON: Okay, Apollo 18. Ihr scheint ja alles richtig zu machen.
APOLLO: Wir sind froh, daß wir vom Pogo-Effekt verschont geblieben sind.
HOUSTON: Unsere Ingenieure haben eben was im Köpfchen.
APOLLO: Hier Pope. Diese Kapsel ist ja nun wirklich etwas geräumiger als die Gemini. Ich kann es kaum erwarten, auf dem Mond herumspringen zu dürfen.
HOUSTON: Bleib schön auf deinem Platz, Häschen.
Jetzt warf Claggett die zweite Stufe mit ihren fünf massiven Triebwerken ab, und die Apollo wurde nur mehr von dem einen mächtigen

Triebwerk der dritten Stufe angetrieben, das einmal gezündet werden würde, um das Raumfahrzeug in eine Umlaufbahn um die Erde, und ein zweites Mal, um Apollo 18 auf seinen Kurs zum Mond zu bringen; dann mußte auch dieses Triebwerk abgesprengt werden. Aber selbstverständlich würde das System als Ganzes immer noch die kleineren Triebwerke in den Modulen haben, und nach Abwurf der dritten Stufe, etwa drei Stunden nach Beginn, würden diese kleineren Raketen zu Steuermanövern bereitstehen, bis die Kapsel zur Erde zurückkehrte.

Bei der 84-Minuten-Marke entspann sich ein Gespräch von enormer Bedeutung:

HOUSTON: Alle Systeme positiv.
APOLLO: Wir kommen zum gleichen Ergebnis.
HOUSTON: Wir sind bereit, die große Entscheidung zu treffen.
APOLLO: Keine Einwände.
HOUSTON: Auf zum Mond!
APOLLO: Unsere Instrumente zeigen eine Stundengeschwindigkeit von 27 891 Kilometern und 191,4 Kilometer Höhe.
HOUSTON: Stimmt. Zündung um 01:26:28. Dann sind Sie auf der richtigen Flugbahn.

Wo nun alles auf eine lange, gemächliche Drift zum Mond eingerichtet war, gingen die Astronauten zu einer für den Flug fundamentalen Übung über, die jeden der im Weltraum herrschenden Verhältnisse Unkundigen in Schrecken versetzt haben würde. Die Bestandteile der enormen Maschine waren auf eine Weise in festen Baugruppen untergebracht worden, daß sie für das Aufsteigen durch die dichte Atmosphäre die beste aerodynamische Oberfläche darboten, und das erforderte eine Unterbringung in einer, wie man es nennen konnte, auf den Kopf gestellten Position. Doch war angesichts des geringfügigen Reibungswiderstandes im Weltraum eine Form so gut wie die andere, um durch die Weiten des Universums zu treiben, und so erschien es den Astronauten ratsam, ihre Monstermaschine auseinanderzunehmen – kompakte Einheiten, die unabhängig voneinander mit nahezu 30 000 km/h dahindrifteten – und sie wieder richtig zusammenzubauen; zu diesem Zeitpunkt würden die klobigen, hinderlichen Teile abgeworfen werden, sie würden zurückbleiben und in der Atmosphäre verglühen.

»Wünscht mir Glück«, sagte Claggett, als er mit diesem absurden Manöver begann, und nachdem die Teile ausgeschieden und Kommandokapsel und der Geräte- und Versorgungsteil als Einheit für sich vollständig herumgedreht worden waren, schob er diese vorsichtig an die Mondlandeeinheit heran und dockte sie an. Sehr geschickt rückte er dann sein Raumschiff von der jetzt nutzlosen dritten Stufe weg und beobachtete, wie sie rasch ihrer Vernichtung entgegenstürzte. Die Astronauten waren nun allein in den kleinen Fahrzeugen, die sie auf dem Mond absetzen würden.

Aber noch eine weitere Verpflichtung wartete auf sie. Nach Beendigung dieses heiklen Manövers taten Claggett und Pope etwas, was noch kein Astronaut vor ihnen getan hatte: Mit exaktestem Timing feuerten sie die Sprengbolzen, indem sie die Ausstiegsluke aufschlugen und die drei unter Federdruck stehenden Fernmeldesatelliten aus der Apollo ausstießen. Den Vorwärtsschub ihres Mutterschiffes nützend, würden sie zu gegebener Zeit eine Position in Mondnähe erreichen, aber viel zu hoch und zu schnell, um auf eine Umlaufbahn einzuschwenken. Zu diesem Zeitpunkt würde Claggett ein Funksignal aussenden und damit in jedem der Satelliten eine kleine Bremsrakete zünden, dank welcher die Satelliten pflichtschuldigst die ihnen zugeordnete Position rund um den Mond einnehmen würden. Dort würden sie als lebenswichtige Verbindungen mit der Erde dienen, sobald die Astronauten auf der anderen Seite arbeiteten.

»Jetzt können wir schlafen gehen«, sagte Claggett, denn es würde ein langsamer, methodischer, sicher kontrollierter Flug sein, den Apollo 18 in den folgenden sechzig Stunden zu absolvieren hatte. Claggett würde Country-Music auf seinem Bandgerät spielen, Pope, sobald die Reihe an ihm war, Beethovens Symphonien. Dr. Linley hielt die Verbindung mit Houston aufrecht. In der zweiten Nacht, zur Hauptsendezeit in den Vereinigten Staaten, nahm Dr. Linley die Fernsehkamera der *Altair* in Betrieb und strahlte ein 50-Minuten-Programm – »Das Leben im Raumschiff« – zur Erde. Claggett erzählte ein paar nicht ganz stubenreine texanische Witze, aber der Höhepunkt war Popes Vortrag über die Folgeerscheinungen der Schwerelosigkeit. Er zeigte, wie sich vergossenes Wasser zu Kügelchen formte, wie ein Mensch mit dem Kopf in einer bestimmten Stellung schlief, und sein Kamerad verkehrt herum lag, und er kam auch auf die besonderen Probleme des Essens und Trinkens im Weltraum zu sprechen. Zum Entzücken der Kinder fügte er hinzu: »Aufs Klo zu gehen ist auch nicht ganz einfach.« Er gebrauchte das Wort *Urin* und zeigte, wie die Flüssigkeit aus der Kapsel ausgestoßen wurde. Dann ersuchte er Linley, die Kamera hinter seinen, Popes, Kopf zu halten, und so konnten die Kinder die Unmenge von Schaltern sehen, mit denen die Astronauten vertraut sein mußten. Er wies auf eine Einrichtung hin, die relativ spät ins Raumprogramm aufgenommen worden war, eine Art Metallstab, der die einzelnen Schalter vor unbeabsichtigter Berührung schützte. Mit weit ausholender Geste seines linken Armes streifte er eine Reihe von Schaltern und zeigte so, wie auch eine unbedachte Bewegung keinen Schaden anrichten konnte.

Am Ende nahm er die Kamera und bat Linley, das Herz des Systems zu erklären – den Computer, dem die für einen solchen Flug nötigen Daten eingegeben worden waren –, und während der Wissenschaftler die erstaunliche Fülle von Informationen erläuterte, die der Computer gespeichert hatte, sagte Pope: »In wenigen Minuten wird Oberst Claggett für die Dauer von elf Sekunden ein Triebwerk zünden – elf Sekunden, nicht mehr und nicht weniger. Woher weiß er, wann er zünden muß und wann die elf Sekunden um sind? Der Computer sagt es ihm. Und nachdem er gezündet hat, werden wir schnurgerade auf den Mond zufliegen.«

Weil Claggett fürchtete, der Vortrag könnte zu professoral werden – wie das ja sein mußte, wenn Pope das Wort hatte –, biß er in ein Stück Kuchen, wobei er große Krümel löste, die nun in der Kapsel schwebten. »Schnappt die Krümel«, rief er den zwei anderen zu. »Ja, so vertreiben wir uns hier oben die Zeit.« Und er richtete die Kamera auf Pope und Linley, die sich bemühten, die umhersegelnden Krümel zu erwischen.

Am nächsten Tag verhielten sie sich besonnener, denn die Männer der *Altair* waren im Begriff, etwas zu erproben, was bisher noch keiner versucht hatte – auf der anderen Seite des Mondes spazierenzugehen. Als jetzt der Mond vor ihnen erschien, riesengroß in ihren kleinen Fenstern, konnten sie Gebiete wiedererkennen, wo frühere Apollo-Flüge gelandet waren, und eine kleine Weile bedauerten sie es, daß sie keinen der Orte besuchen würden, die sie seit ihren ersten Tagen als Astronauten im Gedächtnis hatten. Doch als sie auf die andere Seite herumschwenkten und zum ersten Mal die so fremd anmutenden Berge sahen, verschlug es ihnen den Atem.

Um den Flugplan einzuhalten, mußten sie den Mond vor dem Abstieg mehrmals umkreisen, und während sie das taten, sprachen sie mit Hickory Lee in Houston.

APOLLO: Es könnte nicht besser aussehen.

HOUSTON: Wer hat Claggetts Text für die Fernsehschau geschrieben?

APOLLO: Das war ein gewisser Joe Miller vor zweihundert Jahren.

HOUSTON: Die Schau war ein großer Erfolg. Popes Erklärung der Schwerkraft hat den Medien sehr gefallen.

APOLLO *(Claggett spricht):* Uns auch. Ich hatte sie vorher nie begriffen.

HOUSTON: Haben Sie irgendwelche Reste von früheren Landungen gesehen?

APOLLO: Nein. Und wir haben wirklich danach gesucht.

HOUSTON: Kaum zu glauben. Wenn Sie dann in eine niedrigere Umlaufbahn absteigen ...

APOLLO: Unser Landebereich liegt jetzt im Dunkeln, aber die hellen Gebiete sehen beruhigend aus. Ganz anders als die der Erde zugekehrte Seite. Viel mehr Krater.

HOUSTON: Wir möchten, daß Sie vier Durchgänge bei Sonnenlicht absolvieren.

APOLLO: Das wollen wir auch, darauf können Sie sich verlassen.

Als Sam Cottage am Morgen nach dem Start die Sonne beobachtete, stellte er mit großem Interesse fest, daß Region 419 ihre Hufeisenform beibehalten hatte. Gewisse Anzeichen ließen erkennen, daß sich ein mit bloßem Auge sichtbarer Sonnenfleck entwickeln könnte, aber es gab keinen Hinweis darauf, daß eine solare Protoneneruption zu erwarten wäre. In seiner Zusammenfassung berichtete er an diesem Tag den Wissenschaftlern der NASA und der ganzen Welt:

> Region 419 hat mehrere kleine Flares entwickelt. Neue Flecken erscheinen in weißem Licht. Die Region zeigt gemischte Polaritäten. Geomagnetisches Feld bleibt vermutlich weiterhin gestört. Entwicklung mäßiger Fackeln wahrscheinlich.

Doch am folgenden Tag, während die Astronauten immer näher an den Mond herankamen, schwächte sich dieses Verhalten deutlich ab, so daß der tägliche Bericht nichts enthielt, was die Wissenschaftler der NASA als Hinweis auf eine bevorstehende bedrohliche Entwicklung hätten werten können.
Trotzdem konnte Cottage nicht einschlafen, und in den Stunden, da Claggett und Linley Vorsorge für ihren Abstieg zum Mond trafen, saß er allein in seinem Arbeitszimmer und ließ sich noch einmal alle Informationen über den 20. Zyklus und des Verhaltens von Region 419 durch den Kopf gehen. Je länger er darüber nachdachte, desto mehr neigte er der Überzeugung zu, daß Region 419 – wenn seine Theorien stimmten – in Kürze als größere Fackel eruptieren mußte.
Außer seinen Korrelationen hatte er nichts, worauf er sich hätte stützen können, aber am folgenden Tag brachte er sie seinem Vorgesetzten. »Hier bin ich wieder«, sagte er. »Von der Statistik her würde sich alles ausgleichen, wenn die 419 tatsächlich aufplatzte.«
»Aber die Wahrsagerei ist nicht unser Geschäft.«
»Also schön, dann lassen Sie meine Zahlen mal beiseite. Was ist Ihr Gefühl?«
»Diese Region ist ein Unruheherd, aber verdammt noch mal, wir haben nichts in der Hand, um Alarm zu schlagen.«
Und so wurde kein Alarm geschlagen.

Während sich die zwei Astronauten am 26. April endgültig entschlossen, zum Mond abzusteigen, weigerte sich Sam Cottage, seinen Posten zu verlassen, um zu Mittag zu essen, denn ein Routinevorgang auf der Sonne, von dem an sich keine besondere Gefahr drohte, leitete eine Phase außerordentlich hohen Risikos für die zwei Männer ein, die den Mond betreten würden. Die Region 419 bewegte sich jetzt auf der westlichen Hälfte der sichtbaren Oberfläche der Sonne zur östlichen hinüber, und das machte sie dreifach gefährlich. Zunächst deshalb, weil die Bahnen der von der Sonne ausgeworfenen energetischen Atompartikel aufgrund der Sonnenrotation gekrümmt sind, was zur Folge hat, daß die von der westlichen Hälfte ausgehenden auf direkterem Wege zur Erde und zum Mond gelenkt werden. Selbst eine wirklich massive Fackel auf der östlichen Hälfte würde wenig

Schaden anrichten, denn ihre Auswürfe waren nach außen und von der Erde weggekrümmt; sie verloren sich im Raum. Zum zweiten sind die tödlichen Partikel, die von der westlichen Hälfte ausgehen, wesentlich weniger Zeit unterwegs als die von der östlichen kommenden, und darum war die Wahrscheinlichkeit, daß sie die Astronauten erreichen würden, bevor diese sich dagegen schützen konnten, um vieles höher. Zum dritten sind Sonnenfackelpartikel, die die Erde oder den Mond von der westlichen Seite her erreichen, energetischer als die anderen.

Die bedrohlichste Position, die eine Fackel einnehmen kann, befindet sich zwanzig bis fünfundvierzig Grad westlich des zentralen Sonnenmeridians, und genau das war der ominöse Bereich, in den die Region 419 jetzt eintrat.

Weil Sam nicht zum Essen gekommen war, erschien seine Freundin mit einem Sandwich auf der Station und beobachtete mit ihm zusammen die Sonne. »Ich war gestern ein wenig durchgedreht«, gestand er. »Ich ging mit allen meinen Zahlen zu meinem Vorgesetzten und konnte ihn doch nicht überzeugen. Die Wahrsagerei wäre nicht unser Geschäft, meinte er, und das stimmt ja auch. Sieh nur, die Sonne ist ganz ruhig. Die Region 419 passiert ordnungsgemäß von Ost nach West. Diesmal kommen wir wohl noch davon, aber ich bin immer noch überzeugt, daß es knallt, bevor die Periode 20 zu Ende ist.«

»Wenn der Kelch diesmal noch an uns vorübergeht, haben die Jungs da oben Glück gehabt«, meinte sie.

»Wieso? Sind sie denn schon auf dem Mond gelandet?« fragte er.

»Noch nicht. Aber Houston hat im Radio gemeldet, sie wären auf dem Weg nach unten.« Sie zögerte. Als sie sah, wie nervös er und wie müde seine Augen waren, machte sie ihm einen Vorschlag: »Warum machen wir nicht einen kleinen Spaziergang zur Bibliothek hinüber? Würde dir guttun.«

»Ich möchte dieses Ding vom westlichen Rand verschwinden sehen.«

»Wie viele Stunden dauert das noch?«

Er lachte. »Noch sechs Tage. Na schön, gehen wir. Aber nur auf eine Stunde.«

Zu etwa der Zeit, als Sam Cottage mit seinem Mädchen zur Bibliothek hinüberschlenderte, glitten Claggett und Linley über die Rutsche, die sie zur Mondlandeeinheit brachte, und nachdem sie sich vergewissert hatten, daß alles bereit war, signalisierten sie Pope, daß er sie abkoppeln könne. Aber er war so damit beschäftigt, seine Checklisten durchzugehen, die ihm sein Verhalten in der Kapsel vorschrieben, daß er sie um mehr Zeit ersuchen mußte: »Ich habe noch drei Seiten. Ich möchte hier alles in einwandfreiem Zustand haben, wenn ihr euch abseilt.«

»Das wollen wir auch«, gab Claggett über sein Sprechfunkgerät zurück. »Damit wir ein Zuhause haben, auf das wir uns freuen können.«

Endlich war Pope mit seiner peniblen Kontrolle durch. »Es kann losgehen, Randy. Nimm Verbindung mit Houston auf.«

Die Computer am Himmelsgewölbe und ihre Gegenstücke in Houston stimmten zu, und Luna löste sich und begann ihren Abstieg in den, wie Tucker Thompson es für seine Leser formuliert hatte, »dunklen und gefährlichen Abgrund, in dem unbekannte Kräfte das Leben jedes Eindringlings bedrohen«. Als Dr. Mott den Artikel in *Folks* las, brummte er: »Es sind die gleichen Kräfte, die auch in Brooklyn wirksam sind. Nur die Landschaft ist eine andere.«

Genau. Als die Sonne begann, immer weitere Gebiete der Hemisphäre zu erhellen, bekamen Claggett und Linley einen Mond zu sehen, der sich grundlegend von der der Erde zugekehrten Seite unterschied, die sie so fleißig studiert hatten. Hier gab es keine riesigen Meere, keine Vielzahl von Kratern mit glatten Wällen und keine geknickten oder flußartig gewundenen Rillen. Dies war ein brutaler Mond, der aus langgestreckten Bergketten und tiefen Spalten und Klüften bestand. Die Erdseite war seit zwanzigtausend Jahren bekannt und seit dreihundert Jahren kartographisch vermessen. Kinder im Volksschulalter kannten sie, aber nur Wissenschaftler, die die russischen und amerikanischen Bilder studiert hatten, konnten behaupten, viel über den für *Luna* vorgesehenen Landebereich zu wissen.

Mit unvergleichlicher Geschicklichkeit brachte Claggett die Mondfähre genau in die Flugschneise hinunter – genug Sonne, um Schatten zu werfen, die jede Erhöhung erkennen ließ –, und als die langen feinen Meßfühler, die von den Landefüßen herabhingen, nach unten langten, um den Mond zu berühren, und die Astronauten zu veranlassen, ihre Triebwerke abzustellen, um nicht zu hart auf den felsigen Boden aufzutreffen, kam es zu einem abschließenden Dialog mit Houston:

LUNA: Alles nach Plan verlaufen. Das ist hier wirklich etwas anderes.

HOUSTON: Auch von hier aus scheint alles perfekt gelaufen zu sein. Jetzt dauert es nicht mehr lange.

LUNA: Keine Signale von den Meßfühlern. Ob es da vielleicht Funktionsstörungen gibt?

HOUSTON: Ihr befindet euch noch weit über der kritischen Höhe. Es ist alles in Ordnung.

LUNA *(Claggett spricht)*: Hab' jetzt keine Zeit, um mit euch zu reden. Wir driften nach links ab. Etwas zu stark.

LUNA *(Linley spricht)*: Keine Aufregung. Wir werden uns schon wieder aufrichten. Direkt vor uns sehe ich etwas.

LUNA *(Claggett spricht)*: Ich kann überhaupt nichts sehen. Wir liegen schief.

LUNA *(Linley spricht)*: Du liegst schief. Linkslastig. Fünf Grad.

LUNA *(Claggett spricht)*: Dachte ich mir. So, jetzt geht's besser. Ich kann jetzt wieder sehen. Es ist alles wunderprächtig.

LUNA *(Linley spricht)*: Eine perfekte Landung.

HOUSTON: Gute Arbeit.

So sanft, als ob er einen großen Wagen vor einem Supermarkt einparkte, hatte Randy Claggett die *Luna* am äußersten Rand der von der Sonne erhellten Fläche aufgesetzt. Vor ihm war Dunkelheit, die sehr bald dem strahlenden Sonnenlicht weichen würde: Hinter ihm lagen die Teile der Mondoberfläche, die in Sonnenlicht getaucht gewesen waren, aber später in die schreckliche Kälte und Finsternis des Weltraums zurückfallen würden, wo keine Atmosphäre das Licht reflektierte.

LUNA: Durch die Fenster konnten wir uns gut umsehen. Es ist anders und doch wieder das gleiche.

HOUSTON *(Ed Cater als CapCom)*: Jetzt müßt ihr ein Nickerchen machen.

LUNA: Sehr einverstanden.

HOUSTON: Alle Systeme abgeschaltet?

LUNA: Alles okay.
HOUSTON: Wir wecken euch in sieben Stunden. Austritt in neun Stunden.
LUNA: Dazu sind wir ja hergekommen.

So begierig war Sam Cottage, zu erfahren, was die Sonne am Morgen des 27. April zu bieten haben würde, daß er sein Sonnenteleskop schon eine Stunde vor Tagesanbruch bereit machte und nervös wartete, bis die große rote Scheibe über dem östlichen Flachland erschien. Noch eine Stunde nach Sonnenaufgang würde es zwecklos sein, Aufnahmen zu machen, denn die Sonne stand in dieser Zeit so niedrig, daß eine Kamera nicht imstande war, die außerordentliche Dichte der Atmosphäre zu durchdringen. Wenn sie dann später hoch am Himmel stand, würde sich die Dichte auf ein Minimum reduzieren und gute Aufnahmen zulassen. Trotzdem studierte er die Sonne auch jetzt am frühen Morgen schon durch ihren Dunstschleier hindurch, um festzustellen, ob in der Nacht etwas Besonderes vorgegangen war.
Um für die Möglichkeit, Alarm schlagen zu müssen, gerüstet zu sein, verbrachte er die Zeit damit, im Geist die Daten über die Auswirkungen radioaktiver Strahlungen durchzugehen.
Die gegenwärtig vorherrschende Meinung der Fachleute war in der *Rem-Tafel* zusammengefaßt (Roentgen Equivalent Man – Einheit zur Messung der relativen biologischen Wirksamkeit), wo es unter anderem hieß:

100–150 Rems	Erbrechen, Übelkeit, aber keine ernsten, lebensbedrohenden Schäden.
340–420 Rems	Alle Opfer erkrankt. 20% Todesfälle innerhalb von zwei Wochen.
600–620 Rems	Alle Opfer sehr krank. 50% Todesfälle innerhalb eines Monats. Überlebende etwa sechs Monate lang bewegungsunfähig.
690–930 Rems	Sofortiges schweres Erbrechen, Übelkeit. Bis zu 100% Todesfälle.
6200 Rems	Nahezu unmittelbar völlige Bewegungsunfähigkeit. Alle Opfer tot.

Diese Angaben bezogen sich auf einen »ungeschützten Menschen männlichen Geschlechts und weißer Hautfarbe«, und die Dosis ließ sich durch verschiedene Schutzmaßnahmen weitestgehend verringern: 560 Rems reduzieren sich auf 400, wenn der betreffende Astronaut seinen Raumanzug trägt; auf 128, wenn er in seine Mondlandeeinheit zurückkehren kann; auf 26, wenn er es in die Kommandokapsel mit ihren festen Wänden und dem Abbrennschutzschild schafft; und auf läppische 7, wenn er hinter der Steinmauer eines gut gebauten Hauses steht.
Und das ist der Grund, dachte Cottage, warum man Leute wie mich Wache halten läßt. Frühwarnung. Wenn es den Mann erwischt, ohne daß er sich abschirmen kann, ist er tot. Wenn wir ihn in die Kommandokapsel zurückbringen können, überlebt er.
In der zunehmenden Helligkeit und während er auf das Erscheinen der lodernden Sonne wartete, sah er sich als einen altaztekischen Priester vor dem höchsten Altar in Tenochtitlán, der im Dunkel auf die Rückkehr des Lebensspenders wartete. Diese Menschen wußten, was sie taten, dachte er.
Als das Licht den Raum zu füllen begann, ging Cottage nervös auf und ab und blieb nur hin und wieder vor den sensationellen Bildern stehen, die am 23. Februar 1956 aufgenommen worden waren: Sie zeigten mehrere Phasen der größten Sonnenfackel, die je registriert worden war. Nach seiner Schätzung mußte sie eine Gesamtdosis von mehr als 2 000 Rems erzeugt haben.
Nun kam die Sonne, diese allesbeherrschende Kraft, Quelle des Lichts, der Wärme und des Lebens, von den meisten Menschen gleichgültig hingenommen und so wenig verstanden. Ungewöhlich fasziniert von der Macht dieses Sternes, starrte Sam mit bloßen Augen zu ihr hinauf und zollte ihr den schuldigen Tribut.

> Ein Kraftwerk ohnegleichen! Ich kann es immer noch nicht glauben. In all den Milliarden Jahren, seit du existierst, hast du jede Sekunde sechs Millionen Tonnen Materie in den Weltraum hinausgeschleudert! Und du kannst es noch weitere zehn Milliarden Jahre tun, ohne auch nur ein Hundertstel von einem Prozent deiner Masse aufzubrauchen. Aber bitte: Halte dich noch drei Tage ein wenig zurück!

Während Cottage um eine Schonfrist bettelte, versuchte Hickory Lee von Houston aus die zwei Astronauten, mit einem hartnäckigen »*Luna,* Houston, *Luna,* Houston!« zu wecken. Als es ihm gelungen war, forderte er sie dringend auf, nicht das Frühstück zu vergessen; dann, während sie die Luke der Mondlandeeinheit öffneten und ihre Leiter hinabließen, checkte er noch einmal das Arbeitsprogramm.
Es gehörte zu Randy Claggetts Stil, daß es nichts gab, was ihm Respekt abnötigte, weder die Ehe noch Vaterpflichten, weder seine Arbeit als Testpilot noch seine Einsätze gegen russische MIGs in Korea, doch als sein schwerer Stiefel die Oberfläche des Mondes berührte und er realisierte, daß er auf einem Teil des Universums stand, den kein Mensch je zu sehen bekommen würde, auch mit dem stärksten Teleskop nicht, überwältigte ihn die Feierlichkeit des Augenblicks.
LUNA: Nichts könnte einen Menschen auf diesen Moment vorbereiten. Der Anblick ist mit nichts vergleichbar. Es ist ... umwerfend! Eine unendliche Landschaft, bestehend aus Kratern und Felsblöcken.
Sobald sich Paul Linley zu ihm gesellt hatte, trat bei den zwei Männern eine seltsame Wandlung ein. Bisher hatte Claggett als erfahrener Testpilot das Kommando geführt, aber hier zwischen den Felsformationen eines fremden, ungastlichen Terrains gab der Geologe den Ton an, und er erinnerte Claggett, daß ihre erste Aufgabe darin bestand, Steine zu sammeln, um für den Fall gerüstet zu sein, daß sie rasch wieder aufbrechen mußten. Mit der Aufstellung von wissenschaftlichen Instrumenten und dem systematischen Aufnehmen von Gesteinsproben konnten sie sich Zeit lassen.
Erst als die Notsäcke mit Steinen gefüllt und an Bord verstaut waren, machten sich die zwei Männer daran, etwas vorzuführen, was gar erstaunlich anmutete, als es über die umkreisenden Satelliten den Fernsehern auf der Erde präsentiert wurde: Sie öffneten eine Klappe am Boden der Mondfähre, betätigten eine Reihe von Knöpfen und Schaltern und traten zurück, als ein bizarres Erzeugnis sichtbar wurde, einer Puppe gleich, die sich zum Schmetterling wandelt. Es sah aus wie ein zerbrechliches Einkaufswägelchen, das von einem Lkw überrollt worden war, gleichermaßen kompakt und verbogen, doch nun begannen seine verschiedenen Teile, die alle unter Federdruck standen, sich von selbst zu öffnen und aufzurichten. Auf geheimnisvolle Weise erschienen vier Räder, ein Lenkrad und eine Sitzbank. Wie ein

aufklappbares Kinderspielzeug unter dem Weihnachtsbaum nahm ein komplettes Mondauto Gestalt an – mit Batterien, die für eine Fahrstrecke von 130 Kilometern reichten.

Als das Vehikel startbereit war, kletterten die Astronauten nicht hinein, um eine Spazierfahrt auf dem Mond zu unternehmen; ohne es weiter zu beachten, machten sie sich daran, die verschiedenen Apparate und Instrumente auszuladen und aufzustellen, die in den kommenden zehn Jahren eine reiche wissenschaftliche Ausbeute bringen sollten. Bei jeder der bisherigen Apollo-Missionen hatten Astronauten auf dem Mond Geräte installiert, von denen man erwartete, daß sie ein Jahr lang Meldungen zur Erde schicken würden, aber sie waren mit solcher Präzision zusammengebaut worden, mit so viel klug erdachten Umgehungsvorrichtungen, um Pannen zu verhüten, daß sie alle noch intakt waren – lange nachdem sie aufgehört haben sollten zu funktionieren. »Manchmal machen wir eben alles goldrichtig«, bemerkte Claggett, während er das Instrument aufstellte, das die Kraft des Sonnenwindes messen würde.

Nachdem die zwei Astronauten acht verschiedene Apparate in Gang gesetzt und die Antennen, die die Ergebnisse ausstrahlen würden, so ausgerichtet hatten, daß die Satelliten ihre Übertragungen auffangen konnten, waren sie bereit, Testsignale zu senden.

HOUSTON: Wir hören Sie laut und klar.
LUNA: Spannungen in Ordnung?
HOUSTON: Könnte nicht besser sein.
LUNA: Wir werden fünfzehn Minuten rasten.
HOUSTON: Sie haben sich ein wenig Ruhe verdient.
LUNA: Dann beginnen wir mit Expedition 1. Elf Kilometer bis zum Giraffenkrater.
HOUSTON: Einverstanden. Haben Sie ein Auge auf Ihre Strahlenmeßgeräte?
LUNA: Alles normal.

Nach ihrer Ruhepause – sie war angezeigt gewesen, um Transpiration oder schweres Atmen zu vermeiden, was zu erhöhtem Sauerstoffverbrauch hätte führen können – kletterten die zwei Männer in das Mondauto. Dr. Linley saß am Steuer, denn für das Fahrzeug war er verantwortlich, und als sich das seltsame Gefährt in Bewegung setzte, erhielt Houston eine merkwürdige Botschaft:

Luna: Hier spricht Linley. Würde bitte jemand meinem Onkel Dr. Gawain Butler etwas ausrichten? Er hat mir nie erlaubt, seinen alten Plymouth zu fahren. Er soll wissen, daß ich jetzt am Steuer einer Kiste sitze, die ihre zehn Millionen Mäuse gekostet hat.

Houston: Achten Sie auf die Verkehrszeichen.

Wie alle Fahrten war auch diese fast auf die Minute genau geplant worden. Die Männer arbeiteten ununterbrochen: Sie suchten nach bestimmten Dingen, die dazu beitragen konnten, die Geschichte dieser anderen Mondseite zu ergründen. Die zu überwindenden Distanzen waren im Hinblick auf eine sichere Rückkehr fixiert worden; sie durften sich nur so weit von der Mondfähre entfernen, daß sie, sollte das Mondauto aus irgendeinem Grund den Geist aufgeben, den Rückweg auch zu Fuß antreten konnten, wobei Erschöpfung und Sauerstoffvorrat einkalkuliert waren. Auf den bisherigen Flügen waren neuneinhalb Kilometer das Limit gewesen, aber Claggett und Linley befanden sich in so ausgezeichneter körperlicher Verfassung, und ihre Ausrüstung war so weitgehend perfektioniert worden, daß man ihnen elf Kilometer zugestanden hatte.

Das Mondauto brachte sie zu einem der interessantesten kleinen Krater auf dieser Seite des Mondes, dessen flacher Mittelteil eine so netzförmige Musterung wie Sumpfland im August aufwies, daß die Astronauten ihn Giraffenkrater getauft hatten. Als sie einen kleinen Hügel am Rand erreichten, hielt Linley vor Begeisterung den Atem an und meldete nach Houston, daß es noch aufregender war, als die Bilder hatten vermuten lassen.

Luna: Herrlich. Eine neue Welt liegt vor uns.

Houston: Welt? Sie meinen wohl eine Mondlandschaft.

Luna: Richtig. Wir werden absteigen, um Gesteinsproben einzusammeln.

Houston: Zu steil für das Mondauto?

Luna: Scheint so.

Houston: Einverstanden. Wir werden Ihnen mit der Fernsehkamera folgen.

Luna: Wir gehen nach links. Zu diesen Felsen, die so gelb schimmern.

Es war wirklich eine wunderbare Sache. Die zwei Astronauten verließen das Mondauto und stiegen vorsichtig in den Krater ab. Während sie unterwegs waren, gaben die Techniker in Houston elektrische Kommandos an die an einer Seite des Mondautos montierte Fernsehkamera, die den Weg der zwei Männer gehorsam verfolgte. Mittels einer Spezialantenne, die ebenfalls am Mondauto angebracht war, wurden ihre elektrischen Impulse an einen der Satelliten weitergeleitet, der sie zu Sammelstationen in Honeysuckel, Australien, und Goldstone in Kalifornien weitergab, wo sie in Filme für private Fernsehanstalten verwandelt wurden. Die Verbindung war so perfekt, daß die Techniker in Houston die Kamera besser führen konnten, als das ein Mann im Mondauto selbst zustande gebracht hätte.

Im Sun Study Center in Boulder drehte Sam Cottage an den Kurbeln, die sein Sonnenteleskop in Position brachten, und schob den H-Alpha-Filter in die Optik, um das schärfste Bild der Sonnentätigkeit zu erzielen. Dann wartete er, bis der große Stern seine Röte verlor, und als er endlich einen klaren Blick hatte, sah er, daß Region 419 genau jene Stelle erreicht hatte, von der aus sie sich am gefährlichsten erweisen konnte. Sie hatte die Mittellinie passiert, an der sie dem Mond am nächsten gewesen wäre, war jedoch immer noch nahe genug, um eine gewaltige Eruption zu erzeugen; überdies war sie in die ultragefährliche westliche Hemisphäre eingetreten, aus der die mächtigsten Entladungen möglich erschienen.
Sam Cottage war dankbar für jede Minute, in der die Region in Ruhe verharrte, trotzdem zog er, um den Morgenbericht zu schreiben, seine Tabellen zu Rate, um die Ausdehnung der Region zu schätzen. Die Zahl, die er errechnete, überraschte ihn: Die Region 419 war jetzt 63mal größer als die gesamte Erdoberfläche.
Bevor er seinen Bericht weitergab, warf er noch einen Blick auf den erstaunlichen Umfang dieser Störung und sah zu seinem Entsetzen, daß sich das ganze Areal auffällig vergrößerte. »Du lieber Himmel, was geht denn da vor?«
Er griff hinter sich zum Telefon, aber seine Aufmerksamkeit wurde von jenem fernen Schlachtfeld gefesselt, auf dem urzeitliche Kräfte eine Spannung über ein vorstellbares Maß hinaus erzeugt hatten. In einer Woge von Gewalt explodierte Region 419 mit titanischer Heftigkeit. Sie war keine bedrohlich aktive Region mehr; sie war eine der kolossalsten Explosionen der letzten zweihundert Jahre.

»O Gott!« stöhnte Cottage, und während er immer noch nach dem Hörer tastete, schossen ihm Zahlen und Abgrenzungen durch den Kopf: Distanz Sonne-Mond weniger als hundertfünfzig Millionen Kilometer. Was ich jetzt sehe, geschah vor 8,33 Minuten. Aber die Strahlung pflanzt sich mit Lichtgeschwindigkeit fort, also hat sie bereits den Mond erreicht. O Gott, diese armen Burschen! Fünftausend Rems ... vielleicht sechstausend ... und in den Sekunden, die er brauchte, um den Hörer aufzunehmen, drängten ihm sich zwei andere Gedanken auf: Was konnte sonst noch geschehen sein in den acht Minuten, die diese Entflammung benötigt hatte, um hierher zu gelangen? Und *Lieber Gott, bitte beschütze diese Männer!*

Er schlug Alarm, aber zu dem Zeitpunkt, da seine Vorgesetzten die NASA informierten, hatten bereits zwei andere Observatorien und drei Amateurastronomen gemeldet, daß eine gigantische solare Protoneneruption in Gang geraten war.

HOUSTON: *Luna, Altair,* hören Sie mich?
ALTAIR: Ich höre Sie.
HOUSTON: Warum antwortet *Luna* nicht? *Altair,* können Sie *Luna* sehen?
ALTAIR: Negativ.
LUNA: Ich höre Sie, Houston.
HOUSTON: Es scheint eine Eruption auf der Sonne gegeben zu haben. Haben Sie Ihre Dosimeter gecheckt?
LUNA: Mhm.
HOUSTON: Das Strahlungsfernmeßgerät zeigt hohe Werte an.
LUNA: Läßt sich denken. Das Dosimeter stößt an.
ALTAIR: Ich bestätige. Sehr hoch.
HOUSTON: Wir erhalten Bestätigung auch aus anderen Quellen. Größere solare Protonenstrahlung. Helligkeitswert vier. Intensität X-9.
LUNA: Wie lange kann das dauern?
HOUSTON: Können wir nicht voraussagen. Abwarten. Umweltexperten meinen, zwei oder drei Tage.
LUNA *(Claggett spricht)*: Das könnte problematisch werden.
HOUSTON: Das Reglement ist klar. Kehren Sie zur Mondfähre zurück. Heben Sie schnellstens ab. Führen sie schnellstens Rendezvousmanöver durch.

LUNA: Wir haben weder Daten noch Zeitangabe für Start. Ich wiederhole: Wir haben weder Daten noch Zeitangabe für Start.
HOUSTON: Unsere Computer werden Ihnen alle Informationen liefern. Wann schätzen Sie, daß Sie wieder bei der Mondfähre sein können?
LUNA: Entfernung elf Kilometer; Höchstgeschwindigkeit elf Kilometer. Ergebnis: eine Stunde.
HOUSTON: Wie lange brauchen Sie, bis Sie startklar sind?
ALTAIR: Soll ich zum Rendezvousumlauf absteigen?
HOUSTON: Bleiben Sie in Bereitschaft, *Altair*. Sie bekommen Ihre Anweisungen später.
ALTAIR: Verstanden.
HOUSTON: Wir wiederholen: Wie lange brauchen Sie, bis Sie startklar sind, *Luna*?
LUNA: Wenn wir die Ausrüstung zurücklassen, zwanzig Minuten.
HOUSTON: Alle Ausrüstung zurücklassen. Kein Grund zur Panik, aber Eile tut not.
LUNA: Wer ist denn in Panik? Wir müssen aus dem Krater herausklettern, und das geht nicht so schnell.
HOUSTON: Hersteller versichert uns, Mondauto erreicht Höchstgeschwindigkeit siebzehn km/h.
LUNA: Und wenn wir eine Panne haben? Mit welcher Höchstgeschwindigkeit sollen wir denn laufen?
HOUSTON: Verstanden. Bleiben Sie bei elf km/h.
LUNA: Wir werden vierzehn versuchen.
HOUSTON: Man sagt uns, das Mondauto wäre harten Tests unterzogen worden; vierzehn km/h haben sich als gefahrlos erwiesen.
LUNA: Wir werden es mit vierzehn versuchen.

Jetzt brachte die Sonne den Erdbewohnern ihre entsetzliche Kraft in Erinnerung. In erschreckendem Ausmaß schleuderte sie Atompartikel und Energie in das Planetensystem hinaus und bombardierte alles, was auf ihrem Weg lag. Welle auf Welle von Sonnenfackelteilchen und hochenergetischer Strahlung griffen die Erde an, wurden aber zum großen Teil von der Atmosphäre abgewehrt; dennoch kam genügend durch, um bizarre Naturerscheinungen hervorzurufen.
... Im Norden des Staates New York mußte ein E-Werk feststellen,

daß seine Sicherungen durch enorme Stromstöße aktiviert wurden, deren Herkunft nicht zu eruieren war, und die die Versorgung ganzer Städte lahmlegten.
... Ein General der Air Force, der vergeblich versuchte mit einem 1600 Kilometer weit entfernten Stützpunkt Verbindung aufzunehmen, begriff, daß das gesamte amerikanische Verteidigungssystem zusammengebrochen war: »Wenn die Russen uns in einem Augenblick völliger Verwirrung angreifen wollen, jetzt hätten sie Gelegenheit dazu.« Lächelnd fügte er hinzu: »Natürlich ist ihr System genauso durcheinander wie unseres.«
... Funktaxis in Boston, die mit ihren Zentralen Verbindung aufnehmen wollten, wurden angewiesen, Adressen in Kansas City anzufahren.
... Bei einem internationalen Brieftaubenwettfliegen zwischen Ames in Iowa und Chicago wurden 1127 Tiere eingesetzt. Nach bisherigen Erfahrungen durfte man annehmen, daß mehr als 1000 ohne Schwierigkeiten den Heimweg finden würden. Doch da alle Magnetfelder gestört waren, schafften es insgesamt nur vier; schmutzig, durchnäßt und mit sechs Stunden Verspätung kamen sie zu Hause an.
... In Florida berichteten Leute, sie hätten zum ersten Mal in ihrem Leben das Nordlicht gesehen; im nördlichen Vermont war es so hell, daß man dabei lesen konnte.
... Und in Houston saßen die für den Apollo-18-Flug Verantwortlichen still zusammen; sie wußten, wie machtlos sie waren. Der Leiter der Mission und Dr. Feldman lasen die Dosimeterzahlen ab und fröstelten. Über fünftausend Rems betrug die Strahlungsintensität auf dem Mond. »Was kommt unter dem Strich heraus?« fragte der Chef sehr ruhig.
Dr. Feldman zählte an den Fingern ab: »5830 Rems ist das höchste, was wir bis jetzt haben«, sagte er, und ein NASA-Mann warf ein: »Absolut tödlich.« Aber Dr. Feldman fuhr fort: »Wenn, und ich wiederhole, wenn ein nackter Mensch einer Strahlung von 5830 Rems ausgesetzt wird, ist er tot. Aber unsere Männer tragen die besten Raumanzüge, die man sich je ausgedacht hat. Enorme Schutzkraft. Plus ihre eigene Kleidung. Und dazu kommt das Allerwichtigste: Es ist nicht die Strahlung, die sie töten könnte. Es ist der von der Sonne ausgehende Fluß der Protonen. Und die erreichen den Mond erst in fünfzig

Minuten. Also: Wir lassen die Männer eiligst zur Mondfähre zurückkehren, wo sie noch mehr Schutz finden. Dann hieven wir sie hinauf in die Kapsel mit ihrem schweren Schild.«
Beide Arme in die Luft werfend, rief er: »Wir können diese Männer retten!«
Der Chef rief die drei CapComs zu sich und gab ihnen seine Anweisungen: »Keine Schwankungen im Tonfall. Keine Hysterie.« Und für die anderen hatte er die gleiche Botschaft: »Wenn Sie Ideen haben, möchte ich sie hören, und zwar umgehend. Aber nur die CapComs sprechen mit den Astronauten.«
An die leitenden Astronomen richtete er die Frage: »Hätte man das voraussagen können?«
»Nein«, lautete die Antwort. »Es sind die letzten Monate eines ruhigen Zyklus. Es hätte eigentlich nicht passieren dürfen.«
»Aber es *ist* passiert«, hätte der Chef erwidern wollen. »Sechstausend Rems.« Aber er wußte, daß er weder Zorn noch Sorge erkennen lassen durfte. »Unsere Aufgabe ist es jetzt, sie sicher wieder herunterzuholen.«

Als Claggett und Linley das Mondauto erreicht und es herumgedreht hatten, achteten sie nicht mehr auf ihre Strahlenmeßgeräte; zeigten sie über 100 Rems an, waren weitere Informationen überflüssig. Sie befanden sich in einer schwierigen Lage, und sie wußten es, aber sie hatten noch eine Chance, wenn sie alles richtig machten.
Sie brauchten fast eine Stunde, um zu der wartenden Mondfähre zurückzukehren. Sie hätten gern über ihre mißliche Lage gesprochen, wußten aber nichts Vernünftiges zu sagen. Sie nahmen Zuflucht zu leichtem Geplapper: »Menschen haben schon größere Dosen von diesem Zeug abbekommen, stimmt's Linley?« Und der Wissenschaftler antwortete: »Sie tun es jeden Tag in zahnärztlichen Praxen.« Dann fragte Claggett: »Ob diese Bleischürzen, die sie einem umhängen, ob die wohl etwas nützen?« Und Linleys Antwort lautete: »Wir würden sie gut brauchen können, wenn wir jetzt welche hätten.«
Und dann hörte Houston heiseres Lachen. Es war Linley. »He, Claggett! Erinnerst du dich an die drei Ärzte, die sie uns vorige Woche auf den Hals hetzten? Ein Mensch mit einer schwarzen Haut, sagten sie, hätte eine um 23,41 Prozent bessere Chance, sagten sie, Strahlung ab-

zuwehren als ein Weißer. Mann o Mann o Mann! Jetzt zahlt es sich doch noch aus, ein Schwarzer zu sein.«
Und dann Claggetts Stimme: »Rück zur Seite, Kumpel, damit ich in deinem Schatten sitzen kann.«
John Pope, allein in der *Altair*, suchte unter seinen Merkblättern, bis er eines mit der Aufschrift STRAHLUNG, MASSNAHMEN GEGEN fand, und nachdem er sich seine Instruktionen eingeprägt hatte, nahm er das Handbuch mit weiteren Ratschlägen vom Regal und ging es Zeile für Zeile durch. Wenn seine beiden Kameraden die Kapsel erreichten, würde er so gut vorbereitet sein, wie man es nur sein konnte. Auch er geriet nicht in Panik: er war nur darauf bedacht, in einem Notfall das Richtige zu tun.
HOUSTON: Haben Sie sich die Daten, die wir Ihnen geschickt haben, zu Gemüte geführt?
ALTAIR: Positiv.
HOUSTON: Haben Sie unsere Instruktionen, wonach Sie die Kommandokapsel herumdrehen müssen, damit das Ablationsschild der Sonne zugekehrt ist?
ALTAIR: Positiv.
HOUSTON: Unverzüglich durchführen, sobald Rendezvous hergestellt ist.
ALTAIR: Wird gemacht.
HOUSTON: Was zeigt Ihr Dosimeter jetzt an?
ALTAIR: Das gleiche wie vorhin.
HOUSTON: Ausgezeichnet ... Ihre Anzeige ist wesentlich niedriger als die von *Luna*. Sie kommen gut durch.
ALTAIR: Alles bereit für das Rendezvous. Holen Sie sie rauf.
Bis jetzt hatte einer der älteren Astronauten als CapCom fungiert, ein Mann mit einer festen vertrauenerweckenden Stimme, doch dem NASA-Kommando schien es jetzt ratsam zu sein, in dieser kritischen Situation einen Menschen zu betrauen, mit dem die Männer im All besonders vertraut waren, und darum übernahm jetzt Hickory Lee das Mikrophon.
HOUSTON: Hier spricht Hickory. Alle Anzeigen sind gut. *(Das war gelogen. Die Anzeigen von den Strahlungsmeßgeräten waren erschreckend. Es war aber auch wieder nicht gelogen, denn noch bestand die Möglichkeit eines geordneten Rendezvousmanövers.)*

LUNA: Wie schön, eine Stimme aus Tennessee zu hören. Wir können die Fähre sehen. Geschätzte Ankunftszeit fünfzehn Minuten.
HOUSTON: Ich werde euch die Startinstruktionen geben, sobald ihr drin seid. Notizblock habt ihr wohl nicht bei der Hand, oder?
LUNA: Negativ. Gehört nicht zur Ausrüstung dieser Bruchkiste.
LUNA: Hier Linley. Wir haben phantastische Gesteinsproben. Bringe alles mit.
HOUSTON: Erfreulich, aber wenn Umladen auch nur eine Minute Zeit kostet, zurücklassen.
LUNA: Wir werden nichts zurücklassen.
HOUSTON: Würde ich an eurer Stelle bestimmt auch nicht tun. Was ist los? Wer? *(Nach einer Pause):* Luna, Dr. Feldman ist da. Er läßt fragen: Dr. Linley, haben Sie das Gefühl, daß Ihre Kehle irgendwie austrocknet?
LUNA: Positiv.
HOUSTON *(Dr. Feldman spricht)*: Unbedingt Speichel schlucken.
LUNA: Speichel ausgegangen. Schickt Orangensaft.
HOUSTON *(Lee spricht)*: Dr. Feldman sagt: Dr. Linley, sehen Sie zu, daß Ihr Mund feucht bleibt!
LUNA: Mund! Bleib feucht!
In der vergangenen Stunde waren eine Menge Leute in der Bodenkontrolle in Houston eingetroffen, um Notfallpositionen zu besetzen; sie alle waren entschlossen, mitzuhelfen, die zwei Austronauten in die ein wenig günstigere Umgebung der Mondfähre und auf den Weg zum Rendezvous mit *Altair* zu bringen. Doch als sie die von den Dosimetern angezeigten Zahlen sahen, fiel ihre Zuversicht auf den Nullpunkt; das würde ein harter, sehr harter Kampf werden.
HOUSTON: Stellt das Mondauto nahe an der Fähre ab.
LUNA: Machen wir.
HOUSTON: Informiert sofort, wenn Claggett die Fähre betritt. Ich werde Daten zum Checken lesen. Ohne volles Checken nichts unternehmen.
LUNA: Ich bin immer schon einer der sorgfältigsten Checker gewesen.
HOUSTON: Sofort Bescheid geben.
Sobald Linley das Auto zum Stehen gebracht hatte, stürzte Claggett zur Fähre hinüber, kletterte hinein und fing an die Instruktionen aufzunehmen, die Hickory Lee übermittelte. Da die NASA nicht auf den

idealen Zeitpunkt warten konnte, zu dem *Altair* in der besten Position für ein Rendezvous gewesen wäre, mußte der Flugplan improvisiert werden, und als Linley sah, daß sein Kommandant noch einige Minuten beschäftigt sein würde, nahm er dankbar die Gelegenheit wahr, zum Mondauto zurückzukehren, um die wertvolle Fracht zu bergen, die er im Giraffenkrater eingesammelt hatte. Er war auf den Mond geschickt worden, um Gesteinsproben mitzubringen, und er wollte seinen Auftrag ausführen, aber als er die zweite Ladung an Bord hievte, schien er zu zittern und streckte die Hand nach einem Haltegriff aus, den es nicht gab.

LUNA: Ich fürchte, Dr. Linley ist ohnmächtig geworden.

HOUSTON: In der Fähre oder außerhalb?

LUNA: Auf halbem Weg.

HOUSTON: Zerren Sie ihn hinein, verschließen sie alles und heben Sie sofort ab.

LUNA: Ich habe nur einen Teil der Instruktionen. Er ist drin. Mit nur ein Sechstel Schwerkraft kann man wahre Wunder vollbringen.

HOUSTON: Sofort abheben!

LUNA: Ich nehme Runway 039. Kein Stoßverkehr.

John Pope, der von der Erdseite des Mondes kam, die jetzt im Dunkeln lag, benützte den Sextanten als Teleskop, um die Fähre aufzuspüren, und als er sie fixiert hatte, meldete er »Houston: Alles okay.« Aber er hatte schon gehört, daß Linley bewußtlos war, und Claggett das schwierige Manöver würde allein durchführen müssen. »Wenn einer das fertigbringt, dann er.«

LUNA: Linley immer noch bewußtlos.

HOUSTON: Sind Sie mit der Überprüfung fertig? Und mit seiner?

LUNA: Alles erledigt.

HOUSTON: Dann los!

LUNA: Bist du soweit, *Altair*?

ALTAIR: Drei Umläufe sollten genügen.

LUNA: Wir kommen.

Und während Pope zusah und die Welt lauschte, stieg Randy Claggett mit der Mondfähre zweihundert Meter hoch in den Weltraum auf.

HOUSTON: Alle Anzeigen korrekt. Tolle Leistung, Randy.

LUNA: Ich fühle mich schwach.

HOUSTON: Nicht jetzt, Randy, nicht jetzt. Sie können jetzt nicht ...

Luna: Ich ...
Houston: Hören Sie, Randy. Hier ist Hickory. Bleiben Sie auf dem Posten!
Luna: Ich schaffe es nicht, Houston. Ich ...
Houston: Oberst Claggett, reißen Sie sich zusammen. Sie dürfen nicht schlapp machen. Sie dürfen jetzt auf keinen Fall schlapp machen.
Luna *(ein langes Schweigen, dann eine ruhige Stimme)*: Heiliger Sankt Leibowitz, laß sie da unten weiterträumen ... *(ein würgendes Geräusch)* ...

John Pope, der das Gespräch mithörte, starrte durch seinen Sextanten auf die Mondfähre. Er sah sie schwanken, zur Seite kippen, durch den Raum taumeln und in tödlichem Tempo dem Mond entgegenschießen.

Altair: *Luna* ist abgestürzt.
Houston: Wo?
Altair: Östlich der Landestelle.
Houston: Schäden?
Altair: Völlige Zerstörung.
Houston: Hier spricht Hickory. *Altair,* steigen Sie zur Umlaufbahn auf.
Altair: Negativ. Ich muß unten bleiben, um zu überprüfen.
Houston: Ich spreche mit Dr. Feldman. Er fragt: »Ist Ihre Kehle ausgetrocknet?«
Altair: Sie sind tot. Mein Gott, sie sind tot!
Houston: Hier spricht Hickory. *Altair,* Sie müssen in die Umlaufbahn aufsteigen. Sie verschwenden Ihren Treibstoff.
Altair: Ich fliege nicht weiter, bis ich nicht gesehen habe, wo sie sind.
Houston: Sie haben es uns schon gesagt. Östlich der Landestelle. Berge.
Altair: Ich lasse sie nicht allein zurück.
Houston: Ich fürchte, er hat das Mikrophon abgeschaltet. John, John, hier spricht Hickory. Sie müssen unbedingt auf ihre Umlaufbahn aufsteigen und sich darauf vorbereiten, das Triebwerk zu zünden. John, John, hier spricht Hickory.

Zwei Umläufe flog Pope durch die intensive Strahlung der wütenden Sonne, und immer wenn er direkt auf sie zuhielt, wurde er sich der starken Dosierung bewußt, die er absorbierte, denn sein Dosimeter spielte verrückt. Wenn er aber hinter den Mond schlüpfte und durch den Trabanten von der Sonne abgeschirmt wurde, wußte er, daß er vor übermäßiger Strahlung einigermaßen sicher war.
Bei jedem Durchgang starrte er, so lange er konnte, auf die Absturzstelle hinunter, und obwohl er sich in einer Höhe befand, aus der er nicht mehr viel ausmachen konnte, sah er doch, daß die Anzüge seiner toten Kameraden vom Sturz aufgerissen worden waren, und daß der Tod sehr schnell gekommen sein mußte. Und er sagte sich:

> Wie anders ist der Tod da unten! Keine Würmer, die den Kadaver fressen, keine Feuchtigkeit, die ihn faulen macht. Noch in tausend Jahren werden sie da liegen. Die ersten, die einzigen. Und wenn Wanderer aus anderen Galaxien kommen, werden sie unsere zwei hier finden – makellos, unbestattet, in Erwartung der Auferstehung.
> O Randy, wie sehr liebte ich dich! In Korea haben wir zusammen gekämpft! Über der Chesapeake-Bucht geübt. Quer durch die Staaten sind wir geflogen. Die sechzehn Tage in der Gemini-Kapsel. Du hast nur Orangensaft getrunken und mir ins Gesicht gefurzt. Die Stunden, die wir in den Simulatoren verbracht haben. Unsere Bierabende mit Debby Dee.
> Mein Gott, Randy, es kann nicht wiederkommen, aber wir haben es erlebt!

In aller Eile kamen die Herren der NASA überein, diese zwei stummen Mondumkreisungen als einen Langzeitschwund hinzustellen, hervorgerufen durch die Sonnenfackel, die mittlerweile katastrophale Ausmaße angenommen hatte. Astronomen aus der ganzen Welt konzentrierten sich darauf, und Dutzende von Fotografien ließen die Menschen vor den Fernsehschirmen erahnen, wie gigantisch die Explosion gewesen sein mußte, so daß John Popes vorübergehendem Stillschweigen keine besondere Bedeutung zugemessen werden sollte. Der CapCom in Houston ersuchte alle NASA-Stationen, direkten Kontakt mit Pope aufzunehmen, worauf sich eine Flut von internationalen Stimmen auf die treibende *Altair* ergoß. Pope lauschte teilnahmslos und reagierte erst, als er eine vertraute Stimme vernahm.

HONEYSUCKLE: Hier spricht Australien. Ich rufe *Altair*.

ALTAIR: Sind Sie nicht der Mann, der auch meinen Gemini-Flug mit Claggett überwacht hat?

HONEYSUCKLE: Derselbe.

ALTAIR: Ich erinnere mich. Sie haben es Dschiminei ausgesprochen.

HONEYSUCKLE: Wie denn sonst?

ALTAIR: Ich höre Sie gern reden.

HONEYSUCKLE: Houston möchte mit Ihnen sprechen.

ALTAIR: Ich würde gern mit Houston sprechen.

HONEYSUCKLE: Alles okay?

ALTAIR: Wunderprächtig.

HONEYSUCKLE: Ich freue mich für Sie, Junge.

Die von Herzen kommende heitere Stimme brachte Pope in die Wirklichkeit zurück, und als Houston wieder Verbindung mit ihm aufnahm, war er bereit zu sprechen.

ALTAIR: Bestätige Absturz *Luna*.

HOUSTON: Besteht die Möglichkeit, daß es Überlebende gibt?

ALTAIR: Negativ. *Luna* Totalschaden.

HOUSTON: Hickory spricht. John, wir möchten, daß Sie unverzüglich in eine Umlaufbahn aufsteigen.

ALTAIR: In Ordnung. Wird gemacht.

HOUSTON: Während des Blackouts haben wir Ihren Rückflug Kilometer für Kilometer durchgerechnet. Sieht gut aus.

ALTAIR: Ich bin bereit.

HOUSTON: Sie müssen unbedingt schlafen. Brauchen Sie ein Beruhigungsmittel?

ALTAIR: Negativ. Negativ.

HOUSTON: Können Sie die nächsten sechs Stunden wach bleiben?

ALTAIR: Positiv. Sechs Tage, wenn es sein muß.

HOUSTON: In sechs Tagen werden Sie in Ihrem Federbett liegen. Hören Sie mich gut, John?

ALTAIR: Positiv. Ich wiederhole, ich denke völlig klar. Verstehe ausgezeichnet.

HOUSTON: Sie müssen alles genau richtig machen. Zu den Zeitpunkten, die wir Ihnen angeben.

ALTAIR: Das ist meine Absicht.
HOUSTON: Und wenn Sie etwas nicht verstehen ...
ALTAIR: Hören Sie schon auf, Hickory. Ich habe die Absicht, diese Kiste sicher auf die Erde zurückzubringen. Macht euch keine Sorgen. Ich mache mir auch keine.
HOUSTON: Gott segne Sie, Schwarzbrenner.
So methodisch, als ob er seit siebzehn Stunden in einem Simulator säße, ging Pope seine Checklisten durch, überprüfte seine Vorräte an Treibstoff und die Zeitpunkte, zu welchen er zünden mußte, um Kurskorrekturen vorzunehmen. Als alles gesichert war, soweit er das kontrollieren konnte, meldete er Houston mit ruhiger Stimme: »Ich denke, ich bin bereit.«
Auf ein Signal zündete er die Rakete, die ihn in die Umlaufbahn schießen, die ihn über eine Entfernung von 382 160 Kilometern in die Geborgenheit des Pazifischen Ozeans zurückbringen würde.
Vor ihm lagen nun achtzig Stunden Einsamkeit. Von seinem linksseitigen Sitz aus gesehen schien die Kapsel riesengroß, und er konnte nicht begreifen, daß sie ihm je eng erschienen war. Als ihm bewußt wurde, daß er sich nun schon lange Zeit – während Claggett und Linley auf dem Mond gearbeitet hatten – nicht mehr bewegt hatte, geriet er in Sorge um seine Beine und strampelte zwei Stunden auf dem neuen Exer-Genie-Apparat herum, bis er richtig schwitzte.
Dann schaltete er sein Bandgerät ein und lauschte Beethovens beglückender Siebenten, doch sie widerte ihn an, als er sich erinnerte, daß Claggett sie Spaghettimusik genannt hatte. Statt dessen legte er eine von Claggetts Kassetten ein. Irgendwelche Hillbillies sangen »D-i-v-o-r-c-e«, aber auch sein Schmerz um Claggett vermochte nicht, es ihm erträglich zu machen. Als sich CapCom Ed Cater aus Houston meldete und ihn fragte, ob er Nachrichten hören wolle, lehnte er schroff ab, aber Dr. Feldman wünschte ihm einige Fragen zu stellen.
ALTAIR: Ich höre.
HOUSTON (*Dr. Feldman spricht*): Verspüren Sie Schwindelgefühle?
ALTAIR: Negativ.
HOUSTON: Trockene Kehle? Augenflimmern?
ALTAIR: Negativ.
HOUSTON: Blut im Urin?

ALTAIR: Wer will das schon wissen?
HOUSTON: Ich. Und Sie sollten es auch wissen. Bitte überprüfen Sie und berichten Sie.
ALTAIR: Ich werde Ihnen den Gefallen tun.
HOUSTON *(Cater spricht)*: Ihr liebster Seelenklempner meint, es wäre sehr wichtig, daß er mit Ihnen spricht.
ALTAIR: Aber bitte. Vielleicht weiß er was, was ich nicht weiß.
HOUSTON: Dr. Crandall ist da.
ALTAIR: Ich erinnere mich an ihn. Joe Rorschach Crandall.
HOUSTON: Er sagt, es gibt nur einen Grund dafür, daß Sie da oben sind; weil er Sie bei der Eignungsprüfung durchgelassen hat.
ALTAIR: Fragen Sie ihn, ob er sich an Claggett erinnert. Gegen Ende des Tests zeigte Crandall uns ein unbedrucktes weißes Papier und wollte wissen, was wir darauf sehen. Ich und noch ein paar andere sagten »den Weltraum« oder »die Sonne« oder solchen Quatsch, aber Claggett sah nur kurz hin und antwortete: »Zwei Eisbären, die in einem Schneesturm kopulieren.«
HOUSTON: Sie sind auf Sendung.
ALTAIR: Darum sagte ich ja *kopulieren*. Sie können sich ja denken, was er wirklich antwortete.
HOUSTON: Dr. Crandall meint, Claggett wäre hundert Prozent standfest gewesen. *(Kein Kommentar.)* Und er sagt, es wäre wichtig, daß auch Sie standfest bleiben. Sie haben noch viel zu tun, bis Sie wieder bei uns sind.
ALTAIR: Das schaffe ich.
HOUSTON: Hickory hier. Bei Ihnen funktioniert alles bestens. Aber wir möchten, daß Sie regelmäßig schlafen, John. Und wir möchten, daß Sie sich die Nachrichten anhören.
ALTAIR: He, laßt mich im Frieden. Ich bin nicht deprimiert. Mit mir ist alles in Ordnung.
HOUSTON: Na klar, John. Aber Sie haben gestern nichts gegessen.
ALTAIR: Ich habe mich übergeben.
HOUSTON: Sie haben es abgelehnt, sich die Nachrichten anzuhören. Sie haben die Verbindung mit mir und mit Cater abgebrochen.
ALTAIR: Ich würde gern mit Cater reden. Ich habe immer gern mit ihm gequatscht.
HOUSTON: Hier ist Cater. Wir meinen es ernst, John. In sechsunddrei-

ßig Stunden haben Sie Arbeit für drei. Wenn es Ihnen recht ist, möchte ich vier Spezial-Checklisten mit Ihnen durchgehen.
ALTAIR: Sie meinen den Ein-Mann-Wiedereintritt?
HOUSTON: Hat seine Tücken, wissen Sie?
ALTAIR: Das bin ich schon vor einem Jahr durchgegangen. Ich habe es auf meinen Merkblättern.
HOUSTON: Sie sind wirklich ein Zielstreber. Aber wir können Sie nicht einfach dahintreiben lassen da oben. So allein ...
ALTAIR: Nach Plan mußte ich etwa ebenso lang allein um den Mond kreisen.
HOUSTON: Das ist richtig. Aber damals lagen die Dinge anders.
ALTAIR: Da haben Sie wohl recht. Ich entschuldige mich.
Er weigerte sich, das Gespräch fortzusetzen, aber als Hickory Lee sich wieder meldete, plauderten sie gelöst über ihren Ausflug an den Amazonas.
ALTAIR: Wenn ich mit dieser Mühle im Dschungel des Amazonas lande, werde ich mich ohne weiteres von Palmherzen und rohem Leguan ernähren können.
HOUSTON: Die wollen hier wissen, ob einer von euch Alkohol an Bord hatte.
ALTAIR: Soll ich welchen trinken oder soll ich keinen trinken?
HOUSTON: Die denken hier, es könnte Sie beruhigen, aber ich habe ihnen gesagt, Sie rühren das Zeug nicht an.
ALTAIR: Ganz recht. Ich hatte da so einen missionarischen Footballtrainer, der uns predigte, die schlimmsten Feinde eines jungen Mannes wären Zigaretten, die Schnapsbuddel, paniertes Fleisch, raffinierter Zucker und Mädchen. Und ich war dumm genug, ihm zu glauben. Die ersten vier habe ich lange gemieden.
HOUSTON: Penny ist hier bei uns in Houston.
ALTAIR: Sie macht bestimmt kein großes Getue.
HOUSTON: Sie ist bei Debby Dee.
ALTAIR: Das hätte ich erwartet. Sagen Sie ihr, wir werden uns am 2. Mai sehen.
HOUSTON: Sie landen am 1. Mai ... Haben Sie das vergessen?
ALTAIR: Hawaii, 1. Mai. Houston, 2. Mai.
HOUSTON: Vermutlich wird man sie nach Hawaii fliegen.
ALTAIR: Negativ! Sie würde sowieso nicht kommen wollen.

Es schien, als wollte das ganze Land und ein Großteil der übrigen Welt Zeuge sein, wie John Pope sich darauf vorbereitete, seine *Altair* auf die Erde zurückzubringen. Gebete wurden gesprochen, und Karikaturisten begrüßten sein einsames Bestreben; das Fernsehen lieferte bedeutende Exegesen seiner Situation, und verschiedene ältere Astronauten taten ihre Meinungen über die echten Gefahren kund. Alle stimmten darin überein, daß ein alter Hase wie John Pope, der Dutzende von Flugzeugen getestet und zahlreiche Luftkämpfe über Korea ausgefochten hatte, auch angesichts der Tatsache, daß er die Arbeit von drei Männern bewältigen mußte, nicht in Panik geraten würde. Der Rückflug erreichte seinen Höhepunkt am letzten Tag; Hickory Lee fungierte als CapCom:

HOUSTON: *Altair,* unsere Super-Eierköpfe haben da etwas ausgeknobelt, von dem wir alle meinen, es hätte seine Meriten.
ALTAIR: Ich höre.
HOUSTON: Sie meinen, es wäre gut für das Land und auch für Sie, wenn Sie sich entschließen könnten, Ihre Fernsehkamera einzuschalten, damit die Leute sehen können, was Sie treiben.
ALTAIR: Ich hielte es für falsch, das Steuersystem allein zu lassen und mich in der Kapsel zu bewegen.
HOUSTON: Nein, nein! Fixieren Sie es! *(Eine lange Pause.)* Wir empfehlen es einstimmig.
ALTAIR: Schlagen Sie das vor, um meinen Geist zu beschäftigen?
HOUSTON: Ja, ich bin dafür eingetreten. Nachdrücklich.
ALTAIR: Na ja, für gewöhnlich wissen Sie ja, was Sie reden.
HOUSTON: Morgen kann ein sehr anstrengender Tag werden.
ALTAIR: Was könnte ich denn im Fernsehen sagen?
HOUSTON: Es gibt doch tausend Dinge zu sagen. Lesen Sie Ihre Merkblätter vor. Zeigen Sie sie den Leuten.
ALTAIR: Ist Cater auch dafür? Er ist ein verantwortungsbewußter Mann.
HOUSTON: Der Vorschlag kommt von uns allen.
ALTAIR: Die Stunden vergehen sehr langsam. Sie lasten schwer auf mir. *(Seine Stimme klingt schwach und hohl.)*
HOUSTON: Das haben wir uns auch gedacht. Stellen Sie die Kamera auf, *Altair.* Machen Sie sich ein paar Notizen. Ordnen Sie Ihre Gedanken. In vierzig Minuten fangen wir an.

ALTAIR: Billigt Dr. Mott ein Programm dieser Art?
HOUSTON: Er hält es für unabdingbar.
ALTAIR: In Ordnung.
Am 30. April um neun Uhr abends, und noch bevor er eine wichtige Kurskorrektur vorzunehmen hatte, schaltete Pope die Fernsehkamera ein, die von einer Halterung an der Schutzwand unmittelbar hinter seiner rechten Schulter auf ihn herunterstarrte. Er hätte keinen besseren Platz für die Kamera finden können, denn sie brachte nicht sein ganzes Profil ins Bild, wohl aber den Großteil der Kapsel, und insbesondere die Fülle von Schaltern und Geräten, die er vor sich hatte.
Er konnte sich nicht dazu durchringen, das persönliche Fürwort *ich* zu gebrauchen, und verfiel daher ganz von selbst in das pluralische *wir:* »Nach einem verkürzten Besuch auf dem Mond bringen wir dieses wunderbare Raumfahrzeug wieder auf die Erde zurück.« Für jeden, der die leeren Sitze sah, war es klar, wer mit *wir* gemeint war.
»Doktor Linley sollte den rechtsseitigen Sitz da drüben einnehmen, und unser Kommandant, Randy Claggett, den mittleren. Er brachte uns auf den Mond. Es war meine Aufgabe, uns zurückzubringen.«
Dann kam der dramatischste Teil: »Als wir von Cape Canaveral anhoben, hatten unsere zwei Raumschiffe, dieses und die Mondfähre, ein Leergewicht von siebzehn Tonnen. Wir führten fünfunddreißig Tonnen Treibstoff mit – nur für diese zwei kleinen Maschinen. Wir mußten wissen, wo sechzig Kilometer elektrische Leitungen liefen. Wir mußten uns einprägen, wie neunundzwanzig verschiedene Systeme funktionierten, welche Aufgaben sie hatten und wie man sie reparierte. Sehen Sie nur: Wir haben hier 689 Schalter zu bedienen. Wir hatten 50 einzelne Triebwerke, die uns durch den Weltraum beförderten. Und wir sollten, wenn ich nicht irre, an die viertausend Seiten Instruktionen auswendig lernen. Ich bin sicher, das schafft keiner.«
Obwohl die Kamera nicht auf sein Gesicht gerichtet war, gab sie doch ein ausgezeichnetes Bild eines Astronauten. Eher klein von Wuchs, schlank, hemdsärmelig, kurz geschnittenes Haar, kräftiges Kinn, kleine muskulöse Hände, die geschickt zupackten, und überraschende Detailkenntnis. »Ich habe hier ein Schaubild des Raumfahrzeugs, wie es beim Start zu einem Flug aussah, der zweihundert Stunden dauern wird. Hier ist es, einhundertelf Meter hoch. Nach den ersten zwei Minuten sprengten wir die ganze erste Stufe ab. Sie diente dazu, uns in

die Luft zu schießen, und als das getan war, brauchten wir glücklicherweise auch den Rettungsturm nicht mehr, darum warfen wir ihn nach drei Minuten ab. Nach acht Minuten war die zweite Raketenstufe aufgebraucht, und wir trennten sie ab. Die dritte Stufe, die uns auf den Weg zum Mond brachte, hielt etwa zwei Stunden vor, bis wir sie absprengten. Die Mondfähre bestand aus zwei Teilen; einen ließen wir mit Absicht auf dem Mond zurück; der andere sollte an diese Kapsel andocken, aber wie Sie wissen, kam es nicht dazu. Hätte sie angedockt, würden wir sie jetzt ebenfalls abgeworfen haben.
Damit bleiben uns nur mehr diese zwei kleinen Teile: die Betriebsversorgungseinheit, die alles enthält, was wir unterwegs benötigen, und morgen werden wir uns auch ihrer entledigen. Und letztlich diese Kabüse, in der ich sitze, und die werden wir, um uns vor der Hitze zu schützen, rücklings durch die Atmosphäre fliegen. Morgen wird es 25 000 Grad da draußen haben, und da drin werden wir überhaupt nichts davon spüren.
Dann wird sich ein kleiner Bremsfallschirm öffnen, und der wird einen großen herausziehen. Einer Möwe gleich, die abends heimkehrt, werden wir westlich von Hawaii wassern, und Schiffe werden auf uns warten, um uns willkommen zu heißen.«
Er drehte sich um und blickte direkt in die Kamera. »Vor ein paar Jahren haben sich 110 Testpiloten gemeldet, die Astronauten werden wollten. Sechs von uns hatten das Glück, angenommen zu werden. Harry Jensen, vielleicht der beste von uns allen, wurde von einem betrunkenen Autofahrer getötet, der schon weiß Gott wie viele Unfälle verschuldet hatte. Timothy Bell, der einzige Zivilist unter uns, krachte in einen Funkturm. Randy Claggett, der schon vor diesem Flug eine Legende war, fiel einer launischen Sonne zum Opfer. Jetzt sind nur noch Hickory Lee aus Tennessee, Ed Cater aus Mississippi und ich übrig, und wenn wir drei die NASA dazu überreden könnten, uns zum Mars zu schicken ... wir würden morgen starten.
Die Menschheit wurde aus Materie geboren, die im Weltraum zusammenwuchs. In diesen letzten Tagen wurde uns auf dramatische Weise nahegebracht, wie tief uns die Dinge im fernen Universum berühren können. Es war uns bestimmt, im Weltraum zu leben, mit dem Weltraum zu ringen und erforschend in seine Geheimnisse einzudringen. Es liegt mir daran, Doris Linley zu sagen, daß ihr Mann im Begriff

war, mit einer Menge neuen Materials und neuen Theorien heimzukommen, und daß sein Verlust uns großen Schmerz zufügt. Die Welt wird bis zum nächsten Mal warten müssen, Doris!«
Er wandte sich wieder seinem Steuerpult mit den 689 Schaltern und Instrumenten zu und ließ die Kamera laufen, ohne sie weiter zu beachten. Nach einer Weile stellte man auf der Erde die Übertragung ein.
Die Männer in Houston, die über sein Wohlergehen wachten, waren gut beraten gewesen, als sie ihn zu dieser Fernsehsendung überredeten, denn am Morgen des 1. Mai erwachte er ausgeruht und entspannt und begierig, seine letzten schwierigen Aufgaben zu erfüllen, und obwohl jetzt eine Operation auf ihn zukam, die bisher auch schon drei Männern das Äußerste abverlangt hatte, grübelte er nicht darüber nach und vermied es auch nicht, daran zu denken.

Sobald es für sein Raumfahrzeug an der Zeit war, mit der gewaltigen Geschwindigkeit in die Atmosphäre einzutreten, die bei der Rückkehr aus dem Weltraum entstand, mußte er auf diese halbmassive Schicht, von der alles Leben auf Erden abhing, in genau dem richtigen Winkel auftreffen. Traf die *Altair* zu direkt auf, würde sie auf so viel Widerstand stoßen, daß sie fast augenblicklich verbrannte; kam sie in zu flachem Winkel, würde sie überhaupt nicht in die Atmosphäre eindringen und sich verhalten wie ein Stein, den ein Junge über einen Teich hüpfen läßt: Das Raumschiff würde einige Male abprallen und schließlich in den Weltraum hinausjagen. Man würde es nie wiedersehen, und wenn der geringe Vorrat an Sauerstoff aufgebraucht war, würde der Mann in seiner Kapsel liegen und unverletzt, unbefleckt, unberührt bis in alle Ewigkeit den Weltraum durchqueren.
Noch einmal ging Pope im Geist den Anflug durch. Nicht steiler als 7,3 Grad, oder wir verglühen. Nicht flacher als 5,5 Grad, oder wir prallen ab. Das heißt, daß ich nach 380 000 Kilometern und mit einer Geschwindigkeit von mehr als 38 000 Kilometern in der Stunde einen Korridor von bis zu 43,2 Kilometer Durchmesser finden muß. Hoffentlich funktioniert unser Computer.
Wenn Laien von diesem heiklen Problem des Wiedereintritts hörten, fragten sie oft: »Wenn Sie zu flach anfliegen und abprallen, warum machen Sie dann nicht einfach kehrt und probieren es noch einmal?«

Die Antwort der Astronauten erschütterte sie. »Sie werden es nicht glauben, was wir unmittelbar vor dem Wiedereintritt alles tun müssen.«

John Pope bereitete sich jetzt auf diese entscheidende Operation vor. Etwa neunzig Minuten vor der geplanten Wasserung zog er seine Computer zu Rate und zündete kurz die Triebwerke, um die letzte kleine Korrektur vorzunehmen. Als der Computer bestätigte, daß die Kapsel zufriedenstellend reagiert hatte, aktivierte er Sprengbolzen, die den Versorgungsteil abtrennten und in den Weltraum hinausschleuderten. Damit beraubte er sich jeder Unterstützung, eines größeren Treibstoffvorrats und aller Instrumente, die er brauchen würde, um seinen Flug im All fortzusetzen. Wenn er den richtigen Winkel für den Wiedereintritt verpaßte, hatte er keine Möglichkeit, ihn zu korrigieren. Er säße allein und so gut wie machtlos in einem Fahrzeug, das seiner Zerstörung entgegenrasen würde.

Er hatte gerade noch genug Raketentreibstoff für ein lebensrettendes Manöver; er konnte die Kapsel herumdrehen, so daß sie rückwärts flog und der unglaublichen Hitze das breite gekrümmte Hinterteil mit dem Schutzmaterial zukehrte.

HOUSTON: Lee hier. Sie sehen phantastisch aus, Schwarzbrenner.
ALTAIR: Es läuft alles so gut, daß ich mir selbst den Daumen halte.
HOUSTON: Das ist Ihr großer Tag, Schwarzbrenner. Bringen Sie sie runter.
ALTAIR: Das ist meine Absicht.

Mit ruhigem Selbstvertrauen schlug er in die Atmosphäre ein, und obwohl man ihn wiederholt darauf hingewiesen hatte, daß es schwieriger sein würde als mit der Gemini-Kapsel, konnte er kaum glauben, was nun geschah. Lodernde Flammen hüllten die Kapsel ein und löschten den Himmel aus. Riesige Brocken aus weißglühender Materie, 25 000 Grad heiß, sausten am Fenster vorbei und schwelgten im Sauerstoff, den ihre Flammen verzehrten. Mehr Farben, als ein Kind in seinem Malkasten hat, flogen vorbei, und bei einer Unterbrechung dieses gigantischen Feuerwerks erhaschte er einen Blick auf seine flammende Spur, die er auf gut 800 Kilometer schätzte.

Es war nicht möglich, Houston über dieses Monsterfeuerwerk zu berichten; die Hitze war so enorm, daß alle Funkverbindungen ausfielen. Dies war der flammende Wiedereintritt, den die Astronauten al-

lein bewältigen mußten. Die Schuppen des Hitzeschilds flogen so dicht, daß Pope schon alles verglühen sah, aber die Temperatur im Inneren der Kapsel stieg auch nicht um einen Grad.
Die Flammen verloschen. Er bremste und spürte, wie die Gs abnahmen, und als er den Bremsfallschirm aktivierte, fühlte er mit Befriedigung und fast mit Freude den ersten jähen Ruck.
Uss Tulagi: Wir haben Sie in Sicht, *Altair*. Alle drei Fallschirme ordnungsgemäß geöffnet!
Altair: Ist ja ein tolles Empfangskomitee. Und diese Festbeleuchtung!
Uss Tulagi: Wie es jetzt aussieht, werden Sie in einer Entfernung von etwa einer halben Seemeile wassern. Das wäre eine perfekte Landung.
Altair: Das war meine Absicht.

Die leitenden Herren der NASA waren empört, als sie erfuhren, daß diese lästige japanische Reporterin die Absicht hatte, nach Arlington zu kommen, wenn Oberst Randy Claggett beigesetzt würde, wenn man das so nennen konnte. Dr. Stanley Mott und Tucker Thompson wurden ausgesandt, um sie in ihrem Hotel in Washington aufzusuchen und von ihrer Absicht abzubringen.
»Es war die größte Überraschung meines Lebens«, sagte Thompson unterwegs zu Mott im Taxi. »Wie sich diese Debby Dee der Lage gewachsen zeigte. Man hätte doch von dieser übermäßigen Trinkerin, von dieser Maulhure erwartet, daß sie beim Leichenzug unliebsames Aufsehen erregen würde, aber was tut sie? Kommt an wie die Melanie in *Vom Winde verweht*. Das perfekte Bild einer Frau aus den Südstaaten.
Ich habe jetzt insgesamt neun NASA-Tragödien hinter mir, und noch keine Astronautenfrau hat ihre Rolle besser gespielt als Debby Dee. Es wäre ganz furchtbar, wenn diese verdammte Drachenlady erschiene und die Trauerfeier stören würde.«
Tucker Thompson hatte zweimal bewiesen, daß *Folks* wußte, wie es die Beerdigung seiner Astronauten präsentieren mußte; er wußte, wie er den jungen Witwen kommen mußte, um ihnen ihren schmerzlichen Verlust so recht bewußt zu machen, und er wußte, wie man die Kinder fotografieren mußte und wie den Priester am Grab. Klarer als je-

der andere sah er die Peinlichkeit voraus, zu der es kommen mußte, wenn Debby Dee der Geliebten ihres toten Helden gegenüberstehen würde. »Ich hätte volles Verständnis für Debby Dee, wenn sie Madame Butterfly die Fresse polieren würde, aber es wäre mir scheußlich unangenehm, die Szene fotografiert zu sehen – notabene von *Life*. Mit so einem Bild könnten sie uns fertigmachen.«
Während sich das Taxi dem Hotel näherte, erzählte er, wie sehr er sich bemüht hatte, den drohenden Skandal vor der Presse geheimzuhalten. »Leute wie John Glenn oder John Pope, die stellen doch etwas dar. Man macht sich über uns lustig, weil wir das Pfadfinderimage pflegen, aber verdammt noch mal, genau das wollen unsere Leser haben. Dieser Pope, der ganz allein die Apollo-Kapsel zurückbringt, das ist heldenhaft. Geben Sie mir zwei Millionen Dollar, und ich mache ihn zum Präsidenten der Vereinigten Staaten.«
Cynthia bewohnte ein billiges Zimmer, das sie nur für einen Tag gemietet hatte. Mott sprach als erster, und mit seiner sanftesten Stimme. »Es ist mir wirklich sehr peinlich ...«
»Mir nicht«, erwiderte die Koreanerin.
So salbungsvoll, wie er nur konnte, ergriff Thompson das Wort. »Also, Miss Rhee ... wir wissen, wie Sie in die Staaten zurückgekehrt sind ... illegal ... wo Sie die Grenze überquert haben ...«
Sie trat einen Schritt näher an ihren großgewachsenen Gegner heran, eine Porzellanhandgranate, die jederzeit explodieren konnte. »Reden Sie keinen Unsin, Mr. Thompson.«
Thompson preßte die Lippen zusammen. Wenn Sie Krieg haben wollte, gut, er hatte einige Salven auf Lager. »Wenn Sie sich bei der Leichenfeier sehen lassen, Madame Butterfly, bekommen Sie einen Tritt in den ... in den Arsch.«
»Und warum?« fragte sie dreist.
»Weil die Senatoren keinen Skandal wünschen.«
»Haben sie denn nicht schon einen?« Als Dr. Mott sie verständnislos ansah, fuhr sie fort: »Ich meine die Sache mit dem jungen Cottage. Ich habe mit ihm über die Warnungen gesprochen, die er ausschicken wollte, aber vermutlich haben Ihre Spione Ihnen schon darüber berichtet.«
»Gerüchte«, wehrte Thompson ab. »Wir haben den Fall Cottage bereits untersucht.«

»Sie hoffen, daß es nur Gerüchte sind. Und Sie hoffen, daß es nichts Schriftliches gibt.«
»Miss Rhee«, schlug Thompson abermals einen versöhnlichen Ton an, »wo Amerika jetzt doch zwei solide Helden wie Claggett und Pope hat, werden Sie doch nicht ...«
»Ich werde der Totenfeier beiwohnen«, fiel sie ihm ins Wort.
»Dann wird Senator Grant Sie verhaften lassen.«
»Mit welcher Berechtigung? Hunderte Menschen stehlen sich von Kanada aus über die Grenze ...«
»Ich warne Sie. Er wird mit grobem Geschütz auffahren. Verdacht der gewerbsmäßigen Prostitution zum Beispiel.«
Sie lachte. Sie war eine weit gereiste Journalistin und nichts weiter. Zugegeben, sie war mit den sechs Astronauten gereist, so wie sie in Europa mit Fangio gereist war, um seine Geschichten ohne schmückendes Beiwerk aufzuzeichnen, aber wenn ein Senator es versuchen wollte, sie auszuweisen, würde sie einen richtigen Skandal machen.
»Ein großer Mann liegt tot auf dem Mond. Ich liebte ihn, und von mir aus kann die ganze Welt es wissen. Weil ich nämlich eines Tages über ihn schreiben werde, und seine Witwe wird es mir danken.«
Thompson wurde wütend. »Wenn Sie in Arlington erscheinen ... die Skandalpresse wartet doch nur auf so etwas.«
»Es wird Ihnen schwerfallen, mich davon abzuhalten. Und das gleiche gilt auch für Ihre Senatoren.«
Dr. Mott glaubte eingreifen zu müssen. »Dies ist ein feierlicher Augenblick, Cindy. Ich habe Ihnen immer geholfen, wenn ich konnte. Jetzt bitte ich Sie wegzubleiben.«
»Unmöglich. Weil John Pope mich begleiten wird.«
»Pope?« brüllte Thompson. »Haben Sie es auch mit ihm getrieben?«
»Auf dem Flug zum Mond hat Randy John gesagt ... aber er soll es Ihnen selbst erzählen. Er wird gleich hier sein.«
Wenige Minuten später kam Pope mit seiner Frau, und als sie Mott und Thompson sahen, ahnten sie, was hier vorging.
»Wir sind gekommen, um Miss Rhee abzuholen«, sagte Pope, und Mott protestierte: »Die Senatoren Grant und Glancey haben ausdrücklich ersucht, sie nicht an der Zeremonie teilnehmen zu lassen.«
»Ich glaube, ich war Randys bester Freund, und so ist es wohl meine Sache, zu bestimmen, wer ...«

»John«, fiel Mott ihm ins Wort, »damit könnten Sie einige Leute in der Führungsspitze der NASA sehr vergrämen.«
»Dies ist die Totenfeier meines Freundes. Die Nation ehrt einen großen Mann, und ich weiß, er würde Cindy dabeihaben wollen.«
»Woher wollen Sie das wissen?« fragte Thompson, rot im Gesicht.
»Weil er uns, Linley und mir, auf dem Flug gesagt hat: ›Sobald ich wieder auf der Erde bin, kündige ich bei der NASA und auch meinen Vertrag bei *Folks* und heirate die Koreanerin.‹ Als wir Einwände erhoben – besonders Linley, der schon viele Mischehen scheitern gesehen hatte –, sagte Claggett: ›In Korea lebte ich mit dieser Jo-san zusammen und ...‹«
»Was ist eine Jo-san?« fragte Penny.
»Eine koreanische Hure«, klärte Thompson sie auf, und Pope starrte ihn grimmig an. »Wenn Sie noch einmal dieses Wort gebrauchen, Thompson, schlage ich Sie zusammen. Ich habe Claggetts Jo-san kennengelernt. Zwei Jahre College. Vom Krieg überrollt. Und weil sie kein normales Leben mehr führen konnte, nahm sie eine Stellung als Serviererin für die amerikanischen Flieger an. Und Claggett verliebte sich in sie. Er hat Linley und mir gesagt, sie wäre die liebevollste Frau gewesen, die er je gekannt hätte, und er schäme sich ganz fürchterlich, sie nicht geheiratet zu haben. Er sagte, er wolle sich sein Glück nicht zum zweitenmal verscherzen, und darum würde er jetzt diese andere Koreanerin heiraten.« Dies mit einer leichten Verbeugung vor Cynthia.
»Mrs. Pope«, wandte sich Thompson an Penny, »können Sie ihn nicht zur Vernunft ...«
»Ich kann bestätigen, was mein Mann Ihnen eben berichtet hat, denn nachdem Sie und meine zwei Senatoren Randy dazu überredet hatten, Debby Dee nicht schon vor dem Flug zu verlassen, nahm er mich im Ausschußraum beiseite und sagte – und ich zitiere wörtlich: ›Sie können Ihren Freunden sagen, daß sie heute gewonnen haben, aber wenn ich wiederkomme, können sie mich alle am Arsch lecken.‹«
Thompson schnappte nach Luft. »Teilen Sie den Standpunkt Ihres Mannes?« fragte er mit schwacher Stimme.
»Selbstverständlich. Und, Sie werden staunen, das tut auch Mrs. Claggett. Ich hielt es für meine Pflicht, sie anzurufen und ihr mitzuteilen, daß John entschlossen war, Cindy zu begleiten, und sie sagte: ›Bringt

das schlitzäugige Ding mit. Ich könnte mir vorstellen, Randy würde eine aufregende Zeit mit ihr verlebt haben.‹«
»Pope!« brüllte Tucker Thompson. »Ich warne Sie! Man wird höheren Ortes kein Verständnis für Ihre Haltung haben!« Darauf Penny: »Mein Gatte ist ein erwachsener Mann, und ich bin seine Frau, und wir nehmen Cindy mit in die erste Reihe, wo sie hingehört.«
»Ihre Senatoren werden Sie entlassen, wenn Sie ...«
»Ich arbeite für meine Senatoren«, gab Penny zurück, »aber ich erlaube ihnen nicht, mir Vorschriften über mein Verhalten zu machen.«
Und als Debby Dee mit zerlaufener Wimperntusche und schiefsitzender Bluse ins Zimmer kam, übernahm Penny das Kommando: »Debby Dee, das ist Miss Rhee«, und Debby Dee erwiderte sanft: »Man könnte sagen, daß wir uns schon kennengelernt haben ... über Vermittlung eines Dritten.«
Tucker Thompson warf sich in die Schlacht: »Wollen Sie diese Frau bei der Totenfeier Ihres Gatten haben?«
»Ich habe sie eingeladen«, antwortete Debby Dee. »Müßte ich mir nicht billig vorkommen, wenn ich sie jetzt ausladen würde?«
Noch bevor Thompson mit einer moralischen Belehrung erwidern konnte, erschien Senator Grant, an seinem Arm die schöne Witwe von Dr. Paul Linley, eine großgewachsene, ebenholzschwarze Frau Mitte Dreißig. »Ich habe meinem guten Freund, Gawain Butler, nahegelegt, seinen Neffen für unser NASA-Programm anzumelden«, sagte er mit erstickter Stimme. »Und darum fühle ich mich in gewissem Sinne für seinen Tod verantwortlich.«
»Aber auch für die Chance, seinen Heldenmut unter Beweis stellen zu können«, fügte Mrs. Linley hinzu, und als Penny die zwei Witwen miteinander verglich, dachte sie: Wie wunderbar amerikanisch sie doch sind! Debby Dee, ein beinhartes Produkt des tiefsten Texas, und Doris Linley, eine Überlebende des Detroiter Gettos. Wer von den beiden hatte die längere Reise hierher gemacht? Und obwohl sie wußte, daß sie damit seelischen Exhibitionismus betrieb, konnte sie sich nicht zurückhalten; sie stürzte durch das Zimmer, schloß beide Frauen in die Arme, und einen Augenblick lang hatte sie Tränen in den Augen.
Die würdevolle Zeremonie mit dem Siebzehn-Schuß-Salut und den gedämpften Trommeln ging zu Ende, und Debby Dee, eine etwas ver-

schlampte, siebenundvierzigjährige Frau, die neun qualvolle Tage lang eine anmutige, feierliche Haltung für Thompsons Kameras eingenommen hatte, packte Doris Linley an der Hand und brummte: »Höchste Zeit, daß wir von hier verschwinden und uns ein Bier zur Brust nehmen.« In ihrer von der Regierung zur Verfügung gestellten Limousine fuhren sie in Penny Popes Washingtoner Wohnung, wo sie zusammen mit John und Cindy Rhee die ganze Nacht hindurch Bier kippten.

»Randy Claggett war einer der feinsten Kerle auf der Welt«, verkündete Debby Dee, »und ich hatte das Privileg, ihn zu kennen. In guten und in schlechten Zeiten, er war immer ein richtiger Mann.«

»Wie war das, Deb, als Ihr erster Mann umkam?« fragte Cindy, und nachdem dieses Thema eine gute halbe Stunde erörtert worden war, wollte sie wissen, wie sie am Patuxent River gelebt hatten.

»Fragen Sie die Popes«, sagte Debby Dee, und in den folgenden zwei Stunden wurden Erinnerungen ausgetauscht: über das Leben auf Solomons Island, die alten Autos, die Pax-Jax-Lax-Routine und die Übungsflüge über der Chesapeake-Bucht.

»Wie war das bei euch, Doris?« fragte Cindy. »Wo er doch ein Schwarzer war und nicht mal ein Militär?«

»Bei allem, was Paul angefangen hat – und das war nicht wenig –, mußte er viel nachholen. Bei schwarzen Kindern ist das nun mal so. Aber am Ende hat er mit allen gleichgezogen.«

»Er hatte mehr Verstand als die meisten von uns«, bestätigte Pope, »und an Mut übertraf ihn keiner. Sechsundsechzig Stunden und siebzehn Minuten war er mein Sitznachbar im Weltraum, und ich hätte mir keinen besseren wünschen können.« Dann ging er quer durchs Zimmer und küßte Doris.

Die Nacht war schon fast vorüber. »Ich habe Randy auf eine andere Weise geliebt«, sagte Cindy. »Er war ein Symbol ... er war *der* Astronaut. Er und nicht Glenn und nicht Shepard und auch nicht Sie, John Pope. Er hat mehr Zeit im Weltraum verbracht als sonst jemand, und ich habe ihn beobachtet. Er ging auf ein Raumschiff zu, als ob es sein persönliches Eigentum wäre. Als er einmal zu einem Sechzehn-Tage-Flug mit Ihnen, Pope, aufbrach, sagte er: ›Na, mal sehen, wie sich's mit dieser Klamottenkiste fliegt.‹«

Debby Dee trocknete sich die Augen, und in ihrem Hotelzimmer begann Rhee Soon-Ka einige Stunden später ihr Buch über die ›Soliden Sechs‹ zu schreiben:

> Sie nahmen einen dunklen Stein und stellten ihn an einem dunklen Ort auf, um der Welt kundzutun, daß Randy Claggett tot war. Wir aber, die wir ihn kannten, wir sind überzeugt, daß sein Geist, wie schon bisher, die Bürohengste verblüffen und in Verwirrung stürzen wird.

10. Mars

Elf Tage dauerte die nationale Begeisterung über John Popes heldenhafte Odyssee, und dann erwachte das Land zu der Erkenntnis, daß in diesem Jahrhundert kein Amerikaner mehr den Mond betreten würde. Der Zauber der Apollo-Flüge verblaßte, der Ruhm der Astronauten verging.
Dr. Loomis Crandall, der Psychologe der Air Force, der mitgeholfen hatte, die verschiedenen Gruppen der Astronauten auszusuchen, und der mehr von ihnen wußte als jeder andere am NASA-Programm Beteiligte, verfaßte einen herablassenden Lagebericht, der Mott in Weißglut brachte

> Unsere einsichtigen Astronauten, die die im Lande herrschende Stimmung richtig bewerten, nehmen ihren Abschied und suchen eine Beschäftigung in der Industrie; häufig aber driften sie von einer Public-Relations-Abteilung zur anderen – einfach darum, weil sie außer höherer Mathematik und Astrophysik keine elementaren Kenntnisse besitzen.
> Zugegeben, John Glenn ist im Senat und Frank Borman in einer Fluggesellschaft, aber der typische Astronaut ist Ed Cater, der die NASA verließ, um einem Baulöwen in Miami als Aushängeschild zu dienen; dann ging er zu einer Versicherungsgesellschaft in New Orleans, und jetzt arbeitet er als Gebrauchtwagenhändler in seiner Heimatstadt Kosciusko, wo sich seine Frau an einem Modegeschäft beteiligt hat und mehr verdient als er.
> Neun der Besten, die wir hatten, sind tot. Die Lebenden erfüllten ihre Pflicht mit so viel Bravour und Würde, daß wir auf sie stolz sein können. Aber wir sind auch enttäuscht, weil sie kei-

nen nationalen Sprecher für den Weltraum, keinen Poeten des
Himmels wie den Franzosen Saint-Exupéry hervorgebracht haben. In Wirklichkeit waren sie erstklassige Testpiloten, die sich
in erstklassige Astronauten verwandelten – nichts weiter. In
dieser beschränkten Veränderung spiegelten sie die Einstellung
unseres Volks zum Weltraum wider.

Nachdem Mott das gelesen hatte, stürmte er in die Zentrale. Hinter
seiner Nickelbrille blitzten die Augen des kleinen, drahtigen Mannes,
der an seiner verwundbarsten Stelle getroffen worden war. Als er
Dr. Crandall im Büro des Direktors fand, kam er gleich zur Sache:
»Nehmen wir die gleiche Anzahl von Absolventen der Harvard
School of Business, der Cal Tech, des MIT und der Universität Notre
Dame, und sehen wir uns ihre Erfolge an. Glenn ein Senator. Wie ich
höre, könnte es Schmitt aus Arizona das nächste Mal schaffen. Borman bei Eastern Airlines. Anders ein Botschafter. Meine Astronauten
könnten sich mit jeder Gruppe messen, die Sie, Crandall, auf die Beine
stellen, einschließlich der gleichen Anzahl von Doktoren der Psychologie, der Psychiatrie, der Psychoanalyse und der Psychosomatik.«
»Aber Stanley«, unterbrach ihn der Direktor, »Dr. Crandall hat doch
nur einen Bericht geschrieben.«
»Und der gefällt mir nicht. Es gefällt mir nicht, das bedeutende Werk,
das diese Behörde geleistet hat, verunglimpft zu sehen. Wenn unser
Programm zum Stillstand kommt, so nicht, weil es ein schlechtes Programm war, sondern weil wir es zu früh abgebrochen haben.«
In dieser kämpferischen Stimmung stapfte er zum Capitol hinauf, um
bei einem weiteren öffentlichen Hearing die NASA zu verteidigen.
Normalerweise wäre er der ruhige, zurückhaltende Wissenschaftler
gewesen, wie man ihn im Kongreß kannte, aber an diesem Vormittag
stellte ein Senator aus North Dakota die Frage, warum die NASA auf
gewissen gelehrten Gebieten so weit hinter der Privatindustrie nachhinkte. Es fehlte nicht viel, und Mott wäre der Kragen geplatzt

> Die NASA *ist* die Privatindustrie, Herr Senator. Wir erzeugen
> nichts. Wir sind ein immenses Beschaffungsamt, eines der besten, die es auf dieser Welt je gegeben hat. Seitdem ich die Ehre
> habe, hier tätig zu sein, haben wir mehr als fünfzig Milliarden

Dollar ausgegeben, ohne daß es einen einzigen Fall von Vertrauensmißbrauch, Unterschlagung oder Bestechung gegeben hätte. Die Nation hat sich unser nie zu schämen brauchen, und obwohl ich Ihnen ein Dutzend Beispiele nennen kann, wo wir meiner Meinung nach den falschen Zulieferer gewählt haben, können Sie mir auch nicht ein Beispiel nennen, wo ein Auftrag in betrügerischer Weise vergeben wurde. Es wäre schön, wenn alle Regierungsstellen das gleiche von sich behaupten könnten.

Doch während Mott noch seiner Behörde Loblieder sang, erkannte er, daß sie begann, die Tage ihrer Größe hinter sich zu lassen. »Wir müssen kühne neue Schritte unternehmen«, mahnte er seine jungen Assistenten, »wir sollten Raumschiffe, bemannt oder unbemannt, mit dem Ziel in den Weltraum schicken, an die fernsten Grenzen vorzustoßen. Wenn wir das tun, werden die Philosophen neue Zusammenhänge erkennen können und sich genötigt sehen, sie der Öffentlichkeit zu erklären.« Bei einer Tagung von Astrophysikern an der Universität Purdue warnte er:

> In den letzten Jahren haben wir Entdeckungen registriert und Erkenntnisse gewonnen, die uns schwindeln machen. Arno Penzias und Robert Wilson haben den Nachhall des Urknalls identifiziert, der unser Universum in Bewegung setzte. Maarten Schmidt hat brillante Schlüsse in bezug auf die Geschwindigkeit gezogen, mit der ferne Galaxien sich fortpflanzen. In Cambridge stellt Hawkins weitreichende Fragen über Quasare, Pulsare und schwarze Löcher, und ich meine, wir müßten alle unsere grundlegenden Begriffe neu überdenken.
> Wie wird die Öffentlichkeit reagieren? Drei Präzedenzfälle mögen als Hinweise dienen.
> Kopernikus konnte seine neuen Erkenntnisse nicht verbreiten, weil die Kirche seine Schriften auf den Index setzte. Seine unmittelbare Wirkung war gleich Null, aber der letztlich erzielte Einfluß auf Ethik, Theologie und das Begriffsvermögen des einzelnen war enorm.
> Giordano Bruno paradierte mit seinen radikalen Theorien, wo-

mit er Katholiken wie Protestanten gleichermaßen vor den Kopf stieß. Er beunruhigte die Gesellschaft, indem er auf die Folgen wissenschaftlicher Entdeckungen hinwies. Schließlich wurde er, um seine astronomischen Ketzereien zu widerlegen, auf dem Scheiterhaufen verbrannt.
Das Werk Charles Darwins führte zu so vielen Folgerungen, daß man es sofort zu entkräften versuchte, und da seine Evolutionstheorie religiöse Empfindungen verletzte, ließ sie erbitterte Gegnerschaft aufkeimen, die bis heute fortdauert.
Ich glaube, daß die von uns ausgelösten Spekulationen in bezug auf die elementaren Kräfte des Universums unsere Generation so stark verunsichern müssen, wie die Theorien Darwins die seine. Immer wenn wir – so wie jetzt – auf einer Schwelle stehen, müssen wir unweigerlich Positionen in Frage stellen, die wir bisher eingenommen haben, und wenn eine solche Neubewertung den Ursprung des Universums betrifft, befinden wir uns auf schwankendem Boden und müssen auf geharnischte Repliken gefaßt sein.

Mott war immer ein gläubiger Mensch gewesen. Sein Vater war schließlich methodistischer Geistlicher gewesen, und der junge Mott war mit der Bibel groß geworden. Nie lächelte er geringschätzig, wenn seines Vaters geistliche Freunde gegen die Evolutionstheorie zu Felde zogen. Er versuchte Darwin zu verteidigen, und wenn die Herren ihn fragten: »Aber glauben Sie auch an Gott?« konnte er mit reinem Gewissen antworten: »Ja, das tue ich.«
Aber er glaubte auch, und das ohne daß ihn der kleinste Zweifel geplagt hätte, daß sich die Menschheit fast auf die gleiche Weise entwickelte, wie die Sonne aus dem Urstoff entstanden war. Er war davon überzeugt, weil er, wenn er Galaxien beobachtete, selbst sehen konnte, wie Sterne aus großen Wolken von Masse entstanden. Das waren Tatsachen, keine Theorien, und Alternativen konnte er sich nicht vorstellen. Wenn, so dachte er, strenggläubige Schwärmer Darwin schmähten und dem Glauben an eine im Augenblick vollzogene Schöpfung Gottes anhingen, dann sagten sie doch nur, was auch er sagte, wenngleich in poetischerer Form, und darum empfand er keinerlei Gegnerschaft zu der religiösen Überzeugung seines Vaters.

Fest stand für ihn auch, daß dieses Universum, von dem er und die Erde und die Sonne ein Teil waren, in seiner gegenwärtigen Form vor etwa achtzehn Milliarden Jahren entstanden sein mußte, die Erde selbst vor etwa viereinhalb Milliarden Jahren. Wenn die Freunde seines Vaters auf das erste Buch Moses als die einzig richtige Version hinwiesen, pflichtete er ihnen bei: »Es ist eine poetische Version. Sie sagt das gleiche aus, wie ich es sage, nur daß das Wort *Tag* als geologische Periode zu betrachten ist.«

Wenn die Gesprächspartner ihn dazu bewegen wollten, seine Hypothese zurückzunehmen, wonach für die Entstehung von Sonne und Erde Milliarden Jahre nötig gewesen waren, und ihrerseits behaupteten, die großartige galaktische Struktur wäre kaum mehr als sechs- oder siebentausend Jahre alt, ließ er sich auf keine weiteren Diskussionen mit ihnen ein: »Es ist möglich, aber nicht wahrscheinlich.« Mehr hatte er dazu nicht zu sagen.

Es war sein Vater, der die eigentliche Frage gestellt hatte: »Wenn ich zugebe, daß das Universum tatsächlich mit deinem Urknall vor achtzehn Milliarden Jahren begann, kannst du mir sagen, wer diesen Urknall hervorgebracht hat?«

»Darauf hat die Wissenschaft keine Antwort.«

»Könnte es nicht Gott gewesen sein?«

»Ich denke schon. Oder eine Kraft, die auf geheimnisvolle Weise Gott ähnlich ist.« Doch während sein Vater mit philosophischer Erleichterung lächelte, fügte sein Sohn hinzu: »Aber der Urknall könnte nicht vor viertausend vor Christus stattgefunden haben.«

»Ein redlicher Handel«, meinte der Geistliche. »Ich konzediere dir deine Milliarden Jahre, und du konzedierst mir meinen Gott.«

Auf einer Urlaubsreise hörte er einmal, am Rande des Grand Canyon stehend, einem Aufseher zu, der einigen Touristen erzählte, wie dieser seichte Wasserlauf, der Coloradofluß, seit unvordenklichen Zeiten die Schlucht von einer Gesteinsschicht zur anderen eingeschnitten hatte, bis das Meisterwerk vollendet war. Nachdem der Aufseher seinen Vortrag beendet hatte und in sein Blockhaus zurückgekehrt war, blieb Mott noch eine Weile stehen und dachte über den wunderbaren Zufall nach, durch den die Vereinigten Staaten Nationalparks wie diesen Grand Canyon und Yellowstone erworben hatten. Stumm dankte er den Pionieren, die diese Kämpfe für nachfolgende Generationen ausgetragen hatten: Dieser Canyon ist völlig unberührt. Da hat sich jemand sehr verdient gemacht. Und er konnte sich gut vorstellen, daß ein Mensch wie er in dreihundert Jahren am Rand eines Canyons am Mars stehen und sagen würde: »Diese Burschen von der NASA, was immer das für Leute gewesen sein mögen, die als erste hierher kamen, haben das, was sie hier vorgefunden haben, nur wenig zerstört.« Und wenn er stolz war auf das, was sein Team getan hatte, fühlte er noch mehr Stolz für das, was es nicht getan hatte.

Kaum hatte er diese Gedanken zu Ende gedacht, als sich ein großgewachsener Mann von linkischem Benehmen aus der Gruppe von Touristen löste und laut ihre Aufmerksamkeit forderte:

> Diese Aufseher – und die sind alle Regierungsbeamte! –, die glauben wirklich, sie können sich alles erlauben. Sie stehen hier auf regierungseigenem Boden und verbreiten Lügen, die der Heiligen Schrift widersprechen. Sie wollen uns weismachen, daß dieser kleine Fluß da unten hundert Millionen Jahre gebraucht hat, um diesen herrlichen Canyon herauszumeißeln. Sie wissen und ich weiß es, daß das eine verdammte Lüge ist, eine verdammte Lüge ist, jawohl, und der Tag wird kommen, das können Sie mir ruhig glauben, da man Aufseher wie diesen zur Verantwortung ziehen wird.

> Dieser Canyon wurde vor fünftausend Jahren geschaffen, länger ist es nicht her, als Gott den Planeten Venus aussandte, um an der Erde zu kratzen und zu schaben, Berge aufzurichten und Wasserläufe einzuschneiden. Sie brauchen sich den Canyon nur anzusehen, und im Grunde Ihrer Herzen wissen Sie, daß er keine Million Jahre alt sein kann. Und schon gar hundert Millionen Jahre! Einfach lächerlich! Er entstand, als Männer wie Moses und Jeremias auf dieser Erde wandelten, und er ist nicht das Produkt eines unbedeutenden kleines Baches; in diesem Canyon offenbart sich die Hand Gottes!

Noch fast eine halbe Stunde setzte er seine Offenbarungen mit glühender Beredsamkeit fort. Mit seinen kühnen Behauptungen fesselte er Mott und die anderen Urlauber, und am Ende rief er: »Stimmen wir doch durch Handzeichen ab! Wie viele von Ihnen wissen im

Grunde ihres Herzens, daß ich recht habe und der Aufseher unrecht?« Zu Motts Überraschung stimmten mehr als die Hälfte der Touristen dafür, daß der Grand Canyon des Colorado nicht älter als fünftausend Jahre sein konnte.

Wohin er in diesen Tagen auch kam, die Welt schien in zwei Lager gespalten zu sein: dem einen gehörten die wenigen an, die den tiefschürfenden Untersuchungen der Astrophysiker Glauben schenkten, dem anderen die vielen, die sich ein einfacheres Universum ersehnten, ein Universum mit weniger spekulativen Aspekten, eine Sehnsucht, die 1976 weiter zunahm, denn im ganzen Land gab es Menschen, die zu einer Rückkehr zu der durch Einfachheit geprägten Lebensgestaltung des Jahres 1776 verlangten.

Sein Sohn Millard war ein einschlägiges Beispiel. Als Präsident Ford, nachdem er Richard Nixon aus dem Amt komplimentiert hatte, den jungen Männern, die nach Kanada geflohen waren, um der Einberufung zu entgehen, widerwillig Straferlaß gewährte, kam Millard unter den demütigendsten Umständen wieder nach Hause, obwohl, wie er seinem Vater anvertraute, »alle jetzt zugeben, daß Leute wie ich und Roger recht hatten, als sie protestierten. Amerika weiß, daß Vietnam ein entsetzlicher Fehler war«.

Roger hatte sich geweigert, Amerikas widerstrebend gewährte Verzeihung anzunehmen, und war in Kanada geblieben. Als Millard seinen Eltern von dieser Trennung erzählte, brach er in Tränen aus, und zum ersten Mal begriffen seine Eltern, welche tiefen Gefühle ihr Sohn für Roger empfunden hatte. Um so überraschter waren sie einige Tage später, als sie erfuhren, daß Millard jetzt mit einem jungen Mann namens Victor zusammenlebte, der in Denver einen sogenannten *head shop* betrieb. Er machte gute Geschäfte mit Büchern über Astrologie, Tarockkarten, Wahrsagespielen und Abenden mit Vorträgen indischer Gurus, die den Studenten auseinandersetzten, wie die Gesellschaft ideal organisiert sein müßte.

Nachdem Millard nach Colorado zurückgeflogen war, brachte Rachel Mott die Wohnung wieder in Ordnung: An der Wohnzimmerwand wurde der Mondrian wieder ausgerichtet, die klassischen Schallplatten neu katalogisiert und überflüssige Bücher einer nahegelegenen Grundschule zur Aufstockung ihrer Bibliothek überlassen. Einige unnötige Dinge, die sich mit der Zeit angesammelt hatten,

wurden weggeworfen. Als wieder Ordnung herrschte, setzte sie sich auf ihr Bett, betrachtete wieder einmal die holzgeschnitzten Axel-Petersson-Figuren und sagte zu ihrem Mann: »Mit Millard über seinen Roger oder seinen Victor zu reden, war so, wie wenn man einer dickköpfigen Tochter zuhört, die sich von einem Bankier hat scheiden lassen, um mit einem Architekten zusammenzuleben. Es ist wirklich sehr schwer, an anerzogenen Wertvorstellungen festzuhalten.«
»Besonders für Leute Ende Fünfzig«, fügte Stanley hinzu.
Während er über seine Söhne nachsann, blätterte Mott müßig eine wissenschaftliche Zeitschrift durch und stieß auf den sensationellen Vorschlag eines Wissenschaftlers namens Letterkill: »Wir sollten im Weltraum ein gigantisches Radioteleskop stationieren, bei dem die Entfernung zwischen seinen zwei Antennenanlagen zehn astronomische Einheiten betragen würde. Damit hätten wir eine Basis von 1 400 000 000 Kilometern.«
Hellauf begeistert begann Mott eiligst zu zeichnen und erklärte seiner Frau dann das Prinzip: »Es ist wunderbar! Das Problem der Parallaxe wird zur letzten Konsequenz geführt. Weißt du, wie ein Geschützaufsatz eines Schlachtschiffes funktioniert? Da haben wir diese sehr lange Basis, sagen wir dreißig Meter. Je länger, desto besser. Und dann zwei kleine Fernrohre, an jedem Ende eines. Und aus den verschiedenen Winkelgraden, mit denen sie das gleiche Ziel anvisieren, lassen sich die genauen Distanzen errechnen. Bumm! Die Geschütze feuern, treffen ihr Ziel und versenken das feindliche Schiff, und nur weil man sich in intelligenter Weise der Parallaxe bedient hat.«
Er erzählte ihr, daß Astronomen schon früher durch geschickte Anwendung der Parallaxe Sternenentfernungen bestimmt hatten. »Am 20. Dezember fotografierten sie den Sirius. Am 20. Juni, als die Erde ihre Umlaufbahn zur Hälfte zurückgelegt und sich so weit wie möglich von ihrer Position im Dezember entfernt hatte, fotografierten sie denselben Stern noch einmal, wobei sie die gleiche Kamera verwendeten. Die Parallaxe ergab, daß Sirius 8,6 Lichtjahre von uns entfernt ist.«
Die Astronomen, sagte er, hätten bereits ein riesiges Radioteleskop mit je einer Antennenanlage in Kalifornien und einer anderen in Australien ersonnen, wobei jede eine »Fotografie« des Himmelskörpers machte – genau im gleichen Augenblick, so daß der Parallaxenwinkel

die Distanz bestimmen konnte. »Dieser Letterkill schlägt jetzt vor, ein riesiges Radioteleskop auf eine Rakete aufzusetzen, sie eineinhalb Milliarden Kilometer in den Weltraum zu schießen und sie dort stehen zu lassen. Dann will er die andere Hälfte des Radioteleskops genausoweit in der entgegengesetzten Richtung in den Weltraum schießen. Was hätten wir da für eine phantastische Basis! Wir könnten bis in die fernsten Ecken des Universums sehen!«

So groß war seine Erregung, daß er Huntsville anrief, obwohl er annehmen mußte, daß Dieter Kolff schon zu Bett gegangen war. Und als der Deutsche verschlafen ans Telefon kam, fragte er ihn: »Ich habe da von einem Mann gelesen, der eben einen unglaublichen Vorschlag gemacht hat, und ich möchte wissen, was Sie davon halten. Könnten wir ein riesiges Gossamer-Teleskop in zwei Teilen bauen? Den einen mit einer Rakete etwa eineinhalb Milliarden Kilometer in den Weltraum hinausschießen und dort fixieren? Dann ein genaues Duplikat in die entgegengesetzte Richtung? Wenn ich nicht irre, empfiehlt er einen Winkel von etwa einhundertzwanzig Grad und ...«

»Wir hätten eine enorm lange Basis.«

»An die zehn astronomische Einheiten.«

»Und könnten die fernsten der bekannten Galaxien erreichen.«

»Ist es praktikabel?«

»Wir könnten morgen damit anfangen.«

Das Gespräch dauerte eine Stunde. Kolff brachte das Gespräch immer wieder auf die zwei Raketen, die er gerne bauen wollte, wenn ihn die NASA aus dem Ruhestand holte, während Mott sich auf die Konstruktion der Gossamer-Teleskope konzentrierte. »Wir verwenden kein Metall außer im Gerüst für das Radioauge. Alles ist Gossamer. Was würde das ganze Teleskop wiegen? Weniger als fünfzehnhundert Kilo?« Als das Gespräch mit Huntsville beendet war, konnte er nicht einschlafen, und während er noch über Letterkills Artikel grübelte, schoß ihm der Gedanke durch den Kopf, daß dies wohl derselbe Mann sein könnte, der auf Wallops Island aus einer Raketenkombination den ersten Weltraumsatelliten hatte machen wollen. Um vier Uhr früh gelang es der Vermittlung, diesen Letterkill im Lewis Center in Cleveland ausfindig zu machen: »Sind Sie der Mann, der auf Wallops Island diesen brillanten Einfall hatte? Verzeihen Sie, ich bin Dr. Stanley Mott. Ich habe Sie damals unterstützt.«

Es war derselbe Levi Letterkill. Wenn ein Mensch eine gute Idee hat, darf man von ihm immer noch andere erwarten, aber sein Vorschlag, ein Teleskop mit einer Basis von zehn astronomischen Einheiten zu installieren, fiel nicht gleich auf fruchtbaren Boden, denn um 08.30 Washingtoner Zeit rief die Polizei aus Miami an, um den Motts mitzuteilen, daß ihr Sohn Christopher wieder in Haft genommen worden war – diesmal unter der sehr ernsten Beschuldigung, Kokain aus Kolumbien ins Land geschmuggelt zu haben.

Als Christopher Mott in Florida unter der Beschuldigung vor Gericht gestellt wurde, Kokain im Wert von 3 000 000 Dollar aus Kolumbien ins Land geschmuggelt zu haben, boten seine Eltern alles zu seiner Verteidigung auf. Nahe an die sechzig, waren sie standhaft für alles eingetreten, was gut war an Amerika. In West Palm Beach saßen sie nun drei Tage lang in einem schmutzigen Gerichtssaal, während der Staatsanwalt ein Netz von vernichtendem Beweismaterial gegen ihren Sohn spann.

Sie boten ein Bild des Jammers, als sie die häßlichen Fakten hören mußten, die sie in den vergangenen Jahren so emsig zu verdrängen versucht hatten: Ein Ehepaar mittleren Alters, das immer bemüht gewesen war, respektabel zu erscheinen: Rachel, jedes Härchen an seinem Platz, das Kostüm sauber gebügelt, die Lippen zusammengepreßt; und Stanley in seinem blauschwarzen Nadelstreifenanzug und weißem Hemd, Seidenkrawatte und Nickelbrille. Sie sahen aus wie eine Direktorenfamilie von Bethlehem Steel oder IBM, doch da die Verhandlung so nahe bei Cape Canaveral stattfand, betonten die Medien ihre Verbindung zur NASA.

Christopher war fünfundzwanzig Jahre alt und kein unwissender Jüngling mehr, doch wie er da bei seinen Verteidigern saß, so schlank und rank, so ähnlich einem jungen Mann seines Alters mit einer Professur an einem College wie Bates oder Bowdoin, mußte Rachel hin und wieder den Kopf senken, um ihre Tränen zu verbergen, doch dann kamen stets neue Einzelheiten über sein Leben zur Sprache, und sie fragte sich: Wie war das nur möglich? Wie in aller Welt konnte das passieren?

Nach jedem Verhandlungstag kehrten sie und Stanley in ihr elegantes Motel in der Nähe des großen Einkaufszentrums zurück, und es

schien ihr, als ob das das andere Gesicht von Cape Canaveral wäre: Ein Stück die Küste hinauf die riesigen Raketen, die sich, von Jubel umflutet, in den Weltraum erhoben, die vielen hundert Techniker, die den Flug überwachten, und die jungen Helden in der Kapsel; hier unten, nur wenige Kilometer entfernt, in einem Gerichtssaal ein junger Mann, der sich gegen eine Gesellschaft zu verteidigen suchte, die ihn fast ermutigt hatte, ein Verbrecher zu werden.
Die Schlagerlieder seiner Kindheit, die herrschende Kleidermode, die vom Fernsehen verbreitete Idealisierung des ungebildeten Rowdys, der im Klassenzimmer das große Wort führt, billige Presseerzeugnisse und der entsetzliche Druck seitens der Kameraden, das alles hatte zusammengewirkt, um ihren Sohn vor Gericht zu bringen; sie und Stanley waren zu sehr damit befaßt gewesen, die Geschäfte der Gesellschaft zu besorgen, um die destruktiven Einflüsse bekämpfen zu können.
»Wir haben nie für uns selbst gearbeitet«, flüsterte sie, als der zweite Verhandlungstag zu Ende ging. »Immer nur für die Army, für die Deutschen in El Paso, für die Landjugend in Alabama und selbst heute noch für die Familien der Astronauten. Wir waren nie selbstsüchtig, Stanley.«
»Vielleicht bin ich es gewesen«, erwiderte er traurig. Er saß auf dem Motelbett und dachte über sein Leben nach. »Damals in Kalifornien, als ich so eifrig studierte, hast du versucht mich zu warnen. Das war die Zeit, als Millard anfing, sich in der falschen Gesellschaft zu bewegen, und Christopher mit seinem undisziplinierten Benehmen begann. Ich habe schwere Schuld auf mich geladen.«
Am dritten Verhandlungstag um elf Uhr zogen sich die Geschworenen zur Beratung zurück, und kurz nach Mittag gaben die sieben Männer und fünf Frauen ihre Entscheidung bekannt: Schuldig in allen Punkten. Der Richter teilte mit, daß er, weil die Eltern des Angeklagten bald abreisen mußten, das Urteil in zwei Tagen verkünden würde. Die Motts verbrachten diese Zeit zum größten Teil im Gefängnis, wo sie mit Christopher sprachen und ihm an verspäteter Unterstützung gaben, was sie konnten.
Als Rachel das Urteil hörte – fünf Jahre Gefängnis –, wäre sie beinahe in Ohnmacht gefallen, brachte dann aber zusammen mit ihrem Gatten und den Anwälten die dringende Bitte vor, ihren Sohn in eine

Anstalt mit progressivem Vollzugssystem einzuweisen, wo die Wahrscheinlichkeit geringer war, daß er Mißhandlungen und Perversionen ausgesetzt sein würde. Der Richter hörte aufmerksam zu, erklärte, daß er Anspielungen, wonach in den Gefängnissen dieses Staates keine Ordnung herrsche, nicht akzeptieren könne, und lehnte den Antrag ab.

Als der Präsident die Empfehlung aussprach, John Pope solle eine Reise um die Welt machen, um anderen Ländern zu zeigen, was für einen sympathischen Helden Amerika hervorgebracht hatte, erhoben die Mediziner der NASA den Einwand, der Astronaut hätte ein grauenhaftes Erlebnis hinter sich und bedürfe dringend der Ruhe. Pope aber sagte: »Ich mache die Reise, wenn ich dabei auch nach Australien kommen kann. Ich möchte mich bei diesem Burschen in Honeysuckle bedanken. Er war sehr wichtig für mich – zweimal schon.«
Also flog Pope nach Europa, wo die Medien viel über seinen Wunsch berichteten, den Australier zu besuchen, der zweimal zu seiner Rettung beigetragen hatte. Die Zeitungen des fünften Kontinents stellten Rechnungen auf, wie viele Tage es noch dauern würde, bis er Australien erreichte. Der amerikanische Botschafter kam von Canberra nach Sydney geflogen, um ihn willkommen zu heißen, und flog ihn dann in einer amerikanischen Maschine zu Empfängen im lauten Brisbane, im gemächlichen Adelaide und im freundlichen Melbourne. Die Tour fand ihren Abschluß in der amerikanischen Botschaft in Canberra, wo eine große Zahl von Gästen darauf wartete, den Helden zu begrüßen.
Er war höflich wie immer und erklärte wiederholt, daß seine Frau ihn begleitet haben würde, wenn sie nicht ihre Pflichten im Senat wahrzunehmen hätte. Der russische Botschafter gab eine kleine Party für, wie er es formulierte, »den amerikanischen Kosmonauten, der ein sehr tapferer Mann ist«. Dann hatte Pope die Nase voll. »Ich bin hergekommen, um den Sprecher der australischen Bodenstation in Honeysuckle zu besuchen, und jetzt wird es langsam Zeit«, sagte er. Der amerikanische Botschafter erklärte sich einverstanden, und am nächsten Morgen stand ein Wagen mit Chauffeur bereit, um Pope zu den riesigen Parabolantennen zu fahren, die sich in den Bergen südlich von Canberra verbargen. Sie bildeten das System, durch das Houston

die Verbindung mit den Satelliten aufrechterhielt, wenn sie sich über dem Indischen Ozean und dem westlichen Pazifik befanden. Pope war beeindruckt von ihrer Größe, ihrer technischen Perfektion und der Schönheit ihrer landschaftlichen Lage.

»Das muß einer der attraktiven Aspekte des Weltraumzeitalters sein«, bemerkte er zu dem australischen Direktor, und bevor er die niedrigen Baulichkeiten betrat, in welchen die Daten in eine Bank von Computern eingegeben wurden, ging er noch ein Weilchen zwischen den Bäumen und Blumenbeeten spazieren, die aus diesem Ort einen einzigen Garten machten.

»Honeysuckle – Geißblatt –, der Name ist gut gewählt«, sagte er zu den Australiern und blieb plötzlich stehen, um zwei Känguruhs zuzusehen, die in der üppig mit Gras bewachsenen Niederung weideten. »Sie hopsen tatsächlich auf ihren Hinterbeinen herum«, wunderte er sich, und seine Begleiter mußten ihn am Ärmel zupfen. »Mr. McGuigan erwartet Sie, und dann wollen noch einige Zeitungsleute mit Ihnen reden.« Widerstrebend verließ er die bezaubernde Anlage und betrat den eigentlichen Arbeitsbereich der Funkstation, wo die großen hemisphärischen Scheiben der Parabolantennen Botschaften der unsichtbaren Satelliten auffingen. McGuigan, ein großgewachsener, schlanker Australier, kam erwartungsvoll auf den Mann zu, mit dem er schon zweimal gesprochen hatte.

»Guten Tag, Pope. Ich freue mich, daß Sie es zur Erde zurück geschafft haben.«

»Dank Ihrer Hilfe.«

Sie unterhielten sich einige Minuten lang sehr angeregt, und dann richtete Pope das Wort an einen der Leiter der Station. »Wird mir wohl nicht erspart bleiben«, meinte er, und der Mann zuckte die Achseln.

»Rufen Sie bitte Ihre Leute zusammen«, bat Pope, und während sich die Techniker um ihn herum versammelten, bat er im Geist um Verzeihung für das, was er ihnen jetzt als Gast sagen mußte.

Bei fast jedem wichtigen Raumflug der Amerikaner hatten die australischen Techniker bis zum letzten Moment gewartet, und dann mit einem Streik um höhere Löhne gedroht. Ein Raumschiff ohne Funkverbindung über die halbe Erdkugel zu lassen war ein Ding der Unmöglichkeit, und so mußte sich die NASA immer wieder der Erpressung

beugen, aber Pope wußte auch, daß die Australier, waren die höheren Löhne erst einmal bewilligt, die verläßlichsten Funkverbindungen des ganzen Netzes lieferten. Einmal verließen ein paar Arbeiter sogar die Streikpostenkette und fuhren kilometerweit in die Steppe hinaus, um eine Fernmeldeleitung zu reparieren und sicherzustellen, daß das amerikanische Raumschiff, das über den Indischen Ozean flog, seine Verbindung mit Houston aufrechterhalten konnte.
Als die Mannschaft versammelt war, sagte Pope: »Es ist uns Astronauten durchaus bewußt, wie tief wir in Ihrer aller Schuld stehen. Schon zweimal hat Mr. McGuigan mir über seine Pflicht hinaus Hilfe geleistet, und ich möchte ihm jetzt zwei Medaillen überreichen, die die amerikanische Regierung mir anvertraut hat. Die eine ist für ihn persönlich, die zweite ist für ihn als Vertreter Ihrer ausgezeichneten Mannschaft.« Während er die Medaillen überreichte und für den Applaus dankte, hätte er hinzufügen mögen, unterließ es aber: »Das reicht doch hoffentlich bis zu eurem nächsten Streik, ihr liebenswerten Hundesöhne!«
Die Gruppe löste sich auf. »Die Presse wartet im anderen Gebäude«, sagte der Verwalter, und so hatte Pope noch einmal Gelegenheit, die wilde Schönheit dieses ungwöhnlichen Ortes zu bewundern. Er war daher in aufgeräumter Stimmung, als er das Pressezimmer betrat, wo fünf Zeitungsleute auf ihn warteten: vier australische Journalisten und eine japanische Reporterin. Er sah nur Cynthia Rhee, und sie war schön wie die Blumen draußen im Garten. Sie war in gedämpfte Farben gekleidet und starrte ihn aus ihren dunklen, schmalen Augen an.
»Ich wollte meine Geschichte zu Ende schreiben«, sagte sie, während sie seine Hand ergriff.
»Deswegen haben Sie die lange Reise von Tokio hierher gemacht?«
»Ich wollte den letzten meiner Astronauten in einer echten Umgebung sehen. Mit Menschen seines Schlages. In Honeysuckle.«
»Das ist Commander Pope«, stellte der Verwalter den Astronauten vor. »Über seine Leistungen brauche ich Ihnen wohl nichts zu sagen.«
Um die Fragen der Australier zu beantworten, mußte Pope lügen: »Wir hatten immer nur die besten Beziehungen zu Ihren Stationen. Sie waren immer unschätzbare Glieder unserer Nachrichtenkette, und

ich persönlich kann bezeugen, daß ...« Er sah Cindy ironisch lächeln und dachte an den Abend im Bali Hai zurück, als Claggett ihnen erzählt hatte, wie die Australier in Honeysuckle vor seinem ersten Apollo-Flug mit Streik gedroht hatten. »Ich verspürte den dringenden Wunsch, hinunterzufahren und den Burschen die Eier abzuschneiden«, hatte Claggett gewütet, und Pope war es nicht entgangen, daß Cindy seine Worte in ihr Notizbuch geschrieben hatte. Jetzt notierte sie seine und lächelte.

»Es war mein besonderer Wunsch, nach Honeysuckle zu kommen«, fuhr er fort, »um Mr. McGuigan meine Aufwartung zu machen. Ich konnte seinen Dialekt nicht immer verstehen, aber ich lernte seine Herzenswärme kennen.«

Nach der Pressekonferenz schickten sich die Leiter der Station an, Pope zum Botschaftswagen zu bringen, aber Cindy stellte sich ihnen in den Weg: »Ich habe einen Wagen gemietet. Ich fahre ihn zurück.« Und noch bevor jemand einen Einwand erheben konnte, hatte sie die Botschaftslimousine zurückgewiesen und führte Pope zu ihrem VW.

»Ich habe ein Zimmer in einem Dorf mit Ausblick auf den Mount Kosciusko in den australischen Alpen gemietet«, sagte sie ihm, und über eine Stunde lang fuhren sie durch üppiges Grasland, das da und dort von Känguruhs wimmelte, großen, lohfarbenen Tieren, die am Straßenrand miteinander spielten. »Ich habe mein Buch geschrieben«, sagte sie, »aber ohne deine Geschichte ist es nicht komplett.«

»Meine Geschichte ist schnell erzählt. Drei stiegen auf, und nur einer kam zurück.«

»Aber warum bist du aufgestiegen? Wann hast du dich zum erstenmal am Himmel gesehen?«

»Hast du dir einmal die Mühe gemacht, Fremont zu besuchen?«

»Ich war schon überall. Ich war vorige Woche in Honeysuckle, um sicherzugehen, daß ich mich zurechtfinden würde.«

»Warum denn bloß?«

»Du und die anderen, John, ihr seid die Wirklichkeit. Ist dir das noch nicht bewußt geworden? Ihr seid unsterblich. Heute in vierhundert Jahren wird man von euch lesen, wie wir heute von Magalhães lesen.«

Sie sagte es so natürlich und so voll Überzeugung, daß er nichts zu er-

widern wußte, aber nach einer Weile fragte er: »Was meinst du mit Wirklichkeit?«
»Nun ja«, antwortete sie, während ihre Hand das Steuer kaum berührte, »da gab es einen Randy Claggett, einen der besten Männer, die dieses Jahrhundert hervorbringen wird, und es gab einen Timothy Bell, einen bemitleidenswerten Aufschneider.«
»Wirst du das schreiben? Vergiß nicht, er ist tot.«
»Er war immer schon tot, und das werde ich schreiben.«
»Du bist erbarmungslos.«
»Das ist die Wahrheit immer.«
Sie hielt vor einem einladenden Landgasthof, und da es noch nicht dunkel war, tranken sie Tee im Garten. Langsam begann er zu reden; dann rollten ihm die Worte ungehindert von der Zunge, so als ob er ein Universum von Eindrücken gehortet hätte, das er jetzt mit ihr teilen mußte. Er sprach von Dingen, die dem Herzen des Weltraums nahe waren, von Dingen, die er bis jetzt nicht auszudrücken vermocht hatte – nicht einmal in den langen Debriefings mit den obersten NASA-Chefs.
»Ständig fragten sie mich, wie ich mich fühle, als ich da allein in der Kommandokapsel saß und heimflog, und ich gab ihnen die Antwort, die sie von mir erwarteten – ausgedrückt in Worten, die ihnen geläufig waren. Verantwortlichkeit. Der Job, den man mir zugewiesen hatte. Die Ausbildung in den Simulatoren, durchaus adäquat. Und dazu noch eine Menge Quatsch über Einsamkeit. Aber willst du die Wahrheit wissen?«
»Dazu bin ich gekommen.«
»Die Kapsel war ein sehr enger Raum. Wie etwa von da bis da. Wie ich mich fühlte, als ich allein war? Ich genoß den vielen Platz. Ich konnte mich ausbreiten. Um die Wahrheit zu sagen, ich fühlte mich erleichtert.« Er lachte, da er sein Antiheldentum zugegeben hatte, und fuhr fort. »Die anderen? Selbst in der Geräumigkeit der Kapsel machten mir ihre Geister den Platz streitig.«
Sie redeten, bis zum Abendessen gerufen wurde, und auch noch danach im Foyer, das mit bunten englischen Jagdbildern geschmückt war, ein Raum, der jene Behaglichkeit ausströmte, die Neubewertungen vertrauter Begriffe möglich macht. Schließlich war es Zeit zu Bett zu gehen, und es gab einen peinlichen Augenblick, so als erwarte Cin-

dy, daß er den Vorschlag mache, mit ihr zu schlafen, oder er den Vorschlag von ihr erwartete. Aber der Augenblick ging vorüber, als er zur Rezeption ging und den Portier bat, ihm sein Zimmer zu zeigen. Cindy folgte ihnen nach oben und begleitete ihn zu seiner Tür. »Gute Nacht, John«, sagte sie dort, »morgen beim Frühstück reden wir weiter.«
Sie verbrachten den ganzen nächsten Tag damit, müßig die Zeit zu verbringen oder im blütenreichen Garten des Gasthofs spazierenzugehen. Ihr Gespräch drehte sich stets um den Weltraum, und als sie an Angehörigen des Dienstpersonals vorüberkamen, hörte er die Leute wispern: »Das ist John Pope, der Mann, der allein das Raumschiff auf die Erde zurückgebracht hat. Er wohnt mit der japanischen Journalistin zusammen.«
Als der Tag zu Ende ging, hatte es den Anschein, als wüßte ganz Australien – und auch schon viele Leute in Washington –, was da los war. Senator Grant erhielt eine Flut vertraulicher Mitteilungen von der NASA und tat sein Bestes, ihren Inhalt vor der Rechtsvertreterin seines Ausschusses geheimzuhalten, aber es dauerte nicht lange, und eine der Sekretärinnen kam zu der Überzeugung, Mrs. Pope sollte eigentlich wissen, was ihr umherreisender Gatte in Australien trieb: »Er hat ein Verhältnis mit diesem koreanischen Flittchen.«
Mit einem gequälten Lächeln sagte Penny: »Berufsrisiko«, und nichts weiter.
Als immer dringlichere Telegramme in der Botschaft in Canberra eintrafen, in denen ersucht wurde, Pope ausfindig zu machen und ihn persönlich zu seinem großen Vortrag nach Sydney zu bringen, spürte ihn die Botschaft in seinem Versteck auf und rief an, um ihm einen Verweis zu erteilen. Aber er nahm keine Gespräche an, und so überbrachte ihm die Besitzerin des Gasthofes persönlich die Nachricht: »Ich fürchte, da ist der Teufel los.«
»Nicht zum erstenmal«, beruhigte er die Frau, und zu Cindy sagte er: »Scheint, als ob wir eine Mine ausgelöst hätten.«
Als wäre ihnen beiden bewußt geworden, daß dieses tiefschürfende Interview, jetzt, da Stimmung und Bereitschaft erloschen waren, nie wiederholt werden konnte, verbrachten sie den letzten Tag mit dem Kern der Weltraumproblematik, und Pope berichtete von seltsamen Dingen, die er keinem anderen Menschen je anvertraut hätte.

Claggett kam aus dem Süden und ich aus einer Gegend, wo es keine Schwarzen gibt, und trotzdem hatten wir die gleichen Vorurteile. »Nigger riechen so komisch«, hatte Claggett geklagt, »und mit Linley in der kleinen Kapsel eingepfercht zu fliegen, das wird kein Spaß sein.« Ich wies ihn darauf hin, daß ich der Leidtragende sein würde, weil Linley ja mein Sitznachbar war.

Nun, was Körperpflege angeht, war Paul wohl der penibelste Mensch, den ich je das Vergnügen hatte kennenzulernen. Er war sauberer als ein Hirschgeweih im Herbst. Und ich? Nach zwei Tagen, ohne mich richtig waschen zu können, fing ich an zu riechen wie eine faulende Rübe. Kurz bevor wir den Mond erreichten, fragte ich Paul: »Stinke ich?« Und er antwortete: »Das kann man wohl sagen.« Und dann brachen wir alle in Gelächter aus, weil wir genau wußten, daß er derjenige war, von dem wir erwartet hatten, daß er schlecht riecht.«

Cindy machte sich ständig Notizen. Dann bedrängte sie ihn mit verfänglichen Fragen. »Hältst du dich für einen reifen Menschen, Popesan?«

Er biß sich auf die Unterlippe. »In Annapolis war ich wohl immer nur einer von vielen.«

»Auch die anderen waren nicht von extravagantem Wesen; sie lebten nach einem starren Schema. Claggett, Jensen. Vom Tag ihrer Geburt an hatten sie die Absicht...«

»Ich gebrauche dieses Wort oft, *Absicht*. Ich hatte die Absicht, gewisse Dinge auf eine bestimmte Weise zu tun. Es macht einen Mann aus, glaubte ich, seine Absichten darzulegen und in die Tat umzusetzen.«

»Hast du je versagt?«

»Nein«, sagte er und fröstelte. »Ich bin mir nicht sicher, wie ich diese Frage wahrheitsgemäß beantworten soll. Als Junge träumte ich davon, nach Annapolis zu gehen. Unser Senator, Ulysses S. Gantling – hast du den Namen von diesem Hurensohn? – versprach mir eine Empfehlung. Im letzten Moment brach er sein Versprechen.«

»Wie hast du reagiert?«

»Zwei Tage habe ich geflennt. Ich dachte, mir würde das Herz bre-

chen. Dann fing ich an, ihn zu verfluchen, was ich bis dahin nie getan hatte. Seit damals habe ich nie wieder geweint oder geflucht. Was dann kam, weißt du.«
»Du hast dich aus Trotz zur Navy gemeldet. Hast dich dort so gewaltig ins Zeug gelegt, daß sie dich – als zweiten in deiner Klasse – nach Annapolis schickten. Du hast alles erreicht, was du haben wolltest. Stimmt's?«
»Ich habe mir alles erarbeiten müssen.«
»War Penny das erste Mädchen, das du geküßt hast?«
»Eigentlich war sie die einzige. Ich bin bemerkenswert glücklich mit ihr. Von uns sechsen führte nur Hickory Lee eine ebenso gute Ehe.«
»Und Harry Jensen? Inger ist doch ein Schatz.«
»Sie kann Penny nicht das Wasser reichen.«
»Wirst du je wieder in den Weltraum fliegen?«
Er erhob sich von seinem Stuhl und marschierte im Zimmer auf und ab. Er fragte sich, ob er zu dieser seltsamen Frau über ein Thema sprechen sollte, das so persönlich war, daß er nicht einmal Penny ins Vertrauen gezogen hatte. »Haben deine Spione dir erzählt, daß die NASA von mir die Nase voll hat?«
»Es gibt Gerüchte, wonach du in Ungnade gefallen wärst. Auch Ed Cater hat in seinem letzten Brief etwas angedeutet.«
»Schreibt ihr euch?«
»Natürlich. Wir sind sehr gute Freunde und werden es auch immer bleiben.«
»Was wußte er denn zu erzählen?«
»Er schrieb, wenn ich mich recht entsinne: ›Energiebolzen Pope hat uns alle überrascht, indem er die hohen Tiere zweimal brüskiert hat. Nach Claggetts Tod weigerte er sich, den Schauplatz zu verlassen. Und er bestand darauf, dich zur Totenfeier mitzunehmen.‹ Seiner Meinung nach, schrieb er, wären deine Tage gezählt.«
»Du weißt mehr als ich«, kommentierte er ein wenig pikiert.
»Das bringt mein Beruf mit sich«, konterte sie.
Er war versucht, seinen Ärger zu zeigen; statt dessen lächelte er. »Als ich in Korea mit Claggett flog, konnte ich nicht verstehen, wie er Debby Dee lieben konnte, die in Japan arbeitete, und gleichzeitig seine kleine Jo-san auf unserem Stützpunkt in Pusan. Damals kannte ich dich noch nicht.«

Sie zuckte die Achseln, und ihr bernsteinfarbenes Lächeln erhellte den Raum. Sie warf einen Blick auf ihre Notizen und gab ein Versprechen ab: »Du und Penny, ihr besitzt etwas sehr Kostbares, und ich werde versuchen, euch so zu beschreiben, wie ihr wirklich seid. Und wenn mir das gelingt ...«
Sie wurde unterbrochen, als ein Mann hereinstürmte und mit lauter Stimme zu wissen verlangte, wo dieser verdammte John Pope mit seinem koreanischen Püppchen steckte.
Es war Tucker Thompson, den die NASA, das Außenamt und *Folks* eilig hierher entsandt hatten, um ihre gemeinsamen Interessen an dem Astronauten Pope wahrzunehmen. Er sah furchtbar aus. »Sie haben mich in einen Jet der Air Force gestoßen, der mich nach Los Angeles brachte. Hatte fünfzehn Minuten Zeit, um die Pan American nach Auckland zu nehmen. Von dort mit der australischen Luftlinie nach Sydney und weiter nach Canberra. Bitte um Verständnis, wenn ich fertig mit den Nerven bin.«
»Sie erschöpfter Held«, sagte Cindy, »bestellen Sie sich einen Drink.«
»Und was finde ich hier? Amerikas Lieblingspfadfinder lebt zusammen mit einer ...«
»Eines wollen wir doch mal feststellen, Tucker. Wir haben nicht zusammen gewohnt. Wir haben miteinander geredet.«
Thompson betrachtete die beiden gleichermaßen entzückt und überrascht und fing an zu lachen. »Bleiben Sie bei dieser Erklärung, Pope, und ich hoffe zu Gott, man nimmt sie Ihnen ab. Aber wenn *Time* die Wahrheit erfährt, sind wir geliefert. Wir alle.«
Pope packte ihn an der Schulter. »Ich sagte es Ihnen schon. Wir sind hergekommen, um miteinander zu reden.«
Thompson schob Popes Hand weg und ließ sich in einen Stuhl fallen. »Im Jahre 1960 habe ich den ultrakonservativen Baptisten in Texas eingeredet, John F. Kennedy wäre ein naiver harmloser Nichtsnutz, der ›Mother Machree‹ sänge und sich vom Papst nichts sagen ließe. Vielleicht komme ich auch mit dieser Geschichte durch, daß ein feuriger amerikanischer Held und eine mandeläugige Drachenlady ...«
Pope war nahe daran, Thompson eine herunterzuhauen; statt dessen legte er seinen Arm um ihn. »Eine Stunde mit Ihnen, Tucker, ist besser als ein Jahr in den Kloaken Mittelamerikas. Ich liebe Sie.«

»Bleiben Sie bei Ihrer Geschichte, mein Freund. Sie wird mehr von sich reden machen als die Wahrheit.«
»Das ist doch alles so unwichtig«, meinte Cindy. »Sie haben der Welt sechs junge Amerikaner präsentiert und die Mädchen, die sie in jungen Jahren geheiratet haben, und daraus ein Märchen gemacht ...«
Ihre Stimme brach, und plötzlich war ihre ganze Forschheit dahin. Tränen traten ihr in die Augen. Sie ergriff Popes Hand und hielt sie nahe an ihre Lippen. »Ihr wart alle so klein«, flüsterte sie. »Das haben Sie der Welt nie erzählt, Thompson. Daß es so gewöhnliche kleine Männer waren, überhaupt nicht stämmig und heldenhaft, keine breiten Schultern und keine eckigen Kinnladen. Mein Gott, sie waren Helden zu ihrer Zeit, und man wird sich ihrer entsinnen, wann immer der Mond im Oktober rot aufgeht.«
Mehrere gute Bücher sollten über die Astronauten geschrieben werden – Mailer, Collins, Wolfe, um nur die besten zu nennen –, aber wenn man wissen will, wie es wirklich aussah in den Köpfen der Raumfahrer, dann muß man das Buch der Journalistin Rhee Soon-Ka aus dem Fernen Osten lesen. Sie war Koreanerin, aber um ihre japanischen Feinde zu ärgern, nahm sie den amerikanischen Vornamen Cynthia an, und um das amerikanische Establishment, das sie verachtete, vor den Kopf zu stoßen, betitelte sie ihren Bericht *Die goldenen Zwerge*.

Hätte eine Durchschnittsfrau erfahren, wie Mrs. Pope auf die australische Eskapade ihres Ehemannes mit der koreanischen Journalistin reagiert hatte, sie wäre entsetzt gewesen, daß eine Frau mit Gefühl für die eigene Würde, auf diese Weise – noch dazu so öffentlich – Schindluder mit sich treiben ließ. Es sollte noch drei Wochen dauern, bis Captain Pope in die Staaten zurückkehrte, denn er war noch verpflichtet, eine Rundreise durch Neuseeland zu machen und dann über Fidschi, Tahiti und die Osterinsel nach Südamerika zu fliegen. In dieser Zeit verrichtete sie ihre normale Arbeit, wobei sie oft genug mit Dingen zu tun hatte, die ihren abwesenden Gatten betrafen.
Mit keinem Wort erwähnte sie sein ungebührliches Betragen, und als Senator Grant versuchte, sie zu trösten, winkte sie ab. »Captain Pope weiß, was er tut. Wir haben einander immer vertraut.« Aber wenn sie auch niemandem erlaubte, die Sache zur Sprache zu bringen, dachte

sie doch ständig darüber nach, wie sie sich bei seiner Rückkehr verhalten sollte. Dabei waren ihr Beschränkungen auferlegt, die andere Frauen möglicherweise nicht beachtet hätten.
Denn sie war keine Durchschnittsfrau. Sie war eine Navy-Frau, und das machte einen Unterschied aus. Vom ersten Tag ihrer Beziehungen an hatte sie sich darauf eingerichtet, daß sie über lange Zeitspannen hinweg zu Hause würde bleiben müssen, während ihr Mann auf einem fernen Ozean Dienst tat; sie war darauf vorbereitet, von einem Ort zum anderen zu ziehen, während er sich in Deutschland oder Japan aufhielt; und sie hatte immer gewußt, daß, wenn sie Kinder bekommen sollten, es allein ihre Aufgabe sein würde, sie während seiner langen Abwesenheiten großzuziehen.
Das waren die mit dem Haushalt verbundenen Pflichten, und wie andere Navy-Frauen auch, beklagte sie sich nie. Seit den Tagen eines Darius oder Xerxes hatten die Frauen von Seeleuten mit solchem Alleinsein zu rechnen, aber das Problem hatte auch eine emotionale Seite, und das war kein Thema, über das die Frauen miteinander sprachen.
Der Dienst brachte es mit sich, daß ihre Ehemänner just in den Jahren häufig abwesend waren, in welchen der Geschlechtstrieb am stärksten war; wenn sie dann schließlich Schreibtischadmiräle wurden, waren sie Mitte Fünfzig und ihre Abwesenheit wäre leichter zu ertragen gewesen. Und so wußte die Navy-Frau, daß ihr lebenslustiger Mann zu einer Zeit in einem fremden Hafen ankerte, wo sein – und auch ihr – Verlangen am größten war, und sie wollte lieber nicht hören, was in solchen Fällen geschah. Sie löschte diesen Teil ihres Ehelebens aus, was ihr üblicherweise nicht schlecht bekam.
Penny hatte sich bemüht, eine ideale Navy-Frau zu sein. Sie hatte John, wann immer möglich, besucht, und auch mit den Frauen vieler seiner Kameraden Freundschaft geschlossen. Als sie einmal bei den Claggetts auf Solomons Island zu Gast war, hatte Debby Dee die Bemerkung gemacht: »Man möchte wirklich meinen, John wäre der Zivilist, der mit Penny verheiratet ist, die in ihrer eigenen Navy tätig ist.« Und oft war es tatsächlich so: Er hatte ein paar Tage Freizeit, und sie konnte sich nicht von ihren Pflichten in Washington freimachen; aber sie fragte ihn nie, wie er seine Freizeit verbrachte.
Aus ihren Tagen am Patuxent River wußte sie, daß Navy-Familien,

wenn die Männer an Land kamen, für gewöhnlich zu beschäftigt waren, um Zeit für Techtelmechtel zu haben, und sie war immer wieder überrascht, wie gut die Frauen mit allen Schwierigkeiten fertig wurden; es gab sehr wenige Scheidungen, und wenn, fanden die Geschiedenen sehr oft neue Navy-Partner, so als ob sie gewußt hätten, daß die Schuld bei ihnen und nicht am System lag.

Die eine ständige Gefahr, die einer Soldatenfrau drohte, war nicht Untreue, sondern Alkoholismus, denn der Offiziersclub war immer offen. Feuerwasser war billig und Einsamkeit ein immerwährender Reiz, zur Flasche zu greifen. Viele ältere Semester, die dem Trunk ergeben waren, suchten die Gesellschaft jüngerer Frauen. Penny hatte mehrmals miterlebt, wie ältere Frauen zu krankhaften Alkoholikerinnen geworden waren, und sie hatte von Fällen gehört, wo die Gattinnen hoher Admiräle und Generäle ständig von jungen Offizieren begleitet wurden, die darauf zu achten hatten, daß die Angetrunkene keinen Skandal verursachte oder mit dem Kopf voran eine Treppe hinunterfiel. Da Penny nur hin und wieder ein Bier trank, stellte der Alkoholismus für sie keine Gefahr dar.

Mehr als alles sonst hatte der Charakter ihres Mannes ihre Ehe geprägt. Als Student in Annapolis war er ein Zielstreber gewesen, stets einer der ersten in seiner Klasse, und immer nur hatte er ihre Gesellschaft gesucht. Am Patuxent River hatte er ein Junggesellenquartier bewohnt, um Geld zu sparen, das er ihr zur Aufbewahrung übergab. In Korea – so Claggett – hatte er die Flugplätze gemieden, wo die hübschen Jo-sans in den Kantinen das Essen servierten und in den Offiziersunterkünften schliefen. Als dann diese Koreanerin im Bali Hai aufkreuzte – mit der erklärten Absicht, wie gerüchteweise verlautete, mit dem ganzen Kontingent zu schlafen –, hatten ihr die anderen Frauen versichert, daß ihr Mann nichts mit der Reporterin zu tun haben würde. Jetzt bekam sie Briefe von Debby Dee Claggett und Gloria Cater, die nur zu gerne glauben wollten, daß sich auch ihr Idol ergeben hatte, mit der gleichen boshaften Begrüßung: »Willkommen im Club!«

In Penny ging eine kaum merkbare Veränderung vor. Sie vertraute John immer noch, aber sie mußte auch auf ihre Selbstachtung bedacht sein. Sie war siebenundvierzig, hatte eine Position von einiger Bedeutung und wurde von vielen Absolventinnen guter Colleges be-

wundert, die nicht ewig einfache Schreibkräfte bleiben wollten. Sie war jemand und sie empfand den Gedanken quälend, auf diese Weise bloßgestellt worden zu sein. Ihr Ärger veranlaßte sie, frei von jeder Sentimentalität die Verästelungen ihres Lebens zu betrachten, und was sie sah, rief noch stärkere Verbitterung hervor.
Wenn sie im Senat öffentlichen Hearings beiwohnte, fiel ihr immer wieder auf, wie vielen der trinkfreudigen alten Herren es einfach unmöglich war, der Debatte zu folgen; manche schliefen auch mittendrin ein. Ihr fielen die Typen auf, die nach jedem Penny die Hand aufhielten, ihre Stimmen dem erstbesten Interessenten andienten und nicht einmal so lange warteten, bis sie das für sie vorteilhafteste Geschäft zustande gebracht hatten. Wenn sie diese Schießbudenfiguren mit den besten Regierungsbeamtinnen verglich, war sie vom Unterschied überrascht. Noch deprimierter war sie, als sie die ihr bekannten Abgeordneten unter die Lupe nahm, denn da sah sie Männer im Staatsdienst, die von koreanischen Lobbyisten Schmiergelder erhielten, die perversesten Sexpraktiken betrieben und wie die Idioten abstimmten, während tüchtige Frauen als bloße Hilfskräfte dahinwelkten.
Bei ihren Vergleichen legte sie hohe Maßstäbe an, denn sie hatte mit erstklassigen Politikern eng zusammengearbeitet: Mit Lyndon Johnson, der alles zustande brachte, wenn es nur für Texas und sein privates Bankkonto etwas abwarf; mit Mike Glancey, vielleicht der beste Mann, den sie je gekannt hatte, wenngleich er seine Stimme nach dem Prinzip »Eine Hand wäscht die andere« vergab; und mit dem guten zuverlässigen Norman Grant, einem pflichttreuen, integren Mann, der sich ebenfalls auf Gefälligkeitsgeschäfte einließ, wenn auch auf höherer Ebene. Sie waren gute Leute und sie dienten ihrem Land ganz vortrefflich, aber sie sah jetzt klar, daß Amerika die gleiche Anzahl tüchtiger Frauen hervorbrachte, die auf unwürdige Weise ihrer Entfaltungsmöglichkeiten beraubt wurden.
Schon seit einigen Jahren beschäftigte sie sich eingehend mit den Darlegungen gewisser emanzipierter Frauen, die diese Probleme behandelten, hatte sich aber für ihre Sache nie so recht erwärmen können. Die Australierin Germaine Greer war ihr zu radikal, Bella Abzug zu verletzend, und Betty Friedan ermangelte es zu sehr an fraulichen Eigenschaften; auch die Logik dieser Frauen erschien ihr zuweilen su-

spekt. Schließlich war sie ohne großes Trara zu einem der guten Jobs in Washington gekommen, und sie nahm an, daß das auch anderen Frauen möglich sein müßte. Doch als Gloria Steinem und eine Frau mit dem unwahrscheinlichen Namen Letty Pogrebin anfingen, Situationen zu analysieren, die der ihren völlig gleich waren, hörte sie genauer hin und stellte fest, daß Frauen in den verschiedensten Situationen diskriminiert wurden, daß die Gesellschaft sie in bestimmte klischeehafte Formen goß und daß sich diese Konstellation fast ebenso nachteilig auf die Männer auswirkte wie auf die Frauen, die von ihnen unterjocht wurden.

Sie wurde sich dieser Dinge schmerzlich bewußt, als Tucker Thompson atemlos aus Australien heimkehrte, um ihr mitzuteilen, wie sie nach Meinung der guten Leutchen von *Folks* die Rolle der gekränkten Ehefrau spielen sollte. »Mrs. Pope, ich komme aus Canberra. Mensch, das ist wirklich ein riesiges Land, und was ich dort vorgefunden habe, wissen Sie ja wohl. Eine Situation, die sich allmählich zu einem Skandal auswächst. Die NASA hat von Ihrem Mann die Nase voll, und *Time* und *Newsweek* lauern nur so auf eine Gelegenheit, eine richtige Bombe hochgehen zu lassen.«

»Und was hindert sie daran?«

»Ihr Mann ist ein Held der Nation. Wie sollen sie die Geschichte denn aufzäumen? Daß man darüber lacht? Das trauen sie sich nicht. In der Art einer Sex-Postille? Das bezweifle ich. Aber wenn *wir* als Trendsetter agieren, müssen *Sie* die Krallen einziehen.«

»Und was empfiehlt Ihre Zeitschrift?«

»Daß wir unseren Ärger verbeißen, aus der Not eine Tugend machen und auf einer Doppelseite zeigen, wie Sie Ihren Mann nach seiner triumphalen Rundreise willkommen heißen.«

»Soll ich ihn küssen? Was meinen die Herren Verleger?«

»Ja. Es kommt ja vor allem darauf an, den Trend in eine bestimmte Richtung gehen zu lassen. Gar nicht auszudenken, wenn uns die Kontrolle über diese Geschichte entglitte.«

»Ist sie uns nicht schon entglitten?«

»Nur, wenn Sie es darauf anlegen«, gab Thompson mit fester Stimme zurück. »Das ist ein nationaler Notstand, Mrs. Pope, es geht um den guten Ruf der NASA – in einer Zeit, wo über den Haushalt beraten wird.«

»Es würde mir absolut nicht schwerfallen, meinen Mann zu küssen«, sagte Penny, »denn ich liebe ihn.«
»O Gott, wenn ich diesen Satz nur in die Story einflechten könnte! Aber damit würden mehr Fragen aufgeworfen als beantwortet werden.« Und dann begann er zum ersten Mal zu argwöhnen, daß diese gefährliche Frauensperson, die er nie gemocht hatte, mit ihm spielte.
»Sie haben doch die Absicht, zu kooperieren?« fragte er zögernd.
»Mich anders zu verhalten, wäre unrühmlich.«
»Ist das Ihr Ernst?«
»Selbstverständlich.«
»Könnte ich noch etwas Kaffee haben?« Er schwitzte, und nachdem er einen kräftigen Zug genommen hatte, gab er sich mitteilsam: »Es ist wirklich beachtlich, Penny. Das Auswahlkomitee der NASA hat sechs Familien ausgesucht, einfach so, und sechsmal das Große Los gezogen. Wie viele junge Amerikaner würden sich besser benommen haben als diese sechs? Tod, Enttäuschung, drohende Scheidung, jetzt ein Skandal, ihr Mädels wart Klasse.«
»Das war unsere Absicht«, antwortete Penny und gebrauchte das Lieblingswort Ihres Mannes.
»Es war mir eine Ehre, mit einem Mädel wie Ihnen arbeiten zu dürfen.«
»Ich bin siebenundvierzig.«
»Darüber schreiben wir nie. Für unsere Leser sind Sie alle hübsche, brave Mädchen. Ich bin stolz darauf, Sie alle gekannt zu haben.«
»Sie reden schon die ganze Zeit, als ob alles vorbei wäre.«
»Es *ist* vorbei. Die Raumfahrt hat keine Chance mehr. Wenn ich ein schlechter Kerl wäre, würde ich die Pope-versus-Pope-Kontroverse zu einer Skandalgeschichte hochstilisieren – das Ende einer Epoche, der tränenreiche Abschied von einer Gruppe von Symbolfiguren. Ich könnte eine solche Geschichte aus dem Ärmel schütteln, und es wäre ein toller Abgesang.« Er schüttelte den Kopf, als ob er es bedauerte, nicht mehr für ein Hearst-Blatt mit seinen fetten Schlagzeilen tätig zu sein. »Aber ich liebe euch alle, als ob ihr meine eigene Familie wärt. Es ist auch *mein* Schwanengesang, müssen Sie wissen. Ja, nächste Woche werde ich zwangspensioniert, und ich weigere mich, etwas zu beschmutzen, was ich geliebt habe. Lassen Sie uns mit Format abtreten, Penny.«

»Und wie sollte dieses Format aussehen?« fragte sie.
»Die amerikanische Ehefrau, loyal, vertrauensvoll, versöhnlich. Wir wollen Sie diesmal nicht in Ihrem Büro fotografieren, das haben wir bis jetzt immer gemacht. Ich denke da an ein kleines Häuschen ...«
»Ich, Tucker, denke an mein Büro, in der Ecke eine amerikanische Fahne, wie immer, und an der Wand das große Bild von Johnson, Glancey und Grant, den Baumeistern unseres Raumprogramms.«
»Aber ...«
»Ich bin genauso ein Teil der NASA wie mein Mann, und in mancher Beziehung, denke ich, sogar noch wichtiger, weil ich mitgeholfen habe, den ganzen verdammten Apparat in Schwung zu halten.«
»Ich sehe schon: Was ich da vorhatte, läuft wohl nicht.«
»Ganz gewiß nicht.«
»Sie sollten beten, daß *Time* und *Newsweek* die Bombe nicht platzen lassen.«
»Die Herren haben meine Büronummer.«
Er wollte schon gehen, konnte aber nicht zulassen, daß einer seiner ›Soliden Sechs‹ offenen Auges in sein Verderben rannte. »Hören Sie, Mrs. Pope. Wir hatten einen tollen Erfolg mit unseren Berichten. Gemini ... Apollo ... die Heldentaten Ihres Mannes ... Claggett. Um Gottes willen, bewerfen Sie Claggett nicht mit Schmutz.«
Sie senkte den Kopf. »In einer Ihrer Geschichten haben Sie geschrieben, wie Randy und John zusammen in Korea geflogen sind, wie sie am Patuxent River Flugzeuge getestet und sich dann sechzehn Tage lang eine Gemini-Telefonzelle geteilt haben. Und daß John ihn tot auf dem Mond zurücklassen mußte. Das war wirklich bester Journalismus. Glauben Sie, ich würde etwas tun, um die Beziehung zwischen diesen zwei Männern zu beschmutzen?«
»Das habe ich auch nicht angenommen.«
»Natürlich werde ich mit Ihnen zusammenarbeiten. Bringen Sie Ihre Fotografen. Aber es wird in meinem Büro sein müssen.« Als er stöhnte, sagte sie: »Sie sind ein Meister der Sprache, Tucker. Denken Sie sich doch eine hübsche Fabel aus. Die Fabel von einer modernen Frau, die zwei Dinge ganz ausgezeichnet versteht: ihr Büro zu leiten und ihren Mann zu lieben.«
»In der Provinz werden wir mit einer solchen Geschichte nicht viel aufstecken.«

Er beschloß, auf die Story von John Pope und seinem liebenden Eheweib zu verzichten, denn sie enthielt zuviel Sprengstoff. Bekümmert, weil es ihm nicht gelungen war, Mrs. Pope zu beeinflussen, wollte er aufstehen, aber plötzlich drückte sie ihn in den Sessel zurück.
»Sie haben mir einen großen Gefallen getan, Tucker. Bis eben noch habe ich nicht viel von Betty Friedan gehalten. Ich mochte ihre Art nicht. Aber alles, was Sie gesagt haben, untermauerte die grundlegende These in ihrer *Feminine Mystique*. Schreiber wie Sie, Tucker, aber auch Ihr Magazin, sind maßgeblich an der Schaffung des Mythos beteiligt, was die amerikanische Frau sein sollte. Das kleine Häuschen im Grünen, nicht das Büro. Ein weißer Jumper, kein Straßenkleid. Die verzeihende Gattin, nicht die Frau, die sich erniedrigt fühlt.«
»Penny«, unterbrach er sie, »wenn ich mir Sorgen mache, so nicht wegen *Folks*. Zum Teufel mit *Folks*, sie haben mich ja auch zum Teufel geschickt. Aber ich flehe Sie an, lassen Sie sich nicht scheiden ...«
»Wer hat etwas von Scheidung gesagt?«
»Sie haben gesagt, Sie fühlten sich erniedrigt durch Johns Verhalten in ...«
»Das ist richtig. Er hat mich mit seinem Verhalten erniedrigt. Aber ich fühle mich nicht weniger erniedrigt durch das, was Sie und Ihr Magazin gern tun möchten. Die falschen Posen. Die aus dem Zusammenhang gerissenen Zitate. Tucker, Sie sind auf dem Weg in den Ruhestand. Johns Tage in der NASA sind gezählt. Meine als Vertreterin des Ausschusses könnten ebenfalls gezählt sein. Verabschieden wir uns doch alle mit einem Knalleffekt. Hier haben Sie ein Zitat von mir, das sie in Ihrer Zusammenfassung verwenden können: ›Als Mrs. Pope von dem unqualifizierten Benehmen Ihres Gatten in Australien erfuhr, sagte sie: Ich möchte ihm in den Arsch treten und ihm anschließend eine Medaille dafür überreichen, daß er sich wie ein echter Pfadfinder betragen hat.‹ Und daneben ein Bild von mir, wie ich ihn unter der amerikanischen Fahne in meinem Büro küsse. Mit der Legende: ›Ich habe ihm alles verziehen. Ich habe nur diesen einen Pfadfinder.‹«
»Ich frage mich, ob wir damit durchkommen«, überlegte Thompson. »Ob ich irgendwie andeuten könnte, daß Sie gesagt haben, Sie würden ihn in den Arsch treten, ohne es wörtlich auszudrücken.«
»Sie können es so gebrauchen, wie ich es gesagt habe«, schnauzte Penny, »denn von nun an werde ich alles so klar ausdrücken.«

Angewidert von dieser modernen Frau, wollte er das Büro verlassen, aber da gab es noch ein Gefahrensignal: »Sie wissen vielleicht nichts davon, aber Ihr Mann hat uns eine Geschichte aufgetischt, wonach er und dieser koreanische Taifun drei Tage lang nichts anderes getan hätten, als miteinander zu reden. Also bitte, wenn das seine Version von drei Tagen im Bettchen ist, akzeptieren Sie sie. Lachen Sie ihn nicht in aller Öffentlichkeit aus.«
»Hat er das wirklich gesagt?« fragte sie, und als er nickte, gab sie ihm einen langen Kuß. »Tucker, Sie sind anbetungswürdig, korrupt, dumm, vielleicht sogar ein bißchen böse, aber ... geradezu anbetungswürdig!«
Als ihr Mann mit zwei Koffern voll von Medaillen und Souvenirs auf dem National-Flugplatz landete, wartete Penny auf der Rollbahn, um ihn zu begrüßen. »Tut mir leid, wenn ich dich in eine peinliche Lage gebracht habe, Penny«, sagte er, »aber ich mußte reden. Es war wichtig für mich, daß jemand, der diese Dinge versteht, alles aufschreibt.«
»Konntest du denn nicht mit mir reden?« fragte sie mit Freudentränen in den Augen.
»Du hattest immer so viel zu tun.« Er korrigierte sich. »Ich war immer so mit Dingen beschäftigt, die in Wirklichkeit nichts bedeuteten.«
Arm in Arm gingen sie auf die wartenden Kameras zu.

Gleich einem überaus empfindlichen Barometer, das den Luftdruck mißt und Stürme anzeigt, beobachtete Leopold Strabismus die im Lande herrschende Stimmung, und schon lange bevor Senator Grant erkannte, daß das Zeitalter der Raumfahrt seinem Ende zustolperte, hatte er den Wechsel kommen sehen, und ihm war klar, daß er, wenn er Verluste vermeiden wollte, seine Strategie ändern mußte. Und so wachte er eines Morgens im Sommer 1976 auf, schlug die Bettdecke zurück, zog das Nachthemd seiner Schlafgenossin hinauf und gab ihr einen herzhaften Klaps auf das Hinterteil. »Aus den Federn, Marcia! Es wird geheiratet!«
Sie war siebenunddreißig, immer noch schlank und schön mit ihrem Schmollmündchen und den weiten Katzenaugen, und sie hatte schon die Hoffnung aufgegeben, daß Strabismus sie jemals heiraten würde. Davon abgesehen, hatte sie ein schönes Leben. Sie zogen auch weiter-

hin beträchtlichen Gewinn aus der Bedrohung durch die kleinen grünen Männer und ein nettes regelmäßiges Einkommen aus dem Verkauf von Diplomen. Sie hatte ihren eigenen Mercedes und eine Sekretärin, die sich um ihre Sachen kümmerte. Ramirez leitete immer noch mit viel Phantasie das Zentralbüro, und das Geschäft blühte. Um so größer war der Schock dieses plötzlichen Heiratsantrags.
»Was ist denn mit dir los?« fragte sie.
»Die Schrift an der Wand, mein Schatz.«
»Eine Untersuchung? Polizei?«
»Nein, die große Wende. Das Erwachen der Öffentlichkeit.«
»Wovon redest du?«
»Ich hatte eine Art Vision, Marcia. Wie ich sie hatte, als ich an der Universität Yale studierte und wie in einer Offenbarung sah, daß Kalifornien das Land der Verheißung war.«
»Aber ich will nicht weg aus Kalifornien.« Sie schüttelte sich. »Kannst du dir vorstellen, in Fremont oder Nebraska zu leben?«
»Wir werden heute heiraten. Und Kalifornien wird uns zweimal die Heimat sein, die es uns bisher war.« Als er aus dem Bett sprang und einen Anzug aus dem Schrank nahm, der für Reisen zu wohlhabenden Gönnern im Osten reserviert war, sah Marcia, daß seine Augen vor Begeisterung blitzten.
»Um was geht es, Leopold?«
»Zieh dich an, verdammt noch mal, ich meine es ernst!«
Und als sie angekleidet war, führte er sie auf einen Platz hinaus, von wo aus sie das prächtige Gebäude sehen konnte, das ihre Universität beherbergte, und sie spürte, wie er fast zitterte, als er ihr seine Pläne offenbarte: »Wir haben jetzt genug Geld, um die zwei Flügel anzubauen, von denen ich immer gesprochen habe. Einen hier. Einen da. Keine kleinen Flügel. Große.«
»Und zu welchem Zweck, wenn ich fragen darf?«
»Religion.«
Sie schwieg, aber sie konnte sich vorstellen, was ihr brillanter Gefährte mit diesem wesenlosen Gegenstand anzufangen wissen würde. Sie sah ihn auf einer Kanzel – das große Gesicht, der Bart, der eindrucksvolle Körper in einer Art Ornat, die donnernde Stimme –, und sie wußte instinktiv, daß er sich selbst übertreffen würde. Vor ihrem geistigen Auge sah sie das Universitätsgebäude zu einer Kathedrale er-

weitert, Hunderte Wagen auf dem Parkplatz, hingebungsvolle Gläubige und das Geld, das nun in noch größeren Mengen hereinkommen würde. Eine klare Sache, wie sie ihren Mann und auch Kalifornien kannte, aber es mußte richtig gemacht werden, denn die Konkurrenz war ruinös. Eine Schwindeluniversität zu betreiben, das war leicht, denn auf diesem speziellen Gebiet gab es nicht viele Betrüger, aber in der Arena des Glaubens ging es brutal zu, und wer sich da nicht etwas Besonderes einfallen ließ, dem war der Erfolg keineswegs sicher.
»Was für eine Religion?« fragte sie.
»Ich denke schon seit zwei Monaten darüber nach. Ich möchte bei USA bleiben. Es ist ein gutes Kürzel. Was hältst du von Universal Spiritual Association?«
»Jedes Wort ist falsch. Das U muß für United stehen.«
»Du könntest recht haben. Was hast du an Spiritual auszusetzen?«
»Es erinnert zu sehr an Spiritismus.«
»Auch damit könntest du recht haben. Wie wäre es mit Salvation – Rettung? Ich habe eine ganze Menge mit Seelenrettung im Auge.«
»Das gefällt mir. Ja, das gefällt mir, Leopold. Halt das mal fest.«
Nachdem sie eine Zeitlang über das passende Wort für den Buchstaben A debattiert hatten, ohne sich einigen zu können, fuhren sie zu einer der in früheren Geschäftslokalen untergebrachten Kirchen, wo sich der schäbig gekleidete Pastor bereit erklärte, von der gesetzlich vorgesehenen Wartezeit abzusehen und die Heiratsurkunde auf 1973 zurückzudatieren. Dann fuhren sie wieder nach Hause und riefen die Red River Bible University an: »Reverend Hosea Kellog? Hier spricht Dr. Leopold Strabismus, Präsident der Raum- und Luftfahrtuniversität in Los Angeles. Ich habe von Ihrer segensreichen Tätigkeit gehört, Reverend Kellog, und meine Universität möchte Ihnen gern das Ehrendoktorat der Rechtswissenschaften zuerkennen, wenn Sie sich mit einem Doktorat der Theologie revanchieren würden. Das ist sehr wichtig für mich, und ich würde es zu schätzen wissen, wenn Sie die Urkunde auf 1973 zurückdatieren könnten.«
Die zwei Herren wurden sich handelseinig, und Strabismus trug Ramirez auf, ein besonders attraktives Diplom für Reverend Kellog auszufertigen, um ein ebenso schönes, wenn auch mit anderer Schrift, für Hebräisch, Griechisch und Latein. Mit diesen und anderen eindrucksvollen Dokumenten, eingerahmt an der Wand hinter seinem

Schreibtisch, waren für ihn nun alle Voraussetzungen gegeben, zu entscheiden, welchen Zweig der Theologie seine neue Kirche fördern sollte, aber bevor er noch weiteres Material drucken ließ, gab es lange Diskussionen mit seiner Frau.
»Wir mußten heiraten«, erklärte er ihr, »weil ich die Absicht habe, großes Gewicht auf moralische Werte zu legen. Unser Land hungert nach einer Wiederbelebung altehrwürdiger Prinzipien.«
»Wäre es da nicht vielleicht angebracht, den zwei Mädchen aus Texas den Laufpaß zu geben?«
»Darüber ließe sich reden, aber wichtig ist jetzt vor allem, daß die Leute dich sehen können. Ich werde von dir kräftig Gebrauch machen. Senator Grants Tochter. Wir werden seinen Heldenmut im Zweiten Weltkrieg in den Vordergrund rücken.«
»Und weiter?«
»Ablehnung des wissenschaftlichen Atheismus – Darwins Theorie, wonach wir von den Affen abstammen, die Geologie ... der ganze Mist.«
»Aber mit der Wissenschaft sind wir doch recht gut gefahren. Die Broschüren ...«
»Damit ist Schluß. Wir behalten die Universität, das ist eine Goldgrube. Aber das mit den kleinen grünen Männern, das soll jemand anderer machen. Die fliegenden Untertassen haben ihre beste Zeit hinter sich. Glaub mir, Marcia, der neue Markt heißt alttestamentarische Religiosität.«
Er erzählte ihr, wie beeindruckt er von einem Fernsehprediger in den Südstaaten gewesen war, der eine Kampagne gegen den, wie er es nannte, »atheistischen Humanismus« eingeleitet hatte, und obwohl weder Strabismus noch der Prediger genau sagen konnten, was das eigentlich war, eignete es sich hervorragend als Zielpunkt, und als Leopold nach Hause kam, entlehnte er vier oder fünf Bücher aus der Städtischen Universität von Los Angeles und machte sich im Verlauf einer Woche zum Experten im atheistischen Humanismus.
»Es ist die Denkweise von neunmalklugen Bibliothekaren, die unsere jungen Menschen mit unsittlichen Büchern korrumpieren. Es sind die Überzeugungen von Collegeprofessoren, die unser Volk vernichten wollen. Es ist genau das, was die Herausgeber von *New York Times* und der *Washington Post* dazu bringt, mit einfältiger Nachsicht auf

den Kommunismus zu reagieren. Es ist alles das, woran unser schönes Land krankt, und Leute, die sich dieses Denkmodell zu eigen machen, müssen aus dem Leben der Nation ausgemerzt werden. Eine Menge Generäle in der Army sind geheime Humanisten, und man muß sie identifizieren, bevor sie unsere Streitkräfte demoralisiert haben.«
Während die zwei Flügel seines Gotteshauses errichtet wurden, fing er an zu reden wie ein ungebildeter Landarbeiter aus dem Süden und gebrauchte Worte wie »nukelare Krihsführung«, »alttessamentarische Religion«, »Schwächerung unserer Verteidigungskraft« oder aber »irrevelante Stadtfrackargemente«.
In New Haven hatte er zwei Dissertationen für verbummelte Studenten der englischen Literatur geschrieben; jetzt gebrauchte er Wendungen wie: »Jesus erwartet von dir und mir, daß ...« oder »Wir verlieren uns in der Wildnis der Sünde.« Er nahm diese Gepflogenheiten an, weil er wußte, daß Menschen, die sich für eine altväterische Doktrin erklärten, von Natur aus Argwohn gegen universitäre Typen, Zeitungsschreiber aus den großen Städten und überdrehte Fernsehmoderatoren hegten; sie sehnten sich nach der Ungekünsteltheit des Landlebens und glaubten fest, nur einem Mann vertrauen zu können, der dem unverbildeten Ackerboden ihrer Jugend nahestand. So wurden sie nicht nur Teil der nationalen Abkehr von Gelehrtheit und Wissen; aufgrund ihrer finanziellen Zuwendungen wurden sie zu einem entscheidenden Faktor in der Bewegung. Als ob sie übersättigt wäre von den Wundern der Raumfahrt, der Medizin, der Naturwissenschaften und geistig differenzierter sozialer Entwicklung, schien die Nation dringend nach anti-intellektuellen Predigten zu verlangen, und Leopold Strabismus war nur zu gern bereit, sie anzubieten.
Ihm war sofort klar, daß er, um Erfolg zu haben, das Fernsehen in seine Pläne einbeziehen mußte, aber er wußte auch, daß er sehr vorsichtig zu Werke gehen mußte. »Ich möchte, daß ihr euch in der Gegend umseht, Marcia, Ramirez, ob ihr einen Rundfunksender findet, der billig zu haben ist. Standort und Leistung ist mir gleich. Kauft uns einen Sender.«
In den Bergen hinter Los Angeles fanden sie eine Station mit der Leistung von fünfzig Watt und autorisierter Sendezeit von morgens früh bis Einbruch der Dunkelheit, und als der Reverend Dr. Strabismus mit großer Überzeugungskraft den ganzen Tag lang von diesem Sender

aus sprach, weil er, ohne sich dafür zu entschuldigen, immer die gleichen, auf Band aufgenommenen Predigten verwendete, erregte er Aufsehen. »Warum muß ich bei Sonnenuntergang aufhören, Gottes Botschaft zu verbreiten? Warum ist mir verboten, euch das Wort des Herrn zu predigen, wenn die Sonne untergeht? Weil die atheistischen Humanisten in unserem Auswärtigen Amt einen faulen Handel mit Mexiko eingegangen sind ...« Mit Schmähungen überschüttete er die Universitäten Yale und Stanford als Zentren des Humanismus, der die Nation zerstörte.

Mit den beträchtlichen Summen, die ihm seine Priesterschaft einbrachte, konnte er bald eine Rundfunkstation mit durchgehender Sendezeit erwerben, die er den elektronischen Predigern im ganzen Land zur Verfügung stellte, und dank der Mithilfe dieser glänzenden Redner fand er schließlich auch Eingang ins Fernsehen, wo sein massiger Körper, sein Bart und seine glänzende Rhetorik sofort Beifall fanden. Nach nur zwanzig Monaten seiner Priesterschaft belief sich sein Jahreseinkommen auf 300 000,– Dollar.

Marcia, die beträchtlichen Anteil an seinem Erfolg hatte – wann immer er predigte, saß sie neben der Kanzel –, wies ihn auf den einen schwachen Punkt hin, der ihm zum Verhängnis werden konnte: »Leopold, eines Tages müssen die Zeitungen draufkommen, daß du in Wirklichkeit Martin Scorcella heißt und daß du Jude bist. Das könnte sich zu einem Skandal auswachsen.«

»Halbjude«, verbesserte er sie, »und ich werde damit genauso fertig werden, wie Fiorello La Guardia mit seinem Problem fertig wurde. Auch er hatte einen italienischen Vater und eine jüdische Mutter. Er stand sechs Wahlen durch, ohne etwas zu sagen. Er ließ alle Wähler im Glauben, er wäre Katholik. Als man ihn dann doch einmal zur Rede stellte und so ein Klugscheißer von Reporter ihn fragte: ›Warum haben Sie die Tatsache verschwiegen, daß Sie Halbjude sind?‹ antwortete er: ›Halbjude zu sein, reicht noch nicht aus, um damit prahlen zu können.‹ Wenn sie in sechs oder acht Jahren auch bei mir draufkommen, werde ich schon so fest im Sattel sitzen, daß mir keiner mehr an den Karren fahren kann.«

»Menschen, die ihren Glauben ernst nehmen, könnten sehr unfreundlich reagieren. Der ganze Quatsch könnte wieder aufleben. Daß die Juden Christus gekreuzigt haben und so.«

»Ich habe darüber nachgedacht, Marcia, und ich glaube, ich habe eine perfekte Antwort gefunden. ›Jawohl‹, werde ich sagen, ›ich wurde als Jude geboren – so wie Petrus und Jakob und Jesus Christus. Und so wie sie habe auch ich das Licht gesehen, hallelujah, und wurde Christ. Und ich werde nicht ruhen, bis jeder Jude auf Erden seinen Fehler einsieht und so wie ich und der Apostel Paulus zum Christentum übertritt.‹ Und du kannst dich drauf verlassen, daß ihnen da die Puste wegbleibt.«

Mit seinem Fernsehprogramm *Chimp-Champ-Chump,* in dem er die Evolutionstheorie scharf angriff, erregte er das erste Mal in ganz Kalifornien Aufsehen. Er erzielte eine besonders starke Wirkung, weil er damals in New Haven dieses Thema eingehend studiert und im Anschluß drei Dissertationen über die Theorie Darwins geschrieben hatte. Er war besser informiert als die meisten Professoren, die die Theorie verteidigten, und wenn er Darwin und den atheistischen Humanismus mit seinem Spott überschüttete, war er unterhaltsamer als so manche kabarettistische Darbietung.

Er bat Marcia und Ramirez, bei den Tierzüchtern in Hollywood nach einem liebenswürdigen Affen zu suchen, und sie fanden auch einen Schimpansen namens Oliver, dem sie kurze Seidenhosen und große weiße Schuhe anzogen. Er erschien zusammen mit Reverend Strabismus; er saß an einem Schreibtisch, unter der sauber gemalten Aufschrift CHIMP-CHAMP-CHUMP, und er faßte große Zuneigung zu Leopolds Bart, den er häufig zupfte. Er hatte die sympathische Gabe, zu lächeln und aufmerksam zuzuhören, wenn Strabismus ihm etwas sagte, und energisch zu nicken, wenn Strabismus ein überzeugendes Argument vorbrachte. Der Affe war ein reizendes Tier, und die Fernseher im ganzen Staat jubelten bei seinen Auftritten.

»Ich liebe dieses Tier«, verkündete Strabismus. »Seht es euch an, ist es nicht reizend? Ich genieße den Vorzug, es Freund nennen zu dürfen, aber ich bin nicht gewillt, es Großvater zu nennen. In allem, was Charles Darwin je geschrieben hat, findet sich nicht die Spur eines Beweises, daß dieser Affe da mein Vorfahr war; die Bibel aber beweist schlüssig, daß er als Tier und ich als menschliches Wesen mit einer unsterblichen Seele geschaffen wurde.«

Chimp-Champ-Chump wurde zu einer so beliebten Show, daß sie in Kalifornien zu einer Bewegung führte, die Schulen anzuweisen, die

Evolutionstheorie aus ihren Lehrplänen zu streichen oder zumindest der Schöpfungsgeschichte nach der Bibel den gleichen Raum zu geben. Die Lehrer der Naturwissenschaften an den kalifornischen Schulen, die den Wechsel in der öffentlichen Meinung fühlten, räumten dem Kreationismus, wie sie die Lehre von der Weltschöpfung durch einen allmächtigen Schöpfer nannten, mehr Zeit und größere Bedeutung ein als der nun schon vielfach lächerlich gemachten Evolutionstheorie, und eine ganze Generation kalifornischer Studenten fing an zu glauben, daß der Darwinismus ein von atheistischen Humanisten angelegter Schwindel wäre, denn Reverend Strabismus und die anderen Prediger in seiner Fernsehsendung sagten es jeden Tag.

Den Zugang zur nationalen Szene erkämpfte sich Strabismus mit seiner phantasievollen Kampagne, die Aufseher im Nationalpark anzuhalten, in Zukunft Äußerungen zu unterlassen, wonach Orte wie der Grand Canyon in Millionen Jahren entstanden wären, obwohl doch aus der Bibel eindeutig hervorging, daß sie in einer Woche geschaffen worden waren. Wann immer Touristen berichteten, daß im öffentlichen Dienst stehende Personen bei ihren Erläuterungen in Nationalparks wie Yellowstone und Glacier für die Evolutionstheorie eintraten, wandte er sich scharf gegen ihre ketzerischen Ansichten.

Die führenden Wissenschaftler des Landes begannen nun, seine Angriffe ernst zu nehmen, und holten zum Gegenschlag aus. An Universitäten wie Harvard, Chicago und UCLA fühlten sich die Professoren verpflichtet, die öffentliche Meinung darauf hinzuweisen, daß sich Amerika in den Augen der Welt zum Gespött machen würde, wenn es sich für eine von Ignoranten angezettelte Verfolgung der Wissenschaften engagierte. Sie hatten auch schon einige Fortschritte erzielt, als Strabismus und eine Gruppe seiner Anhänger einen Frontalangriff eröffneten und die Professoren beschuldigten, atheistische Humanisten und Kommunisten zu sein.

Die Konfrontation nahm einen bedrohlichen Charakter an, als Reverend Strabismus in einer vielbeachteten Hetzrede seine Zuschauer aufforderte, sich in einem großen Kreuzzug mit ihm zusammenzuschließen: »Ich bin nicht der Urheber. Die Initiatoren sind gläubige Christenmenschen von der Ostküste. Sie nennen sich die ›Redlichen Regenten‹, und unter ihrer inspirierten Führung werden wir die Geldwechsler aus dem Tempel treiben. Wir werden jeden Senator nieder-

stimmen, der für die atheistischen Humanisten eintritt. Wir werden von jeder Universität im Lande die Professoren verjagen, die die Evolutionstheorie lehren. Wir werden unsere Bibliotheken von jedem Buch säubern, das Schmutz und unamerikanische Lehren enthält. Und wir werden nicht eher ruhen, bis unser Land Gott wiedergefunden hat.«
Als das Echo alle seine Erwartungen übertraf, sagte er zu Marcia: »Ich schätze, wir haben da was Wichtiges angefangen, etwas Größeres, als wir voraussehen konnten.«

Senator Grants Einstellung zur Raumfahrt war durchaus nicht widersprüchlich. Er hatte die NASA mit Zeugnissen und Empfehlungsschreiben für Gawain Butlers Neffen bombardiert und mit Stolz miterlebt, wie dieser junge Mann zum ersten schwarzen Astronauten der Nation geworden war. Mit großer Freude hatte er die erste Zeit der Karriere von Captain John Pope verfolgt, ein Mann aus seiner Heimatstadt, der nach seinem historischen Soloflug ein wenig schwierig geworden war. Trotzdem war er persönlich zu Präsident Nixon gegangen, um ihm zu empfehlen, Pope als Botschafter des guten Willens um die Welt zu schicken und »die Russen daran zu erinnern, daß wir immer noch vorne liegen«.
Wo es jedoch um zukünftige NASA-Spektakel beziehungsweise um die Gewährung von Bundesmitteln für solche Eskapaden ging, war er strikt dagegen, »Es gibt drei Männer, die diesen Kampf ausfochten, als die Ehre der Nation es erforderte: Lyndon Johnson, Michael Glancey und mich. Johnson und Glancey sind tot. Ich betrachte mich als ihren Nachfolger und bin sicher, daß sie, wenn sie noch lebten, mit mir gegen jede Ausweitung unserer Verpflichtungen gegenüber der NASA stimmen würden.«
Nicht daß er die NASA bekämpft oder gar zu einem Kreuzzug gegen diese Behörde aufgerufen hätte; er stimmte nur ständig dafür, das Budget für die Raumfahrt zu beschneiden, und wenn jemand ihm Vorhalte machte, sagte er: »Wir haben bewiesen, daß wir alles erreichen können, wenn wir es darauf anlegen; jetzt müssen wir uns mit wichtigeren Problemen auseinandersetzen.«
Seine Einstellung war zu einem großen Teil der Tatsache zuzuschreiben, daß er sich 1976 der Wiederwahl stellen mußte, und als gewiefter

Politiker war er bemüht, die Stimmung im Lande zu erkunden, die sich merklich gewandelt hatte und weitere Abenteuer im Weltraum ablehnte. Wie ein Farmer bei einer Wahlversammlung in Calhoun sagte: »Auf dem Mond gibt's verdammt wenig zu pflügen; hier auf Erden mehr als genug.« Die Schwarzen protestierten gegen weitere Kosten; die jungen Menschen, die gegen den Krieg in Vietnam Stellung bezogen hatten, kehrten ihre Feindseligkeit jetzt gegen die Naturwissenschaften im allgemeinen, und so fand Grant, als er sich unter den Leuten umhörte, so gut wie keine Wähler, die sich für den Weltraum interessiert hätten.

»Damit lockt man keinen Hund mehr hinter dem Ofen hervor«, sagte er zu Finnerty. »Lassen Sie uns, was wir getan haben, als Verdienst anrechnen, aber vermeiden wir Fragen über die Zukunft.« Er ersuchte Finnerty, John Pope als Lokalmatador für Wahlversammlungen im ganzen Staat einzuplanen; er wußte, daß sich der Astronaut nicht öffentlich für ihn erklären konnte, aber bereit sein würde, sich mit ihm fotografieren zu lassen.

Was Grant in diesem Wahlkampf Sorgen machte, das war nicht die Raumfahrt, sondern die seelische Verfassung des amerikanischen Volkes. »Da ist er jetzt, der zweihundertste Jahrestag unserer Republik, und wir sind nicht einmal imstande, eine nationale Geburtstagsfeier zu begehen.« Schon 1969 hatte man begonnen, großartige Pläne für eine Weltausstellung, kolossale Paraden und Messen, für bedeutsame Theater- und Sportereignisse, für Film und Fernsehen zu schmieden, und nichts war dabei herausgekommen; als ob sie sich ihrer selbst schämte, feierte eine große Nation, eine der strahlenden Hoffnungen der Menschheit ihre Triumphe faktisch in lähmender Stille.

»Das liegt daran, daß 1976 zufällig ein Wahljahr ist«, sagte Grant traurig. »Es fing damit an, daß wir Republikaner Kapital aus den Feierlichkeiten schlagen wollten – als eine Art Jubiläum, um Richard Nixons acht Jahre im Weißen Haus zu feiern und Spiro Agnews kommende acht Jahre. Mit Watergate war dieser Traum ausgeträumt, und darum beschlossen wir, mit der Zweihundertjahrfeier auch die neue Führungsspitze der Republikaner zu ehren. Das war eine grundfalsche Entscheidung.

Und die Demokraten waren nicht weniger hinterhältig. Offiziell legten sie Lippenbekenntnisse zu dem großen nationalen Festtag ab, aber da er unter unserer Ägide über die Bühne gehen würde, sperrten sie alle Zuschüsse. So kommt es, daß wir eines der glorreichsten Tage unserer Geschichte in beschämender Stille gedenken. Wie schäbig das doch alles ist!«

Auch der sich verschlechternde Geisteszustand seiner Frau Elinor hinderte ihn daran, eine härtere Haltung einzunehmen, denn nur dem Wohlwollen der Lokalpresse war es zu danken, daß ihr Verhalten nicht zum Skandal wurde. In Anerkennung seiner verdienstvollen Tätigkeit in Kalifornien hatte sie ihr gesamtes persönliches Vermögen auf Dr. Strabismus überschreiben lassen, und wenn das Büro des Senators nicht bestimmte Schecks gesperrt und andere, von ihr gefälschte, zurückverlangt hätte, der Name Grant wäre in einen üblen Ruf gekommen.

Elinor, die von den Gefahren, die dem Lande drohten, weit mehr wußte als ihr Mann, beklagte sich bei Reportern, daß Norman sie hungern ließ und wie eine Gefangene hielt. »Er ist ein zweiter Blaubart.«

»Aber wir hatten keinerlei Schwierigkeiten, Sie zu besuchen«, wandte eine Journalistin ein.

»Ja, aber Sie können sich einfach nicht vorstellen, was passieren würde, wenn ich versuchen wollte, jetzt mit Ihnen das Haus zu verlassen.«

»Versuchen wir's doch mal. Fahren wir alle zum Essen in die Stadt hinunter.«

»Das wage ich nicht. Überall lauern Spione.«

»Sie meinen, der Senator hat hier überall Spione angestellt, nur um Sie...«

»Nicht nur der Senator«, sagte sie geheimnisvoll.

Als die Chefredakteure diese Berichte lasen, kamen sie zu dem Schluß, daß der Senator mit einer Psychopathin geschlagen war, aber aus Respekt vor seinem Heldenmut im Krieg und seiner guten Arbeit, die er im Senat geleistet hatte, unterließen sie eine Veröffentlichung. Aber sie zeigten auch weiterhin großes Interesse für die Senatorentochter in Kalifornien. In mit viel Feingefühl verfaßten Artikeln, die jedoch geschickt eingefügter Andeutungen nicht entbehrten, bezogen sie sich auf Marcias Verbindung zu dem notorischen Betrüger Dr. Leopold Strabismus und seiner Diplomfabrik.

Marcia Grant, die Tochter von Senator Norman Grant (Republikaner, Fremont), lange Zeit mit Strabismus befreundet und jetzt seine Frau, ist als sein Universitätsdekan tätig. Ihr Doktorat hat sie an ihrem eigenen Institut erworben. Worin ihre Tätigkeit besteht – Kassieren von Gebühren ausgenommen –, ist schwer festzustellen, da es an dieser Universität keinerlei Lehrbetrieb zu geben scheint. Zu wiederholten Malen versuchte ich, mit zumindest einem Professor zu sprechen, wurde aber von Universitätsdekan Grant mit dem Bemerken abgewiesen, der Lehrkörper sei viel zu beschäftigt, Prüfungsarbeiten zu korrigieren – vermutlich das Werk von Studenten, die es ebenfalls gar nicht gibt.
Nachforschungen in Sacramento haben ergeben, daß Kalifornien mehrere Diplomuniversitäten zugelassen hat. Als offizielle Begründung wird erklärt: »Sie richten keinen großen Schaden an, und man weiß sowieso, daß die von ihnen verliehenen akademischen Grade wertlos sind.« Als der Korrespondent wissen wollte, warum der Staat diesen ausgemachten Betrug duldet, lautete die Antwort: »Wenn wir versuchen wollten, gegen die Pseudo-Universitäten vorzugehen, würde man von uns erwarten, daß wir in gleicher Weise gegen die Schwindel-Kirchen einschreiten. Dann würde man uns unter Berufung auf das erste Verfassungsänderungsgesetz die Hölle heiß machen. In unserem Staat können Sie an jeder Universität inskribieren und sich zu jedem Glauben bekennen. Wir haben keine Möglichkeit einzugreifen.«

Es war erstaunlich, daß die Demokraten selbst in der Hitze des Wahlkampfes so wenig persönliche Angriffe gegen Norman Grant richteten, aber Tim Finnerty wußte eine Erklärung: »Innerhalb des amerikanischen Systems ist es eine Tatsache, daß die Männer nicht imstande sind, ihre Frauen, ihre Töchter oder auch ihre Söhne im Zaum zu halten. Wenn Sie bei Grant anfangen, wo wollen Sie dann aufhören?«
Der Senator war für diese Rücksichtnahme dankbar, aber das Gebaren seiner Frau erfüllte ihn mit tiefer Sorge, denn er war überzeugt, daß Elinor und Marcia sich normal entwickelt haben würden, wenn er ein besserer Ehemann und Vater gewesen wäre. Nie empfand er

das stärker, als wenn Penny Pope nach Fremont kam, um bei der Wahlkampagne zu helfen, denn da sah er dann eine Frau aus seiner Stadt, seiner Tochter sehr ähnlich, die trotz weit weniger günstiger Voraussetzungen in Washington zu einer führenden Persönlichkeit geworden war. Mit neunundvierzig war sie eine illusionslose Teilnehmerin an Ausschußsitzungen, selbständig in ihrem Privatleben und die äußerst attraktive Frau eines Helden der Nation. Grant hatte die Berichte von Beamten des Außenamtes gelesen, die die Popes auf ihrer triumphalen Reise in fremde Länder betreut hatten.

> Wo immer John Pope hinkommt, er gewinnt alle Herzen. Er ist bescheiden und reserviert, ein liebenswerter Held. Er begegnet Königen und Präsidenten mit gewinnender Zurückhaltung und erledigt seine öffentlichen Auftritte mit Geschick und Sinn für das rechte Maß. Aber wo wir auch sind, Mrs. Pope schießt den Vogel ab. Sie kleidet sich geschmackvoll, ist auf ihre Erscheinung bedacht und von erfrischender Offenherzigkeit. Als Diplomat wiegt sie zehn Schlachtschiffe auf.

Penny war stets bereit, Grant wegen seines Rückzugs aus der Raumfahrt auf den Arm zu nehmen, aber sie tat es nur privat und achtete im besonderen darauf, nie als John Popes Frau und stets als Rechtsbeistand des Ausschusses zu sprechen. »Wenn man Ihnen zuhört, Senator, möchte man glauben, Amerika wäre aus dem Raumwettlauf ausgeschieden. Sehen Sie doch nach oben! Was glauben Sie, wie viele Satelliten haben wir da herumschwirren? Und wie viele kommen Jahr für Jahr dazu? Kreisen und kreisen und schicken uns Milliarden Informationen?«
»Ich weiß aus unserem Ausschuß, daß viel getan wird. Aber wir haben keine Apollos. Mit dem Skylab ist es Schluß. Wir haben nichts Großes mehr oben.«
Aus ihrer Aktentasche nahm sie eine Publikation der NASA mit dem Titel *Satellite Situation Report* und deutete mit einem zarten Finger auf eine Zahlenreihe: »Jeder Gegenstand, der je ins All geschossen wurde, hat eine laufende Nummer erhalten. Mit 1 wurde angefangen. Was glauben Sie, welche Nummer hat der russische Kosmos, der kürzlich abgefeuert wurde?« Und sie zeigte sie ihm – 9509.

»Du lieber Himmel! Wieso stoßen sie nicht zusammen?«
»Unterschiedliche Höhen. Unterschiedliche Umlaufbahnen.«
»Wer hat sie hinaufgeschossen?« fragte er, und sie erinnerte ihn an die Vielzahl der Staaten, die die Kapazität dazu hatten: »Spanien, Indien, die Tschechoslowakei, die Niederlande und natürlich die Vereinigten Staaten und die Sowjetunion. Gegenwärtig empfangen wir Signale von 2116 amerikanischen Sonden. Die Sowjetunion hat 1205.«
Als der Senator den Bericht durchsah, fiel ihm eine ominöse Kolonne auf. »Was sind diese toten Gegenstände – 6078 – und die meisten russisch?«
»Ihre Batterien sind erloschen. Ihre Energieversorgung ist zu Ende gegangen. Sie senden nicht mehr. Sie kreisen nur mehr in zeitloser Schönheit.« Sie deutete auf die Katalognummer 4041. »Das ist die kleine Raumfähre, die 1969 Armstrong und Aldrin auf den Mond beförderte. Als sie zu Apollo 11 zurückkehrten, warfen sie sie ab. Beachten Sie die Fußnote 9.« Und Grant las: »Ein bemanntes Raumfahrzeug, das erfolgreich auf dem Mond landete und danach in eine permanente selenozentrische Umlaufbahn einschwenkte.«
»Was ist selenozentrisch?« fragte er.
»Selene war die Mondgöttin der alten Griechen. Für alle Zeiten rund um den Mond.« Sie lachte. »Vor einigen Tagen haben Sie in Webster gesprochen, als ob wir den Weltraum aufgeben würden. Dabei fangen wir erst richtig an, Gebrauch davon zu machen.«
Wenn Penny mit solcher Bestimmtheit sprach, ging ihm der Gedanke durch den Kopf, wie wohl alles gekommen wäre, wenn er eine charakterfeste und vernünftige Frau wie diese geheiratet hätte. Als Nixon seine erste Amtszeit antrat, war die Rede davon gewesen, Grant ein wirklich gutes Ressort, etwa die Verteidigung, zu übertragen; sein gutes Abschneiden in Fremont hatte sogar zu der Überlegung geführt, ihn statt Rockefeller als Vizepräsident zu nominieren. Aber er war sich seiner Verwundbarkeit als Folge von Elinors und Marcias Betragen schmerzlich bewußt gewesen, und als er Nixons Beratern seine Befürchtungen nahebrachte, erkannten diese rasch, daß er Grund zur Vorsicht hatte, und alle Aussichten auf eine prominente Position schmolzen dahin. Wie es einer aus der kalifornischen Polit-Mafia ausdrückte: »Wir haben in diesem Land Hunderte von Männern, die sich als Senatoren bestens bewähren, als Führerpersönlich-

keiten jedoch versagen würden. Und Norman Grant ist vielleicht ein typisches Beispiel.«
Ja, sinnierte er, mit einer Frau wie Penny Pope wäre alles möglich gewesen.

Aber immer, wenn sie Senator Grant auf Wahlreisen begleitete und ihn reden hörte, wurde Penny bewußt, was für ein kläglicher, trübseliger Politiker dieser Republikaner geworden war. Es gab nichts, wofür er energisch eingetreten wäre. Es gab keine Vision der Zukunft, die er hätte verwirklichen wollen. Für ihn sprach nichts als seine Vaterlandsliebe und die Tatsache, daß er Briefe von Bürgern Fremonts binnen achtundvierzig Stunden beantwortete.
In seinem Leben hatte es zwei Höhepunkte gegeben: Als er seinen Geleitzerstörer ins Herz der japanischen Flotte steuerte und als er sich mit Lyndon Johnson und Michael Glancey zusammentat, um Amerika in das Zeitalter der Raumschiffe zu führen. Seitdem war es bergab gegangen, und er besaß nun die Dreistigkeit, die Wähler seines Staates zu bitten, ihn für weitere zwecklose sechs Jahre nach Washington zu schicken. Penny schämte sich, seinem Team anzugehören.
»Urteilen Sie nicht vorschnell«, sagte Finnerty eines Abends im Juni nach einer zündenden Ansprache des Senators in Calhoun. »Norman Grant ist ein geradezu idealer Vertreter dieses Staates. Denken Sie an die Bundeszuschüsse, die er gebracht hat – die Einrichtungen, zu denen wir sonst nie gekommen wären. Und wie er auf seine Wähler bedacht ist.«
»Das gebe ich zu. Kein Senator lädt mehr Besucher ins Restaurant des Senats ein. Aber seine Ideen ...«
»... sind adäquat. Sehen Sie doch nur, wie es Fulbright ergangen ist. Rhodes-Stipendiat, wunderbarer Redner. Er hat eine Fülle von Ideen und keinen Senatssitz. Grant geht auf Nummer Sicher.«
»Grant geht auf gar nichts. In den letzten Jahren waren Sie selbst ein Dutzend Male in meinem Büro, um sich darüber zu beklagen, daß er es abgelehnt hat, für gute Projekte zu stimmen.«
»Aber er ist doch unvergleichlich besser als sein demokratischer Gegner!«
»Zugegeben. Er wird kein Schandfleck für den Senat sein, wie dieser Hammel es wäre, aber eine Zierde doch gewiß auch nicht.«

»Das sind wenige Senatoren.«
Grants Anblick deprimierte sie. Er war jetzt zweiundsechzig, aber er erweckte den Anschein eines kummervollen Greises, zu einer konstruktiven Tätigkeit längst nicht mehr fähig. Er war eine hohle Schale und, noch schlimmer, er redete hohl daher: »Wir müssen unsere Aufmerksamkeit ernsteren Dingen zuwenden. Wir müssen den Haushalt kürzen und unseren Wehretat erhöhen. Wir müssen dem Steuerzahler zu seinem Recht verhelfen und drastische Schritte zur Verbrechensbekämpfung unternehmen. Wenn Sie mich wieder zu Ihrem Senator wählen, werde ich alles daran setzen, die Steuern zu senken, ohne jedoch unsere Verteidigungskraft zu schwächen.«
Und dann erschienen Tim Finnerty, Larry Penzoss und Gawain Butler in ihren alten, mit Auszeichnungen behängten Uniformen auf der Bühne, erzählten von seinen Heldentaten und forderten die Zuhörer auf, diesem großen Amerikaner bei der Wahl ihre Stimme zu geben.
»Tim«, meinte Penny nach der Versammlung, »ihr solltet endlich Schluß machen mit diesem Theater um Grants Heldentaten. Ihr seht ausgesprochen albern aus in diesen verblichenen Uniformen.« Aber Finnerty konterte völlig richtig: »Damit hat er dreißig Jahre lang seinen Sitz verteidigt.«
Als feststand, daß Norman Grants Wiederwahl gesichert war, richtete Tucker Thompson, der immer noch auf der Suche nach einer letzten guten Geschichte über seine ›Soliden Sechs‹ war, es ein, daß Commander John Pope zu der Wahlversammlung am 3. November nach Benton flog. Pope, ein charismatischer Held, betrat die Bühne und küßte seine Frau. In Mißachtung der von der NASA erlassenen Vorschriften forderte er dann die Wähler seines Heimatstaates auf, einen großen Patrioten und einen der Hauptverantwortlichen für Amerikas beherrschende Position in der Raumfahrt wieder in den Senat zu entsenden.
Als gute Ehefrau posierte Penny mit der linken Hand in der Rechten ihres Mannes, aber die Kamera hielt den Ausdruck zweifelnder Ungewißheit fest, mit dem sie Senator Grant ansah, der gerade einigen Wählerinnen die Hand schüttelte. Thompson versah das Bild, das letzte, das sein Magazin über die Astronauten veröffentlichen würde, mit dieser Legende:

Sie hatte ihm einen Tritt in den Hintern angedroht, aber am Ende unterstützte sie ihn begeistert, als er sich aktiv für die Wiederwahl von Senator Norman Grant einsetzte.

Als Penny das Bild in *Folks* sah, saß sie allein in ihrem Büro. Wütend murmelte sie und gebrauchte dabei böse Worte, was nicht ihre Gewohnheit war.

> Dieser Hurensohn Tucker! Dieses chauvinistische Schwein! Er weiß genau, daß ich die Wahlpropaganda gemacht habe und John nur kam, um mir zu helfen. Aber er schreibt, daß John für Grant geworben hat und ich ihm assistiert hätte. Penny, dieser Scheiß muß aufhören, und du bist die einzige, die diese müde Schau stoppen kann.

In dieser Periode emotionaler Turbulenz in bezug auf seine Söhne flüchtete Stanley Mott in seine Arbeit, aber auch hier war die Verwirrung groß, denn in seinen Studien der Planeten, die er im Auftrag der NASA betrieb, schwankte er immer wieder zwischen Ingenieur- und Naturwissenschaften. Als Ingenieur wollte er größere und noch größere Maschinen mit immer höher gezüchtetem Innenleben bauen – unabhängig von der Verwendung, der sie zugeführt würden –, doch als Naturwissenschaftler sehnte er sich danach, kleine und sehr präzise Maschinen kühne neue Abenteuer des Geistes bestehen zu lassen: Um uns ist ein Universum, das zu begreifen wir erst begonnen haben, und wenn wir den Mut dazu hätten, könnten wir verstandesmäßig in seinem Herzen wohnen.
Seine Unentschlossenheit fand ihren Ausdruck in zwei Büchern, die er immer in seiner Nähe hatte: Das eine war von einem Physikprofessor an der Universität Princeton und befaßte sich mit einem Wunderwerk der Maschinenbaukunst, das zweite, eine Zusammenfassung wissenschaftlicher Erkenntnisse über den Weltraum, von einem ganz anderen, Londoner Professor. Einem Pendel gleich schwankte er zwischen den beiden Büchern hin und her.
Bei dem Princeton-Buch handelte es sich um Gerard K. O'Neills *Die Kolonisierung des Weltraums,* in dem eine technische Leistung von immensen Dimensionen – es ging um die Montage einer gigantischen

Maschine im Orbit, die von Tausenden, ja sogar Hunderttausenden Arbeitern und Forschern bewohnt werden würde, die dort den größten Teil ihres Lebens verbrachten –, die von vielen für praktikabel gehalten wurde. Das bestechende an O'Neills Projekt war die Tatsache, daß sofort mit der Arbeit begonnen werden konnte. Hunderte von Raketen wie die von Dieter Kolff hergestellten konnten die Baumaterialien ohne Schwierigkeiten in eine niedrige Erdumlaufbahn bringen. Apparate, wie es sie schon in Houston und Huntsville gab, würden die Teile zusammenfügen, während Gossamer von gigantischen Dimensionen die für die Operation eines solchen Unternehmens nötige Energie von der Sonne herunterholen konnten.

Alles, was nötig sein würde, um eine solche Raumstation zu errichten, wäre $ 1, gefolgt von siebenundzwanzig Nullen – eine Milliarde Milliarde Milliarde Dollar –, und das warf Probleme auf. Gewiß, einige Optimisten hielten es für möglich, den Betrag auf eine bloße Milliarde Milliarde zu reduzieren, aber Mott bezweifelte es.

Dennoch fesselte ihn die Kühnheit der Planung, und er war überzeugt, daß schon bald ein Land O'Neills großartiges Projekt in überschaubare Teile aufgliedern und eine Raumstation, zwar nicht für Hunderttausende, aber doch für achtzig oder hundert Siedler bauen und sich damit eine beherrschende Stellung in der Welt sichern würde, mit der andere, weniger beherzte Länder nie mehr gleichziehen könnten. Von einer solchen Position aus konnte man Sonnenenergie auf die Erde herunterstrahlen und damit das Öl überflüssig machen. Man konnte das Wetter kontrollieren und den Regen dann und dort fallen lassen, wann und wo er gebraucht wurde. Man konnte neue Lebensformen ersinnen, neue Materialkombinationen konstruieren und die Natur des Universums erforschen.

Und immer, wenn er diesen Punkt erreichte, unterbrach er seine Überlegungen, denn er hörte die mit deutschem Akzent gesprochenen Worte Dieter Kolffs: »Aber das können wir doch alles schon jetzt mit unbemannten Sonden machen – und mit einem tausendsten Teil der Kosten.«

Das Londoner Buch, C. W. Allens *Astrophysikalische Mengen,* war ein außergewöhnliches Werk. Auf dreihundert Seiten und Hunderten von Tafeln hatte der pensionierte Professor der Astronomie an der Londoner Universität alles zusammengefaßt, was über die Struktur des

Universums bekannt war. Es galt als das Handbuch jedes Russen, Japaners, Pakistanis, Deutschen oder Amerikaners, der an den Geheimnissen des Weltraums interessiert war, und Mott konsultierte es fast täglich.

Es war ein Buch von bestechender Einfachheit, denn der Autor begann mit einer kompakten Liste jener konstanten Werte, die unsere Existenz formen, faßte dann alles zusammen, was die Menschheit über das Atom wußte, und setzte zielbewußt und entschlossen seinen Weg in immer gewaltigere Dimensionen fort: Die Struktur der Erde, die anderen Planeten, die Sonne, die Galaxien, die fernen Systeme anderer Galaxien, bis zu den unendlichen Weiten des Universums. Schon die Lektüre des Inhaltsverzeichnisses war ein Abenteuer für den menschlichen Geist.

Mit besonderem Vergnügen blätterte Mott im ersten Teil, einer Liste jener unwandelbaren Gesetze, die mit so viel Mühe in so vielen verschiedenen Jahrhunderten und in so vielen verschiedenen Ländern von Forschern entdeckt worden waren. Die Ludolfsche Zahl, $Pi = 3,14259265\ldots$ Mott hatte sie schon als Junge auswendig gelernt. Das Plancksche Wirkungsquantum. Die Avogadrosche Konstante, die Zahl der Moleküle je Kubikzentimeter eines Gases bei normalen Bedingungen. Das Farad, die elektrische Maßeinheit für Elektrizität, und die Boltzmannsche Konstante als Teil des Planckschen Strahlungsgesetzes.

Wer diese Liste durchsah, machte eine demütigende Erfahrung. Von den großen Konstanten waren verdammt wenige in Amerika entdeckt worden. »Wir bauen hier auf der Arbeit von Bewohnern anderer Erdteile auf.«

Doch wenn Mott die letzten Kapitel des Handbuches durchsah, die Kapitel, die ihn betrafen, stellte er fest, daß ein Großteil der entscheidenden Arbeiten in Amerika geleistet worden war. »Man könnte sagen, unsere Leute hätten das Wissen der Welt zusammengefaßt und es in die Formen kühner neuer Erkenntnisse gegossen. Harlow Shapley benützte als erster die photometrische Methode zur Bestimmung von Sternentfernungen; Carl Seyfert identifizierte neue extragalaktische Sternsysteme, und Edwin Hubble leitete die Konstante ab, die sie regelte.«

Auch nur müßig in den *Astrophysikalischen Mengen* zu blättern, be-

deutete für Mott das gleiche, was ein literarisch Interessierter empfand, wenn er im *Oxford Book of English Verse* schmökerte; jede Seite hatte ihre eigene Resonanz. Dies war das Reich Isaac Newtons, Max Plancks, Albert Einsteins und Ejnar Hertzsprungs. Hier war der Zugang zum Herzen des Universums, und immer wenn Mott das grüngebundene Büchlein beiseite legte, fühlte er sich erfrischt.
Es war ein seltsames Buch, das Werk eines Greises, der das Thema geliebt hatte, und die dritte Auflage, von der Mott ein Exemplar besaß, war mit einem höchst ungewöhnlichen Vorwort ausgestattet.

> Es ist anzunehmen, daß nach etwa sieben Jahren eine neue, durchgesehene Auflage angezeigt sein wird. Mit dieser Durchsicht sollte ehebaldigst begonnen werden. Der Autor würde gern mit jemandem in Verbindung treten, der zu einer Zusammenarbeit bereit wäre.

Als Mott diese Einladung, Co-Autor eines etablierten Bestsellers zu werden, zum ersten Mal las, dachte er einen Augenblick daran, sich zu bewerben, fing aber dann an zu lachen: Man würde ja von mir nichts weiter erwarten als Kenntnisse der Atomphysik, der Spektralanalyse, der Strahlung, der Geologie, der subatomaren Teilchen, der Astronomie, der Photometrie und des ganzen verrückten Feldes der Astrophysik. Verdammt! Wäre es nicht eine feine Sache, für eine solche Aufgabe qualifiziert zu sein?
In seiner ganzen geistigen Einstellung tendierte er zur Wissenschaft, aber immer wenn er versucht war, dieser Neigung zu sehr nachzugeben, hörte er den alten Crampton im Windkanal des Langley Research Centers: »Wissenschaftler sind Menschen, die von Dingen träumen. Ingenieure setzen Träume in die Tat um.« Und er wandte sich praktischeren Aufgaben zu: Was können wir *jetzt* tun? Und das brachte ihn zu Gerard O'Neills Raumstation zurück; von der Technik her gesehen, wäre Amerika schon in der Lage gewesen, eine Maschine solcher Art zu bauen.
Seine Arbeit bei der NASA konzentrierte sich jetzt auf ein Problem der Betriebsführung, wie es bei den meisten großen Operationen früher oder später auftritt: »Wie halten wir in einer Zeit der Ausgabeneinschränkung unsere Schlüsselkräfte zusammen?« Wo doch jetzt das

Apollo-Programm sein Ende erreicht hatte und kein klarer Ersatzauftrag vorlag, waren Kostenabbau und Kündigungen unvermeidlich. Als er nach Cape Canaveral kam, stellte er fest, daß ganz Cocoa Beach unter einem Schock stand. Das Bali Hai hatte bloß zwei Kellnerinnen statt deren acht, die die Astronauten und deren Freunde in den sechziger Jahren bedient hatten. Mr. und Mrs. Quint saßen traurig in einer dunklen Ecke der Dagger Bar, in der es einst so schwungvoll hergegangen war. »Häuser, die die Leute vor zehn Jahren für neunzehntausend Dollar gekauft haben, sind kaum noch für neuntausend an den Mann zu bringen. Geschäfte und Lokale haben dichtgemacht, Tausende Familien sind weggezogen.«
Sie machten ein trübseliges Gesicht, als Mott sie fragte, ob sie dachten, das Bali Hai offenhalten zu können. »Wir sind noch besser dran als die meisten anderen. Wir haben einen feinen Strand, und die Leute kennen uns. Mit einem Apollo-Schuß im Jahr könnten wir gut leben. Aber das ist jetzt vorbei, und wir wissen einfach nicht, wie es weitergehen soll.«
»Aber wollen Sie es nicht versuchen?«
»Als eine Art Kurhotel vielleicht. Wir müßten das Geschäft mit den Sonnenanbetern machen, die im Winter nach Süden gepilgert kommen.«
»Ich wünsche Ihnen viel Glück. Ihr Haus ist ein Stück amerikanischer Geschichte.«
Er konnte sie hören, die verschwundenen Astronauten; er konnte Cynthia Rhee sehen, die ihre kometenhafte Spur zog; vor allem aber sah er die drei jungen Männer, die er so sehr bewundert hatte, als er ihre Tätigkeit überwachte: Bell, den tüchtigen Zivilisten; Jensen, den Traumtänzer, der den perfekten Astronauten verkörperte; Claggett, den Tatmenschen, den Clown, den feinsten Kerl, der ihm je begegnet war. Sie waren tot, und jetzt starb auch Canaveral. Als er das Bali Hai verließ, um nach Palm Beach hinunterzufahren und seinen Sohn im Gefängnis zu besuchen, sah er die traurigen Schilder vor den Häusern: Zu verkaufen – zu jedem vernünftigen Preis.
Wo er auch hinkam, es war überall das gleiche Bild: Die großen stolzen Basen, von welchen der Mensch den Weltraum erobert hatte, führten Sparmaßnahmen durch, und bei manchen war es nur noch eine Frage der Zeit, bis sie ihren Betrieb völlig einstellen würden. Kün-

digungen erfolgten am laufenden Band, aber erst in Kalifornien erkannte er den Kern des Problems, das sich der NASA und der Nation stellte. Als man ihm später in Ames und im Jet Propulsion Laboratory in Pasadena die gleiche Frage stellte: »Wir können uns einschränken. Wir können Leute entlassen. Aber wie sollen wir die elementarste Leistungsfähigkeit bewahren, um, wenn man uns braucht, sofort wieder aktiv werden zu können?«
Das war das Problem. Wie erhält man sich eine Stammtruppe intelligenter und versierter Fachleute? Wie beschäftigt man sie in einer Zeit der Abwärtsbewegung? Und das wichtigste: Welche Maßnahmen ergreift man, um die Infrastruktur in einem Zustand zu belassen, daß sie im Notfall rasch wieder expandieren kann? Ob Automobilfabriken, militärische Einrichtungen, große Ladenketten, sie alle hatten das gleiche Problem, aber nie so akut wie die NASA in diesen Jahren, denn jeder entlassene Mitarbeiter besaß irgendwelche ungewöhnlichen und lebenswichtigen Kenntnisse, die nicht leicht zu ersetzen waren.
Die Leiter des Jet Propulsion Laboratory zählten einige typische Fälle auf: »Henderson verstand mehr von Computerverstärkung als sonst jemand. Sollte es zu einem Krieg kommen, er wäre für unsere Streitkräfte unersetzlich, aber was nützen ihm seine Kenntnisse im Rechenzentrum von Sears Roebuck? Ondrachuk weiß mehr als wir alle von Biegebeanspruchung. Aber wie soll er als Lehrer an einer High-School sein Wissen einsetzen – vorausgesetzt, er bekommt den Job?«
Aber das Problem ging noch tiefer: »Ondrachuk und Henderson hatten gelernt zusammenzuarbeiten. Sie hatten einen Fachjargon entwickelt, dessen sich auch fünfzig andere Experten, jeder auf seinem Spezialgebiet, bedienten. Im Notfall könnten wir wahrscheinlich ebenso gute Leute finden, wie sie es sind, aber ohne das gewachsene Verständnis. Und was noch schwerer wiegt – wenn sie drei Jahre lang keinen Kontakt mit dem Programm haben, geht ihnen auch die Fachsprache verloren. Soviel sie auch studieren, sie können mit der Entwicklung auf ihren Gebieten nicht Schritt halten. Bei der Raumfahrt muß man hautnahen Kontakt haben, sonst lernt man's nie.«
Nachts fröstelte ihn manchmal, wenn er an die intellektuellen Kapazitäten dachte, die sein Land vergeudete ... Die Kräfte, die es verzettelte ... Sie in krisenlosen Zeiten ignorierte und vielleicht zerstörte.

Aber so funktionierte eben eine Demokratie: Stoßweise, mit dynamischen Reaktionen auf Notsituationen – und träger Gleichgültigkeit, wenn die Bedrängnis schwand. Doch als er den Stützpunkt Lewis bei Cleveland besuchte und erfuhr, daß dem erfinderischen Ingenieur Levi Letterkill gekündigt worden war, wurde ihm das Problem nicht in einem abstrakten, sondern in einem zutiefst menschlichen Bezug bewußt.
»Sie können Letterkill nicht entlassen. Rufen Sie ihn sofort an und holen Sie ihn zurück!«
»Wir mußten ihn feuern. Sie wissen ja: die Kontingente.«
»Die Kontingente sind mir egal. Letterkill weiß zweimal soviel wie ich, und unser Land braucht ihn.«
»Aber wir nicht.«
»Das glauben Sie nur. Aber ich will Ihnen etwas von diesem Mann erzählen. Im Jahre 1957, lange bevor die Sowjets ihren Sputnik starteten, fand er für unser Team auf Wallops Island einen Weg, um unsere kleinen Maschinen auf eine Umlaufbahn zu bringen. Und wissen Sie, was er voriges Jahr projektierte? Ein Radioteleskop mit einer zehn AU langen Basis. Wir brauchen diesen Mann."
»Aber hier brauchen wir ihn nicht.«
»Wenn er geht, gehe ich auch.«
Damit hatte er eine Herausforderung ausgesprochen, die anzunehmen die Lewis-Leute nicht zögerten. Sie riefen Washington an und erklärten, sie lehnten es ab, sich von einem Ehemaligen aus der Zentrale breitschlagen zu lassen. Dann nahm Mott den Hörer und sagte ganz ruhig. »Wenn Letterkill gefeuert wird, müssen Sie auch mich feuern.« Nach einer langen Pause meldete sich eine versöhnliche Stimme: »Ist das ein Sammelgespräch? Können Sie mich beide hören? Warum versuchen Sie nicht, ihn in Huntsville unterzubringen, Mott?«
Als er nach Huntsville kam, fand er auch dort den Personalabbau in vollem Gang, aber nach einigem Drängen aus Washington, überredete er die Leute, Letterkill in ihre Denkfabrik aufzunehmen, wo kühne Ideen geboren wurden, und Mott dankte den Verwaltern sehr herzlich.
Er aß mit den Kolffs auf dem Monte Sano zu Abend, und als sie dann auf der Terrasse saßen, von der aus sie die Stadt überblickten, erzählte ihm Dieter die wunderbare Neuigkeit: »Als ich noch in Pee-

nemünde arbeitete, lieh ich mir gern klassische Platten von von Braun aus. Er liebte die Musik. Es waren Polydor-Platten, die besten, die es gab. Und ich träumte von dem Tag, wo ich auch so ein großer Mann sein würde wie von Braun, der sich Polydor-Platten leisten konnte. Beethoven, Brahms, Wagner. Und jetzt hören Sie mal!«

Er ging ins Wohnzimmer und stellte seinen Plattenspieler an, und bald erfüllten Töne von himmlischer Klarheit die Nacht. Mott erkannte die Musik nicht, aber bald war Kolff mit einer dieser hübschen Hüllen der Deutschen Grammophongesellschaft mit der goldgelben Kartusche am oberen Rand zurück: VIVALDI. KONZERT FÜR TROMPETE UND ORCHESTER. *Magnus Kolff mit Herbert von Karajan und den Berliner Philharmonikern.* Die Hülle auf den Knien, lauschte Mott den brillanten Klängen, die aus dem Raum hinter ihm drangen und einen Konzertsaal daraus machten.

»Ist es zu laut?« fragte Dieter.

»Nein. Ich mag die Schwingungen.« Und nach einer Weile fügte er hinzu: »Sie müssen sehr stolz sein, Dieter.«

»Ja, das bin ich. Die Platte gibt mir mehr als alle Polydors von Brauns Sie wissen natürlich, daß Polydor mit der Deutschen Grammophon fusionierte. Es ist eigentlich dieselbe Firma.«

Als Mott die Hülle umdrehte, sah er eine Fotografie des jungen Kolff, neunundzwanzig Jahre alt. Sein deutsch-amerikanisches Gesicht lächelte, und in der linken Hand hielt er seine Trompete.

»Wie sollen wir das Team zusammenhalten?« fragte Mott.

»Wir hatten das gleiche Problem in Peenemünde. Hitler war ja so wetterwendisch. Er bekam einen Rappel, und es gab jede Menge Arbeit. Er hatte einen Alptraum, und alle flogen raus. Er hatte eine Glanzidee, mit der A-4 gewinnen wir den Krieg, und der Personalstand verdreifachte sich. Vietnam und Watergate, Amerika hat einen Alptraum.«

»Was hat von Braun gemacht?«

»Wenn General Funkhauser kam, um Freiwillige für die Front zu holen, versteckte er die Leute in einem Schuppen.«

»Vorigen Monat hat der Kongreß Funkhauser einen Orden verliehen. Haben Sie das schon gehört?«

»Ich habe es in der Zeitung gelesen. Er hat ihn verdient, Stanley. Er hat viel für dieses Land getan.«

»Er hat mir meinen Job bei der NASA verschafft, das war damals noch die NACA. Ich frage mich, wo ich wäre, wenn er nicht für mich interveniert hätte.«

Kolff lachte. »Ich weiß, wo *ich* wäre, wenn Liesl ihn nicht am Intervenieren gehindert hätte. Ich läge zwei Meter tief unter einem deutschen Kartoffelacker.«

»Was sollte die NASA jetzt tun?«

»Ihre besten Leute in einem Schuppen verstecken. Und warten, bis Hitler oder sonst jemand einen besseren Traum hat.«

Als Mott Senator Grant in Washington besuchte, bekam er zielgerichtetere Ratschläge: »Ich bin von meinem Amt im Ausschuß zurückgetreten, Mott. Ich habe meinen kleinen Beitrag geleistet und den Job jüngeren Leuten überlassen. Als wir unsere Astronauten im Weltraum hatten, befand sich das ganze Land in einem Zustand leidenschaftlicher Anteilnahme. Und heute? Völlige Gleichgültigkeit. Diese Marsgeschichte, mit der Sie sich jetzt beschäftigen. Was bedeutet sie für den Mann auf der Straße?«

»Es könnte unser größter Erfolg im Weltraum werden.«

»Glauben Sie nur das nicht. Solange keine Menschen daran beteiligt sind, ist das Ganze nur eine Übung geistiger Fähigkeiten.«

»Aber Menschen *sind* daran beteiligt. Die Begriffsbildung der ganzen Welt ...«

»Das kommt später, viel später. In Büchern, die von Männern wie Ihnen gelesen werden. Nicht im wirklichen Leben.«

»Wie sollte sich die NASA Ihrer Meinung nach verhalten?«

»Sie sollte Einsparungen machen bis zum Geht-nicht-mehr. Dreiviertel der Anlagen zusperren. Nur mit den billigen Schüssen in den Weltraum weitermachen. Die Wissenschaftler bei Laune halten, aber nicht in den Vordergrund stellen.«

»Was sollen wir tun, um unsere Stammtruppe zu behalten? Für den Fall eines nationalen Notstandes auf der ganzen Linie?«

»Darüber muß sich das Pentagon den Kopf zerbrechen. Ich habe meine eigenen Nachforschungen angestellt. Jeder wirklich tüchtige NASA-Mann, der entlassen wurde, ist in das Pentagon oder in die Raumfahrtindustrie gegangen und hat einen besseren Job bekommen. Die Kapazitäten sind nach wie vor vorhanden; sie haben nur die Tapeten gewechselt.« Als Mott diese Einstellung zurückweisen wollte, in-

dem er auf die Überlegenheit ziviler Kontrolle hinwies, fiel Grant ihm brüsk ins Wort: »Was glauben Sie wohl, warum ich den Raumfahrtausschuß verlassen habe? Um einen wichtigeren Job im militärischen Bereich zu übernehmen. Von dort werden in Zukunft die Aktionen ausgehen.«
Wieder wollte Mott ihn unterbrechen, und abermals kam Grant ihm zuvor: »Schauen Sie sich doch mal Ihre Astronauten an – die Sie aufgepäppelt haben. Drei sind tot. Dieser prächtige Kerl Cater, ins Zivilleben zurückgekehrt. John Pope denkt daran, sich zurückzuziehen. Nur dieser Bursche aus Tennessee ... wie hieß er doch gleich?«
»Hickory Lee.«
»Der einzige, der geblieben ist. Zu wenig außerdienstliche Erfahrung, um einen guten Job an Land zu ziehen. Na ja, auch Verwalter werden gebraucht.«
»Wie weit sollten wir mit den Einsparungen gehen, Senator?«
»Ich war überrascht, als Mrs. Pope – unser Rechtsbeistand, Sie kennen sie ja –, als Mrs. Pope mir sagte, wie viele Satelliten wir schon im Weltraum haben und welch guten Zweck sie erfüllen. Sehen Sie zu, daß sie dort oben bleiben, schießen Sie neue hinauf. Verbessern Sie die alten Modelle und vergewissern Sie sich, daß sie auch funktionieren. Arbeiten Sie Hand in Hand mit dem Pentagon, und Sie werden genug zu tun haben. Und denken Sie daran: Ihr seid keine Superbehörde mehr. Ihr gehört jetzt zum Landwirtschaftsministerium und habt ein begrenztes Budget. Finden Sie sich damit ab.«
»Sie sagten, John Pope habe die Absicht, sich aus dem Programm zurückzuziehen?«
»Er ist ein kluger Mann. Er hat eingesehen, daß wir am Ende einer Epoche angelangt sind.«
»Was wird er tun?«
»Ich weiß es nicht. Er hat eine tüchtige Frau mit einem guten Job. Mit ihrer Hilfe kann er sich über Wasser halten, bis er sich entschieden hat.« Er zögerte. »Wissen Sie, ich habe den Eindruck, die hohen Tiere in Ihrem Laden sind etwas ungehalten über Pope. Seine Hochnäsigkeit, als wir Claggett dazu brachten, seine Scheidung aufzuschieben ... die Sache mit der japanischen Journalistin bei Claggetts Leichenfeier. Und auf seine Eskapade in Australien brauchen wir ja nicht näher einzugehen. Die hohen Tiere ...«

»Zu denen gehöre mehr oder minder auch ich«, konterte Mott kühl, »und ich habe nichts an ihm auszusetzen.«
»Ich auch nicht! Hören Sie, er kommt aus meinem Heimatstaat! Ich bin ihm verpflichtet! Er hat mich im Wahlkampf unterstützt. Aber ...«
Er begleitete Mott zur Tür. »Die blaue Blume der Romantik ist verwelkt, mit Science-fiction-Phantasien ist es aus, Mott. Jetzt müssen wir uns praktischeren Dingen zuwenden.«

Senator Grant hatte die Wahrheit gesagt: John Pope war zu dem Schluß gekommen, daß er gut daran tun würde, sich aus der NASA zurückzuziehen. »Ist doch klar, Penny. Ich bin neunundvierzig. Die schicken mich nicht noch einmal hinauf. Ich wüßte auch nicht, in was.«
»Die NASA hat doch sicher eine Aufgabe für dich. Eine so große Organisation!«
»Aber sicher. Bleistiftspitzen in einem Hinterzimmer im dritten Stock. Dafür bin ich nicht geeignet.«
»Du kannst alles, wenn du dich richtig dahinterklemmst. Ich kenne dich.«
»Das ist richtig, aber es muß etwas Ordentliches sein. Wenn die zum Beispiel von mir verlangten, ich sollte ein völlig neues Gebiet studieren – eine neue Flugart, meine ich –, sie könnten mit mir rechnen. Aber das ist vorbei. Der ganze Betrieb wird jetzt über Schreibtische abgewickelt, und für mich gibt es da keinen Job.«
»Ich sehe doch das Budget, John. Es ist immer noch enorm. Da bleibt noch viel zu tun ...«
»Ich war schon im Weltraum. Ich bin zum Mond geflogen. Wenn das Flugprogramm beendet ist, kann ich den Rest meiner Tage nicht an einem Schreibtisch verbringen.«
»Was willst du also tun?« Sie saßen in ihrer Wohnung in Washington, einer Stadt, in der das vitale Herz einer großen Nation schlug, und ihn reden zu hören, als ob er mit seinem Leben am Ende wäre, war für sie abstoßend, und dieses Gefühl schwang auch in ihrer Stimme mit.
»Ich bin immer noch ein Captain in der Navy. Ich kann immer noch zurück.«
»In der Navy kannst du dir auch nicht mehr als Bürokram erwarten.

So respektabel deine Leistungen auch gewesen sein mögen, an alten Herren haben sie keinen Bedarf.«
»Hör mal, ich bin immer noch einer der besten Piloten.«
Sie brach in Gelächter aus und schenkte ihm ein Gingerale ein. »Diese jungen Tiger vom Patuxent River würden nicht wissen, was sie mit dir anfangen sollen ...«
Sie dachten eine Weile darüber nach. Dann drehte John das Fernsehen an, aber Penny schaltete sofort wieder aus. »Wir müssen darüber reden, John. Die Navy ist keine Lösung. Du tauschst nur einen NASA-Schreibtisch gegen einen Navy-Schreibtisch ein. Kommst du damit weiter?«
»Wer muß denn weiterkommen? Vielleicht könnte ich in Annapolis Unterricht in Astronomie geben.«
»Nein. Wenn du schon einen Sprung machen willst, mach einen großen Sprung.«
»Zum Beispiel?«
Mit ihrem Dilemma wurden die Popes zu einer NASA-Familie mehr, die von der Arbeitslosigkeit bedroht war, weil ein großes Programm den Laden dichtmachte, und gleich anderen großen Spezialisten auf ihrem Gebiet verloren sie sich in alle möglichen Spekulationen.
»Hast du schon einmal daran gedacht, nach Clay zurückzukehren? Wir hätten eine schöne Pension. Wir könnten ...«
»Wir könnten was?«
»Du könntest vielleicht in die Politik gehen.«
»Das kommt für mich überhaupt nicht in Frage.«
»Die Leute würden dich wählen.«
»Ich bin kein Politiker.«
Er lehnte es ab, darüber zu reden, schaltete das Fernsehen wieder ein und sah sich ein Footballspiel an, aber als er am nächsten Tag ins Pentagon kam, erlebte er eine böse Überraschung. »Die Navy würde immer einen Platz für Sie finden, John, aber Sie waren so lange fort. Sie haben eindeutig Seniorität.« Das bedeutete, daß jemand wie John Pope im normalen Verlauf seiner Karriere als Angehöriger der Navy rein statistisch viel weiter vorangekommen hätte sein müssen; sein Zurückbleiben auf der Beförderungsleiter hieß einfach, daß die Navy nicht annahm, daß er noch einmal einer ihrer ranghohen Admiräle werden könnte. Man hatte ihn als Verlierer abgestempelt.

»Aber bei der Fliegerei ...«
»Sie sind ein Champion, John, gar keine Frage. Aber Sie haben sich zum Zivilisten gemacht.«
»Ich könnte doch sicher ...«
»Ich kann mir keinen Kommandeur vorstellen, der sich dabei wohl fühlen würde, einen nationalen Helden Ihres Alters und Ihrer Reputation unter sich zu haben. Es würde das Gleichgewicht stören.«
»Ich habe gehört, Yeager wäre zum General befördert worden. Ich sollte Admiral werden.«
»Yeager ist im Apparat verblieben. Sie nicht.«
»Wie wäre es denn mit Patuxent River?« Aber noch bevor der Admiral antworten konnte, fügte Pope mit sichtbarem Enthusiasmus hinzu: »Manchmal glaube ich, das war die schönste Zeit meines Lebens. Wußten Sie, daß auch Claggett dort mit mir gedient hat? Und Hickory Lee, noch während er in der Army war.« Der Admiral hörte respektvoll zu und klopfte leise mit den Fingern auf die Tischplatte, während Pope sich die herrlichen Tage ins Gedächtnis zurückrief, als er ein forscher Lieutenant Commander gewesen war. Und allmählich erlosch das Feuer. »Für Patuxent River bin ich wohl schon zu alt. Aber es war eine verdammt schöne Zeit.«
»Glauben Sie mir, John, Sie würden einen furchtbaren Fehler machen, wenn Sie versuchen sollten, zu uns zurückzukommen.«
Er wurde nicht gebraucht. Mit einem prominenten Zivilisten wie John Pope konnte sich die Navy einfach nicht wohl fühlen, und als er das Pentagon verließ, wußte er, daß ein Rückzug in die blaue Uniform nicht mehr im Bereich des Möglichen lag. Penny hatte recht gehabt, und nun war er bereit, auf sie zu hören.
»Hast du das Gefühl, daß bei der NASA nichts mehr zu holen ist?«
»Eindeutig. Die sind fertig mit mir. Ob es mir nun gefällt oder nicht.«
»Und für die Navy bist du erledigt?«
»Das hat man mir deutlich zu verstehen gegeben.«
»Und wie wäre es mit einer kaufmännischen Tätigkeit? Claggett hat mir erzählt, daß ihn sechs verschiedene Firmen von der NASA abwerben wollten.«
»Das war Claggett. Er konnte allen Leuten alles verkaufen.«
»Wenn das so ist, habe ich eine Überraschung für dich. Senator Grant

und ich, wir haben hinter deinem Rücken etwas ausgeheckt. Die Staatsuniversität Fremont bietet dir einen Lehrstuhl an.«
»Wofür?«
»Angewandte Astronomie.«
Pope lehnte sich in seinem Sessel zurück, legte die Hände an die Lippen und versuchte sich vorzustellen, was diese Professur bedeutete. Allmählich überzog ein breites, entspanntes Lächeln sein mageres, hartes Gesicht. »Das würde mir gefallen.« Und dann fragte er: »Würdest du auch dort wohnen wollen?«
»Einen Großteil des Jahres. Ja, ich kenne schon das Haus, das wir kaufen müssen.«
»Was meinst du mit *Großteil?*«
»Ich habe hier noch allerhand zu erledigen. Im Ausschuß. Glancey ist tot, Grant hat sich zurückgezogen. Man braucht mich.« Sie ging durch die Wohnung und rückte Stühle zurecht, was sie nur tat, wenn sie durcheinander war. »Und es gibt Gerüchte, wonach ich an eine der Bundesbehörden berufen werden soll ... Es war sogar die Rede von einem Richteramt.«
»Du wärst verdammt gut, Penny. Wenn man dir ein solides Angebot macht, greif zu.«
»Ich hätte Urlaub. Du hättest Urlaub. Ich bin sicher, daß es klappen würde. Aber wenn du dir lieber hier in Washington etwas suchen möchtest ...«
»Von Washington habe ich die Nase voll.«
»Ich finde, du hast recht. Mein Gefühl sagt mir, daß du auf die heimatliche Scholle zurückkehren solltest. Wo du dich auf die harte Arbeit vorbereiten kannst, die noch vor dir liegt.«
»Was denn zum Beispiel?«
»Wer kann das wissen? Du bist noch keine fünfzig. Du hast noch fünfundzwanzig gute Jahre vor dir.«
»Wenn man Entscheidungen trifft, ist es das wichtigste ... es ist so schwer zu sagen ...« Er schien an seinen Worten zu ersticken, bis er schließlich herauswürgte: »Du weißt, daß ich dich liebe – mehr als das Fliegen, mehr als alles sonst.«
»Das ist ... manchmal ... schwer zu glauben.«
»Aber wir sind immer ... du hier, ich in Korea. Du hier, ich am Patuxent River ... oder auf dem Weg zum Mond.«

»Du hast mich zu einer Navy-Frau erzogen, John. Und das ist dir großartig gelungen.«
»Also bleibt es dabei, du in Washington, ich in Fremont?«
»Während unserer guten Jahre, ja. Aber wir werden damit fertig.«
»Das ist meine Absicht«, erwiderte er.

Um John Popes Heimkehr in seine Vaterstadt festlich zu begehen, taten sich Bürgerschaft und Universität zusammen, um ihm einen festlichen Empfang, eines Nationalhelden würdig, zu bereiten, aber das war auch schon das einzige, das die Gemeinde einigte, die sich in einander heftig bekriegende Fraktionen gespalten hatte.
Fundamentalisten, die starr an der Verbalinspiration des Alten Testaments festhielten, hatten vor einiger Zeit im Staat Fremont eine Kampagne mit dem Ziel gestartet, jede Bezugnahme auf die Darwinsche Evolutionstheorie aus dem Lehrplan auszumerzen – von der Grundschule bis zur Universität. Die Bewegung wäre unter dem Spott der Zeitungen und Erklärungen der Experten zum Stillstand gekommen, hätte nicht der Reverend Leopold Strabismus der in Los Angeles beheimateten United Scripture Alliance in dieser Situation eine vom Himmel gesandte Gelegenheit erkannt, einen Werbefeldzug gegen den gottlosen Humanismus zu führen: »Wir haben einen ganzen Staat als Kampfplatz, Marcia. Ein neues Gebiet, wo man unsere Predigten noch nie gehört hat. Und ich glaube, damit können wir die Menschen im ganzen Land ansprechen.«
Daher zog er mit großem Aufwand in den Heimatstaat seiner Frau ein: Zelte für Versammlungen in ländlichen Gegenden, Tonapparaturen, um seine dröhnende Stimme zu verstärken, und lokale Anhänger, um die Begeisterung in Schwung zu halten. Fremont hatte so etwas noch nie erlebt, und Leute, die normalerweise nie eine Erweckungsversammlung besucht hätten, strömten herbei, um zu hören wie Dr. Strabismus die Wissenschaft, den Kommunismus, falsche Propheten und die Universität Yale heruntermachte. Anfangs war es nur eine ausgezeichnete Unterhaltung, aber sie artete sehr rasch zu einem scharfen Angriff auf das ganze itellektuelle Establishment aus.
Das populärste Mitglied der Truppe war nicht Strabismus selbst und auch nicht seine attraktive Frau, die begeistert mit dem Kopf nickte, wenn er ein besonders treffendes Argument vorbrachte, sondern das

reizende kleine Tier, das jetzt ganz zahm war, nach Applaus und Bananen hungerte und als Chimp-Champ-Chump an den Versammlungen teilnahm.

> Glaubt ihr guten Leute wirklich, daß dieser Affe euer Großvater war? Glaubt ihr den Lehren der atheistischen Humanisten der Universität Yale, wonach dieser Affe vor zwei Millionen Jahren gelebt und eine Rasse, halb Tier, halb Mensch, gezeugt hat, wo doch die Bibel deutlich sagt, daß Gott diese Erde vor etwa sechstausend Jahren geschaffen hat, und wir es beweisen können?

Sein Angriff war so kraftvoll und seine Logik so überzeugend, daß die Bürger Fremonts zu einem Referendum aufgerufen wurden, um zu entscheiden, ob Darwin recht hatte oder die Bibel, ob Gott die höchste Autorität war oder irgendwelche kommunistische atheistische Humanisten an der Universität Yale.
Vertreter beider Standpunkte kamen in Massen nach Fremont, und im Staat breitete sich Bitterkeit aus. In einer Erweckungsversammlung für Landgemeinden stellte Strabismus die Ziele seiner Bewegung klar heraus.

> Unser Programm hat nur fünf Punkte, und die sind alle der Bibel entnommen. Erstens darf in keiner mit Steuergeldern erhaltenen Lehranstalt, von der Grundschule bis zur Universität, Darwins atheistische Theorie gelehrt werden. Zweitens muß in allen Instituten der Kreationismus Gottes als die Tatsache gelehrt werden, an die alle vernünftigen Menschen glauben. Drittens ist aus allen Lehrbüchern jeder Hinweis auf Millionen und Milliarden Jahre zu streichen. Diese unsere Erde wurde vor zirka sechstausend Jahren geschaffen, und damit hat sich's. Viertens müssen wir aufhören, davon zu reden, daß Dinosaurier und ähnliches Gezücht vor langer Zeit gelebt hätten und aus irgendeinem geologischen Grund ausgestorben wären. In der Sintflut sind sie umgekommen, so ist das passiert. Und fünftens wollen wir keine Geologie mehr haben, die die Seelen unserer Kinder vergiftet.

Als man sich der ganzen Stärke seines Kreuzzugs bewußt wurde und erkannte, daß seine Anhänger eine gute Chance hatten, das Referendum für sich zu entscheiden, kamen Gelehrte aus anderen Staaten und Schulbuchverleger aus New York und Boston, um zu versuchen, die Menschen wieder zur Vernunft zu bringen, aber es gelang ihnen nicht, das Feuer, das er gelegt hatte, zu löschen.
Er stützte seine überzeugende Beweisführung auf zwei Bücher, auf die ihn ein einigermaßen belesener Geistlicher aus Mississippi aufmerksam gemacht hatte. Das erste war von dem Engländer Philip Gosse, der offen zugab, daß es Fossile gab, selbstverständlich, und Knochen von Dinosauriern und Gesteinsschichten und daß alles so war, wie Darwin und die Geologen behaupteten. Der Witz dabei war, daß Gott im Jahre 4004 v.Chr. die Welt so erschaffen hatte, wie in der Bibel beschrieben, und alle diese Beweisstücke ausgelegt hatte – eine Art Herausforderung an die menschliche Intelligenz. Gosse erklärte alles so einfach und verständlich, daß Strabismus ausrief: »Weitere Debatten sind überflüssig! Was die atheistischen Professoren vorzuweisen haben, ist echt, muß ja auch echt sein, weil Gott die Dinge am ersten Tag der Schöpfung dort hingelegt hat.«
Das zweite Buch war besonders wichtig bei Diskussionen mit Leuten an der Universität, die gewisse lückenhafte Kenntnisse besaßen. Es war George McCready Prices *Die neue Geologie,* und Marcia Strabismus verkaufte es um zehn Dollar das Stück an jene, die die Wahrheit suchten. Es war eine gewichtige Schwarte voll von wissenschaftlichem Jargon und schwer zu widerlegen. Seine Hauptthese sprach alle an, die unter der Knechtschaft der Naturwissenschaft stöhnten, und als Strabismus sie in seine volkstümelnde Sprache übersetzte, ergab sie eine überzeugende Beweisführung.

> Die Herren Wissenschaftler wollen uns weismachen, daß Fossile, die im Gestein gefunden werden, sich immer aus primitiven zu komplexen Lebensformen wie Sie und ich entwickeln. Und um uns das zu beweisen, zeigen sie uns, daß die primitiven Formen in den frühesten Gesteinen auftauchen, und die komplexen in späteren Gesteinen. Aber wie datieren sie diese Gesteinsschichten? Sie datieren sie, indem sie feststellen, daß sich die primitiven Formen in den, wie sie sagen, älteren Schichten be-

finden. Und die komplexen Formen in jüngeren. Sehen Sie jetzt, wie die Burschen im Kreis herumreden? Es ist, wie wenn ein Bursche seinem Mädchen sagt: »Du sollst mich küssen, weil heute Valentinstag ist, und der Valentinstag ist etwas Besonderes, weil an diesem Tag die Mädchen immer schon die Jungs geküßt haben.« Das ist doch ein richtiger Blödsinn, und der Junge weiß das und die Wissenschaftler wissen es und führen die Öffentlichkeit hinters Licht. Ich sage, damit muß Schluß sein!

Einige Theologieprofessoren machten sich erbötig, mit Strabismus zu debattieren, aber er empfing sie nur in seinem Zelt, wo der Chor, Mrs. Strabismus' Charme, der Beifall seiner Anhänger und Chimp-Champ-Chumps Possenspiele die Wissenschaftler zu fluchtartigem Rückzug nötigten.

Leopold Strabismus war ein sehr ernstzunehmender Gegner, um vieles gebildeter als seine Widersacher, und als der Tag des Volksentscheids näherrückte, mehrten sich die Anzeichen, daß die Bürger eines großen Staates Evolution, Geologie, Anthropologie und Paläontologie aus den Lehrplänen ihrer Bildungsstätten streichen würden.

Warum verfolgte Strabismus diese Kampagne so leidenschaftlich und mit so teuflischer Durchschlagskraft? Der Kreuzzug brachte ihm kein Geld ein, denn alles, was in den abendlichen Kollekten hereinkam, ging für die Mieten des Zelts und der Tonapparatur auf. Unkenntnis des behandelten Gegenstandes konnte es nicht sein, denn er hatte sowohl über die Evolutionstheorie wie auch über die Geologie des Devon Dissertationen geschrieben. Und ganz gewiß handelte er nicht aus tiefer religiöser Überzeugung, denn er besaß keine.

Zwei unwiderstehliche Zwänge bestimmten sein Tun: Ein Streben nach Macht und ein Verlangen nach Rache an der akademischen Gemeinde, die sich geweigert hatte, ihn zu seinen eigenen dubiosen Bedingungen zu akzeptieren. Früher als andere hatte er gemerkt, daß Amerika von Wissenschaft übersättigt war und nach einfacheren Erklärungen suchte, und schon zu Beginn seines Kreuzzugs entdeckte er, daß es die Menschen in der Provinz gern hörten, wenn Institutionen wie die Universität Yale oder die *New York Times* angegriffen wurden.

Vor allem aber hatten seine Antennen, diese bemerkenswert sensiblen

Fühler zur Wahrnehmung der Stimmung im Lande, ihm signalisiert, daß Amerika sich auf einen stärkeren Rechtsruck vorbereitete, und er war fest entschlossen, sich führend an diesem Umschwung zu beteiligen.

Wie waren seine eigenen Neigungen beschaffen? Seine italienischen Großeltern wären Christdemokraten gewesen, hätte es eine solche Partei in Mount Vernon gegeben, und seine jüdischen Großeltern waren immer noch erklärte Sozialisten. Bei seinen Eltern hatten sich diese Glaubensbekenntnisse gemildert; sie waren durchschnittliche Demokraten geworden, die auch schon mal für besonders gute Republikaner wie General Eisenhower oder Jacob Javits stimmten. Bei normalem Ablauf der Ereignisse hätte Martin Scorcella ein gemäßigter Liberaler werden sollen, und genau das war er auch bis zu seiner Relegation von der Universität Yale gewesen.

Dann fing er an, die Dinge in Frage zu ziehen, und nahm die Gewohnheit an, über sich selbst Witze zu machen: »Ich komme aus einer Familie von elf Demokraten, habe aber trotzdem lesen gelernt.« Und was las er wirklich? Eugene Lyons, Igor Gouzenko und, ganz besonders, Ayn Rand, und allmählich kam er zu der Überzeugung, daß der Liberalismus mit seiner sozialstaatlichen Einstellung völlig falsch war.

Seine nächste Entscheidung – eine Entscheidung, wie sie seit den Tagen der alten Griechen oft von brillanten jungen Männern getroffen wurde – bestimmte sein Leben: Wenn die Gesellschaft faul ist, werde ich sie manipulieren. Er hatte mit kleinen grünen Männern angefangen, seinen Weg mit der Gründung einer Schwindeluniversität fortgesetzt und nun auch eine Kirche errichtet, aber nicht einmal seine Frau Marcia wußte von seinen Plänen, die Basilika in Los Angeles bald aufzugeben und in der Vorstadt mehrere tausend Morgen Land zu erwerben, um dort ein Gotteshaus und eine richtige, auf der Bibel basierende Universität zu erbauen. Mittlerweile galt es, das Referendum zu gewinnen; wenn es ihm gelang, die Evolution auch nur in einem Staat in Acht und Bann zu tun, mochte dies eine Flut auslösen, als deren Vorkämpfer er unweigerlich ein Mann von beachtlicher Macht werden mußte.

Als die Stimmen ausgezählt waren, hatte sich das Volk von Fremont dafür entschieden, den größten Teil der modernen Wissenschaften für

nichtig zu erklären, und die Lehrkräfte des Staates begannen einen schmerzlichen Prozeß, indem sie aus ihren Bibliotheken alle Bücher entfernten, die eine positive Einstellung zu Darwin, zur Geologie und zu Dinosauriern hatten. Und weil sich viele Bürger freiwillig dafür meldeten, ging die Arbeit schneller von der Hand, als man erwartet hatte.
Es herrschte diese erhitzte Atmosphäre, als John Pope in seine Heimatstadt zurückkehrte, und als die Universität bekanntgab, daß ihr hochgeschätzter Professor emeritus Karl Anderssen, der John Pope seine ersten astronomischen Kenntnisse beigebracht hatte, die Festrede halten würde, war die Besorgnis allgemein. Anderssen war jetzt ein sehr alter Mann, und es war zu befürchten, daß er, obwohl er nicht gegen Strabismus aufgetreten war, vom Thema abschweifen, unbedachte Äußerungen machen und frische Wunden öffnen würde. Daher waren die Verantwortlichen erleichtert, als Anderssen verkündete: »Ich werde meine Laudatio für John Pope im Planetarium halten.«
»Der Saal ist so klein«, beruhigte der Rektor den Senat, »daß es dem Mob unmöglich sein wird, den Zugang zu erzwingen.«
Um acht Uhr abends versammelten sie sich – die geistige Elite der Stadt, von denen viele dafür gestimmt hatten, Evolution und Geologie aus den Schulen zu verbannen –, aber sie waren keine Fanatiker und begierig zu hören, was der alte Herr zu sagen hatte.

> Wir schreiben heute den 22. Juni 1976, und wenn die Lichter ausgehen, werden wir den Himmel sehen, wie er sich außerhalb dieses Planetariums darbietet. Und nun werde ich die Himmelsuhr um 922 Jahre zurückdrehen. Es ist jetzt der 22. Juni Anno Domini 1054. Der Himmel ist fast der gleiche wie heute; einige wenige Planeten in anderer Position, aber das ist auch schon alles.
> Ich werde jetzt achtzehn Tage vergehen lassen, und hier ist nun der Himmel, wie er bei Sonnenuntergang am Abend des 10. Juli 1054 aussah. Begeben wir uns um Mitternacht nach Bagdad, wo arabische Astronomen den Himmel beobachteten, wie sie das ständig taten. Nichts Ungewöhnliches. Jetzt haben wir den 11. Juli 1054, gegen drei Uhr morgens. Immer noch nichts Ungewöhnliches. Doch halt! Dort im Sternbild des Stiers!

Ehrfurchtsvolle Stille herrschte im Planetarium, als ein außerordentlich helles Licht am anderen Ende des Stierhorns sichtbar wurde; es strahlte um vieles heller als selbst die Venus und nahm mit jedem Augenblick an Glanz zu.

> Es war eine Supernova im Sternbild des Stiers, und wir kennen das genaue Datum, weil sie von arabischen Astronomen in vielen Ländern gesehen wurde. Die Indianer in Arizona beobachteten sie, konnten sich aber keinen Reim darauf machen. Die Eingeborenen im Süd-Pazifik glaubten an ein Wunder. Und jetzt wird es Tag! Der neue Stern war so hell, daß man ihn trotz des Glanzes der Sonne sehen konnte, die sich nicht weit, im Sternzeichen des Krebses, befand.
> Dreiundzwanzig Tage lang, so berichten die Astronomen Chinas und Arabiens, beherrschte die Supernova den Himmel. Sie war fast so hell wie die Sonne, und keine andere Nova kam ihr je gleich. Sehen Sie sie an! Sie fordert sogar die Sonne heraus. Und beobachten Sie, wie dieser flammende Leitstern den nächtlichen Himmel überstrahlt!

Er ließ sein Planetarium langsam weiterlaufen und schuf von neuem den Zyklus jener dreiundzwanzig ungleichen Tage, als Beobachter auf der ganzen Welt das wundersame Geschehen erlebten. Doch am Abend des zweiten August 1054 verlor der große neue Stern an Helligkeit und verblaßte schneller, als er zu strahlen begonnen hatte, bis der Stier wieder aussah, wie er tausend Jahre ausgesehen hatte und weitere tausend Jahre aussehen würde.

> Warum erzähle ich Ihnen diese Dinge an dem Abend, an dem wir unseren lieben Sohn John Pope ehren wollen? Aus einem einfachen Grund. Dieser große Stern, wohl der unglaublichste Anblick in der Geschichte des Himmelsgewölbes, seit die Menschheit es im Auge behält, wurde in China, in Arabien, in Alaska, in Arizona und im Süd-Pazifik beobachtet; wir besitzen Aufzeichnungen, die das beweisen. Aber in Europa hat ihn niemand gesehen. Von Italien bis Moskau, vom Ural bis Irland hat ihn niemand gesehen. Zumindest wird er nirgends erwähnt.

Diese Menschen erlebten eines der spektakulärsten Ereignisse und fanden es nicht der Mühe wert, es irgendwo aufzuzeichnen.

Wir wissen, daß es stattgefunden hat, denn mit einem Fernrohr können wir heute abend die Reste der Supernova sehen, die sich im Stier verbergen, aber wir haben alle Bibliotheken der westlichen Welt durchsucht, ohne auch nur den winzigsten Beweis dafür zu finden, daß die gelehrten Köpfe Europas auch nur zur Kenntnis nahmen, was um sie herum vorging.

Man spricht von einem finsteren Zeitalter, nicht weil das Licht aufgehört hat, zu leuchten, sondern weil die Menschen sich weigern, es zu sehen.

Noch nie war eine Planung der NASA so heikel gewesen. In der großen Orbitermission zum Mars im Jahre 1971 war nicht versucht worden, auf dem Planeten selbst zu landen, und da sich die Mariner noch immer im All befand und aus großer Entfernung bemerkenswerte Fotos zur Erde funkte, die die Welt der Wissenschaft in Entzücken versetzten, brauchte man sich nicht um sichere Landestellen zu sorgen. Jetzt aber sollte die Viking auf der Marsoberfläche landen und von dort Fotografien zur Bodenstation funken. Im Jahre 1971 war der Mars 120 Millionen Kilometer entfernt gewesen, diesmal würden es 318 Millionen Kilometer sein. Auch das machte einen Unterschied aus.

Was aber dem ganzen Unternehmen eine besondere Note verlieh, war die für die Landung vorgesehene Zeit. Schon 1961, als der Ausflug zum erstenmal ins Auge gefaßt wurde – damals mit scheinbar geringen Erfolgsaussichten –, hatten erfahrene Mathematiker einen Zeitplan aufgestellt, wonach die Maschine am 4. Juli 1976 nachmittag drei Uhr, Sommereinheitszeit des östlichen Teils der USA, auf dem Mars aufsetzen würde. So sollte dieses kühne, wunderbare, phantasiereiche Bravourstück zur Krönung des zweihundertsten Geburtstags unserer Nation werden.

Schon seit Jahren hatten die NASA-Chefs ihre Techniker immer wieder gefragt: »Halten wir den Zeitplan ein? Wird das Ding am 4. Juli landen?« Im Jahre 1975 fragten sie schon jeden Monat, und nachdem die Viking im August gestartet worden war, wollten sie es jede Woche bestätigt haben. Jetzt, im Jubiläumsjahr, checkten sie täglich und erhielten immer die gleiche Antwort: »Wir landen genau nach Plan am 4. Juli um drei Uhr nachmittag.«

Da die Regierung eines anderen spektakulären Ereignisses ermangelte, das sie als Höhepunkt des Geburtstages der Republik hätte verwenden können, klammerten sich die Politiker an die Marslandung als Gipfel aller Feierlichkeiten. Präsident Ford würde über alle Sender sprechen und die Wissenschaftler beglückwünschen, die dieses Wunder zuwege gebracht hatten. Die drei Fernsehgesellschaften würden die Fotos ausstrahlen, so wie sie auf der Erde eintrafen. Und die ganze Welt würde diesen Sieg des Intellekts mit Amerika feiern. Tausende von Amerikanern in allen Teilen des Landes stellten sich darauf ein, dieses große Abenteuer zu einem erfolgreichen Abschluß zu bringen.

Das Oberkommando der NASA beauftragte Dr. Stanley Mott, ins Jet Propulsion Laboratory in Pasadena zu fliegen, um dafür zu sorgen, daß es keine Pannen bei einem Ereignis gab, das von Millionen Menschen gesehen werden würde, und als er drei Wochen vor dem 4. Juli dort eintraf, stellte er erfreut fest, daß führende Wissenschaftler gekommen waren, um die Daten auszuwerten, die die Viking zur Erde funken würde; Ingenieure arbeiteten rund um die Uhr, um die Raumsonde auf Kurs zu halten; das Landestellenteam würde einen geeigneten Platz für das Aufsetzen aussuchen; das Bildübertragungsteam würde darüber entscheiden, welche von den tausend Fotos für die Medien freigegeben würden; das mit anorganischer Chemie befaßte Team würde die Daten analysieren, die von den Sensoren heruntergefunkt werden würden; das Oberflächenprobennehmerteam würde sich mit der Zusammensetzung des Planeten beschäftigen; und zumindest drei Teams würden versuchen, Beweise dafür zu sammeln, daß es auf dem Mars einmal Leben gegeben hatte ... oder in einer unbekannten Form immer noch gab.

Es war eine phantastische Konzentration brillanter Köpfe, die noch eindrucksvoller wurde, als die NASA eine Gruppe renommierter Zivilisten einflog, die nichts mit dem Projekt an sich zu tun, aber großes Interesse am Mars hatten. Sie sollten ein Seminar durchführen und dabei einen intellektuellen Rahmen erarbeiten, in dem die Landung zu verstehen war. Jacques Cousteau, hager und autoritativ, sprach von den inneren Kräften, die den Menschen dazu anstacheln, Forschung

zu betreiben – sei es nun auf dem Mars oder in den Tiefen der Ozeane. Ray Bradbury, der Gigant auf dem Gebiet der Science-fiction-Literatur erklomm poetische Höhen, um seine Gefühle auszudrücken, während der gelähmte Philip Morrison vom MIT, einer der bedeutendsten Denker der Welt, seine Überlegungen offenbarte, und die Viking lautlos ihrem Ziel zustrebte.
Am 3. Juli, während Präsident Ford seine Rede vorbereitete, in der er die Welt davon in Kenntnis setzen wollte, daß wir auf dem Mars gelandet waren, und sich die Kameras in dem Raum drängten, in dem Dr. Mott und seine Leute ihre wissenschaftlichen Erkenntnisse bekanntgeben würden, studierte eine kleine Gruppe von Technikern der NASA die Nahaufnahmen des Ortes, der vor sechs Jahren für die Landung ausgesucht worden war. Aber was der Scanner ihnen zeigte, versetzte ihnen einen Schock.
»In diesem Nest von Kratern können wir nicht landen.«
»Na hören Sie! Der Präsident der Vereinigten Staaten hält sich in Bereitschaft! Da draußen warten die Fernsehkameras!«
»Das ist mir egal. Man kann eine zerbrechliche Sonde nicht auf diesem Terrain landen.«
»Der Präsident der Vereinigten Staaten ist Ihnen egal?«
»Das habe ich nicht gesagt. Aber wenn Sie mich schon fragen ... in diesem Fall ist auch er mir egal.«
»Was schlagen Sie vor?«
»Die Landung um ein paar Tage zu verschieben. Und uns nach einer besseren Landestelle umzusehen.«
»Verschieben? Verdammt noch mal, das können Sie nicht.«
»Es bleibt uns nichts anderes übrig. Morgen zu landen ist völlig unmöglich. Wir müssen einen sichereren Platz finden.«
Tiefe Betroffenheit senkte sich über die Männer, denn sie wußten, welche Enttäuschung eine solche Verlautbarung zur Folge haben mußte. Sie berieten sich kurz, wer die Verschiebung bekanntgeben sollte, und schließlich wurden drei Herren ausgesucht: zwei Wissenschaftler, die mit dem Projekt vertraut waren, und Dr. Mott von der Zentrale. Sie holten tief Atem, und dann sagte der eine, der die Entscheidung getroffen hatte: »Also los, bringen wir es hinter uns!«
Die offizielle Bekanntmachung verursachte ein dumpfes Murren der Verärgerung im Saal, denn diese Hunderte von Journalisten und

Fernsehtechnikern waren von weit her gekommen, um an dem Augenblick des Triumphs teilzuhaben, und sie hatten nur bittere Worte für die drei Männer, die ihnen die schlechte Nachricht überbrachten.
»Damit ist also der ganze so fein ausgetüftelte Zeitplan im Eimer?« gab einer seinem Unmut Ausdruck. »Das ist richtig«, bestätigten die Wissenschaftler, aber als die Fragesteller zu Dr. Mott kamen, fanden sie ihn nicht bereit, auch nur einen Vorwurf anzuerkennen. Während die anderen in Hemdsärmeln waren, saß er steif in seiner Jacke da und parierte alle Angriffe.

> Wir können nicht am 4. Juli landen, und das ist für uns alle eine herbe Enttäuschung. Aber nachdem ich die letzten Aufnahmen gesehen habe, bin ich sicher, daß wir am 21. oder vielleicht schon am 20. Juli auf einem besseren und sichereren Platz landen werden. Das ist eine Verzögerung um sechzehn oder siebzehn Tage, und in der langen Geschichte der Forschung, was hätte es schon ausgemacht, wenn Christoph Columbus die Neue Welt statt am 12. Oktober zwei Wochen später entdeckt hätte?

»Wenn er noch weitere zwei Wochen zugewartet hätte, würden ihn seine Männer gelyncht haben«, brummte ein Reporter.

> Wir haben viele Jahre und Millionen Dollar darauf verwandt, ein positives Ergebnis zu erzielen. Noch nie in der Weltgeschichte ist ein solches Abenteuer unternommen worden, und wir dürfen den Erfolg nicht in letzter Minute dadurch gefährden, daß wir versuchen, inmitten einer Kraterlandschaft zu landen.

»Wird Ihr nächster Landeplatz besser sein?« erkundigte sich der Mitarbeiter einer wissenschaftlichen Zeitschrift.

> Wir können nichts garantieren, aber diese Mission ist so schwierig, daß wir auf eine größtmögliche Zahl für uns günstiger Faktoren bedacht sein müssen. Wir wissen, daß der für den

4. Juli vorgesehene Platz ungünstig ist. Wir hoffen, daß der nächste besser sein wird.

»Haben Sie denn nicht schon vor drei Wochen gewußt, daß dieser Platz nichts taugt? Dann hätten Sie uns nicht für nichts und wieder nichts herkommen lassen brauchen.«

Vor drei Wochen konnten wir uns nur auf Fotografien verlassen, die aus einer Entfernung von mehreren tausend Kilometern aufgenommen wurden. Jetzt haben wir Nahaufnahmen und Radarechobilder, und das ist ein großer Unterschied. Aber wenn wir am 21. Juli aus Nahaufnahmen ersehen, daß die Landestelle ungeeignet ist, werden wir auch diese links liegen lassen. Wissenschaftler, meine Herren, müssen Informationen ertasten, und, wenn wir sie haben, uns ihrem Diktat beugen.

So nahm dieser große Tag ein schmähliches Ende. Präsident Ford legte seine Notizen beiseite. Die Fernseh-Teams fuhren heim, und in der ganzen Welt erläuterten Besserwisser, wie man die Sache hätte anpakken sollen. Doch nach zwei Wochen kamen die Experten der NASA zu dem Schluß, daß nun alles zu ihren Gunsten stand, und am 20. Juli bissen sich Leute wie Carl Sagan von der Universität Cornell oder Hal Mazursky, der Geistesriese, auf die Lippen, und der weißhaarige Jim Martin hielt sich selbst den Daumen und ordnete an, die kleine Landestufe vom größeren Orbiter abzutrennen, der sie sicher über so viele Millionen Kilometer befördert hatte.
Einer der jungen Wissenschaftler umklammerte Motts Arm. »Es muß klappen«, wisperte er, und als das Signal die Erde erreichte, daß sich die Landestufe sauber gelöst hatte, seufzte der junge Mann auf und flüsterte: »Ich wußte, daß es klappen würde.«
Zwei qualvolle Stunden lang überprüften die NASA-Leute Indikatoren, während die Landestufe durch die Marsatmosphäre hinabschwebte. Als sie anfing, jäh nach unten zu stürzen, stieg die Spannung in der disziplinierten Stille des Raumes: »Viking befindet sich in hundert-tausend Meter Höhe ... fünfundzwanzigtausend ... Noch achthundert Meter vom Landeplatz ... Viking nähert sich Chryses in perfekter Stellung ...«

Es trat völlige Stille ein; die Männer hörten einander atmen. Dann kam über eine Entfernung von 318 Millionen Kilometern das konstante, nüchterne Signal: »Viking ist gelandet. Alle Systeme funktionieren.«

Männer sprangen in die Luft. Einige hatten Tränen in den Augen. Und Jerry Soffen, seit Beginn Leiter des Projekts, brüllte: »Nach fünfzehn Jahren ... der Mars.« Mott, von seinen Gefühlen überwältigt, nachdem er vor kurzem die Niederlage der Wissenschaft in der Fremonter Volksabstimmung erlebt hatte, feierte den unglaublichen Sieg, indem er mit Carl Sagan tanzte.

Der Mensch hatte die Planeten erreicht. Er stand bereit, dem ganzen Sonnensystem seine Geheimnisse zu entreißen. Selbst die Umwallungen der Galaxis waren nun zugänglich, und niemand konnte sagen, wo dieses unermeßliche Abenteuer enden würde. Im Vergleich damit war die Mondlandung von untergeordneter Bedeutung, denn der Mond war ein totes Anhängsel des Planeten Erde; der Mars aber war ein richtiger Planet.

Der junge Mann, der im Augenblick größter Spannung geflüstert hatte, betrachtete jetzt die ersten Bilder, die hereinkamen, und packte Mott abermals am Arm: »Verdammt! Eine öde Wüstenei! Wenn wir nur eine einzige Palme zu sehen bekommen hätten, wir würden schon morgen einen bemannten Flug zu planen beginnen. Aber so werden wir im September schon alles vergessen haben.«

Mott wußte, daß er recht hatte, aber nur, soweit es die unmittelbare Zukunft betraf, und darum glaubte er, den jungen Wissenschaftler korrigieren zu müssen: »In unserem Fach bauen wir nur langsam auf. Dieses Bild, das Sie so enttäuscht ... es könnte die Phantasie eines jungen Japaners entzünden. Oder die eines Schuljungen in Massachusetts.«

Er versuchte sich die Tage in Erinnerung zu rufen, da er ein solcher Schuljunge gewesen war. »Das wichtigste Buch, das ich gelesen habe, das war vielleicht jenes lächerliche Elaborat Percival Lowells. Es war alles Unsinn, aber es regte mich zum Nachdenken an. Sehen Sie mal! Vor siebzig Jahren ist es erschienen, und jetzt haben wir den Mars erreicht. Und wenn ich mitgeholfen habe, uns so weit zu bringen, dann hat er mir den Weg gewiesen.« Er trat näher, um die neuesten Bilder zu betrachten, die in Echtzeit entstanden. Sie zeigten keine Kanäle.

11. Die Ringe des Saturn

Stanley Mott war verärgert. Entsprechend seiner Ausbildung und seiner Neigung hätte er sich auf die fernsten Grenzen des Weltraums konzentrieren sollen, aber die Straftaten seiner Söhne hinderten ihn daran, eine der höheren Positionen in der Leitung der NASA zu erlangen. Anderseits machte ihn die ungewöhnliche Vielfalt seines Wissens – praktischer Ingenieur plus visionärer Astrophysiker – zu einem geschätzten Ratgeber.
Kürzlich waren ihm analytische Aufgaben im Bereich der landgestützten Luftfahrt zugewiesen worden, eine Arbeit, die ihn viele Monate lang in Anspruch nehmen konnte. »Eine schreckliche Vergeudung meiner Talente«, beklagte er sich bei Rachel, als er offiziell beauftragt wurde. »Ich war immer der Mann, der sich für kühne neue Forschungen eingesetzt hat. Jetzt werde ich meine Zeit in Fabriken wie Boeing oder Lockheed verbringen müssen, und das schmerzt mich.« Er warf einen traurigen Blick auf die Fotografie von NGC-4565 und sehnte sich nach dem Weltraum zurück.
Aber Mott war immer ein gewissenhafter Mann gewesen, und nachdem er drei Wochen lang die amerikanischen Leistungen im Flugwesen untersucht hatte, überkam ihn das brennende Verlangen, ein erstklassiges Stück Arbeit zu liefern; seine Freunde mußten zuhören, als er ihnen die Beweggründe für seinen neuen Enthusiasmus auseinandersetzte: »Ihr vergeßt, daß das erste A in NASA für Aeronautik, Luftfahrt, steht. In der Vergangenheit hat unsere Behörde sensationelle Beiträge zum Flugwesen geleistet, und jetzt, wo unsere Tätigkeit im Bereich der Raumfahrt im Schwinden ist, versteht es sich von selbst, daß Leuten wie uns neue Aufgaben gestellt werden.«
Er wies darauf hin, daß sich das Land wieder in großer Gefahr befand. »Ihr vergeßt, daß die Vereinigten Staaten in drei kritischen Pe-

rioden ihrer Geschichte weit hinter Europa zurückgeblieben waren. Das war 1915, als die alte NACA gegründet wurde. In der Zeit nach dem Ersten Weltkrieg und in den letzten Jahren des Zweiten Weltkriegs, als die Engländer und die Deutschen mit neuen Flugkörperformen und Motoren experimentierten. Und wißt ihr, was ich glaube? Daß wir wieder nachhinken.«

Er setzte seine Zuhörer in Erstaunen: »Unsere Flugzeugindustrie scheint fest entschlossen zu sein, alle Fehler zu wiederholen, die die Autofabriken bereits gemacht haben. Sie bleibt bei den Innovationen zurück. Die Forschung wird nicht im ausreichenden Maße gefördert. Sie bemüht sich nicht, das kleine Flugzeug zu bauen, das die Welt braucht. Wir ruhen uns auf unseren Lorbeeren aus, weil wir die wunderbare Boeing 747 haben.« Aufsehen erregte er aber erst, als er publik machte, daß das beste kleine Transportflugzeug jetzt in Brasilien, und die beste Mittelstreckenmaschine jetzt in Europa hergestellt wurde. »Die NASA sollte alles Erdenkliche tun, um Zukunftsdenken anzuregen – ein Hubschrauber, der mit einer Geschwindigkeit von hundert Stundenkilometern vorwärtsfliegen kann – eine Maschine, die auf engstem Raum abheben und aufsetzen kann, bessere Düsenmotoren und alles, was sich sonst noch verbessern läßt.«

Gegen ein solches Programm wandten sich viele Abgeordnete, aber auch hohe Beamte der NASA: »Wenn eine Idee geschäftlichen Erfolg verspricht, soll die Industrie für ihre Entwicklung bezahlen, aber nicht die Bundesregierung.« Es war der Wunsch dieser Leute, sämtliche große Luftfahrtzentren der NASA mit ihren Windkanälen an die Flugzeugfabrikanten zu verkaufen; diese, und nicht die NASA, konnten sich dann ans Experimentieren machen und neue Ideen für das Flugwesen entwickeln.

Mott mußte zugeben, daß sie für ihre Einstellung eine gewisse Logik beanspruchen konnten. Wenn ein privatwirtschaftliches Unternehmen damit viel Geld verdienen konnte, daß es sich eine Entwicklung der NASA zunutze machte, dann sollte dieses Unternehmen auch für die Kosten aufkommen; dennoch griff er diese Meinung scharf an.

> Ich möchte meinen, daß es sich bei den vier klügsten Gesetzen, die je vom Kongreß der Vereinigten Staaten verabschiedet wurden, um die folgenden handelt: Das erste Heimstättengesetz aus

dem Jahre 1862, durch das den Siedlern Freiland im Westen zugewiesen wurde; das Morrill-Gesetz aus demselben Jahr, nach welchem öffentliches Land nach der Weise vergeben wurde, daß jeder Bundesstaat seine eigene Landwirtschaftliche Hochschule bekam; dadurch entstanden ausgezeichnete Universitäten wie etwa Texas A and M oder Oklahoma State; die GI Bill, das Kriegsteilnehmer-Stipendium-Gesetz, das kostenlose Ausbildung für alle vorsah, die ihrem Land gedient hatten; und das von Präsident Fillmore 1850 unterzeichnete Eisenbahn-Landzuweisungsgesetz, das erste von vielen, die den Eisenbahnen Freiland zuwiesen, um es ihnen zu ermöglichen, ein riesiges Schienennetz zu bauen, um die Bundesstaaten enger aneinander zu binden; auch Flughäfen wurden auf Freiland errichtet, und von diesen konnten wir in ein neues Zeitalter fliegen.
Es gibt gewisse elementare Dinge, die ein Land tun sollte, um das schöpferische Feuer zu schüren, und dazu gehören großzügige Ausbildung und die tatkräftige Förderung neuer technischer Ideen. Wenn unser Land nicht fortfährt, experimentelle Arbeit im Flugwesen zu fördern, wird sie, fürchte ich, ungetan bleiben, und unsere wunderbare Industrie, die uns so viel Geld einbringt, wird dahinsiechen, wie dies schon unsere Automobilfabriken tun.«

Um seiner Idee zum Durchbruch zu verhelfen, hielt er in Industriezentren im ganzen Land Vorträge, und eines Tages im Jahr 1979, nach einem Besuch bei Lieferanten der NASA in Denver, bestieg er jenes unwahrscheinliche Flugzeug, das den Pendelverkehr zwischen dieser Stadt und den höchsten Rockies besorgte – man nannte es »Bergziege mit Flügeln« –, und landete in Skycrest, wo ihn ein Taxifahrer vor Millard Motts Laden absetzte. »Sie werden bald feststellen, daß sich hier alles trifft, was zur Zeit ›in‹ ist. Wenn Sie von Vail herübergefahren kommen, kaufen auch Präsident Ford und seine Leute hier ein.«
Mott trat ein und blieb einige Augenblicke an der Tür stehen, um einen ersten Eindruck von dem Geschäft zu gewinnen, und was er sah, gefiel ihm. Es war offensichtlich ein Sportartikelgeschäft, das nur die teuersten, aus Österreich importierten Skier verkaufte. Bedient wur-

den die Kunden von schicken jungen Männern, die sich auch als Skilehrer für Besucher aus dem Osten betätigten, die die Hänge ausprobieren wollten. Schließlich entdeckte ihn ein lebhaftes junges Mädchen, eilte auf ihn zu und fragte munter: »He, Kumpel, kann ich dir ein Paar Superski verkaufen? Nur vierhundertfünfzig Dollar?«
»Sie können scheinbar Herren und Jungs nicht auseinanderhalten.«
»Können Sie überhaupt Skifahren?« fragte sie.
»Ich bin hergekommen, um dem Schnee auszuweichen. Ich hasse Schnee.«
»Ich lade Sie auf ein Bier ein«, sagte sie und ging zu einem kleinen Eisschrank, holte eine Dose Coors heraus und riß sie auf. »Was kann ich für Sie tun?«
»Ich bin Millards Vater.«
»Ach herrje!« kreischte sie, sprang auf ihn zu und küßte ihn auf die Wange. »Sie sind der Mann, der die Jungs auf den Mond schickt, wenn sie schlimm waren!«
»Wenn sie brav waren.«
»Millard!« rief sie. »Dein Alter Herr ist hier!«
Millard kam aus einem hinteren Raum, ein stattlicher junger Mann von sechsunddreißig Jahren, der aussah wie Mitte Zwanzig – kein überflüssiges Gramm Fett, blondes lockiges Haar. Er trug eine Lodenjacke, die einmal sehr teuer gewesen sein mußte, und eine hellblaue Après-Ski-Hose. Er blieb einen Augenblick stehen, erkannte seinen Vater, eilte auf ihn zu und streckte ihm seine rechte Hand entgegen, die Stanley freudig ergriff.
»Du hast ja einen schicken Laden hier. Ist alles bezahlt?«
»Weißt du nicht mehr, was du uns gelehrt hast? ›Das einzige, was du auf Kredit kaufen sollst, ist ein Sarg.‹« Millard lachte, führte seinen Vater in das Büro und gestand ihm: »Ich habe mir geliehen, wo es nur ging. Und Wucherzinsen bezahlt. Aber der Laden hat großen Anklang gefunden. Nächste Woche stelle ich ein neues Mädchen ein.«
»Ich wette, die zwei da draußen sind auch nicht schlecht fürs Geschäft.«
»Die haben's faustdick hinter den Ohren.« Er lehnte sich zurück. »Du wirst überhaupt nicht älter, Vater. Wie machst du das bloß?«
»Deine Mutter ist eine wunderbare Köchin. Eine Gesundheitsfanatikerin. Du hältst dich aber auch gut.«

»Wie geht es Chris?« Die Frage kam viel früher, als Stanley erwartet hatte, aber er mußte sie beantworten.
»Er überlebt. Nicht einmal die Gefängnisaufseher haben viel Einfluß auf ihn. Er hat eine undurchdringliche Mauer zwischen sich und der Welt aufgerichtet.«
»Soll ich ihm einen Job anbieten, wenn er rauskommt? Skycrest ist ein eigenartiger Ort. Manchen Menschen hilft die klare Bergluft, mit sich selbst ins reine zu kommen. Für andere sind die Kneipen ihre letzten Stationen.«
»Ich fürchte, Chris würde sich für die Kneipen entscheiden.«
»Wie schrecklich. Ich nehme an, du besuchst ihn?«
»Immer wenn ich nach Canaveral komme.«
Stanley stellte fest, daß der Taxifahrer nicht gelogen hatte. Millards Laden wurde von Leuten frequentiert, die »in« waren. Im Laufe des Vormittags sah er drei führende republikanische Politiker und zwei Präsidenten großer Konzerne. Die jungen Verkäuferinnen begegneten ihnen mit rüpelhafter Respektlosigkeit, und die Herren ließen es sich gefallen. Es ging recht lebhaft zu, aber Stanley bemerkte, daß ein junger Angestellter, ein Mann von der Luftfahrtakademie, eifrig bemüht war, jedem, der den Laden betrat, etwas zu verkaufen. »Den solltest du dir zum Teilhaber nehmen«, riet er Millard.
»Ich habe schon einen Teilhaber. Er wird mit uns zu Mittag essen, und ich versichere dir, du wirst überrascht sein.«
Millard führte seinen Vater in einen Gasthof, wo neun der hübschesten Mädchen servierten, die Stanley seit langem gesehen hatte. Sie boten eine sehr beschränkte Auswahl von Speisen an: »Ich heiße Cheryl, Sie können in Sahne gebackene Eier mit Hühnerleber haben oder Rinderbraten in Rotwein zu einem astronomischen Preis oder eine ausgezeichnete Quiche aus Spinat und Speck. Folgen Sie mir, nehmen Sie die Quiche.«
»Wir werden zu dritt sein.«
»Drei Quiches?«
»Ich denke, wir warten lieber auf meinen Teilhaber.«
»Okay. Zwei Bier?«
Daraus folgerte Stanley, daß man in Skycrest etwas kaufen mußte, und zwar rasch, wenn man nicht hinausgeworfen werden wollte.
»Die Mädchen sind allesamt Dropouts aus verschiedenen Colleges.

Vassar, Texas, Berkeley. Um ein Restaurant mit Personal zu besetzen, brauchst du hier keine fünfzehn Minuten.«
»Und was geschieht mit ihnen?«
»Einige ... Ah, da ist er schon!« Stanley blickte auf und sah einen gutgewachsenen jungen Mann mit angegrauten Schläfen näherkommen. Tiefe Furchen zeichneten sein Gesicht, er kam Stanley bekannt vor.
»Ich bin Roger, Mr. Mott. Wir haben uns vor einigen Jahren in Kalifornien kennengelernt.«
»Roger aus Indiana!« Mott erinnerte sich gut an den Mann, der eine Amnestie ausgeschlagen hatte.
»Er hat drei Jahre in Leavenworth abgesessen, weil er sich der Einberufung entzogen hat«, sagte Millard fast stolz, »und jetzt ist er wieder da. Gott sei Dank ist er wieder da.«
Auf dem Flug von Denver nach Los Angeles schrieb Mott an seine Frau:

> Ich bin in einiger Verwirrung abgeflogen, aber auch mit einem Gefühl tiefer Befriedigung. Roger wurde aus dem Gefängnis entlassen; er trägt die Spuren seiner Haft mit Würde. Millard hat ihm die halben Eigentumsrechte an dem Laden überlassen; als Grund gibt er an, Roger hätte seine Strafe für beide abgesessen. Sie haben sich ein hübsches kleines Haus in Skycrest gebaut, wo ich viele führende Persönlichkeiten unseres Landes getroffen habe, denn unser Sohn ist ein angesehener Bürger des Gebirgsdorfes. Nach einem Besuch Millards und einer seiner Freunde sagtest du einmal, es wäre so, wie wenn man eine Tochter hat, die sich von ihrem Mann, einem Bankier, hat scheiden lassen und jetzt mit einem Architekten zusammenlebt. Nun, die Tochter ist wieder bei ihrem Mann, und ich hatte einfach nicht den Mut zu fragen, was mit Victor, dem Architekten, passiert ist. Aber es wäre gelogen, wollte ich verschweigen, daß in dem Haus wie auch im Laden der Geist der Liebe zu spüren ist.

Nicht die Luftfahrt war es, was Stanley Mott diesmal nach Los Angeles führte, sondern eine brisante Krise in der Raumfahrt. Vor zehn Jahren, als er mit anderen Dingen beschäftigt gewesen war, hatte das

Oberkommando der NASA viel Zeit und Gedanken darauf verwendet, eine größere Operation zu entwickeln, die das Apollo-Programm ersetzen könnte. Verspätet waren sie darauf gekommen, daß Dieter Kolff immer schon recht gehabt hatte: Was Amerika brauchte, war kein Ableger auf dem Mond, sondern eine Raumstation in einer Erdumlaufbahn, von der andere Fahrzeuge in höhere Umlaufbahnen gebracht werden konnten.

Doch die NASA ging noch einen Schritt weiter. Das Raumschiff würde mit Astronauten bemannt sein, die es zu mehrmaliger Wiederverwendung zur Erde zurückbringen könnten. So würde Amerika eine Art kostengünstigen fliegenden Omnibus besitzen, der zwischen Cape Canaveral und dem Weltraum hin- und herpendeln konnte.

Sobald Mott von dieser Entscheidung hörte, wurde er sich des Problems bewußt: »Wir haben bewiesen, daß wir starten, manövrieren und landen können, aber was haben wir zurückgebracht? Nur einen winzigen Teil dessen, was wir hinaufbeförderten. Und es war in ein Schutzmaterial eingehüllt, das abschmolz, sobald es das Feuer der oberen Atmosphäre passierte. Wir können unmöglich ein Raumschiff der Eintrittshitze aussetzen, und es dann wieder verwenden.«

Als er erfuhr, welche Lösung man vorgeschlagen hatte – auf die Stirnkanten dieser Raumfähre einzelne Ziegel, sogenannte »tiles«, aus einem neuen keramischen Material zu kleben, das der Hitze des Wiedereintritts widerstehen und sich mehrmals verwenden lassen würde –, verschlug es ihm die Rede. »Wie viele Ziegel wird man brauchen?«

Die Antwort lautete 31 689, und keiner würde dem anderen gleichen. Als Wissenschaftler akzeptierte er, daß sich solche Keramikziegel herstellen ließen, und auch der Klebstoff, um sie zu befestigen, aber als Ingenieur konnte er nicht glauben, daß Leute mit klarem Verstand eine so komplizierte Prozedur vorschlagen würden – aber sie beharrten auf der Richtigkeit ihrer Überlegungen: »Wir können kein abschmelzendes Material verwenden, Mott. Das haben Sie selbst gesagt. Wir müssen etwas haben, was dranbleibt und wiederverwendet werden kann. Also was? Eine spezielle Kupferlegierung wäre eine feine Sache, aber wenn wir die Raumfähre mit einer sieben Zentimeter starken Kupferplatte bedecken, gibt es auf der ganzen Welt keine Rakete, die sie von der Startrampe hochbekäme, und auch keine Bremse,

die sie nach der Landung wieder zum Stehen brächte. Also was bleibt uns übrig? Wir erfinden ein neues Material, einen neuen Kleber ...«
»Aber warum 31 000 Ziegel?«
»Weil die Raumfähre ein lebendes, atmendes, bewegliches Ding sein wird, ihre einzelnen Teile werden sich gegenseitig beeinflussen, und wenn wir unser neues Material – Dutzende Meter breit und einige Zentimeter dick – einfach auf die Rumpfspitze auftragen, würde die erste knarrende Bewegung in der Konstruktion die Schutzhülle zerreißen; sie würde in großen Klumpen herausbrechen. Wenn wir aber die Keramikziegel verwenden, bauen wir auch gleich viermal 31 000 Scharniere ein ... na ja, vielleicht etwas weniger, weil ja die Kante eines Ziegels mit der Kante des anderen verbunden ist. Das können Sie sich selbst ausrechnen. Jedenfalls eine Menge Scharniere. Und *die* geben nach, nicht die ganze Hülle.«
Als Mott Gelegenheit hatte, das Material zu sehen, das diese Herren erfunden hatten, war er begeistert; ein 10 × 10 Zentimeter großes und zweieinhalb Zentimeter dickes Täfelchen wog so viel wie eine kleine Schachtel Streichhölzer, eher weniger. Sie klebten ihm einen Ziegel auf die linke Hand und hielten eine Lötlampe, Tausende Grad heiß, an die Außenseite. Die Fläche färbte sich hellrot und dann weißglühend, aber keine Hitze erreichte seine Hand.
Doch die Montage der Ziegel auf der Oberfläche der Raumfähre wuchs sich, wie Mott es prophezeit hatte, zu einem so komplizierten Unternehmen aus, daß alle, die damit zu tun hatten, die Hände über dem Kopf zusammenschlugen. Eine Firma in Kalifornien erhielt den Auftrag, 31 689 verschiedene Ziegel zu liefern, die auf den Millimeter genau auf eine bestimmte Stelle auf der Raumfähre passen mußten, und dann wurde jeder einzeln mit der Hand eingesetzt. Für die äußere Schutzbedeckung verwendete man vier verschiedene Spezifikationen, je nachdem, wieviel Hitze der einzelne Keramikziegel würde absorbieren müssen, und man benötigte fünf verschiedene Kleber, um sie zu befestigen.
Damit nicht genug: Als die fertige Raumfähre von Kalifornien zum Start nach Cape Canaveral gebracht wurde, fiel eine erschreckend große Zahl von Ziegeln unterwegs ab, und das hieß, wäre dies ein richtiger Weltraumflug gewesen, daß die Raumfähre und ihre zwei Mann Besatzung möglicherweise verbrannt sein würden.

So war also die Raumfähre jetzt in Florida, und der Hersteller der Ziegel in Kalifornien – und daraus ergab sich eine Cross-Country-Operation höchst komplizierter Art. Die Monteure in Florida machten genaue Schablonen von den Ziegeln, die sie brauchten, und gaben an, aus welchem Material die einzelnen Ziegel sein und welche Oberfläche sie haben mußten. Zusammen mit der Schablone wurden die Spezifikationen dann nach Kalifornien geflogen, wo besonders geschickte Facharbeiter jeden einzelnen Ziegel bei Einhaltung engster Toleranzen fertigten, worauf er nach Florida zurückgeflogen, dort überprüft und sofort wieder nach Kalifornien geschickt wurde, wenn auch nur eine Kante oder eine Stärke nicht hundertprozentig den Spezifikationen entsprach. Nicht weniger als zwanzigtausend Mal mußte diese Prozedur vorgenommen werden, bis sich ein Ingenieur wie Mott schaudernd abwendete. Er konnte einfach nicht glauben, daß seine Kollegen eine solche Lösung akzeptiert hatten.

»Gibt's denn keine Ingenieure im Vorstand?« fragte er erschüttert seine Frau, und ihre Antwort lautete: »Eigentlich möchtest du nur wissen, warum sie dich nicht in den Vorstand berufen haben.«

Als braver Soldat und ängstlich um den guten Ruf der NASA besorgt, kritisierte er niemals den Sumpf, in den diese von ihm so geliebte Behörde geraten war, aber er machte sich oft Gedanken darüber, warum der Prozeß der Auswahl und Verifizierung, den die NASA so erfolgreich praktiziert hatte, diesmal schiefgelaufen war. Schließlich kam er zu der Überzeugung, daß jener hartherzige Teufel daran schuld war, der alle fähigen Menschen heimsuchte: Selbstüberhebung. Die Wissenschaftler der NASA, aufgebläht von so viel Erfolgen – der Mond, der Mars, der Jupiter –, waren zu der Überzeugung gekommen, daß ihnen alles gelingen mußte, und so fanden sie nichts Absurdes an einem Plan, der die Herstellung und Montage von Hand von 31 689 verschiedenen Keramikziegeln erforderlich machte.

Aber er verteidigte die NASA mit grimmiger Entschlossenheit und erklärte vor dem Kongreß wie auch vor den Medien, daß die Raumfähre fliegen und für die Vereinigten Staaten das Raumfahrzeug darstellen würde, das sie brauchten. Er sagte es so oft, daß er es schon bald selbst glaubte. Er verteidigte die Raumfähre vor Rotarier-Klubs, vor Studenten, im Fernsehen und, mit besonderer Beharrlichkeit, vor seinen Kollegen in Houston oder Huntsville.

»Aerodynamisch gesehen ist die Raumfähre sogar noch besser, als wir ursprünglich annahmen. Die Ziegel sind ein sekundäres Problem, das sich mit einem verbesserten Kleber wird lösen lassen. Das Startsystem ist das beste, das wir je hatten, das können Sie mir glauben.« Er konzedierte auch nicht die geringste Schwäche, und für seine Kollegen lag die Sache klar: Mit dreiundsechzig Jahren, kurz vor seiner Pensionierung, hatte sich dieser tüchtige, halsstarrige Mann die Raumfähre als seinen letzten Beitrag zum Programm der NASA auserkoren. Als Ausdruck einer Willenskraft, die seine Kollegen schon von früheren Gelegenheiten her kannten, würde er dieses Raumfahrzeug dazu bringen, aufzusteigen, durch die Atmosphäre zurückzukehren und wieder aufzusteigen.

Als ihm ein Korrespondent der *New York Times* mit verfänglichen Fragen über Kostenexplosion und Terminverzögerung zusetzte, lud er den Herrn zu einem Bier in die Dagger Bar ein. »Ihre Kritik hört sich vernünftig an. Die Verluste sind bedauerlich, aber wenn wir den Inflationsfaktor bedenken, wurde nur wenig mehr ausgegeben, als wir 1971 vorausberechnet haben. Und was Änderungen angeht, möchte ich Ihnen eine wahre Geschichte erzählen.

Vor einigen Jahren lernte ich einen Mann kennen, der den Papierkrieg bezüglich der PBY-5A erledigte. Vielleicht erinnern Sie sich nur an die ursprüngliche PBY, ein wunderbares altes Streitroß, ein Wasserflugzeug, das auf dem Meer niederging, um abgeschossene Flieger aufzunehmen. Nun, jemand hatte die Glanzidee, ein Wasser-Landflugzeug daraus zu machen, das sowohl auf dem Wasser wie auf der Erde niedergehen konnte, womit aber die Konstruktion nicht zweimal, sondern viermal so kompliziert wurde.

Nachdem der Hersteller die Maschine absolut narrensicher gemacht und die besten Leute im Beschaffungsamt der Navy ihren Segen dazu gegeben hatten, nachdem sie schon von den Fliegern der Navy akzeptiert worden war und Kampfeinsätze flog, mußten noch 536 verschiedene Verbesserungen vorgenommen werden, bevor die Maschine wirklich erstklassig arbeitete. So geht das, wenn man mit neuen Ideen experimentiert. Man tut sein Bestes, und wenn das Ding in allen Einzelheiten perfekt ist, kommen noch 536 Verbesserungen dazu. Bei der Raumfähre sind wir erst bei 421 – aber wir arbeiten noch daran.«

Jetzt gehörte es zu seinen Aufgaben, in ein verlassenes Nest in der kalifornischen Wüste zu fliegen, wo Dutzende von Technikern die letzte Serie Ziegel herstellten, und zwar jene, die sich um einen Höker der Raumfähre wölbten oder in einen Winkel schmiegten. Er konnte kaum glauben, wie kompliziert die Arbeit war. Selbst ein einfacher quadratischer Ziegel mit den Ecken A, B, C, D hatte völlig unterschiedliche Neigungsebenen von A zu C und von C zu D, und dabei glich auch die Krümmung der diagonalen Ebenen A–C der von B nach D verlaufenden keineswegs. Und die Spezifikationen verlangten eine von vier Mischungen des Materials, eines von vier verschiedenen Finishes und einen von fünf verschiedenen Klebern, um das Ding an der Raumfähre anzubringen. Es war eine Operation von absurder Vertracktheit, und er schämte sich für die Ingenieure, die sie sich ausgedacht hatten. Vor der Presse aber verteidigte er die NASA gegen jede Kritik.

> Die Raumfähre wird im März dieses Jahres starten. Wie geplant, wird sie drei Tage lang die Erde umrunden, und Amerika wird von der Eleganz und von der Vollendung ihrer Leistung überrascht sein. Offenbar bricht ein neues Zeitalter an, und ich möchte Ihnen versichern, daß es ein Zeitalter der Verheißung sein wird.

Doch wenn er nachts in seinem Motelbett lag und nicht einschlafen konnte, stellte er sich vor, was mit Amerikas Raumfahrtprogramm geschehen würde, wenn die Raumfähre bei ihrem ersten Start Schwierigkeiten hätte oder beim Wiedereintritt in Flammen aufging, und im Geist erlebte er die Kette von Katastrophen: höhnische Kommentare in der Presse, süffisante Randbemerkungen im Fernsehen – »Wir haben es ja gleich gesagt!« – und, das schlimmste, Angriffe und Schmähungen im Kongreß. Er sah sich schon vor dem Senat aussagen, ohne daß Männer wie Mike Glancey ihre schützende Hand über ihn oder die NASA gehalten hätten. Schreckensbilder zogen vor seinem geistigen Auge vorbei: Huntsville schloß seine Tore; Wallops, wo er die Beschaffenheit der Schichten der oberen Atmosphäre entdeckt und herrliche Tage dabei erlebt hatte, wieder nur ein ödes Sandriff; der Betrieb in Houston eingestellt; das Jet Propulsion Laboratory, die Heimat großer Geister, zu einem Lagerhaus verkommen.

Zeig, was du kannst! lautete sein Stoßgebet, denn vielleicht mehr als sonst jemand in Amerika war er sich der entsetzlichen Last bewußt, die die Raumfähre auf ihrem Jungfernflug tragen würde. Zeig, was du kannst! Steig auf in die Luft und kehre sicher wieder zurück. Im Morgengrauen schlief er endlich ein, doch auch dann träumte er noch von Ziegeln, die in 165 000 Meter Höhe bei einer Temperatur von 65 000 Grad abfielen, und in Schweiß gebadet wachte er wieder auf. Aber er teilte diese Ängste niemandem mit. Er war zum Sprecher für das Raumfährenprogramm berufen worden, ein Mann, dessen über jede Kritik erhabenen Leistungen auf so vielen Gebieten ihm ein großes Maß an Glaubwürdigkeit zusicherten, und er würde tun, was man von ihm erwartete.

Professor Pope lehrte seine Studenten Astronomie, als ob er Gruppen von zukünftigen Astronauten ausbildete. »Sie alle leben unter den Sternen, meine jungen Freunde, ob Sie sich dessen bewußt sind oder nicht. Schiffen gleich, die führerlos Wind und Wellen preisgegeben sind, orten Sie Ihren Platz auf der Erde durch Ihre Beziehung zu den Sternen – und wenn Sie die Erde verlassen und sich in die Luft erheben, dann richtet sich Ihr Flugzeug nach der Position der Sterne. Ich muß darauf bestehen, daß Sie diese Positionen kennen, damit Sie wissen, wo Sie sich befinden.«
Seine Studenten verbrachten viel Zeit im Planetarium, wo sie sich mit dem Himmelsgewölbe vertraut machten; vor allem lag ihm daran, sie über die schwierigen südlichen Sterne zu informieren, die die meisten von ihnen nie zu Gesicht bekommen würden. »Wenn Ihr Flugkapitän ausfällt, wenn er statt in Woonsocket mit Ihnen in Australien landet, sollten Sie in der Lage sein, den Weg nach Fremont zurückzufinden, indem Sie den Sternen folgen«, und er lehrte sie, was sie von Kanopus, Alpha und Acrux wissen sollten.
Zuweilen aber ergriff innere Bewegtheit den Hörsaal, und die Studenten erinnerten sich, daß sie es mit einem richtigen Astronauten zu tun hatten. Ein Bauernjunge aus der Umgebung, der den Himmel beobachtete und sich sogar ein eigenes Fernrohr gebastelt hatte, richtete eines Tages die Frage an ihn: »Professor Pope, drei von den Sternen auf Ihrer Liste kann ich in meinem Sternatlas nicht finden, nämlich Navi, Regor und Dnoces.«

Pope rang nach Atem. Er versuchte zweimal zu antworten, und es gelang ihm nicht. Die Studenten konnten es sich nicht erklären, doch dann gewann er seine Fassung zurück: »Am Abend des 27. Januar 1967 überprüften wir die erste bemannte Apollo-Kapsel. Etwas ging schief, und Grissom, White und Chaffee verbrannten bei lebendigem Leib. Am Himmel gab es drei Räume, wo Navigationssterne gebraucht wurden, aber noch keinen Namen erhalten hatten, und so tauften wir sie Navi nach Ivan Grissom, Regor nach Roger Chaffee, und Sie werden nie erraten, wie wir Ed White ehrten. Mit seinem vollen Namen hieß er Edward Higgins White II, also Second, und dieses Second drehten wir um, und ich finde, das ist der originellste Name von allen.« Er unterbrach sich, um den Studenten Gelegenheit zu geben, die Positionen dieser drei wichtigen Sterne zu prüfen und ihre Konstellationen zu identifizieren: Navi in Kassiopeia, Dnoces am anderen Ende des Großen Bären, und weiter im Süden Regor im Sternbild Fuhrmann.

»Solange Amerikaner in den Weltraum fliegen«, fügte er dann hinzu, »werden die Geister von Grissom, White und Chaffee über ihnen wachen.«

Und einmal fragte ihn eine junge Hörerin: »Es hat schon immer Spekulationen über Oberst Claggetts letzte Worte bei Ihrem Apollo-18-Flug gegeben, und soviel ich weiß, wurde der Wortlaut nie offiziell bekanntgegeben. Was hat er nun wirklich gesagt?«

»Es war unverständlich«, wich Pope aus. »Diese entsetzliche Strahlung! Die Übertragung zur Erde war praktisch ausgelöscht.«

»Aber *Sie* müssen ihn doch gehört haben, Sie waren ja nicht auf der Erde. Sie waren dort.«

Pope dachte kurz nach. Für ihn waren Claggetts letzte Worte, die er so deutlich gehört hatte, eine privilegierte Mitteilung gewesen, und an diesem Morgen blieb er bei dieser Auffassung und lehnte es ab, die Frage des Mädchens zu beantworten, doch als er am Abend im Planetarium arbeitete und die Sterne vorbereitete, die er seinen Hörern am nächsten Tag zeigen wollte, kam er zu der Überzeugung, daß nichts damit gewonnen war, wenn er Claggetts Worte für sich behielt. Es waren die Gedanken seines toten Kameraden, und darum antwortete er dem Mädchen am nächsten Tag nach der Vorlesung: »Ich habe nie publik gemacht, was Oberst Claggett sagte, als ihm klar wurde, daß

er mit seiner Fähre abstürzen und auf dem Mond sterben würde, aber ich sehe keinen Grund, das Geheimnis noch länger zu bewahren. Ich werde seine Worte wiederholen und es Ihnen überlassen, seine Worte zu interpretieren. ›Heiliger Sankt Leibowitz, laß sie da unten weiterträumen.‹« Und damit verließ er den Hörsaal.
Die Studenten durchstreiften das Universitätsgelände, um eine Erklärung für diesen sonderbaren Satz zu finden; die Wörter *heilig, Sankt* und *Leibowitz* bildeten eine so widersprüchliche Verbindung, daß sie nichts damit anfangen konnten, aber einer der Burschen hatte einen Science-fiction-Fan zum Freund, und der lüftete das Geheimnis in Sekundenschnelle. Am nächsten Tag hob der Student die Hand, um Pope wissen zu lassen, daß er die Lösung wußte, und als sich Pope über ihn beugte, flüsterte der Junge: »Walter Miller.« Pope kehrte auf das Podium zurück und sagte:

> Viele Leute sind der Meinung – und auch Claggett war dieser Ansicht –, daß der beste Science-fiction-Roman, der je geschrieben wurde, ein Buch von einem gewissen Walter Miller sei. Er nannte es *Lobgesang auf Leibowitz*. Es spielt im Jahre 3175. Ein Atomkrieg hat die Welt in Trümmer gelegt, und in einem großen Aufstand gegen die Wissenschaft, ähnlich wie wir ihn heute erleben, sind alle Bibliotheken, Laboratorien und Forschungsstätten zerstört worden. Man hat Wissenschaftler abgeschlachtet ... die Menschen leben in Höhlen; es gibt weder Elektrizität noch Medizin, noch Bücher.
> Nordamerika hat sich in einander bekriegende Feudalstaaten gespalten, und das Leben ist unerträglich trostlos, aber in einer Ecke von New Mexico hat eine Gruppe von aufopferungsfähigen Männern, nennen wir sie Mönche, im geheimen die Überlieferung eines weisen Wissenschaftlers aufrechterhalten, der einst dort gelebt hatte, eines tugendreichen Mannes namens Leibowitz. Das kostbarste Dokument, das diese weltabgeschiedene Zivilisation besitzt, ist ein von allen verehrter Zettel aus Leibowitzens Laboratorium. Er ist zweifellos authentisch, konnte aber noch nicht entziffert werden. Der Text lautet:
> Ein Pfund geräucherte Rindschulter
> Eine Dose Kraut

Sechs Krapfen
Emma mitbringen
Dieser mysteriöse Zettel ist die Grundlage, auf der die Kultur des ganzen amerikanischen Westens neu erstehen wird. Ich lege Ihnen Leibowitz ans Herz. Als Oberst Claggett starb, gab er uns in seine Hände, und ich bin ganz sicher, der Heilige wäre überrascht, zu erfahren, daß der Staat Fremont dafür gestimmt hat, alle Bücher, die sich mit der Evolution und Geologie beschäftigen, zu verfemen – denn genau das ist in seinem Teil Amerikas auch zu seinen Lebzeiten passiert. So um das Jahr 2000.

Im Februar 1981 wurde der Druck auf Stanley Mott, als Sprecher für die Raumfähre, nahezu unerträglich, denn die Reporter nahmen jede geringfügige Verzögerung, die bei einer so verwickelten und bedeutenden Operation unvermeidlich war, zum Anlaß, den Mißerfolg des ganzen Projektes an die Wand zu malen. Tausende sarkastische Worte wurden über die Ziegel geschrieben, und eine unternehmende Journalistin wühlte sich durch die ganze Geschichte der NASA und stellte in fetten Schlagzeilen die Frage: HAT DIE NASA IHR KÖNNEN VERLOREN? Es herrschte Katastrophenstimmung, und als zwei Männer tatsächlich starben, weil sie zur falschen Zeit den falschen Raum betraten und reinen Stickstoff einatmeten, begann selbst Mott sich zu fragen, ob dieses große Vorhaben nicht unter einem ungünstigen Stern stehen könnte, aber er behielt seine Befürchtungen für sich.

In der Öffentlichkeit blieb er der wackere Verteidiger der Raumfahrt, und als er nach Canaveral hinunterflog, um die majestätische Maschine auf der Startrampe zu sehen, waren selbst seine geheimsten Zweifel wie weggewischt, und vor Journalisten erklärte er aus innerster Überzeugung: »Das Ding wird fliegen. Es wird ein neues Zeitalter der Weltraumforschung einleiten.«

Als der Start für den 10. April 1981, frühmorgens, fixiert wurde, zog er ins Bali Hai, wo die Quints ihn und andere Beamte der NASA mit üppigen Mahlzeiten verwöhnten. Die Ex-Astronauten Cater und Pope kamen zu einem Familientreffen mit Hickory Lee, der als CapCom fungieren sollte, bevor er, sollte der Start erfolgreich verlaufen, die Kontrolle an Houston weitergab.

Als alles an Ort und Stelle war und die Prognosen positiv lauteten, befand sich Mott schon fast in gelöster Stimmung, aber sein Ingenieurwissen ließ ihn nicht vergessen, daß noch einiges schiefgehen konnte. Diese verdammten Keramikziegel konnten absplittern und das große Raumschiff verwundbar machen. Es war der Abend vor dem Start, und er kam nicht zur Ruhe.
Er erhob sich um zwei Uhr früh und blickte auf den dunklen Himmel hinaus. »Gott sei Dank«, murmelte er, »es regnet nicht ... und es stürmt auch nicht.« Es sah alles gut aus, doch als er und zwei Herren von der NASA-Zentrale in den Wagen stiegen, um nach Norden zu der nur wenige Kilometer entfernten Abschußrampe zu gelangen, gerieten sie in ein Verkehrsgetümmel von unvorstellbaren Ausmaßen, und als sie endlich einen Polizeibeamten sichteten, sagte der: »Ich kann nichts tun. Das sind vielleicht eine Million Menschen, die uns da die Ehre geben. Das sind Leute, die die bisherigen Apollo-Flüge versäumt haben.«
Um fünf Uhr war sein Wagen vollkommen von anderen Fahrzeugen eingeschlossen, und es hatte ganz den Anschein, als ob er nie und nimmer nach Canaveral, geschweige denn zur Abschußrampe gelangen würde. Er tröstete sich, daß er von seinem gegenwärtigen Standort den Start doch würde verfolgen können, aber dann ging es langsam weiter. Und als die Zeit für den Start näherrückte, stand er in einer Mulde hinter Bäumen und hohen Gebäuden – ohne jede Chance, den Strand zu sehen, wo die Raumfähre wartete.
»Wir werden die ganze Schau verpassen«, sagte er resigniert zu seinen Begleitern, und einer, der ein Transistorradio dabei hatte, erinnerte ihn immer wieder daran, wie schnell die Zeit verging. Es war ein Fiasko, das letzte in einer langen Reihe, und wieder fragte sich Mott: Steht die ganze Sache unter einem ungünstigen Stern?
Und dann kam eine gute Neuigkeit: Weil einer der fünf Computer Mucken hatte, würde es eine kleine Verzögerung beim Start geben, und das konnte ihnen gerade genug Zeit schenken, aus dem Stau auszubrechen und zum Startgelände vorzustoßen. In diesem Augenblick kam, von Polizei eskortiert, ein größerer Wagen mit NASA-Personal vorbeigebraust, und einige Beamte erkannten Dr. Mott. »Folgen Sie uns!« Und die Kolonne aus VIP-Wagen brauste querfeldein und erreichte tatsächlich zur rechten Zeit das Startgelände.

Es war ein für Florida typischer perfekter Aprilmorgen, und das strahlende weiße Raumschiff am Ufer des Atlantik machte ihn wert, im Gedächtnis behalten zu werden. Mott und seine Leute saßen auf der der Startrampe nächsten Tribüne, aber auch zu der waren es mehr als acht Kilometer, eine Entfernung, die aus Sicherheitsgründen geboten schien; wenn die Rakete verrückt spielte, würde sie wohl über diese Distanz keinen Schaden anrichten.

Es schien Mott, als ob sich alle Menschen, die ihm je begegnet waren, eingefunden hätten, um dabei zu sein, wenn Amerika seinen friedlichen Angriff auf den Weltraum wieder aufnahm: frühere Verwalter, die mit Haushaltsausschüssen gekämpft hatten, frühere Ingenieure, die die großen Maschinen geplant hatten, frühere Wissenschaftler, die den Weg zu den Sternen vorgezeichnet hatten, und gute Freunde aus dem Kongreß. Doch einige der besten fehlten: Lyndon Johnson, der die großen Perspektiven gesehen hatte, war tot, und tot waren auch Mike Glancey, der die grobe Arbeit getan hatte, Wernher von Braun, dessen Kindheitsträume alles erst möglich gemacht hatten, John Kennedy, der in einer Zeit nationalen Unbehagens den Mut zu diesen magischen Worten gefunden hatte: »Ich glaube ... noch bevor zehn Jahre herum sind ... wird ein Mensch auf dem Mond landen und sicher zur Erde zurückkehren ...«

Doch nachdem sich alle begrüßt hatten, wurden die leeren Minuten immer länger; die Menschen fingen an sich zu ärgern, und alle Zweifel kehrten zurück. Ein Wissenschaftler versuchte, die trübe Stimmung aufzuhellen, indem er von der Fernsehgesellschaft erzählte, die sich ein etwas phantastisches Hauptquartier hingebaut hatte, um von dort aus den Start zu beobachten: »Muß sie gute zehntausend Dollar gekostet haben. Aber sie hatten es so aufgebaut, daß es zur falschen Richtung hin lag. Als die Techniker aus New York kamen, sagten sie: ›He, wir sehen nichts als Sümpfe!‹ Wir liehen ihnen einen großen Kran, hoben das Ding in die Höhe und drehten es um hundertachtzig Grad herum.«

Gegen neun Uhr war schon klar, daß es nicht zum Start kommen würde; einem mutwilligen Kind gleich, weigerte sich der dickköpfige fünfte Computer, mit den anderen vier zu reden, und so mußte die bittere Neuigkeit bekanntgegeben werden: »Der Start ist verschoben.«

Jetzt machten sich die unübersehbaren Massen wieder auf die Rückfahrt, und der Stau bis zum Bali Hai war noch schlimmer als der frühere, doch als die Karawane endlich dort ankam und die enttäuschten Männer in die Dagger Bar marschierten, wartete dort ein Telefonanruf auf Dr. Mott: »Könnten Sie bitte ins Hilton herüberkommen? Zwei Fernsehteams möchten ein Interview mit Ihnen machen.«
Er sah sich im Lokal um, entdeckte Pope und Cater, die in verbitterter Zweisamkeit dasaßen, und forderte sie auf, mitzukommen. »Zeigen wir den Armleuchtern, daß es keinen Grund zur Sorge gibt!« Viele Kritiker meinten später, daß es bei weitem die beste Schau dieses Tages gewesen war, der so verheißungsvoll begonnen hatte. »Man stellte uns einen Wissenschaftler vor, der sich etwas denkt, wenn er den Mund aufmacht, sowie zwei freimütige Astronauten, die nicht mit großen staunenden Kinderaugen in die Welt gucken.«
Mott ließ sich nicht in die Enge treiben, und auch John Pope stellte sich entschlossen hinter das Programm, aber es war der kernige Ed Cater aus Louisiana, der das Gespräch immer wieder auf die praktischen Aspekte zurückbrachte: »Ich hatte mehr Probleme mit meinem Oldsmobile Tornado als die da oben mit ihrer Raumfähre. Wenn sie mich ließen, ich würde schon morgen damit losfliegen. Die Raumfähre kann so vieles, was unsere Apollos nicht konnten. Ich bin auf dem Mond spazierengegangen, und es hat Spaß gemacht, aber jetzt müssen wir an die Hausarbeit denken. Diese Raumfähre wird Sonntagmorgen loszischen, als ob sie Pfeffer im Hintern hätte, und wie ich John Young kenne – und ich bin verdammt lange mit ihm geflogen –, wird er wie eine sorgsame Farmersfrau, die einen Korb Eier zu liefern hat, in Kalifornien landen.«
Den Rest des Tages verbrachten Mott, Cater und Pope in der Dagger-Bar. Sie sprachen von alten Zeiten und hielten der NASA heimlich die Daumen. Als es Abend wurde, kam auch Hickory Lee dazu, und weil sie die Profis waren, forderten sie keinen auf, sich ihnen anzuschließen.
Freitag konnte Mott nicht einschlafen, und Samstag, nach einem weiteren langen Tag in der Dagger-Bar, überlegte er, ob er ein Schlafpulver nehmen sollte. Aber der Gedanke, regungslos im Bett zu liegen, während die Raumfähre abflog, deprimierte ihn, und so lag er bis zwei Uhr früh wach. Dann kleidete er sich an, stieg in seinen Wagen

und schloß sich mit drei Beamten von der NASA einer Polizei-Eskorte an, die sie rasch auf das Startgelände brachte. Während sich einige Frauen einfanden, um ihre Erfrischungsstände aufzustellen, stieß Mott in der Dunkelheit auf seine Kollegen und versicherte ihnen: »Dieser Vogel wird fliegen. Er wird Amerika in Erstaunen versetzen.«

Im Morgengrauen war die Aufregung groß, und als im Radio der letzte Countdown begann und Mott feststellte, daß ihm das Herz bis zum Hals schlug, dachte er nur: Ich hoffe, die Jungs da oben nehmen es leichter, als ich es tue.

Ein Brausen! Ein Aufflammen unendlicher, strahlender Helligkeit! Ein donnerndes Getöse, das über das leere Sumpfland herüberrollte. Und dann das langsame, unbeirrbare Aufsteigen der riesigen Maschine, die sich majestätisch in die Luft erhob.

Fast wäre Stanley Mott in seinem Faltstuhl zusammengesunken. Seine Kräfte waren erschöpft, und er konnte nicht reden, denn er wußte, daß die eigentliche Qual jetzt erst begann und nicht enden würde, bis die zwei Männer ihr Raumschiff mit intakten Ziegeln zur Erde zurückgebracht hatten. Und schon während diese Unsicherheit in ihm zu nagen begann, meldete ein Sprecher im Radio: »Als sich die Luke öffnete, konnten die Astronauten sehen, daß mehrere Ziegel fehlten.«

Zusammen mit einigen Kollegen flog er nach Los Angeles hinüber und von dort mit einer kleinen NASA-Maschine zum Luftstützpunkt Edwards in der Wüste, wo er sich mit anderen Wissenschaftlern und Ex-Astronauten zusammenfand. Vertreter von zwei Fernsehstationen wollten wissen, ob er etwas über die fehlenden Ziegel sagen könne. Doch da er es nicht riskieren mochte, seine Befürchtungen in die Öffentlichkeit zu tragen, lehnte er ab. Er hörte einen Sprecher sagen: »Hohe Beamte der NASA weigern sich, einen Kommentar zu dieser gefährlichen Lage abzugeben.«

Dienstag stand er schon früh auf, schnitt sich beim Rasieren und fuhr auf die unermeßliche Weite der flachen, leeren Wüste hinaus, auf der die Raumfähre landen sollte, und während er dort wartete, zitterten ihm die Knie: Lieber Gott, bring sie heil wieder herunter. Es fröstelte ihn bei dem Gedanken, wie die Kritiker sich den Mund zerreißen würden, wenn es im letzten Augenblick zu einer Katastrophe kam.

Aus Einsatzbesprechungen wußte er, daß Young und Crippen ungefähr um diese Zeit weit über dem Indischen Ozean ihre Entscheidung treffen würden; sie würden Australien überqueren und, auf Kalifornien zuschießend, mit dem Abstieg beginnen. In wenigen Minuten würden sie mit einer Geschwindigkeit von Mach 24,5 in die dichte Atmosphäre eintauchen; die Hitze würde so intensiv... Der Lautsprecher riß ihn aus seinen Gedanken: »Columbia ist nun in die funktote Zone eingetreten. Die Hitze ist so groß, daß es unmöglich ist, die Funkverbindung aufrechtzuerhalten.« O Jesus, betete Mott, laß diese Ziegel bleiben, wo sie hingehören.
Das war der Augenblick, der den Männern oben im All und auch jenen, die sie unten überwachten, höchstes Vertrauen abforderte. Für Menschen, die zu den Sternen aufgestiegen sind, ist es nicht leicht, auf die Erde zurückzukehren.
Mott stockte der Atem. Die Männer um ihn herum verstummten. Was war da oben los? Dann kam der beglückende lebhafte Klang einer menschlichen Stimme, völlig ruhig, ohne Panik: »Einfach Spitze, auf diese Weise nach Kalifornien zurückzukommen.«
Dann funkte eines der gewöhnlichen Flugzeuge, die am Himmel Wache hielten, Fernsehbilder von dem großen Raumschiff zur Erde, dem ersten, das so intakt heimkehrte, wie es aufgestiegen war. Die Leute fingen an zu jubeln, denn sie konnten sehen, wie die Raumfähre in Echtzeit erschien. Sie näherte sich der Erde wie irgendeine Verkehrsmaschine, die aus Australien kam, und Mott klatschte wie ein Kind in die Hände.
Und schließlich kam der elektrisierende Augenblick, wo die herrliche Maschine – einem Adler gleich, der in sein Nest zurückkehrt – triumphierend aufsetzte, die Rollbahn hinunterjagte und jäh abbremste. Noch nie war ein Flug so glatt zu Ende gegangen, von dem so viele erwartet hatten, daß er scheitern würde.
Mott sah sich nach einer Sitzgelegenheit um, denn er fürchtete ohnmächtig zu werden.

Am Tag, nachdem die Raumfähre in Kalifornien gelandet war, erhielt Rachel Mott in Kalifornien ein überraschendes Geschenk aus Huntsville. Es kam von den Kolffs und enthielt einen handgeschriebenen Zettel: »Könnten Sie mich bitte anrufen und mir einen Rat geben?

Dieter.« In dem Päckchen befanden sich zwei Schallplatten, und beide waren von einem Ensemble, das der junge Magnus Kolff zusammengestellt hatte. Bostoner Blechbläser nannten sich die Mitglieder des Ensembles; es waren elf erstklassige Musiker des Boston Symphony Orchestra und dazu fünf Männer aus anderen Orchestern. Die erste Platte enthielt vier von Magnus transkribierte Werke von Vivaldi, Schumann, Beethoven und Brahms, und die vollen, getragenen Töne ließen die Freude der Männer erkennen, mit der sie die Musik gespielt hatten, bei der sie und nicht die Violinen oder die Solisten die Stars gewesen waren. Rachel konnte nicht erkennen, wann Magnus selbst spielte, denn er räumte den drei Trompeten oder gar sich selbst keinen Vorrang ein.

Nach Rachels Meinung würde sich die zweite Platte besser verkaufen, denn sie enthielt Weihnachtslieder, die mit bezaubernder Süße des Ausdrucks gespielt waren. Auf der zweiten Seite waren Kolff, der als Leiter fungierte, die Weihnachtslieder ausgegangen; statt dessen gab es drei Stücke zu hören, die Rachel schon als Kind geliebt hatte: Das Largo aus Händels *Xerxes,* das *Ave Maria* von Bach-Gounod und Bizets wunderschönes *Agnus Dei,* das man in diesen Tagen so selten zu hören bekam.

Sie spielte beide Platten zweimal und genoß die vollen Töne, die die Kollegen des jungen Kolff hervorgebracht hatten. Dann rief sie Huntsville an, um zu erfahren, was das für ein Problem war, das den alten Kolff plagte. Sein Anliegen überraschte sie.

> Ich freue mich, Ihre Stimme zu hören, Rachel. Ich vertraue Ihrem Urteil. Es betrifft meinen Enkel Wernher, Magnus' Sohn. Haben Sie die Platten bekommen? Der Klang ist herrlich, nicht wahr? Er ist der Dirigent, wissen Sie.
> Ich habe folgendes Problem. Magnus lebt in Huntsville, und der kleine Wernher ... na ja, der Junge ist alt genug, um etwas zu lernen, und Magnus meint, wir sollten ihn nach Deutschland schicken, um dort zu studieren. Liesl und ich sind auch dieser Meinung. Was denken Sie?
> Warum? Aus einem sehr guten Grund, Rachel. In Alabama hat sich eine Bewegung ausgebreitet, die mit fanatischem Eifer dafür kämpft, die Evolutionstheorie, die Geologie und andere

Naturwissenschaften aus den Lehrsälen zu verbannen. Ein Priester namens Strabismus führt einen Kreuzzug mit dem Ziel, den Unterricht in diesen Fächern einzustellen. Ich finde, man darf einem talentierten jungen Menschen nicht den Zugang zum Wissen verbauen. Wie hätte von Braun die Rakete erfinden können, wenn ...«

Sie unterbrach ihn: »Schicken Sie Ihren Enkel sofort nach Deutschland. Wenn Amerika darauf beharrt, ins finsterste Mittelalter zurückzukehren, könnte es nötig werden, unsere intelligentesten Kinder auf chinesische oder deutsche Schulen zu schicken. Lassen Sie sie draußen die richtige Welt entdecken und holen Sie sie dann zurück, um die reine Lehre hier am Leben zu erhalten.«
»Das habe ich Magnus auch gesagt. Mein Enkel Wernher könnte ein zweiter von Braun werden. Oder Bankbeamter. Wie habe ich es nur geschafft, einen Sohn zu zeugen, der wie ein Engel Trompete bläst? Wer weiß? Aber der Junge muß die Chance haben, die Wahrheit kennenzulernen, ganz gleich, was aus ihm wird.«
Liesl Kolff kam ans Telefon. Sie war inzwischen fünfundsechzig und vom Gang der Ereignisse in Alabama ein wenig verwirrt. »Meinen Sie, wir tun das Richtige, Mrs. Mott?«
»Setzen Sie ihn ins nächste Flugzeug, Liesl. Er darf nicht Schaden an seiner Seele nehmen.«
»Würden Sie Dr. Mott bitten, uns anzurufen? Ich bin nun mal eine altmodische Deutsche. Ich möchte es von einem Mann hören.«
Als Stanley nach Hause kam und seine Frau ihm erzählte, was sie den Kolffs geraten hatte, war er bekümmert und rief sofort Huntsville an. »Ich fürchte, Dieter, Rachel hat Sie schlecht beraten. Ich sehe keinen Grund, Ihren Enkel nach Deutschland zu schicken. Amerika ist ein freies Land, und seine Bürger dürfen die verrücktesten Dinge tun. Also können sie auch versuchen, die Geologie zu verbieten.«
»Wie sollen wir gegen solchen Unsinn ankämpfen?«
»Mit Fakten. Mit Logik. Mit neuen Entwicklungen. Wir beschützen die Wissenschaft mit Wissenschaft. Wie wir den Glauben mit Glauben schützen.«
»Aber sie fangen schon an, Gesetze zu erlassen, Stanley. Man wird unserem Wernher nicht erlauben, die Wahrheit zu lernen.«

»Sie erlassen Gesetze, und wir setzen sie außer Kraft, und dann sind es keine Gesetze mehr. Ich habe großes Vertrauen in dieses Land.«
»Millionen Menschen hatten großes Vertrauen in Deutschland, und Sie wissen, was passiert ist.«
»Lassen Sie den Jungen in der Schule, Dieter. Geben Sie ihm gute Bücher zu lesen. Und wenn Sie es sich leisten können, schicken Sie ihn im Sommer nach Deutschland ... auf Besuch ... damit er sich selbst ein Bild machen kann ... und vergleichen.«
Er legte auf. »War ich zu hysterisch?« fragte Rachel. »Ist es falsch, wenn ich fürchte, daß die Neandertaler gewinnen werden?«
»Sicher werden sie es versuchen, und ebenso sicher werden Leute wie wir gegen sie ankämpfen und sie besiegen.«
»Wird uns das gelingen?«
»Es gelingt uns seit sechs Millionen Jahren. Gelegentliche Rückschläge von tausend Jahren oder so mit eingerechnet.«

Die drei gefährlichsten Flugplätze der Welt befanden sich im südlichen Florida: Miami, Fort Lauderdale im Norden und Palm Beach International. Die Gefahr, sein Leben zu verlieren, wenn das Flugzeug, mit dem man reiste, nach Einbruch der Dunkelheit startete oder landete, war hier unvergleichlich höher als auf einem Flugplatz in einem rückständigen Land wie Birma oder Indonesien.
Die Flughäfen Floridas hatten die beste elektronische Ausrüstung, den am besten organisierten Flug-Kontrolldienst und große breite Landebahnen, und trotzdem nahm die Gefahr ständig zu. Schuld daran war zum Teil, daß die Landebahnen so geräumig waren und sich das makadamisierte Rollfeld so weit nach allen Seiten ausbreitete, daß es eine unwiderstehliche Versuchung darstellte.
Schmuggler, die große Mengen Marihuana und geringere, aber wertvollere Quantitäten Heroin oder Kokain in die Staaten zu bringen versuchten, beluden ihre kleinen, oft genug von Privatleuten gestohlenen Flugzeuge in Kolumbien, Ecuador oder Mexiko und flogen bei Sonnenuntergang nach Norden. Den Golf von Mexiko im Tiefflug überquerend, um der Radar-Überwachung zu entgehen, näherten sie sich im Dunkeln der Westküste Floridas, setzten über die Halbinsel und landeten mit heulenden Motoren, ohne Lichter, ohne Erlaubnis und ohne Radarhilfe auf einem der großen Flughäfen Floridas.

Und wie landeten sie? Indem sie sich auf ihr Glück verließen. Sie hofften, die Landebahn würde breit genug sein, um sie aufzunehmen, aus welcher Richtung sie auch kamen, und sie vertrauten darauf, daß kein großes Passagierflugzeug gerade landete oder startete. »In Fort Lauderdale zu landen«, bemerkte der Pilot einer Verkehrsmaschine, der auf Guadalcanal gegen japanische Zeros gekämpft hatte, »ist das haarigste, was ich je auf dem Pilotensitz erlebt habe. Das Rollfeld liegt frei vor dir. Aber du weißt nicht, ob irgendein Schmuggler sich gerade diesen Moment ausgesucht hat, um mit seiner Maschine auf dem Mittelstreifen zu landen, wo die schnellen Wagen warten.«
Erfahrene Reisende, die von diesen heimlichen Landungen wußten, weigerten sich, nach Einbruch der Dunkelheit von diesen Flughäfen abzufliegen oder sie anzufliegen. Ein deutscher Geschäftsmann, der wegen der günstigen Wechselkurse das halbe Jahr in Palm Beach lebte, meinte dazu: »In Berlin haben wir die Baader-Meinhoff-Bande, sechzehn oder siebzehn Leute, die uns das Leben zur Hölle machen, aber hier haben wir sechzehn- oder siebzehnhundert, die nach Sonnenuntergang die Flughäfen zu benützen versuchen. Das sind die wahren Revolutionäre.«
Im Juni 1981, als die Nächte am kürzesten und für die Schmuggler daher am ungünstigsten waren, trafen sich in West Palm Beach zwei waghalsige Flieger mit einer Bande entschlossener Gangster, die der Anführer der Schmuggler, Chris Mott, im Gefängnis kennengelernt hatte. Er hatte einen kühnen Plan: »Jake und ich, wir kennen einen Flugplatz in Louisiana, wo wir ohne Schwierigkeiten einen Lear Jet knacken können. Wir haben uns das schon mal angesehen, und der Besitzer ist so verdammt sorglos, wir könnten das Ding mit einem Lastzug wegkarren. Er hat eine Konservenfabrik, Fische, Muscheln und solches Zeug.
Jake und ich, wir fliegen damit direkt nach Las Cruces, einem Ort nördlich von Medellín in Kolumbien, wo wir die größte Ladung übernehmen, die es in der Karibik je gegeben hat. Wir rechnen, daß wir es mit günstigem Wind direkt hierher schaffen. Wir landen gegen zwei Uhr dreißig, eine Zeit, zu der es aller Voraussicht nach keine Probleme gibt. Jake sagt, er kann in westöstlicher Richtung einfliegen, auf der Südseite, weit von den Flughafengebäuden entfernt, und ihr wartet auf der Staatsstraße 98, unmittelbar neben dem Rollfeld. Dann

saust ihr nach Orlando, wo John schon am Ende der Piste mit einem ordnungsgemäß angemeldeten Flugzeug wartet.«

Der Plan war gut ausgedacht, aber er erforderte die richtige zeitliche Einteilung, Übung und nicht wenig Mut, denn der Flug von Las Cruces nach Palm Beach entsprach in etwa der Reichweite des Lear Jet, den sie stehlen wollten. Jake, der Pilot, sagte, er wäre bereit, das Risiko einzugehen, wenn die verschiedenen Bodenmannschaften für die schnellen Wagen, die registrierte Maschine in Orlando und die Abnehmer in New York und Boston sorgen würden. Aber der harte Kern der Planung lag bei Chris Mott, der war jetzt einunddreißig Jahre alt, mit allen Wassern gewaschen und bereit, jeden Einsatz zu wagen. »Elf Millionen Dollar wären zu holen, und die Risiken sind gleichmäßig verteilt. Die Burschen in Kolumbien bekommen nur sechs Cent auf den Dollar, wenn wir das Zeug nicht in den großen Städten absetzen können. Jake und ich, wir schauen durch die Finger, wenn ihr Burschen es nicht schafft. Und ihr bekommt gar nichts, wenn wir das Zeug nicht nach Palm Beach bringen. *Comprendo, amigos?*«

Zwei der Gangster fuhren Jake und Chris nach Baton Rouge und von dort in südwestlicher Richtung nach Plaquemine, wo ein Mann namens Thibodeaux eine Konservenfabrik und eine schnittige braune Lear mit extragroßen Tanks besaß. Nachdem die Fahrer einen großen Lkw gestohlen hatten, den sie quer über die Straße stellten, um Verfolgern zuvorzukommen, eilten Jake und Chris zu der unbewachten Lear, öffneten die versperrte Tür mit einem Dietrich und schlüpften in das Cockpit. Sorgfältig überprüfte Jake alle Systeme, überzeugte sich, daß er genügend Treibstoff hatte, um nach Mexiko zu gelangen, wo es ein Dutzend geheimer Flugplätze gab, und schaltete die Zündung an.

Es war unbedingt nötig, daß der Start, sobald die Triebwerke ansprangen, ohne Verzögerung erfolgte, und so checkte Jake ein letztes Mal die verschiedenen Systeme und sagte: »Funktioniert alles prächtig, alter Freund.«

»Na dann los«, sagte Chris. Jake holte tief Atem, gab Gas und rollte rasch ans andere Ende der kleinen Startbahn. Mit einer atemberaubenden Kehrtwendung nach rechts erreichte er die Startposition, gab Gas und jagte die Rollbahn hinunter. Es war ein perfekter Start, und

sobald die Maschine hoch am Himmel war, sausten die zwei Männer, die im Wagen geblieben waren, nach Lafayette, wo sie sich im Verkehr verlieren würden.
In Kolumbien war es Mott, der das Kommando übernahm. Um für den Tag vorbereitet zu sein, da ihm diese Sprache für seine undurchsichtigen Geschäfte nützlich sein konnte, hatte er im Gefängnis Spanisch gelernt, und nun verhandelte er energisch mit den Banditen, die den Heroin- und Kokainhandel kontrollierten. Er bot ihnen an, was er in den Staaten an Geld gesammelt hatte, und versprach ihnen eine weit höhere Summe, wenn der Schmuggel erfolgreich verlaufen sollte. Anfangs wiesen die Kolumbianer den relativ kleinen Betrag zurück, den sie als Anzahlung bekommen sollten, doch als Chris sie hart anfaßte, ihnen seine eigenen leeren Taschen zeigte und sie an das große Risiko erinnerte, das er und Jake und die anderen in den Staaten eingingen ... »Was glaubt ihr wohl, wo wir diese Maschine her haben? Geklaut haben wir sie, direkt von einem Flugplatz in Louisiana!« Und er zeigte ihnen eine amerikanische Zeitung, die er in Mexiko gekauft hatte, und da konnten sie nun selbst alles über den frechen Raub des Düsenjets in Plaquemine nachlesen. Glücklicherweise enthielt der Bericht auch ein Foto, die Nummer und eine Beschreibung der braungestrichenen Maschine.
»Laßt uns den Jet da«, schlugen die Banditen vor. »Eine, vielleicht zwei Millionen Dollar!«
»Und womit sollen wir fliegen?« fragte Jake, aber noch bevor die Kolumbianer diese dumme Frage beantworten konnten, schaltete Chris sich ein: »Ihr Esel! Für die Maschine bekommt ihr bestenfalls zweihunderttausend. Aber wir reden von elf Millionen!«
Beinhart machte er ihnen seinen Standpunkt klar. Er hatte weniger Geld mitgebracht, als die Banditen erwartet hatten, und jetzt wollte er mit einem Jet außer Landes fliegen, mit dem sie einen beträchtlichen Gewinn erzielen konnten. Aber er überzeugte sie, daß es keinen anderen Weg gab. Einen bösen Augenblick lang fürchtete er, die Banditen könnten versuchen, ihn und Jake zu töten und den Jet einem südamerikanischen Kunden zu verkaufen, aber er kam ihnen zuvor, indem er seinen Revolver zog und Jake ein Zeichen gab, das gleiche zu tun. Die Heroinlieferanten im Auge behaltend, ging er langsam, rückwärts schreitend, zur Lear zurück, schickte Jake vor ihm hinein,

wartete, bis die Motoren liefen, sprang hinein, knallte die Tür zu und wartete mit angehaltenem Atem, während Jake den Jet über die unebene Piste steuerte und schließlich hochzog.
»Ich dachte, sie hätten irgendwo ein Maschinengewehr!«
»Ich würde mit der Kiste geradewegs in die Bäume gekracht sein«, sagte Jake. »Dann hätten sie das Nachsehen gehabt.«
»Und wir wären tot gewesen.«
»Sicher, aber diese Gauner hätten nichts damit gewonnen.«
Die Lieferung war so voluminös – Ballen auf Ballen Marihuana und dazu noch die kleineren Kartons mit den harten Drogen –, daß sie kaum Platz hatten, um Wasser oder Bier aus dem Kühlschrank zu holen, und so blieb Chris auf dem Platz des Copiloten sitzen und starrte auf die dunklen Wasser des Golfs, während die Sonne unterging.
»Bist du sicher, daß wir tief genug gehen können, um das kubanische Radarnetz zu unterfliegen?«
»Das gehört zu meinem Job«, meinte Jake.
»Wenn sie ein Maschinengewehr gehabt und dich erwischt hätten«, sagte Chris, »würde ich die Kiste jetzt fliegen müssen.«
»Du hast doch noch nie ein Flugzeug geflogen.«
»Ich habe dir zugeschaut.«
»Könntest du auch landen? Wenn etwas passieren sollte?«
»Ich würde es jedenfalls versuchen.«
Jake stellte ihm zehn oder fünfzehn Fragen und staunte, wie geschickt Chris sie beantwortete. »Könnte sein, du bringst diese Mühle runter. Sie würde zwar nachher nicht mehr viel taugen, aber du könntest es schaffen.«
»Unser Freund in Louisiana will doch seine Maschine so zurückbekommen, wie er sie verlassen hat, nicht wahr?« fragte Chris. Er liebte es, Möglichkeiten durchzuspielen, Dinge auf andere Weise zu bewerkstelligen, und er war unter seinen Zellengenossen als ein Mann bekannt geworden, den man dabeihaben sollte, wenn es brenzlig wurde.
»Was ist eigentlich dein Alter Herr?« fragte Jake. »Er ist ein hohes Tier bei der NASA. Du weißt ja, Weltraum und so.«
»Was hält er von deinen Geschäften?«
»Nicht viel.«
»Hast du nicht auch einen Bruder?«

»Er ist Innenarchitekt.«
»Tatsächlich?«
»Ich glaube, er hat eine Kneipe in Denver, aber er ist Innenarchitekt.«
Etwa fünfzehn Minuten flogen sie schweigend weiter, und dann fügte Chris hinzu: »Er heißt Millard. Er hat mir in den Knast geschrieben – hat mir einen Job angeboten. Ich nehme an, Paps hat es ihm eingeredet. Ich bin sicher, der gute alte Millard ist froh, wenn er mich nicht sieht. Ich habe mir gar nicht die Mühe gemacht, ihm zu antworten.«
Ohne Zwischenfall zogen sie über Kuba hinweg und im Tiefflug die Westküste Floridas hinauf; südlich von Fort Myers schwenkten sie landeinwärts ein und steuerten den Flughafen von West Palm Beach an.
Wie geplant kamen sie im Tiefflug an. Sie sahen die Lichter der Stadt, hielten auf den südlichen Rand der Piste zu und gingen in dem Augenblick nieder, als ein anderes Privatflugzeug aufstieg, um seine Insassen zu einer Vorstandssitzung in Chicago zu bringen. Die zwei Düsenmaschinen, die eine braun, die andere hellblau, stießen drei Meter über dem Boden frontal zusammen, explodierten und stürzten in feuriger Verstrickung ab.
Die sechs Männer in den fünf schnellen Wagen, die auf der Staatsstraße 98 warteten, beobachteten erschüttert, wie die kostbare Ladung in den Flammen verschwand. Einer der Fahrer meinte: »Wir sollten Leine ziehen. Die Bullen...«
»Mein Gott«, sagte ein anderer, während er und sein Freund in ihren Wagen kletterten, »elf Millionen Mäuse!«

Das Oberkommando der NASA war eines der einfühlsamsten in der Regierung; seit Jahrzehnten arbeiteten diese Männer mit überempfindlichen Wissenschaftlern und seit Jahren mit sensiblen Astronauten zusammen; sie zeigten Verständnis für die psychologischen Spannungen, die ihr Personal heimsuchten, und als sie von dem tragischen Geschehen in Florida erfuhren, wußten sie, daß die Motts Hilfe brauchten. Aber eine unglückliche Verkettung von Umständen brachte es mit sich, daß sie, während sie ihrem Mitgefühl Ausdruck verliehen, Mott eine weitere schlechte Nachricht überbringen mußten, und sie beschlossen, das Problem ohne Umschweife anzugehen.

»Die Zeit, Ihnen diese Mitteilung zu machen, ist verdammt schlecht gewählt, aber Sie wissen ja, daß Ihre Pensionierung mit Ende dieses Jahres in Kraft tritt.«

»Darauf war ich gefaßt«, gab Mott stoisch zurück. »Schon seit einigen Jahren ...«

»Aber wir wissen ganz besonders zu schätzen, wie Sie sich für unsere Behörde in den schlimmen Tagen der Raumfähre eingesetzt haben. Wir konnten stolz auf Sie sein.«

Mott reagierte heftig. »Hören Sie! Ich gehe in Pension. Kein Grund, eine große Sache daraus zu machen.«

Der andere blieb gelassen. »Sie sollten wissen, daß wir, auch wenn Sie in den Ruhestand treten ... na ja, wir möchten auch weiterhin Ihren Rat einholen können. Sie haben noch zehn gute Jahre vor sich.« Mott nickte. »Und um unserer Wertschätzung Ausdruck zu verleihen, möchten wir, daß Sie Ihren Wohnsitz in Kalifornien aufschlagen ... und mit der Presse zusammenarbeiten in allem, was den Vorbeiflug der Voyager 2 am Saturn im August betrifft.«

Als Mott sich von dieser guten Nachricht offensichtlich erfreut zeigte, fühlte sich der NASA-Mann erleichtert. Er lächelte zustimmend, als Mott ihm dankte. »Sie verstehen, Clarence, ich hatte den Kopf voll mit der Raumfähre. Was die großen Erfolge der Voyager angeht, bin ich nicht auf dem laufenden.«

»Das verstehen wir. Aber ein Mann wie Sie, der frisch dazukommt und einen gewissen Enthusiasmus mitbringt, könnte genau das beitragen, was die Presse braucht, um dieser Operation Farbe zu geben.«

»Ja, das würde ich gerne machen. Ich muß mich nur noch informieren.«

»Und noch etwas, Stanley. Wir meinen, Sie sollten Ihre Frau dabeihaben. Lassen Sie sie mitmachen.« Mott konnte nicht antworten – die letzten Wochen waren zu schrecklich gewesen. So saßen die zwei Männer schweigend da, und nach einer Weile sagte Mott sehr still: »Es ist sehr aufmerksam von Ihnen, daß Sie mir das empfehlen, Clarence. Wissen Sie, sie mußte die Leiche identifizieren – an Hand seiner Zähne.«

Seine Zuweisung zum Jet Propulsion Laboratory in Pasadena würde sein letzter Job bei der NASA sein – nicht inmitten schattenhafter Galaxien, aber doch in Verbindung mit den Planeten, und so packten

Rachel und er ihren Wagen voll, und auf der langen Fahrt nach Westen entdeckten sie einander von neuem. Sie machten kurz Rast in Clay, um mit Professor Pope zu plaudern, und dann ging es hinauf in die Berge, um Millard in seinem Sportartikelgeschäft zu besuchen, wo sein Partner eine überraschende Neuigkeit für die erstaunten Eltern hatte: »Hier in Skycrest spielen einige Geschäftsleute mit dem Gedanken, Ihren Sohn für die Wahl zum Bürgermeister zu nominieren!«

Zu der Zeit, als sie Kalifornien erreichten, hatte der dumpfe Schmerz über den Tod ihres Sohnes ein wenig nachgelassen; wieder einmal hatte sich die wunderbare Heilkraft einer Fahrt quer durch Amerika bewährt, und Stanley brannte darauf, sich in die Vorbereitungen für den Vorbeiflug zu stürzen. Sowohl er wie auch Rachel wurden von dem Glücksgefühl erfaßt, das dieses Institut erfüllte. Hier ging es nicht um lose Keramikziegel, und hier gab es auch keinen Bedarf an Seelenmassage. Hier gab es nur gewissenhafte Vorbereitungen und die Kontrollen, mit denen die NASA bisher immer gut gefahren war. Wegen des Saturns verbrachte man hier keine schlaflosen Nächte.

Jeden Morgen trafen er und Rachel mit den sechzig oder siebzig Experten zusammen, die für die Mission verantwortlich waren, und als er begann, technische Einzelheiten für die Presse zusammenzustellen, erlag er dem Zauber dieser letzten großen planetarischen Expedition, und er begriff die Schwermut, mit der einige dieser Männer ihre Arbeit verrichteten. »Sie sollten die Tatsache in den Vordergrund rücken, Mott, daß dies den Höhepunkt unserer Bestrebungen darstellt. Nachdem die Voyager 2 den Saturn hinter sich gelassen hat, wird sie sich auf den Uranus zu bewegen und ihn im Januar 1986 erreichen; dann zum Neptun – August 1989. Danach wird es keine Rakete und keine Landung mehr geben. Damit wird das amerikanische Programm zur Erforschung der Planeten – zumindest für dieses Jahrhundert – sein Ende gefunden haben.« Das phantastische Abenteuer seines Landes im weiten Universum würde zu Ende gehen, wie auch seine persönliche Laufbahn dem Ende zustrebte; so oft er das wunderbare Modell des Raumflugkörpers betrachtete, glaubte er sich selbst zu sehen, und er arbeitete mit besonderer Verehrung an seinen Unterlagen.

Vor vierzehn Jahren, 1967, kamen einige Visionäre zu der Überzeugung, daß, wenn es ihnen gelang, das richtige Raumfahrzeug zum richtigen Zeitpunkt und mit der richtigen Geschwindigkeit ins All starten zu lassen, es in einem sagenhaft schönen Bogen zum Jupiter fliegen würde, wo sich die Schwerkraft dieses Giganten dazu verwenden ließ, das Raumfahrzeug zum Saturn weiterzuleiten. Ja, diese weitsichtigen Männer vertraten die Ansicht, es wäre möglich, bis auf wenige tausend Kilometer an die großen Ringe des Saturn heranzukommen, und ein für allemal festzustellen, woraus sie bestehen und welche Rolle sie in der großartigen Anordnung unseres Universums spielen.

Die Daten dieses kühnen Traumes setzten ihn immer noch in Erstaunen: Die Entfernung zwischen Erde und Saturn, etwa eineinhalb Milliarden Kilometer, je nachdem, wo sich die zwei Planeten gerade auf ihren Umlaufbahnen befanden; die tatsächlich zurückzulegende Distanz betrug 2,2 Milliarden Kilometer; die für den Flug nötige Zeit volle vier Jahre weniger elf Tage; die Durchschnittsgeschwindigkeit in dieser Zeit an die 64 600 Kilometer in der Stunde.

Zehn Jahre war es her, daß er diese weisen Männer der ersten Stunde mit ihren primitiven Rechenmaschinen gefragt hatte: »Aber was können Sie sehen, wenn Sie tatsächlich den Saturn erreichen?« Ihre Antwort hatte ihn aufgerüttelt: »Wir werden das Raumfahrzeug mit elf komplexen Instrumenten vollstopfen, wie die Welt sie noch nicht gesehen hat. Spezialscanner, die uns Bilder übermitteln werden. Geräte, um Strahlungen, Magnetfelder und Plasmapartikel zu messen. Wir werden Spektren beobachten und bestimmen und fotopolarimetrische Untersuchungen anstellen. Dinge, von denen Sie noch nie etwas gehört haben.«

Sie hatten ihm ein Modell des Raumflugkörpers gezeigt, und wieder staunte er bei der Vorstellung, daß das Ding mit ungeheurer Geschwindigkeit, aber ohne jede Behinderung, den Weltraum durchmessen würde und daß alle möglichen Wunderapparate daran befestigt werden konnten. »Sieht ja aus wie ein fliegendes Bettgestell.« Und ihre Antwort: »Vier der kompliziertesten Geräte sind noch gar nicht zu sehen.« Und er fragte: »Wo werden Sie sie anbringen?« Und ihre Antwort: »Wir werden sie irgendwo dranhängen.«

Mott war von dem Magnetometer gefesselt gewesen, symbolisierte es doch, was die Wissenschaft in dieser völlig fremden Umgebung leisten konnte. Als er das groteske Instrument zum erstenmal zu Gesicht bekam, war es ein zwölf Meter langes Gebilde aus zartem Epoxydglas, das an ein Spinngewebe erinnerte. Ein Windhauch würde es in Schwingungen versetzen. Ein relativ schweres Gerät, das an einem Ende angebracht war, verblüffte ihn, denn das Spinngewebe konnte es offensichtlich nicht tragen, aber er sah, wie die Männer vom JPL ihr Fiberglaskabel fest aufspulten, die Spule in eine Art Teedose steckten und das schwere Magnetometer obenauf setzten. Im Weltraum würde der Deckel der Dose weggesprengt werden, das unter Federspannung stehende Fiberglas sich abwickeln, und die Voyager würde einen langen steifen Arm haben, der das erdschwere Instrument festhielt. Es mutete wie ein Wunder an, aber der Erfinder versicherte Mott: »Im Weltraum wird diese Glasfaser so starr sein wie hier in Kalifornien ein Stahlträger.«

»Aber wie gelangen die Befehle von der Erde zum Raumflugkörper?« hatte Mott damals gefragt, und der Projektmanager war gerne bereit gewesen, es ihm zu erklären: »Wir bauen drei Höchstleistungscomputer in das Raumfahrzeug ein, und noch auf der Erde füttern wir sie mit Instruktionen. ›Drehe deinen Scanner in die andere Richtung.‹ ›Schwenke die Optik des stellaren Navigationsgerätes vom Kanopus im Sternbild des Schiffes zu Deneb im Schwan!‹ ›Erhöhe die Geschwindigkeit deines read-outs!‹ ›Ersetze den blauen Filter durch den roten!‹

Sobald die Computer mit Instruktionen vollgestopft sind, stellen wir eine Funkverbindung von ihnen zum Boden her, aber das funktioniert keineswegs wie ein Telefongespräch, durchaus nicht. Aufgrund der enormen Entfernungen brauchen unsere Funksignale – die sich mit Lichtgeschwindigkeit fortpflanzen – siebenundachtzig Minuten, um den Saturn zu erreichen, und die Antwort vom Saturn dauert ebenfalls siebenundachtzig Minuten. Wie das in der Praxis aussieht? Ich sage: ›Hallo, wer spricht?‹ Und drei Stunden später höre ich: ›Hier spricht Stanley Mott.‹

Demnach konstruieren wir eine Spezialsprache aus etwa dreizehnhundert Wörtern, und jedes Wort weist den Computer an, eine vorher festgelegte Operation auszuführen. Was glauben Sie, Dr. Mott, wie

viele völlig unterschiedliche Kommandos werden wir unserem Raumflugkörper senden können?«
»Vom JPL zum Saturn?«
»Genau.«
»Sie haben dreizehnhundert Kommandowörter, von denen jedes einzelne ... na, sagen wir, fünfzehn Funktionen auslöst?«
»Wir können 300 000 verschiedene Befehle erteilen.«
Fast eine Minute lang starrte Mott den Mann an und versuchte, diese überraschende Tatsache zu verdauen. Langsam, wie ein Kind in der Schule, wiederholte er nun die ihm bekannten Daten. »Nach vier Jahren Flug, nach einer Wegstrecke von 2,5 Milliarden Kilometern, mit einem System, das eineinhalb Stunden braucht, um nur ein Wort zu wechseln, können Sie 300 000 komplizierte Kommandos übermitteln?«
»Ja. Mit guten Erfolgsaussichten. Damit meine ich, daß das Raumschiff den neuen Befehl erhält und so weit betriebsfähig ist, daß es ihm gehorchen kann – in 98,3 Prozent der Fälle.«
Hin und wieder hatte Mott über die Jahre Kenntnis von der Tätigkeit jener Leute erhalten, die an Voyager 1 und 2 arbeiteten; in den Jahren 1972 bis 1976 hatten sie das Raumschiff und seine diversen Anhängsel gebaut; 1976 bis 1977 fieberhafte Simulationen, um sicher zu sein, daß das Ding auch funktionieren würde; am 20. August und am 5. September 1977 zwei perfekte Abschüsse; in den folgenden zwei Jahren hatten vierhundert Techniker nervös an den Nägeln gekaut; am 5. März und 9. Juli 1979 zweimal eine großartige Ankunft beim Jupiter; 1979 bis 1980 neuerliches Nägelkauen; am 12. November 1980 Fotografien des Saturn, vorgenommen von Voyager 1 ...
In der von Sorge erfüllten Zeitspanne vor dem 25. August 1981 – der erhofften Ankunftszeit der Voyager 2 auf dem Saturn – war es jetzt seine Aufgabe, in Zusammenarbeit mit den Leuten des JPL dafür zu sorgen, daß den hungrigen Medien brauchbare Bilder geliefert wurden. »Du mußt dir mal ansehen, was diese Wunderknaben leisten«, sagte er zu Rachel, und als er seine Frau ins Labor mitnahm, erklärte ihr einer der Techniker: »Vor vier Jahren haben wir das Ding mit der Absicht in die Luft geschossen, es in eine Position zu bringen, aus der es uns die besten Bilder des Saturn liefern kann. Hier an der Wand sehen Sie, was Voyager 1 im vergangenen November zustande gebracht

hat.« Und während Rachel die phantastischen Bilder betrachtete, fügte er hinzu: »Wenn die Ringe erst mal näherkommen, kriegen wir noch schärfere Aufnahmen.«

»Was macht Sie so sicher?« fragte sie, und er antwortete nun schon ruhiger: »Ich habe keinen Grund, daran zu zweifeln, daß wir die Kamera vor die Tür des Saturns bringen. Wie es weitergeht, wenn sie durchs Schlüsselloch guckt, das ist Templates Bier.«

»Rachel«, rief Mott, als er diesen bekannten Namen hörte, »diesen Typ mußt du unbedingt kennenlernen. Wenn die NASA einen leibhaftigen Hausgeist besitzt, dann ist er es.« Und als die Motts in das vollgeräumte Büro dieses Mannes eindrangen, sagte Mott gutgelaunt: »Meine Frau hofft, ein paar wirklich tolle Bilder zu sehen zu bekommen. Was kann ich ihr versprechen?«

»Mrs. Mott«, rief der junge Mann heiter, »Sie werden ein Wunder zu sehen bekommen. Als wir mit der Mariner 4 begannen – beim Anbruch des Weltraumzeitalters, könnte man sagen ...«

»Das war erst 1964«, warf Mott ein.

»Wie ich sagte, beim Anbruch der Weltraumforschung. Damals konnten unsere Apparate etwa sechs Bits in der Sekunde zur Erde übertragen. Diesmal sind es 44 000 in der Sekunde! Stellen Sie sich das einmal vor! 44 000 klare, individuelle Informationseinheiten, die uns jede Sekunde aus einer Entfernung von eineinhalb Milliarden Kilometern erreichen!«

»Und Sie sind sicher, daß sie gute Bilder liefern werden?« fragte Rachel.

Template ging auf diese Frage nicht ein; sie schien ihm irrelevant. Sein brennendes Interesse galt dem Prozeß, den er und seine Kollegen entwickelt hatten, nicht dem Endprodukt. »Die Mariner 4, Mrs. Mott, brauchte eine ganze Woche, um uns einundzwanzig lausige Bilder zu schicken – eine aufregende Sache damals, aber lausig waren sie trotzdem. Dieses Spielzeug liefert uns 18 000 Fotografien in der Zeit eines Augenzwinkerns. Alles zusammen werden wir 184 Milliarden Informationseinheiten vom Saturn bekommen. Das sind sicher genug Daten, um alle Wissenschaftler der Welt auf zehn Jahre hin zu versorgen.«

»Man hat mir gesagt«, wandte Mott ein, »die Wahrscheinlichkeit, daß Voyager vom Start an arbeiten würde, sei zu 90,3 Prozent gegeben.

Was schätzen Sie, wird die Kamera produzieren, wenn sie tatsächlich hinkommt?«
»Ich ziehe immer noch das Wort *scanner* vor. Meine Schätzung ... 97, 98 Prozent, und daß wir die besten Bilder der Welt erhalten werden, und einige davon in Farbe.«
Mit solchen Zusicherungen von Leuten, die wußten, wovon sie redeten, ging Mott nun daran, die Vorbereitungen für die Hunderte von Medienleuten zu überwachen, die bald das JPL stürmen würden, denn mittlerweile hatte sich die Erkenntnis durchgesetzt, daß dies sehr wahrscheinlich das letzte Close-up war, das die Erde in diesem Jahrhundert von den näheren Planeten erzielen würde. Alle großen Länder sandten Beobachter: 52 ausländische Zeitungen, 71 Illustrierte, 9 Fernsehteams aus der Bundesrepublik, aus Japan, Großbritannien und Frankreich zusätzlich zu den regulären aus den Vereinigten Staaten. Viele der führenden Astronomen der Welt hatten sich angesagt, und Mott sah mit Vergnügen, daß auch John Popes Name auf der Liste stand.
Als die Tage näherrückten, da die Voyager 2 dem Saturn am nächsten kommen würde, verwandelte sich Pasadena in die geistige Hauptstadt der Welt, denn in Kürze würden Männer und Frauen diesen so wunderbar komplexen Planeten aus nächster Nähe sehen. Die Aufregung war groß, denn dieses war einer der weltbewegendsten Augenblicke in der spekulativen Geschichte des Menschen, da er nun einem Himmelsobjekt gegenüberstehen würde, das seine Phantasie schon vor über einer Million Jahren entzündet und ihn noch mehr auf die Folter gespannt hatte, als Fernrohre entdeckten, daß er von wunderschönen Ringen umgeben war.
Bald würde es soweit sein. Es würde eine kurze Begrüßung stattfinden, ein respektvolles Nicken vor den eisigen Weiten, dann ein fotografischer Salut und schließlich die endlose Abkehr. Ein brüchiger Moment in der Zeit, durch jene zögernden Mutmaßungen Galileis geheiligt – »Es scheint Hörner zu haben, aber mein Gesichtskreis war nicht weit genug, um mich zu vergewissern« –, würde dies ein Augenblick von höchster Bedeutung für die hier versammelten Wissenschaftler sein, aber von sehr geringer Bedeutung für die große Mehrheit der Menschen. Ein Astronom, der schon weit über siebzig war, meinte:

Machen Sie sich darüber keine Sorgen, Mott. Ich habe meine graduierten Studenten die Erkenntnisse des Kopernikus, Keplers und Newtons nachvollziehen lassen. Sie werden mir doch wohl zugeben, daß diese Männer die Weltgeschichte verändert haben. Aber als sie ihre Arbeit taten, ihre Entdeckungen bekanntgaben ... wie viele ihrer Zeitgenossen wußten davon? Wie viele konnten ihre Bedeutung ermessen?

Meine aufgeweckten, intelligenten jungen Freunde kamen zu dem Schluß, daß vielleicht drei Prozent der Bürger in ihrer Stadt wußten, daß sie sich mit etwas Wichtigem beschäftigten. Ein Fünfzigstel von einem Prozent konnte begriffen haben, was es bedeutete.

Durch das Fernsehen und ein paar gute Illustrierte werden ein paar Leute von unserem Besuch des Saturn erfahren, aber eines ist sicher: Wie schon bei Kopernikus und Newton wird es jeder wissen, der es wissen sollte, und die Ereignisse der nächsten Tage werden als Echo in alle Ewigkeit widerhallen.

Die letzten zwei Tage des Wartens zählten zu den angenehmsten, die Mott je verbracht hatte. Dutzende von Kollegen kamen nach Pasadena, um freundliche Grüße zu wechseln. Carl Sagan kam, um seinen größten Erfolg zu feiern; Bradford Smith mit seiner nüchternen Einschätzung der Bilder, die bereits eintrafen; John Pope, der sich ein wenig reserviert verhielt – die Herren über diese kleine Welt wissender Männer und Frauen.

»Hier ist eine Nahaufnahme des Titan, Leute. Und wie viele Spekulationen gehen damit zum Teufel!«

Titan, der größte der Saturnmonde, war im ganzen Sonnensystem der einzige mit einer Atmosphäre, die sich, wenn auch entfernt, mit der der Erde vergleichen ließ; er war genügend groß und fest, um der Spekulation Raum zu geben, daß er von lebenden Wesen bewohnt sein könnte. In der Science-fiction-Literatur war er stets ein dichtbesiedeltes Zentrum einer geistig differenzierten Bevölkerung; in Wahrheit war die Atmosphäre eine gasförmige Konzentration, nicht viel weniger dicht als Wasser, und ein verärgerter Astronom meinte: »Wenn es da Lebewesen geben soll, müssen sie Kiemen haben, die Methan-Wasserstoff aufnehmen können.«

Eine Flut von Farbfotos entstand, und selbst Leute, die den Saturn gut kannten, staunten über die Schönheit dieser himmlischen Ringe, vielleicht der überwältigendste Anblick im Sonnensystem; was immer es für eine Kraft gewesen sein mochte, die diesen verschlungenen Halo geschaffen hatte, ihr wohnte die Kunst eines Michelangelo oder Picasso inne, denn es *war* ein Kunstwerk, wie Mott in seinen Vorträgen betonte.

> Die Ringe sind sehr breit, aber äußerst dünn, manchmal kaum mehr als einen Kilometer. Sie bestehen aus Eiskristallen verschiedener Größe – von Schrotkörnern bis zu Würfeln, groß wie Güterwagen. Die Schwerkraft hält sie fest. Der Saturn ist ein Riese, der Dinge anzieht, aber diese Dinge werden auch von meteoritischen Staubkörnchen, die den Planeten in kreisförmigen Bahnen umlaufen, festgehalten.
> Wie hat sich das Eis gebildet? Ich neige der Theorie zu, daß Elemente, die sich zu einem Mond hätten verbinden sollen, es nicht getan haben, aber Sie werden mehr darüber morgen beim Round-table-Gespräch hören. Ich möchte Ihnen nur eine beruhigende Mitteilung machen. Wir haben die Saturndaten durch die modernsten Computer laufen lassen, die uns zur Verfügung stehen, und festgestellt, daß Eiskristalle verschiedener Größe, die auf diese Weise einen Planeten umkreisen, eine Zeit von nicht weniger als fünf Milliarden Jahren Eis in fester Form bleiben werden – was in etwa dem wahrscheinlichen Alter des Saturn entspricht. Weil es nichts gibt, was sie sublimieren oder zerreiben könnte. Sie kreisen eben seit fünf Milliarden Jahren.

Der Teil des Vorbeiflugs, den Mott am meisten genoß, kam, als die neuesten Bilder, von Templates Zauberlehrlingen entzerrt und vergrößert, auf eine Großleinwand projiziert wurden, während ein Forum aus den brillantesten Astronomen der Erde angestrengt darüber rätselte, was diese Daten bedeuteten. Jetzt konnten diese vorsichtigen Gelehrten nicht ganze Monate in ihren Instituten mit Überprüfungen verbringen und sich darauf beschränken, physikalisch undurchführbare Ideen zu eliminieren. Jetzt standen sie allein an den Grenzen ihres Denkvermögens, stellten ihre Ignoranz zur Schau und erhellten den Raum mit ihrer intuitiven Brillanz. Einen kurzen glitzernden Augenblick lang waren sie und der Saturn Mitverschworene bei der Konfrontation mit den großen Mysterien des Universums, und hin und wieder elektrisierten Ideen den Raum, die noch viele Jahre danach die Gemüter bewegen würden; einige würden sich als richtig erweisen, andere rasch zerfleddert werden.

Der große Saturn, von eisiger Pracht umgürtet, schien majestätisch durch den Raum zu schweben. Diese Männer lebten mit dem Planeten, rangen um seine Geheimnisse, und einmal, als Template ein besonders gesprenkeltes Bild eines der Monde zeigte, platzte Brad Smith mit der Bemerkung heraus: »Man hat mir schon mal eine Pizza vorgesetzt, die besser aussah!«

Als Mott am letzten Nachmittag die Von-Karaman-Halle, wo die Vorführungen stattgefunden hatten, verließ, wurde er von einer Gruppe von Astronomie-Studenten aus nahegelegenen Universitäten angesprochen, die mit ihren Professoren gekommen waren, um den Vorbeiflug mitzuerleben. »Sind Sie der Professor Mott, der in den fünfziger Jahren die Arbeiten über die obere Atmosphäre veröffentlicht hat?« Mott freute sich, daß diese jungen Menschen sich an seinen Namen erinnerten: »Sie müssen wissen, daß ich das Zeug schrieb, noch bevor ich meinen Doktor hatte.«

Die jungen Leute waren überrascht und fragten, ob sie mit ihm sprechen könnten, und nach einer Weile gesellte sich ein älterer Professor aus Stanford zu ihnen. Dann entdeckten die Studenten John Pope, der gerade aus der Halle kam; und sie baten ihn, sich ihnen anzuschließen. Und da saßen sie nun, drei ältere Herren von ausgezeichnetem Ruf und sechzehn Studiosi am Beginn ihrer Laufbahn, sie alle erfüllt von Begeisterung für einen massiven Planeten und ein eineinhalb Milliarden Kilometer entferntes kleines Raumschiff.

»Wenn ich Lehrer wäre, wie könnte ich meinen Schülern erklären, wie es kommt, daß der Saturn, dessen Dichte geringer ist als die des Wassers, nicht einfach ausfließt?«

Einige Studenten lachten, aber der alte Professor hieß sie schweigen. »Das ist eine der profundesten Fragen der Astronomie, und solange sich Ihre Studenten nicht der Komplexität dieser Frage bewußt sind, werden sie auch weniger große Schwierigkeiten nicht zu bewältigen wissen. Fangen Sie doch so an: Betrachten Sie die Erdkugel und versuchen Sie etwa eine Woche lang zu verstehen, warum die Ozeane nicht, wie Sie es ausdrücken, ›ausfließen‹. Es ist nicht leicht, diese Frage zu beantworten.«

»Wie beantworten *Sie* diese Frage?«

»Wissen Sie, ich bin mit allem vertraut, was es so an landläufigen Erklärungen gibt, Schwerkraft und Gezeiten und so, aber der Teufel soll mich holen, wenn ich Ihnen eine klare Antwort geben kann.«

»Wie werden Sie damit fertig?«

»Schon vor Jahren sagte ich mir: ›Du Esel! Die Ozeane bleiben doch, wo sie sind, das sieht doch jeder!‹ Und damit gab ich mich zufrieden.«

John Pope meldete sich zu Wort. »Wenn wir in der Navy Männer aussuchen mußten, die die Fähigkeit hatten, wirklich gute Navigationsoffiziere zu werden – wir brauchten Hunderte –, riefen wir sie alle in einen Raum zusammen und zeigten ihnen einen großen Globus, wie ihn der Herr Professor beschrieben hat. Wir zeigten ihnen, wo wir uns im Moment befanden, den Längengrad, meine ich, und dann sagten wir: ›Sie wissen, daß es jetzt hier vier Uhr ist, und Sie wissen auch, daß es in der nächsten Zeitzone erst drei Uhr ist, und zwei Uhr in Denver und ein Uhr in Los Angeles und elf Uhr in Hawaii.‹ Wir führten sie um den Globus herum und zeigten ihnen, daß wir zeitlich allen anderen Orten voraus waren. Aber dann sagten wir: ›Sie wissen doch aus dem Rundfunk, daß London uns fünf Stunden voraus ist. Und eben haben wir Ihnen bewiesen, daß wir London um neunzehn Stunden voraus sind. Wie reimt sich das zusammen?‹ Wir ließen sie eine Weile in ihrem Saft schmoren, so wie wir seinerzeit geschmort hatten, bis dann einer von uns sagte: ›Ist es Ihnen denn nicht klar, daß Sie irgendwo eine Datumsgrenze vereinbaren müssen?‹ Wenn sie erst soweit sind, hat es mit dem dummen Karussell ein Ende.«

»Brillant!« rief einer der Studenten begeistert.

»Sie wissen noch gar nicht, um was es ging«, rügte Mott. »Wir stellten uns dann zur Tür und sahen uns die Gesichter der Burschen an. Bei einigen leuchteten die Augen auf wie Scheinwerfer, sobald sie diese wunderbar einfache Lösung begriffen; sie konnten Navigationsoffiziere werden. Die anderen machten verdutzte Gesichter. Sie würden es niemals schaffen. Sie konnten gute Bordschützen werden oder Flug-

ingenieure, aber niemals gute Navigatoren, denn entweder versteht man die Datumsgrenze, oder man versteht sie nicht, und wenn einer sie nicht versteht, kann ich sie ihm nicht erklären.
In vielen Gesichtern leuchteten die Augen auf. »Warum hat uns das noch keiner so erklärt?«
Sie wollten von Pope wissen, was er im Weltraum gefühlt hatte, auf den er doch intellektmäßig nicht vorbereitet gewesen war, und er antwortete ohne Zögern: »Die Schwerkraft hat mir nicht zu schaffen gemacht, denn *darauf* war ich vorbereitet. Und wir erwarteten das Wiedereinsetzen der Schwerkraft, sobald wir uns dem Mond näherten. Was mich verrückt machte, das war die Tatsache, daß wir, sobald wir den Erdschatten verließen und bevor wir den Mondschatten erreichten, vierundzwanzig Stunden am Tag Sonne auf der einen Seite unserer Flugbahn und dauernde Finsternis auf der anderen Seite hatten. Irgendwie hatte ich damit gerechnet, aber trotzdem nicht realisiert, daß fast alle Sterne am Himmel ständig sichtbar sein würden. Das hat mich unheimlich beeindruckt, aber als ich Oberst Claggett darauf hinwies, sagte er nur: ›Die Galaxis würde schön aussehen, wenn sie nicht da wären.‹«
»Womit haben Sie sich die ganze Zeit beschäftigt? Auf dem Rückflug zur Erde herunter?«
Der alte Professor wollte die Frage in dieser Form nicht zulassen. »Sie müssen sich gewisse Redewendungen wie ›Zum Mond hinauf‹ oder ›Zur Erde herunter‹ abgewöhnen. Es gibt kein *Hinauf* und kein *Herunter,* kein *Oben* und kein *Unten.* Es gibt nur ein *Hin* und ein *Zurück* in bezug auf die Erdmitte. Wenn Sie die Ebene der Galaxis als Bezugsebene ansehen, befinden wir uns fraglos abseits der Mittelachse, aber wer kann sagen, ob oben oder unten? Mir mißfällt schon die Redewendung *Zum Rand des Universums.* Wir könnten dieser Rand sein, so daß alles, was wir sehen, zwischen uns und dem gegenüberliegenden Rand existiert. Für noch wahrscheinlicher halte ich, daß überall Rand ist, denn für mich hat der Weltraum weder Richtung noch Definition. Man kann es wahrscheinlich nicht in Worten ausdrücken, aber wir sollten die Studenten mit diesem Begriff vertraut machen, weil sie sonst nie Astronomen werden können.«
»Seht doch!« rief eine Studentin. »Saturn höchstpersönlich!« Und in enger Konjunktion mit Jupiter und Venus erschien der alte Planet am

Himmel, ein geheimnisvoller Stern von beherrschender Schönheit, obwohl seine Zauberringe für das unbewaffnete Auge unsichtbar blieben. Die alten Herren, die ihre Studien bald beenden, und die jungen Leute, die an ihre Stelle treten würden, betrachteten den Planeten mit nur wenig mehr Verständnis als das, was die Assyrer vor viertausend Jahren besessen hatten.
»Eiskristalle wie in einem Cocktailmixbecher, die seit fünf Milliarden Jahren nicht geschmolzen sind. Hier unten könnten wir welche brauchen.«
»Hier auf Erden«, verbesserte sie der alte Professor.

Da er seinen letzten großen Auftrag für die NASA beendet hatte, schlief Mott in dieser Nacht ohne Alpträume, und als er sich am nächsten Morgen rasierte, wußte er auch, warum: Die Raumfähre beförderte Menschen, und das macht uns vorsichtig. Voyager 2 befördert nur Produkte des menschlichen Geistes, und dem sind waghalsige Eskapaden nicht verwehrt. Ein Sonnenstrahl kam durch das Fenster und malte das Zeichen des Kreuzes auf sein Bett. »Wie dunkel sind doch die Legenden um Jesus«, flüsterte er. »Sein Leib starb am Kreuz, und das bedeutete ihm und seiner Welt nur wenig. Aber sein Geist triumphierte und lebt für immer fort.«
Als er die Nachrichten anstellte, bekam er statt dessen ein religiöses Morgenprogramm, und der da redete, war ein Mann, den er gut kannte: »Ich bin Reverend Leopold Strabismus von der United Scripture Alliance.« Mott hörte aufmerksam zu, als der Prediger eine brillante Idee der Erlösung und des Wiederaufbaus eines zerstörten Lebens formulierte; mit übertrieben südstaatlichem Akzent bot Strabismus eine gesündere Methode an als die meisten Psychiater, und er tat es mit einer Überzeugungskraft, die sogar Dr. Mott beeindruckte, denn ein Teil seiner Ausführungen über die Liebe, die Eltern zu ihren Kindern empfinden sollten, hätte auch auf die Familie Mott gemünzt sein können.
Nach Motts Meinung machte er bei seiner Predigt zwei Fehler: Er bat viermal um Spenden – was Motts Vater nie gewagt haben würde –, und er forderte seine Hörer auf, sich abzuwenden von den gottlosen Naturwissenschaften und dem atheistischen Humanismus, und zurückzukehren zu der klaren, schlichten Lehre Jesu. Dann wiederholte

er dreimal die Namen und Adressen jener drei kalifornischen Abgeordneten, die für sein Gesetz stimmen würden, das darauf abzielte, vom Staat subventionierte Schulen anzuweisen, Geologie und die Evolution aus ihren Lehrplänen zu streichen.
Da Mott bis zum Abflug seiner Maschine noch einige Stunden Zeit hatte, erschien es ihm vorteilhaft, sich einmal anzusehen, was Strabismus seine United Scripture Alliance nannte, doch als er zu dem Haus kam, in dem früher die Luft- und Raumfahrtuniversität untergebracht gewesen war, stellte er fest, daß das Gebäude von Mexikanern besetzt war. »Reverend Strabismus hat es uns verkauft. Wir benützen es als Chicano Center, als Heim für zugewanderte Mexikaner.« Als Mott wissen wollte, wo Strabismus zu finden wäre, antwortete die hübsche mexikanische Sekretärin: »Er hat eine große Kirche auf dem Land.« Dazu reichte sie ihm eine sauber gedruckte Straßenkarte, die den Weg zur United Scripture Alliance zeigte und eine Botschaft enthielt: »Alle, die das Licht Gottes suchen, sind willkommen.«
Mit Hilfe der Karte gelangte er auf eine hübsche Anhöhe im Norden von Pasadena, wo Strabismus mit den Mitteln, die ihm sein Rundfunk- und Fernsehpublikum in reichem Maß gespendet hatte, eine Reihe von Baulichkeiten errichtet hatte, die das Auge erfreuen konnten. Er hatte die besten Architekten der Region beauftragt und ihnen nahegelegt, beherzt und einfallsreich zu planen. Der Komplex wurde vom Tempel der USA beherrscht, eine kühne und vielsagende Bezeichnung, und ringsum standen elf niedrige, massive Gebäude der University of Spiritual Americans. Das erste, auf das man unmittelbar nach Betreten der Anlage stieß, gehörte zum Tempel und zur Universität: Es war das Büro ständigen Gebens.
Mott ging hinein und fragte die junge Frau, die als Empfangsdame fungierte, ob er mit Reverend Strabismus sprechen könne.
»Tut mir leid, Sir, aber er ist nicht in Kalifornien.«
»Aber ich habe ihn doch eben im Radio gehört.«
»Das war eine Bandaufnahme. Immer wenn er verreist, läßt er uns acht Bänder da.«
»Und wo ist er – wenn es kein Geheimnis ist?«
»Um Gottes willen, nein«, sagte die Dame mit entwaffnendem Lächeln. »Er trifft heute mit dem Präsidenten zusammen und fliegt dann zur großen Kampagne nach Fremont.«

»Um was geht es bei dieser Kampagne?«
»Eine Gruppe enragierter atheistischer Humanisten bemüht sich, das Gesetz, das vor einigen Jahren verabschiedet wurde, zu annullieren.«
»Das Gesetz, das die Evolution aus den Lehrplänen verbannte?«
»Ganz recht.«
»Ich sitze in einer Schulaufsichtsbehörde und habe Grund zu der Annahme, daß wir in unserem Lehrkörper Humanisten haben ... die Evolutionstheorie lehren und auf diese Weise das Gesetz mißachten. Haben Sie irgendwelche Literatur, die mir helfen könnte, dagegen anzukämpfen?«
»Aber selbstverständlich!« Und sie führte ihn in einen Bibliotheksraum, wo Dutzende von Broschüren und drei Bücher für das interessierte Publikum bereitlagen. Mott wählte drei Broschüren aus, in welchen ausführlich erklärt wurde, wie man lokale Kampagnen gegen Lehrer, Beamte und Collegeprofessoren führen konnte, die unter dem Verdacht standen, Humanisten zu sein, sowie ein Buch mit dem bezeichnenden Titel *Wie man einem Humanisten auf die Schliche kommt.*
»Das macht dann insgesamt vier Dollar«, sagte die attraktive Empfangsdame.
»Ich dachte, die Broschüren wären gratis?«
»Hier ist nichts gratis.«
»Wie läuft denn die Kampagne in Fremont?«
»Es ist ein erbitterter Kampf. Unsere Gegner haben sich eine wahre Scheußlichkeit ausgedacht. Sie haben einen früheren Professor namens Anderssen ausgegraben, so alt, daß man ihn aufs Podium heben muß, und der faselt jetzt von der Freiheit des Geistes.«
»Diese Leute schrecken eben vor nichts zurück«, sagte Mott, und als er ging, dachte er über die ironische Tatsache nach, daß die Anlage des Tempels in einer Gegend lag, die von der historischen Sternwarte von Mount Wilson geprägt war; von hier waren die frühen Bilder von Galaxien gekommen und hatten die Vorstellungskraft der Menschen entzündet; nicht weit von hier befanden sich das California Institute of Technology, wo einige der unorthodoxesten Denker der Welt gewirkt hatten (Überlegungen über die Natur des Universums) und jene Zentren irrender Gelehrsamkeit, die Universitäten UCLA

und USC. Strabismus, ging es ihm durch den Kopf, sollte doch mal in seinem eigenen Hinterhof nach dem Rechten sehen. Er braucht bloß an all die Naturwissenschaftler und Humanisten zu denken, die jetzt zum Saturn hinaufstarren.

Stanley Mott erlitt einen Schock, als er Reverend Strabismus während seiner heftigen Kampagne in Fremont beobachtete, denn der populäre Kirchenmann war noch rundlicher geworden, er wog dreihundert Pfund und wirkte zweifellos weltmännischer und liebenswürdiger. Er brüllte nicht wie ein alttestamentarischer Prophet, und er zeigte auch keine Feindseligkeit gegenüber den atheistischen Humanisten, die er aus dem öffentlichen Leben zu verdrängen strebte. Er war vernünftig und intelligent, er sprach überzeugend und besaß ein unheimliches Gespür für die empfindlichen Nervenstränge der amerikanischen Öffentlichkeit. Und seine Hammerschläge gegen die Naturwissenschaften waren schonungslos.

> Sind Sie jetzt glücklicher, weil einige Herren behaupten, sie wären auf dem Mond spazierengegangen? Sind Ihre Rechnungen im Lebensmittelgeschäft kleiner geworden? Benehmen sich Ihre Kinder jetzt besser? Freut es Sie zu hören, daß diese verrückten Ärzte in London Babies jetzt in der Retorte herstellen können? Oder daß Engelmacher in diesem unserem Land frei herumlaufen? Fühlen Sie sich sicherer in Ihrem Haus, weil so ein liberaler Waschlappen Ihnen das Recht nehmen will, ihre eigenen Schußwaffen zu besitzen?
> Was haben Ihnen die Evolution und die Fossilien im Gestein und das Pleistozän schon beschert außer Kummer und Sorgen? Ich will Ihnen sagen, wo die Naturwissenschaften Sie hinverfrachtet haben – in den Schweinestall, zusammen mit den anderen Tieren.
> Aber ich bringe Ihnen die Erlösung von alledem. Ich sage Ihnen, was Sie im Grunde Ihres Herzens schon wissen, nämlich daß es nur einen wahren Weg gibt. Hinaus mit diesen widerlichen Humanisten! Fort mit ihren verderblichen Lehrbüchern! Laßt Gott wieder in unsere Schulen einziehen und macht dieses Land wieder zu einem ehrbaren Land!

Mott war überrascht, als er erfuhr, daß Reverend Strabismus und seine Frau ihr Quartier oben in Clay im Haus von Senator Grant aufgeschlagen hatten, und er folgte dem Evangelisten von Stadt zu Stadt, bis die aus Rednern, Sängern, Trompetern und Chimp-Champ-Chump bestehende Truppe die Universitätsstadt erreichte. Als der Senator hörte, daß Mott sich in der Nähe aufhielt, lud er ihn eines Abends zum Essen ein, und es hätte um ein Haar eine peinliche Szene gegeben, denn Mott kam ohne Umschweife auf die seiner Meinung nach alberne Kampagne zu sprechen.

»Wie lustig, daß ich jetzt hier sitze«, begann er in seiner steifen Art, »ich meine, gerade in diesem Haus. Weil mich doch der Senator hier in diesem Zimmer vor einigen Jahren um eine Gefälligkeit bat. ›Fahren Sie doch mal hin und stellen Sie fest, was dieser Gauner mit meiner Tochter gemacht hat!‹ Ich fuhr los und sah einen brillanten jungen Mann ...«

»Bitte!« unterbrach ihn der Senator, deutete mit dem Kopf auf einen ihm gegenübersitzenden, weitgehend trägen Menschen und gab Mott auf diese Weise zu verstehen, daß nichts über die kleinen grünen Männer gesagt werden durfte, was seine Frau aufregen konnte.

»Wie ist Ihnen der Übergang von Science-fiction zur Religion geglückt, Reverend Strabismus?«

»Gott hat mich auserwählt.«

»Hat Gott auch Jim Jones in Guyana auserwählt? Und Reverend Moon?«

»Es hat immer schon Menschen gegeben, die ihre Berufung mißbraucht haben. Denken Sie bloß an die wahnsinnigen Wissenschaftler in der Literatur.«

»Ja, aber das sind Romanfiguren. Dr. Jekyll, Dr. Frankenstein. Ihre gibt es wirklich.«

»Der Übergang ist mir ›geglückt‹, weil ich die Verzweiflungsrufe des amerikanischen Volkes nicht länger überhören konnte. Das amerikanische Volk leidet an einer schweren Krankheit, einer Krankheit, an der Ihre Wissenschaftler die Schuld tragen.«

»Sie sind ein außerordentlich intelligenter Mann, Strabismus. Ich kenne Ihren Lebensweg seit den Tagen von New Paltz und ...« Wieder bedeutete ihm Senator Grant, daß er nichts sagen durfte, was seine Frau aufregen könnte, und darum änderte Mott abrupt seinen Ton. »In der

Öffentlichkeit reden Sie wie ein Hinterwäldler. Hier glaubt man Sokrates zu hören ... oder besser Savonarola.«
»Ich besitze etwas, das Ihnen fehlt, Dr. Mott. Ein Gespür für das, wonach das amerikanische Volk sucht. Die Abstimmung wird es beweisen. Die Menschen verlangen nach den Zusicherungen eines einfachen Mannes. Sie erstreben Klarstellungen, Vereinfachungen, eine Rückkehr zu historischen Idealen, zu der Sicherheit einer Religion, wie sie Ihre Großeltern praktizierten – ohne Darwin und Einstein und den ganzen Unsinn. Sie sehnen sich nach Sicherheit und wissen instinktiv, daß die von einfachen Menschen kommt, wie ich einer bin, und nicht von atheistischen Wissenschaftlern, wie Sie einer sind.«
»Ich nehme an, Sie wissen, daß mein Vater methodistischer Geistlicher war?«
»Sie sind weit von seinen Lehren abgekommen.«
»Ich neige der Ansicht zu, daß ich sie weiter entwickelt habe. Wenn die Dinge, die wir entdecken, so außergewöhnlich und unendlich wunderbar sind, halten Sie es dann nicht für wahrscheinlich, daß die Kraft, die es geschaffen hat, selbst ein Wissenschaftler war?«
»Nennen Sie Gott nicht eine Kraft. Er ist Gott, so wie es im Ersten Buch Moses geschrieben steht.«
»Das zu glauben hat mein Vater mich gelehrt.«
»Warum lehren Sie dann Kinder in sträflicher Mißachtung von Gottes Wort Lügen über Dinosaurier und Geologie und Evolution?«
»Weil ich die Beweise vor Augen habe, im Gestein, in der Fauna.«
»Am Tag der Schöpfung hat Gott diese Fossilien ins Gestein gelegt. Er hat die Gesteinsschichten geschaffen, um uns zu unterweisen.«
»Ich weigere mich zu glauben, daß Gott mit Tricks arbeitet.«
»Er ist der Schöpfer, dessen Absicht zu erkennen uns nicht gegeben ist.«
»Sie behaupten, er hätte seine Kraft mit diesem Puzzlespiel verzettelt – Fischfossilien hoch in den Bergen, Dinosaurierknochen an hundert verschiedenen Orten, die biologischen Schichten. Wäre es nicht um vieles großartiger zu glauben, er hätte alles mit einem mächtigen Schlag geschaffen – sagen wir vor achtzehn Milliarden Jahren – und dann zugesehen, wie sich sein großer Plan entwickeln würde ... nach den Regeln, die von Natur aus all dem gehörig waren, was er dem Universum gegeben hatte?«

»Wenn Sie mal so anfangen, sind Sie nicht mehr weit von der Evolution und der Behauptung, mein Chimp-Champ-Chump wäre Ihr Großvater.«
»Sie belieben also Gott für einen Spaßvogel zu halten?«
»Er war der Schöpfer, Er begann alles an einem bestimmten glorreichen Tag.«
»Aber wenn doch die Vergangenheit der Erde deutlich Zeugnis ablegt von ...«
»Sie haben den Kampf verloren, Dr. Mott. Wir haben ihn gewonnen. Ganz gleich, wie das Referendum nächsten Monat in Fremont ausgeht – wir haben den Kampf gewonnen. Wieso? Weil unsere Leute die Mehrheit in den Ausschüssen haben, die die Schulbücher für Kalifornien und Texas auswählen, und was die großen Staaten tun, das werden die kleinen nachvollziehen müssen. Die atheistischen Naturwissenschaften werden aus unseren Lehrbüchern verschwinden. Sie werden es bald nicht mehr wagen, ein Fossil oder einen Dinosaurier zu zeigen, und es wird Ihnen verwehrt sein, Ihre atheistische Evolution zu predigen. Was spielt es also schon für eine Rolle, was ein Staat wie New Mexico tut? Wenn die korrupten New Yorker Verleger ihre Bücher in Kalifornien und Texas verkaufen wollen, müssen sie sie so drucken, wie wir es ihnen vorschreiben. In diesen zwei großen Staaten ist ihre Art von Naturwissenschaft gestorben, und damit sind sie auch in New Mexico und Vermont tot.«
»Wenn ich also ein naturwissenschaftliches Buch schriebe, in dem von Dinosauriern die Rede ist, die vor dreißig Millionen Jahren gelebt haben ...«
»Wäre das offenbar falsch, weil die Welt vor dreißig Millionen Jahren noch nicht existiert hat. Sie konnte gar nicht existiert haben. Sie wurde vor mehr als sechstausend Jahren geschaffen – mit den Dinosaurierknochen und dem ganzen Zeug bereits an Ort und Stelle.«
»Ist es wahr, daß Ihre Leute Geologievorträge aus den Nationalparks verbannt haben?«
»Ein Nationalpark ist ein nationales Schulbuch, und was wir die Kinder in Kalifornien lehren, lehren wir selbstverständlich die Erwachsenen in Yellowstone und in Grand Canyon.«
»Es ist noch gar nicht so lange her, da habe ich einen kleinen Jungen ins Flugzeug gesetzt; er soll seine Sommerferien in Deutschland ver-

bringen. Seine Eltern bestanden darauf, er müsse reine Naturgeschichte studieren, nicht das von Ihnen empfohlene Mischmasch. Fürchten Sie nicht, daß der Tag kommen könnte, da die Blüte unserer Jugend nach Europa fliegen muß, um eine ordentliche Erziehung zu genießen?«
»Wir haben bereits ein Komitee eingesetzt, das ein Dossier über die Schäden zusammenstellt, die unserem Land von Rhodes-Stipendiaten zugefügt wurden, die mit verderblichen Ideen nach Amerika zurückgekehrt sind. Fulbright aus Arkansas, Sarbanes aus Maryland, Carl Albert aus weiß Gott woher, dieser Bradley aus New Jersey. Also sagen Sie diesem jungen Mann, der nach Deutschland geflogen ist, er möge sich vorsehen, denn wenn er hierher zurückkehrt, werden wir ein Auge auf ihn haben.«
»Kommt es Ihnen nie in den Sinn, daß Sie ein Jim Jones des Geistes werden könnten? Daß die Wirkung Ihrer ...«
»Meine Herren«, unterbrach Senator Grant, »mit dieser Diskussion kommen wir nicht weiter. Dr. Mott ist ein renommierter Wissenschaftler, Reverend Strabismus ist eine führende Persönlichkeit unseres Landes. Ich meine, Amerika hat für beide Platz.«
»Wir brauchen Wissenschaftler, um neue Arzneien zu erfinden«, räumte Strabismus ein. »Um bessere Flugzeuge zu bauen. Aber nicht, um in Grundwahrheiten hineinzupfuschen, wie die Schöpfung eine ist.«
»Mehr ist wohl dazu nicht zu sagen«, bemerkte Mott.
Mrs. Grant brach ihr langes Schweigen. »Ich bin so froh, Marcia wieder bei uns zu haben. Ist es sehr heiß in Kalifornien?«
»Wir haben vermutlich das beste Klima der Welt«, antwortete Marcia. Sie war jetzt zweiundvierzig und von fast strahlender Schönheit; wenn sie neben ihrem Mann auf dem Podium stand, bot sie das vertrauenerweckende Bild einer loyalen Ehefrau, deren einziges Interesse darin bestand, gute Werke zu fördern. Sie genoß diese Rolle und machte auch daraus kein Hehl. »Wissen Sie, Dr. Mott, Leopold und ich, wir leben sehr einfach. Es ist richtig, wir haben dieses imposante Gotteshaus, das Sie erwähnten, aber solche Bauten, wie auch die Universität, werden aus Mitteln finanziert, die gläubige Menschen uns zur Verfügung stellen. Für uns selbst geben wir sehr wenig aus.«
»Und das Privatflugzeug?«

»Es gehört einem großzügigen Gönner, der unsere Arbeit unterstützt.«
»Und Ihr Mercedes?«
»Wir müssen nun mal viel reisen.«
»Was haben Sie eigentlich mit dem alten Haus gemacht, in dem Sie wohnten, als ich sie damals besuchte?«
»Wir haben es einer mexikanischen Kirche für einen Dollar verkauft.«
»Ist das wahr, Reverend?«
»Seitdem stehen wir bei der mexikanischen Gemeinde in hohem Ansehen. Für einen Dollar – obwohl wir eine Million dafür bekommen hätten.«
»Dr. Mott«, protestierte Mrs. Grant, »Sie stellen dem Reverend immer wieder hinterhältige Fragen. Das dürfen Sie nicht.«
»Wie Sie wünschen.«
»Ich kenne Reverend Strabismus seit vielen Jahren. Ich kannte ihn schon, bevor Marcia ihn kennenlernte. Und er war immer ein Künder des Lichts.« Sie legte ihre Hand auf seinen Arm. »Wenn Sie mich fragen, war es nur seine staatsmännische Klugheit, die die Fremden daran hinderte, die Macht zu ergreifen – obwohl mir von ihren Boten versichert wurde, daß sie Norman in ihrer Regierung behalten würden.«
Mott sah starr vor sich hin, doch dann sagte der Senator etwas, was ihn zusammenzucken ließ: »Wie ich von meinen Wählern in Fremont höre, sind wir wohl mit dem Mondprogramm zu weit gegangen.«
Mott wandte sich neuerlich an Strabismus: »In Ihrer gestrigen Rede sprachen Sie davon, ›die NASA behaupte‹, den Mond erreicht zu haben. Was meinten Sie damit?«
Strabismus versuchte nicht, sich zu verteidigen. Anerkennung heischend beugte er sich vor, um seine Äußerung zu erklären: »Viele Leute in unserem Land glauben, wir wären nie auf dem Mond gelandet. Sie glauben, die Regierung hätte uns angeflunkert. Und was ich sagte, hatte nur den Zweck, sie zu beruhigen.«
»So scharen Sie also die geistlosen Abweichler, die professionellen Neinsager um sich und schaffen sich auf diese Weise eine große Anhängerschaft. Und eines Tages werden Sie sich als ein neuer Jim Jones wiederfinden – aber in einem um vieles zerstörerischeren Ausmaß.«

»Ich wollte«, schaltete sich Mrs. Grant mit schwacher Stimme ein, »wir könnten diese unerfreulichen Dinge vergessen – Schulbücher und Affengroßeltern und Frauenrechte und Leute, die uns unsere Waffen wegnehmen wollen. Ich wünschte, wir könnten uns das alles aus dem Sinn schlagen und zu dem einfachen Leben zurückkehren, das ich in diesem Haus mit meinem Vater kannte. Sie müssen uns dieses einfache Leben wiederbringen, Reverend Strabismus.«
Stille trat ein, und Mott wurde sich der Tatsache bewußt, daß diese gute Frau den Weltraum gesehen und sich angewidert von ihm abgewandt hatte. Während auf Cape Canaveral die Zaubermaschinen aufgestiegen waren, um die Dimensionen des verstandesmäßig zu erfassenden Universums auszuweiten, hatte sie ganz bewußt die Grenzen ihrer eigenen Welt enger gezogen, um sie leichter beherrschen zu können. Und er kam zu dem Schluß, daß alle Menschen, die vor der Notwendigkeit stehen, sich mit dem Universum, wie sie es wahrnehmen, auseinanderzusetzen, oder auch nur die Möglichkeit einer solchen Auseinandersetzung fürchten, in dunklen Ecken und Winkeln Zuflucht suchen und von dort alles tun, um diese Maschinen und die Männer, die sie hervorbringen und steuern, zu zerstören.
Senator Grant hatte den Weltraum nur als Kampffeld wahrgenommen, auf dem die Russen gedemütigt werden konnten, die ihr Bestes getan hatten, uns zu demütigen. Als der Kampf entschieden war, die Amerikaner auf dem Mond spazierengingen und die Russen hundertachtzig Kilometer über der Erdoberfläche herumtrudelten, hatte er sich aus dem großen Abenteuer zurückgezogen. Mehr noch: Er hatte dem Weltraum den Rücken gekehrt und gegen jede weitere Zuweisung von Mitteln gestimmt. John Pope hatte sich besser gehalten als alle anderen, soweit sie noch lebten, sich aber sang- und klanglos zurückgezogen, nachdem er den Mond, sein begrenztes Ziel, erreicht hatte. Ed Cater hatte seine zwei Flüge ehrenvoll absolviert und war Teilhaber eines Immobilienmaklers in seiner Heimatstadt geworden. Die reizende Inger Jensen hatte dem Programm ihren Mann geopfert und anschließend Zuflucht in einer Bibliothek in Oregon gesucht. Motts eigene Söhne waren von der Entwicklung überrannt worden, aber die gute alte Debby Dee hatte ihren Gin gekippt und war mit dem Weltraum ebenso leicht fertig geworden wie mit dem halbverrosteten Chevrolet ihres Mannes.

Und wie hatte er, Mott, auf die Herausforderung reagiert? Stets war er bemüht gewesen, die Grenzen zu erweitern: Zuerst in Deutschland, wo er wußte, daß er diese Leute aus Peenemünde finden mußte, wenn Amerika nicht ins Hintertreffen geraten sollte; dann auf Wallops Island, wo er die obersten Schichten der Atmosphäre erforscht hatte; dann im Apollo-Programm und schließlich an der Pforte des Saturn. Er hatte sich ehrlich bemüht, doch als er jetzt hörte, wie Reverend Strabismus die Nation zum Aufstand gegen seine Prinzipien aufrief, begann er sich zu fragen, ob er nicht den falschen Kampf geführt hatte.

Dieter Kolff hatte unrecht, sagte er sich, während die anderen plauderten. Er glaubte, den Menschen wäre nichts unmöglich, wenn er nur über eine genügend große Rakete verfügte. Aber er unterließ es, sich gegen die verängstigten Menschen zu schützen, die immer bestrebt sein würden, die Rakete zu zerstören. Vielleicht war das der historische Fehler der Deutschen. Sie verehren die Maschine, aber nicht den Mann, der hinter ihr steht. Vielleicht hat Strabismus recht. Die Massen in Unwissenheit verharren lassen. Die Bücher verbrennen, die sie bekümmern oder beunruhigen könnten. Sie überzeugen, daß die Antwort anderswo zu finden ist, nicht im steten Streben des menschlichen Geistes.

Mrs. Grant riß ihn aus seinen Gedanken: »Ich finde es wunderbar, Reverend Strabismus, daß Sie und Marcia nach dem Referendum in Schweden Urlaub machen werden.«

»Uppsala hat mir viel gegeben, Mrs. Grant. In allen meinen Büchern habe ich die glücklichen Jahre erwähnt, die ich dort verbracht habe. Jetzt soll meine Frau diese ehrwürdige Stätte sehen.«

»Der eigentliche Grund für unsere Reise ist ein anderer«, plauderte Marcia aus. »Leopold wird in Uppsala einen Lehrstuhl stiften.«

»In welchem Fach?« fragte Mott mit offenem Mund.

»Den Strabismus-Lehrstuhl für Moralphilosophie«, beantwortete Leopold die Frage.

Noch während Penny Pope im Senat intensiv mit Problemen der NASA beschäftigt war, und nachdem sie zwei verlockende Berufungen der neuen Reagan-Administration abgelehnt hatte, traf sie in den ersten Frühlingstagen des Jahres 1982 zwei wichtige Entscheidungen, die sie gern mit ihrem Mann besprochen hätte. Sie organisierte sich eine Reise in den Westen, um Organisationen der NASA zu überprüfen, und rief dann John in der Universität an und schlug ihm vor, nach Washington zu kommen und ihr zu helfen, den Buick nach Clay zurückzufahren. »Ich weiß, es ist eine Zumutung, aber ich tue nichts lieber, als mit dir zusammen zu fahren und lange Gespräche zu führen.« Da er ihre Vorliebe teilte, sagte er freudig zu, bestellte einen Vertreter für seine Vorlesungen und erschien schon am nächsten Tag reisefertig in ihrer Wohnung in Washington. Sie aßen in einem chinesischen Restaurant zu Abend, gingen früh zu Bett und erwachten am nächsten Morgen um vier. Zehn Minuten später saßen sie im Wagen und rollten über die Staatsstraße nach Westen.

An diesem ersten Tag legten sie ihre gewohnten tausend Kilometer zurück, aber es war nicht die Fahrt, die ihre Aufmerksamkeit auf sich zog, sondern ein langes, leidenschaftlich geführtes Gespräch:

PENNY: Ich habe schon die ganze Zeit mein Auge auf Senator Grant. Er ist senil geworden.

JOHN: Augenblick mal!

PENNY: Ich kann keinen Augenblick mehr zuwarten. Er ist senil geworden.

JOHN: Worin äußert sich das?

PENNY: Zum Beispiel darin, daß er keinem Gespräch folgen kann. Darin, daß er bei jeder Gelegenheit die gleiche Rede hält, ganz gleich, um was es geht.

JOHN: Wenn du solche Dinge zu Kriterien machst, ist der halbe Senat senil.

PENNY: Aber in seinem ehrwürdigen Alter könnte er so viel Gutes tun!

JOHN: Seine Leistungsbilanz ist beeindruckend. Man wird ihn immer wieder wählen.

PENNY: Seine Leistungsbilanz ist nicht beeindruckend. Er leistet Reagan keine schöpferische Hilfe.

JOHN: Ich bezweifle, daß Reagan großen Wert darauf legt. Bei Abstimmungen hält sich Grant an die Parteilinie, und mehr wird von ihm nicht verlangt.

PENNY: Es gäbe noch so viel mehr für ihn zu tun, so viel mehr...

JOHN: Das kannst du von Norman Grant nicht erwarten. Initiative

hat er nie entwickelt. Dein Senator hat immer nur den Lückenbüßer abgegeben.
PENNY: Für das Raumfahrtprogramm hat er Hervorragendes geleistet.
JOHN: Manche Menschen kommen über *eine* große Leistung nicht hinaus. Denk an die Astronauten, die nur einen Flug mitgemacht haben. Und doch hat man sie nicht vergessen.
PENNY: Aber mit Lückenbüßern können wir uns nicht begnügen. In Zeiten wie diesen brauchen wir bessere Leute.
JOHN: Es gibt schlechtere.
PENNY: Ich habe entschieden, daß Norman Grant gehen muß.
JOHN: Du hast entschieden?
PENNY: Ich bin eine Bürgerin der Vereinigten Staaten und eine Wählerin in seinem Wahlkreis. Ja, ich habe entschieden.
JOHN: Und wer ist der Gegenkandidat, den du unterstützen willst?
PENNY: Du.
JOHN (während er um ein Haar von der Straße abkommt): Das ist doch ein Witz.
PENNY: Durchaus nicht. Und bevor du noch mehr sagst, schauen wir uns doch einmal die Tatsachen an. Von einer Handvoll Spitzenleuten abgesehen, taugst du um vieles mehr als die meisten Senatoren. Birch Bayh kennt sich im Senat gut aus, aber er ist aus dem Rennen. Strom Thurmond ist vielleicht der geschickteste Taktiker. Ich könnte dir noch ein halbes Dutzend wirklich fähiger Leute nennen, die ausgezeichnete Arbeit leisten, aber der Rest? Männer wie du oder Hickory Lee übertreffen sie in allen Belangen. Grant muß gehen, und du mußt ihm seine Nominierung bei der Vorwahl streitig machen.
JOHN: Laß mich dir mit allem Nachdruck sagen: Ich bin kein Politiker. Ich habe in dieser Beziehung keinerlei Ambitionen. Ich bezweifle sogar, daß ich das Zeug dazu habe. Aber was noch viel schwerer wiegt: Norman Grant hat mich nach Annapolis gebracht. Er hat mir das Leben gerettet, so wie er das Leben dieser drei Männer gerettet hat, die in jedem Wahljahr wiederkommen und ...«
PENNY: John! Hör mir mit diesen gräßlichen Männern in ihren ausgebeulten Uniformen auf. Sie sind eine Schande für die amerikanische Politik.
JOHN: Da Grant mir also das Leben gerettet hat ...

PENNY: Er hat nichts dergleichen getan. Man hat dich nach Annapolis geschickt, weil du dich als Unteroffizier glänzend bewährt hast.
JOHN: Er hat mir das Leben gerettet. Er hat für mich gebürgt. Ich habe mich bei der Wahl für ihn eingesetzt, und ich stehe für alle Zeiten in seiner Schuld. Ich werde nicht gegen ihn kandidieren.
PENNY: Willst du mir wenigstens in einem Punkt zustimmen? Daß er ein seniler alter Narr geworden ist?
JOHN: Ich stimme dir nicht zu. Er ist ein Senator der Vereinigten Staaten und weiß seine Würde zu wahren.
PENNY: Er ist ein völlig kaputter Typ.
JOHN: Ich könnte nie gegen Norman Grant kandidieren.
In dieser harten Gangart dauerte das Gespräch noch eine gute Weile fort; Penny ließ eine Fülle von Beweisen für Grants Unzulänglichkeiten und Schwächen aufmarschieren, und John weigerte sich zuzugeben, daß diesem Mann in der Vorwahl eine Niederlage beigebracht werden sollte.
JOHN: Du hast sie nicht alle, wenn du glaubst, irgend so ein Möchtegern-Senator könnte Norman Grant aus dem Sattel heben. Die republikanische Partei würde sich wie ein Mann vor ihn stellen.
PENNY: Die republikanische Partei ist genau wie jede andere Partei. Sie jubelt dem Sieger zu.
JOHN: Bis zur Vorwahl sind es noch zehn Wochen. Wann muß ein Herausforderer seine Bewerbung um die Nominierung anmelden? Die Frist läuft in zwei Wochen ab, nicht wahr?
PENNY: Dienstag nächste Woche.
JOHN: Und du meinst, du könntest ein Opferlamm finden ... Was glaubst du, wieviel Geld du zusammenbringst, um gegen Grants Hausmacht anzukämpfen?
PENNY: Geld, Nominierung, Bewerbung ... das kommt alles von selbst, sobald du dich bereit erklärst, gegen ihn anzutreten. Ich habe mich umgehört.
JOHN: In Washington, nicht in Fremont.
PENNY: Die Leute, die in Fremont zählen, sitzen zum größten Teil in Washington. Und sie alle wissen, daß Norman Grant fertig ist. Er ist hinter der Zeit zurückgeblieben. Ein kleiner Stoß genügt, und er fällt wie eine reife Pflaume vom Baum.
JOHN: Genug davon. Unter keinen Umständen werde ich mich gegen

einen Mann stellen, der mein Freund war. Als Astronaut lernt man das und vergißt es nicht.
PENNY: Morgen in Illinois reden wir weiter.
Und erst nachdem sie Abraham Lincolns Heimatstadt hinter sich gelassen hatten, brachte sie ihr überzeugendstes Argument vor. Sie saß zu dieser Zeit am Steuer, nachdem sie um neun ein Frühstück, bestehend aus Würstchen und Pfannkuchen zu sich genommen hatten, eine mörderische Zusammenstellung, außer man will nicht den ganzen Tag ohne Mittagessen durchfahren.
PENNY: Du bist Offizier, John. Ich möchte jetzt über Strategie reden, nicht über Taktik. Wenn du nichts unternimmst, wird es ein anderer guter Republikaner tun. Er wird den Fuß in der Tür haben – und bei der nächsten Wahl 1988 unschlagbar sein. Du wirst deine große Chance verspielt haben.
JOHN: Ich habe es dir schon einmal gesagt. Ich werde nicht ...
PENNY: Darf ich dir mein gewichtigstes Argument vorbringen? In sechs Jahren wird Norman Grant ein hilfloser Greis sein, und jeder wird ihn schlagen können, wenn er nicht schon vorher zurücktritt. Die Entscheidung muß jetzt getroffen werden, wenn du deine Position für 1988 fixieren willst.
JOHN: Solange Grant auf seinen Sitz reflektiert ...
PENNY: Nehmen wir an, du hättest recht. Nehmen wir an, Grant wäre in diesem Jahr unschlagbar. Es geht darum, daß du dich als sein Nachfolger deklarierst. Das kannst du nur tun, indem du ihm jetzt seine Nominierung streitig machst. Ich bin sicher, daß du auch in diesem Jahr gewinnen könntest. Aber 1988 wäre es dann eine todsichere Sache.
JOHN: Soll doch Grant seine Entscheidung treffen. Mein Ehrgefühl erlaubt es mir nicht ...
PENNY: Und wenn die republikanische Partei auf dich zukäme?
JOHN: Ich müßte ablehnen.
PENNY: John, ich habe das Gefühl, du unterschätzt dich. Du bist ein echter amerikanischer Held. Das ganze Land kennt dich.
JOHN: Das ganze Land wählt nicht in Fremont.
PENNY: In Fremont liebt man dich. Das ist ein enormes Kapital, von dem du Nutzen ziehen kannst. Du hast die beste Chance. Und du sitzt da oben herum und ...

John: Warum liegt dir eigentlich so viel an einem Senatssitz?
Penny: Weil ich eine Patientin in diesem gräßlichen Washingtoner Krankenhaus bin.
John: Was willst du damit sagen?
Penny: Ich leide an dieser unheilbaren Krankheit. Washingtonitis.
John: Das habe ich mir schon gedacht. Du willst nicht heimkommen?
Penny: Vor ein paar Jahren hat man eine Untersuchung gemacht. Hunderte Ex-Senatoren wurden befragt. Die einen waren in Vorwahlen unterlegen, andere in der Hauptwahl. Wieder andere waren freiwillig zurückgetreten. Aber von den hundert lebten 93 immer noch in Washington. Einer, ein Mann aus Phoenix, drückte es am besten aus: ›Ich soll nach Arizona zurückgehen? Sie sind wohl nicht bei Trost!‹ Wenn du in Washington sitzt, kannst du das Räderwerk der Geschichte aus nächster Nähe beobachten. Und manchmal sogar den Rädern einen Stups geben.
John: Und warum lehnst du dann das Richteramt ab, von dem so viel geredet wird?
Penny: Es war unter der Regierung Carter, wo darüber geredet wurde. Glancey hatte ihnen eingeredet, ich wäre Demokratin.
John: Und was bist du wirklich?
Penny: Ich wäre schön dumm, wenn ich im Jahre 1982 nicht Republikanerin wäre.
John: Weißt du, Penny, als die NASA damals die sechs Familien zum ersten Mal in Cocoa Beach zusammenbrachte, war ich überzeugt, daß wir die beste Ehe von allen führten. Ich liebe dich sehr – und mit jedem Jahr mehr. Du hast wirklich eine ganze Menge los.
Penny: Und ich bin so stolz auf dich, ich könnte platzen. Es gibt nicht viele wie dich, mein Lieber. Darum möchte ich dich als Senator sehen.
John: Unmöglich.
Ihre nicht endenwollende Auseinandersetzung verringerte ihr Tempo, und so übernachteten sie an diesem Tag in einer kleinen Stadt im Osten Missouris, wo sie mexikanisch zu Abend aßen, ein paar Telefongespräche führten und in ein Kino gingen, doch als sie am nächsten Morgen wieder unterwegs waren, kam Penny auf das Thema zurück.

PENNY: John, ich frage dich zum letzten Mal, willst du dich um einen Sitz im Senat bewerben?
JOHN: Ich kann es nicht.
PENNY: Es ist mir schrecklich ernst, John, und darum wiederhole ich: Willst du kandidieren?
JOHN: Nein.
Sie bog abrupt von der Schnellstraße ab, hielt vor der nächsten Tankstelle und ging hinein, um ein paar Telefongespräche zu führen. Als die fünfundfünfzigjährige, gut aussehende, willensstarke Anwältin wieder herauskam, teilte sie ihrem Mann mit: »Ich habe meine Leute ersucht, die Medien unverzüglich in Kenntnis zu setzen, daß ich bei der Vorwahl der republikanischen Partei für einen Sitz im Senat kandidiere.«
Captain John Pope von der U.S. Navy (im Ruhestand) sackte auf dem Beifahrersitz zusammen und fragte sich, was er dazu sagen sollte. Wenn Penny ihre Leute angewiesen hatte, ihre Bewerbung bekanntzugeben, würde sie sich jetzt nicht mehr davon abbringen lassen, und er überlegte hin und her und versuchte vergeblich, den richtigen Kommentar zu finden. Daß er sie im Wahlkampf unterstützen würde, stand außer Frage; sie war seine Frau, und ihre Leistungen erfüllten ihn mit Stolz. Er wußte, daß sie eine der besten Frauen Amerikas war, energisch, aber auch liebevoll, beinhart, wo es um Prinzipien ging, aber eine sanfte Gefährtin und sehr intelligent. Sowohl Grant wie auch Glancey hatten es ihm versichert: »Ihre Frau, Pope, ist für unser Raumfahrtprogramm genauso wichtig wie Sie. Denn sie weiß, wo's langgeht.«
Aber das half nichts. Als Mann von Ehre würde er sich bei Norman Grant entschuldigen müssen und, wenn man ihn fragte, in aller Öffentlichkeit erklären, daß Grant seines Wissens ein honoriger Bürger sei und es nach seinen beachtlichen Leistungen verdiene, wiedergewählt zu werden.
Seine Gedanken wandten sich jetzt der Frage ihrer künftigen Lebensführung zu, und er kam zu dem Schluß, daß sich praktisch nichts zu ändern brauchte – er würde in Clay wohnen bleiben und sie in Washington. Sie waren eine Navy-Familie und lange Trennungen gewöhnt, und er wußte, daß sie es schaffen würden, wie sie es schon immer geschafft hatten. Und während Penny, das Kinn hochgereckt, die

Straße hinunterbrauste, fand er die perfekten Worte für die zukünftige Senatorin: »Penny«, sagte er still lächelnd, »als ich mit Claggett den Gemini-Flug machte, saß ich auf der rechten Seite. Das kann ich wieder tun.«

Sie kamen um elf Uhr vormittag in Clay an, und Penny fuhr geradewegs zum Haus des Mannes, der in aller Stille für John Pope als Senator gearbeitet hatte. Hier erhielt John eine Lektion in praktischer Politik. Ein aus neun Herren bestehender Ausschuß erwartete Penny. Vor sich hatten sie sechzehn Wahlvorschlagslisten aus allen Teilen des Staates, und alle auf John Pope ausgestellt, der sich zu kandidieren weigerte. Die Frau des Vorsitzenden hatte bereits vorsichtig ein »Mrs.« vor den ursprünglichen Namen des Kandidaten eingefügt, und dann anschließend: (Penny Hardesty).
»Das ist aber verdammt ungesetzlich!« protestierte John. »Diese Leute haben für eine bestimmte Person unterschrieben, und Sie setzen jetzt eine andere ein.«
»Nicht ohne Erlaubnis«, beruhigte ihn der Vorsitzende. »Wir haben gestern den ganzen Abend damit verbracht, jeden einzelnen Unterzeichner anzurufen, um sein Einverständnis mit dieser Änderung einzuholen.«
Als er einen Blick auf Penny warf, die lächelnd, nach drei Reisetagen immer noch adrett, in der Tür stand, hatte er zum ersten Mal das unbestimmte Gefühl, daß sie es tatsächlich schaffen könnte, und als er die Konferenz verließ, um Senator Grant in seinem großen Haus am Stadtrand aufzusuchen, bekam er einen zweiten Schock – besser gesagt zwei.
Den ersten versetzte ihm Mrs. Grant, die zur Tür kam, um ihm zu öffnen. Sie erkannte ihn nicht, obwohl er vermutlich der bekannteste Mann in der ganzen Stadt und ihr schon häufig begegnet war, und als sie ihn ins Arbeitszimmer ihres Mannes führte, tat sie dies, als ob sie sich in einem fremden Haus befände. Sie fragte ihn, ob sie mit seiner Unterstützung für das Referendum rechnen könne, weil es doch da um die verderbliche Evolutionstheorie ginge, die jede menschliche Würde zerstören würde. Er unterließ es, sie darauf hinzuweisen, daß die Abstimmung schon vor Monaten stattgefunden und ihre Seite gewonnen hatte.

Der zweite Schock kam, nachdem Senator Grant höflich seine Erklärung angehört hatte, wie es dazu gekommen war, daß Penny sich um seinen Sitz bewarb, und warum Pope ihr gesagt hatte, daß er sich unmöglich gegen einen Mann stellen könne, der sein Wohltäter, fast eine Art Vater für ihn gewesen war.
Grant quittierte diese Mitteilung mit nahezu schallendem Gelächter. »Pope, Sie haben das Wesentliche nicht begriffen. Penny hat keine Chance, mich dieses Jahr zu schlagen. Aber ihr Name wird bekannt werden. Sie wird das Zentralkomitee davon überzeugen können, daß sie eine ernsthafte Anwärterin ist. Ich halte sehr viel von Penny, und in sechs Jahren, wenn ich ganz gewiß nicht mehr kandidiere, wird sie an erster Stelle stehen. Und wenn unser Land bis dahin nicht vor die Hunde gegangen ist, wird sie Senator für Fremont sein. Sie haben meinen Segen, John. Gehen Sie und unterstützen Sie sie, so gut Sie können. Denn wenn ich in sechs Jahren das Handtuch werfe, möchte ich einen vollwertigen Ersatz an meiner Stelle wissen – und da würde ich mich für Penny entscheiden.«
Genau das hat Penny mir in Illinois gesagt, dachte Pope. Aber ich werde Grant lieber nicht verraten, daß sie ihn so treffend charakterisiert hat. Und da gab es dann auch noch die ungelöste Frage: Hat Penny es ernst gemeint, als sie so nachdrücklich behauptete, sie könne Grant schlagen? Würde es schon bei dieser Vorwahl ums Ganze gehen?

Es gab noch eine andere Wahl, bevor Fremont zu den Urnen ging. In dem Wintersportplatz Skycrest in Colorado strebten Geschäftsleute und Hotelbesitzer eine Veränderung der politischen Landschaft an: »Wir haben spezifische Probleme, die spezifische Lösungen erfordern. Wir sind weder Landwirte noch Viehzüchter.« In allseitigem Einverständnis entschieden sie sich für Millard Mott als ihren nüchtern denkenden Kandidaten. »Er weiß, wie es im Geschäftsleben zugeht. Er weiß, was es heißt, Steuern zu zahlen. Und sehen Sie nur, was er aus seinem eigenen Laden gemacht hat!«
In einer Stadt, die früher einmal eine demokratische Mehrheit gehabt hatte, stellten die konservativen Republikaner Millard als ihren Kandidaten auf, und obwohl da und dort über die Art getuschelt wurde, wie sein Bruder in Florida zu Tode gekommen war, einigte man sich

in der Gemeinde darauf, Millard diese alte Geschichte nicht anzukreiden. Auch über die Tatsache, daß er mit diesem Roger, der sich seinerzeit dem Wehrdienst entzogen hatte, zusammenlebte, ging man stillschweigend hinweg. Auch die Opposition erreichte nicht viel mit dem Vorwurf, Millard selbst wäre eine kanadische Wildgans gewesen: »Ist er nicht auch nach Norden geflogen?«
»Ja, ist er, aber inzwischen wissen wir doch schon alle, daß Vietnam eine schlechte Partie war. Vielleicht war er nur einfach klüger als die armen Irren, die ihre Haut zu Markte getragen haben.«
Er wurde mit großer Mehrheit gewählt, und auf seiner Dankeschön-Party versprach er den Bürgern von Skycrest: »Was wir uns alle wünschen – mehr Dienstleistungen, mehr Polizei, mehr Pistenkontrolleure, bessere Straßen und niedrigere Steuern. Ich hoffe, es findet sich einer, der mir sagt, wie ich's machen soll.«

Im Juni 1982 hörte Professor John Pope mit Freude, daß die NASA daran dachte, seinem alten Freund Hickory Lee, dem letzten der ›Soliden Sechs‹, das Kommando über den vierten Flug der Raumfähre zu übertragen. Er würde mit ihr in bisher nicht erreichte Höhen fliegen, um verschiedene wissenschaftliche Instrumente in eine Umlaufbahn zu bringen und sie im Lauf einer ausgedehnten Außenbordtätigkeit zu überprüfen. Die Raumfähre war jetzt ein Arbeitstier, und nun würde Lee zu der kleinen Gruppe von Astronauten gehören, die in drei von Grund auf verschiedenen Raumfahrzeugen geflogen waren – in seinem Fall Apollo, Skylab und Raumfähre. Noch keiner war in vier verschiedenen Typen geflogen, und so wie sich das Programm entwickelte, würde es auch nie einen geben.
Eine um vieles persönlichere Überraschung kam eines Morgens, als Senator Norman Grant in der Hitze seines Kampfes um die neuerliche Nominierung in den Senat bekanntgab, daß er um Punkt zwölf Uhr mittags eine Pressekonferenz abhalten würde; er rief Pope an und bat ihn zu kommen. John nahm an, daß die bedrohliche Nähe des Wahltags, aber auch die Tatsache, daß Penny sich besser hielt als erwartet, den Senator aufgeschreckt und veranlaßt hatte, zum Endspurt anzusetzen. Möglicherweise wollte Grant ihn auch um eine offizielle Empfehlung ersuchen.
Penny war im Süden auf Wahlreise, aber es gelang ihm, sie ans Tele-

fon zu bekommen: »Jetzt haben wir den Salat. Senator Grant will wohl, daß ich mich offiziell für ihn erkläre.«
»Wir haben doch schon vor Wochen entschieden, daß du eine Wahlempfehlung für ihn abgibst.«
»Ich muß. Ich muß einfach. Aber ich werde sie sehr vorsichtig formulieren. Und heute nachmittag komme ich nach Calhoun. Phil fliegt mich hinunter. Am Abend erscheine ich neben dir auf dem Podium, und ich lasse auch eine Rede los. Wenn *du* die Vorwahl gewinnen willst, will ich das auch.«
»Natürlich will ich gewinnen. Und ich möchte, daß du mir dabei hilfst.« Dann fügte sie munter hinzu: »Verstehst du, John, wenn Grant das Gefühl hat, er brauche deine Empfehlung, weiß er, daß die Dinge nicht so laufen, wie er möchte.«
Froh, dieses heikle Problem mit seiner Frau aus der Welt geschafft zu haben, begab sich Pope in sein Büro in der Universität, wo ein politischer Mandatsträger aus Webster schon auf ihn wartete. »Will Ihre Frau ehrlich die Vorwahl gewinnen, Professor?«
»Aber sicher.«
»Tut sie nicht nur so, als ob?«
»Das ist nicht der Stil von Mrs. Pope.«
»Meine Frau ist diplomierte Krankenschwester.«
»Und was hat das mit der Vorwahl zu tun?«
»Sehr viel. Sie arbeitet mit Ärzten. Sie hält ihre Ohren offen.«
»Wo arbeitet sie? Bitte nehmen Sie Platz.«
»Sie arbeitet im General Hospital in Webster. Und einer der Ärzte, ein gewisser Dr. Schreiber, ist ein Spezialist, der überall im Westen herumfliegt und schwere Fälle behandelt.« Er unterbrach sich, um seine Mitteilung wirken zu lassen. »Vor drei Tagen kam er hierher nach Clay.« Abermals eine bedeutungsvolle Pause. »Seine Patientin war die Gattin von Senator Grant.«
»Und was hat sie?«
»Laut Dr. Schreiber befindet sie sich in ganz schrecklicher Verfassung. Er behandelte ihre Krankheit und äußerte sich weiter nicht dazu, aber er spricht von einem anderen ... Fehlverhalten. Die Fälschung. Sie hat einen Scheck mit dem Namen des Senators unterschrieben. Sie pumpt viel Geld in den Werbefeldzug von diesem Strabismus, der da in Alabama gegen Darwin und Abtreibung und solches Zeug agitiert.«

»Fälschung? Warum sollte sie einen Scheck gefälscht haben?«
»Das weiß ich nicht. Meine Frau weiß nur, daß der Senator persönlich intervenieren mußte, damit die Polizei nicht ...«
»Warum erzählen Sie mir das alles?«
»Weil Grant damit verwundbar geworden ist. Wenn Ihre Frau ihn wirklich Mores lehren will ...«
Pope verlor nicht die Ruhe. Dieser Mann legte ihnen eine Verhaltensweise nahe, die weder John noch Penny jemals auch nur in Erwägung ziehen würde, aber Pope hatte bereits die Erfahrung gemacht, daß Politiker mit allen möglichen Verirrungen daherkamen; anständige Leute prüften alle Vorschläge, akzeptierten solche, die sich in den Grenzen des Erlaubten hielten, und wiesen jene zurück, die jenseits der Schranken des guten Geschmacks angesiedelt waren. Er erhob sich und legte seinen Arm um die Schulter seines Besuchers. »Meine Frau und ich«, sagte er, »wissen Ihr Interesse zu schätzen, aber von Informationen dieser Art würde Mrs. Pope nie Gebrauch machen. Bitte danken Sie Ihrer Frau Gemahlin, und ich hoffe, Sie werden beide Mrs. Pope auch weiterhin unterstützen.«
Es fehlten noch fünfundvierzig Minuten bis zur Pressekonferenz, und Pope mußte sich gut überlegen, was er sagen sollte, um den Mann zu unterstützen, den er immer noch für einen angesehenen Bürger hielt, und das war nicht leicht, denn im Wahlkampf hatte sich gezeigt, daß Grant schon ein wenig tatterig auftrat, die Dinge nicht mehr in der richtigen Perspektive sah und sich keine klaren Vorstellungen von der Zukunft machen konnte. In der Hauptstadt Benton, wo der Senator und Penny im Rahmen einer Wahlversammlung über wichtige Probleme diskutieren sollten, war es zu einer peinlichen Episode gekommen. Penny hatte erfahren, daß Tim Finnerty Gawain Butler aus Kalifornien und Larry Penzoss aus Alabama angebracht hatte, und daraufhin marschierte sie resolut zu Finnerty ins Hotel, um ihm die Leviten zu lesen.
»Du läßt sie doch nicht wieder mit diesen armseligen Uniformen auftreten, Tim?«
»Sie sind das Kernstück seines Wahlkampfes. Die Wähler lieben sie.«
»Diese Zeiten sind vorbei, Tim. Glaub mir, wenn ihr drei Clowns auf die Bühne kommt ...«

»Die anderen zwei sind keine Clowns. Es sind Helden. Ihre Geschichten ...«
»... werden die Leute zum Gähnen bringen.«
»Warum protestierst du? Wenn die Idee so schlecht ist, wie du sagst, ziehst du doch Nutzen daraus.«
»Niemand zieht Nutzen daraus. Wenn du das machst, kann ich nicht dazu schweigen. Ich werde darauf hinweisen müssen, wie albern das ganze Theater ist.« Sie hob das Kinn. »Das tue ich, Tim, darauf kannst du dich verlassen.«
In der Debatte hatte der Senator nicht gut abgeschnitten, aber Penny wußte, daß er in den Schlußbemerkungen seiner Rede den besten Eindruck hinterließ, wenn er aus Heldentum und Vaterlandsliebe wirkungsvolle Argumente zimmerte – die einzigen, an die man sich erinnerte, wenn der Abend vorbei und die ernste Diskussion vergessen war. Und tatsächlich: Noch bevor er mit seiner Rede begann, gab er Finnerty ein Zeichen, der zusammen mit Butler und Penzoss mit ihren alten Uniformen auf das Podium marschiert kam. Pech für Grant: In Benton gab es drei Colleges; die Studenten im Publikum begannen zu lachen, ein schwarzer Aktivist rief: »Onkel Tom!«, und mit einem Mal machte sich auf der Bühne Lächerlichkeit breit, und das heroische Gedenken jener Oktobertage des Jahres 1944 lag so fern wie die Schlacht bei den Thermopylen.
Grant war verwirrt. In den unseligen Jahren des Vietnam-Krieges mit seiner Verkehrung aller Werte war er schon einmal auf studentische Opposition gestoßen, aber jetzt lachten diese jungen Leute über ihn und Gawain Butler und die heldischen Tage, als alles in Schwebe war, und das war ein schockierendes Erlebnis. Seine Gegnerin, Mrs. Pope, schien Tränen in den Augen zu haben, als sie das Wort ergriff:

»Meine Freunde, hören Sie auf mit dem Gelächter. Diese vier Herren, Senator Grant und seine Kameraden, waren aufsehenerregende Helden. Von Männern wie ihnen hing die Sicherheit unserer Nation ab, und, was mich angeht, ich ziehe den Hut vor ihnen. Aber Sie haben wahrscheinlich recht, wenn Sie meinen, die Zeiten wären vorbei, da wir uns auf alte Erinnerungen berufen können ... auf alte Ideen ... auf alte Methoden. Wir brauchen einen neuen Geist und neue Motivationen. Bitte versuchen Sie, diese einander widersprechenden positiven Elemente in klare Gedanken umzusetzen. Die Nation fordert von uns eine geradlinige, konsequente Denkart.«

In ihrem Hotelzimmer hatte sie später ihrem Mann eingestanden: »Ich bin nicht stolz auf das, was ich heute abend getan habe. Weißt du, was ich hätte tun sollen? Diese motzigen Typen, die sich über Ideale lustig machen, über den Haufen schießen. Aber ich hatte Finnerty gewarnt, mit seinen gebrochenen Krügen nicht wieder zum Brunnen zu gehen.« Tränen kamen ihr in die Augen. »Norman Grant hat mir so leid getan. Hast du den Schock auf seinem Gesicht gesehen? Er stand vor einer neuen Generation, die ihm um Jahrzehnte voraus ist, und er wußte einfach nicht weiter. Er hatte keinen Schimmer, was in ihren Köpfen vorging, und es wird eine Erlösung für ihn sein, wenn ich ihn schlage.«
Lustlos verließ Pope sein Büro und wanderte langsam zur Aula hinüber, wo die Pressekonferenz abgehalten werden sollte. Immer noch überlegte er, welche Worte er wählen sollte, angesichts der Tatsache, daß er sie am Abend durch sein Erscheinen in Calhoun neutralisieren würde. Doch als er den Saal betrat und Norman Grant sah – groß und stattlich, ein richtiger Amerikaner, ein Mann nach seinem Herzen –, dachte er: Ich werde ihm noch einmal helfen, zu gewinnen. Penny kann es sich leisten, noch zu warten.
Doch als Grant ans Rednerpult trat, erhielt Pope einen Schock: »Es tut mir leid, daß meine tüchtige Gegnerin, Penny Pope, nicht kommen konnte. Sie hält sich im Süden auf und ist damit beschäftigt, mich zusammenzustauchen, aber ich freue mich sehr, ihren Mann, unseren großen Helden, John Pope, hier begrüßen zu können.«
Es gab Applaus, und Pope erhob sich, um für den Beifall zu danken.
»Ich habe Sie hergebeten«, fuhr Grant fort, »um Ihnen mitzuteilen, daß ich mich durch äußerst dringliche persönliche Angelegenheiten gezwungen sehe, meine Kandidatur zurückzuziehen. Die mich kennen, werden verstehen, daß ich diesen Schritt nicht aus Angst vor meiner hochgeschätzten Gegnerin tue, denn ich habe schon anderen, nicht weniger resoluten Opponenten die Stirn geboten. Ich ziehe mich aus persönlichen Gründen zurück, die ich nicht länger außer Acht lassen kann.

In diesem Augenblick größten seelischen Druckes bedeutet es für mich eine große Erleichterung zu wissen, daß ich das Feld einer der tüchtigsten Frauen Amerikas und einer der besten Kolleginnen überlasse, die ich jemals hatte, Mrs. Penny Pope. Wir haben sechsunddreißig Jahre zusammen gearbeitet, und in ganz Amerika ist keiner besser dazu qualifiziert, eine Charakterschilderung von ihr zu geben als ich.

Mrs. Pope, Sie haben die republikanische Vorwahl gewonnen. Es steht für mich außer Frage, daß Sie auch die allgemeinen Wahlen im November gewinnen werden. Meiner vollsten Unterstützung können Sie sicher sein. Astronaut John Pope, machen Sie sich auf, Ihrer Frau zu helfen, den Sitz im Senat zu gewinnen. Sie verdient ihn.«

Als Pope seine Frau endlich in einer kleinen Stadt an der Grenze zu Kansas erreichte, waren ihre ersten Worte: »John, sieh zu, daß du Tim Finnerty erwischst. Ich möchte ihn als Wahlmanager haben.« Und als Senatorin würde sie ihn zu ihrem Sekretär machen, denn dieser verrückte, liberale, katholische Ire aus Boston und Mitglied der demokratischen Partei wußte, wie der Senat funktionierte und wo die Verbündeten zu finden waren. Fast wäre es ihm gelungen, aus Norman Grant einen erstrangigen Senator zu machen; vielleicht würde er mit besserem Material erfolgreicher sein.

Stanley Mott war jetzt Ruheständler, vierundsechzig Jahre alt und Träger jener Ehren, die einem Mann seiner Fähigkeiten üblicherweise zuflossen: Er besaß vier Ehrendoktorate, sechs Auszeichnungen von gelehrten Gesellschaften, und er erhielt aus allen Teilen des Landes Einladungen, über Fragen des Raumfahrtprogramms zu sprechen.

In seinen letzten Tagen bei der NASA war er an zwei epochalen Errungenschaften beteiligt gewesen: dem Start der Raumfähre und am Vorbeiflug der Voyager 2 am Saturn. Und er zögerte nicht, auszusprechen, daß letztere ihm die bedeutendere zu sein schien, weil sie dem Geist des Menschen neue Horizonte erschloß. Als Dieter Kolff ihn aus Alabama anrief, hatte er ihn nicht unterbrochen.

> Was habe ich Ihnen gesagt, Stanley? Die Zukunft des Menschen im Weltraum besteht darin, immer höher entwickelte Apparate zu bauen und immer größere Raketen, um sie zu befördern. Ih-

nen und mir, uns stehen alle Wege offen, und wir brauchen keine Astronauten, die uns nur den Platz für die Computer wegnehmen. Sie bauen eine ganz neue Generation von Instrumenten, Wunderdinge, die alles können, und ich eine neue Generation von Raketen, die auf dem Uranus und dem Neptun landen, und das schaffen wir alles noch, bevor wir sterben.

Aber er hörte auch zu, als Grant ihn aus Clay anrief:

> Was habe ich Ihnen gesagt, Mott? Das Ding ist am Saturn vorbeigeflogen, und es hat praktisch keiner mitbekommen. Weil kein Mensch in der Maschine war. Aber die Raumfähre mit den zwei netten jungen Männern am Steuer ... (Mott unterbrach ihn, um ihn darauf hinzuweisen, daß John Young einundfünfzig war.) Haben Sie gesehen, wie die ganze Welt die Ohren gespitzt hat? Immer noch ist der Mensch das Maß aller Dinge, Mott, und daran sollten Sie Ihre alten Kumpel von der NASA erinnern.

Grant brauchte Mott nicht erst darauf hinzuweisen, daß ein Raumflug mit Menschen an Bord der NASA mehr einbrachte, und der mehrfache Doktor h.c. räumte ein, daß die NASA, als er vor einigen Jahren zu enthusiastisch für Kolff eingetreten war, recht getan hatte, ihn zu rügen. Der Mensch ist das Maß aller Dinge, gab er zu, aber es ist von größter Bedeutung, zu erkennen, was er mißt.
Er zerbrach sich über solche Dinge den Kopf, weil er die Goldmedaille empfangen sollte, die gelegentlich von den drei großen wissenschaftlichen Gesellschaften der Nation vergeben wurde, und er eine programmatische Rede von einigem Tiefgang würde halten müssen. Und weil gewisse Gruppen in vielen Bundesstaaten sie aus ihren Schulen zu verbannen suchten, wollte er die Untadeligkeit der Naturwissenschaften in den Mittelpunkt seiner Ausführungen stellen. Er wußte genau, was er zu diesem Thema zu sagen wünschte, aber gewisse Aussprüche von Reverend Strabismus und Senator Grant hielten ihn davon ab: Der Mensch, so meinten sie, könne nur eine gewisse Menge Naturwissenschaften aufnehmen; dann falle er in eine Art kindliche Einfalt zurück, in der er alles ablehnte.

Liegt die Schuld bei uns? fragte er sich. Haben wir es verabsäumt, die Welt einzubeziehen? Warum hat sich Mrs. Grant in ihren Kokon eingesponnen und alles geleugnet, wofür sich ihr Mann eingesetzt hat? Warum bekommt Strabismus diesen donnernden Applaus, wenn er die Uhr zurückdrehen will? Stanley hatte das Gefühl, daß die Antwort auf diese Fragen nicht bei Mrs. Grant oder Strabismus zu suchen waren, sondern bei Menschen, wie er einer war: Menschen, die ihren eigenen, genau abgegrenzten Interessen gelebt und gleichzeitig die unendlich große, schäbige, irrende, strauchelnde Welt der Menschen ignoriert hatten, die mit den Entdeckungen nicht Schritt halten konnten.

Aber er würde nur beschränkte Zugeständnisse machen. Die brillanten Männer und Frauen seiner Generation setzten sich über die Grenzen des Wissens hinweg, und wenn die breite Öffentlichkeit nicht imstande war, ihnen zu folgen, schuf sie damit ein politisches Problem – und das durfte sich auf die Forschung nicht als intellektueller Dämpfer auswirken. Die Kirche hatte Kopernikus mundtot gemacht, Galilei bedroht und Bruno verbrannt, doch die Wahrheit über die Position der Erde im planetarischen System war nicht unterdrückt worden. Und heute in Amerika? Die Fernseh-Mullahs und die Neandertaler im Senat konnten die Bundesstaaten zwingen, die augenfällige Wahrheit der Naturwissenschaften zu leugnen, aber sie konnten die Tatsachen selbst nicht aus der Welt schaffen. Die Erde drehte sich unzweifelhaft um die Sonne, sie entstand vor etwa viereinhalb Milliarden Jahren, und zu den angegebenen Zeiten war sie von Dinosauriern bevölkert gewesen.

Und was heutigen Tages noch wichtiger war: Es *gab* Quasare und Schwarze Löcher, und sie forderten den Verstand auf, sie zu erklären: Wie Mott versuchsweise in der Einleitung der Rede sagte, die er zu halten gedachte:

> Alles mir vorliegende Beweismaterial läßt mich zu dem Schluß kommen, daß der Geist des Menschen jetzt ziemlich genau die gleiche Stellung einnimmt wie zu Beginn des Kopernikanischen Zeitalters. Vor uns liegt eine der gewaltigsten Explosionen des Wissens, die die Welt je erlebt hat. Jahr für Jahr werden neue Entdeckungen und Darstellungen die Grenzen des Universums

nach außen ausdehnen; sie werden den Geist verwirren und ihn zwingen, neue Darstellungen zu formen.

Was die letzten Entwicklungen nach sich ziehen werden, das wagen nicht einmal die Dreistesten von uns zu prophezeien, aber mich beeindruckt die Tatsache, daß Präsident Roosevelt im Jahre 1938 die führenden Wissenschaftler Amerikas ins Weiße Haus einlud; sie sollten ihm helfen, sich mit den Dingen vertraut zu machen, mit deren Existenz er in Zukunft würde rechnen müssen.

»Sie sollen mir sagen, was wir zu erwarten haben«, bat er sie, und nachdem diese Herren, deren Geschäft es war, die Zukunft vorwegzunehmen, und die mehr Hinweise auf die voraussichtlichen Entwicklungen besaßen als jede andere Gruppe, drei Tage lang angestrengt nachgedacht hatten, prophezeiten sie dem Präsidenten weder Atomkraft noch Radar, noch Raketen, noch Düsenflugzeuge, noch Computer, noch Xerographie oder Penicillin – alles Dinge, die schon wenige Jahre später die Welt in Erstaunen setzten. Sie wußten natürlich, daß Forschungsarbeiten im Gange waren, aber sie konnten nicht glauben, daß diese so bald brauchbare Ergebnisse hervorbringen würden. Ich versichere Ihnen, daß, wenn Sie heute abend eine ähnliche Gruppe von gelehrten Männern zusammenriefen, sie nicht die Wunder vorherzusagen imstande wären, die uns bis zum Jahre 2000 alltäglich erscheinen werden.

Von seinen Spekulationen wurde er auf den Boden der Wirklichkeit heruntergeholt, als er in seinem Büro in Washington erfuhr, daß Reverend Strabismus gemeinsam mit anderen religiösen Führern eine großangelegte Kampagne gegen die Homosexualität in Amerika und im besonderen im öffentlichen Dienst einzuleiten gedachte. »Gott hat Adam und Eva geschaffen und nicht Adam und Eidam!« wurde zum Schlachtruf dieser Leute, die nun beschlossen hatten, ihre Macht ausgerechnet in Skycrest, dem Wintersportplatz in Colorado, zu testen, wo soeben ein bekanntermaßen Homosexueller zum Bürgermeister gewählt worden war.

Dem würden sie es zeigen, sagten sie, und zwar mittels eines sogenannten Recall-Referendums, eines politischen Verfahrens, das sich für sie als sehr zweckmäßig erwies, weil man die amerikanischen Wähler mit Hilfe des Fernsehens dazu bringen konnte, auch die unwahrscheinlichsten Dinge gutzuheißen. Mott fühlte sich verpflichtet, nach Skycrest zu fliegen, um seinem Sohn beizustehen, aber auf den Unflat, der ihm entgegenschlug, war er nicht gefaßt. Es war eine Schlammschlacht ohnegleichen, bei der immer wieder das Dritte Buch Moses, die Kapitel 18 und 20, insbesondere der Vers 13 des letzteren zitiert wurden. Als Mott zum erstenmal hörte, mit welcher Donnerstimme Strabismus diese Textstelle anführte, war er erschüttert, denn sein Vater hatte ihn gelehrt, die Bibel ernst zu nehmen:

> Und wenn jemand einen Mann beschläft wie ein Weib, so haben beide einen Greuel begangen; sie sollen getötet werden; ihr Blut ist auf ihnen.

Er dachte einige Tage darüber nach, während die Kirchenmänner in erregten Debatten versuchten, die amerikanische Politik zu säubern, und er war so perplex, daß er sich, seiner eigenen moralischen Einstellung nicht sicher, aus dem Kampf zurückzog. Von seiner sexuellen Andersartigkeit abgesehen, schien ihm sein Sohn Millard in jeder Hinsicht ein achtbarer Mann zu sein, und Stanley hätte sich fast zu der Ansicht durchgerungen, daß eine untadelige Amtsführung und die gute Meinung der Nachbarn mehr zählten als willkürliche Verdammungen durch Leute vom Schlag eines Strabismus, aber durch diesen unanfechtbaren Bibelspruch erhielten ihre Reden starken Nachdruck. Stanley schwankte. Vielleicht war Millard wirklich so schlecht, wie diese Leute von ihm behaupteten.
In tiefer Verwirrung borgte sich Mott eine Bibel aus und studierte das Dritte Buch Moses; als er fertig war, wußte er, was er zu tun hatte. Er nahm die Bibel mit zu der großen Versammlung, bei der die charismatischen Bibelmänner allesamt auf dem Podium saßen, und nach mehreren vergeblichen Versuchen erreichte er ein Mikrofon, und die Fernsehkameras schwenkten auf ihn.

> Sie alle sind über meinen Sohn, Bürgermeister Mott, hergezogen, und ich möchte Sie fragen, ob Sie tatsächlich für die praktische Anwendung des Gesetzes eintreten, wie in Vers 13, Kapi-

tel 20 des Dritten Buches Mose festgehalten, wonach homosexuelle Männer getötet werden sollen. (Zwei der Geistlichen bejahten die Frage, Strabismus wollte nicht so recht mit der Sprache heraus.) Nun, meine Herren, ist Ihnen bekannt, daß in eben diesem Kapitel des Dritten Buches Mose zu lesen steht, daß jeder getötet werden soll, der seinem Vater flucht? Sind Sie willens, auch dieses Gesetz zu befolgen?
Sind Sie mit dem letzten Vers dieses Kapitels vertraut, wo es heißt, daß jede Frau getötet werden soll, die eine Hexe zu sein scheint? Sind Sie willens, die Scheiterhaufen von Salem neu zu errichten? Um alte Frauen zu verbrennen, weil sie etwas gebrabbelt haben?
Ist Ihnen bekannt, daß dieses Kapitel Sie jeden töten heißt, der die Ehe gebrochen hat? Hat einer von Ihnen die Ehe gebrochen? Sind Sie bereit, dieses Verbrechen mit dem Tod zu sühnen? Sind Sie ehrlich der Meinung, daß jeder im Staate Colorado, der Ehebruch begangen hat, gesteinigt werden sollte? Wie viele der heute hier Anwesenden haben Ehebruch begangen? Sollte man sie alle töten?

Im Saal brach ein Sturm los. Strabismus schrie, es wäre unfair, einzelne Teile aus der Bibel zu zitieren, und aus dem Publikum wurden Rufe laut, es wäre genauso unfair von ihm, einzelne Teile zur Untermauerung seiner rigorosen Forderung zu verwenden. Die Veranstaltung geriet völlig außer Kontrolle, als sich drei Studentinnen der Mikrofone bemächtigten und erklärten, sie hätten mit führenden Persönlichkeiten der Stadt Ehebruch begangen und wären bereit, Namen zu nennen.
Die Kirchenmänner beendeten ihre Kampagne mit einer großen Versammlung, bei der sie verkündeten, Skycrest wäre das neue Sodom und Gomorrha, was keinen Menschen in Colorado überraschte, wohl aber zu einer bescheidenen Änderung von Urlaubsplänen im ganzen Land führte. Das Referendum mit dem Ziel, Bürgermeister Mott abzuberufen, scheiterte, aber die Kirchenmänner kamen zu dem Schluß, daß sie jetzt um eine wertvolle Erfahrung reicher waren. In ihren wesentlich breiter angelegten Aktionen in Kalifornien würden sie das Dritte Buch Moses, Kapitel 20, nicht mehr so stark betonen, denn sie

hatten festgestellt, daß es auch gegen sie verwendet werden konnte.

Als Mott kampfesmüde nach Washington zurückkehrte, verbrachte er einige Tage damit, zusammen mit seiner Frau Musik zu hören, und eines Nachmittags, am Ende von Verdis *Requiem,* sagte er: »Von allen Ehepaaren, die wir kennen – die Deutschen aus Peenemünde, die Leute von der NASA und auch unsere ›Soliden Sechs‹ – waren wir, glaube ich, das glücklichste. Dank dir haben wir ein einfaches, sauberes Leben geführt. Ich weiß das zu schätzen, Rachel.« Schweigend saßen sie eine Weile da, und dann fing er an zu lachen. »Rate mal, was ich als nächstes auflege.«

»Trau dich!« Es war das Streichquintett in A-Dur von Luigi Boccherini, und immer wenn ihr Mann sie zwang, es anzuhören, errötete sie. Doch als jetzt die hellen, reinen, formlosen Töne wie aus einem Leierkasten herausgepurzelt kamen, mußte sie über sich selbst lachen. Im College war sie von einer engagierten Professorin der Musikgeschichte fasziniert gewesen, die die Ansicht vertrat, die europäische Musik begänne mit Palestrina und Purcell und ende mit Händel. Vivaldi war ihre große Liebe gewesen, und eine ganze Generation von Rachels Zeitgenossen hatte die *Vier Jahreszeiten* dieses liebenswerten Komponisten etwas höher eingeschätzt als Beethovens Neunte und wesentlich höher als Tschaikowsky, der im Lehrprogramm dieser Professorin überhaupt nicht vorkam.

Rachel hatte stets einige Vivaldi-Platten, die sie besonders schätzte, bei sich, und selbst als ihr Mann in Programmzetteln des Boston Symphony Orchestra entdeckte, daß Vivaldi an die vierhundertzwanzig Konzerte hingeworfen hatte – mehrere davon an *einem* Nachmittag –, weigerte sie sich zuzugeben, daß das Werk dieses Mannes zu einem großen Teil trivial, wenn nicht gar langweilig war. »Vivaldis beste Kompositionen sind beste europäische Musik.«

Irgendwie war sie der Mystifikation zum Opfer gefallen, Luigi Boccherini wäre ein Zeitgenosse Vivaldis gewesen und sei sehr empfehlenswert; in einem Schallplattengeschäft hatte sie zufällig ein Album mit dem Streichquartett gefunden, und es sofort gekauft. Offen gesagt, sie fand es ein wenig banal, als sie heimkam, aber da es das Werk eines Komponisten aus der »richtigen« Zeit war, zwang sie sich, es zu

mögen, und versuchte auch, ihren Mann dafür zu begeistern. Aber seiner Gewohnheit treu, sah Stanley in seinen Lexika nach und stellte fest, daß Boccherini keineswegs ein »früher« Komponist war, sondern einer, der Seite an Seite mit Josef Haydn gearbeitet hatte und schon damals als musikalischer Tagelöhner angesehen worden war. »›Haydns Frau‹ nannte ihn sein Landsmann und Kritiker Giuseppe Puppo. Hier, sieh selbst, Rachel!«
Sie ärgerte sich: Zunächst über das mangelnde Zartgefühl ihres Mannes, der ihr ihre Täuschung vorhielt, und dann über ihre eigene Einfältigkeit. Boccherini wurde ein Spottwort im Hause Mott und Anlaß für viel Heiterkeit, aber einmal gab Stanley seiner Frau als Weihnachtsgeschenk eine wunderbare deutsche Aufnahme von Boccherinis fehlerlosem Quintett in E-Dur, und das wurde zu einer ihrer Lieblingsplatten. »Ein sentimentales Meisterstück, wir spielen es uns vor, wenn wir das Gefühl haben, ineinander verliebt zu sein.«
In der Beschaulichkeit des Ruhestandes schlug Mott seiner Frau vor, die wunderschönen Schnitzereien von Axel Petersson aus dem Schlafzimmer zu holen und im Wohnzimmer aufzustellen, wo sie die Menschenliebe der Motts dokumentieren sollten, und immer wenn Stanley das hölzerne kleine Männchen mit dem vorspringenden Kinn und dem breitkrempigen Hut mit seiner hölzernen Frau tanzen sah, fühlte er sich wohl und liebte Rachel ein wenig mehr.
Rachel teilte seine Meinung, wonach ihre Ehe vielleicht die befriedigendste war, aber sie brachte auch den Popes große Wertschätzung entgegen. »Ich würde fast sagen, daß sie die beste Ehe führen, wenn man davon absieht, daß sie keine Kinder haben. Die Freude und das Leid, die Kinder für ihre Eltern bedeuten...« Nie ließ sie es zu, daß ihr auch nur der flüchtige Gedanke durch den Kopf geisterte, der arme Chris wäre vielleicht besser nie geboren worden. »Viele Jahre lang war der Junge unser Sonnenschein. Wann er vom rechten Weg abgekommen ist, wer kann das sagen?« Nie besuchte sie sein Grab in Florida, aber sie dachte oft an ihn; und den mißlungenen Versuch, Millard abzuberufen, quittierte sie mit frohlockendem Lachen: »Mein Sohn, der Bürgermeister«, nannte sie ihn, wenn sie mit Freunden über ihn sprach, und sie war auch froh, daß er wieder mit Roger zusammenlebte, wenn ihm das Befriedigung bereitete.
Es freute sie, wenn Stanley ihr Teile aus seiner Rede vorlas, denn sie

begriff, daß er mit dieser Rede den Versuch unternahm, sein von Erfahrungen erfülltes Leben zusammenzufassen, und sie stimmte seinen Schlußfolgerungen zu.

> Wenn der Geist des Menschen aufhört, vorwärts zu drängen, beginnt er zu schrumpfen und zu vertrocknen. Das gleiche gilt für Zivilisationen. Im 15. Jahrhundert errichteten Spanien und Portugal neue Welten, aber im 16. Jahrhundert versagten sie in ihrer Bereitschaft, größere Ziele zu verfolgen; man könnte sagen, daß sie intellektuell und sogar auch wirtschaftlich verdorrten. Sie überließen es anderen Nationen, die bedrückende Bürde aufzunehmen, die darin bestand, neue Ideen zu entwickeln, und sie erholten sich nie wieder von diesem Verfall.
> Ich fürchte sehr, daß Amerika Portugals und Spaniens Fehler wiederholt, wenn es zögert, die Erforschung des Weltraums fortzusetzen. Es genügt nicht, ein Unternehmen zu beginnen. Man muß es auch bis zur letzten Konsequenz weiterführen.

Sie hörte begeistert zu, wenn Stanley das Japan und das Deutschland der Nachkriegszeit geschickt als Beispiele besiegter Nationen zitierte, die, wenngleich fast zerstört, durch kluge Nutzung wissenschaftlicher Fortschritte eher stärker als die Sieger aus der Katastrophe hervorgegangen waren.

»Wie haben sie das fertiggebracht, Stanley?«
»Wenn man ganz von vorn mit dem Wiederaufbau anfängt, bedient man sich nur der allermodernsten Methoden. Das heißt, daß Länder, deren Fabriken nicht zerstört wurden, mit alten Produktionsverfahren belastet sind. Sie müssen ins Hintertreffen geraten.«
»Würdest du empfehlen, daß England oder die Vereinigten Staaten alle dreißig Jahre ihre Fabriken in die Luft jagen?«
»Wenn sie es täten ... periodisch ... würde es in der Welt viel besser aussehen.«
»Und warum tun wir's nicht?«
»Wir müßten sie ja nicht gerade in die Luft jagen. Wir bräuchten nur den Mut zu haben, sie auszubrennen und neu anzufangen. Aber wir könnten die Öffentlichkeit nie dazu überreden. Also schleppen wir uns mit unseren antiquierten Maschinen dahin und sehen zu, wie die

besiegten Völker an uns vorbeistürmen – in so mancher Beziehung.«
»Wer würde der Verlierer sein, wenn wir uns entschließen könnten, die Produktion zu revolutionieren?«
»Es ist unheimlich. Es gibt Hunderte von Beispielen in der Geschichte, wo Nationen zerstört, nahezu aufgelöst wurden, und die dann, von neuer Lebenskraft beseelt, einen stürmischen Aufschwung nahmen. Es ist wie beim Beschneiden eines Baumes. Der Laie will nicht glauben, daß, um einen Baum zu verbessern, man ihn rigoros ausputzen muß.«
»Ja, aber wer würde darunter leiden?«
»Der Mittelstand. Du und ich. Die Reichen leiden nur selten. Die Armen leben weiter wie bisher. Aber wenn eine Währung an Stabilität einbüßt, sind Leute wie wir die Leidtragenden. Pensionisten. Kleine Geschäftsleute. Tatsache ist, unsere Schicht kann dabei ausradiert werden.«
Sie dachte eine Weile darüber nach und fragte dann: »Ist es recht, eine ganze Schicht zu vernichten? Um dem Allgemeingut zu nützen?«
»Das kann ich nicht sagen, ich weiß nur, daß Nationen, die zugelassen haben, daß ihr Mittelstand vor die Hunde geht, damals nicht allzusehr gelitten haben und in der Folge stärker geworden sind.«
»Du glaubst an die Integrität einer Idee?«
»Das ist wohl so ziemlich alles, woran ich glaube.«
»Und die Religion? Als Idee, meine ich?«
»Unabdingbar. In schiedsrichterlicher Funktion. Es war das kultivierteste Land der Welt, nämlich das Deutsche Reich, das mehr als jedes andere vom Weg abkam. Es hatte die besten Köpfe, aber keinen, der abgepfiffen und sie zur Räson gebracht hätte. Die Wissenschaft könnte dieses Amt übernehmen, aber sie tut es niemals. Die Politiker natürlich auch nicht. Die Gesellschaft braucht eine ihr überlegene Kraft, die das Abmahnen besorgen kann. Das hat mich mein Vater gelehrt.«
»Zugegeben, aber was macht man mit Leuten vom Schlag eines Strabismus?«
»Ich meine, man sollte sie gewähren lassen. Man sollte sich eingestehen, daß sie nicht so viel Macht erreichen würden, wenn die Gesellschaft nicht nach ihnen verlangte.

Und hoffen, daß sie, die Savonarolas ihrer Zeit, schnell vorübergehen, ohne zuviel Schaden anzurichten.«
»Und in diesem speziellen Fall: Wann wird das sein?«
Mott erhob sich von seinem Schreibtisch und ging im Zimmer auf und ab. »Ich will dir reinen Wein einschenken. Ich fürchte, für die letzten Jahre dieses Jahrhunderts stehen uns schlechte Zeiten bevor. Ich erwarte, eines Tages vor den Senat zitiert zu werden, weil ich mich subversiv betätigt hätte.«
»Um Himmels willen, mit welcher Begründung?«
»Das wird von den Gesetzen abhängen, die zu erlassen sie für richtig halten. Ich erwarte, eines Tages Bücherverbrennungen zu sehen. Und andere Familien könnten es den Kolffs gleichtun: Ihre Kinder heimlich ins Ausland schicken, damit sie bei uns verbotene Dinge lernen.«
»Als ich Dieter dazu riet, sagtest du, ich wäre hysterisch.«
»Ich habe mich schon gefragt, ob du nicht recht hattest. Und wenn ich so denke, habe ich die moralische Verpflichtung, es auszusprechen. Solange ich noch Redefreiheit genieße.«
»Ich möchte deine Rede vorher lesen. Privat über gewisse Möglichkeiten zu diskutieren, das ist eine Sache. In der Öffentlichkeit darüber zu sprechen, ist eine andere. Ich möchte nicht, daß mein Mann den Narren spielt.«
»Eigentlich kümmert es mich nicht, was die Menschen im Jahre 1982 über mich denken. Wie ein Individuum auf einen Stimulus reagiert, ist sein Problem. Ich möchte etwas anderes: Die Männer und Frauen des Jahres 2002 sollen wissen, daß ich vor all dem Unsinn eine Höllenangst hatte und versuchte, etwas dagegen zu unternehmen.«
Während die Schatten fielen, spielten sie Vivaldi, ließen liebevolle Blicke über Axel Peterssons Tänzer gleiten, betrachteten Mondrian, ihren Schutzheiligen, an der weißen Wand, und versuchten zu entscheiden, in welchem guten Washingtoner Restaurant sie zu Abend essen sollten, denn es war ihr vierzigster Hochzeitstag.

Und gerade als Mott sich an seinen Ruhestand gewöhnt und sich damit abgefunden hatte, daß die produktive Periode seines Lebens nun endgültig abgeschlossen war, sah er sich kurzfristig vor zwei Aufgaben gestellt, die ihm viel Freude machten, weil sie ihm Gelegenheit boten, sich noch einmal ins Herz des großen Abenteuers zu stürzen. Die erste Einladung kam von der Fremont State University, wo Professor John Pope damit beschäftigt war, die ersten elf Kapitel einer wichtigen Arbeit über Flugwesen und Raumfahrt druckfertig zu machen.

> Es wäre mir eine Ehre, wenn Sie, Stanley, die letzten drei Kapitel übernehmen würden. Sie bedürfen der Sachkenntnis und des fachmännischen Geschicks, wie nur Sie sie besitzen. Bitte sagen Sie ja.

Erwartungsvoll öffnete Stanley das schwere Paket, als es in der Mottschen Wohnung in Washington eintraf, denn es war zweifellos ein intellektuelles Produkt des Raumfahrtprogramms und darum wichtig.
Nie hatte Mott zu den Leuten gezählt, die das NASA-Programm in den Himmel hoben, weil es den Hausfrauen hitzebeständige, teflonbeschichtete Bratpfannen und Varietékünstlern selbsthaftende Stoffe beschert hatte, die es ihnen ermöglichten, in spaßigen, schnell zu wechselnden Kostümen mit Klettverschlüssen aufzutreten. Immer wieder hatte er es unterlassen, vor dem Senat darauf hinzuweisen, daß die amerikanische Weltraumforschung durch Dinge wie Nachrichtensatelliten oder die Miniaturisierung medizinischer Geräte gerechtfertigt war. Es schien ihm zu billig, zu solchen Spitzfindigkeiten Zuflucht zu nehmen, wenn sich das edle Abenteuer mit seiner eigenen Zweckdienlichkeit begründen ließ. Der Mensch hatte die Grenzen der Unwissenheit und der geistigen Blindheit um Quadrillionen Kilometer und Jahrhunderte ausgedehnt, und das war Rechtfertigung genug.
Aber selbst wenn er diese nüchterne, intellektuelle Position verteidigte, wußte er doch die parallel verlaufende Entwicklung industrieller Produkte – insbesondere auf dem Gebiet der Computerisierung – sowie die Nutzanwendung weltraumwissenschaftlicher Erkenntnisse auf Dinge wie Agraranalyse oder Ozeanologie zu würdigen. Es war schön zu wissen, daß John Pope, der vielleicht klügste Astronaut und einer der erfahrensten, von seiner Ausbildung guten Gebrauch machte.

ZIRKADIANE DESORIENTIERUNG
von Dr. John Pope

Der in diesem Buch behandelte Gegenstand ist leicht zu umreißen. In den letzten Jahren mußte ich dreimal nonstop von Kapstadt in Südafrika nach London am westlichen Rand Europas fliegen, und weil ich im allgemeinen innerhalb ein und derselben Zeitzone verblieb, erreichte ich meinen Bestimmungsort nur so müde, wie es ein langer Flug mit sich bringt. Da ich in Flugzeugen gut zu schlafen pflege, erreichte ich London eigentlich ziemlich ausgeruht und durchaus in der Lage, neun Stunden in der amerikanischen Botschaft zu arbeiten, dann ins Theater und anschließend noch zu einem Dinner zu gehen.

In diesen Jahren flog ich aber auch dreimal von Tokio nach New York, ein Flug von etwa der gleichen Dauer, doch weil ich dabei etwa zehn Zeitzonen überquerte, sonderte meine Zirbeldrüse eine so abnorme Menge Melatonin ab, daß ich vier oder fünf Tage brauchte, um sie wieder ins Gleichgewicht zu bringen. Ich kam daher erschöpft und desorientiert in New York an und war so lange unsicher auf den Beinen, bis meine zirkadiane Orientierung wieder funktionierte. Dieses Buch untersucht die oben angeführten Phänomene und stützt sich dabei auf Tierexperimente, die Erfahrungen von Piloten von Verkehrsflugzeugen, die Zeitzonen durchfliegen, und insbesondere auf die Berichte amerikanischer und russischer Astronauten, die wiederholt vierundzwanzig Zeitzonen in neunzig Minuten durchquert haben.

Zirkadian oder *zirkadianisch* kommt aus dem lateinischen *circa diem = etwa ein Tag* und bezieht sich auf den geheimnisvollen, sich über den Zeitraum eines Tages erstreckenden Schlaf-Wach-Rhythmus, der sämtliche Gehirnfunktionen aller auf Erden lebender Wesen beherrscht. Wir müssen annehmen, daß sich unsere zirkadianen Reaktionen, hätte unser Tag nur zehn Stunden, wie auf dem Saturn, dieser Zeiteinteilung anpassen würde.

Die Frage, mit der wir uns zu beschäftigen haben, ist diese: Was verursacht zirkadiane Desorientation, wenn wir Zeitzonen durchqueren? Und was können wir dagegen tun?

Mott blätterte eilig das Manuskript durch, um festzustellen, wie Pope mit seiner astronomischen Ausbildung das Problem angegangen war, und konstatierte, daß nach Johns Meinung der Flug von New York nach Tokio beschwerlicher war als der gleiche Flug in umgekehrter Richtung.

> Es könnte daran liegen, daß wir, von Ost nach West fliegend, *gegen* die Bewegung der Erdrotation fliegen. Vielleicht sträuben wir uns gegen diese Verschiebung und passen uns ihr nur allmählich an. Aber wenn wir von West nach Ost fliegen, fliegen wir im Einklang mit der Bewegung der Erde und lassen uns dazu verleiten, ihre Dominanz zu akzeptieren, und akzeptieren sie auch noch lange, nachdem wir unseren Flug beendet haben. Eine einfachere Erklärung könnte darin liegen, daß die meisten Menschen Schwierigkeiten haben, früh aufzustehen statt später.

Die faszinierenden Fallstudien von Rennpferden, die praktisch nonstop von Zuchtfarmen in Delaware auf Rennplätze in Neuseeland und Australien geflogen worden waren, ließen ihn in seiner flüchtigen Lektüre innehalten.

> Auf den Rennplätzen von Christchurch und Melbourne, wo ich meine Studien vornahm, stellte ich fest, daß die Trainer sehr vorsichtig mit importierten amerikanischen Pferden umgehen mußten; sie hielten sie mindestens drei Wochen in einer künstlich beleuchteten Umgebung, die dem Schlaf-Wach-Rhythmus ihrer Heimat Delaware entsprach. Allmählich synchronisierten sie die künstliche Beleuchtung mit den tatsächlichen Lichtverhältnissen, und erst dann konnten die Pferde ohne erkennbare Desorientierung in ihre neue Umgebung entlassen werden.

Besonders aufschlußreich waren Popes Analysen von zwei Arten der Raumfahrt: das Kreisen auf einer niederen Umlaufbahn des Typs Gemini, bei dem alle dreidreiviertel Minuten eine erdbezogene Zeitzone durchquert wurde, und der Vorstoß in den äußeren Weltraum, der als Flug über eine enorme Distanz mehr oder minder innerhalb derselben erdbezogenen Zeitzone aufgefaßt werden konnte. Eine von Popes präzisen Formulierungen erheiterte ihn:

> Bei der kritischen Beurteilung dieser Daten müssen wir bedenken, daß bisher nur dreißig Menschen Flüge dieser zweiten Art durchgeführt haben: je drei Mann in Apollo 8 und Apollo 10 bis Apollo 18, sie alle Amerikaner.
> Bis heute ist kein Russe so weit in die Exosphäre vorgedrungen; die wagemutigen sowjetischen Kosmonauten mußten sich auf niedrige Erdumlaufbahnen beschränken, und somit fallen ihre Erfahrungen noch nicht in den Bereich der gegenständlichen Untersuchung.

Schließlich kam Mott zu den fehlenden Kapiteln, für die er verantwortlich zeichnen sollte. Kapitel XII: *Reise zum Mars;* Kapitel XIII: *Reise zum erdnächsten Fixstern Proxima Centauri;* Kapitel XIV: *Reise nach außerhalb der Galaxis.* Als er diese Kapitelüberschriften sah und sich vorstellte, was alles gesagt werden mußte, um ihnen einen angemessenen Inhalt zu geben, wallte in ihm jene Erregung auf, die er empfunden hatte, als ihm von General Funkhauser ein Weg unter die Genies des Forschungszentrums Langley geöffnet worden war. »Mir wird ein zweites Leben geschenkt.«

Mit nahezu jungenhaftem Eifer stürzte er sich in die Arbeit, indem er eine imponierende und verwirrende Reihe technischer Studien anhäufte und sie seinen eigenen phantasiereichen Analysen zugrundelegte. Wenn drei Amerikaner, sagen wir im Jahre 2005, von Cape Canaveral zu ihrem Flug zum Mars aufbrächen und wenn jene gewaltige Energieexplosion, die die sechziger und siebziger Jahre gekennzeichnet hatte, durch eine vorderhand noch unbekannte treibende Kraft neu geschaffen wäre, würden sie sich auf eine Reise begeben, die sie mit einer zu dieser Zeit bereits möglichen Stundengeschwindigkeit von 40 000 Kilometern über eine Entfernung von etwa 300 Millionen Kilometern an ihr Ziel bringen würde. Für den Hin- und Rückflug würden sie je 330 Tage benötigen, dazu zwei Monate Aufenthalt auf der Oberfläche des Planeten, insgesamt also zwei Jahre:

Wenn sie geschickt sind, werden sie ihren natürlichen zirkadianen Rhythmus beibehalten, wie er der Ortszeit von Houston entspricht. Natürlich können sie während des Fluges zu einem zirkadianen Rhythmus übergehen, der mit dem des Planeten Mars übereinstimmt – vierundzwanzig Stunden und siebenunddreißig Minuten –, aber es dürfte kaum der Mühe wert sein.

Erst als er sich dem zweiten Problem zuwandte, das darin bestand, Menschen zum Proxima Centauri, dem mit 4,3 Lichtjahren erdnächsten Fixstern, zu schicken, wurde er sich der unwiderruflichen Veränderung bewußt, die über ihn gekommen war. Dies geschah, als er die Bücher betrachtete, die er besorgt hatte, denn unter diesen fand er einige der besten Science-fiction-Geschichten.

Du lieber Himmel! Dieser verdammte Randy Claggett hat einen Science-fiction-Fan aus mir gemacht. Sieh sich einer das Zeug an! Sie gehören allesamt zum *heavy metal,* wie man diese hochprozentigen wissenschaftlichen Prophezeiungen von Maschinen und Verfahren für die echte Raumfahrt nennt. Keine phantastischen Analysen zukünftiger Kulturen! Das ist alles Spitzenqualität à la Jules Verne, Arthur C. Clarke oder Robert Heinlein. Tapfere Männer, auf dem Weg zur Herausforderung des äußeren Weltraums.

Als er die Bücher näher besah, mußte er erkennen, was mit ihm geschehen war: Ingenieure geben sich nicht mit müßigen Spekulationen ab. Das tun Wissenschaftler. Und das heißt, daß ich, ganz gegen meine besseren Instinkte, Wissenschaftler geworden bin. Und als Wissenschaftler, als Angehöriger einer neuen Rasse von Astrophysikern, die unter den fernsten Galaxien lebten, legte er ein einziges Buch vor sich hin, seine Bibel, Allens *Astrophysikalische Mengen.* Aus den verborgenen Daten dieses Werkes begann er die Methoden auszuarbeiten, die die Menschen eines Tages anwenden würden, um sich den Problemen zu stellen, die sie lösen mußten, um mit Lichtgeschwindigkeit in 4,3 Jahren über eine Entfernung von vierzig Billionen Kilometer zum erdnächsten Fixstern zu gelangen.

Die zirkadianen Rhythmen werden ein genauso wichtiges Problem darstellen, wie es die Zeitdilatation ist, und wie die Raumfahrer ihr Kapsel-Universum einrichten, wird von großer Bedeutung sein. Angenommen, sie wählen den Weg des Scheintodes: Dann müssen sie ihren empfindungsfähigen Körper wieder in ein spezifisches zirkadianes System einfügen; tun sie es nicht, werden sie in einem Maße desorientiert sein, daß sie in der Zeit der Wiederanpassung, wo ein Maximum an Gehirntätigkeit und Verstandeskraft erforderlich ist, funktionsuntauglich sind.

Als er einen detaillierten Flugplan zum Epsilon Eridani, dem faszinierenden, nur elf Lichtjahre (hundert Billionen Kilometer) entfernten Stern zusammenstellte, konnte er die Wirklichkeit einer solchen Reise und ihre Probleme nachempfinden, denn es galt, mit spezifischen Schwierigkeiten und nicht mit abstrakten intellektuellen Geduldsspielen fertig zu werden. Eines Abends warf er seinen Bleistift hin und rief: »Mein Gott, wie sehr wünschte ich mir, ich könnte bis ins nächste Jahrhundert hinein leben, wo man solche Expeditionen durchführen wird!« Doch sobald er diesen Wunsch geäußert hatte, schämte er sich, drehte die Schreibtischlampe ab und ging ins Nebenzimmer zu Rachel, die in einem hochlehnigen Stuhl saß und Musik von Pachelbel hörte.
»Ich bin so unglaublich dankbar!« sagte er.
»Wofür?«
»Daß mir das Schicksal oder Gott geschenkt hat, in dieser brisanten Zeit zu leben, da der Mensch zu den Planeten reisen kann.«
»Und ein Teil dieser Entwicklung zu sein. Auch das zählt.«
»Eine wahrhaft glückbringende Konstellation!« Seine Stimme brach, und einige Augenblicke lang stand er schweigend da und lauschte dem Choral, als wäre es ein Echo aus dem Weltraum. »Wir waren Glückskinder.«

Als er mit dem Aufbau seiner drei Kapitel fertig war und seine Unterlagen zusammengestellt hatte, begann er zu schreiben, von dem Wunsch beseelt, alles zusammenzufassen, was darüber Aufschluß geben konnte, wie die Menschen vermutlich auf die Raumfahrt reagieren würden. Er hatte seinen zweijährigen Flug zum Mars schon so gut wie beendet, als ihm seine früheren Vorgesetzten in der NASA ein weiteres kruzfristiges Projekt vorschlugen, ein Projekt, das zum Schlußstein seines Lebenswerkes werden konnte. »Stanley, man ist von vielen Seiten mit dem Wunsch nach einer grundsätzlichen Aussage über die Möglichkeiten des Lebens anderswo im Universum an uns herangetreten. Die UFO-Leute sind hinter uns her, die Spezialisten von der L-5 und ein halbes Dutzend Kirchenführer, die von uns verlangen, wir sollten offiziell erklären, daß es nur auf der Erde Leben geben kann. Wenn wir ein Symposium mit prominenten Teilnehmern veranstalten, würden Sie in Ihrer gewohnt bedachtsamen Art den Vorsitz führen wollen?«

Mott wäre am liebsten durch den Hörer gesprungen, um dem Anrufer die Hand zu drücken und sofort ja zu sagen, aber dann schien es ihm doch geboten, Vorsicht walten zu lassen und zu erfragen, wer an dem Workshop teilnehmen würde.

»Nur die besten Leute, Stanley. Neunzehn Herren – zum Beispiel Sagan, Asimov, Harvardprofessor Cameron, Bernie Oliver von Hewlett Packard, John Pope von der Fremont State. Vielleicht können wir auch noch Freeman Dyson aus Princeton für uns gewinnen. Dann bekommen Sie auch noch zwei Dutzend NASA-Experten für die technischen Berichte. Und wir wollen auch noch etwa zweihundert offizielle Beobachter einladen – Army, Air Force, Kirchenführer, Science-fiction-Autoren. Wir planen drei Vollversammlungen, an denen auch die Öffentlichkeit teilnehmen kann.«

Lange konnte Mott nicht antworten; seit seiner Kindheit spekulierte er über die Möglichkeit, daß es intellektuelle Wesen auf fernen Sternen geben könnte, und in entscheidenden Augenblicken seines Lebens hatte er mit den unsichtbaren Bewohnern des Universums gesprochen, als ob sie ihn hätten hören können. Noch nie hatte er Klarheit über die Wahrscheinlichkeit ihrer Existenz erlangt, und nun begrüßte er freudig die Gelegenheit, sich diese Klarheit zu verschaffen – sich und der großen Gemeinde der Wissenschaftler. Endlich würde er die Möglichkeit haben, nach den letzten Horizonten zu greifen.

»Sind Sie noch da, Stanley?«

»Ich mach's.«

Er ging an die Arbeit, indem er mehrere Orientierungshilfen für die neunzehn offiziellen Teilnehmer vorbereitete und begab sich dann ei-

lig auf den einstigen Landsitz eines Millionärs, jetzt eine Dependance der Universität Harvard, wo das auf vier Wochen anberaumte Symposium stattfinden sollte. Mit fast kindlichem Vergnügen überwachte er den Druck der Türschilder für die Herren, die er zum Teil seit vielen Jahren kannte: Ray Bradbury, Frank Drake, Kantankerous Kantrowitz, Gerard O'Neill von der Universität Princeton, Nobelpreisträger Lederberg, der brillante Phil Morrison vom MIT, der ein Buch über das Thema geschrieben hatte, und Riccardo Giacconi, ein Mann mit dem Geist eines aktiven Vulkans. Es würde ein Zusammentreffen von Leuten werden, die Rachel liebevoll als »unsere Verrückten von weit draußen« titulierte. Aber nicht sie sollten die Diskussion beherrschen, denn unter den zahlreichen Beobachtern würde es viele zu Polemiken neigende Experten geben, bereit, alles in Frage zu stellen. Reverend Strabismus an der Spitze einer Delegation von Kirchenmännern würde zweifellos die Aufmerksamkeit auf sich lenken; es hatte eine Zeit gegeben, da er nicht weniger von Naturwissenschaften verstand als die meisten Anwesenden, und er war in seiner Gruppe der einzige, der zwei Doktorarbeiten über Themen geschrieben hatte, über die hier diskutiert werden sollte.
Es würde nicht leicht sein, diese intellektuellen Hengste im Zaum zu halten, aber Mott war entschlossen, es zu versuchen.

Bevor er sich noch ganz seinem neuen Job widmen konnte, wurde er durch eine schockierende Unterbrechung abgelenkt. Mit jener Großartigkeit, die seine Amtsführung in Washington gekennzeichnet hatte, wartete Senator Grant in Fremont, bis die Behörden die Wahl von Mrs. Pope zum Senator bestätigt hatten; dann trat er zurück. Der Gouverneur des Staates war nun in der Lage, Mrs. Pope für die restlichen Wochen von Grants Amtszeit zu designieren, worauf dieser sie eilig nach Washington begleitete, um sie als seinen Ersatz vereidigen zu lassen; auf diese Weise sicherte er ihr dienstrechtlich einen dauernden Vorsprung vor anderen Senatoren, die in diesem Jahr zum erstenmal ihr Amt antreten würden.
Am Nachmittag der Vereidigung ersuchte Senator Pope Mott, sie in ihrem neuen Büro aufzusuchen, und dort fand er die Popes und Senator Grant in ernsthaftem Gespräch. Nach einer kurzen Begrüßung sagte Penny: »Ich habe Sie hergebeten, um Sie um Rat zu fragen. Ich

wurde dem Raumfahrtausschuß zugeteilt, und ich wünschte, Sie, Dr. Mott, würden mir sagen, wie das NASA-Programm aussehen wird.«

Mott verneigte sich vor dem neuen Senator und antwortete: »Amerika muß eine Reihe genau umrissener Ziele im Weltraum anstreben.«

Unzufrieden mit dieser verschwommenen Antwort, fuhr sie ihn an: »Und welche Ziele sind das?«

»Das kann ich Ihnen genau sagen, aber ich möchte nicht streberisch erscheinen.«

»Streben Sie ruhig los. Aber fassen Sie sich bitte kurz.«

»Ein solar-polarer Einsatz, um die Sonne zu studieren.« Er hielt inne, in der Erwartung, gefragt zu werden, was das wohl sein möchte. Aber Senator Pope nickte nur und gab ihm damit zu verstehen, daß sie es wußte.

»Ein Einsatz, um Halleys Komet zu begrüßen.« Wieder ein Nicken.

»Das große Raumteleskop. Erlangung von Gesteinsproben vom Mars und in nicht allzuweiter Ferne ein bemannter Einsatz dorthin. Intensive Studien der Gossamer-Technologie, des Staustrahlfluges und des Sonnenenergieflusses. Unbedingt die Einrichtung einer permanenten Raumstation, und vor allem, ständige Forschung im Bereich der Aeronautik.«

»Sind das praktische Ziele? Beim heutigen Stand der Technik?«

Mott überließ Professor Pope die Antwort, und dieser sagte: »Jedes einzelne ist erreichbar.«

»Aber lassen sie sich finanzieren?« fragte sie, und diesmal wies Mott auf Senator Grant.

»Bei der jetzigen wirtschaftlichen Lage können wir uns kein einziges leisten.«

»Nicht einmal die aeronautische Forschung?«

»Diese Aufgabe sollte der Privatindustrie überlassen werden«, gab Grant zurück, und Mott zuckte zusammen.

»Wo haben wir denn immer das Geld hergenommen, Norman?« fragte Penny. »Diese Milliarden, die unser Ausschuß so verschwenderisch für die Gemini- und Apollo-Flüge ausgab?«

»Das waren andere Zeiten«, versetzte Grant wehmütig. »Damals dachten wir, es wäre alles möglich. Wir haben uns geändert.«

Senator Pope beugte sich vor, nagte an einem Bleistift und betrachtete nachdenklich ihre Ratgeber. »Ich fürchte, Senator Grant hat recht«, sagte sie. »Ich habe das Haushaltsbudget studiert und die ungeheuren Kosten von Programmen gesehen, die sich nicht beschneiden lassen. Für die Raumfahrt ist einfach nichts frei.« Mott wollte protestieren, aber sie fiel ihm ins Wort. »Ausgenommen für die laufenden Arbeiten der NASA.«
»Was aber den Fortbestand einer eigenen Behörde kaum rechtfertigt«, bemerkte Mott.
»Genau«, stimmte Senator Pope ihm zu und fixierte ihren alten Freund mit einem so scharfen Blick, wie er ihn noch nie an ihr gesehen hatte. »Es ist durchaus möglich, daß wir die NASA schließen müssen ... für immer.«
»Aber Sie waren doch unsere wichtigste Stütze!« rief Mott.
Senator Pope ging nicht darauf ein und wandte sich an Grant: »Was raten Sie, Norman?«
Grant räusperte sich: »Ich habe das nie bekanntgegeben und nicht einmal Sie ins Vertrauen gezogen, Penny. Aber vor seinem Tod sagte Senator Glancey zu mir, ›Ich denke, Norman, die NASA sollte in aller Stille dem Verteidigungsministerium einverleibt werden.‹ Und das ist auch meine Meinung.«
»Nicht doch!« protestierte Mott. »Das wäre ganz falsch. Eine Umkehr von allen richtigen Entscheidungen Eisenhowers!«
»Damals waren sie richtig«, erwiderte Grant, »und Sie werden sich erinnern, daß ich mich voll für sein Programm einsetzte. Aber inzwischen hat sich die Lage völlig verändert. Alles ist anders geworden: Einsätze, Budget, die Einstellung der Öffentlichkeit, die militärischen Notwendigkeiten. Ihre Behörde, Dr. Mott, sollte aufgeteilt werden. Flugwesen und Kommunikationen an die Privatindustrie. Die Raumfähre an die Streitkräfte. Den Rest zusperren.«
»Und was ist mit der Wissenschaft? Mit dem menschlichen Forschungsgeist?«
»Darum können sich die Universitäten kümmern«, meinte Grant.
Stanley Mott war höflich zu Senatoren, aber er erstarrte nicht in Ehrfurcht vor ihnen. Er hatte zu viel schreckliche Fehler mitansehen müssen, und als er jetzt feststellte, daß diese zwei entschlossen schienen, eine kolossale Fehlentscheidung zu treffen, konnte er nicht schwei-

gen. »Wenn Sie das, was Sie vorhaben, in die Tat umsetzen, machen Sie die Amerikaner zu Bürgern zweiter Klasse. Wir stehen vor Problemen von größter Tragweite und –«

Mrs. Pope fiel ihm ein wenig schroff ins Wort: »Wenn wir Ihre Vorschläge in die Tat umsetzen, gehen wir pleite.«

»Ihre Sinnesänderung ist mir unbegreiflich«, gab Mott zurück.

»Wenn ich mich dazu äußern dürfte«, sagte John Pope, »ich finde, diese koreanische Journalistin hat das alles schon in ihrem Buch dargelegt.« Er nickte seiner Frau ernst zu. Sie funkelte ihn an, aber dann lächelte sie.

> Ein freies Land ist imstande, eine Herausforderung nach der anderen zu bestehen, wie Amerika uns das so überzeugend bewiesen hat: die Wirtschaftskrise, der Zweite Weltkrieg, die Atombombe und der Flug zum Mond. Aber nur selten wird es dieselbe Herausforderung zweimal annehmen, wie wir erleben mußten, als es im Vietnamkrieg so zaghaft handelte.
> Es bedarf des erregenden Wechsels: Es muß neuen Gefahren trotzen. Es muß neue Grenzen angreifen. Mit John Popes Rückkehr von der anderen Seite des Mondes setzte Amerika einen Schlußstrich unter die Raumfahrtepisode und zog sich in eine stille Ecke zurück, um seine Ressourcen für den Tag zu bewahren, da es sich der nächsten Herausforderung stellen muß.

Senator Pope nickte. »Wir haben die Herausforderung von Mond, Mars, Jupiter und Saturn angenommen, und wir haben sie bestanden. Jetzt müssen wir auf das nächste große Abenteuer warten. Die NASA hat ihren Beitrag geleistet.« Und damit endete das Gespräch.

Schon 1975 hatte die NASA die Möglichkeit, daß es im äußeren Weltraum Leben geben könnte, mit beachtlicher Gründlichkeit untersucht. Viele der Experten im Ausschuß waren schon damals dabeigewesen und bedurften somit keiner besonderen Belehrung, wohl aber die neuen Teilnehmer, insbesondere jene, die keine Kenntnisse der Naturwissenschaften besaßen, und daher erläuterte Mott bei der Eröffnungssitzung, an der neunzehn Ausschußmitglieder und dreiundvierzig Experten der NASA teilnahmen, das Programm.

Die Regierung hast uns beauftragt, eine einfache, klare Erklärung über die Frage abzugeben, wie groß die Wahrscheinlichkeit ist, daß es auch in anderen Teilen des Universums Leben gibt. Die außerhalb der Erde befindlichen Bereiche, von denen jeder einzelne erforscht werden muß, sind die des Mondes, der Planeten, unserer Galaxis, der anderen Galaxien, der Quasare und der schwarzen Löcher sowie von allem, was jenseits davon liegt.

Wir sprechen immer von zwei Lebensformen: von der einen auf der niedrigstmöglichen Ebene reproduktiver Existenz und von empfindenden Wesen, die uns recht ähnlich sein könnten. Wir wollen uns diese zwei Zielsetzungen ständig vor Augen halten.

Wir beginnen mit gewissen Kenntnissen, die frühere Kollegen nicht gehabt haben können. Wir wissen, daß es keine der genannten Lebensformen auf dem Mond gibt. Wir nehmen das gleiche vom Mars an. Wir haben guten Grund zu der Annahme, daß es im ganzen planetarischen System kein empfindendes Leben gibt und ganz gewiß nicht auf der Sonne. Sehr wahrscheinlich sind auch auf Planeten wie Jupiter, Saturn oder Uranus selbst die niedrigsten Formen nicht existent. Lassen Sie uns also nicht ernstlich auf Wortmeldungen eingehen, wonach wir humanoide Besucher von Mars oder Jupiter zu erwarten hätten. Es gibt dort keine und hat wahrscheinlich nie welche gegeben.

Damit kommen wir zu unserer Galaxis und den anderen Galaxien, und um unseren Überlegungen die richtige Perspektive zu geben, habe ich diese einfache Tabelle vorbereitet, von der ich hoffe, daß Sie sie während unserer Gespräche bei sich haben werden. Auf der Liste sind zwanzig Sterne und andere Himmelskörper angeführt, und sie zeigt, glaube ich, recht anschaulich, vor welchen Problemen wir stehen, wenn wir zu diesen fernen Himmelskörpern reisen oder Botschaften mit ihnen tauschen wollen.«

Die Tabelle war sauber in Kolonnen unterteilt und enthielt beachtliche Informationen. Sechs der interessantesten Ziele waren diese:

KOMMUNIKATIONSSCHWIERIGKEITEN

Ziel am Himmel	Entfernung von der Erde in km	Reisedauer in Jahren bei einer Stundengeschwindigkeit von 40 000 km/h	Reisedauer in Jahren bei Lichtgeschwindigkeit	Zahl der Jahre, die nötig sind, Botschaften abzusenden und zu erhalten
Sterne innerhalb unserer Galaxis				
Altair	150 160 000 000 000	428 544	16	32
Capella	441 600 000 000 000	1 260 000	47	94
Antares	3 376 000 000 000 000	9 630 000	360	720
Himmelskörper außerhalb unserer Galaxis				
NGC-4565	182 200 000 000 000 000 000	535 000 000 000	20 000 000	40 000 000
Quasar 3C-73	9 384 000 000 000 000 000 000	26 000 000 000 000	1 000 000 000	2 000 000 000
Himmelsobjekt OQ-172	182 200 000 000 000 000 000 000	536 000 000 000 000	20 000 000 000	40 000 000 000

Mott ergriff das Wort: »Da Professor Pope bei uns ist, habe ich mit dem Stern Altair begonnen, dem Stern, den er mit seinem einsamen Flug berühmt gemacht hat. Wenn Sie eine alte Apollo zu fassen bekommen, John, können Sie ihren Lieblingsstern in 428 000 Jahren erreichen. Und wenn Sie dort angekommen sind, können Sie uns von ihm berichten, aber bis wir Ihre Botschaft erhalten, werden weitere sechzehn Jahre vergehen; trotzdem sind Sie immer noch besser dran als ich. Ich habe mich schon vor Jahren in NGC-4565 verliebt, und wenn ich jetzt eine Botschaft absende, muß ich vierzig Millionen Jahre auf eine Antwort warten. Also reden wir nicht leichtfertig über schnelle Ausflüge und den raschen Austausch von Botschaften...«
»... außer wir reisen mit Zeitdilatation«, unterbrach ihn einer der jüngeren Wissenschaftler.
»Das ist richtig! Darüber unterhalten wir uns morgen«, sagte Mott.

Ein Experte der NASA wiederholte die bekannten Fakten: »Unsere Galaxis enthält etwa vierhundert Milliarden Sterne. Es scheint außer der unseren noch weitere hundert Milliarden Galaxien zu geben. Das heißt, daß die Zahl der Sterne im Weltall durch eine 4, gefolgt von 22 Nullen, dargestellt werden könnte. Und jeder dieser Sterne könnte neun Planeten haben, die ihn umkreisen, wie das bei unserer Sonne der Fall ist, und das würde eine Zahl von 36, gefolgt von 22 Nullen, ergeben. Hätte jeder Planet ein Dutzend oder mehr Monde wie Jupiter oder Saturn, haben wir eine phantastische Anzahl von Himmelskörpern, auf welchen es extraterrestrisches Leben geben könnte. Aber über diesen Punkt hat Dr. Kelly Ihnen mehr zu sagen.«
Nun folgte die erste eindrucksvolle Spekulation: »Sehen wir uns doch einmal die vierzig Milliarden Billionen möglicher Sterne an und überlegen wir einmal, ob wir diese Menge nicht auf eine verstandesmäßig leichter zu erfassende Zahl reduzieren können. Von hundert willkürlich ausgewählten Himmelskörpern werden siebzig Doppel-, Dreifach- oder Mehrfachsterne sein. Nur dreißig werden Einzelsterne wie unsere Sonne sein. Wir haben guten Grund zu der Annahme, daß doppelte oder dreifache Sterne keine Planeten haben können; das nahe Aneinandervorbeifliegen solcher Massen würde die Planeten sehr bald zerstören. Wir können also gleich zu Beginn die Zahl der Möglichkeiten um siebzig Prozent reduzieren.

Ich möchte Ihre Aufmerksamkeit auf eine bemerkenswerte Untersuchung von Michael Hart lenken; ich habe sie für Sie vervielfältigen lassen. Wäre die Erde der Sonne nur ein wenig näher, führt Hart aus, würde sich vor vier Milliarden Jahren ein Treibhauseffekt ergeben und dieser ein Leben auf der Erde, wie wir es kennen, unmöglich gemacht haben. Wäre andererseits die Erde nur einhalb Millionen Kilometer weiter von der Sonne entfernt gewesen, würde eine unaufhaltsame Vereisung unserer Welt die Folge gewesen sein. Daraus ersehen wir, daß auch der genau richtige Platz für die Planeten, die wir suchen, von großer Bedeutung ist.«

»Dr. Kelly«, kam eine kräftige Stimme von einer Seite des Saales; es war Reverend Strabismus mit der ersten seiner vielen Unterbrechungen. »Was ist daran so überraschend, daß unsere Erde den genau richtigen Platz einnimmt? Sicher hat Gott dafür gesorgt. Er hat alle Ihre Berechnungen ins Kalkül gezogen.«

»Ganz gewiß hat ein Agens das getan«, sagte der Sprecher, ohne sich aufhalten zu lassen, »und wenn bei der Placierung all der anderen Planeten, mit denen wir uns zu beschäftigen haben, nicht eine ähnliche Genauigkeit gewaltet hat, wäre ein Leben, gleich welcher Art, unmöglich.«

»Leben würde überall möglich sein, wenn Gott es so will«, kommentierte Strabismus und setzte sich.

Der Sprecher bediente sich eines halben Dutzends Kriterien, um die riesige Zahl von vierzig Milliarden Billionen herunterzuschnippeln, und am Ende war sie so klein, daß er seinen Vortrag mit einer abschließenden Erklärung beenden konnte, die seine Zuhörer erschütterte: »So überwältigend sind die Faktoren, die gegen das Vorhandensein von Milliarden Örtlichkeiten sprechen, auf denen humanoides Leben möglich wäre, daß ich mich zu einer assertorischen Aussage bereitfinden könnte: Die Erde ist auf ihre Art so einzigartig, daß sich empfindendes Leben nur hier entwickeln konnte.«

»Das behaupten wir schon seit dem Ersten Buch Moses«, bemerkte Strabismus.

»Dazu werde ich morgen ein Papier vorlegen«, meldete sich eine Stimme aus dem Hintergrund.

Nun erteilte Mott einem Delegierten der Cal Tech das Wort; der Gelehrte verbreitete sich über ein bemerkenswertes Thema, das, kaum formuliert, wie ein Licht in einem dunklen Tal aufleuchtete: »Wir werden über enorme Zeitspannen sprechen, und wir sollten uns ein Faktum immer vor Augen halten: Ganz gleich wie viele oder wie wenige andere Zivilisationen wir postulieren, sie müssen ganz willkürlich über weite Perioden verstreut sein. Wenn ein Planet wie der unsere im Sternbild Andromeda existiert und empfindende Wesen, die uns ähneln, hervorgebracht hat, ist es äußerst unwahrscheinlich...«

»Sie werden wie wir sein«, unterbrach Strabismus, »denn sie wurden nach dem Ebenbild Gottes geschaffen.«

»... ist es äußerst unwahrscheinlich«, fuhr der Mann von der Cal Tech fort, »daß sie sich mit uns auf der gleichen kulturellen Ebene befinden. Das Gesetz des Zufalls diktiert, daß sie überall sonst existieren. Vielleicht haben sie vor einer Milliarde Jahren ihren Höhepunkt erreicht und befinden sich jetzt im Abstieg, unfähig, sich auch nur untereinander zu verständigen. Vielleicht fangen sie gerade erst an und werden erst in weiteren vier Milliarden Jahren imstande sein, Funkverbindungen herzustellen. Wir haben so lange gebraucht. Daher müssen wir bei allem, was wir in den nächsten Wochen tun, mit solchen Situationen rechnen.« Er bedeckte die Tafel mit senkrechten Kreidestrichen in unterschiedlicher Höhe und Länge, die sich aber nur in geringer Zahl überschnitten. Es sah aus wie ein Wald von Telegrafenstangen, die emporragten, aber keine Beziehung zueinander hatten.

»Hier ganz oben ein bewohnter Planet im Sternbild Andromeda. Hier unten befinden wir uns in der Morgenröte eines anbrechenden Tages. Vergessen Sie nicht, meine Herren, zwar besteht unsere Erde seit vier Milliarden Jahren, zwar gibt es Menschen seit ein paar Millionen Jahren, aber es sind erst fünfundvierzig Jahre her, daß wir imstande sind, Signale in den Weltraum zu senden. Nehmen wir an, Andromeda hätte vor zwei Milliarden Jahren Verbindung mit uns aufnehmen wollen. Es war niemand da, der etwas hätte hören können. Und selbst vor hundert Jahren, als schon Millionen Menschen die Erde bevölkerten, hatten sie die Technik des Zuhörens noch nicht erlernt.«

So revolutionär war diese Darstellung und so präzise formuliert, daß Reverend Strabismus in gedämpftem Ton die Frage stellte: »Wir wissen, daß das Universum in der von Ihnen angegebenen Periode nicht existiert haben kann. In der Bibel ist das nachzulesen. Aber glauben

Sie, Herr Professor, daß diese Unausgewogenheit – eine Zivilisation da oben, eine da unten, ohne die Möglichkeit, miteinander Verbindung aufnehmen zu können – auch heute noch vorhanden sein könnte?«

»Davon bin ich überzeugt.«

»Ich danke Ihnen, daß Sie etwas klargestellt haben, was bisher nicht klar war.«

»Ich kann nicht mit Sicherheit behaupten, daß *ich* mir über die verschiedenen Bedeutungsvarianten im klaren bin«, sagte der Mann von der Cal Tech.

Mit diesen Vorbehalten ging der erste Tag zu Ende, und beim Abendessen gab es eine lebhafte Diskussion. Die jüngeren Wissenschaftler kündigten an, daß sie am nächsten Tag mit zeitgemäßen Überlegungen das Unterste zuoberst kehren würden; diese Heißsporne des Weltraums hielten noch um halb elf Uhr nachts eine Rumpfsitzung zu dem Zweck ab, die Präsentationen ihrer Pläne für die Zukunft der Weltraumkommunikation zu besprechen, bei der ihre radikal neuen Verfahren zur Anwendung kommen würden.

Der zweite Tag begann wie ein Taifun im Pazifik, der mit jeder Stunde an Heftigkeit zunimmt, bis ganze Inselketten gefährdet sind. »Sie sollten der erschröcklichen Liste, die Dr. Mott Ihnen gestern überreicht hat, keine Beachtung schenken«, sagte ein entzückend frecher Mann vom MIT, »denn er hat es unterlassen, die Zeitdilatation zu berücksichtigen. Für die Laien unter Ihnen: Es handelt sich dabei um eine richtungweisende Weiterentwicklung von Einsteins Relativitätstheorie. Es geht um folgendes: Die Zeit an Bord eines Raumschiffes unterscheidet sich grundlegend von der Zeit, wie sie jene erleben, die auf der Erde zurückbleiben. Wenn Professor Pope, den Dr. Mott gestern erwähnte, zu einem Nebel im Orion fliegen wollte, würde er nur 33 Jahre Bord-Zeit dazu brauchen, aber für die Menschen auf der Erde würden 3 300 Jahre vergangen sein.«

Mott hörte, wie ein Science-fiction-Autor zum anderen sagte: »Das haben wir alles schon vor vierzig Jahren erklärt. Jetzt sind sie auch draufgekommen.«

»Ich«, sagte ein anderer Hauptsprecher, »ich stelle mir die Zukunft so vor: Bis zu vierhundert Personen in einem Raumschiff, das eine Stun-

de nach dem Start Lichtgeschwindigkeit erreicht und dann in eine Zeitdilatation eintritt, die es der Besatzung möglich macht, innerhalb ihrer Lebensdauer jedes Ziel in der Galaxis anzusteuern.«
»Wie bald könnte es, Ihrer Meinung nach, solche Raumflüge geben?«
»Um das Jahr 2050, aber Reisende aus der Galaxis könnten noch vorher hier eintreffen.«
Eine solche Spekulation zu hören, bereitete Strabismus Vergnügen, denn sie erinnerte ihn an die Zeit, da seine Universal Space Associates mit ihren kleinen grünen Männchen hausieren gegangen war. »Ich lag schon richtig«, murmelte er vor sich hin, »ich war nur eben meiner Zeit voraus.« Sein altes Interesse erwachte, und er hörte aufmerksam zu, als Funkexperten prophezeiten, daß intergalaktische Emissionen, wenn sie die Erde je erreichen sollten, sehr wahrscheinlich im Frequenzbereich von 1420 bis 1662 Megahertz eintreffen würden. »Dieser Bereich nimmt den Platz zwischen den Spektrallinien der Komponenten des Wassers, des Wasserstoffs und des Hydroxylradikals ein. Darum nennen wir ihn das Wasserloch, um das sich die Geschöpfe des Weltraums scharen werden, so wie die Tiere das in der Prärie tun.«
Seltsam, seltsam, dachte Strabismus. Wäre ich in New Haven oder New Paltz geblieben, ich hätte einer der Wissenschaftler werden können, die jetzt hier sitzen. Ich weiß mehr als alle anderen, die sich hier versammelt haben, ausgenommen vielleicht Mott. Gespannt hörte er einem anderen Redner zu: »Wir haben schon viel am Wasserloch getan, und wir haben Tausende von Botschaften ausgesandt, und viele Stunden damit zugebracht, mit unseren großen Ohren in Arecibo zu lauschen. Unsere Tätigkeit beruht auf der Annahme, daß irgendwo andere intelligente Wesen bereit, ja vielleicht sogar erpicht darauf sind, mit uns Verbindung aufzunehmen.«
Am dritten Tag erklärten zwei von Drakes Studenten den Laien in ihrer Gruppe die furchteinflößende Gleichung, die die Wahrscheinlichkeit von Lebensformen auf anderen Planeten der Galaxis ausdrückte:

$$N = N_\star \frac{f}{p} \frac{f}{ö} \frac{f}{l} \frac{f}{i} \frac{f}{a} \frac{f}{d}$$

Als sie an die Tafel geschrieben wurde, stöhnten viele wissenschaftlich nicht ausgebildeten Teilnehmer auf, aber einer der Studenten war schnell mit einer Erklärung zur Hand: »Da können Sie wieder mal sehen, wie geheimnisvoll wir tun können. Aber es ist ganz einfach: Das erste N gibt die Anzahl der Zivilisationen in unserer Galaxis an, die schon jetzt in der Lage sind, sich mit uns zu verständigen. Das ist die Zahl, die wir brauchen, um vernunftgemäß zu diskutieren. Das zweite N ist eine Zahl, die wir suchen, um unsere Diskussion praktikabel zu machen. N_* ist eine sehr große Menge; es steht für alle bekannten Sterne in unserer Galaxis. Einige Experten meinen, es wären hundert Milliarden, andere sagen, es wären vierhundert Milliarden. Für unser Beispiel nehme ich vierhundert Milliarden. Die folgenden sechs Buchstaben mit ihren Indices stellen Brüche dar, wobei jeder Index einen bestimmten Wortsinn oder Begriff bedeutet. Wenn man die sehr große Menge mit den sechs Brüchen multipliziert, erhält man eine sich ständig verringernde Zahl möglicher Zivilisationen.

Erster Bruch: Der Teil der Sterne, die *planetarische Systeme* haben, und wir haben gestern gehört, daß dieser Bruch wesentlich weniger ausmachen muß als die Hälfte, wahrscheinlich ein Viertel. Zweiter Bruch: Der Teil der Planeten mit *Ökologie,* vielleicht die Hälfte. Dritter Bruch: Der Teil der in Frage kommenden Planeten, auf welchen sich tatsächlich *Leben* entwickelt; die Biologen meinen, er muß fast neun Zehntel betragen. Vierter Bruch: Welcher Teil entwickelt *intelligente* Lebensformen? Wir halten ein Zehntel für möglich. Fünfter Bruch: Der Teil von Zivilisationen mit intelligenten Lebewesen, der es lernt, Verbindungen mit der *Außenwelt* aufzunehmen – vielleicht ein Drittel. Sechster Bruch: Die faszinierende Frage, über die wir gestern diskutiert haben: Wie hoch ist die Lebens*dauer* einer technischen Zivilisation?

Wir müssen diese Frage der Lebens*dauer* mit allen philosophischen Ressourcen bewerten, die uns zur Verfügung stehen. Das einzige sichere Beweismaterial, das wir haben, das sind unsere Erfahrungen auf der Erde. Sie ist viereinhalb Milliarden Jahre alt, seit fünfundvierzig Jahren nachrichtentechnisch in der Lage, Informationen auszutauschen. Und sie wird sich wahrscheinlich in absehbarer Zeit selbst in die Luft sprengen. So muß also der letzte düstere Bruch $45/4\,500\,000\,000 = 1/1000\,000\,000$ betragen. Sehen wir den Tatsachen ins Auge und multiplizieren wir unsere Gleichung:

$$\text{Zahl der Zivilisationen} = 400\,000\,000\,000$$
$$\times \frac{1}{4} \times \frac{1}{2} \times \frac{9}{10} \times \frac{1}{10} \times \frac{1}{3} \times \frac{1}{100\,000\,000} = 15$$

Das heißt, daß es unter den Myriaden Sternen unserer Galaxis nicht mehr als fünfzehn gibt, mit denen wir plaudern könnten.«
Nachdem die einen sich über die geringe Anzahl gewundert, die anderen ihre Zweifel darüber zum Ausdruck gebracht hatten, daß es überhaupt noch eine intelligenzbegabte Gesellschaft geben könnte, erklärte der Sprecher in trockenem Ton: »Das war natürlich nur unsere eigene Galaxis. Da wir von der Existenz von hundert Milliarden anderer Galaxien wissen, könnte es mehr als eine Billion anderer Zivilisationen um uns herum geben. Jedenfalls ausreichend, um uns noch eine Weile zu beschäftigen.«

Am vierten Tag begannen die zwei großen Auseinandersetzungen, die den Verantwortlichen einige Sorge bereiteten; die eine ein Stück vergnüglicher Gehirnakrobatik, die andere so tiefschürfend, daß sie das Symposium zu sprengen drohte. Bei der ersten standen die Älteren, die die Möglichkeit interstellarer Reisen und Kommunikationen pessimistisch beurteilten, den ungeduldigen Jungen gegenüber, die beides prophezeiten.
»Schon heute«, behauptete ein junger Mann, »sind die technischen Voraussetzungen für einen Flug in die Galaxis gegeben.«
»Das ist richtig«, stimmte ihm ein vorsichtiger Älterer zu, »aber haben Sie auch schon mal nachgedacht, wieviel Energie Sie dazu brauchen würden? Ich habe es mir ausgerechnet. Gerade soviel, wie nötig wäre, um die Vereinigten Staaten in den nächsten fünfzigtausend Jahren zu beleuchten.«
Der junge Mann gab sich nicht geschlagen. »Wir werden neue Antriebssysteme entwickeln.«
»Sie weisen alle Einwände, die ich vorbringe, mit einem ›neuen Dies‹ oder ›neuen Das‹ zurück.«
»So haben wir die Einwände zurückgewiesen, die Sie vor vierzig Jahren vorgebracht haben!«
Mott ergriff für keine der beiden Seiten Partei, aber er hatte immer

schon viel auf die zynischen Mutmaßungen des kernigen Freeman Dyson aus Princeton gegeben, und wenn Dyson jetzt verkündete, daß sowohl die Kommunikation als auch Flüge früher möglich sein würden, als viele dachten, war er bereit, mit ihm konform zu gehen.
Als er eines Abends nach der Sitzung unter den Sternen Vermonts dahinwanderte, gestand er sich ein, daß er schon seit geraumer Zeit einen Gedanken hegte, der ihn heftig bewegte: »Vielleicht«, sagte er laut. »Vielleicht sind wir tatsächlich einmalig. Vielleicht ist die Erde der einzige Planet, auf dem sich Lebensformen entwickelt haben. Vielleicht ...«
Eine Stimme rief ihn an: »Sind Sie das, Mott?« Es war Strabismus. »Ihnen donnern die Gedanken wie Expreßzüge durch den Schädel.«
»Darum sind wir ja hier zusammengekommen.«
»Also jetzt mal ehrlich. Was ist Ihre persönliche Meinung, wie viele andere es noch geben könnte?«
Während sie durch die sternenhelle Nacht wanderten, antwortete Mott aufrichtig: »Ich war gerade dabei zuzugeben, die Erde könnte etwas Einmaliges sein ...«
»Aber Sie haben es nicht zugegeben.«
»Nein, Strabismus. Ich halte alle unsere Brüche für zu vorsichtig angesetzt. Nach meinen Berechnungen gäbe es etwa zwei Millionen Gesellschaften, mit denen wir Verbindung aufnehmen könnten.«
Als sie an einer Straßenlaterne vorbeikamen, nahm Strabismus einen Zettel aus der Tasche. »Auch meine Brüche sind größer; bei mir sind es etwa eine Million.« Er faltete den Zettel zusammen, steckte ihn in die Tasche und fügte hinzu: »Aber diese Zahl gilt nur für die Eingeweihten. Sie würde die Masse nur verwirren.«
»Und Ihr Bestreben ist es, sie in einem Zustand der Verwirrung zu belassen?«
»Ich habe die Absicht, so mit ihnen zu arbeiten, wie ich sie vorfinde.«
»Sie meinen wohl, sie zu benützen?«
»Sie wollen benützt werden.«
»Morgen reden wir weiter!«
Wie viele große Feuersbrünste begann auch die tiefgreifende Auseinandersetzung mit einem Feuerchen, so klein, daß selbst ein Kind es hätte löschen können, und als es sich entzündete, hätte niemand sein

Potential an Zerstörung voraussehen können. Es entzündete sich am Bruch $\frac{f}{l}$, dem Teil der in Frage kommenden Planeten, auf welchen sich tatsächlich Leben entwickelt, denn was sich anfangs als biologisches Problem darstellte, wurde rasch zu einer Frage metaphysischer und religiöser Werte.

Der Wissenschaftler, der die grundlegenden Daten vorlegte, drückte sich ungeschickt aus; Leben, sagte er, würde sich zwangsläufig immer dann entwickeln, wenn die Urbrühe die richtigen Komponenten, Temperatur, Druck und Umweltbedingungen, aufwies. Diese Richtlinien, meinte er, müßten im ganzen Universum Gültigkeit haben, und somit wäre die Genese des Lebens in Milliarden vorstellbarer Situationen möglich.

Den religiösen Eiferern, aber auch einigen weltlichen Beobachtern erschien der Ausdruck *Urbrühe* überaus anstößig, und darum nahmen sie alle versöhnlichen Gesten, die sie in den ersten Tagen des Symposiums gemacht hatten, wieder zurück. »Der Mensch«, brüllte ein glühender Baptist, es war Reverend Hosea Kellog von der Red River Bible University, »dankt seine Existenz auf der Erde dem persönlichen Eingreifen Gottes. Und er wurde als ganzer Mensch geschaffen und nicht als Kessel übelriechender Chemikalien!« Rasch uferte die Diskussion aus und führte schließlich zu diesem unwahrscheinlichen Wortgefecht:

»Wollen Sie etwa behaupten, Reverend Kellog, Gott erlöse nur jene, die an Jesus Christus glauben? Und daß alle anderen der ewigen Verdammnis anheimfallen?«

»So steht es in der Bibel.«

»Heißt das, daß alle Juden verdammt sind?«

»Ganz besonders die Juden. Sie haben Jesus geleugnet. Sie sind verdammt.«

»Und die Völker Asiens, die nie von Jesus gehört haben? Und die Völker Afrikas? Und alle Unitarier und Ungläubigen in unserem Land?«

»Sie alle sind verdammt.«

»Und die Millionen, die starben, bevor Christus auf Erden wandelte? Sie konnten ihn gar nicht gekannt haben. Müssen auch die für alle Zeiten in der Hölle schmoren?«

»Ja, das müssen sie.«
Selbst für Reverend Strabismus war diese Doktrin zu extrem, und er wies sie vor der ganzen Versammlung zurück: »Meine Bibel verheißt Hoffnung für alle. Ich war Jude, aber ich habe das Licht gesehen, und ich bin sicher, daß Gott mich in Seinem Reich willkommen heißt. Aber das bedeutet nicht, daß ich die anderen Juden in diesem Saale oder in unserem Land, die die Wahrheit nicht erkannt haben, verurteile. Wenn Gott so groß ist, daß er dieses Universum, von dem hier die Rede ist, geschaffen hat, so ist er auch groß genug, um eine Handvoll Juden und Buddhisten aufzunehmen.«
»Anathema über Sie!« brüllte Kellog. »Ich bereue den Tag, da ich Ihnen einen theologischen Grad verliehen habe!«
Strabismus hatte weit mehr Freunde im Saal als Kellog, und diese Verurteilung ihres Führers empörte sie. Es kam zu einem lärmenden Gezänk, und bald verteidigten die Wissenschaftler ihr Recht auf Leben, während Kellogs Mannen sie aufs neue verdammten. Der Krach würde das Aus für das Symposium bedeutet haben, hätte Mott die Streitenden nicht energisch zur Ordnung gerufen und anschließend die stürmische Sitzung aufgehoben.
Er hatte nicht viel Grund, sich zu beglückwünschen, denn schon am nächsten Morgen um sieben Uhr früh begann das Telefon zu klingeln, und in rascher Folge erhielt er drei aufgeregte Anrufe von der NASA und einen unfreundlichen von Senator Pope: »Sie wurden dorthin geschickt, um diese Tiger in ihren Käfigen zu halten. Werfen Sie ihnen ein Stück rohes Fleisch vor und sehen Sie zu, daß Sie die Leute unter Kontrolle bringen.«
»Wie haben Sie davon erfahren?«
»*New York Times, Washington Post, Christian Science Monitor.* Die Titelseiten sind voll davon. Was meinen Sie, wollen Sie den Workshop abbrechen?«
»Unter keinen Umständen.«
»Dann sehen Sie zu, daß die Leute zur Vernunft kommen.«
Er verzichtete auf das Frühstück und nutzte die Zeit, um ein paar Punkte zu notieren, die, so hoffte er, die erregten Gemüter beruhigen würden, doch als er auf dem Podium stand, sah er, daß die Konferenzteilnehmer nach Blut lechzten, und er begriff, daß er sie versöhnen mußte.

Wir waren gestern abend Zeugen einer bedauerlichen Demonstration des alten und unnötigen Haders zwischen Religion und Wissenschaft, und der Vorsitzende sieht sich genötigt, eine Erklärung abzugeben.

Meine wissenschaftlichen Kollegen, denen ich persönlich so viel zu danken habe, möchte ich daran erinnern, daß zwar jedes neue Beweisstück die Theorien untermauert, wonach ein Urknall zumindest diesen Teil des Kosmos ins Leben gerufen hat, daß es jedoch bisher niemandem, und ich wiederhole, niemandem gelungen ist, einen annehmbaren wissenschaftlichen Hinweis auf die Frage zu geben, welche Kraft diesen Urknall hervorgebracht hat. Wenn unsere gläubigen Teilnehmer darauf bestehen, es wäre Gott gewesen, dann ist ihre Erklärung mindestens so stichhaltig wie jede andere, wenn nicht gar noch überzeugender.

Meine religiösen Brüder aber – und ich fühle mich berechtigt, dieses vertrauliche Wort zu gebrauchen, da auch mein Vater ein Kirchenmann war –, sie möchte ich daran erinnern, daß alles Beweismaterial, das uns zur Verfügung steht, auf einen sehr weit zurückliegenden Beginn unserer Erde und einen unendlich weiter zurückliegenden Beginn unseres Universums hindeutet. Obwohl ich fest an Gott glaube, kann ich diese Beweise nicht einfach ignorieren, und ich meine, es ist die Aufgabe jedes intelligenten und einsichtigen Menschen, die zwei Standpunkte, die gestern mit solcher Heftigkeit aufeinandergeprallt sind, in Einklang zu bringen.

Ich bin zu drei Schlußfolgerungen gekommen, und weil diese Frage für uns hier und für die Menschen im allgemeinen so lebenswichtig ist, habe ich sie mir vorsichtshalber auf diesem kleinen Zettel aufgeschrieben, denn ich möchte verhindern, daß ich mich in bezug auf das, was mir der Kern unseres Zusammenkommens zu sein scheint, falsch ausdrücke.

Erstens: Ohne einen Schiedsrichter, der über das Gut und Böse einer jeden Absicht zu entscheiden hat, kann die Gesellschaft nicht existieren. Ohne diese ständige Führung, Ermutigung und Zensur müssen wir in die Barbarei zurückfallen, wie wir das bei einigen Gesellschaften beobachten konnten. Weder die Wissen-

schaft noch die Politik hat die moralische Kraft, für diese Führung Sorge zu tragen. Das zu tun ist nur ein ethisches System in der Lage, und unseren ererbten religiösen Systemen wurde die geheiligte Bezeichnung *Religion* gegeben.
Zweitens: Ich bin nicht allzusehr an doktrinären Debatten und Religionsunterschieden interessiert, und das gilt wohl auch für die meisten meiner wissenschaftlichen Kollegen, wohl aber habe ich großes Verständnis für die wichtige Rolle, die die Religion bei der Strukturierung der Gesellschaft spielt. Ich möchte nicht in einer Gemeinde leben, in der es keine Gotteshäuser gibt. Ich möchte es vielleicht so ausdrücken: Wäre ich ein unverheirateter Mann von vierundzwanzig Jahren, den seine Firma nach Detroit geschickt hat, um dort eine neue Stellung anzunehmen, ich würde auf keinen Fall in eine Bar oder ein Tanzlokal gehen, um dort eine Frau zu finden, die ich heiraten könnte. Ich würde einer Kirchengemeinde beitreten oder eine Verbindung mit einer Universität oder einem College suchen, um dort Menschen kennenzulernen, die die gleichen Ideale hegen wie ich. Die meisten anständigen Bürger fördern Kirchen und damit auch den religiösen Impuls, der sie ins Leben ruft.
Drittens: Als Wissenschaftler, der erst als reifer Mann von vierundvierzig das Recht erwarb, sich als solchen zu bezeichnen, kann ich die Beweise, die mir vorliegen, nicht in Zweifel ziehen oder gar ignorieren. Die Fotografien, die Voyager 2 zur Erde zurückschickte, sagen uns alles über die Natur des Planeten Saturn, und ganz gleich, was alte religiöse Texte in ihrer poetischen Form dazu zu berichten wissen, dies ist die Natur des Planeten, und an diese Wahrheit muß ich mich halten.
Mir wurde berichtet, daß es gestern zwischen Reverend Hosea Kellog von der Red River Bible University und Professor Hiram Hellweiter von der Indiana University in der Hitze ihrer Auseinandersetzungen zu Tätlichkeiten gekommen ist. Solches Eintreten für eine Überzeugung ist verständlich und gewiß auch verzeihlich, denn wir stehen vor schwerwiegenden Entscheidungen, aber in der Stille dieses schönen Morgens bitte ich Sie, meine ehrenwerten Freunde, einander in die Arme zu schließen, so wie ich jeden von Ihnen in die Arme schließe.

Denn wir alle müssen uns mit Problemen von ungeheurer Tragweite auseinandersetzen, und das sollten wir in harmonischem Einvernehmen, nicht in zersetzender Zwietracht tun. Wir können jetzt unsere Hände nach den fernsten Galaxien ausstrecken und die Hüllen der Verwirrung von ihnen streifen, die bisher unser Verständnis getrübt haben. Was sollen wir mit diesem neuen Wissen anfangen? Wir haben erfahren, daß wir uns das Wasserstoffatom nutzbar machen können. Aber wie werden wir diese neue Kraft einsetzen und bändigen? Und was vielleicht von noch größerer Bedeutung ist und noch größere Gefahren in sich birgt: Wir sind jetzt in der Lage, in die Struktur des menschlichen Gen einzudringen und neue Lebensformen zu schaffen. Wie sollen wir die Ausübung einer so schrecklichen Macht kontrollieren?

Schließlich könnte auch der Tag nicht so fern sein, da wir in diesen Saal zurückgerufen werden, um in geheimer Sitzung zu beraten – nicht über die Erforschung anderer Galaxien, sondern über die Art, wie Amerika seine Raumstationen einsetzen kann, im tödlichen Ringen mit einer anderen Macht, die ebenfalls gelernt hat, in diesem Bereich gewisse Dinge zu entwickeln, und die entschlossen ist, sich dieser zu bedienen, um uns zu vernichten.

Diese erste Zusammenkunft großer Geister darf keine Spaltung erleiden. Als Partner müssen wir unsere Untersuchungen vorantreiben – es gilt die Struktur der Materie zu ergründen, die Einordnung der Naturwissenschaften in ein umfassendes Denkbild, und die Chance der Gesellschaft auf Überleben. Wenn wir uns teilen, könnte das unser aller Vernichtung bedeuten; wenn wir zusammenhalten, könnten wir Ordnung in eine bedrohte Welt bringen.

Die Konferenzteilnehmer, die mehrheitlich für die Aussöhnung eintraten, die er hatte zustande bringen wollen, klatschten Beifall, aber Mott war nervlich so erschöpft, daß er die Sitzung nicht weiterführen konnte und die Anwesenden bat, ihn zu entschuldigen. Während er zu einem der Ausgänge stolperte, fühlte er, wie Leopold Strabismus seinen Arm nahm und ihn auf den sonnigen Rasen hinausführte. »Ver-

gessen Sie sie doch für eine Weile«, sagte er. »Die machen jetzt dort weiter, wo sie gestern aufgehört haben.«
»Es ist mir aufgefallen, daß Sie sich aus dem Streit herausgehalten haben, Leopold. Das paßt gar nicht zu Ihnen.«
»Ich wollte erfahren, an was vernünftige Leute wie Sie glauben.«
»Wir Naturwissenschaftler sind davon überzeugt, daß die Erde, auf der wir jetzt stehen, vor viereinhalb Milliarden Jahren aus dem Chaos hervorgebracht wurde und ...«
»Und genau darum geht es, Mott. Sie haben es selbst gesagt. Aus dem Chaos hervorgebracht. Wer hat sie hervorgebracht?«
»Das war nie meine Sorge. Es könnte ohne weiteres Gott gewesen sein. Oder die Urkraft. Oder ein himmlischer Zufall. Das stellt für mich kein Problem dar.«
»Das ist der Unterschied. Menschen wie ich möchten immer alles genau wissen.«
»Und darum die Evolutionstheorie aus den Schulen verbannen? Mit der Geologie Schluß machen?«
»Der Mann auf der Straße darf nicht verunsichert werden.«
Mott deutete über die Schulter auf den hinter ihm liegenden Konferenzsaal. »Praktisch sind wir alle, Sie und ich eingeschlossen, Durchschnittsbürger, und zweifellos sind wir die Söhne von Durchschnittsbürgern. Wenn wir uns mit diesen Fragen beschäftigen und eines Tages die Antwort auf die leichteren finden können, warum nicht der Mann auf der Straße? Sie und ich, wir sind die Männer auf der Straße.«
Und so dauerte die große Debatte fort. Sie hatte vor Äonen auf den Kamelpfaden Mesopotamiens und dem öden Hochland Judäas begonnen. Motts und Strabismus' Vorfahren hatten gegnerische Stellungen in Assyrien und in Stonehenge bezogen. Genau diese Fragen waren in den Tempeln von Theben und Machu Picchu und in den alten Universitäten von Bologna und Oxford aufgeworfen worden. Nun wurden sie auf einem Hügel in Vermont wieder aufgegriffen, und wieder tausend Jahre später würde auf einem anderen Planeten, der einen anderen Stern in einer anderen Galaxis umkreiste, darüber diskutiert werden.

Danksagung

Am 4. Juli 1976 wurde ich von Dr. Donald P. Hearth von der National Aeronautics and Space Administration eingeladen, an einer Roundtable-Diskussion über die Bedeutung der Landung der amerikanischen Viking auf dem Mars teilzunehmen, und mit dieser berauschenden Einführung bei den bedeutendsten Geistern des Zeitalters der Raumfahrt begann ich ernsthaft mit meiner Arbeit.
Im Frühjahr 1979 wurde ich in den Beratungsausschuß der NASA berufen, und dort traf ich häufig mit den Männern zusammen, die unser Raumfahrtprogramm leiteten. Ich besuchte auch mehrmals die großen NASA-Basen, wo die praktische Arbeit getan wurde. Ich durfte am Leben dieser Behörde teilhaben und nutzte dieses Privileg vier Jahre lang ohne Unterbrechung.
Daß es mir an einer spezifischen Ausbildung in Naturwissenschaften gebrach, wirkte sich nachteilig für mich aus, aber meine Kenntnisse in Mathematik und Astronomie glichen diesen Mangel in mancher Hinsicht wieder aus, und durch meine Arbeit mit verschiedenen Aspekten unseres Programms wurden andere Lücken gestopft. Vor allem sprach ich unaufhörlich mit Experten, besuchte viele Labors und machte mich mit diversen Verfahren vertraut.
Ich kannte viele Ingenieure und Wissenschaftler der NASA und bin ihnen sehr verpflichtet, insbesondere jenen auf den Stützpunkten Langley, Wallops, Ames, Houston, Huntsville und Goddard, nicht zu vergessen das Jet Propulsion Laboratory in Pasadena.
Von den Astronauten zählten nur einzelne zu meinem Bekanntenkreis, denn ich lernte nur die kennen, die ich zufällig traf, während ich anderen Pflichten nachkam. Deke Slayton war mir sehr behilflich. John Young ermutigte mich in jeder Weise. Donn Eisele, ein Nachbar, gewährte mir viele Einblicke. Weil in jenen Jahren die Raumfähre den

Horizont beherrschte, kannte ich ihre Piloten: Robert Crippen, Joe Engle und Dick Truly. Ed Gibson war mir außerordentlich behilflich beim Studium der Sonne, über die er hervorragend geschrieben hat. Joe Kerwin, Arzt und Astronaut, der viele Wochen im Orbit verbracht hat, war mir bei vier verschiedenen Gelegenheiten äußerst gefällig. Mike Collins, der auch fesselnd über den Weltraum zu schreiben weiß, und die zwei charmanten Astronautinnen Judith Resnick und Anna Fisher gewährten mir kurze, aber lohnende Interviews.
In der Zentrale wurde ich von Dr. Robert Frosch, dem Verwaltungsfachmann, und Dr. Alan Lovelace, seinem Assistenten, mit großer Aufmerksamkeit umgeben. Sie machten es möglich, daß mir erstklassige fachliche Berater zur Seite standen: General Harris Hull, Dr. John Naugle, der wissenschaftliche Leiter der NASA, Nat Cohen, der amtsführende Sekretär unseres Ausschusses, und Jane Scott, die meine Tätigkeit organisierte. Vor seinem zu frühen Tod im Himalaja traf Tim Mutch oft mit mir zusammen, um über wissenschaftliche und verwaltungstechnische Probleme zu diskutieren.
Eine Reihe von Experten wurde mir als ungewöhnlich gut informiert und gefällig empfohlen. Ihnen bin ich zu großem Dank verpflichtet:
Schlacht im Golf von Leyte: Admiral Felix Stump, der eines der Flugzeugträgergeschwader in dieser historischen Seeschlacht befehligte, und Bill Lederer, sein geistreicher Erster Offizier.
Peenemünde: Dr. Ernst Stuhlinger und Karl Heimburg, die beide die Hedschra von Peenemünde nach El Paso und von dort nach Huntsville unternahmen.
Patuxent River: Marshall Beebe, U.S. Navy, der mir das Gelände 1952 beschrieb, und Admiral John Wissler, der mich 1981 dort herumführte.
Operation eines großen NASA-Stützpunktes: Während meines langen Aufenthalts im Marshall Space Flight Center in Huntsville waren mir die folgenden Herren großzügige Lehrer: Dr. William Lucas, James E. Kingsbury, Thomas Lee, Robert Lindstrom, John Potate, Harry Watters und Joe Jones.
Operation der Bodenkontrolle: Dr. Chris Kraft, der hervorragende Experte, der die wichtigsten Phasen der Flüge überwachte, gestattete mir, einen ganzen Tag lang dabeizusein, um beobachten zu können, wie alles vor sich ging.

Astronomie: D. George Field, Dr. A. G. W. Cameron, beide von der Universität Harvard, Dr. David L. Crawford, Kitt Peak, Dr. Jacques Beckers von der Sternwarte in Tucson, Dr. Anthony Jenzano von der University of North Carolina.

Nachrichtentechnik: Dean Cubley aus Houston.

Mondkreisbahn-Rendezvous: Dr. John C. Houbolt aus dem Forschungszentrum Langley in Hampton, der sich als erster für diesen Modus einsetzte.

Flug mit Überschallgeschwindigkeit: John V. Becker aus dem Forschungszentrum Langley, ein Pionier auf diesem Gebiet.

Windkanäle: William P. Henderson aus dem Forschungszentrum Langley, der mir zweimal die Funktionsweise seines 16-Fuß-Kanals demonstrierte.

Ein Sechzehntel Schwerkraft: Donald E. Hewes aus dem Forschungszentrum Langley, der die Apparatur erfand, mit der sich die Mondschwerkraft annähernd auf der Erde herstellen läßt.

Interplanetare Navigation: Frank Hughes, Richard Parten, Duane Mosel, sie alle aus Houston. Frank Jordon vom Jet Propulsion Laboratory. Dr. Philip Felleman vom MIT, seine Erläuterungen waren besonders aufschlußreich.

Bildübersetzung: Torrance Johnson vom Jet Propulsion Laboratory.

Raumteleskop: Dr. C. R. O'Dell von der Universität Chicago.

Empfang von Signalen aus dem Weltraum: William Koselka und Chuck Koscieliski von der Bodenfunkstelle Goldstone in Kalifornien; in den Bodenfunkstellen der NASA in Australien waren mir Lewis Wainright, Thomas Reid und Kevin Westbrook behilflich, und Bill Wood in Canberra sorgte für meine Unterkunft.

Interplanetare Forschung: Charlie Hall und C. A. Syvertson, beide vom Forschungszentrum Ames, die mehrere bahnbrechende Missionen zum Jupiter und zum Saturn entwickelten und überwachten.

Leben auf anderen Planeten: Dr. Carl Sagan von der Universität Cornell, der einige glänzende Bücher über das geheimnisvolle Thema geschrieben hat.

Besonders verpflichtet fühle ich mich den folgenden hervorragenden Gelehrten und Verwaltungsbeamten, die sich bereit erklärten, Teile

meines Manuskripts zu lesen, um mir beim Ausmerzen von Fehlern zu helfen. Ihre Hilfe war überaus großzügig, und allenfalls noch verbliebene Fehler sind allein mein Verschulden.
Luftkämpfe über Korea und die Arbeit der Testpiloten am Patuxent River: Captain Jerry O'Rourke von der United States Navy, der mir 1953 für meinen Roman *Die Brücke von Toko-Ri* das Sturzkampffliegen beibrachte und 1981 ein Seminar über den Patuxent River und die Testpiloten für mich einrichtete.
Wallops Island und atmosphärische Beobachtungen: Abe Spinak, lange Zeit auf der Insel stationiert, und ein echter Forschergeist.
Bildübertragungen von den Missionen zum Mars und zum Saturn: Dr. Bradford A. Smith von der University of Arizona, der bei den Voyager-Missionen zum Jupiter und Saturn Chef des Bildübertragungsteams war.
Sonnenfackeln: Dr. Jack Eddy vom High Altitude Observatorium, einer unserer führenden Männer auf dem Gebiet Sonnenphysik.
Zirkadiane Rhythmen: Dr. Richard J. Wurtman vom Massachusetts Institute of Technology.
Technik der Nachrichtenübermittlung zwischen Bodenkontrolle in Houston und den Astronauten von Gemini 13 und Apollo 18: Joe Kerwin, der während des schicksalhaften, abgebrochenen Fluges von Apollo 13 als CapCom fungierte.
Medizinische Daten in bezug auf Apollo 18: Joe Kerwin, Astronaut und Arzt.
Bewegungen der Erde und der Sonne: Dr. A. G. W. Cameron von der Universität Harvard war so freundlich, den kurzen, aber wichtigen Teil über Mehrfachbewegungen durchzusehen.
Das ganze Manuskript: John Naugle, der viele Jahre im Herzen der NASA lebte und mir als erster den Tip gab, dieses Buch zu schreiben. Er hat mir viel beigebracht.
Stets werde ich mich mit Zuneigung und Neid jener brillanten Männer entsinnen, die im Beratungsausschuß saßen oder an einem unserer Seminare teilnahmen und mir so selbstlos halfen, die Dinge zu begreifen, von denen sie redeten: Freeman Dyson von der Universität Princeton, Arthur Kantrowitz vom Dartmouth College, John Firor vom National Center für Atmospheric Research, Daniel Fink von General Electric, George Field und A. G. W. Cameron von der Universität Har-

vard, die sich besonders in höherer Astronomie als hilfreich erwiesen, und die drei Luftfahrtexperten, die mir auf diesem Gebiet, das mir sehr am Herzen liegt, einiges zu sagen hatten: Robert Johnson von Douglas Aircraft, Holden Withington von Boeing und aller Welt Freund und Ratgeber Willis Hawkins von Lockheed. Mein besonderer Dank gilt William Nierenberg, Direktor des Scrippschen Ozeanischen Instituts, der in unserer Gruppe den Vorsitz führte. Nie hatte ich fähigere Kollegen.

James A. Michener
St. Michaels, Maryland
2. Februar 1982

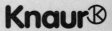

James A. Michener

James A. Michener
Sternenjäger

Roman

Sternenjäger
In diesem Roman nimmt der Leser an einem der jüngsten Kapitel der Menschheitsgeschichte teil: der Eroberung des Weltraumes.
TB 1339

Die Bucht
Der große Roman über die Chesapeake-Bucht an der Ostküste der Vereinigten Staaten, ihrer Geschichte, ihrer Landschaft, ihrer Menschen.
TB 1027

Karawanen der Nacht
Abenteuer im Orient. TB 147

Die Quelle
(Ausgabe in 2 Bänden)
Ein großartiges, buntes Panorama der Geschichte des Volkes Israel und seiner Heimat. TB 567

Mazurka
»Wenn Michener je einen Roman geschrieben hat, der deutschen Lesern anempfohlen sein soll, dann ist es dieser… ein historischer Bilderbogen, der fesselt und der bestürzt.« Manager Magazin
Der große Roman Polens. 784 Seiten. Gebunden.

Die Südsee
Für diesen Bestseller über den erbarmungslosen Krieg zwischen den Amerikanern und Japanern erhielt Michener den begehrten Pulitzer-Preis.
TB 817

Verheißene Erde
Eine spannend-unterhaltende Reise durch fünf Jahrhunderte südafrikanischer Geschichte. Ein fesselndes Romangeschehen vor der Kulisse einer einzigartigen Landschaft. TB 1177

Verdammt im Paradies
Michener schildert in diesem Buch die authentischen Abenteuer und Schicksale von Menschen, die ihr Glück in der Südsee gesucht haben, die es riskieren, ihren »Traum vom Himmel auf Erden« auf eine ganz besondere Weise zu verwirklichen.
TB 1263

Die Brücke von Andau
Elf Jahre nach Beendigung des Zweiten Weltkrieges gärt es noch immer in Ungarn. Für drei grundverschiedene Männer werden die Oktobertage des Jahres 1956 zur Wende ihres Schicksals. Sie finden zusammen in der Liebe zu ihrem Vaterland.
TB 1265